KU-488-218

Johannes Mario Simmel

Der Stoff aus dem die Träume sind

Roman

Droemer Knaur

1. bis 100. Tausend September 1971
101. bis 150. Tausend Oktober 1971
151. bis 200. Tausend November 1971
201. bis 250. Tausend Dezember 1971
251. bis 280. Tausend April 1972
281. bis 305. Tausend Oktober 1972
306. bis 345. Tausend Januar 1973
346. bis 375. Tausend August 1973

Umschlag- und Einbandgestaltung Fritz Blankenhorn
Satz und Druck Südd. Verlagsanstalt und Druckerei, Ludwigsburg
Aufbindung Großbuchbinderei Sigloch, Stuttgart/Künzelsau
Printed in Germany
ISBN 3-426-08998-x

Gewidmet dem Mann,
der in diesem Roman
den Namen Bertie erhielt

Man wollte nicht,
daß dieses Buch erscheint.
Das Manuskript wurde dem Autor in der ersten Niederschrift gestohlen und vernichtet, da eine Veröffentlichung unter allen Umständen verhindert werden sollte.
Der Autor – ein Journalist – ging daraufhin nach Übersee. Von dort erreichten mich Tonbänder, auf denen der Ausgewanderte seine Erlebnisse im Detail geschildert hatte. Ich wurde autorisiert, über diese Erlebnisse zu berichten. Das habe ich getan und dabei jede denkbare Methode benützt, die geeignet erschien, jenen Journalisten sowie Unschuldige zu schützen.
In der Tat ist es unmöglich, mit den völlig verschlüsselten Tatsachen, die ich noch dazu in Romanform vorlege, auch nur einem einzigen Menschen zu schaden, und zwar wegen der vielen Veränderungen, die ich vorgenommen habe.
Es entspricht dem Wunsch des Ausgewanderten (der seit Jahren unter einem anderen Namen lebt), daß ich die Geschichte so geschrieben habe, wie er selber sie einst geschrieben hat – in der Ich-Form.
Das schöne Gedicht, das Fräulein Luise spricht, stammt aus dem 1948 produzierten amerikanischen Film ›Ein Bildnis von Jenny‹ nach dem gleichnamigen Roman von Robert Nathan.

J. M. S.

Ich will einfach sagen, daß es fruchtbarer ist, an das Unbekannte zu glauben, als an den uns bekannten Dingen zu verzweifeln. Laßt uns ein gutes Wort einlegen für Glauben, Liebe und dergleichen unlogische Dinge, und werfen wir einen etwas mißtrauischen Blick auf die Realität und ähnliche Produkte der Vernunft.

PADDY CHAYEFSKY

Recherche

I

»Jetzt also werden meine Freunde diesen Menschen töten«, sagte Fräulein Luise zu mir. Das war gestern. Vor den Fenstern ihres Zimmers standen alte, kahle Kastanienbäume. Es regnete heftig, und die Stämme und Äste der Bäume glänzten. »Auf jeden Fall töten«, sagte Fräulein Luise. »Unter allen Umständen.« Sie lächelte glücklich.

»Haben Sie ihn jetzt endlich gefunden?« fragte ich.

»Nein, das noch immer nicht«, sagte Fräulein Luise.

»Ach so«, sagte ich.

»No ja«, sagte sie. »Kann also nach wie vor Mann oder Frau sein, dieser Mensch.« Gottschalk heißt Fräulein Luise mit dem Familiennamen. Ihr Gesicht war erfüllt von einem Ausdruck grenzenloser Zuversicht. »Junger Mensch, alter Mensch. Ausländer, Deutscher.« (»Deitscher«, sagte sie. Fräulein Gottschalk stammt aus Reichenberg, jetzt Liberec, im ehemaligen Sudetenland, und ihre Sprache ist leicht tschechisch-österreichisch gefärbt.) »Hat er Bruder, Schwester, Vater, Mutter? Irgendwelche Verwandte? Vielleicht. Vielleicht, kann sein, er hat niemanden, der Mensch. Beruf? Was für Beruf? Jeden. Keinen. Beides möglich.« (»meglich«)

»Ich verstehe«, sagte ich.

»Wo ist sein Zuhause? Ist er gerade beim Flüchten?« (»Flichten?«)

»Wie heißt er? Oder sie, wenn es eine Sie ist? Wissen das alles noch nicht, meine Freund. Wissen überhaupt nichts von diesem Menschen. Haben ihn doch nie gesehen, gelt?«

»Nie, nein«, sagte ich. »Und trotzdem sind Sie ganz sicher . . .«

»Bin ich, ja! Denn warum? Deshalb, weil ich sie hab überlistet.«

»Überlistet?«

»Hab debattiert mit ihnen, bis sie selber so aufgeregt gewesen sind wie ich. Dürfen doch nicht zulassen, daß einer, der Böses getan hat, weiter Böses tut. Seinetwegen nicht! *Seinetwegen* – Sie verstehen, Herr Roland?«

»Ja«, sagte ich.

»War schlau von mir, was?«

»Ja«, sagte ich.

»Und so habens es mir versprochen, meine Freund. Sehens, darum!

Meine Freund können alles tun, es gibt nichts, das sie nicht tun können. Und so weiß ich also bestimmt, sie werden ihn finden, den Menschen, von dem sie noch nichts wissen, und sie werden ihn erlösen, meine Freund«, sagte Fräulein Luise Gottschalk. Sie hat schneeweißes Haar, ist 62 Jahre alt und seit 44 Jahren Jugendfürsorgerin. »Können sich vorstellen, wie froh daß ich bin, Herr Roland?«

»Ja«, sagte ich.

»Alsdern, meiner Seel, wenn sie ihn erwischt haben und er erlöst ist, das wird der schönste Tag sein in meinem ganzen Leben«, sagte das Fräulein und lachte wie ein Kind, das sich auf Weihnachten freut. Der Regen prasselte jetzt mit solcher Wucht gegen die Scheiben, daß man die Kastanienbäume kaum mehr erkennen konnte.

Niemals habe ich jemanden getroffen, der gütiger gewesen wäre als Luise Gottschalk. Erst seit ich sie kenne, weiß ich, was sie wirklich bedeuten, alle diese durch skrupellosen Mißbrauch sinnentleerten oder pervertierten Begriffe: Toleranz, Glauben an das Gute, Treue, Zuverlässigkeit, Liebe, Mut und unermüdliche Arbeit für das Glück, die Sicherheit und den Frieden anderer.

Fräulein Luises Freunde sind: ein amerikanischer Werbefachmann aus New Yorks Madison Avenue; ein holländischer Schulbuchverleger aus Groningen; ein deutscher Mayonnaise-Fabrikant aus Seelze bei Hannover; ein russischer Zirkusclown aus Leningrad; ein tschechischer Architekt aus Brünn; ein polnischer Professor für Mathematik von der Universität Warschau; ein deutscher Sparkassenangestellter aus Bad Homburg; ein ukrainischer Bauer aus Petrikowa nahe dem Strom Dnjepr und der Stadt Dnjeprodserschinsk; ein französischer Gerichtssaalreporter aus Lyon; ein norwegischer Koch aus Kristiansand, im äußersten Süden des Landes, bei Kap Lindesnes; und ein deutscher Student der Philosophie aus Rondorf bei Köln.

Fräulein Luises Freunde sind ihrer Herkunft nach völlig verschieden. Und sie haben völlig verschiedene Charaktere, Erfahrungen, Vorlieben, Abneigungen, Ansichten und Grade der Bildung. Es gibt nur eines, das sie gemeinsam haben: Sie sind alle seit Jahrzehnten tot.

2

Er hörte sieben Schüsse. Danach hörte er die Stimme seines Vaters. Sie schien von weither zu kommen. Die Schüsse erschreckten ihn nicht, er hatte schon zu viele gehört, seit er hier war, und außerdem wurde in seinem Traum auch gerade geschossen, aber die Stimme des Vaters weckte ihn.

»Was ist?« fragte er und rieb sich die Augen. Sein Herz klopfte stürmisch, und seine Lippen waren trocken.

»Du mußt aufstehen, Karel«, sagte der Vater. Er stand über das Bett gebeugt, in dem der Junge geschlafen hatte, und lächelte zuversichtlich. Der Vater war ein schlanker, großer Mann mit einer breiten, hohen Stirn und schönen Händen. An diesem Abend hatte sein müdes Gesicht die Farbe von stumpfem Blei angenommen. »Ich habe mit Leuten aus dem Dorf gesprochen«, sagte er. »Um Mitternacht wechseln die Posten. Dann ist der Wassergraben fünf Minuten lang unbewacht. Dann können wir hinüber.«

»Und wenn die Posten nicht wechseln?« fragte Karel.

»Sie wechseln jede Nacht«, sagte der Vater. »Jede Nacht gehen Menschen hinüber. Hast du ausgeschlafen?«

»Ja.« Karel streckte die Arme über den Kopf und dehnte sich. Vor fast fünfzig Stunden hatte er mit dem Vater Prag verlassen. Seit fast fünfzig Stunden befanden sie sich auf der Flucht. Es war schwer gewesen, aus der Stadt herauszukommen. In überfüllten Straßenbahnen, auf einem Lastwagen und zu Fuß hatten sie komplizierte Umwege gemacht, um den fremden Soldaten und ihren Panzersperren und Kontrollen zu entgehen. Zuletzt waren sie mit der Eisenbahn gefahren, lange, in einem leeren Viehwaggon.

Der Vater wußte, daß sie ihn suchten. Er hatte es schon gewußt, bevor er gewarnt worden war. Alles, was geschehen würde, was kommen mußte, hatte er bereits in den ersten Morgenstunden des 21. August klar erkannt, sobald ihn die Nachricht erreichte. Sie suchten ihn, um ihn zu verhaften, und das erschien dem Vater nur logisch und unumgänglich. Er war denen, die ihn jagten, nicht böse, sie mußten nun so handeln, wie er zuvor hatte handeln müssen. Sein Tun hatte das ihre provoziert, wie er und die Freunde provoziert worden waren zum Handeln durch das Verhalten anderer.

Daß sie den Vater suchten, machte ihn sehr vorsichtig. Genau hatte er jeden Schritt überlegt. Alles war gutgegangen bisher, die bayerische Grenze beinahe erreicht. Zwei Kilometer noch – dann hat-

ten sie es geschafft. Aber diese letzten beiden Kilometer waren die gefährlichsten, und darum hatte der Vater darauf bestanden, daß Karel sich gründlich ausschlief hier in dem kleinen Haus der Großmutter, die des Vaters Mutter war. Nur Freunde wußten, wo diese Mutter lebte, und sie würden es nicht verraten.
Die alte Frau wohnte allein, nahe dem Ausgang des Dorfes. Sie besaß ein Papier- und Schreibwarengeschäft. Wenn es Zeitungen gab, verkaufte sie auch Zeitungen. Seit zwei Tagen gab es keine. Die kleine Großmutter ging gebückt, denn sie litt an Ischias. Der Vater und Karel waren zu ihr gekommen, weil sie an einem Abschnitt der Grenze lebte, der, so hieß es, noch nicht ganz abgeriegelt war, über den man also leichter fliehen konnte. Und deshalb vermochten Sohn und Enkel von der Großmutter auch noch Abschied zu nehmen, bevor sie hinübergingen in das andere Land.
»Wie spät ist es?« fragte Karel.
»Zehn«, sagte der Vater und legte dem Kind eine Hand auf die Stirn. »Du bist ja ganz heiß! Hast du Fieber?«
»Bestimmt nicht«, sagte Karel. Er sprach sehr reines Tschechisch. Deutsch verstand er, im Gegensatz zu seinem Vater, wenig. Das war eine schwere Sprache, da fiel ihm Englisch noch leichter. Er lernte Englisch und Deutsch in der Schule. »Das Heiße kommt bloß von den Löwen«, sagte er.
»Was für Löwen?«
»Auf dem Wenzelsplatz. In meinem Traum. Da waren viele Löwen. Und noch viel mehr Hasen. Die Löwen haben Gewehre gehabt, und sie waren einfach überall, und die Hasen haben ihnen nicht entkommen können. Alle Löwen hatten Gewehre. Mit ihnen haben sie auf die Hasen geschossen. Und jedesmal, wenn einer geschossen hat, ist einer umgefallen.«
»Arme Hasen.«
»Aber nein! Den Hasen ist gar nichts passiert! Jedesmal, wenn ein Löwe geschossen hat, ist der *Löwe* umgefallen! Sofort. Und hat sich nicht mehr gerührt. Das ist doch sehr sonderbar, nicht?«
»Ja«, sagte der Vater. »Das ist sehr sonderbar.«
»Sieben Löwen haben nacheinander geschossen, und alle sieben sind umgefallen«, sagte Karel. »In dem Moment hast du mich geweckt.« Er streifte die karierte Decke zurück und sprang nackt aus dem hohen, knarrenden Bett der Großmutter, in dem er geschlafen hatte. Karel war elf Jahre alt. Er hatte einen kräftigen, braungebrannten Körper mit langen Beinen. Die Augen waren

groß und so schwarz wie das kurzgeschnittene Haar. Es glänzte im Licht der elektrischen Lampe. Karel war ein nachdenklicher Junge, der sehr viel las. Seine Lehrer lobten ihn. Er hatte mit dem Vater in der großen Wohnung eines alten Hauses an der Jerusalémská-Straße gelebt. Wenn man sich aus einem Fenster lehnte, konnte man die schönen Bäume, die blühenden Sträucher und Blumen des großen Parks Vrchlického sady und den See in seiner Mitte erblicken.

Als ganz kleiner Junge war Karel dort jeden Tag mit seiner Mutter spazieren gegangen. Daran erinnerte er sich noch deutlich. Seine Mutter hatte sich scheiden lassen und war nach Westdeutschland gezogen zu einem anderen Mann, als Karel gerade vor seinem fünften Geburtstag stand. Niemals war ein Brief von ihr gekommen. Durch all die Jahre hatte Karel fast täglich aus dem Fenster seines Zimmers hinüber zum Vrchlického sady gesehen, ihn bei Schnee und Eis und Kälte und dann wieder bei Sonnenglut und im Hochsommer und seiner ganzen Blütenpracht forschend und versunken betrachtet – ihn und die vielen jungen Frauen, die, Kinder an der Hand, über die Parkwege gingen oder mit ihren kleinen Söhnen und Töchtern spielten. Karel sah aus dem Fenster, gedachte der eigenen Spaziergänge und hoffte stets, sich an seine Mutter zu erinnern. Aber das war ein vergebliches Unterfangen. Schon lange, lange konnte er nicht einmal mehr sagen, wie seine Mutter auch nur ausgesehen hatte.

Als der Vater Karel in den Morgenstunden des 21. August aus dem Bett holte, zwei Koffer packte und danach eilig mit dem Jungen das Haus verließ, um zunächst bei Freunden unterzutauchen, erblickte Karel zwischen Rosen, Nelken, Goldregenbüschen und Dahlienbeeten Panzerspähwagen mit Maschinengewehren, spielzeughaft und verloren in der Dämmerung und dem Dunst dieses frühen Beginns eines heißen Sommertages. Auf den Panzerspähwagen saßen Männer in fremden Uniformen, ratlos und traurig. Karel winkte ihnen zu, und viele Soldaten winkten zurück ...

»Ich habe dir schon deine Sachen herausgesucht«, sagte der Vater und wies auf einen Sessel, der neben dem Bett stand. Hier lag Karels blauer Anzug, der feine, den er sonst immer nur am Sonntag hatte tragen dürfen. »Wir müssen die besten Sachen anziehen, die wir haben«, sagte der Vater. Auch er trug einen dunkelblauen Anzug, ein weißes Hemd und eine dunkelblaue Krawatte mit vielen sehr kleinen gestickten silbernen Elefanten. In der Sommernacht

draußen fielen zwei Schüsse, schnell nacheinander. »Vielleicht verlieren wir unsere Koffer, oder wir müssen sie liegenlassen«, sagte der Vater.
»Ja, darum die feinen Sachen«, sagte Karel. »Ich verstehe«. Er setzte sich auf den Boden, um in die Strümpfe zu schlüpfen. Es war ein glühend heißer Tag gewesen, aber im Zimmer der Großmutter blieb es kühl. Hier blieb es immer kühl, die Luft war ewig feucht, und alle Dinge griffen sich feucht an. Im ganzen Haus roch es ein wenig nach Moder und alten Tüchern. Ob Karel die Großmutter in den Ferien oder zu Weihnachten besuchte – es roch nach Moder in dem gelben Haus mit dem Schindeldach und dem winzigen Papierladen, über dessen Eingang ein Heiliger in einer kleinen Nische stand. Das Schaufenster schmückten seit vielen Jahren zwei große Glaskugeln, gefüllt mit sehr bunten Seidenbonbons, denn die Großmutter verkaufte auch billige Süßigkeiten. Nur die Kugeln standen in der Auslage, sonst nichts.
Während Karel sein Hemd über den Kopf zog, trat der Vater an das schmale Fenster, schob den Kattunvorhang ein wenig zur Seite und sah auf die Dorfstraße hinaus, die verlassen im Mondlicht lag.
»Verfluchter Mond«, sagte der Vater und blickte zu der honigfarbenen Scheibe empor, die in einem samtdunklen Himmel voller Sterne schwamm. »Ich habe so sehr gehofft, es kommen noch Wolken.«
»Ja, Wolken wären gut gewesen«, sagte Karel. »Bindest du mir bitte meine Krawatte?« Er sprach stets äußerst höflich. Als der Vater den Knoten der roten Krawatte schlang, bog Karel den Kopf zurück. »Aber deine Trompete nehmen wir doch auch mit?« fragte er aufgeregt. »Die brauchst du doch in dem anderen Land!«
»Natürlich«, sagte der Vater, der sich tief zu ihm hinabbeugte und ungeschickt an der Krawatte zupfte. »Wir nehmen die beiden Koffer und meine Trompete.«
Der Vater war Musiker. Auf dieser Trompete, die er nun aus seinem Vaterland, der Tschechoslowakischen Volksrepublik, hinübertragen wollte in die Bundesrepublik Deutschland, spielte er seit drei Jahren. Es war eine ganz wundervolle Trompete, auch Karel hatte schon oft auf ihr gespielt. Er war sehr musikalisch. Der Vater hatte in den letzten drei Jahren, bis zur Nacht des 20. August, in der ›Est-Bar‹ gearbeitet. Das war eines der vornehmsten Nachtlokale Prags und untergebracht im Luxushotel ›Esplanade‹. Das

›Esplanade‹ lag in der Washingtonová-Straße, direkt am Park Vrchlického sady, sehr nahe der Wohnung in der Jerusalémská-Straße.

»Ich trage die Koffer, und du trägst das Futteral mit der Trompete«, sagte der Vater.

»O ja!« Karel strahlte ihn an. Er verehrte den Vater, weil der so ein großer Künstler war und so wundervoll Trompete blasen konnte. Wenn Karel einmal erwachsen war, dann wollte auch er Musiker werden, da gab es gar kein Überlegen! Sooft der Vater zu Hause übte, als sie noch ein Zuhause hatten, saß Karel stets zu seinen Füßen und lauschte hingerissen. Sein Vater war ganz gewiß der beste Trompeter der Welt! Das war er ganz gewiß nicht, aber er war ein sehr guter, und darum auch seit langem Vorstand seiner Sektion im ›Svaz skladatelů‹, dem Musikerverband. Als der ›Prager Frühling‹ begann, konnte Karel den Vater nicht mehr üben hören. Da erschienen viele fremde und bekannte Männer und Frauen in der großen Wohnung und redeten mit seinem Vater und miteinander, Nachmittage lang. Karel hörte zu. Alle sprachen von einer ›Freiheit‹ und einer ›Neuen Zeit‹ und einer ›Zukunft‹. All das mußten sehr schöne Dinge sein, dachte der Junge damals ergriffen. Und dann kam der Abend, an dem Karel unendlich stolz auf seinen Vater war! Der ›Svaz špisovatelů‹, der Schriftstellerverband, hatte die anderen Kulturverbände zu einer Diskussion im Fernsehen eingeladen. Die Diskussion dauerte viele Stunden, und neben berühmten Männern und Frauen, deren Bilder und Namen der Junge aus der Zeitung kannte, sah er auf dem Fernsehschirm im Wohnzimmer immer wieder seinen Vater und hörte, was der sagte, und der Vater hatte viel zu sagen. Karel verstand nur sehr wenig davon; aber er war sicher, daß es sich nur um kluge und gute Dinge handelte, und er konnte sich einfach nicht sattsehen. Die Diskussion dauerte bis halb vier Uhr früh, das Fernsehen gab jede zeitliche Beschränkung auf, und es ist keine Lüge, zu schreiben, daß Millionen, fast alle Erwachsenen im Lande, diese Sendung verfolgten und dabei vor Freude weinten und ihre Apparate anklatschten, um den Männern und Frauen Beifall zu zollen, die das sagten, was die Millionen sagen wollten und erträumt hatten, so lange, lange vergebens.

Karel schlief in seinem Sessel ein, und als der Vater endlich heimkam (es war schon heller Tag), da lag sein Sohn zusammengerollt wie eine Katze vor der weiß flimmernden Scheibe des eingeschalteten Gerätes. Es gehörte zu den vielen Dingen, die Karel noch nicht begriff, daß sie wegen dieses Fernsehauftritts seines Vaters dann später, als die fremden Soldaten kamen, ihr Haus verlassen, einige Tage versteckt bei Freunden leben und nun gar mitten in der Nacht flüchten mußten, doch so war es, der Vater hatte es ihm als Grund genannt.

»Ich wäre gern in Prag geblieben«, sagte der Junge, die Senkel der Schuhe knüpfend.

»Ich auch«, sagte der Vater.

»Aber es geht nicht«, sagte Karel und nickte ernsthaft.

»Nein. Leider geht es nicht.«

»Weil sie dich einsperren würden und mich in ein Heim geben.«

»Ja, Karel.«

Und da er das alles nicht verstand, fing der Junge noch einmal mit seinen Fragen an.

»Wenn ihr nicht soviel von der Zukunft und von der Freiheit und von der neuen Zeit gesprochen hättet im Fernsehen, wären die fremden Soldaten dann nicht zu uns gekommen?«

»Nein, dann wären sie wohl zu Hause geblieben.«

»Und wir könnten weiter in der Jerusalémská-Straße leben?«

»Ja, Karel.«

Der Junge überlegte lange.

»Es war trotzdem sehr schön, was du im Fernsehen gesagt hast«, erklärte er dann. »Am andern Tag, in der Schule, haben mich alle um so einen Vater beneidet.« Wieder überlegte Karel. »Sie beneiden mich gewiß noch immer«, setzte er hinzu, »und es ist noch immer schön, was du und die anderen gesagt haben. Ich habe nie so etwas Schönes im Fernsehen gehört. Ehrlich. Die Eltern von meinen Freunden und alle anderen Menschen, mit denen ich gesprochen habe, auch nicht. Und es kann doch nicht etwas sehr schön sein und auf einmal nicht mehr sehr schön – oder?«

»Nein.«

»Ja, und deshalb«, sagte Karel grübelnd, »verstehe ich nicht, weshalb du jetzt dafür flüchten mußt mit mir und warum sie dich einsperren wollen. Warum wollen sie denn das?«

»Weil es eben doch nicht *allen* Leuten gefallen hat«, sagte der Vater zu Karel.

»Den fremden Soldaten hat es nicht gefallen, wie?«

»Ach, die fremden Soldaten«, sagte der Vater.

»Was ist mit ihnen?«

»Die tun nur, was man ihnen befiehlt.«

»Also denen, die befehlen, hat es nicht gefallen?«

»Es darf ihnen nicht gefallen haben«, sagte der Vater.

»Das ist aber kompliziert«, sagte sein Sohn. »Sind sie sehr mächtig, die Leute, die über die Soldaten befehlen?«

»Sehr mächtig, ja. Und auch wiederum sehr machtlos.«

»Das verstehe ich nun aber wirklich nicht«, sagte Karel.

»Siehst du«, sagte der Vater, »in ihrem Herzen hat es vielen von denen, die über die Soldaten befehlen, genauso gefallen wie dir und deinen Freunden und den Menschen in unserem Land. Den meisten ist es so gegangen, sicherlich. Und sie werden jetzt so traurig sein, wie es die Soldaten im Park waren.«

»Dann sind sie also nicht böse?«

»Nein, sie sind nicht böse«, sagte der Vater. »Aber sie dürfen nicht zugeben, daß es ihnen gefallen hat. Und sie dürfen nicht zugeben, daß man bei uns solche Sachen sagt und denkt und schreibt, denn es könnte ihnen sonst ein Unglück geschehen.«

»Was für ein Unglück?« fragte Karel.

»Ihre Völker könnten sie davonjagen, so wie wir unsere Mächtigen davongejagt haben«, sagte der Vater. »Deshalb sind diese Leute so mächtig und doch so machtlos. Verstehst du?«

»Nein«, sagte Karel. Und als wäre es eine Entschuldigung, setzte er stirnrunzelnd hinzu: »Das ist Politik, nicht wahr?«

»Ja«, sagte der Vater.

»Natürlich«, sagte Karel. »Darum kann ich es nicht verstehen.«

Irgendwo hinter den mondbeschienenen kleinen Häusern, draußen in den Feldern, auf denen hoch die Ernte stand, ertönte schnell und und ohne Hall das Geratter einer Maschinenpistole.

»Jetzt schießen sie wieder«, sagte Karel.

»Aber nicht mehr soviel wie am Nachmittag«, sagte der Vater. »Komm, Großmutter wartet in der Küche.«

Sie verließen das düstere, altmodische Schlafzimmer mit den Möbeln aus dem vorigen Jahrhundert. Der Vater warf einen kurzen Blick auf das Bild über dem Bett. Es war ein großer Öldruck und zeigte Jesus und die Jünger im Garten von Gethsemane. Die Jünger schliefen, doch Jesus stand vor ihnen, wach als einziger. Mit erhobener Hand sprach Er. Am unteren Bildrand standen, in tschechischer Sprache, die Worte: Wachet und Betet, auf dass ihr nicht in Anfechtung fallet! Denn der Geist ist willig, aber das Fleisch ist schwach. Links, in der Ecke, stand in sehr kleiner

Schrift: Printed by Samuel Levy & Sons, Charlottenburg (Berlin), 1909.
Draußen in der unwirklichen Mondnacht hämmerte weiter die Maschinenpistole. Hunde heulten. Dann war es wieder still. Im Jahre 1909 von Samuel Levy und Söhnen in Berlin-Charlottenburg auf Öldruckpapier gebannt, sprach der Erlöser der Welt noch immer zu Seinen schlafenden Jüngern.
Es war 22 Uhr 14 am 27. August 1968, einem Dienstag.

3

»... hier spricht ›Radio Freiheit für Europa‹. Wir brachten Nachrichten für unsere tschechoslowakischen Hörer. Die Sendung ist beendet«, ertönte die Ansagerstimme. Aus einem Studio in München übertrug ›Radio Freedom for Europe‹, ein Sender, der in vielen Sprachen und Programmen für Ostblockstaaten operierte, eine Schallplattenaufnahme der ›Fidelio‹-Ouvertüre.
Der alte Radioapparat stand in einer Ecke der verräucherten, niedrigen Küche. Das Ohr dicht am Lautsprecher, hatte die Großmutter der Sendung gelauscht. Nun verstellte sie den Skalenzeiger genau auf die Marke für den Prager Rundfunk und schaltete den Apparat ab. Gebückt ging sie zum Herd, auf dem ein großer Topf stand. Ihr Gesicht war, je älter sie wurde, immer kleiner geworden. Und immer mehr hatte sie die Fähigkeit verloren, auch nur halbwegs aufrecht zu gehen. Gegen den Ischias gab der Arzt ihr Injektionen, aber die Spritzen halfen nicht sehr. Die Großmutter wünschte oft den Tod herbei. Doch der Tod ließ auf sich warten.
»Da seid ihr ja«, sagte die Großmutter, als der Vater mit Karel in die Küche kam. Sie ergriff einen Schöpflöffel und füllte drei Teller.
»Es gibt Bohnensuppe«, sagte sie. »Ich habe ein paar Scheiben Selchfleisch hineingeschnitten.«
»Fettes?« fragte Karel und blinzelte ängstlich, während er sich an den gedeckten Tisch neben dem Herd setzte.
»Mageres. Ganz mageres, mein Herzel«, sagte die Großmutter. Sie sagte immer ›Herzel‹ zu Karel.
»Gott sei Dank, mageres!« Der kleine Junge lachte sie an und beleckte einen großen Löffel. In der Ferne hallte wieder ein Schuß durch die Nacht. Karel band sich eine riesige Serviette um den

Hals, wartete, bis die anderen zu essen begonnen hatten, und tauchte den Löffel dann auch in die Suppe. »Prima, Großmutter«, sagte er. »Wirklich. Magerer geht es nicht!«
Über dem Tisch hingen leuchtend gelbe Maiskolben an ausgespannten Schnüren. Das Herdfeuer knisterte laut. Trotzdem wurde es auch in der Küche nie richtig warm, und immer roch es auch hier ein bißchen nach Moder.
Nachdem die Großmutter den Löffel viermal zum Mund geführt hatte, erzählte sie: »Der Radio Freiheit für Europa hat gerade gesagt, daß die UNO ohne Unterbrechung tagt unseretwegen.«
»Das ist aber rührend von der UNO«, sagte der Vater.
»Und daß die Amerikaner außer sich sind vor Empörung!«
»Ja, natürlich sind sie das«, sagte der Vater. »Und nach den Nachrichten haben sie Beethoven gespielt, was?«
»Ich weiß nicht. Es hat so geklungen.«
»Ganz sicher war es Beethoven«, sagte der Vater.
»Woher weißt du das?« fragte Karel.
»Wenn so etwas passiert ist wie bei uns, spielen alle Rundfunkstationen nach den Nachrichten immer Beethoven«, sagte der Vater. »Die Fünfte oder die Ouvertüre zu ›Fidelio‹.«
»Fidelio ist sehr schön«, sagte Karel. »Die Fünfte auch. Alles von Beethoven ist schön, nicht wahr?«
»Ja«, sagte der Vater. Er strich Karel über das schwarze Haar.
»Wir sollen Widerstand leisten und tapfer bleiben. Wir sind ein heroisches Volk, hat der Radio gesagt.«
»Jaja«, sagte der Vater und löffelte Suppe.
»Und sie werden uns zu Hilfe kommen.«
»Natürlich werden sie das tun. Wie sie den Ungarn damals zu Hilfe gekommen sind«, sagte der Vater.
»Nein, diesmal wirklich! Hat der Radio gesagt! Alle erwarten, daß die Amerikaner die Russen auffordern, sofort wieder aus unserem Land abzuziehen. Und alle die anderen Staaten auch.«
»Einen Dreck werden sie tun«, sagte der Vater. »Die Amerikaner am wenigsten. Denen haben die Russen es doch vorher eigens mitgeteilt, daß sie uns besetzen müssen. Damit die Amerikaner keinen Schreck kriegen und glauben, der Dritte Weltkrieg geht los. Die Russen haben den Amerikanern gesagt, daß sie unser Land besetzen müssen, aber sonst werden sie nichts tun. Die Amerikaner haben gesagt, schön, wenn ihr sonst nichts tut, ist es okay.«
»Das verstehe ich nicht«, sagte die Großmutter erschrocken.

»Politik«, sagte Karel.

»Woher weißt du das denn?« fragte die Großmutter ihren Sohn.

»Unsere Leute haben es inzwischen herausgekriegt in Prag. Ist eine verabredete Sache zwischen den Großen. Nach außen hin müssen die im Westen nun empört tun. Und dieser Sender macht unserem Volk noch Hoffnung und ruft zum Widerstand! Genauso, wie er es bei dem Ungarnaufstand getan hat und vorher bei dem Aufstand in Ostdeutschland und bei dem Polenaufstand!«

Es folgte Schweigen.

»Die Amerikaner und die Russen sind die Größten und die Stärksten auf der Welt?« fragte Karel endlich.

»Ja«, sagte der Vater. »Und wir gehören zu den Kleinsten und Schwächsten.«

»Man muß sehr froh darüber sein«, sagte Karel, nachdem er überlegt hatte.

»Froh? Weshalb?«

»Ich finde. Wenn wir auch so stark wären, dann müßten wir jetzt lügen wie die mächtigen Amerikaner, oder wir würden so traurig sein und Angst haben wie die mächtigen Russen. Ich meine ... Vorhin hast du gesagt, daß sie traurig sind, aber befehlen haben müssen aus Angst ...« Karel verwirrte sich. »Oder ist das nicht richtig, was ich denke?«

»Es ist schon richtig«, sagte der Vater. »Und nun iß deine Suppe auf.«

»Du bist sehr klug, Herzel«, sagte die Großmutter.

»Nein, gar nicht. Aber ich möchte es gerne sein«, sagte Karel. Er saß aufrecht am Tisch, die linke Hand über dem linken Knie. Die rechte Hand mit dem Löffel führte er sicher und wohlerzogen zum Mund.

Die Großmutter fragte: »Wie werde ich wissen, daß ihr gut hinübergekommen seid? Wie werde ich wissen, daß euch nichts zugestoßen ist?«

»Uns stößt schon nichts zu«, sagte der Vater.

»Trotzdem. Ich muß es genau wissen. Du bist mein letzter Sohn. Und Karel ist mein einziger Enkel. Außer euch beiden habe ich niemanden mehr.«

»Wir nehmen die Trompete mit«, sagte der Vater. »Wenn wir drüben sind, spiele ich ein Lied, das du kennst. Die Grenze ist so nah, du wirst es bestimmt hören.«

»Ich kann auch schon Trompete blasen, Großmutter!«

»Wirklich, Herzel?«
»Ja!« Karel nickte stolz. »Ich kann ›Škoda lásky‹ und ›Kde domov můj‹ und ›Plují lodi do Triany‹ und ›Strangers in the Night‹ ... und noch andere ... Aber die kann ich am besten!«
›Kde domov můj‹ heißt auf deutsch ›Wo meine Heimat ist‹ und ist die Nationalhymne, die anderen Melodien sind Schlager.
»Bitte, spiel ›Strangers in the Night‹«, sagte die Großmutter zu ihrem Sohn. »Das ist doch ein ganz altes Lied, das sie jetzt wieder ausgegraben haben.«
»Ja, Frankie-Boy«, sagte Karel.
»Es war das Lieblingslied von meinem Andrej. Gott hab ihn selig. Und ich habe es auch so gerne. Wirst du dieses Lied spielen, Sohn?«
»Ja, Mutter«, sagte der Vater.
Plötzlich ließ die Großmutter ihren Löffel sinken und bedeckte das kleine Gesicht mit den roten, abgearbeiteten Händen.
Karel starrte sie erschrocken an. Der Vater senkte den Kopf.
»Ist sie so traurig, weil wir hinübergehen in das andere Land?« fragte Karel leise.
Der Vater nickte.
»Aber hier können wir doch nicht bleiben«, flüsterte Karel.
»Darum ist sie ja so traurig«, flüsterte der Vater noch leiser.

4

Um 23 Uhr 15 brachen sie auf.
Die Großmutter hatte sich beruhigt. Sie küßte Karel und ihren Sohn. Und beiden machte sie das Zeichen des Kreuzes auf die Stirn.
»Leb wohl, Mutter«, sagte der Vater und küßte ihre Hand. Dann hob er die Koffer auf, einen großen und einen kleineren. Karel ergriff das schwarze Futteral, in dem die Jazz-Trompete lag.
Sie verließen das Haus durch den Ausgang zu dem kleinen Gemüse- und Obstgarten hinter dem Haus, denn es erschien dem Vater gefährlich, sich auf der leeren Dorfstraße sehen zu lassen. Seite an Seite ging er mit seinem Sohn in den Mondschein hinaus, der die ganze Landschaft, Bäume, Hecken, Häuser und Felder geisterhaft erscheinen ließ. Sie wanderten durch den Garten, an den

Beeten vorbei, unter den Obstbäumen hindurch, und stiegen zuletzt über einen kleinen Zaun, der das Grundstück gegen einen Feldweg abgrenzte.

Die Großmutter war in der Tür stehengeblieben, krumm und lahm, und ihre Greisenlippen formten lautlose Worte: Allmächtiger Gott im Himmel, beschütze bitte meinen Sohn und den Buben, laß sie gut hinüberkommen, und mach, daß ich die Trompete höre. Ich tu alles, was Du willst, lieber Gott, alles, alles, aber bitte laß mich die Trompete hören . . .

Als der Vater und Karel ihren Blicken entschwunden waren, schloß die Großmutter die Gartentür und eilte in die Küche zurück. Ein Fenster öffnete sie weit, um besser hören zu können, was draußen vorging. Das Licht hatte sie vorher gelöscht. So saß sie nun im Dunkeln, reglos . . .

Inzwischen hatten der Vater und Karel das Dorf schon hinter sich gelassen und gingen vorsichtig, immer wieder lauschend, hintereinander querfeldein. Hier war noch nirgends gemäht worden. Das Getreide verdeckte Karel fast ganz, dem Vater reichte es bis zur Brust. Die Nacht war sehr warm. Als sie einen Feldweg kreuzten, konnte Karel in der Ferne Lichter leuchten sehen.

»Ist das schon drüben?« flüsterte er.

»Ja«, flüsterte der Vater. »Wir sind gleich am Wassergraben.« Das wesenlose Mondlicht machte ihn plötzlich rasend. Er dachte: Ich muß mich zusammennehmen. Ich darf nicht zuletzt noch die Nerven verlieren. Er flüsterte: »Wenn sie uns entdecken, wirfst du dich sofort hin und rührst dich nicht mehr. Wenn sie dann schreien, du sollst aufstehen und die Hände heben, tust du es. Du tust alles, was sie sagen, verstanden?«

»Ja.«

»Aber wenn ich sage ›Lauf!‹, dann läufst du, egal, was geschieht und was sie schreien. Immer auf die Lichter da drüben zu. Du läufst auf alle Fälle, ganz gleich, was *ich* noch tue. Wenn ich ›Lauf!‹ sage, dann läufst du!«

»Ja«, sagte Karel wieder. Sein Gesicht leuchtete hell im Mondschein. Das Getreidefeld war nun zu Ende. Ein schmaler Waldstreifen folgte. Fichten standen hier dicht nebeneinander. Der Boden war bedeckt von einer Nadelschicht, die ihre Schritte unhörbar werden ließ. Über die weichen Polster schlichen sie dahin. Immer wieder nach allen Seiten blickend, suchte der Vater von Stamm zu Stamm seinen Weg. Einmal knackte ein Ast unter seinen Schuhen.

Da standen sie ein paar Sekunden lang reglos. Dann bewegten sie sich vorsichtig weiter.
Hinter den Bäumen tauchte die Silhouette eines primitiv zusammengezimmerten Wachtturms auf. Das hohe Gerüst mit dem viereckigen Verschlag sah sehr häßlich aus. Nichts regte sich dort oben, kein Licht drang durch die Ritzen des Verschlags. Der Wachtturm stand etwa einen halben Kilometer entfernt. Sie hatten den Waldrand erreicht.
Der Vater legte sich auf den Nadelboden, Karel legte sich dicht neben ihn. Der Boden war warm, die Nadeln rochen stark und würzig. Karel flüsterte in das Ohr des Vaters: »Die Posten – sind die da auf dem Turm?«
»Nein«, flüsterte der Vater in Karels Ohr. »Die Leute im Dorf haben gesagt, auf dem Turm ist niemand. Die Posten stehen bei ihren Panzern, weit verstreut. Und die Panzer haben sie getarnt.« Er sah auf seine Armbanduhr. »Noch elf Minuten bis Mitternacht«, sagte er leise. »Wir müssen warten.«
Karel nickte. Er lag gegen die Erde gepreßt und atmete tief den Geruch des Nadelbodens ein. Wie einfach alles geht, dachte er. Nun haben wir auch schon den Wald hinter uns, und da ist das Wasser.
Das Wasser lag schwarz vor ihnen. Träge floß es in einem schnurgeraden Graben von Norden nach Süden. An manchen Stellen blitzte es auf und reflektierte das Mondlicht. Der Wassergraben war etwa fünf Meter breit. Die ersten Flüchtlinge hatten ihn noch durchschwommen. Nun lag ein Fichtenstamm quer über dem künstlichen Flußbett, und in einer Höhe von etwa einem Meter lief ein dünner Draht, an dem man sich festhalten konnte, wenn man auf dem Stamm balancierte. Die Fichte mußte im Wäldchen gefällt und über den etwa zehn Meter breiten Wiesengrund zum Wasser hinuntergeschleppt worden sein. Das Gelände fiel hier zum Graben hin ab.
»Du gehst zuerst hinüber«, flüsterte der Vater. »Der Stamm trägt nur einen Menschen auf einmal, und ich muß außerdem aufpassen, daß er nicht ins Rollen kommt.«
»Wenn ich aber ins Wasser falle ... Ich kann nicht schwimmen ...«
»Du wirst nicht ins Wasser fallen. Siehst du den Draht?« Der Draht blinkte im Mondlicht. »Daran hältst du dich fest. Wenn du willst, laß die Trompete da. Ich schaffe auch die noch.«

»Mit zwei Koffern? Nein, die Trompete nehme ich!« Karels kleine Faust klammerte sich fest um den Ledergriff des schwarzen Futterals. Danach schwiegen sie. Der Vater nahm den Blick nicht mehr von der Armbanduhr. Die Minuten schienen zu Stunden zu werden, zur ersten Sekunde der Ewigkeit.
Dann, endlich, hörte man den Motor eines Autos.
Weit weg arbeitete der Motor, leise zuerst, wurde etwas lauter, verstummte. Im gleichen Moment begann die Glocke der Dorfkirche Mitternacht zu schlagen.
»Pünktlich«, flüsterte der Vater.
»Jetzt lösen sie sich ab?«
»Ja.« Der Vater sah noch einmal nach allen Seiten, dann gab er Karel einen Klaps. »Los, lauf jetzt. Lauf!«
Gebückt rannte Karel über den feuchten Wiesengrund hinab zum Wasser und dem Fichtenstamm. Zwei Herzschläge später rannte der Vater mit den beiden Koffern hinter ihm her. Während Karel schon auf den Stamm kletterte, stellte der Vater die Koffer ab und setzte sich auf das dicke Baumende.
Mit der linken Hand hielt Karel das Trompetenfutteral fest, mit der rechten packte er den kalten, glatten Draht. Langsam balancierte er auf dem Stamm über dem Wasser hinaus.
»So ist es recht«, flüsterte der Vater.
Der Draht schwankte plötzlich. Karel knickte ein. Einen Moment lang sah es aus, als glitte er ab, dann hatte er sich gefangen. Der Schweiß rann ihm jetzt über das kleine Gesicht, und seine Zähne schlugen vor Aufregung gegeneinander. Jetzt hatte er die Mitte des Wassergrabens erreicht. Er dachte: Nicht hinunterschauen. Wenn ich bloß nicht hinunterschaue, geht alles gut. Das einzige, was ich nicht darf, ist hinunterschauen ...
Noch ein Schritt. Noch einer.
Karel keuchte. Der Fichtenstamm wurde dünner, bog sich durch. Krampfhaft sah Karel geradeaus.
Nicht hinunterschauen!
Nun trennten ihn noch eineinhalb Meter vom anderen Ufer. Nun war es noch ein Meter. Nicht hinunterschauen ... Nicht hinunterschauen ... Der Stamm drehte sich ein wenig. Wieder glitt Karel aus, wieder fing er sich. Noch zwei Schritte ...
Er sprang und war an Land. Den Lederbügel des Futterals umklammernd, rannte er gebückt über einen Wiesengrund, der so breit und naß und weich war wie der auf der anderen Seite, bis

zum Beginn eines Waldrandes und hinter die ersten Bäume. Dort kauerte er sich nieder. Auch lauter Nadeln, dachte er. Auch lauter Fichten. Alles fast so wie drüben, nur der Wald kleiner.
Er sah, daß der Vater nun auf den Stamm kletterte. Der Vater hielt einen Koffer in der linken Hand, den zweiten, kleineren, hatte er unter den linken Arm geklemmt, und mit der rechten Hand suchte er am Draht Halt, wie Karel es getan hatte. Der Vater kam viel schneller vorwärts. Karel bewunderte seine Geschicklichkeit. Mit so schweren Koffern! Nach wenigen großen Schritten hatte der Vater die Mitte des Stammes erreicht. Als er den ersten Schritt über die Mitte machte, flammten auf dem Wachtturm zwei Scheinwerfer auf, irrten mit rasender Geschwindigkeit den Wassergraben entlang, und dann packten ihre Lichtkegel den Vater, der wie gelähmt in der Bewegung erstarrt war.
Karel schrie unterdrückt auf.
Die grellen Scheinwerfer trafen den Vater und blendeten ihn. Er schwankte auf dem Stamm hin und her und versuchte, den Kopf so zu halten, daß er ins Dunkel blicken konnte.
Entsetzt dachte Karel: Also sind doch Menschen auf dem Turm! Also ist er doch nicht verlassen! Haben die Leute im Dorf den Vater angelogen? Nein, bestimmt nicht. Das waren lauter gute Landsleute. Sie hatten nicht gewußt, daß der Turm wieder besetzt ist – vielleicht erst seit heute nacht. Also eine Falle? Also stimmt das alles nicht mit den Posten bei ihren Panzern, die sich um Mitternacht ablösen?
Karels Gedanken jagten einander in rasender Eile. Eine verzerrte Megaphonstimme dröhnte: »Kommen Sie zurück, oder wir schießen!«
Karel hatte sich auf den Bauch geworfen. Er starrte zum Vater hinüber, als abermals hallend die heisere Stimme ertönte: »Zurück, oder wir schießen!«
Der Vater machte eine groteske Bewegung, um das Gleichgewicht nicht zu verlieren. Sein ganzer Körper bog sich dabei zusammen, er ließ die beiden Koffer los. Klatschend flogen sie ins Wasser. Und dann begannen zwei Maschinenpistolen auf den Mann im Scheinwerferlicht zu feuern.
»Lauf!« schrie der Vater gellend. *»Lauf, Karel, lauf!«*
Die Geschosse, die seinen Körper trafen, rissen ihn herum. Schwer stürzte er in die Tiefe. Die Maschinenpistolen bellten weiter, ihre Kugeln klatschten jetzt auch ins Wasser, ließen sprühend Fontä-

nen aufsteigen, und dann trafen sie wieder den Vater, der, mit dem Gesicht nach unten, langsam abtrieb.
Der erste Scheinwerfer folgte dem Vater, der zweite hob sich zum anderen Ufer, zum Waldrand, an dem Karel lag. In der gleichen Sekunde kam Leben in den Jungen. Er sprang auf und rannte los. Er rannte, so schnell er konnte, über den Nadelboden, so schnell, wie er noch nie im Leben gerannt war. Er stürzte bei einer Wurzel, erhob sich sofort wieder, um weiterzurennen, sein Herz klopfte rasend, er bekam kaum Luft, aber immer noch lief er.
Mondschein erleuchtete den weichen Boden zwischen den Bäumen, hellbraun, dunkelbraun, grün. Auf dem glatten Teppich der Nadeln schlidderte Karel wild dahin in rasendem Zickzack zwischen den Baumstämmen hindurch. Er sah ein Feld. Er stürzte zweimal, als er über nun harte Erde rannte. Er erreichte einen Feldweg, an dessen Rändern viele Obstbäume standen. Hinter sich, beim Wassergraben, hörte er undeutliche Männerstimmen. Die Stimmen brachten ihn ein wenig zu sich. Er sank auf dem staubigen Weg zusammen. Keuchend sah er zum Mond empor. Das Futteral mit der Trompete lag hinter ihm. Sein Vater fiel ihm ein. Er hatte ihn völlig vergessen gehabt. Jetzt schrie er, so laut er konnte: »Vater!« Und noch einmal: »Vater!« Und wieder: »Vater!«
Es kam keine Antwort.
Ein furchtbares Schluchzen erstickte Karels Stimme. Wie ein Tier begann er auf allen vieren im Staub herumzukriechen, und dabei kam seine Stimme wieder, und er schrie von neuem: *»Vater! ... Vater! ... Vater!«*
Er stand taumelnd auf und preßte die Hände gegen die Augen, weil er so weinen mußte. Um ihn drehte sich alles. Er dachte immer dasselbe: Vater ist tot. Sie haben Vater erschossen. Vater ist tot. Mein Vater. Sie haben ihn erschossen. Trotzdem schrie er mit dünner, verzweifelter Kinderstimme: »Vater! Hier bin ich, Vater! Vater! Komm zu mir!«
Der Vater antwortete nicht. Drüben kläfften Hunde, fluchten Soldaten. Wieder schrie Karel. Dann drehte sich sein Magen um, und er übergab sich würgend. Nun wimmerte er: »Vater ... Vater ... Vater ...« Und verstummte jäh.
Vielleicht war der Vater gar nicht tot? Vielleicht war er an Land geschwommen und suchte seinen Karel nun irgendwo in dieser silbernen Finsternis? Vielleicht hörte er Karel nicht?
Das Kind fuhr auf.

Ein Gedanke war ihm gekommen. Wenn man seine Stimme schon nicht hörte – die Trompete hörte man bestimmt ganz weit! Vater selber hatte es gesagt. Er wollte doch für die Großmutter dieses Lied spielen . . . Wenn Karel es nun spielte, dann mußte der Vater ihn hören. Mußte! Mußte! Mußte!

Karel lachte und weinte jetzt durcheinander. Ihm war so schwindlig, daß er dauernd umfiel, als er zu dem schwarzen Futteral zurücklief, das am Wegrand lag. Mit zitternden Händen öffnete er es. Nun würde der Vater zu ihm finden! Wenn er nur lange genug Trompete spielte, würde der Vater wieder bei ihm sein. Karel weinte und lachte und lachte und weinte. Er hob die schwere, goldglänzende Trompete mit beiden Händen zum Mund. Dabei verlor er das Gleichgewicht und fiel um. Sofort erhob er sich.

»Vater . . .«, flüsterte er, »warte, Vater, warte, gleich . . .«

Danach fiel er wieder in sich zusammen.

Vor dem nächsten Versuch, die Trompete an die Lippen zu setzen, lehnte Karel sich vorsichtshalber gegen einen Apfelbaum, dessen Äste, dicht mit Früchten beladen, tief herabhingen. Die kleinen Schuhe hakten sich im Erdreich fest. So stand Karel da, das Instrument erhoben.

Und nun begann er zu blasen. Laut und sehnsuchtsvoll ertönte die alte Melodie. Nicht jeder Ton, den Karel der Trompete entlockte, war ein richtiger, klangreiner Ton, aber deutlich war das Lied zu erkennen.

›Strangers in the Night‹ blies der kleine Junge im Niemandsland der Grenze. Er dachte: Vater wird es hören. Er wird mich finden. Er ist nicht tot. Es war alles ein Trick von ihm. Er ist klug. Er hat so getan, als wäre er getroffen, und dann hat er sich ins Wasser fallen lassen und ist an das Ufer auf dieser Seite geschwommen. Ja, ganz bestimmt war es so. So war es, ganz bestimmt . . .

»Hör mal«, sagte der Oberwachtmeister Heinz Subireit, der in einem Geländewagen des Bundesgrenzschutzes etwa zwei Kilometer von Karel entfernt über den Feldweg Patrouille fuhr, zu seinem Freund, dem Truppjäger Heinrich Felden.

»Strangers in the Night«, sagte Felden, am Steuer des Wagens.

»Ein Verrückter«, sagte Subireit. »Ein Verrückter, der hier Trompete bläst.«

». . . exchanging glances, wond'ring in the night«, sang Felden leise mit.

›... what were the chances we'd be sharing love before the night was through‹, blies Karel. Komm zu mir, Vater. Bitte, komm. Ich habe solche Angst. Vater, bitte, lieber Vater.

»... something in your eyes was so inviting«, sang der Truppjäger Felden am Steuer.

»Hör auf«, sagte der Oberwachtmeister Subireit. »Mach schon. Da vorne muß das sein. Wollen mal sehen, was da los ist.«

›... something in your smile was so exciting‹, blies Karel, und dicke Tränen rannen über seine Kinderwangen. Vater lebt. Vater lebt. Er kommt zu mir. Jetzt hört er mich. Ja, ja, jetzt hört er mich ...

›... little did we know that love was just a glance away ...‹ Das Lied der Trompete hob sich von der alten gleichgültigen Erde empor zu dem alten gleichgültigen Himmel mit seinem Mond und seinen unendlich fernen, kalten Sternen. Es flog über das Land. Die Soldaten, die den Toten aus dem Wassergraben zogen, hörten es ebenso wie die Großmutter in ihrer niedrigen Küche.

›... a warm embracing dance away, and ever since that night we've been together, lovers at first sight ...‹

Vor dem Herd kniete die Großmutter schwerfällig nieder, und mit gefalteten Händen sprach sie diese Worte: »Ich danke Dir, lieber Gott, daß Du meinen Sohn und das Kind gerettet hast.«

Noch immer tönte die Melodie der Trompete durch die Nacht. Die Großmutter kniete auf dem Küchenboden und mußte weinen über so viel Glück.

5

»... und weiter und weiter hat er sein Lied gespielt, der arme kleine Kerl, bis daß die Soldaten vom Bundesgrenzschutz ihn gefunden haben«, erzählte Fräulein Luise Gottschalk. Da war es etwa 15 Uhr 30 am 12. November 1968. Eine grelle Spätherbstsonne stand in einem wolkenlosen, sehr blauen Himmel; es war erstaunlich warm für Mitte November. Zwischen dem früchteschweren Apfelbaum an der bayerisch-tschechischen Grenze und jener Fluchtnacht in der ersten Morgenstunde des 28. August und dem Ort und dem Tag, an dem ich Fräulein Luise kennenlernte, lagen rund tausend Kilometer und genau elf Wochen. In Norddeutschland, in einer

Gegend tiefster Einöde zwischen Bremen und Hamburg, hatte ich Fräulein Luise kennengelernt – vor etwa zwei Stunden, gleich nachdem wir hier angekommen waren, mein Freund Bert Engelhardt und ich.

Engelhardt war ein großer, schwerer Mann von 56 Jahren, mit sehr hellen Augen und Haaren, einem rosigen Jungengesicht und einem Leben so voller Abenteuer und Gefahren, daß diesen Mann nichts, aber auch gar nichts mehr erschüttern konnte. Was sage ich erschüttern? Auch nur im entferntesten berühren! Er hatte ein großes Herz und ein fröhliches Gemüt und Nerven aus Stahl. Das hielt ihn so jung. Keiner hätte sein Alter erraten. Er lächelte fast immer, herzlich, freundschaftlich, zuvorkommend. Er lächelte auch, wenn er ärgerlich war. Um die Stirn trug Bertie einen weißen Verband. Er war gestern abend noch erneuert worden. Den Verband brauchte Bertie, um eine Stirnwunde zu schützen. Die hatte er sich vor 72 Stunden zugezogen, in Chicago.

Seit 1938 war Bertie Fotoreporter. Angefangen hatte er bei der ›Berliner Illustrirten‹. Er wußte selbst nicht mehr, wie oft er seitdem um die Welt geflogen war zu sensationellen politischen Konferenzen und sensationellen Mordprozessen, zu Filmstars, Millionären, Nobelpreisträgern, Leprakranken, auf die Schmugglerinsel Macao, in die schlimmsten Elendsviertel Kalkuttas, tief, tief hinein nach Tibet und China und Brasilien und Mexiko, zu den Goldminen Südafrikas, in die grüne Hölle Borneos, die Antarktis, die Weiten Kanadas, und immer wieder hinein in Kriege. Es waren mehr Kriege, als er sich hatte merken können, und er war immer dorthin geschickt worden, wo es am dreckigsten und am mörderischsten zuging, natürlich, und an Kriegen hatte es keinen Mangel gegeben, seit Bertie im Geschäft war. Er besaß viele internationale Auszeichnungen, und eine Ausstellung mit seinen besten Fotos wanderte durch die ganze Welt, so wie Bertie durch diese Welt trampte. Er war ein paarmal leicht verwundet worden in den vielen großen und kleinen fremden Kriegen, und einmal war er schwer verwundet worden in unserem eigenen Zweiten Weltkrieg, den wir angefangen und verloren hatten. Am rechten Bein war es passiert. Bertie hinkte immer noch leicht.

Ich, Walter Roland, war gerade 36 Jahre alt geworden, als wir in die wüste und seltsame, süße und grausige Geschichte hineinschlidderten, die ich hier berichten will, und wenn Bertie viel jünger aussah, als er tatsächlich war, dann sah ich älter aus, als ich war. Ziemlich viel älter, o ja. Ich war hochgewachsen, aber hager. Ich hatte nicht Berties frische Gesichtsfarbe, meine war gelblich, unter den braunen Augen, die stets müde wirkten, lagen schwere Ringe, das braune Haar war an den Schläfen bereits ganz weiß und durch und durch von weißen Strähnen durchzogen. Ewig appetitlos, wenn Ihnen das etwas sagt. Ewig mit einer Zigarette im Mundwinkel. Ewig mit einem angewiderten Zug um die Lippen, wie viele behaupteten. Wird schon stimmen. So wie ich mich fühlte. So wie ich lebte. Zuviel Arbeit, zu viele Weiber, zu viele Zigaretten, zuviel Suff. Suff vor allem. Seit Jahren konnte ich ohne Whisky einfach nicht mehr auskommen. Wenn da nicht stets eine Flasche griffbereit war, bekam ich Platzangst. Unterwegs trug ich einen großen Hüftflacon aus Silber bei mir. Ab und an nämlich wurde ich blaß und fühlte mich gräßlich, einfach gräßlich, und ich hatte dann immer große Angst, umzukippen. Na ja, in diesen Fällen brauchte ich ein paar mächtige Schlucke, und es ging wieder. Reine Frage des Alkoholspiegels.

Ich war Schreiber. Top-Autor der Illustrierten Blitz. Seit vierzehn Jahren. Bei Bertie waren es schon achtzehn Jahre. Zwei Asse, er und ich. Ich will mich nicht berühmen, wahrhaftig nicht. Bestünde auch nicht der geringste Anlaß dazu. Aber Asse in dieser Jauchegrube waren wir. Unter Exklusiv-Vertrag. Bertie der höchstbezahlte Fotograf Deutschlands, ich der höchstbezahlte Schreiber. Sie kennen doch Blitz. Eine der drei größten Illustrierten der Bundesrepublik. Außerdem – aber davon erzähle ich noch. Da laßt mich nur ran, da habe ich eine Menge zu sagen. Später.

Anfangs war alles schön gewesen und ich auch noch nicht so versoffen und so verhurt. Dann hatte sich allerhand geändert bei Blitz. Und ich hatte mich auch verändert. Bertie nicht. Der blieb immer derselbe normale, zuverlässige, gutmütige und mutige Kumpel. Nur ich drehte durch mit den Jahren.

Weil ich soviel verdiente, war ich ein Snob geworden, der sich Anzüge, Hemden, ja sogar seine Schuhe nach Maß machen ließ; der einen der verrücktesten Wagen fuhr; der in einem Luxus-Penthaus wohnte; und der nur ›Chivas Regal‹ soff, den teuersten Whisky der Welt. Klar. Etwas anderes kam nicht in Frage. Die Bienen mußten auch immer erster Klasse sein und ein Vermögen kosten.

In den letzten Jahren betäubte ich mich mehr und mehr und immer heftiger mit Weibern und Whisky und Roulette. Das kam, weil mich in den letzten Jahren mehr und mehr alles ankotzte, was ich für BLITZ zu schreiben hatte – ich werde auch davon noch erzählen. Es gab Zeiten, nicht oft zum Glück, da konnte ich nicht arbeiten, da mußte ich im Bett bleiben und Valium und stärkeres Zeug in Mengen schlucken, um durchschlafen zu können, einen Tag und eine Nacht, zwei Tage und zwei Nächte, denn da war ich plötzlich völlig erledigt von diesem schauderhaften Gefühl der Schwäche und Panik und Hilflosigkeit, da bekam ich keine Luft und hatte Herzbeschwerden, und mir war taumelig, und ich konnte nicht richtig denken, und ich hatte Angst, Angst, Angst. Weiß nicht, wovor. Vor dem Tod? Auch, aber nicht in der Hauptsache. Kann nicht sagen, was für eine Art Angst das war. Vielleicht kennen Sie sie gleichfalls.

Angeknackste Leber. Und noch allerhand natürlich. Kam von dem Leben, das ich führte. Deshalb hatte ich meinen Schakal. Ich nannte den Zustand so, weil mich zuzeiten immer das Gefühl überfiel, daß ein solches Vieh in der Nähe kreiste und immer näher kam und sich über mich neigte, bis ich an seinem höllischen Atemgestank fast erstickte.

Nach zwei Tagen spätestens waren die Anfälle, von denen ich eben erzählt habe, vorbei. Dann mußte ich mich schnellstens richtig volllaufen lassen, und alles ging wie geschmiert, ich konnte wieder arbeiten. Daß ich immer noch, bei Tag und bei Nacht, mehr arbeiten konnte als das ganze andere Schreiber-Gesocks, das wir hatten, zusammen, war mein Stolz. Erst wenn ich das nicht mehr konnte, wollte ich mein Leben ändern. Auch so eine Scheiß-Idee von mir. Zum Arzt ging ich nur, wenn es unbedingt sein mußte, denn was die Ärzte sagten, das kannte ich auswendig. Ich solle bloß so weitermachen, dann würde ich keine vierzig. Sagten sie mir seit vier Jahren. Alle. Wunderbare Menschen, Ärzte. Verehrungswürdig.

Der Verlag von BLITZ und die Redaktion und das Druckhaus befanden sich in Frankfurt. Sie werden fragen, warum man gerade Bertie und mich hier herauf in die Einöde geschickt hatte, uns, die höchstbezahlten Leute. Gab natürlich einen Grund. Wenn ich Ihnen mehr von BLITZ erzählt habe, werden Sie alles begreifen. Wir waren also da. Und hatten Fräulein Luise kennengelernt. Und wußten noch nicht, was uns bevorstand. Keine blasse Ahnung hatten wir.

»... hat sich gewehrt wie ein Irrer, der Karel«, erzählte Fräulein Luise. »Hat da nicht wegwollen. Hat doch geglaubt, sein Vater lebt und kommt zu ihm ...« Sie hatte Bertie und mir die ganze Geschichte der Flucht, die ich schon aufgeschrieben habe, in ihrem Büro erzählt. Dieses sehr große, sehr häßliche Arbeitszimmer lag in einer Baracke, in der noch zahlreiche andere Büros untergebracht waren. Schreibtisch, Telefon, Schreibmaschine, Stühle, Regale mit Aktenordnern gab es hier und eine elektrische Kochplatte, auf die das Fräulein einen Topf Wasser gestellt hatte, weil sie uns Kaffee machen wollte. (»Hab ich Ihnen jetzt schon soviel gezeigt, machen wir kleine Pause. Meine Füß. Nach'm Kaffee führ ich Ihnen meine tschechischen Kinder vor und erzähl Ihnen alles über sie. Diesen Buben hätt ich gleich da...«) Auf dem staubigen Fensterbrett standen drei Tontöpfe, in denen traurig anzusehende Kakteen dahinwelkten.

Dem Fenster gegenüber hing eine große Zeichnung. Nur in den Farben Schwarz, Grau und Weiß zeigte sie einen gewaltigen Berg, bestehend aus Totenschädeln und Knochen. Über dieser Stätte des Grauens erhob sich, in einen lichten Himmel hinein, ein mächtiges Kreuz. Ich sah genau hin. Rechts unten las ich: ›GOTTSCHALK 1965‹. Fräulein Luise hatte dieses düstere Bild also selbst gemalt. Unter ihm befand sich ein Kanonenofen mit mehrfach gewinkeltem Rohr, das schließlich durch eine Außenwand der Baracke führte. Brannte kein Feuer im Ofen, war doch noch so warm an diesem 12. November.

»Hat mit den Soldaten gekämpft, der Karel«, sagte Fräulein Luise. »Mit Fäusten und Füßen und Nägeln und Zähnen. Ist ja nicht richtig im Kopf gewesen damals.«

»Was haben sie mit ihm gemacht?« fragte ich. Ich saß dem Fräulein gegenüber auf einem umgedrehten Stuhl, die Ellbogen über der Lehne. Fern, sehr fern, fühlte ich den Schakal. Keine Bange. In der Hüfttasche meiner Hose steckte der Flacon mit ›Chivas‹. Ich paßte schon immer sehr auf mich auf.

»Angst gekriegt haben sie. Über Funk Ambulanz gerufen mit Arzt. Der hat Karel Spritze gegeben, da ist er zusammengeklappt und war ruhig, und sie haben ihn transportieren können.« »Kennen«, sagte sie. Schon seltsam, hier oben im Norden jemanden mit böhmischem Akzent zu treffen.

»Wohin haben sie ihn denn gebracht?« fragte ich und streifte die verglühte Krone meiner Gauloise in einen Aschenbecher aus gehämmertem Aluminiumblech. Ich rauchte nur schwarze französische Zigaretten. Neben dem Aschenbecher lag auf dem Schreibtisch einer der Blocks, die ich immer mitnahm. Ich stenographierte sehr gut und schnell. Und mein Gedächtnis funktionierte auch noch. Viele Seiten waren bereits gefüllt, denn ich hatte hier oben schon eine Menge gesehen. Was ich gehört hatte, war nicht ins Stenogramm übertragen. Ich besaß einen Kassetten-Recorder für Netz und Batterie. Nahm ich auch überall mit hin. Jetzt stand das kleine Gerät mit dem kleinen Mikrophon auf dem Schreibtisch, eingeschaltet. Ich hatte immer eine Menge Kassetten bei mir und verwendete so ein Gerät oder ein anderes bei jeder Recherche. Der Recorder zeichnete auf, seit wir Fräulein Luise begegnet waren. Mit Pausen dazwischen natürlich.

»Wohin er gebracht worden ist? Na ja, erst dahin, dann dorthin, endlich nach München. In eine Klinik. Schwerer Schock. Sechs Wochen hat er im Krankenhaus bleiben müssen, mein armer Kleiner. Dann haben sie ihn uns hergeschickt, ins Lager hier.«

»Das heißt, er ist schon seit fünf Wochen da.«

»Ja. Wird noch länger bleiben.«

»Wie lange?«

»Solange ich es durchsetzen kann. Ich will nicht, daß er in irgend so ein Heim kommt. Wir suchen doch immer noch nach der Mutter. Die soll in Westdeutschland leben. Sonst hat er keinen Menschen, der Karel. Seit er hier ist, redet er andauernd von seiner Mutter. Andauernd!« Das Fräulein sagte, an ihrem vollgeräumten Schreibtisch sitzend: »Ist eine schlimme Welt, meine Herren. Besonders für Kinder. Ist schlimm, solange ich arbeit als Fürsorgerin. Und vorher war sie nicht besser. Darum bin ich ja Fürsorgerin geworden. Denn warum? Was können die Kinder dafür, daß sie so schlecht ist, die Welt?«

»Seit wann sind Sie Fürsorgerin?« fragte ich.

»Seit 1924.«

»Was?«

»Ja, da schauens, gelt? Vierundvierzig Jahre! Fast mein ganzes Leben war ich Fürsorgerin, immer nur für die Kinder da. Mit achtzehn hab ich angefangen. War eine böse Zeit, damals, gleich nach der Inflation. Hab ich zuerst in Wien gearbeitet. Zwanzigster Bezirk. Ein Elend, sage ich Ihnen. Hunger. Kein Essen, kein Geld, Dreck und Armut, so viel Armut. Haben wir Kinderkrippen eingerichtet. Bin ich betteln gegangen zu die Ämter um Geld für meine Kinder. Füß hab ich mir wund gelaufen damals. Ist nicht besser geworden. Weltwirtschaftskrise 1929. Noch mehr Elend danach! In der Zeit haben sie mich ...« Sie brach jäh ab.

»Was haben sie?« fragte ich. »Und wer hat was?«
»Nichts«, sagte sie hastig, »gar nichts. Noch mehr Elend nach 1929! Arbeitslose. Man hätte glauben mögen, das halberte Österreich ist arbeitslos, wie daß dann der Hitler gekommen ist. Darum hat ers ja auch so leicht gehabt. Denn warum? Arbeit und Brot hat er versprochen, nicht?«
»Ja«, sagte ich. »Und als der Hitler da war?«
»Bin ich Fürsorgerin geblieben natürlich! Ist doch gleich nachher der Krieg losgegangen. Durch den ganzen Krieg hab ich mich gekümmert um die armen Kinder. Bin ich mit ihnen aufs Land gezogen, wie daß der Krieg immer ärger geworden ist. Ausgerechnet in meine Heimat. Ganz nah bei Reichenberg! 1945, im Januar, da haben wir weg müssen. 250 Kinder und nur drei Fürsorgerinnen. Hab ich sie durch Schnee und Eis geleitet« (sie sagte wirklich »geleitet«) »bis nach München, in Sicherheit vor die Stadt, auch in ein Lager. Alle hab ich durchgebracht, nur drei sind mir erfroren in der großen Kält ...« Sie sah traurig ins Leere. »In der großen Kält«, wiederholte sie verloren.
Fräulein Gottschalk (»Nennens mich Fräulein Luise«, hatte sie gleich zur Begrüßung gebeten) war nur mittelgroß und machte einen erschöpften, überarbeiteten Eindruck. Sie war sehr mager. Ihr weißes Haar leuchtete richtig, sie trug es straff nach hinten gekämmt, mit einem Knoten im Genick. Die Augen waren groß und blau und voll unendlicher Freundlichkeit – wie das ganze zarte, schmale, blasse Gesicht mit den breiten, aber blutleeren Lippen. Sie hatte noch sehr gute, kräftige Zähne. Zu einem grauen Rock trug sie eine alte braune Strickjacke, aus der am Hals der Kragen einer Bluse sah, und an den Füßen Stiefeletten, die ihre geschwollenen Beine stützen sollten. (»Tu ich mir bissel schwer mitm vielen Gehen. Wasser, wissens, in die Füß.« – »Fieß«, hatte sie gesagt. – »Aber nicht, daß ich mich beklagen tät! Hab mein ganzes Leben laufen müssen, immerzu laufen. Halten schon was aus, die Füß ...«)
»Und dann«, sagte ich, drückte den Stummel der Zigarette aus und zündete eine neue an mit einem Feuerzeug, natürlich aus 18karätigem Gold, »dann kamen die Amerikaner nach Bayern, nicht wahr?«
Fräulein Luises Blick kehrte aus der Leere zurück. Sie nickte.
»Ja. Freundliche Leut. Gute Leut. Haben mir Essen und Kleider und Kohlen und Baracken gegeben für meine Kinder. Russen auch

sehr freundliche Leut!« sagte sie schnell. »Denen ihre Panzer haben uns überholt auf der großen Flucht. Haben die russischen Soldaten Essen heruntergeworfen und Decken aus ihre Panzer – für die Kinder. Und ein paar Pferdegespanne organisiert. Ohne die Freundlichen unter die Russen hätten wir es gar nicht geschafft bis zu die Freundlichen unter die Amis. Komisch, nicht? Krieg und Tod und Verderben, und schlecht waren die Menschen, ich habs doch erlebt. Aber im größten Elend haben unsere Feinde geholfen, alle, meinen Kindern, auch die Russen, trotz allem, was sie erlebt haben, ach ja . . .« Sie seufzte. Und der Recorder zeichnete auf, zeichnete auf. »No, hab ich dann also unter die Amis gesorgt für die Kleinen in Bayern, bis zur Spaltung und zur Blockade, bis daß die vielen, vielen Menschen aus der Zone herübergekommen sind, und darunter auch wieder die Kinder. Da habens mich hier herauf geschickt . . .«

»Was? 1948?« sagte ich verblüfft und ließ fast die Zigarette fallen. »Seit zwanzig Jahren sind Sie schon hier?«

»Seit zwanzig Jahren, ja, Herr. Ein Drittel von meinem Leben . . . Das ist ein Lager für Jugendliche gewesen, wissens. Bis zu achtzehn Jahre. So wie noch heut. Haben doch nicht immer alle Familien zusammen flüchten können, gelt? Kinder allein, Eltern allein. Hunderttausende sind herübergekommen damals, Millionen! Und so viele Jugendliche! Herrjeschusch, manchmal haben wir gedacht, wir wissen nicht mehr, wo uns der Kopf steht. Nach dem Aufstand vom siebzehnten Juni, 1953, da sind wir überhaupt nicht mehr zum Schlafen gekommen . . . Gerammelt voll war das Lager, und das ist ein Riesenlager, Sie habens ja gesehen. Ich hab immer die Kleinen für mich gehabt . . . Kinder! Kinder! Eine ganz große Stadt könnt man füllen mit die Kinder, die ich behütet hab und beschützt seit 1924 . . .«

»Und Sie tun es noch immer«, sagte ich.

»Ich werd es tun, bis daß ich sterb«, sagte Fräulein Luise. »Egal, was für Kinder es sind, was für eine Hautfarbe sie haben oder was für eine Religion oder aus was für einem Land daß sie kommen. Egal, unter welchem Regime daß ich es tu! Mir ist jedes Regime recht, wenn es mich nur bei meine Kinder laßt!« Sie lächelte mir unsicher zu. Ihre Unterlippe zitterte ein wenig dabei.

Bertie ließ mich reden. Er arbeitete, seit wir hier waren, auf seinem Gebiet. Er hatte zwei Kameras mitgenommen, eine Nikon-F für Kleinbilder und eine Hasselblad – Dinger mit unheimlich lichtscharfen Objektiven. Bertie konnte in geschlossenen Räumen bei diesem Licht ohne Blitz schießen. Er schoß Fräulein Luise, während ich mich mit ihr unterhielt. Human interest. Wenn aus der Story etwas werden sollte, dann brauchten wir human interest. Und da lieferte das Fräulein eine Menge.

Ich sagte: »Aber nach dem Mauerbau muß es doch nachgelassen haben. Da ist doch bestimmt kaum noch jemand hergekommen.«

»Nicht aus der Zone«, sagte Fräulein Luise. »Das nicht. *Vor* der Mauer hat es vierundzwanzig Lager gegeben in der Bundesrepublik, *Jetzt* gibt es nur noch ein paar wenige. Friedland und Zirndorf bei Nürnberg, das sind die berühmten, für die Erwachsenen und die Familien. Und das hier, in Neurode, für die Jugendlichen und die Kinder. Jetzt sind wir ganz international geworden! Ich sag doch, die Welt ist schlecht. Immer noch müssen Menschen sich fürchten, gibt es Krieg, Revolution, Diktatur, müssen Menschen flüchten. Sie sehen doch gerade – Tschechoslowakei. Und Ostdeutschland! Und Griechenland!« Sie lächelte ganz leise. »Was denn, sogar fünf kleine Vietnamesen hab ich hier gehabt vor einem halberten Jahr ... Nein, nein, es gibt keine Ruhe, es gibt keinen Frieden, und ich muß mich immer weiter kümmern um meine Kinder, die armen Würmer ... In den letzten Monaten haben wir natürlich vor allem Tschechen gekriegt ...«

»Kinder aus Ihrer Heimat.«

»Ja, Herr. Sind Dolmetscher hier, haben Sie ja gesehen. Aber mit die Kleinen kann man sich auch so verständigen. Und Tschechisch sprech ich, deswegen lassens mir die ganzen Tschechenkinder. Ich kümmer mich um sie. Natürlich auch um den Karel, den armen ...«

»Das ist Ihr Liebling«, sagte ich.

»Alle sind meine Engel«, sagte Fräulein Luise. »Alle gleichmäßig. Aber der Karel, der ist doch ganz hilflos und immer noch so verschreckt und ängstlich, da muß ich mich besonders annehmen um ihn ...«

Karel war ganz nahe, nur eine Bretterwand trennte uns von ihm. Ich hatte den Jungen gesehen, Bertie auch, gleich, als wir in dieses Büro gekommen waren. Die Tür zum Nebenraum hatte offengestanden. Der Nebenraum war als Wohnstube eingerichtet mit einem großen Fleckerlteppich aus lauter bunten Stoffresten, einem Schrank, einem Bücherbord, einem Bett, einer Stehlampe, einem Radioapparat und sechs von Kindern gemalten Bildern an den

Wänden. Fräulein Luise hatte gesagt, dies sei ihr Zimmer, hier wohne sie. Das war mir seltsam erschienen.
Alle Fürsorgerinnen des Lagers wohnten nämlich in zwei großen, von hier aus ziemlich entfernten Baracken, die ich schon gesehen hatte. Ich nahm mir vor, Fräulein Luise zu fragen, warum sie denn allein lebte.
In der Mitte des zweiten Zimmers saß, als wir hereinkamen, Karel auf einem Hocker. Sein feiner blauer Anzug war sauber und gebügelt, das weiße Hemd frisch gewaschen, die rote Krawatte schön gebunden. Die Schuhe glänzten. Karel wirkte sehr klein und schmal und bleich. Auf den Knien hielt er die glänzende Jazz-Trompete. Er saß mit dem Gesicht zur Wand, wies uns den Rücken und war traurig anzusehen in seiner vollkommenen Reglosigkeit und Verzweiflung.
»Mensch, Walter, da hätten wir ja was Leckeres!« sagte Bertie entzückt und machte seine Nikon-F aktionsklar. Karel drehte sich nicht um, als er unsere Stimmen und Schritte hörte. Draußen, vor der Baracke, spielten Kinder in dem milden Sonnenschein dieses Nachmittags. Sie tanzten Ringelreihen zu Musik, die aus Lautsprechern übertragen wurde. Eine Männerstimme jubelte gerade: »So ein Tag, so wunderschön wie heute, so ein Tag, der sollte nie vergeh'n ...«
Wir traten dicht an Karel heran. Fräulein Luise sagte uns, wie er hieß. Karel schaute uns nicht an, bewegte sich nicht.
Eine Staffel Düsenjäger raste im Tiefflug über das Lager hinweg. Der Lärm war höllisch, ich wurde nervös und inhalierte hastig den Zigarettenrauch. Wenn es etwas gibt, das ich hasse, dann ist es dieses wahnsinnige Toben und, noch schlimmer, der Knall, sobald die Piloten die Schallmauer durchbrechen. Andauernd flogen Starfighter hier herum, alle zwanzig Minuten etwa kam eine Formation.
Karel zeigte auch beim Donnern der Flugzeugdüsen keinerlei Reaktion. Nicht einmal seine Lider zuckten. Es war, als sei er im Sitzen gestorben.
»Guten Tag, Karel«, sagte ich.
Nichts.
»Versteht nur ganz wenig deutsch«, sagte Fräulein Luise entschuldigend. Das war lächerlich und rührend zugleich. Sie nahm ein Stück Schokolade und bot es dem Jungen an. Sie sprach tschechisch mit ihm. Er schüttelte den Kopf. »Will nicht«, sagte das Fräulein

seufzend. »Dabei ist es Vollmilch mit Nuß! Hat er sonst so gern. Aber er ist eben noch nicht drüber weg, ich sag es allen immer wieder, weil sie sagen, keine Extrawürstel mit dem Buben, er soll nicht bei mir hier sitzen dürfen den ganzen Tag. Wenn er es sich aber doch so gewünscht hat! Hier fürchtet er sich nicht davor, hat er gesagt.«

»Wovor?«

»Daß sie wieder schießen.«

»Wer?«

»Weiß ich, wer? Ist doch alles wirr in seinem kleinen Hirn. Hat er Angst, daß einer auf ihn schießt, so wie sie auf den Vater geschossen haben. Hier, sagt er, bei mir, wird ihm nix passieren. So ist er immer da, ich arbeit nebenan, die Tür steht offen, und er hat Frieden. Nur essen und schlafen muß er natürlich mit den anderen Tschechenkindern in denen ihrer Baracke.« Fräulein Luise neigte sich über Karel. Er sah sie an und lächelte ein wenig. Es war ein schreckliches Lächeln, das traurigste, das ich je sah. Schlimmer als das schlimmste Weinen. Fräulein Luise sprach wieder tschechisch. Sie wies auf uns. Karel wandte den Kopf und betrachtete Bertie und mich. Das Lächeln erstarb auf seinem Gesicht. Er drehte uns den Rücken zu.

»Hab ihm gesagt, daß die Herren von einer Illustrierten sind«, erklärte Fräulein Luise. »Von einer großen Illustrierten, und daß Sie schreiben und fotografieren sollen und Geschichte bringen über unser Lager.«

Bertie fotografierte wild drauflos. Er schoß Karel und seine Trompete aus allen möglichen Richtungen und Blickwinkeln, er bekam ihn auch von vorn. Bertie wußte schon, was er tat. Kleine Kinder und kleine Tiere, nackte Mädchen und Bilder von Unglücksfällen, so gräßlich wie möglich, *das* wollen die Leute sehen! Was sie geil macht. Was sie rührt. Sex appeal. Human appeal. Ein Scheißberuf.

»*Ist* doch eine große Illustrierte?« fragte Fräulein Luise.

»Ja«, sagte ich.

»Wie groß, bittschön?«

»Verkaufsauflage einskommaneun Millionen jede Woche«, sagte ich. Bertie schoß noch immer den Jungen. Er hatte sich jetzt in seiner Lederjacke und den Cordsamthosen auf den Dielenboden gelegt und visierte Karel, der ihn überhaupt nicht wahrzunehmen schien, von unten an. Bertie lief immer salopp gekleidet herum, wenn es sich nicht gerade um Smoking- oder Frackzwang handelte, dort, wo er zu tun hatte. Selten trug er sonst eine Krawatte, meistens Sporthemden. Ich dagegen war immer fein in Schale. An diesem Tag trug ich einen braunen Mohairanzug, ein gelbes Hemd, eine dezente Pop-Krawatte und braune Slipper aus Krokodilleder. Meinen Kamelhaarmantel hatte ich im Wagen gelassen. »Nach einem Erfahrungsschlüssel kann man davon ausgehen, daß jedes Exemplar von mindestens fünf Menschen gelesen wird. Das wären also rund neun Millionen«, sagte ich – leierte es herunter, wie so oft schon. Und danach tat Fräulein Luise es zum ersten Mal.

Sie legte den Kopf ein wenig schief, ihr Blick verlor sich, sie sah über meine Schulter und sagte undeutlich und halblaut, als wäre das, was sie sagte, nicht für uns bestimmt: »Kommts, will ich euch zeigen Urteil von die große Hure, die wo an viele Wasser sitzt und mit welcher gehurt haben alle die Könige und alle die Mächtigen auf der Erden und sind alle betrunken geworden von dem Wein und von ihrer Hurerei. So ist es doch, oder nicht? Was sagts ihr?«

Sie sah gespannt über meine Schulter und schien mit leicht geöffnetem Mund zu lauschen. Mir hatte sie einen ziemlichen Schreck versetzt. Das waren sehr ungewöhnliche Worte aus ihrem Mund gewesen und sinnlose dazu, fand ich. Wer hatte da den Raum betreten und stand hinter mir?

Ich drehte mich schnell um.

Niemand hatte den Raum betreten. Niemand stand hinter mir. Kein Mensch. Nicht die Spur eines Menschen. Fräulein Luise hatte »ihr« gesagt, also gleich zu mehreren gesprochen. Das war grotesk. Das war verrückt. Sie sprach zu Menschen, die ich nicht sah. Unsinn, die gar nicht da waren, natürlich! Ich blickte sie wieder an. Mit leicht schief gehaltenem Kopf lauschte sie noch immer, dann sagte sie leise: »Sie werden streiten mit dem Lamm. Aber ihr sagts, daß das Lamm wird sie alle überwinden. Ganz sicher seids ihr!«

»Wer ist ganz sicher?« fragte ich laut.

Ihr Blick wurde jäh klar, sie sah mich an, als sei sie eben erwacht, und fragte langsam: »Ganz sicher? Wegen was?«

»Wegen dem Lamm«, sagte ich.

»Was für ein Lamm?«

»Das frage ich *Sie! Sie* haben von einem Lamm gesprochen! Und von anderen Dingen. Sie haben gesagt ...« Das Fräulein trat einen Schritt vor und unterbrach mich, wobei ihr blasses Gesicht sich heftig rötete.

»Überhaupt nichts hab ich gesagt!«
»Aber ja doch!«
»Nein!« rief das Fräulein erregt und dabei, so schien es mir, gleichzeitig sehr verlegen und ängstlich.
»Ich habe es auch gehört«, sagte Bertie, noch auf dem Boden, während er fotografierte.
Er sagte es lächelnd und nett und arglos. Er war so auf Karel konzentriert gewesen, daß er die Veränderung, die mit dem Fräulein vor sich gegangen war, nicht bemerkt, daß er auf den Sinn ihrer seltsamen Worte nicht geachtet hatte.
»Sie müssen sich verhört haben, beide«, sagte Fräulein Luise. »Wir hören doch nur das Irdische. Kommens jetzt rüber ins Büro, bittschön, der Bub muß seine Ruhe haben. Bevor daß ich Sie weiterführ durch das Lager, mach ich uns einen Kaffee und erzähl Ihnen, was er erlebt hat, der arme Kleine.« Damit ging sie schon voraus, schwerfällig auf ihren geschwollenen Beinen. Bertie erhob sich vor dem erstarrten Karel. Wir sahen einander über den Kopf des Jungen hinweg an. Bertie blickte lächelnd dem Fräulein nach und tippte mit einem Zeigefinger gegen die Schläfe. Und in dem Moment hatte ich plötzlich das starke und blendend klare Gefühl, daß es nicht so einfach war mit Luise Gottschalk. Die hatte nicht bloß eine Meise. Hier steckte mehr dahinter, viel mehr. Unter anderem verdankte ich meinen höchstdotierten Job dem Umstand, daß ich so schreiben konnte, wie BLITZ es brauchte. Aber genausosehr auch, weil ich ein Gespür hatte für Dinge und Menschen. Und ich empfand jetzt deutlich: Hier war der Beginn einer Spur, die sich noch im Finstern verlief, aber die, daran glaubte ich fest, zu etwas Seltsamem, Unerhörtem, Großem führte.
Gleichzeitig wurde mir ein wenig schwindlig. Mein Schakal meldete sich wieder. Irgendwo weit fern noch umkreiste er mich. Ich verspürte ein Ekelgefühl. Schnell holte ich den großen, flachen Hüftflacon hervor, schraubte den Deckel ab und nahm einen Schluck ›Chivas‹ und, zur Sicherheit, einen zweiten.
»Du bringst dich noch um mit dem Zeug«, sagte Bertie.
»Jaja«, sagte ich und sog an der Gauloise. Der Schakal war weg. Mein Ekelgefühl wich. Der Schwindel auch.
»Was ist denn, kommens nicht, die Herren?« rief Fräulein Luise von nebenan.
»Doch, doch, natürlich«, sagte Bertie. Er ging zu ihr hinüber. Ich drehte mich um und starrte den Schrank an, gegen den das Fräu-

lein gesprochen hatte, so, als stünden mehrere Menschen vor ihm. Es war ein häßlicher, billiger Schrank aus fourniertem Sperrholz, hell, nicht einmal gebeizt. Häßlicher und billiger konnte kein Schrank sein. Ein Schrank, sonst nichts. Und ich stand da und starrte ihn an wie blöde.

Ja, so begann es. So fing das an, was rasch, ganz rasch schon die Geschichte meines Lebens werden sollte, die größte aller Storys, die ich je gehabt hatte – ein Sumpf aus Lüge und Betrug, mit zum letzten entschlossenen Verbrechern und Verrätern, mit Idealisten, Lügnern, Lumpen und gemeinen Mördern, mit willfährigen Behörden und falschen Zeugen, ein Sumpf von maßlosem Unrecht und von Morden, auf das brutalste ausgeführt, von Diebstahl, geistigem und materiellem, von gezielter, lückenlos raffinierter Massenverblödung und bewußtem Massenbetrug, von infamster Erpressung und von Plänen, die, himmelstürmend, rücksichtslos und Unheil heischend, zusammenbrachen über den Häuptern der Erfinder.

So begann es, ja.

Vor einem Schrank aus Sperrholz, armselig und nicht einmal gebeizt.

6

In ihrem Büro erzählte Fräulein Luise uns dann Karels Geschichte. Von draußen tönte noch immer Radiomusik aus Lautsprechern, als sie geendet hatte, und die Nachmittagssonne schien grell in den staubigen Raum. Fräulein Luises Haar sah aus wie reines Silber, feinst gesponnen. Die Stimmen der spielenden Kinder und die Stimmen debattierender Jugendlicher drangen zu uns. Ich hörte viele Sprachen. Mir fiel etwas ein.

»Fräulein Gottschalk . . .«

»Luise«, sagte sie bittend. »Fräulein Luise. So sagens alle zu mir.«

»Fräulein Luise. Die anderen Fürsorgerinnen wohnen doch alle dort hinten in den beiden weißen Baracken, nicht wahr?«

Bertie setzte sich neben mich und hörte zu. Mit dem Fotografieren hier war er fertig. Glaubte er zu diesem Zeitpunkt noch, und ich auch, mein Gott.

»Alsdern«, sagte das Fräulein, »nämlich, die anderen Fürsorgerinnen, die mögen mich nicht. Viele Leut hier mögen mich nicht.«

Sie sagte trotzig: »Ich kann sie auch nicht leiden!«
»Niemanden?« fragte ich.
»Die meisten nicht. Ein paar hab ich sehr gern, das sind gute Menschen! Der Herr Kuschke zum Beispiel. Das ist der Fahrer vom Lagerbus. Und der Herr Doktor Schiemann. Das ist unser Arzt hier. Oder der Herr Pastor Demel. Das ist der evangelische Pfarrer. Und Hochwürden Hinkel. Das ist der katholische. Also, die hab ich sehr gern! Besonders den Herrn Pastor. Vielleicht, weil ich evangelisch bin. Nein«, sagte sie schnell, »nicht deshalb. Sondern weil er ein besonders guter Mensch ist. Hochwürden ist auch sehr ein guter Mensch. Aber ich hab eben eine größere Beziehung zum Herrn Pastor.«
Und der Kassetten-Recorder zeichnete auf, immer weiter, immer weiter ...
»Das sind nur christliche Pfarrer«, sagte ich. »Die Kinder hier haben doch auch andere Religionen ...«
Fräulein Luise lachte.
»Ja, das ist ein Schlamassel, ein ziemliches! Die Türkenkinder Mohammedaner, die Griechenkinder orthodox ... und so weiter ... und erst die kleinen Vietnamesen ... No, die geistlichen Herren, die haben ein großes Herz und wissen, daß es nur *einen* Gott gibt im Himmel, und darum sind sie so viel lieb zu allen Kindern und kümmern sich um alle, ganz gleich, was für eine Religion die haben. Deshalb mag ich sie ja auch so, die geistlichen Herren.«
»Und die Kinder mögen Sie«, sagte Bertie.
Das Fräulein nickte, strahlend.
»Die Kinder, ja, natürlich! Die sind meine ganze Freude, mein Leben sind sie, ja ... Kinder sind noch nicht so bös wie Erwachsene ...«
»Haben Sie immer hier gewohnt, weil Sie sich mit den anderen Fürsorgerinnen nicht verstehen?« fragte Bertie.
Fräulein Luises Gesicht zeigte einen beklommenen Ausdruck.
»Nein«, sagte sie. »Erst hab ich mit ihnen zusammengewohnt, in ihren Baracken. Da hab ich mein Zimmer gehabt. Hab mich halt einfach nicht gekümmert um die Weiber. Zwanzig Jahre lang hab ich drüben gewohnt. Zwanzig Jahre! Bis vor fünf Wochen.«
»Fünf Wochen?«
»Ja«, sagte sie. »Bis der Karel gekommen ist. An dem Tag bin ich übersiedelt hierher und hab mir mein Zimmer nebenan gemacht.«
»Warum?« fragte Bertie.

»Weil ...« Das Fräulein stockte. »Ach, hat da Tratschereien gegeben und einen großen Krach und ... Aber das ist nicht interessant für Sie.«
»Doch«, sagte ich, »doch!«
Stockend sagte Fräulein Luise: »Na schön, alsdern, die anderen Fürsorgerinnen haben sich beschwert über mich.«
»Beschwert?«
»Ja. Haben gesagt, ich bin ... ich bin ... so komisch bin ich.«
»Komisch?«
»Nicht lustig. Nicht *so* komisch. Anders ... eigenartig halt. Haben sie gesagt. Vor allem die Hitzinger. Die Hitzinger kann mich nicht leiden. Das ist eine schlechte Person. Bös gegen die Kinder oft. Was habe ich mich da schon aufregen müssen! Sowas dürfte nie Fürsorgerin sein! Aber die Hitzinger hat alle aufgehetzt gegen mich ...« Nun überstürzten sich ihre Worte. »... und sie aufgewiegelt, daß mich jetzt keine mehr mag.« Vertraulich neigte sie sich über den Schreibtisch. »Möchtens glauben, daß da eine richtige Verschwörung im Gang ist gegen mich?«
»Nein!« sagte ich.
»Weshalb denn?« fragte Bertie.
»Sie wollen mich los sein«, sagte das Fräulein leise und sorgenvoll. »Sie wollen, daß ich weggeh. Weg von meinen Kindern! Könnens sich das vorstellen? Wo soll ich denn hin, ohne die Kinder?«
»Was für eine Verschwörung?« fragte ich. »Das muß doch einen Grund haben, Fräulein Luise.«
»No ja, die Hitzinger mit ihren Lügen! Lauter Lügen erzählt hat sie über mich! Gemeinheiten! Was sie von ihrer Freundin, der Reiter, gehabt hat. Die ist nicht mehr da, die Reiter. Aber die Hitzinger! Und jetzt wollen sie mich los sein. Alle! Sogar der Herr Doktor Schall, der Lagerleiter! Pensionieren wollen sie mich. Dabei bin ich erst zweiundsechzig!«
»Ich verstehe nicht«, sagte ich. »Was war denn der Anlaß ...«
Fräulein Luise hatte mich nicht gehört, sie fuhr sich mit der Hand über die Augen und schluckte schwer.
»Schlafen kann ich schon nicht mehr richtig vor Angst! Jeden Morgen ist mir schlecht! Immer zitter ich davor, daß ich den Brief bekomm, den blauen. Und niemand hilft mir. Niemand! Ich bin ganz allein. Und alle sind sie gegen mich ...«
Leise zuerst, sehr schnell lauter werdend, ertönte das hohe, schrille Pfeifen einer neuen Gruppe heranrasender Düsenjäger. Das Pfei-

fen verwandelte sich in ein donnerndes Dröhnen. Die Fensterscheiben klirrten. Ich dachte, daß die Maschinen direkt über die Baracke hinwegrasen mußten, und gleich darauf sah ich sie dann auch durch das Fenster. Ich kniff die Augen zusammen. Sie tränten, weil ich in das Sonnenlicht starrte und weil sie der Zigarettenrauch reizte, aber ich erblickte drei Starfighter, die in der Tat ganz niedrig über uns hinweggebraust waren und nun in einer weiten Rechtskurve hochzogen, in den klaren Himmel empor.

Ich hatte geflucht, während man kein Wort verstand. Jetzt sagte ich nervös zu Fräulein Luise: »Daß Sie das aushalten!«

»Ich hör es schon nicht mehr«, antwortete sie. »Hinter dem Moor, auf der anderen Seite, liegt doch ein Fliegerhorst von der Bundeswehr. Sie üben immer, wenn das Wetter so schön ist.« Sie sah mich ernst an. »Niemand hilft mir, hab ich gesagt.«

»Das habe ich gehört.«

»Gar niemand.« Sie hatte eine Idee. »Ein Mann wie Sie, Herr Roland, also der hat doch bestimmt viele Beziehungen!«

»Wie meinen Sie das?«

»No, Sie arbeiten in so einem großen Verlag. Zwei Bücher haben Sie auch geschrieben, unser Herr Pastor hat es mir erzählt gestern, wie Sie angerufen haben und gesagt haben, Sie kommen her.«

»Vor zehn Jahren geschrieben«, sagte ich. »Mist. Alle beide.«

»Dem Herrn Pastor haben sie gefallen«, beharrte das Fräulein. »Ich komm ja nicht viel zum Lesen, meine Augen brennen immer gleich so. Aber der Herr Pastor hat gesagt ...«

»Hören Sie auf!« sagte ich heftig, und da war er wieder, weit weg noch, der verfluchte Schakal. »Ich will nicht wissen, was Ihr Herr Pastor sagt. Die Bücher waren Dreck, eines mehr als das andere!«

»Warum sind Sie denn auf einmal so bös?« Fräulein Luise sah mich erschrocken an.

Ich nahm mich zusammen. Die Erwähnung der beiden Bücher, die ich schrieb, bevor ich zu BLITZ gekommen war, hatte mich an jene Zeit denken lassen und an ... an alles, was dann folgte eben. Bertie begriff gleich, er sah mich besorgt an. Jetzt lächelte er nicht.

Ich grinste schief und sagte: »Entschuldigen Sie, Fräulein Luise, war nicht böse gemeint. Mir ist nur gerade im Moment ...« Es war stärker als ich. »... nicht gut ... tut mir leid ...« Und damit griff ich nach dem Hüftflacon und holte ihn heraus und schraubte den Verschluß ab und grinste dazu das immer noch erschrockene und jetzt auch erstaunte Fräulein an. Egal. Der Schakal. Ich mußte arbeiten. Das mit den Büchern war mir doch verflucht an die Nieren gegangen. Die Jahre. Die vielen Jahre. Die vielen vergeudeten Jahre ...

Scheiße!

Ich trank einen großen Schluck.

»Ich habe es ein wenig mit dem Magen«, erklärte ich dann.

Fräulein Luises Gedanken eilten, ihre fixe Idee hielt sie gefangen. Sie war schon wieder bei ihrem Kummer: »Dann ist es ja gut, wenn Sie es nicht so gemeint haben, Herr Roland. Und auch Sie, Herr Engelhardt, Sie müssen doch auch viele Leut kennen! Große Leut! Reiche Leut! Die reichen Leut sind so mächtig! Vielleicht könnten ein paar von den Reichen mir helfen. Ich muß doch bei meinen armen Kindern bleiben!«

Bertie schüttelte geniert lächelnd den Kopf mit dem hellen, verwehten Haar über dem weißen Verband. Ich sagte: »Fräulein Luise, wir sind bloß zwei Reporter ...«

»Berühmte Reporter!«

»... wir fahren, wohin wir geschickt werden«, sprach ich weiter, ohne auf den Zwischenruf einzugehen. »Wir fotografieren und schreiben das, was verlangt wird. Ja, es stimmt, wir kennen viele Leute, auch berühmte, reiche, aber die würden nichts tun. Wir sind für sie da, nicht sie für uns. Wir fahren oder fliegen überall hin, wohin man uns schickt. Auch hierher sind wir gefahren, in dieses Jugendlichen-Lager, weil man uns geschickt hat. Aber ich fürchte, wir können nichts für Sie tun. Wir können Ihnen nicht helfen. Wir ...« Ich bemerkte, daß ich immer noch die Hüftflasche in der Hand hielt und daß das Fräulein darauf blickte, und sagte lahm: »Darf ich Ihnen vielleicht etwas anbieten? In den Kaffee?«

»Ist das Kognak?«

»Nein, Whisky.«

»Uh! Den hab ich einmal getrunken. Aus Versehen. Schmeckt wie Apotheke!« Das Fräulein schüttelte sich. »Nein, nein, danke, Herr Roland. Der Kaffee ... Was ist denn mit dem Wasser? Das müßte doch längst ...« Sie stand auf und trat zu dem Topf auf der Heizplatte. Sie runzelte die Stirn. Sie steckte vorsichtig einen Finger in das Wasser. Danach schrie sie auf: »Kalt! Eiskalt!« Sie hob den Topf und führte eine Hand nahe an die Platte. »Auch kalt! Die Platte ist kaputt!« Bertie hatte wieder nach seiner Nikon-F gegriffen, sie bemerkte es nicht. Sie lärmte, plötzlich außer sich: »Schauen Sie sich das an! Kein Wunder, daß das Wasser nicht warm wird! Die

Spirale ist gerissen!« Bertie schoß und schoß. »Hat sich wieder eine von denen meine Platte ausgeliehen! Eine Rücksichtslosigkeit ist das! Wo ich so abhängig bin von meinem Kaffee! Wohnen wollen sie nicht mit mir – aber meine Platte! Nein, Kruzifix noch mal, das laß ich mir nicht bieten! Das ist eine Sauerei! Das meld ich dem Herrn Lagerleiter!« Und dann geschah es wiederum, unerwartet, von einem Moment zum andern, und diesmal reagierte Bertie richtig und schoß weiter das Fräulein, das plötzlich mitten im Toben abbrach, den Kopf leicht schief legte, mit diesem seltsam verschwommenen Blick über meine Schulter hinwegsah und offenen Mundes zu lauschen schien, drei Sekunden, vier Sekunden. Bertie fotografierte, dabei sanft lächelnd. Sie bemerkte es ebensowenig, wie es zuvor Karel bemerkt hatte, als Bertie sich um ihn bemühte. Sie stand erstarrt da und hörte einer unhörbaren Stimme zu. Ich fuhr herum. Hinter mir waren das düstere Bild mit dem Knochengebirge und dem Kreuz und der Kanonenofen zu sehen, sonst nichts. Keine Menschenseele. Ich wandte mich zurück. Und da sprach das Fräulein zu dem Bild, leise, nicht sehr deutlich: »In Demut, ja. Und in Ruhe. Schön. Deine Leut haben uns damals Brot und Schmalz geschenkt, ich weiß doch, ich weiß. Und deine Leut die guten Armeepackungen. Ihr wards eine so reiche Armee, und die Russen waren so arm, die haben selber kaum was zum Essen gehabt, und trotzdem ... Ja, und die Decken. Obwohl es so gefroren hat. In dem großen Sturm war das, ich weiß es genau.«
Diesmal hatte es auch Bertie gepackt. Während er arbeitete, hörte er zu lächeln auf. Ich erhob mich. Es war verkehrt, die alte Frau so anzugehen, aber ich dachte in diesem Moment nicht, ich handelte instinktiv. Ich drückte die Zigarette im Aschenbecher aus und sagte sehr laut: »Fräulein Luise!«
Die Augen des Fräuleins flackerten. Sie bemerkte, daß Bertie sie fotografierte und sank in ihren Sessel. »Dazu haben Sie kein Recht, Herr! Geben Sie mir den Film!«
»Tut mir leid, aber ...«
»Bitte!«
»Nein!« sagte ich brutal. »Nicht bevor Sie uns sagen, mit wem Sie sich unterhalten und was das alles zu bedeuten hat.«
Fräulein Luise stützte den Kopf in beide Hände. Bertie schoß sie wieder. Sie bewegte sich nicht. Nach einer Pause flüsterte sie: »Wenn da jetzt auch noch Fotos kommen von mir, wie ich mit ... dann ist es aus, dann ist bestimmt alles aus ...«

Und da, genau da, ertönte von nebenan ein Schrei. Ein gräßlicher, qualvoller, langgezogener Schrei. Er hatte nichts Menschliches mehr an sich, dieser Schrei, es klang, als wäre ein großes Tier verunglückt und vor dem Sterben.
Vergessen hatte Fräulein Luise, was sie eben noch so erregte. Vergessen hatte sie ihre geschwollenen Beine. Sie stürzte zur Tür ihrer Wohnstube und riß sie auf. Sie rannte in den Raum. Wir rannten hinterher. In der Wohnstube stand der kleine Karel. Seine Augen waren weit aufgerissen, sein Gesicht war verzerrt und kreideweiß. Aus dem Mund floß Speichel. Er schrie wieder wie ein Tier, und noch einmal. Es war schauderhaft.
»Zucker, reiner Zucker!« sagte Bertie begeistert lächelnd neben mir. Er hatte die Nikon-F am Auge und knipste ununterbrochen.
Karel schrie und schrie.
Das Fräulein stürzte zu ihm und brüllte ihn tschechisch an.
Er brüllte zurück, abgehackt, Satzfetzen, Worte, auch tschechisch. Er wies zum Fenster. Seine Augen verdrehten sich, man sah nur das Weiße. Die Trompete, die er an sich gepreßt hatte, fiel auf die Erde. Karel griff nach seiner Kehle, röchelte und stürzte dann wie ein schwerer Stein zu Boden. Hier blieb er liegen, mit häßlich verdrehten Gliedern, reglos.
»Das Lied!« schrie Fräulein Luise.
Und da begriffen auch Bertie und ich, hörten auch wir die Melodie ›Strangers in the Night‹, die draußen von Lautsprechern übertragen wurde. Wehmütig und langsam hob sich das Trompetensolo.
»Er hat sein Lied gehört!« flüsterte Fräulein Luise. »Sein Lied! Er hat gedacht, er steht wieder ... und sie kommen und bringen ihn um ... Ist er ... Was ist mit ihm?«
Ich eilte zu dem Jungen, kniete neben ihm nieder und untersuchte ihn kurz.
»Ohnmächtig«, sagte ich dann.
»Aufs Bett!« rief das Fräulein. »Könnens ihn auf mein Bett legen, die Herren? Ich rufe den Doktor Schiemann ...« Sie eilte nach nebenan, ins Büro. Ich wollte Karel aufheben.
»Moment«, sagte Bertie ruhig und lächelnd. »Geh zur Seite. Ich brauche noch ein paar Aufnahmen, wie er da liegt. Warte, ich nehme Farbe. Das könnte sogar ein Titel werden. Ein richtiger Tear-jerker ...« Er legte einen Film in die Hasselblad ein, während ich das Fräulein nebenan telefonieren hörte. Sie schrie in den Hörer: »Abdrehen die Musik! Abdrehen! ... Weil ich es Ihnen

sag! Ich erklär es später! Nein, es muß sein! Danke ...« Die Musik brach plötzlich ab. Es war einen Moment gespenstisch still. Dann erklangen wieder Kinderstimmen von draußen, und die Stimme des Fräuleins, das eine andere Nummer gewählt hatte: »Hallo ... Hier ist Fräulein Luise ... Ich hab den Herrn Doktor sprechen ... Wer? Wer ist das? ... Ach, Schwester Rita ... Was, *schon?* Herrjeschusch ... Nein, nein, ich verstehe ...« Inzwischen arbeitete Bertie wieder. Ich war zur Seite getreten. Bertie schoß den bewußtlosen Karel sechsmal aus verschiedenen Winkeln, in Farbe, und dann noch dreimal schwarz-weiß mit der Nikon-F. Es stimmte, das war ein echter Tear-jerker. Bertie hatte auch die Trompete noch so hingelegt, daß sie effektvoll im Bild war. Ein echter Tear-jerker. Ein echter Tränen-Reißer. Da flennen sie dann, wenn sie so etwas sehen. Das ist ein Fressen für die Massen. Frauen vor allem.

»Junge, Junge, Junge, so ein Massel«, flüsterte Bertie.

»... ja, gut, ich versteh ... Er soll anrufen, sobald er Zeit hat, bitte«, kam Fräulein Luises Stimme von nebenan.

Bertie sagte: »Ich bin schon fertig. Ich lege den Jungen aufs Bett und mache das Fenster auf. Kleine Ohnmacht, überhaupt nichts.« Er war der sanfteste Mensch von der Welt, aber, wenn es sich um seinen Beruf handelte, von einer grenzenlosen Rücksichts- und Gefühllosigkeit. Ich sah, wie er Karel behutsam hochhob. Dabei fingen die beiden Kameras, die nun um seinen Hals hingen, zu baumeln an. »Hilf mir«, sagte Bertie.

Ich half ihm.

Neben dem Bett stand ein Tischchen unter der Leselampe. Ein Wekker stand auf dem Tischchen, ich sah eine Rolle Schlaftabletten und ein aufgeschlagenes Buch. Während wir Karel mit dem Kopf seitlich (damit er nicht seine Zunge verschluckte) hinlegten, warf ich einen Blick auf die Seite des Buches, die aufgeschlagen und mit Rotstift angestrichen war. Ich klappte das Buch zu, den Finger zwischen den Blättern. Shakespeare. Gesammelte Werke. Band 3. Sie las also doch. Und ihre Augen, die immer gleich brannten? Ich schlug die Seite, die angestrichen war, wieder auf. ›Der Sturm‹. 4. Aufzug. 1. Szene. Prospero spricht: ›... das Fest ist nun zu Ende. Unsere Spieler, wie ich Euch sagte, waren Geister und sind aufgelöst in Luft, in dünne Luft ...‹

Ich kam nicht dazu, weiterzulesen, denn die Stimme des Fräuleins ertönte dicht hinter mir: »Wie geht es ihm?«

Ich ließ das Buch so unauffällig wie möglich auf das Tischchen gleiten.

»Nichts Schlimmes. Der kommt gleich wieder zu sich ...« Ich öffnete das Fenster. Bertie breitete eine Wolldecke, die am Fußende zusammengefaltet gelegen hatte, über den kleinen Jungen.

»Wo ist der Doktor?« fragte ich.

»Bei der Panagiotopulos. Griechin.«

»Was hat die?«

»Kriegt ein Kind. Aber zu früh. Viel zu früh! Wenn das nur gutgeht.«

Karel bewegte sich leicht und stöhnte. Fräulein Luise setzte sich an den Bettrand, streichelte sein spitzes Gesicht und sprach liebevoll Autschechisch auf ihn ein. Er nickte schwach, dann schloß er die Augen.

»Wirklich gut, die frische Luft. Geht ihm schon besser«, sagte das Fräulein.

»Werden hier viele Babys geboren?« fragte ich.

»Haben Sie eine Ahnung, wieviel hier schon geboren worden sind in den letzten zwanzig Jahren! Manche Mädchen kommen noch im neunten Monat her.«

Das Telefon nebenan schrillte.

Fräulein Luise eilte ins Büro. Ich folgte ihr. Bertie blieb bei Karel. Der hatte die Augen wieder geöffnet. Riesengroß waren sie. Der Junge zitterte. Bertie hatte noch zu tun ...

Als ich das Büro erreichte, sprach das Fräulein schon.

»Telefonzentrale? ... Was ist los? ... Aha, ein Telegramm für die Hromatka ...« Ich lauschte gespannt. Mehr und mehr hatte ich das Gefühl, hier in einer anderen Welt gelandet zu sein. Und ich sollte dieses Gefühl noch stärker empfinden, oh, tausendmal stärker. Eine andere Welt. Die Welt nebenan. »Wie ist es diesmal gekommen? ... Pilsen über Leipzig, fein, fein«, sagte das Fräulein, und nun war ihre Stimme grimmig. »Na und? Wer stirbt denn diesmal? ... Die Mutter. Soso. Sehr schön. Auf keinen Fall sagen Sie der Hromatka etwas. Wissen die Katholiken schon ... Gut, dann werden die sich drum kümmern. Danke.« Sie legte auf.

Ich fragte benommen: »Welche Mutter stirbt?«

»Wahrscheinlich gar keine«, sagte Fräulein Luise.

»Aber am Telefon eben ...«

Das Fräulein erklärte: »Unsere Jugendlichen hier bekommen dauernd gefälschte Telegramme. Uralte Geschichte. Die DDR hat damit angefangen, die anderen Länder haben die Methode gleich übernommen.«

»Was für eine Methode?«

»No, mit die falschen Telegramme! Daß die Kinder heimkommen sollen. Sofort. Weil irgendwer im Sterben liegt. Die Mutter. Die Tante. Die große Schwester. Der Bruder.«

»Oder der Vater«, sagte ich.

»Nein, der nie!« sagte Fräulein Luise. »Den wollen sie so ja wiederhaben.«

»Verstehe ich nicht.«

Draußen sangen jetzt ein paar deutsche Kinder, die spielten: »Laßt die Räuber durchmarschieren ...«

»Ist doch ganz einfach! Oft flieht der Vater zuerst, dann die Kinder, dann die Mutter. So große Familien, da ist es nix mitm Alle-auf-einmal-Fliehen. Die Telegramme kriegen übrigens immer nur Kinder von Ärzten ...«

»... durch die goldne Brücken ...«

»... oder von Wissenschaftlern oder von Politikern und so. Früher haben wir den Kindern die Telegramme gegeben, gleich. War ein schwerer Fehler. Viel Unglück ist geschehen so. Jetzt stellen wir immer vorher fest, ob es auch stimmt, was in den Telegrammen steht.«

»Wie können Sie das feststellen?«

»Die Kirchen halten zusammen, wenigstens die noch. Überall. Die haben ihre Leute. Und Möglichkeiten, sich zu verständigen und nachzuprüfen. Schnell. Aber damals haben die Kinder die ein, zwei Tage Nachforschung nicht ausgehalten und sind uns hier ausgerissen, und, hupp, zurück in ihr Land. Da haben sie dann gesessen. Was hat der Vater machen sollen? Natürlich ist er zurückgefahren.«

»Feine Methode.«

»Naja«, sagte das Fräulein, »auf der andern Seite – nehmen Sie die DDR zum Beispiel. Denen sind so viele Ärzte weggelaufen, daß es eine Katastrophe geworden ist drüben. Finden Sie das fein von einem Arzt, wenn er seine Kranken im Stich läßt? Die Menschen sind arm, sprechen von Recht und Unrecht, verstehen nicht den Sinn. Alles ist irdisch und unwichtig. Aber die Gedanken der Lebendigen können das nicht erfassen. Die Leidenden werden erhört werden, die Satten niemals zur Seligkeit gelangen. Wissens, ich hüt mich schon lang vor einem Urteil. Nur die Kinder muß ich schützen. Die Kinder sind unschuldig, was die Erwachsenen auch tun, die Kinder dürfen nicht leiden!« In Fräulein Luises beide letzten Worte hinein brandete von draußen plötzlich heftiger Lärm. »Was ist das jetzt wieder?«

Wir eilten zum Fenster. Fräulein Luise riß es auf.

Sehr weit entfernt in dem riesenhaften Lager, beim Eingangstor, erblickte ich im Schein der sinkenden Sonne zahlreiche Menschen, Kinder, Jugendliche, Erwachsene. Ich sah mehrere Lagerpolizisten – ältere Männer in einer Art Werkschutzuniform –, einen jungen schlanken Mann, einen stämmigen Kerl im Overall, einen schwammigen, fetten Mann in einem grauen Mantel und ein Mädchen mit schwarzem Haar. Die Kinder schrien, die Männer fluchten. Der Bullige im Overall hatte einem der reichlich hilflos wirkenden Lagerpolizisten den Schlagstock entrissen und damit den schwammigen Kerl zu Boden gedroschen. Das Mädchen schrie wie von Sinnen, ich konnte nicht verstehen, was sie schrie.

Bertie raste hinkend durch das Büro.

»Das reine Irrenhaus hier!« krähte er begeistert. Gleich darauf sah ich ihn draußen über die Betonwege und das braune Heidekraut rennen, eine Kamera in den Händen.

Fräulein Luises Stimme überschlug sich, als sie schrie: »Indigo!« Und noch einmal: »Indigo ... Irina Indigo!«

Das Mädchen hieß offenbar Indigo, denn sie sah zu uns.

»Kommen Sie sofort her!« schrie das Fräulein.

»Nein!« schrie das Mädchen. »Nein! Ich will hier raus! Ich will hier raus!« Sie versuchte davonzurennen.

»Herr Pastor Demel!« schrie das Fräulein. Der junge Mann im schwarzen Anzug faßte das Mädchen, das Indigo hieß, am Arm.

Der schwammige Kerl war schnell wieder auf die Beine gekommen und riß sich los. Er trat den Bulligen in den Bauch und drehte sich dann um, verzweifelt bemüht, zum Lagertor zu kommen. Zwei Männer stieß er beiseite, einem dritten schlug er die Faust ins Gesicht. Ich dachte schon, er würde es schaffen, da sprang der Massige im Overall ihn von hinten an und hieb ihm nochmals den Schlagstock über den Schädel. Der Fettsack brach zusammen. Der Mann im Overall riß ihn hoch.

»Herr Kuschke!« schrie das Fräulein wild.

Der Bullige drehte sich zu uns um. In tiefem Berlinerisch dröhnte er: »Schon jut, Frollein Luise! Schon allet jerejelt!«

Er und ein Polizist hielten den Fettsack fest, der laut fluchte und

sichtlich Schmerzen hatte. Aber erst mußte Herr Kuschke fest zufassen, um ihn zu bändigen, denn er wehrte sich immer noch und versuchte auszubrechen.
»Bringen Sie die Indigo zu mir, Herr Pastor!« rief Fräulein Luise. »Und den Mann auch!«
»Ich will nicht! Ich will nicht!« schrie das Mädchen, das Indigo hieß.
Der Pastor, den das Fräulein zu ihren Freunden und zu den ›guten‹ Menschen zählte, führte das widerstrebende Mädchen auf unsere Baracke zu. Der Berliner Lagerchauffeur Kuschke, auch er ein Freund des Fräuleins und von ihr zu den ›guten‹ Menschen gerechnet, hatte den Schwammigen am Genick gepackt und ihm einen Arm auf den Rücken gedreht. Man sah dem Dicken an, wie ungemütlich er sich fühlte. Sie alle kamen schnell näher, die ganze Gruppe. Und Bertie sprang mit seinem lahmen Bein zwischen den Menschen herum, hierhin, dorthin, und hatte eine Kamera gehoben und schoß und schoß.

7

Frankfurt. Kassel. Göttingen. Hannover. Bremen.
466 Kilometer auf der Autobahn.
Ein Katzensprung für einen Lamborghini 400 GT. Das war mein Wagen. Ein weißer Lamborghini 400 GT. Zwölf Zylinder in V-Bauweise. Hubraum: 3930 ccm. Verdichtung: 9:1. Leistung: 330 DIN-PS bei 6500 Motorumdrehungen pro Minute. Doppelvergaser. 80-Liter-Tank. Spitzengeschwindigkeit 250 km in der Stunde. Ein Zweisitzer. Das noch zum Thema Snob.
Wir waren am Morgen um sieben Uhr in Frankfurt gestartet, Bertie und ich. Er hatte einen Kleidersack mit wie immer, ich einen großen Koffer, und Anzüge hingen auf Bügeln an Griffen hinter den Fondfenstern des Wagens. Wir wußten nicht, wie lange wir unterwegs sein und wo wir dabei hinkommen würden. Deshalb hatte ich auch drei große Flaschen ›Chivas‹ eingepackt. Und meine Hüftflasche gefüllt.
Auf der Autobahn, als wir endlich aus dem umgebuddelten chaotischen Frankfurt heraus waren, lag noch starker Dunst, ich mußte vorsichtig fahren. Abblendlicht eingeschaltet, wie alle anderen Au-

tos. Ein ungemütliches, scheußliches Gefühl gibt einem dieses Fahren mit Licht, wenn es schon hell ist und man trotzdem nicht ordentlich sieht. So auch hier: Alles schwamm mir entgegen, an mir vorbei, wie in einem Alptraum, wie in einer anderen unwirklichen Welt.

Da! Jetzt habe ich es tatsächlich wieder geschrieben.

Gegen halb neun war es klar, die Sonne schien, und ich trat auf den Stempel. Wir kamen trotzdem erst um 12 Uhr 30 in unserem Hotel in Bremen an. Natürlich im ›Park-Hotel‹. Solange es nichts Besseres gab. Die Mädchen im Sekretariat der Textredaktion wußten schon, was sie für mich zu bestellen hatten. Immer das Feinste vom Feinen. Es war mir nach langen Kämpfen gelungen, den Verleger davon zu überzeugen, daß ich am besten in einer Umgebung von größtmöglichem Luxus schrieb. Besonders über menschliches Elend, menschliche Not. Was wir beide ja in Neurode anzutreffen hofften. Wegen der Not und des Elends hatten sie uns hier heraufgeschickt. Besitzt auch seinen Verkaufswert, menschliches Unglück, menschliches Leid. In diesem speziellen Fall hatte Verleger Herford noch etwas Besonderes im Sinn, und deshalb waren wir zwei Asse auserkoren worden, nach Neurode zu fahren.

Im ›Park-Hotel‹, wo sie mich wie einen lieben Sohn begrüßten (das taten sie in sehr vielen Luxushotels auf der ganzen Welt), aßen wir auf Barhockern nur ein paar Sandwiches, dann fuhren wir weiter nach Norden. Wir wollten das Tageslicht ausnützen für die Fotografien. Und etwas sagte mir, daß wir uns beeilen mußten. Stimmte immer, was dieses ›Etwas‹ mir sagte.

Bertie hatte bis Bremen geschlafen, er war erst tags zuvor aus Übersee zurückgekommen. Ich ließ ihn pennen. Es war seltsam: In meinem Wagen fühlte ich mich immer prima. Da war mir nie mies. Da fand ich nie alles zum Kotzen. Da war ich glücklich. Ich trank auch nicht einen Schluck bis Bremen. Im Hotel dann zwei Doppelte an der Bar. Aber eigentlich nur, weil ich mich so wohl fühlte, aus keinem anderen Grund.

Ich fuhr über die zweite, von Westen kommende Autobahn A 11 in Richtung Hamburg. Von Bremen aus ging das nicht anders. Die A 10 lief ja weit östlich der Stadt über Hannover. Die Sonne schien, und es wurde so warm, daß ich das Schiebedach öffnen konnte. Ich fuhr bis zur Ausfahrt Bockel und von da über die Bundesstraße 71, die noch sehr ordentlich war, an Wehldorf und Brüttendorf vorbei bis nach Zeven. Die Häuser der Orte lagen hier immer längs der

Straße, rotziegelige Fachwerkhäuser mit weißgestrichenen Tür- und Fensterrahmen. Weiß waren auch die Balken im Mauerwerk. Hinter Zeven war es dann Sense mit der Straße. So etwas von einem beschissenen Weg hatte ich noch nicht gesehen. Keine Bankette, Schlaglöcher über Schlaglöcher, Kurven, daß man das Steuer ganz einschlagen mußte. Es wurde immer ärger. Das war ja überhaupt nur noch ein Karrenweg! Alle paar hundert Meter gab es links oder rechts in das Unterholz geschlagene Ausweichstellen, falls einem ein Gefährt entgegenkam. Kam aber keines.
Die Orte wurden immer kleiner und trübseliger. Manchmal bestanden sie bloß aus einem Dutzend Häuser. Wenn. An den Wegrändern Ginsterbüsche und anderes stachelig aussehendes Zeug und Weidenstrünke, häßlich und verkrüppelt. Dahinter, auf der linken Seite, Gesträuch und Schilf. Viel Schilf. Viel Gesträuch. Etwa einen halben Kilometer entfernt fing ein Moor an, das überhaupt nicht enden zu wollen schien. Riesige Flächen mit braunem Heidekraut. Alles andere schon abgeblüht und verfault. Wasser blinkte an vielen Stellen, braun und schwarz war es. Ich konnte das Wasser riechen. Es roch gut. Aber die Gegend wurde immer trister. Im Moor sahen wir an vielen Stellen ausgestochene und hoch und breit gestapelte Torfsoden und überall weiß-schwarze Birken, kahle, schwarze Erlen und knorrige Weiden, jede Menge.
Drei Dörfer – ach, Dörfer, Ansammlungen von einer Handvoll Häusern! – kamen. Eines kleiner als das andere. Kirche. Kaufmannsladen. Wirtshaus. Aus. Schon war man wieder in der Einsamkeit der Moorlandschaft. Ich mußte auf fünfzehn Stundenkilometer heruntergehen, der Wagen fiel nur noch von einem Schlagloch ins nächste.
»Und über diesen Weg bringen sie also die Jugendlichen her«, sagte Bertie, der ein bißchen die Gegend fotografierte. »Der arme Lagerchauffeur. Hier in einem Bus! Das Lager wird weiterbestehen, immer weiter, so wie es aussieht in der Welt. Da könnten sie wirklich wenigstens die Straße in Ordnung bringen.«
Wieder eine kleine Häuseransammlung. Und gleich darauf das Moor links der Straße, hinter den Büschen und dem Schilf.
»Das stachelige Zeug ist Wacholder«, sagte Bertie. Er interessierte sich für die Natur. Ich tat das nicht. »Dieser Streifen bis zum Moor, der gehört noch zur Geest. Das ist die sandige Landschaft rechts, eiszeitliche Aufschüttung, die etwas höher liegt als das Moor und es begrenzt. Ein Hochmoor ist das übrigens hier.«

»Was gibt's denn sonst noch?« fragte ich und bemühte mich, so vorsichtig wie möglich zu fahren, um den Lamborghini zu schonen. Zu meinem Wagen hatte ich eine seelische Beziehung. Gab wenige Menschen, von denen ich das sagen konnte.
Bertie erwärmte sich für das Thema. Er erzählte von Flachmooren, die dort entstanden, wo offene Wasserflächen verlandeten, und von der Flora des Hochmoors. Außer dem Heidekraut gab es da vielerlei interessante Pflanzen, auch insektenfressende (Bertie machte es sichtlich Spaß, mir das zu erzählen): drei Arten Sonnentau, zwei Arten Wasserschlauch und eine Art Fettkraut. Ich glaubte ihm. Er hatte einmal Naturwissenschaftler werden wollen. Ich Jurist. In beiden Fällen Studium abgebrochen.
»Dort, wo du Torf findest, hast du meistens ein Hochmoor. Zum Unterschied vom Flachmoor wächst das Hochmoor langsam in die Höhe.« Ich sah davon allerdings nichts. An manchen Stellen verdeckten Nebelschwaden das Bild, die Sonne brach sich dort. Ich war noch nie in einer so einsamen Gegend gewesen. »Wie ein Uhrglas ist ein Hochmoor gewölbt«, sagte Bertie. »Wo es viel regnet und es bei hoher Luftfeuchtigkeit nur geringe Verdunstung gibt, da gedeiht auf nährstoffarmem, saurem Boden das Torfmoos. Torfmoos baut das Moor auf. Sphagnum heißt es ...«
Ich gab auf die Schlaglöcher acht, und Bertie erzählte mir, daß die zarten Torfmoorpflanzen reich verzweigt und dicht beblättert sind. »Die Moospflanzen«, sagte Bertie, »sterben von unten her allmählich ab, oben jedoch wachsen sie weiter, indem ein Ästchen unter dem Gipfel sich zu einem ebenso starken Stämmchen entwickelt wie der Muttersproß und ›selbständig‹ wird. Die Blättchen des Torfmooses sind in der Lage, das für ihr Leben unentbehrliche Wasser reichlich und auf lange Zeit zu speichern, die Torfpolster saugen sich voll wie Schwämme. Das Fünfzehn- bis Zwanzigfache ihrer eigenen Trockenmasse können die Sphagnum-Moose in sich aufnehmen.« (Bertie mußte in Botanik vorzüglich gewesen sein!) »Wenn du ein Stück grünes Moos in der Hand zusammenpreßt, sieht es danach grauweiß aus, denn jetzt ist statt Wasser Luft in die großen Speicherzellen gedrungen ... Und was für das einzelne Moospolster zutrifft, das gilt für das ganze Moor: Die Polster wachsen nach der Seite und nach oben, fließen zusammen, und im Lauf der Zeit entsteht das aufgewölbte Hochmoor. So ein Hochmoor, hat man errechnet, wächst um ein bis zwei Zentimeter jährlich in die Höhe. Daraus kannst du aber nicht sein Alter ablesen, denn mit zunehmender

Tiefe werden die Torfschichten immer mehr zusammengepreßt. Hier gilt schon, daß ein Millimeter Höhe einem Jahr entspricht. Ein Torflager von sechs Metern Stärke ist also in fünf- bis sechstausend Jahren abgelagert worden.«

»Das ist ja sonderbar«, sagte ich. »Schau doch . . .«

»Was?« fragte Bertie.

»Seit einem Kilometer vielleicht schon sehe ich keine Torfsoden mehr! Nur Moor und Wasser und diese Flächen mit den Baumstrünken drauf. Wird denn hier kein Torf mehr gestochen?«

»Offenbar nein«, sagte der gebildete Bertie. »Hier nicht mehr. Das Stück hier ist ausgetorft. Da gibt's nichts mehr zu stechen. Da ist nichts mehr drin, außer Leichen vielleicht . . .«

»Was für Leichen?« fragte ich.

»Menschen, die reinfielen oder verunglückten. Hast du noch nie von Moorleichen gehört?«

»Vielleicht. Hab's aber wohl vergessen.«

»Na so was«, sagte Bertie.

»Was ist mit ihnen?«

»Die sind unverwest.«

»Du meinst, sie sehen noch so aus, wie sie im Leben ausgesehen haben?«

»Die Moorleichen, die man gefunden hat, sahen so aus. Absolut konserviert. Auch ihre Kleidung. Da gibt's in Schleswig noch welche aus der Bronzezeit!«

»Aber wieso konserviert?«

»Die Säuren des Bodens gerben Körper und Kleidung und verhindern jede Fäulnis, jeden Zerfall«, sagte Bertie.

Das war das erste Mal, daß wir von den Leichen sprachen.

Darum habe ich Berties Schilderungen, Hochmoore betreffend, so ausführlich wiedergegeben.

Die Leichen – ja, da redeten wir zum ersten Mal von ihnen, im milden Sonnenschein auf dem elenden Weg nach Neurode, an einem schönen Novembermittag. Und hatten keine Ahnung, nicht den Schimmer einer Ahnung von dem, was auf uns zukam. Hoch und kahl ragten Erlen und Birken in den blauen Himmel.

8

Neurode erschien nach einer scharfen Kurve und hatte vielleicht zwei Dutzend Häuser. Der Boden hier war von feinem, ziegelrotem Staub bedeckt. Wir fuhren an zwei Gaststätten und ein paar Geschäften vorbei, dann waren wir wieder auf dem Karrenweg. Eine Tafel mit abblätternder Schrift besagte: ZUM JUGENDLAGER – 1 km. Den brachten wir auch noch hinter uns. Die Gegend hier war schon bei Tag so unheimlich, daß ich sagte: »Mensch, Bertie, wenn ich da nachts durchkäme und mal müßte – ich würde nicht die Traute haben, anzuhalten und auszusteigen. Ich würde mir lieber in die Hosen machen.«

»Wohl, wohl«, sagte Bertie. »Gefährlich ist's am Mooresrand. Und gar über das Moor zu gehen. Allzuleicht sinkt der Fuß ins quellende Moos, tückisch schillert das Wasser im Mondlicht, dem fahlen, Irrlichter locken den Wanderer fort vom sicheren Damm ins Unergründliche, hinunter, hinunter ...«

»Hör auf«, sagte ich. »Da vorn ist es. Bei dem Pfeil.« Als ich den zweiten Wegweiser erreicht hatte, bog ich scharf nach links ein. Das Moor lag hier offenbar weiter hinten, viel weiter hinten, die Geest schien wie eine sehr breite Zunge ins Moor hinein vorzustoßen, denn vor uns, vermutlich eingeschlossen von Moor auf drei von vier Seiten, sahen wir das Jugendlager Neurode. Eine breite, kurze Straße, asphaltiert (!), führte auf den Eingang zu. Bertie pfiff durch die Zähne, und auch ich staunte.

Zunächst einmal: Dies war ein Riesenlager! So groß hatte ich es mir überhaupt nicht vorgestellt. Es schien kein Ende zu nehmen. Freie Plätze lagen zwischen Baracken. Baracken, Baracken! Man konnte sie nicht zählen, so viele waren es.

Dann: Das Ding sah verflucht nach Konzentrationslager aus. Mit hohem Drahtzaun umgeben, der am obersten Teil nach innen geknickt war und mehrere Reihen Stacheldraht trug. Masten mit Scheinwerfern, die jetzt natürlich nicht brannten. Schranken. Sperren. Die Asphaltstraße führte auf ein sehr breites, geschlossenes Gittertor zu. Nur ein kleines Tor neben dem großen war geöffnet. Direkt dahinter stand eine Baracke, wohl für die Wachmannschaften.

Das Ungewöhnlichste aber: Auf dem großen Platz vor dem Eingang standen im braunen Heidekraut Autos, vielleicht ein, zwei Dutzend. Teure und teuerste, große und größte Wagen. Mercedes.

Diplomat. Chevrolets. Buicks. Fords. Sehr viele amerikanische Modelle.
»Was ist denn hier los?« sagte ich, während ich den Lamborghini neben einem Oldsmobile zum Halten brachte. Wir stiegen aus. Bertie nahm die Kameras mit und viele Filme, die er in seine Lederjacke steckte. Ich nahm den Recorder und einen Block. Wir gingen auf das Lager zu.
Den Zaun entlang, bestimmt drei-, vierhundert Meter, wenn nicht mehr, standen die Besitzer der Autos, Männer und Frauen. Viele der Frauen trugen Pelze – Leopard, Jaguar, Nerz, Persianer. Feine Damen waren das, an ihren Händen blitzte Schmuck. Die meisten Herren hatten dunkle Anzüge, nicht wenige trugen Homburg-Hüte, weiße Hemden und feierliche Krawatten. Das reinste Premieren-Publikum. Die Typen standen auf der äußeren Seite des Zauns. Auf der inneren Seite standen Jugendliche, Jungen und Mädchen zwischen vielleicht fünfzehn und achtzehn. Sie trugen teilweise auch feine Anzüge (noch von der Flucht her), teilweise Trainingskombinationen oder Pullover und einfache Kleidung.
Durch den engmaschigen, starken Zaun war eine lebhafte Diskussion im Gang. Die Damen und Herren redeten auf die Mädchen und Jungen ein, gestenreich, leidenschaftlich, aufgeregt. Die Jugendlichen lauschten angespannt. Ich versuchte zu hören, was da geredet wurde, aber sobald ich in die Nähe kam, verstummten die Gespräche, und die Besucher musterten mich feindselig. Ich bemerkte unter den Männern eine ganze Reihe, die sehr dubios wirkten – trotz ihrer eleganten Anzüge und Mäntel. Und ich sah, auf der anderen Zaunseite, Mädchen in Blond und Mädchen in Rot und Mädchen in Schwarz – Junge, die Mädchen waren eine Wucht, die da am Zaun standen! Mir wurde ganz anders. Bertie fotografierte.
Ein Mann drehte sich plötzlich um, bemerkte, daß Bertie ihn schießen wollte, riß die Arme vors Gesicht und schrie: »Hau bloß ab, Mensch, oder ich polier dir die Fresse!«
»Nette Leute«, sagte Bertie.
»Was ist das bloß hier?« fragte ich.
»Komm weiter«, sagte er. »Wir werden's erfahren.«
Durch die kleine Pforte betraten wir das Gelände, an dessen großem Tor eine Tafel hing:

UNBEFUGTEN IST DAS BETRETEN DES LAGERS STRENG UNTERSAGT!

Wir hatten auch schon einen Lagerpolizisten am Hals, noch ehe wir drei Schritte gegangen waren.
»Tag, die Herren. Wo wollen Sie hin?« Es war ein älterer, kränklich aussehender Mann.
Ich zog meinen Presseausweis. Ich hatte uns telefonisch angemeldet beim Lagerleiter, einem gewissen Dr. Horst Schall, und der hatte die Erlaubnis erteilt, das Lager zu besuchen und Interviews zu machen und zu fotografieren.
Der Lagerpolizist musterte Bertie und mich aufmerksam, dann sah er wieder unsere Ausweise an, während ich ihm sagte, daß wir erwartet würden. Er nickte.
»Sie kommen wegen der tschechischen Kinder?«
»Hauptsächlich, aber natürlich nicht nur.«
»Bitte, folgen Sie mir«, sagte er und ging voraus in die Wachbaracke, in der noch drei andere Lagerpolizisten saßen, die grüßten, nachdem wir gegrüßt hatten. Sie waren alle weit über fünfzig. Der erste telefonierte. Alle waren sie sehr höflich und korrekt. Der Polizist sagte, wir sollten Platz nehmen, in wenigen Minuten würde jemand kommen, der uns durch das Lager führte.
Sechs Minuten später erschien dann Fräulein Luise Gottschalk.
»Grüß Gott, die Herren«, sagte sie und lächelte uns freundlich an, während wir unsere Namen nannten und sie den ihren. »Weil die Herren sich vor allem für die tschechischen Kinder interessieren, hat man mich geschickt. Ich bin die, die wo sich um die Tschechenkinder kümmert.« Sie kicherte, aber böse. »Darum bin ich da. Sonst hätt man Ihnen bestimmt wen andern geschickt. Bittschön, kommens mit. Zuerst einmal zeig ich Ihnen, wie es überhaupt aussieht, das Lager.«
Die letzten Worte konnte man kaum mehr verstehen, denn da flog die erste Düsenjägerstaffel, die ich hier erlebte, im Tiefflug über uns hinweg, donnernd und so tief, daß der Boden bebte.

9

Im Lauf der nächsten zwei Stunden zeigte das Fräulein uns das Lager. Noch nicht das ganze, aber sehr viel davon. Sie erklärte, wie es hier zuging. Das Lager wurde unterhalten und geleitet vom Roten Kreuz, von der Caritas, der Inneren Mission, den beiden großen Kirchen und der Arbeiterwohlfahrt. Zuschüsse kamen aus Bonn. Nicht genug, sagte Fräulein Luise, nicht genug. Es reichte vorne und hinten nicht.

Ein Radioapparat, der irgendwo stand, übertrug durch Lautsprecher Unterhaltungsmusik. Wir sahen Jugendliche und Kinder vieler Nationen. Die Kleinen spielten mit Fürsorgerinnen oder allein, die Großen gingen von Behörde zu Behörde, die sich hier in Außenstellen etabliert hatten, oder wanderten ernst debattierend hin und her auf geborstenen Betonwegen, an deren Rändern auch kahle Birken und nackte, tiefschwarze Erlen standen.

Die Baracken waren alle gleich, langgestreckt, niedrig und aus Holz. Sie schienen frisch gestrichen zu sein, aber wenn man sie betrat, merkte man, daß sie sehr alt waren. Ein Mief von vielen, vielen Jahren und vielen, vielen Menschen, die Art Mief, die niemals wegzubringen ist, hing in den Räumen, so sauber geschrubbt auch alles war.

Ich sah, daß es ein Mädchenlager und ein Jungenlager gab. Wir sahen Aufenthaltsräume, Schlafräume (Kistenbetten, drei übereinander), Speiseräume. Alles war sehr ordentlich, ein paar Blumen und an den Wänden Filmfotos oder Pin-up-Girls und auch von Jugendlichen gemalte Bilder. Bei den Kleineren gab es Spielzeug.

Alle, denen wir begegneten, grüßten höflich. Bertie fotografierte. Ich hörte viele Sprachen. In einem großen Raum fanden wir ein Mädchen, das völlig allein an einem Tisch saß. Sie hatte die Hände auf die Platte gelegt und den Kopf darauf und weinte lautlos. Bertie schoß sie natürlich. Das Mädchen bemerkte uns gar nicht.

Ja, sehr ordentlich war alles, aber es roch nach Verzweiflung und Armut, Heimatlosigkeit, nassen Kleidern und großer Traurigkeit. Ein Schleier dieser Traurigkeit lag über dem ganzen Lager.

Neben den Eingangstüren der Baracken standen in Frakturschrift verwitterte Namen. Ich las: OSTPREUSSEN. MEMELLAND. WESTPREUSSEN. DANZIG. POSEN. KÖNIGSBERG. STETTIN. OBERSCHLESIEN. MARK BRANDENBURG. SACHSEN. THÜRINGEN. MECKLENBURG. Unter die Namen waren Wappen der Provinzen und Städte hingemalt worden – vor langer Zeit gewiß, denn die Farben waren schon ganz verwaschen. An vielen Baracken standen diese und andere Namen – Namen jener Gebiete, die nach dem Krieg an die Sowjetunion, an Polen oder an die DDR gefallen waren. Es wohnten Kinder aus Polen und der DDR in ihnen, gewiß, aber auch Jugendliche aus vielen anderen Ländern.

Immer wieder begegneten uns Mädchen. Es gab mehr Mädchen als Jungen, schien mir. Oder kam es mir bloß so vor, weil es unter den Mädchen so viele schöne gab? In der ganzen Welt war nach dem Krieg eine Generation wunderschöner Mädchen herangewachsen. Sogar hier traf man sie. Die Mädchen waren meist ernst, nur wenige lächelten uns an. Die Jungen schienen zugänglicher.
Es gab eine ziemlich große Kirche, ganz aus Holz gebaut, mit einem hohen Turm nur aus vier Eckpfeilern, so daß man durch ihn durchsehen und die Glocke oben erkennen konnte. Im Innern der Kirche war es kalt. Bertie fotografierte einen kleinen Jungen, der vor dem Altar kniete und beim Beten eingeschlafen war.
Fräulein Luise eilte immer vor uns her und erklärte alles.
Sie erklärte uns, was ein Notaufnahmeverfahren war und führte uns zu dem Vertreter der Landesbehörde für diese Prozedur. Ein Tscheche und ein Dolmetscher befanden sich gerade bei ihm. So ein Notaufnahmeverfahren war eine schwierige und langwierige Sache mit viel Papierkram. Mußte aber sein, sagte das Fräulein. Sie führte uns zur Außenstelle des Arbeitsamtes, zur Entlausungsstation und in die Baracke, in der alle Jugendlichen sofort nach dem Eintreffen gründlich ärztlich untersucht wurden. Fräulein Luise führte uns zur Außenstelle des Bundesverfassungsschutzes. Hier saßen zwei Männer hinter Schreibtischen und unterhielten sich mit einem Spanier und einem Griechen. Die Männer beherrschten die Sprachen der Jungen. Als wir eintraten, brachen sie sofort die Unterhaltung ab. Diese Herren waren sehr einsilbig. Bertie durfte hier auch nicht fotografieren. Überall sonst durfte er, hier nicht.
Der eine der schweigsamen Herren vom Verfassungsschutz hieß Wilhelm Rogge, der andere Albert Klein. Jedenfalls sagten sie, daß sie so hießen. Klein war groß und dick, Rogge war schlank und hatte sehr starke Brillengläser.
Ich verstand Spanisch und fragte, ob ich dem Gespräch mit dem jungen Spanier folgen dürfe.
»Nein«, sagte Rogge. »Das ist völlig ausgeschlossen.«
»Wenn Sie sich umgesehen haben, würden wir Sie bitten, das Büro wieder zu verlassen«, sagte Klein. »Wir haben sehr viel zu tun.«
»Hören Sie ...«, fing ich an.
»Bitte«, sagte Klein.
Beim Verfassungsschutz war nichts zu machen. Ich sah ein, daß diese Abschirmung notwendig war, und sagte das auch. Die Herren Klein und Rogge lächelten sehr höflich und sehr unverbindlich.

Fräulein Luise führte uns in das Büro der Caritas, in das Büro der Arbeiterwohlfahrt, in das Büro des Lagerpsychologen. Sie zeigte uns die beiden weißen Baracken, in denen die Fürsorgerinnen wohnten. Sie führte uns in die große Gemeinschaftsküche, wo Mädchen mit blauen Schürzen Kartoffeln schälten. Sie führte uns in die Arztbaracke. Der Arzt war gerade nicht da, aber wir sahen, daß die Baracke für ärztliche Zwecke sehr gut eingerichtet war mit Geräten und Apparaturen und Medikamenten und einem Raum, in dem es sogar einen Operationstisch gab. Fräulein Luise führte uns in die Telefonzentrale des Lagers. Ein hübsches Mädchen saß hier vor einem uralten Schaltkasten und stöpselte. Sie hieß Vera Gründlich, und ich flirtete ein wenig mit ihr.
Wir wollten mit Erwachsenen und Jugendlichen und Kindern reden. Fräulein Luise holte zwei Dolmetscher, die alle Sprachen beherrschten, welche hier gesprochen wurden. Wir ließen uns von den Kindern und Jugendlichen erzählen, warum sie geflüchtet waren. Immer wurden politische Gründe angegeben. Der Recorder zeichnete auf, das Mikro hielt ich in der Hand.
»Ist nicht immer politisch«, flüsterte Fräulein Luise mir zu. »Ist oft genug was anderes, aber sie müssen sagen politisch, damit sie im Notaufnahmeverfahren als politische Flüchtlinge anerkannt werden, verstehens?«
Dann, nach etwa zwei Stunden, meinte Fräulein Luise, sie wolle uns nun auch ihr Arbeitszimmer zeigen. Wir gingen über Heidekraut auf eine Baracke im Hintergrund des Lagers zu.
»Dort bin ich«, sagte Fräulein Luise. Wir kamen an einem hohen Fahnenmast vorbei, der in der Mitte einer riesigen geborstenen Betonfläche stand. Das mußte einmal ein Appellplatz gewesen sein.
»Wie alt ist das Lager?« fragte ich Fräulein Luise.
Sie gab keine Antwort.
Ich fragte noch einmal.
Wieder schien sie mich nicht zu hören.
»Wieviel Geld haben Sie pro Jugendlichen und Tag zur Verfügung?« fragte Bertie.
»Zwei Mark fünfzig«, sagte das Fräulein prompt. Diese Frage beantwortete sie bereitwillig. »Für Kleidung, Verpflegung, Schlafen, Taschengeld, im Winter Heizung, einfach alles. Nicht viel, wie?«
»Nein«, sagte Bertie lächelnd. »Nicht viel.«
»Die Erwachsenen, in den beiden anderen Lagern, für die sind nur

zwei Mark vierzig pro Kopf und Tag da. Meine Kinder hier kriegen zehn Pfennige mehr.«

Meine Kinder, sagte sie.

Zwei Mark fünfzig pro Tag und Kopf.

Und sechzig Kilometer von hier hatten Bertie und ich im ›Park-Hotel‹ zwei Zimmer mit Bad genommen, von denen jedes fünfundachtzig Mark am Tag kostete. Nur das Zimmer. Nur das Wohnen. Nicht einmal ganze sechzig Kilometer lag das ›Park-Hotel‹ entfernt.

Wir waren nahe an Fräulein Luises Baracke herangekommen. Plötzlich sah ich hinter ihr eine dichte Reihe schwarzer Erlen und dann wieder den hohen Stacheldraht und Scheinwerfer auf Masten.

»Da ist das Lager zu Ende?« fragte ich.

»Da hinten, ja«, sagte sie.

»Und was liegt jenseits des Zauns?«

Sie antwortete wieder nicht.

Ich fragte noch einmal.

Keine Antwort.

Dann sah ich es selber.

Jenseits des hohen Stacheldrahtzauns lag das unheimliche, endlose, nun schon in größeren Flächen von Nebel bedeckte Moor.

10

Die Tür von Fräulein Luises Büro flog auf.

»Imma rin in die jute Stube«, dröhnte der Lagerchauffeur Kuschke. Sein gutmütiges Gesicht zeigte einen grimmigen Ausdruck. Zusammen mit einem alten, wackeligen Lagerpolizisten stieß er den Fettsack vor sich her.

»Nehmt eure Hände weg, ihr Proleten!« lärmte der Fette, der unter dem grauen Mantel einen hellblauen Anzug, ein rosa Hemd und eine abenteuerliche Krawatte trug und betäubend nach einem süßlichen Parfum duftete. Er hatte eine singende, weibische Stimme, wirkte weichlich und aufgeschwemmt, aber verschlagen und unangenehm. »Das wird Ihnen noch leid tun! Ich habe Freunde in Hamburg! Einen Oberregierungsrat darunter! Dem werde ich mal erzählen, was hier für feine Zustände herrschen.«

»Schnauze«, sagte Kuschke. »Da hätten wa die Kröte, Frollein Luise. Und die Indigo ham wa ooch mitjebracht. Hat mit die Kröte türmen wollen.«

Das Mädchen, das Irina Indigo hieß, trat eben, geführt von dem Pastor Demel, in das Büro. Die Indigo wirkte hysterisch vor Wut. Der sehr junge Pastor, der eine schwarze Krawatte trug und eine Messerschnittfrisur hatte, redete freundlich, aber vergebens auf sie ein. Die Indigo schrie Fräulein Luise an: »Ich halte es hier nicht mehr aus! Ich muß hier raus! Raus muß ich hier!«

Bertie war hereingekommen. Er fotografierte jetzt mit der Hasselblad. Leise sagte er zu mir: »Wer ist der Dicke?«

»Keine Ahnung.«

»Ich kenne ihn.«

»Was?«

»Ich kenne ihn! Ich kenne ihn ...« Bertie starrte den Dicken an. »Verflucht und zugenäht, wenn ich bloß wüßte, woher!« Bertie kratzte sich den Kopf über dem Verband.

Inzwischen war Fräulein Luise auf das Mädchen losgegangen. Sie attackierte es erstaunlich scharf, wenn man daran dachte, wie freundlich sie bisher gewesen war. Aber dann fiel mir wieder ihr Ausbruch wegen der ruinierten Heizplatte ein. Sie schien zu solch jähen Ausbrüchen zu neigen.

»Fräulein Indigo, Sie wissen das ganz genau, ich hab es Ihnen extra gesagt, das Lager dürfen Sie ohne Erlaubnis und Passierschein nicht verlassen!«

Irina Indigo hatte schwarzes, zu einer Art Pagenfrisur geschnittenes Haar, schwarze traurige Augen, die jetzt funkelten, volle, rote Lippen, eine sehr weiße Haut. Sie war groß, schlank und trug flache Halbschuhe, einen Rock, der die Knie frei ließ, ein hellblaues Twin-set und einen blauen Mantel. Sie hatte lange, seidige Wimpern. Der tschechische Akzent war bei ihr kaum wahrnehmbar.

»Ich muß zu meinem Verlobten! Ich habe es Ihnen schon zehnmal gesagt! Ich muß zu ihm!« Sie wies auf den Fettsack. »Dieser Herr wollte mich mitnehmen, in seinem Wagen!«

»Aus reiner Freundlichkeit«, knurrte der und betastete den schmerzenden Schädel. »Man ist immer viel zu gutmütig.«

Chauffeur Kuschke hob den freien Arm, wie um ihn zu schlagen. Der Fettsack duckte sich blitzschnell, während er kläffte: »Ich verbitte mir das!« Noch geduckt, bemerkte er, daß Bertie ihn grübelnd betrachtete. »Was fehlt denn Ihnen?«

»Ich kenne Sie«, sagte Bertie.
»Nie im Leben!« sagte der Fettsack und betastete zu einer Grimasse des Schmerzes den Hinterkopf, wo unter dem Haar zwei hübsche Beulen wuchsen. Kuschke hatte nicht sehr sanft zugeschlagen.
»Doch«, sagte Bertie. »Doch, ich kenne Sie.«
»Ach, lecken Sie mich!« sagte der Fettsack. Kuschke riß ihm den einen Arm am Rücken in die Höhe. Der Dicke jaulte auf vor Schmerz.
Fräulein Luise trat dicht an ihn heran, kampfbereit, ein Muttertier, das seine Jungen verteidigt.
»Was machen Sie im Lager? Haben Sie einen Passierschein?«
»Nichts hat er«, sagte der ältere Polizist verlegen.
Kuschke packte erneut den Schlagstock, der ihm am Handgelenk baumelte.
»Umdrehen«, sagte er zu dem Dicken. »Jesicht zur Wand! Hände annen Türbalken. Na wird's?«
Der Fettsack musterte ihn, freigelassen, vor Wut würgend.
»Arschloch«, sagte er.
»Du kriegst gleich noch eene uff die Rübe«, sagte Kuschke.
Der Recorder nahm auf, alles ...
An Kuschkes Overall, über dem Bauch, dort, wo der Dicke ihn getreten hatte, sah man den staubigen Abdruck einer Schuhsohle. Jetzt stieß er den Dicken vorwärts. Der legte die Hände gegen die Wand und ließ sich von Kuschke abtasten. Der Lagerpolizist hielt seinen Schlagstock bereit. Bertie fotografierte.
»Wenn er keinen Schein gehabt hat, wieso ist er dann ins Lager gekommen?« fragte Fräulein Luise den Lagerpolizisten.
Dessen Gesicht wurde feuerrot.
»No!« sagte das Fräulein.
»Unsere Schuld, Fräulein Luise«, war die verlegene Antwort. »Deutschland – Albanien.«
»Was?«
»Na, Länderspiel doch. Fernsehen. In den Baracken schauen auch viele Jungen zu.«
»Herrlich«, sagte das Fräulein. »Das kommt davon, wenn die Menschen nur ihrem Vergnügen nachgehen und nicht ihre Pflicht tun!«
»Ja«, sagte der müde, abgerackerte Lagerpolizist unglücklich.
»Alle vier Mann haben ferngesehen?«
»Alle vier, ja, Fräulein Luise. Da muß der Kerl reingewischt sein.«

»Schöne Zustände!« wütete Fräulein Luise. »Und inzwischen kann sonst was passieren!«
»Es tut uns leid. Ist noch nie etwas vorgekommen . . .«
»Na also«, sagte Chauffeur Kuschke, während er dem Fettsack eine Pistole aus dem Gürtel zog und sie dem Lagerpolizisten gab. »Walther. Siebenfünfundsechzich.« Er ließ das Magazin herausspringen. »Voll, det Majazin.« Kuschke zog zwei weitere Magazine aus der linken Hosentasche des Dicken, der betäubend nach Moschus duftete. »Janzet Munitionsdepot«, sagte Kuschke.
»Haben Sie einen Waffenschein?« fragte der Lagerpolizist.
»Selbstverständlich«, sagte der Dicke frech.
»Wo?«
»In Hamburg. Glauben Sie, ich schleppe den Wisch mit mir herum?«
»Aber die Knarre, wa?« sagte Kuschke. Und leise zu dem Lagerpolizisten: »Wie steht's denn?«
»Vorhin noch null zu null. Erste Halbzeit. Fünfunddreißig Minuten«, sagte der leise. Laut sagte er: »Die Pistole ist beschlagnahmt.«
Der Fettsack wirbelte mit erstaunlicher Schnelligkeit herum.
»Sie können überhaupt nichts beschlagnahmen!« keifte er mit dieser sonderbaren Singstimme. »Das ist alles völlig ungesetzlich, was hier geschieht.«
»Halt die Schnauze, Mensch«, sagte Kuschke, ein kräftiger Mann mit Schiebermütze und Riesenhänden, gefährlich ruhig. »Oda ick hau dir an die Wand und kratz dir ab.«
Die Indigo war erschrocken, als Kuschke die Pistole gefunden hatte. Das Mädchen stand hilflos da und schwieg und wich Fräulein Luises Blicken aus. Bertie ging um den Dicken herum und betrachtete ihn grübelnd von allen Seiten. Er überlegte krampfhaft, woher er den Mann kannte. Ich lächelte die Indigo an. Sie schien es nicht zu bemerken.
»Ausweis«, sagte der Lagerpolizist.
»Wozu?« fragte der Fettsack.
»Noch so 'ne dämliche Frage, und et knallt!« brüllte Kuschke.
Der Dicke zuckte zusammen, dann holte er einen Paß aus der Jackentasche. Der Lagerpolizist ging zum Schreibtisch und begann, die Personalien zu notieren.
Irina Indigo schrie plötzlich: »Dieser Herr ist meinetwegen ins Lager gekommen! Ich habe ihm zugewinkt!«

Während sie noch schrie, hatte Bertie die Hasselblad hochgerissen und den Fettsack fotografiert.
»Das können Sie mit mir nicht machen!« kreischte der Fettwanst und stürzte sich unerwartet auf Bertie. Ich stieß mich von der Wand, an der ich gestanden hatte, ab, sauste durch das Büro, knallte dem Dicken eine Faust in die Rippen und die andere in den Bauch, daß er nach Luft jappte und in einen Sessel flog. Bertie hatte wie irre geknipst. Das gab Action-Fotos!
Die Indigo schrie jetzt zur Abwechslung einmal mich an: »Was fällt Ihnen ein? Wer sind Sie?«
»Okay, Baby«, sagte ich und zündete eine neue Zigarette an, »okay. Wir beide reden gleich miteinander.« Ich sah zu Bertie. »Gut so?«
»Prima«, sagte der und schoß den Dicken noch zweimal. Ich sagte es schon: Ich hatte einen Instinkt für Menschen, ein Gespür für Dinge. Mich hielt Jagdfieber gepackt. Ich hatte anfangs gedacht, daß wir umsonst in dieses elende Kaff gekommen waren, aber seit Fräulein Luise mit ihren Unsichtbaren geredet hatte, war das anders, ganz anders. Ich trat zu dem Polizisten, der die Daten aus dem Paß notierte.
»Wie heißt der Kerl?«
»Karl Concon«, sagte der Polizist.
»Concon«, wiederholte Bertie. »Concon ...«
Der Polizist sagte: »Beruf Hotelier.«
»Hotellje!« sagte Kuschke verächtlich. »Kleenen Puff uff de Reeperbahn, wat? 'schuldigense, Frollein Luise, aba isset nich ne Sauerei? In Rudeln kommense jetzt schon zu uns, die Luden. Eijentumswohnung vasprechense die doofen Bienen, zwootausend Emm Jarantie im Monat! Und wat is da wirklich zu holen? Gonokokken!«
»Herr Concon hat mir überhaupt nichts versprochen!« rief die Indigo. Jetzt begegnete sie meinem Blick. Ich lächelte wieder. Sie sah mich wütend an.
Bertie griff sich an die Stirn. Er sagte lächelnd: »Jetzt weiß ich, wer Sie sind. Ich vergesse nie ein Gesicht. Sie standen vor Gericht. 1956. Nein, 57. Ich war da. Wir brachten einen Bericht. In BLITZ.«
»Sie haben ja Kompott im Gehirn«, sagte Concon und lachte, aber reichlich unsicher.
»Gericht in Hamburg«, sagte Bertie zu mir. »War nur ein Bildbericht.«

»Was hat er ausgefressen?« fragte ich. »Wer ist das?«
»Eine Sau«, sagte Bertie, sonnig lächelnd. »Ganz große Sau. Schwul. Nicht daß ich was gegen Schwule hätte.«
»Ich auch nicht«, sagte ich. »Weiß Gott! Ich habe eine Menge schwule Freunde. Feinste Kumpel, die man sich denken kann.«
»Jaja«, sagte Bertie. »Nur diese Sau da, die ist kein feiner Kumpel. Dieser Schwule hat andere Schwule erpreßt. Unter ihnen einen ganz hohen deutschen Offizier. Deshalb kam er vor Gericht.«
»Um Geld erpreßt?« fragte der Pastor.
»Nein. Geheimnisverrat.«
»Ich wurde freigesprochen!« rief Concon böse und fingerte wieder an den Beulen herum.
»Wegen Mangel an Beweisen«, sagte Bertie.
»Geheimnisverrat? Erpressung?« fragte das Fräulein aufgeregt.
»Richtig«, sagte Bertie. »Erpressung. Geheimnisverrat. Herr Karl Concon. Noch ein bißchen fetter sind Sie in der Zwischenzeit geworden, Herr Concon. Schreib dir mal alle Daten auf, Walter, auch die Paßnummer und das Ausstellungsdatum. Wenn man uns schon losschickt, dann wollen wir richtig recherchieren.«
»Ich brauch die Daten auch«, sagte Fräulein Luise. Der Pastor sah sie sonderbar an, aber er sagte nichts. Das Fräulein nahm ein Blatt Papier und einen Bleistift und ging zu dem Lagerpolizisten. Ich hörte ein Klicken. Die Kassette war voll. Schnell wechselte ich sie gegen eine neue aus, dann trat ich neben Fräulein Luise und notierte alle Angaben im Paß des Dicken.
Bertie hatte recht. Es war ungewöhnlich genug, daß sie einen Top-Fotografen und einen Top-Schreiber auf dieses Lager ansetzten. Im allgemeinen blieb das die Sache unserer Rechercheure. Wir hatten ein Dutzend verdammt gute. Die zogen los mit eigenen Kameras oder mit anderen Fotografen, wenn etwas passiert war, wenn wir einen Fall witterten, und sie beschafften das ganze Material, nach dem ich (oder ein anderer) dann schreiben konnte. Alle Daten und Fakten. Das war Aufgabe eines Rechercheurs: die Nachforschung, die Ermittlung, so genau und exakt wie möglich. Diesmal ging alles anders. Ich schrieb die Paßangaben ab. Herr Karl Concon war 1927 geboren, am 13. Mai. 41 Jahre alt also.
Fräulein Luise sagte zu dem unglücklichen Lagerpolizisten: »Sie setzen den Mann fest und rufen die Polizei in Zeven an. Die sollen kommen und ihn abholen.«
»Jawohl, Fräulein Luise.«

»Ihr könnt mich nicht festnehmen!« kreischte Concon und zuckte zusammen. Die Beulen mußten doch sehr weh tun.
»Klar können wa. Jeh man schön mit dem Herrn mit, du Tunte.« Kuschke rieb sich die Riesenhände. »Ick begleite dir. Damitte keene dämlichen Jedanken kriegst. Kieken wa uns noch'n bißken Deutschland – Albanjen an, bis die Polente kommt. Wird ne jute halbe Stunde dauern. Üba diese Drecksstraße.«
»Ich sage, ihr könnt mich nicht festnehmen, ihr Schweine!« schrie Concon.
»Wir erstatten Anzeige gegen Sie«, sagte Fräulein Luise.
»Daß ich nicht lache! Und weshalb?«
»Betreten des Lagers ohne Erlaubnis«, sagte Fräulein Luise. »Hausfriedensbruch. Versuchte Entführung einer Jugendlichen ...«
»Ich habe doch nie ...«
»Nee, haste nich. Ham wa allet jeträumt, wa?«
»... und die Behauptung von Herrn Engelhardt werden wir auch überprüfen lassen«, sagte das Fräulein.
»Du Scheißkerl«, sagte Concon zu Bertie. Der lächelte ihn an.
Die Indigo sagte flehentlich: »Lassen Sie mich wenigstens telefonieren mit meinem Verlobten, Fräulein Luise.«
»Ausgeschlossen.«
»Lassen Sie das Mädchen telefonieren«, sagte ich.
»Ich habe schon so oft darum gebeten!« rief die Indigo. »Immer und immer wieder! Und immer hat es geheißen: nein.«
»Weil es nicht gestattet ist«, sagte Fräulein Luise. »Grundsätzlich nicht. Alle wollen dauernd telefonieren. Das geht einfach nicht! Zwei Mark fünfzig bekommen wir für jede von euch am Tag!«
Ich sagte: »Ich bezahle das Gespräch.«
»Sie?«
»Ja. Ich muß auch mit meiner Redaktion telefonieren.«
Das Fräulein zögerte immer noch.
»Bitte«, sagte ich. »Wenn ich Sie darum bitte ...«
Das Telefon läutete.
Fräulein Luise hob ab.
»Gottschalk! ... Ja, Herr Doktor ... Na, alsdern! ... Gut, wir kommen zu Ihnen ...« Sie legte auf und verkündete: »Es ist ein Mädchen geworden bei der Panagiotopulos.« Damit ging sie zur Tür ihrer Wohnstube und öffnete sie. Kuschke und ich folgten. Der Chauffeur sagte: »Det freut mir aba! Wose doch solche Angst hatte, et wird'n Junge und muß Soldat wern im nächsten Krieg.«

Wir sahen in den Nebenraum. Sehr blaß, klein und mit wirrem Haar saß Karel auf Fräulein Luises Bett. Die Trompete lag noch auf dem Fußboden.
»Ach Jotte, nee«, sagte Kuschke ergriffen, »det arme Wurm. Et is schon ne vafluchte Welt. Wenigstens Kinda sollten nich flüchtn müssen.«
Fräulein Luise war zu Karel getreten.
»Wir sollen zum Doktor schauen. Er hat noch zu viel zu tun. Glaubst du, du kannst gehen?« fragte sie deutsch, dann fiel ihr ein, daß Karel schlecht Deutsch verstand, und sie wiederholte die Frage tschechisch.
Der wohlerzogene kleine Junge nickte ernst. Er stand auf und schwankte dabei ein bißchen. Fräulein Luise stützte ihn. Bertie schob mich beiseite und machte zwei Fotos. Fräulein Luise führte den Jungen durch das Büro. Zu der Indigo sagte sie: »Solange der Herr Roland es bezahlt, dürfens telefonieren. Aber versuchens ja nicht, noch einmal auszureißen!«
»Bestimmt nicht, Frau Fürsorgerin!« Die Indigo strahlte plötzlich. »Wenn ich nur mit meinem Verlobten telefonieren darf ...«
»Sind Sie fertig?« fragte Fräulein Luise den Lagerpolizisten.
»Jawohl!« Der Uniformierte erhob sich, steckte sein Notizbuch ein und auch Concons Pistole. »Wir gehen jetzt«, sagte er zu dem Dicken, bemüht energisch, der arme, alte Mann. »Und versuchen Sie keine Sachen. Ich schlage sofort zu!«
»Außadem bin ick noch da«, sagte Kuschke.
»Ich gehe mit«, sagte Bertie zu mir.
»Okay«, sagte ich. »Wenn die Polizei aus Zeven kommt, ruf mich.«
»In Ordnung«, sagte er.
Fräulein Luise war schon fast bei der Bürotür angekommen, da machte sich Karel wortlos frei und ging in die Wohnstube zurück. Gleich darauf erschien er wieder. Er hatte die Trompete geholt, die dort liegengeblieben war. Er hielt das goldglänzende große Instrument fest in seiner kleinen Hand. Er sagte kein Wort und bewegte sich wie ein Blinder, vorsichtig, langsam.
»Los«, sagte der Polizist zu Concon.
»Nu loof schon, Männeken«, sagte Kuschke. »Oda haste zu jroße Schmerzen im Schritt?«
Concon kreischte im Hinausgehen: »Ich rede mit meinem Oberregierungsrat! Dann fliegt ihr hier, alle! Für sowas zahlt unsereins

Steuern!« Wir hörten ihn draußen, auf dem Barackengang, noch weiterlärmen. Bertie humpelte hinter der Gruppe her. Karel hatte wieder Fräulein Luise erreicht. Er sah uns an und verbeugte sich artig.

»Bis gleich, Karel«, sagte ich.

»Ich komme auch mit Ihnen«, sagte Pfarrer Demel.

Fräulein Luise fiel etwas ein.

»Ach, bitte, Herr Pastor!«

»Ja?«

»Mit dem Buben schaff ich es allein. Aber meine Heizplatte, die ist wieder kaputt. Die Spirale. Sie sind doch so geschickt, Sie haben sie schon ein paarmal geflickt. Würden Sie sie bittschön anschauen?«

»Natürlich«, sagte Demel und nickte ihr freundlich zu.

»Danke«, sagte das Fräulein. Die Tür schloß sich hinter ihr und Karel. Der Pastor betrachtete die Heizplatte und holte ein gewaltiges Mehrzwecktaschenmesser aus seiner Hosentasche. Dann begann er zu arbeiten.

Irina Indigo sah mich an. Ihre Augen waren sehr groß und dunkel und nun wieder traurig. Ich sah sie auch an. Wir standen etwa zwei Meter voneinander entfernt. Der Blick hielt.

Eine neue Formation Starfighter heulte heran. Lauter und lauter wurde das Toben ihrer Düsenaggregate. Wieder klirrten die Scheiben. Das Dröhnen erreichte seinen Höhepunkt. Ich wartete darauf, daß ich nervös und unruhig wurde. Nein – ich wurde es nicht. Ich blieb ganz ruhig, zum ersten Mal. Ich schnupperte nach meinem Schakal. Er war nicht da. Überhaupt nicht. Das Toben wurde leiser und verklang.

Irina und ich sahen einander immer noch an.

11

»Sie sind der erste Mensch in der Bundesrepublik, der nett zu mir ist«, sagte sie endlich.

»Unsinn«, sagte ich.

»Kein Unsinn!« Sie schüttelte den Kopf. »Alle anderen haben mich immer nur herumkommandiert. Vor allem diese Hexe von einer Fürsorgerin.« Sie blickte zu dem Pastor, der an der Heizplatte kratzte. »Entschuldigen Sie den Ausdruck, sie tut nur ihre Pflicht, die alte Frau, ich weiß. Und immer kommen neue Flüchtlinge. Ich kann es ja verstehen, daß die Menschen in diesem Land einmal genug haben und uns alle zusammen nicht mehr sehen können.«

»So ist das aber nicht«, sagte der junge Pastor, der sich auf den Schreibtisch gesetzt hatte. »Niemand hat etwas gegen Sie. Bestimmt nicht. Den Flüchtlingen geht es schlecht. Uns geht es gut. Was Sie für Ablehnung halten, das ist nur unser schlechtes Gewissen. Denn nach allem, was wir getan haben, ist es ja eine ungeheure Ungerechtigkeit, daß es uns so bald wieder gutging – und den Menschen in der DDR zum Beispiel so lange schlecht. Jetzt Gott sei Dank nicht mehr. Und nun telefonieren Sie endlich!«

Ich dachte, daß ich ein abgerackerter, schwer arbeitender, versoffener Reporter war, der einen Fall witterte, und nicht ein glücklicher Playboy, der ein schönes, junges, hilfloses Mädchen aufs Kreuz legen konnte, nicht ohne ihr vorher zu helfen jedenfalls. Also riß ich mich zusammen und fragte: »Kennen Sie die Nummer Ihres Verlobten?«

»Auf der ganzen Flucht habe ich sie mir vorgebetet. Hamburg 2 20 68 54.«

»Hat er eine Wohnung in Hamburg?« fragte Demel überrascht. Er hatte ein von Wetter und Wind gebräuntes Gesicht und graue Augen unter buschigen braunen Brauen. Sein kurzes Haar war braun wie das meine, der Mann vielleicht so alt wie ich, aber er sah zehn Jahre jünger aus. Zehn Jahre mindestens.

»Nein, das ist die Wohnung von seinem besten Freund in der Bundesrepublik. Rolf Michelsen heißt der. Sie kennen sich seit Jahren. Herr Michelsen wohnt in einer Straße namens Eppendorfer Baum. Hausnummer 187.« Der Recorder mit der neuen Kassette war immer noch eingeschaltet und zeichnete auf. »Herr Michelsen hat meinen Verlobten bei sich aufgenommen, das war so verabredet gewesen, schon lange vor der Flucht. Herr Michelsen besuchte Jan oft in Prag.«

»Jan?«

»Jan Bilka. So heißt mein Verlobter.«

»Was macht denn dieser Herr Michelsen?« fragte ich.

»Keine Ahnung.«

»Nanu!«

»Ich kenne ihn nicht persönlich. Jan hat mir nur von ihm erzählt. Er konnte mir nicht alles erzählen, wissen Sie. Er war Hauptmann

im Verteidigungsministerium. Über viele Dinge durfte er einfach nicht reden.«
Ich fühlte, wie mir plötzlich sehr warm wurde.
»Natürlich nicht«, sagte ich. »Hauptmann, wie?«
»Ja«, sagte Irina. »Können wir jetzt die Nummer anmelden?«
»Sofort«, sagte ich. Von draußen, aus verschiedenen Baracken, erklang, vielstimmig, ein Aufschrei, leise und gedämpft. »Tor«, sagte ich. »Muß einer ein Tor geschossen haben.«
»Vermutlich die Albanier«, sagte der so jugendliche Pastor, ohne aufzublicken. »Großartige Spieler, diese Albanier.«
»Wenn er Hauptmann war, war er doch mindestens dreißig«, sagte ich.
»Zweiunddreißig«, sagte Irina. »Schauen Sie nicht so! Ich bin achtzehn. Na und?«
»Gar nichts na und«, sagte ich.
»Ich studiere Psychologie«, sagte Irina. »Er hatte seine Wohnung, ich eine Mansarde in Untermiete. Und wir kennen uns seit zwei Jahren. Genügt Ihnen das?«
Ich nickte und ging zum Telefon und wählte aufs Geratewohl die 9. Tatsächlich meldete sich die Zentrale, ich erkannte eine Stimme.
»Ach, das hübsche Fräulein Vera«, sagte ich liebenswürdig. »Hier ist Roland, Fräulein Vera. Ja, ja, vorhin habe ich Sie besucht. Bitte, geben Sie mir Hamburg, die Nummer ...« Ich sah Irina an.
»2 20 68 54.«
»2 20 68 54«, wiederholte ich. »Ich komme vorbei und bezahle die Gebühren, das Gespräch geht auf meine Rechnung, Fräulein Luise hat es gestattet. Danke sehr, Fräulein Vera.« Ich gab Irina den Hörer. Sie sagte schnell und atemlos: »Hallo!« Und dann, nach einer Pause: »Ja, natürlich, ich verstehe ...« Und zu uns: »Sie wählt durch, ich kann warten.«
»Fein«, sagte ich.
»Sie sind Herr Walter Roland?« fragte der Pastor. Er hatte die Heizplatte sinken lassen und musterte mich neugierig.
»Der bin ich, ja«, sagte ich unfreundlicher, als ich wollte, aber auf einmal war mir mies.
»Paul Demel«, stellte er sich vor.
»Angenehm«, sagte ich. Und zu Irina: »Wann ist Ihr Verlobter geflohen?«
»Vor fast drei Monaten«, sagte Irina. »Am 21. August.« Sie hielt den Hörer ans Ohr gepreßt.

»Fräulein Luise hat mir erzählt, daß Sie kommen würden«, sagte der Pastor lächelnd. »Ich freue mich wirklich, Sie persönlich kennenzulernen. Ich habe viele Fragen an Sie.«
»Sie sind der Herr, dem meine beiden Bücher gefallen haben«, sagte ich, und jetzt spürte ich schon wieder das elende Vieh, den Schakal.
»Ja. Besonders gut fand ich ›Der endlose Himmel‹.«
»Und Sie wollen sicher fragen, warum ich nicht weiter Bücher geschrieben habe.«
»Unter anderem«, sagte er freundlich.
Ich sagte, wobei ich mir Mühe gab, meine Erregung zu bändigen, was mir nicht ganz gelang: »Weil ich keine Bücher schreiben kann! Darum! Reicht gerade noch für eine Illustrierte!«
»Das ist nicht wahr«, sagte er. »Sie haben doch bewiesen . . .«
»Ich habe gar nichts bewiesen«, sagte ich. »Bitte, Herr Pastor!« Ich sah ihn fast flehend an.
»Sie haben zu früh den Mut verloren, das ist alles«, sagte er.
»Und Hunger gehabt«, sagte ich. Trotzdem war ich froh, daß er nichts von dem zweiten Namen ahnte, unter dem ich seit Jahren schrieb. Der zweite Name sollte eigentlich nur in der Branche als mein Pseudonym bekannt sein, aber in der Branche wußten sehr viele Leute Bescheid, und das war eine furchtbar verquatschte Industrie. Bestimmt wußten viele Außenstehende, daß ich auch unter einem anderen Namen schrieb, das war trotz meiner Vorsicht nicht zu vermeiden. Pastor Demel ahnte es sichtlich nicht. Ich hätte mich sehr geschämt vor diesem jungen Geistlichen, wenn er gewußt hätte, wer da noch vor ihm stand.
»Reporter sind Sie?« fragte Irina. Es klang ängstlich.
»Wie Sie hören«, sagte ich, immer noch unfreundlich. »Stört es Sie?«
»Nein, natürlich nicht...« Sie lachte, aber es klang unecht. »Warum sollte mich das stören?«
»Viele stört's«, sagte ich. »Wenn ich über sie schreiben will.«
»Na, über mich gibt es nichts zu... Hallo? Ja?« Sie lauschte. »Aha«, sagte sie dann. »Danke schön.« Und legte auf. »Die Nummer in Hamburg ist besetzt. Das Fräulein versucht es wieder.«
»Nur die Ruhe«, sagte ich.
»Jaja«, sagte sie.
»Warum sind Sie eigentlich geflüchtet?« fragte ich Irina.
»Wegen meinem Freund.«

»Was heißt das?«

»Sofort nach seiner Flucht sind Beamte zu mir gekommen. Staatspolizei. Tschechische. Und sowjetische. Für zwei Tage haben sie mich festgenommen und verhört. Stundenlang. Tag und Nacht.«

»Was wollten sie wissen?« fragte ich.

»Lauter Sachen über meinen Verlobten«, sagte Irina.

»Was für Sachen zum Beispiel?«

»In welcher Abteilung er gearbeitet hat. An was für Akten er herangekommen ist.«

Der Pastor sah mich an. Ich erwiderte seinen Blick stier. Diesen Blödstellreflex hatte ich jahrelang geübt. Wirkte absolut überzeugend.

»Seine Position, sein Privatleben, unsere Affäre ... Alles hat sie interessiert. Aber ich habe nur einen sehr kleinen Teil der Fragen beantworten können. Ich weiß nicht, in welcher Abteilung Jan war und was für eine Position er gehabt hat und an welche Akten er herangekommen ist. Ich habe plötzlich gemerkt, daß ich kaum wirklich etwas von ihm weiß. Das hat mich erschreckt. Sehr erschreckt. Können Sie das verstehen?«

»Gut«, sagte ich. »Und weiter?«

»Weiter ... Sie haben mir nicht geglaubt. Sie haben mich gehen lassen, aber sie sind wiedergekommen, täglich. Meine Wirtin hat die Nerven verloren und mich hinauswerfen wollen. Gute Frau, aber es war einfach zuviel für sie. Die Männer sind manchmal um vier Uhr früh gekommen. Hat mich natürlich nicht hinausgeworfen. Aber Angst hat sie gehabt. Schreckliche Angst. Ich auch.«

»Sie haben nicht die Hamburger Adresse oder den Namen des deutschen Freundes Ihres Verlobten verraten?«

Irina sah mich empört an.

»Natürlich nicht!«

»War nur eine Frage. Nicht gleich böse sein. Und dann?«

»Dann ... dann haben sie mich wieder zu Verhören bestellt. Hat mich ganze Tage gekostet. Immer dieselben Fragen! Immer andere Beamte. Sie haben mir verboten, weiter auf die Universität zu gehen. Sie haben mir verboten, Prag zu verlassen. Jeden Tag habe ich mich zweimal auf meinem Polizeirevier melden müssen. Und immer wieder Verhöre.«

»Die Leute müssen ein verzweifeltes Interesse an Ihrem Verlobten gehabt haben«, sagte der Pastor.

»Ja«, sagte Irina. »Aber warum? Warum bloß?«

Wir schwiegen beide, der Pastor und ich, und wir sahen uns an.

»Dann«, sagte Irina, »vorige Woche, am Donnerstag, sind alle Freunde und Bekannten und Mitarbeiter von Jan verhaftet worden. Auf einen Schlag. Ich habe etwas vergessen: Mit diesen Leuten hat man mich vorher schon immer wieder konfrontiert. Manche habe ich gekannt, die meisten nur dem Namen nach, viele nicht einmal dem Namen nach. Aber daß man sie verhaftet hat, das habe ich erfahren.«

»Wie?« fragte ich.

»Ein Telefonanruf. Anonym. Ganz kurz. Ich weiß nicht, wer das war. Auf jeden Fall bin ich noch in der nächsten Stunde geflüchtet. Ich habe es nicht mehr ausgehalten! Ich habe gedacht, jetzt holen sie mich! Ich war mit den Nerven fertig! Vollkommen fertig! Ich wollte nur noch eines: zu Jan kommen! Nach Hamburg! Können Sie das auch verstehen?«

»Natürlich«, sagte ich. »Jetzt sind Sie in Sicherheit. Ganz in Sicherheit. Beruhigen Sie sich. Bitte, beruhigen Sie sich.«

»Ja, das müssen Sie«, sagte der Pastor, und dann, absichtlich ablenkend, zu mir: »Nun schauen Sie sich das einmal an! Die Spirale ist ganz flachgequetscht. Da muß jemand mit einem Hammer reingeschlagen haben.« Er sah mich an. »Also gut, kein Wort über Ihre Bücher. Können Sie ein wenig helfen? Das Ding rutscht mir immer wieder weg!«

Ich setzte mich zu ihm und hielt die Platte fest, während er versuchte, die zerrissenen Teile der Heizspirale ineinanderzuhängen. Wieder ertönte ein gedämpfter Aufschrei aus mehreren Baracken.

»Vielleicht sind das auch wir«, sagte Pastor Demel. »Wir haben ein paar gute Leute in der Nationalmannschaft. Es hilft nichts, ich muß das Stück da abmontieren, sonst kriege ich es nie hin.« Er suchte an seinem großen Taschenmesser einen Schraubenzieher aus, klappte ihn hoch und arbeitete weiter. »Einen Rat darf ich Ihnen doch geben – dem *Reporter* Roland, wie?«

»Bitte.«

»Gut, die Tschechen. Das Aktuellste. Klar. Aber nachher müssen Sie auch noch einmal vor das Lager gehen und sich die feinen Damen und Herren dort ansehen. Es kommen nämlich nicht nur Luden in ihren Cadillacs und Lincolns und holen sich unsere Mädchen.«

»Holen, wohin?« fragte Irina, und ich sah sie an und dachte, wie unschuldig sie aussah, wie unberührt und rein und sauber, und dann dachte ich, daß viele Mädchen, die mir hier begegnet waren, so aussahen. Höflich, schön, aber still und sehr, sehr unschuldig. Dabei hatte Irina seit zwei Jahren ein Verhältnis mit einem viel älteren Mann ...

»In ihre Lokale«, sagte der Pastor. »Striptease. Barmädchen. Oder richtig für den Strich. Nach ein, zwei Jahren kommen die armen Dinger wieder an. Abgewrackt und am Ende. Krank oft. Wir tun, was wir können, aber außerhalb des Lagers können wir euch nichts verbieten. Und wer etwas länger hier ist, bekommt ja auch Ausgang, das wissen Sie doch.«

»Ja«, sagte Irina.

»Wie lange sind Sie hier?« fragte ich.

»Seit gestern«, antwortete sie.

»Da ist es natürlich noch zu früh«, sagte Demel. »Da waren Sie ja noch nicht einmal bei allen Stellen, beim Arbeitsamt und beim Verfassungsschutz und so. Vorher geht das nicht. Aber nachher. Nachher dürfen die Jugendlichen raus. Und gehen nach vorn, ins Dorf, in die ›Genickschußbar‹.«

»Wohin?«

»›Genickschußbar‹. So haben noch die ostdeutschen Kinder eine Kneipe da getauft.«

»Warum?«

»Vor Jahren schon fanden Jugendliche dort in der Umgebung unter dem Sand Menschenknochen. Auch Schädel. Große Aufregung im Lager, wie Sie sich vorstellen können. Dann erzählten Bauern, daß sich zur Nazizeit da, wo heute die Kneipe steht, eine Hinrichtungsstätte befand. Sie reden nicht gern darüber, die Bauern, wir haben es nur sehr mühsam aus ihnen herausbekommen. Der Mann, der nach dem Krieg die Kneipe baute, hatte auch keine Ahnung. Nun ja. Hier am Zaun also werden die Verabredungen getroffen. In der ›Genickschußbar‹ erwarten die Damen und Herren dann die Jugendlichen. Und hauen mit ihnen ab. Dieser Herr Concon hat es unglaublich eilig gehabt bei Ihnen.«

»Ja«, sagte ich. »Unglaublich.« Mir war noch immer sehr warm. »Warum sperren Sie die Ausgänge nicht ganz? Warum lassen Sie nicht generell niemanden raus?«

»Das wäre Freiheitsberaubung und gegen das Gesetz«, sagte Demel. »Außerdem, dann würden die Typen da am Zaun sich ihre Jugendlichen eben abholen, wenn wir sie durch das Arbeitsamt irgendwo untergebracht haben und das Notaufnahmeverfahren abgeschlossen ist und sie losziehen. Alles sinnlos, auch etwa, wenn wir den Platz vor dem Lager sperren wollten. Dann würden die Typen in Zeven warten. Oder auf dem Weg dorthin.«

»Was sind denn das für Typen?« fragte ich. »Außer den Kerlen von der Reeperbahn.«

»Das dauert und dauert . . .«, sagte Irina mit gepreßter Stimme.

»Seien Sie nicht so ungeduldig. Kommt schon, Ihr Gespräch. Was für andere Typen, Herr Pastor? Die Damen zum Beispiel.«

»Sie leben doch im Westen«, sagte er. »Haben Sie ein Dienstmädchen?«

»Aufräumfrau«, sagte ich. »Zweimal die Woche.«

»Da sind Sie aber noch glücklich dran«, sagte er. Irina begann vor Ungeduld an ihrer Unterlippe zu nagen und in dem Büro hin und her zu laufen. »Gibt doch keine Dienstmädchen mehr. Aber bei uns, da kriegen Sie noch so viele, wie Sie wollen. Den armen Dingern hier, denen müssen Sie auch kein eigenes Zimmer mit Bad und Fernsehapparat und einen Pelzmantel zu Weihnachten versprechen. Die sind schon selig, wenn so eine feine Dame die Bürgschaft für sie übernimmt und all die Scherereien mit den Behörden.«

»Woher kommen denn die Damen?« fragte ich.

»Düsseldorf, Köln, Frankfurt, Hamburg, München. Ja, da staunen Sie, was? Von so weit weg, wie es nur geht.« Wieder ertönte Gebrüll aus ein paar Baracken. Ich hörte eine tiefe Stimme schreien.

»Tirana! Tirana! Tirana!«

»Jetzt haben aber die Albanier ein Tor geschossen«, sagte der Pastor und lauschte eine Weile. »Ja, feine Damen aus der ganzen Bundesrepublik. Aber die suchen nicht nur Dienstmädchen! Die sind auch von der Industrie geschickt. Fließband. Strümpfe. Konfektion. Pharmazeutische Werke. Die Herren kommen ebenfalls als Industriewerber. Schwerindustrie, Leichtindustrie. Elektroindustrie. Werften. Einfach alles. Von Eiernudeln bis zu Stahlwerken. Wir brauchen Leute! Hier können die Jungen sofort abschließen, durch den Zaun, und von der ›Genickschußbar‹ weg werden sie dann zur Arbeit gebracht. Oder Illustrierte! Sie entschuldigen, Herr Roland, aber ich wette mit Ihnen, da draußen stehen mindestens zwei Herren aus Ihrer Branche.«

»Was wollen die?«

»Jungen, die von Haus zu Haus gehen und Abonnements verkaufen. Selbst die ärmsten Studenten tun es nicht mehr zu den elenden finanziellen Bedingungen. Die Jungen hier tun alles. Das ist so ein richtiger, großer Rummel bei uns.«

Das Telefon schrillte.

Irina stürzte vor und riß den Hörer hoch.

»Hallo! . . . Hallo, Jan?« Enttäuschung breitete sich auf ihrem Gesicht aus. »Ach so. Ja, danke.« Sie legte den Hörer hin und sagte zu mir, als wäre ich daran schuld: »Noch immer besetzt.«

Plötzlich, jäh und unerwartet, war er da, nahe, ganz nahe, der Schakal. Ich stand auf. Ich setzte mich wieder. Ich stand wieder auf.

»Na!« sagte Pastor Demel. »Nun haben Sie losgelassen, und die Klappe ist zurückgeschnappt.«

»Tut mir leid.«

»Was haben Sie denn?« Er sah mich an. »Sie schauen ja ganz elend aus. Und blaue Lippen haben Sie auch.«

Mir war alles egal. Ich holte den Hüftflacon hervor, schraubte ihn auf und hielt ihn dem Pastor hin. »Wollen Sie Whisky?«

»Nein«, sagte er. »Am Tage nie. Sie sollten auch nicht. Gift für die Nerven.«

Ich trank.

»Mir ist manchmal so schwindlig«, sagte ich. »Von einem Moment zum anderen. Und schlecht.« Ich trank noch einmal. »Das alles ist so niederdrückend hier. Ihr Fräulein Luise zum Beispiel. Hören Sie, hat die nicht . . .«

»Sie meinen, ob sie psychisch ganz in Ordnung ist.« Er starrte die Platte an. »Ich glaube, das wird halten. Jetzt muß ich nur noch die beiden Spiralenden . . .«

»Herr Pastor!«

»Ja«, sagte er.

»Sie ist so seltsam. Sie lauscht ins Leere. Sie redet ins Leere . . .«

»Ja«, sagte er wieder. Danach seufzte er. »Ein Jammer. So ein guter Mensch. Ein wertvoller Mensch. Und wie sie die Kinder liebt! Aber leider, das Gerede und Gehetze nimmt kein Ende. Man soll sie endlich in den Ruhestand versetzen, sagen alle. Und ich kann guten Gewissens kaum noch etwas dagegen sagen. Also wenn das geschieht, wenn sie hier weg muß von ihren Kindern – das bedeutet das Ende von Fräulein Luise. Die nimmt einen Strick. Nein – die geht ins Moor.«

»Aber wer ist denn das, auf den sie immer hört? Zu dem sie immer spricht?«

»Das sind ihre Freunde.«
»Was für Freunde?«
»Nun, die Toten«, sagte der Pastor Paul Demel.

12

Sie stand weit draußen im Moor auf einer festen, leicht gewölbten, kleinen Erhebung, und um sie herum standen elf Gestalten in einem fast geschlossenen Kreis. Fräulein Luise redete mit ihnen, heftig, aufgeregt, sie rang die Hände, sie warf die Arme in die Luft, sie bewegte sich vor und zurück. Immer wieder trieb der Wind Nebelschwaden über sie und die Gestalten hin und machte alle unsichtbar. Vollmond schien. Sein silbernes Licht wurde im Nebel über dem Moor diffus. Schwarz glänzten die offenen Wasserflächen. Unheimlich waren die Geräusche des nächtlichen Moors, seine gespenstischen Stimmen.
»Tücke-tücke-tücke-tücke-tücke ...« Das waren die Rufe der Sumpfschnepfen.
Dann war da das dumpf dröhnende »Ühh – rummmm! Üh – rummmm! Üh – rummmmm!«, das Brüllen der Rohrdommeln.
»Gung – gung – gung – gung – gung!« Wie Glockenläuten klang das Rufen der Unken.
»Bu – bu – bu – bu!« ließ die Sumpfeule sich vernehmen.
Prasselnd stoben Enten vom Wasser ab.
Die großen Flächen der lebensgefährlichen Schwingrasen gluckten und gurgelten. Ferne pfiff lange und traurig eine Lokomotive.
Noch ein Nebelfetzen, dann war Fräulein Luise wieder klar zu sehen mit ihrem leuchtend weißen Haar: sie und die elf Gestalten um sie herum. Eine Geisterversammlung. Ein Gespenstertreffen ...
Die junge Frau, die das Fräulein seit einer Viertelstunde beobachtete, schauderte. Die junge Frau hieß Hilde Reiter, und sie stand auf dem breiten Sockel eines halb geborstenen Betonpfeilers an der östlichen Ecke des Lagers. Hier hatte man vor langer Zeit den Zaun und den Stacheldraht um das Lager befestigt. An diesem Betonpfeiler wendete sich die Einzäunung genau neunzig Grad von Ost nach Süd.
In großer Angst und Hast war Hilde Reiter hierhergekommen. Sie trug einen Mantel und eine Gepäcktasche. Sie wollte aus dem La-

ger fliehen. Sie hatte einen sehr guten Grund dafür. Hilde Reiter wußte, daß die Polizisten den Lagerleiter verständigen würden – die hatten ihre Anordnungen. So war sie hierher, zu diesem halb geborstenen Betonpfeiler geschlichen. Eine Viertelstunde lang hatte sie keuchend und mit allen Kräften versucht, ihn zu stürzen und mit ihm den Stacheldrahtzaun herabzuziehen. Es war der einzige Punkt im Lager, an dem man vielleicht flüchten konnte. Hilde Reiter hatte sehr große Angst, sie war in Panikstimmung. Wenn sie blieb, holte man sie morgen ab und machte ihr den Prozeß und sperrte sie ein und ... Die junge Frau trat gegen den Pfeiler und rüttelte an ihm bis zur Erschöpfung. Der Pfeiler widerstand. Hilde Reiter war nicht stark genug. Verzweifelt, Tränen der Wut in den Augen, richtete sie sich endlich auf – und sah Fräulein Luise, mitten im Moor.

Ich werde verrückt, dachte die junge Frau. Ich habe den Verstand verloren! Wie kommt die Alte da hinaus? Da hinaus kann kein Mensch gehen ...

Hilde Reiter fröstelte, obwohl die Nacht warm war – Anfang Juni 1968, eine warme Nacht in einem nassen, verregneten Sommer. Das Jahr war bisher außerordentlich feucht gewesen, mit Niederschlägen fast jeden Tag hier oben. Entsprechend versumpft und absolut unbegehbar war das seit so langer Zeit vernachlässigte Moor. Die Entwässerungsgräben, in deren faulem Wasser sich der Mond spiegelte, waren bis zum Überlaufen gefüllt, die Dämme rechts und links von ihnen längst zerfallen, versunken, unsichtbar geworden. Auf den wenigen Erhebungen, die nun zu schwimmen schienen, standen alte Korbweiden, verkrüppelt, menschenähnlich fast mit ihren knolligen Köpfen, stand Wacholdergestrüpp, standen da und dort abgebrochene Moorkiefern, und überall standen Birken, hoch, schlank und schmal.

Jetzt redete Fräulein Luise auf eine der Gestalten ein. Hilde Reiter schluckte. Sie mußte sich festhalten, sonst wäre sie von dem Sockel gestürzt, auf dem sie stand. Vergessen war plötzlich die Angst, die sie hierhergetrieben hatte. Fasziniert starrte Hilde Reiter hinüber, dorthin, wo, einige hundert Meter entfernt, Fräulein Luise mit elf Gestalten redete, leidenschaftlich, aufgeregt, außer sich.

»Üh – rummmm! Üh – rummm! – Üh – rummm!« brüllte die Rohrdommel. Beim ersten Laut holte sie tief Luft, füllte die Lungen, beim zweiten stieß sie die Luft wieder aus.

Die Fürsorgerin Hilde Reiter arbeitete seit zwei Jahren in diesem

Lager. Sie war nach Neurode gekommen, weil ihre Freundin Gertrud Hitzinger, die schon seit dreieinhalb Jahren als Fürsorgerin hier lebte, geschrieben hatte, die Arbeit sei leicht und angenehm, nicht zu viel, es gebe eine Menge Freizeit.

Hilde Reiter war 33 Jahre alt, sah hübsch, aber streng aus, und sie hatte ihre Eigenheiten. Es dauerte lange, bis Fräulein Luise dahinterkam, was für Eigenheiten das waren. Eineinhalb Jahre lang dauerte es. Dann ertappte Fräulein Luise die Kollegin dabei, wie sie einen kleinen Buben schlug. Sie hatte ihm die Hosen heruntergestreift und schlug mit einem Rohrstock auf den nackten Hintern. Der Bub schrie. (Fräulein Luise, die ihre Kollegin schon lange in Verdacht hatte, sah aus einem Versteck zu.) Die Reiter sagte: »Du hast geschrien. Schön. Bekommst du noch drei Schläge mehr. Bei jedem Schreien drei Schläge mehr.«

Fräulein Luise war langsam aus ihrem Versteck getreten. Der Bub hatte gebrüllt wie von Sinnen. Jugendliche und Erwachsene waren herbeigelaufen. Es hatte einen Skandal gegeben. Fräulein Luise war außer sich gewesen. Fort mit dieser Sadistin! Fort aus dem Lager! Sie hatte weitergetobt vor dem Lagerleiter, zu dem sie und Hilde Reiter gerufen wurden.

Dr. Horst Schall verwarnte Hilde Reiter eindringlich. Sie durfte sich nichts mehr zuschulden kommen lassen. Beim nächsten Mal würde man Schritte gegen sie unternehmen.

Fräulein Luise sagte: »Werd ich schon aufpassen, Herr Doktor, könnens sich verlassen!«

Aufpassen! Das machte Hilde Reiter vollkommen verrückt. Sie wurde nun also bespitzelt, auf Schritt und Tritt beobachtet von dieser alten Kuh, die nicht mehr alle Tassen im Schrank hatte, die mit der leeren Luft redete und anscheinend Stimmen hörte, denn manchmal stand sie mit offenem Mund da, mitten in einem Gespräch, und lauschte dem, was ein Unsichtbarer zu ihr sagte. Von so einer Verrückten sollte Hilde Reiter sich nun überwachen lassen?

Sie drehte den Spieß um. Zusammen mit ihrer Freundin, der Fürsorgerin Gertrud Hitzinger, beobachtete und bespitzelte sie nun auf Schritt und Tritt Fräulein Luise, so vorsichtig und behutsam, daß diese nichts merkte. Und Anzeige um Anzeige reichten die beiden Frauen bei Dr. Horst Schall ein über das seltsame Betragen des Fräuleins. Der Dr. Schall kannte Luise Gottschalk seit vielen Jahren als eine treue Seele, die sich jederzeit hätte umbringen lassen, wenn auch nur eines der vielen, vielen Kinder dafür das Leben behielt. Schall ließ die Anzeigen liegen. Einmal sprach er mit Fräulein Luise, redete ihr gut zu, kam auf die Unsichtbaren zu sprechen, mit denen sie sich unterhielt.

»Ich? Mit Unsichtbaren?« rief das Fräulein empört. »Nie im Leben! Das ist eine Lüge, eine gemeine, das können Sie nur von der Reiter haben und von ihrer feinen Freundin, der Hitzinger!«

Daß auf die Anzeigen nichts erfolgte, machte Hilde Reiter bösartig und ließ ihren Haß gegen das Fräulein wachsen. Intensiver denn je spionierten sie und die Hitzinger dem Fräulein Luise nach. Sie kamen darauf, daß das Fräulein abends oft das Lager verließ – niemand wußte, wohin. Die beiden Frauen schlichen ihr häufig nach. Fräulein Luise ging stets am Rand der Geest entlang dem Dorf zu, durch das Dorf, zwischen Schilf und Buschwerk weiter – und plötzlich war sie dann jedesmal verschwunden. Weg. Nicht mehr zu sehen. Wie vom Erdboden verschluckt. Es war unheimlich.

Hilde Reiter und Gertrud Hitzinger erzählten alles, was sie so über Fräulein Luise herausbekamen und dachten, den anderen Fürsorgerinnen, wieder und wieder. (Damals wohnte Fräulein Luise noch mit ihnen zusammen.) Die Worte fielen auf fruchtbaren Boden. Wirklich gut leiden mochte keine der Fürsorgerinnen das alte Fräulein. Dazu war sie zu schroff, zu unliebenswürdig, zu mißtrauisch und zu eigenbrötlerisch. Ihre ganze Liebe schenkte sie den Kindern, es blieb nichts übrig. Sie hatte kein Interesse an den Eifersüchteleien und kleinlichen Kämpfen der Fürsorgerinnen untereinander. Nicht eine war ihr zugetan. So glaubten denn alle sogleich, was Hilde Reiter und Gertrud Hitzinger erzählten. Fräulein Luise erhielt zwei Spitznamen: ›Die Verrückte‹ war der eine. ›Die Hexe‹ lautete der andere. Und die Spannung stieg. Dr. Horst Schall war unglücklich. So ging das nicht weiter. Er versuchte zu schlichten – vergebens. Er redete wieder mit Luise Gottschalk. Vergebens.

»Lügen! Lügen! Lauter Lügen, ich schwörs Ihnen, Herr Doktor!« rief das Fräulein, wobei sie abwechselnd bleich und brennend rot im Gesicht wurde.

In der ersten Juniwoche überkam es Hilde Reiter dann wieder. Ein hübscher, dunkelhaariger, sehr ungestümer Junge aus Griechenland, 14 Jahre alt, traf im Lager ein. Er zerbrach mit dem Fußball eine Fensterscheibe. Die Sonne schien, alle Kinder waren im Freien. Hilde Reiter rief den Jungen zu sich, befahl ihm, die Hosen aus-

zuziehen, holte ein Lineal, und damit er sie nicht ›schmutzig‹ machte, wie sie sagte, schob sie ihren Rock weit zurück. Der Junge mußte sich über Hilde Reiters bestrumpfte Schenkel legen. Sie geriet in große Erregung, während sie ihn schlug. Er gab keinen Ton von sich. Immer schwerer ging ihr Atem, in ihrem Unterleib pochte heiß und drängend das Blut. Sie bemerkte nicht, daß sich die Tür der Stube öffnete. Sie keuchte jetzt. Als sie mit schwimmenden Augen aufsah, weil sie ein Geräusch hörte, war es schon lange zu spät. Lagerleiter Dr. Schall stand in ihrer Stube.
Er sagte nur ein paar Sätze.
»Sie sind natürlich entlassen. Sofort vom Dienst suspendiert. Ich erstatte Anzeige gegen Sie. Morgen fahren wir zusammen zur Kriminalpolizei in Zeven. Bis dahin ist es Ihnen verboten, das Lager zu verlassen.«
Dies geschah am Spätnachmittag des 5. Juni 1968, einem Mittwoch.

13

»Noch immer besetzt«, sagte Irina Indigo und legte den Hörer nieder. Sie war sehr aufgeregt. Der Erzählung des Pastors, der die Kochplatte mittlerweile repariert hatte, war sie ohne Interesse gefolgt. Sie wartete auf die Stimme ihres Verlobten, sie wartete so sehr auf sie!
»Führt ein langes Gespräch«, sagte ich kurz, denn ich war von dem Bericht Demels gepackt. »Oder ein paar lange Gespräche. Das Fräulein in der Zentrale versucht es schon immer weiter. Sie müssen Geduld haben.«
Irina Indigo zuckte die Schultern und ließ sich auf einen Sessel sinken.
»Weiter, Herr Pastor«, sagte ich. »Erzählen Sie weiter.«

14

»Gertrud! Gertrud! Wach auf, Gertrud!« Hilde Reiter kniete vor dem Bett der Freundin und schüttelte sie. Die Hitzinger erwachte langsam und unmutig.

»Herrgott noch einmal, ja, ja ... wer will ... wo brennt's?«
Hilde Reiters Worte überstürzten sich, als sie erzählte, was sie soeben gesehen hatte.
Plötzlich war die Hitzinger hellwach.
»Und die Alte ist noch im Moor?«
»Ja, wenn ich dir sage, ja!«
»Aber sie kann doch nicht im Moor sein! Da führt kein Weg hinaus! Das ist unmöglich!«
»Sie ist aber draußen! Sie ist aber draußen! Und Leute sind bei ihr, und sie redet mit ihnen!«
»Männer?« fragte die Hitzinger mit schmalen Augen.
»Es sieht so aus, es ... Ja, Männer, es sind Männer!« rief die Reiter. Da sie es sagte, glaubte sie es bereits wirklich. Männer, natürlich waren das Männer gewesen bei der alten Hexe! Die Reiter reagierte unbewußt, aber für ihren Charakter typisch: Diese verfluchte Gottschalk hatte ihr den ersten Ärger bereitet, als sie einen Jungen schlug! Diese verfluchte Gottschalk war schuld an ihrer jetzigen verzweifelten Lage. Na, wenn es schon sie traf, dann wollte sie dafür sorgen, daß die alte Hexe ebenfalls getroffen wurde, daß auch sie ihr Fett bekam, daß sie hier flog, jawohl!
Gertrud Hitzinger war bereits aus dem Bett geglitten. Nun schlüpfte sie in Schuhe und einen Mantel und erklärte: »Das müssen die anderen auch sehen. Weck sie. Los, los, mach schon, Hilde!«
Wenige Minuten später eilte ein Trupp von acht Fürsorgerinnen über den Sandboden, das Heidekraut und die Betonplatten des Appellplatzes, allen voran Hilde Reiter. Der Mond schien jetzt sehr hell, die Nebel hatten sich gehoben. Minuten später drängten die Frauen sich am Zaun und bei dem Betonpfeiler, auf dessen Sockel Hilde Reiter gestanden hatte.
»Wo ist sie?« fragte Gertrud Hitzinger, die auf das Moor hinausstarrte. »Ich kann sie nicht sehen.«
Keine der Frauen konnte Fräulein Luise sehen.
»Aber sie war da!« rief die Reiter. »Sie war da! Auf dem kleinen Hügel!«
»Wo?«
»Auf welchem?«
»Da sind doch mehrere!«
»Dort links, wo die Korbweiden stehen«, sagte die Reiter. »Nein, das stimmt nicht ... Weiter rechts! Bei der abgebrochenen Kiefer, seht ihr?«

»Die Kiefer ja. Aber die Alte nicht.«

»Dann muß sie schon wieder weggegangen sein.«

»Weggegangen? Wie? Über den Sumpf? Über das Wasser? Das ist doch unmöglich!«

»Völlig unmöglich! Schau dir das an! Gleich ein paar Meter vom Zaun hört der Sand auf und das Moor fängt an. Da sinkst du schon ein!«

»So wie es heuer geregnet hat!«

»Eben!«

Sie redeten alle durcheinander.

»Über die Schwingrasen kann sie nicht gehen!«

»Und einen festen Weg gibt es nicht!«

»Ich sage euch doch, Gertrud und ich haben immer wieder gesehen, daß sie hinter dem Dorf plötzlich verschwunden ist!« rief die Reiter. »Ich schwöre bei Gott, es ist wahr, was ich sage! Sie war da draußen, und sie hat mit Männern geredet! Mit Männern! Ich habe es gesehen! Mit meinen eigenen Augen! Sie sollen auf der Stelle erblinden, wenn das nicht wahr ist!«

Eine Stunde später kehrte Fräulein Luise in das Lager zurück. Der magere Lagerpolizist, der Nachtdienst hatte, grüßte aus seiner Baracke, während sie das kleine Tor mit ihrem Schlüssel öffnete und wieder versperrte. Sie nickte ihm freundlich zu. Schwerfällig humpelte sie davon. Als sie ihr Barackenzimmer betrat und das elektrische Licht anknipste, sah sie, daß sich Frauen im Raum befanden. Acht Frauen.

»Was soll das?« fragte sie erschrocken.

»Das fragen wir Sie!« sagte die Hitzinger. »Jetzt ist es halb zwei. Wo waren Sie?«

»Ich . . . ich . . .« Das Fräulein hatte Schwierigkeiten, zu atmen. »Ich hab nicht schlafen können . . . Da bin ich ein bissel spazieren gegangen.«

»Mitten in der Nacht?«

»Ja.«

»Wo?«

»Was wo?«

»Wo sind Sie spazieren gegangen? Im Lager?«

»Ja«, sagte das Fräulein stockend. »Im Lager.«

»Das ist nicht wahr!« rief die Reiter wild. »Wir haben dem Posten gesagt, er soll uns anrufen, wenn Sie von draußen kommen und das Tor aufschließen. Er hat angerufen. Darum sind wir hier! Sie waren draußen spazieren, nicht im Lager! Wo waren Sie spazieren, Fräulein Luise? Wo?«

Luise Gottschalk antwortete nicht.

»Wo draußen?« fragte die Hitzinger gehässig.

»Das geht euch alle miteinander einen Dreck an«, rief Fräulein Luise unbeherrscht. »Und wenn ihr jetzt nicht machts, daß ihr sofort aus meinem Zimmer rauskommts, nachher ruf ich den Herrn Lagerleiter an!«

»Das haben wir schon getan«, sagte die Hitzinger mit einem gemeinen Grinsen. »Morgen um acht in der Früh sollen Sie zu ihm kommen, läßt er Ihnen sagen.«

Fräulein Luise sank auf ihr Bett.

»Du lieber Gott«, sagte sie fast unhörbar. »Du lieber Gott im Himmel...«

15

»Fräulein Luise«, sagte Paul Demel, »wir haben uns doch immer gut verstanden, nicht wahr? Wir sind doch Freunde, oder?«

»Freilich, Herr Pastor«, sagte Luise Gottschalk.

Sie saß Demel in dessen Arbeitszimmer gegenüber. Ganz ruhig und gefaßt war sie, und sie lächelte harmlos.

»Sie müssen gar keine Angst haben«, sagte Demel.

»Ich hab gar keine Angst«, sagte das Fräulein.

»Kaffee?«

»Ja, bitte.«

Demel holte eine Kanne von einer Heizplatte und füllte zwei Tassen, die auf dem Tisch standen. Dann steckte er sich eine Zigarette an.

»Ach, das ist aber schön, Herr Pastor. Ich hab einen richtigen Gusto auf einen Kaffee jetzt!«

»Milch nehmen Sie sich selber. Zucker? Ein Stück, zwei Stück?«

»Drei, bittschön.«

Demel setzte sich wieder.

Fräulein Luise trank genießerisch.

»Ja«, sagte sie, »das ist ein Kaffee. Keiner kann so Kaffee machen im Lager wie Sie, Herr Pastor.«

»Fräulein Luise«, sagte Demel, »ich muß Sie etwas fragen.«

»Fragens nur, fragens, Herr Pastor. Jeschusch, ist das ein Kaffee. Dafür möcht man ja seine Ewige Seligkeit hergeben!«

»Die Fürsorgerin Hilde Reiter ist nicht mehr da. Vor ihr müssen Sie sich also nicht fürchten.«

»Vor der hab ich mich nie gefürchtet, vor dieser Verblendeten, die wo Kinder schlägt! Ich fürcht mich überhaupt vor nichts, Herr Pastor.«

»Das ist schön. Aber ist es wirklich wahr?«

»Wirklich wahr!«

»Warum haben Sie dann dem Herrn Doktor Schall nicht sagen wollen, wo Sie gestern nacht waren, Fräulein Luise? Haben Sie vor dem Herrn Lagerleiter vielleicht doch Angst?«

»War nicht richtig, daß ich überhaupt keine Angst hab«, sagte Fräulein Luise beschämt. »Ich hab schon.«

»Wovor?«

»Gibt solche und solche Menschen. Und bei vielen merk ich, daß ich auf Unverständnis stoß. Beim Herrn Doktor Schall, da hab ich auch gefürchtet, daß er kein Verständnis haben wird. Und daß er mich nicht bei meine Kinder läßt, wenn ich ihm alles erzähl.« Fräulein Luise senkte den Kopf.

»Und weil Sie das fürchteten, haben Sie dem Herrn Doktor nicht geantwortet?«

Fräulein Luise nickte.

»Wenn ich Ihnen aber sage, daß der Herr Doktor mich gebeten hat, mit Ihnen zu reden, weil wir uns so viel besser kennen, und wenn ich Ihnen sage, daß er Sie als seine wertvollste Kraft bezeichnet hat und daß er nicht daran denkt, Sie hier fortzuschicken, weil Sie einfach nichts Böses getan haben können – werden Sie mir dann erzählen, wo Sie gewesen sind heute nacht?«

»Hat er das wirklich gesagt, das mit die beste Kraft und daß er nicht daran denkt?«

»Ja, Fräulein Luise, wörtlich. Nun, wollen Sie mir antworten?«

Sie hob den Kopf, und ihre großen blauen Augen waren erfüllt von Vertrauen und Erleichterung.

»Natürlich«, sagte sie, »gerne, Herr Pastor. Ich sag Ihnen, was Sie wissen wollen. Sie haben Verständnis! Wir sind Freunde, und ich weiß, Sie wollen mir nur Gutes.«

»Wo waren Sie also?« fragte Demel.

»Im Moor«, sagte Fräulein Luise bereitwillig. »Weit draußen. Da, wo ich immer hingeh. Bei meine Freund. Ich hab nämlich noch welche, wissens, Herr Pastor. Bessere Freund, als die meisten Menschen sind.«

»Wer denn?«

»No ja«, sagte das Fräulein, »alsdern, da wär einmal ein russischer Panzerwagenfahrer, und dann ein amerikanischer Bomberpilot, und ein tschechischer Funker, wo in der britischen Armee gekämpft hat, und ein polnischer Artillerist, und ein ukrainischer Zwangsarbeiter, und ein deutscher ss-Standartenführer, und ein norwegischer Kommunist, und ein deutscher Zeuge Jehovas, und ein französischer Infanterist, und ein holländischer Sozialist, und ein deutscher Reichsarbeitsdienstmann. Wartens, sind das alle? Eins, zwei, drei ... elf. Ja, elf im ganzen, stimmt. Alle haben sie ihre Sorgen und Leiden gehabt. Davon erzählen sie mir manchmal. Der Franzos, also der hat Asthma gehabt, ganz schreckliches Asthma. Jetzt freilich spürt er nichts mehr davon.«

16

Danach war es eine Weile still in der Stube des Pastors.

Fräulein Luise trank ihre Tasse leer, lächelte Demel glücklich an und fragte: »Könnt ich noch ein bissel haben, Herr Pastor? Er schmeckt so viel gut!«

»Natürlich, aber gerne, sofort«, sagte Paul Demel, recht erschüttert. Er holte die große Kanne, und während er Fräulein Luises Tasse wieder vollgoß, sagte er, um Festigkeit seiner Stimme bemüht: »Viele Freunde haben Sie da ... und aus so vielen Ländern.«

»Danke schön«, sagte Fräulein Luise. »Milch nehm ich mir. Und wieder drei Stückln, wenn ich darf. Ja, aus vielen Ländern. Sind auch ganz verschieden alt. Der Arbeitsdienstmann, also das ist der Jüngste, bei weitem. Dreiundzwanzig, nicht einmal ganz. Der ist schon 1935 gestorben hier.« Sie schlürfte Kaffee. »Haben Sie gewußt, daß es dieses Lager schon gegeben hat damals?«

»Nein.«

»Seit Ende 1934 steht es! Was sagen Sie jetzt? Es ist schon so: Wenn bei uns in Deutschland einmal ein Barackenlager gebaut wird, dann bleibt es für immer. Und immer ist jemand da, den wir hineinstecken können. Daß ich Ihnen erzähl: Alsdern, zuerst war das hier ein Lager vom Reichsarbeitsdienst. Die haben das Moor trokkenlegen sollen. Sie sind nicht lange geblieben. Nur bis 1937. Dann ist das ein Lager für politische Häftlinge geworden, deutsche zuerst, später auch für solche aus die Länder, wo wir überfallen haben. Ein KZ, ja. So ist der Zeuge Jehovas hergekommen, der arme Kerl, der norwegische Kommunist und der holländische Sozialist. Alle gestorben hier. Und begraben im Moor. Ja, ja, Herr Pastor, schauens nicht so! Was glaubens, was da draußen Tote liegen, Hunderte, das Moor ist voll von Toten! Den Nazis war das nur recht, daß es hier das Moor gegeben hat. Einfacher haben sies doch nicht haben können, gelt?«

»Nein, einfacher wirklich nicht«, sagte Demel. Er bemerkte, daß die Glut der Zigarette, die er hielt, seine Fingerspitzen verbrannte, und drückte den Stummel schnell aus.

»No, nach die Politischen habens aus dem KZ ein Kriegsgefangenenlager gemacht, und sind Kriegsgefangene gekommen von überallher. Der Tschech, mein Landsmann, der Franzos, der Pole, der Ruß. Aus andere Lager, die zu überfüllt waren, hat man hier Leut heraufgeschickt. Ist ja ein Riesenlager, Neurode, nicht? Sind also auch hier gestorben, die Kriegsgefangenen, von denen ich geredet hab eben. Dann, weil ihnen schon ein solches Gedränge war in ihren vielen Lagern, daß sie nicht mehr gewußt haben, wo ihnen der Kopf steht, haben die Nazis dieses Lager hier in zwei Teile geteilt und in den einen Teil noch Zwangsarbeiter reingequetscht. Ist der Ukrainer hergekommen und gestorben an Lungenentzündung ... Ja, und ganz zum End vom Krieg habens auch noch Flieger, abgeschossene, hier untergebracht. In einer eigenen Abteilung, hinten am End vom Lager. Für Engländer und Amerikaner. So ist mein Ami hier gelandet.«

»Und gestorben«, sagte der Pastor leise. Von draußen hörte man Kinder lachen.

»Und gestorben. Kaum war der Krieg aus und die Gegend besetzt von Engländern, da haben *die* das Lager übernommen! Waren auch ganz hin von der einsamen Gegend und der idealen Lage. Haben sie Nazi-Bonzen und hohe SS reingesteckt. Auch meinen Standartenführer. No ja, drei Jahre war das ein Nazilager, dann haben wir schon die Blockade gehabt, und die ersten Flüchtlinge aus der DDR, gelt? Haben die Deutschen das Lager übernommen, Wachttürme abgerissen, Strom abgeschaltet im Stacheldraht, Baracken neu gestrichen, Blümerln gepflanzt ein bissel, auf daß es

netter ausschaut – und schon war das Lager wieder voll! Mit Kindern diesmal. Bis zum heutigen Tag. Man kann sagen, Herr Pastor, es ist seit seiner Inbetriebnahme kaum einen Tag leergestanden!«
Fräulein Luise mußte lachen über diesen kleinen Scherz.
»Ihre Freunde sind also lauter Tote aus dem Moor«, sagte der Pastor beklommen. Er brachte es fertig, zu lächeln.
»Sag ich doch!« Fräulein Luise nickte strahlend. Für sie war alles, was sie berichtete, ganz natürlich. Es stand fest. So verhielt es sich und nicht anders.
Der Pastor nahm sich vor, in Fräulein Luises Lebensgeschichte nachzuforschen und festzustellen, ob sie schon einmal in psychiatrischer Behandlung gewesen war. Sie hat, seit sie hier ist, unter den Erwachsenen kaum je einen Freund gehabt, dachte der Pastor traurig. Mich. Den Arzt. Und meinen katholischen Kollegen. Den Lagerleiter schon kaum noch. Nur ihre Kinder. Viele von den Großen haben sie nicht gemocht, fiel Demel ein. Und er dachte daran, daß sie stets einen leicht verzückten, verschlossenen und abweisenden Eindruck gemacht hatte.
»Woher wissen Sie denn alles über dieses Lager?« fragte er.
»Alte Bauern habens mir erzählt. Die erinnern sich noch.«
»Und seit wann gehen Sie ins Moor zu Ihren Freunden?«
»No, möcht ich sagen, so seit zwei Jahr vielleicht. Zuerst, vorher schon, vor drei Jahr, da haben sie mit mir gesprochen und sich vorgestellt und gesagt, wer sie früher waren.«
»Da hörten Sie aber nur ihre Stimmen?«
»Nur die Stimmen, ja. Aber bald schon hab ich genau gewußt, welche Stimme wem gehört. Ganz genau. So wie heut. Sie sind sehr oft da, wenn ich arbeit. Oder auch in der Nacht. Da besonders. Die Stimmen, mein ich. Sehen kann ich sie nicht im Lager, auch heut noch nicht. Im Lager sind sie unsichtbar, wissen Sie.«
»Ich verstehe«, sagte Demel. »Aber sie reden zu Ihnen, und manchmal reden Sie auch zurück, nicht wahr?«
»So ist es, Herr Pastor.«
»Im Moment ... ich meine ... Ist im Moment jemand von Ihren Freunden hier? Hier im Zimmer?«
Das Fräulein legte den Kopf schief, lauschte kurz, den Blick ins Leere, dann nickte sie.
»Ja, Herr Pastor. Der Franzos und der Ukrainer. Ich hab nur gewartet, ob sie es richtig finden, daß ich es Ihnen sag. Sie finden es richtig. Sie finden auch richtig, daß ich Ihnen alles erzähl. Denn

warum? Sie sind ein guter Mensch, der was Verständnis hat, sagen die beiden.«

»Ach, wissen Sie . . .«

»Doch! Doch!« rief das Fräulein. Dann trank sie wieder einen Schluck. Sie sah sehr glücklich aus, so glücklich wie lange nicht, dachte Demel. »No ja«, sagte Luise Gottschalk, »und so vor zwei Jahren, einmal, in der Nacht, da ist der Student gekommen, mein Liebling. Wenn ich den seh, möcht mir immer fast das Herz zerspringen.«

»Vor Freude?«

»Vor Freud und Kummer, beides gleich. Ich weiß auch nicht, was das ist. So wie mein ganzes Leben war, so ist es in dem einen Moment, wenn ich ihn seh, den Studenten, den mageren, kleinen, armen. Ich drück mich blöd aus, bin ja nur ein dummes Weib, aber Herr Pastor verstehen schon, gelt?«

Paul Demel nickte und dachte: Wie einsam muß ein Mensch sein, um mit seiner Phantasie Menschen zu schaffen, die für ihn ganz real werden, nur damit er Freude verspüren, Freunde haben kann, nicht mehr einsam sein muß!

»Alsdern, er ist zu mir gekommen, der Student, und gefragt hat er mich, warum ich ihn und seine Kameraden nicht ab und zu auch besuchen komm, so wie sie mich immer.«

»Sie sollten also Ihre Freunde im Moor besuchen . . .«

»Im Moor, ja. Damals, in dieser Nacht, da hab ich den Studenten sogar sehen können! Das einzige Mal, daß ich einen von meine Freund hab sehen können im Lager! Komisch, nicht? Seine Arbeitskleidung hat er angehabt. Drillichanzug, grau, und Stiefel. Ein ganz Magerer, gar nicht Großer ist das. Mein Gott, Schulterblätter schauen ihm heraus. Hat er wohl immer zu wenig zu essen gehabt im Leben. Aber soviel gescheit! Hab ich schon gesagt, daß er mein Liebling ist?«

»Ja.«

»Ich hab sie alle lieb, sehr, sehr, aber den Studenten, den hab ich am liebsten!«

»Wohin im Moor sollten Sie denn kommen?« fragte Demel beklommen.

»Zu dem Hügel, auf dem die elf Korbweiden stehen, Herr Pastor wissen schon. Ziemlich weit draußen.«

»Aber da führt doch kein Weg hinaus! Da kommt man doch nicht hin! Da ist doch alles versumpft!«

»Glauben *Sie!*« Fräulein Luise lachte. »Es gibt einen Weg. In jedem Moor gibt es solche Wege. Meistens kennen sie nur die Bauern, die im Winter rausgehen und Schilf schneiden, damit sie es einstreuen können in die Ställe. Weil sie doch hier so wenig Getreide haben. Und solchen Weg hat ein Bauer mir gezeigt. Durch das Dorf durch muß man, dann vielleicht noch fünfzig Meter, und da fängt der Weg an. Es ist eigentlich kein Weg. Ein ganz schmaler Pfad ist es, man könnt fast schon sagen ein Grat ...«
Ein Grat, dachte Demel. Auf diesem Grat ging Fräulein Luise seit zwei Jahren. Balancierte sie. Auf dem schmalen Grat zwischen – er zwang sich, nicht weiterzudenken, und fragte: »Haben Sie denn nie Angst dabei, Fräulein Luise? Das ist doch lebensgefährlich!«
»Nicht für mich, Herr Pastor! Nicht für mich! Denn warum? Ich geh da ja zu meine Freund, die wo auf mich warten, und mit denen ich dann vereint bin auf dem kleinen Hügel.«
»Zwischen den Korbweiden«, sagte Demel.
Sie schüttelte energisch den Kopf und lächelte wieder.
»Wenn ich hinkomm, dann sind das keine Korbweiden, dann sind das meine elf Freund. Es ist eine Täuschung, wissen Sie. Für die, die meine Freund nicht sehen können. Also eigentlich für alle Menschen. Die sehen dann auch in der Nacht, wenn ich da draußen bin, Korbweiden. Es sind aber meine Freund. Die Korbweiden gehen weg, solange wir da stehen.«
»Die Reiter hat keine Korbweiden gesehen«, sagte der Pastor. »Die sah Menschen. Männer.«
Darüber dachte das Fräulein nach.
»Ja, das stimmt«, sagte sie verblüfft. »Ausgerechnet so ein böses Weib. Wie gibt's denn sowas? Ich denk mir halt, sie hat die Korbweiden gesehen und *geglaubt*, es sind Männer! Eine Illusion, weil sie hat *wollen*, daß ich da draußen mit Männern red, auf daß sie mir was anhängen kann. So wird es gewesen sein. Auch böse Menschen haben viel Kraft, Herr Pastor, Sie wissen es, gelt?«
»Ja«, sagte er seufzend. »Auf dem Hügel also sind Sie mit Ihren Freunden vereint.«
»Vereint, ja! Da bin ich in Sicherheit! Unter ihrem Schutz! Dort kann mir nix passieren! Weil ich das weiß und weil ich so viel fest daran glaub, ist mir auch noch nie was passiert auf dem Grat. Und es wird mir auch nie was passieren!«
»Wenn Sie zu dem Hügel kommen, dann warten Ihre Freunde schon immer auf Sie?«

»Alle, ja!«
»Wie schauen sie aus?«
»No, ganz genau so, wie sie im Leben ausgeschaut haben. Ich fühl ihren Geist. So seh ich sie ganz deutlich.«
»Sie sind also noch immer auf dieser Welt? Sie haben noch keinen Frieden gefunden?«
»Aber ja doch! Und was für einen wunderbaren Frieden sie gefunden haben, Herr Pastor! Daß ich es Ihnen ganz genau erklär, so wie meine Freund es mir erklärt haben, Herr Pastor: Alsdern, ein Toter, der geht nach seinem Tod zuerst noch jahrelang herum auf der Erd, weil er doch von dieser Erd ist. In der Zeit kann er Menschen auch noch erscheinen. Dann, endlich, kommt er in die andere Welt. Auf die unterste Schicht von der andern Welt zuerst.«
»Schicht?« fragte Demel.
»Ja, Schicht. Müssen sich das vorstellen wie eine Treppe mit vielen, vielen Stufen, Herr Pastor.« Das Fräulein geriet in Feuer. Ihre Wangen röteten sich, die blauen Augen blitzten. »Unten am Fuß von der Treppe, da ist das Mensch-Sein. Und ganz oben, am End von der Treppe, da ist das Gott-Sein, da sind die Seligen. Meine Freund, die sind auf einer Stufe dazwischen ...«
»Ich verstehe ...«
»Noch nicht bei die Heiligen! Darunter. Ein paar Stufen unter die Heiligen.«
»In einem Vorstadium«, sagte Demel und verschluckte sich an seinem Zigarettenrauch.
»Ja, in einem Vorstadium. Das ist ein schönes Wort. Sehens, Herr Pastor, und das ist das Wunderbare: Die Schicht, in der meine Freund leben, in der gibt es nur Freundschaft, in der gibt es nur Frieden, in der gibt es nur das Gute.«
»Ihre Toten waren also alle gute Menschen?«
Das Fräulein zögerte.
»Alsdern, so kann man das nicht sagen, nein ... *jetzt*, ja, jetzt sind sie natürlich gut, sonst wären sie ja nie auf diese Schicht gekommen, verstehns?«
»Ich verstehe.«
»Wenn nicht alles Kleinliche von ihnen abgefallen wäre, meine ich. In der Schicht, in der meine Freund leben zwischen den Menschen und dem Allwissenden Gott, da haben sie noch eine Erinnerung an ihr körperliches Leben auf dieser Erde. An die Stellung, die wo

sie hier gehabt haben. An ihre Nationalität. Auch an ihre Berufe. Der Tschech zum Beispiel, der war Architekt in Brünn. Der Norweger war Koch. Der Holländer war Schulbuchverleger in Groningen. Der Ami Werbefachmann in New York, aus der Madison Avenue.« Sie sprach die fremden Worte richtig aus. Wieso? grübelte der Pastor. Wie konnte sie sie richtig aussprechen? »Und so weiter. Der Standartenführer, der hat Mayonnais' hergestellt in Seelze bei Hannover. Der Russe war Clown in einem Zirkus in Leningrad. Der Pole war Professor. Hat Mathematik unterrichtet an der Universität in Warschau. Der Ukrainer war Bauer. Der Franzos, der hat gearbeitet als Gerichtssaalreporter für eine Zeitung in Lyon.« Wieder richtig ausgesprochen. »Der Zeuge Jehovas, der war Sparkassenangestellter in Bad Homburg. Und der Arbeitsdienstmann, der Jüngste, der wo am längsten tot ist, der war Philosophiestudent aus Rondorf bei Köln. Wär es sehr unverschämt, wenn ich noch um einen Kaffee bitten tät? Nein? Sie sind ein Engel, Herr Pastor!«

»Erzählen Sie weiter, bitte, Fräulein Luise«, sagte Demel.

»No ja, also an alles das erinnern sie sich noch. Und auch ihre Wesen ... ihre Persönlichkeiten ... ja, so kann man das sagen ... also auch die haben sie noch im Grund, aber, und das ist das Wunderbare, sie sind alle Freund, eine Gruppe von Freunden, denn sie sind ja schon auf einer höheren Schicht. Da gibt es nichts Niederes mehr! Keine Eifersucht. Keinen Haß. Keine Angriffslust. Nichts Geschlechtliches. Überhaupt keinen Trieb. Sind ganz trieblos meine Freund.«

»Trieblos«, wiederholte Demel.

»Freilich«, sagte das Fräulein. »Weil sie ja nur noch geistige Wesen sind. Der Trieb, der ist doch bloß ein Gefängnis für den Körper. Sehens, und in dieser Trieblosigkeit sind sie eins, so wie sie mit alle Seligen eins sind, net wahr, und ich gehör zu ihrer Gruppe, sie haben mich aufgenommen, und wir treffen uns im Moor und sprechen miteinander.«

»Worüber sprechen Sie?« fragte Demel.

»Über alles, was im Lager passiert. Daran haben meine Freund das größte Interesse. Und über meine Sorgen mit die Kinder. Wenn ich nicht weiß, wie ich es am besten mach mit einem Buben oder einem Mädel, wenn ein Kind schwierig ist oder krank oder davongelaufen oder schlimm. Da beraten sie mich dann.« Das Fräulein legte den Kopf schief, lauschte und nickte.

»Was ist?« fragte der Pastor.
»Der Franzos«, sagte das Fräulein. »Er hört doch zu!«
»Ja, natürlich. Wo ist er denn?«
»Beim Fenster, hinter Ihnen, Herr Pastor. Der Franzos hat gesagt, ich soll Ihnen sagen, daß sie nie ganz klar mit mir reden – ›konkret‹ hat er gesagt –, sie geben mir keine Befehle, keine Anweisungen. Sie sagen zum Beispiel nicht: ›Geh zurück ins Lager und sei besonders freundlich und nachsichtig gegen das böse Kind, es ist nur bös, weil es so viel Böses erlebt hat‹ – nein, sie sagen: ›Was du vorhast, unternimm bald, denn es wird dir gelingen.‹ No, dann weiß ich natürlich genau, was gemeint ist! Ist ja auch eindeutig, gelt?«
»Hrm-rm! Ja. Natürlich. Ganz eindeutig. Warnen die Stimmen Sie auch manchmal, Fräulein Luise?«
»Freilich tun sie das! Oft! Aber auch immer so, auf diese Weise, daß ich es deuten muß. Sie können ja gar nicht anders reden.«
»Warum nicht?«
»No, weil es das Konkrete im Jenseits doch nicht gibt«, sagte Fräulein Luise. »Das ist doch sonnenklar, Herr Pastor!«

17

»Schizophren«, sagte ich.
»Natürlich«, sagte Paul Demel. Er fuhr sich durch das kurze Haar. »Das arme Fräulein. Ich habe Ihnen das alles erzählt, weil es ohnedies mittlerweile alle wissen. Weil man sie nicht mehr in den Fürsorgerinnenbaracken haben will. Weil sie praktisch ausgestoßen wurde von den Frauen und sich hierher verkrochen hat. Weil die Hetze gegen sie, trotz all meiner Beschwichtigungsversuche, solche Formen angenommen hat, daß sich auch Doktor Schall überlegen muß, ob er Fräulein Luise zu pensionieren hat. Es ist ein großes Unglück ...«
»Ich werde noch wahnsinnig!« sagte Irina heftig. Sie saß neben dem Telefon und starrte es an, als wollte sie es hypnotisieren. »Das kann doch nicht stundenlang besetzt sein!«
»Kann schon«, sagte ich.
»Das Fräulein in der Zentrale hat mich vergessen!«
»Bestimmt nicht.« Ich legte eine Hand auf Irinas Schulter. »Haben

Sie Geduld. Noch ein wenig Geduld. Bestimmt kommt Ihr Anruf gleich.«
»Bestimmt«, sagte der Pastor.
Ich fragte: »Sie nahmen sich damals vor, etwas über ihr Leben in Erfahrung zu bringen. Ob sie schon einmal in psychiatrischer Behandlung war.«
»Ja«, sagte er.
»Und?« fragte ich und warf einen Blick auf den Recorder. Er nahm richtig auf.
»Geboren und großgeworden in Reichenberg«, sagte Demel, während er den Kontakt der Heizplattenschnur, den er in eine Steckdose gestöpselt hatte, herauszog. »In Ordnung. Wird wieder tadellos heiß. Ja. Früh die Eltern verloren. Zwei Jahre in einem Heim. War ein charakterlich sehr wertvolles, nettes junges Mädchen. Hilfsbereit, immer den Menschen zugewandt. Arbeitete seit ihrem achtzehnten Lebensjahr als Fürsorgerin in Wien. Mit vierundzwanzig wurde sie vorübergehend ins Riesengebirge geschickt. In den böhmischen Teil. Ganz in der Nähe der Weißen Wiese.«
»Was ist die Weiße Wiese?«
»Ein Hochmoor, so wie hier«, sagte er. »Ja, ja, Sie sehen, alles paßt zusammen. Warten Sie, es paßt noch besser. Da, im Riesengebirge, hatte Fräulein Luise ihr erstes, relativ spätes Liebeserlebnis. Einziges Erlebnis überhaupt, soviel ich feststellen konnte. Der junge Mann – etwas jünger als sie – ging eines Tages auf das Moor hinaus und kam in der Weißen Wiese ums Leben. Sein Leichnam wurde nie gefunden. Ich habe auch nicht herausbekommen können, ob es ein Unglücksfall war oder ob der junge Mann zu Schwermut oder ähnlichem neigte.«
»Jedenfalls starb er jung«, sagte ich. »Vor seiner Zeit. Lange vor der Zeit, die ihm wahrscheinlich zugedacht war. Wie die ...« Ich brach ab.
»Wie die Freunde, die Fräulein Luise hier hat«, sagte Pastor Demel und nickte. »Nach dem Aufenthalt im Riesengebirge folgt eine Lücke von einem halben Jahr. Ich weiß nicht, was da war.«
»Der erste schizophrene Schub vielleicht«, sagte ich und streichelte Irinas zuckende Schulter. »Ruhig«, sagte ich, »ruhig. Das Gespräch muß kommen, jeden Moment muß es kommen.«
Sie sah zu mir auf und lächelte gequält.
»Vermutlich haben Sie recht«, sagte Demel. »Sie wird in einer Klinik gewesen sein. Danach, wieder gesund, arbeitete sie weiter als

Fürsorgerin, immer als Fürsorgerin, und immer in Lagern. Allen Arten von Lagern.«

»Und unter allen Arten von Regimen«, sagte ich.

»Unter allen Arten von Regimen, ja«, sagte der Pastor. »Eben weil sie einmal aktenkundig geistesgestört war.« Er sagte es ohne jeden Zynismus. »Sie soll übrigens damals schon so gewesen sein wie heute. Sehr liebenswürdig und hilfsbereit, aber kontaktarm. Kaum zugänglich, soweit es Erwachsene anging. Nur den Kindern schenkte sie ihre Liebe. Deshalb schickten alle Regime sie in die Lager. Weil sie auch unter den schrecklichsten Bedingungen, selbst bei Kälte, Hunger und Not, niemals ihre Kinder vergaß, sich immer bis ans Äußerste ihrer Kräfte um sie bemühte. Sie lernte wertvolle Menschen kennen, zu denen sie doch Kontakt fand. Nicht viele. Zu wenige. Seit zwanzig Jahren ist sie hier, Herr Roland, seit zwanzig Jahren! Sie wissen nicht, wie das hier aussieht, wenn die Nebel richtig kommen, oder im Winter, wenn wir meterhoch einschneien! Nach Zeven fährt das Fräulein einmal im Monat. In Hamburg oder Bremen war sie seit Jahren nicht mehr. Nun, und so entstand, denke ich mir, aus Erinnerungsfetzen an Menschen, zu denen sie Kontakt gefunden hatte in ihrem Leben, und aus den Erzählungen der Bauern über die vielen Toten hier im Moor mit der Zeit ...«

Da läutete das Telefon wieder.

Mit einem Sprung war Irina beim Apparat und hatte den Hörer hochgerissen.

»Ja ... ja ... Ich danke Ihnen ...« Zu uns sagte sie: »Jetzt verbindet sie.«

»Na also«, sagte Demel.

Irina wartete. Auf einmal trat ein Ausdruck des Staunens in ihr Gesicht.

»Was ist?« fragte ich.

»Musik in der Leitung«, sagte sie. »Musik ... und was für eine, o Gott! ... Hören Sie doch einmal ...« Sie reichte mir den Hörer. Ich vernahm leise, verweht, unter Störgeräuschen, eine langsame, wehmütige Melodie, gespielt von vielen Geigen.

»Der ›Reigen‹«, sagte ich und gab den Hörer zurück.

»Mein Lieblingslied«, sagte Irina. »Altmodisch, nicht?« Sie summte ein paar Takte mit. Ich sah sie an, und auf einmal wurde mir klar, daß Irina trotz des Berufs, den sie sich ausgesucht hatte, trotz ihrer Intelligenz ein hilfloses, ausgeliefertes Wesen war. Man konnte sie gewiß leicht belügen. Man konnte sie gewiß leicht verletzen. Sie glaubte bestimmt alles, was Menschen, die ihr nahestanden, erzählten. Die Menschen hatten es leicht gehabt bei Irina Indigo. Und Irina Indigo, dieses Mädchen mit den traurigen Augen, hatte es schwer gehabt bei den Menschen, davon war ich plötzlich überzeugt. Ihren ganzen Glauben, ihre ganze Liebe hatte sie an den Mann gehängt, dessen Verlobte sie war, den sie nun anrief, diesen Hauptmann Jan Bilka.

»Auch Jan hat den ›Reigen‹ so gern«, sagte Irina gerade. »Und eben jetzt höre ich ihn ... ein gutes Zeichen, nicht?« Im nächsten Moment rief sie: »Jan!« Danach sprach sie sehr schnell tschechisch. Der Pastor und ich sahen ihr zu. Irinas Worte überstürzten sich. Jäh brach sie ab. Das Gesicht verzog sich zornig. »Hallo! Hallo!« rief sie. »Hallo, Fräulein!« Sie schlug auf die Hörergabel.

»Stimmt was nicht?«

»Ich bin unterbrochen worden ...« Fräulein Vera von der Zentrale schien sich zu melden, denn Irina redete wieder, heftig und abgehackt: »Fräulein, die Leitung war auf einmal tot! Unterbrochen ... Nein, nein, nein, die Verbindung war schon unterbrochen, bevor ich auf die Gabel geschlagen habe! ... Bitte, wählen Sie noch einmal ... Bitte! ... Ja ... ja ... Gut ... Ich danke Ihnen.«

Irina wartete. Sie trommelte mit den Fingern der freien Hand auf die Schreibtischplatte. Schade, daß Bertie nicht da war und knipsen konnte, dachte ich und fragte: »Was war eigentlich? Was haben Sie gesagt?«

»Ich ... ich ...«

»Ruhig«, sagte ich, »ganz ruhig. Was haben Sie gesagt?«

»Ich habe gesagt: Jan, hier ist Irina. Ich bin im Westen. Im Lager Neurode. Du kannst mich hier rausholen, wenn du mit deinem Freund herkommst und ...«

»Und was?«

»Und da war die Leitung dann tot.«

»Wer hat sich denn gemeldet?«

»Jan natürlich!«

»Sind Sie sicher?«

»Ganz sicher!« rief sie, nun wütend.

»Hat keinen Sinn, auf mich wütend zu sein«, sagte ich. »Ich kann nichts dafür.«

»Tut mir leid. Entschuldigen Sie.«

»Schon gut«, sagte ich und dachte: Der kleine Junge. Das schizophrene Fräulein. Der geflohene Hauptmann. Wenn das so weiterging ... Hier lag ein Pfund, ein Pfund aus Gold, ich spürte es, ich hatte es noch immer gespürt, wenn ich einer Story auf der Spur war. Ich fragte: »Was hat Ihr Verlobter gesagt?«

»2 20 68 54.«

»Deutsch?«

»Ja.«

»Sonst nichts?«

»Da habe doch schon ich geredet!«

»Weil Sie seine Stimme erkannten.«

»Ja, natürlich!«

»Haben Sie seine Stimme ganz bestimmt erkannt?«

»Ich sage Ihnen doch, ja. Es war Jans Stimme! Seine Stimme! Da gibt es überhaupt keinen Zweifel!« Sie lauschte. »Jetzt läutet es wieder.« Sie umklammerte den Hörer mit beiden Händen. »Es läutet ... Es läutet ...« Blutrot fiel das Licht der sinkenden Sonne auf sie. Ich sah kurz aus dem Fenster. Schwarz standen die kahlen Erlen und Birken des Lagers vor der glühenden Himmelswand im Westen. »Es läutet noch immer ...« Irina begann auf einmal zu schluchzen. »Das gibt es doch nicht! Er hat sich doch eben noch gemeldet!«

Ich nahm ihr den Hörer ab. Er war schweißfeucht. Ich lauschte. Das Freizeichen summte.

Summte.

Summte.

Summte.

Irina schluchzte laut auf.

Der Pastor trat zu ihr.

»Nicht«, sagte er. »Nicht. Bitte. Wir werden gleich sehen, was da los ist. Haben Sie keine Angst.«

»Aber es war doch seine Stimme! Er war doch eben noch da! Wie gibt es denn so etwas?«

»Einen Moment«, sagte ich, bemüht, meine Erregung nicht zu zeigen, legte auf, hob wieder ab und wählte die Zentrale. »Fräulein Vera, Roland hier. Werden Sie bitte nicht böse. Da meldet sich jetzt niemand in Hamburg.«

»Ich habe 2 20 68 54 gewählt«, sagte die Telefonistin gereizt.

»Ja, sicherlich. Vielleicht ist ein Relais nicht richtig eingeschnappt. Würden Sie es noch einmal versuchen? Bitte ... Mir zuliebe.« Ich und meine Wirkung auf Frauen. War schon toll. Wirklich. Ich konnte mich nicht beklagen. Trotzdem ich ein so alter Süffel war.

Ich bekam immer noch jede, die ich wollte. Die Frauen fanden mich charmant. Wenn ich besoffen war, erklärte ich es Bertie und den anderen in der Redaktion französisch: »Toutes les femmes sont folles de moi.«
Alle Frauen sind verrückt nach mir ...
»Also gut, Ihretwegen, Herr Roland. Ich habe wirklich noch was anderes zu tun, wissen Sie?«
Na bitte.
»Ich danke Ihnen, Fräulein Vera!«
»Dieser Kerl vorhin ... der mich mitnehmen wollte ... der hat vor Gericht gestanden wegen Erpressung?« stammelte Irina. Ihre dunklen Augen blitzten im Widerschein der roten Sonne. Alles war auf einmal rot in dem großen Büro, blutrot, alles. »Glauben Sie, der hat mich entführen wollen? Glauben Sie, das hängt mit Jan zusammen? Ist Jan etwas zugestoßen?«
Ja, dachte ich, das glaube ich, und sagte: »Was für ein Unsinn. Natürlich wollte Sie niemand entführen. Der schmierige Kerl hatte was ganz anderes mit Ihnen vor. Und was heißt: Jan zugestoßen? Sie sagen doch, Sie haben eben seine Stimme gehört.«
Ein Pfund? *Fünf* Pfund, dachte ich. Pures Gold. Junge, Junge.
»Jetzt läutet es wieder«, sagte ich. Sie griff nach dem Hörer, aber ich hielt sie mir vom Leib. Diesmal wollte ich zuerst dran sein, wenn sich jemand meldete. Ich sah auf meine Armbanduhr und ließ das Freizeichen drei Minuten lang ertönen.
»Nichts«, sagte ich und legte den Hörer hin. »Es meldet sich niemand.«
Irinas Lippen bebten. Der Atem kam stoßweise wie ihre Worte: »Angst ... Ich habe Angst ... Da ist etwas geschehen! ... Da *muß* etwas geschehen sein!« Kannst dein Leben darauf wetten, daß da etwas geschehen ist, dachte ich und sagte: »Bitte, nehmen Sie sich zusammen. Ja, etwas ging hier schief, sicher. Aber wir wissen nicht, was. Kann ganz harmlos sein. Gibt hundert Gründe dafür, warum sich jetzt niemand meldet.«
»Nennen Sie mir *einen* Grund!«
Ach nein, dachte ich und sagte: »Fräulein Indigo! Bitte, Sie müssen jetzt einen klaren Kopf bewahren. Das ist das Allerwichtigste. Dann werde ich auch versuchen, Ihnen zu helfen.«
Sie sah mich an, als sei ich ihr ärgster Feind.
»Sie? Warum ausgerechnet Sie?«
»Warum ausgerechnet ich nicht? Ich bin Reporter. Ich brauche

immer Geschichten. Hier ist vielleicht eine. Aber ich kann Ihnen nur helfen, wenn Sie Vertrauen zu mir haben.«
Das Telefon.
Irina schrie leise auf. Ich hob ab. Es war Fräulein Vera.
»Hat es nun geklappt?« wollte sie wissen.
»Nein, leider nicht. Da ist nichts zu machen. Vielen Dank jedenfalls. Ich rufe gleich wieder an, liebes Fräulein Vera. Nun brauche ich eine Nummer in Frankfurt.«
»Gerne, Herr Roland. Es tut mir leid wegen Hamburg.«
Toutes les femmes ...
»Also, wie ist das? Haben Sie Vertrauen zu mir?«
»Nein«, sagte Irina heftig.
»Fräulein Indigo«, sagte der Pastor.
»Ich habe zu niemandem hier Vertrauen! Warum sollte ich auch?«
Irina begann zu weinen. Sie sank auf einen Stuhl, legte den Kopf über die verschränkten Arme, die auf der Schreibtischplatte ruhten, und weinte und weinte. Ich ließ sie eine Zeitlang heulen. Ich wußte schon, wie das verlaufen würde. Sie hatte gar keine Wahl. Natürlich hob sie zuletzt das tränenüberströmte Gesicht und schluckte und schluchzte noch einmal, dann sagte sie: »Es ... es war nicht so gemeint ...«
»Also, Sie haben Vertrauen zu mir?«
Irina nickte stumm.
»Fein«, sagte ich. »Jetzt werden wir sehr schnell weiterkommen.«
Und danach machte ich mich ans Telefonieren.
Ich bat Fräulein Vera, mich mit meiner Redaktion in Frankfurt zu verbinden. Ich gab ihr die Nummer des Verlags. Diese Verbindung kam sofort zustande.
Eine Mädchenstimme meldete sich: »BLITZ, guten Tag.«
Ich habe ein Gedächtnis für Stimmen. Unsere Telefonistinnen kannte ich alle seit Jahren.
»Tag, Marion, Süße«, sagte ich. »Hier ist Roland.«
»Oh, Herr Roland!« Etwas atemlos. Was habe ich Ihnen gesagt?
»Ich bin in Norddeutschland. Geben Sie mir bitte Herrn Kramer.«
»Sofort, Herr Roland.«
»Danke, mein Schatz.«
Dann kam Kramers Sekretärin, und dann hatte ich Paul Kramer selber an der Leitung. Er war der Chef der Textredaktion und mein guter Freund. Ich kannte ihn, solange ich bei BLITZ war.
»Hallo, Hem«, sagte ich.

»Hallo, Walter«, sagte er. »Was ist? Wieder irgendwo versoffen da oben? Der Schakal da?«

»Nein, Hem«, sagte ich. Wir nannten ihn ›Hem‹, denn Paul Kramer, 56 Jahre alt, glich so sehr dem großen Hemingway mit seinem Gesicht, seinem ewig ungekämmten grauen Haar, seiner Stahlbrille, die er manchmal aufsetzte, seinen zerdrückten Flanellhosen und seinen bunten Holzhackerhemden, die er so gern trug – und vor allem mit seinem Wesen. Wenn mich etwas bei Blitz aufrecht hielt, dann war es Hem. Der großherzigste und klügste und beste Redakteur, den ich kannte, den es gab, wahrscheinlich. Der einzige Mann, den ich verehrte. Ich wäre gerne so gewesen, wie er war, aber so würde ich niemals sein.

»Bist du im Puff?« fragte Hem.

»Nein.«

»Dann machst du mich neugierig. Erzähl, was du auf dem Herzen hast.«

Na, ich erzählte. Irina und der Pastor hörten aufmerksam zu. Das Licht im Zimmer wurde immer noch röter, unheimlich rot. Ich erzählte, was ich erlebt hatte. Bei dem Bericht über Irina und ihren Verlobten drückte ich mich vorsichtig aus. Hem verstand trotzdem, daß ich eine große Sache witterte. Er selber tat es auch. Wir hatten unsere eigene Sprache entwickelt für solche Fälle im Lauf der Jahre. Hem wurde fast so aufgeregt, wie ich es war.

»Junge, Walter, wenn das was werden sollte . . .«

»Ja«, sagte ich. »Ja, eben.«

»Du mußt jetzt am Ball bleiben!«

»Ja«, sagte ich.

»Von mir aus hast du freie Hand. Tu, was du für richtig hältst. Laß die Verbindung nie länger als ein paar Stunden abreißen. Ruf immer wieder an.«

»Ja«, sagte ich.

Ich sagte dauernd nur ja. Der Pastor und Irina wurden mißtrauisch. Ich grinste ihnen harmlos zu.

»Wenn es Nacht ist, ruf mich zu Hause an. Du hast meine Nummer.«

»Ja.«

»Wir müssen wissen, wo du steckst.«

»Ja.«

»Ich nehme an, du wirst versuchen, mit der Kleinen und mit Bertie nach Hamburg zu fahren – so schnell wie möglich, wie?«

»Ja.«
»Sie hört zu, was?«
»Ja.«
»Ich informiere sofort Lester und Herford.« Lester war der Chefredakteur, Herford der Verleger.
»Hem, ich brauche jetzt Geld«, sagte ich.
»Klar, kann ich mir denken.« Ich mußte nicht einmal sagen, wofür ich es brauchte, wir verstanden uns seit Jahren mit ganz wenigen Worten, Hem und ich. »Wieviel?« fragte er.
»Fünfzehntausend«, sagte ich. »Die Buchhaltung soll das sofort telegrafisch anweisen. ›Park-Hotel‹ Bremen. Auf meinen Namen – nein, auf Berties Namen.« Mir war etwas eingefallen.
»Ist gut. Moment, warte. Ich sage es nur Ruth. Damit keine Zeit verlorengeht.« Ruth war seine Sekretärin. Ich hörte ihn kurz mit ihr reden. »Da bin ich wieder. Weiter, Walter.«
»Weiter brauche ich aus dem Archiv alles an Unterlagen, was wir über diesen Karl Concon haben. Ich buchstabiere«, sagte ich und tat es.
»Wann stand der vor Gericht?« fragte Hem.
»1957, sagt Bertie. Wir haben damals einen Bildbericht gebracht. Schickt Originale oder Fotokopien, was ihr wollt.«
»Das Zeug soll nach Hamburg, nehme ich an?«
»Ja. Flughafen Fuhlsbüttel. Lagernd. Wird abgeholt. Von Bertie oder von mir. Das Archiv soll uns beide als Empfänger draufschreiben. Maschinen gehen ununterbrochen. Luftfracht, expreß.«
»Klar.«
»So, und schließlich schicken Sie bitte ein Fernschreiben an Conny, Hem.« Conny war Conrad Manner, unser Korrespondent in Hamburg. »Er soll sich sofort auf den Weg machen. Moment.« Ich wandte mich an Irina. »Wie war die Adresse von Ihrem Herrn Michelsen?«
»Die Adresse ...«, sagte sie, überwältigt durch diesen Maschinengewehrfeuer-Telefondialog, den ich mit Hem führte. »Eppendorfer Baum 187.«
»Eppendorfer Baum 187«, sagte ich in den Hörer. »Conny soll sehen, ob er Jan Bilka ausfindig machen kann. Aber unauffällig. Nur beobachten!«
»Verstehe schon«, sagte Hem. »Wie der feine Mann so was eben macht.«
»Ja. Nicht von seiner Seite weichen, wenn er ihn findet. Conny hat

doch eine Mieze, mit der er zusammenwohnt. Mir fällt der Name nicht ein.«

»Edith«, sagte Hem. »Die schöne Edith.«

»Richtig. Der soll er dauernd telefonisch bekanntgeben, wo er sich aufhält und was los ist, bis ich komme. Ich komme zuerst zu Edith. Conny braucht eine Beschreibung von diesem Bilka. Warten Sie, Hem, ich gebe Ihnen jetzt Fräulein Indigo.« Ich reichte ihr den Hörer. »Beschreiben Sie Ihren Freund«, sagte ich.

»Ja«, sagte sie folgsam. In den Hörer sagte sie: »Grüß Gott. Ich soll ... Ja, also er ist zweiunddreißig Jahre alt ... etwa einsachtzig groß ... blondes Haar, sehr kurz geschnitten ... ja, militärischer Haarschnitt ... Augen grau ... Gesicht länglich ... eine Narbe an der rechten Kinnseite ... schlank ... ist aber sehr kräftig ... gebräuntes Gesicht ... mehr weiß ich nicht ... ja, einen Moment ...«

Sie gab mir den Hörer zurück.

Hem sagte: »Das dürfte reichen. Fernschreiben geht sofort raus. Und du meldest dich so oft wie möglich.«

»Mach ich. Tschüß, Hem. Geben Sie mir jetzt bitte den Doktor Rotaug.«

Der Dr. Helmut Rotaug war Justitiar von BLITZ und Leiter der Rechtsabteilung.

»Du kannst doch da oben offenbar nicht frei sprechen«, sagte Hem, und ich glaubte einen Moment, den Duft von Dunhill-Tabak zu verspüren. Hem rauchte immer Pfeife. »Ich nehme an, Rotaug soll dir genau sagen, wie man eine Erklärung über die Abtretung von Persönlichkeitsrechten formuliert.«

»Genau das«, sagte ich dankbar.

»Ich werde ihn informieren, du schreibst nur mit. So long, Walter.« Es klickte in der Leitung. Ich wartete und lächelte dabei zu Irina. Sie blickte mich ernst und traurig an. Man konnte es verstehen.

Dann meldete sich Rotaug mit seiner leisen Stimme, die trotzdem immer seltsam gefährlich klang. Dieser Rotaug war ein Mann von 60 Jahren, seit Gründung von BLITZ beim Blatt, genoß das uneingeschränkte Vertrauen des Verlegers und sah aus wie eine menschliche Schildkröte. Er war gedrungen und gebeugt, trug nur schwarze Anzüge, weiße Hemden, silberne Krawatten und steife, hochstehende Krägen mit abgewinkelten Kragenecken wie der selige Dr. Hjalmar Schacht. Er hatte einen langen Hals, an dem die Haut, gelblich und pigmentübersät, schlaff in Falten herabhing, ein ovales, kalt wirkendes Gesicht, auch gelblich und mit Pigmentflecken, und eine Vollglatze. Die Schädeldecke sah aus wie der Hals, nur war die Haut hier straff. Die Lider der sehr kleinen, starren Augen waren fast ohne Wimpern. Im Knoten seiner Krawatte trug er stets eine schöne, große Perle. Er hatte das Gesicht, das viele Geldleute – Bankiers, Aufsichtsratsvorsitzende, Finanziers – besitzen. Er war ein Genie auf seinem Gebiet. Ein Genie, kein Mensch. Noch nie hatte ich einen menschlichen Zug bei ihm feststellen können. BLITZ war da auf einen der gerissensten Anwälte des Landes und bestimmt auf den größten Urheberrechtler gestoßen.

Unser Verhältnis? Höflich-frostig. Ich wußte, daß Rotaug dem Verleger vor Jahren über mich gesagt hatte: »Top-Autor, schön. Wir verdienen Millionen mit ihm, gut. Prächtiger Bursche. Aber denken Sie an meine Worte: Eines Tages werden wir mit diesem prächtigen Burschen den größten Skandal unserer Verlagsgeschichte bekommen.«

Das war der Dr. Helmut Rotaug, der mich nun, nach einer höflichkalten Begrüßung, sofort fragte: »Haben Sie Papier und Bleistift?«

»Moment«, sagte ich und angelte nach meinem Block und meinem Kugelschreiber. »Jetzt geht's.«

»Schreibmaschine haben Sie auch mit?«

»Im Wagen.«

»Gut. Das muß getippt sein. Zwei Durchschläge. Das Original bekommt Ihr Kunde, die Durchschläge bringen Sie uns mit. Also, Ort und Datum. Dann: Erklärung. Darunter: Ich, der Unterzeichnete ...« Und er diktierte den ganzen ausgeklügelten, ausgebufften Text. Keiner, der so eine Erklärung unterschrieb, kam uns noch aus. Ich stenographierte. Es wurde ein ganz hübsch langer Riemen. Dieser Rotaug dachte an alles. Endlich war er fertig.

»So, da hätten Sie den Wortlaut. Wenn Sie den Informanten bezahlt haben, lassen Sie sich auch eine Bestätigung über das empfangene Geld geben. Noch Fragen?«

»Nein«, sagte ich. »Das war sehr freundlich von Ihnen, Doktor.«

»Guten Tag«, sagte er und hängte ein. Na ja. (»Eines Tages werden wir mit diesem prächtigen Burschen den größten Skandal unserer Verlagsgeschichte bekommen ...«)

Ich legte den Hörer nieder und steckte meinen Block ein. Als ich den Kugelschreiber zurückschnappen ließ, ertönte von draußen eine gellende Frauenstimme: *»Lauf, Karl, lauf!«*

Wir stürzten alle zum Fenster. Was nun folgte, geschah viele Male schneller, als man es beschreiben kann.
Das erste, was ich sah, war der fette Karl Concon, der auf die kleine, offene Pforte beim großen Eingangstor zurannte. Hinter ihm her stolperten zwei Lagerpolizisten.
Ich riß das Fenster auf, als wieder die Frauenstimme ertönte. Sie kam von außerhalb des Lagers, schien mir, von dem Parkplatz, glaubte ich, aus einem Auto: *»Karl, renn! Renn, Karl!«*
Karl Concon rannte.
»Diese verfluchten Arschlöcher!« schrie ich. »Jetzt haben sie wieder nicht auf den Kerl aufgepaßt!« Ich schwang mich über das Fensterbrett und sprang ins Freie. Auf dem Sandboden mit seinem braunen Heidekraut, auf Betonwegen, rannte ich, so schnell ich konnte, zum Lagertor.
Wie gesagt: Was ich jetzt erzähle, dauerte Sekunden, nicht länger.
Auch im Freien war alles rot vom Licht der untergehenden Sonne. Lange Schatten. Die Damen und Herren vor dem Lagerzaun schienen erstarrt zu sein. Viele hatten sich geduckt oder gar zu Boden geworfen. Nichts regte sich da. Es sah aus, als wäre ein Filmbild plötzlich stehengeblieben.
Karl Concon hetzte auf das Lagertor zu. Gebückt lief er zickzack wie ein Hase. Ja, es war eine Frau in einem schwarzen Buick, die nun wieder schrie: *»Karl! Renn! Renn! Karl, renn!«* Ich sah ihren Kopf, den sie aus dem Wagenfenster steckte. Sie trug ein Kopftuch, das war alles, was ich sah. Die Entfernung war zu groß. Im nächsten Moment erblickte ich dann Fräulein Luise.
Neben Bertie und mit dem kleinen Karel an der Hand trat sie aus der Arztbaracke beim Eingang, die blau gestrichen war und ein großes rotes Kreuz auf weißem Grund trug. Ich rannte auf die drei zu, ich kam schnell vorwärts. Von allen Seiten liefen Jugendliche, Kinder und Erwachsene herbei. Zu meinem Erstaunen sah ich, wie der kleine Karel, die Trompete in der Hand, sich von Fräulein Luise losriß und auch zum Tor stürzte. Er hatte es nicht weit, er lief so schnell er konnte. Dazu schrie er etwas auf Tschechisch, ich verstand nur das Wort »Mama«, und mir wurde kalt.
Mama!
Ich begriff: Der Junge hieß Karel, dieses schwule Paket hieß Karl. Der Junge mußte geglaubt haben, die Frauenstimme riefe nach einem »Karel«, nicht nach einem »Karl«.
»Redet dauernd von seiner Mutter, seit er hier ist«, hatte das Fräu-

lein erzählt. Jetzt schoß es mir durch den Kopf. Sein Vater hatte ihm auf der Flucht eingeprägt zu laufen, wenn er »Lauf, Karel, lauf!« rief. Und nun lief Karel. Nun lief er, Allmächtiger.
Fräulein Luise schrie und stürzte hinter ihm her. Sie schrie etwas Tschechisches. Karel reagierte nicht. Ich sah, wie Bertie, die Nikon-F in den Händen, losrannte. Und dann brach plötzlich das Chaos aus da vorne beim Eingang.
Aus einem dunklen Dodge, der neben dem Buick parkte, begann eine Maschinenpistole zu feuern. Ich sah den Lauf, der aus dem Fahrerfenster ragte. Die Kugeln der Maschinenpistole schlugen in den Sandboden ein und ließen Dreck hochspritzen. Rasend schnell bewegte sich ihr Weg auf das Lagertor zu, durch das Concon eben entkommen war. Wer immer da schoß, tat es, um Concon Feuerschutz zu geben, um jeden Verfolger zu stoppen.
Die beiden Lagerpolizisten, die den Schwulen verfolgten, ließen sich augenblicklich zu Boden fallen. Manche Kugeln der Maschinenpistole durchschlugen das Gitterwerk des Zauns und wurden abgelenkt zu verrückten Querschlägern. Bertie riß das alte Fräulein mit sich nieder. Plötzlich lag da vorne alles auf dem Boden. Ich rannte noch. Eine Kugel zwitscherte an mir vorbei. Da schmiß auch ich mich in den Sand.
Kinder schrien, Erwachsene fluchten.
Und während eine eiskalte Hand nach meinem Herzen griff, sah ich, daß Karel immer noch lief. Nichts hielt ihn auf. Er glaubte sich gerufen. Er kam. Er rannte etwas taumelig, als wäre er benommen. Er rannte direkt in den nächsten Feuerstoß der Maschinenpistole hinein.
Ich will heute noch, da ich diese Zeilen schreibe, nicht sagen, daß der Schütze den Jungen absichtlich traf. Keine Rede davon. Aber der Schütze wollte seinen Mann um jeden Preis decken – vielleicht dachte er auch, die Lagerpolizisten würden schießen. Er wußte nicht, daß sie dies gar nicht konnten. Denn ihre einzige Waffe war der Schlagstock.
Es war ein Anblick, der einem den Magen umdrehen konnte, als die Garbe Karel erwischte. Unter der Wucht der Einschläge in seinen Körper wurde er gewiß einen Meter hoch in die Luft gerissen und flog ein Stück zurück. Ich sah, wie Bertie sich etwas aufrichtete und knipste. Wenn dieses Foto etwas wurde, war es ein Vermögen wert! Karel fiel auf den Heidekrautboden. Seine Trompete flog fort. Aufschrei aus vielen Kehlen. Reglos blieb Karel lie-

gen. Karl Concon hatte den Buick erreicht und sprang in den Wagen. Der Fahrer, die Frau, die geschrien hatte, gab Gas, der Buick beschrieb einen großen Bogen auf kreischenden Pneus und jagte davon. Der dunkle Dodge mit dem Schützen folgte. Auch seine Pneus kreischten, als er wendete. Er brauste hinter dem ersten Wagen her. Schon gingen beide vorne an der elenden Straße in eine Rechtskurve und waren verschwunden.

Alles schrie und redete nun durcheinander. Aus der Arztbaracke kam ein Mann in Weiß gestürzt, sichtlich Doktor Schiemann. Fräulein Luise, der Arzt, Bertie und die Lagerpolizisten, samt zwanzig oder dreißig Neugierigen, rannten auf den reglosen Karel zu. Ich sprang auf und lief weiter. Aus der Wachbaracke humpelte, zusammengekrümmt, ein dritter Polizist. Ein vierter folgte, ebenfalls krumm und lahm. Ihre beiden Kollegen trieben fluchend und brüllend die Jugendlichen zurück.

»Weg da!«

»Macht, daß ihr fortkommt, verdammt noch mal!«

»Himmelarschundzwirn, verschwindet!«

Die Menge zog sich zurück.

Ich erreichte die kleine Gruppe um den Jungen. Dabei stieß ich mit Bertie zusammen, der, staubig wie ich, die große Hasselblad in den Händen hielt und schoß wie ein Verrückter.

»Boy, o boy«, stöhnte er. Jetzt lächelte er nicht mehr. »Was für Aufnahmen! Ich nehme nur Farbe.«

»Hast du noch genug Licht?«

»Klar. Blende ganz offen, eine dreißigstel Sekunde.« Er rannte humpelnd um die Gruppe herum, kniete nieder und schoß wieder.

Ich erreichte Fräulein Luise. Sie schwankte so heftig, daß ich Angst hatte, sie könnte jeden Moment stürzen.

»Karel ... mein Karel ... das große Unglück ...«, stammelte sie, als sie mich erkannte. »Wenn der Hundling, der elende, nicht Karl geheißen hätte, wär das alles nicht passiert. Hat er geglaubt, seine Mutter ruft ihn. Hat er geschrien: ›Ja, Mama, ja, ich komme!‹ Der Herr Doktor hatte ihm eine Beruhigungsspritze gegeben. Er war nicht ganz bei sich. ›Ja, Mama, ja, ich komme!‹ O du lieber Herrgott, warum hast du das zugelassen?« Tränen strömten über ihr Gesicht. Der Arzt, der vor dem Jungen kniete, stand auf. Sein Gesicht war ernst.

»Ist er ...«

»Ja«, sagte Dr. Schiemann. »Er muß sofort tot gewesen sein.«

Mit einem Schrei stürzte Fräulein Luise neben dem Jungen in die Knie, neigte sich über ihn, streichelte sein Gesicht, redete beschwörend tschechisch auf ihn ein, als wollte sie ihn so wieder zum Leben erwecken. Der Boden rund um Karel färbte sich rapide rot von Blut. Fräulein Luise kniete bereits im Blut.

Sie merkte es nicht.

»Wie hat das passieren können?« fragte ich einen der Polizisten.

»Der Kerl war ganz ruhig ... Wir haben aufgepaßt, wirklich ... Dann, auf einmal, ist er hochgesprungen und hat einen von unsern Kollegen niedergeschlagen. Den anderen hat er getreten.«

»In den Bauch«, sagte der Humpelnde, der herangekommen war und sich stöhnend den Leib hielt. »Mit aller Wucht.« Er hatte vor Schmerzen Tränen in den Augen. »Ich bin zurückgeflogen gegen den Eugen« – er wies auf einen der Polizisten – »und wir sind beide gestürzt. Da ist er los.«

»Wir sind nur vier Mann«, sagte Eugen. »Fritz« – er wies auf seinen Kollegen, der keuchend dastand – »hat gerade telefoniert. Wir können nichts dafür. Wirklich nicht.«

»Warum sind Sie den beiden Wagen nicht sofort nachgefahren?«

»Womit? Wir haben kein Auto.« Ich sah aus einem Augenwinkel, daß Bertie auch mich und die alten, müden Lagerpolizisten fotografierte.

»Und Handschellen habt ihr auch keine, was?« fragte ich.

»Handschellen? Handschellen haben wir nicht ... dürfen wir nicht ...«

»Dann hättet ihr den Kerl an einen Stuhl binden sollen oder so ... Ihr wußtet doch, daß der gefährlich ist«, sagte ich.

»Leck uns doch am Arsch, Mensch, was glaubst du denn, wer du bist?« fragte der Polizist, der den Tritt bekommen hatte.

»Ich bin Reporter«, sagte ich. »Ihr werdet noch über euch lesen. Verlaßt euch drauf.«

Der Getretene sagte: »Ich habe es nicht so gemeint. Sie müssen verstehen ...«

»Schon gut.«

»... wir sind alle aufgeregt und ...«

»Schon gut!«

»... wissen nicht, was wir reden. Das ist noch nie passiert, und ...«

»Schon gut!« brüllte ich ihn an. Ich brüllte so, daß alle zu mir sahen. Der Lagerpolizist richtete sich sogar auf. Er brüllte seinerseits die Umstehenden an: »Zurück! Los! In die Baracken!«

Seine Kollegen drangen auf die Zögernden ein. Sie brüllten gleichfalls. Erschrocken zogen sich die letzten Neugierigen zurück.
»Holt eine Trage!« rief Dr. Schiemann. »Bringt ihn zu mir! Oder nein«, sagte er schnell. »Laßt ihn liegen. Genauso liegen. Nichts anrühren. Ruft Zeven an. Die Kriminalpolizei muß her! Schnellstens!«
»Jawohl, Herr Doktor!« Einer der Lagerpolizisten rannte zur Wachbaracke.
»Geh mal bitte weg da, Walter!« sagte Bertie. Er lag auf dem Boden ausgestreckt, die Hasselblad in den Händen. »Und Sie auch bitte, Doktor.« Wir traten zur Seite. Bertie fotografierte den toten Jungen und das über ihn gebeugte Fräulein Luise, und niedrig, ganz niedrig, raste wieder eine Staffel von drei Starfightern mit heulenden Düsenaggregaten über uns hinweg. Der Boden bebte. Die Luft vibrierte. Mir war plötzlich sterbenselend. Die drei Maschinen schossen als schwarze Punkte in den brandigen Sonnenuntergang hinein. Über dem roten Glühen im Westen drohte eine schwarze Wolkenwand. Nur ein kleiner Teil des Sonnenballs war zu sehen. Noch trauriger als zuvor erschienen mir die kahlen Sträucher und Bäume, die dunkel im Gegenlicht standen. Ich sah zu Fräulein Luise. In ihrem Schmerz war sie erstarrt. Sie bewegte sich nicht mehr, sie sprach nicht mehr. Sie kniete, tief gebeugt, über dem toten Kind.
Ich holte den Hüftflacon aus meiner Gesäßtasche und schraubte ihn auf und trank, bis ich keine Luft mehr bekam.
Dann war der Schakal wieder weg.
Er war auf einmal sehr nahe gewesen.

18

Eine Viertelstunde später.
Nun war es schon nahezu dunkel. Das ging hier sehr schnell, wenn der Tag starb. Fräulein Luise kniete noch immer bei dem toten Karel. Die Damen und Herren vor dem Zaun waren verschwunden. Leer lag der Parkplatz da, verlassen, öde. Öde und verlassen waren auch die Wege, die Plätze und die mit Heidekraut bewachsenen Flächen des Lagers. Die Jugendlichen hatten sich in ihre Baracken zurückgezogen. Die Tür neben dem Tor war geschlossen.

Die Lagerpolizisten warteten auf die Kripo aus Zeven. Da konnten sie noch eine Weile warten. Nicht einmal der erste Wagen, den sie angefordert hatten, um Concon abzuholen, war bisher eingetroffen. Bei dem nun geschlossenen Tor stand ein Polizist Wache. *Jetzt* stand er dort! Niemand hatte gewagt, Fräulein Luise fortzuschicken.

»Also, was ist?« fragte ich leise. Ich hielt mich mit Irina Indigo gegen eine Barackenwand gepreßt, so, daß man uns nicht sehen konnte. Ich hatte da einen Winkel gefunden. Sie starrte mit aufgerissenen Augen in die meinen.

»Sie wollen mich nach Hamburg bringen?«

»Herrgott, das sage ich doch!« antwortete ich nervös.

Bertie fotografierte in der Wachbaracke, in der schon, wie in vielen Baracken, elektrisches Licht brannte. »Wir bringen Sie hin, mein Freund und ich. Wir helfen Ihnen auf der Suche nach Ihrem Verlobten. Oder wollen Sie das nicht?«

»Natürlich will ich das ... aber ... aber es hat doch gerade vorhin geheißen, kein Mensch darf das Lager verlassen ...«

»Ich und mein Freund, wir dürfen, wenn erst mal die Kripo da ist und unsere Aussagen hat. Und wenn wir draußen sind, kommen Sie auch raus.«

»Wo? Wie?« Sie zitterte und kreuzte die Arme über der Brust. Den Mantelkragen hatte sie hochgeschlagen. Es wurde kalt. Ich fror plötzlich auch. Mein Mantel lag draußen im Wagen, vor dem Lager.

»Sie haben doch gehört, was der Pastor erzählte ... von diesem geborstenen Betonpfeiler. Das ist nahe am Weg zum Dorf. Der Pfeiler, bei dem diese Hilde Reiter stand und raus wollte, als sie dann das Fräulein im Moor sah. Da drüben, vorne.« Ich wies mit dem Kinn.

»Sie kam aber nicht raus. Sie konnte den Pfeiler nicht bewegen.«

»Ein Mensch kann das nicht«, sagte ich. »Aber wir haben einen Wagen. Mit einem Wagen geht es.« Hoffentlich, dachte ich.

»Mit einem Wagen? Was für einem Wagen?«

»Meinem. Der da als einziger noch auf dem Parkplatz steht. Und mit einem Abschleppseil. Geht garantiert.« Hoffentlich, dachte ich.

»Jetzt ist es zehn vor fünf. Die Kripo dürfte spätestens in einer Dreiviertelstunde da sein. Von zehn Uhr an warte ich auf Sie bei dem Pfeiler.«

»Aber meine Sachen ...«

»Was haben Sie für Sachen?«
»Einen Koffer voll ...«
»Dalassen! Sind doch nur Kleider drin, nicht? Kann man neue kaufen. Es ist Ihnen wohl klar, daß Sie hier nicht mehr normal rauskommen, wenn sich erst der Verfassungsschutz eingehend mit Ihnen beschäftigt hat?«
»O Gott«, sagte sie und klammerte sich plötzlich an mich, »Sie glauben also doch, daß das alles hier mit Jan zusammenhängt!«
»Ja«, sagte ich.
»Vorhin sagten Sie ...«
»Vorhin habe ich gelogen. Um Sie zu beruhigen.« Ich redete jetzt schnell. Ich brauchte dieses Mädchen. Ich mußte sie haben. Ich mußte sie überzeugen. Und ich konnte sie nicht vor zehn Uhr aus dem Lager bringen, denn ich mußte ja Bertie noch nach Bremen schicken, um unsere Sachen und das telegrafisch überwiesene Geld abzuholen. Und dann mußte ich mit der Kripo reden. Und ein paar Verträge über Persönlichkeitsrechte schließen. Ich hatte zu tun.
»Das ist gegen das Gesetz, was Sie vorhaben«, sagte Irina. Ihre Augen waren schwarz und erfüllt von Kummer.
»Natürlich«, sagte ich. »Also: Werden Sie bei dem Pfeiler sein um zehn? Es ist Ihre letzte Chance, zu Ihrem Verlobten zu kommen – schnell, meine ich. Und herauszufinden, was da in Hamburg los ist. Ja oder nein?«
»Ja«, flüsterte sie.
»Fein. Gehen Sie jetzt in Ihre Baracke. Unauffällig. Immer möglichst im Schatten. Es muß niemand sehen, daß ...«
»Da sind Sie ja«, sagte eine Männerstimme. Ich fuhr herum. Vor mir stand der schlanke Wilhelm Rogge mit den starken Brillengläsern, den ich im Büro des Verfassungsschutzes kennengelernt hatte. Ich verfluchte mich selber. Der Verfassungsschutz, da war er schon! Ich hätte Irina sofort aus dem Lager bringen müssen, sofort, nachdem alles passiert war. Aber wie hätte ich das anstellen sollen?
»Abend, Herr Rogge«, sagte ich.
Er nickte nur.
»Ich habe Sie bereits überall gesucht, Fräulein Indigo. Mein Kollege Klein auch.«
»Warum?« fragte sie stockend.
»Nun, wir möchten uns mit Ihnen unterhalten«, sagte Rogge höflich.

»Jetzt gleich?«
»Jetzt gleich, ja. Wenn wir nicht so mit Arbeit überlastet wären, hätten wir es schon gestern getan. Sie stehen ganz oben auf unserer Liste.«
»Ganz oben?« fragte Irina.
»Natürlich. Ein so prominenter Flüchtling. Mit einem so prominenten Verlobten. Nun bitte, kommen Sie mit mir. Guten Abend, Herr Roland.«
»Abend«, sagte ich und sah den beiden nach, wie sie in die Dämmerung hineingingen.
Ei verflucht, war das eine beschissene Angelegenheit. Was jetzt? Wenn Irina diesem Rogge und seinem Kollegen alles erzählte, was sie dem Pastor und mir erzählt hatte – und es blieb ihr ja gar nichts anderes übrig! –, dann wußte der Himmel, was man mit ihr anfing und ob sie überhaupt noch die Gelegenheit haben würde, um zehn Uhr beim Zaun zu sein.
Verdammter Mist! Ich war außer mir vor Wut. Aber nur kurze Zeit. Dann war ich wieder ganz ruhig. Ich mußte jetzt auf mein Glück vertrauen. Bisher hatte ich immer Glück gehabt in dieser Industrie. Immer, ja! Toi, toi, toi! Ich mußte so weiterarbeiten, als wäre alles in bester Ordnung. Aufgeben konnte ich immer noch.
Ich sah zu dem toten Karel.
Nebel stiegen schon auf und bedeckten den Boden. Sie brauten um Karels Leichnam und um Fräulein Luise, die sich immer noch nicht von der Stelle gerührt hatte. Ich dachte an eine moderne Pietà. So verkitscht wird man in meinem Gewerbe. Ja, und ich hoffte, daß Bertie diese Pietà sah und daß es ihm irgendwie möglich war, trotz der starken Dämmerung dieses Bild, wenn auch noch so schemenhaft, zu schießen.
Es mußte ein Speiseraum sein, an dessen Außenwand ich lehnte, denn auf einmal hörte ich viele Kinderstimmen, die deutsch beteten: »Komm, Herr Jesus, sei unser Gast, und segne, was Du uns bescheret hast, Amen.«

19

»Sehnse mal«, sagte der Chauffeur Kuschke, »also wat ick bin, ick bin Berlina.«

»Tatsächlich?«

»Ironisch, wa?« sagte er stirnrunzelnd. Wir unterhielten uns in seinem Zimmer in einer Verwaltungsbaracke. Die Polizei und die Kripo waren nun im Lager, Bertie war seit zweieinhalb Stunden unterwegs, um das Geld und unser Gepäck aus dem ›Park-Hotel‹ in Bremen zu holen. Schreibmaschine, Papier, Kohlepapier und meinen Mantel hatte ich vorher aus dem Lamborghini geholt. Ich war auch schon von der Kripo vernommen worden. Nichts Besonderes. Fotografen und Experten der Polizei hatten ihre Arbeit bei Scheinwerferlicht getan. Karels kleine Leiche war von einer Ambulanz geholt worden. Von Irina hatte ich nichts mehr gehört. Da konnte man nur beten. Auch Fräulein Luise hatte ich nicht mehr gesehen, seit ich ihr, vor meiner Befragung durch die Kripo, begegnet war. Sie hatte einen gefaßten Eindruck gemacht, aber sie wußte sicher nicht, wer ich war, als sie meinen Gruß erwiderte. Sie hatte vor sich hingemurmelt und war davongeschlurft, in die Nacht hinaus, zu ihrer Baracke.

Es war jetzt 19 Uhr 45. Ich hatte mich sehr bemüht in der Zwischenzeit. Erklärungen über die Abtretung von Persönlichkeitsrechten besaß ich schon ein paar. An den Pastor hatte ich mich nicht herangetraut. Aber bei dieser Hitzinger war ich gewesen, einem Riesenweib mit mächtigen Eutern. Geldgierig wie sonst etwas. Die kannte die ganze Geschichte Fräulein Luises so, wie der Pastor sie erzählt hatte. Nur erzählte sie sie natürlich gehässig. 1500 Mark hatte die Abtretung ihrer Rechte gekostet. Zwei von den vier alten Lagerpolizisten waren auch weich geworden, für 500 Mark pro Kopf. Eine Überraschung erlebte ich mit Fräulein Luise. Vor der hatte ich ziemlich Bammel gehabt. Zu Unrecht.

»Schreibens, Herr Roland, schreibens alles auf, was passiert ist, ich bitt Sie! Und über mich, was Sie wollen!« Sie hatte dauernd weinen müssen, während ich mich mit ihr, bevor die Polizei eintraf, in ihrem Büro unterhielt. »Diese Verbrecher, die den armen, unschuldigen Buben umgebracht haben ... Das sollen die Leute lesen! Das sollen sie wissen!« Sie wollte kein Geld nehmen, ich mußte es ihr richtig aufdrängen. 2000 Mark. Alle diese Leute vertrauten mir so weit, daß sie unterschrieben, noch bevor sie das Geld hatten, das

Bertie erst holte. Und nun war ich bei dem Chauffeur Eugen Kuschke. Der redete für sein Leben gern. Ich saß ihm gegenüber, die Schreibmaschine vor mir, getippt hatte ich den Text auch schon, aber Kuschke mußte noch seine Geschichte loswerden. Was blieb mir übrig, als ihm zuzuhören?

»In Neukölln ha'ck jewohnt. Frau und'n Beebi. War jerade zwee Jahr alt, als det losjing mit die Spaltung.«

»Ja, Herr Kuschke.«

»Janz ehrlich, Herr Roland: Ick war in die SED. Jawoll! Ick hab ma imma jesacht, wenn Kommunisten und Sozis zusammenjehalten hätten am Ende von die Weimara Republik, anstatt sich die Köppe zu zerschlagen – nie wäre der Hitla an't Ruda jekommen, nie! Wat sagen Sie?«

»Vollkommen Ihrer Meinung, Herr Kuschke. Wenn Sie jetzt nur noch unterschreiben wollen ...«

»Noch een Momang. Sehnse, ick war also Kommunist, jawoll. Mit Leib und Seele. Aba denn ham die Russen det mit die Milch jemacht.«

»Was mit der Milch?«

»Na, die Blockade, Mensch! Nich mal mehr frische Milch hamse rinjelassen nach Berlin. Nich mal für die Beebis! Also nee, wissense, nee! Da war bei mir aba der Ofen aus. Da hatte ick die Schnauze voll! Det Pulwa, wat die Rosinenbomber von die Amis rinjeflojen ham, det war doch nischt for so'n zartet Kind! So'n Beebi braucht jute, richtige Milch. Die beste! Und da ha'ck also feialich meinen Austritt aus die SED erklärt und hab jemacht, det ich rauskomme aus die Stadt.«

»Und das Baby? Und Ihre Frau?«

»Die kleene Helga is uns jestorm. Untaernährung. Und meine Frieda, die is ma wegjeloofn. Mit'n Klavierspiela. War nischt mehr mit unse Ehe nach'n Tod von Helgachen. Na ja. Schwamm drieba. Is schon so lange her. 1949 bin ick jedenfalls hier jelandet. Und seitdem bin ick da. Fast so lange wie det arme Frollein Luise.«

»Das arme Fräulein Luise?« Ich tat ganz doof.

»Hamse doch schon jemerkt! Die is doch'n bißken bekloppt, die Jute. Hatse det vor Ihn ooch jemacht? Mit ihre Doten reden?«

»Ja.«

»Na sehnse! Ach, is det ne vaschissene Welt. Triffste mal een anständijen Menschen, denn hatta nich alle Tassen in Schrank. Nu jebense ma schon den Wisch, damit ick untaschreibn kann. Hörnse

mal, aba die Penunse, die bringt Ihr Kumpel doch wirklich mit, oda wie is det?«
»Wirklich, Sie können beruhigt sein, Herr Kuschke.«
»Würde ma jerade noch fehlen, det ihr mir bescheißt.«
»Haben Sie denn kein Vertrauen zu den Menschen, Herr Kuschke?«
»Neunzehn Jahre hier, Herr Roland! All det Elend und die Jemeinheit, wat ick erlebt habe! Über mir alleene könntense'n Buch schreibn. Nee, wissense, nee. Noch een Menschen trauen? Nich ick! Ick traue keen einzijen mehr. Doch ja, eena is da: det arme Frollein Luise ...«

20

Wir hatten die Schlinge des Abschleppseils hoch oben an dem geborstenen Pfeiler befestigt, damit die Hebelwirkung so groß wie möglich war. Das andere Ende des Nylonstricks hing eingeklinkt um die Hinterachse des Lamborghinis. Ich hatte den Wagen vorsichtig von dem Weg hinter dem Dorf heruntergefahren, durch Gebüsch und über unangenehm weichen Boden, nahe an den Zaun heran. Der Lamborghini stand zwischen Ginster und Wacholder versteckt. Im ganzen Lager brannten nämlich die starken Lampen an den hohen Pfählen, auch hier brannte eine. Es war verflucht hell. Zu all dem gab es noch Vollmond. Wolkenloser Himmel. Viele Sterne. Hoch über uns hörten wir ein seltsames Sausen, aber wir spürten noch keinen Sturm.
»Die kommt nicht«, sagte Bertie. Er saß neben mir im Wagen.
»Vielleicht doch. Es ist erst fünf vor zehn.«
»Die kann nicht kommen. Die hat sich der Verfassungsschutz geschnappt. Damit ist Schluß. Die darf keinen Schritt mehr ohne einen Bullen tun.«
»Vielleicht doch«, sagte ich. Bertie konnte einem manchmal richtig den Nerv töten. Wir rauchten beide und sahen dauernd in das helle Lager hinein, in dem sich nichts regte. Die Polizei war noch immer da. Über dem Moor sah ich seltsame Lichter. Sie flackerten kurz auf, dann waren sie verschwunden, dann plötzlich an einer ganz anderen Stelle. Es roch hier sehr stark nach Wasser und faulendem Moos. »Bis elf warten wir auf alle Fälle. Ich sage dir, sie kommt. Ich spüre es. Ganz deutlich spür ich es. Willst du wetten?«

»Daß sie kommt? Das ist ja, als ob ich einem Kind seine Schokolade wegnähme. Nein, ich wette nicht. Schöne, versaute Geschichte.«

»Wieso versaut?«

»Ohne das Mädchen.«

»Wir werden auch allein nach Hamburg fahren. Wir fahren auf jeden Fall.«

»Ja, aber ohne das Mädchen ...«

»Bertie?«

»Bitte?«

»Halt die Schnauze. Ich kann das nicht mehr hören.«

Daraufhin schwieg er beleidigt. Er hatte die Strecke Lager–Bremen–Lager in Rekordzeit zurückgelegt. Ich hatte das Geld, das er brachte, den Abmachungen entsprechend verteilt und Bestätigungen erhalten. Dann mußten wir uns noch einmal von der Kripo verhören lassen. Komisch, vom Verfassungsschutz zeigte sich die ganze Zeit über weder der große Herr Klein noch Herr Wilhelm Rogge mit den starken Brillengläsern. Endlich hatten wir das Lager verlassen und waren hierhergefahren. Da saßen wir nun seit vierzig Minuten. Ich hatte Bertie ohne Überzeugung widersprochen. Ich konnte mir auch nicht vorstellen, daß Irina kam, daß es ihr möglich sein würde, zu kommen, weil der Verfassungsschutz ...

»Hallo!«

Wir fuhren beide herum. Mein Herz klopfte wild. Hinter dem Gitterzaun, auf der Erde, lag Irina. Sie hob eine Hand. Ich sprang aus dem Wagen und rannte über den weichen Boden gebückt zu dem Pfeiler.

»Pünktlich«, flüsterte ich.

Sie nickte nur.

»Bleiben Sie liegen«, sagte ich leise. Ich hatte den Wagenheber bei mir. Bertie sah aus seinem Fenster hinter dem Steuer zu uns. Ich machte ihm ein Zeichen. Er ließ den Motor anspringen. Gab vorsichtig Gas. Fuhr an, langsam, ganz langsam. In der Stille der Nacht machte der Lamborghini einen Höllenlärm, fand ich. Das Seil straffte sich. Der Wagen ruckte plötzlich. Wenn sich jetzt die Räder zu drehen beginnen, sind wir erledigt, dachte ich.

Die Räder begannen sich nicht zu drehen. Zentimeter um Zentimeter kroch der Wagen, nun mit gespanntem Seil, vorwärts. Dort, wo der Betonpfeiler geborsten war, bildete sich eine Spalte auf der

Innenseite. Der Pfeiler wurde nach außen gezerrt. Ich sprang an den Zaun, schob den Wagenheber in die Spalte und riß ihn mit aller Kraft, die ich besaß, hoch. Wieder ruckte der Wagen ein wenig an. Der Spalt wurde um eine Kleinigkeit größer. Die Drähte knirschten. Bertie machte seine Sache ausgezeichnet. Er gab nie zuviel Gas. Der Pfeiler ächzte. Alle Drähte, auch der Stacheldraht, waren plötzlich straff und stramm gespannt.

Jetzt tat ich das Gegenteil von vorhin: Ich preßte die Hände mit meinem Körpergewicht gegen den Wagenheber und drückte ihn nach unten. Ich stieß mich vom Boden ab und hing richtig in der Luft, den Kopf tief nach unten, ein umgekehrtes menschliches U. Wenn wir jetzt nur Glück hatten. Wenn jetzt nur niemand kam. Wenn nur jetzt kein Auto vorbeifuhr und der Fahrer uns sah. Verfluchte Lampen an den Masten! Ich fühlte, wie mir der Schweiß vom ganzen Körper rann. Über mir hörte ich ein leises Sirren. Das war das Nylonseil. Wenn es riß ...

Es riß nicht. Wir hatten Schweineglück. Es war eigentlich unfaßbar. Plötzlich begann der obere Teil des geborstenen Betonsockels knirschend nach außen zu sinken, langsam zuerst, dann immer schneller. Er zog den Gitterzaun mit sich. Weiter. Weiter. Noch weiter. Ich mußte zurückspringen, um dem Stacheldraht auszuweichen, der auf mich herabkam.

»Jetzt«, flüsterte ich. Irina sprang auf. Sie trug ihren Mantel, kein Gepäckstück. »Kriechen Sie auf dem Gitter entlang ... Es ist ja fast waagrecht ... Halten Sie sich in den Maschen an ... Langsam ... Langsam ... Gleich ist es geschafft ...« Der Schweiß rann mir jetzt in die Augen. Bertie hatte den Motor abgestellt. »Vorsicht, der Stacheldraht ... Treten Sie drauf ...« Sie tat es, wobei sie sich noch immer an dem herabgesunkenen Zaun festhielt, der einen halben Meter über dem Boden hing. »Und jetzt richten Sie sich schnell auf und springen auf mich zu ...«

»Ich habe Angst!«

»Springen Sie! Ich fange Sie auf!«

»Aber wenn ich in den Stacheldraht ...«

»Sie sollen springen!« zischte ich.

Irina richtete sich auf, schwankte einen Moment hin und her, und dann sprang sie, direkt in meine Arme. Ihr Gesicht prallte gegen das meine. Ich spürte ihren Atem. Er war rein und süß wie frische Milch. Die Milch, die bei der Blockade nicht nach Berlin reinkam, dachte ich idiotisch, nicht einmal für Babys.

»Geschafft«, sagte ich. Sie sah mich an, und zum ersten Mal strahlten ihre traurigen Augen. Irina war schön ...
Während sie noch über den Zaun kletterte, hatte Bertie schon das Nylonseil eingeholt und in den Kofferraum geworfen. Nun rannte ich mit Irina zum Wagen. Ein Zweisitzer, ich sagte es bereits. Wir nahmen Irina zwischen uns. Jetzt saß ich am Steuer. Ich startete wieder. Zwei Minuten später fuhren wir bereits über die elende Straße mit ihren Schlaglöchern. Ich nahm keine Rücksicht auf den Wagen. Ich fuhr so schnell, wie es eben noch ging. Wir wurden hin und her gerüttelt.
Irina sagte, außer Atem: »Sie haben nicht geglaubt, daß ich kommen werde, nicht?«
»Nein«, sagte Bertie.
Ein Hase rannte plötzlich vor mir in den Scheinwerferkegeln. Er fand nicht heraus. Ich schaltete für einen Moment das Licht ab. Als ich es wieder andrehte, war das Tier verschwunden.
»Ich auch nicht«, sagte Irina. »Nach dem, wie die mich zuerst verhört haben, diese beiden, der Rogge und der Klein.«
»Wie haben die Sie denn verhört?«
»Oh, äußerst korrekt und höflich. Aber sie wollten eben alles wissen. Alles! Alles! Mehr, mehr, viel mehr, als Sie wissen wollten«, sagte Irina zu mir. »So viel wie die Beamten in Prag. Ich habe gedacht, ich bin wieder in Prag. Ich war ganz sicher, daß sie mich nach dem Verhör aus dem Lager irgendwohin bringen würden, wo ich nicht weg konnte. Ganz sicher.«
»Aber sie taten es nicht«, sagte ich.
»Nein, sie taten es nicht. Im Nebenraum läutete ein Telefon. Rogge ging ran. Er redete lange.«
»Was? Mit wem?«
»Weiß ich nicht. Die Tür war zu. Dann holte er Klein nach nebenan. Die beiden unterhielten sich eine ganze Weile. Ich konnte kein Wort verstehen. Dann kamen sie zurück. Noch höflicher, noch liebenswürdiger. Es war unheimlich! Sie sagten, ich könnte gehen. In meine Baracke. Wenn sie mich noch brauchten, würden sie zu mir kommen.«
»Sie haben Sie einfach gehen lassen? Nicht einmal begleitet und ohne Bewachung?« fragte Bertie verblüfft. Verblüffter als ich konnte er nicht sein.
»Ja! Ja! Einfach gehen lassen!« Ich spürte, wie Irina plötzlich zitterte. »Wissen Sie was?«

»Was?« fragte ich und gab mir Mühe, schnell über den verfluchten Weg voranzukommen, ohne einen Achsbruch zu kriegen.

»Ich glaube, es hängt mit Jan zusammen und mit dem Telefonanruf. Ich meine, da müssen die beiden etwas erfahren haben, was in Hamburg passiert ist. Und danach verloren sie jedes Interesse an mir.«

»Wenn in Hamburg etwas passiert wäre, hätten sie doch erst recht Interesse an Ihnen haben müssen«, sagte ich.

»Warum hatten sie es nicht? Was ist geschehen? Was, Herr Roland, was?« Bei den letzten Worten hatte sie meine Schulter gepackt und rüttelte mich. Der Wagen fuhr von einem Schlagloch ins andere. Wir wurden hin und her geschleudert. Ich schlug Irina meinen rechten Ellbogen in die Seite. Sie jaulte auf vor Schmerz.

»Tun Sie so was nicht mehr«, sagte ich. »Nie mehr. Verstanden?«

»Es tut mir leid«, flüsterte sie. »Es tut mir leid. Ich habe die Nerven verloren.«

»Okay«, sagte ich. »Okay, Baby. Solange Sie das nie wieder tun, ist alles okay. Wir werden sehr bald herausbekommen haben, was in Hamburg da in Wahrheit vor sich geht.«

Sagte ich.

Ich armer Idiot.

21

»Niemand weiß, wo ich herkommen bin ... Da, wo ich hingeh, gehn alle Ding hin ... Der Wind weht ... Das Meer geht ... Und niemand versteht ...« Fräulein Luise setzte Fuß vor Fuß, während sie diese Worte sprach. Ihre Augen brannten von den vielen Tränen, die sie vergossen hatte. Sie fühlte sich elend, und dennoch loderte ein mächtiges Feuer der Empörung in ihr. Linker Fuß. Rechter Fuß. Linker Fuß. Rechter Fuß. Sie schritt über den schmalen Pfad von höchstens doppelter Handbreite, der zwischen Wasserlöchern und Schwingrasen verlief, ins Moor hinaus, weiter, immer weiter. Sie tat sich schwer mit dem Atmen. Ihre Füße schmerzten. Enten flogen auf. Die Irrlichter, die sie so gut kannte, tanzten, glühten auf, verschwanden. Es war eine halbe Stunde vor Mitternacht. Fräulein Luise trug einen alten schwarzen Mantel, ein Kapotthütchen und eine ziemlich große Handtasche. Auf ihr weißes Haar schien der Mond. Weiter! Weiter! Sie hastete über den Pfad. Da vorne auf der Erhebung sah sie dunkle Gestalten. Ihre Freunde warteten auf sie. Sie durfte sie nicht warten lassen. Sie hatten sie gerufen, als Fräulein Luise schon im Bett lag, schlaflos, von quälenden Gedanken gepeinigt, sie waren gekommen und hatten zu ihr gesprochen.

»Wir sind immer da für Luise ...«

»Luise möge zu uns kommen, zu uns ins Moor ...«

Sie war aufgestanden, hatte sich angekleidet und war losgegangen. Die Wache am Lagereingang sah sie und grüßte, als sie das kleine Tor neben dem großen aufschloß. Der Lagerpolizist wußte, wohin sie jetzt ging. Er war ein nicht mehr gesunder Mann, und er wünschte, als er das Fräulein so sah, daß auch er an etwas glauben, daß auch er zu höheren Wesen sprechen könnte, um ihnen zu sagen, was für Sorgen und Kümmernisse ihn bedrückten. Aber der Polizist hatte niemanden, denn er vermochte nicht zu glauben, es ging einfach nicht, er hatte es oft versucht ...

Fräulein Luise hastete weiter. Der Mond ließ die kahlen Birkenstämme silbern aufleuchten, er schien vor ihre Füße. Aber sie blickte nicht zu Boden, sie blickte nach vorne, dorthin, wo ihre elf Freunde warteten, reglos, erstarrt. Eine Sumpfeule strich immer wieder über den Kopf des Fräuleins hin. Die Sumpfeule ist erstaunt, sie hält mich vielleicht für einen Wacholderbusch, dachte das Fräulein, und sie kann sich nicht erklären, wieso ein Wacholderbusch läuft. Ja, läuft, denn jetzt lief das Fräulein richtig über den Pfad, den nur sie und der alte Bauer kannten, der ihn ihr verraten hatte. Sie war so oft hier entlang gelaufen, daß sie jede Krümmung, jede Verengung auswendig wußte. So eilte sie im Mondlicht dahin, zwischen den unendlich tiefen Wasserlöchern und den trügerischen schwimmenden Raseninseln. Und sich selbst zur Stärkung sprach sie dabei. Was sie sagte, kannte sie schon lange. Gewiß zwanzig Jahre. Sie wußte nicht mehr, woher sie es kannte. Manchmal glaubte sie, ihre Freunde hätten es ihr gesagt. Dann wieder glaubte sie, einmal einen Film gesehen zu haben, gleich nach dem Krieg, einen wunderbaren Film, der auch zwischen Zeit und Raum spielte und in dem dieses Gedicht gesprochen worden war, unvergeßlich eingegraben in des Fräuleins Gedächtnis ...

»... Niemand kann sagen, woher der Wind weht ... Niemand darf fragen, wohin der Wind geht ... Ich komme aus der Unendlichkeit ... Und ich gehe ... in die ... Ewigkeit ...«

Zu ihrer Rechten dehnte sich ein riesiges nachtschwarzes, totes Gebiet ohne Leben. Das war die Stelle, wo im vorigen Jahr der große Brand ausgebrochen war. Von Ostern bis in den Winter hinein hatte er gewährt, nicht zu löschen. Sogar unter dem ersten Schnee hatte er noch weitergeglost, lange Zeit. Nur die Entwässerungsgräben hatten verhindert, daß aller Torf im Moor verbrannte. Fünfhundert Morgen waren auch so verkohlt bis hinab auf den Sandgrund mit Rehen, Hirschen und vielen Vögeln in ihren Nestern. Dann kamen, vom Wind getrieben, auf die schwarze Torfkohle die Samen des Weidenröschens geflogen, fanden einen Halt, und im Frühjahr überzogen sie den riesigen Brandplatz zunächst grün. Im Sommer sprangen die Knospen an den langen Rispen auf, und danach blühte und glühte es trotz des vielen Regens rot, rosenrot dort, wo es kurz zuvor noch gebrannt hatte, wo Qualm und Verderben und schwarzer Boden gewesen waren. Ein wundervoller Rosengarten, größer vielleicht als alle anderen. Das Fräulein hatte immer wieder vom Lager aus hinübergesehen zu diesem Garten in Rot und ihre Freude daran gehabt. Nun waren die Blüten erstorben, nun dehnte sich wieder die Schwärze aus, das verkohlte Land, das Jahre und Jahrzehnte brauchen würde, um sich zu erholen.

All dies und das Folgende hat mir Fräulein Luise gestern erzählt. Während ich schreibe, besuche ich sie zwischendurch immer wieder einmal. Selten. Zu selten. Ich muß es öfter tun. Aber ich schreibe wie im Fieber, ich will nur eins: Weiterkommen, fertigwerden, fertig. Es muß gesichert werden, was ich weiß. Ich muß mein Wissen hüten, dieses Wissen um viele geheime und tödliche Dinge. Ich muß sehr vorsichtig sein. Ich bin es. Ich gehe kaum aus dem Haus, ich schreibe von früh bis spät. Gestern nun war ich wieder einmal bei Fräulein Luise. Sie hat mich gern, und sie hat Vertrauen zu mir.

»Sie sind ein guter Mensch«, sagte sie.

Ich protestierte.

»Alsdern, schön, dann vielleicht nicht«, sagte das Fräulein, »aber Sie möchten gern einer sein.«

»Ja«, sagte ich. »Das möchte ich wohl.«

»Sehens«, sagte das Fräulein. Und dann erzählte sie mir, was in jener Nacht geschah. Hier sitze ich nun und schreibe es nieder.

22

Wenn man nicht, wie Fräulein Luise, genau wußte, daß es elf Männer waren, dann hätte man geschworen, es seien elf Korbweiden, die, des Nachts, im leichten Nebel und im bleichen Licht des Mondes an Menschen erinnernd, auf der sanften Erhebung aus dem Moor am Ende des Pfades standen, zwischen Buschwerk und Schilf. Außer Atem erreichte Fräulein Luise die Stelle. Der Russe war es, der sie zuerst begrüßte.

»Endlich kommt das Mütterchen. Einen recht guten Abend.«

»Guten Abend, ihr Glücklichen«, sagte Fräulein Luise. Auch die anderen Männer grüßten.

Der Russe war stämmig. Er trug die olivgrüne Uniform, in der er gekämpft hatte. Der Russe sagte: »Es ist schön für uns, Luise wieder bei uns zu haben.«

»Was glaubts ihr, wie schön daß es für mich ist«, sagte das Fräulein. Um sie her flackerten die Irrlichter im Moor. Der Russe war einmal ein großer Clown gewesen vor dem Krieg, bevor er Soldat werden mußte. Die Menschen hatten über ihn Tränen gelacht, wenn er durch die Zirkusmanege hoppelte. Doch ohne Schminke und Maske sah sein Gesicht ernst aus.

»Ihr wißts natürlich, was geschehen ist«, sagte Fräulein Luise, und ihre elf Freunde nickten stumm. »Ihr wißts auch, daß die Irina ausgerissen ist – wahrscheinlich mit diesen fremden Reportern. Sie haben den Betonpfosten vorn am Gitter umgeschmissen und das Gitter heruntergezerrt. Da muß sie drüber weg sein. Ich hab es gesehen beim Herkommen. Und Spuren von Autorädern. Ihr habts das auch alles gesehen, gelt?«

Wieder nickten die Freunde.

»Auch wie sie fortgefahren sind?« fragte das Fräulein.

»Ja, Luise«, sagte der Amerikaner. Er war groß und trug noch seine Fliegerkombination.

»Dieser Roland und der andere, der Fotograf, das sind ganz arme Sünder. Die sind noch ganz von dieser Welt.«

»Aber auch für sie gibt es Hoffnung«, sagte der Zeuge Jehovas. Er trug einen weiß-grau gestreiften Anzug, der aussah wie ein Pyjama und an den Hosenbeinen einen verblichenen Streifen besaß. In einer Hand hielt der Zeuge Jehovas ein rotes Buch.

»Glaubts ihr das nur?« fragte Fräulein Luise unsicher. »Oder wißts ihr das wirklich?«

»Wir wissen noch immer so wenig«, sagte der Ukrainer, der eine Joppe, eine Cordhose und armselige Stiefel mit Holzsohlen trug. Sein Gesicht sah aus wie ein Acker, so durchfurcht von Falten, so erdig, so alt. »Fast gar nichts wissen wir eigentlich.«
»Aber ihr glaubts es?« fragte das Fräulein. »Glauben ist sicherer als Wissen.«
»Ja, wir glauben es«, sagte der Pole. »Doch das ist nicht wichtig. Luise muß es glauben, nur sie selbst.« Der Pole sprach eindringlich. Auch er trug noch seine Uniform, die arg mitgenommen war.
»Was *du* tun willst, darauf allein kommt es an«, sagte der deutsche Student, der jüngste von allen. Er trug einen grauen Drillichanzug und schmutzige Stiefel, die ihm bis an die Waden gingen. Der Student war der einzige, der das Fräulein in der zweiten Person ansprach. Die anderen redeten alle in der dritten Person von ihr. Fräulein Luise sah den Studenten an, und wieder fühlte sie, wie bewegt ihr Herz war. Dieser junge Mensch erinnerte sie an etwas in ihrem langen Leben. Sie wußte niemals woran, und es war ein steter Schmerz in dieser unklaren Erinnerung, aber ein süßer Schmerz.
»Unsere Luise will nach Hamburg fahren«, sagte der Student. »So schnell wie möglich. Sie hatte schon ihren Wintermantel angezogen und ihre Handtasche mitgenommen, weil sie es so eilig hat. Soll sie nach Hamburg fahren? Ist das in unserem Sinn?«
Die anderen Männer schwiegen.
»Kinder!« rief das Fräulein Luise leidenschaftlich. *»Kinder!* Es waren doch beides noch Kinder ... mein armer Karel ... und auch die Irina! Den Karel haben sie mir ermordet, die Irina haben sie mir entführt – wer weiß wohin! Ich kann das nicht zulassen! Ich will das nicht zulassen! Ich ...« Sie rang nach Luft. »... ich muß die Irina finden, und ich muß den Menschen finden, der wo den Karel ermordet hat! Und dieser Mensch muß *gerettet* werden! Denn er hat *getötet*! Es muß gelingen, daß mein toter Karel ihm verzeihen und ihn erlösen kann! Und darum muß dieser Mensch *weg von dieser Welt*!«
Und die elf Männer schwiegen.
»Ihr seids meiner Meinung!« rief das Fräulein, das mehr und mehr außer sich geriet. »Ihr wißts, daß ich recht hab! Daß es eine höhere Gerechtigkeit gibt! Und daß die nie geschehen wird, wenn ich mich nicht kümmer darum!«
Und die elf Männer sahen sie an und schwiegen.
»Redets doch!« rief das Fräulein aufgebracht. »Wenn ihr nicht

redets, wird wieder das Böse siegen! Und Unrecht und Willkür werden immer weiter herrschen auf dieser Welt, an der auch ihr gelitten habts vor eurer Erlösung!«
Der ss-Standartenführer, ein großer Mensch mit langem, schmalem Gesicht, der einst eine Mayonnaise-Fabrik in Seelze bei Hannover besessen hatte, sagte traurig: »Ich habe nicht gelitten. Ich habe Leid über die Unschuldigen gebracht.« Der Standartenführer trug eine schwarze Uniform und hohe Schaftstiefel.
»Du hast es eingesehen«, sagte der Holländer tröstend zu ihm. Der Holländer trug einen alten Zivilanzug und ein Hemd ohne Kragen.
»Die Unschuldigen, die durch dich litten, haben dich zu einer höheren Existenz geführt«, sagte der Russe.
»Ja, das schon«, sagte der Standartenführer kläglich.
»Und du liegst mit uns zusammen im Moor«, sagte der Pole.
»Nicht mit euch zusammen«, sagte der Standartenführer betrübt. »Nein, nicht mit euch zusammen.«
Das Fräulein wußte, was er meinte. Die anderen waren von den Nazis, nachdem sie gestorben waren, einfach mit ein paar Steinen in Säcke gesteckt und in den Sumpf geworfen worden. Der Standartenführer hatte seinen Tod unter britischer Lagerverwaltung gefunden. Die Briten waren beim Bestatten zivilisierter vorgegangen. Sie hatten dafür eine Stelle hinter dem Lager ausgesucht, wo der Boden fester war, dort die Gräber ausgeschachtet und ihre toten Nazi-Gefangenen in Holzsärgen beigesetzt. Das meinte der Standartenführer, als er sagte, er liege nicht mit den Freunden zusammen.
»Du liegst im gleichen Moor wie wir«, sagte der Russe. »Du bist hier gestorben wie wir. Was spielen da ein Sack und ein paar Steine oder ein Holzsarg und ein Grab für eine Rolle? Überhaupt keine.«
»Wo wir jetzt sind, da sind alle Menschen gleich«, sagte der Ukrainer.
»Dann sorgts jetzt aber auch dafür, daß eine Gerechtigkeit geschieht!« rief das Fräulein ungeduldig, schrecklich ungeduldig.
»Gerechtigkeit ist nicht unsere Sache«, sagte der Amerikaner.
»Man rücke ab von diesem Gedanken«, sagte der Russe.
»Warum?« rief Fräulein Luise.
»Weil das der Gerechtigkeit abträglich ist«, sagte der Holländer.
Da verlor das Fräulein die Nerven.
»Der Gerechtigkeit ist es nur abträglich, wenn nix geschieht!« schrie sie.

Im nächsten Moment verschwamm alles vor ihren Augen, und als das Bild wieder klar wurde, waren die elf Männer verschwunden, und Fräulein Luise sah sich umgeben von elf verkrüppelten alten Korbweiden, allein, vollkommen allein, weit, weit draußen im Moor.

»O bitte!« rief sie entsetzt. »O bitte, nein... Gehts nicht fort... Kommts wieder...«

Doch keiner der elf kam zurück.

Da fiel Fräulein Luise in die Knie und rang die Hände und flüsterte: »Ich hab geschrien... Ich bin selber schuld daran, daß sie verschwunden sind... Ich hab geschrien... Und wenn ich schrei, dann verschwinden sie...«

Eine Staffel Starfighter auf Nachtübung raste über das Moor hinweg. Rote, grüne und weiße Positionslichter zuckten am Rumpf und an den Tragflächen der Maschinen, doch das Fräulein sah sie nicht. Sie sank so tief in sich zusammen, daß ihre gefalteten Hände und ihre Stirn den kalten Boden berührten. Schluchzend flüsterte sie: »Verzeihts mir... Bitte, verzeihts mir... Ich werd nicht mehr schreien... Nur kommts zurück... Kommts zurück zu mir... Ich bin doch so allein... Und ich brauch euch so... Um der Liebe Christi willen fleh ich euch an, kommts zurück...«

Ein Windzug strich über sie hin, und zu ihrer unendlichen Erleichterung, in einem Augenblick der Glückseligkeit, hörte sie den Holländer sagen: »Wir sind wieder da, Luise.«

23

»Bitte, verzeihts mir, daß ich geschrien hab«, sagte das Fräulein.

Ihre Freunde nickten.

Der tschechische Funker, ein untersetzter, kleiner Mann mit lustigem Gesicht, der eine britische Uniform trug, sagte: »Früher, in der Welt von Luise, da habe ich auch oft geschrien. Vor Freude. Oder vor Wut. Aber als ein Lebender zu Lebenden. Das ist ein großer Unterschied. Zu einem Toten darf man nicht schreien. Er muß dann verschwinden. Er *muß* einfach.«

»Es war ja nur, weil ich so verzweifelt bin«, sagte das Fräulein. »Ich will, daß eine Gerechtigkeit geschieht. Ich muß mich um die Irina kümmern. Ich muß den Mörder vom kleinen Karel finden. Meints

ihr nicht auch, daß ich das tun muß?« Und sie sah in die Runde.
Der amerikanische Pilot sagte: »Wenn man etwas unbedingt tun will, dann wird es gelingen.«
»Ja?« fragte das Fräulein Luise, freudig erregt. Wie seltsam! Vor ihrem Verschwinden hatten die Freunde daran gezweifelt, ob es richtig war, nach Hamburg zu fahren. Nun schienen sie die Meinung geändert zu haben.
»Ja«, sagte der Amerikaner.
Der Russe sagte: »Aber warum hat das Mütterchen denn solche Eile, warum solche Hast? Die Zeit...« Er unterbrach sich und fuhr fort: »...die Zeit ist zwar etwas Irdisches. Wir kennen sie nicht mehr. In unserer Welt ist alles zeitlos. Aber das, was das Mütterchen in ihrer Welt Zeit nennt, das arbeitet für sie. Daher sei sie nicht ungeduldig. Das Gute siegt zuletzt immer.«
»Aber nicht immer noch in meiner Welt!« sagte das Fräulein leise.
»Nein, sehr oft nicht. Doch dann in unserer. Was spielt das für eine Rolle?« sagte der Russe.
»Für mich spielt es eine große Rolle. Ich kann nicht so lang warten. Ich bin schon alt«, sagte Fräulein Luise.
Der ukrainische Bauer, der Zwangsarbeiter gewesen war zur Zeit seines Todes, sagte: »Ein Höherer als wir wird Luise helfen und sie geleiten. Und was wir ihr an Kraft durch unser Hoffen und unsere Gebete vermitteln können, das wollen wir gerne tun.«
»Nicht genug«, sagte Fräulein Luise beklommen. »Das ist alles nicht genug. Ich bin doch allein. Ganz allein auf dieser Welt soll ich kämpfen gegen das allmächtige Böse.«
Der Standartenführer schüttelte den Kopf und sagte: »Luise hat ein tapferes Leben geführt. Und wenn Luise auch jetzt wieder bis zum Äußersten ihrer Leistungsfähigkeit kämpft, so ist es letzten Endes gleichgültig, ob sie Erfolg hat oder nicht. Fragt nicht nach dem Erfolg.«
»Ich muß aber danach fragen«, sagte Fräulein Luise. »Ich bin von dieser Welt. Ich könnt nicht ertragen, wenn es mißlingen würd.«
»Weil sie noch lebt. Das ist Luises Unglück«, sagte der Standartenführer.
»Und du?« fragte Fräulein Luise den Franzosen, der einmal Gerichtssaalreporter in Lyon gewesen und als gefangener Infanterist hier gestorben war. Er trug seine alte Uniform mit Stiefeln und Wickelgamaschen und war auch noch recht jung. Er hatte einen

leicht ironisch verzogenen Mund. Nun sagte er: »Im Prinzip bin ich der Meinung unserer Freundin.«

»Ja?« sagte das Fräulein.

»Ja.« Er hob den Kopf und atmete tief. »Das Wetter schlägt um«, sagte er. »Es kommt Sturm.« Aber weil er tot ist, macht ihm das nichts mehr, dachte das Fräulein, jetzt hat er kein Asthma mehr. Indessen sagte der Franzose: »Allzuviel Handeln ist jedoch auf der Erde immer von Übel gewesen. Überlassen wir diese Sache vielleicht deshalb besser einem Höheren, den wir zwar nicht erreicht haben, den wir aber besser fühlen können als Luise.«

Das Fräulein war nun wieder entmutigt und begann leise zu weinen.

»Ich glaube euch«, sagte sie. »Ich bin bald bei euch. Ich liebe euch. Aber ich versteh euch nicht. Warum versteh ich euch gerade heut nicht?«

»Gerade weil wir Freunde sind«, sagte der Zeuge Jehovas in dem grau-weiß gestreiften Drillichanzug. Er, einst Sparkassenangestellter in Bad Homburg, hob die Hand mit dem roten Buch. »Der kleine Karel ist einer bösen Welt entrissen worden und in unsere gute eingetreten. Was für ein Glück! Alles, was besteht im Leben, ist doch nur dazu bestimmt, einzugehen in Gott. Und wenn Irina etwas zustoßen sollte, so wäre sie glücklicher, als sie jetzt ist. Daher glaube ich, daß alles seinen guten Weg geht, den Weg, den der Allmächtige Gott bestimmt.«

»Hör mich an, mein Freund«, sagte der norwegische Koch, den man als Kommunisten verhaftet und in das Lager Neurode gebracht hatte. Er war sehr groß, größer als der Amerikaner noch, und er trug die Konzentrationslager-Kleidung mit dem roten Winkel der politischen Häftlinge auf der Brust. »Solange alle Menschen nicht wirklich in Frieden und Freundschaft miteinander leben, wird es Unterdrücker und Unterdrückte, Mörder und ihre Opfer geben. Deshalb glaube ich, daß Luise den Kampf aufnehmen soll. Immer mehr Lebende nehmen den Kampf auf für das Gute.«

»Ich unterstütze, was der Koch gesagt hat«, sagte der holländische Schulbuchverleger aus Groningen.

»Ihr würdets so handeln, wie ich handeln will?« fragte Fräulein Luise aufgeregt.

»Ja«, sagten der norwegische Koch und der holländische Schulbuchverleger gleichzeitig.

»Sie verstehen mich!« rief das Fräulein mit neuer Hoffnung.

»Auch ich würde handeln«, sagte der polnische Artillerist, der einst Mathematik gelehrt hatte an der Universität Warschau.
»Du auch?« rief Fräulein Luise.
»Natürlich ich auch«, sagte der Pole.
»Du bist Kommunist?«
»Ich war es im Leben. Und ich habe in höhere Sphären genommen, was immer daran gut und ewig ist«, sagte der Pole.
»Und du, Frantisek?« fragte Fräulein Luise den Tschechen, vordem Architekt in Brünn. Er war ihr Landsmann und der einzige, den sie mit seinem Vornamen ansprach. Zu ihren anderen Freunden sagte sie nur ›du‹.
»Es ist wirklich zu blöd, daß die kleinen Buben gleich immer so wild herumrennen müssen«, sagte Frantisek. »Hundertmal kann man ihnen sagen, sie sollen vorsichtig sein. Sind sie es? Nein. Zu blöd, wirklich.«
»Ist das alles?« fragte Fräulein Luise enttäuscht.
»Wieso? Ach so. Nein. Natürlich nicht. Ich würde so handeln, wie meine Landsmännin handeln will«, sagte der Tscheche.
»Ich bin auch für Luise«, sagte der Arbeitsdienstmann, dieser schmale, schwächliche Junge.
»Du auch!« freute sich das Fräulein. Natürlich, dachte sie. Mein Liebling. Wie könnte es anders sein?
»Ich auch«, sagte der Arbeitsdienstmann. »Denn ich habe bei meinem Studium klar erkannt, daß es in dieser Welt erst dann endlich besser werden wird, wenn die Philosophen zu handeln beginnen.«
»Genau meine Ansicht«, sagte der norwegische Koch.
»Hörts mich an«, sagte das Fräulein aufgeregt. »Bitte, hörts mich an! Ich muß euch noch was erzählen.«
Und das nächtliche Moor war voller Geräusche und Leben, voller Leben und voller Tod.

24

»Ihr wißts«, sagte das Fräulein zu den aufmerksam lauschenden Toten, »daß meine Mutter früh gestorben ist. Schon mit sechsunddreißig Jahren. Ich war ihr einziges Kind, und nach ihrem Tod war ich sehr verzweifelt. Das wißts ihr, gelt?«
Die Toten nickten.

»Mein Vater war Glasbläser. Ein stiller Mensch. Die Leute in Reichenberg haben immer gesagt, er weiß viele Geheimnisse. Und er und ich, wir haben die Mutter sehr geliebt! Wie also der Vater gesehen hat, daß ich mich so schrecklich kränk, da hat er zu mir gesprochen, und zwar so: Wein nicht mehr, Luise, hat er gesagt, sei nicht traurig. Die Mutter ist zu früh gestorben. Sie hat nicht mehr die Zeit gehabt, alles das zu erleben und zu tun, was ihr bestimmt gewesen ist. Wenn aber ein Mensch vor der Zeit, die wo ihm bestimmt ist, stirbt, hat er gesagt, mein Vater, dann kann seine Seele zurückkehren auf diese Welt, damit sie das vollenden mag, was unvollendet geblieben ist. Ist das wahr?«

Die Toten sahen einander an. Sie schienen betreten zu sein.

»Ich frag euch, ist das wahr?« wiederholte Fräulein Luise.

Die Toten schwiegen lange. Endlich sagte der Philosophiestudent: »Ja, es ist wahr.«

Der Amerikaner sagte: »Wenn sie es wünschen, dann können die Seelen von solchen, die zu früh gestorben sind, einziehen in die Körper von Lebenden.«

»Das hat auch mein Vater gesagt!« rief Fräulein Luise. »Die Seelen können Einzug halten in die Körper von Lebendigen! Und sie können bestimmen, was die Lebendigen dann tun, was sie denken und wie sie handeln!«

»Luises Vater hat sie trösten wollen, natürlich«, sagte der Zeuge Jehovas.

»Natürlich«, sagte Fräulein Luise. »Aber weiter hat er so gesprochen: Unsere Mutter ist nur scheinbar von uns gegangen. Weil sie es gewiß will, wird ihre Seele wiederkehren zu uns. *In* uns. Und wenn wir Gutes tun, und wenn wir tun, was gerecht ist, und wenn eine innere Stimme uns leitet, dann werden wir wissen: Es ist die Stimme von der Mutter, die wo aus uns spricht. Das hat mein Vater mir gesagt, und ihr jetzt, ihr sagts, daß es stimmt.«

Sie sah ihre Freunde an, und ihre Freunde sahen sie an und schwiegen.

»Ihr alle hier«, sagte Fräulein Luise beschwörend, »seids vor der Zeit gestorben. Vor eurer Zeit. Ihr alle habts nicht mehr vollenden können, was eure Aufgabe gewesen wär. Also könnts ihr alle, ihr alle könntets wiederkehren, wenn ihr das wollen möchtets!«

»Wir brauchen nicht wiederzukehren«, sagte der Pole. »Wir sind da.«

»Und unsere Seelen können in Lebende einkehren, wenn wir glauben, arme Irdische in ein besseres Sein führen zu müssen«, sagte der Russe.

Fräulein Luise faltete die Hände.

»Glaubts es!« sagte sie beschwörend. »Ich bitt euch! Ich fleh euch an! Ich bin zu schwach und zu alt, als daß ich allein was ausrichten könnt! Ich brauch Hilfe! Eure Hilfe! Es gibt keine andere. Die Lebendigen haben ihre Herzen verhärtet. Sie kennen nur noch den Haß und die Lüge ... Alle die Reichen und Mächtigen ... Alle die Politiker und Menschenabschlachter mit ihre Orden, die werden mir nicht helfen, nein ... Die legen nur Kränze hin und schütteln Hände und umarmen sich und küssen kleine Kinder und sind Lügner, alle miteinander ... Die scher ich nix, die scheren meine Kinder nix! Denn warum? Weil sie nicht wissen, was das ist: Unschuld! Weil sie eure Welt nicht wahrhaben wollen! ... Hörts ihr mir zu?«

»Sehr genau, Luise«, sagte der Amerikaner.

»Ich habe meine Ansicht geändert«, sagte der ukrainische Bauer. »Ich denke jetzt wie der Koch und der Professor und die anderen, die denken wie Luise.«

»Du meinst, wir sollen uns wirklich mit irdischen Dingen beschäftigen?« fragte der Franzose zögernd.

»Ja, ja, natürlich! Und mir helfen! Mir beistehen!« rief das Fräulein.

Die Männer schwiegen wieder. Manche murmelten vor sich hin.

»Es ist gefährlich, wenn wir das tun, muß Luise wissen«, sagte der Franzose. »Für uns und für sie und für alle Menschen.«

»Gefährlich, wenn ihr bei mir seids?«

»Ja, gefährlich, wenn wir bei Luise in ihrer Welt sind«, sagte der Franzose. »Denn unsere Welt ist anders, und Luise kann uns nie völlig verstehen. Kein Lebender kann das. Es ist wirklich gefährlich.«

»Aber wieso?« rief das Fräulein.

»Weil wir jetzt trieblos sind und Freunde. In Luises Welt – was wird da sein? Werden wir Freunde bleiben können?«

»Bestimmt«, sagte der Norweger. »Wir alle haben doch erkannt, was gut ist und was böse.«

»Trotzdem«, sagte der Franzose.

»Kommts wieder, bitte, ich bitt euch!« flehte das Fräulein. »Ihr werdets nur Gutes tun, ich weiß es. Ihr seids geläutert. Ihr könnts nichts Böses mehr tun, unmöglich! Werdets ihr wiederkehren?«

Die Männer traten dicht zusammen, Fräulein Luise stand abseits. Sie konnte nicht verstehen, was die elf flüsterten. Sie berieten. Und Fräulein Luise sah, wie der Mond mit seinem Licht eine Brücke über das Moor spannte, als wäre es eine Brücke zwischen dem Reich der Lebenden und dem Reich der Toten.
»Also«, fragte Fräulein Luise, »was habts ihr beschlossen?«
»Wir werden versuchen, Luise zu helfen«, sagte der Amerikaner.
»Aber ich sage noch einmal: Es ist gefährlich«, erklärte der Franzose.
»Nun sei schon ruhig«, sagte der norwegische Koch.
»Ich wollte es nur noch einmal gesagt haben«, erklärte der Franzose. Sein Mund blieb ironisch verzogen wie immer.
Fräulein Luise war sehr aufgeregt.
»Wenn ihr mir jetzt helfts – werdets ihr euch dann kennen?«
»Nein«, sagte der Russe. »Wir haben uns ja erst im Tod kennengelernt.«
»Und wie werdets ihr aussehen im Leben?«
»Das wissen wir noch nicht. Wir können in vielerlei Gestalt erscheinen. Es kommt darauf an, wen wir uns erwählen für unsere Seele«, sagte der Student.
Der Pole sagte: »Was heißt das: Wie werden wir aussehen im Leben? Wie sehen wir aus im Tod? Wir sehen aus und werden immer so aussehen, wie Luise uns sieht.«
Der Zeuge Jehovas sagte: »Im Tod sind wir Gott ähnlicher geworden. Es gibt uns nur, solange Luise glaubt, daß es uns gibt. Wenn sie es nicht mehr glaubt, wird es uns nicht mehr geben.«
»Ich glaub an euch«, sagte das Fräulein. »Ihr bleibts bei mir! Ich bin nicht allein, wenn ich jetzt nach Hamburg fahr! Viel wird geschehen, bald schon, gelt? Morgen schon?«
»Morgen schon«, sagte der Holländer.
»In wieviel Stunden?« fragte Fräulein Luise.
»Ist das wichtig?« fragte der Russe. »Immer ist morgen, muß das Mütterchen wissen. Auch das Heute war einmal morgen.«
»Ich dank euch! Ich dank euch! Ach, bin ich glücklich!« rief Fräulein Luise weinend. Sie eilte zu dem Studenten und umarmte ihn. Und er fühlte sich kalt an in seinen alten Kleidern, rauh und hart wie die Rinde eines Baumstamms.

Layout

1

›Das Glied richtet sich auf. Nun ist das männliche Geschlechtsorgan in der Lage, seine Funktion zu erfüllen. Fortsetzung folgt.‹
Hastig hatte ich diese Worte getippt. Jetzt zog ich das genormte Manuskriptpapier samt Kohlepapier und Durchschlag aus der schweren Schreibmaschine.
Na also. Seite 18 genau vollgekriegt. Sechzig Anschläge fanden zwischen den senkrechten Strichen des Manuskriptpapiers Platz, drei Seiten ergaben im Druck eine Textspalte. Sechs Spalten waren mir für diese Fortsetzung vorgeschrieben gewesen. Präzise auf die Zeile hatte ich es hinbekommen. Ich bekam fast immer alles auf die Zeile präzise hin. Reine Frage der Routine. Schließlich arbeitete ich seit 1954 in dieser Industrie, die letzten dreieinhalb Jahre als Verfasser von Serien wie jener da. ›Der vollkommene Sex‹ lautete ihr Titel. Die sechzehnte Fortsetzung war dies. Das Ding wurde sicherlich seine fünfundzwanzig Folgen lang. Vielleicht auch dreißig – hing ganz davon ab, was der Vertrieb, gepriesen sei er und gebenedeit, verlangte. Davor, die Serien, die hatten Titel gehabt wie ›Können Sie lieben?‹, ›Das Wunder Oestrogen‹, ›Wie liebt man zu dritt?‹ (nicht was Sie glauben, sondern was Ehepaare treiben sollen, die schon ein Kind besitzen), ›Warum Mädchen Mädchen lieben‹, ›Die Goldene Pille‹, ›Mach mich glücklich!‹ und so weiter und so weiter, ein wirklich reichhaltiges Sortiment besaßen wir bereits, dachte ich, während ich nun Originalseiten und Durchschläge trennte. Noch nie, seit es eine Deutsche Bundesrepublik und wieder eine freie, demokratische Presse gab, hatte ein Thema derart eingeschlagen. Es war *der* Erfolg der Branche! Die anderen Illustrierten hatten BLITZ natürlich sofort nachgeeifert, ohne jedoch bislang die gleiche goldrichtige Tour gefunden zu haben. Ihnen stand – nur keine falsche Bescheidenheit, was denn, was denn! – ihnen stand eben kein Curt Corell zur Verfügung. Seite fünfzehn, Seite vierzehn, Seite dreizehn ...
Curt Corell – das war ich. Ich, Walter Roland. Mein zweiter Name. Wie gesagt, auch außerhalb dieser verquatschten Branche wußten sicherlich viele Menschen, daß Walter Roland und Curt Corell ein und dieselbe Person waren. Aber nicht besonders viele.

Das wenigstens hatte ich erreicht und durchgesetzt: daß Millionen an die großen, schönen Serien dachten, die ich früher einmal als Walter Roland geschrieben hatte, und daß sie mich nicht für identisch mit dem Kerl hielten, der ihnen seit dreieinhalb Jahren diese Sexaufklärungsschnulzen servierte.
Ich pflegte dereinst gerne zu sagen, die Scheiße, die ich nicht schreibe, gebe es nicht. Aber als der Sex-Rummel anfing, da bekam ich doch kalte Füße und legte mir ein Pseudonym zu. Alles hat schließlich seine Grenzen. Auch wenn inzwischen Curt Corell so berühmt und bekannt geworden war, wie Walter Roland das nie von sich hatte sagen können. Von dem war in den letzten dreieinhalb Jahren fast nichts mehr in Druck erschienen ...
Das, was ich jetzt schreibe, fügt sich nicht chronologisch in den Gang der Handlung ein, wie Sie sehen. Ich finde aber keinen anderen Weg. Ich bin so tief verstrickt in das Riesennetz der Illustrierten-Industrie, sie spielt eine so große Rolle in meinem Bericht, daß ich sie auch erwähnen muß. Und zwar gründlich. Und zum ersten Mal gründlich an dieser Stelle. Es ist höchste Zeit. Damit Sie die Situation begreifen, in der ich mich befand, als ich Irina Indigo aus dem Lager Neurode holte.
Was ich jetzt schreibe, passierte am Tag *vor* meinen Erlebnissen im Lager, einen Tag vor dem Ausbruch und der Fahrt nach Hamburg. Zwei Tage fast. Denn nach Hamburg fuhren wir spät nachts, und was ich nun erzählen muß, spielte sich am Morgen des vorhergehenden Tages ab. Am frühen Morgen. So kurze Zeit vorher war ich noch in meiner alten Welt. Es kann unheimlich viel passieren in vierzig Stunden. Außerdem haben meine Erlebnisse mich gelehrt, daß es nichts Schemenhafteres, Fließenderes gibt als Zeit und Raum. Und so gleite ich also jetzt, und auch in der Zukunft werde ich es wohl manchmal tun, zwischen Raum und Zeit hin und her, her und hin. Es wird überhaupt nicht verwirrend sein. Eine Geschichte wie die meine muß man so schreiben, daß die Ereignisse dort stehen, wo sie den größtmöglichen Einblick in die Zusammenhänge geben. Denn alles, was geschah, hatte seine strenge, unerbittliche Logik.
Nun ...
Vor dreieinhalb Jahren war die Auflage von BLITZ ein bißchen mau. Sprechen wir es offen aus: Sie sank. Kam in den besten Häusern vor. Die Annoncenabteilung wurde prompt hysterisch, klar. Alle (übrigens astronomisch hohen) Preise für Illustrierten-An-

zeigen waren nämlich abhängig von der notariell beglaubigten Verkaufsauflage. Wenn die sank, mußten auch die Preise für die Annoncen gesenkt werden, die, einem kalkulatorischen Imperativ zufolge, etwa die Hälfte des Heftinhalts auszumachen hatten. Listen mit Verkaufsauflage und Anzeigenpreisen wurden regelmäßig veröffentlicht, jedes halbe Jahr. Große Annoncen-Kunden (solche mit Doppelseiten oder ganzen Seiten und Mehrfarbendruck) disponierten Monate im voraus. War die Auflage also einmal unter eine tiefere Preismarke gerutscht, herrschte Heulen und Zähneklappern in der Verlagsleitung. Denn nun ergab sich gleich zweierlei: Sollte die Verkaufsauflage noch weiter rutschen, dann war der Verleger verpflichtet, das bei einem Schwund von jeweils fünf Prozent sofort allen Inserenten mitzuteilen, die dann Geld zurück oder gutgeschrieben bekamen, weil die Annoncen mit gleitender Auflage immer billiger werden mußten. Das wäre das erste. Das zweite: Gesetzt den mirakulösen Fall, daß die Auflage nicht uralten Gesetzen zufolge weiter und weiter glitt, sondern sich rasch wieder erholte, kräftig erholte – für Inserate durfte der Verleger bis zum nächsten Stichtag nicht einen Pfennig mehr verlangen! Teuflisch, wie?

Ja, und so war die Lage damals, vor dreieinhalb Jahren: Knapp, knappknappknapp über der entsetzlichen Marke hielt man. Und sank. Und sank. Und der Tag für die Veröffentlichung der neuen Preisliste rückte näher. Und näher. Und da geschah das Wunder. Ich hatte einen Brain-storm. Dachte mir die Masche mit der Sex-Information aus. Schrieb erste Teile einer ersten Serie. Und siehe, die Auflage sprang hoch. Aber wie!

»Das ist der Paukenschlag!« rief Verleger Thomas Herford, Tränen in den Augen, aus, als die Verkaufsauflage von BLITZ nach vier Fortsetzungen von Curt Corells erstem derartigem Meisterwerk um 90 000 Exemplare emporgeschnellt war. Und darum mußte der rettenden Serie eine zweite auf dem Fuß folgen, und dieser eine dritte, und jener eine vierte, und so fort, ohne Unterlaß, ohne Unterbrechung, zu einem königlichen Gefangenen war Curt Corell durch sein Genie geworden.

Woche für Woche, zweiundfünfzigmal im Jahr, hatte ich an diesem phantastischen, vom Vertrieb am innigsten geliebten Stoff weiterzuhäkeln, allwöchentlich mußte ich von neuem auf die Pauke hauen und eine neue Fortsetzung zu diesem, Großer Gott, wir loben Dich, wahrlich unerschöpflichen Thema liefern. Fachliteratur stand mir zur Verfügung – eine ganze Bibliothek! Ein Riesenbildarchiv. Fotografen und Graphiker erwarteten meine Befehle, Geld spielte keine Rolle bei dieser Geschichte, es kam hundertfach wieder herein!

Fakten, schnuckelige Fotos, Erklärungen, Anleitungen, Trost und wissenschaftlicher Zuspruch für verzweifelte Teenager, Eheleute, Liebende, groß und klein, jung und alt, für ratlose Impotente, Fetischisten, Lesbierinnen, Zwitter, Homosexuelle (alles war menschlich, alles mußte man verstehen, aber dazu mußte man es erst einmal kennen, verstehen hieß verzeihen, hieß Komplexe, Schuldgefühle, Frigidität, abwegige Neigungen verlieren, kurz: ein erfülltes Liebesleben führen) – all das knetete ich wöchentlich zu einem haarscharf bis zur kleinsten Zutat berechneten, stets auf Seriosität bedachten Teig zusammen, aus dem ich dann meine wundervollen Kuchen buk. Und dazu gab es noch die geschmackvollst ausgeführten graphischen Darstellungen, wenn es mit Fotos einfach nicht ging. Diese Darstellungen, man wußte es dank den Umfragen der Research-Abteilung, erfreuten sich besonderer Beliebtheit.

In ›Mach mich glücklich!‹ war so eine Graphik einmal sogar im Vierfarbendruck erschienen, über eine ganze Seite, mit erläuternder Legende und sehr vielen Markierungen – A, B, C, a, b, c, 1, 2, 3, I, II, III, und so fort bis 27 und XXVII, und das ganze Alphabet durch in Groß- und Kleinbuchstaben. Ein richtiges Kunstwerk war dies gewesen, anzusehen wie eine Kreuzung zwischen Generalstabskarte und Gemälde von Dali: der Penis in Rot, die Scheide in Blau, die verschiedensten anderen Organe, die dazugehören, in Kaisergelb und Violett, das Ganze mit durchgehenden und gepunkteten und gestrichelten Leitlinien und Wegweisern und Pfeilen versehen und mit einer Überschrift in brandroten Versalien:

WIE KOMMT DER SAMEN ZUM EI?

Ein großes Nachrichtenmagazin taufte BLITZ danach das ›Sch & V-Blatt‹.

»Neid«, sagte Thomas Herford achselzuckend. Und in einer Hausmitteilung an alle Redakteure, Autoren und kaufmännischen Angestellten wurde auf das wirklich vorzügliche Buch ›Der Neid, eine Theorie der Gesellschaft‹ von Helmut Schoeck hingewiesen, das der Verleger dringend zur Lektüre empfahl.

Wenn man sich die Auflage von BLITZ ansah, war man geneigt, dem Verleger recht zu geben. Denn diese Auflage stieg und stieg, und BLITZ rückte schon in alarmierende Nähe der zwei Riesen un-

ter den Illustrierten. Wobei Herford neben Hochgefühlen bereits Empfindungen ganz anderer Art beschlichen. Wie er vor seinen engsten Mitarbeitern – mich hatte man zu dieser Besprechung eingeladen – sagte: »Natürlich will ich eine mächtige Auflage und die höchsten Inseratenpreise. Aber eine allzu mächtige Auflage will ich auch nicht! Unter keinen Umständen! Daran müssen Sie immer denken, meine Herren! Bloß nicht allzu groß werden! Das würde mich Millionen kosten im Jahr. Und ich wäre sehr bald pleite...«
Berechtigter Alptraum!
Es gab nämlich eine Höchstgrenze für Inseratenpreise. Über die hinaus durfte man nicht gehen, auch wenn die Auflage es infolge ihrer Gewaltigkeit durchaus rechtfertigte. So eine Riesenauflage verschlang Unsummen für Papier, Druck, Herstellung, Vertrieb und die Beiträge, mit denen solche Riesenhefte zu füllen waren. Bis an eine gewisse Grenze glich das Inseratengeld diese Unsummen in einem kaufmännisch gesunden Verhältnis wieder aus. Nicht mehr allerdings, wenn man allzu groß wurde, allzu dicke Hefte produzieren mußte und für die Inserate – trotzdem – nicht noch mehr verlangen durfte! Dann zahlte man, so paradox das klingen mag, drauf. Und zwar gewaltig. Millionen im Jahr, wie der Verleger sagte. Also lautete die Devise: So erfolgreich wie möglich sein, aber nicht *ganz* so erfolgreich wie möglich. Denn das wäre dann der Ruin des Geschäfts gewesen.
Ach, ohne Mitleid, unerbittlich, rückt das Leben Millionären zu Leibe...

2

8 Uhr 20 am 11. November 1968 war es, ein Montag. Schöner Spätherbstmorgen. Blaßblauer Himmel. Kraftlose Sonne. Vor der Stadt Bodennebel. Kühl. Mir war heiß. Wie immer.
Mit aufgekrempelten Ärmeln, die Krawatte heruntergezogen, eine Gauloise im Mundwinkel, so saß ich am Schreibtisch. Das Haar glänzte noch feucht, ich hatte geduscht in aller Frühe. Mein Büro befand sich im siebenten Stock eines hypermodernen elfstöckigen Stahl-Glas-Beton-Hochhauses an Frankfurts Kaiserstraße. Die Fenster gingen zum Hof, und das war ein Glück, denn die Kaiserstraße hatte man aufgerissen – U-Bahn-Bauer buddelten sich hier vorwärts, Kräne kreischten, Maschinen dröhnten, es war die Hölle.

In den Hof drang auch noch mächtiger Lärm, aber man konnte es aushalten. Das Verlagshaus besaß natürlich Air-conditioning. Kein Fenster zu öffnen. Im siebenten Stock waren Chefredaktion und Textredaktion untergebracht. Die Bildredaktion lag im Stockwerk darunter. Ein Monster-Aquarium, dieser Verlag! Sogar die meisten Zimmerwände bestanden aus Glas. Ich konnte durch viele Büros blicken, fast den ganzen Flur hinunter. Noch war kein Mensch zu sehen, nur Putzfrauen werkten, und nur ich arbeitete am Schreibtisch.

Manche Redakteure machte dieser Glaspalast zuzeiten ganz verrückt. Mich störte er kaum. Ich war nicht Redakteur, sondern freier Mitarbeiter, allerdings gebunden durch einen Exklusiv-Vertrag, und ich mußte nicht immer hier hocken. Sofern ich mehr Zeit hatte als heute, arbeitete ich stets daheim. Autoren schrieben nur selten im Verlag – und wenn, dann in einem Gemeinschaftszimmer. Mir hatte man einen eigenen Raum zugewiesen. Weil ich der Top-Writer von BLITZ war; das Mädchen für alles; der Auflagenretter; das Wunderkind, das noch aus der faulsten Story einen Aufreißer machte ...

Leere Coca-Flaschen standen vor mir, ein überquellender Aschenbecher. Bücher und Zeitschriften, aus denen ich abgeschrieben hatte, lagen herum. Der ›Kinsey-Report‹. Der ›Masters-Report‹. Der gute alte Magnus Hirschfeld. Medizinische Wochenblätter. Das ›Lexikon der Erotik‹. Zettel mit Notizen. Ein paar Zettel nur, mehr brauchte ich nicht. Die Gemütssauce, das ›echte Anliegen‹ (ich mußte schon grinsen, wenn ich bloß daran dachte), die haute ich nun bereits fast ohne zu überlegen in die Tasten, das ging wie geschmiert.

Mensch, konnte man Geld verdienen mit dieser Scheiße! Mensch, stieß der Verleger sich vielleicht gesund!

Ich drückte die Gauloise aus, zündete sofort eine neue an, trank Coca aus der Flasche – einen Brand hatte ich heute früh! – und ging ans Redigieren. Dazu nahm ich einen Bleistift mit ganz weicher Mine aus einem Marmeladenglas, in dem sehr viele Bleistifte steckten.

Na, nun wollen wir mal sehen ...

Erogene Zonen. Necking. Petting. Prima, prima.

Clitoris.

Moment mal!

Da machen wir ein Häkchen und vermerken an einem der breiten

Korrekturränder des MS-Papiers noch eine Einfügung in Klammer: (Kitzler). Haben wir schon hundertmal in Klammern vermerkt. Aber was so ein Kitzler ist, der ist immer etwas Gutes.
Ich zögerte, dann erweiterte ich die Einfügung. Es blieb, nicht oft genug hatte man daran zu denken, von größter Wichtigkeit, daß diese Serien so wissenschaftlich wie möglich aussahen. Wegen des Staatsanwalts und des Volkswartbundes und der Freiwilligen Selbstkontrolle der Illustrierten. Und dann *wünschten* die Leser es so!
Wo lag denn jetzt dieses Buch, verflucht noch mal, wo – ah, da! Eine Stelle in diesem Buch hatte ich mir angehakt, die mußte hier rein, dafür strich ich dann später in dem Absatz über die Phimose ein paar Zeilen, damit es genau bei sechs Spalten blieb.
Also, zusätzliche Einfügung:
›Und da aus dieser Berührung des Kitzlers eine mächtige Erregung der Frau resultiert, riet schon der berühmte Holländer van Swieten, Leibarzt der Kaiserin Maria Theresia, als diese ihn wegen Unfruchtbarkeit zu Beginn ihrer Ehe konsultierte‹ – (nein, nein, zuerst schreiben wir es lateinisch auf, so wie es da steht, eine ernste Angelegenheit, o Leser, ist die Vögelei) –: ›»Praetero censeo, vulvam Sacratissimae Majestatis ante coitum diutius esse titillandam.« Zu deutsch: »Außerdem bin ich der Ansicht, daß die Scham Eurer Allerheiligsten Majestät vor dem Beischlaf längere Zeit zu kitzeln sei.« Das Resultat dieses höchst vernünftigen Rats? Nun‹, vermerkte ich überdeutlich, in lauter Einzelbuchstaben, damit die Setzer nicht wieder maulten, sie könnten meine Schrift nicht lesen, ›die Kaiserin gebar *sechzehn* Kinder!‹
So was machte Laune.
Ich grinste wieder. Mir war gerade der Black-out eines Frankfurter Kabaretts eingefallen, den ich vor kurzem gesehen hatte. Ein Doppelbett stand auf der kleinen Bühne. Ein Mann saß aufrecht darin und fragte das Mädchen, das neben ihm lag: »Sag mal, hast du diese Woche schon den neuen Corell gelesen?« Worauf das Mädchen, heftig erschrocken, stammelte: »Ja, natürlich ... Warum? ... Hab ich was falsch gemacht?«
Das war Popularität, Herrschaften!
Da konnte mein ganz intimer Todfeind, Chefredakteur Gert Lester, mir ein dutzendmal pro Woche erzählen, daß ich abglitt, daß ich schluderte, daß meine Indexzahlen fielen, daß ich nicht mehr so first class sei wie früher, der dämliche Hund. Ich war Curt Corell, so wie er immer war!

Ich trank aus der Flasche, fuhr mit dem Handrücken über den Mund und redigierte weiter.

Was hatten wir denn nun Schönes?

Die kleinen Schamlippen hatten wir nun. Die großen Schamlippen. Den Venusberg. Mast*ur*bation mußte das natürlich heißen, nicht Mast*or*bation. Kam vom schnellen Tippen. Der weiche Bleistift hakte neue Absätze ein, machte Wellenlinien unter Wörter, die kursiv gesetzt werden sollten, Sterne, wo ein neues Kapitelchen begann. Liest sich erster Klasse, der Dreck, dachte ich.

3

Vier Stunden zuvor dachte ich dies: Es ist schon allerhand, was ich noch aushalte!

Pünktlich um 4 Uhr 30 wachte ich auf, die Armbanduhr am Handgelenk. Ich konnte aufwachen, wann ich wollte, ich mußte es mir nur vornehmen, und heute war dieser frühe Zeitpunkt nötig, denn ich war verdammt nahe an die dead-line herangekommen bei BLITZ. Die Fortsetzung für die Nummer, an der gearbeitet wurde, hätte schon Freitag geliefert werden müssen. Aber da war ich krank gewesen. Das ging niemanden etwas an, das war reine Privatsache, nur Hem hatte ich es natürlich sagen müssen, am Telefon.

»Ich kann heute nicht liefern, Hem.«

»Wieder mal der Schakal?«

»Ja. Ich liege im Bett.«

»Zuviel gesoffen, was?«

»Viel zu viel. Und viel zu viel geraucht. Heute kriege ich keine Zeile hin.«

»Du bringst dich noch um, Junge«, sagte Hem zu mir, der ich mit meinem Schakal im Bett lag.

»Unsinn, Hem! Ich muß nur schlafen. Ich nehme zwanzig Milligramm Valium und penne den Tag durch.«

»Also gut, Junge. Und schnelle Besserung.«

»Wissen Sie, Hem, es ist ein Wunder, daß ich diese Serien überhaupt noch schreiben kann! Ellenlang hängt mir das Zeug zum Hals heraus. Kotzen möchte ich, wenn ich nur daran denke!«

»Kann ich auch verstehen. Aber was soll's? Hingehaut werden muß es doch.«

Typisch Hem! Das war eine ständige Redensart dieses so unerhört gebildeten Mannes.
»Was soll's, hingehaut werden muß es doch!« – wie oft sagte Paul Kramer das, gottergeben und weise geworden in unserem Gewerbe. Ein großer Komponist wollte er einst werden. Er wurde es nicht. Seine Arbeiten blieben unbekannt, es ging ihm schlecht, er spielte Klavier in Bars. Dann zog er in den Krieg. 1946 kehrte er aus der Gefangenschaft heim. Versuchte es noch einmal mit Komponieren. Erlitt wieder Schiffbruch. Freunde brachten ihn als Musikkritiker zu einer Tageszeitung. Bei BLITZ wurde man auf seine brillanten Besprechungen aufmerksam und engagierte ihn – zuerst als Redakteur, bald schon als Textchef. Das war ein großes Experiment, aber damals machte man bei BLITZ noch Experimente. Dieses da glückte – und wie! Aus dem verkrachten Komponisten war ein Journalist geworden, den man in der ganzen Branche kannte und bewunderte.
Die meisten Illustrierten-Leute hatten früher andere Berufe, andere Hoffnungen gehabt, von einem ganz, ganz anderen Leben geträumt. Man konnte nicht sagen, daß sie gescheiterte Existenzen waren. Aber einen Bruch hatten sie, die guten jedenfalls. Das Leben hatte sie gebrochen, früher, später. Ein riesengroßes Reservoir von längst Hoffnungslosen und noch verzweifelt Hoffenden war dieses Management der Träume – und weil das so war, funktionierte es besonders prächtig.
»Ja, ja, ich weiß, was soll's«, sagte ich.
»Siehst du wohl. Natürlich werden die anderen fluchen ...«
»Sollen sie doch, die Ärsche! Oder es selber schreiben!«
»... aber ich werde dich decken.«
»Danke, Hem.«
»Nichts zu danken. Reine Vernunftüberlegung. Wenn ich dich jetzt anbrülle und zwinge, zu schreiben, schreibst du Scheiße mit deinem Schakal. Wenn du dich beruhigt hast, darf ich auf etwas Brauchbares hoffen.«
»Ich habe ja noch das ganze Wochenende ...«
»Versprich mir nichts, ich kenne dich, Walter. Aber Montag früh um neun muß das Zeug auf meinem Schreibtisch liegen, sonst ist der Ofen aus.«
Den ganzen Freitag hatte ich meinen Schakal, und dann hatte ich ihn den ganzen Samstag, noch ärger, mit schweren Beklemmungen, doch ich dachte nicht daran, einen Arzt zu rufen. Das ging vor-

über. Sonntagvormittag war es noch immer nicht vorübergegangen. Da machte ich dann kurzen Prozeß und zwang mich, in einem Restaurant zu essen, eine Menge, und ich erreichte kaum meine Wohnung, als es wieder herauskam. Das hatte ich erwartet. Nun war mein Magen gereizt und empfindlich, nun würde der ›Chivas‹ wirken. Ich fing so um drei Uhr an zu trinken, ich trank den ganzen Nachmittag weiter und merkte, wie der Schakal sich zurückzog. Und dann ging ich aus. Ich wanderte durch sieben oder acht Nachtlokale, genau weiß ich das nicht mehr, nur, daß sie alle ›meine‹ Flasche ›Chivas‹ hatten, und in irgendeinem Stall mußte ich die beiden Mädchen mitgenommen haben, die nun, Montag früh um 4 Uhr 30, neben mir lagen, eine Rothaarige links, eine Schwarze rechts, nackt alle beide, jung und unschuldig in ihrem Schlaf.

Vorsichtig erhob ich mich. Ich wollte die Mädchen nicht wecken. Nur einen Blick warf ich auf die schönen Körper, dann deckte ich sie wieder zu. Die Schwarze schnarchte leise. Ich bemerkte, daß ich selber nackt war und sah, im ganzen Schlafzimmer umhergestreut, die Kleidungsstücke der Mädchen. Da fiel mir alles wieder ein, als ich die Platte auf dem Plattenspieler erblickte, dessen Lämpchen immer noch brannte und zeigte, daß der Apparat eingeschaltet war. Ich knipste ihn ab. Tschaikowski, die ›Pathétique‹. Mein Lieblingskomponist, Tschaikowski. Hatte ich mir angehört heute nacht, während die beiden Mädchen für mich einen ganz persönlichen und wüsten Striptease hinlegten.

Ach, die wunderbare Musik! Ich saß da und trank ›Chivas‹ und sah den Mädchen zu. Ich hatte sie vorher bezahlt – viel zu hoch, wie gewöhnlich.

»Liebt euch, los«, hatte ich gesagt.

Daraufhin hatten die beiden eine große Show abgezogen und sich auf meinem superbreiten Bett gewälzt, stöhnend, ächzend und übertrieben. Selbst wenn sie lesbisch waren, konnten sie nichts davon haben, sie waren doch viel zu betrunken.

»Was ist?« hatte die Rote zuletzt gefragt: »Willst du nicht endlich auch?« Breitbeinig hatte sie auf meinem Bett gelegen, die Schwarze neben sich.

»Ja, gleich.« Noch etwas Tschaikowski. Noch etwas ›Chivas‹...

Die Rote war echt, die Schwarze war gefärbt. Eigentlich eine Blonde. Sie hatte die besseren Brüste.

»Gefallen wir dir?«

»Ihr gefallt mir ausgezeichnet, meine Süßen.«
»Sollen wir dir vielleicht einen blasen?«
»Sehr lieb, aber nein, danke.«
»Oder soll ich ...« Die Schwarze, die eigentlich eine Blonde war, hatte noch eine Frage gestellt.
»Das auch nicht. Ich gehe nur ins Bad, dann komme ich zu euch. Zwischen euch.«
»Au fein!«
Na ja, ich war ins Badezimmer gegangen und hatte mich gewaschen. Was wir dann zu dritt aufführten, brauche ich nicht niederzuschreiben, es würde doch nicht gedruckt werden. Ich schaffte sie, schaffte sie alle beide, so sehr, daß sie zuletzt jammerten, ich solle aufhören, sie könnten nicht mehr. Und dabei war ich besoffen wie sie. Aber er stand mir immer besonders gut, wenn ich besoffen war. Dann nahm das überhaupt kein Ende. Deshalb fürchtete ich – sofern er nicht gerade da war – auch den Schakal überhaupt nicht, und ich hatte keine Angst vor einer schweren Krankheit oder dem Tod. Der Tod war noch nichts für einen, der schuftete wie ein Pferd und besoffen zwei Mädchen schaffte und dabei immer geiler wurde. Nicht der richtige Typ für den Tod. Ich nahm mir, wenn der Schakal dagewesen war, stets zwei Mädchen mit nach Hause.
Im November 1968 lebte ich, Walter Roland, alias Curt Corell, auf dem Gipfel meiner – ach was, genieren werde ich mich, wenn ich überlege, wie es heute in der Welt ausschaut und wer heute alles Geld verdient, und wie! – auf dem Gipfel meiner Karriere. Jawohl! Ein Penthaus hatte ich. Gehörte dem Verlag, der zahlte alles, ich keinen Groschen. Eine Sechs-Zimmer-Wohnung mit jedem Komfort, den man sich denken konnte, war das, auf dem Dach eines dieser Luxus-Hochhäuser an der Gregor-Mendel-Allee in der Prominentenwohngegend Lerchesberg, südlich des Mains. Ein richtiges Haus auf dem Haus! Supermodern eingerichtet. Kostbare Schleiflackmöbel in verschiedenen Farben, rot, orange, blau, weiß, lila, denn jedes Zimmer besaß anders bemalte Wände, und die Möbel paßten dazu. Ganz neu entwickelte Möbel waren das zum Teil, etwa Schalenstühle, die sich drehen ließen. Im (weiß gehaltenen) Schlafzimmer ein riesiges Bett aus braunem Leder. Indirekte Beleuchtung und Beleuchtung durch Stehlampen mit bunten Schirmen. Auch viele Einrichtungsgegenstände trugen Schockfarben. Die ganze Wohnung war mit bestem Velours ausgelegt. Chinabrücken lagen darauf. Eine riesige Bücherwand mit eingebautem Fernseher.

Aus allen Zimmern kam man durch Glastüren ins Freie, auf das große Flachdach hinaus. Im Sommer blühten da Blumen und Sträucher, Liegestühle, Sonnenschirme standen herum, nachts konnte man lange draußen sitzen und über ganz Frankfurt hinwegschauen. Das alles hatte ich mir erschrieben! Ebenso wie den weißen Lamborghini 400 GT. Mit dem war ich samt den beiden Nutten nach Hause gefahren. Ich konnte noch so besoffen sein, fahren (und das andere) ging immer.

Ich hatte Geld wie Heu.

Schmiß es raus mit beiden Händen. Hatte trotz meines Riesenhonorars immer Schulden beim Verlag, mußte immer neue Vorschüsse nehmen. Mit rund 210 000 stand ich in der Kreide. Na und? Und schon! Sie gaben mir das Geld doch liebend gerne, sie kamen geradezu mit aufgehobenen Armen und flehten mich an: nimm, o nimm! (Damit ich nicht zur Konkurrenz ging, die mir pro Monat mindestens ein Angebot machte.)

Ich hatte etwas erreicht, jawohl, da sollten die Idioten grinsen und lästern und gering denken, ich hatte etwas erreicht! Allerdings mußte ich mir das dauernd bestätigen. Darum fuhr ich den irrsinnig teuren Wagen, erschien auf Gesellschaften stets mit den schönsten Starlets, gab meine berühmten Partys, wohnte nur in ersten Hotels ...

Die Rote war auf den Bauch gerollt, wild breitete sich ihr Haar über das Kopfkissen aus. Dies Zwischen-zwei-Mädchen-Liegen machte ich in letzter Zeit immer häufiger. Stets, wenn ich den Schakal gehabt hatte. Danach konnte ich wunderbar schlafen, zwischen dem warmen, festen, jungen Fleisch.

Jetzt tapste ich nackt in die Küche. Setzte Kaffeewasser auf. Viel Kaffee brauchte ich, denn nun hieß es gleich schwer arbeiten, und ich war noch immer betrunken.

Umnebelt schwankte ich in das schwarz gekachelte Badezimmer und duschte lange, heiß und kalt. Das half. Ich konnte klar denken. Ich rasierte mich. Dazu hörte ich Radio. Ich besaß ein winziges japanisches Transistor-Gerät, das ich überall mit mir herumschleppte. Eine UKW-Station sendete Nachrichten.

Erbitterte Schlacht im Mekong-Delta. Säuberungswelle in der Tschechoslowakei. Dubcek weiter entmachtet. Amerikanische Maschine nach Kuba entführt, israelische nach Athen. Schwere Kämpfe an der israelisch-jordanischen Grenze, Kommandounternehmen in Syrien. Blutiger Religionskrieg in Irland. Rassenunruhen in den

USA. Aufwertungen, Abwertungen, Streiks, Katastrophen. Nichts Besonderes. Ich hörte jeden Morgen als erstes Nachrichten. Man mußte informiert sein.
Ich verließ das Badezimmer und ging in den Ankleideraum, der nur cremefarbene Wandschränke hatte, einen neben dem anderen, sämtlich mit Spiegeln. Wie überall auch hier Veloursbelag, eine Chinabrücke darauf, ein cremefarbenes Tischchen und ein cremefarbenes Sofa in der Mitte des Raumes. Ich wählte einen grauen Anzug aus Flanell, ein weißes Rohseidenhemd, eine schwarze Krawatte, schwarze Socken, schwarze Slipper.
In der Küche filterte ich den Kaffee ganz stark und trank in kleinen Schlucken. Hunger hatte ich nicht.
Aus meiner Tasche nahm ich, als ich die beiden schlafenden Mädchen noch einmal ansah, vier Hundertmarkscheine und legte sie halb unter die Nachttischlampe. Schrieb mit rotem Filzstift auf ein Stück Papier: ›Ciao, meine Süßen. Das ist noch für Euch. Sperrt ab und werft den Schlüssel unten in den Briefkasten.‹ Keine Unterschrift, nicht einmal Initialen. Intim wollten wir ja nun nicht gerade werden. Und wiedersehen würden wir uns nie.
Los, los! Jetzt hatte ich es eilig!
Durch die noch menschenleere kühle Stadt fuhr ich zum Verlag. Ich wußte, wo überall die U-Bahn-Bauer buddelten. Ende 1968 war Frankfurt das reinste Irrenhaus. Bis zur Taunusanlage ging es, wenn man zum Verlag wollte, aber dann konnte man nirgends mehr links abbiegen. Immer wieder wurde man über den Main nach Sachsenhausen gedrängt, sofern man sich nicht verflucht gut auskannte. An vielen Kreuzungen gab es bis zu zwölf Schilder von Gesellschaften oder Hotels in allen Größen und Farben übereinander. Der ›Frankfurter Hof‹, Weltfirmen wie die ›Degussa‹ oder die ›Investitions- und Handelsbank‹ mußten mit diesem komplizierten System von Wegweisern versuchen, Gäste und Kunden durch das Chaos von Baustellen und Umleitungen zu lotsen. In der oberen Kaiserstraße und am Kaiserplatz hatten die Huren zu leiden. Kein Autostrich mehr, auf dem sie fahren konnten. Vor einer Bar an der Gutleutstraße, die ich kannte, wurden Passanten mit leichtem Ärmelzupf hereingeholt – der männliche oder weibliche Anreißer kam nicht mehr ins Freie hinaus, so eng war der Fußgängersteg da. Intime körperliche Kontaktaufnahmen ließen sich nicht vermeiden. Dem einen verschaffte das kurze, unverhoffte Wonnen, anderen, ebenso unverhofft, den Verlust ihrer Brieftasche.

Die Weißfrauenstraße war gesperrt. Der Verkehr aus der Berliner Straße ging in die stille Bethmannstraße, an welcher der ›Frankfurter Hof‹ lag. Die Einbahnrichtung der Bethmannstraße hatte man umgedreht, über den Kaiserplatz zum Theater. Dort entstanden sechshundert Bohrlöcher für Stahlträger und Schlitzwände. Nicht einmal die Anfahrt zum Theater blieb offen. Der Generalintendant machte Kontrollfahrten mit der Straßenbahn, um zu hören, ob die Schaffner auch die neue Haltestelle ›Theater‹ wirklich ausriefen, weil die alte Haltestelle mit diesem Namen nicht mehr existierte.
Großer Skandal, nachdem sich herumsprach, daß der geplante U-Bahnhof Theaterplatz um zehn Millionen teurer werden würde als veranschlagt! Der Spektakel am Dom! Man drang hier direkt neben dem alten Bau in die Erde, eine große Betonwand schützte die Kirche. Der Platz zwischen Dom und Römer – bisher begehrte Parkstelle – verwandelte sich in einen Bauhof hinter Zäunen. Eines Tages überfiel fürchterlicher Gestank die ganze Gegend. In die Ausschachtung waren Abwässer der Kanalisation gedrungen. Sie liefen den Arbeitern von oben in die Gummistiefel. Ach, es war eine Lust, im Zentrum zu arbeiten!
An den Verlag in der Kaiserstraße, oberhalb des Roßmarkts, kam ich von hinten heran, durch die Eckermannstraße und den Hirschgraben. Da war auch die Einfahrt für Laster zum Hof des Hochhauses. Ich glitt mit meinem Lamborghini in die Tiefgarage. Die Stufen zur Halle stieg ich hinauf. Tat ich immer. Kein Lift für das Stück! Man mußte auf seine Gesundheit achten.
Ein riesiger Portier, der eine blaue Uniform mit Goldtressen trug, sperrte die Hallentür zur Garage auf, nachdem ich geklingelt hatte. Wie alle Menschen, die etwas für mich taten, bekam auch der Portier ein viel zu großes Trinkgeld.
»Morgen, Herr Kluge.«
»Morgen, Herr Roland, herzlichen Dank auch!«
Ich trug eine prall gefüllte Aktentasche. Material war darin, Bücher, Zeitschriften, Notizen für die Fortsetzung, die ich nun schreiben mußte.
In der mächtigen Halle mit ihrem Marmorfußboden, ihrer Marmortäfelung, ihren Lederfauteuils und lederüberzogenen Tischen erschien durch die von Selenzellen gesteuerten hohen gläsernen Eingangstüren in verknautschtem Anzug, unrasiert und übernächtigt, ein großer, schwerer Mann, dem vier Kameras von den

Schultern baumelten und der eine zum Platzen volle Flugtasche schleppte. Um die Stirn lief ihm ein schmutzig-weißer Verband. Ich erkannte meinen Freund Engelhardt. Er sah auch mich.
»Tag, Walter!«
»Hallo, Bertie. Mensch, dich hat's ja erwischt!«
»Kleinigkeit. Steinwurf.« Er lächelte, wie immer.
In Chicago war vor drei Tagen ein berühmter Negerführer erschossen worden. Die Folge waren allenthalben Rassenunruhen.
»Wann bist du gelandet?«
»Vor einer halben Stunde. Die anderen kommen mit der Mittagsmaschine.« BLITZ hatte eine Fotografen- und eine Berichterstatter-Crew nach Amerika geschickt. »Junge, Junge, die schlachten sich vielleicht ab da in Chicago. Bilder bringe ich mit, Bilder!«
»Ihr kriegt auch Riesenanzeigen in allen überregionalen Zeitungen«, erklärte ich.
»Und Platz? Haben wir genug Platz?«
»Neun Seiten.«
»Donnerwetter.«
»Ich habe gestern die Bürstenabzüge von den Anzeigen gesehen. Solche Dinger! Dich erwähnen sie natürlich namentlich.« Ich hatte noch den Text im Kopf, der da in fetten, großen Buchstaben gesetzt worden war:

DER TOD DES SCHWARZEN JESUS!

Um unseren neunseitigen Bericht über die Ermordung des Negerführers Jesus Maria Albermore und die blutigen Unruhen, die ihr auf dem Fuße folgten, bringen zu können, wurden 3562 Negative entwickelt, 298 Funkbilder empfangen, 414 Telefongespräche zwischen Frankfurt und Amerika geführt, 231 Fernschreiben gewechselt und 67 000 Flugkilometer zurückgelegt. BLITZ-Starfotograf Bert Engelhardt und sieben weitere BLITZ-Bildreporter sowie fünf Wortreporter flogen nach Chicago, Los Angeles, Detroit, New York, Baltimore und Boston. Der Chef der Bildredaktion, Kurt Ziller, unterbrach seinen Urlaub und flog von Teneriffa nach Chicago, wo er ein Exklusiv-Interview mit der Witwe des Ermordeten erhielt...

Und so weiter, marktschreierisch, wie's der Brauch, zu einer Zeit verfaßt, wo noch kein Mensch wußte, wie viele Negative entwikkelt, wie viele Funkbilder empfangen, wie viele Fernschreiben ge-

wechselt und wie viele Flugkilometer zurückgelegt werden würden. Aber so war das immer. Chefredakteur Lester hielt auf Ordnung und Planung. Wenn er etwas nicht leiden konnte, dann Hetzerei oder Improvisation. Die Zeitungsinserate hätte man auch jetzt noch setzen, matern und versenden können. Doch nein, ruhige Vorbereitung war der halbe Erfolg, darauf schwor Lester. Mit solch ruhiger Vorbereitung bekam man zum Beispiel in den Tageszeitungen für die Inserate noch ganz bestimmt Platz auf der rechten, auf der ›Butterseite‹, die viel mehr ins Auge sprang als die linke.
Auch auf das System der Abwechslung schwor Gert Lester, der mich ebenso gefressen hatte wie ich ihn. Gab sicherlich Leute, denen war der ermordete Neger schnuppe. Darum standen unter der Riesenzeile vom Schwarzen Jesus am Ende des Inserats noch zwei Riesenzeilen:

Exklusiv aus Paris! Herbst/Wintermode 69:
Mini im Kampf mit Midi und Maxi!

Bertie rannte durch die Halle.
Ich schrie ihm nach: »Wohin?«
»Runter ins Labor. Hab drei Filme zu entwickeln!«
»Ich denke, ihr habt alles als Luftfracht vorausgeschickt?«
»Hast du eine Ahnung, was die Jungs noch mitbringen!«
Dann stand also nicht einmal jetzt fest, wie viele Negative man wirklich entwickeln würde. Dieser Gert Lester . . .
Ich ging zu den beiden Lifts des Hauses. Es war ein sehr großer Verlag mit sehr vielen Angestellten. Vertrieb. Anzeigenabteilung. Lohnbuchhaltung. Honorarbuchhaltung. Bildredaktion. Textredaktion. Research-Abteilung. Leserbetreuung. Vor dem einen Lift standen den ganzen Tag Menschen und warteten. Der andere Lift war häufig frei. Nämlich: Der Lift, vor dem immer jemand stand und wartete, war für die kleinen und mittleren Angestellten und für Besucher da. Der zweite Lift blieb für die leitenden Redakteure, den Chefredakteur, den Verlagsleiter, den Vertriebsleiter, die Direktoren und Subdirektoren und natürlich für den Verleger reserviert. Jeder dieser wichtigen Herren hatte seinen Schlüssel zu der ›Bonzenschleuder‹, wie sie genannt wurde. Eine ganz große Ehre und Auszeichnung! Die ›Bonzenschleuder‹ bekam man nur mit so einem Schlüssel auf. Bei dem anderen Lift brauchte man keinen Schlüssel. Da öffneten sich die Türen von selbst, wenn der ›Prole-

tenbagger‹ einmal da war. Er war nur nie da. Mußte eben warten, das gemeine Volk!
Vor vierzehn Jahren, als ich aus Geldmangel gerade mein Jurastudium abgebrochen hatte, hierherkam und diese feine Einrichtung mit den zwei Aufzügen zum ersten Mal sah, hatte ich mir ernsthaft überlegt, ob man in einem Verlag, in dem es so etwas gab, überhaupt arbeiten durfte. Da war ich mächtig empört gewesen. Die Empörung schwand, ich begann in diesem Verlag zu arbeiten. Vor acht Jahren – ich hatte mich bereits zum Top-Writer emporgeschrieben – überreichten sie mir bei der Weihnachtsfeier dann richtig ergriffen auch so einen Prominentenlift-Schlüssel. Ganz schlecht vor Wut wurde mir damals, und ostentativ benutzte ich vier Jahre lang weiter den ewig überfüllten, miefigen ›Proletenbagger‹. Eines Tages war mir das endlich zu dumm. (Ich hatte gerade den ›Paukenschlag‹ mit der ersten Sex-Aufklärungsserie vollbracht und meinen Lamborghini bekommen.) Der miese Lift kam und kam nicht – da nahm ich den Schlüssel für den anderen, feinen, und fuhr mit dem. Und dabei blieb es. Was zum Teufel!
In dem feinen Lift roch es stets wie in einer Parfumerie. Düsen versprühten Wohlgeruch, und am Tag ertönte sanfte, leise Musik, vom Band überspielt auf die Membrane versteckter Lautsprecher. Jetzt, zu der frühen Stunde, da ich mit der ›Bonzenschleuder‹ hinauffuhr, war es noch still. Aber es duftete. Es duftete!
Siebenter Stock.
Ich stieg aus, ging zu meiner Glasbox, nahm auf dem Weg dahin drei Coca-Flaschen aus einem Eisschrank, denn ich hatte einen mächtigen Brand. Nun packte ich Bücher und Zeitschriften aus, krempelte die Ärmel hoch, zerrte die Krawatte herunter, öffnete den Hemdkragen.
Zigarette.
So.
Ich spannte Manuskriptpapier, Kohlepapier und noch einmal Manuskriptpapier in die schwere Maschine und schaute auf meine Armbanduhr.
6 Uhr 12.
Na, dann mit Gott.
Ich begann zu tippen. Die Anreißersätze hatte ich mir auf der Fahrt in den Verlag überlegt.
›»Ob jemand Christ sey oder nicht«, notiert Martin Luther mit der ihm eigenen Offenheit und Gradheit, »das Fleisch wütet, bren-

net und samet. Fleusset es nicht ynn das Fleisch, so fleusset es ynns Hemdt ...«‹

Danach schrieb sich die Fortsetzung sozusagen selber. In der Stille klang das Geklapper wie Maschinengewehrfeuer. Nun fabrizierte ich also meine wöchentliche Ration Ersatz-Sex, den Millionen haben wollten. Sollten sie haben.

Aber bitte sehr!

4

›... eine hervorragende Rolle spielt der Kuß auf die Genitalien. Er vermag so hochgradige Befriedigung zu verschaffen, daß diese Art des sexuellen Verkehrs an manchen Orten und zu manchen Zeiten die häufigste genannt werden kann ...‹

8 Uhr 35.

Ich redigierte jetzt die Fortsetzung. Die letzten Sätze las ich zögernd noch einmal. Dann wußte ich, was fehlte.

Häkchen!

Anmerkung am Korrekturrand.

Das hieß bei uns natürlich nicht ›die Genitalien‹, sondern die ›weiblichen Genitalien‹!

Diese Serien verschlangen in der Hauptsache Frauen, die armen Geschöpfe. Die allermeisten hatten von der Sache nichts auf normale Weise. Das tat ihnen so wohl, wenn sie es schwarz auf weiß lasen. Dann konnten sie es ihren Kerlen unter die Nase reiben: Hier, Curt Corell sagt auch! Immer an die Frauen denken. Und nie unanständig werden. Das war ja gerade der Erfolg dieser Sauerei: das Wissenschaftliche, das Ethische, das Feintun, das (na also, da hätten wir's wieder mal) ›echte Anliegen‹!

›... eine gebräuchliche Bezeichnung für jene Liebkosung ist: der französische Kuß ...‹

Redigier schneller, Genosse!

Denk an die dead-line. Die ist heute, jawohl, Hem hat die Wahrheit gesagt. Werden zwei Herren Redakteure schön fluchen, wenn sie die kommende Nacht durch darauf warten dürfen, daß die umbrochenen korrigierten Seiten aus der Druckerei in die Redaktion heraufkommen, wo sie sofort imprimiert werden müssen, weil sie im Vorsatz stehen.

Leise fluchen werden die! Über mich flucht keiner laut, dachte ich. Höchstens Chefredakteur Gert Lester. Aber der konnte mich mal! Von all den Brüdern hier wollte keiner es sich mit mir verderben. Im Gegenteil. Rein krochen die Kerle mir noch und noch! Wenn einer mal am Fliegen war, kam er angeschlichen und winselte: »Walter, hilf mir, bitte. Geh und sag ihnen, daß du kündigst, wenn sie mich rausschmeißen!«

Tatsächlich, darum baten sie, mit feuchten Hundeaugen, Familienväter, oft über die Fünfzig! War ja auch schlimm für sie, den Job zu verlieren. Wo fanden sie einen neuen in ihrem Alter? Und wer von ihnen konnte denn schon wirklich was? Hem! Ja, der. Der konnte mehr als alle anderen zusammen. Der steckte den ganzen Laden in die Tasche. Aber wieviel Kroppzeug schleppte so eine Redaktion mit! Und wenn man die Pflaumen dann feuern wollte, kamen sie zu mir und jammerten: »Du mußt nur sagen, daß du kündigst, dann trifft sie schon der Schlag!«

Na ja, ich hatte es getan. Zum Personalchef, zum Chefredakteur, zum Verlagsleiter, bis zum Verleger war ich gegangen, Theater hatte ich gespielt. Der Kerl, der gerade gefeuert werden sollte, lief derweilen um den Block, oder er saß im Klo und hatte Durchfall. Gewirkt hatte die Droherei immer. Keine von den Flaschen war geflogen, für die ich mich eingesetzt hatte. Da konnten sie, verflucht noch mal, schon eine Nacht hier bleiben und Bier saufen und imprimieren, wenn ich zu spät dran war, weil ich wieder mal meinen Schakal gehabt hatte!

8 Uhr 40.

Die ganze Fortsetzung war redigiert. Ich trank den letzten Coca-Schluck aus, steckte je eine große Heftklammer in das Original und den Durchschlag und stand auf.

Immer noch kein Redakteur, keine Tipse da. Die Mädchen kamen erst um neun, die Redakteure gegen halb zehn. Ich schaute aus dem Fenster hinunter in den großen Hof, der zwischen dem Hochhaus des Verlages und den Flachbauten der Setzerei und der Druckerei lag. Die Druckerei nahm zwei Stockwerke unter der Erde ein. Hier wurde schon gearbeitet. Riesenlaster standen herum. Von ihren Verdecken hievten Arbeiter mit Flaschenzügen mannshohe Rollen Kupfertiefdruckpapier. Von Seilen und Ketten gehalten, glitten diese Rollen über Balken hinab in die Keller der Druckerei, zu den Rotationsmaschinen. Metteure und Setzer plauderten und rauchten im Hof.

Ich hängte meine Jacke um die Schulter. Die Ärmel des Hemdes behielt ich hochgekrempelt, die Krawatte blieb, wo sie war. Ich ließ alles liegen und stehen auf dem Schreibtisch und ging aus meinem Glaskasten, den gläsernen Gang entlang, bis zu einer Glastür, auf welcher stand:

PAUL KRAMER
CHEF DER TEXTREDAKTION

Die Tür war offen. Ich trat ein.
In Hems Zimmer roch es nach Pfeifentabak, wie immer. Eine Putzfrau wischte gerade den Boden auf. Sie lächelte vertraulich.
»Morgen, Herr Roland!«
Ich fühlte, wie meine Hände feucht wurden.
Ich verzerrte das Gesicht zu einem Grinsen und antwortete liebenswürdig: »Guten Morgen, Frau Waßler.«
»Ist das die neue Fortsetzung?« fragte die Waßler, auf dem Boden kniend, Lappen in der Hand, Kübel mit Putzlauge neben sich. Ich nickte, während ich die Manuskripte auf Hems vollgeräumten Schreibtisch legte. Verflogen waren plötzlich die Leichtigkeit, der Schwung dieses Morgens.
»Na, da bin ich aber neugierig«, sagte die Waßler, in großen Bögen wischend.
»Hoffentlich gefällt es Ihnen«, sagte ich heiser. Ich verließ das Zimmer. Schweißtropfen standen auf meiner Stirn. Ich ging den Gang hinunter zu den Aufzügen. Hier begegnete ich gleich zwei Putzfrauen. Sie bohnerten.
»Morgen, Herr Roland!« Vertraulich nickten sie mir zu, als wäre ich ihr Komplize und Kumpel. Und ein bißchen überheblich nickten sie auch, ja. Es hatte nämlich seinen guten Grund, daß sie und alle anderen Putzfrauen im Verlag erst so spät saubermachten ...
»Guten Morgen, Frau Schwingshaxl, guten Morgen, Frau Reincke. Schöner Tag heute, nicht?«
»Fei viel zu warm für November«, sagte die Schwingshaxl, eine Ur-Bayerin.
»Schon jeliefat?« fragte die Reincke. Sie war eine knochige, große Berlinerin.
»Ja, gerade.« Mir rann der Schweiß jetzt in die Augen. Ich wischte ihn mit der Hand weg. Diese Reincke war für mich der größte aller Schrecken. Lore hieß sie, noch keine dreißig, mit einem ewig mißgelaunten Gesicht.

»Wat hamse denn?«
»Ich? Wieso?«
»Janz jrün sinse uff eenmal. Wie'n Jespenst. Is Ihnen . . .«
»Mir ist völlig gut.« Ich fühlte mich richtig zittrig, seit ich nun auch noch der Reincke und der Schwingshaxl in den Weg gelaufen war. Putzfrauen! Ging mir jedesmal so, wenn ich früh am Morgen im Verlag war und ihnen allen begegnete.
»Was macht denn Ihr Mann, Frau Reincke?« Unwürdig, so etwas, ekelhaft, diese Anbiederei. Doch ich biederte mich an, immer!
»Schon wieder gut, sein Bein?«
»Längst! Aba der tut so, wie wenn nich. Weila neemlich nich arbeetn will, der faule Sack. *Männa!*« Die Reincke fuhr mit ihrer elektrischen Bohnermaschine verächtlich in der Gegend herum. »Na, Sie wissen ja jenuch üba die Kerle, wa? Hamse wat üba Männa jeschriem?«
»Natürlich. Auch über Männer, Frau Reincke.«
»Wird ma besonders intressiern!« Es klang drohend.
»Fein, fein«, sagte ich, ganz taumelig. »Wiedersehen, meine Damen.«
Und eilte zum Lift und fuhr mit der ›Bonzenschleuder‹ wieder in die Halle hinunter. Jetzt hatte die Telefonzentrale schon Berieselungsmusik eingeschaltet. Mantovani und sein Hundert-Geigen-Orchester. Und Wohlgeruch aus Düsen wie immer! Mir war schlecht, seit Jahren, immer nach diesen Putzfrauen-Begegnungen. Vor jeder einzelnen von ihnen hatte ich Angst. Jede einzelne war meine Feindin. Ja, maßlose Angst hatte ich vor den armen, abgerackerten Putzfrauen. Und nicht nur vor ihnen, nein, auch vor den Sekretärinnen im Verlag, vor den Telefonistinnen, den Fernschreiberinnen, den Buchhalterinnen, den Lehrmädchen, den Kantine-Köchinnen, den Serviererinnen, den Spülerinnen, Packerinnen, Archiv-Damen, Foto-Laborantinnen! Träumen mußte ich immer wieder von ihnen allen, gräßliche Alpträume waren das. Wenn ich nur an all die Weiber dachte, die im Verlag arbeiteten, krampfte sich schon mein Magen zusammen. Und das wurde immer schlimmer, immer schlimmer. Sie war kaum noch zu ertragen, die elende Angst vor dem, was nun, wieder einmal, auf mich zukam, bald schon, bald . . .

5

»Niemand weiß, wo ich herkommen bin ... Da, wo ich hingeh, gehn alle Ding hin ... Der Wind weht ... Das Meer geht ... Und niemand versteht ...«

Um die Mitternacht des 12. November, da Fräulein Luise, diese Worte flüsternd, ihre Augen brennend von vergossenen Tränen, über den schmalen Pfad ins Moor zu ihren Freunden hastete, erreichte ich, mit Irina und Bertie an meiner Seite, beim Autobahnende Veddel die Brücke über die Elbe. Ich fuhr den Lamborghini voll aus. Jetzt hetzte mich die Zeit. 230 Kilometer in der Stunde hatte ich aus der Karre geholt. Der Wagen war hin und her gependelt auf der verlassenen Autobahn, denn mit der Nacht war Sturm aufgekommen, eiskalter Sturm aus Nordwest, der den Lamborghini stoßweise schräg von vorn traf und an ihm rüttelte. Ich hielt das Steuer elastisch und paßte verflucht auf. Bei dieser Geschwindigkeit vermochte mich so ein Anrennen des Windes glatt von der Bahn zu werfen. Aber ich kannte meinen Wagen. Irina schrie ein paarmal auf am Anfang, wenn der Sturm den Lamborghini traf und wir alle jenen wüsten Stoß spürten, mit dem er gegen das Metall prallte. Doch dann sagte Bertie zu ihr: »Was ist los? Keine Bange. Fahren kann Herr Roland. Und Sie wollen doch so schnell wie möglich zu Ihrem Verlobten – oder?«

Manchmal, sobald der Wagen zu pendeln begann, griff sie daraufhin nach meinem rechten Arm und krallte sich da im Mantelstoff fest. Aber sie sagte kein Wort mehr. Wir saßen ziemlich eng nebeneinander, und ich konnte durch unsere Mäntel ihren Körper und seine Wärme spüren. Es war ein angenehmes Gefühl; es regte mich auf, und ich dachte, daß ich gerne mit Irina geschlafen hätte. Aber das dachte ich nur zweimal. Wenn ich sonst überhaupt dachte und nicht darauf achtete, daß der rasende Wagen auf der Bahn blieb, dann beschäftigte ich mich mit der Geschichte, der ich auf der Spur war. Ich lebte jetzt in dem Glauben, daß das eine große und heiße Geschichte war, und mein Herz schlug schneller bei dem Gedanken daran, daß *ich* diese Geschichte schreiben würde, *ich*, *ich*, *ich*, endlich einmal eine richtige Story nach der jahrelangen Verblödungstour meiner Sex-Serien.

Drei Menschen, dicht nebeneinander in einem Wagen, jeder mit etwas anderem beschäftigt: ich mit der festen Überzeugung, daß dies mein Comeback als seriöser Reporter sein würde; Irina gewiß nur an Jan Bilka und ihre Liebe denkend, hin und her gerissen zwischen Angst und Hoffnung; und Bertie in friedlichen Träumen, denn er war eingeschlafen und lächelte glücklich.

Dieser Bertie!

Der Mann hatte keine Nerven. Der schlief einfach überall. Ich erinnere mich, daß ich einmal mit ihm nach Johannesburg geschickt wurde, und über Afrika, nachts, kamen wir mit unserer Maschine in ein unheimliches Gewitter, das Flugzeug sackte dauernd durch, Blitze schlugen ein, wir wurden mit der Boeing hin und her geworfen, die anderen Passagiere schrien oder weinten oder beteten laut, das Kabinenlicht ging an und aus, und vielen Leuten war übel. Es stank in der ganzen Kabine. Als wir einmal gewiß fünfhundert Meter tief durchsackten und ich spürte, wie ich trotz des angeschnallten Sicherheitsgurtes in die Höhe gehoben wurde, fiel dem guten Bertie aus dem Gepäcknetz eine Decke auf den Kopf, und er erwachte endlich. Das Kabinenlicht flackerte. Bertie sah mich grinsend an, rieb sich den Schädel, hörte verschlafen das Beten und Weinen und die Geräusche der Leute, die sich übergaben, und sagte: »Bißchen unruhiger Flug, was?«

»Mensch«, sagte ich, »wir sind seit einer Stunde mitten in diesem Gewitter und kommen nicht raus.« Krachend schlug gerade da wieder ein Blitz in eine Tragfläche, und die Maschine wurde wie ein Stein weggeschleudert. »Das geht andauernd so. Ich scheiße mir schon fast in die Hosen. Hast du denn überhaupt keine Angst?«

Bertie sah mich lächelnd und erstaunt an.

»Wovor?« fragte er.

»Na zum Beispiel davor, daß wir abstürzen«, sagte ich.

»Wieso?« sagte er verständnislos. »Ich bin doch hoch versichert. Kriegt meine Mutter eine Masse Geld.« Zwei Minuten später schlief er schon wieder. Er hatte eine alte Mutter, mit der er zusammenlebte und die er sehr liebte. Seine beiden Ehen waren gescheitert. Junge Frauen hielten ein Leben, wie Bertie es führte, einfach nicht aus.

Ich erreichte die Neue Elbbrücke über den Strom und seine Arme. Jedesmal, wenn ich nachts nach Hamburg kam, bewegte der Anblick mein Herz. Die vielen Lichter der Werften, Lager und der Schiffe und Kähne. Die roten und grünen und weißen Positionslaternen, die sich im Wasser spiegeln. Die Neonpeitschen auf der taghell erleuchteten Brücke. Ich liebte das, und ich sah zum

Wasser und den bunten Lichtern hinunter. Weil ich nun langsamer fuhr, wurde Bertie wach. Er rieb sich die Augen und sah auf die Uhr und sagte: »Hast ja hurtig gemacht, Walter. Junge, was für ein Lüftchen!«

Der Sturm tobte auch über Hamburg. Die Schiffe schwankten im Wasser. Ziegel flogen von den Dächern, Bleche klapperten, es pfiff und heulte. Ich fuhr den Heidenkampsweg entlang durch die finsteren Vororte Klostertor und Borgfelde bis zum Berliner-Tor-Damm. Kein Mensch war auf der Straße zu sehen. Ich kannte mich gut aus in Hamburg. Über die Bürgerweide und den Steinhauerdamm und den Mühlendamm fuhr ich weiter nordwärts bis zur Armgartstraße. Da bog ich links ein und fuhr vor in westlicher Richtung über den Mundsburger Damm bis zum Schwanenwik, der direkt an der Außenalster liegt. Auch die Alster war unruhig, und die Lichter der großen Hotels jenseits der beiden Lombardsbrücken, von denen die neue jetzt Kennedy-Brücke heißt, tanzten auf dem bewegten Wasser. Über den Himmel flogen Wolkenfetzen. Beim Uhlenhorster Weg und der Schönen Aussicht begann die Adolfstraße mit ihrem verrückten, je nach der Tageszeit wechselnden Einbahnverkehr. Ich fuhr in diese jetzt stille Straße hinein und hielt auf dem Bürgersteig vor dem Haus 22 A, einem schönen, alten, weißen Gebäude, das hinter einem kleinen Garten lag. Mehrere Familien wohnten hier.

Irina fragte aufgeregt: »Sind wir schon beim Eppendorfer Baum? Ist das das Haus?«

»Nein«, sagte ich. »Zum Eppendorfer Baum fahren wir gleich. Wir müssen zuerst hierher, in die Adolfstraße. Hier wohnt Conrad Manner.«

»Wer?«

»Unser Korrespondent in Hamburg«, sagte ich. »Sie erinnern sich doch. Ich habe vor Ihnen mit meiner Redaktion telefoniert und gebeten, ihm ein Fernschreiben zu schicken, daß er sich gleich auf die Socken machen soll und versuchen, Ihren Jan Bilka aufzustöbern.«

»Ach ja«, sagte sie unruhig und ungeduldig.

»Connys Freundin erwartet uns. Wir werden von ihr hören, was Conny rausgekriegt hat. Nun kommen Sie schon.«

Ich half Irina aus dem Wagen. Bertie war auf der anderen Seite ausgestiegen.

»Seine Freundin Edith«, sagte er lächelnd. »Die schöne Edith.«

Sturm orgelte. Die Bäume am Straßenrand ächzten und knarrten, Äste bogen sich tief und schlugen hin und her. Und bizarre Schatten tanzten auf dem Pflaster im Schein der Straßenlampen.
Wir gingen durch den kleinen Vorgarten – das niedere Tor war offen –, und ich drückte den Klingelknopf, neben dem Conny Manners Name stand. Er wohnte in der zweiten Etage. Wir warteten ziemlich lange.
Dann hörten wir, wie die Haussprechanlage sich einschaltete. Aus dem Lautsprecher einer Tafel über den Klingelknöpfen ertönte eine Frauenstimme, verweint und sehr verschreckt: »Wer ist da?«
»Roland«, sagte ich in den Lautsprecher. »Roland und Engelhardt und noch jemand.«
»Noch jemand wer?« fragte die Frauenstimme. Dann klang es wie ein Schluchzen.
»Herrgott noch mal, nun machen Sie schon auf, Edith«, sagte ich. »Ich erzähle Ihnen alles oben.«
»Ich will wissen, wer der Jemand ist.«
»Eine junge Dame«, sagte ich.
»Was für eine junge Dame?«
»Edith, haben Sie getrunken?«
Wieder ein Schluchzen. Dann: »Also, Sie wollen es mir nicht sagen?«
»Nein. Nicht so. Ich will ins Haus. Schnell. Machen Sie endlich auf, zum Teufel.«
Die Stimme Ediths fragte: »Wie heißt der Name, den Herr Kramer noch hat?«
»Hören Sie ...«
»Sie wissen es nicht?«
»Natürlich weiß ich es! Was soll denn das?«
»Dann sagen Sie den Namen! Oder ich mache nicht auf!«
»Hem«, sagte ich. »Jetzt zufrieden?«
»Und wie alt ist er?«
»Verflucht ...«
»Wie alt?«
»Sechsundfünfzig.«
Der Türöffner summte. Wir traten schnell ein. Ich fand den Druckknopf für das elektrische Licht. Lift gab es keinen in dem schmalen, hohen Treppenhaus. Wir mußten zu Fuß in den zweiten Stock. Die Stufen der Treppe waren hoch. Auf jeder Etage wohnte nur ein Mieter. Conny Manners Wohnungstür war geschlossen. Ich klin-

gelte wieder. Daraufhin öffnete sich die Tür einen Spalt, so weit es die vorgelegte Kette zuließ. Ich bemerkte, daß das Vorzimmer der Wohnung dunkel war. Dann sah ich die Pistole. Sie war riesenhaft. Ein Colt 45, Kaliber 9 mm, eine kleine Kanone. Amerikanische Militärpolizei benützte sie. Die Waffe schob sich mit dem mattglänzenden Lauf durch den Türspalt. Ich wußte, daß Conny so ein Ding besaß. Nun hatte offenbar seine Mieze das Ding. Wir sahen sie nicht, nur ihre Hand ein wenig am Kolben der Pistole. Und wir hörten ihre zitternde Stimme: »Stellen Sie sich zum Flurfenster, damit ich Sie sehen kann. Alle drei. Oder wie viele Sie sind.«

»Drei, verdammt«, sagte ich. »Das habe ich Ihnen doch schon gesagt, Edith.«

»Zum Fenster, los«, sagte Edith aus dem Finstern. Das Licht im Treppenhaus erlosch. Ich knipste es wieder an. Dann sah ich zu Bertie und Irina und zuckte die Schultern. Was sollten wir tun? Ich trat als erster zu dem Fenster, das, wie das ganze Haus, schönster Jugendstil war: Man sah auf diesem aus zahlreichen bunten, bleigefaßten Teilen zusammengesetzten Fenster weibliche Seeschlangen. Sehr weibliche.

»Gut«, sagte Edith, hinter der Tür. »Das sind Sie, Herr Roland. Jetzt die anderen.«

Irina und Bertie traten neben mich.

»Und das ist Herr Engelhardt«, sagte Edith hinter der Tür. Der riesige Pistolenlauf war auf mich gerichtet. Ich hatte in den letzten Stunden genug Verrücktes erlebt. Wenn Edith etwa auch verrückt geworden war? »Wer ist die junge Dame?« fragte sie.

»Hören Sie, das ist doch idiotisch, machen Sie endlich auf, Edith, oder ...« fing ich an, aber sie unterbrach mich: »Oder was? Oder nichts! Oder ich knalle die Tür wieder zu und rufe die Polizei!«

»Sie müssen übergeschnappt sein!«

»Ich bin ganz normal«, schluchzte sie. »Wer ist die Dame? Los!«

Also stellte ich vor, und dabei fiel mir Ediths Nachname nicht ein.

»Herwag«, sagte sie.

»Edith Herwag«, sagte ich zu Irina, die mich verängstigt ansah. Daraufhin wollte Edith noch wissen, woher Irina kam. Erst, als ich die ganze verfluchte Geschichte erzählt hatte – das Licht im Treppenhaus erlosch natürlich wieder, und wir mußten es zweimal neu anknipsen –, zog sich der Pistolenlauf zurück, die Kette wurde abgenommen, die Tür öffnete sich.

»Kommen Sie herein«, sagte Edith Herwag. Sie war wirklich sehr schön, groß und blond, sie hatte als Mannequin gearbeitet, bis sie zu Conny zog. Der wollte das nicht. Der wollte sie heiraten. Es würde ja nun wohl auch bald passieren, dachte ich, während ich hinter Irina und Bertie her in die große Diele trat. Eine Biedermeierkommode, ein schöner Spiegel, Biedermeiertapeten. Die ganze Wohnung war so eingerichtet. Conny liebte Biedermeier. Auf der Diele standen auch noch ein paar Biedermeiersessel, hinter einem Vorhang befand sich in einer Nische die Kleiderablage.
Edith war bleich, sie schwankte leicht, und ihre grünen Augen waren unnatürlich geweitet. Ich überlegte, ob sie vielleicht eine Fixerin und gerade auf ihrem Trip war, und dachte, daß uns das gerade noch gefehlt hätte. Sie stand da und hielt die Pistole direkt auf meinen Bauch gerichtet und fing wieder an zu weinen. Sie schluchzte so stark, daß ich nur daran denken konnte, wie leicht so eine Pistole losging.
»Was ist denn, Edith?« fragte Bertie lächelnd.
»Conny ...« schluchzte sie, und die Pistole zielte jetzt auf Irinas Bauch, und das war auch nicht angenehmer.
»Conny was?« fragte Bertie mit seiner unerschütterlichen Freundlichkeit. »Ist ihm was zugestoßen?«
Edith konnte nur nicken. Bei diesem Nicken wurde mir kalt. Sie hielt noch immer einen Finger am Abzug, und die Waffe war entsichert. Und auf Irinas Bauch gerichtet.
»Was ist ihm zugestoßen?«
Sie weinte nun hemmungslos.
»Edith«, sagte ich. »Edith!«
»Laß mich«, sagte Bertie sanft. Er fragte: »Unfall?«
Edith schüttelte den Kopf. Von ihren Wimpern rann schwarze Tusche und zeichnete groteske Bahnen auf ihre Wangen.
»Kein Unfall?«
Kopfschütteln.
»Was denn?«
»Mord«, sagte Edith Herwag.

6

Conny Manner stieg aus seinem blauen Porsche 911 s und ging langsam über den Damm, auf das Haus 187 zu, das wir ihm angegeben hatten und in dem Jan Bilka bei seinem Freund Rolf Michelsen wohnte. Der Eppendorfer Baum ist eine belebte Geschäftsstraße, sie liegt in einer guten Gegend. Die meisten der schönen Häuser beherbergen im Erdgeschoß Läden. An den Fenstern in den Stockwerken darüber sah Conny, daß sich dort Wohnungen befanden. Er war mittelgroß und schlank, 30 Jahre alt und seit vier Jahren bei Blitz. Vorher hatte er in der Zentrale der dpa, der Deutschen Presse-Agentur, gearbeitet, und davor bei United Press International, im Hamburger Landesbüro. Er trug einen rostroten Dufflecoat und keinen Hut. Er war zu Hause gewesen, als der Fernschreiber mit meiner Nachricht für ihn zu ticken begonnen hatte. Das war zehn Minuten vor fünf gewesen. Conny hatte den Auftrag bestätigt, seiner Freundin gesagt, er würde vielleicht nicht so bald wiederkommen, sie aber von Zeit zu Zeit anrufen und ihr erzählen, was es Neues gab. Sie sollte das alles aufschreiben und mir dann vorlesen. Ich würde später am Abend eintreffen. Dann war Conny mit seinem Porsche 911 s losgefahren. Er hatte nicht damit gerechnet, schon in die Stoßzeit zu kommen, und so war er wütend, weil er bis zum Eppendorfer Baum fast eine Dreiviertelstunde brauchte. Genau brauchte er vom Eintreffen des Fernschreibens aus Frankfurt bis zu seiner Ankunft 48 Minuten. Um 17 Uhr 38 überquerte er den Damm des Eppendorfer Baumes. Das sagten später zwei Zeugen, die den ganzen Vorfall beobachteten. Die Zeugen sahen auch beide, wie weiter unten am Eppendorfer Baum die Scheinwerfer eines stehenden Mercedes dreimal kurz aufblinkten, als Conny den ersten Schritt auf den Damm hinaus tat. Nach dem dritten Aufblinken scherte ein schwerer, dunkler Wagen aus einer Parklücke auf der anderen Straßenseite aus. Der Mercedes fuhr hinter Conny vorbei davon. Der dunkle Wagen war von Conny etwa so weit entfernt, wie es gegenüber der Mercedes gewesen war – hundert Meter vielleicht. Conny hatte neben einem Zebrastreifen geparkt. Über den ging er nun. Der schwere dunkle Wagen kam den Eppendorfer Baum herunter. Sein Fahrer wechselte rasch die Gänge und fuhr nach Aussage der Zeugen zuletzt bestimmt mehr als hundert Stundenkilometer. Der Mann am Steuer hielt direkt auf Conny Kurs und wäre glatt mitten auf dem

Zebrastreifen über ihn hinweggerast, wenn Conny, dem in letzter Sekunde klar wurde, was da geschah, nicht einen verzweifelten Sprung zurück getan hätte. Der Mann am Steuer des schweren Personenwagens verriß diesen und traf Conny mit der linken Vorderseite in den Leib. Conny wurde beiseite geschleudert, segelte durch die Luft und knallte dann auf das Pflaster des Fußgängerübergangs. Sofort bildete sich eine große Blutlache um ihn.
Autos stoppten jäh, Menschen schrien durcheinander und stürzten herbei, einer der beiden Zeugen rannte ans Telefon und rief die Polizei. Sechs Minuten später kam eine Ambulanz vom nahen Universitäts-Krankenhaus an der Martinistraße, sieben Minuten später kamen zwei Funkstreifenwagen, elf Minuten später zwei Wagen mit Kriminalbeamten, die von den Polizisten angefordert worden waren. Hinter ihnen traf einer der großen Untersuchungs- und Vernehmungswagen der Verkehrspolizei ein.
Conny war lebensgefährlich verletzt, er mußte sofort operiert werden, sagte der Rettungsarzt. Sie hoben ihn vorsichtig auf eine Bahre und schoben diese in die Ambulanz; die Ambulanz fuhr dann mit heulender Sirene ab. Die Polizisten und Kriminalbeamten blieben noch über eine Stunde am Ort des Geschehens. Beide Zeugen wurden verhört. Spezialisten machten Fotos, vermaßen die Gegend und erledigten Routinearbeit. Ein Scheinwerferglas des heranrasenden Wagens, das linke, war zerbrochen. Die Spezialisten sammelten Scherben und Splitter und Lackstückchen ein und steckten alles in Nylontüten.
Während die Beamten sich in dem großen Vernehmungswagen noch mit den beiden Zeugen unterhielten, wurden sie von der Zentrale gerufen. Es war ganz sonderbar, sagte einer der Zeugen später zu Edith Herwag: »Also, zuerst hat die Zentrale den Wagen mit seinem Kennwort gerufen. Dann hat die Lautsprecherstimme etwas völlig Unsinniges gesagt.«
»Was?« hatte Edith diesen Zeugen später gefragt.
»›Capri braucht einen Stadtlotsen‹«, hatte jener Zeuge erwidert.
»Was?«
»Ja, genau so. ›Capri braucht einen Stadtlotsen‹, das waren die Worte«, hatte der zweite Zeuge erklärt.
»Und? Und was antwortete der Kriminalbeamte der Zentrale?« hatte Edith gefragt.
»Er hat geantwortet: ›Zinnober geht über Nordpol, verstanden‹«, hatte der erste Zeuge Edith gesagt. »Und dann hat er sich wieder

uns zugewandt, und ich habe gesagt: Das war kein Unfall, das war eindeutig ein Mordanschlag.«
»Sehr richtig!« hatte der zweite Zeuge gerufen. »Wir haben doch beide gesehen, wie der Mercedes dem Mordwagen noch Lichtzeichen gegeben hat!«
Der vernehmende Beamte, der plötzlich einen sehr abwesenden Eindruck machte, hatte gesagt: »Lichtzeichen, so, so. Lichtzeichen ...«

7

»Mich hat die Polizei zwei Minuten nach sechs angerufen«, sagte Edith Herwag. Wir saßen in Conny Manners Wohnzimmer. Edith hatte sich etwas erholt. Ab und zu weinte sie noch. Ich hatte eine Flasche Whisky gefunden und gab ihr von Zeit zu Zeit einen Schluck. Es war Whisky, der Conny gehörte. Ich wollte nicht zuviel von meinem ›Chivas‹ verschwenden. Es standen sehr schöne Möbel im Wohnzimmer, an der Wand – mit derselben Tapete wie in der Diele – hingen zwei schöne Bilder. »Sie haben mir gesagt, daß Conny angefahren wurde und im Universitäts-Krankenhaus an der Martinistraße liegt. Ich bin sofort hingefahren.« Sie weinte jetzt wieder, und ich goß ihr Glas halb voll. Wir andern tranken nichts. Wir wollten nur diese Geschichte hören und dann weiterfahren, wir hatten es eiliger denn je zuvor.
»Danke«, sagte Edith. Der Colt 45 lag zwischen uns auf dem Tisch. Edith trank, hörte auf zu weinen und sprach mit einer Stimme, die nun seltsam flach und klanglos geworden war. »Ich rief ein Taxi. Zehn Minuten vor sieben war ich im Universitäts-Krankenhaus. Wir sind da erst richtig in den Abendverkehr reingekommen. Als ich eintraf, wurde Conny operiert. Sie sagten mir, es hätte keinen Sinn, ich sollte weggehen, aber natürlich blieb ich. Sie operierten noch eine Stunde. Ich wartete vor dem Operationssaal. Um viertel nach acht rollten sie ihn raus.«
»Konnten Sie ihn sehen?«
»Nein. Er war ganz zugedeckt, und ein Arzt ging mit und hielt so eine Infusionsflasche, Conny hatte einen Tropf, ich sah den Kunststoffschlauch. Aber den Arm sah ich nicht. Ich lief mit den Männern, die seine Bahre fuhren. Der Arzt sagte, das ginge nicht. Ich

fing an zu schreien. Da kamen zwei Männer in Zivil, die nahmen mich an den Armen und führten mich zum Ausgang. Ich schrie wieder und trat nach den beiden, aber sie sagten kein Wort und schleppten mich zum Ausgang, und dort stand ein dritter, der sagte mir, ich sollte mit einem Taxi nach Hause fahren, sie würden mich anrufen, wenn ich Conny sehen könnte oder wenn es ihm schlechter ging oder wenn er ...« Sie verstummte.

»Was waren das für Männer?« fragte ich.

»Keine Ahnung.«

»Kriminalbeamte?«

»Vielleicht. Ich weiß nicht. Es war alles so unheimlich. Die zwei ersten redeten überhaupt nicht mit mir, und der dritte nur ein paar Sätze, dann gingen sie weg.«

»Weg wohin?« fragte Bertie lächelnd.

»Ins Krankenhaus. Natürlich rannte ich auch wieder hinein nach einer Minute oder so, und bei der Anmeldung sagte mir eine Schwester, die offenbar von nichts eine Ahnung hatte, daß Conny in einem Einzelzimmer auf der Wachstation im zweiten Stock lag.«

»Alle Frischoperierten kommen zuerst auf Wachstationen«, sagte Bertie.

»Ich weiß. Aber in Einzelzimmer?« fragte Edith. »Ich fuhr mit einem Paternoster in den zweiten Stock hinauf und suchte die Wachstation, und als ich sie endlich gefunden hatte, sah ich wieder die beiden Kerle, die mich weggeführt hatten. Sie standen vor dem Eingang zur Station, und sie sagten, ich könnte jetzt gar nichts tun, ich sollte nach Hause gehen, sie würden mich anrufen.«

»Sagten sie, *sie* würden Sie anrufen?« fragte ich.

Irina saß erstarrt da und schaute Edith an und hörte zu, und draußen rüttelte der Nachtsturm an den Fensterläden.

»Ja. Nein. Ich weiß nicht. Nein«, sagte Edith, »die Kerle sagten, das Krankenhaus würde mich anrufen. Und Conny gehe es den Umständen entsprechend gut. Das sagten sie mir. Als einmal ein Arzt vorbeilief und ich ihn ansprechen wollte, hielten die Männer mich fest.«

»Wie sahen diese Typen denn aus?«

»Wie Beamte«, sagte Edith. »Sehr kräftig, ganz bürgerlich. Auch in der Kleidung.«

»Jung?«

»Anfang vierzig vielleicht.«

»Haben sie Ihnen gedroht?«
»Als ich sagte, ich dächte gar nicht daran, nach Hause zu fahren, sondern würde hier warten und mich auf eine Bank setzen, da sagte der eine, wenn ich nicht sofort abhaute, dann würde er mich runterbringen und in ein Taxi setzen und dafür sorgen, daß man mich nicht mehr in das Krankenhaus läßt.«
»Aber so etwas gibt es doch nicht!« sagte Irina fassungslos.
»Habe ich bis dahin auch gedacht«, sagte Edith. »Aber so etwas gibt es doch. Ich habe mich geweigert, wegzugehen von der Bank, und da hat mich der eine Kerl wahrhaftig gepackt und runtergeschleppt zum Ausgang und in ein Taxi gesetzt und dem Fahrer die Adresse hier gegeben.«
»Das müssen doch irgendwelche Leute im Krankenhaus gesehen haben?«
»Nur Ärzte und Schwestern. Die Kranken waren alle schon in ihren Betten. Und die Besucher längst weg.«
»Na und?« fragte ich.
»Na und nichts«, sagte Edith. »Die Schwestern und Ärzte haben keinen Mucks gemacht. Die taten, als ob sie mich und den Kerl nicht sahen. Da habe ich es dann ja auch zum ersten Mal mit der Angst um mein Leben bekommen, nicht? Später noch viel mehr.«
»Wann später?«
»Nachdem ich mit diesen beiden Zeugen geredet habe und die mir alles erzählten. Ich bin natürlich nicht nach Hause gefahren. Nicht gleich. Ich habe dem Chauffeur gesagt, ich will zuerst zum Eppendorfer Baum 187. Da soll er warten.« Sie schauderte.
»Noch?« fragte ich und griff wieder nach Connys Whiskyflasche.
»Nein, danke, nichts mehr.« Jetzt flossen neue Tränen über Ediths schönes Gesicht. »Ich habe nur wieder an das Blut denken müssen. Das Blut auf dem Damm. Es war längst finster, Straßenlampen haben gebrannt. Jemand hatte Sägemehl über das Blut gestreut, aber es war an vielen Stellen durchgekommen, dunkel und glänzend ...« Sie warf den Kopf zurück. »Dann habe ich die beiden Zeugen gesucht.«
»Woher wußten Sie überhaupt von denen?« fragte Bertie.
»Beim ersten Anruf, da hat mir der Polizist etwas von zwei Zeugen gesagt. Der war noch nicht informiert.«
»Noch nicht informiert wovon?«
»Na von ... Ich weiß auch nicht, wovon ... Wissen Sie es?«
Bertie schüttelte den Kopf.

»Nein«, sagte ich.
»Aber irgend etwas muß da doch vorgehen ... Ich meine, das ist doch nicht üblich, was man mit mir gemacht hat!« rief Edith.
»Nein«, sagte ich, »üblich ist es nicht.«
»Das Geheimnis«, sagte Edith. »Das Geheimnis über der ganzen Geschichte. Und daß ich nichts davon erfahren soll. Davon hat dieser Polizist noch nichts gewußt. Oder?«
»Offenbar«, sagte ich. »Sie haben die beiden Zeugen gefunden?«
»Natürlich. Sonst wüßte ich doch nicht, was ich Ihnen alles gerade erzählt habe. Die Zeugen haben es mir erzählt. Die Nummern von den zwei Autos konnten sie übrigens nicht erkennen.«
»Wer sind die beiden?«
»Der eine ist der Portier von 187, der andere ist ein Antiquitätenhändler. Mit seinem Laden im Haus. Wir haben uns in seiner Wohnung unterhalten, wir drei. Der Pole hat sehr große Angst gehabt, daß man mich mit ihm sieht.«
Ich sah, wie Irina zusammenzuckte.
Sie sagte leise: »Was für ein Pole?«
»Na, der Portier«, sagte Edith.
»Der Portier ist Pole?« fragte ich idiotisch, aber ich konnte es noch nicht fassen, und Irina konnte es auch noch nicht fassen, das sah ich, ich wußte, wir dachten beide an Fräulein Luise und das, was uns Pastor Demel über sie und ihre Freunde berichtet hatte.
»Sage ich doch. Der Portier ist Pole. Was starrt ihr mich so an? Der Antiquitätenhändler ist übrigens auch ein Ausländer. Franzose.«
»Ein Pole und ein Franzose«, sagte Bertie. Jetzt lächelte er einmal nicht. Ich hatte ihm auf der Fahrt von Fräulein Luise erzählt.
»Ja, Herrgott noch mal, ja!« sagte Edith Herwag heftig. »Ein Pole und ein Franzose! Lebende Menschen, keine Einbildung von mir, keine Geister, ihr könnt sie selber besuchen. Oder glaubt ihr, ich spinne? Glaubt ihr mir etwa nicht?«
»Doch«, sagte ich. »Doch, natürlich.«
»Was ist daran so ungewöhnlich?« sagte Edith Herwag. »In Hamburg gibt es massenhaft Ausländer! Alle Nationen! Ich hätte genausogut einen Chinesen und einen Schwarzen als Zeugen finden können.«
»Aber Sie fanden einen Polen und einen Franzosen«, sagte Irina Indigo und sah auf ihre Schuhe.
Edith war auf einmal wieder sehr unruhig. Sie sagte: »Was soll

denn das? Kennt ihr die beiden vielleicht? Wißt ihr etwas und verheimlicht es mir?«
»Aber nein«, sagte Bertie.
»Dann verstehe ich die Aufregung nicht«, sagte Edith. »Zwei sehr nette, freundliche Menschen sind das, diese beiden. Sie standen gerade auf der Straße, als es geschah. Der Franzose ist übrigens krank, es ging ihm gar nicht gut.«
»Was hat er denn?« fragte ich.
»Asthma«, sagte Edith Herwag.

8

»Nein, nein, keine Artischockenböden! Die kleinen, zarten Artischocken in Öl, bitte...«
»Und dann noch dreihundert Gramm gemischten Aufschnitt...«
»Heute früh hereingekommen, gnädige Frau! Sehr zu empfehlen, der Hummer...«
Das Frankfurter Feinkost-Geschäft Kniefall lag dem Verlagsgebäude schräg gegenüber. Auch hier hörte man den rasenden Lärm des U-Bahn-Baues. Feinkost-Kniefall – beliebt und berühmt in ganz Frankfurt! Eine große, weiß gekachelte Halle war das, mit lauter verschiedenen Abteilungen: Fleisch; lebende Fische in Bassins; Wurst; Käse; Gemüse; pikante Salate; Spirituosen; Brot; Konserven. Feinkost-Kniefall hatte einfach alles. Und alles in erster Qualität! Und alles preiswerter als die anderen! Machte einen Riesenumsatz, der dicke, flinke Herr Waldemar Kniefall. Auf Wunsch entsandte er erstklassige Kellner und hübsche Kellnerinnen mit den phantastischsten kalten Buffets zu Leuten, die eine Party gaben. Seine Expansionslust, sein Ideenreichtum kannten keine Grenzen.
Hinter den vielen verschiedenen Abteilungen des großen Ladens hatte das Oberhaupt der Kniefall-Sippe (Söhne, Töchter, seine Frau und zwei Schwiegersöhne arbeiteten auch mit, es war ein richtiger Familienbetrieb) eine Bartheke mit Hockern hinbauen lassen, eine Espressomaschine darauf, eine Flaschenwand dahinter, ein paar Tischchen mit Stühlen davor. Glänzender Einfall! Hier konnten Hausfrauen sich zu einem Schwatz niederlassen, Kaffee trinken, eine Kleinigkeit knabbern, während ihre Bestellung erledigt wurde;

zu Mittag kamen Geschäftsleute aus der Nachbarschaft, Angestellte, Verkäuferinnen, nahmen einen Aperitif, Sandwiches, ein leichtes, feines (preiswertes!) Horsd'œuvre-Menu, das nicht dick und nicht müde machte. Zu Mittag war es hier immer brechend voll. Hätte sich manches Lokal gewünscht, so einen Betrieb, so einen Umsatz. Denn praktisch ging das von Mittag an bis zum Abend dann ohne Pause. Hier wurden Verabredungen getroffen, Verhandlungen geführt (Feinkost-Kniefall hatte einen Privatparkplatz, in den schlichen die Autos jetzt durch die Große Gallusstraße und die Kirchnerstraße, denn von vorne, von der Kaiserstraße her, war das unmöglich), immer saßen und standen Menschen herum, immer tat sich etwas.
So früh am Tage war es allerdings noch leer hier hinten. Ein einzelner Mann saß da, auf einem Stuhl, ein Glas vor sich, das Gesicht zur Wand. Ich.
»Noch einmal dasselbe, Fräulein Lucie, bitte!«
»Sie haben doch schon einen Doppelten«, begann das junge, hübsche Fräulein Lucie hinter der Theke unglücklich, doch ich unterbrach sie: »Keine Sorge. Ich kann es vertragen.«
In der Wand befand sich ein Spiegel, ich betrachtete mich darin mit Ekel. Ich hatte doch auch beim Rasieren in einen Spiegel geschaut. Den Unterschied hätte ich gerne klavierspielen können!
Ich sah auf einmal aus wie ein ganz anderer Mensch. Kein schöner, bei Gott! Grau das Gesicht, erloschen die funkelnden, amüsierten Augen, die ich noch während des Tippens der Fortsetzung gehabt hatte, verschwunden die euphorische Stimmung des Morgens. Ich, der eben noch zynisch und siegessicher auf meine Maschine eingehämmert hatte, da hockte ich nun im Dämmerlicht der kleinen Snack-Bar im Laden von Feinkost-Kniefall, kraftlos, erbittert, zusammengesunken.
Das Mädchen Lucie, blond, dunkeläugig, 20, in einem sauberen weißen Kittel, stellte ein neues Glas mit Whisky und eine Flasche Sodawasser vor mich auf das kleine Tischchen. Wir kannten uns schon lange, und sie war ziemlich in mich verliebt, die Lucie. Ich merkte das deutlich, andere Leute auch. Sie verheimlichte es schlecht, obwohl sie es gut verheimlichen wollte. Ich schreibe das ohne Stolz, ich will mich weiß Gott nicht berühmen mit dieser Eroberung. Lucie hatte sich eben in mich verknallt. Wie ich bereits sagte: Toutes les femmes sont folles de moi. Nebbich.
Zwei Jahre arbeitete Lucie schon in Frankfurt, bei Feinkost-Knie-

fall, sie kam aus Brandoberndorf, einem kleinen Ort im Taunus. Nur einen einzigen Freund hatte Lucie gehabt in diesen zwei Jahren, einen von der Post, so einen Hübschen, dem alle Mädchen nachschauten, er fuhr mit einem gelben vw immer die Expreß-Sendungen aus. Hatte die Lucie geliebt, hatte die Lucie betrogen. Geld weggenommen hatte er ihr auch. Da hatte sie Schluß gemacht mit ihm. Seither lebte sie ganz allein in der großen Stadt Frankfurt. Das war nicht leicht für ein junges Mädchen. Es ist für niemanden leicht, ganz allein zu sein – nicht einmal für Heilige. Sogar die finden es schwierig.

Solche Sorgen machte Lucie sich um mich! Ich wußte genau, was sie dachte: Warum ist der immer böse, wenn er herkommt? Warum trinkt der immer Whisky – am Vormittag?

»Und dann Käse ... Camembert geben Sie mir, Gorgonzola, Gervais ...«

»Scampis! Endlich wieder Scampis!«

»Soeben frisch eingetroffen, gnädige Frau ...«

»Ihr Whisky, Herr Roland«, murmelte Lucie.

Ich blickte zu ihr auf, nickte, lächelte schief. Sofort lächelte auch Lucie, aber das sah ich nur noch im Spiegel, ich hatte den Kopf schon wieder sinken lassen, machte meinen Drink zurecht, nahm einen mächtigen Schluck. Der Schakal war auf einmal da. Nahe. Ganz nahe. Von einem Moment zum andern.

Was ist nur los mit diesem Roland, grübelte Lucie sicherlich. Immerfort murmelt er vor sich hin. Klingt, als ob er flucht.

Na ja, das tat ich auch gerade.

»Ein Sauleben ist das!« murmelte ich. »Ich bin schon ein mieser Dreckskerl, ein obermieser. Gott im Himmel, habe ich mein Leben verhunzt!« Jetzt brummelte ich nur noch. Jetzt dachte ich, wieder einmal: 36 Jahre bin ich alt, man kann Bilanz ziehen. Verhurt, vergeudet, vertan habe ich mein Leben. Weggeschmissen meine Begabung. Einmal, da war ich begabt, o ja! Da habe ich bessere Sachen geschrieben. Schnee vom vergangenen Jahr!

»Pfui Teufel!« sagte ich laut. Das Mädchen Lucie hinter der Theke, wo sie Gläser wusch, schaute mich dauernd an. Ihre Unterlippe zitterte manchmal.

»Scheißkerl!« sagte ich, Schreiber-As, Vermögen-Verdiener, Vermögen-Rausschmeißer, beneideter Glückspilz, leise zu mir selbst. Derlei innere Einkehr war mir an diesem dämmrigen, kühlen Ort seit sieben Jahren beschieden – immer, immer wieder. Ich hatte schon hier gesessen, da war Lucie noch nicht dagewesen, sondern ein anderes Mädchen, und vor dem wieder ein anderes und noch ein anderes, so viele Mädchen, wer konnte sie sich merken? Nicht nur der Ort meiner Selbstbesinnung war stets derselbe, auch der Zeitpunkt: einmal, sehr häufig mehrmals wöchentlich, morgens zwischen neun und halb elf. Konnte auch elf werden.

Nämlich, das war so:

Vor sieben Jahren hatte BLITZ einen neuen Chefredakteur bekommen, eben diesen Gert Lester. Lester war einer von jenen ranken, schlanken tough-boys mit Blitzkarriere, Ellbogen, Brutalität und Gerissenheit, wie sie heute überall, in der Wirtschaft, in der Industrie, in Verlagen, händeringend gesucht wurden. Mit damals 37 Jahren war Lester Chefredakteur von BLITZ. Zwischen ihm und mir gab es eine schwere Abneigung auf den ersten Blick. Aber keiner konnte dem anderen etwas tun. So machten wir beide auf Freundschaft und Harmonie.

Lester hatte noch den letzten Krieg miterlebt. War seine schönste Zeit, erzählte er jedermann seit einem Vierteljahrhundert. Alles, was mit Militär zu tun hatte, fand seine begeisterte Sympathie. Die Uniformen und die Weiber – sie liebte ein richtiger Mann, meinte Lester, der sich natürlich für einen richtigen Mann hielt. Sobald er die Leitung von BLITZ übernommen hatte, häuften sich zwei Themen im Blatt: Krieg und Sex. Mit dem Krieg ging es los, Lester war ganz verrückt damit. Gerade zwanzig Jahre hatten wir das hinter uns. Grund zum Gedenken an die braven Jungs! Und so wurde alles noch einmal in Riesenserien aufgewärmt (und von mir, dem Star-Writer, geschrieben): ›Ab 4 Uhr 45 wird zurückgeschossen!‹ (Polen); ›Panzer westwärts!‹; ›Deutsches Blut im Wüstensand‹; ›Reichskriegsflagge auf dem Kaukasus‹; ›Der Akropolis-Expreß‹; ›Und ihr habt doch gesiegt!‹ (Stalingrad); ›Im Westen was Neues‹ (die Invasion); ›Frontstadt Berlin‹; ›Bis zur letzten Patrone‹. Und dann die Luftwaffe: ›Bomben frei!‹. Und dann die U-Boote: ›Denn wir fahren gegen Engelland!‹. Und die Schicksale der ›Bismarck‹, der ›Prinz Eugen‹, der ›Graf Spee‹! Bei den Schlachtschiffen erlitt ich nach der fünften Serie einen Nervenzusammenbruch. Nichts, was eine kleine Schlafkur nicht heilen konnte, hipp, hipp, hurra!

»Nein, lieber Crab-meat, Krabben sind immer so salzig ...«

Das Telefon auf dem Tresen läutete. Lucie hob ab. Gleich darauf sagte sie: »Für Sie, Herr Roland!«

»Ist es schon soweit?«
Ich wurde richtig blaß, als ich das fragte.
»Nein, nur eine Dame...«
Ich stand auf und ging zum Telefon. Das Glas nahm ich mit. Nachdem ich mich gemeldet hatte, trank ich aus und schob das Glas mit einer deutlichen Bewegung über die Theke, der hübschen Lucie hin, die traurig nickte. Ich hatte auch hier ›meine‹ Flasche ›Chivas‹.
In schönstem Berlinisch klang es aus dem Hörer: »Tach, Walta. Im Verlag hamse ma jeraten, bei Kniefall anzurufen.«
Der Chauffeur Kuschke im Lager. Die Putzfrau Reincke. Und nun noch meine alte Freundin da am Telefon. Unheimlich, was mir in dieser Geschichte an Berlinern über den Weg lief! Die halbe Stadt schien nach Westdeutschland gezogen zu sein. Tatsächlich, toll.
Ich sagte freundlich: »Morgen, Tutti. Wo brennt's denn?«
In meinem Job kannte man viele Leute. Tutti kannte ich von einer Dokumentation über die Prostitution in Frankfurt her. Bezauberndes Mädchen. Gertrud Reibeisen hieß sie. Nannte sich Tutti, weil sie Gertrud so häßlich fand.
Meine alte Freundin Tutti antwortete nur mit einem Wort: »Leichenmülla.«
»Der Leichenmüller!« sagte ich. »Also bei dir ist der!«
»Bei mia, ja«, kam die Antwort. »Und er will nich weg. Jedet Mal detselbe Theata! Det war aba jetzt die Schlußvorstellung! Wenn der noch mal hier ufftaucht, denn pustet Max ihn gleich aus de Hose!«
»Was macht er denn?«
»Maxe? Steht neben mia. Willste'n ham? Warte, ick...«
»Nein, nicht dein Max, Tutti! Der Leichenmüller!«
»Ach der! Der liecht int Bett und sacht, er jeht nich raus; er will noch mal.« Tuttis Stimme wurde sanft: »Keen Wort jejen dia, Walta! Du kannst da doch nischt dafür. Ick rufe ooch bloß an, weilde doch jesacht hast, ick soll dir anrufen, wenn der Leichenmülla bei mia Zicken macht.«
»Ich bin dir auch sehr dankbar, Tutti. Das ist rührend von dir.«
»Quatsch, hör bloß uff. Ick hab dir eben jerne. Warum kommst *du* nich endlich mal in meine Heia? Mensch, Walta, seit Freitach hab ick den Leichenmülla uff de Bude. Ick soll de Schnauze halten, sacht Max, der Mann zahlt jut und damit isset okeh. Als ob de Penunse allet wäre! An meine arme Muschi denkt keena!«
»Seit Freitag ist der also bei dir?«

»Drei Tage, ja! Nischt jejen een paar Stunden. Aba ick komme mia ja schon vor wie'n Hombreka!«
»Wie was?«
»Weeßte doch, Walta. Englisch. Heeßt doch so, Hombreka, nich? Een Weib, wat 'ne Ehe zerstört. So'n Kerl jehört heim zu seine Familje ant Wochenende, nüch? Statt dessen hat er hier eene Numma nach der andan jeschom. Mensch, det is ja keen Mann mehr, det is'n Bulle! Von Hänschen janz zu schweijen.«
»Wer ist Hänschen?«
»Na, mein Kanalljenvogel. Der singt schon jarnich mehr. Weil ick nich mal dazu komme, ooch bloß een paar frische Salatblätta einzuholen. Und denn mussa imma morjens so lange zujedeckt bleibn, wenn der vafluchte Leichenmülla mir halb dot jerammelt hat und ick mir so schwer erheben kann.«
»Könnte nicht dein Max den Salat holen und Hänschen aufdekken?«
Max Knipper war Tuttis Zuhälter – eine Seele von einem Menschen.
»Der ist doch eifersüchtich uff den Kanari!« erklärte Tutti. Bei Kanari betonte sie das i.
»Eifersüchtig? Auf einen Vogel? Warum?«
»Weil ick so ne jroße seelische Beziehung habe zu det kleene Wesen«, antwortete Tutti. »Mein Vogel haut ma wenigstens nie in die Fresse!« Ich vernahm eine undeutliche Männerstimme. »Jawoll, so isset, kannste ruhich hörn, Maxe, det mußte mal jesacht werdn! Also wat is, solln wa nu die Polente rufn?«
»Nein«, sagte ich. »Bitte, nicht. Ich weiß was Besseres. Sag dem Leichenmüller, du hast mit mir telefoniert, und ich habe gesagt, der Lester hat am Freitag feierlich geschworen ...«
»Wer hat feialich jeschworn am Freitach?«
»Lester. Der Chefredakteur.«
»Ach so.«
»Also, der hat feierlich geschworen, er feuert den Leichenmüller fristlos, wenn das noch mal passiert und der Kerl heute nicht um zehn in der Redaktion sitzt.«
»Is det wahr?« rief Tutti entsetzt.
»Natürlich nicht. Der wird sich hüten! So einen Spezialisten! Aber da haben wir die einzige Möglichkeit, Leichenmüller ohne Radau in den Laden zu bringen. Zum Glück ist der ja ein ganz schwacher. gehemmter Mensch.«

»Also, davon habe *ick* nischt jemerkt!«
»Nicht auf deinem Gebiet. Sonst auf jedem.«
»Und du gloobst bestimmt, det hülft?«
»Bestimmt. Du mußt nur ganz dramatisch und ernst vom Feuern reden und daß ich tief besorgt bin und ihn schon abgeschrieben habe. Dann kommt er!«
»Dein Wort in Jottes Ohr! Uff alle Fälle vapasse ick det jetzt den Leichenmülla, det den der Hut hochjeht. Und nich bloß sein dämlicher Pimmel! Wenn eena schon hat, und der hat weiß Jott jenuch jehabt, und er will denn nich abhauen, wo er doch sieht, wie erledigt ick bin, also, det kann ick fürn Dot nich leidn! Adschöh, Walta. Falls ick et nich schaffe, ruf ick presto zurück. Jeh nich weg!«
»Nein, nein, ich bleibe noch hier. Aber du schaffst es! Wiedersehen, Tutti. Grüße Max schön.«
»Mach ick. So long, Walta!« Und Tutti hängte auf, und ich legte mit einem Seufzer den Hörer in die Gabel und kehrte an das Tischchen zurück. Den neuen Whisky hatte die arme Lucie schon serviert. Ich trank einen mächtigen Schluck.
»Zum Speien mit dem Kerl«, sagte ich.
»Mit dem Leichenmüller?« fragte Lucie neugierig. »Wer ist denn das? Was für ein Name!«
»Na ja, eigentlich heißt er ja Leidenmüller. Heinrich. Aber wir nennen ihn nur Leichenmüller, denn so sieht er aus. Immer wie knapp vor dem Exitus – ganz dünn, bleich, hohlwangig, mit fiebrigen Augen. Und weil es der Teufel will, der beste Layouter, den wir je hatten! Noch einmal dasselbe, Fräulein Lucie, bitte.«
»Ja, Herr Roland«, sagte Lucie, zu Tode betrübt. Sie verschüttete etwas ›Chivas‹, als sie das Glas füllte, ihre Hand zitterte, als hätte sie den Tremor eines Süffels. Aber es war nur das Leid.
»Ein wichtiger Mann«, sagte ich indessen.
»Wer?«
»Na, dieser Leichenmüller. Unser Chef-Layouter. Typ des braven Bürgers, verstehen Sie? Verheiratet, zwei Kinder. In unregelmäßigen Abständen überfällt ihn eine dunkle Gier nach Huren, und er verschwindet spurlos – zwei Tage, drei Tage. Immer dann, wenn er am dringendsten gebraucht wird. Seit Freitagnachmittag ist er überfällig. Unser Chefredakteur Lester hat schon epileptische Anfälle seinetwegen. Zum Glück geht er am liebsten zu dieser Tutti. Der Leichenmüller. Nicht der Lester. Ich versprach Frau Leidenmüller vor langer Zeit einmal« (im Suff natürlich, dachte ich), »daß

ich auf ihren Mann aufpassen würde. Darum habe ich Nutten und Zuhälter gebeten, mich anzurufen, wenn er verrückt spielt. Dann muß ich mir immer neue Bedrohungen ausdenken. Und dann taucht er wieder auf. Der netteste Kerl von der Welt ansonsten. Gott sei Dank ist er wieder bei Tutti, die mich gut kennt.«

Lucie stellte ein neues Whiskyglas und eine Sodaflasche vor mich hin.

»Nun schauen Sie doch nicht so böse«, sagte ich.

»Ich ... ich schaue doch nicht ...« Sie nahm sich heldenhaft zusammen. »Gar nicht böse schaue ich, Herr Roland. Was ist das denn, ein ... ein Lejauter?«

Weiter und weiter wich der Schakal zurück – wie der Lärm von der Straße draußen. Ich begann mich wieder besser zu fühlen.

»Layouter ... ein englisches Wort.« Ich buchstabierte es. »Also, das ist ein besonders begabter Graphiker, der praktisch die künstlerische Einteilung und Aufmachung – so nennt man das – aller Seiten im Blatt vornimmt. Zum Beispiel, wie groß die Überschriften und Zwischentitel sein sollen, und ob gesetzt oder gezeichnet, und wenn gesetzt, dann in welchem Schriftgrad, und wenn gezeichnet, dann wie, und der sagt, wo die Zeichnungen und die Fotos stehen sollen auf so einer Seite, und wieviel Luft – also Raum – zu sein hat zwischen Überschrift und Text ... einfach alles an seinen Platz dirigiert der Layouter. Haben Sie jetzt eine Vorstellung von seiner Arbeit?«

»Ja, Herr Roland.«

»Wird hoch bezahlt. Gibt ganz wenige gute. Spinnen tun sie alle. Aber der Leichenmüller, der ist wirklich erste Klasse. Und nun bringen Sie mir bitte doch der Einfachheit halber meine Flasche, Fräulein Lucie«, sagte ich und schaute das Mädchen, das mich so liebte, charmant an. »Dazu Eis und Soda. Ich komme dann schon allein zurecht.«

»Die ... die ganze Flasche?«

»Na ja doch. Ich trinke sie schon nicht aus!«

»Bitte«, sagte Lucie und eilte schnell weg.

»Nein, lieber Salami!« rief eine dicke Dame vorne im Laden.

Lucie kam zurück und knallte mir die kostbare ›Chivas‹-Flasche heftig vor die Nase. Jetzt war sie wirklich wütend. Na und wenn schon. Ich hatte die Flasche. Ich trank und sah wieder in den Spiegel, und da verzog ich mein Gesicht zu einer Grimasse des Abscheus, denn ich mußte daran denken, daß ich nun schon seit dreieinhalb Jahren diese Aufklärungsserien schrieb. Zuerst hatte mir der Dreck sogar Spaß gemacht. Dann begann die Auflage wie verrückt zu steigen – auf Grund dieser Sex-Serien. Und das war dann kein Spaß mehr. Da wurde das plötzlich eine todernste Sache, von allen bestaunt und gelobt, und sie hörte nicht mehr auf, sie hörte nicht mehr auf – bis heute nicht!

Wenn ich einmal sagte, ich wollte den Mist nicht weiterschreiben, bot Lester mir mehr Geld. Lester kannte die Menschen. Ich nahm das Geld und schrieb weiter. Nur war das auf die Dauer nicht gut für mich, gar nicht gut.

Seit Lester mein Chef war, hatte ich das Gefühl, mich dauernd betäuben zu müssen – mit Mädchen oder mit Whisky oder mit Roulette. Vorläufig vertrug ich noch alles. Ewig würde das natürlich nicht so weitergehen. Stets halb narkotisiert, lief ich seit sieben Jahren durchs Leben. Nur zwei Menschen wußten, warum: ich selbst und Paul Kramer, denn dem hatte ich einmal gesagt: »Vor dem Moment, in dem ich einmal ganz ohne Whisky und ganz ohne Mädchen bin, habe ich eine Scheißangst, Hem. Können Sie mich verstehen?«

»Ja«, hatte Hem geantwortet, »kann ich gut verstehen, Junge.«

Phantastischer Kerl, unser Hem, der Beste von allen!

»Also Räucheraal, und dann brauche ich noch ein großes Glas Oliven und ein großes Glas Cornichons . . .«

Diese Morgen-Besäufnisse hatten übrigens noch einen ganz besonderen bösen Grund. Der neue Chefredakteur ließ damals gleich eine sogenannte ›Research-Abteilung‹ einrichten. Die sollte herauskriegen, was von dem, das im Blatt stand, ankam, weniger ankam, nicht ankam – zuerst mit Hilfe von schlecht entlohnten Studenten, die an die Kioske gingen und die Besitzer und die Illustrierten-Käufer interviewten, mit Repräsentativumfragen, mit dem Auflagentrend nach Beginn einer neuen Serie, dann mit Massen-Tests (Fragebogen zu Zehntausenden verschickt, wer sie ausfüllte, kriegte ein halbes Jahr BLITZ umsonst!), und mit vielen anderen Methoden, die alle so viel taugten wie ein Haufen – na ja. Und endlich mit Hilfe eines Computers.

Und wenn Sie sich totlachen, und wenn Sie sagen, ich lüge – ich lüge nicht, es ist die heilige Wahrheit! Alles, was Sie dann in BLITZ lasen oder an Bildern sahen, den Stil, den Inhalt, die Themen, die Farben, all das bestimmte ein Computer.

9

Ein Computer, verflucht noch mal, jawohl!
Gefüttert wurde der mit den Untersuchungsergebnissen eines Meinungsforschungsinstituts. Ein gewisser Erhard Stahlhut leitete die Research-Abteilung. Ein Freund Lesters. Verkrachter Mathematikstudent. Das Meinungsforschungsinstitut gehörte übrigens seinem Schwager. So blieb alles hübsch in der Familie.
»Bitte, mahlen, den Kaffee, Fräulein, aber fein, ganz fein ...«
Für Verleger Herford waren die Computer-Berichte, die wunderbarerweise immer dem entsprachen, was er selber empfand, inzwischen längst Bibeltext geworden. Die Farbe dunkelgrün und die Indexzahl 100 bedeuten das Nonplusultra an Positivem, das der Computer ausweisen konnte. Dieser Idealwert war noch nie erreicht worden. Meine Aufklärungs-Serien hielten mit 92 den absoluten Rekord. Die schlimmste Farbe war dunkles Rot und der Index 1. Dazwischen lagen, von Rot bis Grün, alle möglichen Farbschattierungen und, ihnen entsprechend, die Zahlen von 1 bis 100.
Wer wollte heute noch etwas gegen den Computer sagen? Keiner wollte. Keiner wagte es. Alle verfluchten ihn. Mir fiel ein Gedicht meines Freundes Bertie ein: ›Ach, wie gut, daß niemand weiß, wie ich auf den Computer scheiß!‹
»Und Perlzwiebelchen, die ganz kleinen ...«
Damals, als Stahlhut anfing, sagte er zu Verleger Herford: »Wirklich gute Illustriertenmacher müssen den Finger am Puls des Volkes haben. Mit den Umfragen über Gedrucktes allein ist es nicht getan. Es darf überhaupt nichts gedruckt werden, wovon wir nicht schon *im vorherein* mit sehr großer Wahrscheinlichkeit wissen, daß es beim Volk ankommt!«
Hatte Verleger Herford gefragt: »Aber wie macht man das mit dem Volk?«
Hatte Stahlhut erwidert: »Ganz einfach! Wir haben doch genug ›Volk‹ im Haus! Ein ideales Publikum! Ich schlage vor, daß man dem vorliest, was wir drucken wollen, jede Fortsetzung – Roman, Tatsachenbericht, Serie, alles. Die Leute sollen ihre Meinung sagen! Ihre Meinung ist die Stimme des Volkes! Pfeif auf alle Intellektuellen! Die finden Illustrierte sowieso zum Kotzen. Also! Unsere Arbeiter und Angestellten – vor allem die Frauen! – sollen sagen, was ihnen gefällt und was ihnen nicht gefällt – *bevor* es gedruckt wird! Und je nachdem müssen die Autoren dann umschreiben.«

Diese Prachtidee hatte Verleger und Chefredakteur fast vom Sessel gerissen. Sie konnten zuerst gar nicht reden vor Begeisterung! Schon in der nächsten Woche gab es die erste derartige Lesung. Vor Männern – denn da ging es um eine Kriegsgeschichte. Beim Roman kamen dann bereits die Frauen. Wenn es nicht ausgesprochen maskuline Stoffe waren, kamen immer die Frauen dran, denn es waren ja hauptsächlich Frauen, die Illustrierte kauften und auch lasen!
Von jener ersten Probe vor fast sieben Jahren an war man bei der Methode geblieben. Es wurde vorgelesen. Alles. Immer. Kein Autor war davon ausgeschlossen, selbst wenn es sich um einen Ausländer handelte, der einen Bestseller geschrieben hatte, den man für teures Geld kaufte. Selbst der wurde, nach den Bemerkungen des ›Volkes‹ bearbeitet und auf den Kopf gestellt.
Und wenn *ich* es war!
Ich besaß eine ganz besondere Gabe, für Frauen zu schreiben, hatte sie immer schon besessen. Na, und diese Aufklärungsserien, die wandten sich doch direkt an Frauen! Natürlich wurden auch meine Fortsetzungen vorgelesen, was denn!
Und das war der Grund, warum ich jedesmal, wenn ich eine Fortsetzung geliefert hatte, zum Feinkost-Kniefall kam. Hier wartete ich, während drüben, im Verlag, mein neuestes Produkt kritisiert wurde.
»Und dann Stangen-Spargel, vier Büchsen. Aber den sehr starken! Wissen Sie, den großen, dicken!«

10

»Also das mit dem Mund, das muß unbedingt deutlicher ausgedrückt werden«, sagte die Putzfrau Waßler. »Da wird viel zu viel drumherum geredet. ›Französischer Kuß‹ genügt nicht. Das soll der Herr Roland klar und deutlich beschreiben. Ohne Latein und ohne Fremdwörter!«
»Aber er schreibt doch deutlich genug!« rief eine junge Frau aus der Honorarbuchhaltung.
Vielstimmiger Protest.
Die Waßler: »Schreibt *nicht* deutlich genug, der Herr Roland! In der letzten Nummer auch schon nicht! Die hab ich meinem Mann

zu lesen gegeben, und der hat gesagt, er weiß gar nicht, was der Herr Roland meint!«
Ihre Kollegin, die ewig mißgelaunte Reincke, unterbrach sie böse: »Berta, du bist aba ooch zu dußlich! Der vasteht det janz jenau, dein Olla. Der tut bloß so. Der will nicht, det isset!«
Die Waßler fragte erschrocken: »Meinst du wirklich? Wir haben doch vier Kinder!«
»Na ehm! Det is die Erklärung!«
Die Luft im großen Konferenzraum war blau von Zigarettenrauch. Um einen langen Tisch saßen meine Richterinnen, die Putzfrauen, Stenotypistinnen, Buchhalterinnen, Köchinnen, Serviererinnen, 27 Frauen und Mädchen alles zusammen. Und eine achtundzwanzigste Frau, an der Stirnseite des Tisches: eine der wenigen Redakteurinnen von BLITZ, Angela Flanders. Angela Flanders war 54 Jahre alt, gepflegt und elegant gekleidet, seit einem Vierteljahrhundert Journalistin, zuerst bei Tageszeitungen, dann bei Illustrierten, seit zehn Jahren bei BLITZ. Sie hat mir später genau erzählt, wie diese Konferenz ablief...
Eine kluge, energische Frau war Angela Flanders, stets mußte sie sich in einer Männerwelt behaupten. Schwer genug fiel es ihr manchmal. Aber was schluckt ein Mensch, der arbeiten muß, nicht alles hinunter, wenn er niemanden hat, der für ihn sorgt, wenn der Mann im Krieg gefallen ist, wenn man nichts anderes gelernt und nur immer so ein bißchen geschrieben hat – eigentlich bloß zum Zeitvertreib. Inzwischen war aus dem Zeitvertreib von einst, da Angela Flanders' wohlhabende Eltern noch lebten, bitterer Ernst geworden. Die Flanders von 1968 war heilfroh, eine Stellung als Redakteurin bei BLITZ zu haben. Dafür tat sie alles! Auch dies: den Frauen immer wieder Fortsetzungen vorlesen, sich anhören, was die Frauen zu sagen hatten, es notieren, nachher Gert Lester darüber genau berichten.
Gert Lester war ein wohlerzogener Mensch. Niemals hätte er den Frauen meine Aufklärungsserien von einem Mann vorlesen lassen oder sich selber im Konferenzraum aufgehalten, um die Reaktionen zu beobachten – wie er das bei anderen Themen tun ließ und tat. Da waren dann aber eben auch Männer seine Zuhörer, oder Männer *und* Frauen. Doch meine Serien... heikel so etwas, heikel und peinlich, wenn man darüber reden sollte! Wahrscheinlich sogar für Frauen unter sich, dachte Lester.
Da dachte er allerdings falsch. Peinlich war es den Frauen über-

haupt nicht! Sie hatten alle Kaffeetassen und -kannen vor sich stehen, viele rauchten genüßlich. Zigarettenpackungen lagen herum. Jede Frau, jedes Mädchen besaß Block und Bleistift. Sie hockten ihren Berufen nach zusammen, Telefonistinnen neben Telefonistinnen, Köchinnen neben Köchinnen. Angela Flanders hatte schon oft versucht, diese Ordnung aufzulockern – vergebens. Die einander kannten, wollten unbedingt beisammenbleiben.
Mit ruhiger Stimme hatte die Flanders gerade die Fortsetzung zu Ende gelesen und um Diskussion gebeten. Sie trug ein hellgrünes Kostüm, einen goldenen Clip am Revers, ihr Haar war sorgfältig kastanienbraun gefärbt. Sie achtete sehr auf sich, sie arbeitete so hart wie ein Mann, härter als ein Mann, denn je älter sie wurde, desto mehr verfolgte sie die Angst: Ich tue nicht genug, überall kommen Jüngere nach, was mache ich, wenn man mir kündigt?
Die Redakteurin wurde von vielen Kollegen, die sich über diese Angst im klaren waren, ausgenützt. Oft blieb sie an den Schlußtagen bis zwei Uhr früh im Haus. Sie hatte mich gern, ich sie auch. Manchmal brachte ich ihr Blumen mit.
Die Flanders klopfte mit einem Bleistift auf den Tisch.
»Meine Damen! Bitte um Wortmeldungen!«
Eine graue Maus mit Brille und Knoten aus der Kantinen-Küche hob zaghaft die Hand.
»Nun, Frau Eggert?«
Die Eggert begann leise und stotternd: »Also ... das ist ja nur ein Hinweis ... aber es kommt nicht genug heraus in dieser Fortsetzung ... und dabei hängt doch alles davon ab für uns Frauen ...«
Sie verstummte errötend.
»Wovon, Frau Eggert? Nun sprechen Sie schon! Wir sind hier unter uns. Und niemand erfährt von mir, wer was gesagt hat.«
Die Eggert fing wieder an: »Na ja, ich meine, es müßte einmal deutlich gesagt werden, daß die Männer durchhalten müssen ... lange ... so lange wie möglich durchhalten!«
Allgemeine Zustimmung.
Angela Flanders' Bleistift flog über den Block.
Die Eggert, ermutigt durch die Zustimmung: »Besonders, wo es in den letzten Serien doch immer geheißen hat, wir sollen Oestrogen nehmen!«
Beifall.
»Und jetzt nehmen viele von uns Oestrogen ... und Sie wissen ja, was das für Folgen hat!«

Die Reincke, die noch ihr Kopftuch trug, rief: »Hinjebungsvolla macht et uns, aba et beschleunicht nich den Orjasmus!«
Jetzt geriet Leben in die Versammlung, die Flanders bekam Mühe mit dem Stenographieren.
Eine dicke Köchin: »Hat man denn noch gar nichts gefunden, Frau Flanders, wo die Männer länger brauchen?«
»Natürlich gibt es da Mittel ...«
»Dann sollen sie aber auch genannt werden!«
»Jawohl! Namen nennen!«
»Wie die heißen!«
»Ich habe es notiert, meine Damen. Weiter?«
Eine klapperdürre Sekretärin um die Vierzig: »Ich habe mir da aufgeschrieben: ›Die Scham reizen‹. Die von der Kaiserin Maria Theresia. Das ist viel zu kurz erwähnt!«
»Richtig!« rief eine Lohnbuchhalterin.
»Sie sehen ja, sogar bei einer Kaiserin war das notwendig! Also muß unsereinem doch genau erklärt werden, und zwar ausführlich, wie gereizt wird!«
»Sehr richtig!«
Kaffee wurde nachgegossen, neue Zigaretten wurden angezündet.
Die Reincke begann energisch: »Also mal jrundsätzlich, Frau Flanders, ja? Keen Wort jejen Herrn Roland. An sich isset jroßartich, det wa det Volk mal richtich uffklärn. Kann jarnich jenuch uffjeklärt wern! Bloß: Im Jrunde, wennse diese janze Serie jenau durchleuchten, so isse doch vor allem für Männa jeschriem! Mißvastehnse ma bitte nich falsch: Natürlich solln die Männa det ooch kamal jründlich unter die Neese jeriem kriejen! Damit se endlich kapiern, wat ihre vafluchte Pflicht und Schuldichkeit is!«
Bravo-Rufe.
»Aba«, sagte die Reincke und hob eine Hand, »aba, meine Damen, machen wa uns nischt vor! *Lesen* tun doch vor allem *wir* det, nüch? Die Knülche, die kieken sich vielleicht mal die Fotos an, wenn da so een nacktet Weib ufftaucht, aba beherzigen tut det kaum eena, wat der Herr Roland schreibt, det kann ick Ihnen aus meine eijene trübe Erfahrung sagen. Früher ...« Sie wurde durch lautes Klatschen unterbrochen, hob die Stimme, übertönte den Applaus: »... früher, vor neun Jahren, als wa jeheiratet ham, mein Mann und ick, da war ick noch Jungfrau. Von Tuten und Blasen keene Ahnung. Hatte nischt davon. Heute? Erst recht nich! Heute, da jeht det so bei meinem Ollen: Rin, raus, beleidicht!«

Die Flanders forschte verwirrt: »Bitte, wie geht das?«

»Na ja«, sagte eine Lohnbuchhalterin, »Sie verstehen schon: Der Herr Reincke vollzieht den Geschlechtsakt ohne jedes Vorspiel, und die Frau Reincke wird erregt, aber nicht befriedigt.«

»Ach so.«

»So isset!«

»Genau wie bei mir!« rief eine 1946 als Kind aus dem Warthegau vertriebene Kleberin der Postversandabteilung. »Was also meiner ist, der redet mir immer ein, *ich* bin schuld. Sagt er, der Lackel: Du hast schon was davon, Minka, aber bei dir ist das eben ein schleichender Orgasmus.« Nervöse Unruhe. »Sagt er, er weiß das genau, ein Medizinstudent hat es ihm erklärt. Jetzt frag ich Sie, was heißt hier schleichend? Entweder komm ich, oder komm ich nicht. Und ich komm nicht! Also, da möcht uns der Herr Roland doch eine Erklärung dafür abgeben!«

»Das soll der Herr Roland! Jawohl!«

Der Herr Roland. Bitte. Sie sehen, diese meine Richterinnen wußten natürlich alle Bescheid darüber, daß Corell Roland bedeutete, und sie erzählten es gewiß jedem, den sie erwischen konnten. Das war es, was ich meinte, als ich schrieb, auch außerhalb der Branche kannten viele Menschen mein Geheimnis. Es war einfach nicht zu vermeiden. Nur: Millionen kannten es *nicht!*

»Denk ich immer«, rief die Kleberin, »mein Mann macht es sich nur bequem so! Auf *seine* Kosten kommt er schon! Ich? Ihm doch egal! Kann ich aber einfach nicht so schnell wie er! Bin ich nicht Maschinengewehr! Brauch ich meine Zeit! Wie wir alle! Werden mir da doch recht geben, die Damen, was?«

Und ob sie recht bekam, die heimatvertriebene Kleberin!

»Selbstverständlich!«

»Wie wir alle!«

»Des is ja des«, seufzte die Bayerin Schwingshaxl, womit sie ihrer Lieblingsredensart frönte.

»Und darum«, rief die Reincke, »ist die janze Serie – 'tschuldijen schon – also falsch anjelecht isse! Da steht dauernd, wat der Mann tun muß, damit er sein Frauchen glücklich macht. Tut er's? Nee! Der liest det aus Vorsicht erst jarnich. Und wenn er's liest, tut er's ooch nich! Viel zu egoistisch dafor! Und deshalb«, fuhr die Reincke laut, um das Klatschen ihrer Geschlechtsgenossinnen zu übertönen, fort, »und deshalb, und det is der jroße Untaschied zu dem, wat der Herr Roland schreibt, deshalb muß der Schwerpunkt uff all det

jelecht werdn, wat wir *Frauen* tun solln, um so'n müden Heini uff'n Trab zu bringen!«
»Das stimmt!«
»Meine Meinung!«
»Recht so!«
»Wir«, rief die Reincke, »wir Frauen würden es den Kerlen dann schon richtich besorjen, dettse uffwachen und munta wern! Wat ick meine: In diese Serie, da müßte drinstehen, wat *wir* machen müssen, damit der Mann det macht, wat da steht. Denn *wir* müssen zuerst aktiv wern, sonst wird det nie wat! In diesem Sinne also müßte jeschriem wern: Über den Mann und wie man den reizt! Viel mehr darüber! Damit er sich ooch zu wat entschließt, wenn wa ihn endlich uff Touren ham! Und det is besonders für länger vaheiratete Frauen wichtig! Denn die kieken sonst bloß noch in' Schornstein! Wie Sie wissen, isset statistisch erwiesn, det et ville mehr ältere Frauen jibt als junge – und ick sage Ihnen, Frau Flanders: Et sin jerade die Älteren, die det lesen!«
»Das ist allerdings ein Punkt, auf den man besonders achten muß«, sagte die Flanders und dachte: Einmal war ich politische Korrespondentin und habe die Welt gesehen und Artikel geschrieben, die wurden von ausländischen Zeitungen zitiert. Heute? »Wir werden darauf achten«, sagte die Flanders.
Eine blasse Funkbild-Empfängerin rief: »Das ist ein großer Irrtum, Frau Reincke! Wir jungverheirateten Frauen haben auch unsere Probleme! Glauben Sie nur nicht, daß bei uns alles so klappt!«
Die Reincke: »Sehnse, Frau Flanders, det jeht quer durch alle Ehen, ob jung, ob alt!«
Die Schwingshaxl steuerte ein herzinniges »Des is ja des!« bei.
Eine Serviererin aus der Kantine winkte ab: »Also, da muß ich widersprechen, Frau Reincke! Ich bin seit zwei Jahren verheiratet. Zuerst ist es nur sehr mäßig gegangen. Jetzt geht es einfach toll! Wir haben alle Serien ganz aufmerksam gelesen, besonders mein Mann.«
Die Reincke regte sich auf: »Kann sin, Frau Pürzel! Weil Ihre Jeneration jetzt ehm in een sexuelles fortschrittlicheres Zeitalter jelebt. In meine Jugend hat so wat noch nich in die Illustriertn jestandn!«
»Des is ja des!«
»Sonst wärn wa alle glücklichere Frauen jewordn! Heute, wo ick weeß, wat et allet für Möglichkeiten jibt in de Liebe, heute isset

zu spät! Und wenn ick det meinem Ollen zehnmal lesen lasse, gloobense, der ändat sich noch? Der hält sich ooch nur eene Minute länga zurück? Nee, nee, meine Rede: *For die Männa ist det jeschriem!* Und det is nich jut! Denn die tun doch nich, wat da steht, wenn wir Frauen vorher nich unsa Teil tun! Und diese janzen weiblichen Tricks, also die muß Herr Roland uffschreibn!«

»Ein schwerwiegender Einwand, Frau Reincke«, erklärte die Flanders. »Darüber werden wir mit Herrn Roland reden.«

Eine fröhliche Endzwanzigerin aus der Nachrichten-Aufnahme mit unwahrscheinlichen Formen: »Ich weiß überhaupt nicht, was Sie wollen! Ich hab noch – bis auf wenige Ausnahmen – jedesmal etwas davon gehabt. Ich ...«

»Sie!«

»Das wissen wir nun schon! Erzählen Sie ja jedesmal.«

»Sie sind eben von Gott begnadet!«

»Det kann ick nich mehr hören! Det kann ick schon nich mehr hören!« jaulte die Reincke.

Eine Sekretärin aus der wissenschaftlichen Redaktion mokierte sich: »Das Fräulein ist eben ein biologisches Wunder!«

Die Flanders wurde energisch: »Meine Damen, meine Damen!« Zu der klapperdürren Sekretärin gewandt: »Ihr Einwand ist notiert. Weiter, bitte.«

Aber die Reincke neigte sich in ihrer Empörung über den Tisch zu der Gottbegnadeten und klafftete die an: »Verraten Sie uns doch Ihr Jeheimnis! Wie jeht denn Ihr Koitus vor sich?«

»Ganz normal. Mein Uwe, der macht so lange, wie ich will, und dann fragt er mich, ob ich genug habe, und dann sage ich: ja, Uwe, jetzt hör auf, und dann hört er auf!«

Der Reincke fiel richtig der Unterkiefer herunter, eine Weile war sie der Sprache nicht mächtig, dann erholte sie sich endlich.

»Können wa nich mal tauschen, Frau Schönbein?«

»Das würde Ihnen so passen!«

»Ach«, schrie da die Reincke, »hörnse uns doch bloß endlich uff mit Ihrem Märchen-Wunder-Penis!«

Angela Flanders, die fürchtete, daß die beiden Frauen sich in die Haare geraten würden, schlug in ihrer Verzweiflung mit der Faust auf den Tisch.

»Meine Damen, bitte!«

Da begann eine Angestellte der Vertriebsabteilung fürchterlich zu weinen. Tränen stürzten aus ihren glanzlosen Augen.

»Was ist denn ... was ist denn ...«, stammelte die Flanders. »Warum weinen Sie so, Frau ...«
»Westphal«, schluchzte die Heulende.
»Frau Westphal ...«
»Fräulein!«
»Was haben Sie denn, Fräulein Westphal?«
Die Westphal, unter Tränen: »Ich ... Ich halte das nicht mehr aus! Ich bitte mich in Zukunft bei diesen Sitzungen zu entschuldigen!«
»Aber warum denn?«
»Was ist los?«
»Sind doch hochinteressant, diese Sitzungen!«
Die Reincke erkundigte sich: »Hamse denn übahaupt schon mal wat jehabt mit 'nem Mann?«
»Mit *einem?*« schluchzte die Westphal. »Mit mehreren! Aber ich empfinde nichts! Und dabei waren es alle Altersstufen. Ich habe nie einen Organismus gehabt!«
»Orjasmus meent se«, erläuterte die Reincke milde und wandte sich danach energisch an die Flanders: »Und *det* muß ooch noch rin!«
»Was bitte?«
»Seelische Schädn!« sagte die Reincke. Sie forschte bei der Verzweifelten aus der Vertriebsabteilung: »Sindse vielleicht als junget Meechen verjewaltigt worden?«
»Ja!« heulte die Westphal. »Ganz brutal ...«
Die Reincke triumphierte: »Sehnse? Ha'ck's nich jesacht? Seelische Schädn! Det muß rin! Det muß rin!«
»Notiert, Frau Reincke, notiert.«
»Russe?« fragte die Reincke, trüber Erinnerungen voll.
»Nein, Ami.«
»Komisch ...«
Eine Telefonistin hob den Finger.
»Ja, bitte?«
»Darauf wollte ich schon lange aufmerksam machen. Und gerade in dieser Fortsetzung, ist mir aufgefallen, sind wieder ein paar Sätze drin, die unter Umständen zum Lachen reizen. Ich sage das, weil mein Mann vorigen Sonntag eine Fortsetzung gelesen hat, und danach hat er so lachen müssen, daß eine sogenannte Erektion, von der gerade in dieser Fortsetzung so viel die Rede war, überhaupt nicht mehr zustande gekommen ist. Und dabei habe ich ihm das Heft extra noch gegeben und gesagt: Das mußt du lesen!«
»Des is ja des!« klagte die Schwingshaxl.

Viele Stimmen durcheinander.
Alle waren der Ansicht, daß die Serie absolut ernsthaft sein mußte.
»Achten Sie darauf, Frau Flanders. Ich sage Ihnen, da sind auch ein paar solche Stellen drin, heute!«
Eine junge Frau aus der Lohnbuchhaltung: »Mein Mann hat die Nummer mit den Erektionen gelesen und gar nicht gelacht. Der hat ganz im Gegenteil reagiert.«
Eine Packerin, lauernd: »Wie lange sind Sie denn verheiratet?«
»Sechs Monate.«
Böses Gelächter.
Die Packerin rief tückisch: »Seien Sie mal achtzehn Jahre verheiratet! Nach achtzehn Jahren – Herrjeh!«
Die Reincke sagte mit Nachdruck: »Und da sin wa wieda da, wat ick schon erwähnt habe: Die janze Serie muß umjedreht werdn! Wir Weiba müssen wissen, wat die *Männa* uff Touren bringt, damit se *uns* uff Touren bringen! Mehr üba die Männa, sage ick, sonst sind det allet Perlen for die Säue!«

11

Der Sturm war ein kleiner Orkan geworden, als wir mit dem Wagen beim Eppendorfer Baum ankamen. Es dröhnte und brauste über uns. Der Orkan warf Irina fast um, als sie ausstieg. Ich mußte sie stützen. Sie hängte sich fest in mich ein. Sie hatte große Angst. Das war kein Wunder nach dem, was sich vor zwanzig Minuten ereignet hatte. Ich wunderte mich, daß sie noch so viel Kraft und Haltung besaß. Auf der Fahrbahn hatte der Orkan das ganze Sägemehl weggeblasen und irgend jemand das Blut weggewaschen.
Armer Conny. Hoffentlich hielt er durch. Vom Krankenhaus war kein Anruf gekommen, solange wir bei Edith Herwag gewesen waren, und wir hatten sie schließlich in ihrer Verzweiflung und mit Connys Whisky zurückgelassen. Ich hoffte, sie betrank sich nicht, denn dann konnte sie nicht reagieren, wenn wirklich etwas geschah – mit Conny oder etwas anderes. Ich rechnete jetzt schon mit allem. Schräg gegen den Orkan gestemmt, kämpften Irina und ich uns den Weg zum Haustor von Nummer 187 vor. Wir waren die einzigen Menschen auf der Straße. Meine Armbanduhr zeigte 1 Uhr 55.

Rechts vom Haustor sah ich die Auslage und den Eingang des Antiquitätengeschäftes. Hauptsächlich schöne Dinge aus Fernost lagen und standen darin, es brannte Licht in der Auslage. An der Glastür stand: ›André Garnot, Antiquitäten – Antiquities – Marchand d'Antiquités‹. In Goldschrift stand das auf dem Glas. Links vom Haustor lag eine Boutique, aber deren Auslage war dunkel. Ich sah hier keine Tafel mit dem Namen der Mieter, nur einen Klingelknopf und darüber ein kleines Schild, auf dem stand: ›Stanislav Kubitzky, Portier‹. Ich klingelte. Ich wartete. Ich klingelte wieder. Das Haus mit den großen Balkonen war ockerfarben gestrichen, die Fenster waren hoch und mit viel Stuck umgeben. Das hölzerne Haustor hatte Milchglasscheiben hinter schweren Kunstschmiedeeisengittern. Nichts rührte sich.

»Schlafen alle längst«, sagte Irina, die jetzt sehr aufgeregt war.

Ich klingelte wieder, diesmal ließ ich den Finger auf dem Knopf. In der anderen Hand, die ich in der Manteltasche hielt, befand sich ein Zwanzigmarkschein. Der Handrücken berührte etwas Kaltes. Das war der Colt 45, der Conny gehörte. Ich hatte ihn Edith weggenommen, damit sie keine Dummheiten damit machte. Und weil ich jetzt selber eine Waffe haben wollte. Das Magazin war voll.

Wir hatten die arme Edith wenigstens halbwegs beruhigt. Bei einem Anruf im Krankenhaus war uns vom Arzt des Nachtdienstes gesagt worden, es gehe Conny zwar einigermaßen gut, doch sei es viel zu früh, etwas Definitives zu sagen, das könne noch Stunden dauern. Nachdem wir dann mit Edith vereinbart hatten, daß sie niemanden mehr hereinließ außer uns und daß sie auf jeden Fall daheimblieb, bis wir wieder bei ihr waren, es sei denn, das Krankenhaus rief sie (und dann sollte sie zurückrufen, um festzustellen, ob es wirklich das Krankenhaus war), waren wir wieder losgefahren, Irina, Bertie und ich. Ich fuhr schnell zum Hauptbahnhof, wo noch Menschen über die große Treppe zu Zügen hinunterhasteten und ein paar Besoffene auf Bänken schliefen, und ging in eine Telefonzelle, von der aus ich nach Frankfurt durchwählen konnte. Bei einem Fahrkartenschalter hatte ich eine Menge Einmarkstücke gewechselt. Bertie und Irina warteten draußen im Wagen. Irina hatte protestiert, sie wollte nun endlich zum Eppendorfer Baum und zu Jan Bilka. Aber ich mußte mit Hem sprechen, und Connys Telefon schien mir nach dem, was dem Jungen zugestoßen war, nicht mehr koscher, und sein Fernschreiber auch nicht.

In der Zelle war es heiß. Ich hatte, als ich aus dem Wagen stieg, den Kofferraum aufgesperrt, eine der drei großen Flaschen ›Chivas‹ geöffnet, die ich mit mir führte, und den Flacon wieder gefüllt. Jetzt, nachdem ich Hems Privatnummer gewählt hatte, trank ich ein paar Schlucke. In der Zelle roch es nach Parfum und Urin. Mir wurde sehr heiß, aber ich konnte die Tür nicht öffnen, denn gerade, als ich es tun wollte, meldete sich Hem. Er hatte noch nicht geschlafen, er war hellmunter. Ich erzählte ihm alles, was mittlerweile passiert war.

Es ist schon eine komische Sache mit unserem Beruf. Sie können noch so sehr auf ihn fluchen, Sie können noch so degoutiert von dieser Industrie sein – wenn Sie plötzlich einen großen Fisch vor sich haben, dann werden Sie immer wieder von neuem aufgeregt, dann packt es Sie immer wieder wie beim ersten Mal. Mich hatte es gepackt. Und nun packte es Hem.

»Junge, Walter, wenn das so weitergeht, haben wir *die* Story.«

»Ja, das glaube ich auch, Hem.«

Der Urin roch stärker als das Parfum. Ich trank wieder einen Schluck, denn mir wurde übel in dieser Zelle.

»Ich telefoniere sofort mit dem Nachtredakteur und dem Bildchef und mit Lester und Herford. Bin ganz sicher, daß wir drei Seiten umschmeißen, mindestens drei Seiten, und schon einen Anreißer bringen – mit Fotos. Du hast doch bestimmt die Persönlichkeitsrechte so erworben, wie Rotaug es dir sagte?«

»Klar.« Meine Stimme hob sich: »Aber wenn wir die Story bringen, dann schreibe *ich* sie – *unter meinem Namen!*«

»Natürlich, Walter. Schrei nicht so.«

»Ich bin aufgeregt. Die erste Story seit Jahren, die ich unter meinem Namen schreiben *muß!* Keiner nimmt mir die weg!«

»Keiner, ich verspreche es dir. Jetzt hör auf, ja? Die drei Seiten oder vielleicht vier können wir noch bis Mittag umschmeißen. Das heißt, wir brauchen die Fotos von Bertie so schnell wie möglich.«

»Ich schicke ihn sofort nach Fuhlsbüttel. Dann nimmt die erste Frühmaschine die Filme mit. Habt ihr sie um acht Uhr in Frankfurt.«

»Gut. Bertie soll sie für uns aufgeben, lagernd Flughafen. Wir schicken einen Fahrer raus, das geht schneller. Von dir brauchen wir einen kurzen Aufreißer, vielleicht eine Schreibmaschinenseite, und Angaben für die Bildunterschriften. Bis um zehn. Du gibst sie an die Aufnahme durch.«

»Okay, Hem.«

»Und du rufst mich jederzeit wieder an, wenn es etwas Neues gibt. Ich nehme mir das Telefon ans Bett.«
Während dieses Dialogs hatte ich, sobald die kleine Leuchtschrift (›Gesprächszeit läuft ab‹) sichtbar wurde, eine Münze nachgeworfen. Ich tat es auch jetzt wieder.
»Daß euch das Mädchen unter keinen Umständen entwischt!«
»Ich passe schon auf.«
»Wo wirst du schlafen?«
»Ich denke, ich gehe ins ›Metropol‹.« Das ›Metropol‹ war eines der Luxushotels von Hamburg, ich stieg da immer ab.
»Ruf mich auch an, wenn du im ›Metropol‹ bist.«
»Ja, Hem.«
»Bertie kann bei der Gelegenheit gleich die Archivunterlagen über diesen Karl Concon in Fuhlsbüttel holen. Die müssen längst da sein.«
»Ich sag's ihm.«
»Wo fährst du jetzt hin?«
»Michelsen. Die Kleine will zu ihrem Verlobten. Tobt schon.«
»Fahr hin. Aber laß sie nicht dort. Unter keinen Umständen!«
»Hm.«
»Was heißt hm?«
»Wie stellen Sie sich das vor, Hem? Wenn das wirklich ihr Verlobter ist, und er sagt, er will sie dabehalten? Und sie will auch nicht mehr weg?«
»Quatsch«, sagte Hem. »Das Mädchen ist der Schlüssel, das fühle ich ... der Schlüssel zu allem ... Wir dürfen sie jetzt einfach nicht gehen lassen.«
»Aber wie ...«
»Du drohst mit der Polizei, wenn es nicht anders geht. Sagst, du wirst der Polizei sagen, wo sie ist. Dann muß sie sofort zurück ins Lager.«
»Das ginge vielleicht.«
»Klar geht das! Bilka wird vernünftig sein und sie euch lassen. Kann sie ja jederzeit sehen. Hast du schon einen Vertrag mit ihr?«
»Noch nicht.« Münze nachwerfen.
»Warum nicht, verdammt?«
»Weil sich bis jetzt noch keine Gelegenheit dazu ergeben hat, verdammt! Das Mädchen ist nur noch ein Nervenbündel!«
»Du sollst nicht schreien!«
»Sie schreien selber, Hem!«

»Weil ich mich so aufregen muß.«

»Ich vielleicht nicht? Die erste Story seit Jahren, Hem, die erste, unter die ich, ohne mich zu schämen, meinen Namen setzen kann!«

»Ja, ja, ja. Erst einmal *haben*, die Story! Jetzt paß auf, Walter, ganz wichtig: Bertie kennt doch sicher ein paar hohe Tiere bei der Polizei in Hamburg.«

»Sicher. Warum?«

»Wenn ihr das Mädchen ins Hotel gebracht habt, fährt einer von euch ins Präsidium und sagt die ganze Wahrheit. Daß ihr mit dem Mädchen da seid und wo und warum.«

»Aber das ist doch ...«

»Was? Irrsinn? Irrsinn wäre es, wenn ihr das nicht tätet! Die suchen euch doch, seit das Mädchen verschwunden ist! Die können doch auch bis fünf zählen. Willst du warten, bis sie euch alle hoppnehmen?«

»Nein, natürlich ...«

»Na also.« Münze nachwerfen. »Am besten gehst du. Zu dem Mann, den Bertie dir nennt. Er ruft ihn vorher an.«

»Jetzt wird der vielleicht nicht da sein ...«

»Idiot. Bertie verlangt ihn. Sagt, es ist dringend. Große Sache. Ist es ja auch. Kriegt die Privatnummer. Ruft dort an. Erklärt seinem Freund alles. Damit du einen freundlichen Empfang im Präsidium hast, wenn du hinkommst. Du weist dich aus. Sagst, daß du die Bürgschaft – nein, sag, daß BLITZ die Bürgschaft für das Mädchen übernimmt! Du handelst in Vollmacht. Man kann jederzeit den Verleger erreichen und rückfragen. Wenn da Kaution zu zahlen ist, wird das Geld telegrafisch überwiesen. Oder du zahlst es, wenn es nicht zuviel ist. Das muß geregelt sein! Sonst vermasselt ihr euch alles. Wir brauchen die Polizei auf *unserer* Seite. Wenn du mit deiner Karre noch lange umhergondelst, fassen sie dich ohnedies.«

»Ja, das stimmt.« Daran hatte ich noch nicht gedacht.

»So«, sagte Hem, »und nun noch etwas ganz Wichtiges. Ich möchte ... Hast du genügend Markstücke?«

»Warum?«

»Ich habe über das, was du mir erzählt hast, nachgedacht. Und ich will, daß du mit einer bestimmten Einstellung an den Fall herangehst. Um dir diese Einstellung näherzubringen, brauche ich ein bißchen Zeit. Also?«

»So an die zwanzig Münzen habe ich noch.«

»Gut«, sagte er. »Eine Hauptfigur – die Hauptfigur für mich – in deiner Story ist dieses Fräulein Luise.«
»Na, ich weiß nicht ...«
»Laß mich weiterreden!« Hem war sehr heftig, so kannte ich ihn gar nicht. Gleich darauf sprach er ruhig: »Fräulein Luise, eine Schizophrene, nicht wahr?«
»Ja, eine Geisteskranke. Mit einem kranken Gehirn.«
»Aha«, sagte Hem. »Mit einem kranken Gehirn. Und worauf vertraust du bei deiner Arbeit, Walter? Doch auch auf dein Gehirn, oder?«
»Auf das, was ich sehe, auf das, was ich höre. Auf meinen Instinkt.«
Hem sagte: »Instinkt, Sehen, Hören, das hängt ja alles mit dem Gehirn zusammen. Ich meine, alle Eindrücke, die du empfängst.«
»Was soll das?« fragte ich. »Klar hängt es damit zusammen. Das Gehirn ...«
»Das Gehirn, ja«, sagte Hem. »Es wird dir komisch vorkommen, wenn ich dir jetzt ein paar Sachen sage, die du bestimmt nie von mir erwartet hast. Aber das ist meine Meinung, seitdem ich da einiges gelesen habe, und ich hätte gerne, daß es auch deine Meinung ist in diesem Fall. Sieh mal, unser Gehirn, das ist doch nicht bloß so eine Art Umschaltstelle für Reize und Reaktionen.«
»Nanu«, sagte ich.
»Nein«, sagte er. »Frag mal einen Fachmann! Das Gehirn ist ganz etwas anderes, ist ein höchst verzwickt konstruiertes Rechengerät – nicht umsonst redet man ja jetzt so gern von Elektronengehirnen.«
»Ach so, Sie meinen, das Gehirn ist ein Computer, die alte Geschichte.«
»Die alte Geschichte«, sagte er. »Vergiß nicht, Münzen nachzuwerfen.« Ich warf ein Markstück nach.
Vor meiner Zelle bahnte sich ein Drama an. Ein kleiner, bürgerlich gekleideter Mann kam mit einer sehr aufgedonnerten, hübschen, viel jüngeren Frau am Arm von der Treppe, die zu den Zügen führte, heran. Die Frau war tiefschwarz gefärbt und trug einen Nerz. Sie hatte ein aufregend ordinäres Gesicht. Der Mann schien sehr verliebt in sie zu sein. Er war gerade stehengeblieben, um sie zu küssen (wobei sie sich zu ihm hinabneigen mußte), als aus einer der Zellen neben mir eine verblühte Blondine, ziemlich dick und in einem Stoffmantel, auf die beiden losstürzte und sie auseinander riß.

Sie schrie so laut, daß ich es in meiner geschlossenen Zelle hörte.

»Hab ich dich endlich erwischt, du Schuft! Kommst erst morgen früh aus München zurück, was?«

»Magda, ich bitte dich!« rief der kleine Mann, furchtbar erschrokken. Er wich zurück.

»Lange genug bin ich hinter dir her, du Hund!« schrie Magda. »Jetzt hab ich dich! Und deine Nutte habe ich auch!«

»Was haben Sie gesagt?« rief die Dunkle, grell Geschminkte.

»Nutte habe ich gesagt!« rief Magda. »Drecksnutte, elende, die mit einem verheirateten Mann herumzieht!«

Ein paar Menschen blieben amüsiert stehen. Es waren nur noch sehr wenige in der Halle.

»Was ist denn das für ein Krach?« fragte Hem.

»Zwei Weiber zanken sich um einen Mann«, sagte ich. »Ehetragödie. Weiter, Hem.«

»Computer, du sagst es, Walter«, kam seine Stimme. »Ein Computer, daran mußt du immer denken, wenn du jetzt weitermachst – in diesem Fall besonders.«

»Und was soll's mit dem Computer?« sagte ich. »Noch dazu, wo er bei dieser Schizophrenen doch offenbar kaputt ist?«

»Na schön!« schrie die Schwarze vor meiner Zelle und riß etwas aus ihrer Krokodilhandtasche. »Hier ist meine Registrierkarte, du alte Eule! Jetzt will ich aber auch deine sehen!« Die Umstehenden lachten und klatschten. Ein Riesenspaß. Der kleine Mann versuchte zwischen die beiden Frauen zu treten. Sie stießen ihn beiseite.

»Halt du dich da raus, du Schweinekerl!« rief seine Gemahlin.

»Das will ich dir erklären, Walter«, sagte Hem, »und du sollst nicht voreilig von einem kaputten Computer reden. Was so ein Gehirn wirklich ist, können wir uns noch immer kaum vorstellen, so unglaublich kompliziert ist es gebaut. Man kriegt das große Staunen, wenn man bei einem Hirnforscher wie Grey Walter nachliest, was wir über diesen Computer wissen.«

»Na los, los, du Krähe, zeig mir deine Karte!« rief die Schwarze. Die verblühte Blonde stürzte sich auf sie mit dem Aufschrei: »Du Saustück!« und fuhr der Schwarzen mit den Fingern in die Haare. Die Weiber fingen an, sich gegenseitig an den Haaren zu reißen. Der kleine Mann stand daneben und bot ein Bild des Jammers.

»Und so ist es gar kein Wunder«, sagte Hem, »wenn immer vom Wunder des Menschengehirns geredet und geschrieben wird.«

»Sie sagen Wunder so verächtlich«, sagte ich.

Münze.
»Ja, tue ich auch.«
»Warum?«
»Darauf komme ich gleich. Also: Allein in der Hirnrinde haben wir, grob geschätzt, zehn Milliarden Nervenzellen – dreimal soviel, wie Menschen auf der Erde leben, und das Tausendfache der Speicherelemente eines Großcomputers, aber das alles in dem bißchen Schädel ist auch noch millionenfach verknüpft ...«
Magda bekam von der Schwarzen einen Schlag gegen die Brust und flog zurück. Ihre Hände waren immer noch in das Haar der Rivalin verkrallt. Als sie nun zurückflog, nahm sie das ganze Haar mit. Die Schwarze trug eine Perücke. Unter ihr wurde brünettes, fettig glänzendes Haar sichtbar. Applaus der Umstehenden.
Die Entblößte brach in Tränen aus. Die Ehefrau triumphierte, nicht eben vornehm. »So siehst du also aus, du Sau!«
»... Allein im Sehnerv leiten eine Million Nervenfasern die Impulse zu den Zellen des Sehzentrums«, kam Hems Stimme. »Da muß es ja schick zugehen vor deinem Telefon.«
»O ja«, sagte ich.
Die Nutte stürzte sich mit einem Wutschrei auf Magda und riß sie zu Boden. Beide Frauen rollten auf dem schmutzigen Klinkerpflaster hin und her. Der kleine Mann hüpfte hilflos am Ort und rang die Hände.
»Jetzt prügeln sie sich richtig«, sagte ich.
Hem sagte: »Milliarden Zellen, direkt oder indirekt durch Billionen Nervenfasern zusammengeschaltet – wenn man das mit einem Computer vergleicht, dann müßte bei uns auf dem Hals statt des Kopfes ein Hochhaus sitzen. Aber nein, bei uns tut's ein Gehirn von zweieinhalb Pfund. Das ist schon ein Wunder, findest du nicht auch? Beeindruckt dich wahnsinnig, was? Läßt dich an Gott glauben, wie?«
»Ja«, sagte ich.
Die Frauen rollten bis dicht vor meine Zellentür, und sie prügelten sich verbissen. Die Ehefrau blutete aus der Nase. Die Nutte war die Stärkere. Sie kam hoch, kniete über der anderen und begann, ihr das Gesicht zu zerschlagen. Magda schrie gellend um Hilfe. Der traurige Ehemann auch. Die schwarze Perücke lag im Staub. Ich warf wieder ein Markstück in den Automaten.
Hem sagte: »Und jetzt paß mal gut auf, Walter. Dieses Wunder von Gehirn, das größte Wunderwerk unserer Welt – da hast

du mein Glaubensbekenntnis – ist, verglichen mit dem endlosen Kosmos und dem uns unfaßbaren Begriff der Unendlichkeit, nicht mehr als eine lächerliche, kleine Nichtigkeit.«

»Was?«

Die Nutte schlug der Ehefrau in die Zähne. Ein paar Leute brüllten nach der Polizei. Der Ehemann weinte.

»Eine nichtige Lächerlichkeit, jawohl! Geradezu traurig simpel, wenn du es mit der Ewigkeit und dem grenzenlosen Raum vergleichst, in dem wir leben, auf einem Stern unter Milliarden und nochmals Milliarden Sternen! Wenn du das miteinander vergleichst, wirst du zugeben müssen, daß dieses Wunder, unser Gehirn, kläglich wenig von all dem Unbegreiflichen erklärt, ja auch nur aufzunehmen imstande ist, das es im All, in der Schöpfung gibt.«

Zwei Bahnhofspolizisten kamen angerannt. Sie versuchten, die kämpfenden Frauen zu trennen und steckten dabei zunächst auch eine Menge Tritte ein. Der kleine Mann schrie jetzt abwechselnd: »Magda ... Lilo! ... Lilo ... Magda! Hört auf! Hört doch auf!«

»Warum sind ausgerechnet wir der Planet mit den höchstentwikkelten Lebewesen? Ha? Wer sagt denn das? Was ist das für eine Überheblichkeit? Stell dir irgendeinen Stern im Milchstraßensystem vor. Ich tue es. Und ich denke mir, daß vernunftbegabte Wesen dort Gehirne besitzen, mit denen verglichen die unseren das Primitivste vom Primitiven sind! Die Menschen auf diesem Stern – oder irgendeinem anderen – haben vielleicht Gehirne, die so breit gefächert aufnehmen können, daß sie Dinge und Ereignisse erleben und sehen und *vorausahnen* oder *nachempfinden*, von denen wir uns überhaupt keine Vorstellung zu machen vermögen. Kannst du mir folgen?«

»Ja«, sagte ich. Und warf wieder eine Münze ein. Die Polizisten hatten die beiden Weiber getrennt. Sie beschimpften sich wüst.

»Warum erzählen Sie mir das eigentlich alles mitten in der Nacht?«

»Das wirst du gleich merken«, sagte Hem. »Ich kann mir Wesen mit Gehirnen vorstellen, irgendwo im unendlichen Weltraum, in denen es zum Beispiel die irdischen Begriffe der Zeit oder des chronologischen Zeitablaufs – des War, Ist, Wird-Sein – nicht gibt! Diese Wesen erleben die ganze Schöpfung dann *gleichzeitig!* Bei ihnen kann ruhig Homer neben Hitler existieren, Echnaton neben Einstein. Und längst Verstorbene oder Lebende neben noch nicht Geborenen. Diese Wesen haben einen Überblick, wie wir ihn niemals haben werden«, sagte Hem. »Sie sehen alle Zusammenhänge. Sie blicken vor und zurück und in die Gegenwart *gleichzeitig*, und so lösen sie sich von unserem Rationalismus, unserem Materialismus!«

Die Polizisten hatten die kämpfenden Frauen getrennt. Sie sahen beide aus wie Megären, Mäntel und Kleider waren zerfetzt. Die Polizisten führten sie ab, der Ehemann trottete hinterher.

»Vielleicht«, sagte Hem, »vielleicht, Walter, haben nun auch Schizophrene solche oder so ähnliche Gehirne. Dein Fräulein Luise. Vielleicht gehört sie zu diesen Wesen! Was weiß man denn über die Schizophrenie? So gut wie nichts. Nur daß die Vorstellungen von Schizophrenen häufig religiöse Inhalte haben. Wie bei deinem Fräulein Luise.«

»Sie meinen, daß das, was sie erlebt, die Wahrheit ist, und nicht das, was ich erlebe, was wir alle erleben?« rief ich.

»Es kann sein, Walter, es kann sein. Und ich will, daß du immer daran denkst, wenn du jetzt weiterarbeitest.« Die Menge der Gaffer verlief sich. Ein Polizist kam zurückgelaufen und holte die Perücke der Nutte Lilo, die liegengeblieben war. Er lief wieder weg. »Viele Geisteskrankheiten produzieren sogenannte Philosopheme – Ansätze zu Philosophien. Dieses Déjà-vu-Gefühl und Zurücksehen und das Vorherahnen und Voraussehen in die Zukunft bei Schizophrenen, ihre Prophezeiungen, all das mag durchaus dafür sprechen, daß sie viel, viel feinere und großartigere Gehirne besitzen als wir, die sogenannten Normalen.«

»Donnerwetter«, sagte ich. »Und so etwas aus Ihrem Mund, Hem.«

»Ja«, sagte er, »so etwas aus meinem Mund. Es ist eine Frage des Älterwerdens, glaube ich. Vor zwanzig Jahren hätte ich auch noch nicht so gedacht. Die Kirchen sind am Ende, erledigt, nach allem, was sie angestellt haben, Walter. Nächstes Jahr wollen die Amerikaner Menschen zum Mond schießen. Und der Papst wird sich durch ein Fernrohr den Mond anschauen und für die Astronauten beten, heißt es. Das ist doch das Letzte, Mensch!« Ich warf nach. Nun war es wieder still in der Halle. »Registriert von dem Gehirn eines Wesens auf einem Milchstraßenstern, also von einem Gehirn, das vielleicht milliardenfach feiner registriert als das unsere, wird, wenn die Amis den Mond wirklich treffen und alles gutgeht, das, im Angesicht des unendlichen Alls, nicht mehr sein, als ... nun, als das Tor von Müller gegen Albanien in dem Fußballmatch heute

nachmittag, zum Beispiel. Nicht mehr! Was wir tun, was auf dieser Erde geschieht, ist nur eitel und klein und dumm – für solche Gehirne, wie ich sie mir vorstellen kann ... und vielleicht für die Gehirne von Schizophrenen! Wer weiß, ob ihre Gehirne nicht das Sein erleben, wie es *wirklich* ist? Wir jedenfalls tun es nicht.«
»Sie meinen, daß da wahrhaftig ein Pole sitzt in dem Haus am Eppendorfer Baum, und auch ein Franzose mit Asthma – wenn man denkt, daß Fräulein Luise einen toten asthmatischen Franzosen und einen Polen zu Freunden hat –, daß das alles andere als Zufall ist?«
»Genau das meine ich, Walter«, sagte Hem. Die Leuchtschrift flammte auf. Schnell warf ich eine Münze nach. »Daran sollst du immer denken. Verlaß dich nicht zu sehr auf dein Gehirn allein. Faß auch die Möglichkeit ins Auge, daß es all das geben könnte, was ich dir eben erklärt habe. Du weißt, ich bin kein Kirchgänger. Aber du weißt auch, ich bin der Ansicht, das einzig Positive, was die Menschheit hervorgebracht hat, das einzig wirklich Große sind die Religionen. Egal welche. Das begreife ich immer mehr. Und sie sind deshalb so groß, weil sie uns vom Materialismus und Rationalismus, die diese Welt beherrschen und uns nur noch primitivste Dinge verstehen lassen, wegführen, hinaufführen, *hinauf*, Walter, vielleicht zu jenen Wesen mit den wirklich wunderbaren Gehirnen.«
»Wie Fräulein Luise vielleicht wirklich eines besitzt«, sagte ich.
»Ja«, sagte Hem langsam, »wie vielleicht Fräulein Luise wirklich eines besitzt. Das sind geradezu verbrecherische Spekulationen eines Zeitungsmannes, der dich auf eine große Story ansetzt, aber ich hatte das quälende Gefühl, dir das sagen zu müssen. Du verstehst mich schon, wie?«
»Ja, Hem«, sagte ich. »Ich werde immer daran denken.«
»Aber ohne zu spinnen!« rief er schnell. »Mißversteh mich bitte nicht! Natürlich ist dein Fräulein Luise – in dieser Welt auf alle Fälle – ganz bestimmt geisteskrank. Natürlich schreibst du mit deinem Gehirn für Gehirne wie deines und meines und auf diesem Planeten. Und also wäre es das Ende der Geschichte, wenn du dein Fräulein nicht als schizophren und ihre Erlebnisse nicht als die Erlebnisse einer Schizophrenen schildern würdest. Als visionäre Verkennungen und so ... Aber ich hätte gern, daß du unsere selbstgefällige Sicherheit, zwischen Wahn und Wirklichkeit überall und immer genau unterscheiden zu können, ein wenig unterwühlst, da-

mit manche Leute vielleicht nachdenklich werden. Verstehst du mich?«

»Ja, ich verstehe, Hem. Tschüß. Bis nachher.«

»Bis nachher, mein Alter«, sagte Hem.

Ich nahm noch einen großen Schluck aus dem Flacon, dann steckte ich ihn ein, während ich schon die Halle verließ. Es zog verteufelt im Bahnhof. Diese armen Süffel auf den Bänken werden sicher alle krank, dachte ich. Oder sind es schon. Und dann dachte ich an Fräulein Luises Gehirn.

Ich ging zu meinem Wagen auf dem großen Parkplatz, der nun ganz verlassen dalag, und sagte Bertie, er solle mit all seinen Filmen aussteigen. Er steckte sie in einen der gefütterten Umschläge, die wir immer verwendeten, und kroch aus dem Lamborghini. Irina sah mich angstvoll an.

»Bin sofort zurück«, sagte ich. »Bringe Bertie nur zu einem Taxi.« Ich wollte nicht, daß sie noch mehr beunruhigt wurde durch das, was ich Bertie zu sagen hatte über seinen Auftrag. Schließlich besaß ich noch keinen Vertrag mit Irina. Wir kämpften gegen den Orkan an auf das einzige Taxi zu, das vorne am Parkplatzeingang wartete. Dabei schrie ich Bertie alles, was er wissen mußte, in die Ohren.

»Wenn du das erledigt hast, kommst du sofort zum Eppendorfer Baum 187. Wir warten dort auf dich!« brüllte ich.

»In Ordnung, Liebling!« brüllte Bertie lächelnd und stieg in das Taxi. Ich hörte noch, wie er dem Chauffeur das Fahrtziel Flughafen angab, dann flog der Schlag zu, und der Wagen fuhr an. Bevor ich mich noch umdrehen konnte, hörte ich, verweht, Irinas Schrei: »Herr Roland!«

Ich fuhr herum und erstarrte.

Ich sah einen Mann am Steuer des Lamborghini. Die Scheinwerfer flammten auf, der Wagen wurde schnell zurückgestoßen, um zu wenden.

Ich rannte los. Ich flog fast, denn jetzt hatte ich den Orkan im Rücken. Der Lamborghini beschrieb einen großen Bogen, dann wechselte der Fahrer den Gang, und der Wagen begann auf mich zuzurollen. Ich hatte ihn erreicht.

»Herr Roland! Herr Roland! Hilfe! Hilfe!« schrie Irina.

Das Fenster an der Fahrerseite war heruntergekurbelt. Ich sah hinter dem Steuer einen Mann mit blondem Haar unter der blauen Schiffermütze sitzen, der mich wegzustoßen versuchte. Dabei

blickte er einen Moment auf. Der Mann – er war wohl Matrose – roch betäubend nach Schnaps. Wie ist der Besoffene in den Wagen gekommen? dachte ich. Das muß er in den paar Sekunden getan haben, die ich mit Bertie zum Taxi unterwegs gewesen bin. Ich riß den Colt 45 aus der Tasche und preßte den kalten Lauf gegen die Schläfe des Matrosen und brüllte: »Stop oder ich schieße!«
Er bekam einen Heidenschreck, nahm den Fuß vom Gaspedal – ich war mitgerannt, der Wagen rollte schon ganz schön schnell – und würgte den Motor ab. Irina flog mit dem Kopf gegen die Polsterung über dem Armaturenbrett und blieb da liegen. Sie mußte sich sehr angeschlagen und das Bewußtsein verloren haben. Der Wagen stand. Weit und breit kein Mensch. Ich hielt den Colt an die Schläfe des Kerls und brüllte: »Raus mit dir!«
Er rührte sich nicht.
Ich riß an seinem Ärmel, der oben, an der Schulter, knirschend riß. Ich stieß ihm den Colt gegen den Schädel und brüllte: »Raus, oder ich drück ab.«
Plötzlich flog der Schlag auf, ich taumelte nach hinten, der Mann war aus dem Wagen gesprungen. Ich erschrak. Das war ja ein Orang-Utan, ein Ungetüm. Und von besoffen keine Spur. Der Kerl schlug mir von unten gegen die Hand. Der Colt flog fort. Der Matrose stürzte sich auf mich, und seine beiden riesigen Hände umklammerten meinen Hals.
Ich dachte noch, wie grotesk das war, mitten in Hamburg, auf dem Platz vor dem Hauptbahnhof, unter so vielen Menschen ... Nein, dachte ich, es sind ja keine Menschen da, keinen einzigen kann ich sehen. Das letzte Taxi hatte Bertie fortgebracht.
Der Mann mit der Schiffermütze sprach kein Wort. Seine Finger schlossen sich um meine Kehle und drückten eisern zu. Der wollte mich umbringen, wurde mir klar. Ich hatte keine Waffe. Der Orkan tobte. Um mich begann sich schon alles zu drehen. Ich konnte nicht einmal mehr röcheln. Ich riß das linke Knie hoch, so fest ich konnte, und ich traf den Matrosen mit voller Wucht in seine Garnitur. Das war nicht fein, aber schließlich ging es um mein Leben. Der Kerl hatte versucht, Irina zu entführen, und wenn ich jetzt Pech hatte, war es mit mir aus, und er erreichte sein Ziel doch noch.
Er erreichte es nicht. Er stieß einen Schrei aus und sank in die Knie. Ich bekam wieder Luft, sah den Colt blitzen, rannte, um ihn zu

holen, und sauste zu dem Matrosen zurück. Der lag mit schmerzverzerrtem Gesicht auf dem Pflaster und hielt sich seine Sachen. Er versuchte, mein rechtes Bein zu packen. Ich trat ihm mit dem linken Schuh auf die Hand, so fest ich konnte. Danach gab ich ihm noch einen Tritt in den Unterleib. Er rollte seitlich und begann zu kotzen.

Von jenseits der Straße sah ich endlich Menschen. Sie sprangen aus einem Wagen, der gestoppt hatte, und kämpften gegen den Orkan an. Sie wollten zu mir, drei Männer.

Weg jetzt! Nur weg!

Ich erreichte den Lamborghini, sprang hinter das Steuer, startete und gab Gas. Der Wagen schoß vor. Dabei bemerkte ich, daß Irina sich aufgerichtet hatte und ihren Kopf hielt. Weg! Weg! Weg hier!

Ich raste aus dem Parkplatz an der Nordseite des Hauptbahnhofs auf zwei Rädern heraus. Irina schrie. Ich kümmerte mich nicht darum. Mit kreischenden Pneus bog ich in den Glockengießerwall ein und brauste über die alte Lombardsbrücke zur Esplanade bis zum U-Bahnhof Stephansplatz. Dabei sah ich dauernd in den Rückspiegel. Kein Wagen folgte mir. Aber mich hielt noch immer die Angst gepackt. Beim U-Bahnhof schlug ich das Steuer rechts ein und fuhr wie ein Irrer zum S-Bahnhof Dammtor hinauf und über den Theodor-Heuss-Platz ein weites Stück in die Rothenbaumchaussee hinein. Hier endlich hielt ich an.

»Was ... was war das?« stammelte Irina.

»Das frage ich Sie! Wie ist der Kerl in den Wagen gekommen?«

»Saß plötzlich drin ... Sagte kein Wort ... Ich wollte herausspringen, aber da fuhr er schon ... Sie hatten den Zündschlüssel stecken lassen ... ein betrunkener Matrose ...«

»Der war nicht betrunken«, sagte ich. »Nicht der.«

»Aber was wollte er dann?«

»Mit Ihnen wegfahren«, sagte ich.

»Weg? ... Sie meinen: Entführen? Herr Roland! Herr Roland, was geht hier vor ... Sagen Sie es mir!«

»Wenn ich das selber wüßte«, sagte ich. »Was macht Ihr Kopf?«

»Tut weh. Aber es wird schon besser. Ich war ein paar Sekunden weg, nicht?«

»Scheint so«, sagte ich. »Lassen Sie mal anschauen.« Ich knipste die Wagenbeleuchtung an und betrachtete Irinas Stirn.

»Sieht man etwas? Eine Beule?«

»Ich sehe nichts«, sagte ich. Und dann sah ich doch etwas, als ich mich wieder nach vorn wandte. Auf dem Boden zwischen den Pedalen lag ein Stückchen Stoff. Ich mußte es dem Matrosen aus dem Ärmel gerissen haben, dachte ich und bückte mich, um es aufzuheben. Das war ein viereckiges Stückchen Stoff, rot bestickt und in der Längsrichtung durchzogen von einem blauen aufgestickten Kreuz. Der Querbalken befand sich in der Nähe einer Schmalseite des Vierecks. Alle Balken des blauen Kreuzes waren dünn weiß umstickt.

»Das ist ... das ist eine Fahne ... eine kleine Fahne«, sagte Irina.

»Ja«, sagte ich. Ein Ärmelabzeichen war das wohl.

Der Orkan tobte um den Wagen, er machte einen Höllenlärm.

»Und was für ein Land ist das?« fragte sie.

»Norwegen«, sagte ich, und plötzlich mußte ich an alles denken, was Hem mir am Telefon erklärt hatte, und mir wurde sehr kühl.

»Norwegen?« flüsterte Irina. Ihre Augen waren riesengroß.

»Ja, Norwegen«, sagte ich und bemerkte, daß meine Hände plötzlich den Tatterich hatten. Schnell den Flacon! Ich trank einen mächtigen Schluck.

»Bitte, mir auch«, sagte Irina leise. Ich gab ihr die Hüftflasche. Sie trank und sah in die Sturmnacht hinaus. »Norwegen ...«, flüsterte sie.

12

Jetzt flammte endlich Licht hinter den Milchglasscheiben der Haustür auf. Ein Schatten erschien über dem Glas, riesenhaft zuerst, dann wurde er kleiner und kleiner, je näher der Mensch auf uns zukam. Eines der Fenster öffnete sich. Ein älterer Mann mit Brille und einem schütteren Kranz grauer Haare um eine große Glatze stand in dem Fensterrahmen.

»Abend«, sagte er mürrisch und angstvoll zugleich. Dem saß noch der Schreck des Nachmittags in den Gliedern, dachte ich.

»Guten Abend, Herr Kubitzky«, sagte ich. »Tut mir leid, daß wir Sie wecken mußten. Wir wollen zu Herrn Michelsen.«

Als er den Namen hörte, fuhr er richtig zusammen. Seine Brille rutschte ihm auf die Nase. Er schob sie zurück. Er trug einen dicken Mantel über einem Pyjama.

»Michelsen«, sagte er.
»Michelsen«, sagte ich.
»Ja, zu ...«, begann Irina, aber ich unterbrach sie, während ich ihre Hand drückte, um zu zeigen, daß sie schweigen sollte: »Der wohnt doch hier, oder?«
»Was?«
»Herr Michelsen wohnt doch hier?«
»Ich ... er ... ja, sicher. Der wohnt hier.« Stanislav Kubitzky sprach mit leicht polnischem Akzent. Sein Gesicht war jetzt ganz klein vor Angst. Er hielt sich an den Schmiedeeisenstäben des Fenstergitters fest. »Aber um diese Zeit ... mitten in der Nacht ... Wer sind Sie überhaupt?«
Ich hielt ihm meinen Presseausweis hin.
Er studierte ihn.
»Herr Walter Roland«, konstatierte er. »Journalist.« Er sagte: »Ach du lieber Jesus.«
Ich hatte genug.
Ich nahm ihm den Ausweis weg und schrie: »Mir reicht es jetzt! Machen Sie auf oder nicht? Wenn nicht, rufe ich die Polizei! Die war ja schon mal da heute!«
Das wirkte. Er sperrte auf und ließ uns eintreten. Im Stiegenhaus war es totenstill. Nach dem Toben des Orkans draußen kam ich mir wie ertaubt vor. Der Portier sagte unglücklich: »Sie haben mich praktisch gezwungen, aufzumachen.«
»Ja«, sagte ich.
»Wenn es Ärger gibt, werde ich das auch sagen«, erklärte er.
»Klar«, sagte ich und merkte, daß ich viel zu laut sprach. Das war ein vornehmes Treppenhaus. Mit Marmorplatten an den Wänden, einem altmodischen Lift in einem schwarzen Drahtkäfig, der in der Mitte des Stiegenhauses stand, Marmortreppen und einem roten Läufer.
»Wo wohnt Herr Michelsen?« fragte ich.
»Dritter Stock«, sagte Kubitzky und steckte den Zwanzigmarkschein ein. »Vielen Dank, mein Herr. Sie können es nicht verfehlen. Auf jedem Stockwerk wohnt nur ein Mieter. Fahren Sie mit dem Lift?«
»Ja«, sagte ich.
Wir gingen zum Aufzug. Kubitzky öffnete die Drahtmaschentür und danach die Schiebetür des hölzernen Lifts. Dabei befiel ihn erneut Angst. Dieser Mann bestand aus Angst.

»Sie werden aber oben sagen, daß ich Sie zuerst nicht reinlassen wollte, weil es schon so spät ist, bitte, ja?« Es klang flehentlich.

»Ja«, sagte ich. Er schloß die Türen, ich drückte auf einen Knopf, und der alte Aufzug glitt knarrend und langsam hoch. Stanislav Kubitzky war stehengeblieben und sah uns nach. Seine Lippen bewegten sich wie bei einem Gebet. Ich dachte, daß ich gerne gewußt hätte, ob Kubitzky wirklich betete und was.

»Wovor hat der Mann Angst?« fragte Irina, die jetzt selbst wieder welche hatte.

»Angst? Der Mann? Der hatte keine«, sagte ich. »Den haben wir nur aus dem Schlaf gerissen. Der war verstört. Keine Spur von Angst.«

»Doch«, sagte Irina.

»Aber nein«, sagte ich. Der Lift hielt. Ich trat zuerst aus dem Fahrstuhl, Irina folgte. Ich warf die Türen wieder zu. Der Lift blieb, wo er war. Hier, im dritten Stock, lagen auch rote Läufer auf dem Marmorboden, und es gab nur eine sehr hohe und breite Doppeltür, dem Lift direkt gegenüber. Auf einer Messingplatte stand: MICHELSEN. Über der Messingplatte gab es einen Spion. Neben dem Spion, am Türbalken, war die Klingel. Ich läutete. In diesem Stiegenhaus erlosch das Licht nicht automatisch, es blieb brennen. Das konnte ich feststellen, denn wir warteten gute zehn Minuten vor der hohen Tür. Ich klingelte in dieser Zeit immer wieder.

»O Gott«, sagte Irina und preßte meine Hand. Die ihre war plötzlich eiskalt. »O Gott, was ist hier los?«

»Nichts«, sagte ich grimmig, denn die Metallscheibe vor dem Spion auf der Innenseite der Tür hatte sich gehoben, und ein menschliches Auge betrachtete uns starr. Es war ein ungemein hochmütiges Auge.

»Los«, sagte ich laut und wütend, »machen Sie endlich auf, verdammt noch mal!«

»Vielleicht ist es Ihnen möglich, sich etwas anständiger auszudrükken«, sagte der Mann, dem das Auge gehörte und den ich nicht sah. Auch seine Stimme klang ungemein hochmütig. Er betrachtete uns noch immer. »Was ist das für eine grenzenlose Unverschämtheit, um diese Zeit hier Sturm zu klingeln?«

»Ich heiße Roland«, sagte ich und zwang mich zu Ruhe und Geduld. Ich zog wieder meinen Presseausweis hervor und hielt ihn vor den Spion.

»Journalist?«

»Ja.«
»Verschwinden Sie! Um diese Zeit werden hier keine Journalisten empfangen.«
»Sind Sie Herr Michelsen?«
»Nein. Also Sie verschwinden nicht?«
»Keine Spur.«
»Dann werde ich die Polizei rufen.«
»Das ist eine gute Idee«, sagte ich. »Die möchte ich ohnedies gerne dabei haben, wenn wir reinkommen. Besonders, da Sie nicht Herr Michelsen sind.« Irinas Verlobter war es auch nicht, das stand fest, sie hätte sich sonst anders benommen. Sie stand ganz still und starr da.
»Na los«, sagte ich, »rufen Sie schon die Polizei! Wenn Sie es nicht tun wollen, kann ich ja mal schnell runtergehen und telefonieren.« Ich drehte mich um. Im gleichen Moment hörte ich, wie die Tür aufgeschlossen und geöffnet wurde. Ein großer, schlanker Mann von etwa fünfzig Jahren, äußerst gepflegt, mit schwarzem Haar und Koteletten, einem länglichen Gesicht, schmalen Lippen und hochgezogenen Augenbrauen stand in ihrem Rahmen. Er trug einen dunkelblauen Anzug, ein weißes Hemd und eine blaue Krawatte.
»Bitte«, sagte der Mann. Ich sah, im Flur hinter ihm, einen Kristalllüster funkeln. An den Wänden waren rote Seidentapeten, auf einer alten Kommode stand eine große chinesische Vase.
»Wer sind Sie?« fragte ich.
»Ich heiße Notung, Olaf Notung. Ich bin der Diener von Herrn Michelsen.«
»Der was?«
»Der Diener«, sagte er. »Ich spreche doch wohl klar?«
Ich war ein wenig überrumpelt. Es gab also noch Leute, die hatten Diener. In einem Mietshaus. Ziemlich ungewöhnlich. Ich hätte gerne gewußt, was für eine Art von Diener Herr Notung war, was für Dienste er verrichtete. Ich fragte: »Ist das Ihre Arbeitskleidung?«
»Nein, Herr Roland.«
»Wieso sind Sie noch auf? Hat Herr Michelsen Gäste?«
»Nein, Herr Roland. Heute hatte ich meinen freien Nachmittag. Ich war im Zentrum. Zuerst traf ich Freunde, dann ging ich ins Theater. Ich ging mit meinen Freunden ins Theater. Nachher tranken wir noch etwas in einer Bar. Ich kam erst vor einer halben

Stunde heim.« Er machte eine höfliche Handbewegung. »Treten Sie ein, Sie haben doch sicher ein Anliegen. Wir müssen es nicht zwischen Tür und Angel besprechen.«
Ich ließ Irina den Vortritt. Notung schloß die Tür hinter uns.
»Vielleicht gehen wir in den Salon«, sagte er, bevor wir etwas sagen konnten. Er schritt schon voraus. Sogar seine Art zu gehen war hochmütig. Von der Diele führten viele Türen in andere Räume. Die Tür, die der Diener öffnete, führte in den Salon. Der Salon war so groß wie ein halber Tennisplatz, er besaß eine kostbare Stuckdecke, mehrere Sitzgarnituren, einen kalten Kamin, gelbe Seidentapeten, schöne antike Möbel, drei Lüster und riesenhafte Teppiche. An den Wänden hingen vier Bilder, drei große und ein kleineres. Das kleinere war ein Renoir, das hätte ich beschwören können, und zwar ein Original. Die anderen Bilder kannte ich nicht.
»Nehmen Sie bitte Platz«, sagte der Diener. »Was darf ich Ihnen anbieten? Einen Drink? Kaffee? Tee? Zigaretten? Darf ich Ihre Mäntel haben? Ich werde sogleich...«
»Schluß jetzt«, sagte ich.
»Ich bitte sehr?«
»Lassen Sie den Quatsch. Wo sind die anderen?«
»Welche anderen?«
»Herr Michelsen und Herr Bilka«, sagte ich.
»Ich verstehe nicht«, sagte er mit unbewegtem Gesicht. »Wollen Sie nicht doch Platz nehmen?«
»Nein. Sie verstehen sehr gut. Ich habe Sie etwas gefragt. Also!« Ich wurde jetzt sehr wütend, der Kerl brachte mich aus der Fassung.
»Ich habe Sie aber trotzdem nicht verstanden«, sagte Notung. »Das heißt, nicht ganz. Herr Michelsen ist verreist.«
»Was ist er?« fragte Irina erschrocken.
»Verreist, gnädiges Fräulein.«
»Wohin? Wie lange? Seit wann?« fragte ich.
»Das weiß ich nicht. Ich meine, ich weiß nicht, wohin und wie lange er verreist ist. Er hat die Wohnung irgendwann heute nachmittag verlassen. Ich fand nur diese Nachricht vor, als ich heimkam.« Notung griff in eine Jackentasche und zog den Zettel eines Notizblocks heraus, auf dem mit Bleistift in lauter Großbuchstaben dies geschrieben stand: ›Lieber Olaf, muss dringend geschäftlich fort. Rufe morgen an und sage Ihnen, wie lange ich

BLEIBE. GRUSS MICHELSEN.‹ Das letzte Wort war wie eine normale Unterschrift geschrieben.
»Kommt das oft vor?«
»Was, bitte?«
»Daß Herr Michelsen so plötzlich verreist!« schrie ich.
»Das kommt oft vor, ja, mein Herr«, sagte er betont leise. »Herr Michelsen hat eine große Export-Import-Firma. Das Büro liegt am Jungfernstieg. Herr Michelsen ist viel unterwegs. Er muß oft und weit verreisen.«
»Dann wollen wir Herrn Bilka sprechen«, sagte ich.
»Da ist wieder dieser Name«, sagte Notung mit einem Ausdruck der absoluten Verständnislosigkeit.
»Was heißt wieder?«
»Sie haben schon vorhin nach dem Herrn gefragt. Deshalb sagte ich, daß ich Ihre Frage nicht verstand. Einen Herrn Wilka ...«
»Bilka!« sagte ich. *»Jan Bilka!«*
»Einen Herrn Jan Bilka kenne ich nicht«, sagte der Diener.
»Reden Sie kein Blech!« schrie ich ihn an. Er hob die Brauen. Ich schrie weiter: »Natürlich kennen Sie Herrn Jan Bilka! Er ist ein guter Freund von Herrn Michelsen, und er wohnt hier!«
»Ich bedauere unendlich«, sagte Diener Notung würdevoll, »aber außer Herrn Michelsen und mir wohnt hier niemand.«
Irina griff sich an den Hals und fragte: »Heißt das, daß Sie Jan Bilka noch nie gesehen haben?«
»Ich habe ihn noch nie gesehen und noch nie von ihm gehört, gnädiges Fräulein«, sagte Olaf Notung.

13

Irina sank auf eine große Couch. Ihre Füße trugen sie einfach nicht mehr. Sie sagte: »Ich habe so etwas gefühlt ... Ich habe so etwas geahnt ...« Plötzlich begann sie am ganzen Körper heftig zu zittern. Der Diener sah sie voller Interesse an. Ich holte meinen Hüftflacon hervor.
»Oh«, sagte Notung, »soll ich vielleicht ...«
»Machen Sie sich bloß keine Mühe«, sagte ich und schraubte den Flacon auf. Ich neigte mich über Irina. »Trinken Sie«, sagte ich. Sie schüttelte den Kopf. Ihr Gesicht war jetzt weiß, ihre kleinen

Hände hatten sich zu Fäusten geballt. Ich fürchtete, daß sie mir umkippte.

»Doch«, sagte ich.

»Ich ... will ... nicht ...«

»Sie müssen«, sagte ich, bog ihren Kopf etwas zurück und setzte ihr den Flacon an die Lippen. Sie trank und verschluckte sich. Sie rang nach Atem. »Noch einmal«, sagte ich. »Einen großen Schluck.« Sie trank einen großen Schluck und schüttelte sich. Doch das Zittern hatte aufgehört. Sie stammelte: »Aber ... aber ... aber das gibt es doch nicht! Herr Bilka wohnt hier! Ich weiß es! Ich weiß es!«

Der Diener sah zuerst sie und danach mich an, als wollte er zum Ausdruck bringen, daß er am Ende seiner Weisheit angelangt sei. Er sagte: »Meine Herrschaften, das muß ein Mißverständnis sein. Ein höchst bedauerliches. Ich bitte, weinen Sie nicht, gnädiges Fräulein.«

»Ich weine nicht«, sagte Irina schluchzend, während Tränen über ihre Wangen rollten. Sie wischte sie nicht weg. Ich gab ihr mein Taschentuch.

Notung sagte: »Ich kann nur wiederholen: Außer mir und Herrn Michelsen wohnt niemand hier, hat niemand hier gewohnt. Ich müßte das doch wissen, ich ...«

»Halt«, sagte ich.

»Bitte?«

»Sie sollen aufhören. Einen Punkt machen. Das Maul halten«, sagte ich grob und nahm selber einen Schluck, bevor ich den Flacon zuschraubte. »Sie lügen. Sie wissen genau ...«

»Das ist eine Beleidigung. Verlassen Sie sofort die Wohnung!« rief er gleichzeitig.

Ich sprach kopfschüttelnd weiter: »... daß das eine Lüge ist. Wir haben heute nachmittag noch mit Herrn Bilka telefoniert. Da war er hier. Hier, in dieser Wohnung.«

»Ausgeschlossen! Das gibt es nicht!«

»Wie lautet Ihre Telefonnummer?« fragte ich.

»2 20 68 54«, sagte er prompt.

»Na also«, sagte ich. »Unter dieser Nummer haben wir mit Herrn Bilka gesprochen.«

»Ich sage Ihnen, das ist ausgeschlossen. Es gibt hier keinen Herrn Bilka!« sagte Notung.

Irina sprang auf, sie rief: »Sagen Sie die Wahrheit! Bitte, bitte,

bitte, sagen Sie die Wahrheit! Es hängt für mich alles davon ab! Ist ihm etwas zugestoßen? Dürfen Sie nicht darüber reden? Ist etwas passiert?«

»Wirklich«, sagte Notung geniert. »Wirklich, Sie müssen sich beruhigen, gnädiges Fräulein.«

»Beruhigen? Ich muß mich aufregen!« rief Irina. Sie bebte jetzt wieder, aber ich hatte nicht den Mut, ihr Whisky zu geben. Mir hatte seit Jahren niemand mehr leid getan. Höchstens ich mir selber. Jetzt tat mir seit Jahren zum ersten Mal ein anderer Mensch leid, aufrichtig und von Herzen. Irina war so schutzlos, so jung, so verloren. Ich dachte, daß der einzige Halt, den sie besaß, ich war. Und da hatte sie sich einen feinen Halt ausgesucht. »Ich bin mit Herrn Bilka verlobt! Herr Michelsen ist ein guter Freund von meinem Verlobten! Er hat ihn oft in Prag besucht! Und es war ausgemacht, daß mein Verlobter nach seiner Flucht hierherkommen würde! Und ich habe selber seine Stimme gehört heute nachmittag, hier, aus dieser Wohnung, nachdem wir Ihre Nummer gewählt hatten!«

Notung sah sie mit unbewegtem Gesicht an. Er sagte leise zu mir: »Soll ich vielleicht einen Arzt ...«

»Sie sollen die Schnauze halten!« fuhr ich ihn an.

Irina klammerte sich plötzlich an mich, ihr Gesicht war in Panik zu meinem emporgerichtet. Sie stammelte: »Was jetzt ... Was machen wir jetzt? Herr Roland, ich bitte Sie ... helfen Sie ... helfen Sie mir! Da ist etwas geschehen ... Jan ist etwas geschehen ... Bitte, Herr Roland ...«

»Langsam«, sagte ich und strich über ihr seidiges Haar. »Langsam. Wir kriegen das schon heraus. Ganz bestimmt. Aber Sie müssen sich jetzt zusammennehmen.« Sie nickte, wischte letzte Tränen fort und ließ mich los.

»Es ist Ihnen doch klar, daß *wir* nun die Polizei verständigen werden«, sagte ich.

»Das bleibt Ihnen unbenommen«, antwortete der Diener kalt. »Ich möchte sogar darum bitten. Ich denke nicht daran, mich von Ihnen weiter beleidigen zu lassen. Ich selber werde jetzt sofort die Polizei rufen und Anzeige wegen Hausfriedensbruch gegen Sie erstatten. Ich werde ...«

»Kusch«, sagte ich. Der Diener fand plötzlich die Mündung des Colt 45 gegen seinen Magen gepreßt. Ich war so wütend und aufgeregt, daß ich instinktiv gehandelt hatte, als ich – schon wieder! –

Connys Pistole aus der Manteltasche zog. Ich wußte, das konnte mir nun wirklich Unannehmlichkeiten einbringen, aber es war mir egal. Die Sache hier stank zum Himmel! Größer und größer wurde der Fall, in den ich hineingestolpert war. Irinas Zusammenbruch hatte mir den Rest gegeben. Mir war jetzt alles gleich. Der Schweinehund ruft schon nicht nach der Polizei, dachte ich nebenbei auch noch, der nicht.

Notung sah mich an. Er wollte mich verachtungsvoll ansehen, aber da war Angst in seinem Blick, maßlose Angst. Und nicht nur vor der Pistolenmündung, die sich da in seinen Magen bohrte, auch vor etwas anderem, darauf hätte ich schwören können.

»Was soll ... Sind Sie irrsinnig? ... Geben Sie die Waffe weg, oder ich schreie um Hilfe!«

»Schreien Sie um Hilfe!« sagte ich.

Zwei Sekunden vergingen. Drei. Fünf. Acht. Zehn.

Er schrie nicht.

Seine Augen waren Schlitze.

»Was wollen Sie von mir?« fragte Notung heiser und nun gar nicht mehr hochmütig, ach nein, gar nicht mehr.

»Drehen Sie sich um«, sagte ich. »Und denken Sie daran, daß ich die Pistole immer auf Ihren Rücken gerichtet habe. Versuchen Sie also keinen Unsinn. Wir machen jetzt einen kleinen Spaziergang.«

»Wohin?«

»Durch die Wohnung«, sagte ich. »Los!« Ich stieß seinen Rücken mit der Pistole leicht an. »Zuerst noch einmal in die Diele«, sagte ich. Die Tür dorthin war offengeblieben, darauf hatte ich geachtet. Ich war nicht von gestern. »Sie sperren jetzt ab und schließen das Sicherheitsschloß.«

Er begann zu gehen. Wir folgten. Über einen dicken Teppich wateten wir zur Tür. Notung war nun wesentlich stiller geworden. Er versperrte die Tür, wie ich es von ihm verlangt hatte. Wenn ich überall die anderen Türen offen ließ, mußte ich es hören, falls jemand versuchte, die Wohnung zu verlassen.

»Also fangen wir an«, sagte ich und stieß ihn wieder mit der Pistole.

Wir wanderten durch die ganze Wohnung. Es waren sieben große Zimmer und viele Nebenräume. Ich sah allein drei Schlafzimmer. Alle Räume waren mit wahnsinnig viel Geld sehr geschmackvoll eingerichtet. Überall gab es Seidentapeten, die Farben waren verschieden, die Einrichtung war durchgehend antik.

»Das räumen Sie hier auch alles selber auf, wie?« fragte ich den Diener.

»Wir haben eine Frau und eine Köchin. Aber die kommen am Morgen und gehen am Abend. Am Montag sind sie übrigens nur bis Mittag da, beide.«

»Wie heißen sie? Wo wohnen sie?«

»Die Putzfrau heißt Marie Gernold, die Köchin Elsbeth Kurz. Wo sie wohnen, weiß ich nicht.«

»Natürlich nicht«, sagte ich. »Das wird aber rauszukriegen sein.«

»Wozu wollen Sie es rauskriegen?«

»Vielleicht haben die beiden Frauen Herrn Bilka gesehen!« sagte ich.

Darauf gab er keine Antwort.

Wir gingen von Zimmer zu Zimmer. Ich zog Laden aus Kommoden, ich öffnete eingebaute Schränke. Es war wirklich kein Mensch in der Wohnung. Den Inhalt der Laden schüttete ich auf den Fußboden. So verwüstete ich Zimmer um Zimmer.

Ich hatte zu Irina gesagt: »Sehen Sie, ob Sie etwas finden, was Ihrem Verlobten gehört. Und wenn es ein Manschettenknopf ist. Egal. Das kleinste Stückchen genügt.«

Sie fand auch nicht das kleinste Stückchen.

Im Ankleideraum standen die Türen der Einbauschränke offen. Zwei oder drei Anzüge fehlten, ich sah die Lücke.

»Bitte«, sagte der Diener. »Der weiße Koffer, den Herr Michelsen immer benützt, wenn er fliegt, ist auch nicht da.« Ich hatte eine Wandtür geöffnet. Dahinter befand sich ein kleiner Raum mit zahlreichen Gepäckstücken. Der Diener sah in die Schränke. »Es fehlen auch Wäsche und Schuhe«, sagte er. Wir sprachen jetzt leise, ich hatte es so angeordnet, denn ich lauschte immer auf ein Geräusch in der Diele. Doch da blieb es still. Endlich hatten wir unseren Rundgang beendet. Ohne jeden Erfolg. Kein Michelsen. Kein Bilka. Nur Herr Olaf Notung war in der Wohnung. Zuletzt standen wir wieder in dem riesenhaften Salon.

»Glauben Sie mir jetzt endlich?« fragte der Diener.

»Nein«, sagte ich. »Kein Wort.«

»Wenn ich Ihnen einen guten Rat geben darf ...«

»Behalten Sie Ihren guten Rat!« sagte ich. »Und glauben Sie nur nicht, daß jetzt alles erledigt ist. Ich komme wieder. Und nicht allein. Darauf können Sie sich verlassen, Herr Notung. Wenn Sie die Absicht haben, jetzt auch zu verreisen, dann würde ich davon abraten, das zu tun, ohne der Polizei mitzuteilen, wo man Sie erreichen kann. Ich werde der Polizei nämlich sofort erzählen, was ich hier erlebt habe.« Wir mußten uns ohnedies bei der Polizei melden, Hem hatte es verlangt, das war also nicht einmal Bluff.

»Ich werde der Polizei auch eine Menge zu erzählen haben«, sagte Notung lahm. Ich steckte die Pistole ein. Wir gingen in den Flur zurück. Irina nahm sich unglaublich zusammen, das sah man. Notung öffnete die Eingangstür wieder. Wir traten in das Treppenhaus. Niemand sagte ein Wort des Abschieds. Die Tür fiel zu und wurde von innen verriegelt und versperrt. Ich führte Irina zu dem Lift, der immer noch wartete, schloß die Gittertür und die Schiebetür und drückte auf den Erdgeschoßknopf. In dem Augenblick, in dem der Aufzug sich knarrend in Bewegung setzte, hatte ich Irina an der Brust. Sie war einfach nach vorn gefallen, und sie weinte, und es klang, als ob sie nie mehr aufhören können würde zu weinen. Junge, dachte ich. Junge, Junge, wenn das keine Story wird. Die ich schreiben werde. Unter meinem Namen. *Unter meinem Namen.*

Ich streichelte Irinas Rücken und redete mechanisch auf sie ein, lauter Unsinn, denn ich hatte selber nicht die geringste Ahnung, was geschehen war und wie es nun weitergehen würde.

»Jan ...«, schluchzte sie. »Jan ... Sie haben ihm etwas getan ... Ganz bestimmt haben sie ihm etwas getan ...«

»Nein«, sagte ich. »Das glaube ich nicht.«

Ich wußte selber nicht, was ich glaubte. Ich sah über Irinas Schultern durch den Liftkäfig in das Stiegenhaus und sagte: »Ich werde ihn finden, Irina. Ich bringe Licht in diese Sache, und wenn es das Letzte ist, das ich ...« Den Satz vollendete ich nicht, denn abwärtsblickend sah ich einen Mann in einem seidenen, bunt bestickten Schlafrock vor der Tür seiner Wohnung im ersten Stock stehen und uns heftig zuwinken.

14

André Garnot hatte seine Wohnung in altspanischem Stil eingerichtet. Die Möbel waren dunkel, die Stühle mit kostbaren Stoffen überzogen, die erbsengrüne, rote und braune Streifen trugen. Es gab hohe Bronzeleuchter mit vielen Kerzen und indirekte Beleuchtung und Tischlampen und alte Pergamentschirme. Die Wände waren mit Rauhfasertapeten in den Farben Rot und Ocker belegt. Manche Zimmer hatten eingezogene Deckenbalken – auch der Salon, in dem wir saßen. An den ockerfarbenen Wänden hingen Bilder, Teller, alte Zirkel, Degen und eine sehr schöne alte Uhr.

Wir saßen zu viert um einen niedrigen Tisch – der Antiquitätenhändler, der Portier, Irina und ich. Kubitzky trug noch immer seinen schweren Wintermantel über dem Pyjama. Er murmelte polnisch vor sich hin – vor Aufregung und Angst, wie ich seit unserem ersten Zusammentreffen wußte. André Garnot war ein großer, schlanker Mann mit kurzem grauen Haar, das wie eine dichte Bürste emporstand, einem empfindsamen Gesicht und schönen Augen unter dichten Brauen. Er sah selbst in seinem eleganten Schlafrock wie ein Landadeliger aus, und er sprach auch so ...

»Nun, genauso haben wir das erwartet«, sagte er mit leichtem Akzent, als ich meinen Bericht über unsere Erlebnisse mit dem Diener Notung beendet hatte.

»Genauso, ja«, sagte der kleine Pole.

»Wovor haben Sie denn solche Angst?« fragte ich.

»Vor da oben«, sagte Kubitzky.

»Dem Diener?«

»Dem Diener und diesem Michelsen.«

»Wieso haben Sie Angst?«

Der Franzose erklärte: »Herr Michelsen ist ein ziemlich ... nun, sagen wir, seltsamer Herr. Und die Besuche, die er empfängt, sind ebenfalls sehr seltsam.«

»Ausländer?« fragte ich.

»Auch«, sagte Garnot. »Aber sehr viele Deutsche. Zu jeder Tages- und Nachtzeit. Die meisten haben Haustorschlüssel. Das beunruhigt Herrn Kubitzky seit Jahren. Dann wird da oben manchmal gebrüllt, daß man es bis hier herunter hört, auch mitten in der Nacht.«

»Was wird gebrüllt?«

»Ich weiß nicht.«

»Wieso nicht? Wenn man es bis hier herunter hört?«

»Sie brüllen sich in irgendeiner fremden Sprache an, Herr Kubitzky und ich sind uns nie klar darüber geworden, in welcher. Vielleicht sind es auch mehrere Sprachen.«

»Ist auch schon geschossen worden oben«, sagte der Portier mit dem schütteren Haarkranz um die große Glatze und sah mich über die dicken Brillengläser hinweg an.

»Wann?«

»Paarmal. Einmal haben sie dann einen weggeschleppt. Zwei Mann. Den dritten zwischen sich. Seine Füße haben auf dem Boden geschleift. Rein in ein Auto und fort.«

»Haben Sie nicht die Polizei verständigt?«

»Aber natürlich«, sagte Garnot. Er hielt etwas in der Hand, das wie ein silberner Lippenstift aussah. Er spielte damit.

»Und?«

»Wir wurden als Zeugen vernommen. Dann gingen die Beamten hinauf. Blieben zwei Stunden oben. Kamen wieder herunter. Sagten kein Wort. Verschwanden. Kamen nie wieder.«

»Das gibt es doch nicht!« sagte ich.

»Doch, doch«, sagte Garnot, der sehr blaß aussah. »Das gibt es schon. Am Tag darauf erhielt Herr Kubitzky einen Anruf. Wenn er sich noch einmal in das einmische, was oben vorgeht, dann werde er Bekanntschaft mit einem Betonfaß machen.«

»Womit?« fragte Irina.

»Ein Faß mit Beton. Der Anrufer erklärte es Herrn Kubitzky genau. Man werde ihn in das Faß drücken und es dann mit Beton füllen und in der Elbe versenken. Sie können sich vorstellen, daß Herr Kubitzky ängstlich ist. Solche Anrufe kamen nämlich noch ein paarmal. Und dann heute die Sache mit den beiden Autos. Das war doch glatter Mordversuch!«

»Davon sind Sie überzeugt?« sagte ich.

»Absolut.« Garnot griff sich plötzlich an die Brust und stöhnte.

»Was ist?« Irina fuhr erschrocken auf.

Garnot lehnte sich in seinem hohen Sessel zurück und hob einen Arm. Keuchend hielt er den silbernen kleinen Gegenstand vor den Mund und drückte auf seine Kuppe. Ein leises Zischen ertönte.

»Asthma«, erklärte Kubitzky flüsternd. »Der arme Herr hat Asthma. Bei so einem Sturm ist es noch schlimmer als sonst.«

Das war eine Spraydose. Garnot sprühte, heftig nach Luft ringend, den Inhalt der Dose in den offenen Mund. Sein Gesicht hatte eine violette Färbung angenommen, und seine mühsamen Atemzüge waren begleitet von einem rasselnden Geräusch. Wir saßen da, ohne uns zu rühren. Draußen raste der Orkan.

Ich konnte nur denken: Asthma. Fräulein Luises toter französischer Freund. Asthma ...

»Sie können ihm nicht helfen«, sagte Kubitzky leise. »Man muß warten, bis die Medizin hilft.«
Sie half rasch.
Nach zwei oder drei Minuten wich die violette Verfärbung aus Garnots Gesicht, das rasselnde Atmen hörte auf. Er ließ die Spraydose sinken.
»Verzeihung«, sagte er. »Es ist wirklich dieser elende Sturm. Die Bronchien werden dann besonders leicht von Schleim verlegt – abgesehen davon, daß sie sich natürlich krampfartig zusammenziehen.«
»Sie können also nicht richtig einatmen?«, sagte ich.
»Nein«, sagte Garnot. »Eigentlich kann ich nicht richtig ausatmen vor so einem Anfall, verstehen Sie? Beim Ausatmen bleibt mehr Luft als normal in der Lunge zurück, und so bekomme ich beim nächsten Einatmen nicht genug frische Luft herein. Schluß damit. Das ist ja ekelhaft. Pardon. Sie haben es eilig, das sehe ich. Wir wollen es kurz machen. Der Mann, den Sie suchen, Mademoiselle und Monsieur – er ist etwa dreißig Jahre alt?«
»Ja«, sagte Irina.
»Groß etwa einsachtzig?«
»Ja!«
»Kurzgeschnittenes, blondes Haar. Sehr kurz geschnitten? Militärisch, könnte man sagen?«
»Ja! Ja! Ja!« Irina sprang auf.
»Längliches Gesicht, sieht sehr kräftig aus, hat eine gebräunte Haut und eine Narbe am Kinn?«
»Das ist er!« rief Irina, außer sich. »Das ist er, ja! Das ist Jan Bilka!«
»Wir kannten seinen Namen nicht«, sagte der Portier.
»Wieso nicht? Wenn er als Untermieter bei Michelsen wohnte – oder auch als Gast –, dann mußte er sich doch polizeilich melden«, sagte ich.
»Ja«, sagte Kubitzky und biß sich auf die Unterlippe.
»Hat Michelsen Ihnen denn keinen Meldezettel gegeben?«
»Nein«, sagte Kubitzky.
»Haben Sie keinen verlangt?«
»Nein. Er hat mir gesagt, er hat seinen Freund selber bei der Polizei angemeldet.«
»Und damit gaben Sie sich zufrieden?«
»Ja«, sagte Kubitzky und senkte den Kopf.

»Er hatte Angst«, erklärte Garnot. »Nach allem, was da oben bei Michelsen schon geschehen war ... und dann hatte man ihm doch gesagt, daß er sich um Michelsen nicht kümmern solle.«
»Na schön«, sagte ich. Und zu Garnot: »Sie kannten auch einen Mann dieser Beschreibung, der bei Michelsen wohnte?«
»Ja, gewiß. Ich sah diesen Mann ein paarmal. Obwohl er meistens in der Wohnung von Michelsen blieb«, sagte Garnot.
»Also hat er doch da gewohnt!« rief Irina.
»Natürlich. Das sagen wir doch die ganze Zeit!«
»Seit wann?« fragte ich.
»Seit Ende August«, sagte der Portier. »Aber ich flehe Sie an, verraten Sie nie, daß Sie das von mir haben!«
»Also hat der Diener gelogen.«
»Selbstverständlich. Dieser Herr ... Wie, sagen Sie, heißt er?«
»Bilka«, sagte Irina und rang die Hände. »Jan Bilka!«
»Dieser Herr Jan Bilka lebte von August bis zum heutigen Tag bei Michelsen. Sie haben das Haus auch gemeinsam verlassen.«
»Sie haben ...« Irina konnte nicht weitersprechen.
»Setzen Sie sich«, sagte ich und zog sie mit Gewalt neben mich.
»Gemeinsam das Haus verlassen, ja«, sagte Garnot. »Herr Kubitzky hat es gesehen, und ich habe es auch gesehen.«
»Wann war das?« fragte ich schnell. »Vor dem Zeitpunkt, da hier ein Mann angefahren wurde?«
»Nachher«, sagte Garnot. Er atmete wieder schwerer und hob die Spraydose. Wir sahen ihn besorgt an. Er schüttelte den Kopf und lächelte. »Schon vorüber. Es ist wirklich widerlich bei diesem Wetter ... Nachher, Herr Roland.«
»Wie lange nachher?«
»Oh, einige Zeit«, sagte Garnot. »Da war doch zuerst noch die Polizei hier, nicht wahr?«
»Genau um zwanzig Uhr und vier Minuten haben sie das Haus verlassen«, sagte Kubitzky. »Ich habe auf meine Uhr geschaut.« Er fuhr sich mit einem Taschentuch über die Stirn und wischte den Angstschweiß weg. »Da sind drei Wagen vorgefahren. Und dann sind dieser Michelsen und dieser Herr Bilka heruntergekommen mit dem Lift. Haben beide Koffer gehabt, Michelsen einen, Bilka zwei. Sind in den mittleren Wagen eingestiegen. Waren wenig Leute auf der Straße, ich hab alles genau sehen können.«
»Ich auch«, sagte Garnot. »Aus dem Fenster da drüben. In den Wagen saßen Männer.«

»Wie viele?« fragte ich.

»Alles zusammen neun«, sagte Garnot. »Sie stiegen aus und standen auf der Straße, hier und gegenüber. Hände in den Taschen. Es war so, als sollten sie dafür sorgen, daß nichts dazwischenkam.«

»Konnten Sie die Männer erkennen?«

»Nein. Männer eben. Mäntel und Hüte. Alle hatten Hüte«, sagte Garnot. »Michelsen und dieser Herr Bilka stiegen in den mittleren Wagen. Das war ein schwarzer. Ziemlich groß. Sah aus wie ein Lieferwagen. Völlig geschlossen. Mir war das Ganze nicht geheuer, so habe ich mir die Nummer dieses Wagens aufgeschrieben.« Er hob ein Stück Papier von einem Tischchen. »Hier, bitte.«

Ich nahm das Papier. Die Nummer lautete: HH — DX 982.

»Das ist bestimmt die richtige Nummer?« fragte ich.

»Ganz bestimmt. Der Wagen stand direkt unter einer Laterne. Die anderen Wagen standen mehr im Schatten. Nachdem die beiden Männer eingestiegen waren, fuhren alle drei Autos sehr schnell ab. Die Männer, die mitgekommen waren, rannten herbei und fuhren mit.«

»Und der Diener?«

»Der hat am Montag tatsächlich seinen freien Nachmittag«, sagte der Portier. »Köchin und Zugehfrau auch. Der Diener ist auch wirklich erst spät nachts heimgekommen.« Er schlug sich gegen die Stirn. »Das haben wir ganz vergessen, Herr Garnot! Die junge Frau!«

»Natürlich, zu dumm«, sagte der Antiquitätenhändler. »Michelsen und Herr Bilka kamen mit dieser jungen Frau.«

»Was für einer jungen Frau?«

»Einer blonden, sehr hübschen. Noch sehr jung. Ist mit Herrn Bilka im August hier bei Michelsen eingezogen.« Ich fühlte, daß die Hand Irinas, die meine umklammert hielt, kalt wurde wie Eis.

»Diese junge Frau ist auch weggefahren?« fragte sie, kaum verständlich.

»Auch, natürlich! Also zu dumm, daß wir das fast vergessen hätten. Wir sind eben beide so aufgeregt«, sagte Garnot.

»Wer war diese junge Frau?« fragte ich. »Kennen Sie zufällig ihren Namen?«

»Nein«, sagte Garnot. »Den Namen nicht.«

»Aber ich habe den Michelsen einmal im Flur mit ihr getroffen«, sagte Kubitzky. »Und da habe ich gegrüßt, und er und sie haben

auch gegrüßt, und der Michelsen hat irgendeinen Namen gemurmelt, den ich nicht verstanden hab. Und dann hat er noch was gesagt.«
»Was?« fragte Irina.
»Er hat gesagt, die junge Dame ist die Verlobte von seinem Freund, der bei ihm zu Besuch ist«, antwortete Stanislav Kubitzky.

15

»Bitte, seien Sie nicht böse, Herr Roland . . .«
Ich hatte vor mich hingestarrt, da hinten im Laden von Feinkost-Kniefall – 42 Stunden war das erst her – und immer noch darauf gewartet, daß sie mich in den Verlag riefen, um mir mitzuteilen, was die verfluchten Weiber von meiner neuen Fortsetzung hielten. Lucie stand vor mir, brennend rot im Gesicht. Sie hatte ihren ganzen Mut zusammengenommen.
»Ich weiß, es geht mich nichts an, aber . . .«
»Ihre Kalbssülze sieht delikat aus, muß ich sagen!«
»Zwei große Büchsen Gänseleber . . .«
»Einen Karton Remy Martin, einen Karton Black Label, einen Karton Campari . . .«
Frauen und Männer standen da vorn. Es gab schon sehr viel zu tun.
»Ja, aber?« fragte ich Lucie.
»Warum trinken Sie am Vormittag immer soviel?« fragte die blonde Lucie. Und schnell fügte sie hinzu: »Das ist Ihre Sache, natürlich. Nur, ich . . .« Und jetzt zitterte ihre Stimme ganz schrecklich: ». . . ich mach mir solche Sorgen um Sie!«
»*Sie* machen sich Sorgen!« Ich sah Lucie an. Enormes Selbstmitleid erfaßte mich plötzlich. Das ist gut, dachte ich. Das ist sehr gut. Das ist das erste Mal, daß ein Mädchen so etwas zu mir sagt. Die beiden Nutten zum Beispiel, mit denen ich es heute nacht trieb, die machten sich keine Sorgen um mich. Die schliefen ihren Rausch aus, und wenn sie erwachten, drehten sie das Radio laut an und badeten und frühstückten und frisierten und schminkten sich. Und alle anderen waren genauso. Nur diese Lucie, die sorgte sich um mich . . .
Diese Lucie war in Fahrt geraten, jetzt konnte sie fließender re-

den. »Immer, wenn Sie herkommen, trinken Sie und murmeln vor sich hin, und ausschauen tun Sie jedesmal elender. Was haben Sie bloß, Herr Roland?«
»Was soll ich schon haben? Mir geht's prächtig!«
»Herr Roland!«
Ich trank einen Schluck Whisky pur, schüttelte mich, und plötzlich kam es mir vor, als wäre das junge Mädchen der einzige gute Mensch, den es noch gab auf der Welt. Das machte natürlich der Alkohol, den ich getrunken hatte, und der viele, viele Whisky der vergangenen Nacht, der ›Billige Jakob‹ machte, daß mir das alles so vorkam. Der Alkohol war auch die Erklärung dafür, wie ich mich benahm.
Da gibt es einen Kipp-Punkt, bei allen Menschen, mit oder ohne Schnaps. Bei jenem Kipp-Punkt angelangt, schütten sie nicht etwa demjenigen ihr Herz aus, der ihnen am nächsten steht, sondern irgendeinem Menschen, der gerade da und sympathisch ist, einem, den sie kaum kennen, einem Barmixer, einem Taxichauffeur, einem Schlafwagenschaffner, einer kleinen Verkäuferin in einem feinen Delikatessengeschäft …
»Na schön«, sagte ich. »Mir geht's gar nicht prächtig. Mir geht's scheußlich.« Und es schien mir ganz natürlich, daß ich so zu Lucie mit dem blonden Haar und den sehr dunklen Augen sprach, von der ich gar nichts wußte, außer daß sie aus Brandoberndorf kam.
»Aber wieso denn?« Lucie sah mich an und schüttelte den Kopf. »Sie verdienen soviel Geld. Sie sind berühmt. Alle Menschen lesen, was Sie schreiben …«
»Aaaahhh!« Mit einer Gebärde des Ekels unterbrach ich sie. »Das bringt mich noch um, was ich schreibe!«
»Verstehe ich nicht!« sagte Lucie erschrocken. »Wenn es Sie so quält, warum schreiben Sie es denn dann?«
Ja, warum? Das war eine gute Frage. Jetzt hätte ich sagen müssen: Weil ich schon viel zu korrumpiert und verkommen und verschuldet bin, um noch etwas Anständigeres zu versuchen. Sagte man so etwas? Nein, man sagte: »Ich habe andere Sachen geschrieben. Früher. Ganz andere. Bessere.«
»Aber das jetzt ist doch nicht schlecht! Ich lese es doch!« Lucie wurde wieder blutrot. Sie kannte mein Pseudonym auch, natürlich. »Und alle meine Bekannten lesen es! Das ist doch hochinteressant … so lehrreich … und wissenschaftlich …«

»Dreck ist es«, sagte ich flüsternd. »Dreck vom Dreck! Das dürfen Sie natürlich keinem Menschen erzählen, daß ich das gesagt habe, Fräulein Lucie!«

»Keinem Menschen! Ehrenwort!« Sie stand vor mir, sie rang die kleinen Hände.

»Und noch Thunfisch, bitte ...«

»Sagen Sie, werden Sie nicht Krach kriegen? Dürfen Sie sich so einfach mit mir unterhalten?«

Lucie winkte ab. »Sie sind doch Stammgast! Und außerdem ist noch nichts zu tun hier hinten.«

»Trotzdem.« Ich erhob mich, das Glas in der Hand, und merkte dabei, daß ich angetrunken war. »Wir reden lieber an der Theke. Da sieht man uns nicht so.« Ich ging voraus, mit dem vorsichtigen Schritt der Betrunkenen, die wissen, daß sie auf sich aufpassen müssen. Sie folgte mit der ›Chivas‹-Flasche und glitt hinter die Bar. Ich kletterte auf einen Hocker, setzte das Glas vorsichtig ab. »Und was trinken Sie?«

»Um diese Zeit! Herr Roland!«

»Sie müssen was trinken. Irgendwas. Sonst kann ich Ihnen nichts erzählen«, beharrte ich eigensinnig.

»Also gut, wenn ich mir ein Glas Tomatensaft nehmen darf ...«

»Mit Wodka drin. Ordentlich Wodka drin.«

»Nein, ohne Wodka, bitte.«

»Ohne Wod – na schön. Meinetwegen.« Ich sah ihr zu, wie sie ein Glas holte und einen Krug voll dunkelrotem Tomatensaft aus dem Eisschrank, wie sie das Glas füllte.

»Wenigstens Pfeffer drauf«, sagte ich.

Sie tat gehorsam Pfeffer darauf, aus einer großen, hölzernen Mühle.

»Lende, eine schöne, große Scheibe Lende ...«

»Was habe ich eben gesagt?« fragte ich.

»Daß Sie früher einmal andere Sachen geschrieben haben, bessere ...« Lucie hob ihr Glas, prostete mir zu und trank. Ich trank ›Chivas‹.

»Ja. Habe ich. Das war, als ich zu BLITZ gekommen bin.« Ich drehte mein Glas in der Hand. »Damals war das nicht nur die größte, sondern auch die beste deutsche Illustrierte. Mit wirklichem Niveau! Im Ausland anerkannt! So wie LIFE ...«

Lucie, die gewiß keine Ahnung hatte, was LIFE war, nickte verständnisvoll.

»Alles das Verdienst von Hem ...«
»Von wem?«
»Unserem Textchef. Paul Kramer heißt er. Wir nennen ihn Hem. Seine ganze Kraft hat er darauf verwendet, aus BLITZ das beste Blatt zu machen – so viele Jahre lang! Eine Ehre ist es damals gewesen, bei BLITZ zu arbeiten! Wir haben Kurzgeschichten von Hemingway und Somerset Maugham gedruckt, Romane von Jan de Hartog und Remarque ... und Novellen von Ernest Lehmann und Irwin Shaw und Truman Capote, das ›Frühstück bei Tiffany‹ zum Beispiel ...«
»George Peppard! Und Audrey Hepburn!« sagte Lucie atemlos. »Da hab ich den Film gesehen. So schön war der! Erinnern Sie sich noch, wie die beiden den Kater gesucht haben im Regen?«
»Ja ...«
»Und das Lied? ›Moon River‹?« Lucie summte ein paar Takte.
»Herrgott, ich kenne das Lied!« sagte ich böse.
Sie erschrak.
»Ich bin ja schon ruhig. Bitte, erzählen Sie weiter!«
Aber jetzt war ich aus dem Gleis gebracht. Ich hockte da und zeichnete aus den feuchten Ringen, die mein Glas auf der Theke hinterließ, wirre Figuren. Lucie schwieg ...
»Dieser Kramer«, sagte ich nach einer Weile und trank. »Von ihm habe ich überhaupt erst gelernt, was das ist, Journalismus! Riesenschinken hat der mich schreiben lassen, als ich soweit war ... Geschichte der Medizin ... historische Serien ... wissenschaftliche ...« Ich lächelte. »Eine, das war meine liebste ... ›Der Bienenstaat‹!«
»Bienenstaat«, wiederholte Lucie ehrfürchtig. »Das muß aber auch schön gewesen sein!«
Ich kippte das Glas.
»Noch einen, bitte.«
»Herr Roland ...«
»Noch einen!«
»Gott, können Sie böse schauen! Natürlich ... sofort ...«
»Danke, Fräulein Lucie ... Und dann die großen Kriminalfälle! Das war meine Spezialität! Ich war mein eigener Rechercheur. Das habe ich verstanden ...«
Was ist das wohl, ein Rechercheur? überlegte Lucie sicherlich, aber sie nickte eifrig.
»An jedes große Verbrechen hat Hem mich damals angesetzt. Nicht nur in Deutschland! In ganz Europa! Sogar in Brasilien – diese

Geschichte mit den mordenden Nonnen. Zweimal war ich deshalb drüben in Rio.« Ich trank. »Ja«, sagte ich. »Zuerst also der große Nachholbedarf in Literatur! Die Gier nach Wissen! Eine richtige Wissensdurstwelle ist das gewesen. Dann ging es mächtig aufwärts im Lande, und es kam die Neugierwelle. Die großen Kriminalfälle und politischen Skandale. Dann hatten wir die – na, sagen wir, die Geschichtswelle. Da wurde so eine Neugier wach nach der Vergangenheit, im ganzen Volk. Wie war die denn wirklich gewesen, die gute alte Zeit? Und so kamen unsere ganz großen Serien über Kaiser und Könige, die Hohenzollern, die Wittelsbacher... fünfundvierzig, fünfzig Teile hatte so eine Serie manchmal, jawohl!« Ich trank, in Erinnerungen versunken. »Dann, als wir schon wieder ganz arriviert waren und obenauf, kam die Freßwelle. Erinnern Sie sich noch? ›Es muß nicht immer Kaviar sein‹! Da hat doch dieser Simmel einen Roman geschrieben, in dem kochte ein Geheimagent leidenschaftlich, und alle Kochrezepte waren mitgedruckt. Nicht bei uns erschienen – in der Quick. Aber sofort folgten wir alle mit regelmäßigen Rezeptseiten und Illustriertenköchen – heute können Sie keine Zeitschrift mehr durchblättern, ohne ein, zwei Freßseiten zu finden ...«

»Ja, das stimmt!« Lucie lachte. »Waren die auch von Ihnen, die Rezepte in Blitz?«

»Nein, das habe ich nicht gemacht. Aber nach der Freßwelle kam die Bauwelle ... ›Hurra, wir bauen ein Haus!‹ ... Das war von mir ... und alle die anderen Serien auch ...«

»Von dem gebratenen Spanferkel geben Sie mir fünfhundert Gramm ...«

»Toastbrot, drei Pakete, und ein Grahambrot, bitte ...«

Ich trank wieder und verstummte und merkte, wie Lucie mich geduldig ansah, und darum sah ich auf meine Hände. Ich erinnerte mich ...

Damals, nach den Haus-Serien, kamen Gert Lester und seine Mannschaft. Damals begann Blitz vor die Hunde zu gehen, dank dem feinen Geschmack von Herrn Lester und Herrn Thomas Herford und dank unserer herrlichen Research-Abteilung unter dem lieben Herrn Stahlhut.

Was mußte Hem da für Kämpfe ausfechten um einen einzigen guten Beitrag! Darum, daß nicht alles umgeschrieben wurde auf die Tränen- oder die Kriegs- oder die Sex- oder die Crime-Masche. Was gab es für Skandale! Wie heldenhaft hatte Hem sich betragen!

Umsonst. Zuletzt umsonst. Und deshalb hatte er auch resigniert, schon lange.
»Was soll's denn, Junge? Hingehauen werden muß es doch ...«
Dreck kam ins Blatt, wurde fabriziert, mehr und mehr, für niedrigere und niedrigere Instinkte. Scheißromane kamen ins Blatt, den Blödesten im Lande nach dem Herzen geschrieben, manchmal von bis zu fünf Autoren, dem ›Team‹: ein Mann für die männlichen Dialogzeilen, eine Frau für die weiblichen, ein Spezialist für ›action‹, einer für ›continuity‹ und den ›plot‹, einer für den rein erzählerischen, beschreibenden Teil. Das Ganze bis in die Kleinigkeiten vorprogrammiert vom Computer, nach dessen neuesten Berechnungen.
Bekamen wir einmal einen guten fertigen Roman zum Vorabdruck, dann mußte er ›für die Bedürfnisse des Blattes‹ völlig auf den Kopf gestellt werden. Dieser Lester, der hatte die Umschreiberitis ins Haus gebracht! Da war doch der Wirbel um den Roman von diesem verstorbenen Amerikaner, der immerhin Weltruf hatte. Zwei Burschen aus der Werbebranche engagierte Lester damals, smarte Lümmel. Der Nachlaßverwalter dieses Amerikaners hatte einen Brief geschrieben und gefragt, wer denn da unter dem Namen seines Autors so niederträchtigen Dreck produziert habe, denn er wollte ihn verklagen. Herr Dr. Rotaug bewies dem Manne, daß der nach dem Vertrag überhaupt nichts machen konnte. Natürlich bekamen wir nie mehr einen Roman von einem guten Autor. So was sprach sich herum. Na ja, wir machten unsere Romane ohnehin lieber selber in Häkelarbeit! Und logen und betrogen den Leser, daß sich die Balken bogen. Aber sollte ich das alles vielleicht diesem Mädchen Lucie erzählen?
Meine müden Augen brannten. Ich trank und merkte nicht, daß Flüssigkeit über mein Kinn lief. Brütend sah ich Lucie an.
Ob mein Leben anders verlaufen wäre, wenn ich einmal so ein Mädchen geliebt hätte, richtig geliebt? Ein gutes Mädchen war diese Lucie. Sie hätte mich vielleicht dazu gebracht, zu widersprechen, wegzugehen, als es dann anders wurde bei BLITZ. Ja, so eine wie Lucie, die hätte das wohl fertiggekriegt. Selber gearbeitet hätte so eine wie die, wenn es mir vielleicht eine Zeitlang dreckig gegangen wäre. Ach, aber für solche Mädchen, denen die Anständigkeit im Gesicht geschrieben stand, hatte ich mich nie interessiert. Jetzt, wo es zu spät war, fing ich damit an. Komisch!
Ich lachte heiser.

»Warum lachen Sie?«
»Nichts.«
»Ich verstehe das nicht... Das war doch alles wunderbar... Sie müssen doch ein glücklicher Mensch gewesen sein – damals«, sagte sie ratlos.
»War ich auch... und nie habe ich getrunken am Vormittag, nie!«
»Aber was ist denn dann passiert?« fragte Lucie ratlos.
»Die Auflage«, sagte ich voll Bitterkeit, als wäre die der böse Feind, die Wurzel aller schlimmen Dinge. »Die verfluchte Auflage! ... Und der ... und der Computer...« Ich flüsterte verschwörerisch: »Das ist ein Geheimnis, Fräulein Lucie, niemandem sagen! Wir haben da drüben einen Computer, der bestimmt, was geschrieben wird... Da kann sich Hem einen Infarkt holen, bevor er heute noch einen guten Beitrag ins Blatt bringt...«
»Einen Computer?«
»Ja. Einen Computer! Auf den paßt der liebe Herr Stahlhut auf... und auf mich passen die lieben Damen des Hauses auf, auf jede Zeile, die ich schreibe... jede Zeile begutachten sie, die Lieben, eben jetzt wieder, deshalb bin ich ja hier...«
»Ich weiß«, flüsterte Lucie.
Ich malte mit dem Finger aus den feuchten Ringen Buchstaben auf die schwarze Thekenplatte. Ich sagte: »Es war einfach eine andere Zeit damals. Sie kommt nicht wieder...« Ich zündete eine Zigarette an, meine Bewegungen waren fahrig. »Sorgen, was ich habe, wie?« Ich lachte. »Alles nur eine Ausrede fürs Saufen! Sie wissen doch: Jeder Säufer muß eine Ausrede haben. Dem ist der Hund gestorben. Der hat Liebeskummer. Dem machen die Kinder Schereien. Schütteln Sie nicht den Kopf, Fräulein Lucie! Ich bin ein Säufer. Hüten Sie sich vor mir.«
»Sie sind unglücklich«, sagte Lucie sehr leise. Und nun sahen wir uns richtig an, und Herr Kniefall, vorne im Laden, trompetete: »Wunderschöne Ananas, gnädige Frau!«
Da läutete das Telefon neben der Bartheke.
Wir fuhren beide zusammen, dann hob Lucie ab. Sprach kurz, legte auf, sagte beklommen: »Sie möchten bitte hinüberkommen.«
Ich stand vorsichtig auf. Lucie schaute unglücklich zu, wie ich Mühe hatte, meine Jacke anzuziehen.
Donnerwetter, ich war ja blau wie ein Veilchen. Na und? Na und, Scheiß!
Ich zahlte – nur den Tomatensaft und das Sodawasser, es war ja

›meine‹ Flasche ›Chivas‹, die hatte ich schon bezahlt – und gab ein viel zu hohes Trinkgeld, wie immer, wie überall.
»Aber das geht doch nicht, Herr Roland! Nein, das nehme ich nicht an!«
»Sie werden's schon annehmen«, sagte ich und reichte ihr feierlich die Hand. »Leben Sie wohl, Fräulein Lucie.«
»Auf Wiedersehen, Herr Roland ...«
Ich ging betont aufrecht durch den Laden. Einmal drehte ich mich um und sah, daß Lucie Tränen in den Augen standen. Sie wischte sie gerade fort und starrte auf die Buchstaben, die ich aus verschüttetem Whisky auf die Theke gemalt hatte. LUCIE hatte ich da hingemalt. Und den Namen dann durchgestrichen, zweimal. Schnell drehte ich mich zurück und machte, daß ich aus dem Geschäft kam. Na, dachte ich, nun würden die Tränen wohl erst recht strömen ...

16

Kaum merkbar schwankend, die Hände zu Fäusten geballt, die Schultern wie ein Boxer vorgezogen, so ging ich zum Verlag zurück. Die Sonne schien mild und kraftlos. Mir war heiß. Hätte doch weniger trinken sollen, dachte ich. Mit all dem Whisky von heute nacht – bißchen happig. Donnerwetter, spüre ich den ›Chivas‹! In den Knien, in den Augen, im Kopf. Im Kopf am meisten. Da dreht sich ein Kreisel, dreht sich, dreht sich. Ach was, ich war schon manchmal blauer, wenn sie mich zu Herrn Chefredakteur Lester riefen ...
Ich mußte einen Umweg machen, denn von den U-Bahn-Bauern, welche die Kaiserstraße hier bis in die Eingeweide der Erde aufgerissen hatten, waren nur an einigen Stellen Holzbrücken von einer Straßenseite zur anderen errichtet worden. Die Brücken bestanden aus dicken Brettern, viele Bohlen stützten sie, sie hatten Geländer. Menschen drängten auf ihnen in beiden Richtungen, stießen gegeneinander, ein Riesenverkehr herrschte auf den Brücken.
Hunderte, viele Hunderte von Arbeitern, Schutzhelme auf dem Kopf, krabbelten wie Ameisen in der Tiefe herum; schachteten aus; rannten unter riesigen Kränen hin und her, dirigierten schier endlose Stahlträger; werkten vor Maschinen, die an Kränen montiert waren – Rammhämmern, Preßluftbohrern.

Ich blieb mitten auf der Holzbrücke stehen, lehnte mich an das Geländer und schaute in den zukünftigen U-Bahn-Schacht, der hier in Tagebauweise entstand. Mit Tausenden von Balken war der Schacht abgestützt, Drahtflechtwerk lief innen entlang, gewaltige Mischtrommeln schütteten Beton in die von Eisentraversen gehaltenen zukünftigen Tunnelwände. Auf einem breiten, hohen Podest stand so eine Art Trommel, um sie herum bereiteten fünf italienische Arbeiter Beton und schrien dabei (singen konnte man das nicht nennen) im Chor: »Evviva la torre di Pisa, di Pisa, che pende – e pende e mai va in giu!«
Ich grinste. Ich konnte italienisch.
»Es lebe der Turm von Pisa, von Pisa, weil er hängt und hängt und doch nie zusammenfällt!« So hieß das. Und es ging ganz schön säuisch weiter.
Als wären die Arbeiter alle, alle, meine Freunde, so sah ich sie an. Leicht verlor man das Gleichgewicht und kippte gegen das Geländer. Ich krallte, erschrocken darüber, daß mir der Boden unter den Füßen wegzurutschen schien, die Hände in das Holz. Ich wurde angerempelt.
Das sind anständige Menschen, dachte ich und betrachtete die Arbeiter da unten versunken und ernst. Die leisten etwas. Das sind Kerle. Griechen, Italiener, Jugoslawen, Türken, Deutsche, was weiß ich. Arbeiter! Ich? Ich bin ein Parasit, ein Stück Mist. Wenn ich nur ein Arbeiter wäre, einer, der etwas baut, der etwas schafft, etwas Nützliches, etwas, das den Menschen hilft ...
»Mann, können Sie nicht aufpassen?« schrie böse ein Passant, der mit mir zusammengestoßen war. Ich stolperte voran. Nun schaute ich nicht mehr zu den Arbeitern hinunter. Denn nun schämte ich mich plötzlich vor ihnen, vor ihnen allen.

17

»Wenn das noch ein einziges Mal vorkommt, ein einziges Mal, verstehen Sie, dann sind Sie gefeuert!«
Die laute, befehlsgewohnte Stimme des Chefredakteurs drang mir bereits entgegen, als ich im siebenten Stock aus der ›Bonzenschleuder‹ trat. Nun schritt ich den Gang zwischen den Glaswänden entlang, hinter denen die Redakteure der einzelnen Ressorts ihre Bü-

ros hatten. Chef vom Dienst, Ausland, Inland. Feature. Theater und Film. Wissenschaft. Technik. Humor ...

»Es hat alles Grenzen! Ich habe lange genug Geduld mit Ihnen gehabt! Kein Mensch ist unersetzlich, auch Sie nicht!« tobte Gert Lester in seinem Glaskasten. Der von dunklen Trieben gehetzte Familienvater und erstklassige Chef-Layouter Heinrich Leidenmüller stand vor ihm, ein ganz dünner Mensch mit Brille und großen Ohren. Er verbeugte sich dauernd. Bleich und unrasiert war er, sah ich. Und halbverwest wirkte er, wie immer. Außer ihm befanden sich noch Angela Flanders und Paul Kramer bei Lester, die beiden saßen rechts und links von dessen großem Stahlrohrschreibtisch. Auf Stahlrohrsesseln. Modern und kalt war das Büro eingerichtet. Regale aus Stahl und Glas. Aktenschränke und niedrige, langgezogene Regale aus Stahl, mit Schiebefenstern.

»In meiner Redaktion werden Sie sich nicht wie ein Hurenbock betragen, in meiner Redaktion nicht!«

Der Saukerl! dachte ich. Blinde Wut erfüllte mich jäh. Der drekkige Saukerl von Lester! In Angela Flanders' Anwesenheit tobte der sich aus. Wußte genau, daß man jedes Wort hörte in diesem Stall. Und der Leichenmüller, der sagte »Ja« und »Jawohl« und »Gewiß« und »Nie wieder« und danach jedesmal mit einer Verbeugung: »Herr Lester!« Vor der ganzen Textredaktion machte der Hund den armen Kerl lächerlich. Mir wurde immer heißer, ich zog die Jacke aus.

Ohne anzuklopfen öffnete ich die Tür zum Büro von Lesters Chefsekretärin.

»Tag, Frau Zschenderlein«, sagte ich.

Sophie Zschenderlein litt an Nebenniereninsuffizienz. Sie mußte Cortison nehmen, ein Präparat, das der Arzt in leichter Überdosierung verordnete. Deshalb bescherte ihr das lebenserhaltende Teufelszeug auch prompt ein typisches Cortison-Vollmondgesicht und eine allgemeine Gewichtszunahme. Die Krankheit hatte die bis dahin bildhübsche Frau ganz plötzlich vor zwei Jahren überfallen. Eigentlich sollte sie nicht arbeiten. Es fiel ihr oft auch sehr schwer. Aber was hieß das, man sollte nicht arbeiten, wenn man einen elfjährigen Sohn auf dem Gymnasium hatte, unschuldig geschieden war und der Vater, im Ausland, keinen Groschen Alimente bezahlte? Sagte sich leicht. Nur Krankheit und schweres Schicksal hatten sie streng und bitter werden lassen. Ihr ganzes Herz gehörte nun dem Chef. Ihm diente sie ergeben. Im Verlag hatte sie

so wenigstens das Gefühl, daß da ein Mann war, der sie brauchte und gerne sah – trotz ihres veränderten Äußeren. Darum waren Gert Lesters Freunde immer sofort ihre Freunde, und seine Feinde automatisch ihre Feinde. Schwarzen Rock und weiße Bluse trug die Zschenderlein. Wie alle Leute, deren Büros zur Kaiserstraße hinausgingen, litt sie an Übernervosität, hatte dauernd Kopfweh und manchmal auch Schwindelanfälle, denn hier, auf der Vorderseite des Verlagshauses, brandete der ungeheure Lärm, den die U-Bahn-Bauer machten, in gräßlichen Wogen an und drang in jedes Zimmer von früh bis spät. Und das seit Monaten und noch auf Monate. Da konnte einer wahrhaftig verrückt werden!
Schon hatte ich die Tür zum Allerheiligsten geöffnet.
»Aber Sie können noch nicht... Sie sehen doch...« Die Zschenderlein fuhr hoch.
Der Suff, der Suff! Ich grinste sie nur betrunken an und stand schon in Lesters Arbeitszimmer. Der Chefredakteur blickte mir eisig entgegen.
»Welche Freude! Herr Roland, unser großer Star! Anklopfen und warten, bis ich herein sage, können Sie wohl nicht mehr, wie, Herr Roland? Nehmen Sie doch Platz, Herr Roland« (jetzt wurde Lester ironisch), »legen Sie sich keinen Zwang auf, fühlen Sie sich ganz wie zu Hause.«
»Das tue ich schon, Herr Lester.«
»Fein, fein«, sagte Lester. »Nur noch einen Moment, ich habe eine Kleinigkeit zu erledigen, bevor ich mich Ihnen zuwende, Herr Roland.«
Auch in Lesters Büro drang der nervtötende, unablässige Lärm der Bauarbeiten. Ich verbeugte mich vor Angela Flanders (das war wirklich eine alte Freundschaft zwischen uns beiden), und ich nickte Paul Kramer zu. Der fuhr sich besorgt durch das wirre, graue Haar und strich dann an seinem Hemingway-Bart. Innerlich fluchte er gewiß. Mußte ich mich wieder besaufen? Kramer wechselte trübe Blicke mit der Flanders. Auch die war traurig.
Hem trug ein buntkariertes Hemd und eine Flanellhose, die Krawatte hatte er ebenso abgelegt wie seine Jacke. Er zog nie eine Jacke an, wenn er zu Lester gerufen wurde. Und er legte dann auch nie die Dunhill-Pfeife fort, die er gerade benutzte. Wie immer, so rauchte er auch jetzt hier. Das war seine Art, dem Chefredakteur zu zeigen, was er von ihm hielt. Es roch angenehm im Raum. Wenigstens *etwas* Angenehmes! dachte ich.

Gert Lester (dunkler Anzug, weißes Hemd, Foulard-Krawatte) fuhr mit der Hand über das kurzgeschnittene Haar. Seine Augen zogen sich zusammen, die Adlernase vibrierte. Aber Lester brauchte mich, also mußte er sich beherrschen. Also schnauzte er den armen Leichenmüller an: »Gehen Sie runter und an Ihre Arbeit! Einmal decke ich Sie noch – das letzte Mal! Ab jetzt!«
Der Leichenmüller katzbuckelte noch immer. Er stammelte: »Es wird nie mehr vorkommen, Herr Lester. Nie mehr!«
Klar wird es wieder vorkommen, dachte ich. Und man wird dich nicht feuern, du bist viel zu begabt. Aber solche entwürdigenden Szenen wird diese Toppsau dir wieder machen.
»Ich danke auch vielmals für Ihr Vertrauen, Herr Lester ...« Der Leichenmüller entfernte sich, dienernd und nach hinten gehend, und stieß dabei mit mir zusammen.
»Oh, pardon!«
»Hör schon auf«, murmelte ich. »Scheiß dir nicht gleich immer in die Hosen vor dem Kerl!«
»Was sagten Sie da eben?« krähte Lester.
»Nichts Besonderes«, antwortete ich.
»Ich wünsche es aber zu wissen!«
Ich zuckte die Schultern.
Der Leichenmüller hatte inzwischen, mit weiteren Verneigungen, den Raum verlassen. Die Arbeit war zum Stillstand gekommen in den vielen Büros ringsum, nur noch ein paar Maschinen klapperten. Die Menschen hier oben, Reporter, Autoren, Redakteure, Tippsen, schauten jetzt in Lesters Zimmer. Das war eben ein so schöner Krach mit dem Leichenmüller gewesen. Und mit mir schien sich auch etwas anzubahnen!
»Ich habe ihm gesagt, er soll sich nicht immer gleich in die Hosen scheißen vor Ihnen, Herr Lester«, erklärte ich freundlich. Ich verbeugte mich zu der Flanders hin. »Entschuldigen Sie, Angela.«
Hem sog an seiner Pfeife, blies eine Rauchwolke aus, bewegte keinen Gesichtsmuskel.
Lester fing an zu toben. »Das ist unerhört! Was fällt Ihnen ein ...«
Ich drehte mich um, ging wieder zur Tür.
»Wohin wollen Sie?«
»Raus. Bis Sie sich beruhigt haben.«
Fünf Sekunden verstrichen.
Wir sahen uns nur an.

Das Hochhaus vibrierte ganz leise durch die Erschütterung der Erde draußen, grell tobten die Maschinen …
Lester konstatierte zuletzt: »Wieder ein Schlückchen getrunken!«
»Mehrere Schlückchen«, antwortete ich.
»Setzen Sie sich!« bellte Lester.
Ich setzte mich achselzuckend auf einen unangenehm wippenden Stahlrohrsessel vor den Schreibtisch. Die Jacke rutschte zu Boden. Ich hob sie auf und legte sie über die Knie. Jetzt arbeitete niemand mehr in den anderen Büros.
»Wenn ich also bitten dürfte«, sagte ich.
Lester hatte sich alle Mühe gegeben, Ruhe zu bewahren, seine Aversion zu beherrschen. Aber ich brachte ihn jedesmal aus dem Gleichgewicht. Übel wurde Lester schon, wenn er mich bloß sah.
»Ist Ihnen etwas über die Leber gelaufen, Herr Roland?«
»Nein.«
»Sie schauen aber so aus!«
»Ja?«
»Haben wir Ihnen etwas getan, Herr Roland?«
»Nein.«
»Sehr gesprächig heute, unser Herr Roland. Was ist denn los?«
Wenn du diesen Kasernenhofton nicht läßt, hau ich dir ein paar in die Fresse, sinnierte ich. Und gleich darauf: Ich bin doch viel besoffener, als ich dachte. Ich muß aufpassen. Jaja, Hem, schmeiß mir nicht dauernd solche Warnblicke zu. Ich habe es schon selber gemerkt.
»Ich fragte Sie etwas, Herr Roland!«
»Ich hörte es, Herr Lester!«
Der Chefredakteur neigte sich vor.
»Wollen Sie Streit?«
»Nein, Herr Lester.«
»Mir scheint aber, Sie wollen doch Streit.«
»Da sind Sie in einem Irrtum begriffen, Herr Lester.«
»Wenn Sie nämlich Streit haben wollen, können Sie ihn haben! Ich bin gerade in der Laune!«
»Das bedaure ich, Herr Lester. Können wir jetzt vielleicht endlich zur Sache kommen?« (Und du kriegst doch noch ein paar in die Fresse, ich kann deine Visage nicht sehen, du Karrierehengst, du elender. – Ich hätte nicht so viel trinken sollen.)
»Können zur Sache kommen, ist gut! Wir *müssen!* Sie haben noch eine Menge zu tun mit der Fortsetzung, Herr Roland! Die Frauen

hatten viel auszusetzen – leider auch Grundsätzliches. Und die Zeit drängt. Sie haben ja wieder einmal zum allerletzten Termin geliefert!«

»Ich ließ mich entschuldigen. Mir war nicht gut. Ich habe ...«

»Runtergerotzt haben Sie die Fortsetzung! Heute früh! Ich habe meine Informanten!«

»Ach.«

»Und so ist sie ja auch geworden, die Fortsetzung! Runtergerotzt! Sie glauben wohl, Sie können sich bereits alles leisten, Herr Roland, wie?«

»Herr Lester, ich stelle fest, daß Sie in einem feindseligen Ton mit mir sprechen.«

»Ah, das stellen Sie fest?«

»Ja. Und ich glaube nicht, daß ich mir diesen Ton gefallen lassen werde.«

»Walter«, sagte Hem, die Pfeife aus dem Mund nehmend, »benimm dich endlich wie ein normaler Mensch und nicht wie ein besoffener Idiot!«

Ich nickte. Wenn Hem sprach, kam ich immer wieder etwas zu mir.

»Verzeihen Sie, Herr Lester.«

»Bitte. Frau Flanders, wenn Sie uns nun freundlichst die Einwände der Damen vorlesen würden.«

Die Flanders nahm ihren Stenoblock und entzifferte, was sie notiert hatte. Sie sah mich dabei immer wieder entschuldigend an. Es war tatsächlich eine ganze Menge. Zweimal wollte ich etwas sagen, bemerkte Hems warnenden Blick und schwieg.

Die Flanders las vor, gab Erläuterungen zu ihren Notizen und kam immer wieder auf den Grundeinwand der Frauenkonferenz zurück: Diese Fortsetzung, die ganze Serie, hätte ich falsch angelegt. Viel, viel mehr müßten alle Eigentümlichkeiten, Vorlieben, Funktionen und Reaktionen seitens des *Mannes* berücksichtigt werden.

Lester wippte in seinem Sessel, trommelte kurz auf die Schreibtischplatte, sah mich erbittert an. Ich wurde, je weiter die Flanders kam, immer ruhiger. Ich lächelte sogar. Hem bemerkte es mit Besorgnis. Auch die Flanders wurde nervös, richtig ängstlich. Sie verstotterte sich beim Vortrag. Endlich war sie fertig. Nun blieb es eine lange Weile still in dem großen Glasbassin. Ich bemerkte, daß alle zu mir sahen, und erkundigte mich: »Sonst keine Wünsche?«

»Sonst keine, Herr Roland.« Nun trommelte Lester wieder auf die

Schreibtischplatte. »Ich finde allerdings, es reicht. Wir müssen das Steuer sofort herumwerfen! Hätten das längst tun müssen. Diese Fortsetzung wird bereits ganz anders angelegt! Viel Arbeit, gewiß. Sie besprechen das genau mit Herrn Kramer. Bevor Sie anfangen, kommen Sie noch einmal zu mir. Wir dürfen den Erfolg der Serie nicht gefährden. Zum Glück sind Sie ein schneller Schreiber. Viel schwarzen Kaffee jetzt, damit Sie wieder nüchtern werden. Das muß bis achtzehn Uhr fertig sein für die Maschinen. *Ihre* Schuld! Wenn Sie früher geliefert hätten …«

Ja, und in diesem Moment ließ der Whisky meine letzten Sicherungen durchbrennen. Plötzlich brach da, nach überlanger Fron, ein Mensch zusammen, konnte nicht mehr, wollte nicht mehr, nein, wollte nicht mehr! Ich hörte den Lärm draußen plötzlich überlaut, und auf einmal sah ich wieder den riesigen U-Bahn-Schacht und die vielen Arbeiter in der Tiefe vor mir, und ich hörte sie singen, singen, das Lied vom Turme zu Pisa, und das gab mir den Rest. Mit meinem Gehör, mit meinen Blicken und meinen Gedanken weit fort, so sagte ich: *»Nein.«*

»Was, nein?« fragte Lester, einen Moment völlig verblüfft.

»Walter …« Hem war aufgesprungen. Er wollte mich unterbrechen, aber ich erhob mich mühsam und winkte ihn zur Ruhe. Meine Stimme war plötzlich ganz leise.

»Nein, ich schreibe das nicht um.«

»Sie …«

»Ich schreibe nichts mehr um, Herr Lester«, sagte ich. »Ich schreibe nie mehr etwas um. Tun *Sie* es doch, Herr Lester.«

Der nur mittelgroße Chefredakteur sprang nun auch noch auf. Er sah ein bißchen lächerlich aus hinter dem Riesenschreibtisch. Und er schrie gleich wieder: »Unverschämtheit! Ich bemerke diese Obstruktion schon seit langer Zeit! Glauben Sie bloß nicht, daß ich sie nicht bemerke! Aber bei mir kommen Sie nicht durch damit! Ich habe schon ganz andere Herren fertiggemacht! Ich schaffe Sie, Roland, ich mache Sie zur Schnecke!«

»Walter!« rief die Flanders. »Seien Sie vernünftig, bitte! Mir zuliebe!«

»Ich bin ganz vernünftig«, sagte ich. »Es tut mir leid, Angela, es tut mir leid, Hem, wenn ich euch nun im Stich lasse, wirklich. Aber … es … es … es geht nicht mehr!«

»Walter, Herrgott, Walter!« rief Hem. »Jetzt halt aber endlich den Mund! Glaubst du, für uns ist das ein Honiglecken? Was soll's denn? Es hat doch keinen Sinn! Das Blatt muß gemacht werden! Die Fortsetzung muß umgeschrieben werden!«

»Aber nicht von mir«, sagte ich verbissen. »Ich bin besoffen, ich weiß. Aber so besoffen bin ich nicht, daß ich nicht weiß, was ich sage! *Ich schreibe die Fortsetzung nicht um!* Evviva la torre di Pisa!«

Lester brüllte: »Das werden wir erst einmal sehen! So klein werden Sie noch bei mir, so klein ...« Er demonstrierte mit Daumen und Zeigefinger. »... Sie ... Sie Alkoholiker!« Lester schrie gern. Jeder im Hause wußte das. Der Laden hier hatte Ruckzuck zu gehen, wie beim Barras. Dort hatte es nie Schwierigkeiten gegeben. Warum sollte es hier welche geben? Lester belferte: »Um es Ihnen wieder einmal zu sagen, Herr Roland: Sie rutschen ab. Ihre Schreibe ist nicht mehr das, was sie einmal war! Das behaupte nicht nur ich! Das behaupten auch die Analysen der Research-Abteilung!«

»Die Analysen der Research-Abteilung sind Kacke!«

»Das ist ... das ist ... Ach, was rege ich mich auf?« brüllte Lester. »Der Schnaps ist das! Schnaps haben Sie im Hirn! Diese letzte Fortsetzung, die ist ein Skandal! Hingeschludert! Hingeschmiert! Und dafür ein Riesenhonorar! Und wenn ich Sie nun auffordere, umzuschreiben, dann weigern Sie sich? Schön! Sehr schön! Wird den Verleger aber freuen!«

So laut hatte Lester gebrüllt, daß alle draußen in ihren gläsernen Boxen es hörten. Einzelne verließen bereits diese Kojen und kamen heran. Redakteure, Autoren, Sekretärinnen stellten sich an die Außenwand des Chefbüros wie vor ein Aquarium, verstanden hier alles ganz genau, sahen hier alles ganz genau. Immer mehr kamen, mit neugierigen, erregten Mienen, erschrocken oder feixend, unruhig oder tief zufrieden darüber, daß Lester endlich einmal sein Fett kriegte.

Den Kopf vorgeneigt, so ging ich nun langsam, ganz langsam an Hem, der mich vergebens zu halten versuchte, vorbei, auf den Schreibtisch, auf Lester zu.

Was ich dann sagte, ich, der es vierzehn Jahre ausgehalten hatte in dieser Hölle, auf Kosten von Gesundheit und Nerven, der sich weichgesoffen hatte dabei – was ich dann sagte, war durchtränkt mit Haß und Zorn auf diese Industrie. Seltsamerweise schrie ich nicht, sondern ich sprach – sehr langsam, sehr leise, sehr deutlich.

»Jahrelang habe ich geschrieben, was Sie von mir verlangten, Herr

Lester! Jede Sauerei! Jede Volksverblödung! Wie wir bei Stalingrad eigentlich doch gewonnen haben! Wie der deutsche Kronprinz – der beste Kronprinz, den es je gab – bei Verdun eigentlich doch siegte! Die ganze heroische deutsche Geschichte habe ich folgsam und brav für Sie umgelogen und auf den Kopf gestellt, damit sie nur schön heroisch wird! Was für Helden habe ich Ihnen geliefert! Und dazu die Kinderschänder! Die erschütternden Prostituiertenschicksale! Die Hundertfünfundsiebziger-Tragödien! Sogar die Memoiren von entlassenen Nazi-Kriegsverbrechern habe ich geschrieben, weil diese Brüder keinen geraden deutschen Satz herausbekommen!«

»Walter!« Hem war mir nachgeeilt. Unglücklich stammelte er: »Willst du nicht vernünftig sein ... bitte, Walter ...«

Ich hatte jetzt den Schreibtisch erreicht, ich ging um ihn herum, die Arme auf dem Rücken, vorgeneigt, direkt auf Lester ging ich zu.

»Vernünftig«, sagte ich. »Nein, Hem, ich will nicht länger vernünftig sein. Es tut mir leid für Sie. Und auch für Sie, Angela. Ihr beide seid meine Freunde. Ich wünschte, ihr wäret jetzt nicht hier. Ich wünschte, ich wäre jetzt mit diesem Herrn allein ...«

»Fangen Sie hier nichts an!« schrie der Chefredakteur, bleich im Gesicht, die Arme schützend vor die Brust hebend.

Und gegen die Glasscheibe zum Gang preßten sich die Nasen der Neugierigen, Lüsternen, Schadenfrohen, Entsetzten – jetzt drängte sich alles, was in diesem Stockwerk arbeitete, da zusammen.

»Wer hat die Auflage von unserem Blatt immer wieder hochgerissen?« fragte ich, unheimlich ruhig. *»Ich!* Auf Ihren Befehl habe ich aus einer anständigen Illustrierten eine Kloake gemacht!«

Nun neigte ich mich bereits über Lester. Der tat einen Schritt nach rückwärts. Noch einen.

»Herr Roland, ich darf von Ihnen verlangen, daß Sie augenblicklich ...«

Ich sagte: »Einen Scheißdreck dürfen Sie von mir verlangen!«

Lester wich zwei weitere Schritte zurück. Mit offenen Mündern, atemlos, verfolgten die draußen auf dem Gang jedes Wort, jede Bewegung. Ein Mädchen schrie auf. Die Zschenderlein kam empört in den Raum gestürzt.

»Herr Lester, was ...«

»Raus!« sagte ich mit einer Stimme, die leise, aber so gefährlich klang, daß die Zschenderlein sich fluchtartig zurückzog.

Lester schrie: »Sie miserabler, besoffener Dreckskerl, Sie wagen es ...«
Ich richtete mich zum ersten Mal auf und schrie zum ersten Mal – wie ein wildgewordener Unteroffizier: *»Halten Sie den Mund, Sie trübe Tasse!«*
Daraufhin geschah etwas Ungeheuerliches: Lesters Hände näherten sich den Hosennähten. Es sah genauso aus, als ob er militärische Haltung annehmen wollte.
Weinend stützte Angela Flanders den Kopf in die Hände.
Hem setzte sich hilflos, die Pfeife war erloschen.
Lester hatte die Hände wieder von den Hosennähten genommen, aber das half nichts, alle hatten es gesehen, alle, die sich da draußen auf dem Gang drängten. Sie hatten es gesehen, und sie würden es allen anderen erzählen!
Lester rang nach Atem. Er fing an: »Sie ... Sie ...«
Doch jetzt trieb ich ihn immer schneller durch das große, gläserne Büro, Schritt um Schritt ging ich vor, ging Lester zurück. Im Kreis, in krummen Linien bewegten wir uns. Es sah grotesk aus, aber keiner lachte, keiner. Die Gesichter, glattgepreßt an der Gangscheibe, wirkten wie Fratzen.
Weiter und weiter trieb ich meinen Chefredakteur durch den Raum.
»Was haben wir alles zusammen getan, Herr Lester? Von Krebswundermitteln haben wir gefaselt bis zum grünblauen Koterbrechen! Das Vögeln haben wir zur Weltanschauung erhoben!« Ich sprach zwar wieder ganz ruhig, aber ich war im Moment absolut unzurechnungsfähig. Ekel, Demütigung, Trauer um verlorene Jahre, alles das würgte mich in der Kehle. »Wie wir uns doch um das Vaterland verdient gemacht haben, wir beide! Das Bundesverdienstkreuz gebührte uns dafür! Welche Leistung haben wir vollbracht! Deutsche Orgasmen sind die besten! Lesen Sie BLITZ, und auch Sie werden ein Berberhengst, eine brünstige Stute! Lesen Sie BLITZ – das Blatt mit dem geistigen Niveau seines Chefredakteurs!«
»Sie verfluchter Hund!« schrie Lester wild auf. »Ich werde ...«
Aber wir erfuhren nicht mehr, was er tun wollte, denn in diesem Augenblick schaltete sich einer jener Deckenlautsprecher ein, die in jedem Büro hingen und von der Telefonzentrale aus bedient wurden. Es war eine Rufanlage im Hause.
Aus dem Lautsprecher erklang eine gleichmütige Mädchenstimme:

»Achtung, bitte! Herr Chefredakteur Lester, Herr Kramer, Herr Roland und Herr Engelhardt werden gebeten, sofort zu Herrn Herford zu kommen. Ich wiederhole: Herr Chefredakteur Lester, Herr Kramer, Herr Roland und Herr Engelhardt, bitte sofort zu Herrn Herford!«

18

»Mit seiner Verlobten ...«

»Ja.«

»Aber seine Verlobte bin doch *ich!*«

»Ja.«

»Dann hat er noch eine gehabt?«

»Offenbar.«

»Er hat sie schon in Prag gehabt! Der Portier hat doch erzählt, daß das Mädchen mit tschechischem Akzent gesprochen hat und daß dieser Michelsen gesagt hat, Jan hat sie mitgebracht aus Prag!«

Das hatte der Portier uns auch noch erzählt.

»Tut mir leid«, sagte ich. »So ist es, ja.«

»Dann war er mit zwei Frauen gleichzeitig verlobt!«

»Ja«, sagte ich. Ich mußte nicht viel sagen, sie hörte ohnedies nicht zu. Sie saß neben mir im Lamborghini auf der menschenleeren Straße, der Orkan heulte um den Wagen und schüttelte ihn, und ich hatte die Zündung angedreht und ließ das Warmluftgebläse laufen, denn es war verflucht kalt geworden. Und mittlerweile 2 Uhr 35. Und wir parkten vor dem Haus 187, Eppendorfer Baum, und warteten auf Bertie, mit dem ich mich hier verabredet hatte. Und Bertie kam nicht. Der Flughafen lag nicht weit weg – vielleicht war er aufgehalten worden. Irina weinte nicht mehr. Zuerst hatte sie geweint, aber nun sah sie starr und gerade auf die Straße hinaus, und ihre Stimme hatte einen metallenen Ton. Unter Aufbietung letzter Kräfte bemühte sie sich um Haltung, darum, nicht zusammenzubrechen. Ich dachte, daß ich sie noch ein wenig reden lassen und dann zur Sache kommen wollte. Ich rauchte, und von Zeit zu Zeit trank ich einen Schluck. Irina wollte nichts trinken. Sie sagte: »Aber wir waren zwei Jahre zusammen!«

»Ja«, sagte ich.

»Und die andere? Wie lange kannte er die? Länger? Kürzer?«

»Ich weiß es nicht.« Sie tat mir wirklich leid, doch diese zweite Frau hatte mir der Himmel geschickt. Nun wird es keine Schwierigkeiten geben, dachte ich.
»Kann ein Mann zwei Frauen lieben?«
»Ja«, sagte ich.
»Nein!« rief sie. »Nicht gleich. Nicht aufrichtig. Die eine liebt er, und mit der andern schläft er.«
»Es muß nicht so sein«, sagte ich. Wo blieb Bertie?
»Es war aber so! Die andere, die hat er geliebt! Und mit mir hat er geschlafen. Fürs Bett war ich ihm gut genug. Geflüchtet ist er mit der andern! Sie hat er mitgenommen, sie, nicht mich!«
»Wollten Sie denn mit?«
»Natürlich«, sagte sie mit dieser metallenen Stimme. »Aber da hat er gesagt, auf einmal können wir nicht flüchten, er läßt mich nachkommen, sobald er im Westen Fuß gefaßt hat. Er schickt mir eine Nachricht. Auf die habe ich gewartet. Drei Monate lang. Ich hätte noch länger gewartet, wenn nicht ...«
»Ich weiß«, sagte ich.
»Gar nichts wissen Sie!« sagte sie laut. »Verzeihen Sie. Ich habe keine Nerven mehr. Sie sind gut zu mir. Verzeihen Sie.«
»Klar«, sagte ich. »Aber natürlich. Ich kann Sie gut verstehen. Er hat Sie betrogen ...«
»Ja.«
»... und sitzen lassen ...«
»Ja.«
»... und ist mit der andern abgehauen.«
»Ja«, sagte sie gramvoll.
»Ich würde sagen, so was macht nur ein Schweinekerl«, sagte ich hoffnungsvoll, aber vorsichtig. Es gab viele Frauen, die liebten auch so einen Schweinekerl immer weiter. Nicht Irina. Gott sei Dank nicht Irina, dachte ich, als ich sie plötzlich schreien hörte: »Ein Schwein, ja, das ist er! Ein gemeines Schwein! Und ich habe ihm vertraut! Immer habe ich alles geglaubt, was er erzählt hat!«
Na also, dachte ich. Dann wollen wir mal.
Ich sagte: »Und jetzt ist er mit der andern auch noch auf und davon, wer weiß, wohin. Vielleicht ist er schon nicht mehr im Land. Und Sie sitzen hier und haben kein Geld und wissen nicht, was Sie tun sollen. Es ist schon eine Riesensauerei.«
Sie schluchzte plötzlich wieder. Ich gab ihr wieder mein Taschentuch. Sie blies heftig hinein.

»Danke.«

»Sehen Sie, Irina«, sagte ich, so sachlich wie möglich, »ich habe Sie aus dem Lager geholt und hierher gebracht und ...«

»Ich bin Ihnen auch sehr dankbar, Herr Roland.«

»Unsinn, das müssen Sie nicht sein. Aber ich bin Reporter. Ich soll über diese Geschichte schreiben. In dieser Geschichte kommen natürlich auch Sie vor ...«

»Ja und? Ach so, Sie meinen, die Persönlichkeitsrechte ...« Ihr war mein Gespräch mit dem Portier Kubitzky und dem Antiquitätenhändler André Garnot eingefallen, das wir noch in dessen Wohnung geführt hatten. Dabei war es ziemlich stürmisch zugegangen, als ich Erklärungen von den beiden haben wollte. Der Portier führte sich auf wie von Sinnen.

»Erklärung? Was unterschreiben? Und Sie berichten dann alles? Ich bin doch nicht verrückt! Das kostet mich das Leben! Nein, Herr Roland, nein, von mir kriegen Sie die Erlaubnis nicht, nur über meine Leiche! Das ist unanständig von Ihnen, daß Sie uns zuerst aushorchen und dann sagen, Sie wollen über uns schreiben!«

»Was haben denn Sie gedacht, warum ich Sie aushorche?« fragte ich.

»Unanständig ist das! Nein! Ich unterschreibe nichts! Und wenn Sie eine Zeile über mich schreiben, verklag ich Sie!«

»Hören Sie«, sagte ich, »das, was Sie mir erzählt haben, erzähle ich genau so der Polizei.«

Er war außer sich.

»Nein! Bitte nicht! Eine solche Gemeinheit werden Sie nicht fertigbringen!«

»Ich werde«, sagte ich. »Es ist meine Pflicht. Zur Polizei zu gehen, das können Sie mir nicht verbieten. Damit kommt die Sache ohnedies ins Rollen.«

»Aber mein Leben ...«

»Wir sind nicht in Texas.«

»Nein, nicht? Und was bisher geschehen ist ...«

Das war eine Viertelstunde so weitergegangen. Dann hatte Garnot sich eingeschaltet: »Herr Kubitzky, ich rate Ihnen, unterschreiben Sie die Erklärung. Wenn man von einem offensichtlichen Unrecht weiß und nichts dagegen tut, begeht man selber ein Unrecht. Die Polizei kennt unsere Namen ja außerdem schon – als Zeugen. Damit hängen wir bereits in der Sache drin. Ich vertraue der Polizei. Sie wird uns schützen.«

»Ja, so wie die feinen Beamten, die hier waren und dann gesagt haben, ich soll mich nicht um den Michelsen kümmern!«
»Ich gehe nicht zu irgendwelchen Beamten«, sagte ich. »Ich gehe ins Präsidium. Unser Land ist kein Gangsterstaat. Sie sind in viel größerer Gefahr, wenn ich *nicht* ins Präsidium gehe und diese Sache publik mache, sehen Sie das doch ein, Herr Kubitzky!«
»Herr Roland hat recht«, sagte Garnot. »Schließlich haben wir ihn doch hier hereingewinkt und ihm freiwillig alles erzählt, nicht wahr?«
Kubitzky wurde weich.
»Also gut... meinetwegen... Aber ich nehme kein Geld, hören Sie, keinen Pfennig nehme ich!«
»Ich auch nicht«, sagte Garnot.
Ich stritt eine Weile mit ihnen, aber sie blieben fest. So holte ich meine Maschine aus dem Wagen und tippte die Erklärungen, und sie unterschrieben. Kubitzkys Hand zitterte dabei so, daß er seinen Namen kaum hinbekam.
Das war vor einer Viertelstunde gewesen. Jetzt, im Wagen, sagte ich zu Irina: »Die Persönlichkeitsrechte, ja. Sie können mir verbieten, über Sie zu schreiben. Da oben habe ich ein wenig geblufft. Zu Ihnen bin ich ehrlich. Wenn Sie es mir verbieten, kann ich nichts tun. Sie werden dann allerdings von der ganzen Presse vorgenommen werden, wenn diese Sache sich weiterentwickelt – und das muß sie wohl –, und nicht von mir exklusiv. Sie können mir aber auch erlauben, exklusiv über Sie zu schreiben...«
»Natürlich erlaube ich es Ihnen«, sagte sie zu meiner grenzenlosen Erleichterung. »Schreiben Sie! Schreiben Sie alles auf, die ganze gemeine Geschichte!«
Es war schon richtig gewesen, daß ich bei Irina so lange gewartet hatte. Jetzt war sie reif. Jetzt war der Zeitpunkt richtig. Ich hatte so ein Gefühl gehabt, daß sie in Hamburg eine Enttäuschung erleben und sehr verzweifelt sein würde. Gleich nach dem seltsamen unterbrochenen Telefongespräch hatte ich dieses Gefühl gehabt. Und gewartet. Jetzt war es eine Kleinigkeit.
»Es ist da nur...«, begann ich.
»Was?«
»Ach«, sagte ich und lachte kurz, »Sie kennen so einen großen Verlag nicht. Da sitzen auch Anwälte. Krümelkacker. Passen auf, daß sie ihre fetten Posten behalten. Müssen immer was zu tun haben. Verlangen deshalb, daß wir Reporter von jedem, über den wir

schreiben, uns die Persönlichkeitsrechte schriftlich übertragen lassen, wie ich das bei Garnot und Kubitzky machen mußte.«
»Ich gebe es Ihnen natürlich auch schriftlich.«
»Gut. Und ich gebe Ihnen Geld. Sagen wir fünftausend Mark?« Immerhin war sie die Schlüsselfigur, da konnte der Verlag schon etwas ausspucken.
»Ich will aber auch kein Geld«, sagte Irina.
»Warum denn nicht?« fragte ich. »Es ist doch nicht meines. Es ist Geld von Blitz. Nehmen Sie es. Das tut denen nicht weh.«
Sie schüttelte den Kopf.
Ich sagte: »Also, ich tippe jetzt mal die Abmachung und setze fünftausend ein, und die haben Sie zu kriegen, und wenn Sie sie jetzt nicht wollen, dann eben später.«
Sie antwortete nicht. Sie starrte auf die Straße und in den Sturm hinaus, der Papierfetzen und Laub hoch in die Luft wirbelte.
Ich schob meinen Sitz ganz nach hinten, um Platz zu haben, und dann drehte ich mich um und nahm meine flache kleine Reiseschreibmaschine und einen flachen Diplomatenkoffer, in dem ich Papier und Kohlepapier verwahrte, nach vorn. Ich stellte den Koffer auf die Knie und die Maschine darauf und spannte Papier und Kohlepapier und einen Durchschlag ein und knipste die Wagenbeleuchtung an und begann zu tippen.
Irina saß neben mir und sah mich jetzt an, ich konnte es fühlen. Die Zigarette hing mir schief im Mundwinkel, die Warmluft rauschte, und ich tippte wieder einmal den Text, den der Doktor Rotaug mir durchgegeben hatte. Und setzte als Honorar DM 5000.– ein. Der Flacon lag auf dem ledergepolsterten breiten Armaturenbrett. Irina fragte: »Darf ich jetzt einmal?«
»Ja«, sagte ich, tippend, »soviel Sie wollen. Im Kofferraum hinten habe ich noch mehr.«
Sie setzte den Flacon an die Lippen und neigte den Kopf zurück und trank, und ich hörte auf zu tippen und sah sie an. Ich sah ihren weißen Hals und ihr Profil, und ich dachte, daß sie ein sehr schönes Mädchen war. Ganz allein. Verlassen. Jetzt mit mir zusammen. Längere Zeit vermutlich mit mir zusammen. Wenn ich ...
Ich hörte auf zu denken und drückte die Zigarette im Ascher des Wagens aus und tippte die Abmachung zu Ende. Ich hob die Maschine und sagte: »Nehmen Sie mal den Koffer.« Sie nahm ihn. Ich gab ihr das Original und den Durchschlag und einen Kugelschreiber. Sie unterschrieb langsam und wie in Trance.

»Das Geld steht zu Ihrer Verfügung«, sagte ich. »Jederzeit. Sie können es sofort haben, wenn Sie wollen.«
»Nein, ich will nicht«, sagte sie, während ich ebenfalls unterschrieb.
»Also später.«
»Ja«, sagte Irina, »später, vielleicht.« Dann begann sie wieder zu weinen, still und reglos.
Ich verstaute Papiere, Koffer und Schreibmaschine hinten im Wagen, wo der Recorder lag, dann drehte ich mich zu Irina um, legte einen Arm um ihre Schulter und sprach tröstend auf sie ein, lauter dumme Phrasen, das wußte ich, aber was hätte ich sonst sagen sollen? Es gab keinen wirklichen Trost für das, was Irina widerfahren war. Sie tat mir leid, wahrhaftig, sie tat mir sehr leid – und ich war sehr froh, daß ich jetzt ihre Persönlichkeitsrechte hatte.
Jemand klopfte gegen mein Seitenfenster.
Irina schrie leise auf.
»Noch mal passiert so was nicht«, sagte ich. Bevor ich das Fenster herabkurbelte, griff ich in die Manteltasche und holte den Colt 45 heraus. Draußen stand ein rundlicher Mann in einem karierten Mantel. Er hatte ein kariertes Hütchen auf und trug eine sehr laute Krawatte. Er grinste mich schüchtern an. Der Mann war vielleicht fünfundvierzig. Ich hielt den Colt versteckt in meiner rechten Hand, und mit der linken kurbelte ich das Fenster herab.
»Helloh!« sagte der rundliche Mann.
»Helloh!« sagte ich.
»Sorry to disturb you«, sagte er. »Sie verstehen?«
»Yeah«, sagte ich. »What's the matter?«
»Ich bin Richard McCormick«, sagte er mit schwerem Akzent. »Drogist aus Los Angeles.«
»Glad to meet you«, sagte ich.
»Sprechen Sie deutsch, bitte. Ich lieben deutsch. Wollen mehr lernen. Bin hier auf große Europe-Trip, verstehen?«
»Ja.«
»Ich und Joe.«
»Joe?«
»Mein Freund. Joe Rizzaro. Auch Drogist. We got lost. Haben uns verfahren. Verstehen?«
»Wo ist Ihr Freund?« fragte ich und packte den Colt fester.
»Im Wagen«, sagte er und winkte nach hinten. Ich drehte mich um. Hinter uns parkte ein großer, olivgrüner Chevrolet. Ein Mann

saß am Steuer, grinste ebenfalls und winkte mir zu. Ich war so mit Tippen beschäftigt gewesen, daß ich den Wagen nicht kommen gehört hatte. Auch wegen des Orkans. Und in meinem Lamborghini brannte Licht. Deshalb hatte ich wohl die Scheinwerfer des Chevrolets nicht gesehen, dachte ich. Jetzt waren sie ausgeschaltet.

»Wir wollen Reeperbahn, Sankt Pauli, verstehen?« sagte McCormick.

»Ja«, sagte ich.

»Well, wo ist?«

»Sie sind zu weit gefahren«, sagte ich. »Viel zu weit.«

McCormick sagte: »Wir wollen Sankt Pauli. Wir wollen wunderschöne Fräuleins. Sie verstehen, was ich meine.« Er verbeugte sich. »Excuse me, lady.«

Irina sah ihn starr an.

»Reeperbahn gut für wunderschöne Fräuleins, eh?«

»Sehr gut«, sagte ich, den Finger am Abzug des Colts.

»Nun, wie kommen wir hin?«

»You turn your car and ...«, sagte ich.

»Sprechen Sie deutsch! Ich lieben deutsch«, sagte McCormick. »Also Wagen umdrehen und dann?« Er legte einen Stadtplan, den er in der Hand hielt, auf das Fensterbord. Es war einer von diesen Faltplänen. Einen Bleistift hielt er mir auch hin. »Zeichnen Sie bitte den Weg, Mister.«

»Hören Sie ...«

»Bitte! Wir wollen zu wunderschöne Fräuleins. Sie wissen, warum!« Er sah mich mit listigen Augen an.

Ich nahm den Bleistift in die linke Hand und sagte: »Hier sind wir. Die Straße ganz zurück bis zur ...« Weiter kam ich nicht. McCormicks (oder wie immer er hieß) zweite Hand schnellte vor und preßte ein feuchtes Tuch gegen meinen Mund und gegen meine Nase.

Ich riß den Colt hoch. Er ließ den Stadtplan fallen und drehte mir die Hand so weit um, daß ich die Pistole loslassen mußte. Er war unheimlich kräftig. Ich sah, wie Irina den Schlag an ihrer Seite öffnete und auf die Straße sprang. Das Tuch war mit einer widerlich stechend riechenden Flüssigkeit getränkt und sehr kalt. Ich rang nach Luft und atmete die verfluchten Dünste ein. Das letzte, was ich hörte, bevor alles schwarz um mich wurde, waren ein Aufschrei Irinas und danach hetzende Schritte auf dem Gehsteig draußen.

19

Gott der Allmächtige hat mir mein Geld gegeben
John Davidson Rockefeller, 1839–1937

Diese Worte waren in eine Tafel aus Gold eingraviert. Die Tafel hatte fast die Größe eines Blitz-Heftes im Querformat, und man hatte sie in die freie Stelle einer Bücherwand eingelassen, die bis zur Decke des hohen Raums reichte. Drei Wände waren so von Büchern verdeckt, bunten neuen und alten kostbaren, ledergebundenen. Die Regale – alles Mahagoni natürlich – hatten Soffittenbeleuchtung. Ich kannte dieses Allerheiligste des Verlegers, ich war schon oft hiergewesen, und immer wieder hätte ich schwören mögen, daß kein Dutzend Bücher unter den vielen Tausenden dieser Bibliothek von ihrem Besitzer gelesen worden war.
Ich trat als letzter ein, Hem, Lester und Bertie gingen vor mir her. Die gute arme Cortison-Zschenderlein hatte schon während meines Streits mit dem Chefredakteur stärksten schwarzen Kaffee für mich gekocht, und bevor ich heraufgekommen war, hatte ich noch zwei Tassen hinuntergewürgt, brennendheiß war das Zeug gewesen und stark mit Zitronensaft versetzt. Schmeckte scheußlich, aber wirkte Wunder. Das Allheilmittel der Zschenderlein. Sie kochte es sehr häufig, fast täglich für irgend jemanden, wenn auch selten um zehn Uhr vormittags. Nach der zweiten Tasse hatte ich mich im Waschraum übergeben und danach noch eine Tasse des Zitronen-Kaffees getrunken, auf den gereizten, nun leeren Magen. Ich würde nicht sagen, daß ich nüchtern war, weit entfernt davon, aber ich war auch nicht mehr sehr betrunken. Die Zschenderlein hatte gesagt, sie würde mir den Kaffee nachschicken, damit ich hier weitertrinken könnte.

Gott der Allmächtige hat mir mein Geld gegeben

Der Wahlspruch meines Verlegers Thomas Herford. John Davidson Rockefeller war zu seiner Zeit der reichste Mann der Welt gewesen. Multimillionär in Dollars. Herford war auch Multimillionär. Weniger Multi natürlich und in D-Mark, aber immerhin. Und er war fromm wie sein Titanenvorbild. Auf einem alten Stehpult lag, in Schweinsleder gebunden und stets aufgeschlagen, die Bibel, ein mächtiger Foliant, die Seiten aus Pergament, die Schrift mit roten und grünen und blauen und goldenen Initialen.

Herfords Arbeitsraum war gewaltig in seinen Ausmaßen. Sechs Meter hoch, rund 120 Quadratmeter. Auf dem Velours überall Teppiche, manche riesenhaft. Ein schier endloser Tisch mit vielen harten, geschnitzten Stühlen, die geschnitzte schmale Lehnen trugen, für Konferenzen. Drei Sitzecken mit Fauteuils und niederen Tischen. Dem Eingang vom Vorzimmer gegenüber stand Herfords antiker Schreibtisch, auf dem sich Papiere und Bücher und Zeitschriften türmten. Vier Telefone, ein silbernes, eines, von dem es hieß, es sei aus reinem Gold. Eine silberne Interoffice-Sprechanlage. Links vom Schreibtisch zwei Fernsehapparate, ein richtiger und ein Monitor, der zu dem Computer gehörte. Der Monitor war eingeschaltet. Seine Scheibe flimmerte schwarz. In der grünlichen Computerschrift erschien gerade eine Reihe von Zahlen auf der Scheibe.

Thomas Herford residierte, wie sein Verlagsleiter und die Research-Abteilung, im obersten Stockwerk, im elften. Die Fenster hinter seinem Schreibtisch waren in drei Flügel geteilt und wirkten wie die gigantische Nachahmung der Fenster in einem Flugzeug-Cockpit: das eine schräg frontal, die beiden anderen schräg und leicht seitlich, etwas kleiner.

Wenn man in diesen Raum kam, war man zuerst geblendet von dem vielen Licht, das einem entgegenflutete. Während ich hinter den anderen her auf den Schreibtisch zuwanderte, an dem ich Herford als Silhouette erkannte, sah ich die Stadt im Sonnenschein dieses Herbsttages. In hunderttausend Fenstern leuchtete die Sonne, und ich sah sogar die Mainebene und die Mittelgebirge in der Ferne. Wer das zum ersten Mal erlebte, mußte überwältigt sein. Ich war auch überwältigt gewesen, vor Jahren. Jetzt dachte ich nur, daß es fein wäre, wenn die Zschenderlein möglichst bald meinen Kaffee nachkommen ließ.

Thomas Herford stand auf. In der Sitzecke neben dem Schreibtisch erhoben sich zwei Männer. Ich erkannte den schildkrötenähnlichen Dr. Rotaug und den Verlagsleiter Oswald Seerose. Und zwischen ihnen saß Grete Herford, die Frau des Verlegers, die ›Mutti‹, wie er sie nannte, wie sie allgemein im Verlag genannt wurde, eine ganz wichtige Person, denn für Herford war der Geschmack seiner Frau noch wichtiger als sein eigener. Zu allen großen Besprechungen zog er sie hinzu. Was für eine große Besprechung soll das hier werden? dachte ich.

»Da sind Sie ja, meine Herren«, dröhnte Herford, auf uns zukommend. »Tut mir leid, daß ich Sie aus Ihrer Arbeit reißen muß, aber Herford hat Ihnen etwas Entscheidendes mitzuteilen.« Er schüttelte uns nacheinander die Hand. Ich kam als letzter dran und sah inzwischen noch einmal zu dem Monitorschirm. Dort erschien, in grünlich fluoreszierenden Buchstaben, diese Mitteilung:

SUEDDEUTSCHE KLEINSTADT, BEFRAGTENTEIL KATHOLISCH, ALTERSGRUPPE 35-40 JAHRE, VERHEIRATET, EIGENHEIM, 1-2 KINDER, EINKOMMEN UM DM 1850, MITTELSTAND, BEAMTENTUM UND ANGESTELLTE, KEINE SELBSTAENDIGEN, ALLE MIT ABITUR, HOCHSCHULE ODER FACHSCHULE ... REPRAESENTATIV: 72,7% FUER BLOND, 15,5% FUER DUNKEL, 3,8% FUER ROT, UNENTSCHIEDEN 8,0% ... BEFRAGTENTEIL WEIBLICH...

»Was ist mit Ihnen los, Roland?« dröhnte Herfords Stimme. Ich sah vom Schirm weg, ich wäre fast im Stehen eingeschlafen. Nüchtern? Daß ich nicht kichere. Der Verleger hielt mir die Hand hin. Er lachte jovial. »Wieder mal einen in der Früh gekippt, ha?« Er packte meine Hand mit seiner behaarten Pfote und schüttelte sie schmerzhaft. »Geben Sie es schon zu, Roland, ich reiße Ihnen nicht den Kopf ab deshalb, Mann! Einen gelüpft beim Warten!«
»Herr Herford, ich ...«
»Drüben beim Feinkost-Kniefall. Wie immer.«
»Ich habe ... Woher wissen Sie ...«
»Herford weiß alles. Hat überall seine Leute. Hahaha. Hatten jetzt auch gerade Mordskrach mit dem Lester. Weiß Herford, weiß Herford alles. Seine Späher berichten. Hahaha.« Er redete jeden Menschen nur mit dem Zunamen an, ausgenommen seine Duz-Freunde, und er sprach von sich selbst gern in der dritten Person. Lester räusperte sich verlegen. Er hatte seit dem Skandal im siebenten Stock kein Wort mit mir geredet. »So, jetzt ist aber Schluß mit Krach, verstanden? Wir haben was zu besprechen. Herford braucht seine Knaben. Alle! Und nicht verfeindet! Also Hand geben und sagen, daß ihr euch nichts nachtragt!«
»Was heißt nachtragen? Herr Herford, ich wurde von diesem Betrunkenen so unqualifizierbar attackiert, daß ich verlangen muß ...«, begann Lester empört, aber Herford unterbrach ihn scharf: »Stille biste, Lester. Ganz stille. So unschuldig sind Sie bestimmt auch nicht. Ich kenne Sie. Guter Mann. Ausgezeichneter Mann. Können nur nicht mit Untergebenen umgehen. Kein Gefühl, das ist es. Immer den Vorgesetzten herauskehren. So können

Sie nicht verkehren mit einem Künstler.« Das sagte er ohne jede Ironie. »Roland ist mein bester Autor. Ein nervöser, sensibler Mensch. Darum trinkt er auch. Egal. Solange er so schreibt! Ein Phänomen, dieser Roland!«
Lester war ein feiges Schwein. Nach dem, was Herford da gerade über mich gesagt hatte, hielt er es für besser, seinen Ingrimm zu unterdrücken. Ich sah ihn an. Sein Gesicht war grau. Ich wußte, er würde jetzt schweigen, aber seine Rache kam, o ja, ganz bestimmt.
Und ich?
Ich war nicht ein Gramm besser als dieser Lester! Ich war ein genauso feiges Schwein. Ich hatte tatsächlich die feste Absicht gehabt, alles hinzuschmeißen und bei Blitz zu kündigen oder mich hinauswerfen zu lassen. Ich hatte es darauf angelegt! Ich hatte Schluß machen wollen, ganz bestimmt. Hätte ich es nur getan – mir wäre viel erspart geblieben. Doch ich besaß eben keinen Charakter, wenigstens seit ein paar Jahren nicht mehr, und Mumm besaß ich auch keinen mehr, wenigstens seit ich den Kaffee der Zschenderlein getrunken hatte und nicht mehr so blau war. Da hatte mein Rebellentum plötzlich ein Ende! Ich wollte jetzt gar nicht mehr an die Luft gesetzt werden, ich dachte an mein Wohlleben, meinen Wagen, mein Penthaus. Sie sehen, ich lüge nicht herum. So war es. Denken Sie von mir, was Sie wollen. Es wird schon stimmen.
»Also gebt ihr euch nun endlich die Hand oder nicht?« brüllte Herford plötzlich.
Prompt streckte Lester mir eine Hand hin. Ich ergriff sie. Die Hand war wie aus Gummi. Ich sagte: »Ich trage Ihnen nichts nach, Herr Lester.« Wahrhaftig, das sagte ich.
»Ich trage Ihnen auch nichts nach, Herr Roland«, sagte Lester. Die Worte kosteten ihn fast das Leben. Er erstickte um ein Haar an jedem einzelnen. Hem, hinter ihm, grinste mir zu. Auch Bertie grinste. Er steckte noch immer in seiner verdrückten Reisekluft, aber er hatte sich rasiert und einen neuen Stirnverband angelegt. Hem trug jetzt übrigens Jacke und Krawatte, und seine Pfeife hatte er unten gelassen. Und er und Bertie grinsten mir also zu, aber ich dachte immer nur: Lesters Rache kommt noch, die kommt ganz bestimmt. Wie das Amen beim Gebet. Und ich wußte, Lester dachte genau dasselbe ...
»So ist es recht!« dröhnte Herford. Er winkte in Richtung der beiden Männer und seiner Frau. »Die Herrschaften kennen sich ja, Herford braucht niemanden vorzustellen.«

Wir verbeugten uns. Lester eilte zu Frau Herford und küßte ihr die Hand. Mutti war blaß geschminkt (sie sah aus wie eine Leiche), und gekleidet war sie so grausig, wie sie sich immer kleidete. Über einem weißen Wollkleid trug sie eine sandfarbene gehäkelte Stola, dazu graue Seidenstrümpfe und feste, flache Wanderschuhe mit dicken Sohlen. Über der Lehne ihres Fauteuils lag ein sündteurer Nerzmantel, Dark Mink. Ihr ergrautes Haar war in einem zu grellen Violetton gefärbt. Auf dem Haar saß ein brauner Jägerhut mit einer langen, zusammengekringelten Fasanenfeder. Mutti hatte ein freundliches Gesicht und seelenvolle, blöde Kuhaugen.
»Vielleicht Kaffee für unseren Star-Autor«, sagte der Dr. Rotaug. Er trug wie immer einen schwarzen Anzug, eine silberne Krawatte, ein weißes Hemd mit Hjalmar-Schacht-Kragen, und er sah mich mit seinen Knopfaugen ausdruckslos an.
»Schon unterwegs«, sagte Lester gehässig. »Wird Herrn Roland nachgebracht. Damit er uns nicht schlappmacht.«
»Mein armer, junger Freund«, sagte der Chef der Rechtsabteilung, der einmal zu Herford gesagt hatte: »Denken Sie an meine Worte: Eines Tages werden wir mit diesem prächtigen Burschen den größten Skandal unserer Verlagsgeschichte bekommen.« Mir fiel der Satz, der mir hinterbracht worden war, wieder ein, als ich Rotaug nun so vor mir sah, mit seiner Vollglatze, dem pigmentfleckenübersäten Kopf und der schönen Perle in der silbernen Krawatte.
Oswald Seerose, der Verlagsleiter, sagte freundlich: »Brummschädel, was? Kenne ich. Also vorgestern war ich bei einer Party, Kinder, Kinder, ich kann euch sagen! Habe alles durcheinandergetrunken!«
»Oh, das darf man aber nie«, sagte Mutti. Sie hatte einen hessischen Akzent, und so, wie sie aussah, hätte sie als die Mutti jeder Fernsehfamilie auftreten können. Nicht allerdings als die Frau eines Großverlegers.
»Ich tue es in meinem Leben nicht wieder, gnädige Frau«, sagte Seerose. Er trug einen grauen Glencheckanzug, war schlank und groß und wirkte wie ein britischer Aristokrat. Er war bei weitem die imponierendste Erscheinung im ganzen Haus.
»Bevor wir nun beginnen – Bildchef Ziller ist leider noch im Flugzeug, auf dem Rückweg aus den Staaten, deshalb konnte Herford ihn nicht auch herbitten – bevor wir beginnen, laßt mich eine Stelle aus dem Buch der Bücher lesen.«
Buch der Bücher. Das sagte Herford tatsächlich.

Ich kannte auch das schon. Es war hier Sitte. Keine Besprechung, keine Konferenz, an deren Eingang und Ende nicht die Lesung eines erhebenden Wortes aus dem Buch der Bücher stand. Mutti stand auf, wobei der Jägerhut leicht verrutschte, und faltete die Hände, die gänzlich ohne Schmuck waren. Die anderen falteten ebenfalls die Hände, nur ich und Hem und Bertie nicht. Ich stand so, daß ich den Monitor sah. Über ihn flimmerte die Computerschrift.

REPRAESENTATIVES GESAMTERGEBNIS: 79,6% DES AUSGEWAEHLTEN UNTERSUCHUNGSGUTES BEVORZUGEN BLOND ... 17,2% SCHWARZ ... 3,2% ROT ... ABSOLUT EINDEUTIGES FAZIT: TITELBLATTMAEDCHEN MUESSEN BLOND WIEDERHOLE BLOND SEIN ...

Ich wandte kurz den Kopf und sah zu Herford, der an das Stehpult mit der Bibel trat. Der Verleger war ein großer, vierschrötiger Mann, neben dem Mutti wirkte wie ein Kind. Er hatte einen quadratischen Schädel mit dichtem, gekräuseltem Grauhaar, einen mächtigen Unterkiefer und buschige, schwarze Brauen. War seine Frau geschmacklos gekleidet, so war ihr Mann fast zu geschmackvoll angezogen. Er trug einen leicht glänzenden silbergrauen Anzug (vom ersten Schneider der Stadt), ein blaues Hemd mit abgerundeten Kragenenden, eine schwarze Krawatte und schwarze Halbschuhe. In der Krawatte steckte ein Platinclip, er hatte eine Platinuhr am Handgelenk und einen großen Brillantring am kleinen Finger der rechten Hand. Der Stein blitzte in flammenden Farben auf, als Herford nun die behaarten Hände etwas hob. Mit Gefühl sprach er: »Aus dem Ersten Brief des Paulus an die Korinther, dreizehntes Kapitel, über den Preis der Liebe ...«
Ich sah zum Monitor, während er sprach, und las, was schnell in grüner Schrift vorbeiflimmerte:

PROGRAMM 24 A – II: BRUESTE ... REPRAESENTATIVERGEBNIS ... ALLGEMEIN: BRUESTE TOTAL ENTBLOESST: JA – 84,6% ... BRUESTE SO WEIT ENTBLOESST, DASS WARZEN BEDECKT BLEIBEN: JA – 62,3% ... BRUSTWARZEN VERDECKT DURCH KLEID: JA – 32% ... VERDECKT DURCH BADEANZUG {BIKINIOBERTEIL}: JA – 69,5% ...

»Wenn ich mit Menschen- und mit Engelszungen redete, und hätte der Liebe nicht«, las Herford feierlich, »so wäre ich ein tönend Erz oder eine klingende Schelle ...«

... DURCH BH: JA - 68,3% ... DURCH VORGEHALTENE HAENDE: JA - 85,4% ... DURCH PFLANZEN (BLAETTER, BLUMEN, ETC.) JA - 87,7% ... DETAILFRAGE A: BRUSTWARZEN DURCH VERDECKUNG ERKENNBAR: JA - 92,3% ...

»... und wenn ich weissagen könnte und wüßte der Geheimnisse alle und hätte alle Erkenntnis und allen Glauben, also daß ich Berge versetzte ...«

... ERKENNBAR UNTER STOFFEN, NICHT DURCHSCHEINEND: JA - 52,3% ... UNTER DURCHSCHEINENDEN STOFFEN: JA - 68,5% ... STARK HERVORTRETEND UNTER FESTEM STOFF: JA - 71,5% ... HERVORTRETEND UNTER NASSEM HERRENHEMD: JA - 93,7% ... DETAILFRAGE B: WARZENFORM ... SPITZ UND KLEIN MIT KLEINEM HOF: JA - 42,4% ... SPITZ MIT GROSSEM HOF: JA - 58,4% ... GROSS UND DICK MIT KLEINEM HOF: JA - 67,1% ...

»... und hätte der Liebe nicht«, sprach Thomas Herford bewegt, »so wäre ich nichts. Und wenn ich alle meine Habe den Armen gäbe ...«

... GROSS MIT GROSSEM HOF: JA - 89,9% ... DETAILFRAGE C: FARBE DER WARZEN ... ROSA: JA - 49,3% ... HELLBRAUN: JA - 55,6% ... DUNKELBRAUN: JA - 91,3% ... MIT HAERCHEN: JA - 11,3% ...

»... und ließe meinen Leib brennen, und hätte der Liebe nicht, so wäre mir's nichts nütze. Die Liebe ist langmütig und freundlich ...«

... DETAILFRAGE D: FORM DER BRUESTE ... MAEDCHENHAFT, ZART: JA - 45,6% ... FRAUENHAFT, REIF UND STRAFF: JA - 60,3% ... STRAFFE UEBERGROESSE: JA - 95,4% ...

»... die Liebe eifert nicht«, sprach Herford inbrünstig, »die Liebe treibt nicht Mutwillen, sie blähet sich nicht, sie stellet sich nicht ungebärdig ...«

... BIRNENFOERMIG: JA - 39,6% ...

»... sie suchet nicht das Ihre ...«

... KNOSPENFOERMIG: JA - 9,1% ...

»... sie läßt sich nicht erbittern, sie rechnet das Böse nicht zu ...«

... APFELFOERMIG: JA - 93,4% ...

»... sie freuet sich nicht der Ungerechtigkeit...«

... DETAILFRAGE E: FARBE DER BRUESTE ... ROSIG: JA – 87,7% ... SONNENGEBRAEUNT: JA – 67,8% ...

»... sie freuet sich über die Wahrheit, Amen«, sagte Herford.
»Amen«, sagten Mutti, Seerose und Rotaug.
Eines der Telefone summte.
»Himmelarschundzwirn!« schrie der Verleger wütend. »Die wissen doch ganz genau, daß Herford jetzt nicht gestört werden will!«
Das Telefon summte und summte.
Der Verleger eilte an seinen Schreibtisch und hob einen der zahlreichen Hörer auf – den richtigen, er wußte, welches Telefon da summte.
»Was ist los?« bellte er. »Ich habe doch ausdrücklich... Wie?... Na, meinetwegen... Wo? Interoffice, gut...« Er legte den Hörer nieder und drückte eine Taste der silbernen Gegensprechanlage nieder. »Herford!«
Er ließ die Taste los.
Aus dem Lautsprecher erklang eine devote Stimme: »Tut mir furchtbar leid, wenn ich dich störe, Tommy, aber es ist wirklich wichtig...«
»Wo brennt's, Harald?« fragte Herford, über das Kästchen geneigt, indem er wieder die Taste drückte. Im folgenden drückte er sie dauernd und ließ sie dauernd wieder los. Harald, das war Harald Viebrock, der Personalchef, auch ein hohes Tier im Haus.
Wir alle lauschten stumm dem folgenden Wechselgespräch.
»Ach, ich bin umgeben von Idioten, Tommy! Wir haben doch besprochen, daß wir den Klefeld feuern, nicht?«
»Ja, und? Alles abgesprochen. Ende Februar kann der junge Höllering seinen Posten übernehmen.«
Der junge Höllering war, das wußte ich, der gar nicht mehr so junge Sohn eines unserer wichtigsten Grossisten, dem Herford verpflichtet war und dem er offenbar einen Gefallen tun wollte. Dieser Klefeld war ein alter Angestellter der Vertriebsabteilung, Gruppe ›Grossisten‹. Friedrich Klefeld. Seit zwanzig Jahren im Hause, fast seit der Gründung von Blitz. Ich hörte aufmerksamer hin. Da hatten sie sich natürlich wieder eine Sauerei ausgedacht!
»Das wird nun nur leider nicht gehen mit dem jungen Höllering, Tommy.«

»Was heißt, wird nicht gehen? Muß gehen! Mensch, der Vater rückt Herford täglich auf die Pelle. Herford hat's versprochen!«
»Weiß ich ja. Hab deshalb ausdrücklich mit Lang und Kalter geredet, vor Tagen schon. Hab ihnen gesagt: Klefeld wird gefeuert. Also hätte der seinen blauen Brief rechtzeitig kriegen müssen.«
»Klar.«
»Klar, ja, sollte man meinen! Weißt du, was passiert ist?«
»Was? Mach schon, Harald, Herford hat Gäste.«
»Lang und Kalter, diese Hornochsen, haben den Termin vergessen.«
Und wenn ich mit Menschen- und Engelszungen redete und hätte der Liebe nicht ..., dachte ich, als ich sah, wie Herford von einem Moment zum anderen zornrot wurde und in das Gerät brüllte: »Termin vergessen? Willst du sagen, daß sie dem Klefeld nicht fristgerecht gekündigt haben?«
»Das will ich sagen. Ich bin außer mir. Heute morgen ...«
»Diese Scheißkerle! Diese Arschlöcher! Diese ...«
»Herford, bitte, Herford!« ließ sich Mutti vernehmen.
... so wäre ich ein tönend Erz oder eine klingende Schelle ...
»Ach was, Herford! Dämliche Hunde sind das!«
»Heute morgen kommen sie zu mir mit eingezogenen Schwänzen und sagen, es tut ihnen furchtbar leid, sie haben es vergessen.«
»Furchtbar leid! Verdammte Zucht! Ist das eine Schweinerei! Der Klefeld hat ein Jahr Kündigungsfrist.« Herford tobte los: »Das hätten wir ihm ausgezahlt, wenn er gleich geht! Die Stelle für den jungen Höllering wäre frei gewesen! Kein Arbeitsgericht hätten wir zu fürchten gehabt! Dem Klefeld seine Frau ist doch krank! Immer wieder ist er zu spät gekommen! Hat seine Dienste nicht mehr mit der bisherigen Sorgfalt geleistet! Ganz eindeutige Verstöße gegen den Vertrag! Wir wären damit durchgekommen, wenn er vors Arbeitsgericht gegangen wäre! Stimmt's?«
... und wenn ich weissagen könnte und wüßte der Geheimnisse alle, und hätte alle Erkenntnis und allen Glauben ...
»Stimmt, Tommy. Alles klar. Und wenn wir trotzdem verloren hätten, weil er doch schon so lange im Haus und praktisch unkündbar ist, hätten wir mit ihm gehandelt und irgendwas bezahlt. So ein Prozeß dauert seine Zeit. Wir hätten es darauf ankommen lassen. Er hätte es nie durchgestanden, schon finanziell nicht!«
»Na eben! Seine Olle! Das Krankenhaus! Was will der überhaupt? Wir sind ja noch anständig zu ihm! So bekommt er das

Jahr ausgezahlt, wenn er geht! Hätte die Abfindung für ein Jahr liebend gern genommen, der Klefeld. Bei der Leukämie, die seine Olle hat, da braucht er doch Geld!«

»Und was für eine Leukämie die hat! Allein die Blutkonserven! Ihre Kasse zahlt das nicht mehr!«

»Bitte! Also den wären wir doch prima losgeworden. Alt ist der Kacker auch, dreiundsechzig, nicht?«

»Einundsechzig.«

»Einundsechzig, na schön. Scheiße, wir hätten ihn schon längst feuern müssen!«

... also daß ich Berge versetzte ...

»Wenn wir ihm zum nächsten Termin kündigen und Pech haben, ist seine Olle dann schon tot, und er braucht das Geld nicht mehr so und will lieber noch das ganze nächste Jahr abarbeiten!«

»Himmelarschundzwirn! Da muß man doch noch was machen können!«

»Herford, wirklich ...«

»Entschuldige, Mutti, aber ich muß mich so aufregen! Diese Scheißer ... Was kann man da noch machen, Harald? Herford *muß* dem Höllering den Gefallen mit seinem Sohn tun! Du weißt, der alte Höllering hat ganz Oberbayern.«

»Ich weiß, ich weiß. Aber du kannst gar nichts machen. Es kommt noch schlimmer.«

»Noch schlimmer? Was denn noch?«

»Der Chef der Vertriebsgruppe ›Grossisten‹ hat nichts von der Kündigung gewußt. Wir haben es doch geheimhalten wollen, nicht? Und so haben sie gestern für den Klefeld eine Feier veranstaltet, Geld gesammelt und Geschenke gekauft und Blumen und Schnaps ... richtiges kleines Fest, und eine Urkunde haben sie gedruckt ...«

»Scheiße, verfluchte!«

... BRUESTE TOTAL ENTBLOESST: JA - 84,6% ...

»... und auf der Urkunde steht, daß der Verlag ihm dankt für zwanzig Jahre aufopfernde Tätigkeit und daß du noch auf viele weitere Jahre einer harmonischen Zusammenarbeit hoffst!«

»Ich? Ich?«

... und hätte der Liebe nicht, so wäre ich nichts ...

»Ja, leider, Tommy. Sie haben deine Unterschrift auf der Urkunde faksimiliert mit der neuen Methode. Sieht genau aus wie deine

echte Unterschrift. Jetzt kann doch kein Mensch dem Klefeld kündigen! Wenn der mit der Urkunde zum Arbeitsgericht geht...«
»Hör auf! Mir ist ganz schlecht. Diese Kretins! Wenn man nicht alles selber macht! Paß auf, Harald: Dem Lang und dem Kalter, denen kündigst du vorsorglich heute schon...«
»Ist gut, Tommy. Habe ich ohnedies tun wollen.«
»... und dann schau dir die Personalakten an. Wem wir als nächsten im Vertrieb kündigen können. Natürlich keinen wichtigen Mann. Aber der junge Höllering *muß* in den Vertrieb! Der Vater hat ganz Oberbayern, Mensch! Herford wird dem Vater sagen, daß das nur zum Einarbeiten ist, dann kriegt er den Job von Klefeld...«

... BRUSTWARZEN HERVORTRETEND UNTER NASSEM, LOSEM HERRENHEMD: JA – 93,7% ...

»Mach ich, Tommy.«
»Und du haftest mir persönlich dafür, daß Klefeld das nächstemal seinen Brief rechtzeitig kriegt!«
»Klar, Tommy, klar. Kannst dich verlassen. Wollen nur zu Gott beten, daß seine Olle dann noch lebt und er dringend Geld braucht!«
... und wenn ich alle meine Habe den Armen gäbe...
»Bei Leukämie dauert das manchmal lange.«
»Toi, toi, toi!«
... und ließe meinen Leib brennen und hätte der Liebe nicht...
»Schau jetzt sofort in den Akten nach, damit ich den jungen Höllering wenigstens provisorisch unterbringe...«
»Sofort. Ich rufe zurück. Tschüß, Tommy.«
»Tschüß, Harald.«

... GROSS MIT GROSSEM HOF: JA – 89,9% ...

Herford schaltete den Apparat aus, richtete sich auf und sagte: »Magengeschwüre kriege ich noch in dem Laden, Gottverdammich! So eine stinkende Sauerei! Na, die beiden, die fliegen jetzt!« Er zog an seiner Weste, und von einem Moment zum anderen erschien wieder ein joviales Lächeln auf dem eben noch wutverzerrten Gesicht. »So, das wäre erledigt. Hat man nicht genug Sorgen! Muß auch immer noch so was kommen! Und die Leute glauben dann, Herford verdient sein Geld im Schlaf.«
»Neid«, warf Lester hilfreich ein.
»Ja, Neid«, sagte Mutti. »Ist das nicht etwas Furchtbares, der

Neid? Wo Herr Herford so schuften mußte, um das alles hier aufzubauen.« Ich sah Hem an, aber der sah vorsichtshalber zum Fenster hinaus. Wo Herr Herford so schuften mußte. Der arme Herr Herford. »Nimm deine Pillen, du hast dich wieder aufgeregt«, sagte Mutti. Herford fischte ein goldenes kleines Döschen aus der Uhrtasche seiner Weste, ließ es aufschnappen, und ich sah eine Menge verschiedenfarbiger Pillen darin. Herford war ein berühmter Pillenfresser. Er vertilgte Unmengen. Es hieß, er habe in seiner Villa in Griesheim einen ganzen Schrank voller Medikamente. Jetzt nahm er zwei blaue Kapseln und schluckte sie mit etwas Wasser, das er aus einer Karaffe in ein Glas gegossen hatte.
»Wenn Herford seinen Beruf nicht so liebte, hätte er längst alles hingeschmissen«, sagte Herford. Seinen Beruf und seine Millionen. Hoffentlich lebte die leukämiekranke Frau Klefeld noch möglichst lange, damit man Herrn Klefeld mit einer anständigen Abfindung wenigstens 1969 zum sofortigen Abgang bringen konnte ...
»Meine Herren!«
Herford war wieder neben das Bibelpult getreten, von Kopf bis Fuß ein Ehrenmann. (Nur blonde Pipi-Mädchen auf die Titelblätter! Deutsche Leser mochten keine Dunklen.) Ich sah ihn jetzt an, ich war ehrlich gespannt auf das, was er uns so dringend zu sagen hatte. Wir saßen in tiefen Fauteuils, und ich dachte, daß Mutti ihren Mann wie eine lichte Heilsgestalt betrachtete. Die beiden waren füreinander geschaffen. Vor dem Krieg, als Herford noch in der Annoncenabteilung einer anderen Illustrierten gearbeitet hatte, war Mutti seine Sekretärin gewesen.
»Meine Herren ...« Herford unterbrach sich. »Was ist jetzt los?« Eine sehr bürgerliche, ältere und keineswegs hübsche Sekretärin (die Sekretärinnen im elften Stockwerk suchte Mutti aus) hatte angeklopft und brachte meinen Kaffee. »Ach so«, sagte Herford mit einem Haifischlächeln der Geduld, »für unseren Dichter. Natürlich, Frau Schmeidle, stellen Sie es Herrn Roland nur hin.«
Die Schmeidle goß mir eine Tasse voll Kaffee aus einer großen Kanne, und ich goß einen mächtigen Schluck Zitronensaft aus einer Karaffe nach. Ich war doch noch immer recht blau. Und es wurde Zeit, daß ich wieder ganz nüchtern wurde.
»Ich bitte um Verzeihung für die Störung, Herr Herford«, sagte die Schmeidle und huschte wieder hinaus, eine alternde graue Maus.
»Nicht doch, nicht doch«, sagte Herford freundlich. »Nun trinken

Sie mal schön, Roland. Sie werden dringend gebraucht«, sagte er dann zu mir. Ich nickte.

»Herford hat Sie hierhergerufen«, sagte der Verleger, einen Daumen in der Westentasche, in der sich die Pillendose befand, »um etwas Grundsätzliches mit Ihnen zu besprechen. Mutti und ich haben seit Wochen und Monaten darüber nachgedacht.«

»Tag und Nacht«, sagte Mutti.

»Und wir meinen, daß es einfach unsere Pflicht ist, es zu tun«, sagte Herford.

»Was zu tun?« fragte Rotaug, der Schildkröten-Anwalt, still. Er sprach immer ganz still, niemals erregt oder laut.

»Wir haben eine demokratische Presse in diesem Lande«, sagte Herford, ergriffen von seinen eigenen Worten. »Und Herford ist stolz darauf, sagen zu können, daß sich BLITZ immer in der vordersten Linie dieser demokratischen Blätter befunden hat. Nun, ein Blatt mit unserer Auflage hat ja auch eine ganz besondere Verpflichtung, nicht wahr?«

»Manchmal glaube ich, Herr Herford wird noch unter der Last, die auf seinen Schultern liegt, zusammenbrechen«, sagte Mutti zu mir. Ich nickte ihr ernst zu.

»BLITZ ist sich seiner Verantwortung stets bewußt gewesen«, sagte Herford. »Herford erinnert an die Zeiten unter Adenauer, als die Gefahr einer kommunistischen Strömung sich breitmachte in den Gewerkschaften und bei der SPD.« Die hatte sich niemals breitgemacht, dachte ich. Niemals! »Zu jener Zeit war es unsere selbstverständliche Pflicht, überschießende Impulse und Irrwege zu verhindern, und wir steuerten deshalb einen rechtsliberalen Kurs.« Wir sind bis heute nie etwas anderes als rechtsliberal gewesen, dachte ich und sah zu Hem, und der sah aus dem Fenster. »Nun, unter der Koalitionsregierung, die wir heute haben, machen sich immer stärker rechtsradikale Impulse bemerkbar. Es ist deshalb – Mutti und ich haben auch schon kurz Herrn Stahlhut diese Ideen entwickelt und ihn gebeten, umfangreiche Meinungsforschungs-Analysen anzustellen.« (Na also, dachte ich, na also!) »Es ist deshalb *jetzt* unsere Aufgabe, mit dem gewaltigen Instrument, das uns zur Verfügung steht, diese beängstigenden Auswüchse – bitte, denken Sie bitte bloß an die Entwicklung der NPD – schnellstens zu tilgen und das Volk auf den rechten Weg zurückzuführen.«

»Herr Herford denkt immer an das Volk«, sagte Mutti. »Ich auch.«

»Wir alle tun das, gnädige Frau«, sagte der Verlagsleiter Oswald Seerose.

»Volkes Stimme ist Gottes Stimme«, sagte der Dr. Rotaug vor sich hin. Ich wußte nicht, ob der Kerl schon daran dachte, was für Analysen Stahlhut wohl angestellt hatte, er sagte es mit einem undurchdringlichen Gesicht, in dem sich kein Muskel regte. Nicht einmal der Mund schien sich zu bewegen, wenn er sprach, er öffnete ihn kaum.

»In autoritären Staaten hat die Presse *eine* Meinung zu vertreten«, sagte Herford. »In demokratischen Staaten hat sie sie zu kontrollieren.« Er legte jetzt eine Hand auf die Bibel. »Das ist ihre heilige Aufgabe.« (Heilig, sagte er, wirklich!) »Um diese Meinung der Öffentlichkeit zu kontrollieren und auf dem rechten Weg zu halten, haben wir uns entschlossen, BLITZ bis auf weiteres mit einem *linksliberalen* Kurs zu führen. Für die *Freiheit* unseres Volkes! Zu seinem *Wohl!«* Mir wurde leicht übel, irgendwo schlich der Schakal herum. Ich trank verzweifelt weiter meinen Zitronen-Kaffee. Ich hätte sehr gerne einen Schluck ›Chivas‹ gehabt.

Allmächtiger.

Also Herford und Mutti hatten ihr Herz für die Linke entdeckt! GOTT DER ALLMÄCHTIGE HAT MIR MEIN GELD GEGEBEN. Herford und links. Teufel und Lieber Gott. Wasser und Feuer. Mit dem Spürsinn von Jagdhunden witterten Herford und Mutti, daß sich die Große Koalition aus CDU/CSU und SPD wohl nur bis zu den nächsten Wahlen im kommenden Jahr halten würde, daß es in der CDU/CSU Ermüdungserscheinungen gab, daß die SPD immer mehr zum Zug kam, daß sie vermutlich mit der FDP die neue Regierung in Form einer Kleinen Koalition bilden würde. Da war es nur billig, was heißt billig, da war es das einzig Senkrechte, zu versuchen, als erster an die große Gulaschkanone heranzukommen und mitzufressen!

Herford sagte, die Hand immer noch auf der Bibel: »Bei unserem seinerzeitigen rechtsliberalen Drive sah es schlecht aus, und es wurde uns von unseren Feinden auch unter die Nase gerieben, daß diese Schwenkung unsere Auflage erhöhte.«

»Wenn die Auflage nun, mit dem Linkskurs, wieder steigen sollte, wird man uns das wieder vorwerfen«, sagte Mutti traurig.

»So etwas ist leider nie zu vermeiden, gnädige Frau«, sagte der Dr. Rotaug mit seinem Pokergesicht. »Machen Sie sich nichts daraus.«

»Herr Herford ist darüber natürlich erhaben«, sagte Mutti. Ihr

Dark Mink glitt zu Boden. Lester sprang vor und hob den Nerz eiligst wieder auf. »Danke, lieber Herr Lester. Der Gerechte muß viel leiden«, sagte Mutti.
»Wahr, wahr«, sagte Verlagsleiter Seerose. »Aber solange er in dem Gefühl lebt, das Rechte zu tun, darf ihn das nicht anfechten.«
Wir schienen also mit der Auflage im Rutschen zu sein, dachte ich, und ich wußte, daß Bertie, der noch kein Wort gesagt hatte, und Hem dasselbe dachten. Oder jedenfalls ging der Trend schon zum Rutschen hin. Eine Wachablösung in Bonn schien überfällig. Es wäre Unsinn gewesen, Herford und Mutti für dumm zu halten. Sie besaßen den Instinkt von Ratten, die wissen, wie es um ein Schiff steht. Wenn die Zeit kam, würden sie es schon wieder betreten – mit ihrem feinen Gefühl ausgestattet, vor allen anderen!
»Gute Absichten«, sagte Herford, »sind durchaus nicht immer mit gutem Verdienst verbunden. Bisher *waren* sie es bei uns. Herford weiß natürlich nicht, wie das sein wird, wenn wir nun unserem Gewissen folgen und nach links gehen. Aber auch, falls uns *das* Verdienst bringen sollte, sagt es doch nichts gegen die Richtigkeit und die Anständigkeit unserer Absicht.«
Plötzlich mußte ich an einen Ausspruch Hems denken: »Das, woran letztlich alle Ideologien scheitern, ist nicht etwa die menschliche Bösartigkeit, sondern die menschliche narrow-mindedness, das Unglück, daß der Mensch nur kleinkariert und mies und beschränkt zu denken vermag.«

20

»Niemand«, hatte Hem damals zu mir gesagt, »keine Partei, keine Weltanschauung oder Bewegung kann es sich leisten, deklariert und von vorneherein das absolut Böse zu propagieren. Denn die meisten Menschen sind von Grund auf nicht böse! Sie sind dumm, egoistisch und taktlos. Aber nicht böse. Deshalb wäre es nicht möglich, mit einem erkenntlich bösen Programm eine große Menschenmenge für sich zu gewinnen. Infolgedessen mußten alle Ismen und Ideologien, die es je gab, ob das jetzt die katholische Kirche ist oder der Kommunismus, die Menschen zuerst in wohlmeinenden und anständigen Maximen ansprechen.«

Dieses Gespräch hatte in seiner großen Wohnung stattgefunden, in der er als Witwer allein lebte. Die Wohnung lag in einem alten Haus an der Fürstenberger Straße beim Grüneburg-Park, und aus dem Fenster sah man die schönen Bäume und die weiten Wiesen des Parks und die Hochhäuser, die darin entstanden waren.
Diese Wohnung war viel zu groß für Hem, er benutzte nicht alle Zimmer. Schon mit seinem Vater hatte er hier gelebt bis zu dessen Tod vor dreißig Jahren. Hem sammelte alte Partituren und hatte eine große Bibliothek von Musikerbiographien, Werken über die Geschichte der Musik und Deutungen aller bedeutenden Kompositionen. Er besaß die größte Schallplattensammlung, die ich kannte, und eine komplizierte Stereolautsprecheranlage. Er hatte noch immer sein Cello, und manchmal, wenn ich ihn besuchte, spielte er mir etwas vor. Sein bevorzugter moderner Komponist war der Schweizer Othmar Schoeck. Ihn liebte er über alles, er war natürlich Mitglied der Othmar-Schoeck-Gesellschaft und besaß alle Platten von Aufnahmen Schoeckscher Musik.
An dem Tag, an dem er mit mir über menschliche Bösartigkeit und menschliches Kleinformatdenken sprach, ertönte aus den Stereolautsprechern seines Musikzimmers das Konzert in B-Dur für Violine und Orchester (›Quasi una fantasia‹), 1911–1912 entstanden. Es war nicht ein Konzert im eigentlichen Sinn des Wortes, sondern eher der Monolog einer Geige, die vom Orchester begleitet wurde, wobei Horn, Klarinette und Oboe dominierten.
Die Musik klang durch den schönen Raum mit den Empire-Möbeln. Ich saß Hem, der an seiner Pfeife sog, gegenüber und hörte der Musik seines Lieblingskomponisten und ihm selber zu.
Der Erste Satz erklang.
Romantik à la Eichendorff. So kam die Einleitung. Wie aus wunderbaren Wäldern ertönten die Rufe des Horns. Als ginge der Mond auf, so erklang ein GES-Dur-Streichakkord. Und da war die Geige, die träumende Geige! Über alle anderen Instrumente erhob sie sich, wehmütig einer Liebe nachtrauernd, einer verzauberten Liebe, längst verweht, vergangen, verschollen ...
Hem sagte: »Es wird mir immer klarer, Junge, daß gewisse Menschen schöne, richtige und edle Begriffe benützen, nur um ihre eigenen Interessen zu vertreten. Ich begreife nicht, daß das so wenige verstehen. Die Maximen dienen diesen Menschen. Aber diese Menschen dienen niemals ihren Maximen! Sie müßten doch den eigenen Glaubenssätzen nach leben – synton, wie man in der Psych-

iatrie sagt –, doch das tun sie niemals. Sie wenden ihre angeblichen Glaubenssätze aggressiv, zur Erreichung von Macht, an, aus keinem anderen Grunde...«

Die Geige sang. Hart versuchte ein Allegro zu unterbrechen, aber es wurde verdrängt von den Rufen des Horns. Das Horn war eins mit der Geige in ihrer Trauer. Plötzlich brandete ein Zwischenspiel hoher und tiefer Streicher auf. Dann war die Geige wieder allein bei ihrer Liebe, ihrer Erinnerung, ihrer Sehnsucht.

Hem sagte: »Es kommt immer nur auf das Motiv an, aus dem heraus man Leit- oder Glaubenssätze verwendet. Die Motive, Gott helfe uns und unserer Welt, waren und sind zu allen Zeiten übel. Die Sätze waren es durchaus nicht, konnten, durften es nicht sein! Wie hätten sie denn sonst die Massen ergreifen, mitreißen, aufrütteln, willfährig und opferbereit machen sollen? Das, Walter, siehst du, ist der größte Betrug, der an Menschen jemals begangen wurde – zu allen Zeiten, unter allen Regimen: daß man sie einfing mit Begriffen und Eigenschaften und Wunschträumen, die von vornherein – wenn wir einmal ihre korrumpierten, verbrecherischen Initiatoren vergessen – durchaus gut waren, gut sein mußten!«

Die wilden Gefühle des Ersten Satzes beruhigten sich, die Reprise kam, behutsam, sanfter, gefaßter. Ich sah aus dem Fenster, es war September, und die Bäume und Sträucher leuchteten rot und golden, gelb und braun und in einem schon ganz und gar unirdischen Glanz noch einmal auf, ehe sie abfallen und sterben würden. Und ich hörte Hem sagen: »Es ist grotesk, und alle vermeiden es, nun noch darüber zu reden, aber ich tue es: Daß jemand ehrlich, treu, mutig, sportlich, abgehärtet und gesund sein soll, dagegen ist doch wirklich nichts einzuwenden, bei Gott nicht. Daß Menschen, die solches verkünden und es sein wollen, dann aber sechs Millionen Juden ermorden und ihnen die Zähne ausbrechen und aus ihrer Haut Lampenschirme machen und den größten Krieg aller Zeiten verschulden und namenloses Elend und Leid – das zeigt doch besonders deutlich, wie verlogen diese Mentalität war, wie zutiefst teuflisch und böse. Deshalb kann man aber nicht auch in einem Aufwaschen die Eigenschaften, die ich nannte, böse und teuflisch nennen! Du kannst niemals behaupten, daß tapfer und treu, wagemutig, ehrlich, aufrichtig und opferbereit schlechte Eigenschaften sind! Es sind *gute* Eigenschaften!«

»Sie nehmen die Nazis nicht aus?« rief ich erschrocken. »Aber die

Nazis waren doch nun wirklich Verbrecher, Hem! Sie können doch nicht ...«
»Langsam«, sagte er, »langsam, Junge. Natürlich waren sie Verbrecher. Die größten. Doch selbst sie hatten in ihrem Programm, in ihrer Ideologie Gutes eingebaut, hatten es einbauen müssen. Sie konnten nicht nur sagen: Wir wollen Krieg! Wir wollen die Juden und soundsoviele Völker ausrotten! Das ging einfach nicht. Das hätte nicht funktioniert!«
»Aber im Parteiprogramm redeten sie bereits von Lebensraum und Rassenreinheit, und da waren sie auch schon kraß antisemitisch!«
»Ich weiß, was für ein irres Programm das war. Aber es war auch eine irre Zeit, Junge! Ich will dir nur beweisen, daß selbst die größten Verbrecher es ohne die Propagierung von guten, anständigen Zielen nicht wagten, vor das Volk zu treten ... ›Freiheit und Brot‹ ... ›Arbeit für alle‹ ... ›Sauberkeit und Ordnung ...‹«
»Und die Judenfrage?«
»Das war besonders höllisch überlegt«, sagte Hem. »Dazu komme ich noch, später. Die Nazis wollten das deutsche Volk ansprechen und bezeichneten die Juden einfach als Undeutsche. Daraufhin haben prompt die treuen, ehrlichen und tapferen Jünger des Sonnengottes jüdische Mädchen vergewaltigt und dann zerstückelt! Die verehrungswürdigen Geistlichen haben auf irgendeinem Konzil ich weiß nicht wie viele hundert Arten der Unzucht erfunden, um sich dann, im Beichtstuhl, stundenlang bei der Beichte der Mädchen aufzugeilen und sie schließlich zu verführen ... Aber deshalb sind doch die Moralbegriffe an sich nicht abzulehnen! Das ist die große Verwechslung, zu der es in unserer Zeit immer wieder kommt. Ist dir das jetzt klar?«
»Ja, Hem«, sagte ich. Das ›Grave‹ des Zweiten Satzes begann hoffnungslos und dunkel. Eine Orgel. Holzbläser. Sie versuchten, gegen das Dunkel anzukämpfen. Und da war wieder die Sologeige, und es klang wahrhaftig, als weine das Instrument, weine um eine Liebe, die es nicht mehr gab. Und Herbstsonne ließ die bunten Blätter des Grüneburg-Parks herrlich aufleuchten ...
Hem sagte: »Du kannst, wie alles andere, auch den Leitsatz der Freiheit pervertieren! Das geschah bei allen Ideologien seit Urzeiten und geschieht heute – in Ost und in West! Die Nazis haben das vollkommene Gegenteil dessen getan, was sie an Gutem predigten! Sie ließen ihre so reine, starke und tapfere Jugend zu Millionen sinnlos auf den Schlachtfeldern sterben, damit Göring,

diese Sau, seine Kunstwerke zusammenstehlen und sich sein Morphium spritzen und Goebbels mit allen Filmschauspielerinnen schlafen und Hitler, dieser grauenvolle Psychopath, aus einer Kleinstbürgerexistenz in die eines Gottes hineinwachsen konnte! Sieh dir den Kommunismus an! Dessen Maximen unterschreibe ich hundertprozentig! Was kommt einer Religion näher als der Kommunismus? Freiheit! Gleichheit! Brüderlichkeit! Abschaffung jedes nicht selber erworbenen Besitzes! Was kann wunderbarer sein? Und wo sind die fünfundzwanzig Millionen, die bei den Säuberungen Stalins ihr Leben verloren? Oder, bitte, nenne mir einen schöneren Satz als ›Liebe deinen Nächsten wie dich selbst‹! Und welche Unterdrückung, welches Grauen, den Tod von wie vielen Millionen brachten Kreuzzüge und Inquisition? Welch riesengroße Schuld hat die Kirche auf sich geladen? Und das im Namen des Kreuzes, im Namen Gottes!«

»Und was ist mit den anderen? Mit den Demokratien?« fragte ich.

»Eine Demokratie ist keine Ideologie«, sagte Hem. »Aber darum gilt auch hier meine Theorie. Mit einer kleinen Einschränkung: Wenn eine Demokratie sehr alt und festgefügt ist – wie in England –, dann ist es selbst für die Korruptesten mühsam, sie zu zerstören. Doch gelingen tut es ihnen auch. Sie haben es nur schwerer – das ist der ganze Unterschied. Sieh sie dir doch an, die amerikanische Unabhängigkeitserklärung!« Er zitierte: »›Folgende Wahrheiten erachten wir als selbstverständlich: Daß alle Menschen gleich geschaffen sind; daß sie von ihrem Schöpfer mit gewissen unveräußerlichen Rechten ausgestattet sind; daß dazu Leben, Freiheit und das Streben nach Glück gehören ...!‹ – Wunderbar, wie? Großartig, was? Alle Menschen sind gleich geschaffen! Und was geschieht in den USA mit den Schwarzen? In welchem Maße haben Korruption und Gewalt und Verbrechen diese Demokratie schon untergraben? Das Recht auf Glück! Wer kümmert sich um die Millionen Elenden? Ein paar hundert Familien in Amerika besitzen drei Viertel des gesamten Reichtums dieser Erde! Das Recht auf Leben! Und wenn du durch den Central Park gehst, auch am Tag, mußt du heute damit rechnen, umgebracht zu werden! Nirgendwo auf der Welt gibt es solche Kriminalität! Was geschah mit dem Mörder Kennedys? Was geschah mit dem Mörder Martin Luther Kings? Frei und unabhängig geboren! Und was ist in Vietnam los? Wer schlachtet dort die Vietcongs in einem nicht einmal erklärten Krieg ab wie das Vieh, weil er den Feind eben nur als Vieh betrachtet, als Ungeziefer, das man ausrotten muß, so wie die Nazis die ›Untermenschen‹ ausrotteten und vernichteten ... Es ist dasselbe, es ist immer und überall und zu allen Zeiten und an allen Orten dasselbe«, sagte Hem.

Der Zweite Satz. In ihm klangen Angst auf, Unglück, vergebliches Mühen. Das Hauptthema kam wieder – immer noch voller Hoffnung, im Gegensatz zur Trauer und Klage der Einleitung. Da! Eine fröhliche H-Dur-Passage überwältigte alles, und als wollten sie sich selber erlösen, befreien und entlasten, stimmten heiter Geige und Klarinette ein.

»Sieh dir die Programme der Schwarzen und der Sozialdemokraten an«, sagte Hem. »Wie sehr unterscheiden sie sich denn wirklich noch? Kaum. Denn in unserer Zeit gibt es doch keine anderen Programme mehr als solche, die eine Verbesserung der Sozialstruktur fördern wollen, die Volksgesundheit, den Wohlstand, die Sicherheit, die Geldstabilität und die kulturelle Entwicklung! Es ist heute doch jedem Menschen vom Schuhputzer bis zum Generaldirektor ohnedies klar, was allein noch gemacht werden darf! Wer wird in seinem Programm erklären: ›Wir lassen die Kinder nicht turnen, denn wir wollen, daß sie Hängebäuche haben‹? Oder wenn da eine Partei erklärt: ›Wir propagieren das Haschischrauchen‹, dann wird man sie zum Teufel jagen! Die Programme sind also ganz unwesentlich geworden! Sie werden ja auch nie erfüllt! Sie sind nur Aushängefetzen von Werbeagenturen, die Gruppen eiskalter Egozentriker und Geltungssüchtiger an der Macht halten sollen ... Hör mal, das ist das Hauptthema des Schlußsatzes, das sich hier meldet, aber es setzt sich nicht durch. Das verdrängte Leid meldet sich voll Stärke. Da, jetzt sind wir in B-Moll, und was nun folgt, ist etwas wie ein Liebesmonolog, den man fast in Worte fassen könnte, fühlst du? Da sind Unglück und Angst ... Und da, im Dritten Satz, kommen noch einmal die Liebeserinnerungen der Einleitung ...« Hem lauschte lange Zeit der Musik dieses Genies. Dann sagte er, in Gedanken: »Es ist leider so, daß die Durchsetzung der Ziele einer Partei letzten Endes nur einem primitiven Typ möglich ist, der weder die Intelligenz noch die Reife besitzt, die Situation wirklich zu durchschauen. Daher wird dieser Typ, einmal an der Macht, sofort den Zeitfaktor einschalten! Er wird sagen: Nun muß ich, um an der Macht zu bleiben, schnellstens alle politischen Gegner ausschalten, alle Posten mit meinen Leuten besetzen und – da hast du es – faule Kompromisse schließen in meinem

Programm und mit an sich feindlichen Gruppen zu einer Scheinverständigung kommen – sei es mit der Kirche, sei es mit den Kommunisten, sei es mit den Nazis, sei es mit den Falken oder mit den Tauben, mit Demokraten oder Republikanern –, nur damit ich an der Macht bleibe! Und durch diesen primitiven Mechanismus werden alle Systeme letztlich gesetzmäßig nie die Interessen der Guten, der Anständigen, der Armen und Kleinen vertreten. Es wird immer nur der Macht-Pool gefördert werden. Verstehst du?«

Ich nickte.

»Der Primitive schreit: ›Wir müssen an der Macht bleiben!‹ Die Parteimitglieder schreien: ›Ja!‹ Der Primitive hat alle Hände voll zu tun, jene zu eliminieren oder gar zu liquidieren, die ihm gefährlich werden können, mit denen keine faulen Kompromisse zu schließen sind. Deine Frage von vorhin – die Juden! Hitler und seine Gangsterfreunde wußten, daß die Juden klüger waren, daß sie eine ältere Kultur besaßen – was sage ich älter, Kultur genügt, die Nazis hatten überhaupt keine! –, daß sie dank Klugheit Macht besaßen. So war zu erwarten, daß die Juden Todfeinde Hitlers sein, daß sie ihn zu Fall bringen würden und mußten! Also nahm Hitler ihre Bekämpfung schon im Parteiprogramm vorweg als Anreiz für den Pöbel, und, einmal an der Macht, vernichtete er die Juden! Die katholische Kirche wußte genau, daß ihr Gefahr von den Aufklärern drohte. Also: Rasch umbringen, ausrotten das Pack – und wenn es viele Tausende waren! Stalin wußte, daß die Intellektuellen, daß jeder, der selbständige sozialistische Gedanken entwickelte, eine tödliche Gefahr für ihn darstellte. Also: Umbringen, ausrotten! Und wenn es viele Millionen waren! Die amerikanischen Patentdemokraten befürchteten, daß ihre Korruption und ihre ausbeuterischen Wirtschaftsmethoden aufgedeckt würden. Also: Die Hexenjagd des Herrn McCarthy! Jeder, der nicht für den heißblütigen Helden der Neuen Welt war, jeder, der auch nur den kleinsten Zweifel anmeldete, mußte verfolgt werden, war ein ...«

»Kommunist«, sagte ich.

»Richtig, ein Kommunist. Man mußte ihn einsperren, man mußte ihm Arbeitsverbot auferlegen, man mußte ihn ausschalten. Aus dieser Dummheit, aus diesem Schwachsinn, aus dieser narrowmindedness, dieser niederen Denkungsart entstehen alle Verbrechen unserer Erde. Die Beschränktheit ist das Unglück, nicht die grundsätzliche Bösartigkeit des Menschen ...«

Über der Musik hörte ich durch das geöffnete Fenster Lachen und

Rufe spielender Kinder im Park, und ich denke, während ich dies schreibe, daß die Kinder im Park Vrchlického sady zu Prag genauso spielten und lachten und riefen, genauso wie in den Parks von Moskau und Rom, von New York und Warschau, von Peking und Johannesburg.

Hem sagte: »Es ist so, es war so, es wird immer so sein, daß einzelne Menschen oder Menschengruppen eine an sich richtige Lehre – es gibt nur wenige, am ehesten die großen Religionen, nicht ihre Verbreiter, die schließe ich aus! – zur eigenen Machtentfaltung mißbrauchen. Ach, und die Gegenbewegungen heute überall auf der Welt, unter allen Regimen, in der Kirche, die das sagen, was ich eben sagte, die gehen blindwütig, Gespenster sehend, vor und schütten das Kind mit dem Bad aus und zerstören das letzte an Ordnungen, was gut ist! Unerfahren in den tatsächlichen Verhältnissen, unbedacht und eben revolutionär schlagen die neuen Propheten nach rechts und links und lassen alles in Scherben gehen, was diese Welt noch zusammenhält ...«

Freiheit! Fröhlichkeit! Wenigstens in einem Zwischenspiel. Die Geige sang selig, die Holzbläser freuten sich mit ihr ...

Hem sagte: »Warum rede ich darüber? Warum muß ich dauernd darüber nachdenken? Weil ich und du und wir alle täglich vor diesem Phänomen stehen – im kleinen.«

»Sie meinen bei BLITZ?«

»Bei BLITZ, ja«, sagte er traurig. »Da gab es die Zeit des Anfangs, die Zeit ohne Ideologien und Maximen und Computer.«

»Eine schöne Zeit«, sagte ich. Vorbei war es mit Fröhlichkeit und Freiheit für die Geige. Verstärkt meldeten sich Verzweiflung, Kummer, Leid. Und die Geige, die Geige sang, sang in dem Gefängnis ihrer Erinnerungen und ihrer Sehnsucht. »Eine schöne Zeit«, sagte ich noch einmal.

Hem nickte und sog an seiner Pfeife.

»Weil wir keine Ideologie hatten«, sagte er, »keine Schemata, keine Dogmen. Heute können wir die saubersten und besten Themen der Welt wählen. In dem Augenblick, da wir sie im Rahmen dieses Apparates in Worte und Bilder umsetzen, sind sie korrumpiert, alle! Sieh dir deine eigenen Triumphserien an. Was ist eigentlich gegen eine vernünftige Sexualaufklärung einzuwenden?«

»Nichts«, sagte ich.

»Nichts«, sagte er. »In unserer Zeit der Kommunikation wäre eine solche Sexualaufklärung von Herzen zu begrüßen – wenn nicht, und da sind wir schon, das ganze Unternehmen von vorneherein darauf hin ausgerichtet und eingerichtet wäre, daß Herr Herford und seine Mutti sich krumm und lahm verdienen!«

»Und ich mich auch«, sagte ich.

»Und du dich auch, und ich mich auch, und wir alle uns auch«, sagte Hem. »In der Bibel, die Herford so gerne liest, heißt es: ›Wenn ihr euch nicht besinnt, werdet ihr alle untergehen.‹« Er schüttelte den Kopf: »Wir werden uns nicht besinnen. Keiner. Niemand auf dieser Welt. Wir Kleinen nicht, und nicht die Großen. Wir werden alle untergehen.«

Das volle Orchester setzte ein, noch einmal faßte die Geige alle Kraft zusammen in einem tragischen Aufbegehren, dann verklang, das Herz rührend, ihr letztes Lebewohl.

21

»Du Schlappschwanz!« brüllte der bullige, rotgesichtige Feldmeister. »Du verfluchter fauler Hund, willst du dich hier vielleicht in die Sonne legen und pennen?« Er stand am Rand eines langen Grabens, der in das Moor bei Neurode hineinlief und in dem viele junge Arbeitsmänner mit Spaten arbeiteten. Teile des riesigen Moores sollten entwässert werden.

Der Feldmeister stand breitbeinig da, die Hände hatte er in die Hüften gestemmt, und er brüllte den schmächtigen Arbeitsmann, der unter ihm im Graben schwankte, mit den Stiefeln fast bis zum Rand in Schlamm eingesunken war und sich zitternd und am Ende seiner Kräfte gegen eine Grabenwand gelehnt hatte, weiter an: »Dir werde ich den Arsch aufreißen, du beschissener Dreckskerl! Akademiker! Was Feineres als wir! Student der Philosophie! Hier ist Schluß mit Philosophie! Hier wird gearbeitet, verstanden? Und wenn du dir dabei die Seele aus deinem Intellektuellenkadaver kotzt, du Scheißer, du wirst hier arbeiten wie alle anderen!«

»Ich kann nicht mehr«, flüsterte der junge Mann im Graben. In Strömen floß Schweiß über sein schmales Gesicht. »Ich kann wirklich nicht mehr, Herr Feldmeister!«

Das war gegen die Mittagsstunde des 12. August 1935. Über dem Moor brütete mörderische Hitze. Kein Windhauch regte sich. Die Luft war erfüllt vom Sirren der Mücken. Die jungen Männer in den Gräben wurden von ihnen gestochen, ununterbrochen. Sie fluchten und schlugen sich auf die nackten Oberkörper, aber sie töteten selten einen der Quälgeister. Ihre Leiber glänzten von Schweiß. Sie waren alle am Rande der Erschöpfung, wenn auch noch nicht so sehr wie der 22jährige Student der Philosophie, den der massige Feldmeister herumjagte und drangsalierte, seit er mit ihm zusammengetroffen war. Der Feldmeister, ein in seinem Zivilberuf gescheiterter Metzger, haßte die ›Klugscheißer‹, wie er sie nannte, die verfluchten Gebildeten mit ihrem Überlegentun und ihrer elenden Weichheit und Kraftlosigkeit.

»Du kannst schon noch!« schrie der Feldmeister zu dem Arbeitsmann unter sich. »Du wirst staunen, wie lange du noch kannst! Schau deine Kameraden an! Die können auch noch! Du faule, mistige Sau von einem arschgesichtigen Supergescheiten, aus dir werde ich auch noch einen anständigen Menschen machen, verlaß dich drauf! Los, vorwärts! Weiterstechen!«

»Ich ... ich ... ich kann wirklich nicht mehr, Herr Feldmeister«, flüsterte der Student und schwankte heftig. »Ich habe Angst ...«

»Angst hast du?« röhrte der Feldmeister. »Wovor hast du Angst, du Hosenscheißer?«

»Davor, daß ich hier umkippe und ersaufe«, stöhnte der Student.

Die Stechmücken sangen ihr grelles Lied.

»Hier ist noch keiner ersoffen!« tobte der Feldmeister. »Angst davor, zu krepieren, was?«

»Ja«, flüsterte der Student.

»Ein deutscher Mann fürchtet sich nicht vor dem Tod!« schrie der Feldmeister.

»Deutscher Mann ... Tod ... das Moor hier ... Was hat das miteinander zu tun?« stöhnte der Student.

»Du wagst es, mir eine solche Antwort ...« Der Feldmeister schnappte nach Luft. »Na warte, du Sauhund!« brüllte er dann und sprang in den Graben. Schlamm und Wasser spritzten hoch auf. Mit aller Kraft trat der Feldmeister dem schmächtigen Studenten seinen Stiefel in die Seite. Der Junge kippte nach vorn. Der Feldmeister gab ihm noch einen Tritt in den Hintern. Der Junge fiel auf das Gesicht in den Schlamm, reglos wie eine Puppe. Sein Kopf versank, der Körper begann zu versinken. Der Feldmeister trat noch einmal. »Drecksau, verfluchte«, sagte er. Dann brüllte er den Arbeitsmännern, die in der Nähe schachteten, zu: »Los, hierher! Zieht das feige Schwein raus!«

Ein halbes Dutzend junge Männer kam herbeigewatet, schweigend, haßerfüllt gegen den Feldmeister. Sie stießen einander, behinderten sich, und es dauerte eine ganze Weile, bis sie den Studenten aus dem Schlamm gezogen und aufgerichtet hatten. Sein Kopf hing zurück, er bewegte sich nicht. Einer horchte an seiner Brust, fühlte nach seinem Puls.
»Was ist? Was ist?« tobte der Feldmeister. »Was ist mit der Sau? Haut ihm ein paar in die Fresse, dann ist er gleich wieder bei sich! Los! Nun macht schon! In die Fresse! Du da!«
Der Angerufene, der des Studenten Puls und Herz geprüft hatte, schüttelte den Kopf.
»Du willst ihm nicht in die Fresse hauen, du Hund?«
Der Angeschriene schüttelte wieder den Kopf.
»Und warum nicht? Warum willst du diese Sau nicht in die Fresse hauen?« Die Stimme des Feldmeisters überschlug sich.
»Weil diese Sau tot ist, Herr Feldmeister«, sagte der junge Mann, der den Studenten in den Armen hielt.
Eine Autopsie ergab, daß der Student an akutem Herzversagen gestorben war. Gegen den Feldmeister fand eine Verhandlung vor einem Disziplinargericht des Reichsarbeitsdienstes statt. Er wurde degradiert und strafversetzt. Später war er in der Dienststelle des Generalbevollmächtigten für den Arbeitseinsatz, Gauleiter Sauckel. Heute sitzt er im Aufsichtsrat eines Fleischwarenkonzerns.

22

»Der Student ist der einzige, von dem Sie wissen, wie er ums Leben kam?« fragte ich Fräulein Luise. Sie hatte mir die Geschichte erzählt. Gestern. Gestern besuchte ich sie wieder einmal.
»Ja«, sagte das Fräulein mit dem schlohweißen Haar und dem gütigen Gesicht, das stets ein wenig verzückt wirkte. »Der Student ist der einzige. Die anderen reden nicht über ihren Tod. Der Student hat mir von ihm erzählt. Schon vor Jahren.«
»Warum eigentlich gerade der Student und die anderen nicht?«
»Ja, das weiß ich auch nicht«, sagte sie und sah mich kindlich an, und der Recorder nahm unsere Worte auf.
Ich dachte, daß sie vielleicht tatsächlich nicht wußte, warum ihr der Student der liebste von allen Toten war und daß sie vielleicht tat-

sächlich schon lange, lange jenen anderen Studenten vergessen hatte, der ihre einzige Liebe gewesen und vor so vielen Jahren im Riesengebirge, im Moor der Weißen Wiese, ums Leben gekommen war. Sie hatte es vergessen, dachte ich, aber solange sie lebte, würde wohl ein Engramm in ihrem Gehirn das damals Erlebte und Erlittene speichern und des Fräuleins Gedanken und Einbildungen beeinflussen, ohne daß sie selbst es erkannte. War es so? Vielleicht. Vielleicht, dachte ich, aber ich fragte natürlich nicht danach.

Nun, nach allem, was geschehen war, konnte ich mit Fräulein Luise so reden, wie es der Pastor konnte. Sie hatte inzwischen Vertrauen zu mir gefaßt und wußte, ich wollte ihr nichts Böses. Deshalb sprach sie mit mir auch über ihre Freunde. Weil sie ohne Furcht vor mir war.

Ich sagte: »Da ist etwas, das ich nicht verstehe. Sie gingen doch erst gegen Mitternacht am zwölften November ins Moor, um mit Ihren Freunden zu sprechen.«

»Ja, und?«

»Und schon am Nachmittag, also Stunden *bevor* Ihre Freunde versprochen hatten, Ihnen zu helfen, berichteten der französische Antiquitätenhändler André Garnot und der polnische Hausmeister Stanislav Kubitzky der Polizei als Zeugen über den brutalen Mordversuch an unserem Korrespondenten Conrad Manner.«

»Ja, und?«

»Sie haben mir erzählt, Kubitzky und Garnot seien Ihr toter französischer und Ihr toter polnischer Freund gewesen, zurückgekehrt in die Körper von zwei Lebenden.«

»So ist es, freilich. Denn warum? Ich hab doch später selber mit den beiden . . .«

»Ja eben«, sagte ich. »Darauf will ich hinaus.«

»Worauf wollens hinaus, Herr Roland?«

»Wenn es sich da um zwei Ihrer toten Freunde handelte, dann traten sie doch viele Stunden *vor* Ihrem Gespräch mit ihnen in Aktion! Lange, *bevor* sie versprochen hatten, Ihnen zu helfen! Begreifen Sie? Am Nachmittag *wußten* Ihre Freunde doch noch gar nichts von Ihrem Plan! Wie erklären Sie diese Zeitdiskrepanz?«

»Zeit sagt er«, murmelte das Fräulein und schüttelte verwundert über so viel Naivität meinerseits den Kopf. »Von Zeit tut er reden, der Herr Roland! Wo ich ihm doch schon so viel erzählt hab über die Unendlichkeit und die Ewigkeit. Schauens, Herr Roland, da drüben in dem anderen Reich, da gibt es keine Zeit. Die Zeit, das ist ein ganz und gar irdischer Begriff. Denn warum? Wie soll es eine Zeit geben in einer Ewigkeit und einer Unendlichkeit? Wollen Sie mir bittschön sagen, wie lange da ein paar Stunden sind?«

»Das kann ich nicht.«

»Sie könnens nicht. Und warum? Weil, wenn Sie es können möchten, möcht es keine Unendlichkeit und keine Ewigkeit geben! Dann könnt man die ja messen wie das Leben hier herunten, das wo anfängt und aufhört! Mein Freund, der Ami, der hat mir einmal gesagt: Die Unendlichkeit und die Ewigkeit, das sind zwei Netze, so wie sie die Fischer haben, gelt, und die bestehen wieder aus unendlich vielen Unendlichkeiten und Ewigkeiten, und das sind die einzelnen Maschen, und das, was die Maschen voneinander trennt, die Schnüre vom Netz, das sind die Zeiten.«

»Welche Zeiten?«

»Alle Zeiten zusammengenommen seit dem Entstehen von dieser Welt zum Beispiel sind nur ein einziges solches Schnürl! Bloß damit Sie sich einen Begriff machen können. Könnens?«

Ich schüttelte den Kopf.

»Sie könnens nicht verstehen?«

»Nein«, sagte ich.

»Dann müssen Sies glauben«, sagte Fräulein Luise.

»Das kann ich auch nicht.«

»Sie müssens *versuchen*, damit daß Sie das alles begreifen«, sagte Fräulein Luise. »Die Mathematiker und die Physiker und die Philosophen, die müssens auch versuchen. Und sie tuns! Deshalb werden ja viele von ihnen auf ihre Weise schon wieder fromm. Je mehr sie wissen, je größer sie sind. Denkens an den Herrn Einstein, zum Beispiel. Wissenschaft hat nur mit dem reinen Denken allein zu tun, meinen Sie? Ja, schmecks! Je feiner daß so eine Wissenschaft wird, um so weniger hat sie mit dem reinen Denken allein zu tun! Die Wissenschaftler wollen das Weltall erforschen. Sie selber, jaja, sie selber, Herr Roland, die Wissenschaftler, sagen, daß das Weltall unendlich ist und ewig! Und wenn ihnen gleich jede wirkliche Erklärung für ewig und unendlich fehlt, arbeitens trotzdem mit dieser Behauptung, nehmens das einfach an und einfach hin. Und andere Menschen tun es auch.«

»Ich kann es nicht«, sagte ich.

»Ich hab es auch lang nicht gekonnt«, sagte das Fräulein. »In meinem Schädel hab ich mir und hab ich mir ums Verrecken kein Bild machen können! Kein Bild vom Ewigen, kein Bild vom Unendlichen. Und wenn ich mich angestrengt hab bis zum fast Ohnmächtigwerden, immer noch hab ich gedacht, es muß einen Anfang geben, es muß ein End geben, muß, muß, muß!« Sie lachte schelmisch. »Ja, aber wenn es nun wirklich kein End gibt und keinen Anfang? Oder wenn beide eins sind? Dann ist unser End immer unser Anfang, und das ist er ja auch, wenn wir sterben, gelt? Das End ist der Beginn.« Sie beschrieb mit dem Finger einen großen Kreis in der Luft. »Wo, Herr Roland, ich bitt Sie, ist in so einem Universum Platz für die Zeit? Ich mein, Platz, wenn Sie an das ganze Universum denken, in dem der Anfang das End ist und das End der Anfang? Sie sagen: Ungefähr um die Mitternacht am zwölften November hab ich meine Freund getroffen, und sie haben versprochen, daß sie mir helfen werden. Das ist irdisch ausgedrückt. Das ist dumm! Das ist zu einfach! Das ist eben so, wie wir tepperten Lebenden uns ausdrücken. Verzeihens. Teppert hab ich nicht persönlich gemeint, das wissens doch? Nachher ist's gut. In Wirklichkeit hätt ich meine Freund tausend Jahre früher oder später treffen können – es wär auf das gleiche hinausgelaufen. Denn weil es im Jenseits keine Zeit gibt, hat sie auch keine Bedeutung. Nach unseren blöden Begriffen von der Zeit können meine Freund sich vor und zurück bewegen in ihr und etwas tun, lang bevor sie es einem Lebenden versprochen haben oder viel später. Ich sag es noch einmal: Die Zeit gibt es drüben nicht, darum haben der Franzos und der Pole ruhig schon *vor* meinem Gespräch mit ihnen in Hamburg sein können in den Leibern von Lebenden.«

»Also handeln Ihre Freunde bereits, noch bevor sie zu ihren Handlungen einen Anstoß erhalten haben?«

»Irdisch ausgedrückt, ja! Unirdisch ausgedrückt, handeln sie natürlich nur, *nachdem* daß sie einen Impuls erhalten haben. Denn es gibt keine Unlogik im Universum. Verstehens jetzt? Wenigstens ein bissel?«

»Ein bißchen«, sagte ich zögernd und dachte an alles, was Hem mir erzählt hatte, damals, als ich in einer Zelle des Hamburger Hauptbahnhofs stand.

»Alsdern, daß ich Ihnen noch helf«, sagte sie. »Wenn Sie es sich überlegen, geht es uns im Leben auch so. So ähnlich.«

»Wie?«

»No, daß wir die Folgen von etwas zu spüren bekommen, bevor es passiert ist, zum Beispiel. Denkens nur einmal nach. Sind Sie noch nie traurig gewesen und haben beim besten Willen nicht sagen können, warum?«

»Doch, ja ...«

»Bittschön! Da haben wir's schon! Da waren Sie traurig über etwas, das sich noch nicht ereignet gehabt hat, etwas, das sich erst noch hat ereignen sollen! Aber Ihre Verbindung mit dem Jenseits – jeder Mensch hat eine ganz dünne Verbindung zu der Welt drüben – hat Sie ahnen lassen, was geschehen wird, und darum sind Sie traurig gewesen. Es war das ein Moment, in dem Sie haben vorausschauen können! Wo war denn da die Zeit? No, sehens. In diesem Moment haben Sie vielleicht sogar gewußt, was Ihnen zustoßen wird, aber Sie haben es nicht wahrhaben wollen und deshalb weggedacht. Nur die Traurigkeit, die ist natürlich geblieben. Wenn wir arme Lebende schon so zwischen Vergangenheit und Zukunft und Gegenwart hin und her rutschen können manchmal, was glaubens, wie daß meine Freund das erst können! Für die gibt's keinen Raum und kein Gestern und kein Heute, sondern immer nur ein Morgen!«

»Ja, jetzt, glaube ich, verstehe ich, was Sie meinen«, sagte ich.

»No endlich. Ist doch watscheneinfach!« Und sie lachte wieder. »Und schreibens das bittschön alles auf, das mit der Zeit und der Ewigkeit, ja? Und alles über mich, damit es die Leut auch verstehen, alles, was geschehen ist. Meine Einwilligung haben Sie dazu. Schriftlich!«

Ja, ich besaß ihre Einwilligung, schriftlich, und das Fräulein hatte auch ihr Geld genommen, aber vor einem Gericht wäre ihre Persönlichkeitsrechte-Übertragung natürlich nichts wert gewesen, nicht das Papier, auf dem sie geschrieben stand. Allerdings: Vor ein irdisches Gericht sollten Fräulein Luise und ich auch niemals treten müssen.

23

»Was taten Sie nach dem Gespräch mit Ihren Freunden?« fragte ich Luise Gottschalk.

»No, ich hab mich natürlich gleich auf den Weg gemacht«, antwortete sie.

»Gleich?«

»Freilich! Ins Lager zurück hab ich nicht mehr müssen, ich war reisefertig. Tasche mit Ausweis und Geld hatte ich bei mir ...«
»Viel Geld?«
»Bissel über viertausend Mark vielleicht.«
»Was?«
»No ja«, sagte sie. »Die zweitausend, die wo Sie mir gegeben haben, und dann mein Erspartes halt. Ich hab doch nie was ausgegeben da im Moor, hab doch alles gehabt, nicht, mein ganzes Gehalt ist mir geblieben – außer dem, was ich verschenkt hab.«
»Haben Sie viel verschenkt?«
Sie lachte fröhlich und sagte: »Bei soviel Armut, ich bitt Sie, Herr Roland! Nicht daß ich verschwendungssüchtig bin. Nur natürlich die Kinder, die armen ...«
»Aber daß Sie mit viertausend Mark losgezogen sind ... Ich meine, war das nicht leichtsinnig von Ihnen?«
»Leichtsinnig wär's gewesen, wenn ich's Geld im Lager gelassen hätt! Auch in dem Versteck. Denn warum? Die spionieren doch so hinter mir her, die Weiber, und am End hätten sie's gefunden und gestohlen!«
»Sie hatten das Ersparte in einem Versteck?«
»In einem sehr guten, ja. Aber dann hab ich mir gesagt, wer weiß, vielleicht entdecken sie's doch.«
»Warum brachten Sie Ihr Erspartes nie auf eine Bank?«
»Gehns mir weiter mit Banken!« rief das Fräulein. »Also, zu so was, da hab ich überhaupt kein Vertrauen! Ich weiß noch genau, 1929 oder nach 1945 – was die Leut da auf einer Bank gehabt haben, das war weg, futsch und weg! So einfach haben die Banken es sich gemacht und die Sparkassen und alle.«
»Das Geld war auch für jene plötzlich weg, also wertlos, die es daheim hatten«, sagte ich.
»Wirklich? Ich hab nichts Erspartes gehabt 1929 oder gar erst nach 1945. Und wenn ich was gehabt hätt! Nie auf eine Bank oder eine Sparkasse hätt ich es gegeben! Ich hab einfach kein Vertrauen zu so was ...« Sie schwieg eine kleine Weile, dann wechselte sie das Thema: »Ich hab natürlich den Herrn Pfarrer so nebenbei gefragt, mit wem daß die Irina telefoniert hat, und er hat gesagt, mit diesem Herrn Bilka, und daß er sich zuerst gemeldet hat und dann nicht mehr. Die Adresse von dem Bilka, die hab ich mir doch aufgeschrieben, gelt? Und die Telefonnummer war doch 2 20 68 54. Stimmt's?«

»Das wissen Sie heute noch?« fragte ich verblüfft.
»Ah, ich hab ein prima Gedächtnis!« Wieder lachte sie. »War bloß Spaß! Schauens, hier, mein Notizbüchel, da hab ich damals natürlich gleich alles reingeschrieben.« Und sie zeigte mir eine kleine Agenda aus Kunstleder, wie Geschäfte sie zum Jahresende verschenken. Auf dem Einband stand aufgeprägt: JENS FEDERUP, LEBENSMITTELHANDLUNG.
»Sie waren überzeugt, daß ich mit Irina nach Hamburg fahre?«
»No, na net! Sie verschwunden, die Irina verschwunden, sie will unbedingt zu ihrem Verlobten, Sie sind ein Reporter. Blöd bin ich nicht, Herr Roland!«
»Bestimmt nicht, Fräulein Luise.«
»Aber wie hinkommen, mitten in der Nacht? Bin ich zuerst zurück ein Stückl. Hab ich in die ›Genickschußbar‹ wollen, wissens. Da ist oft noch spät wer drin. Hab ich gedacht, vielleicht fährt wer nach Hamburg und nimmt mich mit. Blödes Wort: ›Genickschußbar‹! Ganz eine ruhige, stille, kleine Bude ist das. Ein einziger Raum. Nur kalte Sachen zum Essen. Trinken, was Sie wollen. An den Getränken hat der Wirt verdient, mächtig! Durch unser Lager, nicht?« Ich nickte. »Waren ein paar nackte Mädeln aus Papier an die Wände gepickt, ausgeschnitten aus dem ›Playboy‹« (sie sprach das Wort richtig), »und ein großer Plattenspieler, den hat er sich auch angeschafft, der Wirt. Für Stimmung. Das ganze laute Kreischzeug hat er da gehabt... No, ich geh also vom Moor aufs Dorf zu, und da, ich denk, mich trifft der Schlag, kommt er auf mich zugerast, direkt auf mich, um die große Kurve...«

24

Der Laster kam leise, und er kam ohne Licht. Sein Fahrer hatte noch vor drei Minuten in der ›Genickschußbar‹ gesessen und mit dem Lagerchauffeur Kuschke die letzte Runde ausgetrudelt. Kuschke war es gewesen, der zum Aufbruch gemahnt hatte.
»Zeit, det ick ma in die Falle haue«, hatte er gesagt.
Kuschke verbrachte so manchen Abend in der ›Genickschußbar‹ – er gab im Lager an, auf die Jugendlichen zu achten, und tatsächlich war auch noch kein Minderjähriger von angereisten Besuchern mitgenommen worden, wenn Kuschke in der Kneipe Wache hielt.

Der Wahrheit die Ehre. Der Chauffeur verband das Angenehme mit der selbstauferlegten Pflicht. Er trank gern ein paar Mollen und ein paar Klare, und vor allem quatschte er gerne.
An diesem Abend hatten die Jugendlichen Ausgangsverbot gehabt, in der ›Genickschußbar‹ saßen nur Einheimische und ein paar Autofahrer, und Kuschke berichtete stundenlang und immer wieder, zu welch dramatisch-blutigen Ereignissen es am Nachmittag im Lager gekommen war. Seine Zuhörer lauschten empört und schmissen Runden. Kuschke war ziemlich voll, als er den Heimweg antrat, er schwankte. Der letzte Mann, dem er seine Geschichte erzählt hatte – der Wirt wollte schon schließen, war aber höflich und geduldig, denn er verdankte dem Lager einen seit zwanzig Jahren blühenden Umsatz –, war ein Lastwagenchauffeur mit schmierigen Hosen, blauem Pullover und Seemannsmütze, ein kleiner, rundlicher Kerl. Sein Laster stand vor der Gastwirtschaft. Beim Trudeln gewann er. Der Chauffeur des Lasters hatte drei Bier und drei Klare getrunken, also in Maßen, denn er mußte noch fahren. Nachdem sie sich darüber geeinigt hatten, daß die verfluchte Politik an allem Unglück auf dieser Welt schuld war, hatten die beiden Männer sich vor der ›Genickschußbar‹ die schwieligen Hände geschüttelt, einander in die blauen, bei Kuschke leicht schwimmenden Männeraugen geblickt und bewegt voneinander Abschied genommen. Kuschke schlug seinem neuen Freund, den er nie wiedersehen sollte, unentwegt auf die Schulter und versicherte ihm, was für ein feiner Kerl er sei.
»Du bist auch ein feiner Kerl«, sagte der Chauffeur.
»Aber die Politik ...«
»Ja.«
»Scheißpolitik, verfluchte!« schrie Kuschke.
»Scheißpolitik, verfluchte«, sagte sein neuer Freund.
»Scheißpolitiker, gottverdammte!« schrie Kuschke.
»Verdammte Scheißpolitiker,« sagte sein neuer Freund. Dann schüttelten sie einander wieder die Hände, und Kuschke schlug dem anderen wieder auf die Schulter.
»In diesem Sinne, Kamerad«, sagte Kuschke und wankte davon.
Der Chauffeur öffnete den Schlag zum Führerstand des großen Lasters, kletterte hinter das Lenkrad, ließ den Motor anspringen, schlug den ersten Gang ins Getriebe und fuhr los. Er war nicht betrunken, aber er war angesäuselt. Der Mond schien so hell, daß ihm gar nicht auffiel, wie er fuhr, nämlich ohne Licht. Das fiel ihm

erst auf, als er um eine Kurve kam und vor sich plötzlich einen Schatten sah, danach einen leichten Schlag gegen den rechten Kotflügel verspürte und noch bemerkte, wie der Schatten zur Seite flog.
Der Chauffeur erschrak so sehr, daß er den Motor abwürgte, als er auf der Stelle hielt. Mit schlotternden Knien stieg er aus und ging um den Laster herum zum Straßengraben auf der rechten Seite und ein kleines Stück zurück. Dabei sah er den Schatten wieder – der Schatten war eine kleine, alte Frau, die reglos im Schilf lag.
Der Chauffeur sagte laut und heiser: »Ježis Maria, doufám že se staré paní nic nestalo!«
Damit hatte er Fräulein Luise erreicht. Sie war, vom vorderen Kotflügel berührt, zur Seite geschleudert worden, weich gestürzt und sah den Chauffeur nun mit großen Augen an. Der Kapotthut saß ihr schief auf dem weißen Haar, den Bügel ihrer Tasche hielt sie mit beiden Händen umklammert.
»Was passiert?« fragte der Chauffeur, plötzlich hellwach und stocknüchtern vor Schreck.
Fräulein Luise sah ihn an und schwieg.
»No!« sagte der Chauffeur.
Fräulein Luise blinzelte vertraulich und verzog den Mund zu einem Lächeln.
»Was ist?« fragte der Chauffeur.
Tschechisch fragte das Fräulein: »Hast du gerade gesagt: ›Jesus Maria, der Alten wird doch nichts passiert sein‹?«
Begeistert antwortete der Chauffeur, ebenfalls tschechisch: »Hab ich gesagt, ja, Landsmännin.« Da sie ihn duzte, duzte er sie auch.
»Also was ist? Hast du dir was getan?«
»Nein, gar nichts«, sagte Fräulein Luise.
Er half ihr auf die Beine. Sie klopfte Staub von ihrem Mantel, hob die Arme, drehte den Kopf und reckte den Körper.
»Glaub ich wenigstens, daß nicht«, sagte sie.
Die Unterhaltung lief tschechisch weiter.
»Meine Schuld. Ich bin ohne Licht gefahren. Ich war noch in dem Gasthaus da vorn, und dann habe ich beim Losfahren vergessen ...«
»Ja«, sagte Fräulein Luise. »Hast du vergessen, die Scheinwerfer einzuschalten.« Sie schnupperte, dicht vor seinem Gesicht. »Landsmann«, sagte sie, »du hast getschechert.«
»Nur drei Krügeln, kleine.«

»Lüg nicht! Ich riech auch Schnaps.«
»No, und ein bissel Schnaps.«
»Weißt du nicht, daß das ein verbrecherischer Leichtsinn ist, Landsmann?«
Das Sausen des Windes über dem Moor wurde immer stärker. Darum hatte auch Fräulein Luise den Laster nicht kommen gehört.
»Warst du lang in dem Gasthaus?«
»Stunde vielleicht. Ich hab mich über den kleinen Karel unterhalten, den sie erschossen haben heute nachmittag im Lager, und über alles andere.«
Fräulein Luises Gesicht nahm wieder den verzückten Ausdruck an. Sie sagte atemlos: »Du weißt alles, gelt?«
»No freilich weiß ich.«
»Der arme, arme Karel.«
»Ja, das arme Kind. Verfluchte Schweine, die das getan haben. An allem ist die Politik schuld. Scheißpolitik verdammte. Entschuldige, Landsmännin.«
Fräulein Luise wischte die Entschuldigung mit einer Handbewegung fort. Sie sagte vertraulich und leise, wobei sie den Kopf schieflegte: »Du bist mein Freund, gelt?«
»Klar«, sagte der Chauffeur, dem ein Stein vom Herzen fiel, weil die Frau unverletzt war. »Ich bin dein Freund.«
»Ja, das sehe ich jetzt. Ach, ist das schön. Lieber Gott!« Fräulein Luise sah zum Himmel auf.
»Was ist da oben?« Der Chauffeur hob den Kopf, dann fiel es ihm ein. »Ach so«, sagte er. »Der liebe Gott.«
»Ja«, sagte das Fräulein.
Die dankt dem lieben Gott, daß sie sich keinen Knochen gebrochen hat, dachte der Chauffeur. Könnte ich eigentlich auch tun. Und also sah er noch einmal nach oben und sagte laut: »Danke.«
»Das hätte noch gefehlt, daß du deine Luise über den Haufen fährst, Frantisek«, sagte das Fräulein. Der Chauffeur grübelte. Was bedeutete das wieder? Frantisek? Und wieso *sein* Fräulein Luise? Dann fiel ihm blitzartig die Geschichte von der halbverrückten Fürsorgerin im Lager ein, die mit Unsichtbaren, mit Toten sprach, eine Geschichte, die Kuschke unter dem Siegel tiefster Verschwiegenheit erzählt hatte. Diese Halbverrückte hieß ... hieß ... *Luise!* Jetzt wußte der Chauffeur es wieder. Luise! Allmächtiger, da stand sie vor ihm. Ist aber harmlos, ganz harmlos, bester Mensch von der

Welt, hatte Kuschke ihm gesagt. Schon ein Ding, daß wir einander jetzt gegenüberstehen, dachte der Chauffeur und sagte: »Es tut mir so leid, Luise. Natürlich hab ich es nicht tun wollen, das ist klar. Aber das verfluchte Licht ...«
»Der verfluchte Schnaps und die Krügeln«, sagte sie und drohte mit einem Finger. Dann lachten sie beide.
Der Chauffeur sagte: »Ich bin ...«
»Aber ich weiß doch, wer du bist«, sagte Fräulein Luise, ihrer Sache nun ganz sicher.
»Ja?«
»Ja.«
»Wer bin ich?« fragte der Chauffeur neugierig.
»Du bist mein Tschech, Landsmann!«
Vorsicht, meschugge, dachte der Chauffeur und sagte: »Richtig, und du bist meine Luise.«
Das Fräulein fühlte, wie ihr Tränen der Freude in die Augen stiegen, sie lehnte ihren Kopf an seine breite Brust und sagte: »Ist das schön, ach, ist das schön. Also, du hilfst mir wirklich?«
»Klar helf ich dir«, sagte der Chauffeur, dem es ein wenig ungemütlich wurde.
»Ich muß nach Hamburg«, sagte das Fräulein. »Aber das weißt du ja. Fährst du vielleicht nach Hamburg, Landsmann?«
»Nein, nach Bremen. Ich hab hier Torf geholt – drüben, auf der andern Seite vom Lager, wo sie ihn noch stechen.«
Fräulein Luise konnte ihn immer wieder nur anschauen. Tränen glänzten in ihren Augen.
»Würdest du mich nach Bremen mitnehmen?« fragte sie. »Zum Bahnhof, wenn's geht? Damit ich den nächsten Zug nach Hamburg kriegen kann?«
Der Chauffeur zögerte kurz, dann überlegte er, daß die meschuggene Person ihn unter Umständen anzeigen und Krach schlagen und ihm eine Menge Unannehmlichkeiten bereiten konnte, wenn er nein sagte, also sagte er: »Na klar, Luise.«
»Weil du mein Freund bist, ich hab es ja gewußt. So fängt das also an.«
Was fängt also so an? dachte der Chauffeur, und dann dachte er, ach was, Scheiß! und sagte: »Weil ich dein Freund bin, Luise. Steig ein. Ich muß die Karre hier aus der Kurve bringen, sonst kracht mir noch einer hinten rein.«
»Bist du auch bestimmt nicht mehr blau?«

»Ehrenwort, daß nicht«, sagte der Chauffeur. Er dachte: Schreck am Abend, erfrischend und labend.
Zwei Minuten später rollte der hoch mit Torfsoden beladene Laster schon über den grauenhaften Weg, rumpelnd und rasselnd, mit aufgeblendeten Scheinwerfern. Fräulein Luise saß neben dem Fahrersitz, die große Tasche auf den Knien, mit vor Aufregung und Glück immer noch weit geöffneten Augen.
»Wo bist du denn her, Frantisek?« fragte sie.
»Aus Gablonz«, sagte der Chauffeur. »Jetzt heißt es Jablonec«, fügte er hinzu. »Ist ja völlig egal.« Völlig egal, dachte er. Ich heiße auch Josef und nicht Frantisek, aber wenn die Meschuggene unbedingt Frantisek zu mir sagen will, no, soll sie!
»Nachbar!« rief Fräulein Luise. »Ich bin aus Reichenberg!«
»Also so was«, sagte der Chauffeur. »Und hier heroben trifft man sich!«
Fräulein Luise fühlte reine Glückseligkeit.
»Bist du geflüchtet, Frantisek?«
»Ja. Vor zwei Monat. Und du, Luise?« Er sagte schnell: »Ach so! Ich Trottel! Du natürlich nicht! Du bist ja schon zwanzig Jahre da!«
»Zwanzig Jahre, ja«, sagte Fräulein Luise. Die Idee, daß der Chauffeur sein Wissen in der ›Genickschußbar‹ erworben haben konnte, kam ihr nicht einen Augenblick. Das war ›ihr‹ Tscheche, das war ›ihr‹ Toter, das war ›ihr‹ Freund Frantisek, ihre Freunde hatten ja versprochen, nun zu helfen. »Du bringst mich jetzt bis nach Bremen, und dann fahr ich nach Hamburg, und in Hamburg werdets ihr mir weiterhelfen, gelt?«
»No freilich«, sagte der Chauffeur und dachte: In Bremen bin ich die Meschuggene los und sehe sie nie wieder, und angezeigt werde ich auch nicht. Barmherziger Heiland im Himmel, hab ich ein Schwein gehabt!
Der Chauffeur fuhr schnell. Er setzte Fräulein Luise vor dem Gebäude des Hauptbahnhofs in Bremen etwa zur gleichen Zeit ab, da mir in Hamburg vor dem Haus Eppendorfer Baum 187 ein Amerikaner, der angeblich Drogist war und angeblich Richard McCormick hieß, einen mit betäubender Flüssigkeit getränkten Fetzen ins Gesicht preßte und alles schwarz um mich wurde.

25

Der Raum war sehr groß. Er hatte kein einziges Fenster. Alles war weiß in diesem Raum: die Wände, die Möbel, die Instrumente, der Fußboden und die Decke, an der viele lange Neonlichtröhren brannten, die ein weißes Totenlicht verbreiteten. Der Raum war absolut staubfrei und vollklimatisiert. Der Raum war ein Alptraum, ich sah ihn zum ersten Mal, denn dieses Allerheiligste des Verlags durfte nur von wenigen Bevorzugten betreten werden, und auch das nur selten.

Ich mußte sofort an ›1984‹ von George Orwell denken. Mir gegenüber, mächtig funkelnd, mit Tausenden kleiner Lämpchen, die blitzschnell und verwirrend rot und gelb und grün und blau und weiß aufflackerten, und mit Magnetbandspulen hinter Glas, die sich ruckartig vor und zurück bewegten, stand der böse Geist des Hauses, der Meistgehaßte, Meistgefürchtete, der von allen Verfluchte und von Herford und seiner ›Mutti‹ so heiß Geliebte – der Computer, dieses Ungeheuer. Im Raum verteilt standen weitere Apparaturen, darunter eine, die aussah wie eine große Schreibmaschine. Dicke Kabelbündel liefen zwischen Holzschienen von einem Gerät zum anderen. An einem weißen Tisch beugten sich fünf junge Männer in weißen Mänteln über einen zusammengefalteten, sehr langen Papierstreifen und unterhielten sich leise. An der seltsamen Schreibmaschine saß ein Mann in Weiß und tippte. Man hörte das Schnarren, Klicken, Rattern und Seufzen der Apparaturen. Und die bunten Lämpchen flackerten unentwegt, unentwegt...

Dieser fensterlose Raum besaß zwei schwere metallene Schiebetüren. Die eine ging zum Flur, war gesichert durch zahlreiche Schlösser und für die Männer, die hier arbeiteten, bestimmt. Ich hatte sie oft von außen gesehen. Weiß war auch sie. Einen roten Blitz hatte man auf sie gemalt, darunter stand in roter Schrift: EINTRITT UNBEFUGTEN STRENGSTENS VERBOTEN! Die zweite Tür führte in ein Zimmer neben Herfords Büro. Hier konnte er ruhen, hier nahm er seine Mahlzeiten ein. (Es wurde eigens für ihn ein Wagen mit Warmhaltekasten zum Hotel ›Frankfurter Hof‹ geschickt, und ein Mädchen aus der Kantine servierte dann.) Hier gab es auch ein Badezimmer. Herford konnte in diesem kleinen Appartement übernachten, falls es sehr spät wurde, er konnte sich umziehen. Ins Büro kam er durch eine Tür, die auf der anderen

Seite ein Stück Bücherwand zeigte. Sie schwang lautlos zurück, wenn man einen bestimmten Knopf berührte. So waren wir alle hereingekommen und weitergegangen durch die zweite Tür aus weißem Metall, die hier allerdings keine Aufschrift und keinen Blitz trug. Sie schob sich, ebenfalls geräuschlos, zur Seite, sobald man auf einer Art Telefonscheibe, die an ihr angebracht war, eine bestimmte Nummer drehte, und sie schloß sich selbsttätig wieder. Dies also war Herrn Stahlhuts Reich.

Er stand vor uns, aber er sprach nicht zu uns allen, sondern nur zu Herford und Mutti. Ein schlanker Mann mit modischen Koteletten, kalten Augen, einem Mund fast ohne Lippen und einem Bürstenhaarschnitt. Er sprach mit einer seltsam unnatürlichen Stimme, die keinen Widerspruch duldete und ständig aggressiv klang. Hier waren wir also ins Herz des Verlages und in das Herz des Verlegers vorgedrungen. Was hier geschah, war für Herford Kismet, Offenbarung, göttliche Fügung. Und Stahlhut war der Dolmetscher des herrlichen Computers, der allwissend war wie Gott. Vielleicht stellte sich Herford Gott als Computer vor, dachte ich, das war keineswegs unmöglich. Dann war Stahlhut dessen Hoherpriester.

Der Zitronen-Kaffee hatte mich noch immer nicht ganz nüchtern gemacht. Ich hätte gerne geraucht, aber hier war das Rauchen verboten. Ich fand das lange Stehen mühsam, doch wir standen alle, mit Ausnahme des jungen Mannes an der Schreibmaschine und mit Ausnahme von Mutti, die man auf einem weißen Hocker placiert hatte, der auf Rollen lief.

Stahlhut stand neben einem Monitor, der genauso aussah wie jener in Herfords Büro. Er dozierte vor dem noch leeren, schwarz flimmernden Schirm: »Wir haben unsere Untersuchung über die politische Richtungsänderung von unserem Meinungsforschungsinstitut mit dem größtmöglichen Streuungswinkel vornehmen lassen«, sagte er, und seine Stimme erinnerte mich an eine Mischung aus Stimmen eines Pfarrers, eines Politikers und eines Generals. »Wir hatten ja ausnahmsweise einmal etwas mehr Zeit. Unsere Fragen nach dem Geschmack des Publikums wurden an zwei Testgruppen gerichtet, das Programm ist also zweigeteilt. Zum einen befragten wir Menschen, die BLITZ lesen, zum anderen solche, die BLITZ nicht lesen.«

Und hier liegt doch schon die erste Manipulation! dachte ich. Wie immer die Frage nach dem Linksruck formuliert worden war, was

konnten Menschen antworten, die gar nicht wußten, wie weit links oder rechts BLITZ im Augenblick stand?
Auch Bertie schien das eingefallen zu sein. Er sagte: »Moment mal! Leute, die BLITZ nicht kennen, sind doch gar nicht ...«
Mutti sah ihn gekränkt an.
»Ruhe!« sagte Herford böse.
Hem sah mich an und flüsterte: »Erinnerst du dich noch an das, was ich dir über gute Grundsätze und ihre furchtbaren Verwirklichungen sagte?«
Ich nickte.
»Ruhe, bitte!« sagte Rotaug still und zerrte an seinem steifen Hjalmar-Schacht-Kragen. Hem lächelte ihm breit zu. Rotaug wandte sich ab.
»Es wurden zehntausend Personen befragt, und zwar im gesamten Bundesgebiet ...«
»Was wurden sie denn gefragt?« erkundigte sich Bertie.
»Wenn Sie mich liebenswürdigerweise nicht unterbrechen wollten«, sagte Stahlhut.
»Ruhe, verflucht!« schrie Herford. Bertie sah ihn mit seinem Kinderlächeln an. Dann sah er mich und Hem an. Ich zuckte die Schultern. Hem schloß die Augen und schüttelte den Kopf. Es war sinnlos, hier irgend etwas in Frage zu stellen. Genausogut hätte man vor Herford und seiner Mutti die Existenz Gottes in Frage stellen können. GOTTES DES ALLMÄCHTIGEN, DER IHM SEIN GELD GEGEBEN HATTE. Ihm, der nun, nach vielnächtigem Gewissenskampf und aus nimmermüder Sorge ums Volk auf Linkskurs einschwenken wollte ...
Dieser Stahlhut war ein ganz gerissener Bursche, dachte ich, wieder einmal. Völlig harmlos, so daß sie es nicht merkten, erkundigte er sich regelmäßig bei Herford und vor allem bei Mutti danach, was die beiden im Blatt gut fanden, und was soso, und was schlecht, weil er – also jetzt ganz im Ernst: ein hochintelligenter Mann! – längst erkannt hatte, daß Herford und Mutti genau denselben unsäglichen Geschmack besaßen, den Millionen in unserem Volk haben und der eine Riesenauflage garantiert. Ich muß jedoch unbedingt *für* unser Volk sagen, daß weit, weit mehr Millionen diesen Geschmack weiß Gott nicht besitzen. Bei einer *ehrlichen* Repräsentativ-Umfrage wären Stahlhuts Leute daher auch an sehr viele Menschen geraten, die ihnen gesagt hätten, daß wir ein Dreckblatt machten. Daher mußte Stahlhut genau überlegte selek-

tive Umfragen veranstalten und, um ganz sicherzugehen, auch die Fragen noch so stellen, daß er von ›seinem Publikum‹ bestimmt die richtigen Antworten erhielt. Die Computer-Ergebnisse bestätigten dann wunderbarerweise Herfords und Muttis Ansichten immer fast hundertprozentig. *Fast* hundertprozentig. Dieser Stahlhut war so schlau, daß er noch kleine (sehr kleine!) Abweichungsfaktoren einbaute.

Natürlich waren die Computer-Analysen manipuliert! Mein Freund Bertie sagte, er habe Beweise dafür, daß Stahlhut und sein Schwager Wort um Wort die Fragen auf den Bögen formulierten, mit denen dann die Mitarbeiter des Instituts losgeschickt wurden. Die Interviewten antworteten auf die manipulierten Fragen, wie Stahlhut es gerade brauchte.

So etwas ging ganz einfach.

Ein Beispiel aus der Politik.

Sie können von Haus zu Haus gehen und anständigerweise die Frage stellen: »Sind Sie für die Ostpolitik der Regierung?« Das ist eine wertfreie Frage, mit »Ja«, »Nein« oder mit »Weiß nicht« zu beantworten. Ein Computer ist nämlich in Wahrheit das Dümmste, was es auf der Welt gibt. Er vermag nur mit ›Ja‹ und ›Nein‹ und ›Weiß nicht‹ etwas anzufangen.

Nun ist es kinderleicht, die Frage etwas umzuformulieren, zum Exempel so: »Sind Sie der Ansicht, daß die Regierung mit ihrer Ostpolitik deutsche Interessen aufgibt?« Sie verstehen, was ich meine. Das ist schon eine wertbelastete Frage. »Interessen aufgeben«, irgend etwas von Wert aufgeben – das will niemand. Also wird hier unterschwellig bereits die Antwort suggeriert. Es ist eine Tatsache, daß sich mehr als fünfzig Prozent aller Menschen von solchen wertbelasteten Fragen wie durch Schübe in eine bestimmte Verfassung bringen lassen.

»Unsere Auswahl«, fuhr Stahlhut in diesem befehlsgewohnten, keinen Widerspruch duldenden Tonfall, in dem so viel Herzlichkeit mitschwang (der hätte einen herrlichen Schauspieler abgegeben!) fort, »war repräsentativ für die Gesamtbevölkerung. In ihr sind sämtliche häufigeren Berufe berücksichtigt, Bevölkerungsschichten nach ihrem sozialen und ihrem Bildungs-Niveau, nach Geschlecht, Altersgruppen, Religion, Einkommen, Arbeitgeber und Arbeitnehmer. Ferner haben wir Rücksicht auf die einzelnen Landschaften genommen. Der Süden reagiert erfahrungsgemäß anders als der Norden.«

»Aha«, sagte Hem.
Niemand reagierte.
Stahlhut spielte weiter die Rolle des großen Magiers.
»Das Land reagiert anders als die Stadt. Also wurden Groß-, Mittel- und Kleinstädte berücksichtigt. Wegen dieser weiten Streuung brauchten das Institut und wir auch zwei Wochen Zeit, gnädige Frau.« Er verbeugte sich vor Mutti. Die sah ihn verklärt an.
»Wenn Sie nur zu einem richtigen Ergebnis gekommen sind«, sagte Mutti. »Es ist ja so wichtig, daß wir genau wissen, wie das Volk empfindet.«
»Das Ergebnis ist genau«, sagte Stahlhut, sich wieder verbeugend. In seinem Rücken flackerten mit atemberaubender Schnelligkeit die bunten Lämpchen an der mächtigen Vorderseite des Computers. »Ein Computer, richtig programmiert und ausreichend gefüttert, *kann* keine falschen Ergebnisse liefern.«
»Ist das nicht wunderbar?« Mutti sah zu Herford auf.
Herford nickte ergriffen. Es war für ihn hier genauso schön wie in der Kirche.
Mutti sagte: »Das müßte Bob sehen!«
Bob (Robert) war ihr 22jähriger Sohn, ein Tunichtgut, ein Herumtreiber, ein Mädchenjäger, ein faules Stück – Muttis ganzer Stolz, und für Herford eine Quelle ständigen Zorns.
Hem sagte in mein Ohr: »Ein Computer ist eine Hure. Du kannst beide praktisch zu allem mißbrauchen. Das haben Herford und Mutti bloß noch nicht kapiert.«
»Das werden sie auch nie kapieren«, flüsterte ich.
»Pssst!« machte Rotaug und sah mich wütend an.
»Das Entscheidendste war, einen vernünftigen Fragebogen aufzustellen, der die Menschen frei, völlig unbeeinflußt und nicht manipuliert antworten ließ«, erklärte Stahlhut.
Man redet am heftigsten von dem, was man nicht tut, dachte ich. Du Hund hast ganz genau gewußt, was du für Antworten bekommen wirst. Die Antworten, die dein Verleger und seine Mutti sich wünschten. Antworten, wie sie eine so große Anzahl von Deutschen unbeeinflußt gewiß nie gegeben hätte, denn sonst besäßen wir längst eine sozialdemokratische und nicht noch immer eine Koalitionsregierung! Ich sah Hem und Bertie an, und sie nickten mir zu. Sie dachten genau dasselbe. Der Gentleman Oswald Seerose betrachtete mich mit klinischem Interesse und zupfte an seinem Brusttaschentüchlein. Das war der ausgebuffteste und

kälteste Kerl von allen! Ich hatte noch nie erlebt, daß der seine Meinung sagte. ›Die Graue Eminenz‹ wurde er genannt. Er war schon so etwas wie ein Talleyrand, ein Fouché, ein Holstein ...

»Wie hat denn der Fragebogen ausgesehen?« fragte Mutti.

»Oh, gnädige Frau, das ist nur in Kürze zu sagen«, antwortete Stahlhut prompt. »Zuerst kamen allgemeine Fragen danach, ob dem Probanden BLITZ gefiel, was ihm am besten gefiel und was nur mäßig und was am wenigsten.« Mutti nickte. »Es folgten Fragen danach, was im Blatt gern gesehen wurde, was am liebsten, was man gerne sehen würde, was den Leuten fehlte. Und warum! Diese Hauptfrage – die nach dem politischen Trend – war sehr geschickt eingebettet in allgemeine Fragen. Der Proband konnte keinesfalls das Gefühl haben, nach seinen politischen Ansichten befragt zu werden. Viele Menschen reden nicht gerne über so etwas vor Fremden, nicht wahr?«

»Ganz klar«, dröhnte Herford.

Und nun, dachte ich, konnte ich mir lebhaft vorstellen, wie die Tester ihre Opfer fragten.

Eine anständige Frage wäre gewesen: »Sind Sie gegen den neuen Rechtsradikalismus in der Bundesrepublik?«

Ohne Zweifel hatte die Frage aber etwa gelautet: »Sind Sie der Ansicht, daß ein demokratisches Blatt sich mit den neuen rechtsradikalen neonazistischen Bewegungen in unserem Volk auseinandersetzen sollte?«

»Nun«, sagte Stahlhut, »kamen die Fragebogen zu uns. Von meiner Crew« – er wies hinter sich zu den Männern in weißen Mänteln, die an dem Tisch leise debattierten – »wurde zunächst ein Programm aufgestellt. Dazu mußten die Bogen sortiert werden, nach der Art der einzelnen befragten Gruppen. Die allgemeinen Antworten speicherten wir nun im Computer als neueste Informationen zu dem alten Standard-Programm, das ständig erneuert wird und über das Blatt Aufschluß gibt. Die spezielle Frage – nämlich die nach der erwünschten politischen Haltung von BLITZ –, diese Frage war der Kernpunkt des neuen Programms. Sie wurde dem Computer in einer neuen Serie, getrennt nach all den genannten Gruppen, eingegeben. Ich möchte betonen, daß wir auch die Antworten von Befragten speicherten, die BLITZ zwar nicht lesen, aber dem Namen nach kennen, und die auch sagten, wo eine so große Illustrierte in der gegenwärtigen innenpolitischen Situation ihrer Meinung nach stehen sollte.« Bertie sah mich an. Ich sah Hem an. Hem sah Bertie an. No comment. »Es ging uns dabei auch um die junge Generation unter vierundzwanzig. Wir wissen, daß das noch niemals unsere regelmäßigen oder potentiellen Käufer waren. Die Antworten fielen jedoch so aus, daß wir, wenn das Blatt nun entsprechend *anders* gemacht wird, ausgezeichnete Chancen besitzen, eine bisher nicht erfaßte Schicht von Menschen als Käufer zu gewinnen!«

»Wunderbar!« sagte Herford.

Wunderbar, dachte ich, du bist schon ein ganz Gerissener, du dreckiger Hund von einem verkrachten Mathematikstudenten! Daß junge Leute eher links als rechts stehen, wissen wir. Wie viele junge Leute hast du befragt, mein lieber Freund Stahlhut? Und wie viele von allen Getesteten hast du verkehrtherum befragt, also gegen ihren zu erwartenden Impuls, so daß ihr ›Nein‹ praktisch einem ›Ja‹ entsprach? (Damit man dir nicht auf deine Tricks kam.)

»Und nachdem Sie die Bogen sortiert hatten, gaben Sie die Ergebnisse über dieses Dings da – diese Schreibmaschine, oder was das ist – dem Computer ein?« fragte Mutti.

»Das ist in der Tat eine Art Schreibmaschine mit gewissen Kontrollfunktionen, gnädige Frau«, sagte Stahlhut. »Hier wird gerade ein kleines Programm erstellt. Da verwenden wir noch diese, nun sagen wir, Schreibmaschine. Bei den zehntausend Bögen gingen wir einen moderneren Weg. Dank der Großzügigkeit von Herrn Herford« – tiefe Verbeugung Stahlhuts, gönnerhaftes Handwinken des Verlegers – »besitzen wir einen Computer von solcher Kapazität, daß er ganze Fragebögen mit ihren Kreuzchen in den Feldern für ›Ja‹, ›Nein‹ oder ›Weiß nicht‹ bereits über Photozellen elektronisch ablesen kann, die Impulse auf das Magnetband überträgt, und wir das Magnetband nur an die Datenverwertungsanlage anschließen müssen. Da wir die Fragebögen ganz besonders sorgfältig in einzelne Gruppen aufgesplittet haben, kann der Computer nun auch besonders feine und genaue Antworten geben. Ulli!«

Einer der Männer in Weiß sah von dem Tisch auf.

»Ja?«

»Bitte Programm RX 22«, sagte Stahlhut.

Der junge Mann, der Ulli hieß, ging zu einem Gerät, das aussah wie eine große Wurlitzer-Orgel, und begann Knöpfe zu drücken. An der Wandtafel des Computers brach Chaos aus. Die bunten Lämpchen tanzten, Magnetbänder bewegten sich ruckweise. Auf dem Monitor erschien eine erste grüne Schrift:

GROSSSTADT, NORDDEUTSCHLAND, KAUFMAENNISCHE BERUFE, MAENNLICH, ALTERSGRUPPE 35-40, VERHEIRATET, 1-2 KINDER, EIGENHEIME BZW. EIGENTUMSWOHNUNGEN, EINKOMMEN MONATLICH 4000-5500 DM, EVANGELISCH, WAGEN DER GEHOBENEN MITTELKLASSE BIS TEUERE WAGEN ... ERGEBNIS: EINEN LINKSLIBERALEN GRUNDZUG IN ALLEN BEITRAEGEN VON BLITZ WUERDEN BEGRUESSEN ... 13,2% ...

Herford und Mutti sahen gebannt auf den flimmernden Schirm. In der Datenverarbeitungsmaschine rauschte es leise, Relais klickten, die Lämpchen flackerten, die Magnetbandscheiben ruckten.

... GROSSSTADT, NORDDEUTSCHLAND, FREIBERUFLICHE, MAENNLICH, ALTERSGRUPPE 35-40, NICHT VERHEIRATET, KEINE KINDER, MIETWOHNUNG, EINKOMMEN MONATLICH 1700-2500 DM, EVANGELISCH, WAGEN DER UNTEREN ODER DER MITTELKLASSE ... ERGEBNIS: EINEN LINKSLIBERALEN GRUNDZUG IN ALLEN BEITRAEGEN VON BLITZ WUERDEN BEGRUESSEN ... 22,4% ...

»Herford! 22,4 Prozent!« rief Mutti begeistert.
Herford nickte ernst.
Der Verlagsleiter Seerose stand mit verschränkten Armen da, sein Gesicht war leer.
Der Dr. Helmut Rotaug zerrte an seinem steifen Kragen, dann stand er wieder still.
Stahlhut behielt immer weiter die Attitüde des großen Arztes. Eine halbe Stunde flackerten grüne Leuchtschriften über den Schirm. Ich fiel fast um. Bertie gähnte hörbar. Herford gab ihm einen bösen Blick. Dann sah er wieder auf den Monitor, den Mutti nicht aus den Augen ließ. Sein Gesicht verklärte sich. So mußte Moses ausgesehen haben beim Anblick des Gelobten Landes, dachte ich.
Nach fünfundvierzig Minuten endlich erschien diese Schrift:

... TOTALAUSWERTUNG ... VON ALLEN BEFRAGTEN WUERDEN EINEN LINKSLIBERALEN GRUNDZUG IN ALLEN BEITRAEGEN VON BLITZ BEGRUESSEN ... 35,6% ...

»Ist das nicht wunderbar?« rief Mutti. »Herford, das Volk denkt wie wir, jetzt wissen wir es.«
»Ja«, sagte Herford, »das Volk und wir – wir sind eins.«
Ich dachte: Am meisten bewundere ich diesen Stahlhut dafür, daß er nicht 35 oder 36 Prozent als Endresultat herausgebracht hatte,

sondern 35.6 Prozent. Diese sechs Zehntel Prozent erfüllten mich mit plötzlicher Hochachtung für den Mann, den ich verachtete. Schon eine Persönlichkeit!

26

... TOTALAUSWERTUNG ... FRAGE: WELCHES WELTPOLITISCHE EREIGNIS DER LETZTEN MONATE HAT SIE BESONDERS ERSCHUETTERT?

So flackerten die Computerbuchstaben über den Schirm des Monitors in Herfords phantastischem Büro. Wir waren alle hierher zurückgekehrt, Stahlhut war mitgekommen, um noch Erklärungen zu geben. Nebenan, in dem fensterlosen Raum, rief sein Kollege Ulli der Reihe nach die einzelnen Zusatzfragen des Programms ab, die Herford interessieren konnten.

... ANTWORT: DIE OKKUPATION DER TSCHECHOSLOWAKEI DURCH WARSCHAUER PAKTSTAATEN – 82,3% ...

»Donnerwetter!« sagte Herford.
Was hat er erwartet? dachte ich.
»Ja, das hat auch mich am meisten erschüttert«, sagte Mutti und rückte an ihrem Jägerhut mit der langen Feder. Ich sah Stahlhut scharf an. Er erwiderte den Blick ausdruckslos. Ich trank meinen Kaffee mit Zitrone, der inzwischen wieder heiß gemacht worden war.

... TOTALAUSWERTUNG ... FRAGE: FINDEN SIE DIESE INTERVENTION GERECHTFERTIGT? ... ANTWORT: NEIN – 95,4% ...

Auch eine Frage, dachte ich.

... TOTALAUSWERTUNG ... FRAGE: EMPFINDEN SIE SYMPATHIEN FUER DAS TSCHECHISCHE VOLK? ... ANTWORT: JA – 97,8% ...

»Sie sehen«, sagte Stahlhut, »wir haben gleichzeitig auch ein Programm für zukünftige Serien oder Berichte vorbereitet.«
Ja, wir sahen es.

... TOTALAUSWERTUNG ... FRAGE: GEHT IHNEN DAS SCHICKSAL DER MENSCHEN NAHE, DIE FLUECHTEN MUSSTEN? ... ANTWORT: JA – 98,2% ...

So sahen also die Fragen aus. Ich hätte gerne gewußt, wer die 1.8 Prozent waren, die ›Nein‹ oder ›Weiß nicht‹ geantwortet hatten.

... TOTALAUSWERTUNG ... FRAGE: WEN BEDAUERN SIE AM MEISTEN UNTER DEN FLUECHTLINGEN - A INTELLEKTUELLE? ... B POLITIKER? ... C KUENSTLER? ... D EINFACHE MENSCHEN? ... E MAENNER? ... F FRAUEN? ... G KINDER UND JUGENDLICHE? ... ANTWORT SIGNIFIKANT: KINDER UND JUGENDLICHE - 97,8% ...

»Mein Gott, die armen, armen Kinder«, sagte Mutti und fuhr sich mit der Hand über die Augen.

»Es ist furchtbar«, sagte Dr. Rotaug ins Leere hinein. Es klang, als sagte er: »Mir einmal Rebhuhn mit Beilagen.«

... TOTALAUSWERTUNG ... FRAGE: WUERDEN SIE GERNE WISSEN, WIE DIESE KINDER UND JUGENDLICHEN NUN LEBEN? ... ANTWORT: JA - 85,8% ...

Na also – jetzt war es endlich heraus.

Bertie konnte wieder nicht den Mund halten.

»So ein Computer ist doch etwas Herrliches«, sagte er.

»Nicht wahr? Ein Wunderwerk«, sagte Herford. An diesem Mann war Ironie immer verschwendet gewesen.

Stahlhut erhob sich, ging zu dem Monitor und drückte auf einen Knopf. Damit gab er seinen Freunden nebenan offenbar ein Zeichen, die Vorführung des Programms abzubrechen, denn die grüne Schrift erlosch, und der Schirm flimmerte schwarz. Aus großer Ferne klang ganz leise das Dröhnen der U-Bahn-Arbeiten bis in den elften Stock herauf.

Stahlhut sagte: »Die Gesamtanalyse ergibt, daß der Computer einen Bericht oder eine Serie über geflüchtete Kinder oder Jugendliche für das den größten Erfolg versprechende erste Thema hält, wenn BLITZ auf einen linksliberalen Kurs einschwenken will. Dies Thema hat den meisten human appeal, es interessiert Frauen und Männer gleichermaßen – unabhängig von Einkommen, Beruf, Alter und sozialer Stellung.«

»Also dann steht das erste Thema fest«, sagte der Verleger triumphierend. »Herford hat Sie hergebeten, um Ihnen die Resultate dieser Untersuchung vorzuführen, so wie sie seiner Frau und ihm vorgeführt wurden, zum ersten Mal und zugleich mit Ihnen. Hat einer der Herren irgendwelche Einwände gegen die beabsichtigte linksliberale Verschiebung? Wir leben in einer Demokratie. Mein

Verlag wird demokratisch geführt. Ich bin selbst Demokrat.« Ich mußte jäh fast kotzen. »Wenn eine Mehrheit Herford mit Gegenargumenten überzeugt, nein, wenn sich nur eine Mehrheit findet, ist Herford bereit, seinen Plan aufzugeben. Nun?«

Schweigen.

»Niemand hat etwas dagegen?«

»Niemand«, sagte Lester eifrig. »Wir sind alle begeistert dafür. Nicht wahr, meine Herren?«

»Alle dafür«, sagte Rotaug kurz.

»Gut, gut. Herford hat Sie, Roland, und auch Sie, Engelhardt, gebeten, an dieser Besprechung teilzunehmen, weil Sie unser bester Autor und Sie unser bester Fotograf sind. Herford will, daß die erste Reportage oder Serie oder was immer das wird, von seinen besten Leuten gemacht wird. Verstanden?«

»Ja«, sagte ich. Nun war mir wieder etwas besser. Ich arbeitete lieber in einem Haus, das links, als in einem, das rechts stand, wenn ich mir auch klar darüber war, daß dies ein vorübergehender Zustand blieb. Wo das Haus stand, meine ich.

Bertie sagte: »Sehr ehrenvoll, danke, Herr Herford. Wird mir großen Spaß machen, wieder einmal mit Walter zusammenzuarbeiten. Auch Ihre Entscheidung begrüße ich. Ein intelligenter Mensch kann heute ja überhaupt nichts anderes mehr sein als Sozialist.«

Betretenes Schweigen folgte.

Herford lachte endlich dröhnend.

»Recht haben Sie, Engelhardt! Das zeigt doch wenigstens, daß Herford kein Idiot ist, nicht wahr?« sagte der Mann mit den vielen Millionen. Er wurde ernst. »Sie beide werden also über die Kinder und Jugendlichen berichten.«

»Aber die Aufklärungsserie ...«, sagte Lester prompt.

»Ich habe manchmal vier Serien gleichzeitig geschrieben«, sagte ich.

»Schon, schon. Nur, gerade bei diesem letzten Teil, dem, den Sie heute ablieferten ...« Jetzt wurde er tückisch, lange hatte er gewartet.

»Was ist mit diesem Teil?« fragte Herford.

»Die Frauenkonferenz hatte eine Menge Einwände«, sagte Lester und lächelte mich an. Ich lächelte ihn ebenfalls an.

»Um Gottes willen! Die müssen Sie natürlich alle berücksichtigen, Roland«, sagte Herford erschrocken. »Schleunigst. Heute ist für Sie der letzte Tag. Der allerletzte. Wieso ...«

»Krank gewesen«, sagte Hem.
»Wieder zuviel ... aha.« Herford räusperte sich. »Also, dann schreiben Sie es jetzt natürlich gleich um.«
Lester sah mich lauernd an.
Ach, Scheiße! dachte ich.
So einen edlen Charakter habe ich, sehen Sie?
»Natürlich, Herr Herford«, sagte ich. »Gleich jetzt schreibe ich es um.«
Lester verzog verärgert das Gesicht. Er hatte so sehr auf meine neuerliche Weigerung und einen Skandal gehofft.
»Sie müssen aber unbedingt auch noch einen Teil für die nächste Nummer schreiben, wenn Sie nun mit Engelhardt losfahren!« sagte Herford.
»Mache ich bis heute nacht«, sagte ich. Ein Charakter eben. Aber ich wollte über die Kinder schreiben. Egal, was dabei herauskam. Ich mußte endlich einmal wieder über etwas anderes schreiben als über Orgasmen, Necking, Petting und erogene Zonen. Ich wurde sonst noch verrückt.
»Sehr gut«, sagte Herford.
»Wir wissen schon, was wir an Ihnen haben«, sagte Mutti. Mir wurde wieder übel. »Mein Gott, er kann ja noch rot werden, schau doch, Herford!«
»Tatsächlich«, sagte Rotaug, ehrlich verblüfft. Er betrachtete mich grübelnd.
»Wo sind diese Kinder, Stahlhut?« fragte Herford.
»Die Jugendlichen bis achtzehn Jahre und die Kinder sind in dem Lager Neurode. Das liegt nördlich von Bremen. Die Erwachsenen sind in anderen Lagern untergebracht. In Neurode befinden sich Kinder aus vielen Nationen. Im Moment natürlich hauptsächlich Tschechen. Aber auch Griechen ...«
»Griechenland ist in der NATO«, sagte Rotaug.
»... Polen und Spanier.«
»Unser Haus auf Mallorca!« rief Mutti. Sie hielt nervös eine Hand vor den Mund.
»Hört mir mit der NATO und unserm Haus auf«, sagte Herford, sich erhebend. Sein Gesicht hatte einen grimmigen Ausdruck angenommen. »Wollen wir einen linksliberalen Kurs oder nicht? Na also! Dann müssen wir auch etwas Mut haben. Wird schon nichts passieren. Ein Haufen Sozis haben Häuser in Spanien. Und die NATO hat Herford gar nichts zu sagen. Außerdem wird das ein Be-

richt mit human appeal und human interest!« Er begann zu schwärmen, er breitete die Arme aus. »Kinder, unschuldige Kinder! Natürlich politischer Background, aber alles menschlich gesehen! Menschlich, meine Herren, verstanden?«
»Ja«, sagte Bertie.
»Ja«, sagte ich, »menschlich.« Ich dachte an den alten Klefeld aus dem Vertrieb, dem man nicht rechtzeitig gekündigt hatte.
»Aber dabei natürlich trotzdem – wie Sie das machen, ist Ihre Sache, dafür bezahlt Herford Sie hoch! – trotzdem eine erschütternde Anklage gegen die Unmenschlichkeit in allen Staaten und unter allen Regimen! Hören Sie das, Rotaug? Unter allen!«
»Neurode, dieses Golgatha unschuldiger Jugend«, sagte Hem völlig ernst.
»Golgatha, ja, Golgatha! Wenn man das in den Titel bekäme!« rief Mutti. Sie fuhr sich schon wieder mit der Hand über die Augen.
Vielleicht werden Sie glauben, daß ich hier übertreibe, Menschen zu Karikaturen verzerre. Das tue ich nicht. Genauso war es. Genauso. Was Mutti sagte, schien, wenn man bedachte, wie es in diesem Haus mit seiner Computer-Verlagsleitung zuging, ungeheuerlicher Zynismus. Aber Mutti und Herford waren nicht zynisch. Sie waren viel zu beschränkt, als daß sie zynisch hätten sein können. Sie waren auch keine schlechten Menschen. Ich meine: Nicht schlechter als andere Millionäre, die noch mehr Millionen haben wollen. Sie waren einfach Teil des Gesellschaftssystems, in dem wir lebten. Ihm verdankten sie ihr Werden, ihm verdankten sie ihre Existenz. Wir alle taten das. Wer dies, wie Hem, wußte, war klug. Und zu bedauern. Denn wenn er noch einen Funken Anstand besaß, dann mußte er sich dauernd betäuben, um es in diesem Betrieb auszuhalten, um nicht alles hinzuschmeißen. Betäuben mit Musik und einer Philosophie, die zu nichts führte. Betäuben mit Weibern und mit Suff, wie ich, Hems Freund und Schüler. Ich werde die beschissene Fortsetzung gleich im Verlag umschreiben, dachte ich, und dann heimfahren und noch einen Teil für die nächste Nummer hinhauen. Spät nachts oder zeitig morgen früh konnten wir dann losbrausen. Vor allem durfte ich nicht vergessen, meinen Hüftflacon und ein paar Flaschen ›Chivas‹ mitzunehmen.
»Denken Sie an ein mögliches Titelbild, meine Herren«, sagte der Verlagsleiter Oswald Seerose, dieser englische Aristokrat. Es war das vierte oder fünfte Mal, daß er an diesem Vormittag überhaupt etwas sagte. Ein schweigsamer Herr. Seine Zeit, zu reden, sollte

noch kommen, aber das ahnte ich damals nicht. »Wir müssen den Schwenk der politischen Richtung auch gleich optisch akzentuieren.«
Bertie nickte.
Herford ging wieder zu dem Bibelpult.
Alle erhoben sich und falteten die Hände, nur Hem und Bertie und ich nicht.
»Herford liest noch eine Stelle aus dem Buch der Bücher. Möge sie über einem glücklichen Gelingen unseres Planes stehen«, sagte der Verleger. Er blätterte die großen schweren Pergamentseiten um, viele von ihnen, dann hatte er gefunden, was er suchte. Er kannte die Bibel auswendig.
»Der HErr ist mein Hirte...«, las Thomas Herford, und Mutti nickte ergriffen. »Mir wird nichts mangeln. Er erquicket meine Seele; Er führet mich auf rechter Straße um Seines Namens willen.« Herford schwieg, dann sagte er fest: »Amen.«
»Amen«, sagten wieder alle, mit Ausnahme von Hem, Bertie und mir.
Ein Telefon summte.
Mit wenigen mächtigen Schritten war der Verleger bei seinem Schreibtisch und hob einen Hörer.
»Ja?« Er lauschte. »Ist gut.« Er drückte einen Knopf der silbernen Interoffice-Gegensprechanlage herunter und dröhnte: »Also, Harald?«
Aus dem Lautsprecher jubelte die Stimme des Personalchefs: »Glück gehabt, Tommy! Hab sofort in der Kartei nachgesehen und einen gefunden! Peter Miele! Arbeitet in der Gruppe ›Lesezirkel‹... Erst seit zwei Jahren bei uns. Ein Sozi. Hält dauernd Reden und hetzt die Leute auf, was sie für Rechte haben und mit Gewerkschaft und so!«
»Sozi, was? Hetzer, wie?« knurrte Herford.
»Ja. Bei dem haben wir noch reichlich Zeit für den blauen Brief! Hat Frau und drei Kinder und Eigentumswohnung, Haufen Schulden auf dem Buckel. Erst neunundzwanzig. Der läßt sich abfinden und geht gleich, ganz bestimmt!«
»Na prima«, brummte Herford, und ein glückliches Lächeln verbreitete sich auf seinem Gesicht. »Dann feuern den Kerl, nichts wie feuern! Herford hat ja gewußt, du findest wen, Harald! Kann Herford den jungen Höllering doch gleich im Vertrieb unterbringen, hahaha!«

»Hahaha!« lachte Harald Viebrock schallend aus dem Lautsprecher.
Und wir gingen nun also auf Linkskurs.
Gott schenke uns allen ein fröhliches Herz.
Mit linksliberalem Grundzug.
Brüste total entblößt.

Setzerei

1

Der nächste Zug nach Hamburg war der D-Zug aus Köln, der in Bremen um 4 Uhr 30 hielt und Hamburg um 5 Uhr 49 erreichte. Fräulein Luise löste eine Karte zweiter Klasse und setzte sich auf eine Bank neben einem Pfeiler. Die große Bahnhofshalle war verlassen. Auf manchen Bänken schliefen, wie in allen Bahnhofshallen, Männer, zusammengerollt, sehr verwahrlost.
Fräulein Luise nickte ein paarmal ein, aber sie fuhr immer, wenn Kopf und Oberkörper nach vorn zu sinken begannen, wieder auf. Die Tasche! dachte sie dann erschrocken. Die Tasche mit dem vielen Geld! Die Tasche hatte sie zwischen sich und den Pfeiler gepreßt, und die Tasche war auch immer da, wenn Fräulein Luise aufschreckte.
Um 4 Uhr ging das Fräulein auf den stürmischen Platz vor den Bahnsteigen hinaus und kaufte bei einem Würstelstand einen Becher mit heißem Kaffee, den sie langsam schlürfte. Sie trank noch eine Portion. Der Mann in der Erfrischungsbude gähnte. Er hatte Frühschicht und war unausgeschlafen. Fräulein Luise, die nur ein wenig geschlummert hatte, war ganz munter. Es ist fast ein Jahr her, daß ich zum letztenmal mit der Eisenbahn gefahren bin, dachte sie. Nach Hamburg bin ich überhaupt noch nie mit der Bahn gekommen. Immer in Autos. Drei Jahre war ich nicht mehr dort ...
Fräulein Luise fühlte sich, als hätte sie statt des elend schlechten Kaffees Champagner getrunken, so beschwingt glaubte sie auf Wolken des Glücks dahinzutreiben. Es war aber natürlich die Aufregung über das Abenteuer, in das sie sich gestürzt hatte. Aus dem Moor und seiner Einsamkeit direkt nach Hamburg – und dort wohin? Wohin zuerst? Was tun? Sie hatte noch keinen Plan. Alles, was sie hatte, waren eine Telefonnummer, zwei Namen und zwei Adressen.
Oh, sie durfte sich nicht versündigen! *Und ihre Freunde!* Ihre Freunde hatte sie natürlich auch noch! Die würden ihr helfen. Die halfen ihr bereits. Wie wäre sie ohne Frantisek so schnell hierhergekommen? Fräulein Luise faßte neuen Mut, bestellte mutig ein Paar Würstchen mit Senf, und während sie diese aß, sprach sie lautlos zu Gott dem Allmächtigen: Ich danke Dir, daß Du alles so

machst und mir so hilfst. Bitte hilf mir weiter. Mach, daß das Böse bestraft wird und das Gute triumphiert, wie das der Herr Pastor immer sagt, daß es geschieht auf lange Sicht. Bei mir mach es auf ganz kurze Sicht, bitte, denn auf eine lange Sicht kann ich nicht mehr warten. Amen.

Danach kratzte sie mit dem Rest des zweiten Würstchens den letzten Senf von dem Stück Pappendeckel, auf dem serviert worden war, und steckte den Wurstzipfel in den Mund. Sie bezahlte.

»Zufrieden, die Dame?« fragte der unausgeschlafene Verkäufer.

»Sehr«, sagte Fräulein Luise, überlegte und fügte diese barmherzige Lüge hinzu: »Der Kaffee war ausgezeichnet.«

»Danke, die Dame.«

Fräulein Luise kontrollierte aufmerksam das Wechselgeld, das sie für eine Zehnmarknote bekam, schob dem müden Verkäufer zwanzig Pfennige hin und sagte: »Das ist für Sie.«

»Danke, die Dame«, sagte der Verkäufer zum zweitenmal.

Der Zug aus Köln war pünktlich.

Auf dem menschenleeren, verlassenen Bahnhof tobte der Sturm. Die Bogenlampen schwankten. Eine heisere Lautsprecherstimme meldete sich. Niemand verließ den Zug. Nur zwei Menschen stiegen ein – Fräulein Luise und ein etwa 40jähriger, großer, kräftiger Mann, der einen dicken Mantel, keinen Hut und ein rotes Buch in der Hand trug.

Die Tür des Waggons, den Fräulein Luise gewählt hatte, ließ sich nicht öffnen.

»Gestatten ...«, sagte der große Mann und lächelte Fräulein Luise zu. Er hatte dunkle Augen, schwarzes, kurzgeschnittenes und gewelltes Haar über einem breiten Gesicht. Geschickt bewegte er die Klinke, und plötzlich schwang die Tür auf. Der Mann reichte Fräulein Luise eine Hand. »Die Stufen sind hoch«, sagte er und half ihr, als wüßte er, daß sie Sorgen mit ihren Beinen hatte. Er stieg hinter ihr ein. Sobald er die Tür verschlossen hatte, ruckte der Zug auch schon wieder an. Im Gang brannte die Nachtbeleuchtung. Sie gingen ihn entlang, Fräulein Luise voran. An den meisten Abteilfenstern dieses Wagens der zweiten Klasse waren die Rolljalousien herabgelassen.

»Da schlafen die Leut sicher überall«, sagte Fräulein Luise. »Wir werden sie wecken, wenn wir eine solche Tür öffnen.«

»Dort hinten«, sagte der große Mann, »brennt Licht in einem Abteil.«

Als sie es erreichten, sahen sie, daß die Blenden hochgerollt waren und sich niemand in diesem Abteil befand.

»Gehen wir hier hinein«, sagte Fräulein Luise. Der Mann nickte. Sie traten in das Abteil. Fräulein Luise setzte sich an das Fenster, die Handtasche fest auf den Knien. Der Mann, der einen dunklen Anzug und eine rosarote Krawatte zu einem weißen Hemd und einen blauen Mantel darüber trug, setzte sich ihr gegenüber.

»Oh«, sagte er sogleich. »Sie wollen vielleicht noch etwas schlafen, wie? Ich schalte das Licht aus.«

»Nein, nein, bitte«, sagte Fräulein Luise. »Ich will nicht schlafen. Ich bin ganz munter. Und Sie, Sie haben ein Buch. Sicherlich möchtens gern lesen.«

»Ja, wenn es Sie wirklich nicht stört«, sagte der Mann mit der rosa Krawatte. Er nahm eine Brille mit dünner Goldumrandung aus der Brusttasche und setzte sie auf. Also ist er weitsichtig, dachte das Fräulein. Der Mann lächelte ihr zu. Sie lächelte gleichfalls. Als der Mann das Buch nun hochhob und aufschlug, holte Fräulein Luise tief Atem. Sie konnte lesen, was in goldenen Buchstaben auf dem roten Umschlag stand:

EINE NEUE ORDNUNG
EINES NEUEN HIMMELS UND EINER NEUEN ERDE

Darunter, kleiner, stand:

DER WACHTTURM

Fräulein Luises Herz schlug fast so schnell wie die Achsen des Zuges, der nun schon sehr schnell fuhr, umheult vom Brausen des Sturms. Was der Mann mit der rosa Krawatte da las, war ein Buch der Zeugen Jehovas! ›Der Wachtturm!‹ So hieß deren Verlag!

Es ist unheimlich, es ist wie in einem Traum, dachte das Fräulein. Dieser Mann da ... wenn der nun auch ... Er war doch sicher hier, um sie weiterzugeleiten nach Hamburg ... Und dort würde wiederum ein anderer Freund warten, um ihr zu helfen ...

Oh, es wäre zu wundervoll gewesen, zu herrlich! Fräulein Luise hatte natürlich Angst vor der Welt, die sie kaum mehr kannte nach all den Jahren der Einsamkeit im Moor. Darum zweifelte sie noch ein wenig. Aber, ach, wie herrlich wäre es gewesen, nun immer weiter geführt und geleitet zu werden von ihren Freunden!

Fräulein Luise sagte leise vor sich hin: »Es ist geschehen zum Anfang des Tausendjahr-Gerichtstages ...«

»Wie bitte?« Der Mann mit der rosa Krawatte sah auf, blickte über die Brille hinweg Fräulein Luise an und lächelte. »Sagten Sie etwas?«
»Ja«, sagte Fräulein Luise tastend. »Ich hab gesagt, es ist geschehen zum Anfang des Tausendjahr-Gerichtstages . . .«
Der Mann sah sie erstaunt an.
»Tatsächlich«, sagte er. »Das lese ich gerade. An diesem Gerichtstag, steht hier, ›entflohen‹ die ›Erde und der Himmel‹ vor dem Angesicht des ›Einen‹, den der Apostel Johannes auf dem ›großen weißen Thron‹ sitzen sah.«
»Und hat sich keine Stätte mehr für diesen verderbten Himmel und diese verderbte Erde gefunden. Sind damals für immer vernichtet worden. So steht's in der Offenbarung vom Johannes.« Fräulein Luise zitierte, immer mutiger werdend: »›Ich sah einen großen, weißen Stuhl und den, der darauf saß; vor des Angesicht floh die Erde und der Himmel, und ihnen ward keine Stätte gefunden.‹«
»Woher wissen Sie denn das?« fragte der große Mann ernst und freundlich.
Fräulein Luise fühlte sich sehr zu ihm hingezogen. Darum sagte sie, nun ihrer Sache sicher, mit verschwörerischer Stimme: »No, das hast du mir doch selber immer wieder erzählt die ganzen Jahr im Moor! Was ist? Erkennst mich nicht? Ich bin doch die Luise!«
Eine kurze Stille folgte, dann sagte der Mann nickend: »Natürlich. Wie dumm von mir. Du bist die Luise.«
Die Achsen schlugen nun gehetzt, der Zug raste durch die Nacht, und wild umheulte ihn der Orkan.
»Und du bist mein Zeuge Jehovas«, sagte das Fräulein. »Nicht wahr, du bist es? Mein Freund, der tote Zeuge?«
Der Mann sagte noch freundlicher, mit einer warmen, weichen Stimme: »Dein toter Freund, der Zeuge, ja, das bin ich.«
»Aus dem Moor«, sagte das Fräulein.
»Aus dem Moor«, bestätigte er.
»Ich frage nur, weil ich muß vorsichtig sein, du verstehst, gelt? Das ist eine ganz eine böse Geschichte, auf die was wir uns da eingelassen haben. Unter uns und im Vertrauen: Ich hab manchmal große Angst.«
»Du mußt keine Angst haben, Luise«, sagte der Mann. »Ich bin bei dir.«
»Ihr seids alle bei mir, ja?« fragte das Fräulein voller Hoffnung.
»Wir alle, gewiß«, sagte der Mann.

»In welchen Körper bist du eingezogen?« fragte das Fräulein. »Wie heißt du? Wie soll ich dich nennen?«
»Ich heiße Wolfgang Erkner«, sagte der Mann. »Aber sag ruhig Wolfgang zu mir, ich sage ja auch nur Luise und nicht...« Er zögerte.
»Und nicht Luise Gottschalk«, sagte das Fräulein selig.
»Luise Gottschalk«, wiederholte der Mann, der Wolfgang Erkner hieß, und nickte.
»Ich weiß noch alles, was du mir gesagt hast, da auf der Insel im Moor«, sagte das Fräulein stolz. »Alles hab ich mir gemerkt. So oft hast du zu mir gesprochen, so viele Jahre lang, im Sommer und im Winter. Wir sind doch wirklich alte, gute Freund, gelt? Du im Tod und ich im Leben. Und wenn ich erst zu euch komm...«
»Na!« sagte Wolfgang Erkner. »Was soll denn das?«
»Doch, doch«, sagte das Fräulein. »Ich bin schon alt und nicht gesund. Ich weiß, es dauert nicht mehr lang, und ich bin bei euch, bei meinen seligen Freunden. Aber reden wir nicht davon. Wir haben vorher noch was Wichtiges zu erledigen, gelt?«
»Ja«, sagte er.
»Soll ich dir sagen, was du mir weiter gesagt hast über die neue Ordnung, soll ich?« fragte Fräulein Luise.
»Bitte«, sagte Wolfgang Erkner. Er betrachtete das Fräulein immer weiter voller Wohlwollen und Güte.
»Alsdern, mit der Stelle aus der Offenbarung«, sagte Fräulein Luise, »liegt für uns die Zeit fest, wann dieses Universum von einem neuen und gerechten Himmel und einer neuen und gerechten Erde abgelöst werden wird – so ist es doch?«
»So ist es, Luise«, sagte Erkner.
»Und zwar wird das nicht sein am End von die Tausendjahrherrschaft des Herrn Jesus Christus, nachdem alles Böse im Himmel und auf der Erd...« Sie stockte und lachte hilflos. »Wie geht das jetzt weiter?«
Er sah in sein Buch und sagte schnell: »Nachdem alles Böse im Himmel und auf der Erde in dem symbolischen ›Feuersee‹ vernichtet worden ist...«
»Richtig!« rief das Fräulein. »Ein Gedächtnis hab ich auch schon wie ein Sieb.« Sie schluckte und hielt eine Hand vor den Mund. »Verzeihung. Das waren die Würstel.«
»Was für Würstel?«
»Wiener«, sagte Fräulein Luise.

»Aha«, sagte Wolfgang Erkner.
»Auf dem Bahnhof hab ich ein Paar gegessen, zu hastig, weil ich hab Hunger gehabt. Jetzt melden sie sich... Nein, also nicht da ist der Zeitpunkt, sondern am Beginn von der Tausendjahrherrschaft vom Herrn Jesus Christus. Und da steht wieder was in der Offenbarung, so schöne Worte, willst du sie mir vorlesen, Wolfgang? Sie stehen in dem Büchel, ich kenn es, du hast es ja auch immer im Moor gehabt. Lies mir vor, bitte.«
»Gerne, Luise«, sagte der große dunkle Mann, schob seine Brille zurecht und las aus dem roten Buch diese Worte vor: »Und ich sah einen neuen Himmel und eine neue Erde; denn der erste Himmel und die erste Erde verging, und das Meer ist nicht mehr. Und ich sah die Heilige Stadt, das neue Jerusalem, von Gott aus dem Himmel herabgefahren, bereit, als eine geschmückte Braut ihrem Mann...«
»Ach ja«, seufzte das Fräulein.
»...und ich hörte eine große Stimme von dem Stuhl, die sprach: Siehe da, die Hütte Gottes bei den Menschen. Und er wird bei ihnen wohnen, und sie werden sein Volk sein, und er selbst, Gott mit ihnen, wird ihr Gott sein. Und Gott wird abwischen alle Tränen von ihren Augen, und der Tod wird nicht mehr sein, noch Leid, noch Schmerz, noch Geschrei wird mehr sein; denn das Erste ist vergangen.« Der große Mann sah Fräulein Luise an. »So steht es da«, sagte er.
Und der Orkan riß und zerrte an den Wagen des dahinjagenden Zuges, und es war ein Heulen und Jammern und ein großes Gebrüll in der Luft, und Fräulein Luise sagte: »Schrecklich, dieses Gebrüll. So müssen die armen Seelen brüllen auf der untersten Schicht. Denn dort muß es noch schrecklich sein.«
»Auf der untersten Schicht«, sagte er.
»Du verstehst mich doch?« fragte das Fräulein.
Der Mann, der Wolfgang Erkner hieß, nickte, ernst und freundlich.
»Das mit dem ›Es wird keinen Tod mehr geben‹, das habe ich nie begreifen können«, sagte Fräulein Luise. »Es klingt so schön, aber ihr alle, meine Freund, ihr seids doch tot und glücklich. Im Leben warts ihr unglücklich. Was werdets ihr sein, wenn es keinen Tod mehr gibt?«
»Es ist noch zu früh, um daran zu denken«, sagte der dunkle Mann.

»Ja, natürlich, dumm von mir, Wolfgang«, sagte das Fräulein. »Diese Zeit wird erst kommen. Wird große Veränderungen bringen, diese Zeit, auch für euch!«
»Sicherlich«, sagte der dunkle Mann.
»Vorher bin ich schon lang bei euch«, sagte das Fräulein. »Aber nicht gleich. Gleich geht's nicht. Ich muß das in Hamburg doch noch erledigen, gelt?«
Er nickte. Der Orkan raste jetzt den Zug entlang. Die Lokomotive pfiff lange und klagend. Nebel hüllte plötzlich alles ein, er flog in riesigen Schwaden am Fenster vorbei.
»Der Mörder von dem armen kleinen Karel muß gefunden werden«, sagte das Fräulein, »und die Irina müssen wir wiederfinden, eh daß ihr was zustößt. Das ist das Wichtigste. Das ist das einzig Wichtige! Hab ich nicht recht?«
»Ganz recht«, sagte der dunkle Mann. Er neigte sich vor, nahm seine Brille ab und sagte: »Wir müssen uns unterhalten, Luise.«
»Das tun wir doch!«
»Auch über andere Dinge. Über dich.«
»Aber du weißt doch alles über mich!« sagte das Fräulein, auf einmal beklommen.
»Ich weiß noch nicht alles. Ich muß noch viel mehr wissen, Luise«, sagte der dunkle Mann. »Und du mußt auch alles von mir wissen. Ich heiße Wolfgang Erkner, aber ich bin kein Zeuge Jehovas, und es ist auch nicht der Geist von deinem toten Freund in mir.«
»Nein?« rief sie erschrocken. »Aber ...«
»Warte«, sagte er. »Es geschieht dir nichts. Ich werde mich um dich kümmern.«
Seltsam beruhigt sagte das Fräulein plötzlich, als könnte sie in die Zukunft sehen: »Nein, mir wird kein Leid geschehen bei dir, das glaube ich auch. Alles wird gut und schön werden bei dir.«
Er nickte.
Dann sagte er: »Ich muß dir sagen, was für einen Beruf ich habe. Ich bin Arzt.«
»Arzt?« rief das Fräulein.
»Ja. Psychiater.«
»O Gott!« rief das Fräulein, entsetzlich unglücklich von einem Augenblick zum andern. »Aber das Buch! Woher hast du das Buch?«
»Das lag auf einer Bank in der Bahnhofshalle. Ich habe es mitgenommen, um darin zu lesen«, sagte er.

»Und was machst du überhaupt um diese Zeit hier im Zug? Warum bist du nicht im Bett?«
»Ich wäre es gern«, sagte er seufzend. »Aber ich muß leider nach Hamburg. So schnell wie möglich.«
»Weshalb?« fragte Fräulein Luise und fühlte, daß sie plötzlich zitterte. Sie hatte sich geirrt. *Das war kein toter Freund von ihr!*
»Eine Patientin ist heute abend aus unserer Klinik entwichen«, sagte Wolfgang Erkner ernst. »Sie ist sehr krank. Man weiß noch nicht, wie sie die Klinik verlassen konnte. Jedenfalls hat die Bahnpolizei in Hamburg eine Frau aufgegriffen und glaubt, daß es vielleicht meine Patientin ist. Deshalb muß ich schnell selber hin, um das festzustellen.«
»Sie ... Sie ... Sie sind Nervenarzt!« stammelte das Fräulein.
»Ja, Luise«, sagte er sanft.
»Nennens mich nicht Luise!« rief sie heftig.
»Wie Sie wollen, Frau Gottschalk«, sagte er. »Ich fürchte, Sie sind nicht gesund ...«
»Ich bin ganz gesund!«
»... und deshalb müssen wir uns jetzt unterhalten – über Sie«, sagte der Psychiater Dr. Wolfgang Erkner, stand auf und trat zu der Gangtür, um die Sichtblenden herabzuziehen.
Falle! dachte Fräulein Luise verzweifelt. Ich bin in eine Falle gelaufen, ich blöde Kuh. Wenn dieser Arzt mich einmal hat, läßt er mich nie mehr gehen ...
Erkner zog die erste Blende herab. Er wandte Fräulein Luise den Rücken dabei.

2

Gerade noch, ehe ich das Bewußtsein verlor, sah ich, wie Irina den Schlag an ihrer Seite aufriß und aus dem Wagen sprang. Dann war ich weg, die Flüssigkeit tat ihre Wirkung, und was nun geschah, erfuhr ich erst später. Irina erblickte einen Wagen, der den Eppendorfer Baum herunterkam. Sie rannte auf den Damm und winkte. Aus dem olivfarbenen Buick, der hinter meinem Lamborghini parkte, schnellte ein Mann – der Freund des Drogisten, der mir den vollgetränkten Lappen ins Gesicht gedrückt hatte. Der Freund, der so wenig auf einem ›großen Europe-Trip‹ war wie der andere Kerl, erwischte Irina am Mantel, riß sie herum und versuchte, die sich verzweifelt Wehrende in seinen Wagen zu zerren. Sie trat ihn gegen die Schienbeine und schrie wie von Sinnen. Aber der Orkan machte das unhörbar. Irina bekam eine Hand frei und fuhr dem Mann mit ihren Nägeln über die Wangen. Blut quoll aus Kratzspuren. Der Mann fluchte. Er schlug Irina ins Gesicht, so fest er konnte. Sie rang nach Luft und knickte ein. Er hob sie auf und schleppte sie zum Wagen. Der Kerl, der mich so geschickt betäubt hatte, rannte zu ihm, und gemeinsam versuchten sie, Irina in den Buick zu stoßen. Sie hatten es beinahe geschafft, da hielt mit kreischenden Bremsen der Wagen neben ihnen, der den Damm heruntergekommen war. Es war ein Taxi. Zwei Männer sprangen heraus: Bertie und der Chauffeur. Der Chauffeur, ein älterer Mann, hielt eine Wagenheberstange in der Hand. Er stürzte sich auf den Kerl, der mich narkotisiert hatte, hob die schwere Stange und ließ sie vorwärts sausen. Er wollte den Mann, der sich Richard McCormick genannt hatte, auf den Kopf treffen, aber er traf ihn im Nacken. Das genügte. McCormick schrie auf, ging in die Knie und hielt sich den Hals. Dann fiel er um. Bertie war auf den zweiten Mann zugerannt, der mit Irina kämpfte. Sie war schon fast ganz im Fond des Buicks verschwunden. Bertie riß den zweiten Mann am Mantelkragen zurück und schlug ihm mit aller Kraft, die er besaß, von unten gegen den Kiefer. Der zweite Mann mußte Boxer sein. Er schüttelte sich wie ein Hund, der ins Wasser gefallen ist, knurrte und sprang Bertie an. Im nächsten Moment flog der um, und die beiden rollten auf dem Damm hin und her. Der Boxer schlug Bertie mit den Fäusten ins Gesicht. Bertie, der auch nicht gerade eine halbe Portion war, schlug dem anderen mit aller Kraft in die Seiten. Irina sprang benommen aus dem Wagen auf die Straße und schrie um Hilfe. Der Sturm war lauter, ihre Worte wurden von ihm verschluckt. Irina hob die Wagenheberstange, die dem Chauffeur entfallen war, und rannte zu dem Mann, der sich McCormick nannte und sich unsicher gerade wieder erhob. Irina schlug zu. Wieder traf sie den Mann im Nacken. Wieder kippte er um.

Das war der Moment, in dem ich zu mir kam, das war das erste, was ich sah. Irina schrie noch immer, aber nicht einmal ich, der knapp neben ihr aus dem Wagen trat, konnte die Worte verstehen. Sie klammerte sich an mich, und jetzt hörte ich sie: »Angst ... Angst ... Ich habe solche Angst ... Die bringen uns um ...«

»Nein«, sagte ich, noch etwas benommen. »Nein. Los, rein in meinen Wagen, schnell!«
»Aber ...«
»Vorwärts!« brüllte ich sie an. Sie schluchzte auf, lief um den Lamborghini herum und kroch wieder auf den Vordersitz. Langsam wurde das Bild um mich klar. Langsam konnte ich wieder richtig denken. Ich bückte mich, nahm den Colt 45, der mir entfallen war, vom Wagenboden unter dem Steuerrad und sah mir diesen McCormick an. Der hatte genug für eine Weile. Der rührte sich nicht. Ich rannte zu Bertie und dem anderen Mann. Bertie ging es schlecht. Er lag auf dem Rücken, und dieser Freund McCormicks kniete über ihm und schlug ihm die Fäuste gegen den Schädel, um den Bertie seinen nun wieder dreckigen Verband trug. Der Chauffeur versuchte, den zweiten Mann zurückzureißen. Der holte mit einem weiten Schwinger aus, erwischte den Chauffeur im Magen. Der Chauffeur setzte sich auf das Pflaster und hielt seinen Leib. Er war eben doch ein älterer Mann. Mutig, aber zu alt. Ich stolperte über ihn vorwärts zu Bertie und dem zweiten Mann, hielt dem zweiten Mann den Colt 45 vor die Brust und brüllte: »Schluß jetzt, oder es knallt, du Schwein!« Mit der freien Hand schlug ich dem Kerl, um nachdrücklicher zu wirken, gegen das Kinn. Er biß sich auf die Lippen. Blut begann aus seinem Mund zu rinnen.
»Auf!« brüllte ich.
Er erhob sich taumelnd. Er torkelte direkt dem Chauffeur in die Arme, der wieder auf die Beine gekommen war. Der Chauffeur holte aus, so weit er konnte, und schlug dem zweiten Kerl seine rechte Faust neuerlich unter das Kinn. Allerhand Kraft besaß er noch, dieser Chauffeur. Der zweite Kerl stolperte rückwärts. Der Chauffeur schlug noch einmal zu, auf die gleiche Stelle. Der zweite Kerl knallte mit dem Rücken gegen die Motorhaube des Buicks und sackte dann zusammen.
Der Chauffeur rannte zu seinem Wagen.
Ich schrie: »Was wollen Sie?«
»Polizei rufen. Über Funk ...«
»Nix!« schrie ich. »Keine Polizei! Bis die da ist, geht das alles wieder von vorne los. Und wer weiß, ob wir noch mal solches Schweineglück haben!«
»Sie halten nicht viel von der Polizei, wie?« schrie er, seltsam lauernd.

»Nein!« schrie ich.
»Na schön«, schrie er. »Mir soll's recht sein. Wohin wollen Sie?«
»Weg hier, weg!« Ich konnte jetzt keine Polizei brauchen. Und nach der Art, wie diese Polizei den Fall Conny Manner behandelte, hatte ich auch kein Vertrauen mehr zu ihr.
»Klar, weg! Aber wohin?« brüllte der Chauffeur. Bertie stand auf, schwankte ein wenig, hielt sich den Kopf, doch er grinste schon wieder. Dieser Bertie.
»Hotel ›Metropol‹«, schrie ich.
»Ich fahre hinter Ihnen her«, schrie der Chauffeur. Das Heulen des Orkans übertönte unser Gebrüll fast völlig, wir verstanden einander kaum.
»Nicht nötig!« schrie ich.
»Sagen Sie!« schrie er. »Und wenn noch mal so was passiert?«
»Er hat recht«, sagte Bertie, dicht neben mir. »Soll uns nachfahren. Ist ja der reinste Western, Mensch. Feiner Kerl, dieser Chauffeur. Kamen gerade noch zur rechten Zeit, was?« Dem Chauffeur winkte er zu und brüllte: »Fahren Sie uns nach!«
Der Chauffeur nickte und schrie: »Nehmen Sie meine Wagenheberstange mit!« Die lag neben dem Lamborghini. Wir rannten zu meinem Wagen zurück, denn ich sah, daß in einigen Fenstern der Häuser Licht aufflammte und die Silhouetten von Menschen erkennbar wurden. Ein Fenster war bereits geöffnet. Ich verstand nicht, was der Mann im Pyjama rief. Die beiden angeblichen Europa-Reisenden lagen auf der Straße. Na fein. Ich hob die Wagenheberstange auf, warf sie unter meinen Sitz und ließ mich in den Lamborghini fallen. Bertie sprang auf der anderen Seite herein. Die beiden Türen flogen zu. Ich startete den Wagen, ließ den Motor aufheulen und beschrieb auf kreischenden Pneus eine verrückte Kurve über den Damm. Dann jagte ich in der Richtung, aus der wir gekommen waren, davon. Hinter mir sah ich, im Rückspiegel, die Scheinwerfer des Taxis. Der alte Herr konnte fahren wie ein Junger.
Bertie sagte mir, er sei in Fuhlsbüttel aufgehalten worden, um diese Zeit dauerte es immer eine Ewigkeit, bis man Sendungen abschicken oder erhalten konnte – da machten in der Frachtabteilung nur zwei Mann Dienst. Taxen waren auch keine mehr draußen am Flughafen gewesen, nur diese, die uns nun folgte.
»Der Mann ist gefahren wie der Satan«, erzählte Bertie. »Ich habe ihm gesagt, es eilt. Ich hatte so ein Gefühl, daß wir gebraucht

wurden.« Er hielt sich den Kopf. »Der elende Scheißkerl«, sagte er. »Tut verflucht weh. Immer noch mal rauf aufs Schlimme. Was gab es eigentlich?«

Plötzlich begann Irina so zu zittern, daß ihr Körper richtig geschüttelt wurde. Der Schock kam mit Verspätung.

»Die wollten mich entführen ... Die wollten mich entführen ... Die wollten ...« Sie schrie plötzlich gellend: »Was ist hier los? Was ist hier los? Ich halte das nicht mehr aus! Ich will wissen, was hier ...« Sie griff mir wieder ins Steuer. Der Lamborghini schleuderte.

»Verflucht!« schrie ich. »Sie sollen doch nicht ...«

Bertie gab ihr zwei Ohrfeigen, eine rechts, eine links. Sie verstummte und sah ihn fassungslos an. Aber sie ließ das Steuer los. Gott sei Dank. Ich war schon mit zwei Rädern auf dem Gehsteig gewesen.

»Tut mir leid«, sagte Bertie. »Mußte sein. Ist es vorbei?«

Sie nickte und begann wieder zu schluchzen, während ich mit der Geschwindigkeit herunterging und in die Rothenbaumchaussee einbog, diesmal in südlicher Richtung. Sie sagte: »Es tut mir leid. Es tut mir wirklich leid. Aber ich bin so durcheinander. Vollkommen durcheinander. Was ist hier geschehen? Sagen Sie es mir!«

»Wir werden es herausfinden«, sagte ich. »Sie haben doch im Lager gesagt, Sie hätten Vertrauen zu mir, nicht?«

»Ja.«

»Haben Sie es noch?«

»Ja, Herr Roland.« Das kam sehr leise.

»Dann ist es gut.« Ich sah in den Rückspiegel.

»Dein Freund bleibt brav hinter uns«, sagte ich.

»Gott geb's«, sagte Bertie. »Ich habe noch die Unterlagen über diesen schwulen Concon in seinem Taxi.«

Ich bog nach links in die Hagedornstraße ein. Das Taxi folgte. Ich kreuzte den Mittelweg und erreichte den Harvestehuder Weg. Wir fuhren den dunklen Alsterpark entlang, hinter dem ich das aufgepeitschte Wasser der Außenalster erblickte.

Ich passierte ein Haus, das eine Tafel zur Erinnerung an Heinrich Heine trug, den ›Dichter, Kämpfer und Mahner‹, wie darauf stand. Ich hatte die Tafel oft gesehen, wenn ich im ›Metropol‹ wohnte. Auf der anderen Straßenseite, im Park, lag der Anglo-German-Club. Hinter der Sophienterrasse kam der mächtige Bau der Standortverwaltung, dann kamen Villen, dann der Gerling-Konzern.

Die meisten Häuser auf der rechten Straßenseite standen hinter Vorgärten.
»Schon ein großes Theater«, sagte Bertie. »Ich glaube ja um alles in der Welt nicht an so was. Aber wenn einer dran glaubt, dann hat er da allerhand zu kauen.«
»Woran zu kauen?« fragte ich.
Das Taxi folgte getreulich ...
»Na, an deinem meschuggenen Fräulein Luise und ihren Freunden.« Ich hatte ihm kurz von meinen Erlebnissen mit dem französischen Antiquitätenhändler, dem polnischen Portier und dem norwegischen Matrosen berichtet. »Ist doch alles Unfug. Oder nicht?«
Ich zuckte die Schultern.
»Ich frage mich: Oder nicht? Nur so, nicht etwa, weil ich daran glauben könnte. Ich glaube an gar nichts. Aber sonderbar ist es.«
»Was?« fragte Irina.
»Der Chauffeur«, sagte Bertie.
»Was ist mit dem?«
»Na ja«, sagte Bertie. »Schon zu blöd, überhaupt davon zu reden. Aber er heißt Iwanow. Wladimir Iwanow. Hat er mir erzählt. Ist mit seinen Eltern als kleines Kind nach Deutschland gekommen und hiergeblieben. Seit einer Ewigkeit da. In Hamburg. Redet ohne jeden Akzent.«
»Ein Russe?« fragte Irina, völlig durcheinander.
»Klar ein Russe«, sagte Bertie. »Sind doch alle so gute Menschen im Tod, sagte das Fräulein, nicht? Na, ich kann nur sagen, sollten sich auch der Ami und der Norweger entschlossen haben, ins Leben zurückzukehren, dann sind sie jetzt alles andere als gut. Aber das ist natürlich der reinste Quatsch. Wir sind normal. Die Verrückte ist das Fräulein. Tote kehren nicht zurück.«
»Natürlich nicht«, sagte ich und dachte an mein Telefongespräch mit Hem.
»Eine einzige Spinnerei«, sagte Bertie.
»Einzige Spinnerei«, sagte ich.
Danach schwiegen wir eine Weile, und ich fuhr am Pöseldorfer Weg vorbei und an vielen schönen Villen auf der rechten Straßenseite und dem dunklen Park und dem Wasser an der linken Straßenseite. Ich passierte die Alsterchaussee, deren Verlängerung in den Park hinein Fährdamm heißt.
Der Fährdamm, das wußte ich, führte zur Anlegestelle einer Fähre,

keines Dampfers. Die Fähre war kleiner als die Alsterdampfer, und sie pendelte am Tag immer zwischen dem Park hier und dem Uhlenhorster Fährhaus auf der anderen Seite der Außenalster hin und her. Nahe der Anlegestelle befand sich ein kleines Fährhaus. Jetzt war draußen gewiß kein Betrieb mehr, aber im Sommer sah man da viele bunte Tische und Liegestühle unter dem Grün der Bäume.

Auf der rechten Straßenseite gab es zwischen den vornehmen Villen eine Reihe großer Gebäude – die Reichold Albert Chemie, die Oberfinanzdirektion Hamburg, die Staatliche Hochschule für Musik und Darstellende Kunst, das Britische Generalkonsulat und unten, an der Alten Rabenstraße, die Deutsche Grammophon-Gesellschaft ...

Irina sagte: »Ob die Toten wohl nur so lange gut sein können, wie sie tot sind – und wieder böse werden, wenn sie ins Leben zurückkehren?«

»Irina!« sagte ich. »Fangen Sie auch noch an?«

»Nein«, sagte sie. »Nein. Zuviel Whisky und der Schreck und die Angst. Das alles ist daran schuld, daß ich solchen Unsinn rede.«

»Wir müssen einen klaren Kopf bewahren«, sagte Bertie. »Eine Verrückte ist genug in dieser Geschichte. Gib mir doch mal die Pulle, Walter. Verflucht, hat dieser Saukerl mich in die Fresse geschlagen!«

»Na, du ihn aber auch«, sagte ich.

»Ja«, sagte Bertie mit seinem Cherubs-Lächeln und trank. »Ich habe ihm auch ein paar ganz schöne Dinger verpaßt, wie?«

»Erstklassige, mein Alter«, sagte ich und wechselte die Straßenseite. Wir hatten das Hotel ›Metropol‹ erreicht. Ich hielt vor dem Eingang. Hinter uns hielt das Taxi mit dem russischen Fahrer. Aus dem Hotel kam ein Hausdiener, den ich kannte. Wir schüttelten einander die Hände. Er kümmerte sich um unser Gepäck und meine Anzüge, und dieser Russe Wladimir Iwanow half ihm dabei.

Iwanow hatte ein sehr anständiges Gesicht und war sehr freundlich. Ich bedankte mich bei ihm und gab ihm Geld, ziemlich viel. Er wollte es zuerst nicht nehmen, dann nahm er es natürlich doch. Er überreichte mir eine Visitenkarte mit seinem Namen und seiner Funktaxi-Nummer und sagte: »Da steht die Telefonnummer der Zentrale drauf. Ich schlafe jetzt nur ein paar Stunden. Wenn Sie morgen – ich meine heute vormittag – ein Taxi brauchen, dann verlangen Sie doch bitte mich. Ich fahre Sie überall hin. Ich bin zuverlässig.«

»Ja«, sagte ich, »das haben wir gemerkt.«

»Und das Geschäft geht nicht so besonders«, sagte er. »Werden Sie an mich denken, mein Herr?«

Warum nicht? dachte ich und sagte: »Bestimmt.«

3

Das Appartement 423 im Hotel ›Metropol‹ bildete schon rein optisch den größtmöglichen Gegensatz zu Fräulein Luises Barackenbüro, in dem ich Irina zum ersten Mal gesehen hatte und an das ich immer wieder denken mußte. Sprach dort die Armut, so hier der Reichtum der Bundesrepublik. Alle Fenster gingen zum Park hinaus. Durch einen Vorraum kam man in einen Salon, von diesem führte eine gepolsterte Tür zum Schlafzimmer. Vom Schlafzimmer ging's ins Badezimmer – dunkelblaue Kacheln, Bodenheizung, zwei Wannen und zwei enorme Waschbecken. Schlafzimmer und Salon hatten dunkelblaue Seidentapeten, bedruckt mit gestickten Lilien, blauen Velours, Teppiche darauf, auserwählte Stilmöbel, stuckverzierte weiße Decken und dicke Vorhänge aus blauem Damast. Das Bett war sehr groß, wie es die französischen Doppelbetten sind, das Holz cremefarben und mit goldenen Rändern. Im Salon stand eine Chaiselongue. Es gab Kristallüster in beiden Räumen und Stehlampen und indirekte Beleuchtung, was man wollte. Natürlich auch elektrische Kerzenarme an den Wänden. Im Salon hingen alte Stiche von Hamburg, im Schlafzimmer Reproduktionen nach Gemälden von Boucher.

Irina stand in ihrem Stoffmäntelchen über dem Twin-Set mitten im Salon, besah sich die ganze Pracht und sagte: »In so einem Hotel habe ich noch nie gewohnt. Sie schon, wie? Sie immer, ja?«

»Ja«, sagte ich. »Solange es nichts Besseres gibt.«

Sie schob einen der schweren Damastvorhänge etwas beiseite und sah in den dunklen Park hinaus. Ich trat neben sie. Der Regen klatschte gegen die Scheiben, und vom anderen Ufer, von der Schönen Aussicht her, glitzerten noch ein paar Lichter und spiegelten sich im Wasser der Außenalster und in einem kleinen See, der im Park lag.

»In diesem See ist auch Wasser aus der Alster«, sagte ich. »Es gibt da viele Enten und Schwäne.«

Sie ließ den Vorhang wieder los und sah mich ernst an, und ihre traurigen Augen waren sehr groß.

Es klopfte.

Der Hausdiener brachte meinen Koffer, die Anzüge, den Recorder, den flachen Diplomatenkoffer und die Schreibmaschine, und er bekam ein viel zu hohes Trinkgeld, wie immer.

»Ich danke, Herr Roland. Ihren Wagen hat der Garagenmeister inzwischen hinunter in die Garage gefahren.«

»Fein«, sagte ich. Zeit, daß der Lamborghini verschwand. »Kann man bei euerm Garagenmeister jetzt noch einen Wagen mieten?«

»Natürlich, Herr Roland. Bei uns geht der Dienst rund um die Uhr.«

Er lächelte und verschwand. Gleich darauf erschien ein Etagenkellner, frisch, tadellos gekleidet, ausgeruht und höflich. (Es war 3 Uhr 25 früh!) Er brachte einen kleinen silbernen Kübel mit Eisstücken, zwei Gläser, Sodawasser und eine Flasche ›Chivas‹.

»Ihre Flasche, Herr Roland. Herr Heintze hat uns sofort verständigt, daß Sie angekommen sind.«

»Danke«, sagte ich. Der Etagenkellner bekam ebenfalls ein viel zu großes Trinkgeld.

Dann kam ein anderer Hausdiener und brachte eine in Cellophan verpackte Zahnbürste, Zahnpasta, eine Nagelbürste, Mundwasser und einen Tiegel sehr gute Abschminkcreme.

»Mit den besten Empfehlungen von Herrn Heintze«, sagte er. »Ich wünsche wohl zu ruhen.«

»Moment!« Ich erwischte ihn gerade noch bei der Tür. Trinkgeld.

»Ich danke herzlich, Herr Roland.«

Das größte Trinkgeld hatte natürlich Herr Heintze, der Nachtportier, erhalten. Er war allein gewesen. An der Reception gegenüber arbeitete jetzt niemand. Nur zwei Hausdiener hatten bereitgestanden. Ich kannte hier alle Portiers, die vom Tagdienst ebenso wie die der Nachtschicht. Kannte sie mit ihren Namen. Das war wichtig. Tut jedem Menschen wohl, wenn man sich an seinen Namen erinnert. Ich kenne Dutzende von Portiernamen in der ganzen Welt. Die Zahnpasta und das andere Zeug hatte Heintze aus den Beständen des Hotels zusammenstellen lassen. Irina besaß doch nichts als das, was sie am Leib trug. Ich muß gehen, dachte ich, und für sie einkaufen, wenn es richtig Tag geworden ist.

Heintze war ein Mann mit bleichem Gesicht, schweren Tränensäcken und großer Statur. Er hatte richtig gestrahlt, als wir hereinkamen. Ich frage mich immer, ob Portiers sich über manche Gäste ehrlich freuen, vom Trinkgeld abgesehen. Ich glaube schon. Sie haben es mit so viel Gesocks zu tun, da sind sie froh, jemanden begrüßen zu können, der ihnen sympathisch ist.
In der mächtigen Halle hinter Heintzes Desk brannten alle Lichter. Putzfrauen bewegten sich leise und machten gründlich Ordnung. Sogar ihre Staubsauger verursachten kaum Geräusch. Ich sagte Heintze, daß ich ein Appartement brauchte, möglichst in einem höheren Stockwerk, und ein Einzelzimmer mit Bad für Bertie.
»Wir haben zwei Kongresse, Herr Roland... Aber es wird sich etwas finden für Sie, natürlich, wie immer...«
Wie immer.
Ich war schon mit allen möglichen Mädchen hier abgestiegen. Es genügte, wenn ich den Meldezettel unterschrieb. Ich schrieb dann einfach dazu ›mit Frau‹. Das hatte ich auch diesmal so getan. Heintze zuckte nicht mit einer Wimper. Er war von erlesener Höflichkeit gegen Irina, die sich sehr genierte. Heintze schien das nicht zu bemerken. Er schien auch nicht zu bemerken, daß an unserer Kleidung noch Straßendreck von der Prügelei klebte. Ich mußte den Meldezettel nie ausfüllen, das tat der Portier, wenn ich nachts kam; am Tag tat es jemand von der Reception gegenüber. Sie hatten alle meine Daten. Sie kannten mich. Ich erzählte Heintze etwas von Irinas Gepäck, das in ein falsches Flugzeug geraten sei, und er sagte, er werde sofort das Nötigste besorgen und auf das Appartement schicken lassen. Wir bekamen 423. Ein großartiger Kerl, dieser Heintze. Alle Hotelleute waren großartig.
Bertie hatte ein Zimmer im Stockwerk über unserem erhalten, anders ging es nicht. Heintze verließ seinen Posten kurz und fuhr mit Irina und mir in das Appartement hinauf, drehte die Lichter an und überzeugte sich, daß alles in Ordnung war. Als er ging, bekam er sein Trinkgeld. Wenn der von allen Gästen so viel bekam, konnte er bald ein eigenes ›Metropol‹ aufmachen...
Irina stand in ihrem Mäntelchen ganz still mitten im Salon und sah die Möbel und die Stiche an und war unendlich verlegen. Verlegen und todmüde, sie konnte kaum noch die Augen offenhalten. Ich ging zu dem silbernen Tablett mit dem Whisky und dem Eiskübel und öffnete die ›Chivas‹-Flasche und machte zwei starke Drinks und reichte Irina ein Glas.

»Nein, danke«, sagte sie.

»Los, los«, sagte ich. »Trinken Sie. Dann werden Sie schlafen können.«

»Ich will nicht...«

»Sie müssen!« Ich drückte ihr das Glas in die Hand. »Bitte!«

Wir tranken beide. Irina sah mich mit unruhigen Augen an.

»Ich muß wissen, wo Jan ist. Ich muß wissen, wo diese andere Frau ist. Wer sie ist. Ich muß wissen...«

»Ja«, sagte ich. »Ja, ja, ja, wir müssen es auch wissen. Wir kriegen es heraus. Aber allein! Sie bleiben hier. Für Sie ist das zu gefährlich.«

»Gefährlich?«

»Sie haben doch gerade erlebt, was man mit Ihnen machen wollte.«

»Glauben Sie wirklich, ich sollte entführt werden?«

»Nein, nicht«, sagte ich und zündete eine Zigarette an.

»Aber warum? Warum, Herr Roland?« schrie sie plötzlich, und ich dachte, daß ich ihr vielleicht, wie Bertie, zwei kleben sollte, denn sie war dauernd hart am Rand eines hysterischen Zusammenbruchs. Ich hoffte, daß der Whisky sie beruhigte oder umschmiß und sie endlich Ruhe gab. Bei dem, was wir jetzt tun mußten, Bertie und ich, konnten wir Irina wirklich nicht brauchen. Ich war sehr froh, sie hier im ›Metropol‹ zu haben. Ich hatte zunächst an ein Hotel gedacht, in dem ich nicht bekannt war, an ein weniger gutes Hotel, aber dann hatte ich gedacht, daß Irina dort nicht so geschützt gewesen wäre wie hier.

»Warum, bitte, Herr Roland?« Jetzt flüsterte sie. Sie war so schlaftrunken, daß sie schwankte. Aber sie blieb stehen.

»Lassen Sie mir Zeit. Ein paar Stunden Zeit, dann werde ich es Ihnen sagen können«, sagte ich.

Sie erschrak.

»Wollen Sie noch einmal weg?«

»Ich muß.«

»Wohin?«

»Weiß ich noch nicht. Wir müssen diesen Karl Concon finden. Wenn wir den haben, kriegen wir aus ihm heraus, weshalb er Sie aus dem Lager entführen sollte. Das muß jetzt aber schnell gehen. Wir sind schon verflucht spät dran.«

»Und ich bleibe hier allein?«

»Ja. Wenn ich gehe, sperre ich Sie ein...«

»Was?«

»... und sage dem Portier, daß er nur mir den Schlüssel geben darf. Sie werden tief schlafen. Sie werden nicht hören, wenn jemand klopft. Ich schließe die Tür zum Salon. Aber das Telefon neben dem Bett werden Sie vielleicht hören. Ich kann es nicht abstellen lassen, denn vielleicht rufe *ich* Sie an. Sie antworten nur, wenn Sie ohne Zweifel meine Stimme erkennen – oder die Stimme von Herrn Engelhardt. Klar?«
»Ja.«
»Sonst legen Sie auf.«
»Aber warum?«
»Weil Sie in Lebensgefahr sind«, sagte ich grob. »Haben Sie das noch immer nicht kapiert?«
Sie zitterte ein bißchen und trank ihr Glas leer und hielt es mir wieder hin. Sie war sehr, sehr schön. Ich dachte, wie gerne ich... Ich füllte ihr Glas mit einem neuen Drink und sagte: »Ob Sie das noch immer nicht kapiert haben, will ich wissen.«
»Doch«, sagte sie. »Ich habe es kapiert. Aber wieso ...«
»Keine Fragen mehr. Ich habe keine Zeit. Marsch, ins Bett.« Ich ging in das Schlafzimmer, wo mein Koffer auf einer Pritsche stand, öffnete ihn und holte einen dunkelblauen Schlafanzug heraus. »Hier«, sagte ich. »Ziehen Sie das an. Morgen kommen neue Klamotten.«
Auf einmal wurde ihr Gesicht feuerrot.
»Was ist jetzt?«
Sie wies auf das französische Bett.
»Wenn Sie zurückkommen ... Ich meine ... Sie müssen doch auch irgendwo schlafen, und ...«
»Schon gut, schon gut«, sagte ich und nahm Kissen und Decke von einem Teil des Bettes, trug sie in den Salon und warf sie auf die Chaiselongue. »Sie schlafen im Bett, ich schlafe hier.« Ich holte einen zweiten Schlafanzug und meine Pantoffeln und meinen Waschbeutel aus dem Koffer. »Nur keine Angst. Ich werde Ihrer reinen volksdemokratischen Seele nicht zu nahe treten.«
Dann ging ich ins Badezimmer und stellte den Waschbeutel ab.
»Ich weiß nicht, wann ich wiederkomme. Einmal in der Nacht muß ich ... pflege ich ins Badezimmer zu gehen. Das müssen Sie entschuldigen. Jahrelange Gewohnheit. Ich werde ganz leise sein und Sie auf keinen Fall zu vergewaltigen versuchen.«
»Sie sind gut zu mir«, sagte Irina.
»Ja«, sagte ich.

»Wenn ich denke... Vor ein paar Stunden noch in diesem drekkigen Lager... und jetzt hier, in diesem Luxushotel...«
»Ja«, sagte ich.
»Es ist alles wie in einem wüsten Traum.«
»Ja«, sagte ich und dachte, daß dies kein Traum war und wohl noch viel wüster werden würde. Ich dachte auch, daß ich sehr gerne mit Irina geschlafen hätte – wie mit allen anderen Mädchen, die ich bisher in Hotels mitgenommen hatte. Aber dann dachte ich, daß ich es in Wirklichkeit *nicht* wollte. Das war eine komische Erkenntnis. Ich konnte mich selber nicht verstehen. Bei diesem Irina-Mädchen war alles zum ersten Mal in meinem Leben ganz anders. Das machte mich wütend.
»Los, ins Bett!« schnauzte ich sie an. »Ich habe zu arbeiten.«
Sie betrachtete mich erschrocken, dann schüttelte sie den Kopf, murmelte etwas Tschechisches, ging unsicher ins Schlafzimmer und schloß die Tür hinter sich.
Ich machte mir einen neuen Drink, einen starken, setzte mich neben das elfenbeinfarbene Telefon, das auf einem schönen, niedrigen Schränkchen stand, und hob den Hörer ab.
Es meldete sich eine Mädchenstimme aus der Zentrale. Ich gab ihr die Nummer von Conny Manner.
»Sofort, Herr Roland«, sagte das Mädchen freundlich.
Gleich darauf ertönte das Freizeichen. Es ertönte dreimal, dann hörte ich, wie bei Conny der Hörer abgenommen wurde. Niemand meldete sich. Ich hörte, wie jemand in den Hörer atmete.
»Edith, hier ist Walter Roland«, sagte ich. »Falls Sie meine Stimme nicht genau erkennen, bin ich nicht böse, wenn Sie nicht antworten.«
»Ich erkenne Sie an Ihrer Stimme«, sagte Edith. Sie hatte offenbar weitergetrunken und war halb blau, das merkte man an ihrer Art zu sprechen, aber sie reagierte noch schnell genug. Gott sei Dank.
»Wo wohnen Sie, Walter?«
»Wo ich immer in Hamburg wohne«, sagte ich. Dem Telefonanschluß in Connys Wohnung mißtraute ich weiterhin.
»Ach so, im... ich verstehe.«
»Hat das Krankenhaus angerufen?«
»Ja.«
»Und?«
»Ich soll sofort kommen, Conny geht es viel schlechter, hat ein Mann gesagt... Ich habe das Krankenhaus zurückgerufen und ge-

fragt, ob ich von dort angerufen worden bin ...« Ein Schluchzen. »Nein, haben sie mir gesagt. Ganz bestimmt nicht. Conny geht es unverändert. Ich werde vor dem späten Vormittag nichts anderes zu hören bekommen, haben sie mir gesagt ... Walter, wer hat mich da aus der Wohnung locken wollen?«

»Weiß ich nicht«, sagte ich und trank. »Sehen Sie, wie gut es war, daß ich Ihnen sagte, Sie sollen immer zuerst das Krankenhaus zurückrufen?«

»Ja. Warum telefonieren Sie erst jetzt? Sie sagten doch ...«

»Es ging einfach nicht früher, tut mir leid. Hat sonst noch jemand angerufen?«

»Ja. Ein Mann. Ein Fremder. Muß ein Taschentuch über die Muschel gelegt haben, die Stimme klang so.«

»Was sagte er?«

Schluchzen.

»Edith!«

»Er ... er hat gesagt, daß Conny sterben wird, auch wenn er die Operation übersteht ... sterben ... sehr schnell ... wenn er nur ein Wort sagt ...«

»Wem sagt?«

»Mir ... wenn ich ihn sehe ... Die Stimme hat gesagt, ich soll ihm das gleich sagen, wenn ich hinkomme. Ein Wort, und er erlebt den nächsten Tag nicht mehr. Sie kommen auch im Krankenhaus an ihn ran.«

»Hat die Stimme das so gesagt?«

»Wie gesagt?«

»Na, was sagte die Stimme, genau?«

»Ein Wort, und er erlebt den nächsten Tag nicht mehr. Wir kommen auch im Krankenhaus an ihn ran.«

»Wir? Nicht ich?«

»Nein, wir! Wir! Wir! Wir!«

»Edith!«

»Verzeihung. Ich bin schon halb wahnsinnig vor Angst, Walter. Das müssen Sie doch verstehen!«

»Ich verstehe es ja. Es kann Ihnen nichts passieren, und es wird Conny nichts passieren«, sagte ich und dachte: hoffentlich.

»Wer war dieser Mann?«

»Ich kriege es heraus. Lassen Sie mir Zeit. Ich kriege es heraus. Hören Sie jetzt auf zu trinken und versuchen Sie, ein wenig zu schlafen!«

»Ich kann nicht schlafen!«
Wir stritten noch eine Weile, dann gab ich auf. Ich zündete eine neue Zigarette an, hob wieder den Hörer ab, und wieder meldete sich das Mädchen aus der Zentrale. Ich gab ihr Hems Privatnummer in Frankfurt. Er war sofort da.
»Also, was ist los, Junge?«
Ich erzählte ihm alles. Er unterbrach nicht ein einziges Mal. Zuletzt sagte er: »Das wird eine sehr große Sache, ich habe es gerochen. Herford ist damit einverstanden, daß drei oder vier Seiten umgeschmissen werden. Bis zehn brauche ich deinen Aufreißer und die Bildunterschriften.«
»Ja, Hem.«
»Was ist mit diesem Concon?«
»Weiß ich noch nicht. Da wollen wir jetzt gerade hin.«
»Dem Mädchen darf nichts passieren, Walter! Das ist das Allerwichtigste! Was macht sie?«
»Ist schon im Bett. Ich sperre sie ein. Auf die Leute im Hotel kann ich mich verlassen.«
»Gut. Du rufst mich an, sobald du kannst und es etwas Neues gibt. Ich schlafe nicht. Bin zu aufgeregt.«
»Nicht mehr als ich«, sagte ich. »Was machen Sie? Pfeife rauchen?«
»Ja«, sagte er. »Und Schallplatten hören.«
»Schoeck?«
»Ja, Schoeck«, sagte Hem.
»Was von Schoeck?«
»›Lebendig begraben‹«, sagte Hem. »Und dazu denke ich nach.«
»Worüber?«
»Wie diese Sache sich entwickeln, wie sie enden wird.«
»Und was glauben Sie, wie? Wird sie gut enden?«
Statt einer Antwort sagte er nur leise: »Hals- und Beinbruch, Walter.« Dann hatte er eingehängt. Ich fühlte weit, weit entfernt (aber er hatte die verfluchte Angewohnheit, dann blitzschnell ganz nahe zu sein) meinen Schakal. Darum trank ich das Glas auf einen Schluck aus und stand auf, denn ich wollte ins Badezimmer. Ich mußte mal. Außerdem wollte ich sehen, ob Irina schon schlief. Sie schlief nicht. Das Schlafzimmer war verlassen. Im Badezimmer brannte helles Neonlicht. Mit dem Rücken zu mir erblickte ich Irina. Sie stand vor einem der Becken und putzte sich die Zähne. Und sie war vollkommen nackt.

Sie mußte im Spiegel über dem Becken mein Eintreten bemerkt haben, denn sie fuhr entsetzt herum, Glas und Zahnbürste in der Hand, Paste um die Lippen. Sie hatte schöne, feste Brüste mit großen braunen Warzen und großen Höfen, ganz schmale Hüften, lange Beine, einen kleinen Bauch, wie alle wirklich schönen Frauen ihn haben, und darunter sah ich das dunkle Dreieck der Scham.
Heiß und jäh schoß mir das Blut in den Leib. Ich hatte noch nie ein so vollkommen gewachsenes Mädchen gesehen. Ich hatte auf einmal alles vergessen, was ich zu tun hatte, was geschehen war, was noch geschehen mußte. Ich wollte Irina, jetzt. Gleich. Sofort. Das war der einzige Gedanke, den ich fassen konnte. Ich ging auf sie zu. Sie starrte mir entgegen, unfähig, sich zu rühren, Panik in den Augen. Egal. Mir war das egal. Ich wollte dieses Mädchen haben. Ich mußte dieses Mädchen haben. Ihre Haut war ganz rein und weiß, die Warzen richteten sich auf. Ich fühlte das Blut wild und hart in meinem Geschlecht klopfen. Ich kam Schritt um Schritt näher. In Gedanken war ich schon auf ihr, in ihr. Mein Blut pochte.
Irina ließ das Zahnputzglas fallen. Es zersplitterte auf dem Fliesenboden. Die Zahnbürste fiel hinab. Sie stand da, ohne sich zu rühren, sie machte nicht einmal den Versuch, sich zu bedecken. Ich hatte sie erreicht. Ich berührte ihre Schultern. Meine Hände glitten tiefer. Sie sah mich an mit weit geöffneten schwarzen Augen. Um ihren Mund klebte noch Zahnpasta.
Die Augen waren schuld. Nur die Augen.
Ich konnte es nicht tun. Es wäre gewiß möglich gewesen. Aber es wäre auch eine zu große Gemeinheit gewesen. Diese dunklen, traurigen Augen sagten mir, was für ein Schwein ich war, wenn ich es tat.
Ich tat es nicht.
Ich griff nach meinem Schlafanzug, der auf einem mit Frottee überzogenen Hocker lag, und dachte, daß ich mich in meinem Leben noch nicht so benommen hatte, und sagte: »Verzeihung.« Dann sagte ich: »Kommen Sie, ich helfe Ihnen.« Und ich half Irina, meinen Pyjama anzuziehen, der ihr viel zu groß war. Wir schlugen die Ärmel und die Hosenenden um, aber Irina sah noch immer sehr lächerlich aus. Nur daß ich es nicht lächerlich fand. Und sie auch nicht. Ihre Augen ließen mich nicht eine Sekunde los, die ganze Zeit über nicht. Ich wischte ihr mit einem Handtuch die Zahnpasta von den Lippen. »Und jetzt marsch«, sagte ich. »Vorsicht auf die

Glassplitter. Warten Sie.« Damit hob ich sie hoch, trug sie ins Schlafzimmer und zum Bett, legte sie hinein und deckte sie zu. »Nacht«, sagte ich zu ihr, die mich immer noch ansah. Ich ging. Als ich die Hand auf die Klinke der Salontür legte, erklang ihre Stimme, so leise, daß ich sie fast überhört hätte: »Herr Roland ...«

»Ja?« Ich drehte mich um.

Immer noch ihre Augen. Diese wunderbaren, traurigen Augen.

»Kommen Sie«, flüsterte Irina.

Ich ging zu ihr, langsam, zögernd. Vor dem Bett blieb ich stehen. Sie machte ein Zeichen. Ich sollte meinen Kopf zu ihrem senken. Ich bückte mich tief. Sie küßte mich leicht auf die Lippen und flüsterte: »Danke.«

Ich richtete mich auf, und plötzlich konnte ich den Blick dieser Augen nicht mehr ertragen, nicht soviel Reinheit, soviel Klarheit, soviel Hilflosigkeit.

Ich ging schnell aus dem Schlafzimmer. Im Salon füllte ich den silbernen Flacon wieder voll und nahm meinen Mantel und einen Block und den Recorder und verließ das Appartement. Die Gangtür schloß ich zweimal ab.

4

Als ich in Berties Zimmer im fünften Stock trat, telefonierte er. Ich nickte ihm zu, ging durch den Raum ins Bad und sah dabei auf Berties Bett die Ausschnitte, die das Archiv uns über Karl Concon geschickt hatte. Sie lagen ausgebreitet da. Im Badezimmer benützte ich die Toilette, wusch mich ein wenig und klopfte den Dreck aus meinem Mantel. Dann ging ich zu Bertie zurück. Der hing noch immer am Telefon. Jetzt sprach er nicht, aber ich hatte auch nicht den Eindruck, daß er jemandem zuhörte.

»Wen hast du da?« fragte ich.

»Kfz-Zulassungsstelle«, sagte er und lächelte. Er schien nicht die Spur müde zu sein.

»Ist dort jetzt jemand? Um diese Zeit?« fragte ich überrascht.

»Nur ein Mann. Für dringende Anfragen der Polente. Aber ich kenne ihn. Hat mir einmal fünfhundert Mark beim Pokern abgewonnen und seither einen Schuldkomplex. Schwein, was ich habe, daß der heute seinen Nachtdienst abreißt. Natürlich verboten, wenn er jetzt für mich nachschaut, aber er tut's. Freunde muß man haben.«

»Du hast ihn damals beim Pokern natürlich gewinnen lassen, was?«

»Klar«, sagte Bertie. »Man kann nie Freunde genug haben.«

»Was ist mit dem Präsidium? Hast du schon wen erreicht? Hem sagt, wir müssen uns unbedingt schnellstens melden, du weißt doch.«

»Was glaubst du, was ich die ganze Zeit getan habe? Natürlich mit dem Präsidium telefoniert. Ich kenne da den Leiter der Vermißtenabteilung. Die Vermißtenabteilung kommt ja wohl in Frage, was?«

»Ja.«

»Hering heißt der. Kriminaloberrat. War in Paris. Bei einer Konferenz der Interpol. Kommt erst heute früh zurück. Sein Vertreter heißt Nikel. Kriminalrat. Den Nikel kenne ich auch, aber nur flüchtig. Ich habe ihn aus dem Bett geklingelt. Er hat mir gesagt, sein Chef liegt im Schlafwagen nach Hamburg. Ich habe den Nikel richtig angespitzt. Hat uns einen Termin gegeben. Elf im Präsidium bei Hering.«

»Womit hast du ihn angespitzt?«

»Habe ihm gesagt, es handelt sich um die Vorfälle im Lager Neurode«, sagte Bertie, den Hörer am Ohr. »Da war der plötzlich hellmunter. Junge, wir müssen in ein verdammt großes Wespennest gestochen haben. Wollte unbedingt wissen, was los ist, der Nikel. Ich blieb eisern. Können wir nur dem Hering sagen, habe ich gesagt. Vor lauter Aufregung hat er vergessen zu fragen, woher ich spreche. Also um elf.« Er grinste stärker. »Hast du die Süße schon in die Heia gebracht, ja?«

»Halt's Maul«, sagte ich, plötzlich wütend.

Bertie war nicht zu erschüttern.

»Das habe ich sofort gemerkt«, erklärte er sanft lächelnd.

»Was?«

»Daß die junge Dame dein Wohlgefallen gefunden hat. So etwas entgeht Bertie nicht. Bertie, dem großen Psychologen. Der große Psychologe Bertie sagt dir aber auch, daß die junge Dame ihren Verlobten liebt – auch wenn der Verlobte noch eine zweite Verlobte hat, wie ich höre. Frauen sind komisch. An der wirst du dir die Zähne ausbeißen. Wenn so eine einmal liebt, dann kann der

Kerl tun, was er will, sie wird ihn trotzdem immer weiter...« Er brach ab, denn sein Freund hatte sich gemeldet. »Ja, natürlich bin ich noch da! Also, konnten Sie es herausfinden, Steffens?« Er nickte mir strahlend zu. »Ja? Fein! Wunderbar! Ich danke Ihnen. Und wem gehört der Wagen?« Er lauschte und lächelte immer weiter, aber er rieb sich dabei nervös das Kinn. »Hm«, machte er endlich. »Sind Sie sicher? Ganz sicher? Ich meine, der Wagen ist zugelassen auf...« Ich trat neben ihn. »Na schön«, sagte er. »Wenn es so ist, kann es ja wohl kaum einen Irrtum geben. Ich danke Ihnen sehr, Steffens... Was?... Nein, ich weiß noch nicht, wie lange ich in Hamburg bleibe. Wenn ich Zeit habe, schaue ich vorbei... Ach so, Sie haben jetzt achtundvierzig Stunden frei! Na, dann vielleicht ein kleines Spielchen wieder einmal?... Unsinn, Sie haben mir doch kein Geld abgeknöpft! Sie können einfach besser pokern als ich, das ist alles. Also machen Sie sich auf meinen Anruf gefaßt! Und noch einmal vielen Dank.« Er legte den Hörer hin und fuhr fort, sein Kinn zu kratzen und dabei zu lächeln.

»Na«, sagte ich, »vielleicht machst du freundlicherweise die Schnauze auf!«

»Das ist schon komisch«, sagte er.

»Was?«

»Verflucht komisch. Der Wagen«, sagte Bertie, »mit dem Bilka und Michelsen und Bilkas Verlobte, die zweite, weggefahren sind, ist zugelassen auf die Städtische Leichenbestattung. Und er war nicht als gestohlen gemeldet! Städtische Leichenbestattung...«

5

Die Achsen des Zuges schlugen gehetzt. Der Psychiater Dr. Wolfgang Erkner stand auf und trat zu der Gangtür, um die Sichtblenden herabzuziehen.

Falle, dachte Fräulein Luise. Ich bin in eine Falle gelaufen, ich blöde Kuh. Wenn dieser Arzt mich jetzt einmal hat, läßt er mich nie mehr gehen. Und ich muß doch gehen können! Ich muß doch...

Als Dr. Erkner die zweite Sichtblende herabgezogen hatte, stieß sie einen Schrei aus wie jemand, der große Schmerzen verspürt. Der Arzt fuhr erschrocken herum. Fräulein Luise hatte ihre Tasche gepackt, stürmte vorwärts, prallte mit Erkner zusammen, stieß ihn um, so daß er auf eine gepolsterte Bank fiel, und rannte in den Gang des Waggons hinaus.

Sie rannte so schnell sie konnte bis zu einem Abteil am Ende des Ganges. Vorsichtig und leise öffnete sie die Tür. Im Abteil war es dunkel. Schemenhaft sah Fräulein Luise drei Menschen. Sie schliefen alle. Einer schnarchte leise. Fräulein Luise trat ein und schloß die Tür langsam. Sie setzte sich. Die Achsen hämmerten. Nun klangen draußen, auf dem Gang, Schritte auf, kamen näher ... näher ... eilten vorbei. Das ist der Arzt, dachte das Fräulein. Er sucht mich. Was soll ich jetzt machen? O Gott, o Gott ...

Und in diesem Moment ertönte die Stimme des toten Studenten: »Sei ohne Furcht, Luise. Du bist deinem Schicksal begegnet. Das ist dir vorgezeichnet.«

Fräulein Luises Herz klopfte laut.

Die Stimme des toten Amerikaners sprach: »Wir haben dir jenen Menschen geschickt, der dich zum Heile führen wird.«

Die Stimme des toten Polen: »Du wirst diesen Menschen wiedersehen, Luise. Und wenn du ihn wiedersiehst, werden alle Dinge ganz elend und irdisch sein. Trotzdem wird sich alles zum Guten wenden, und du sollst erhöht werden.«

Meine Freund, dachte das Fräulein, tief bewegt, meine Freund, sie passen auf, sie lassen mich nicht im Stich, nicht die! Und ›du‹ und ›Luise‹ sagen sie zu mir auf einmal! Zum erstenmal!

Die Stimme des toten Russen erklang bestimmt und laut: »Hab keine Angst, Luise. Gar keine Angst. Steig aus. *Jetzt!*«

Das Fräulein besann sich nicht eine einzige Sekunde lang. Sie wußte: Sie war geschützt und behütet und unantastbar durch ihre Freunde. Sie erhob sich, verließ leise das Abteil und ging den leeren Gang zur Waggontür hinab. Sie wollte nun aussteigen, wie man es ihr befohlen hatte. Der Zug fuhr sehr schnell. Das bemerkte das Fräulein mit leichtem Erstaunen. Sie erreichte die Tür des Wagens und drückte die Klinke nieder. Einen Spalt nur bekam sie die Tür auf, denn der Fahrtwind drückte dagegen. Fräulein Luise preßte sich mit aller Gewalt gegen die Tür, um sie zu öffnen. Sie war fest entschlossen auszusteigen, auch jetzt, sie zögerte nicht einen Moment, obwohl sie draußen Lichter vorbeifliegen sah. Sie hatte überhaupt keine Angst.

»Meine Freund wissen, was sie tun«, murmelte das Fräulein.

Da ging ein Ruck durch den Zug, Bremsen kreischten, die Fahrt wurde langsamer. Fräulein Luise sah plötzlich erleuchtete Straßenzüge, Häuser, die schnell größer wurden und dichter an den Bahndamm heranrückten, rote und weiße Lampen auf Signalmasten und eine angestrahlte Tafel vor einem bunkerartigen Betonklotz, auf welchem stand: STELLWERK 2.

Fräulein Luise war noch nie mit dem Zug nach Hamburg gefahren, immer nur mit dem Auto. Sie kannte die Strecke nicht. Der Zug rollte in einen Bahnhof ein.

»Danke, meine Freund«, sagte Fräulein Luise.

Der Zug hielt. Fräulein Luise stieg aus und trat auf einen Bahnsteig, dessen Lampen im Sturm schwankten. Etwa ein Dutzend Menschen verließ den Zug, etwa ein Dutzend stieg ein. Das muß ein Umsteigbahnhof sein, dachte das Fräulein, während eine Lautsprecherstimme ertönte: »Hier Rotenburg! Hier Rotenburg! Der soeben eingelaufene D-Zug aus Köln über Bremen auf Gleis drei hat nur kurzen Aufenthalt. Bitte rasch aus- und einsteigen!«

Fräulein Luise stand neben ihrem Wagen. Sie war umgeben von lauter Sicherheit, sie war glücklich, so glücklich.

»Meine Freund«, murmelte sie, »meine Freund ...«

Wieder ertönte die Lautsprecherstimme: »Beim D-Zug nach Hamburg auf Gleis drei bitte die Türen schließen! Der Zug fährt ab!«

Fräulein Luise blieb an den vorbeiziehenden Waggons stehen und wartete, bis sie die Schlußlichter des letzten Wagens sah. Dann ging sie, gegen den Sturm gestemmt, der sie umzuwerfen drohte, auf eine Unterführung zu und stieg die Treppen hinab. Die Unterführung war völlig verlassen. Ein paar Bänke standen hier. Fräulein Luise setzte sich auf eine und stellte die Tasche neben sich. Ich werde hier nicht lange sitzen, dachte sie, sehr bald schon kommt ein Personenzug, der bringt mich nach Hamburg.

Eine erleuchtete Normaluhr in der Unterführung zeigte die Zeit: 4 Uhr 56.

Ja, ich habe in Kürze Anschluß, dachte das Fräulein. Mit dem Personenzug wird es natürlich länger dauern, denn der hält ja überall, aber das macht nichts. Hauptsache, ich bin dem Doktor Erkner entkommen. Sie lächelte. Und dann sprach sie leise diese Worte vor sich hin: »Niemand weiß, wo ich herkommen bin ... Wo ich hingeh, gehn alle Ding hin ...« Sie atmete tief, ein Ausdruck völliger Seelenruhe lag über ihrem Gesicht, und sie sprach weiter: »Der Wind weht ... Das Meer geht ... Und nur *Gott* versteht ...«

6

»Du kennst natürlich die Marx-Brothers, diese amerikanischen Filmkomiker«, sagte Hem. Er war in mein Zimmer gekommen, gerade als ich die letzten Worte des vorhergegangenen Kapitels schrieb, und hatte schweigend, Pfeife rauchend und ein paarmal nickend, gelesen. Das Haar stand ihm wirr vom Kopf ab wie immer. Er hatte seine Stahlbrille zum Lesen aufgesetzt. Jetzt sah er mich über ihre Ränder an.

»Ja«, sagte ich. »Es waren vier Brüder.«

»Heute lebt nur noch einer«, sagte Hem. »Groucho. Dreiundsiebzig ist er. Was ich da lese, erinnert mich an einen Film, in dem er spielte, zusammen mit einem der Brüder. In diesem Film sagte Groucho: ›Weißt du was, im Nachbarhaus ist ein Schatz vergraben.‹ Der Bruder sagte: ›Hör mal, es gibt doch überhaupt kein Nachbarhaus!‹ Darauf antwortete Groucho unerschüttert: ›Macht nichts, bauen wir uns eben eines.‹ Ich kenne keine bessere Definition der Parapsychologie.«

»Parapsychologie?« sagte ich.

»Das, was dein Fräulein da im Zug und in der Unterführung empfand – so hat sie es dir doch erzählt, nicht?«

»Bei meinem letzten Besuch. Ich schreibe immer genau auf, was sie erzählt, ich erfinde nichts dazu.«

»Das, was das Fräulein da empfand, das gehört unbedingt in den Bereich der Parapsychologie. Das Gehirn einer Schizophrenen funktioniert anders. Ihr Erleben ist verändert. Wir wissen nicht, was die eigentliche Ursache dieses andersartigen Erlebens ist. Vielleicht haben Schizophrene Fähigkeiten, die der Parapsychologie besonders entgegenkommen. Para heißt neben, also Nebenpsychologie.«

»Ich weiß«, sagte ich.

»Ich habe gerade gelesen, was ein sehr kluger Publizist – Rainer Fabian heißt er – zum Thema Parapsychologie geschrieben hat. Es ist hochinteressant. Hör zu ...«

»Sie glauben daran, Hem?«

»Ja«, sagte er. »Und nicht nur ich. Du würdest dich wundern, wer daran alles glaubt und glaubte. Der russische Chemiker Mendelejew. Der Astronom Friedrich Zöllner. Der große Biologe und Philosoph Hans Driesch. Madame Curie. Sigmund Freud. Einstein. Und viele, viele andere.«

»Ich habe das alles für Schwindel gehalten, bis ...« Ich brach ab.
»Bis du in diese Geschichte geraten bist«, sagte Hem, sog an seiner Pfeife und nickte. »Im Leben jedes Menschen kommt der Punkt, an dem er die Parapsychologie für Schwindel oder für eine phantastische Wissenschaft des Rätselhaften halten muß, an dem er der ungläubige oder der gläubige Marx-Brother wird. Wir alle sind Marx-Brothers, alle Menschen, Gläubige und Ungläubige.« Hem setzte sich. »Schau mal«, sagte er, »an solche ›Nachbarhäuser‹ haben Menschen geglaubt, solange wir in der Geschichte überhaupt zurückgehen können. Sie haben die ›Nachbarhäuser‹ auf Sterne verlegt, in Sumpf und Walddickicht, an unheimliche Orte der Natur, in einsame Schlösser, in das Gehirn. In das Gehirn habe ich gesagt, Walter.«
»Ja«, sagte ich. »In das Gehirn.«
»Immer kamen die ›Nebenhäuser‹ an außerordentliche Stätten. Das Unerklärliche braucht stets einen dramatischen Rahmen. Was du bei deiner Geisteskranken beschreibst, würde man, will man den Zufall ausschließen, als ›Präkognition‹ – ›Vorauswissen‹ – bezeichnen. Die Zukunft vorausgewußt, vorausprophezeit hat die Pythia im Heiligtum von Delphi. Vorausgesehen hat Dantes Sohn Jacopo. Acht Monate nach dem Tod seines Vaters wurde er von Dantes Geist im Traum an die Stelle geführt, an der das Manuskript zum Dreizehnten Gesang der ›Göttlichen Komödie‹ versteckt war. Am nächsten Morgen ging Jacopo zu dieser Stelle. Und fand das Manuskript. In dem englischen Ort Aberfan begrub eine Staublawine ein Schulhaus unter sich, du erinnerst dich. Nach der Katastrophe bekamen britische Zeitungen Dutzende von Briefen. Die Schreiber, die weit entfernt von Aberfan lebten, auf anderen Kontinenten zum Teil, behaupteten, die Katastrophe im Traum vorhererlebt zu haben. Und sie schilderten den gespenstischen Ort absolut präzise, obwohl sie ihn nie gesehen haben konnten!«
»Mir fällt ein«, sagte ich, »was der Kosmonaut Gagarin, der erste Mensch im All, gesagt hat. Etwa: ›Ich habe auf meinem Flug etwas gesehen, das über jede Phantasie geht. Und wenn ich die Erlaubnis bekäme, es zu sagen, würde ich damit die ganze Menschheit aufrütteln!‹«
»Siehst du«, sagte Hem. »Unsere Zeit ist in viel stärkerem Maß als frühere Zeiten bereit und begabt, parapsychologische Phänomene in ihr Weltbild aufzunehmen – viel bereiter und begabter als zum

Beispiel die Zeit der Aufklärung, in der es den Verstand, den Verstand und noch einmal den Verstand und sonst nichts gab. Heute gibt es wieder die Sehnsucht nach dem Wunderbaren. Das Interesse an unerklärlichen Dingen hat sich nie geändert. Ich meine damit den religiösen Wunsch der Menschen, einen Sinn zu suchen hinter allem, was geschieht, das Schicksal zu erklären, dem Zufall Gesetzmäßigkeiten nachzuweisen, an eine außerirdische Existenz und an ein Leben nach dem Tode glauben zu wollen ...«

»Wie mein Fräulein Luise«, sagte ich.

»... und damit *Sicherheit* zu gewinnen! Noch nie war das Bedürfnis nach Sicherheit bei den Menschen so groß wie heute. Also war auch ihre Bereitschaft, sich mit Parapsychologie zu beschäftigen und an ihre Phänomene zu glauben, noch nie so groß«, sagte Hem.

»Na ja«, sagte ich. »Ich kann es mir auch erklären. Unsere Zeit heute hat einen Januskopf. Das eine Gesicht heißt Vernunft, das andere Rausch. Mit dem Jumbo-Jet nach New York hopsen – mit LSD in die Welt nebenan. Verneigung vor dem Computer – und Anrufung von Aquarius in dem ›Hair‹-Musical. Einerseits werden die kompliziertesten elektronischen Riesenprojekte gestartet, andererseits wird ein Buch wie ›Erinnerungen an die Zukunft‹ ein Weltbestseller.«

»Da hast du es«, sagte Hem. »Unsere Welt ist schon so weit technokratisiert, daß die Menschen sich als Ausgleich einfach nach dem Wunderbaren sehnen müssen! Fünfundfünfzig Prozent aller Europäer lesen ihr Horoskop. Die Hälfte der westdeutschen Bevölkerung glaubt an den Sechsten Sinn. Immer mehr Leute, die es sich leisten können, gehen regelmäßig zum Astrologen. Jeder fünfte Erwachsene behauptet, schon parapsychologische Informationen aus der Zukunft erhalten zu haben. Und das gilt auch für Rußland! ›Technik und Jugend‹ heißt da eine Zeitschrift, Auflage fünf Millionen. Ich habe mir gerade einen Artikel über das unheimliche Verschwinden von Flugzeugen und Schiffen zwischen den Bermudas, den Bahamas und Puerto Rico übersetzen lassen. Ganz energisch widersetzt sich da ein sowjetischer Wissenschaftler der rationalistischen und sehr wackeligen Hypothese, daß es sich hier im ›Todesdreieck‹ um Unfälle handelt. Und wie nicht anders zu erwarten, läuft die Rüstungsindustrie der Großmächte auf diesem Gebiet bereits mit Volldampf.«

»Machen Sie keine Witze«, sagte ich.

»Mein Ernst«, sagte Hem. »Im Juli 1959 verließ das amerikanische

Atom-U-Boot ›Nautilus‹ einen Hafen an der Ostküste der USA. An Bord war ein Passagier, von dem keiner wußte, wie er hieß und was er tat. Dieser Passagier blieb sechzehn Tage an Bord und schloß sich zweimal täglich in seine Kajüte ein. Da schrieb er dann eine Zahlenfolge auf und versiegelte das Papier in einem Kuvert. Zur gleichen Zeit, in riesiger Entfernung, saß ein zweiter Mann im Zentrum für Spezialforschung der Firma ›Westinghouse‹ und schrieb auch Zahlen auf und versiegelte die Papiere in Umschlägen.«

»Was sollte das?«

»Ein Auftrag der NASA, Junge! Der Passagier der ›Nautilus‹ war ein Medium. Die beiden Männer sollten versuchen, eine Art drahtlosen und energielosen ›Telefon‹-Kontakt herzustellen und möglichst die gleichen Zahlen aufzuschreiben.«

»Und das Ergebnis?«

»Geheimgehalten«, sagte Hem. »Die Russen wieder experimentieren im All. Und zwar schon so lange und so erfolgreich, daß sie nach Ansicht eines NASA-Direktors – Eugene Konecci heißt er – die ersten sein könnten, die einen menschlichen Gedanken auf eine Erdumlaufbahn schicken!«

»Einen menschlichen Gedanken?« sagte ich überwältigt.

»Ja«, sagte Hem. »Es steht fest, daß die Russen mit Hochdruck an solchen parapsychologischen Projekten arbeiten. Menschliche Gedanken auszusenden und zu empfangen, könnte lebensentscheidend sein in einem Krieg, in dem alle anderen Nachrichtenverbindungen ausgefallen sind. Oder nimm die Informationslawine, die heute auf uns zurollt! Wieder ein Russe, der Philosoph Tugarinow – er ist am weitesten auf dem Gebiet der Parapsychologie vorgeprellt –, möchte alle Menschen die Telepathie, also die Gedankenübertragung, lehren und sie derart unter Kontrolle bringen, daß sie genauso zuverlässig funktionieren wie zum Beispiel das Telefon. Die Versuchsreihen, die laufen, kannst du nicht mehr zählen. Man weiß heute, daß Hühnerembryonen auf den Sonnenaufgang reagieren – trotz immer gleichbleibender Licht- und Temperaturverhältnisse im Versuchsraum . . .«

»Wie erreicht sie das Signal Sonnenaufgang?« fragte ich verblüfft.

»Ja, wie? Und weiter! Bestimmte Bakterien zeigen eine Sonnenfleckentätigkeit bis zu vier Tagen vor dem Zeitpunkt an, zu dem die feinsten Instrumente eine Eruption auf der Sonne nachweisen! Nimm Katzen und Hunde! Weit über zweitausend Kilometer kann der Mensch weggehen, ohne eine physische Spur zu hinterlassen – sie finden ihn wieder! Welches Informationssystem weist ihnen den Weg?«

»Ja«, sagte ich bitter. »Und welch Mirakel, wenn erst einmal atomare Sprengköpfe so ihren Weg finden können!«

»Man bemüht sich längst darum«, sagte Hem. »Im Westen und im Osten wird fieberhaft an all dem gearbeitet, was in den fünfziger Jahren nur verlacht wurde. In Charkow hat man eine Hündin daran gewöhnt, daß ihr von Zeit zu Zeit ihre Jungen weggenommen werden. Wenn man den Jungen aber in einem hermetisch abgeschlossenen Raum Schmerzen zufügt, wird die Hündin unruhig, bellt und schaut in die Richtung, wo sich die Jungen aufhalten. Die Franzosen haben Präkognition, also ›Vorauswissen‹, bei Mäusen festgestellt. Die Tiere kamen in einen zweigeteilten Käfig. Je eine der Hälften wurde von einem Generator elektrisch aufgeladen, und dieser Generator arbeitete ganz unregelmäßig – zufallsbedingt. Die Maus entging dem Schmerz nur, wenn sie rechtzeitig auf die nicht aufgeladene Hälfte sprang. Weder die Wissenschaftler noch die Tiere konnten wissen, welchen Teil der Käfige der Zufallsgenerator als nächsten aufladen würde. Dennoch sprangen die Mäuse immer eben noch rechtzeitig auf die schmerzfreie Hälfte!«

»Das ist phantastisch«, sagte ich.

»Du schreibst auch über etwas Phantastisches«, sagte Hem, »du weißt es nur immer noch nicht. Junge, jetzt ist die Zeit gekommen, in der die Wissenschaften wahrmachen wollen, was Paracelsus vor einem halben Jahrtausend schrieb.« Er zitierte: »›Durch die magische Kraft des Willens kann der Mensch auf dieser Seite des Ozeans einen Menschen auf der anderen Seite hören lassen, was auf dieser gesagt wird ...‹«

»Sie meinen, daß das kranke Gehirn von Fräulein Luise über solche magischen Kräfte verfügt?«

»Ich weiß es nicht. Ich will nur, daß du immer an all diese irrealen Dinge denkst, wenn du nun deine Geschichte schreibst, in der es ja um sehr reale Dinge geht«, sagte Hem. »Heute reden Wissenschaftler auf der ganzen Welt schon ganz geläufig von Begriffen wie dem ›Radio des Gehirns‹, von ›Synchronizität‹ und von ›umgekehrter Kausalität‹.«

»Was ist das?« fragte ich.

»›Synchronizität‹ – zwei oder mehr Menschen empfinden und tun und denken zur gleichen Zeit dasselbe. ›Umgekehrte Kausalität‹ – die Wirkung tritt *vor* der Ursache ein.«

»So wie Fräulein Luises Freunde nach ihrem Glauben schon handelten, noch ehe sie einen Impuls dazu verspürten, weil es für sie den Begriff der Zeit nicht gibt«, sagte ich.

»So etwa, ja«, sagte Hem. »Für dieses Vorauswissen hat der Physiker Pascual Jordan ein besonders eindrucksvolles Beispiel. Er beruft sich auf die Beobachtung von Mesonen ...«

»Von was?«

»Mesonen. Das sind unbeständige Elementarteilchen, die bei bestimmten Prozessen im Bereich des Atoms entstehen und wieder zerfallen. Hier nun haben die Physiker Vorgänge beobachtet, die sich so deuten lassen, als ob die Folge einer *Wirkung* – zum Beispiel der Zerfall eines Atomkerns – zeitlich ihrer *Ursache* – also dem Auftreffen von Mesonen auf einen Kern – *vorausgeht!*«

»Vorausgeht?«

»Ja. Und diese ›umgekehrte Kausalität‹, wie Jordan es nennt, hält er für denselben Vorgang, der bei dem ›Vorauswissen‹ stattfindet!«

»Die Weiße Königin!« sagte ich.

»Was für eine Weiße Königin?«

»Die aus ›Alice im Wunderland‹. Die schrie auch zuerst, und danach tat sie sich weh.«

»Genauso«, sagte Hem. »Der Mann, der ›Alice‹ geschrieben hat, Lewis Caroll, war Mathematiker, wie du weißt. Und auch er interessierte sich brennend für Parapsychologie – Okkultismus nannte man das damals noch. Dieses Kinderbuch ist eine einzige geniale Sammlung von mathematischen und parapsychologischen Paradoxen und Problemen.«

»Geschrieben für ein kleines Mädchen, das der schüchterne Caroll gerne hatte.«

»Richtig«, sagte Hem. »Und eben dieses Kinderbuch beschäftigt sich – nur für sehr gescheite Erwachsene erkennbar – andauernd mit den Rätseln und Wundern des Universums. Alles im Universum hat seine Gesetzmäßigkeit. Es gibt keinen Zufall. Einstein war es, der sagte: ›Ich kann mir nicht vorstellen, daß Gott mit der Welt Würfel spielt.‹ Auch das Geistige hat seine Gesetzmäßigkeiten. Bilder und Gedanken erfahren durch Anziehung eine Zuordnung. Viele Wissenschaftler sind sich heute darüber einig, daß stark affektbesetzte Inhalte des Unbewußten – vor allem, wenn sie

Randsituationen des Daseins angehen wie Tod, Krankheit, Gefahr, Wagnis, alles, was auf dein Fräulein zutrifft! – über die Grenzen der psychischen Welt hinaus als ›Anordner‹ dieser Bilder und Gedanken wirken.«

Hem schwieg.

Ich sagte, nachdem ich überlegt hatte: »Gott spielt mit der Welt nicht Würfel. Um zu Ihren zwei Marx-Brothers zurückzukehren, heißt das also: Der ungläubige, skeptische Bruder, der sagt, daß es überhaupt kein ›Nebenhaus‹ gibt, hält die Welt und sich selbst für Apparate, die von keinem Bediener in Gang gehalten werden, der ›außerhalb der Welt‹ existiert. Ihm ist der Fall der Würfel der Schicksalsfall. Das parapsychologische Ereignis betrachtet er als normal, eben nur noch nicht durchforscht.«

»So ist es. Und dem anderen Bruder«, sagte Hem, »dem, der den Schatz im ›Nebenhaus‹ weiß und, wenn es das ›Nebenhaus‹ nicht gibt, eben eines bauen will, damit der Schatz entdeckt werden kann, diesem Bruder ist die Vorstellung unerträglich, daß ihn und sein Leben der Zufall bestimmt. Er glaubt nicht an sein statistisch-physikalisches Würfel-Sein. Er glaubt daran, daß es noch viele Dinge gibt zwischen Erde und Himmel, von denen sich der Mensch nichts träumen läßt. Das ist, was Groucho Marx denkt.«

»Und was Sie denken, Hem«, sagte ich.

»Ja«, sagte er, »ich bin ein Groucho – auch im Fall deines Fräuleins. Gerade im Fall deines Fräuleins. Denn eines können weder die Befürworter noch die Gegner der Parapsychologie dem Menschen abnehmen.«

»Nämlich?« fragte ich.

»Nämlich sich selbst zu erforschen«, sagte Hem.

7

Das Archiv von BLITZ leitete eine Frau – Karin von Mertzen. Eine tolle Person, Hut ab. Was immer man über unser Haus sagen konnte, das Archiv mußte man ausnehmen. Das Archiv war absolut first-class. Eines der besten und größten, das eine Zeitschrift oder eine Zeitung oder ein Magazin in der Bundesrepublik besaß! Es lag einen Stock unter der Erde und umfaßte sechs große Säle. Die Wände jedes Saals waren vom Boden bis zur Decke mit hellgrün gestrichenen Karteikästen aus Metall verdeckt. Die Kästen ließen sich herausziehen. Es gab Leitern, die bis zur Decke reichten und dort in Schienen liefen, so daß man zu den obersten Karteikästen hinaufklettern konnte.

Das Archiv war im Keller untergebracht worden, nachdem es zuerst zur ebenen Erde gelegen hatte. Aber da begannen sich die Fundamente unter der Last des vielen Papiers zu senken, und die Mertzen mit ihrer Mannschaft von 15 Köpfen (Männer und Frauen) mußte übersiedeln. Inzwischen waren die sechs großen Säle schon wieder zu klein geworden, die Mertzen stellte seit einem Jahr das ganze Archiv auf Mikrofilm um. Noch zwei Jahre, und die Arbeit würde beendet sein. Eine phantastische Sache, dieses Archiv, wirklich! Hier fand man tatsächlich alles, was man auch suchte. Und mehr! Denn die Mertzen war eine Fanatikerin. Sie hatte ihr Archiv nach dem Vorbild des FBI angelegt, das soll heißen: Zu jedem Ereignis, jedem Menschen, der einmal ins Licht der Öffentlichkeit getreten war, sammelte sie ›Additional Informations‹, Zusatzinformationen, streng vertraulich in den meisten Fällen und auf Wegen erhalten, über welche die Mertzen sich ausschwieg. Legale Wege konnten es sehr selten sein. Denn was da über eine einzige Person an Tatsachen und Gerüchten und geheimstgehaltenen Handlungen zu finden war, das hätte so manchen Parlamentarier in Bonn, so manchen Großindustriellen in seinen Schuhen erzittern lassen, wenn er von diesem grandiosen Archiv Kenntnis gehabt hätte.

Auf das Stichwort ›Karl Concon‹ hin hatte uns die Mertzen ein dickes, wattiertes gelbes Kuvert voller Ausschnitte und Zeitungsberichte und Kommentare geschickt – und dazu noch ihre berühmten ›Additional Informations‹. Die waren, wie die Mitteilungen des ›Munzinger-Archivs‹, mit einer besonderen, sehr kleinen Schreibmaschinenschrift auf hellblaues Papier getippt.

Bertie und ich saßen auf seinem Hotelbett im ›Metropol‹ und sahen Ausschnitt um Ausschnitt an. Natürlich war da auch die Bildreportage, die Bertie für BLITZ gemacht hatte. Sie gab am wenigsten her. Die Berichte der Tageszeitungen über den Prozeßverlauf waren schon ergiebiger. Hier hieß es, daß Concon, wie in dem Hamburger Prozeß von 1957 zutage getreten war, seit Jahren einschlägig Veranlagte erpreßt und zur Weitergabe von Geheimmaterial gezwungen zu haben schien. Schien. Genau nachweisen konnte man es ihm in keinem einzigen Fall, obwohl es immer wieder Verdachtsmomente gab. Man hatte ihm ja auch 1957 nichts eindeutig nach-

weisen können und ihn darum wegen Mangels an Beweisen freisprechen müssen.
Karin von Mertzens ›Additional Informations‹ teilten mit, warum bei diesem Prozeß von einem bestimmten Punkt an die Öffentlichkeit ausgeschlossen worden war, nämlich von dem Punkt an, wo es darum ging, welcher Art die Geheimnisse waren, die Concon aus jenem hohen deutschen Offizier hatte herauspressen wollen. Da stand es schwarz auf blau, in dieser seltsamen kleinen Schreibmaschinenschrift. Ich nahm die Zigarette aus dem Mund, trank einen Schluck aus dem Flacon und reichte ihn dann Bertie, der auch trank. Dabei überlegte ich, woher wohl die Mertzen immer ihre Informationen bekam. Es war geradezu unheimlich.
»Hör mal zu«, sagte ich. Ich las Bertie Satzfetzen vor. »Es steht fest, daß Concon in den Jahren 1949 bis 1953 für westdeutsche Dienststellen arbeitete ... sehr häufige Besuche nach Ost-Berlin ... dort viele Bekannte ... beschaffte seinen ... westdeutschen Auftraggebern interne politische, wirtschaftliche und militärische Informationen ... und so weiter und so weiter ... Wurde 1954 vom ostzonalen Staatssicherheitsdienst entlarvt, aber nicht im geringsten behelligt. Jedenfalls nicht nach außen hin ... kehrte ungeschoren nach Hamburg zurück ... war umgedreht worden und arbeitete nun für seinen neuen Auftraggeber, das Ministerium für Staatssicherheit in Ost-Berlin. Von dort wurde er so glänzend gelenkt und vor dem Prozeßbeginn abgeschirmt, daß es zu keiner Verurteilung kam ...«
»Hm«, machte Bertie und trank meinen ›Chivas‹ aus dem Flacon.
»Die Anklage, die der Öffentlichkeit vorenthalten wurde, lautete auf Anstiftung zum Verrat von Top-Secret-Plänen der NATO ... Vorbeugende Schläge ... Vergeltungsschläge ...«
»Donnerwetter«, sagte Bertie lächelnd.
»... ungeklärt ist, ob Concon *noch einmal* umgedreht wurde und diesem Umstand seinen Freispruch verdankte, oder ob er weiter für den Osten arbeitete ... Sein Lokal in Sankt Pauli ... ›King-Kong‹ ... wurde seit Jahren von Agenten aller Lager besucht ... sehr viele einschlägige Typen ... in den Tagen vor der Besetzung der Tschechoslowakei durch Warschauer-Pakt-Staaten ...« Ich schrie plötzlich: »... hielten sich Abend für Abend fünf Tschechen im ›King-Kong‹ auf!«
Bertie pfiff durch die Zähne.
Es folgten immer neue ›Additional Informations‹.

»Hier«, sagte ich aufgeregt, »9. September 1968 ... Razzia der Kripo im ›King-Kong‹. Die fünf Tschechen flüchten. Einer wird von Kriminalbeamten angeschossen. Seine Begleiter schleppen ihn zum Wagen und entkommen unerkannt. Seither nie mehr aufgetaucht.« Ich ließ das Blatt sinken, das ich in der Hand hielt. »Jan Bilka war Hauptmann im Verteidigungsministerium«, sagte ich. »Nach seiner Flucht führten sich tschechische und russische Stellen wie irre auf, erzählte Irina. Warum wohl?«

»Frage für die zweite Klasse«, sagte Bertie. »Bilka haut mit geheimen Dokumenten ab. Fährt nach Hamburg zu seinem Freund Michelsen. Will die Dokumente Westdeutschen oder Amerikanern geben.«

»Oder verkaufen«, sagte ich. »Nicht alle Menschen sind so edel wie du.«

»Oder verkaufen. Handelt mit ihnen. Dann muß er sich bei Michelsen sehr sicher fühlen. Michelsen muß also ein West-Mann sein. Richtig?«

»Soweit ich es übersehen kann, richtig.«

»Der Osten will die Dokumente zurück. Oder verhindern, daß der Westen sie kriegt. Weiß aber nicht, wo Bilka sich aufhält. Schickt darum Concon ins Lager, Irina entführen. Die weiß ja, wo Bilka ist. Man wird es aus ihr rauskriegen.« Er hustete. »Das stinkt, nicht?«

»Ziemlich«, sagte ich. »Wenn es so wäre, wie du annimmst, dann hätte der Osten doch nicht eine Minute zu verlieren gehabt. Michelsen war oft in Prag, sagte Irina. Bestimmt wußte man in Prag, wo Michelsen wohnt und was für ein Vogel das ist. Also brauchte man ihn nicht erst zu suchen und dazu Irina entführen.«

»Dann sag du mir doch, wie es war, Siebengescheiter.«

»Kann auch so sein«, sagte ich. »Bilka hat Dokumente. Will sie an Deutsche oder Amerikaner verkaufen. Handelt um den Preis. Zäh. Hat ja Zeit. Fühlt sich geschützt bei Michelsen. Der Westen läßt einen noch einmal umgedrehten Concon den Versuch unternehmen, Irina zu entführen. Ihr plötzliches Auftauchen bringt nämlich die ganzen Verhandlungen in Gefahr. Wenn sie erfährt, daß Bilka noch eine Freundin hat, wird sie Skandal machen und ...« Ich brach ab. »Stinkt genauso, was?«

»Genauso«, sagte Bertie. »Wieso kann Bilka sich bei Michelsen sicher fühlen, wenn der Osten weiß, wo Michelsen wohnt? Er muß doch stündlich damit rechnen, daß man ihn holen kommt.«

»Richtig«, sagte ich. »Aber nun taucht Irina auf und ruft bei Michelsen an, und Bilka meldet sich ...«

»Meldet sich!« sagte Bertie und schnaubte durch die Nase. »So sicher war der? Daß er ans Telefon ging und sich meldete, wenn's läutete? Mensch, das stinkt ja schon wieder!«

»Ja«, sagte ich ratlos. »So geht's auch nicht. Aber mit diesem Bilka ist unter allen Umständen etwas faul. Gleich nachdem Irina ihn erreicht hat, fährt man Conny Manner zusammen, der Bilka besuchen will. Und danach verschwinden Bilka, seine zweite Verlobte und Herr Michelsen. Und Diener Notung sagt, daß nie ein Bilka oder eine Verlobte bei Michelsen gewohnt habe. Und der Portier und der französische Antiquitätenhändler sagen uns, sie haben doch da gewohnt. Wohin sind die alle verschwunden? Warum? Warum lügt Notung? Warum wurde Conny um ein Haar ermordet? Warum hat man heute nacht zweimal versucht, mir Irina zu entführen? Was wollte dieser Concon wirklich in Neurode?«

Bertie stand auf und sah mich an. »Du denkst jetzt dasselbe wie ich, klar.«

»Klar«, sagte ich.

»Also dann nichts wie ins ›King-Kong‹«, sagte Bertie.

8

Wir packten unser Arbeitszeug zusammen, zogen Mäntel an und fuhren in die Halle hinunter. Ich gab meinen Appartementschlüssel ab, wie Bertie seinen Zimmerschlüssel, und ich sagte dem Nachtportier Heintze, daß er unter keinen Umständen jemanden – was immer der auch angab – erlauben dürfe, das Appartement zu betreten.

»Es ist abgesperrt«, sagte ich zu meinem Freund Heintze, »aber natürlich könnten Sie die Tür trotzdem öffnen, auch wenn ich den Schlüssel behielte.«

»Gewiß, Herr Roland«, sagte Heintze. Die Putzfrauen arbeiteten noch immer in der großen Halle. Ich fühlte leise den Schakal, als ich die Putzfrauen sah. Kein Wunder – ich mußte an die von Blitz denken. »Und wenn Polizei kommt, kann ich nichts machen.«

»Wann gehen die Meldezettel zum Polizeirevier?«
»Wenn ich abgelöst werde, um sieben.«
»Bis dahin bin ich längst zurück«, sagte ich. »Es kann niemand kommen, der wirklich von der Polizei ist. Nicht heute nacht. Sie kennen mich zwölf Jahre. Glauben Sie mir?«
»Ja«, sagte er.
»Auch, daß ich nichts Kriminelles tue?«
»Ja«, sagte er.
»Gut«, sagte ich. »Ich verlasse mich auf Sie.«
»Können Sie, Herr Roland«, sagte er und zwinkerte, als er den Hundertmarkschein einsteckte.
»Wenn die junge Dame ...«
»Ihre Gattin«, sagte Heintze taktvoll.
»... anruft und sagt, daß sie fort will, öffnen Sie auf keinen Fall die Tür. Sagen Sie, ich hätte den Schlüssel mitgenommen. Sie darf nicht weg.«
»Sehr wohl, Herr Roland.«
»Mein Wagen ist in die Tiefgarage gefahren worden?«
»Gewiß.«
»Ich brauche einen kleineren. Einen Rekord vielleicht.«
»Wir haben vier Rekord, glaube ich. Fahren Sie mit dem Lift hinunter. Ich rufe inzwischen Herrn Croft an.«
»Wer ist das?«
»Der Wagenmeister, der heute nacht Dienst hat. Er schreibt die Papiere für Sie aus und gibt Ihnen einen Rekord.«
»*Wie* heißt der Wagenmeister?« fragte Bertie. Er trug unter dem Mantel noch immer die Lederjacke und die Cordsamthosen. Seine beiden Kameras hielt er an den Etuiriemen.
»Wim Croft.«
»Engländer?« fragte ich.
»Nein«, sagte Nachtportier Heintze. »Holländer. Sehr netter Kerl. Neu. Arbeitet erst seit drei Wochen bei uns.«
»Holländer, was?« sagte ich etwas mühsam.
»Ja«, sagte der Portier Heintze. »Aus Den Haag.«

9

Kaiserin Katharina von Rußland lag mit gespreizten Schenkeln auf einer roten Samtdecke. Die Samtdecke lag über einer breiten Couch. Um die Couch herum lagen sehr viele Kleidungsstücke, angefangen von einem bestickten purpurnen Herrschermantel bis zu einer Seidenunterhose, die unter die Knie ging und dort geschnürt gewesen war. Ich hatte mal eine Serie über Katharina die Große geschrieben. Eine Skandalchronik, reich illustriert. Die Kleidungsstücke da stammten aus irgendeinem Theaterkostüm-Verleih.
Katharina lag so, daß die Zuschauer direkt zwischen ihre gespreizten Schenkel sehen konnten, auf einer kleinen Bühne, in einem grellen Scheinwerferkegel. Aus der Dunkelheit herab hing ein mächtiger Gobelin. Die Kaiserin war vielleicht 25 Jahre alt, eher üppig, sehr gut gewachsen und machte auf rasend sinnlich. Sie bewegte das Becken, stöhnte (Lautsprecher und ein verborgenes Mikrophon auf der Bühne verstärkten alle Geräusche), massierte ihre prallen Brüste und warf den Kopf hin und her. Kaiserin Katharina war offenbar eine echte Blondine. Auf dem Haar festgesteckt hatte man ihr eine Krone aus goldenem Pappmaché mit vielen glitzernden Simili-Steinen. Auf dem Boden neben ihr lagen ein goldener Pappmaché-Reichsapfel und ein großes goldenes Pappmaché-Reichszepter. Es war 4 Uhr 15, und das ›King-Kong‹ war noch immer überfüllt mit Matrosen, weißen, schwarzen und gelben, wüsten Figuren, die breitwattierte Jacken und Hüte trugen, vielen Huren samt Kunden und auch ein paar Ehepaaren. Sie saßen an kleinen Tischen. Kellner eilten in dem fast dunklen Raum hin und her, schleppten Sektkübel, servierten Getränke.
Das ›King-Kong‹ lag an der Silbersackstraße, die von der Reeperbahn abzweigt, gleich ums Eck von Staves' Gaststätte und vor der Querstraße, die zum Hans-Albers-Platz mit seiner großen öffentlichen Bedürfnisanstalt führt. Als wir in die Silbersackstraße gekommen waren (zu Fuß, den gemieteten Rekord parkten wir auf der hell erleuchteten Reeperbahn mit ihren zuckenden Reklamen), hatte Bertie gesagt: »Da ist das Lokal, aber wo ist das Hotel? Dein Karl Concon hat doch erklärt, er ist Hotelier.«
Das Haus, in dem das ›King-Kong‹ lag, besaß keinen ersten Stock, es war ganz niedrig, uralt, die Mauern waren schwarz, die Fenster zur Straße innen mit schweren Vorhängen verdunkelt. Neben dem Eingang gab es Fotos in erleuchteten Schaukästen. Ich las in roten

Buchstaben: DIE SENSATION DES PROGRAMMS: WELTSTAR BABY BLUE AUS DEM ›CRAZY HORSE‹!

Ein gewiß zwei Meter großer Anreißer in einem goldbetreßten fußlangen Mantel packte mich bereits an der Schulter und begann zu dröhnen: »Hereinspaziert, meine Herren! Hereinspaziert! Hier sehen Sie, was Sie noch nie gesehen haben! Das dritte Programm ist in vollem Gang! Sappho und ihre Gespielinnen! Der Gorilla und die Jungfrau! Garantiert echte Vergewaltigung! Der Mönch mit der Peitsche! Die strenge Gouvernante! Original-Geschlechtsverkehr! Zwei Männer, eine Dame! Hier wird alles gezeigt! Hier wird nichts verborgen! Treten Sie ein, meine Herren!« Er zog mich schon an sich und stieß mich vorwärts, während er Bertie packte und verkündete: »Sie kommen gerade zurecht zum Höhepunkt! Die berühmte Künstlerin Baby Blue aus dem ›Crazy Horse‹ in Paris in ihrer internationalen Attraktion ›Katharina und der Große‹!«

»Hören Sie«, sagte ich und krallte mich an seinem Arm fest, »wir suchen Herrn Concon. Wir müssen ihn dringend sprechen.«

»Polente?«

»Nein. Ist er da?«

»Keine Ahnung. Erfahren Sie drinnen. Hereinspaziert, meine Herren! Das haben Sie noch nicht gesehen! Das haben Sie noch nicht geträumt! Baby Blue in ›Katharina und der Große‹!« Er ließ mich los, und im roten Licht einer Garderobe griffen schon zwei andere Pranken nach mir und zerrten mich weiter in den Saal hinein. Bertie stieß mit mir zusammen. Jemand griff im Dunkeln zwischen meine Beine. Ich schlug auf die Hand.

»Sei doch nicht gleich so böse, Liebling«, ertönte eine Frauenstimme.

»Mensch, wir haben vielleicht einen Beruf«, sagte Bertie ein paar Minuten später, als wir, außer Atem, am Tisch einer Loge saßen, in die man uns bugsiert hatte. Meine Augen gewöhnten sich an die Beleuchtung, ich sah Baby Blue auf der Bühne und die Silhouetten der vielen Zuschauer. »Mir hat ein Weib doch tatsächlich die Hosen aufgemacht. Und dir?«

»So was Ähnliches«, sagte ich.

Aus Lautsprechern ertönte eine geschraubte Männerstimme, die sich um vornehmes Hochdeutsch bemühte: »Welch trauriger Abend, Euer Kaiserliche Majestät! Keine Esel in der Nähe, keine brünstigen Hengste, nicht einmal ein paar Gardegrenadiere ...«

Baby Blue bewegte sich immer heftiger, verdrehte die Augen und rieb sich die Brüste. Es war jetzt ganz feierlich im Saal, wie in der Kirche. Am Rande der Bühne stand ein Flügel. Hier saß ein junger Mann im Smoking und spielte. Orchester gab es keines, nur das Klavier. Der junge Mann sah abwesend ins Dunkel, er spielte leise das Klavierkonzert in B-Moll von Tschaikowski. Ich erkannte es sofort. Es gab keine Tschaikowski-Musik, die ich nicht sofort erkannte. Mein Lieblingskomponist...

»Euer Kaiserliche Majestät sind so allein... und haben solche Sehnsucht«, erklang die Lautsprecherstimme. »Geruhen Euer Kaiserliche Majestät das Zepter zu nehmen...«

Die nackte Baby Blue griff nach dem riesigen Pappmachézepter.

»... und geruhen Euer Kaiserliche Majestät, das Zepter zu öffnen...«

Baby Blue öffnete das Zepter der Länge nach wie einen Violinkasten. Ein mächtiges künstliches Glied lag darin. Baby Blue stieß einen Schrei der Wonne aus, ließ das Zepter fallen und küßte den Godemiché.

»Nun streicheln Euer Kaiserliche Majestät mit diesem Tröster Euer Allerhöchsten Venusberg...«

Baby Blue streichelte. Der Junge am Klavier spielte hervorragend.

»... und geruhen Euer Kaiserliche Majestät nun die göttlichste Prinzessinnen-Clitoris von Anhalt-Zerbst zu kitzeln...«

Baby Blue tat es, und aus dem Lautsprecher ertönte ihr erstes, leises, stoßweises Stöhnen und Gurren.

Ein Kellner trat an unseren Tisch.

»Tag. Was darf's sein?«

»Wir wollen Herrn Concon sprechen«, sagte ich.

»Den jungen oder den alten?« fragte der Kellner, während das Gestöhne aus den Lautsprechern heftiger wurde.

»Wieso? Gibt's zwei?« fragte Bertie verblüfft.

»So seins doch still«, sagte eine dicke, ältere Frau, die neben einem dicken älteren Mann in der Nebenloge saß, wütend – wahrscheinlich Ehepaar, dachte ich.

»Vater und Sohn«, flüsterte der Kellner. »Also wen?«

»Den Besitzer«, flüsterte ich.

»... nun geruhen Euer Allergnädigste Majestät den wundervollen Tröster in Eure majestätische Scheide gleiten zu lassen...«

Baby Blue steckte sich den Godemiché hinein und jaulte dabei leise auf, die Lautsprecher machten einen Riesenjauler daraus.

»Der ist nicht da«, flüsterte der Kellner.
»Und der Vater?« fragte ich leise.
»Der ist da.«
»Wo?«
»Auf der Herrentoilette.«
»Wann kommt er wieder rauf?«
»Überhaupt nicht. Er arbeitet da unten«, flüsterte der Kellner, dem das zu lange dauerte, gereizt. »Also, was darf ich bringen?«
Ich und mein Verfolgungswahn, etwas Schlechtes zu trinken zu bekommen! Natürlich Whisky, dachte ich. ›Chivas‹ haben die hier nicht. Und wenn ich nur zwei offene Drinks bestelle, servieren sie mir weiß Gott was, und ich werde noch krank. Wie gesagt: Ich und mein Verfolgungswahn.
Also: »Eine halbe Flasche Whisky. ›Black Label‹. Aber versiegelt, verstanden?«
»Kostet einhundert«, flüsterte der Kellner beeindruckt.
Bertie sah mich gereizt an, er haßte meine Sauferei, ich wußte es. Und dann dachte er gewiß: Sorgen, die der hat!
»Wenn es mieser ist, gibt's Krach«, sagte ich. »Wir sind von der Presse.«
»Gewiß, sofort, meine Herren, einen kleinen Moment.« Der Kellner verschwand mit Verneigungen.
Aus den Lautsprechern kam Baby Blues heftiges Atmen, danach wieder die Lautsprecherstimme: »Nun belieben Majestät den Tröster in der herrlichsten Scheide aller Reußenscheiden hin und her zu schieben ... und beileibe nicht die Seiten zu vergessen!«
Baby Blue spreizte die Beine noch mehr, spielte mit einer Hand an einer Brustwarze und stieß den Godemiché vor und zurück. Sie kam mächtig in Fahrt, bäumte sich auf, wimmerte, ächzte, stöhnte und zuckte. Im Publikum wurde es unruhig.
»Na, servas, Ernstl«, sagte die dicke Frau in der Loge nebenan leise zu ihrem Begleiter, dem dicken Mann, »wenn das noch lang so weitergeht, passierts mir garantiert.«
»Halt dein Goscherl und schau da vorn hin, Franzi«, sagte Ernstl.
Zwei Wiener in Sankt Pauli ...
»I schau ja«, sagte Franzi. »Du, nachher, wenn wir in die Pension kommen, gelt ...?«
»Ich kann für nix garantieren«, sagte Ernstl.
»Was heißt der Vater?« flüsterte Bertie. »Der muß doch schon uralt sein!«

»Vermutlich«, flüsterte ich.
Aus dem Lautsprecher kamen immer heftigeres Gestöhne und einzelne kleine Schreie.
»Das Schwein läßt seinen Vater im Scheißhaus arbeiten!« sagte Bertie, der einen so großen Familiensinn besaß. »Das ist doch eine Sauerei!«
»Ich gehe zu ihm runter«, sagte ich leise.
»Nicht bevor der Kellner deinen Whisky gebracht hat«, sagte Bertie. »Sonst gibt's gleich Stunk. Du zahlst erst mal schön. Benimmst dich schon auffällig genug. Concon junior ist nicht da. Hast es ja gehört. Wir müssen vorsichtig sein!«
Aus dem Lautsprecher ertönte das Gewimmer Baby Blues: »Oh! Oh! Ich sterbe! Ich vergehe!«
Der Kellner kam mit einer Flasche und einem Tablett, auf dem zwei Gläser, ein Gefäß mit Eiswürfeln und zwei Sodaflaschen standen. Er hielt mir die Flasche unter die Nase.
»›Black Label‹. Garantiert verschlossen. Bitte, sehen Sie den Streifen an.« Er deutete auf den Verschluß am Flaschenhals.
»Ist gut«, sagte ich. »Danke.«
»Einhundertfünfzehn«, sagte er. »Fünfzehn Prozent Bedienungszuschlag. Bitte gleich zahlen.«
Das Theater auf der Bühne ging weiter, und das Stöhnen in den Lautsprechern wurde immer wüster. Baby Blue hatte die Augen verdreht, ihr ganzer Körper zuckte.
»Moment«, sagte ich, öffnete die Flasche, goß Whisky in eines der Gläser und roch daran. Dann kostete ich. Einwandfreier Stoff. Ich war der einzige Autor im Verlag, der keine detaillierte Spesenabrechnung vorlegen mußte, also gab ich dem Kellner hundertfünfzig Mark. »Der Rest ist für Sie«, sagte ich. Daraufhin sank der Mann fast in die Knie. »Jetzt muß ich aber mal«, sagte ich.
»Nicht mitten in der Nummer! Das geht nicht.«
Das Klavierkonzert näherte sich einem Höhepunkt.
»Mir platzt die Blase«, sagte ich. »Wo ist das?«
»Ich führe Sie«, sagte der Kellner. »Nur noch einen Moment.«
Aus den Lautsprechern röhrte Baby Blue ihre Klimax heraus. Die Männerstimme ertönte: »Laß ihn an dein Herz rühren, o Katharina, und erwäge in Großmut noch einmal die Begnadigung des Fürsten Kropotkin!«
Plötzlich warf Baby Blue den Godemiché in hohem Bogen weg und rief gebieterisch: »Zur Hölle mit dem Tröster! Einen Mann, einen

richtigen Mann will ich haben! Dann werde ich die Begnadigung des Fürsten erwägen. Nur dann!«
Im nächsten Moment traten aus dem Dunkel drei riesenhafte Gardegrenadiere in voller Uniform, mit Blechmützen, Säbeln und Stiefeln auf die Bühne. Sie standen stramm neben Baby Blue in einer Reihe. An ihren prächtigen Uniformen war nur etwas nicht in Ordnung. Aus den Hosenschlitzen ragten steil drei enorme Glieder empor. Natürlich künstliche, dachte ich. So große gibt's gar nicht. Aber sie sahen völlig echt aus. Der Pianist brach ab. Nun war es totenstill im Saal.
Aus der Nebenloge hörte ich die dicke Frau überwältigt stöhnen: »Uj! Uj! So was! So was werd ich nie erleben!«
»Dann gib endlich a Ruh«, sagte der dicke Mann.
Baby Blue packte den prächtigsten und enormsten unter den drei Grenadieren und zog den Mann daran zu sich. Er stürzte über sie. Das Licht erlosch.

10

»Mit Pfefferminzgeschmack, meine Herren«, sagte der alte Mann gerade, als ich die Treppe herunterkam. »Absolute Novität. Reißender Absatz. Die schaffen es nicht mit der Produktion.«
Zwei Männer standen bei dem alten Mann im hellblau gekachelten Vorraum zu den Toiletten. Im Vorraum gab es Waschbecken und Spiegel und ein Tischchen, auf dem wohlgeordnet alles aufgebaut war, was man hier unten so gebrauchen konnte: ein hoher Stoß Handtücher, große und kleine Kämme, Nagelscheren, Haarbürsten, Kleiderbürsten, Haaröl, Eau de Cologne und Kleenex-Schachteln. Es stand auch ein Tellerchen da, auf dem Münzen lagen. Eine Schublade des Tischchens war geöffnet. Ich sah dänische Pornomagazine und Schachteln mit Präservativen.
»Wenn die Herren mal riechen wollen«, sagte der Alte. Er hielt den Männern eine offene Dreier-Packung unter die Nasen. Die beiden, die angetrunken waren, schnüffelten folgsam.
»Donnerwetter«, sagte der eine. »Tatsächlich. Ist ja toll, was die heute alles erfinden. Aber wozu der Pfefferminzgeschmack?«
»Na, für den frischen Atem, du Idiot«, sagte der andere. »Was, Alterchen?«

»Es steht zu vermuten«, sagte Vater Concon, der eine blütenweiße Jacke trug. »Es steht zu vermuten.« Er dienerte.
Ich ging in den Raum nebenan und stellte mich vor ein Becken, denn ich wollte keinen Argwohn bei den beiden Männern erregen. Wasser begann automatisch zu rauschen. Ein Exhaustor summte sanft. Concon senior hatte hier unten wirklich einen gepflegten Betrieb.
»Ich nehme eine Packung«, sagte der erste Mann. »Mal sehen, wie's wirkt.«
»Ich nehme auch eine«, sagte der zweite Mann und warf das Handtuch, mit dem er sich abgetrocknet hatte, in einen Drahtkorb. »Kleine Überraschung, hehe.«
Die beiden zahlten und schwankten die Treppe hinauf. Der junge Pianist oben spielte jetzt ›Sunrise Serenade‹. Ich ging zu Karl Concons Vater, wusch meine Hände und sagte guten Abend.
»Einen recht schönen guten Abend auch Ihnen, mein Herr.« Er blinzelte mich an. Ein gebückter, mitleidheischender alter Mann. Er hielt schon ein Handtuch bereit. Mechanisch wie ein Roboter arbeitete er, und sein Gesicht war zu einem servilen Lächeln erstarrt. Ich sah in die offene Lade mit den Magazinen und den Spezialpräservativen. Concon senior führte, den Aufschriften der Packungen nach, ›gefühlsaktive‹ Kondome, also solche mit Gummisternchen oder Gummirüsseln oder aufgerauhter Oberfläche, ›Sicherheitspräservative mit spermatötendem Aufstrich‹, er verkaufte ›Verlängerer‹, ja selbst ziemlich große Schachteln, in denen ›Pneu-Präs‹ ruhten, was immer das war.
Die Klaviermusik oben wechselte. Ich hörte ›Love is a manysplendored thing‹.
»Der Herr zufrieden?« fragte der alte Mann.
»Ja«, sagte ich.
»Einmaliges Programm«, leierte er. Ich bemerkte, daß er senil war. Geistesabwesend und leicht verwirrt. Nicht verrückt. Nur verkalkt eben. Er sah nicht einmal auf, als nun Bertie die Treppe herunterkam, und das war gut so, denn Bertie hielt die kleine Nikon-F schußbereit in der Hand.
»Jeden Abend gerammelt voll bis zum Morgen«, sagte der alte Mann stolz.
»Toll«, sagte ich, während Bertie uns beide schoß und in den Nebenraum ging, von wo aus er weiterarbeitete. »Herr Concon, nicht wahr?«

Er schrak zusammen.
»Woher wissen ... wer sind Sie?«
»Peter Enders«, sagte ich.
»Polizei?«
»Nein.«
»Was denn?«
»Ein Bekannter Ihres Sohnes. Ich hätte ihn gern gesprochen. Aber er ist nicht da, wie?«
»Nein. Ich weiß nicht, wo er ist«, sagte der alte Mann. »Ein so guter Sohn. Der beste Sohn, den man sich wünschen kann.«
»Und da läßt er Sie hier arbeiten?«
»Nicht läßt! Ich will! Zu Hause ist es so einsam. Ich bin ganz allein, meine Frau ist seit zwölf Jahren tot. Hier habe ich doch noch etwas Ablenkung. Mir gefällt die Arbeit. Karl will immer, daß ich aufhöre. Aber ich sag, laß mir doch die kleine Freude, Karl. Sie sind wirklich ein Bekannter von meinem Sohn?«
»Ja. Warum?«
»Waren schon drei Bekannte hier heute abend«, sagte der alte Mann. »Zwei kamen zusammen, einer kam allein.«
»Was wollten sie?«
»Alle mit Karl reden. Alle sagten, es sei ganz dringend. Was ist los?« Sein Adamsapfel in dem viel zu großen Hemdkragen hob und senkte sich.
»Ich war mit ihm verabredet. Heute abend«, log ich. »Ich weiß nicht, was los ist. Etwas muß los sein, sonst wäre er ja hier. Wie sahen die drei Männer aus?«
Er machte eine hilflose Handbewegung.
»Ich kann mir doch keine Gesichter merken und keine Stimmen! Ich bin ganz gesund, wissen Sie ... aber eben nicht mehr der Jüngste. Vergesse jedes Gesicht sofort wieder. Schrecklich ... Drei Männer eben. Die beiden, die zusammen kamen, hatten Hüte und Mäntel, das weiß ich noch. Der allein kam, trug nur einen Anzug. Sie waren alle etwa so groß wie Sie. Mehr weiß ich wirklich nicht.«
»Sprachen sie mit Akzent?«
»Nein, ganz normales Deutsch. Und sie haben alle gefragt, wo denn der Karl ist. Und ich habe gesagt, ich weiß es nicht. Und sie haben immer wieder gefragt, denn sie haben es nicht geglaubt.«
Bertie, nebenan, fotografierte noch immer. Ein schwer Betrunkener kam die Treppe herab und eilte schwankend nach nebenan,

wo er sich in einer Kabine einschloß. Gleich darauf hörte ich, daß dem sehr Betrunkenen sehr schlecht war. Unglaublich schlecht. Von oben ertönte Klaviermusik. Der Pianist spielte ›Junge, komm bald wieder!‹

Der Betrunkene kotzte sich die Seele aus dem Leib.

»Wann waren die drei Männer denn da?« fragte ich.

»Die zwei, die zusammen kamen, so etwa um neun. Und der, der allein kam, vielleicht um zehn. Gleich, nachdem Karl mich angerufen hat.«

»Er hat Sie angerufen?«

»Sage ich doch. Bevor die zwei Männer kamen. Sie haben mich raufgeholt zur Garderobe, da ist ein Apparat. Gibt noch einen zweiten im Büro von Karl. Früher, wie wir noch das Hotel gehabt haben in der Kastanienallee, da habe ich im Büro geholfen. Da habe ich mir alles noch merken können und auch tippen können, wissen Sie.«

»Seit wann haben Sie das Hotel nicht mehr?«

»Seit sechs Jahren ... hat sich nicht ausgezahlt ... die Steuern ... und der Ärger ... Da ist das hier besser! Kein Vergleich.«

»Und was hat Ihr Sohn Ihnen am Telefon gesagt?«

»Hören Sie, was geht Sie das eigentlich ...« Er wurde etwas lebendiger.

»Ich suche ihn. Ich bin sein Freund.«

»Hat aber nie Ihren Namen erwähnt.«

»Geschäftsfreundschaft. Wollte er nicht an die große Glocke hängen.«

»Was für Geschäfte?«

»Na solche und solche. Sie verstehen doch.«

»Ja, ich verstehe.« Das schien ihm zu genügen. »Also er hat gesagt, er kann heute nicht mehr kommen und morgen vielleicht auch noch nicht. Er muß was Dringendes erledigen. Was, hat er nicht gesagt. Aber daß er mich anruft, morgen abend. Um dieselbe Zeit. Und daß er in der Nähe ist. Und daß ich mir keine Sorgen machen soll, es ist alles in Ordnung. Immer hat er Angst, daß ich mir Sorgen um ihn mache. Ich werde ihm sagen, daß Sie da waren, Herr Enders, wenn er anruft. Wo kann er Sie erreichen?«

»Leider gar nicht. Ich verreise. Sie haben wirklich keine Ahnung, wo er stecken könnte? Es ist sehr dringend!«

»Das haben die anderen Herren auch gesagt. Die haben übrigens ihre Namen nicht so genannt wie Sie. Was ist da nur los?«

»Tja, was? Wenn er Sie anrief, wird es ja nicht so schlimm sein«, sagte ich und warf ein Zweimarkstück auf den Teller.
»Ich danke, Herr Enders, ich danke herzlich.« Ihm fiel etwas ein. »Sie brauchen nicht ein paar Gummis? Etwas ganz Neues. Mit Pfefferminzgeschmack. Reißender Absatz. Ich zeige es Ihnen. Also die kommen nicht mit der Produktion nach . . .«

11

Detlevstraße/Ecke Seilerstraße gab es ein Postamt.
Ich hatte noch genug Markstücke und telefonierte aus einer Zelle, die neben dem Eingang des Postamts stand, mit Frankfurt. Bertie hielt vor der Zelle Wache. Ich rief Tutti an. Es dauerte lange, bis sich ihre verschlafene, seltsam unklare Stimme meldete: »Ja? Hallo? Hier ist Tutti Reibeisen. Wer is'n da?« Es klang, als hätte sie den Mund voller Murmeln. Sie sagte unvermittelt: »Aua!«
Dann hörte ich Max Knippers Stimme – in ihrem Privatschlafzimmer hatten die beiden ein Doppelbett. Er schien ihr den Hörer abnehmen zu wollen, und sie gab ihn ihm, denn da ertönte seine herzhafte Stimme: »Scheiße vafluchte, wat fürn dämlichet Aas ruft denn hier nachts um fümfe an? Platzt Ihnen wohl schon der Sack, Herr?«
»Max, hier ist Walter Roland. Und es ist erst halb fünf«, sagte ich.
Draußen regnete es in Strömen.
»Det freut ma aba, det et erst halb is. Tschuldije, Walta. War nich so jemeint. Aba wenn ick wat nich leidn kann, denn isset dieses Scheißtelefon, wat Tuttilein und mir weckt, wenn wa endlich pennen. Mensch, die jute Tutti hat anjeschafft bis zwei.«
»Erholt vom Leichenmüller?«
»Wat heeßt hier aholt? Wir ham die neue Eijentumswohnung, weeßte doch, die müssen wa abzahln, da hülft allet nischt. Junge, heut ham wa aba richtich abjesahnt. Allein drei Onkels aus die Provinz. Zweehundert Emm pro Kopp bloß für Französisch. Jetzt tut Tutti die Schnauze weh, darum red'tse so mühsam.«
»Verstehe ich nicht.«
»Na, Mensch, Walta, wat det jedauert hat! Kleene Ewichkeit jedetmal. Lauta ältere Herren! Aba laß man. Übers Fiekend fahr ick

mitse innen Taunus, da kannse sich 'n bißken erholn. Sonst brichtse ma noch zusamm, die Jute. Wo steckste denn? Inne Bredullje? Soll ick zu dir kommen?«

»Nein«, sagte ich. »Ich muß dich nur was fragen, Max.« Ich erzählte ihm, wo ich war und, in sehr groben Zügen, was sich ereignet hatte. Wieder warf ich, wie im Hauptbahnhof, immer neue Markstücke in den Apparat dabei, und sah die schreiend bunten Neonreklamen und Huren und Betrunkene, noch eine ganze Menge, und Berties breiten Rücken vor der Zellentür. Hier ging man offenbar nie schlafen. Ich endete: »... du kennst doch das Milieu hier, Max, und vielleicht kennst du auch diesen Karl Concon, einen Schwulen ...«

»Klar kenne ick det Stück Dreck. Schwul – schön. Seine Privatsache. Ha'ck jarnischt jejen. Aba wat der sonst noch jemacht hat ...«

»Ich weiß Bescheid. Max, nun paß auf: Der Concon hatte früher selber ein Hotel in der Kastanienallee. Es ist anzunehmen, daß er die Besitzer von anderen Hotels hier in der Gegend von da her noch kennt und daß er auch Freunde unter ihnen hat, die ihn verstecken, wenn es mal sein muß. Denn der ist untergetaucht aus Schiß vor irgendwem.«

»Weil er die Sache in't Laga so vamasselt hat?«

»Ja. Da scheinen jetzt Herren hinter ihm her zu sein, die deshalb böse auf ihn sind. Er hat Irina nicht rausgeholt. Kennst du Besitzer von Stundenhotels hier herum?«

»Na Mensch, of kors«, sagte Max. »Ick war ja nur een Jahr in Sankt Pauli, aba den aus der Bransche, den ick nich kenne, den jibts nich.« Ich hörte Gemurmel, dann: »Ja, in Hamburch issa. Braucht meine Hülfe. Ick erkläre dir allet, Tuttilein ... Wat? Ja. Ich soll dir'n janz dicken Süßn jeben von Tuttilein.«

»Gib ihr auch einen«, sagte ich. »Also, was ist? Wo würde sich Concon verstecken? Bei welchem Freund? Wer würde dichthalten, so daß er sich eine Weile verkriechen kann?«

»Laß ma mal een Momang übalejen«, sagte Max. »Richtich jute Freunde, wa?«

»Ja.«

Er überlegte, dann nannte er mir die Namen von fünf Hotels, die alle rund um die Reeperbahn und die Große Freiheit lagen. Ich schrieb die Namen auf meinen Stenoblock. Der Regen wurde immer stärker. Der Orkan ließ nach.

12

Große Hoffnungen machten wir uns nicht. Wenn Karl Concon wirklich untertauchen wollte, dann würden ihn seine Freunde auch schützen und schweigen. Unsere Masche war schwach, aber eine bessere fiel uns nicht ein. Wir gaben im ersten und zweiten und dritten Hotel an, daß wir Carsten und Enders hießen und von Karl Concon schon erwartet würden.

Erfolg hatten wir keinen. Hinter den Theken der unsäglich traurigen Stundenhotels schüttelten verschlafene Nachtportiers mißtrauisch die Köpfe. Es gab keinen Karl Concon im Hause. Nichts zu machen. Nicht mit Bitten und nicht mit Drohen. Die Portiers blieben feindselig und verschlossen. Kein Karl Concon im Hause. Einer sagte, er hätte einmal den Namen gehört, die anderen behaupteten, nicht einmal den Namen zu kennen.

»Los, weiter«, sagte ich. »Kleine Freiheit. Hotel ›Paris‹.«

»Das ist ein Scheißspiel«, sagte Bertie. »Ich bin naß bis auf die Haut, Mensch.«

»Ich auch«, sagte ich und fuhr die Reeperbahn hinunter bis zum Nobistor, ein Stück die Holsteinstraße hinauf und dann in die Kleine Freiheit hinein. Hier war es sehr still. Ich parkte den Wagen vor der Absteige, die eine schadhafte Leuchtschrift besaß (. OTEL PA . . S), und sah einen älteren Hausdiener mit grüner Schürze und Schildkappe, der den Dreck fortkehrte, welchen der Orkan gegen den Eingang gewirbelt hatte. Wir stiegen aus und machten wieder auf schwules Pärchen, wie die ganze Zeit schon. War gar nicht so einfach. Man durfte nicht übertreiben.

Der Hausdiener hatte in seiner Arbeit innegehalten und starrte den Opel an, danach uns. Sein Gesicht war ausgezehrt, der graugelbe Schnurrbart schlecht gestutzt.

»Guten Abend, gnädige Herren«, sagte er mit einem seltsamen Akzent. »Was ist gefällig?«

»Morgen, Morgen«, sagte ich, in Bertie eingehängt. »Wir hätten gern ein Zimmerchen. Wo ist denn der Portier?«

»Dem ist nicht gut, gnädiger Herr. Hat sich hinlegen müssen. Ich besorg alles.«

»Na schön. Zimmer für eine Stunde«, sagte Bertie mit tiefer Stimme. Ich spielte den reifen Strichjungen, den er, ein älterer Warmer, aufgelesen hatte. In Wien unterscheidet man da zwischen dem Tuer und dem Lasser. Ich war der Lasser.

»Kommen Sie mit, bitte, gnädige Herren«, sagte der Hausdiener. Er ging voraus durch den Hoteleingang, der so groß war wie eine doppelte Zimmertür. An der Theke brannte eine grünbeschirmte Lampe. Steil führte eine Treppe nach oben. Hinter der Theke gab es eine Kammer, die Tür stand offen. Auf einem Feldbett lag ein hagerer Mann angezogen auf dem Rücken und schnarchte laut. Dazwischen pfiff er, wenn der Atem aus seinem Mund kam. Wenn der Atem aus seinem Mund kam, verbreitete sich jedesmal eine solche Wolke von Fuselgestank, daß ich das Gefühl hatte, sie direkt ins Gesicht zu bekommen. Der ganze Vorraum stank nach Schnaps.

»Sehr krank, der Portier«, sagte ich.

»Ja, sehr«, sagte der hagere Hausdiener ausdruckslos. »Hat viel Schnaps trinken müssen.«

»Müssen?«

»Gegen Krankheit«, sagte der Hausdiener.

Der Portier war sinnlos betrunken, den weckte nicht einmal eine Atombombenexplosion. Der Hausdiener war zu dem Schlüsselbrett getreten, das an der Wand hinter der Theke hing. Dies war bei weitem das dreckigste Hotel bisher.

»Und sagen Sie bitte unserem Freund, Herrn Concon, daß wir jetzt da sind«, sagte ich.

»Concon?« sagte der Hausdiener.

»Karl Concon«, sagte ich geziert. »Huch, ist das ein schlimmes Wetter. Ich friere, Peter.«

»Wird gleich besser werden, Schatz«, sagte Bertie.

»Ist kein Herr Karl Concon da«, sagte der Hoteldiener.

»Aber ja doch«, sagte ich. »Hat uns doch herbestellt, unser Freund Karl. Im ›Gentlemen's Pub‹. Zu einer kleinen Party. Sie müssen ihn kennen. Wie lange haben Sie schon Dienst?«

»Seit sieben, gnädiger Herr.«

»Was sind Sie? Russe?«

»Ukrainer«, sagte der Hausdiener. Mir wurde wieder einmal kühl. Gleichzeitig sagte ich mir, daß wir noch immer auf dieser Welt lebten und ich mich nicht verrückt machen lassen durfte. »Aus Tschaplino. War Kriegsgefangener.« O Gott, dachte ich. »Hab mich mit Kameraden ergeben. Dann Angst gehabt, daß mir was passiert, wenn ich heimkehr fünfundvierzig. Also versteckt. Gehört, zu Hause alle tot. Dageblieben.«

»Immer in Hamburg?«

»Immer in Hamburg, ja. Immer hier. Sankt Pauli. Hausdiener. Kann trotzdem noch nicht gut Deutsch. Bin ganz allein. Interessiert die gnädigen Herren nicht. Können Zimmer zwölf haben.« Er reichte Bertie, den er mit sicherem Blick als den Tuer erkannt hatte, der also auch zahlte, einen Schlüssel, an dem ein großer Holzball hing. Auf dem Ball stand 12. »Handtücher und Seife sind oben. Eine Stunde macht zwanzig Mark. Ist gefällig.«

Bertie legte dreißig Mark auf die Theke und sagte: »Karl Concon. So ein untersetzter Herr, ziemlich untersetzt.«

»Fettklößchen nennen wir ihn«, sagte ich und kicherte.

»Muß da sein«, sagte Bertie. »Wir sind wirklich verabredet.«

Der Hausdiener sah uns von unten aus halb geschlossenen Augen an.

»Fett?« sagte er, sehr leise und jetzt hastig, als fürchte er, den Nachtportier zu wecken – eine völlig unnötige Sorge.

»Ziemlich«, sagte ich und kicherte wieder.

»Rosa Hemd, sehr bunte Krawatte, viel Parfum? Riecht sehr nach Parfum?«

»Ja«, sagte Bertie. »Das ist er.«

»Der Herr heißt aber nicht Concon.«

»Wie denn?«

»Weiß ich nicht. Ist schon vor sieben oder acht Stunden gekommen. Hat mit Herrn Wölfert gesprochen. Dem Chef. Der war da noch da. Hab ich beide gesehen. Hat aber nichts gesagt von Party. Und keinen Namen genannt, der Herr. Schläft sicher schon.«

»Sicher nicht. Der wartet auf uns«, sagte ich.

»Ich kann hier nicht weg«, sagte der Hausdiener.

»Wozu weg?«

»Den Herrn verständigen. Telefone haben Zimmer keine.«

»Macht nichts«, sagte Bertie. »Wir klopfen an. Alte, liebe Freunde. Welche Zimmernummer?« Er legte noch zehn Mark auf die Theke.

»Siebzehn, gnädiger Herr. Und ich dank auch schön«, sagte der Ukrainer. Er sah mich groß an.

»Was ist?« Ich kicherte dauernd albern.

»Nichts«, sagte der Ukrainer ernst. »Nichts, gnädiger Herr.«

»Komm, Schatz«, sagte Bertie und hängte sich wieder in mich ein.

Wir stiegen die steile Treppe empor und kamen zu einem sehr schmalen Gang, in dem zwei trübe Birnen brannten, die zeigten, daß es, verglichen mit hier oben, unten noch sauber gewesen war.

»Pfui Teufel«, sagte Bertie leise.
»Halt's Maul«, sagte ich. »Mensch, wir haben ihn.«
»Ja, und wenn er sich nicht freut darüber?« sagte Bertie.
»Der freut sich schon«, sagte ich und holte den Colt 45 aus meinem Mantel.
»Junge, Junge«, sagte Bertie. »Dann will ich aber lieber auch mal.«
Er zog die Hasselblad unter seiner Lederjacke hervor und machte sie aktionsklar, während wir langsam den Gang entlang schlichen. Hinter manchen Türen war es laut. Einmal kreischte ein Mädchen. Dann lachte gröhlend ein Mann. Einmal hörten wir klatschende Schläge, wie von einer Peitsche, und eine rauhe Frauenstimme: »Hopp, hopp! Hü, mein Pferdchen, wirst du wohl traben?«
Wir gingen an Nummer 12 vorbei. 13. 14. 15. 16.
17.
Bertie trat neben die Tür, die Kamera mit angestecktem Blitzgerät gehoben. Ich bewegte die Klinke. Zu meiner Überraschung öffnete sich die Tür sogleich.
Alles blieb still.
»Ich bin's, Concon«, sagte ich. »Roland. Der Reporter aus dem Lager. Und bei mir ist Engelhardt, der Sie fotografiert hat. Machen Sie keine Sachen. Die Funkstreife ist auch da. Wir haben alle Pistolen. Wenn Sie eine Waffe haben, lassen Sie sie fallen und drehen Sie das Licht an.«
Keine Antwort.
»Sie sollen das Licht andrehen«, sagte ich.
Nichts regte sich.
Bertie stellte sich, als könnte ihm einfach nichts passieren, mitten in die Türöffnung und schoß den ersten Blitz ab. Das grelle Licht erhellte für eine Sekunde den Raum.
»Allmächtiger«, sagte ich, sprang vor, tastete nach dem Lichtschalter neben der Tür und knipste ihn an.
Das Zimmer war klein und hatte abblätternde, bräunliche Tapeten. Die Vorhänge waren geschlossen. Ich sah ein Waschbecken, zwei Stühle, einen Tisch und ein breites Messingbett. Auf dem Bett lag, angezogen, Karl Concon auf dem Rücken. Jemand hatte ihm einen Dolch in die Brust gestoßen, bis ans Heft. Es war eine einzige blutige Schweinerei, wenn das Blut auch schon nicht mehr floß, sondern trocknete, und bei dem Ermordeten bereits die Leichenstarre einzusetzen begonnen hatte.

13

»Ja, ich hab's gewußt, gnädige Herren«, sagte der Hausdiener. Wir standen unten, im Eingang, vor dem strömenden Regen geschützt. Die Straße lag völlig verlassen da, und hinter uns schnarchte und pfiff der besoffene Nachtportier. Der Hausdiener war sehr unruhig, er wollte uns los sein, aber ich hatte ihm gleich, als wir von oben heruntergekommen waren, gesagt, wir würden sofort die Polizei rufen und ihn ordentlich reinhängen, wenn er unsere Fragen nicht beantwortete. Und dann hatten wir ihm unsere Presse-Ausweise gezeigt. Er war darüber sehr erschrocken, er hatte uns wirklich für ein schwules Pärchen gehalten, das zu dem schwulen Concon wollte.
Er hatte sich gesagt, wir würden die Schweinerei da oben schon selber entdecken, erklärte er. Er wollte nichts damit zu tun haben. Er wollte auch nicht mit uns reden, bis ich ihm sagte, daß wir auf alle Fälle die Polizei verständigen mußten. Wenn er gesprächig war, konnten wir ihm ein bißchen helfen. Ansonsten würden wir ihn reinhängen, so tief es nur ging. Geld war für ihn drin, sagte ich. Da wurde er munter.
»Wieviel?«
»Fünfhundert.«
»Tausend«, sagte er. »Ist gefällig, gnädiger Herr.«
Netter alter Ukrainer.
Wir einigten uns auf achthundert und darauf, daß er die berühmte Erklärung unterschrieb. Das wollte er zunächst auch nicht, aber dann schüchterten wir ihn wieder mit der Polizei ein und versprachen ihm, daß sein Bild in BLITZ erscheinen würde, und er war zum Glück nicht nur geldgierig, sondern auch einfältig, und das mit dem Bild haute ihn um. Er sagte ja. Und nun standen wir im Hoteleingang und froren alle, und Bertie und ich fragten den Ukrainer aus.
»Also zuerst sind zwei Männer gekommen«, sagte der Hausdiener. »So um zehn vielleicht.«
»Wie sahen die aus?«
»Weiß ich nicht. Hab ich gerade Zimmer saubergemacht. Nur Stimmen gehört. Und Schritte. Auf Gang. Stimme von Herrn Wölfert, dem Chef, habe ich auch erkannt. Der ist dann gleich weggegangen.«
»Glauben Sie, daß Wölfert die beiden Männer gerufen hat?« fragte ich.

»Weiß nicht. Herr Concon, wie er gekommen ist, hat große Angst gehabt, alles ganz schnell und heimlich. Hat Herr Wölfert gesagt, bei mir bist du sicher, Karl.«
»Nicht sicher genug«, sagte Bertie.
»Waren Freunde, Herr Wölfert und Herr Concon.«
»Ja«, sagte ich, »man sieht's.« Dieser Wölfert mußte die beiden Männer – wer immer sie waren – von Concons Eintreffen unterrichtet haben. Für wieviel?
»Was wollten die beiden von Concon?« fragte ich. »Sie haben doch gelauscht.«
»Ja«, sagte der Ukrainer, ohne zu zögern, während er mich anstarrte. »Ich krieg bestimmt achthundert?«
»Ganz bestimmt. Hier sind schon mal vier.« Ich gab ihm vier Lappen. Er wurde gesprächiger.
»Also da war großer Krach im Zimmer von Herrn Concon. Männer haben ihm schwere Vorwürfe gemacht.«
»Wofür?«
»Daß er Mädchen nicht geholt hat aus Lager. Weiß nicht, was für Lager, weiß nicht, was für Mädchen.«
»Schon gut.«
»Aber er hätte holen sollen. War sein Auftrag. Verhindern, daß sie mit einem Mann hier zusammenkommt. Dieser Mann heißt ... heißt ... Jetzt fällt mir nicht ein ... Sie haben Namen oft gesagt, die beiden, die Herrn Concon, Gott hab ihn selig, besucht haben.«
»Strengen Sie sich an!« sagte Bertie. »Der Name!«
»Milka. Jan Milka«, antwortete der Hausdiener. »Jetzt weiß ich wieder.« Er fuhr zusammen, denn hinter ihm hatte der besoffene Portier sich ächzend auf die andere Seite gewälzt. Aber sofort ertönten wieder das Schnarchen und Pfeifen.
»Jan Milka, sehr schön«, sagte ich. »Also mit dem hat dieses Mädchen nicht in Verbindung kommen sollen. Es war Concons Auftrag, das zu verhindern?«
»Ja. Männer furchtbar aufgeregt. Dieser Milka muß wichtiger Mann sein. Ganz wichtig.«
»Wichtig für wen?« fragte Bertie.
»Was ich verstanden hab, für Amis.«
»Was für Amerikaner?«
»Weiß nicht. Haben die Männer nicht gesagt. Nur, daß Herr Concon hat alles in Gefahr gebracht jetzt. Wo ist so gut gelaufen bisher.«

»Was ist gut gelaufen?«
»Irgendein Geschäft. Dieser Milka, er hat was zu verkaufen, so hab ich verstanden. Verkaufen an Amis. Handelt mit ihnen um Preis. Lange schon. Verlangt immer mehr. Amis außer sich vor Wut über diesen Milka. Aber ihn brauchen. Lebt irgendwo beschützt.«
»Beschützt von wem?«
»Von Ami. Oder einem, der für Amis arbeitet, ist gefällig.«
»Was für Amis?«
»Weiß ich nicht, gnädige Herren.«
»Was glauben Sie denn?«
»No, Milka ist Tschech, haben Männer gesagt. Geflüchtet. Wenn er was zu verkaufen hat an Amis – was kann das schon sein? Politisches, denk ich. Männer haben gesagt, Milka und Amis waren fast einig. Jetzt Concon haben alles verdorben. Milka müssen verschwinden, ganz schnell. Bevor Mädchen doch noch kommt. Oder Reporter. Das müssen Sie sein, nicht?«
»Ja«, sagte ich. »Wohin ist Milka verschwunden?«
»Weiß ich nicht. Haben die Männer gesagt, in Sicherheit bringen, sonst nichts. Mädchen kommt. Reporter kommen. Sehr böse die Männer mit Concon. Haben gesagt, nicht wegrühren aus Zimmer, bis sie erlauben. Concon große Angst. Immer: ›Tut mir leid, Verzeihung!‹ Hat gesagt: ›Hab ich doch so oft und gut für euch gearbeitet.‹«
Moment, dachte ich. Da stimmte doch etwas nicht. Da war doch ein Fehler. Da paßte doch etwas nicht zusammen. Concon hatte dem Osten viele Dienste erwiesen. Wieso machten ihm Ostleute Vorwürfe dafür, daß er einen Plan der Amis zerstört hatte?
Ich fragte: »Wie sprachen die Männer?«
»Versteh nicht, gnädiger Herr.«
»Ausländer? Akzent? Gebrochen deutsch?«
»Nein, ganz richtiges Deutsch. Ganz fließend.«
Das wurde immer verworrener.
»Und dann?« fragte Bertie.
»Dann sind Männer gegangen, ist gefällig. Hab mich gerad noch in Nebenzimmer verstecken können. Nicht gesehen die Männer. Weitergearbeitet. Zimmer saubergemacht, sieben Zimmer. In diese Zeit, Männer müssen mit Portier getrunken haben. Eine Stunde, zwei Stunden. War halb tot von Saufen, wie daß ich dann endlich runtergekommen bin. Männer weg. Portier auf Bett.«
»Sie lügen doch«, sagte ich.

»Ich schwöre, das ist die Wahrheit.«
»Sie wollen uns einreden, daß Sie nicht viel zu neugierig waren, um nicht mal runterzugehen und nachzusehen, wer die Männer waren?«
»Will ich nicht weismachen, ist gefällig. War so. Viel zu viel Angst. Darum nicht runter. Erst wie Männer weg.«
»Lüge.«
»Wahrheit, gnädiger Herr!«
»Lüge!« sagte Bertie.
»Laß ihn«, sagte ich. »Nichts zu machen.« Ich fragte: »Und was geschah dann?«
»Sind Leute gekommen. Männer mit Mädchen. Auch Männer mit Männer. Hab ich viel zu tun gehabt. Groß Betrieb. Ist gefällig.«
»Aber Concon lebte noch, als die beiden Männer ihn verließen, das wissen Sie bestimmt?«
»Ganz bestimmt. Habe ihn noch fluchen hören, vor sich hin.«
»Dann muß ihn jemand umgebracht haben, der nach den beiden Männern gekommen ist.«
»Ja«, sagte der Ukrainer.
»Wer?« fragte Bertie.
»Keine Ahnung. Ich schwör es, gnädige Herren. Keine Ahnung. Kann jeder gewesen sein, der hier reingekommen ist. Mindestens zwölf Männer waren das. Mindestens sechs Mädchen.«
»Es kann nicht jeder gewesen sein«, sagte ich. »Nicht jeder, der hier reinkam.«
»Warum nicht?«
»Weil Concon sich doch in seiner Angst sicher eingeschlossen hat. Die Tür war jetzt aber offen. Also muß er sie geöffnet haben für jemanden, den er kannte.«
»Ja, das stimmt«, sagte der Hausdiener. Er schrak wieder zusammen, denn der Portier hinter uns hustete heftig und verschleimt. Das hörte überhaupt nicht auf, schien es mir. Dann fing das Schnarchen wieder an.
»Sie haben nicht mehr gelauscht an Concons Tür, was? Nie mehr?« fragte Bertie.
»Nie mehr! Hab doch immer hier unten sein müssen. So viel Betrieb! Ist erst ruhiger geworden vielleicht eine Stunde vor daß Sie gekommen sind, gnädige Herren.«
»Aber *da* waren Sie oben?«
Der Ukrainer schwieg.

»Na!«

»Ja«, sagte er. »War ich oben. Hab ich noch einmal an der 17 gehorcht. War mir so unheimlich. Kein Laut, nichts. Hab ich Tür aufgemacht. Hat er dagelegen auf Bett in sein Blut. Schrecklich.«

»Und warum haben Sie uns das nicht gleich erzählt, als wir nach Concon fragten?«

»Hab doch in nichts hineinverwickelt werden wollen! Hab doch nicht gewußt, ob gnädige Herren Freunde oder Feinde von Herrn Concon. Angst gehabt. Sie verstehen? Hab auch jetzt Angst. Große Angst.«

»Wovor?«

»Rache. Ich Ihnen alles erzählen. Mann kommen zurück und bringen mich auch um. Ich Idiot. Für achthundert Mark riskieren mein Leben. Idiot, was ich bin.« Er wurde weinerlich.

»Bertie, mach noch ein paar Aufnahmen von ihm.«

»Okay«, sagte Bertie. Er schoß den Ukrainer mit Blitz, wie er da beim Hoteleingang stand, angstverzerrt und weiß das Gesicht. Dann nahmen wir ihn mit in unseren Leihwagen, ich füllte eine der von Rotaug entworfenen Erklärungen aus und ließ mir von dem Ukrainer einen schmierigen Personalausweis zeigen, damit er nicht mit einem falschen Namen unterschrieb. Er hieß Panas Myrnyi. 69 Jahre alt. Wohnhaft Sankt Pauli, Schmuckstraße 89, bei Schwilters. Er konnte sehr schwer schreiben, fast gar nicht. Nur seine Unterschrift, sagte er. Sie sah danach aus.

»Wo sind andere vierhundert?« fragte er, sobald er unterschrieben hatte.

»Prachtvolle Menschen, die Freunde von deinem Fräulein«, sagte Bertie auf englisch.

»Im Tode«, sagte ich. »Nur im Tode. Vermutete schon Irina.«

»Ach, lassen wir doch den Quatsch«, sagte er, immer noch englisch.

»Meinetwegen«, sagte ich. »Aber unheimlich ist es schon ein bißchen, daß uns diese ganzen Ausländer über den Weg laufen.«

»Ach Scheiße«, sagte Bertie. Englisch.

»Los jetzt«, sagte ich deutsch zu Myrnyi.

Wir gingen zu dritt zum Hotel zurück, wo der Portier nun auf dem Bauch lag und sich nicht regte. Ich rief das nächste Polizeirevier, die Davidswache, an und sagte: »Kommen Sie in das Hotel ›Paris‹. Kleine Freiheit. Hier ist ein Mann erstochen worden.«

»Wer spricht dort?« fragte der Beamte am anderen Ende der Leitung. Ich hängte ein. Wir waren ja für den Vormittag im Präsidium angemeldet. So lange würde die Polizei hier sicher brauchen, um herauszufinden, wer wir waren und daß wir im ›Metropol‹ wohnten. Auf dem Persönlichkeitsrechte-Vertrag standen als Briefkopf zwar der Name und die Anschrift von BLITZ, aber ich bezweifelte sehr, daß Panas Myrnyi dieses Papier den Polizisten zeigen würde. Unsere richtigen Namen hatten wir zugedeckt, als wir ihm die Presseausweise zeigten.

»Sie bleiben jetzt schön hier und warten auf die Polizei«, sagte ich zu ihm. »Und Sie erzählen alles, was Sie uns erzählt haben.«

»Auch, daß ich es Ihnen erzählt habe? Daß Sie hier waren?«

»Natürlich. Ganz wie Sie wollen«, sagte ich. Dann rannte ich mit Bertie zu unserem Rekord, wendete und fuhr auf die Reeperbahn zurück. Dort begegneten wir einem Funkstreifenwagen. Sein Blaulicht zuckte, seine Sirene heulte. Und nach allem, was wir jetzt wußten, war Irina noch immer in größter Gefahr.

14

Der holländische Wagenmeister Wim Croft, der in dieser Nacht Dienst tat, war ein beleibter Mann mit rosigem, freundlichem Gesicht und lustigen kleinen Augen. Er dirigierte nun unseren Rekord auf die Aufzugplattform zur Tiefgarage. 5 Uhr 40 früh. Alles glänzte im Licht, und von unserem Wagen troff Wasser, denn noch immer regnete es in Strömen. Wir waren in Fuhlsbüttel auf dem Flughafen gewesen. Bertie hatte von dort auch die neuesten Filme abgeschickt. Als ich zum Hotel fuhr, schlief er friedlich an meiner Seite.

Der Aufzug befand sich hinter einer schweren Metalltür an der linken Seitenfront des ›Metropol‹. Die Tiefgarage hatte zwei Etagen. Wenn die Liftplattform heraufkam, glitt die Metallwand nach oben und gab die Einfahrt frei. Croft trug einen grellgelben Overall. Er stand im Licht der Scheinwerfer, nachdem er den Rekord eingewinkt hatte, und drückte auf einen Hebel. Hinter uns senkte sich wieder die Metalltür, und die Plattform mit dem Wagen glitt, leicht zitternd, in die Tiefe der ersten Garage. Hier dirigierte uns Croft zu einem freien Parkplatz. Es standen sehr viele Wagen in der Tiefgarage, in der Neonstäbe brannten und Frauen und Männer mit schweren, großen Gummischürzen dreckige Autos wuschen. Ein Exhaustor brummte laut. Ich schaltete den Motor ab, löschte die Lichter und nahm den Recorder und die Schreibmaschine, Bertie nahm seine Kameras, und wir stiegen aus.

»Lang so eine Nacht«, sagte ich zu Croft.

»Ich habe es gerne«, sagte er. »Arbeite lieber nachts als tags. Mein Kollege auch. Wir machen immer eine Woche dieselbe Schicht. Alles in Ordnung mit dem Wagen?«

»Ja«, sagte ich. Die Männer und Frauen, welche die Autos abspritzten, verursachten eine Menge Lärm. Der Exhaustor machte auch Lärm. Wir redeten laut. Croft hatte uns den Leihwagen vor unserer Abfahrt gegeben. Er betrachtete ihn aufmerksam.

»Alles okay«, sagte ich. »Wir haben nichts ruiniert.«

Das überhörte er. Er fragte: »Wissen Sie schon, wie lange Sie den Wagen brauchen werden?«

»Nein«, sagte Bertie.

»Beruflich hier?« fragte Croft und sah auf die Kameras und den Recorder.

»Ja«, sagte Bertie. Trotz des Exhaustors roch es nach Benzin, und Rauchen war streng verboten, wie eine Tafel besagte. Neben Crofts kleinem Büro standen zwei Benzinzapfsäulen.

»Ich frage nur, weil Sie den letzten Rekord bekommen haben. Alle anderen sind schon vergeben«, sagte der Holländer freundlich. »Und da ist ein Gast, der will unbedingt auch einen Rekord. Wenn Sie wüßten, wer im Moment alles was für einen Wagen will. Diese beiden Kongresse machen uns noch verrückt, sogar uns hier unten! Soll noch ein dritter anfangen, übermorgen. Für Herz- und Kreislaufspezialisten.«

»Und die beiden anderen Kongresse?« fragte ich.

»Der eine internationale Philatelie. Der andere internationale Neurochirurgie«, sagte Croft. »Ärzte aus der ganzen Welt. Da, der Rekord neben Ihrem, den habe ich auch gerade heruntergelotst. Vor einer halben Stunde vielleicht. Hat sich wohl gut unterhalten, der Herr Professor.« Er ging in sein kleines Büro, in dem als einziger Schmuck ein Coca-Cola-Kalender an der Wand neben einem Feuerlöscher hing, und hakte unseren Wagen als eingetroffen ab.

»Was für ein Professor?« fragte Bertie.

»Aus Moskau«, sagte der holländische Wagenmeister. »Professor Monerow.« Er sah in sein Fahrtenbuch. »Na so was«, sagte er.

»Was?« fragte ich.

»Sie haben doch Appartement 423, nicht?«
»Ja, und?«
»Und Professor Monerow hat Appartement 424«, sagte Croft. »Sie sind Nachbarn! Und beide haben Sie einen Rekord gemietet. Komisch, was?«
»Ja«, sagte ich, »sehr komisch.«
Er unterhielt sich für sein Leben gern, und er war gutmütig und grenzenlos harmlos, fast wie ein Kind, dieser Wim Croft. Viele Holländer sind so, dachte ich. Und dann, zum Teufel, dachte ich wieder an Fräulein Luise und ihre toten Freunde. Aber es war schon so spät, und ich war so müde, daß ich plötzlich Widerwillen vor Fräulein Luises Welt empfand und überlegte: Ich kann und will nicht an diese Welt nebenan glauben, auch wenn Hem mir noch so gut zuredet. Ich kann nur an das glauben, was ich höre, was ich sehe, was ich sage!
Heute weiß ich, daß es sich in der Tat anders herum verhält: Was ich (und das gilt für alle Menschen) sehe, sage, höre, wird vom nächsten Moment bereits überholt und ad absurdum geführt. Und nur was man der Ahnung überläßt, ist von Dauer.

15

Sie schlief wie ein Kind.
Sie lag auf der linken Seite, und sie hatte eine kleine Faust gegen den Mund gepreßt und sich ganz zusammengerollt. Ich stand in dem finsteren Schlafzimmer des Appartements, in das ein Lichtspalt aus dem Salon fiel, und ich hörte Irina atmen, leise, in langen Zügen. Eine ganze Weile stand ich da und sah sie an, und so wie zwei Tage zuvor in der kleinen Snack-Bar vom Feinkost-Kniefall in Frankfurt dachte ich mit plötzlicher Beklemmung daran, was für ein schweinisches Leben ich führte, wie ich es verschwendet und vergeudet, wie ich meine Begabung ruiniert hatte. Diese Geschichte, diese Geschichte sollte mir helfen, wieder ein wenig Selbstachtung zu bekommen, meinen wirklichen, noch immer guten Namen gedruckt zu sehen, aber ich empfand nun keine Erleichterung bei diesen Überlegungen. Mir war plötzlich elend – ich fühlte den Schakal, ganz nah, und ich holte den Flacon heraus und trank lange, so lange, bis mir Tränen in die Augen traten.

Als Bertie und ich unsere Schlüssel bei Herrn Heintze, dem Nachtportier, holten, hatten wir uns erkundigt, ob es etwas Neues gebe. Es gab nichts Neues. Irina hatte nicht telefoniert, niemand hatte sie angerufen, niemand hatte mich angerufen. Niemand hatte nach Irina gefragt. Ich war mit Bertie im Lift nach oben gefahren und hatte ihm gute Nacht gesagt und war im vierten Stock ausgestiegen und den stillen langen Gang zu meinem Appartement gegangen. Vor der Tür 424 standen ein Paar Straßenschuhe und ein Paar sehr schmutzige Smokingschuhe. Besonders schicke Smokingschuhe. Und sie gehörten dem Neurochirurgen Professor Monerow. Einem Russen. Na und, hatte ich gedacht. In einem großen Hotel lebten Menschen vieler Nationalitäten. Nur nicht an diesen Quatsch glauben. Da hatte ich meinen streng rationalen Moment gehabt. Und hätte gerne gewußt, woher der Professor seine prächtigen Smokingschuhe bezog. Ich besaß drei Paar, aber keines davon war so elegant.

Dann hatte ich die Tür zu meinem Appartement aufgesperrt, meine Schuhe noch auf dem Gang abgestreift, war auf Strümpfen in den Salon getreten und hatte die Tür versperrt und nur das Licht der Stehlampe neben der Chaiselongue angezündet, auf der mein Kissen und meine Decke lagen. Meine Jacke hatte ich über einen Sessel gehängt und die Krawatte heruntergezogen und dann die Tür zum Schlafzimmer leise, ganz leise geöffnet, denn ich wollte noch ins Bad. Und dann stand ich neben Irinas Bett und sah sie an und dachte über Unschuld und über mich nach, bis der Schakal kam und ich trinken mußte, so lange und viel.

Ich rang nach Atem, als ich die Flasche absetzte, und der Schakal hatte sich zurückgezogen, aber ich war nicht sicher, daß er auch fortbleiben würde, und deshalb nahm ich mir vor, die Flasche auf den Tisch vor der Chaiselongue zu legen, damit ich sie gleich griffbereit hatte.

Ich schlich ins Bad und öffnete und schloß auch hier leise die Tür und fegte mit einem Handtuch die Scherben des Zahnputzglases zur Seite, das Irina hatte fallen lassen, als ich sie nackt sah. Dann wusch ich mich schnell und machte, daß ich in den Salon zurückkam. Hier zog ich mich ganz aus und den zweiten Pyjama an und trank noch einen Großen zur Vorsicht, obwohl ich mir eben die Zähne geputzt hatte. Ich lauschte, aber nebenan blieb alles still, und so nahm ich den Telefonhörer ab, und das Mädchen, das in der Zentrale Nachtdienst hatte, meldete sich mit leiser, müder Stimme,

doch sehr freundlich. Ich verlangte zuerst Conny Manners Nummer. Als die Verbindung hergestellt war, läutete es so lange, daß ich schon Angst bekam. Dann, endlich, meldete sich Edith Herwag, mühsam und völlig verschlafen. Sie wurde munterer, als ich mich zu erkennen gab.
»Ach, Sie sind es.«
»Ich habe doch gesagt, ich rufe alle paar Stunden an. Was ist mit Conny?«
»Das Krankenhaus hat sich gemeldet. Sie sagen, wenn keine Komplikationen auftreten, kann ich Conny heute vormittag sehen.«
»Großartig. Wann?«
»So um zwölf, haben sie gesagt.«
»Gut. Ich rufe wieder an. Etwa um halb elf. Tut mir leid, daß ich Sie geweckt habe.«
»Das macht doch nichts. Ich ... ich bin so froh, daß es Conny besser geht. Ich habe im Sessel neben dem Telefon geschlafen.«
»Jetzt legen Sie sich ins Bett.«
»Ja. Und ... Walter?«
»Hm?«
»Ich danke Ihnen. Ihnen und Bertie. Sie sind ... Sie sind sehr ... sehr nett zu mir.«
»Jaja«, sagte ich. »Gute Nacht, Edith.«
Ich hängte auf, und es kam mir vor, als hörte ich nebenan im Schlafzimmer ein Geräusch, aber dann war es wieder totenstill, und ich dachte, ich müßte mich geirrt haben. Jetzt fühlte ich, wie die Müdigkeit an mir zog und zerrte. Wieder trank ich aus dem Flacon; und dabei dankte ich Gott oder sonst wem dafür, daß es Conny besser ging und er durchkommen würde, und dann hob ich den Hörer wieder ab und verlangte Frankfurt, Hems Nummer. Er meldete sich sofort. Ich hörte Musik und den Gesang einer Frauenstimme.
»Hallo, mein Alter«, sagte Hem.
»Hallo, Hem«, sagte ich. »Was ist das? Immer noch Schoeck?«
»Ja«, sagte er. »›Das Schloß Dürande‹. Eine Oper. Text nach der Novelle von Eichendorff. Maria Cebotari singt. Schön, wie? Was war los?«
Also erzählte ich ausführlich, was wir erlebt hatten, und Hem hörte aufmerksam zu. Nur manchmal stellte er Fragen. Und immer weiter vernahm ich, nun leiser, Gesang und die wunderbare Musik aus der Membran des Telefonhörers.

»Mein Kompliment«, sagte Hem zuletzt. »Gute Arbeit. Prima Geschichte, die wir da haben. Die Filme von dem toten Concon kommen auch mit der ersten Frühmaschine?«

»Ja, Hem.«

»Fein. Ich habe Lester gesagt, daß er *vier* Seiten umschmeißen soll. Das hat er abgelehnt. Da habe ich einfach den Alten angerufen, und Herford hat gesagt, natürlich vier Seiten! Bei so einer Geschichte. Da brauchen wir nun natürlich auch *solche* Fotos!«

»Na, die kriegt ihr«, sagte ich.

»Und der Aufreißertext und die Bildunterschriften müssen bis zehn durchgegeben sein, Junge, verstanden? *Müssen.* Daß du mir jetzt nicht deinen Schakal oder was kriegst. Sonst ist deine Geschichte im Eimer.«

»Um zehn gebe ich alles durch.«

»Herford ist ganz außer sich darüber, daß ihr gleich auf so ein Ei gestoßen seid. Das will was heißen, denn er hat ansonsten übelste Laune.«

»Wieso?«

»Bob.«

Bob, das war Robert, Herfords Sohn, dieser Playboy und Tunichtgut.

»Was hat der angestellt?«

»Das Übliche. Wieder eine angebufft. Eine Fünfzehnjährige. Herford klagte mir sein ganzes Leid. Die Fünfzehnjährige hat Haare auf den Zähnen, mit der wird keiner fertig. Will das Kind haben. Läßt es sich nicht wegmachen, auf keinen Fall. Zeigt Herford an, wenn er es ihr noch einmal zumutet.« Ich lachte. »Ja, sehr lustig«, sagte Hem. »Will auch keine Alimente, sagt sie. Ist ihr zu unsicher. Will eine halbe Million auf die Hand.«

»Die ist wohl verrückt.«

»Gar nicht. Der dämliche Bob hat sie nämlich vergewaltigt.«

»Na klar«, sagte ich.

»Leider hat sie Zeugen. War auf so einer Massenpartouze, weißt du. Fünf Zeugen. Nichts zu machen, sagt Rotaug. Vielleicht kann man sie auf vierhunderttausend runterhandeln. Das ist aber das Äußerste. Herford hat seinem Sprößling ein paar geknallt. Und mir hat er gesagt, wenn Gott ihn wahrhaftig liebte, dann hätte er ihm einen Sohn wie dich geschenkt.«

»Nein!« rief ich.

»Doch, hat er gesagt. Der ist ganz hin von dir, Junge. Nun tu mir

die Liebe und erledige diese Sache ordentlich. Bitte. Das ist eine große Sache, und das ist deine Sache, und ...«
»Hem«, sagte ich, »diese Sache werde ich so schreiben wie noch nichts vorher, darauf können Sie Gift nehmen. Mir tut nur diese Indigo leid.«
»Dir tut ein Mensch leid?«
»Ja.«
»Scheiße«, sagte Hem.
»Nein, wirklich. Schauen Sie mal, sie liebt doch diesen Bilka so, und nach allem, was wir herausgebracht haben, ist das eine ganz üble Nummer. Der denkt schon längst nicht mehr an die Indigo. Oder wenn, dann nur voll Angst. Der hat da doch ein ganz großes Ding, das er dreht.«
»Ja, so sieht es aus«, sagte Hem. »Wenn ich auch noch nicht weiß, was für ein Ding das genau ist.«
»Das weiß ich auch noch nicht. Auf jeden Fall werden wir sehr bald mit irgendwelchen Dienststellen zusammenknallen, wenn wir weitermachen, deutschen oder ausländischen.«
»Wann seid ihr bei der Polizei?«
»Um elf.«
»Gut. Die Polizei muß auf eurer Seite sein, ich sage es noch einmal. Besonders in einem Fall, in dem Ausländer mitspielen. Ich habe erst vor einer Viertelstunde in der Redaktion angerufen. Die Nachrichtenaufnahme weiß nichts. Über den Fernschreiber ist von keiner einzigen Agentur bisher auch nur ein Wort gekommen – über nichts. Nicht einmal über die Ermordung von diesem Concon.«
»Bilka? Die Indigo? Die Schießerei im Lager?«
»Nicht eine Silbe. Ich habe sogar mit unseren Stringern in Bremen und in Hamburg telefoniert. Bremen nichts, Hamburg nichts. Davidswache meldet keine besonderen Vorkommnisse.«
Stringer waren lose ans Haus gebundene Mitarbeiter, die alle ihre speziellen Beziehungen und Begabungen hatten und News als allererste aufstöberten. Wir hatten eine Menge davon. Also, die Davidswache meldete keine besonderen Vorkommnisse. Und ich hatte selber die Davidswache angerufen und einen Mord gemeldet.
»Das ist hübsch«, sagte ich.
»Ja, nicht wahr?« sagte Hem. »Jetzt hau dich aufs Ohr, Walter. Es ist bald Tag. Wo schläfst du eigentlich? Von wo sprichst du?«
Ich sagte es ihm.

»Mir scheint, dich hat es erwischt«, sagte Hem.
»Ach, Unsinn.«
»Wann hast du denn das letzte Mal auf einer Couch geschlafen und ein hübsches Mädchen allein nebenan im Bett?«
»Das ist schon lange her«, sagte ich, »aber inzwischen bin ich impotent geworden, wissen Sie, Hem.«
»Ach du liebes Gottchen«, sagte Hem. »Schöne Träume, mein armer Impotenter. Und um zehn gibst du durch. Tschüß.«
Ich legte den Hörer hin und stand auf, um einen der schweren Vorhänge etwas beiseite zu ziehen und eines der französischen Fenster zu öffnen. Ich konnte sonst nicht schlafen. Das Fenster führte auf einen schmalen Balkon mit breiter Brüstung. Ich ging zurück zu der Chaiselongue, ließ mich fallen und knipste das Licht aus. Im Dunkeln sah ich auf das Leuchtzifferblatt meiner Armbanduhr, die ich am Handgelenk trug. Es war fünf Minuten nach sechs. Um zehn sollte ich den Aufreißer durchgeben, dachte ich. Um elf waren wir im Polizeipräsidium. Ich konnte also bis neun schlafen. Nein, besser nur bis halb neun. Bei dieser meiner Geschichte durfte mir nichts dazwischenkommen. Halb neun, nahm ich mir also ganz fest vor. Dann sah ich plötzlich Irinas schöne Brüste und ihren ganzen nackten Körper, so wie ich ihn vor Stunden gesehen hatte, vor mir, und ich empfand heftiges Begehren. Du willst sie haben, dachte ich. Und Hem sagt, daß es dich erwischt hat. Was für ein Unsinn, dachte ich. Dann war ich eingeschlafen. Etwa um diese Zeit traf, wie ich später erfuhr, Fräulein Luise in Hamburg ein.

16

Ich wachte auf, und vor mir saß Irina und blickte mich an. Ihre Augen waren das erste, was ich sah im Licht, das durch den Spalt des Vorhangs fiel. Irina sah mich eigentümlich an, so wie noch nie.
»Morgen«, sagte ich.
»Guten Morgen, Herr Roland«, sagte Irina.
Ich blickte auf meine Armbanduhr.
Halb neun, auf die Minute, wie immer pünktlich.
Der große Salon war voller Schatten, der Lichtstreif war trübe. Er fiel direkt auf Irinas schönes Gesicht.

»Sitzen Sie schon lange hier?«
»Ja.«
»Wie lange?«
»Seit einer Stunde mindestens«, antwortete sie. »Entschuldigen Sie, bitte. Gewiß ist Ihnen das unangenehm.«
»Gewiß«, sagte ich.
»Das kann ich mir denken«, sagte sie.
»Warum haben Sie es dann getan?«
»Ich habe ganz leise hereingeschaut, als ich wach wurde, und da hörte ich, wie Sie im Schlaf sprachen. Und da ...«
»Waren Sie neugierig.«
»Ja«, sagte sie.
»Habe ich viel gesprochen?«
»Sehr viel. Fast die ganze Zeit«, sagte Irina. Ich sprach manchmal im Schlaf, das wußte ich. Manchmal. Nicht oft.
»Was habe ich gesagt?«
»Viele Dinge.«
»Was für Dinge?«
»Unverschämte«, sagte Irina. »Schöne«, sagte sie. »Sehr schöne ...«
»Fein«, sagte ich, plötzlich verärgert. »Und das hat Ihnen Spaß gemacht, ja? Solchen Spaß, daß Sie es sich eine Stunde anhörten.«
»Sie haben nicht eine Stunde lang nur ... Ich meine ...« Sie wandte den Kopf zur Seite.
Ich stand auf und ging zu den Fenstern und zog die Vorhänge auf. Der Orkan war vorübergezogen, der Himmel grau, und es regnete schwach. Ich sah den großen Park mit seinen Wegen und schwarze, kahle Bäume und die Anlegestelle der Fähre und die Alster davor. Bei der Landebrücke saßen viele Möwen. Auf der Alster erblickte ich zwei weiße Dampfer. Die Fähre kam gerade zurück. Im Park lief ein kleines Mädchen hinter einem Terrier her.
Ich schloß das geöffnete Fenster, drehte mich um und sah, daß Irina plötzlich weinte. Sie hatte wieder kein Taschentuch. Ich trat zu ihr und gab ihr meines. Sie trocknete ihre Augen.
»Ach, wissen Sie, wenn Sie jemanden im Schlaf belauschen, müssen Sie sich nicht darüber wundern, daß ...«, begann ich.
»Schon gut«, sagte Irina. Ihre Augen ließen mich nicht los.
Ich suchte Kleidungsstücke zusammen und stieg in die Pantoffel. Mein Koffer stand im Schlafzimmer. Ich wollte einen anderen Anzug und neue Wäsche haben. Ich wollte ein heißes Bad nehmen und mich rasieren.

»Würden Sie Frühstück bestellen?« fragte ich Irina. »Telefonisch. Es soll in zwanzig Minuten gebracht werden. Ich werde dem Etagenkellner dann die Tür aufsperren. Ich möchte vier Portionen Espresso, eine große Kanne voll, Ham and eggs, Orangensaft, Toast, Butter, Marmelade. Sagen Sie dem Kellner, was Sie wollen.«

»Ich glaube auch, daß Jan ein Schwein ist«, sagte Irina.

Ich trug meinen Anzug und die Wäsche ins Schlafzimmer und warf sie dort auf das breite Bett. Ich ging in den Salon zurück, nahm die Decke und das Kissen von der Chaiselongue und sagte: »Braucht niemand zu wissen, daß ich nicht im Bett geschlafen habe.«

Irina sagte: »Aber kann man von einem Moment zum anderen aufhören, einen Mann zu lieben, bloß weil man weiß, daß er ein Schwein ist?«

»Ja«, sagte ich. »Nein«, sagte ich. »Ich weiß es nicht«, sagte ich. »Eine Frau kann das wahrscheinlich nicht. Gott sei Dank bin ich keine.«

Sie begann wieder zu weinen, und ich trug das Bettzeug nach nebenan und hörte sie sagen: »Ich mache Ihr ganzes Tuch naß, verzeihen Sie.«

»Ich habe noch andere«, sagte ich. Danach nahm ich ein neues Taschentuch aus dem Koffer und brachte es Irina. Ihre Schultern zuckten.

»Hier«, sagte ich.

»Danke«, sagte sie, nahm das neue Tuch und gab mir das andere, feuchte.

»Bitte«, sagte ich.

Sie sagte: »Wenn Jan ein solcher Schuft ist, wie Sie meinen ...«

»Meinen Sie es nicht?«

»Doch, ich meine es auch«, sagte sie. »Ich muß Ihnen nämlich noch etwas sagen. Ich habe nicht geschlafen, als Sie heimkamen und in das Bad gehen wollten und mich dabei so lange anschauten.«

»Sie haben aber so getan, als ob Sie schliefen.«

»Ja«, sagte sie.

»Warum?«

»Ich habe gedacht, vielleicht telefonieren Sie noch mit Ihrer Redaktion, und ich erfahre etwas über Jan. Sie haben mit Ihrer Redaktion telefoniert.«

»Mit meinem Redakteur«, sagte ich. »Und Sie haben dieses ganze Gespräch belauscht?«

»Ja«, sagte sie. »Ich bin aufgestanden und zur Tür da geschlichen und habe sie ganz leise einen Spalt geöffnet und alles gehört. Alles. Ich weiß jetzt, was Sie über meinen Verlobten wissen. Das ist nicht schön.«

»Nein«, sagte ich.

»Sie konnten nicht wissen, daß ich lauschte. Sie haben nicht gelogen. Sie haben Nachrichten durchgegeben. Das ist Ihr Beruf.«

»Ja«, sagte ich und ging ins Badezimmer und drehte den Heißwasserhahn auf. Danach packte ich meinen Waschbeutel aus und sah, daß der Stecker neben dem Spiegel über dem Waschbecken die Aufschrift 110 Volt trug, wie das in den Badezimmern der meisten großen Hotels der Fall ist. Also knipste ich den Spannungsschalter meines Rasierapparates von 220 Volt auf 110 und sah plötzlich im Spiegel, daß Irina in der Badezimmertür stand. Sie weinte jetzt nicht mehr, und ihre schönen Augen waren sehr groß.

»Was ist?« fragte ich in den Spiegel.

Der Badewannenhahn war weit geöffnet, und das ausströmende Wasser machte einigen Lärm, und so mußte ich laut sprechen. Sie sagte etwas, das ich nicht verstand. Ich drehte mich um und stellte das Wasser ab.

»Bitte?« fragte ich. Ich stand nun dicht vor ihr.

»Ich habe gesagt: Sie werden doch heute alles tun, um Jan zu finden?«

»Natürlich«, sagte ich. »Wie Sie bemerkten: Das ist mein Beruf.«

»Nicht«, sagte sie.

»Nicht was?«

»Sprechen Sie nicht so mit mir. Seien Sie nicht böse mit mir.«

»Ich bin nicht böse. Ich will jetzt nur baden.«

»Ja, natürlich. Ich ... Sehen Sie ... Ich muß doch einem Menschen vertrauen können, nicht wahr? Es kann doch kein Mensch leben, ohne irgendwem zu vertrauen.«

»Man kann es versuchen«, sagte ich.

»Ich nicht«, sagte sie. »Ich kann es nicht versuchen. Ich ... ich ... ich muß nun Ihnen vertrauen, es bleibt mir nichts anderes übrig, oder?«

»Wenn Sie unbedingt jemanden brauchen, dann bleibt Ihnen nichts anderes übrig. Wollen Sie mir also vertrauen?«

Sie nickte.

»Gut«, sagte ich. »Und alles tun, was ich Ihnen sage?«

Sie nickte wieder.

»Und nichts tun, was ein anderer Ihnen sagt?«
»Nein«, sagte sie. »Aber bitte, bitte, Herr Roland, betrügen nicht auch Sie mich. Belügen nicht auch Sie mich. Sagen Sie mir immer die Wahrheit. Ich könnte es nicht ertragen, wenn ich merken müßte, daß auch Sie mich belügen und ein Schuft sind.«
»Was würden Sie denn dann tun?«
»Ich würde ausreißen«, sagte sie sofort. »Irgendwie ausreißen. Mehr weiß ich nicht, was ich dann tun würde. Aber vor Ihnen würde ich fliehen, das weiß ich.«
»Ich werde mich bemühen, kein Schuft zu sein«, sagte ich.
»Und mir die Wahrheit sagen?«
»Und Ihnen die Wahrheit sagen, wann immer es nur geht.«
»Ich danke Ihnen, Herr Roland.«
»Bitte. Und jetzt müssen Sie mir die Wahrheit sagen.«
Sie erschrak.
»Ich? Was für eine Wahrheit?«
»Welche Schuhgröße haben Sie?«
»Was soll das ... wozu ...«
»Ich muß es wissen«, sagte ich. »Also? Und die Wahrheit!«
»39«, sagte sie und lachte plötzlich.
»Und welche Kleidergröße?«
»36.«
»So«, sagte ich. »Und Ihre Maße? Lassen Sie mich raten. 85 – 65 – 85?«
Sie sah mich an.
»Ja, das stimmt. Genau. Woher wissen Sie es so genau?«
»Ich bin ein Genie«, sagte ich. »Frauen sind meine Spezialität. Außerdem hatte ich das Vergnügen, Sie bereits im Badezimmer ... Verzeihen Sie. Das war taktlos. Ich muß Ihre Maße wissen, weil ich doch Kleider für Sie kaufen muß.«
»Ausgeschlossen!«
»Und Schuhe.«
»Das geht nicht! Das geht nicht!«
»Und Strümpfe und Unterwäsche. Unterbrechen Sie mich nicht. Natürlich muß ich für Sie einkaufen. Sie dürfen das Appartement nicht verlassen. Und Sie können nicht ewig in den Sachen herumlaufen, die Sie am Leib tragen.«
»Ich ...«
»Jaja«, sagte ich. »Was ist Ihre Lieblingsfarbe?«
»Rot«, sagte sie. »Aber hören Sie ... Das geht wirklich nicht!«

»Natürlich geht es. Sie können ja mit Geld von Ihrem Honorar bezahlen. Sie haben fünftausend Mark gut – schon vergessen?«
»Ja ... Nein ... Ich bin so durcheinander ... Ich ... Entschuldigen Sie, Herr Roland.«
»Sagen Sie Walter.«
»Walter.«
»Irina.« Ich hielt noch immer wie ein Narr den Rasierapparat in der Hand.
»Sie sind so nett, Walter.«
»Sie sind so schön, Irina.«
Ihr Blick wich meinem plötzlich aus.
»Ich werde jetzt das Frühstück bestellen«, sagte sie schnell.
»Ist gut«, sagte ich. »Und rufen Sie Bertie an. Auf 512. Er soll in zwanzig Minuten herunterkommen und mit uns frühstücken. Er schläft sicher noch. Aber er muß aufstehen.«
Sie nickte.
»Und vergessen Sie nicht, Ihr eigenes Frühstück zu bestellen.«
»Nein«, sagte sie und drehte sich um. »Tee. Ich werde viel Tee trinken.«
»Und ordentlich essen«, sagte ich.
»Ich habe überhaupt keinen Hunger«, sagte sie und ging.
Ich hatte gerade meine Pyjamajacke ausgezogen, als sie zurückkam.
»Oh, pardon!«
»Was gibt's?«
»Ich wollte nur sagen, ich glaube, ich habe doch Hunger«, sagte Irina und errötete. »Ich werde auch für mich Ham and eggs und Toast und Butter und Marmelade bestellen. Und ich trinke keinen Tee. Ich habe es mir überlegt. Ich trinke auch Espresso. Und Orangensaft. Wie Sie.« Danach lief sie schnell in den Salon.
Ich legte meine Armbanduhr ab und sah, daß es gerade neun Uhr war, und so knipste ich das kleine japanische Transistorradio an, das ich immer mit mir herumschleppe und aus dem Koffer genommen hatte. Ich drehte an dem Skalenknopf, bis ich den Norddeutschen Rundfunk hatte. Dann stellte ich das Radio auf den Wannenrand, stieg in das heiße Wasser, seifte mich ab und hörte die neuesten Nachrichten. Es waren fünfzehn Minuten Nachrichten und darunter zum Schluß etliche lokale, aber der Sprecher sagte kein Wort über das Lager Neurode und was da passiert war, er sagte nichts über den Mord in Sankt Pauli, überhaupt nichts, was

meinen Fall betraf. Das Ende der Nachrichten hörte ich schon vor dem Spiegel, wo ich mich rasierte. Ich stand nackt da, und der Sprecher gab noch die Wetteraussichten bekannt (»Trüb und regnerisch«), und ich dachte, daß die Sache, hinter der ich herjagte, noch viel größer war, als ich ahnte, sonst hätte es nicht diese völlige Nachrichtensperre gegeben. Und dann fiel mir plötzlich ein, daß Irina gesagt hatte, sie wolle auch Espresso statt Tee wie ich, und Ham and eggs und Toast und Orangensaft wie ich.

»Beim Gongschlag ist es 9 Uhr 15«, verkündete der Sprecher.

Und da wußte ich plötzlich, daß ich Irina liebte.

So etwas war mir in meinem Leben nur ein einziges Mal passiert, und ich war gar nicht sicher, ob ich nun Grund hatte, mich über meine Erkenntnis zu freuen. Das Ganze bedrückte mich eher. Meine letzte Liebe lag sechzehn Jahre zurück, und sie hatte nur eineinhalb Jahre gedauert und ein ekelhaftes Ende genommen.

17

Wir frühstückten zu dritt rund um den fahrbaren Tisch. Ein Kellner, den ich nicht kannte, hatte ihn hereingerollt. Ich fragte ihn, wer ab Mittag Dienst hatte. Er sagte es mir. Diesen Kellner kannte ich gut. Ich wußte nicht, wie er mit dem Familiennamen hieß; mit dem Vornamen hieß er Oskar, und ich sagte immer »Herr Oskar« zu ihm. Ich war froh zu hören, daß ich am Nachmittag und am Abend Herrn Oskar wiedersehen würde.

Nachdem ich meine Ham and eggs und eine Menge Toasts gegessen hatte, holte ich Papier und einen Kugelschreiber und skizzierte mit Berties Hilfe die Bildunterschriften für die Fotos. Bertie hatte die einzelnen Rollen gekennzeichnet und sich Anmerkungen gemacht. Ich trank den heißen, starken Kaffee und sah Irina lächelnd an, aber sie erwiderte meinen Blick ernst. Einmal nickte sie kurz. Wir hatten sie gefragt, ob wir arbeiten dürften, während das Frühstück noch auf dem Tisch stand, und sie hatte ja gesagt. Nach den Bildunterschriften fragte ich Irina, ob ich rauchen dürfe, und sie sagte wieder ja, und nach drei Gauloises und noch einer Menge Kaffee hatte ich auch den Aufreißerartikel, der ja nicht sehr lang sein durfte, verfaßt. Es war knapp vor zehn.

Ich stand auf, ging zum Telefon neben der Chaiselongue und

gab dem Mädchen in der Zentrale, das sich meldete (da arbeitete jetzt die Frühschicht), die Nummer von BLITZ in Frankfurt. Ich hoffte, daß die schwarze Olga in der Aufnahme saß. Sie war die beste Aufnehmerin von allen. Tags war diese Stelle mit sechs Mädchen besetzt, nachts mit zwei.

»Darf ich auch mal telefonieren?« fragte Bertie. »Ich nehme den Apparat im Schlafzimmer.« Bertie hatte sich andere Sachen angezogen – einen Flanellanzug und ein blaues Hemd und eine helle Krawatte. Er sah richtig elegant aus.

»Klar kannst du.«

Irina machte eine ratlose Bewegung.

»Sie bleiben hier«, sagte ich. »Keine Geheimnisse vor Ihnen, Sie können ruhig hören, was ich durchgebe. Wen willst du anrufen?«

»Na, meine Mutter«, sagte Bertie mit diesem Jungenlächeln. Er rief auf seinen Reisen die Mutter jeden Tag an, wenn es nur irgendwie ging. Natürlich nicht aus Südamerika oder aus Japan. Von da schickte er Telegramme. Er liebte seine Mutter sehr, und sie liebte ihren Sohn sehr. Bertie sagte: »Das wird doch ein verrückter Tag werden heute. Später komme ich nicht mehr dazu. Und Blumen will ich ihr durch FLEUROP auch schicken. Der Laden unten in der Halle hat sicher schon offen.«

»Ich lasse deine Mutter schön grüßen«, sagte ich, während er bereits ins Schlafzimmer ging und mein Telefon zu läuten begann. Ich steckte eine neue Gauloise an und hob ab. Es meldete sich der Verlag. Ich nannte meinen Namen und bat um die Aufnahme. Gleich darauf ertönte eine Frauenstimme. Na also, dachte ich, ich habe Glück.

»Morgen, Olga«, sagte ich. »Hier ist Walter Roland. Ich habe etwas Dringendes.«

»Maschine oder Steno?« fragte die schwarze Olga.

»Steno«, sagte ich. »Und dann übertragen.«

»Los geht's«, sagte die Aufnehmerin Olga.

»Okay«, sagte ich und fing an. Dabei sah ich zu Irina. Sie erwiderte den Blick ernst und traurig. Ich schaute auf meine Papiere und kniff die Augen zusammen. Rauch war in sie geraten.

18

Es war eine große Stadt mit vielen Menschen, und die Stadt war eingeschlossen von mächtigen Mauern, niemand konnte sie verlassen, und in den Mauern gab es vier riesige Türme, die ragten hoch in den Himmel hinein. Und auf den Türmen standen ungeheuer große Gestalten, die unablässig ihre dröhnenden Stimmen ertönen ließen. Und durch die Straßen der mächtigen Stadt ging Fräulein Luise an der Seite ihres Lieblings, des toten Reichsarbeitsdienstmannes und ehemaligen Philosophiestudenten aus Rondorf bei Köln. Und das Fräulein war sehr glücklich darüber, daß der Student bei ihr war, denn sie fühlte sich verloren und ohne Schutz in der unendlich großen Stadt.

Und die Gestalt auf dem ersten Turm schrie: »Kommt zu mir, alle, die ihr mühselig und beladen lebt! Ihr alle seid gleich geboren! Ihr alle habt gleiche Rechte! Ihr alle besitzt nach dem Gesetz den gleichen Schutz vor Hunger, Not und Furcht! Strebt nach dem Glück! Haltet fest an den Idealen der Gerechtigkeit, der Mäßigung, der Enthaltsamkeit, der Bescheidenheit und der Tugend!«

Aber die Menschen, die vorüberhasteten, waren durchaus nicht gleich geboren und besaßen durchaus nicht die gleichen Rechte und den gleichen Schutz vor Hunger, Not und Furcht, und wenig war da zu sehen von Gerechtigkeit oder Tugend. Vielmehr waren da zu sehen Arme und Reiche, Farbige und Weiße, Unterdrücker und Unterdrückte, Ausbeuter und Ausgebeutete, Schläger und Geschlagene, Verfolgte und Verfolger. Und Fräulein Luise fragte ihren Freund: »Wer ist das, der da so schreit auf dem ersten Turm?«

Und der Student erwiderte: »Das ist der Wortführer der Demokratie.«

Und die Gestalt auf dem zweiten Turm wetterte: »Verflucht sollen sein alle Sünder, die der Fleischeslust frönen! Verflucht sollen sein in Ewigkeit und brennen im Feuer der Hölle alle, die in ihrem Sinnen und Trachten dem, was mit dem Geschlecht zu tun hat und mit allen anderen irdischen Trieben, nachgeben und nachleben!«

Und die Menschen, die an Fräulein Luise vorbeieilten, beugten die Köpfe, und in ihren Gesichtern standen Angst und Schuld. Und Fräulein Luise fragte ihren Freund: »Wer ist das, der da so schreit auf dem zweiten Turm?«

Und der Student erwiderte: »Das ist der Oberste der Christen.«

Und die Gestalt auf dem dritten Turm donnerte: »Erkämpft die Diktatur des Proletariats! Vernichtet den Kapitalismus! Verfolgt Korruption und Unmoral! Baut den sauberen Staat der Arbeiter, Bauern und Intellektuellen!«
Und die Menschen duckten sich voller Bitternis und Schrecken, und keiner wagte, Fräulein Luise anzusehen, und sie fragte den Studenten: »Wer ist das, der auf dem dritten Turm steht?«
Und der Student erwiderte: »Das ist der Führer der Kommunisten!«
Und sie gingen weiter durch endlose Straßen und hörten die Riesengestalt auf dem vierten Turm brüllen: »Seid tapfer und stark und bereit, euer Leben für das Vaterland zu geben! Vernichtet die Ausgeburten jüdischen Ungeistes! Reinheit und Ehre sei euer Lebensziel für die Zukunft eures Volkes und das Glück eurer Kinder!«
Und die Menschen duckten sich noch tiefer und eilten noch schneller, und in ihren Gesichtern spiegelte sich die Entschlossenheit des Terrors und der Angst, unter denen sie litten, und Fräulein Luise fragte den Studenten: »Wer ist es, der auf dem vierten Turm steht?«
Und der Student erwiderte: »Das ist der Führer der Faschisten!«
Und es war ein großes Elend um diese Stadt, denn Fräulein Luise sah, wie alle ihre Menschen unter dem Druck der vier Mächtigen auf den Türmen lebten und nicht aufzumucken wagten und in Gefangenschaft und Unfreiheit waren. Und das Fräulein empfand große Trauer darüber...
So begann ein Traum, den Luise Gottschalk im leeren Abteil eines Personenzuges hatte, der Rotenburg in Richtung Hamburg verließ, eine Dreiviertelstunde, nachdem sie aus dem Kölner Zug gestiegen war. Der Zug war noch fast leer und hielt sehr oft. Fräulein Luise hatte sich fest vorgenommen, unter allen Umständen wachzubleiben, denn sie wußte, daß sie nun vorsichtig sein mußte, viel vorsichtiger als bisher. Aber ihre Müdigkeit war stärker, und bald schon schlief sie und erlebte diesen seltsamen Traum. Später erzählte sie mir von ihm und von dem, was ihr dann in Hamburg widerfuhr – das, was ich nun niederschreibe. Sie sagte: »Es war ein schrecklicher Traum. Und so unheimlich. Und ich weiß gar nicht mehr genau, ob ich geträumt hab, ob ich es wirklich gesehen hab. Trotzdem war es sicherlich eine Gnade für mich, daß ich es hab erleben dürfen...«

»Und wie ging es weiter?« fragte ich.
Fräulein Luise sagte, sie erinnere sich genau, und bestimmt sei es ihr gewährt gewesen, in die Zukunft zu blicken. Die Menschen konnten plötzlich ihre furchtbare Unfreiheit und die furchtbaren Stimmen der vier Mächtigen nicht mehr ertragen. Diese Stimmen wurden schwächer, und dann übertönte sie der Schrei: »Freiheit!«
Und aus diesem Schrei eines einzelnen wurde das Schreien von Hunderttausenden, von Millionen: »Freiheit! Freiheit! Freiheit!«
Und in der eingeschlossenen Stadt brach eine Revolution aus, und das Fräulein und der Student erlebten sie mit, und Luise sah, wie Menschentrauben gleich Ameisen die vier hohen Türme erklommen. Unzählige stürzten ab, doch immer neue kamen nach, und zuletzt erreichten Massen die Podeste, auf denen die vier Herrscher standen. Und die Massen der wehrlosen Menschen fielen über die Tyrannen her, und es gab wilde Kämpfe, und Leiber flogen durch die Luft zu Tausenden, als die Herrscher sich wehrten, doch zuletzt siegten die Verzweifelten, und sie stürzten die Tyrannen von ihren Türmen und schlugen sie mit schweren Steinen zunichte.
Ein ungeheurer Jubel ertönte, als die Herrscher tot waren, und die Millionen stürmten nun gegen die Mauern an, welche die Stadt umgaben, und unter diesem Ansturm brachen die Mauern zusammen, und die Massen strömten aus der Stadt, während ihr Schrei zum Himmel aufstieg: »Freiheit!«
Und Fräulein Luise und der Student wurden von den Rasenden mitgerissen und stolperten über Mauerreste hinweg, hinaus vor die Stadt. Und Fräulein Luise dachte: Nun endlich finden die Ausgebeuteten Lohn, die Furchtgeschüttelten Frieden, die Unterdrückten Recht, die Geschlagenen und Versklavten Erlösung, die Erbärmlichen Erbarmen, die Trostlosen Trost.
Doch noch während sie dies dachte, hörte sie Rufe aus der Menge und sah Menschengruppen in der Menschenmasse, immer mehr, immer mehr, und sie vernahm immer mehr Rufe.
»Nun habt ihr die Freiheit, aber werdet ihr euch auch allein zurechtfinden in ihr?«
»Nein, das werdet ihr nicht!«
»Wir müssen euch dabei helfen!«
»Wir zeigen euch, wie es sich in Freiheit lebt!«
»Wir verkaufen euch, was ihr in der Freiheit braucht!«
»Durch uns wird eure Freiheit das Paradies!«

Und die Millionen, eben erst in den Besitz der Freiheit gelangt, vergaßen alle die Träume, die sie in der Hölle ihrer Stadt geträumt hatten, und ließen sich nun neue Träume verkaufen von denen unter ihnen, die da durcheinanderschrien. Und die da durcheinanderschrien, das waren die Händler.
Die Händler priesen ihren Mitmenschen an, was diese, noch gänzlich hilflos und verwirrt, nun angeblich benötigten, nun angeblich erträumten. Und das, so schrien die Händler, waren Wohlstand und Luxus, Liebe und Wollust, Sichgehenlassen, Karriere und Besitz, Ruhm, Erfolg, Wissen, Weltweitheit, Macht, Schönheit, Männlichkeit, Weiblichkeit, Sex, Rausch, Abenteuer und noch tausenderlei mehr. Und die gerade der großen Knechtschaft entflohenen Menschen glaubten denen unter ihnen, welche die Händler waren, und sie kauften und kauften, und gerieten allsogleich in neue Knechtschaften, und Fräulein Luise sah voll Kummer, wie die Gesichter der Verführten sich veränderten, wie sie verfielen, häßlich wurden, verfaulten und sich mit Beulen bedeckten gleich wie bei einer Pestilenz. Von Gier entstellt waren die Gesichter jener, denen die Händler Reichtum verkauften, ausgebrannt und leer die Gesichter jener, für welche die Händler die wüstesten Orgien feilboten, eingefallen und grau die Gesichter jener, die durch die Händler bereits zu Opfern von Rauschgift geworden waren. Verwüstet die Gesichter derer im Luxus, grausam die Gesichter derer voller Macht, versteint die Gesichter derer, die eine Karriere, eitel die Gesichter derer, die Ruhm, böse die Gesichter derer, die Besitz, hochmütig die Gesichter derer, die Wissen gekauft hatten. Und immer noch toller und toller wurde der Wirbel, immer noch mehr Träume holten die Menschen sich bei den Händlern, deren Stimmen unendlich lauter erklangen als zuvor die Stimmen der vier Herrscher: »Kauft, ihr Menschen, kauft! Kauft! Kauft! Kauft!«
Und die Menschen kauften und kauften und kauften.
Doch alles, was sie kauften, war nichtig.
Denn die Händler hatten ihnen nichts verkauft als Träume.

19

Hem war in mein Zimmer getreten, während ich diese letzten Seiten schrieb. Er las sie. Nun sagte er: »Was für ein Traum.« Und er sog an seiner Pfeife und blies eine Tabakrauchwolke aus und starrte auf die Seiten, die ich vollgetippt hatte, und sagte: »Die Händler. Die Träume-Verkäufer. Wir, Junge, wir bei BLITZ, sind nichts anderes. Wir nehmen uns der Menschen an, die in ihrer Welt wie in einem Gefängnis, wie hinter hohen Mauern leben, der Menschen, die Freiheit, absolute Freiheit wollen, und wir verkaufen ihnen – was? Träume von Freiheit.«

»Das war ein Traum von Fräulein Luise«, sagte ich. »Sie hatte Angst. Angst vor der riesigen Stadt Hamburg. Angst vor dem, was ihr in dieser fremden Riesenstadt widerfahren würde.«

»Es war mehr«, sagte Hem. »Es ist immer mehr bei deinem Fräulein. Sie hat unbewußt etwas begriffen, was fast immer nur die Falschen begriffen haben.«

»Nämlich was?«

»Nämlich, daß der Ruf nach der absoluten Freiheit in die Irre führt, so wie es die Rufe von den vier Türmen taten. Die Menschen sind noch zu unreif für eine absolute Freiheit. Wer das, wie die Händler, weiß, kann sie immer wieder von neuem versklaven, in die Unfreiheit des Informations- und des Konsum- und des Geschmackszwanges versetzen und sein maßloses Geschäft mit ihnen machen. Wären die Menschen wirklich reif, dann würden sie sich zuallererst von uns, den Händlern, befreien. Aber sie sind es nicht, und darum können sie es nicht ...«

»Wir Händler, wir Traumverkäufer«, sagte ich. »Was tun wir? Wir – und wir sind nicht besser als Lester, Herford und Stahlhut, wir sind genauso schuldig – forschen raffiniert aus, wie man dem Volk am besten nach dem Maul schreiben kann, gezielt und skrupellos den niedersten Trieben folgend, denn die sind immer die stärksten. Wir wissen, daß mehr als die Hälfte unserer Bevölkerung künstliche Idylle wirklichen Informationen über die Welt, in der sie lebt, vorzieht. Wir verblöden dieses arme Volk systematisch. Wie will man Leute, die unsere Scheißgeschichten über – zum Beispiel – die absurden Scheinprobleme der Fürstenhäuser verschlingen, zu mündigen politischen Menschen machen?«

»Man will sie ja nicht dazu machen«, sagte Hem. »Deshalb servieren wir ihnen diese Geschichten. In unserer Zeit der immer perfekteren Kommunikation ist die Masse mehr und mehr auf Informationen aus zweiter Hand angewiesen. Und die manipulieren *wir!* Wir erklären eine unwiderruflich komplizierte Welt in gräßlicher Simplifikation. *Das* sind die Träume, die wir verkaufen! Wir verkaufen dem ›einfachen Mann‹ und der ›einfachen Frau‹ andauernde Flucht aus der Wirklichkeit. Und beruhigen uns selbst: Tun wir nicht eigentlich Gutes damit? Ist der Alltag nicht schwer und grausam genug? Verdienen der ›einfache Mann‹ und die ›einfache Frau‹ nicht ihre Flucht? Und apropos Scheinprobleme der Fürstenhäuser: Waren – neben deinen Aufklärungsserien – nicht die großen Serien über Kaiser und Könige unsere riesigsten Erfolge? Haben wir nicht jahrelang die Monarchie als Idealbild verkauft?«

»Das hängt mit unserem Nationalcharakter zusammen«, sagte ich. »Damit wird unser Bedürfnis nach Unterwürfigkeit befriedigt, unsere Sehnsucht nach freiwilliger Knechtschaft.«

»Nein«, sagte Hem. »Ich glaube, das ist anders. Wir verkaufen keine Befriedigung des Unterwerfungsbedürfnisses, sondern eine des genealogischen Bedürfnisses. Wir verkaufen den Traum, daß eine Familie immer weiterbesteht, daß sie groß und wahr ist, daß sie nicht untergehen kann. Wir verkaufen den Traum von einem Leben im Glanz! Farah Diba und Fabiola! Ehegeschichten der Reichen! Wir verhökern den Traum vom Helden. Filmhelden, Sporthelden, Prominente überhaupt! Mit all solchen Storys lullen wir die Käufer unserer Träume ein, und so vergessen sie allen Kummer über die eigene Familie, über die Unsicherheit der eigenen Verhältnisse, vor der immer mehr Menschen Angst haben. Wir übertragen alle Sorgen der Massen auf heile Symbolfiguren. Die Wahrheit geht dabei natürlich in den Eimer. Aber der Leser ist erleichtert. Er verzweifelt nicht – vorerst noch. Wir verkaufen Anti-Verzweiflungsträume ...« Hem legte eine Hand auf meine Schulter und sagte: »Und nun schreib weiter, Walter. Beeil dich. Die Zeit drängt. Schreib alles auf, alles.«

»Ja, Hem«, sagte ich. Und schrieb weiter.

20

Etwa um die Zeit, da ich auf der Chaiselongue im Salon meines Appartements im Hotel ›Metropol‹ einschlief, rollte der Personenzug aus Rotenburg langsam in die große Halle des Hamburger Hauptbahnhofs. Fräulein Luise war schon lange wieder aus ihrem wüsten Traum erwacht und fühlte das Herz klopfen. Sie hatte, als der Zug über mehrere Brücken fuhr, einen neuen Eindruck von diesem Ungeheuer, diesem Koloß Hamburg erhalten, und ihr Mut war gesunken. Sie kam aus der Einöde des Moors. Jahrelang hatte sie Hamburg nicht mehr gesehen. Bei den letzten Stationen waren viele Menschen, Arbeiter vor allem, zugestiegen. Der Zug war nun voll. Die Menschen ängstigten Fräulein Luise. Ach, schon die Menschen in diesem Zug, dachte sie. Diese paar Menschen in meinem Abteil. Wie wird das sein, wenn ich hineintrete in das Gewühl von Millionen Menschen? Lieber Gott, hilf mir, ich hab Angst vor dieser Stadt.

Man kann nicht sagen, daß der liebe Gott sogleich funktionierte und Fräulein Luise half. Im Gegenteil. Als sie aus ihrem Wagen geklettert war, geriet sie in einen Strom von Reisenden, die alle der breiten Treppe zuströmten, welche von den Bahnsteigen nach oben führt. Fräulein Luise wurde gestoßen und gedrängt. Sie hatte doch so geschwollene und kranke Beine! Sie taumelte. Schweiß trat in kleinen Tropfen auf ihre Stirn, und ihr Atem ging mühsam. Unbarmherzig stieß die Menge sie vorwärts. Sie mußte wieder an ihren Traum denken. Nun erklomm sie bereits schwerfällig die lange Treppe. Und da waren so viele Geräusche, so viel Lärm, so viele Stimmen, daß dem Fräulein richtig schwindlig wurde.

Ich darf nicht aufgeben, dachte sie. Es hat doch noch gar nicht angefangen. Ich hab mit meinen Freunden alles besprochen. Jetzt muß ich es auch tun.

Sie erreichte die Bahnhofshalle. Die Zeitungsstände und Lebensmittelgeschäfte hatten bereits geöffnet. Vor einem sah das Fräulein drei Männer stehen, die heißen Kaffee aus Bechern tranken und Wurstsemmeln dazu aßen.

Heißer Kaffee!

Das würde helfen. Heißer Kaffee half immer. Fräulein Luise fühlte sich jäh erleichtert. Sie steuerte auf das Geschäft zu und bestellte Kaffee und ein belegtes Brot. Zwei der drei Männer, die neben ihr

standen, waren Arbeiter, Freunde offenbar, denn sie unterhielten sich eifrig und lachten laut. Der dritte Mann stand abseits. Er war groß, schlank, hatte ein schmales Gesicht und eisengraues, sehr kurz geschnittenes Haar. Er trug einen alten Mantel aus einem Stoff, der auf dunkelblau umgefärbt worden war, wie das Fräulein, das sich in alten, umgefärbten Kleidungsstücken seit vielen Jahrzehnten auskannte, sofort feststellte. Das war, sah sie gleich darauf, ein ehemaliger Uniformmantel, und zwar, dachte Fräulein Luise, den Kaffee schlürfend, den Hageren betrachtend, und zwar offensichtlich einer, wie ihn englische Offiziere besaßen. Die wattierten Schultern, der Schnitt auf Taille, der breite Riegel im Rücken – ja, den Mantel hatte einmal ein englischer Offizier getragen!
Fräulein Luise blickte den Mann genauer an. Seine Hosen waren auch blau. Nicht gefärbt, entschied das Fräulein, aber alt. Trotzdem sah man messerscharfe Bügelfalten. Die Schuhe: alt, brüchiges schwarzes Leder, Absätze etwas schief. Aber auf Glanz gebürstet, die Schuhe! Hoch glitt des Fräuleins Blick. Alte Krawatte, unmodernes Hemd, auch alt. Beides gepflegt. Das Gesicht des Mannes: glatt rasiert, ausgemergelt, doch mit dem überlegenen Ausdruck eines Menschen, der bessere Zeiten gesehen hatte. Die Augenbrauen grau, die Augen blau und – in seltsamem Gegensatz zu dem freundlichen Gesicht – hart und abwehrbereit. Sehr aufrechte Haltung. Wie alt war der Mann? Gewiß älter als ich ist er, dachte das Fräulein. Jemand stieß im Vorübergehen gegen sie. Mit einem Ellbogen traf Fräulein Luise ihre schwere, große Tasche, die zu Boden fiel. Dabei öffnete sie sich. Mindestens zwei Dutzend Hundertmarkscheine quollen heraus. Der Hagere starrte das Geld an wie gebannt. Dann bückte er sich schnell und stieß dabei mit Fräulein Luise zusammen, die in die Knie gesunken war.
»Pardon«, sagte der Hagere. »Erlauben Sie, daß ich Ihnen helfe?«
»Ich ... ich ... Also das ist ja ...« Fräulein Luise bebte. Ihr Geld! Das viele Geld! Immer noch kniend sah sie zu, wie der Hagere die Scheine sammelte und in die Tasche zurücklegte. Es war, als würden die Noten an seinen langen, mageren Fingern kleben. Er schloß die Tasche und überreichte sie Fräulein Luise. Dann ergriff er ihren Arm und half ihr, sich zu erheben.
»Danke«, sagte Fräulein Luise.
»Gern geschehen«, sagte der Hagere. »Soviel Geld ...«
»Ja«, sagte Fräulein Luise, »viertausend Mark.« Hätt ich vielleicht nicht sagen sollen, dachte sie.

Der Hagere meinte: »Viertausend! Und die Tasche öffnet sich so leicht. Sie müssen vorsichtig sein.«

»Das muß ich«, sagte Fräulein Luise. Die beiden Arbeiter hatten von dem Zwischenfall nichts bemerkt, sie zahlten und gingen lachend davon. Und immer mehr Menschen strömten durch die Halle, und eine heisere Lautsprecherstimme begann zu reden. Fräulein Luise verstand nicht, was sie sagte. Sie war noch immer viel zu aufgeregt.

»Gestatten, Reimers«, sagte der Hagere mit einer knappen Verbeugung. »Wilhelm Reimers.«

»Freut mich«, sagte Fräulein Luise. »Ich heiße Gottschalk.«

»Sie kommen von weit her?«

»Wieso?«

»Ihr Akzent ... Österreicherin?«

»Nein. Sudetendeutsche. Aber ich komm nur aus Neurode. Aus dem Jugendlager da. Das ist bei Bremen.«

»O ja«, sagte Reimers. »Neurode. Habe davon gehört. Das große Moor, nicht wahr?«

»Ja ...«

»Muß sehr einsam sein.«

»Ja, das ist es auch. Und wenn man plötzlich in eine so große Stadt kommt, alsdern, das macht einen schon nervös, wissens, Herr Reimers.«

»Kann ich mir vorstellen.« Reimers belebte sich ein wenig. »Sie kennen Hamburg wenigstens gut?«

»Nein«, sagte das Fräulein gramvoll, »ich kenn mich wahrscheinlich überhaupt nimmer aus. Schon so lang her, daß ich da war ... Und wo ich überall hin muß ...«

»Wohin müssen Sie denn?«

»Nach ...« Fräulein Luise brach ab. Vorsicht, sagte sie sich. Ich red zuviel. Bei dem Zeugen Jehovas, der dann keiner war, sondern ein Psychiater, hab ich auch zuviel geredet. Ich muß vorsichtiger sein. »Dahin und dorthin«, sagte sie.

»Wenn Sie vielleicht einen Führer brauchen?« Reimers sah sie hoffnungsvoll an. »Das bin ich nämlich, wissen Sie.«

»Führer? Was für ein Führer?«

»Fremdenführer«, sagte Reimers. »Sie können mich stundenweise engagieren, tageweise. Ich stehe zu Ihrer Verfügung. Auch für Botengänge oder Besorgungen. Kenne Hamburg wie meine Tasche. Herr Fritz kennt mich seit drei Jahren.« Er wies mit einer

Hand zu dem dicken Verkäufer im weißen Kittel, der hinter der Ladentheke zwischen zwei Mädchen arbeitete.
»Ja, das kann man wohl sagen, Hamburg kennt der Herr Reimers wie kaum ein anderer. Den kann ich der Dame nur empfehlen, wenn sie so jemanden sucht«, erklärte Herr Fritz.
»Seit drei Jahren nehme ich hier mein Frühstück ein«, sagte Reimers. »Wohne gleich um die Ecke. Am bequemsten so. Immer zeitig aus den Federn und zur Arbeitsstätte. Jetzt kommen bald die Fernzüge, wissen Sie.«
Fräulein Luise sah Reimers prüfend an. Er gefiel ihr. Und einen Mann zur Seite hätte sie jetzt gerne gehabt. Aber sie kannte diesen Mann doch gar nicht. Vorsicht, sagte sie wieder zu sich selber, paß auf, Luise!
Reimers hatte seinen Personalausweis gezückt und hielt ihn ihr hin.
»Bitte! Damit Sie nicht glauben, irgend etwas ist faul.«
»Da ist nichts faul«, sagte Verkäufer Fritz, während er Semmeln aufschnitt. »Jeden Tag hat Herr Reimers seine Kundschaft, meine Dame. Und niemals Klagen.«
Fräulein Luise zögerte noch immer.
»Macht Ihnen das denn einen Spaß?« fragte sie. »Jetzt im November, in der Finsternis aufstehen? In der Finsternis hier frühstükken? Warten? So zeitig! Bei jedem Wetter? Wenn's regnet, wie heute?«
»Bin immer sehr früh aufgestanden. Macht mir auch Vergnügen, tatsächlich! Frische Luft, interessante Menschen. Man trifft so viele Ausländer. Ich spreche vier Sprachen.« Er verbeugte sich wieder. »Ganz ehrlich, meine Dame: Außerdem brauche ich das Geld. Dringend. Ich bin auf Nebenverdienste angewiesen.«
»Ja, habens denn keine anständige Pension?« fragte Fräulein Luise. »Ein Mann in Ihrem Alter ... Entschuldigens, das hab ich nicht sagen wollen.«
»Sagen Sie es ruhig! Ein Mann in meinem Alter! Neunundsechzig. Nein, ich habe keine anständige Pension. Ich habe überhaupt keine.« Reimers verzog den Mund zu einem freudlosen Lächeln. »Man kann jetzt Gott sei Dank offen darüber reden. Ich sage es meistens gleich, das ist am besten so. Wer mich dann nicht will, läßt es eben bleiben.«
»Was sagens meistens gleich, Herr Reimers?«
»Was mit mir los ist. Los war.«

»Was war denn los mit Ihnen?« fragte das Fräulein.
»Ich war in der ss. Standartenführer«, sagte Reimers, immer noch lächelnd.
Fräulein Luise zuckte zusammen. Standartenführer! Sie sah Reimers durchdringend an. Er erwiderte ihren Blick ruhig. War das ihr Freund, der Standartenführer? Konnte sie es wagen, ihn so anzusprechen, so zu behandeln? Nach dem, was sie eben erlebt hatte? Nein, sie konnte das nicht riskieren. Sie mußte auf der Hut sein. Furchtbar auf der Hut.
»Sind Sie entsetzt? Abgestoßen? Angewidert?« forschte Reimers.
»Aber nein«, sagte Fräulein Luise. »Es ist nur ... nur so plötzlich ... und ich hab es nicht erwartet ... obwohl ...«
»Obwohl?«
»Ausschauen tun Sie ja wie ein Offizier, das hab ich mir gleich gedacht.« Sie zögerte, dann fragte sie: »Ist schwer gewesen nach dem Krieg für Sie, gelt?«
»Kann man sagen. Zunächst einmal automatischer Arrest bei den Amis. Lager.« Wieder zuckte das Fräulein zusammen. Nein, dachte sie, nein, es kann eine Falle sein. Kann immer noch eine Falle sein.
»Ich hatte mir nichts zuschulden kommen lassen in Rußland und in Frankreich. Nicht das geringste. Herr Fritz kennt meine ganze Geschichte.«
»Der Herr Reimers war ein anständiger ss-Mann«, sagte Verkäufer Fritz und legte Wurstscheiben zwischen die Semmelhälften. Zwei Männer in Overalls, die aussahen wie Werftarbeiter, standen nun neben Fräulein Luise an der Theke und tranken Kaffee. Sie wurden von einem der beiden Mädchen bedient. »Ich habe alle seine Papiere gesehen. Er ist darum auch nur zwei Jahre im Lager geblieben. Und bei der Entnazifizierung ist ihm nichts geschehen.«
»Nein, überhaupt nichts.« Reimers grinste wieder schief. »Nur daß ich dann nach der Entnazifizierung eine Tuberkulose bekam. Habe ich mir im Lager geholt. Jetzt mußte ich in eine Heilstätte. Wieder zwei Jahre. Dann noch ein Jahr Rekonvaleszent. Vor dem Krieg, da habe ich viele Jahre selbständig gearbeitet für eine Fabrik. Versuchte, da wieder unterzukommen, in dieser Fabrik.«
Fabrik, dachte das Fräulein, Fabrik ... Wenn er jetzt auch noch Mayonnaise sagt ... Sie fragte: »Was denn für eine Fabrik?«
»Farben und Lacke«, sagte Reimers.
Immer langsam, dachte das Fräulein. Keine Mayonnaise. Gutes Zeichen? Schlechtes Zeichen? Ist das mein Freund? Ist er es nicht?

Nichts riskieren, nur nichts riskieren. Aber er ist es sicher! »Aha«, sagte das Fräulein.

»Ja, aber inzwischen war ich über fünfzig. Einen Posten so wie früher wollten sie mir nicht mehr geben. Konnten sie wohl auch nicht. Eigentlich hätten sie mich am liebsten überhaupt weggeschickt. Na, zum Schluß kam ich im Versand unter, bis ich ins Rentenalter kam mit fünfundsechzig. Da war's dann aus. Meine Rente errechnet sich aus den Jahren, in denen ich Gott sei Dank geklebt habe. Es sind wenig genug, weil ich doch so lange selbständig war. Sie können sich denken, daß das nicht hinten und nicht vorne reicht. Und darum ...« Er brach ab und sah das Fräulein durchdringend an. Auch Herr Fritz sah sie an.

Fräulein Luise sagte: »Eigentlich ... ich mein, wenn ich mir ein Taxi nehm ... also dann brauchert ich eigentlich keinen Führer.«

»Bitte, war nur ein Angebot«, sagte Reimers und hob eine Hand.

»Aber da, wo ich hin muß, war ich noch nie. Sankt Pauli.«

»Hm«, machte Reimers.

»Ja, eben. Da könnt ich schon einen Schutz gebrauchen.« Wenn ich bloß wüßt, ob er mein Freund ist, dachte sie. Wenn er es ist, und ich schick ihn weg, bringt mir das vielleicht Unglück. Was kann schon passieren? Sie fragte: »Was nehmens denn für die Stund?«

»Zehn Mark«, sagte er schnell.

»Zehn ...« Sie sah ihn fassungslos an.

»Nun«, sagte er, »die offiziellen Führer nehmen viel mehr. Besonders solche mit Sprachkenntnissen.«

»Die brauch ich nicht. Und Sie sind auch kein offizieller. Fünf.«

»Acht«, sagte er.

»Sieben«, sagte das Fräulein endgültig im Rahmen der seltsamen doppelten Orientierung, in der sie lebte. »Wollens oder wollens nicht?«

»Also gut«, sagte Reimers. Seine Blicke klebten an Fräulein Luises Tasche. Sie bemerkte es nicht, denn sie bezahlte gerade ihren Verzehr. Reimers riß sich los und zahlte gleichfalls.

»Guten Tag, meine Dame, auf Wiedersehen, Herr Reimers«, sagte Verkäufer Fritz mit Verbeugung.

An der Seite des großen Mannes ging Fräulein Luise zum Ausgang. Sie hatte einen Knirps aus ihrer Tasche genommen, als sie bezahlte, und da sie nun ins Freie traten, in die Dunkelheit und den Regen hinaus, spannte sie den Schirm auf. Straßenbahnen fuhren klingelnd vorbei, Autos glitten in langen Kolonnen mit eingeschal-

teten Lichtern die Straße entlang, Menschen eilten und drängten und stießen. O Gott, dachte das Fräulein, und es ist noch so früh am Tag. Wie wird das erst später sein? Schon gut, daß der Standartenführer gekommen ist. Es soll eben alles so sein, wie meine Freund es vorgezeichnet haben.
Reimers hob eine Hand und winkte herrisch. Aus der Kette der wartenden Taxis glitt eines heran. Reimers öffnete den Schlag und ließ Fräulein Luise einsteigen. Er selber folgte.
»Sankt Pauli«, sagte er zu dem verschlafenen Chauffeur.
»Reeperbahn. Silbersackstraße. ›King-Kong‹«, sagte Fräulein Luise. Sie hatte die Adresse und den Lokalnamen in ihrem kleinen Notizbuch vermerkt und im Zug memoriert, als der in die Vororte von Hamburg einfuhr.
Der müde Chauffeur betrachtete das seltsame Paar im Rückspiegel. Sachen gibt's, dachte er und sagte: »Das ist jetzt aber zu.«
»Wir müssen trotzdem hin«, sagte Fräulein Luise bestimmt.
»Mir soll's recht sein«, sagte der Chauffeur. Gleich darauf fuhr er schon die Mönckebergstraße hinauf. Hier pochte bereits heftig das Leben. Die Straßenbeleuchtung war noch eingeschaltet, ebenso glitzerten alle Lichtreklamen.
»O Gott, o Gott«, sagte Fräulein Luise.
»Was haben Sie?« fragte Reimers.
»Die Stadt. Diese unheimliche, riesige Stadt«, sagte das Fräulein und mußte wieder an die Stadt in ihrem Traum denken. Sie schauderte.
»Was zwingt Sie eigentlich, herzukommen und nach Sankt Pauli zu fahren?« fragte der ehemalige Standartenführer.
»Ein Mord«, sagte das Fräulein, und der Fahrer verriß den Wagen. »Aber das ist eine zu komplizierte Geschichte. Und außerdem privat.«
»O bitte, dann will ich es natürlich nicht wissen«, sagte Reimers, aber er rückte ein wenig von Fräulein Luise ab. Sie bemerkte es wohl.
»Glaubens, daß ich spinn?«
»Ich bitte Sie!«
»Oder habens Angst um Ihr Geld?«
»Bei einer Dame wie Ihnen – niemals!« rief er und dachte, daß er ein schweres Leben führte. Er sagte das auch: »Es ist doch ein schweres Leben – in meinem Alter, wissen Sie. Ich habe Sie angelogen vorhin. Ich schlafe gern lange. Dieses Frühaufstehen ist

noch mein Tod. Aber ich habe doch nach Kundschaft zu sehen, nicht wahr?«

Der Taxichauffeur dachte wieder einmal, daß er endlich ein Buch schreiben müßte über das, was er erlebte. Dieses Buch würde garantiert ein Bestseller werden. Es ist doch nicht zu fassen, dachte der Taxichauffeur, während er über die Große Johannisstraße und den Großen Burstah zum U-Bahnhof Rödingsmarkt hinabfuhr, nicht zu fassen! Da hat sich dieser alte Loddel gleich am Bahnhof diese alte Schachtel aufgelesen, und sie schleppt ihn nach Sankt Pauli, vermutlich gibt's da in der Silbersackstraße eine Absteige. Sie bezahlt ihn. Die sind doch beide weit über sechzig. Hört das beim Menschen denn niemals auf? Also, ich könnte ja nicht, und wenn sie mir einen Fünfhunderter auf mein Ding legt. Dieser Loddel muß einen aus Gußeisen haben.

21

Als Fräulein Luise und Wilhelm Reimers in der Silbersackstraße vor dem ›King-Kong‹ ausstiegen, goß es in Strömen. Es war noch immer nicht hell geworden. Verlassen lag die Straße. Der Regen trommelte auf das Pflaster.

»Es ist mir sehr peinlich, aber würden Sie das Taxi...« Reimers hielt den aufgespannten Knirps über Fräulein Luise.

»No freilich«, sagte das Fräulein. »Was macht's?«

Der Taxichauffeur sagte, was es machte.

Fräulein Luise gab ihm zwanzig Pfennig Trinkgeld.

»Herzlichen Dank, meine Dame«, sagte der enttäuschte Chauffeur ironisch und fuhr so heftig an, daß Wasser hochspritzte.

Fräulein Luise drehte sich um und sah die Glaskästen mit den Fotos links und rechts vom Eingang des Lokals, in denen immer noch elektrisches Licht brannte. Sie trat näher heran. Ihr Mund klappte auf.

»Nein!« sagte sie dann fassungslos. »Nein! Also das ist doch... Herr Reimers, ich *bitte* Sie!«

»Schauen Sie gar nicht hin«, sagte er schnell und zog sie zum Portal. »Da ist ganz bestimmt geschlossen.«

»Ich glaube nicht«, sagte Fräulein Luise mit der Voraussicht, die sie so oft besaß.

»Sie werden sehen, daß doch«, sagte er. »Und dann? Was machen ...nanu!« Er hatte die Türklinke heruntergedrückt, und die Tür öffnete sich tatsächlich.
»Hab ich Ihnen ja gesagt«, meinte das Fräulein. Er ließ sie vor sich her gehen und hob den dicken roten Vorhang am Ende der leeren Garderobe. Fräulein Luise trat in das Lokal und blieb sofort stehen. »Jeschusch!« sagte das Fräulein erschrocken.
In dem großen Raum mit seinen vielen Logen und der kleinen Bühne brannte das Deckenlicht, kalt und scheußlich. Auf Stühlen saßen oder lümmelten etwa dreißig Männer und Mädchen – Kellner, der Portier, ein Rausschmeißer, Animierdamen, Stripperinnen und ihre Partner. Die Stripperinnen trugen Bademäntel, die Animiermädchen noch Abendkleider, die Kellner noch ihre Dienstkleidung, ebenso wie der Portier, der seine Schirmmütze aufgesetzt und die Beine auf den Tisch vor sich gelegt hatte. Ein paar andere Männer saßen auch so da, zum Beispiel drei Soldaten in seltsam altmodischen prunkvollen Uniformen. Fräulein Luise starrte diese Versammlung fassungslos an.
Vor den Menschen im Saal standen auf den Tischen volle Aschenbecher, leere Suppentassen und Kaffeegeschirr neben vielen Flaschen und Gläsern der nächtlichen Besucher. Hinter dem Flügel saß der schmale blonde Junge im Smoking und spielte leise ›Wenn ich einmal reich wär‹. Nun ließ er die Hände sinken. Niemand bewegte sich. Alle sahen Fräulein Luise und ihren Begleiter an. Es war wie ein Wachsfigurenkabinett.
»Guten Morgen«, sagte Fräulein Luise endlich mutig. Bin doch sehr froh, daß mein Standartenführer mitgekommen ist, dachte sie.
»Guten Morgen«, sagte der junge Mann am Flügel. Sonst sagte niemand ein Wort.
»Ich möcht den Herrn Concon sprechen«, sagte das Fräulein.
Niemand antwortete.
»Habens mich nicht verstanden? Ich möchte den Herrn Concon sprechen!«
Die Stripperin Baby Blue, vor ein paar Stunden noch Katharina die Große, zog ihren blauen Bademantel enger um sich zusammen und fragte langsam: »Welchen Herrn Concon?«
»Wieso? Den Herrn Karl Concon!« sagte das Fräulein und starrte Baby Blue an, die angeblich aus dem ›Crazy Horse‹ in Paris kam und privat ein zartes Schwäbisch sprach.

»Vater und Sohn heißen beide Karl«, sagte Baby Blue. »Also wen wollen Sie sprechen?«
»Ja, das weiß ich nicht. Wie alt ist denn der Vater? Um die vierzig?«
»Ha«, sagte Baby Blue nur.
Ein Ober sagte: »Das ist der Sohn.«
»No ja, also dann«, sagte Fräulein Luise. »Den möcht ich sprechen, bitte.«
»Den können Sie nicht sprechen«, sagte Baby Blue. »Der ist tot.«
»Was?« rief Fräulein Luise entsetzt.
»Was?« rief auch Wilhelm Reimers erschrocken.
»Tot«, sagte Baby Blue. »Ermordet. Im Hotel ›Paris‹. Auf der Kleinen Freiheit. Heute nacht irgendwann. Und den alten Concon, den Vater, den können Sie auch nicht sprechen. Jedenfalls nicht gleich. Den hat die Kripo mitgenommen, rüber ins Hotel.«
»Die ... Kripo?«
»Ja. Mordkommission und alles«, sagte Baby Blue, während die anderen Anwesenden immer noch unbeweglich verharrten. »Waren da und haben auch uns vernommen. Sind wieder weg mit dem alten Concon. Sohn identifizieren und so. Sie kommen zurück, haben sie gesagt. Keiner von uns darf weggehen. Wir warten. Wir haben schon gedacht, da kommt einer von der Polente, als die Tür aufging.«
»Er ist ermordet worden«, murmelte Fräulein Luise und sank auf einen Plüschsessel. Ihr Kapotthut war in die Stirn gerutscht. Sie sah lächerlich aus. »Ermordet ist er worden. Von wem?«
»Sie sind gut«, sagte Baby Blue. »Wenn die Kripo das wüßte, würden wir längst alle in der Heia liegen. Keine Ahnung. Der Vater ist glatt zusammengebrochen. Aber auch ein Schicksalsschlag, so was. Was ist? Warum starren Sie mich so an?«
»Sie«, sagte das Fräulein. Sie schluckte heftig. »Sie ...«
»Was ich?«
»Sie hab ich grad draußen auf die Fotos gesehen. Als eine Nakkerte. Wie Sie diese fürchterliche ... diese Sache ... ja wissen Sie denn nicht, daß Sie eine schreckliche Sünderin sind, eine ganz schlimme? Wie können Sie bloß ...«
»Schnauze«, sagte Baby Blue böse.
»Hören Sie mal ...«, begann Reimers und wurde von Baby Blue unterbrochen: »Du auch Schnauze, alter Sack! Hein, ich glaube, du wirst gebraucht.«

Der große, geschmeidige Rausschmeißer, der eine Schiebermütze und ein quergestreiftes Hemdchen mit kurzen Ärmeln trug, richtete sich langsam und bedrohlich auf.

»Halt!« rief Fräulein Luise. »Jeder Mensch kann ja mit seinem Leben anfangen, was er will, wenn er nicht an später denkt...«

»Ich denke an später«, sagte Baby Blue. »Später habe ich genug Geld, damit ich eine eigene kleine Bar aufmachen kann, und dann schlaf ich ein ganzes Jahr überhaupt mit keinem. Außerdem ist das Kunst, was ich mache, verstehen Sie? Erotisches Theater. Ich bin eine Künstlerin. Wir alle hier sind Künstlerinnen«, sagte Baby Blue und wies auf die anderen Stripperinnen.

»Ah so, Künstlerinnen«, sagte Fräulein Luise beeindruckt.

»Jawohl«, sagte Baby Blue. »Und was sind Sie?«

»Nur eine Fürsorgerin aus dem Lager Neurode. Dem Kinderlager.« Sie bemerkte nicht, wie die Erstarrten plötzlich alle zum Leben erwachten, die Beine von den Tischen nahmen, aufstanden, miteinander flüsterten. Sie sah Baby Blue freundlich in die Augen. »Luise Gottschalk heiße ich. Dieser Herr Concon, der wo ermordet worden ist, wie Sie sagen, der war gestern nachmittag bei uns und hat wen entführen wollen.«

»Ja«, sagte Baby Blue, wieder versöhnt. »Ein junges Mädchen.«

»Sie wissen das?« Fräulein Luise sah in die Runde. Die Männer und Frauen nickten. »Aber wieso wissen Sie es denn?«

»Wieso sind Sie denn hier?« fragte Baby Blue.

»Weil ich das Mädel such... und dann den Mörder vom kleinen Karel... und weil ich...«

»Mörder von wem?« fragte Baby Blue.

»Noch ein Mord?« rief ein Kellner.

»Hören Sie, Sie hätten mir aber sagen müssen, in was Sie mich da hineinziehen«, sagte der Ex-Standartenführer bleich.

»Regens Ihnen nicht auf, Herr Reimers. Ich tu nichts Schlechtes. Im Gegenteil. Ich will, daß eine Gerechtigkeit geschieht.«

»Ich denke, ich werde doch lieber gehen...«

»Nein, bitte, bleibens bei mir. Ich...« Fräulein Luise rang mit sich. »... ich zahl Ihnen auch zehn Mark die Stund!«

»Zehn Mark die Stunde – wofür?« fragte Baby Blue. »Und was ist mit dem zweiten Mord?«

Fräulein Luise winkte erschöpft ab.

»Wie der Herr Concon bei uns im Lager war, da ist jemand erschossen worden. Ein kleiner Bub, Karel hat der geheißen.«

»Davon hat die Kripo aber nichts gesagt«, sagte eine andere Stripperin.
»Die Kripo hat überhaupt nichts gesagt«, sagte der Portier. »Die hat nur gefragt und gefragt.«
»Woher wissen Sie dann von dem Mädchen, das der Herr Concon hat entführen sollen?« fragte Fräulein Luise.
»Von Fred.«
»Wer ist Fred?«
»Der am Klavier.«
»Der junge Herr?«
»Ja.«
»Und woher weiß der davon?«
»Na, erzähl Frau Gottschalk deine Geschichte noch mal, Fred«, sagte Baby Blue zu dem Klavierspieler. Der sah in Luise Gottschalks Richtung. Er hatte schöne, seltsam starre Augen. Fräulein Luise stand auf und eilte durch das Lokal zu der kleinen Bühne, auf welcher der Flügel stand. Sie ergriff Freds Rechte und schüttelte sie kräftig. Und plötzlich hatte das Fräulein das Gefühl, einen elektrischen Schlag bekommen zu haben. Es kribbelte in ihrem ganzen Körper, als durchflute sie ein Strom, der von dem schmalen Pianisten kam. Jung und schüchtern saß er am Flügel, und Fräulein Luise hatte jäh die felsenfeste Überzeugung: Das ist mein toter Arbeitsdienstmann, mein Student! Ja, ja, ja, er ist es! Diesmal war sie ihrer Sache so sicher, daß sie mutig und bedenkenlos fragte: »Sie haben Musik studiert, ja? Aber nicht nur Musik, gelt? Noch was.« Sie sprach leise, die anderen hörten es nicht.
»Noch etwas anderes, ja«, sagte Fred. »Philosophie. Ein paar Semester. Dann habe ich es aufgegeben.«
»Ich weiß also Bescheid, wie?« fragte das Fräulein.
»Ja, gewiß«, sagte Fred freundlich. Das Fräulein atmete heftig. Da saß er vor ihr, der liebste unter allen ihren toten Freunden! In dem Körper eines Lebendigen ...
»Ich bin das Fräulein Luise, nicht wahr«, sagte sie, wieder mit dem seltsam süßen Schmerz im Herzen. »Also wie ist das? Woher weißt du – woher wissen Sie das?«
Der Pianist senkte den Kopf und sah auf die Tasten.
Baby Blue schlenderte heran. »Kannst es ruhig noch mal erzählen«, sagte sie und sah Luise Gottschalk fast freundlich an. »Hast es doch auch der Kripo erzählt, und wir alle haben es gehört. Kein Geheimnis mehr. Nun komm schon, wenn es die Frau Gottschalk ...«

»Fräulein, bitte.«
»... wenn es das Fräulein Gottschalk unbedingt wissen will.«
»Wissen muß! Ich muß es wissen!«
»Also los, Fred!«
»Na bitte«, sagte der schmale junge Mann. Wilhelm Reimers und andere Menschen waren nähergekommen und umstanden den Flügel. Der schmächtige Pianist fuhr sich mit einer Hand über das Gesicht, dann hob er den Kopf zu Fräulein Luise. »Sehen Sie, dieses Lokal macht immer erst um acht Uhr abends auf. Am Vormittag, bis elf, sind die Putzfrauen da. Danach kein Mensch. Nur Herr Concon und ich. Ich meine, Herr Concon war da. Jetzt ist er ja tot. Er hat immer in seinem Büro gearbeitet. Das liegt da hinter der Bühne. Und ich bin immer hergekommen und habe gespielt. Mit seiner Erlaubnis. Neue Nummern. Arrangements, eigene Sachen. Dann, so um zwei, sind wir oft zusammen essen gegangen. Haben alle gewußt, daß nur wir beide da sind um diese Zeit. Herrn Concons Vater hat sich ausgeschlafen, der alte Herr.«
»Und? Und?«
Fred hielt den Kopf noch immer zu Fräulein Luise gehoben.
»Und gestern vormittag, knapp nach elf, klopfte es. Vorher ist Herr Concon angerufen worden. Er erwartete den Besucher und ging nach vorn und sperrte auf und ließ ihn herein.«
»Wen?«
»Einen Mann«, sagte Fred. »War schon ein paarmal da, dieser Mann, in den letzten zwei, drei Jahren. Immer um die gleiche Zeit. Sie gingen an mir vorbei, in Herrn Concons Büro, und ich spielte weiter. Und dann, plötzlich, hörte ich die beiden sprechen.«
»Wieso? Kann man denn aus dem Büro heraus ...«
»Nein, das Büro ist schalldicht«, sagte Fred. »Aber da steht ein Tonbandgerät drin. Für Musik. Und für ... na ja, für Geräusche zu den einzelnen Darbietungen. Das geht über ein Mikrophon. Ziemlich altmodisch. Wird nicht direkt übertragen. Das Mikro ist unabhängig vom Tonband, wissen Sie.«
»Also, wenn man es einschaltet, dann kann man hier draußen alles hören, was im Büro gesprochen wird«, sagte Wilhelm Reimers. Er wurde immer aufgeregter. Das war einmal etwas anderes als die langweilige Routine!
»So ist es, mein Herr«, sagte Fred.
»Das heißt, Herr Concon hat das Mikro eingeschaltet, weil er wollte, daß Sie hören, was er mit dem anderen Herrn besprach!«

»Richtig«, sagte Fred.
»Hat er das früher schon einmal getan?« fragte Fräulein Luise.
»Nein, nie.«
»Wieso gerade gestern?«
»Gestern hatte er Angst«, sagte Fred still und senkte wieder den Kopf. »Große Angst. Todesangst.«
»Woher wollen Sie das wissen?«
»Seine Stimme«, sagte Fred. »Ich kenne mich aus mit Stimmen.«
Als er das sagte, wollte Fräulein Luise in ihrer Bewegtheit dem toten Studenten, der da nach ihrer festen Überzeugung vor ihr saß, über das Haar streichen.
Sie hielt in der Bewegung inne. Ihr Blick ging ins Leere. Sie vernahm eine Stimme, die sie deutlich als die ihres toten Russen erkannte: »Jetzt tut Luise etwas, das sie nicht tun soll. Es gibt keine direkte Verbindung zwischen unserem Reich und dem bedeutungslosen Getriebe der Welt!«
Fräulein Luise zog die Hand zurück und nickte. Fast hätte sie einen schweren Fehler gemacht! Niemand hatte ihrem Verhalten Aufmerksamkeit geschenkt, denn der Student war in seiner Erzählung fortgefahren: »... und dann ging das ja aus dem Gespräch hervor, das ich hörte, obwohl ich immer weiterspielte, damit es nicht auffiel.«
»Und was haben Sie gehört?«
»Das Gespräch war schon im Gang, als Herr Concon den Lautsprecher einschaltete...« Jetzt wurde es wieder still in dem großen Raum, niemand bewegte sich. Fred sprach leise: »Herr Concon sagte: ›Ich will nicht! Ich will nicht! Nicht schon wieder! Laßt mich doch endlich in Ruhe!‹ Und sein Besucher sagte: ›Sie müssen, mein Lieber. Sie müssen ganz einfach. Und Sie werden. Denn wenn Sie nicht tun, was ich von Ihnen verlange, dann kommen ganz schnell die Beweise, die dem Gericht zu Ihrer Verurteilung noch gefehlt haben, und Sie gehen ins Kittchen für die nächsten zehn, fünfzehn, zwanzig Jahre!‹«
»Die Beweise!« rief Fräulein Luise. »Der hat doch vor Gericht gestanden, der Herr Concon, hab ich gehört.«
»Ja, 1957«, sagte Baby Blue.
»Erpressung von einem hohen Offizier! Nicht?«
»Ja«, sagte Baby Blue. »Riesentheater damals. Freispruch wegen Mangel an Beweisen.«
»Und jetzt hat ihm der Besucher gedroht, daß die Beweise, die

gefehlt haben, geliefert werden?« Fräulein Luise schob das Hütchen zurück, das ihr ins Gesicht gerutscht war.
In diesem Augenblick sagte Reimers: »Wenn es ein westdeutscher Offizier war, den er erpreßt hat, dann kann er ihn nur für den Osten erpreßt haben. Dann müssen die Beweise im Osten sein. Dann muß sein Besucher vom Osten geschickt worden sein!«
»So sieht es aus, ja«, sagte Fred und nickte. »Dieser Besucher sagte zu Herrn Concon: ›Sie fahren jetzt sofort los mit mir. Schnellstens nach Neurode, zum Lager. Sie fahren nicht allein. Sie bekommen Schutz. Es werden noch eine Frau und ein Mann mitfahren, Sie nehmen zwei Wagen von uns!‹«
»Zwei Wagen!« rief Fräulein Luise. »Und eine Frau und noch ein Mann! Was für ein Mann? Diesen Mann such ich! Wissen Sie etwas über ihn, Herr Fred? Hat der Besucher etwas über ihn gesagt?«
»Sehr wenig. Herr Concon fragte auch, wer das sein würde. Der Besucher sagte, entweder er selber oder jemand anderer. Auf alle Fälle jemand Erstklassiges.«
»Das hat er gesagt?«
»Ja. Und die Frau würde auch erstklassig sein. Und die Wagen ebenso.«
»Und erstklassig schießen haben sie auch können«, sagte Fräulein Luise. Sie wischte sich die Augen trocken und fragte: »Und weiter? Herr Concon ist also erpreßt worden. Er hat die Irina entführen sollen.«
»Irina Indigo, ja. So nannte der Besucher sie. Und dann zeigte er Herrn Concon Fotos und gab ihm eine Beschreibung von dem Mädchen. Achtzehn Jahre, mittelgroß, schwarzes Haar ...«
»Ich weiß, wie die Indigo ausschaut«, sagte Fräulein Luise ungeduldig. »Warum hat Herr Concon sie entführen sollen? Und warum so schnell?«
»Das fragte er den Besucher auch«, sagte Fred. »Der Besucher antwortete, daß keine Minute zu verlieren sei. Daß dieses Mädchen versuchte, nach Hamburg zu kommen, zu einem Freund, einem Verlobten.«
»Ja! Ja! Und?«
»Und daß das auf keinen Fall passieren dürfe. Nicht gerade jetzt, wo schon fast alles in Ordnung sei.«
»Das hat der Mann gesagt: Wo schon fast alles in Ordnung ist jetzt?«

»Das sagte er.«
»Aber was ist in Ordnung? Was?«
»Das weiß ich nicht, Fräulein Luise. Der Besucher bedrohte Herrn Concon immer weiter, bis er einwilligte. Sein Auftrag war es, dieses Mädchen Indigo aus dem Lager zu entführen.«
»Und dann? Was hat dann mit ihr geschehen sollen?«
»Das fragte Herr Concon auch.«
»Und?«
»Und nichts. Der Besucher sagte, das ginge ihn nichts an. Wenn er das Mädchen entführt hätte, wäre seine Mission erledigt. Das Weitere übernähme dann er selber.«
»Wer er? Der Besucher?«
»Ja, der Besucher. Alles sei schon vorbereitet, sagte er. Und Herr Concon solle seine Pistole mitnehmen. Auf alle Fälle.« Fred hob wieder den Kopf. »Dann hörte ich, wie das Mikro ausgeschaltet wurde, und gleich darauf kam Herr Concon mit diesem Mann aus dem Büro und sagte zu mir, er habe eine geschäftliche Besprechung, er könne leider nicht mit mir essen. Ich solle absperren und den Schlüssel behalten. Sein Vater hätte ja auch noch einen, wenn er das Lokal öffnen wollte.« Fred lächelte. »Das war nicht wahr. Der Vater hat keinen Schlüssel.«
»Warum hat der Sohn es dann gesagt?«
»Das war verabredet zwischen uns, seit Jahren. Immer, wenn dieser Mann kam und Herrn Concon wegholte, dann sagte der mir das mit dem Schlüssel. Es war eine Warnung und eine Art Rückversicherung. Es hieß: Wenn ich bis Mitternacht nicht wieder zurück bin, verständige die Polizei. Er lebte ständig in Angst, der arme Herr Concon.«
»Aber Sie haben die Polizei nicht verständigt!« rief das Fräulein.
»Nein«, sagte Fred. »Gegen zehn Uhr rief Herr Concon ja seinen Vater an und sagte, es sei alles in Ordnung, nicht wahr?«
»Ach so, natürlich. No, und dann? Nachdem er das gesagt hat, der Herr Concon, was war da?«
»Da ging er mit seinem Besucher fort.«
»Wie hat er ausgesehen, dieser Besucher?« rief Fräulein Luise.
»Das weiß ich nicht«, sagte Fred.
»Was heißt, das wissens nicht? Wo er doch zweimal dicht an Ihnen vorübergegangen ist! Wo er doch schon ein paarmal hier gewesen ist! Das haben Sie selber gesagt! Oder habens das nicht gesagt?«

»Doch«, sagte Fred mit einem zaghaften Lächeln.

»Und da wissens nicht, wie er aussieht, dieser Mann?«

»Nein«, sagte Fred.

»Jetzt lügens! Lügens mich doch nicht so an! Mein Gott, das ist ja nicht zu fassen! So was von Lügen!«

»Ich lüge nicht«, sagte Fred, immer noch lächelnd. »Ich weiß wirklich nicht, wie dieser Mann aussieht.«

»Herrgott im Himmel, das gibt's doch nicht! Sie müssens wissen!« Fräulein Luise schlug auf den Flügel. »Sie müssens wissen!«

Fred senkte den Kopf. Jetzt lächelte er nicht mehr.

Fräulein Luise fühlte plötzlich, wie ihr Arm eisern festgehalten wurde. Sie fuhr herum. Neben ihr stand Baby Blue.

»Gar nichts muß Fred«, sagte sie, wieder böse. »Wollen Sie mir wirklich einreden, daß Sie es noch immer nicht bemerkt haben?«

»Bemerkt? Was bemerkt?« rief das Fräulein.

»Daß Fred blind ist«, sagte Baby Blue.

Korrektur

I

Beim Strohhause 31. Das ist die Adresse des Hamburger Polizeipräsidiums. Es liegt am Ausgang der U-Bahn-Station ›Berliner Tor‹, und es ist das einzige Hochhaus dort: ein dunkelgrauer, trotz vieler Fenster schwarz wirkender Betonbau.

Ich fand einen Parkplatz für unseren Leihwagen. Neben Bertie her ging ich durch den Nieselregen auf das Portal zu. Wir trugen beide Mäntel. An diesem Tag wurde es nicht richtig hell. Ein Selbstmörder-Tag. Irina hatte ich wieder im Appartement eingeschlossen; die Zimmermädchen konnten saubermachen, wenn ich zurückkam. Irina war sehr gefaßt und ruhig gewesen und hatte eingesehen, daß das alles zu ihrer Sicherheit geschah. Ich hatte auch noch mit der Crew der Portiers vom Tagdienst gesprochen, die ich alle kannte. Sie wußten bereits Bescheid. Nachtportier Heintze hatte sie informiert.

Zum Portal des Hochhauses mußte man durch mehrere Reihen riesiger rechteckiger Betonsäulen gehen. Man konnte sie schon Betonblöcke nennen, sie ragten zwei Stockwerke empor, so weit wie die Eingangshalle. Über dieser Eingangshalle befand sich das Hochhaus, rechts und links erhoben sich niedrigere Seitentrakte.

Die zwei Stockwerke hohe Halle hatte ein Zwischenstockwerk, das wie ein Balkon wirkte. An den schwarzen Wänden gab es Schaubilder, Dias und Hinweistafeln. Bertie kannte sich hier aus. Er steuerte auf einen der zwei schwarzen Fahrstuhlblocks zu, die sich, einander gegenüber, mitten in der Halle befanden. Im siebenten Stock erreichten wir die ›Leichen- und Vermißtenstelle‹.

Alle Zimmertüren waren aus undurchsichtigem Glas, mit breiten schwarzen Querbalken und Aluminiumklinken. Wir betraten ein Vorzimmer, in dem zwei Sekretärinnen auf ihre Maschinen einschlugen. Wir sagten, wie wir hießen und daß wir mit dem Kriminaloberrat Hering verabredet seien. Um elf. Es war zwei Minuten vor elf. Eine der Sekretärinnen hob ihren Telefonhörer ab. wählte eine zweistellige Nummer und meldete uns an.

»Herr Hering kommt sofort«, sagte sie.

Er kam wirklich sofort, eine Minute später öffnete sich die Tür zu seinem Zimmer. Hering war ein rundlicher Mann mit Glatze und Brille, und er sah seltsam bedrückt aus. Bertie schüttelte er herzlich die Hand und sagte, er freue sich, ihn wiederzusehen, dann gab er mir die Hand und bat uns, ihm zu folgen. Wir gingen hinter ihm her in sein spartanisch eingerichtetes Büro. Schreibtisch aus hellem Holz beim Fenster. Auf dem grauen Metallbrett dort zwei Töpfe mit Pflanzen. Aktenschränke aus Metall. Ein Ungetüm, das Karteikarten enthielt. In der Ecke dem Fenster gegenüber ein runder Tisch, vier Stühle, eine Liege. Liege und Stühle modern und mit blauem Stoff überzogen. Auf zwei Stühlen saßen Männer, die sich nun erhoben und uns entgegensahen. Der eine war groß und dick, der andere war schlank und trug eine sehr starke Brille. Es waren die Herren Albert Klein und Wilhelm Rogge vom Bundesverfassungsschutz, die wir im Lager Neurode kennengelernt hatten.

2

Die Begrüßung war förmlich, korrekt und sehr kühl.
Offenbar bin ich ein ›Groucho‹ – in dem Marx-Brothers-Kleeblatt, so wie Hem es von sich behauptet. In jener Minute, die wir auf den Kriminaloberrat warten mußten, hatte ich plötzlich eine Vorahnung gehabt und den Recorder eingestellt. Das Mikrophon steckte unsichtbar in der Tragetasche. Es lugte nur mit dem silbernen kleinen Gitter des Kopfes heraus, ganz unverdächtig. Wenn es in der Tasche steckte, konnte auch niemand sehen, ob das Gerät eingeschaltet war. Ich stellte es weit weg von mir auf den Tisch, und niemand beachtete den Recorder, der das Folgende aufnahm.
Wir setzten uns alle um den Tisch herum. Der Kriminaloberrat machte einen eigenartig beklommenen Eindruck.
Ich fing an: »Eine ziemliche Überraschung, Sie hier zu sehen, meine Herren. Wir wollten eigentlich mit Herrn Hering sprechen.«
»Ja, das wissen wir«, sagte der große Herr Klein.
»Woher?«
»Nun, er hat es uns gesagt«, sagte der schlanke Herr Rogge mit der starken Brille.
»Als er eintraf«, sagte Klein. »Wir waren schon lange vor ihm da. Wir sind mit einem Frühzug gekommen.«

»Weshalb?« fragte Bertie. »Was machen Sie in Hamburg?«
Tief unter uns hörte ich die Sirene eines abfahrenden Polizeiwagens aufheulen.

»Was machen *Sie* in Hamburg?« fragte Herr Klein. Er sah uns beide gelangweilt und ein wenig abgestoßen an, man konnte ziemlich deutlich erkennen, was er von uns hielt. Ohne Zweifel teilte er die Meinung des verstorbenen Kanzlers Adenauer, nach dessen Maxime man mit der Presse so zu verfahren hatte: »Kaltes Buffett, Anzeigenentzug, Einstweilige Verfügung.«

Ich sagte: »Das wollten wir gerade Herrn Hering erzählen.«

Der Kriminaloberrat sank noch ein wenig mehr in sich zusammen. Er wirkte jetzt nicht bedrückt, sondern sonderbar feindselig. Er sagte: »Die Herren vom Verfassungsschutz sind für Ihre Angelegenheit zuständig, nicht ich, sagen sie. Also bitte, beantworten Sie ihre Fragen.« Er sah Bertie an und sagte, etwas freundlicher: »Tut mir leid, Herr Engelhardt.«

»Was können Sie denn dafür?« sagte Bertie. Zu den beiden anderen Männern sagte er: »Wir sind hierhergekommen, um dem Herrn Kriminaloberrat Hering als Leiter der Vermißtenstelle mitzuteilen, daß wir heute nacht mit Fräulein Irina Indigo aus dem Lager Neurode nach Hamburg gefahren sind und daß sie sich bei uns befindet.«

»Das wissen wir«, sagte Klein wieder.

»Woher?«

»Wir wissen es, das genügt. Sie sind mit Fräulein Indigo, die Sie ungesetzlicherweise veranlaßt haben, sich aus dem Lager zu entfernen, im Hotel ›Metropol‹ abgestiegen. Fragen Sie nicht wieder, woher wir das wissen. Wir sind schon sehr früh hier angekommen, und die Polizeireviere waren von uns alarmiert. Ihr Hotel wurde sofort bekanntgegeben, nachdem ein Revier vom ›Metropol‹ den Anmeldungsschein erhalten hatte. Sie haben Fräulein Indigo in Ihrem Appartement eingeschlossen, damit sie nicht fortläuft, Herr Roland, nicht wahr?«

»Ja«, sagte ich. »Denn sie ist in Gefahr. Um ihren Verlobten spielt sich eine sehr seltsame Affäre ab, und dieser Karl Concon wurde...«

»Heute nacht ermordet. In Sankt Pauli. Hotel ›Paris‹. Wissen wir alles«, sagte Rogge.

»Auch daß Ihr Korrespondent Manner angefahren und schwer verletzt wurde«, sagte Klein.

»Und daß sich dieses Fräulein Luise Gottschalk irgendwo in der Stadt befindet.«

»Wer sagt das?«

»Ein Arzt, der Anzeige wegen ... Das spielt keine Rolle. Wir wissen es. Wir sind, wenn ich das sagen darf, überhaupt über alles informiert, was Sie Herrn Hering mitteilen wollten.«

»Und was war der Grund, daß Sie so schnell nach Hamburg gekommen sind und so gründlich nachforschen?«

»Das ist wohl unsere Sache«, sagte Klein.

Reizendes Gespräch, wirklich.

»Warum haben Sie, wenn das alles Ihre Sache ist, dann nicht dafür gesorgt, daß Fräulein Indigo das Lager überhaupt nicht verlassen konnte? Warum haben Sie sie nicht festgesetzt?«

»Dazu fehlte uns jede gesetzliche Handhabe«, sagte Rogge. »Das durften wir nicht. Wir leben in einem Rechtsstaat, Herr Roland. Und außerdem ist die Sache an uns nur delegiert worden.«

»Und wir sahen auch keine Notwendigkeit«, sagte sein Kollege.

Hering saß da und sah wieder unglücklich aus. Ich dachte, daß er viel wußte und es uns gerne gesagt hätte, schon Berties wegen, aber daß er es nicht sagen durfte.

»Keine Notwendigkeit?« sagte ich. »Sie finden also, daß sich Fräulein Indigo in keinerlei Gefahr befindet?«

»In keinerlei Gefahr, wenn sie sich genau an Ihre Weisungen hält, wenn sie das Hotel nicht verläßt, wenn sie mit niemandem in Verbindung zu treten sucht. Sie ist doch sehr folgsam, wie? Wir haben einige Schriftstücke vorbereitet, Herr Roland. Wenn Sie unterschreiben, daß Sie bereit sind, die Bürgschaft für Fräulein Indigo zu übernehmen, dann kann sie hierbleiben und muß nicht ins Lager zurück, wo sie gefährdeter wäre. Alle Formalitäten lassen sich dann auch so erledigen.« Klein schob mir einen Bogen hin.

»Was sind das noch für Papiere?« fragte ich.

»Empfehlungsschreiben«, sagte Klein. »Auf Papier unseres Amtes. Es wird darin gebeten, Sie bei Ihrer journalistischen Arbeit zu unterstützen.«

»Moment mal«, sagte Bertie. »Sie schieben uns nicht ab? Sie erstatten keine Anzeige? Sie verbieten uns nicht, weiterzurecherchieren?«

»Dazu haben wir keinerlei gesetzliche Handhabe«, sagte Rogge wieder. »Sie dürfen unsere Behörde nicht immer als Ihren Feind betrachten, Herr Engelhardt. Wir helfen der Presse, wo wir nur können. Besonders in solchen Fällen.«

»Was für Fällen?« fragte ich.

»In Fällen von öffentlichem Interesse.«

»Und das ist so ein Fall?« fragte Bertie mit dem Blödstellreflex.

»Herr Engelhardt, bitte«, sagte Klein nur.

»Sie müssen Ihrer Sache ja sehr sicher sein«, sagte ich.

Daraufhin schwiegen die beiden Herren. Klein zuckte die Schultern und sah mich wieder an. Nicht die Spur freundlicher.

»Fräulein Indigo hat mir erzählt«, sagte ich, »daß sie im Lager von Ihnen zuerst sehr eingehend verhört wurde und schon dachte, nie mehr freizukommen. Dann läutete das Telefon, und Sie führten ein Gespräch, und danach war alles anders, und Sie ließen sie laufen.«

»In der Tat«, sagte Klein.

»Was in der Tat?«

»In der Tat war nach diesem Telefongespräch alles anders.«

»Aha«, sagte ich.

»Tja«, sagte Klein. »Und vielen Dank, daß Sie gleich, nachdem Sie Concons Leiche im Hotel ›Paris‹ entdeckt hatten, die Davidswache anriefen. So ging alles ruck-zuck.«

»Gern geschehen«, sagte Bertie. Und um ganz sicher von dem Recorder abzulenken: »Ich darf Sie natürlich auch jetzt nicht fotografieren?«

»Nein, Herr Engelhardt, das dürfen Sie nicht«, sagte Rogge. »Sie dürfen auch nicht den Recorder laufen lassen, ohne unsere Zustimmung. Aber lassen Sie nur. Wir haben nichts zu verbergen.«

»Nun, wie ist es?« fragte der große Herr Klein. »Wollen Sie die Erklärung unterschreiben, daß Sie die Bürgschaft übernehmen?«

»Natürlich«, sagte ich und unterschrieb.

»Hier sind Ihre Empfehlungsschreiben«, sagte Rogge und schob uns zwei Blatt hin.

»Danke«, sagte ich. »Sie tun uns einen großen Gefallen.«

»Ach«, sagte Klein, »vergessen Sie's. Den großen Gefallen haben Sie uns getan.«

»Das verstehe ich nicht«, sagte ich.

»Das macht nichts«, sagte Klein.

Nachdem er das gesagt hatte, lächelte er zum erstenmal, seit ich ihn kannte. Ich starrte ihn an. Und dann roch und fühlte ich wieder meinen Schakal. Er umkreiste mich plötzlich. Das kam: Herrn

Kleins Lächeln hatte mich, unlogisch und unerklärlich, zutiefst erschreckt.

Ich stand auf und dankte und nahm den Recorder und verabschiedete mich. Auch Bertie sagte auf Wiedersehen.

»Tut mir leid, Herr Engelhardt«, sagte der Kriminaloberrat Hering seltsam traurig zu Bertie. »Hätte Ihnen gerne selber weitergeholfen. Na, vielleicht das nächste Mal.«

»Sicher«, sagte Bertie.

Dann standen wir wieder draußen auf dem endlosen Gang. Bertie hinkte neben mir her und sagte: »Mensch, diese Geschichte stinkt doch zum Himmel, was?«

»Noch höher hinauf«, sagte ich und stellte den Recorder ab.

»Dieser dämliche Trick mit den Empfehlungsschreiben!« sagte er. »Das sind doch in Wahrheit Steckbriefe. Wenn wir die tatsächlich irgendwo vorzeigen, kriegen wir alles andere als Unterstützung. Da wissen dann alle, die in diese Scheiße verwickelt sind, sofort: Achtung, da zeigen die zwei ihre Hundemarken! Ist es nicht so?«

»Ich weiß nicht. Vielleicht wollen sie uns tatsächlich helfen.«

»Die? Mach dich nicht lächerlich! Warum sollten sie?«

»Aus eigensüchtigen Motiven natürlich. Sie benützen uns, um...« Ich brach ab.

»Was hast du? Du bist ganz grün. Ist dir...«

»Ja«, sagte ich, und dann holte ich schnell den Flacon hervor und trank lange. Ich setzte die Silberflasche ab und rang nach Luft.

Der Schakal war wieder weg.

Wieder einmal und bis auf weiteres.

3

»Los, jetzt fahren Sie vor«, sagte Bertie zu unserem Freund, dem Funktaxi-Chauffeur Wladimir Iwanow, der uns vor ein paar Stunden so geholfen und gebeten hatte, daß wir ihn bei seiner Zentrale verlangten. Das hatten wir getan. Es war 12 Uhr 15. Der Regen fiel mit Graupeln vermischt, und es war ganz dämmrig geworden. Alle Autos fuhren mit Licht. Wir saßen im Fond des Taxis, das bei einem kleinen Rondell mit verfaulten Blumen geparkt hatte. Das Rondell lag in einem Park gegenüber dem Ein-

gang zum Universitätskrankenhaus an der Martinistraße, da beim Eppendorfer Baum. Ein Riesenkomplex, dieses Krankenhaus. Ich sah, zum Teil in Hochhäusern untergebracht, die einzelnen Kliniken. Es war eine richtige kleine Stadt in der Stadt.
Die große blonde Edith Herwag trat eben ins Freie. Chauffeur Iwanow fuhr schon vor. Wir hatten unseren Wagen beim Polizeipräsidium stehenlassen und von der nächsten Telefonzelle unseren Russen angefordert.
Vorher hatte ich noch mit Irina und mit Edith von dieser Telefonzelle aus gesprochen. Irinas Stimme klang unruhig, als sie sagte, wir sollten unbedingt zum Mittagessen kommen, auch wenn es spät würde, das Eingesperrtsein mache sie noch wahnsinnig. Ich antwortete, wir kämen bestimmt. Wir mußten hin. Damit jemand die Tür aufsperrte und die Mädchen saubermachen konnten und wir bei Irina waren, wenn das Essen kam.
Edith sagten wir, sie solle warten, bis vor ihrem Haus ein Taxi hielt und Bertie oder ich zu ihr hinaufwinkten, und dann möge sie selber ein Funktaxi rufen und zum Krankenhaus fahren. Wir würden ihr folgen und sie zurückbringen, es solle uns nur niemand zusammen sehen.
Unser Taxichauffeur, der ältere Russe, Väterchen Iwanow, nickte gleich, als ich mit langen Erklärungen anfing und meinen Presseausweis zeigte, und sagte nur: »Karascho.« Und dann fuhr er wie der liebe Gott durch den stärksten Verkehr und war im Nu in der Adolfstraße. Von dort folgte er dem Taxi mit Edith, ohne es einmal aus den Augen zu verlieren. Es ging alles prima. Edith verschwand im Krankenhaus, aber nach zwanzig Minuten, jetzt, kam sie schon wieder heraus. Unser Taxi glitt direkt vor sie hin und hielt. Sie stieg zu uns ein. Ich öffnete den seitlichen Schlitz in der Trennscheibe und sagte: »Zurück zur Adolfstraße.« Wladimir Iwanow nickte und sauste los, und ich schloß das schmale Fenster wieder. Dann lehnte ich mich zurück, und da erst sah ich, daß Edith, die zwischen uns geschlüpft war, weinte.
»Großer Gott«, sagte ich, »ist ...«
»Nein«, schluchzte sie und blies in ein Taschentuch, »er wird durchkommen, er wird gesund werden, es geht ihm gut.«
»Herrlich«, sagte Bertie. »Herrlich. Also nur Weinen vor Glück.«
Sie antwortete nicht und weinte stärker denn je. Vor Glück? Die Graupeln schlugen hart auf die Fahrbahn und gegen die Scheiben und auf das Wagendach. Wir redeten leise.

»Er war bei sich?« fragte Bertie.

»Ja.«

»Konnten Sie offen mit ihm reden?«

»Nein. Ein Bewacher war die ganze Zeit im Zimmer. Vor dem Zimmer steht auch einer, und einer steht beim Eingang zur Privatstation. Sie haben ihn aus der Intensivabteilung verlegt, wissen Sie. Er läßt Sie beide grüßen, das hat er gesagt. Und ich habe gesagt, ich werde es ausrichten. Gegen Abend darf ich noch einmal kommen und ab morgen immer zweimal. Und dann wollte er mich küssen, und ich mußte mich tief über ihn neigen, und er wollte, daß ich meine Haare öffnete und ganz über ihn fallen ließ, und das habe ich alles getan, und der Beamte hat zugeschaut, und Conny hat mich geküßt und mir dann ins Ohr geflüstert: ›Die Kerle sind alle vom MAD, sag das Bertie!‹ – Es ging ganz schnell. Hoffentlich hat der Beamte nichts gemerkt. Was ist das, MAD?«

Ich brachte es fertig, völlig ruhig und freundlich zu sagen: »Ah, so – eine Abteilung der Kripo, wissen Sie.«

»Ja, das dachte ich mir. Aber warum soll ich Ihnen das sagen?«

»Es ist eine besondere Abteilung der Kripo«, sagte Bertie, der sich auch erholt hatte. »Mordaufklärungsdienst. MAD ist die Abkürzung. Die beschäftigen sich mit Mordanschlägen.«

»Wirklich? Sagen Sie auch die Wahrheit?« Edith weinte jetzt wieder, und mir fiel ein, warum. Nicht vor Glück. Vor Angst natürlich. Ich dachte an die telefonischen Drohungen. Daß Conny sterben würde, wenn er sprach. Nun hatte er gesprochen ...

»Wirklich«, sagte ich und hoffte, daß Edith niemanden anderen fragte.

»Dann ist es gut ... Dann ... dann kann doch niemand an ihn heran und ihm etwas antun ... wie?«

»Natürlich nicht. Ausgeschlossen«, sagte ich.

»Aber diese Männerstimme heute nacht ...«

»Sie können ihm nichts tun. Garantiert nichts«, sagte ich.

»Mein Gott, mein Gott, wenn ich doch bloß nicht solche Angst hätte ...« Edith schluchzte weiter, und wir ließen sie weinen, lange Zeit. Endlich, als wir in die Adolfstraße kamen, beruhigte sie sich. Wir schärften ihr ein, daheimzubleiben und niemandem zu öffnen, und ich versprach, wieder anzurufen; und wenn sie abends zu Conny fuhr, dann sollte sie dieses Taxi und diesen Chauffeur nehmen, sagte ich. Er arbeite bis 22 Uhr, hatte er uns gesagt. Ich schrieb Edith seinen Namen und die Telefonnummer der

Funkzentrale und die Wagennummer auf. Edith küßte uns beide, bevor sie ausstieg, und dann weinte sie wieder, und weinend lief sie in das Haus, in dem sie wohnte.
»Arme Dame«, sagte Iwanow. »Großen Kummer, ja?«
»Ja«, sagte ich.
»Gott wird helfen.«
»Ja, bitte«, sagte Bertie.
»Wohin jetzt?« fragte Iwanow durch das kleine geöffnete Fenster.
»Mich setzen Sie am Jungfernstieg ab«, sagte ich, »und dann fahren Sie meinen Freund zum Polizeipräsidium.« Bertie mußte ja unseren Wagen holen. Iwanow fuhr los – jetzt lief die Einbahnrichtung der Adolfstraße anders herum als nachts –, und ich sagte leise: »Also der MAD.«
»Ja«, sagte Bertie. »Es ist eine Sache von öffentlichem Interesse, und wir haben hübsche Empfehlungsschreiben, und der MAD bewacht Conny.«
MAD ist die Abkürzung für eine der offiziellen Spionageorganisationen der Bundesrepublik, und diese Abkürzung bedeutet: Militärischer Abschirm-Dienst.
Wir kamen nur langsam voran, denn Wladimir Iwanow sah kaum etwas in dem plötzlichen wilden Graupelschauer, der eingesetzt hatte.

4

Am Jungfernstieg ging ich für Irina einkaufen und ließ mir Zeit dabei. Mit Bertie hatte ich verabredet, daß er, vom Präsidium kommend, hier so lange um den Block fahren sollte, bis er mich sah, denn am Jungfernstieg gab es keinen freien Parkplatz.
Ich ging in fünf Geschäfte und kaufte eine Menge Sachen für Irina ein. Geld hatte ich genug, und ihre Maße hatte ich auch. Ich dachte daran, daß alles zusammenpassen mußte, und so kaufte ich zuerst ein schulterfreies Cocktailkleid aus roter Seide, ein grünes Wollkleid mit schwarzem Lackgürtel und ein ockergelbes Jersey-Kostüm. Danach kam ein schwarzer Wollmantel mit Nerzbesatz und einer Nerzkapuze zum Abknöpfen. Ich stellte mir die ganze Zeit vor, wie Irina in den Kleidern aussehen würde. Die Verkäuferin-

nen, die mich bedienten, waren hingerissen von mir. So einen Mann wünschten sie sich vermutlich alle selber. Ich ging in ein anderes Geschäft und kaufte einen Morgenmantel, Unterwäsche, Nachthemden, BH's und Höschen, Nylons und so weiter, in verschiedenen Ausführungen und Farben. Ich stellte mir Irina auch in Unterwäsche vor ...
Ich kaufte ein goldenes Täschchen, das zu dem Cocktailkleid paßte, und dann dachte ich, was zum Teufel, und kaufte eine schwarze Kroko-Tasche für 1200. Ich konnte mir ja immer neues Geld schicken lassen, wenn ich zu wenig hatte. In dem Taschengeschäft kaufte ich auch einen schwarzen Lederkoffer, in dem ich alles verstaute, und dann zog ich zum nächsten Geschäft und sah Bertie, der um den Block kreiste. Er winkte mir zu, und ich winkte zurück und ging in einen Schuhladen. Da kaufte ich ein Paar schwarze Lackpumps, die konnte Irina zu allem anziehen, und ein Paar Goldlederschuhe für das Cocktailkleid. Und dann ging ich in eine Parfumerie und kaufte Lippenstifte, Puder, Cremes, Wimperntusche und ähnliches Zeug, einen großen Flacon ›Estée Lauder‹-Parfum und einen Flacon Eau de Toilette. Jetzt war der Koffer ganz voll und hübsch schwer, und ich hatte alles und trat in den Graupelregen hinaus und wartete, bis Bertie wieder einmal vorüberkam. Er hielt, und ich stieg ein.
»Zum ›Metropol‹«, sagte ich. Es war 13 Uhr 25.
»Ach, Süßer, du riechst wundervoll«, sagte Bertie.
»Halt's Maul, dämlicher Hund«, sagte ich und schlug ihm auf den Rücken.
»Ich könnte einen kleinen ›Chivas‹ vertragen, als Aperitif«, sagte Bertie. Ich schraubte den Flacon für ihn auf, und er trank, während er mit einer Hand steuerte, und dann trank ich auch. Wenn ich jetzt zurückdenke, so ist mir diese Fahrt durch das Scheißwetter zurück zum Hotel, da wir beide Whisky tranken und ich den Koffer auf den Knien hielt, als der glücklichste Moment unserer ganzen Zeit in Hamburg in Erinnerung geblieben.

5

Der alte Karl Concon weinte.

Er saß in dem Zimmer neben dem Zimmer, in dem man seinen Sohn erstochen hatte, im ersten Stock des Stundenhotels ›Paris‹ an der Kleinen Freiheit. Es wurde nun langsam hell, ein scheußliches, kraftloses Frühlicht kroch durch die dreckigen Scheiben, und überall brannten noch elektrische Birnen. Der alte Mann hatte noch seine weiße Jacke an, die er trug, wenn er im Herrenklo des ›King-Kong‹ Dienst tat, denn aus dem Klo hatte ihn ja die Kripo geholt und hierhergebracht. Er weinte schluchzend, die Tränen rannen über sein bleiches Gesicht. Er saß auf einem unordentlichen, benutzten und noch nicht wieder bezogenen Bett, und eine Menge Leute eilten hin und her und redeten durcheinander. Es waren Beamte von der Mordkommission und vom Erkennungsdienst und Fotografen und Experten für Spurensicherung. Sie machten alle ihre Arbeit, routinemäßig und schnell. Als Fräulein Luise mit ihrem Führer Wilhelm Reimers eintraf, waren sie schon fertig, und aus einem der Wagen, die vor dem Hotel parkten, holten zwei Männer in grauen Kitteln etwas, das wie eine geschlossene Metallwanne aussah. Sie schleppten es in den ersten Stock, öffneten das Ding, legten Karl Concon junior hinein, schlossen das Ding wieder und schleppten es die Treppe hinab, zu dem Wagen zurück. Und Karl Concon senior saß auf dem verhurten Bett und weinte.

Der Leichnam in dem Metallbehälter wurde an Fräulein Luise vorübergetragen, als die sich gerade anschickte, die Treppe hinaufzusteigen. Niemand kümmerte sich um sie, alle Männer waren zu beschäftigt, und der Portier war nun nicht mehr besoffen, sondern unrasiert und blaß und nüchtern, und er stank nach Schnaps. Da plötzlich trat der ukrainische Hausdiener Panas Myrnyi Fräulein Luise in den Weg und sagte: »Sie können jetzt nicht hinauf.«

Fräulein Luise – sie war mit Reimers zu Fuß vom ›King-Kong‹ herübergekommen – sah ihn aufmerksam an. Sie befand sich in einem mächtigen Erregungszustand, und der ließ sie viel von ihren guten Vorsätzen und ihrer Vorsicht vergessen. Sie blinzelte Myrnyi mit einem Auge zu und flüsterte: »Ukrainer, was?«

»Ja«, sagte Myrnyi erstaunt.

»Warst einmal Bauer in deiner Heimat, gelt?« flüsterte das Fräulein.

Er nickte verblüfft, aber das bemerkte sie nicht.

»Also auch hier«, sagte sie. »Ihr seids überall, wie ihr versprochen habts. Was war? Erzähl.«
Der Hausdiener, gewohnt, mit ›du‹ angesprochen zu werden, zögerte.
»Wer sind Sie, bittschön?« fragte er.
»No, das weißt du doch«, sagte das Fräulein, während Reimers gleichzeitig sagte: »Wir haben im ›King-Kong‹ gehört, was passiert ist. Die Dame wollte mit Herrn Concon sprechen. Dringend. Das ist ja nun leider nicht mehr möglich.«
»Die Polizei ist oben«, sagte Myrnyi unsicher. »Ich darf keine Auskünfte geben.«
»Mir schon«, sagte das Fräulein. Sie öffnete ihre schwere Tasche und ließ den Ukrainer die vielen Banknoten sehen. »Dreihundert für dich, wenn du mir alles sagst«, flüsterte sie und nahm drei Scheine, wonach sie die Tasche auf einen Sessel stellte.
Myrnyi wich vor ihr zurück in einen Gang, der zur Kellertreppe führte. Sie folgte ihm. Reimers blieb zurück. »Nun nimm schon«, sagte Fräulein Luise. »Du hast es gesehen, wie?« Plötzlich überfiel sie wieder dieses Gefühl, alles zu wissen, was geschehen war.
»Nicht gesehen direkt...«
»Natürlich nicht direkt«, sagte Fräulein Luise und steckte dem Hausdiener die drei Scheine in die Tasche seiner Schürze. »Aber drum herum alles, was? Wie ist es passiert?«
»Das haben mich schon zwei Männer gefragt... Ich meine, außer den Polizisten. Zwei Männer, die in der Nacht da waren und den Toten gesehen haben und auch fotografiert. Ich darf Ihnen nichts erzählen, meine Dame. Ich hab einen Vertrag unterschrieben und von den beiden Männern Geld bekommen dafür, daß ich sonst niemandem was erzähl.«
»Die beiden Männer, die kenn ich«, sagte Fräulein Luise grimmig. »Exklusivvertrag mit Blitz, was?«
»Ja«, sagte er verblüfft. »Woher wissen Sie...«
»Ich weiß noch viel mehr«, sagte Fräulein Luise. »Und du und ich, wir wissen, daß ich noch viel mehr weiß.« Sie sah ihn durchdringend an. Panas Myrnyi bekam einen Heidenschreck. Da er keine Ahnung haben konnte, worauf Fräulein Luise in ihrem Wahn anspielte, glaubte er sich ertappt.
Sie sah ihn stumm an.
»Also«, sagte sie endlich. »Du hast den Mörder vom Concon gesehen.«

»Woher ...«
»Egal, woher ich es weiß! Soll ich hinaufgehen zu die Polizisten und ihnen sagen, du hast ihn gesehen?«
»Nein ... Nein, nein, bitte nicht!« flüsterte er atemlos. Er rang die Hände. »Ist doch entkommen ... Wenn ich ihn der Polizei verrat ... Was macht er dann mit mir?«
Von diesem Gespräch erfuhr ich, wie von allem, was Fräulein Luise in Hamburg und auf der Fahrt dorthin erlebte, wie schon gesagt, erst viel später. Aber es war in der Tat so: Der Hausdiener hatte, im Gegensatz zu dem, was er uns erzählte, den Mörder nicht nur mit Karl Concon streiten gehört, er hatte ihn auch gesehen, wie er die Treppe heruntergeschlichen kam. Myrnyi hatte da auch in diesem Gang zum Keller gestanden. Und er hatte sich nicht gerührt vor Angst, und er hatte uns und der Polizei nichts gesagt vor Angst um sein tristes Leben. Jetzt aber drang eine wildfremde, durchnäßte, lächerlich wirkende ältere Frau auf ihn ein mit drohenden Gebärden und sagte ihm auf den Kopf zu, daß er den Mörder gesehen hatte. Panas Myrnyi zitterte vor Entsetzen.
»Wie hat er ausgeschaut?« fragte Fräulein Luise unerbittlich. »Ich muß es wissen. Denn es kann sein, daß der Mörder hier auch der Mörder von meinem kleinen Karel war. Wirst du reden, oder muß ich zur Polizei? Du sollst dich was schämen, ich hab gedacht, wir sind Freund!«
Diese letzte wirre Bemerkung bekam der Ukrainer in seiner Furcht nicht mit. Er sagte flüsternd: »Er wird mich abstechen wie den Concon, wenn ich ihn verrat. Sie dürfen so was nicht von mir verlangen, meine Dame.«
»Ich verlang es aber! Du kannst es dir aussuchen. Entweder du sagst es mir auf der Stelle, oder die Polizei wird es mir sagen. Also?«
Der Ukrainer knickte regelrecht zusammen.
»Also!« zischte das Fräulein.
»Also, bittschön«, stammelte er verzweifelt. »Das war ein großer Mann ... gut angezogen ... hat überhaupt nicht hierher gepaßt ... blauer Mantel ... Schirmmütze ... *da!*« schrie der Hausdiener, stieß Fräulein Luise beiseite und stürzte nach vorne.
»Wie ...«, begann das Fräulein, dann sah sie, was los war. Ihr Führer Wilhelm Reimers hatte ihre Tasche ergriffen, die sie auf den Sessel gestellt hatte, und war gerade im Begriff, eilig die winzige

Hotelhalle zu verlassen. »Nein!« schrie das Fräulein. »Aber Herr Reimers! Herr Reimers!«
Der Ukrainer warf sich von hinten auf den hochgewachsenen alten Mann und hielt ihn fest.
»Du Hund!« schrie er. »Willst du stehlen, was? Willst du Dame beklauen?«
»Hilfe! Hilfe!« schrie auch Reimers mit schriller Stimme. Er war leichenblaß und plötzlich wie von Sinnen. Er begann zu heulen gleich einem Wolf. Der Ukrainer entriß ihm die Tasche.
»Scheißer! Dieb! Schweinekerl!« schrie der Ukrainer.
Die Treppe herab kamen Schritte getrampelt. Plötzlich war die Reception voller Männer in Zivil und in Uniform. Ein älterer Mann im Trenchcoat mit dem Hut im Genick sagte einmal laut: »Ruhe!« Es wurde ruhig. »Was ist hier los?«
»Dieser Mann hat mit der Tasche von der Dame ausreißen wollen, ist gefällig, Herr Kommissar«, sagte der Hausdiener. Der Ex-Standartenführer zitterte derartig, daß er sich gegen eine Wand lehnen mußte. Er weinte jetzt so heftig, wie der alte Karl Concon noch immer weinte, oben im ersten Stock, in einem unappetitlichen Zimmer.
»Ist das wahr?« fragte der Kommissar Fräulein Luise.
Die durchfuhr ein heißer Schreck.
Polizei!
Sie durfte nicht mit der Polizei in Konflikt kommen!
»Nein ... nein ...«, stammelte Fräulein Luise.
»Was heißt nein?« rief Panas Myrnyi. »Ich hab es doch selber gesehen! Und Sie auch! Sie haben doch auch geschrien!« Er hielt dem Kommissar die geöffnete Tasche hin. »Bittschön, ist gefällig, Herr Kommissar, mit dem vielen schönen Geld hat der Lump verschwinden wollen!«
»Wie heißen Sie?« fragte der Kommissar.
»Ich ... ich ... Reimers ... Wilhelm Reimers ... Mein Gott, ist das furchtbar ...« Der alte Mann hielt beide Hände vors Gesicht und schluchzte, daß sein ganzer Körper bebte.
»Und Sie?« fragte der Kommissar das Fräulein.
»Luise Gottschalk«, sagte sie, voller Furcht. Was geschieht jetzt? Was geschieht jetzt? dachte sie.
»Und was machen Sie hier?«
Reimers sagte: »Ich habe die Dame nur begleitet. Sie kommt von auswärts.«

»Von wo?«
Fräulein Luise schwieg.
»Von wo kommen Sie, Frau Gottschalk?«
»Aus Neurode«, antwortete sie.
»Und was wollen Sie hier?«
»Ich will gar nichts hier«, sagte Reimers mit der feigen Behendigkeit der Ratte.
»Nein, nur die Tasche mit dem Geld stehlen«, sagte der Kommissar.
»Ich wollte bloß etwas an die Luft gehen ...«
»Hören Sie auf!«
»Ich bin doch nur hierhergekommen, weil die Dame mich gebeten hat, sie zu begleiten! Ich habe sie schon auf ihren Wunsch nach Sankt Pauli begleitet!«
»Ist das wahr, Frau Gottschalk?«
Fräulein Luise nickte gramvoll.
»Dann sagen Sie mir endlich, was Sie hier suchen?«
Fräulein Gottschalk schüttelte den Kopf.
»Sie wollen es nicht sagen?«
»Ich ... ich ... Bitte, Herr Kommissar, lassens Gnade für Recht ergehen ... Wir verschwinden ... Sie sehen uns nie wieder!«
»Ah nein«, sagte der Kommissar. »Ah nein, Frau Gottschalk. So geht das nun auch wieder nicht. Hier ist ein Mord geschehen, aber das wenigstens dürften Sie doch wissen. Oder wissen Sie das auch nicht?«
»Doch, Herr Kommissar«, sagte Fräulein Luise ergeben, »das weiß ich.«
»Und deshalb sind Sie hier?«
»Ja, deshalb bin ich hier.« Es hat ja doch keinen Zweck, dachte sie. Nichts hat jetzt mehr Zweck.
»Wachtmeister Lütjens!« rief der Kommissar.
»Jawoll!« Ein junger Mann in Uniform kam die Treppe heruntergepoltert.
»Nehmen Sie sich einen zweiten Mann und fahren Sie diese beiden Leute auf die Davidswache. Ich komme in einer halben Stunde nach.«
»Nein!« rief Fräulein Luise unglücklich. »Nicht auf die Wache!«
»Klar auf die Wache«, sagte der Kommissar. »Da werden wir uns in Ruhe über alles unterhalten. Ich bin sicher, Sie haben mir einiges zu erzählen.«

»Sie können mich nicht einfach festnehmen!« rief Fräulein Luise mit letzter Kraft.
»Ich nehme Sie nicht fest. Ich bitte Sie, den Beamten auf die Davidswache zu folgen. Sie sind fast das Opfer eines schweren Diebstahls geworden«, sagte der Kommissar. »Den anderen Mann verhaften wir. Bewiesener Diebstahlsversuch.«
»Herr Kommissar, bei meiner Ehre ...«, begann Reimers, doch der Kommissar unterbrach ihn angewidert: »Bei Ihrer Ehre, Scheiße. Alten Frauen Geld stehlen, das ist Ihre Ehre, was? Los, Lütjens, ab mit den beiden!«
Der junge Wachtmeister ergriff höflich Luises Handgelenk und schob sie vorwärts, während ein anderer Polizist Reimers einen Arm auf den Rücken drehte, die Tasche aus den Händen des Kommissars in Empfang nahm und zu dem Ex-Standartenführer sagte: »Los, ab!«
»Bitte, meine Dame«, sagte Wachtmeister Lütjens. Fräulein Luise sah zu ihm auf. Sie fühlte sich am Ende, absolut am Ende. Während sie willenlos neben ihm her zum Ausgang schritt, mußte sie an eine Stelle aus dem Buch Hiob denken, das sie fast ganz auswendig konnte, und während sie in den Regen hinaustrat und neben Reimers in einen Streifenwagen kletterte, und während der Streifenwagen losfuhr, dachte sie diese Worte: ›Du erneuerst Deine Zeugen wider mich und machst Deines Zornes viel auf mich; es zerplagt mich eins über das andere in Haufen. Warum hast Du mich aus Mutterleib kommen lassen? Ach, daß ich wäre umgekommen und mich nie ein Auge gesehen hätte! So wäre ich, als die nie gewesen sind, von Mutterleibe zum Grabe gebracht. Ist denn mein Leben nicht kurz? So höre Er auf und lasse ab von mir, daß ich ein wenig erquicket werde, ehe denn ich hingehe und komme nicht wieder, ins Land der Finsternis und des Dunkels, ins Land, da es stockfinster ist und da keine Ordnung ist, und wenn's hell wird, so ist es wie Finsternis ...‹
Und die Sirene des Streifenwagens heulte, und der Regen klatschte gegen die Scheiben, und das Fräulein war so verzweifelt, wie sie noch nie in ihrem Leben verzweifelt gewesen war, mit der einzigen Ausnahme jener Zeit, da ihre Mutter starb.

6

So etwas von einem versauten Mittagessen hatte ich noch nicht erlebt. Man soll sich eben auf nichts freuen. Als Bertie und ich im Hotel ankamen, war es schon zwei Uhr. Irina saß im Salon und starrte in den Regen hinaus. Sie war sehr schweigsam. Ich dachte, daß ich ihr die neuen Sachen nach dem Essen geben wollte, und trug den Koffer ins Schlafzimmer. Dann klingelte ich den Zimmermädchen, denn hier mußte nun aufgeräumt werden. Ich hatte, als wir eintrafen, mit meinem alten Freund, dem Chefportier Hanslik, gesprochen, und er hatte gesagt, wir könnten in einem freien Salon auf unserer Etage essen, wenn ich nicht in den Speisesaal kommen wollte. Das wollte ich nicht. Ich hatte Angst davor, daß Irina etwas passieren könnte.

»Sie müssen sich aber ein wenig beeilen, Herr Roland«, sagte Hanslik. »Das Restaurant serviert nur bis halb drei. Und auf der Etage dauert das alles noch länger, nicht wahr ...«

»Ist gut, Herr Hanslik«, sagte ich. Da war aber noch Hem, der auf Nachrichten wartete und den ich anrufen mußte. Zwei Etagenmädchen erschienen mit einem Staubsauger und ihrem Wagen voller Putzsachen und neuen Handtüchern. Ich wurde nervös. Vor allem störte mich Irinas Traurigkeit. Ich dachte, daß ich Idiot jetzt auch noch anfing, auf dieses Schwein Bilka eifersüchtig zu sein. Das hatte mir noch gefehlt. Ich trank einen Schluck aus der Hüftflasche, zündete eine Zigarette an und sagte den beiden Zimmermädchen, sie sollten zuerst das Schlafzimmer und das Bad in Ordnung bringen. Und Bertie sagte ich, er solle mit Irina schon in den Salon gehen und das Essen bestellen, ich käme bald nach.

»Was willst du haben?« fragte Bertie.

»Ganz egal. Was du mir aussuchst«, sagte ich.

Nachdem er mit Irina abgezogen war, setzte ich mich auf die Chaiselongue im Salon, trank noch einen Schluck und verlangte bei der Telefonzentrale meine Redaktion in Frankfurt. Von nebenan hörte ich dumpf das Geräusch des Staubsaugers. Die Stimmen der Mädchen, die sich gewiß unterhielten, hörte ich nicht. Also konnte ich ruhig riskieren zu sprechen, als ich Hem am Apparat hatte. Bevor ich etwas sagen konnte, erklärte er mir: »Herford ist begeistert! Der weiß überhaupt nicht, was er sagen soll! Mutti jubiliert! Lester hat den Schwanz eingezogen und macht auf Freundschaft, Freundschaft. Ihr kriegt vier Seiten. Riesenaufmachung.

Den Leichenmüller hetzen sie mit dem Layout herum, daß dem die Zunge heraushängt.«

»Und mein Name?«

»Ganz groß, sei ruhig, Junge, sei ruhig. Deine Story. Niemand nimmt sie dir weg. Schon im Aufreißer wird es heißen: Der neue Roland.« Er lachte.

»Was ist so komisch?«

»Ach, alles«, sagte Hem. »Die Fortsetzung, die du noch geliefert hast, hat der Frauenkonferenz gefallen. Aber Herford hat Blut geleckt, weil Lester ihm von den Einwänden erzählte – weißt schon, mehr über den Mann, wie man ihn reizt, wie er zu reizen ist –, und so hat Herford eine Blitzanalyse angefordert beim heiligen Stahlhut. Der Computer hat sie gerade geliefert. Halt dich fest. Die Serie, die jetzt läuft, dein ›Vollkommener Sex‹, wird übergeleitet in eine Serie über den Mann und seine Lüste und Eigenarten. Du schreibst nur noch eine Brücke, und dann beginnt die neue Serie. Herford fragte mich vorhin, ob du das auch bestimmt schaffen wirst, zwei Serien gleichzeitig.«

»Klar!« rief ich aufgeregt. »Klar schaffe ich das!«

»Herford geht jetzt ganz groß ran«, sagte Hem. »Will an die Spitze. Mit deinen beiden Serien. Sex und Tränendrüse. Und Linksdrall. Der Computer prophezeit einen Bombenerfolg.«

»War nicht anders zu erwarten.«

»Nein, war es nicht. Der Computer hat auch schon den Titel für die neue Sex-Serie geliefert: ›Der Mann – Total‹.«

»Was?«

»Der Mann – Total«, sagte Hem. »Bereits angenommen, der Titel, wird schon gezeichnet. Heute nachmittag findet eine Titelblattkonferenz statt. Zuerst fängt ja deine Lagerstory an. Wahrscheinlich werden wir diesen kleinen Jungen nehmen, wie er ohnmächtig auf dem Barackenboden liegt, die Trompete neben sich. Prima Aufnahme von Bertie, sag's ihm, es wird ihn freuen. In der folgenden Nummer fängt dann Mann-Total an. Dazu wollen sie sich auch noch was ganz Besonderes als Titelbild ausdenken. Sag mal, pervers bist du doch aber gar nicht.«

»Nein, nicht besonders.«

»Na ja, aber bei Mann-Total mußt du es sein. Das wird eine Chronik sämtlicher Perversitäten, die Männer aufregen. Hast du genügend Literatur? Ich habe schon losgeschickt. Man besorgt, was man kann.«

»Ich habe was Besseres«, sagte ich. »Tutti! Sie wissen doch, des Leichenmüllers große Liebe. Die muß ich ausfragen.«
»Großartig«, sagte Hem.
»Werde ich mir ein paar schöne Stunden machen mit Tutti«, sagte ich. »Und jetzt hören Sie bitte zu, Hem. Statt langer Erzählungen spiele ich Ihnen den Dialog im Präsidium vor.« Ich nahm den Recorder und knipste ihn an und hielt ihn an den Telefonhörer. So bekam Hem unser ganzes Gespräch mit den Verfassungsschützern Klein und Rogge mit. Ich auch noch einmal. Während ich zuhörte, regte mich das Gespräch von neuem auf. Was kam da noch alles? Ich legte den Recorder fort und erzählte Hem von den Männern des MAD, die Conny Manner bewachten. In Frankfurt schrieb Hems Sekretärin Ruth alles ins Stenogramm, was ich durchgab. Sie kam prima mit.
»Ich esse jetzt, und nach dem Essen fahre ich mit Bertie los«, sagte ich. »Zur Hamburger Außenstelle des MAD. Mal sehen, was da herauszukriegen ist.«
»Wird sehr schwer sein«, sagte Hem.
»Ja«, sagte ich.
»Und ruf wieder an. Und schickt die neuen Filme runter«, sagte Hem.
»Okay«, sagte ich. Die beiden Zimmermädchen hatten an die Schlafzimmertür geklopft und die Köpfe hereingesteckt. Ich hatte genickt. Sie machten nun im Salon sauber. Ich verabschiedete mich von Hem und legte auf.
»Sie brauchen es nicht zu gründlich zu machen«, sagte ich den Mädchen und gab jedem zehn Mark. »Hier ist nicht viel zu putzen. Und das Hotel ist voll. Ich nehme an, Sie haben genug Arbeit.«
»Arbeit zum Verrücktwerden«, sagte das hübschere der beiden Mädchen.
Ich nahm den Recorder und stellte ihn neben meine Schreibmaschine auf eine Stil-Kommode.
In der nächsten Zeit beging ich vier schwere Fehler. Einer von ihnen war nicht zu vermeiden, die anderen wären zu vermeiden gewesen.
Nachdem ich den Recorder hingestellt hatte, fiel mir etwas ein. Das Schränkchen, auf dem das Telefon ruhte, besaß ein eingebautes Radio und drei Tasten. Man konnte damit den NDR empfangen und Musik vom Tonband und Musik aus der Bar. Ich mußte Irina aufheitern, damit sie mir hier am Nachmittag, wenn sie wieder allein

war, nicht durchdrehte. Ich dachte, daß ich einen der Mixer – ich kannte alle – bitten wollte, schöne Langspielplatten von Peter Nero und Ray Conniff und Henry Mancini und ähnliche Musik aufzulegen, die ihm einfiel, während ich fort war, und ich wollte auch, daß Musik erklang, wenn ich Irina nach dem Essen animierte, eines der neuen Kleider anzuziehen, bevor wir sie verließen. Ich drückte auf die Bar-Taste, aber der Lautsprecher blieb still. Ich drückte auf die zwei anderen Tasten. Auch die funktionierten nicht. Ich rief die Zentrale.

»423, Roland. Mein Radio ist kaputt. Bitte schicken Sie mir einen Hauselektriker.«

»Es kommt sofort jemand, Herr Roland.«

»Danke.«

Der Hauselektriker kam nach wenigen Minuten. Ein junger Mann, schlank und blond, in einem blauen Overall und mit einem Werkzeugkasten. Ein freundlicher Mensch.

»Schönen guten Tag«, sagte er. »Ihr Radio ist nicht in Ordnung?«

»Nein. Alle Tasten sind tot.«

Er kniete vor dem Schränkchen nieder und öffnete den Werkzeugkasten.

»Werden wir gleich haben.« Er fing an, die Vorderseite des Kästchens mit dem Bastgitter abzuschrauben. Ich dachte, was ich plötzlich vor mir hatte – zwei Riesenserien, mein Comeback als seriöser Reporter vielleicht! – und trank einen Schluck aus der Flasche.

Die beiden Mädchen beendeten ihre Arbeit und verabschiedeten sich. Sie verschwanden mit Staubsauger, gebrauchten Handtüchern und ihrem Reinigungswägelchen.

»Was ist es denn?« fragte ich.

»Nichts Schlimmes«, sagte der Elektriker. »Eine Lampe. Und ein Kontakt.«

»Wie lange werden Sie brauchen?« fragte ich.

»Halbe Stunde vielleicht.«

»Ich muß essen gehen. Meine Freunde warten auf mich. Wir sind im Salon 436. Schließen Sie ab, wenn Sie fertig sind, und bringen Sie mir den Schlüssel, bitte.« Ich gab ihm zwanzig Mark.

»Danke herzlich«, sagte er. »Ich bringe den Schlüssel hinüber, mein Herr.« Er schraubte eifrig an dem Radio herum. Ich sah ihm noch kurz zu, dann sagte ich ihm guten Tag und ging schnell zu Irina und Bertie, die auf mich warteten. Damit hatte ich von meinen vier Fehlern bereits drei gemacht.

7

Das alles hätte mir nach so vielen Jahren in dieser Industrie niemals passieren dürfen. Niemals. Und es passierte mir doch. Ich war zu aufgeregt und zu überheblich und meiner Sache so verflucht sicher. Ich vertraute trotz all meiner Erfahrungen den falschen Leuten und mißtraute den falschen Leuten und glaubte, der Wahrheit auf der Spur zu sein, und hatte ganz vergessen, was ich in so vielen Jahren so genau erfahren hatte, nämlich, daß jedes Ding und jede Sache immer nur zum Teil wahr sind und zum anderen Teil falsch, und daß Wahrheit und Lüge, Recht und Unrecht ineinander übergehen, und daß diejenigen, denen man traut, einen verraten, und diejenigen, denen man mißtraut, einen retten können.
Das alles wußte ich, wußte es so genau, aber an diesem Tag muß ich es vergessen haben. Ich war einfach nicht mehr ich selber bei dem Gedanken daran, daß ich die Chance hatte, wieder ich selber zu werden.
Fehler Nummer eins: Daß der Radioapparat nicht funktionierte, mußte mich stutzig machen. In meiner Situation hätte ich ihn selber untersuchen und dafür sorgen müssen, daß er nicht mehr funktionieren *konnte*, egal, wie und in welcher Form, anstatt einen Elektriker zu rufen, den ich nicht kannte.
Fehler Nummer zwei: Ich hätte nie das Appartement verlassen dürfen, solange dieser Elektriker da arbeitete. Es hätten zu keiner Zeit Angestellte oder fremde Menschen im Appartement sein dürfen, wenn nicht wenigstens einer von uns dreien, Irina, Bertie oder ich, auf sie aufpaßte.
Fehler Nummer drei: Ich war so aufgeregt wie ein verfluchter Anfänger, und darum passierte es mir, daß ich den Recorder *eingeschaltet* neben meine Schreibmaschine stellte, und zwar, weil ich dauernd an den Knöpfen herumspielte, während das Gespräch mit den beiden Männern vom Verfassungsschutz ablief. Danach schaltete ich es geistesabwesend auch noch auf *Aufnahme*.
Bis hierher war das noch kein Fehler. Doch als ich den Recorder dann wieder zur Hand nahm, sah ich, daß er ausgeschaltet war und hielt das für ganz natürlich. Er hatte sich aber nur selbsttätig ausgeschaltet, nachdem das Band in der Kassette abgelaufen war. Und da beging ich meine Stümperei. Ich war schon wieder so in Eile, daß ich, in der falschen Erinnerung, die Kassette sei voll, diese herausnahm und wegsteckte und eine neue einlegte. Als ich die

abgelaufene Kassette dann endlich einmal abhörte und vernahm, was da noch gesprochen wurde, war es schon zu spät, war das Unglück längst geschehen.

8

Das Geräusch, wie die Knöpfe des Radios gedrückt werden.
Das Summen des Staubsaugers.
Meine Stimme: »423, Roland. Mein Radio ist kaputt. Bitte schikken Sie mir einen Hauselektriker.«
Das war das erste, was nach dem Gespräch im Polizeipräsidium vom Recorder aufgezeichnet wurde.
Es folgten meine Unterhaltung mit dem Elektriker und mein Abgang. Dann folgte eine Pause, in der man Arbeitsgeräusche vernahm.
Dann die Stimme des Elektrikers: »Es liegt am Mikro. Das Mikro hat sich gelöst.«
Eine akzentlose Stimme, wütend: »Trottel! Elender Trottel! Zu blöde, um ein Mikrophon einzubauen! Was hätte ich getan, wenn Roland Sie jetzt nicht gerufen hätte?«
Stimme des Elektrikers: »Ich bitte um Entschuldigung. Es tut mir leid. Ich kann nichts dafür. Da haben sich zwei Schrauben gelockert und ...«
Akzentlose Stimme: »Weil Sie sie nicht ordentlich angezogen haben! Alles wäre zu Ende gewesen, wenn Roland nicht – ich weiß auch nicht, warum – an dem Radio herumgefummelt und bemerkt hätte, daß es nicht geht!«
Stimme des Elektrikers: »Es wird nicht mehr vorkommen. Ich tue ja alles, was Sie von mir verlangen, alles tue ich, wenn Sie nur auch Ihr Wort halten.«
Akzentlose Stimme: »Mein Wort halte ich, wenn alles gutgeht und nichts durch Ihre Schuld passiert. Sonst können Sie mein Wort vergessen, Sie Trottel.«
Stimme des Elektrikers: »Hören Sie, ich riskiere alles für Sie! Meine Stellung! Anzeige! Zuchthaus!«
Akzentlose Stimme: »Für *mich?* Für Ihren *Vater* wollen Sie sagen!«
»Ja. Ja, natürlich ...«

Dazwischen Arbeitsgeräusche, Schrauben, Kratzen, Feilen, leises Klopfen.
»Eins, zwei, drei, vier, fünf, sechs, sieben ... Wie klingt es jetzt?«
»Jetzt klingt es wieder gut. Nicht zu fassen. Ein Mikrophon einbauen – schon zu kompliziert für den Herrn!«
»Ich bitte Sie, mir zu verzeihen!«
»Sie liefern gute Arbeit. Wir liefern gute Ware.« Kurzes Lachen. »Wir liefern die gute Ware *nicht*, meine ich.«
Arbeitsgeräusche, etwa fünf Minuten.
Dann: »Jetzt ist alles wieder eingebaut.«
»Packen Sie Ihr Zeug zusammen, und bringen Sie Roland seinen Schlüssel.«
»Jawohl. Und noch einmal Dank. Dank ... Danke ...«
Danach lief das Band in der Kassette bis zum Ende, ohne noch anderes aufzuzeichnen als die sich entfernenden Schritte des Elektrikers und das Öffnen und Abschließen der Appartementtür.
Das wäre dies.
Den vierten und größten Fehler machte ich gleich darauf, aber der ließ sich, wie gesagt, als einziger gar nicht vermeiden.

9

Ich kam in den Salon, in dem Irina und Bertie saßen. Sie hatten doch tatsächlich auf mich gewartet. Ich war gerührt.
»Bestellt haben wir schon«, sagte Bertie. »Lady Curzon. Seezunge Walewska. Pêche Melba. Einen Mosel, gute Spätlese, hat uns der Ober empfohlen. Ist dir das recht?«
»Herrlich«, sagte ich und strahlte Irina an. Sie erwiderte meinen Blick ernst. Sie war kaum geschminkt und trug noch immer ihr hellblaues Twin-Set und ihre flachen Halbschuhe. Sie sagte nichts. Bertie hatte nach dem Etagenkellner geläutet. Gleich darauf klopfte es, und die Tür wurde geöffnet. Es war jetzt Nachmittag, und am Nachmittag, so hatte der Frühdienst-Kellner mir gesagt, tat mein Freund Herr Oskar Dienst. Nur daß er nicht Dienst tat. Der Mann, der den großen fahrbaren Tisch mit der Damastdecke und den Heizplatten und dem Wein und den Suppen hereinrollte, war nicht Herr Oskar. Das war ein Kellner, den ich noch nie gesehen hatte.

»Guten Tag, Monsieur«, sagte er zu mir, während er sich ans Servieren machte. Er sprach mit französischem Akzent und trug zu seinem schwarzen Anzug mit dem auf Taille geschnittenen kurzen Jackett, dem weißen Hemd und der schwarzen Krawatte eine große blütenweiße Schürze umgebunden.

»Tag«, sagte ich. »Ich dachte, Herr Oskar hat Dienst heute ab zwei.«

»Hätte er auch gehabt«, sagte der fremde Kellner. Er hatte Schwierigkeiten mit den H's. »Aber morgen ich muß unbedingt etwas erledigen, und so wir haben getauscht.«

»Wie heißen Sie?«

»Jules, Monsieur. Jules Cassin.« Er hatte die Schildkrötensuppen serviert und goß jetzt etwas Weißwein in mein Glas. Ich kostete. Der Wein war hervorragend, und ich sagte es ihm.

»Merci, Monsieur.« Er zog sich zurück, nachdem er alle Weingläser gefüllt hatte.

»Ja, also dann guten Appetit«, sagte ich betont munter. Wir aßen. Keiner sagte etwas – es war, als säßen wir an einem Tisch, an dem drei Leute fehlen. »Was habt ihr denn?« fragte ich endlich.

»Ach, Fräulein Indigo«, sagte Bertie. »Ist die ganze Zeit allein. Macht sich Gedanken. Sorgen. Hat mir davon erzählt. Man kann's gut verstehen.«

»Natürlich kann man's verstehen«, sagte ich.

Und dann fingen wir beide an, tröstlich zu reden, und Bertie machte Witze, aber zarte, und ich dachte, daß ich mich wahrhaftig in Irina verliebt und mir das gerade noch gefehlt hatte. Ich streichelte ihre Hand und sagte, in ein paar Stunden würden wir viel mehr wissen, und Kellner Jules kam mit der Seezunge und einem zweiten Wägelchen und servierte äußerst elegant. Er war ein schon älterer Mann, über fünfzig, und hatte den Charme und die geschmeidige Geschicklichkeit französischer Kellner. Die Seezunge war hervorragend. Meine Laune besserte sich rapide, ich hörte auf, so nervös zu sein, und ich sagte Bertie, daß wir vier Seiten bekommen hatten und alle von seinen Fotos begeistert seien. Irina aß langsam, mit gesenktem Kopf. Sie sprach kein Wort.

Jules Cassin kam wieder mit der Pêche Melba und fragte, ob wir Mokka wünschten.

»Ja«, sagte ich. »Und Cognac. Remy Martin. Aber in unser Appartement, bitte.«

»Sehr wohl, Monsieur. Ich werde drüben servieren. Hier, Ihr

Schlüssel, Monsieur. Der Hauselektriker hat ihn mir gegeben. Radio ist wieder in Ordnung.«

»Danke, Herr Jules«, sagte ich. Im Salon brannte ein Lüster, draußen ließ der Dauerregen das Licht ganz früh an diesem Tag verfallen, es war einfach scheußlich draußen, und wir mußten bald wieder hinaus. Wir aßen das Eis, und ich sagte zu Irina: »Ich habe Ihnen etwas mitgebracht. Sie müssen jetzt drüben in unserem Salon warten, damit wir alles im Schlafzimmer hübsch auspacken können.«

Plötzlich lächelte sie. »O ja«, sagte sie. »Wie schön!«

Und Bertie und ich lächelten uns zu, weil Irina lächelte, und ich freute mich über dieses Lächeln wie über einen Sonnenaufgang, auf den man frierend lange, lange gewartet hat, und ich dachte nicht daran, daß es vielleicht kein fröhliches, echtes Lächeln war, dachte nicht daran, daß Irina Psychologie studierte, dachte nur daran, wie schön sie war, wie schön.

Ich klingelte. Jules, der Chef d'Etage, kam, und ich sagte ihm, daß wir nun in unser Appartement zurückgingen.

»Ausgezeichnet, Monsieur.« Ich bemerkte, wie er mir ein Zeichen machte, gab Bertie den Schlüssel und sagte, während ich so tat, als suche ich in meiner Tasche nach einem Geldschein für das Trinkgeld: »Geht schon voraus, ich komme gleich nach.«

Sie gingen.

Ich sagte: »Was ist los, Herr Jules?« und gab ihm zwanzig Mark.

»Danke, Monsieur.« Er blickte ostentativ auf seine Armbanduhr. »Jetzt ist es neun Minuten vor halb vier. Genau um halb vier wird Ihr Editeur Sie anrufen.«

»Was? Wieso wissen Sie ...«

»Später. Er wird Ihnen alles erklären. Das heißt, nicht er, sondern Monsieur Seerose.«

»Woher kennen Sie den Namen?«

Er lachte.

»Woher ich kenne den Namen!« Er wurde ernst. »Sie werden nicht hier angerufen werden, Monsieur, sondern im ›Club 88‹.«

»Wo ist der?«

»Direkt dem Hotel gegenüber. Der Portier wird Ihnen geben einen Schirm. Sie brauchen nur über die Straße zu gehen.«

»Warum ruft mein Verleger mich nicht im Hotel an?«

»Das wird er Ihnen persönlich sagen. Beziehungsweise Monsieur Seerose. Sehr wichtig für Sie. Bitte, gehen Sie.«

»Hat der Club denn schon geöffnet?«

»Das ist kein Club. Ist eine Bar. Ab drei Uhr geöffnet. Wenn Sie zurückkommen, werden Sie viel mehr viel besser verstehen. Jetzt gehen Sie, Monsieur, bitte. Nur noch fünf Minuten ...«

Ich ging. Und damit begann mein vierter Fehler, der größte von allen. Aber diesen Fehler hätte wohl jeder begangen.

»Oh, Monsieur. Ganz wichtig!« Ich war schon bei der Tür, als Jules das rief. Er kam mir nachgeeilt. »Hier, bitte.« Er drückte mir einen zusammengefalteten Zettel in die Hand.

»Was ist das?«

»Nehmen Sie mit in Bar. Sie werden es brauchen.«

10

Der ›Club 88‹ befand sich tatsächlich direkt dem Hotel gegenüber, in einem alten Patrizierhaus auf der anderen Seite des Harvestehuder Weges. Klein, sehr gemütlich, ganz in Rot gehalten, fast leer. Zwei Liebespaare saßen an Tischchen und flüsterten. Ich gab meinen geliehenen Schirm in der Garderobe ab, setzte mich und bestellte einen doppelten ›Chivas‹, pur. Kaum hatte ich das der Kellnerin, einem hübschen Mädchen mit schwarzem Minikleidchen, rosa Schürze und rosa Häubchen gesagt, da kam sie schon an meinen Tisch zurück.

»Herr Roland?«

»Ja.«

»Sie werden am Telefon verlangt, Herr Roland.«

Ich sah auf die Uhr. Es war genau 15 Uhr 30.

Das Mädchen eilte voraus, an der Theke und am Mixer vorbei, öffnete eine Mahagoniholztür und ließ mich in einen Gang treten, in dem elektrisches Licht brannte. Hier ging es zu den Toiletten. Am Anfang des Korridors befand sich eine Telefonzelle. Der Hörer lag auf dem kleinen Brettchen. Ich trat in die Zelle, nahm den Hörer und meldete mich.

»Hier Verlag Blitz, Frankfurt. Herr Roland?«

Ich erkannte Marions Stimme.

»Ja«, sagte ich. »Tag, Süße. Was habt ihr denn? Warum ruft ihr mich nicht im Hotel ...«

»Ich verbinde weiter, Herr Roland.«

Klick. Weg war sie.
»Roland? Herford hier.«
»Guten Tag, Herr Herford. Was soll ...«
»Keine Fragen stellen. So geht es schneller. Sie werden gleich alles kapieren. Zunächst ein Bibelwort. Römer zwölf, Vers zwölf: ›Seid fröhlich in Hoffnung, geduldig in Trübsal, haltet an am Gebet.‹ Halten Sie sich immer an am Gebet, Roland.«
»Gewiß, Herr Herford«, sagte ich. »Ich halte mich immer an am Gebet.«
»Sehr gut. Und: Herford gratuliert Ihnen, Roland!«
»Danke.«
»Prachtvoll, was Sie machen. Herford ist begeistert. Frau Herford auch. Das wird das größte Ding, das wir je hatten.«
»Toi, toi, toi.«
»Jetzt spricht Herr Seerose zu Ihnen. Wir sind in meinem Studio.«
Gleich darauf vernahm ich die kultivierte Stimme unseres Verlagsleiters, dieses so hervorragend gekleideten Gentleman mit besten Manieren.
»Hallo, Herr Roland.«
»Hallo«, sagte ich.
»Was ist das für eine Zelle, aus der Sie sprechen? Eine ganz normale?«
»Ja.«
»Gut. Dann hat Jules es richtig angefangen. Da kann niemand mithören.«
»Sind Sie sicher?«
»Ja«, sagte er kurz. »Darum rufe ich Sie ja dort an und nicht im Hotel.«
»Soll das heißen, daß im Hotel ...«
»Jules wird Ihnen alles erklären. Beschreiben Sie mir zur Sicherheit Jules.«
»Vielleicht dreiundfünfzig, so groß wie ich, graues Haar, schlank, grüne Augen, spricht etwas gebrochen deutsch.«
»Was für eine Uhr hat er?«
»Goldene Armbanduhr. Schmal und viereckig.«
»Schwarzes Zifferblatt.«
»Ja, stimmt. Aber ...«
»Er hat die Uhr von mir. Gab er Ihnen den Zettel?«
»Ja, Herr Seerose.«

»Lesen Sie mir die Namen vor.«

Ich zog den Zettel aus der Tasche und las: »Patrick Mezerette. François Tellier. Robert de Bresson. Michel Moreau. Charles Rabaudy. Philippe Fournier. Bernard Apis.«

»Ausgezeichnet. Kein Zweifel. Das ist mein Jules Cassin.«

»*Ihr* Jules Cassin?«

»Er wird es Ihnen erklären. Ich muß Ihnen erklären, was Sie nun zu tun haben und worum es geht bei diesem Jan Bilka.«

»Wieso müssen *Sie* mir das erklären?«

Pause.

Dann: »Weil ich besser Bescheid weiß als Sie. Ich bin ein ... hrm ... sehr inniger Freund gewisser amerikanischer Dienststellen. Habe mich mit einer unterhalten. Einer in Hamburg. Über Herrn Bilka und die ganze Geschichte, der Sie auf die Spur gekommen sind. Sie meinen doch auch, daß Herr Bilka versucht oder versucht hat, etwas zu verkaufen, nicht wahr?«

»Ja, die Idee hatten Engelhardt und ich natürlich.«

»Natürlich. Und haben Sie auch eine Idee, was das ist, das Herr Bilka zu verkaufen hat?«

»Nein«, sagte ich.

»Aber ich«, sagte Oswald Seerose, freundlich, ruhig und mit Würde. »Es sind sämtliche Pläne der Warschauer-Pakt-Staaten für den Fall eines Kriegsausbruchs in Europa.«

»Warschauer-Pakt-Staaten ...« Ich mußte Atem holen. Mir war auf einmal irre heiß in der Zelle. Schweiß brach aus.

»Ja«, erklang Seeroses Stimme. »Und er *hat* diese Pläne schon verkauft ...«

11

Fünf Minuten später stand ich wieder in meinem Appartement.

Bertie war da und der Chef d'Etage Jules Cassin, der mit viel Umständlichkeit den Kaffeetisch deckte – diesmal einen richtigen Tisch im Salon.

»Was war?« fragte Bertie.

»Gleich«, sagte ich. »Wo ist Irina?«

»Nebenan. Feiert Weihnachten.«

Es sah wahrhaftig so aus. Ich blickte ins Schlafzimmer, und da

stand Irina vor dem Bett, auf dem Bertie die Geschenke ausgebreitet hatte. Sie waren alle schön verpackt, und Irina stand ganz still und staunte die Pakete an.
»Na los, los«, sagte ich, »aufmachen! Anschauen!«
»Sie sind ja verrückt«, sagte sie. »Sie müssen verrückt sein, Herr Roland.«
»Natürlich bin ich verrückt«, sagte ich. »Sehen Sie sich alles in Ruhe an und probieren Sie, was da ist, ich kann alles umtauschen, und dann kommen Sie in den Salon hinüber. Aber ich will Sie aufregend geschminkt in einem neuen Kleid sehen, verstanden?«
Sie sah mich lächelnd an und nickte, und ich dachte, wie einfach es doch ist, Menschen glücklich zu machen. Dann dachte ich, daß Irina als Frau sicherlich trotz aller ihrer Sorgen eine Weile zu tun haben würde. Und das war gut so, denn ich brauchte eine Weile.
Ich ging in den Salon zurück und sagte zu Bertie: »Ich habe mit Seerose telefoniert. Er hat einen Draht zu den Amerikanern. Er weiß mehr, als wir wissen. Er weiß, was Bilka verkauft hat, worüber wir uns noch den Kopf zerbrachen.«
»Was?«
»Die ganzen Pläne der Warschauer-Pakt-Staaten für den Kriegsfall in Europa«, sagte ich. »An die Amis.«
Jules sah mich mit ausdruckslosem Gesicht an.
Bertie sagte etwas mühsam: »Die Warschauer-Pakt-Pläne? Sauber, sauber.«
»Ich wußte auch nicht«, sagte Jules. »Aber war es nicht gut, daß Sie befolgten meinen Rat und gingen in den ›Club 88‹?«
»Verdammt gut war es«, sagte ich. »Bloß warum, Herr Jules? Warum haben Sie mich hinübergeschickt? Warum konnte ich nicht von hier aus telefonieren.«
Der französische Kellner hob die Schultern.
»Sie kennen Herrn Hanslik, den Chefportier, nicht wahr. Nun, er ist ein guter Freund von mir. Heute wäre mein freier Tag gewesen, aber Herr Hanslik, er ruft mich an und sagt, ich soll sofort kommen ins Hotel, Sie sind da, und sind Männer erschienen in Telefonzentrale und haben da herumgebastelt, und Telefonistinnen sind überzeugt, daß sie eingerichtet haben Abhöranlage für Ihren Apparat in diesem Appartement. Hotelleitung hat natürlich angerufen Telegrafenamt. Die dort sagen, Arbeit von Männern ganz in Ordnung, Fehler in Zentrale. Herr Hanslik und ich trotzdem nicht glauben. Glauben, Sie sollen abgehört werden.«

»Wäre nicht unlogisch«, sagte Bertie. Ich sah, daß er Jules heimlich fotografierte, während ich zu dem Recorder ging. Ich war zu aufgeregt. Ich dachte nicht daran, daß unser Gespräch im Polizeipräsidium nicht die ganze Bandseite einer Kassette füllte. Ich sah nur das abgelaufene Band und den Apparat, der sich ausgeschaltet hatte. Mechanisch zog ich die Kassette heraus, legte eine neue in das Fach und schaltete den Recorder wieder ein. So einfach war das. Leider.

»Und?« fragte ich Jules.

»Und ich komme also sofort her und rufe Herr Seerose an, aus einer Zelle auf Straße, und er sagt, ich soll mich kümmern um diese Sache. Ist mir unendlich dankbar. Das bin ich ihm auch. Deshalb tue ich das alles. Deshalb ich habe mit Oskar Dienst getauscht. Um heute zu sein hier. Alle Gespräche sollen sofort über mich gehen – das hat Monsieur Seerose doch gesagt, nicht wahr?«

»Ja, das hat er gesagt.«

»Ich telefoniere drüben aus der Bar, wenn etwas ist los. Ich kann immer mal schnell kurz weg. Und ich bin Monsieur Seerose das einfach schuldig, daß ich jetzt helfe. Ihm und Ihnen. Bei eine solche Sache.«

»Woher kennen Sie Herrn Seerose?« fragte Bertie.

»Moment«, sagte ich. »Kann man uns im Schlafzimmer hören?«

»Unmöglich, Monsieur. Wände sehr dick, Türen sehr dick und gepolstert. Das waren einmal separate Zimmer. Sie können hier reden, so laut Sie wollen – nebenan man hört nichts. O lala, viele Damen schon sehr laut im Schlafzimmer, hier, im Zimmer daneben man hat nicht gehört die kleinste Piep. Eher noch am Gang, wenn man gehorcht hat an Tür.«

»Sie horchen alle, was?« fragte Bertie.

»Natürlich, Monsieur«, sagte Jules. »Es ist das halbe Plaisier von unsere Profession.«

»Trotzdem«, sagte ich und ging schnell zur Schlafzimmertür und öffnete sie. Irina, in einem neuen weißen Höschen und einem neuen weißen Büstenhalter, schrie leise auf. Sie war gerade dabei, das grüne Wollkleid mit dem schwarzen Lackgürtel zu probieren.

»Verzeihung«, sagte ich. »Ich wollte nur sehen, ob die Sachen passen.«

»Sie passen wie angegossen«, sagte Irina mit seltsam flackernden Augen. »Ich brauche noch ein wenig Zeit, dann stelle ich mich vor.«

»Ist gut«, sagte ich und schloß die Tür wieder. Ich sah Jules an, der den Tisch liebevoll gedeckt hatte, mit Mokka und Cognac und allem. »Also«, sagte ich, »Herr Seerose hat Ihnen das Leben gerettet. Stimmt das?«
»Ja, Monsieur. Darum ich würde immer alles für ihn tun.«
»Wann hat er Ihr Leben gerettet?« fragte Bertie.
Und der Recorder nahm auf, das wußte ich, und das eingebaute Mikro in dem Radioapparat nahm auf, und das wußte ich nicht. Ich sollte es schon noch erfahren.
Jules Cassin sagte: »Monsieur Seerose war Offizier in Frankreich. Ich bei Maquis. Sprenge große Brücke mit Kameraden. Deutsche erwischen uns – mich und alle die, die ich geschrieben habe auf Zettel. Damals Monsieur Seerose war Standortkommandant. Läßt uns flüchten. Riskiert Kopf dafür. Hat uns allen das Leben gerettet.«
»Ein Menschenfreund«, sagte Bertie.
»Keine Witze, Monsieur, bitte! Monsieur Seerose ist ein wunderbarer Mann. 1945 melde ich mich bei französische Militärregierung und sage, was er getan hat für unsere Gruppe. Daraufhin er bekommt eine der ersten Zeitungslizenzen. Hat sich zusammengetan mit Herr Herford, der hat aufgetrieben Geld, und voilà, BLITZ ist geboren!«
»Ach, so war das. Seerose bekam die Lizenz, nicht Herford.«
»Richtig. Wir waren Freunde, Monsieur Seerose und ich, gute Freunde.«
»Waren?«
»Sind noch immer. In Frankreich ich hatte alles verloren. Also sagt Monsieur Seerose: ›Jules, willst du kommen als Butler zu mir?‹ Er damals hat schon großes Haus geführt, wissen Sie? Acht Jahre ich war bei Herr Seerose. Ich war immer Kellner, das ist meine Profession. In Paris im ›Ritz‹, vor dem Krieg.«
»Und warum sind Sie von Herrn Seerose weggegangen?« fragte Bertie.
»Ach, ich wollte haben eigene Bar. Hat nicht geklappt.«
»Warum nicht?«
Jules machte eine Handbewegung.
»Nicht interessant. Mir geht es sehr gut hier. Ich bin zufrieden. Und immer noch in Schuld bei Monsieur Seerose.«
»Wußten Sie, daß er Beziehungen zu den Amerikanern hat?«
»Ja. Es kamen immer viele in sein Haus.«

»Was waren das für Leute?«
»Von speziellen Stellen. Lange Gespräche in der Bibliothek, über Politik und ...« Er brach ab, denn die Schlafzimmertür öffnete sich und Irina trat ein, in dem neuen grünen Kleid, den neuen Schuhen, den neuen Strümpfen, kräftig geschminkt, sehr verführerisch.
»Wunderbar«, sagte ich.
»Ich bin begeistert, Madame, wenn ich das äußern darf«, sagte Jules. Irina lächelte und drehte sich hin und her.
»Es gefällt Ihnen?«
»Prächtig«, sagte Bertie.
Irina befand sich in einem seltsam euphorischen Zustand.
»Und das Parfum, Walter! Das ist einfach herrlich!«
»Freut mich. Jetzt zieh auch noch das Kostüm an, bitte.«
»Gerne. Was ist denn hier los? Worüber unterhaltet ihr euch?« Sie lächelte, als sie das fragte, und ich schöpfte keinen Argwohn.
»Stell dir vor, Liebling«, sagte ich, »Herr Jules kennt jemanden aus meinem Verlag. Darüber reden wir.«
»Ach so.« (Ganz harmlos und lächelnd.) »Dann will ich nicht stören. Ich probiere das Kostüm. Aber unser Mokka ...«
»Kännchen stehen auf Heizplatten, Madame. Bleibt in Ordnung.«
»Danke, Jules«, sagte sie und lächelte ihm zu, und auch an dieses Lächeln sollte ich noch denken. Sie verschwand wieder. Mir fiel etwas ein; ich ging zum Telefon und ließ mich mit der Bar verbinden. Charlie hatte Dienst, und ich sagte ihm, er solle etwas Musik von Platten für uns machen, den Nachmittag über, und ich sagte ihm auch, was für Platten ich mir wünschte, und er sagte, er würde sie zusammensuchen. Dann drückte ich noch den Radioknopf für die Bar.
»Also, was hat Seerose nun gesagt«, fragte Bertie.
»Moment.« Ich schrie: »Irina!«
Es kam keine Antwort.
»Was ich Ihnen sage«, sagte Jules. »Kein Ton.«
Ich ließ mich in einen Sessel fallen.
»Also«, sagte ich, »nach Seerose sieht die Sache so aus: Dieser Jan Bilka verschafft sich Fotokopien – Mikrofilme – von den Plänen der Warschauer-Pakt-Staaten. Haut ab und fährt zu seinem Freund Michelsen, den er als amerikanischen Agenten seit Jahren kennt. Da glaubt er sich völlig in Sicherheit. Ein großer Irrtum. Denn sein guter Freund Michelsen, sagte Seerose, ist kein amerikanischer, sondern ein Agent in russischen Diensten. Seit vielen Jahren.«

»Bilka ist zu einem *russischen* Agenten geflohen?« fragte Bertie.
»Das ist ja grausig«, sagte Jules.
»Wartet ab«, sagte ich, »was Seerose weiter erzählt hat.«
In diesem Moment setzte die Musik ein, die aus der Bar kam. Es war ›A foggy day in London town‹, gespielt vom Orchester Ray Conniff.

12

»Also«, sagte ich, »ganz kurz. Michelsen ist ein Ostagent. Sehr erfolgreich. Wie man sieht, knüpfte er Kontakte zu möglichen Überläufern lange vor dem kritischen Zeitpunkt an. Bilka ist, das steht jetzt fest, unglaublich geldgierig. Auf Ethik pfeift er. Wie auf Irina. Er hat die ganze Zeit eine andere. Mit der flüchtet er zu Michelsen. Dem bietet er die Pläne an. Michelsen soll mit den Amerikanern verhandeln. Genauso hat Michelsen sich das gewünscht. Er tut auftragsgemäß und ganz im Sinne der Russen so, als wäre er ein Doppelagent, und verhandelt tatsächlich mit den Amerikanern. Dabei verlangt er außer dem Geld noch andere Dinge, auf welche die Amerikaner einfach nicht eingehen können: Freilassung von zwei in Amerika verurteilten Ostagenten; Auslieferung eines Top-Sowjet-Agenten aus Saigon und eines von den Israelis gefangenen sowjetischen Beraters der Ägypter; teilweisen Abbau von NATO-Raketenstellungen in Europa – denn Bilka ist Idealist, erklärt Michelsen ohne Bedenken und ohne daß der davon etwas ahnt; und Moralist ist Bilka auch, darum sollen die USA einen Porno-Skandal in Regierungskreisen, der bisher streng geheimgehalten werden konnte, öffentlich zugeben. Unmögliche Forderungen, wie gesagt. Er muß ja verhindern, daß die Amerikaner kaufen. Er braucht Zeit. Für seine russischen Auftraggeber, die auf diese Weise herausbekommen wollen, wo Bilka die Pläne hat.«
Ich liebe Gershwin. Das sentimentale Lied machte auch mich sentimental. Ich lauschte eine Weile.
»Na, vielleicht erzählst du weiter«, sagte Bertie. »Was heißt: Wo Bilka die Pläne hat?«
»Er hat sie natürlich nicht bei sich«, sagte ich. »Wäre ja schwachsinnig. Da müßte man ihn nur einfach umlegen und die Pläne klauen.«

»Natürlich«, sagte Jules. »Und wo sind also die Pläne?«

»Seerose sagte, die Amerikaner hätten ihm gesagt, Bilka habe den einen Teil der Mikrofilme an einen Freund in Helsinki geschickt, und einen anderen Teil an einen Freund in New York. Niemand weiß, was das für Freunde sind. Bilka verlangt, daß man ihn und seine Freundin zuerst – unter Bewachung natürlich – nach Helsinki fliegt und dann nach New York. Er will in die Staaten. In Helsinki wird er den ersten Teil der Filme übergeben und die erste Rate erhalten, in New York wird er den zweiten Teil übergeben und die zweite Rate empfangen.«

»Sehr schön ausgedacht«, sagte Bertie.

»Ein Mann von Intelligenz und Charakter«, sagte Jules.

»... and suddenly the sun was shining, shining, shining everywhere!« sang jemand. Sinatra war es nicht.

»Nicht schön genug«, sagte ich. »Denn Michelsen zog, wie Seerose mir erzählte, die Verhandlungen in die Länge. Bilka und seine Freundin konnten die Wohnung nicht verlassen. Sie waren ganz auf Michelsen angewiesen. Und der sagte, er stehe ständig in Verhandlungen mit den Amerikanern. Feilschte. Verzögerte. Damit der Osten Zeit hatte, alle Vorbereitungen zu treffen – zur Heimführung Bilkas und zur Rettung der Filme. Denn natürlich berichtete Michelsen zuallererst seinen *wirklichen* Auftraggebern, wo die Filme liegen. Die Russen hätten es geschafft, als angebliche Amerikaner mit Bilka nach Helsinki und auch nach New York zu fliegen und ihm die Filme abzunehmen, wenn nicht ...«

»Irina aufgetaucht wäre und eine so außerordentlich unerwünschte Unruhe in den Ablauf des Geschäfts gebracht hätte«, sagte Bertie.

Jetzt kam aus dem Radio die ›Rhapsody in Blue‹.

»Richtig. Irina gefährdete alles. Sie durfte nicht mit Bilka in Verbindung treten. Also schickte Michelsen oder einer von seiner Seite diesen Karl Concon los, um Irina zu entführen.«

»Und was mit ihr zu tun?« fragte Bertie.

»Was Schönes sicherlich nicht«, sagte ich. »Sie mußte aus dem Weg.«

»Ja«, sagte Bertie, »das leuchtet ein.«

»Weil Concon die Sache mit Irina vermasselt und dadurch uns in diese Geschichte hineingebracht hat, wurde er umgelegt.«

»Von wem?«

»Von seinen eigenen Leuten natürlich«, sagte ich. »Und jetzt paßt auf: Als Michelsen erfuhr, daß die Sache im Lager schiefgelaufen war, zeigte er sich von der allerbesten Seite seines Charakters. Er wechselte die Front *endgültig*, rief die Amerikaner an, ließ sich so schnell wie möglich von ihnen abholen und in Sicherheit bringen. Er ist also jetzt ein braver amerikanischer Agent, der die Ware geliefert hat. Sagt alles Seerose. So haben es ihm die Amis erzählt. Sie erzählten auch, daß die Russen noch einen Versuch gemacht haben, Irina in ihre Hand zu bekommen, als wir schon in Hamburg waren.«

»Der norwegische Matrose«, sagte Bertie.

»Ja. Die Amerikaner selber wollten Irina ebenfalls ruhigstellen. Denn sie wußten ja nicht, was wir mit ihr vorhatten. Mein Drogist und sein Freund also. Jetzt sind die Amis friedlich, weil wir Irina hier festhalten.«

»Und die Herren vom Verfassungsschutz sind es auch. Niedlich«, sagte Bertie. »Ganz niedlich. Wo steckt Bilka also jetzt? Er und seine Freundin und Michelsen?«

»In Sicherheit. Unter dem Schutz der Amis.«

»Und wo ist das?« fragte Bertie.

»Das weiß ich nicht. Hat Seerose nicht gesagt. Offenbar haben es die Amis Seerose auch nicht gesagt. Die wollen ihre Ruhe haben.«

»Wir müssen es aber herausbekommen«, sagte Bertie.

»Natürlich«, sagte ich. »Komisch.«

»Was ist komisch?«

»Daß sie Seerose nicht gesagt haben, wo sie Bilka und die anderen versteckt halten. Etwas viel Wichtigeres *haben* sie ihm gesagt.«

»Was?«

»Wann die Gesellschaft nach Helsinki abfliegt. Aber das ist vielleicht auch nicht wahr, das ist vielleicht nur ein Ablenkungsmanöver.«

»Oder sie sind jetzt ganz verflucht sicher, daß nichts mehr dazwischenkommen kann und wollten die größtmögliche Publicity. Vergiß nicht, wieviel wir schon herausgekriegt haben und was für Fotos BLITZ hat.«

»So wie ich kenne die Amerikaner, Herr Engelhardt hat recht«, sagte Jules. »Alles für Publicity. Weltsensation. Der jetzt schutzlose Osten. Die unbezwingbaren Amerikaner. So wird es sein.«

»Ja, wird es so sein?« sagte ich. »Ich weiß nicht . . .«

»Darum müssen wir vorher rauskriegen, wo Bilka wirklich steckt. Beschatten tu ich ihn dann schon. Wann wird er mit den anderen also abfliegen?« fragte Bertie.

Ich zog den Zettel heraus, den Jules mir mit den Namen seiner von Seerose geretteten Maquis-Kameraden als Erkennungszeichen mitgegeben und den ich auf der Rückseite vollgeschmiert hatte. »Heute abend soll das sein«, sagte ich, ohne die geringste Ahnung, daß ein Mikrophon in das Radio eingebaut war, ich armer, hohlköpfiger Idiot. »Unter Bewachung natürlich. Bilka, die Freundin, Michelsen. Zuerst die Mikrofilme in Helsinki abholen. Seerose sagte, sie fliegen mit der PANAM. Ab Fuhlsbüttel 19 Uhr 40. Dann landen sie in Helsinki um 22 Uhr 30. Die Maschine nach New York startet Punkt Mitternacht. Sie haben also genügend Zeit. Ich soll unter allen Umständen heute abend bei Irina bleiben, damit der nichts passiert, hat Seerose gesagt. Wenn ich Nachrichten zu geben habe oder Informationen brauche, muß Herr Jules für mich rüber in die Bar gehen und telefonieren. Seerose hat zu niemandem solches Vertrauen wie zu Ihnen, Herr Jules, soll ich Ihnen sagen.«
»Merci, Monsieur. Sehr freundlich von Herr Seerose, ich werde ihn nicht enttäuschen.«
»Und einer muß nach Helsinki mitfliegen, hat der liebe Monsieur Seerose gesagt«, meinte Bertie und erhob sich hinkend. »Und weil nur noch einer von uns dreien übrigbleibt, werden wir dem lieben Monsieur Bertie so schnell wie möglich Tickets kaufen. Nach Helsinki und nach New York. Ein Glück, daß ich einen warmen Mantel mithabe.«
»Du sollst dich natürlich im Hintergrund halten, aber gleichzeitig die Gesellschaft verfolgen und an Fotos schießen, was du nur kannst.«
»Einfachste Sache von der Welt. Wie immer«, sagte Bertie. »Na, ich komme schon zurecht, wenn ich erst weiß, wo Bilka und sein Anhang stecken.«
»Die Pläne der Warschauer-Pakt-Staaten, mon Dieu«, sagte Jules.
»Ja«, sagte Bertie, »da haben wir ein nettes kleines Histörchen zu berichten.« Er wandte sich an mich. »Wenn ich daran denke, daß die Russen jetzt natürlich nicht einfach die Händchen in den Schoß legen werden, dann wäre es mir doch ganz angenehm, eine Waffe zu haben.«
Ich ging in die Garderobe, nahm den Colt aus meinem Kamelhaarmantel und reichte ihn Bertie, der ihn in eine Brusttasche seiner Jacke steckte, wo man ihn als mächtige Ausbeulung erkennen konnte. »Du mußt dir eine andere Stelle aussuchen«, sagte ich.

»Sonst kommst du überhaupt nicht ins Flugzeug.«

»Mein dicker Mantel«, sagte Bertie. Wir hörten ein Geräusch und sahen uns um. Im Rahmen der Schlafzimmertür stand Irina. Sie trug jetzt das gelbe Jersey-Kostüm und die Lacklederpumps, und sie kam wie ein Mannequin näher, eine Hand in die Hüfte gestützt. Sie lächelte, und wir alle sahen sie an. Aus dem Radio ertönte das Ende der ›Rhapsody in Blue‹. Irina blieb stehen und fragte den Kellner: »Sie unterhalten sich noch immer? Ist es nicht wahrscheinlich, daß man anderswo nach Ihnen läutet?«

»Ich habe noch zwei Kollegen, Madame«, sagte Jules und verneigte sich. »Bezaubernd, ganz bezaubernd. Und nun entschuldigen Sie mich bitte.«

Ich sperrte die Appartementtür auf und hinter ihm zu – das tat ich für jeden, der kam oder ging. Ich war ungemein vorsichtig, ach ja, ungemein ...

»Wirklich, Irina, Sie sehen prima aus«, sagte ich, in den Salon zurückkommend.

Bertie pfiff durch die Zähne.

»Frau meiner Träume«, sagte er.

»*Meiner* Träume«, sagte ich. »Irina, würden Sie gestatten, daß ich Ihnen einen ganz kleinen Kuß ...« Den Satz sprach ich nicht zu Ende, denn sie erstarrte plötzlich, ihr Gesicht wurde weiß, das Lächeln war verschwunden. Sie brach in Tränen aus und lief in das Schlafzimmer zurück.

»Was ist?« fragte Bertie verblüfft.

»Die Musik«, sagte ich, während ich das Radio abstellte. »Die verfluchte Musik. Gerade jetzt. Gerade für Irina. Es war doch ihr Lied – ihres und Bilkas.«

Aus dem Radio hatte, süß, traurig und sehnsuchtsvoll, gespielt von vielen Geigen, der ›Reigen‹ eingesetzt ...

»Ach, du liebe Scheiße«, sagte Bertie.

Ich war plötzlich sehr unruhig. Da geschah es wieder. In meinem Leben – ich weiß nicht, wie es Ihnen geht – passiert alles zweimal. Große Lieben, große Enttäuschungen mit Menschen, schwere Unfälle, Rettung aus ausweglos erscheinenden Situationen, Todesgefahr. Nein, in Todesgefahr war ich bisher nur einmal gewesen. Aber sonst passiert es einfach mit allem. Sogar mit Liedern. Zuerst Karel und ›Strangers in the Night‹. Und jetzt Irina und der ›Reigen‹. Unheimlich, schon ein wenig unheimlich.

Bertie sagte: »Was soll ich ...«

»Du gar nichts«, sagte ich. »Bleib hier und warte. Das muß ich versuchen.« Ich ging in das Schlafzimmer und schloß die Tür hinter mir. Irina hatte sich auf das Bett fallen lassen, mit dem Gesicht nach unten, und weinte die goldgelbe Überwurfdecke voll. Auf dem Bett, auf dem Teppich, überall lagen geöffnete Schachteln und aufgerissenes Geschenkpapier. Ich setzte mich an den Bettrand, streichelte Irinas Schultern und begann beruhigend auf sie einzureden.

»So hören Sie doch auf ... Bitte, Irina, hören Sie auf ... Niemand kann etwas dafür, daß gerade dieses Lied gespielt wurde. Ich habe eigens für Sie ein bißchen Musik bestellt ... damit Sie sich fröhlicher fühlen ...«

»Unser ... Lied ...«, schluchzte sie und warf sich, auf dem Gesicht liegend, hin und her. »Unser Lied ...«

»Ja, ich weiß. Aber Sie wissen auch, daß Ihr Verlobter Sie gemein mit einer anderen Frau betrogen hat, und daß ...«

»Na und?« Auf einmal fuhr sie hoch, ganz nahe war ihr Gesicht vor meinem, die Augen funkelten. »Na und? Betrügt er mich! Hasse ich ihn? Bis zu meinem Tode, hören Sie, bis zu meinem Tode werde ich den Mann lieben, der mich betrogen hat!«

»Na schön«, sagte ich und fühlte mich plötzlich krank und alt, die Erregung der letzten Stunde war verflogen, »na schön, tun Sie es. Meinetwegen.«

Sie zerrte an ihrer Kostümjacke, öffnete die Knöpfe, zog sie aus, so daß sie im weißen Büstenhalter vor mir saß, und warf die Jacke zu Boden.

»Alles, was Sie mir geschenkt haben, können Sie zurückhaben! Ich will es nicht! Ich pfeife darauf!« Die letzten Worte hatte sie geschrien. Ich dachte, daß Jules gesagt hatte, in diesen Zimmern könne man schreien, so laut man wollte, aber ich dachte auch, daß ich weg mußte und Irina nicht in diesem Zustand zurücklassen konnte.

Darum sagte ich: »Ich war telefonieren, Irina. Ihr Verlobter hat eine sehr üble Sache getan.«

»Was für eine Sache?«

Mir war es jetzt egal. Sie mußte ruhig werden. Ich sagte: »Er hat Ihr Land verraten. Seines und Ihres. Euer Land. Sagen Sie nichts. Das weiß ich so sicher, wie ich weiß, daß Sie das schönste Mädchen sind, das mir je begegnet ist. Wir müssen ihn finden, Irina. Das ist unser Job. Er ist nicht der Jan, von dem Sie träumen. Er ist ein geldgieriger, mieser, charakterloser und verantwortungsloser Schuft, ein ...«

Sie schlug mir mit aller Kraft ins Gesicht, mein Kopf flog buchstäblich zur Seite. Danach erstarrte sie.

»Verzeihen Sie.«

»Aber natürlich«, sagte ich. Der Schlag brannte. Ich holte meinen Flacon hervor und trank einen Schluck.

»Es tut mir so leid.«

»Schon gut.«

Sie stammelte: »Ich verdanke Ihnen soviel ... meine Sicherheit ... mein Leben wahrscheinlich ... und da tue ich so etwas ... Ich bin nicht normal, Sie sehen, ich bin nicht normal.«

»Sie sind ganz normal«, sagte ich. »An Ihrer Stelle ginge es mir wahrscheinlich auch so. Muß schön sein, so geliebt zu werden wie dieser Herr Bilka. Nur daß dieser Herr Bilka darauf pfeift, daß es ihm lästig ist, so geliebt zu werden – sehen Sie das denn nicht endlich ein?«

»Doch«, sagte sie, sehr leise. »Doch, ich sehe es ein. Sie müssen mir verzeihen.«

»Habe ich schon.«

»... und Geduld mit mir haben. Ich bin wirklich ein bißchen verrückt, wissen Sie.«

»Wissen Sie, ich bin auch ein bißchen verrückt«, sagte ich. »Und nicht nur nach Ihnen. Überhaupt.«

»Walter ...« Das war nur ein Flüstern.

»Ja?«

»Alles tut mir leid, alles, was ich sagte ... Seien Sie nicht böse ... Ich ... ich habe mich so gefreut über die neuen Sachen ... So schöne hatte ich noch nie ... Und so etwas wird auch nie wieder vorkommen ... Ich schwöre es Ihnen.«

»Es darf auch nicht mehr vorkommen«, sagte ich. »Denn wir müssen Sie nun noch einmal allein lassen, und wir müssen sicher sein, daß Sie keine Dummheiten anstellen.«

»Ich sage doch, ich schwöre ...« Irina brach ab. »Sie glauben mir nicht!«

Ich schwieg.

»Sie glauben mir nicht!« rief sie.

Ich schüttelte den Kopf.

Da ergriff sie ihn mit beiden Händen und hielt mein Gesicht gegen das ihre und küßte mich auf den Mund, und vor der Süße dieses

Kusses verschwanden alle meine Angst und meine Sorgen, meine Unruhe und meine Traurigkeit.
»Glaubst du mir jetzt?« flüsterte Irina.
»Ja«, sagte ich und legte beide Arme um sie und küßte sie wieder. Ihr Mund wurde ganz weich, und ihre Zunge drang durch meine Lippen und traf auf meine. Ich dachte, daß ich nach Zigaretten und Whisky riechen mußte, und schämte mich dafür, aber der Kuß hielt an. Der Regen schlug gegen die Scheiben, im Schlafzimmer war es schon sehr dämmrig, und wer uns hätte sehen können, der mochte meinen, ein großes Liebespaar zu sehen.
Ich habe bereits geschrieben, daß ich in jenen Stunden nicht daran dachte, wie alles und jedes im Leben, jede Handlung, jedes Ding, ja selbst jeder Kuß nur zur Hälfte Wahrheit ist und zur Hälfte Lüge. Wir leben allein auf dieser Welt, jeder von uns – mehr als dreieinhalb Milliarden Menschen, in der Nacht ihrer Existenz, im Dschungel des Daseins und nach dem Gesetz des Dschungels.
Während ich Irina in den Armen hielt und leidenschaftlich küßte, fiel mir ein, was Bertie einmal erzählt hatte, als er aus Vietnam zurückkam. Da war ein G. I. gewesen, ein Neger, der im Lazarett in einem Rollstuhl saß und plötzlich zu Boden fiel. Dem Neger hatten sie beide Beine oberhalb der Knie abgenommen. Bertie eilte hinzu, um zu helfen, doch der doppelamputierte Neger schlug nach ihm und schrie: »Take your hands off me, you goddamn son of a bitch! Leave me alone! Everyone has to fight his own battles!«
Laß mich in Ruhe, du verfluchter Hurensohn! Jeder Mensch muß sich durch seine eigenen Schlachten kämpfen!
Bertie hatte gesagt: »But all I want to do is to help you.«
Alles, was ich tun will, ist doch, dir zu helfen.
Und der Neger hatte geantwortet: »Alone! He has to fight his battles alone. Everyone. Always.«
Jeder Mensch. Immer. Und immer allein.

13

Das erste, was Fräulein Luise hörte, als sie erwachte, waren viele Stimmen, männliche und weibliche, das Rattern von Schreibmaschinen und wüstes Gebrüll. Sie fuhr erschrocken hoch und öffnete die Augen. Was war geschehen? Ihr Kopf schmerzte leicht, und sie fühlte sich benommen und schwindlig. Sie sah, daß sie in einem spärlich eingerichteten Zimmer auf einem alten Ledersofa gelegen hatte, zugedeckt mit ihrem Wintermantel. An den Wänden hingen eine Luftaufnahme von Lübeck und eine Tafel voller Fahndungsbilder. Von den vier Fenstern war eines groß und mit einem grünen Vorhang verdeckt.

Eine grelle Frauenstimme ertönte aus der Nähe: »Das alte Schwein hat ja unbedingt hinten rein wollen, und ich hab ihm gesagt, das kostet aber extra, und er hat mir auch extra gegeben! Der war ja so besoffen, daß er nicht mehr wußte, wo hinten und vorne ist! Und jetzt sagt er, ich hab ihn beklaut! Das ist eine Sauerei, eine Sauerei ist das!«

»Ruhig, Susi, ruhig«, ertönte eine andere Frauenstimme. »Hier wird nicht geschrien. Das weißt du doch. Bist ja nicht zum erstenmal hier. Nun komm schön mit.«

»Wohin?«

»Runter in den Keller. Nicht lange. Nur bis wir den Haftbefehl haben für dich.«

»Ich bring euch um! Ich bring euch alle um!«

Heftige, laute Geräusche, ein Stuhl fiel um. Viele Stimmen. Susi wurde offenbar abgeschleppt. Ihr Gebrüll klang noch lange nach. Sie erging sich in unflätigen Ausdrücken.

»Die braucht dringend wieder eine Spritze«, hörte Fräulein Luise eine Männerstimme sagen. »In einer Stunde schlägt sie sich blutig in ihrem Koller.«

»Müssen wir eben sehen, daß wir sie in einer Stunde schon weg haben«, sagte eine andere Stimme. »Was mich diese Fixer ankotzen, Mensch.«

»Alles Gewohnheit«, sagte die erste Männerstimme.

Susi brüllte noch immer, aber schon entfernt. Eine Tür krachte zu. Nun war das Brüllen sehr leise. Schritte kamen wieder näher.

»Hallo!« rief das Fräulein mit belegter Stimme, und dann noch einmal, nachdem sie sich geräuspert hatte: »Hallo! Bitte!«

Ein Polizist kam in den Raum. Fräulein Luise erkannte ihn. Das war doch dieser Wachtmeister ... Wachtmeister ... na, wie hieß er gleich ... Lütjens, natürlich, der sie aus dem Hotel ›Paris‹ geführt hatte!

»Na«, sagte der große junge Polizist freundlich, »wie geht's? Ausgeschlafen?«

»Wo bin ich hier?« Das Fräulein war noch immer nicht ganz bei sich.

»Auf der Davidswache«, sagte Lütjens. »Wissen Sie das nicht?«

»Keine Ahnung ... Was ist denn mit mir passiert?« Ein Aufschrei. »Wo ist meine Tasche?«

»Keine Sorge. Die haben wir gut verwahrt, vorne im Abfertigungsraum.«

»Abfertigungsraum? Davidswache? Wie komm ich hierher?«

»Aber Fräulein Gottschalk, Sie müssen sich doch noch daran erinnern, wie Sie herkamen ...«

»Keine Ahnung.«

»... und wie sich der Herr Kommissar Sievers von der Mordkommission dann mit Ihnen unterhielt. Im Vernehmungszimmer.«

»Wer hat sich mit mir unterhalten? Ein Kommissar von der Mordkommission?«

»Ja. Wegen Herrn Concon. Der Mord im Hotel ›Paris‹. Fräulein Gottschalk!«

»Jetzt fängt die Erinnerung an«, sagte das Fräulein. »Also er hat sich mit mir unterhalten?«

»Ja.«

»Worüber?«

»Über alles, was Sie wußten. Sie haben auch sehr ausführlich erzählt.«

Was hab ich erzählt? grübelte das Fräulein. Was, lieber Himmel? Plötzlich vernahm sie die Stimme des toten amerikanischen Piloten. Sie kam aus der Richtung, in der Lütjens stand.

»Jetzt ist Luise verwirrt. Sie kann sich nicht erinnern. Sie hat nichts verraten, was unser Geheimnis ist. Sie kann das auch gar nicht, denn wir sind immer mit ihr!«

»Gott sei Dank«, sagte das Fräulein.

»Bitte?« fragte Lütjens.

»Nichts, nichts«, sagte Fräulein Luise hastig. »Der Herr Kommissar war zufrieden?«

»Sehr.«

»Wo ist er jetzt?«

»Längst weg!« Lütjens lachte. »Auf dem Präsidium vermutlich.«

»Längst weg?« Das Fräulein streifte den Mantel ab und erhob sich. Dabei taumelte sie ein wenig. Lütjens sprang herbei, um sie zu stützen. »Wieso längst weg? Wann war ... wie spät ist es?«
Der Wachtmeister sah auf seine Uhr.
»Fünfzehn Uhr vorbei«, sagte er.
»Was?« Fräulein Luise erschrak heftig. »Aber ich bin doch in aller Herrgottsfrüh zu euch gekommen ... Sie, Sie haben mich gebracht ... Das ist so viele Stunden her?«
Lütjens sagte gleichmütig: »Hauptsache, es geht Ihnen wieder halbwegs. Ich habe Tee für Sie gekocht in der Teeküche nebenan.«
Fräulein Luise sank auf das alte Sofa, dessen Spiralfedern quietschten.
»Ich hab hier stundenlang gelegen ...«
»Ja«, sagte Lütjens, der in die kleine Teeküche nebenan ging und mit einem Tablett zurückkam. »Hier, nun trinken Sie erst mal was.«
»Aber wie ist das denn passiert?«
»Am Ende von Ihrer Aussage vor dem Kommissar sind Sie umgekippt. Nur ein Schwächeanfall, sagte der Arzt von der Mordkommission. Er war zum Glück noch da. Hat Ihnen eine Spritze verpaßt und gesagt, daß Sie sehr übermüdet sind und daß wir Sie schlafen lassen sollen, bis Sie aufwachen. Also haben wir Sie hiergelegt, in unsern Aufenthaltsraum. Vorne ist ein solcher Rummel, und in den Zellen ist es nicht sehr gemütlich. Sie haben geschlafen wie ein Murmeltier, ich habe ein paarmal nach Ihnen gesehen.« Lütjens goß Tee in eine alte Tasse. »Nu trinken Sie man, Fräulein Gottschalk!«
Fräulein Luise verspürte Durst. Sie erkundigte sich: »Und Herr Reimers?«
»Der ist unten.«
»Wo unten?«
»Im Keller. Die Zellen sind im Keller.«
»Aber wieso haben Sie ihn eingesperrt?«
»Erlauben Sie mal!« Lütjens lachte wieder. »Was sollten wir denn mit ihm tun? Der Mann wird festgenommen und ins Untersuchungsgefängnis eingeliefert, sobald wir einen Haftrichter haben, dem wir ihn vorführen können. Das war immerhin Diebstahl.«
Fräulein Luise ließ fast die Tasse fallen.
»Nein!« rief sie. »Nein, ich bitt Sie, Herr Wachtmeister! Das will

ich nicht! Ich ... ich will nicht, daß Sie den Herrn Reimers einsperren! Ich erkläre mich für nicht geschädigt! Ich verzeih ihm! Das ist doch nur ein armer Irrender! Und er hat meine Tasche gar nicht gestohlen!«
»Weil es verhindert wurde im letzten Moment. Nein, nein, Fräulein Gottschalk, nun regen Sie sich nicht wieder auf. Das hat gar nichts mehr mit Ihnen zu tun. Nur noch mit dem Gesetz. Wir müssen diesen Reimers einfach festnehmen.«
»Aber das ist ja schrecklich ... der arme Herr Standar ... der arme Herr Reimers!« rief das Fräulein.
»Was heißt arm? Ein alter Ganove ist das«, sagte Lütjens. Von vorne wurde er gerufen. »Nun ruhen Sie sich noch ein wenig aus, das ist das Wichtigste.« Er verschwand, nachdem er dem Fräulein freundlich zugenickt hatte.

14

Etwa eine Viertelstunde später erhob sich das Fräulein. Luise sah, daß es hier verschlossene Türen und offene Durchgänge gab. Durch einen von ihnen gelangte sie in einen Gang. An der rechten Wandseite stand ein Zigarettenautomat, und eine Treppe führte in einen Keller hinab, aus dem gröhlender Gesang ertönte. In einer Zelle sang ein Betrunkener: »Es fiel ein Pup vom Dache, und brach sich das Genick. Da kam die Schutzmannswache, und nahm den Stänker mit. Der Stänker hat gestunken, weit über hundert Jahr, und ...«
»Schnauze!« kreischte eine Frauenstimme.
Fräulein Luise schritt an mehreren Zimmern vorbei. An den Türen waren Schilder: Sie las: WEIBLICHE SCHUTZPOLIZEI. SCHREIBRAUM 3. SCHREIBRAUM 2. SCHREIBRAUM 1. Dann kam ein offener Durchbruch, und auf einmal stand Fräulein Luise in einem sehr großen Zimmer, in dem es von Polizisten, Polizistinnen, Kriminalbeamten und Verhafteten nur so wimmelte. An Schreibtischen saßen Beamte hinter Maschinen. Neben ihnen saßen Männer und Frauen, die sie verhörten. Es gab, sah Fräulein Luise, eine Holzbarriere, die ein Stück des Raums abtrennte, ein Regal mit großen Fächern, in denen Gegenstände lagen, die man wohl den Verhafteten abgenommen hatte. Unter den Fächern befand sich eine

Reihe von Leuchtknöpfen. Über jedem stand die Nummer einer Zelle. Die Bundesfahne hing an einer Ecke schräg in den Raum. An den Wänden sah Fräulein Luise Stadtpläne und zwei schwarzgerahmte Fotografien von Polizeibeamten. Die sind vermutlich im Dienst getötet worden, dachte sie. Ein weiterer Mauerdurchbruch führte in einen zweiten großen Raum, aus dem die Meldungen der Funkwagen erklangen. Ein junger Beamter saß vor dem Apparat, sah Fräulein Luise. Dann erblickte sie ihren ›Führer‹. Er wurde gerade in den Raum gebracht, zwei Beamte geleiteten ihn. Er trug nun keinen Mantel, sein blauer Anzug sah erbarmungswürdig aus wie der ganze Mann – grau im Gesicht, zitternd vor Angst, mit unordentlichem grauem Haar.

»Herr Reimers!« rief das Fräulein.

Er blickte sie an und brach in Tränen aus. Sie wollte zu ihm stürzen, aber ein Polizist hielt sie an.

»Nicht«, sagte er freundlich. »Nicht, Fräulein Gottschalk. Bitte gehen Sie zurück in den Aufenthaltsraum, und ruhen Sie sich noch ein wenig aus.«

»Aber ich will doch nur dem Herrn Reimers helfen ...«

»Das können Sie nicht.«

»Warum ...«

»Bitte«, sagte Wachtmeister Lütjens, der herangekommen war. »Bitte, Fräulein Gottschalk, ich habe Ihnen doch schon alles erklärt. Sie können überhaupt nichts tun. Sie ...«

»Ich will nicht, daß der Herr Reimers eingesperrt wird! Ich will das nicht! Bitte, bitte, lassen Sie ihn laufen! Und ich muß auch gehen. Ich habe noch so viel zu tun. Nur versprechens mir vorher, daß Sie dem Herrn Reimers nichts tun. Ich verzeih ihm, ich verzeih im alles.«

»Nicht so laut«, sagte ein breitschultriger Beamter an einem Schreibtisch. »Bitte, hören Sie auf, Fräulein Gottschalk. Was mit Herrn Reimers geschieht, können nun nicht mehr Sie bestimmen. Und Sie müssen auch noch einen Moment warten.«

»Warum?«

»Wegen dem Amtsarzt«, sagte der große Beamte hinter dem Schreibtisch.

»Was für einem Amtsarzt?«

»Den wir gerufen haben. Er muß jeden Moment da sein. Hat furchtbar viel zu tun.«

»Wozu brauchen Sie einen Amtsarzt?« fragte das Fräulein.

»Na, wir können doch niemanden einfach so in die Psychiatrie einweisen«, sagte Lütjens. »Das geht nicht. Da muß ein Amtsarzt den Betreffenden vorher untersuchen. Und der Amtsarzt weist ein, wenn er zu der Überzeugung gelangt ist, daß Geistesgestörtheit mit Gemein- oder Selbstgefährlichkeit vorliegt. Nun, bitte, gehen Sie zurück in den Aufenthaltsraum, Fräulein Gottschalk.«
Ein Amtsarzt. Einweisung ins Irrenhaus. Allmächtiger Gott im Himmel! dachte Fräulein Luise. Warum werd ich so hart geprüft? Vielleicht soll ich bald zu meinen Freunden gelangen?

15

Eine Viertelstunde später etwa hörte Fräulein Luise, auf dem alten Sofa sitzend, dann Schritte und Stimmen im Flur. Sie erkannte die Stimme von Wilhelm Reimers und die von Wachtmeister Lütjens. Der sagte gerade: »Wenn Sie vielleicht hier hineingehen wollen, Herr Doktor. Schreibzimmer eins ist frei.«
Eine Tür wurde geöffnet und geschlossen, Schritte entfernten sich.
Moment! dachte das Fräulein und griff sich an den Kopf. Einen Moment, was ist denn das? Der Arzt kommt nicht zu mir? Der setzt sich mit Herrn Reimers zusammen? Ja sind denn hier alle verrückt geworden?
Fräulein Luise erhob sich lautlos und schlich durch den nun stillen und verlassenen Gang bis zur Tür des Schreibzimmers 1. Sie legte ein Ohr an das Holz und lauschte atemlos.
Drinnen war eine Unterhaltung in Gang. Reimers sagte gerade: »Strahlen, ja, Herr Doktor.«
»Was für Strahlen?«
»Elektromagnetische«, sagte Reimers. »Sie kommen aus mehreren Zentralen, die über die Stadt verteilt sind.«
»Aha«, sagte der Arzt interessiert. »Und?«
»Und diese Strahlen sind immer direkt auf mich gerichtet, Herr Doktor. Wo ich auch bin, wohin ich auch gehe, Tag und Nacht, immer. So können die Männer in den Zentralen alles hören, was ich sage ... auch wenn ich flüstere.«
»Auch wenn Sie flüstern, aha«, sagte der Amtsarzt.
Grundgütiger Gott im Himmel! dachte Fräulein Luise. Sie mußte kurz die Augen schließen.

»Auch jetzt hören die Männer in den Zentralen alles«, sagte Reimers im Schreibzimmer 1 mit gehetzter, angsterfüllter Stimme. »Ich erzähle Ihnen das, Herr Doktor, weil ich es nicht mehr aushalte. Diese ewige Verfolgung! Diese ewige Angst! Ich kann nicht mehr, nein, ich kann nicht mehr. Darum habe ich ja auch die Tasche der Dame stehlen wollen.«
»Warum?«
»Ist viel Geld drin. Ich habe gedacht, ich flüchte. In ein anderes Land. Weit weg. Aber inzwischen habe ich eingesehen, das wäre ganz sinnlos gewesen. Die Strahlen wären mir gefolgt. Sie hätten mir keinen Frieden gelassen, diese Männer.«
Das gibt es doch nicht! dachte das Fräulein, das gibt es doch nicht! Da vernahm sie wieder die Stimme ihres toten Amerikaners: »Das gibt es. Es gibt noch viel mehr. Und alles hat seinen Sinn. Auch wenn die armen Irdischen ihn nicht erfassen können.«
Fräulein Luise faltete die Hände und schluckte schwer.
Indessen hatte der Amtsarzt hinter der Tür gefragt: »Was sind denn das für Männer, Herr Reimers?«
»Sie gehören zu so einer Organisation, Sie verstehen?«
»Ich verstehe.«
»Und diese Organisation überwacht mich. Überwacht mich seit vielen Jahren.«
»Seit vielen Jahren also, Herr Reimers.«
»Es folgen mir auch immer mehrere Autos der Zentralen«, sagte Reimers. »Nachts geben sie sich Lichtsignale. Ich sehe alles genau. Glauben Sie mir nicht, Herr Doktor?«
»Aber gewiß glaube ich Ihnen, lieber Herr Reimers. Haben Sie ... haben Sie diese Geschichte schon mal anderen Leuten erzählt?«
»Ich werde mich hüten! Man weiß doch nie, wen man vor sich hat. Ihnen erzähle ich sie jetzt. Damit Sie meine Situation richtig verstehen. Damit Sie wissen, warum ich das Geld brauchte. Damit Sie mich vielleicht doch noch retten können.«
»Das werde ich auch tun. Warum verfolgen diese Männer Sie denn?«
»Das ist leider alles, was ich sagen kann«, antwortete Reimers. »Sie müssen verstehen: Weitere Auskünfte wären lebensgefährlich für mich.«
»Verstehe. Verstehe vollkommen«, sagte der Amtsarzt. »Wenn Sie bitte hierbleiben wollen. Ich bin gleich wieder da ...«
Fräulein Luise hörte, wie ein Stuhl gerückt wurde. Ganz schnell

eilte sie nach vorne in den mit Menschen überfüllten, lauten Abfertigungsraum. Sie stellte sich in eine Ecke neben ein Speibecken, das vorsichtshalber für alkoholisierte Verhaftete hier angebracht war.
Der Amtsarzt, ein kleiner, dicker Mann mit nervösem Gesicht, kam hinter ihr her. Ohne sie zu beachten, trat er an den Schreibtisch, an dem der große Beamte saß.
»Nun?« fragte der große Beamte. »Was ist mit ihm?«
»Das haben Sie gut erkannt«, sagte der Arzt. »Verfolgungswahn mit Halluzinationen. Ich schreibe sofort den Einlieferungsschein aus.« Er setzte sich und holte Formulare aus seiner Brieftasche.
Der tote amerikanische Bomberpilot stand jetzt hinter dem Amtsarzt, das wußte Fräulein Luise genau, obwohl sie ihn nicht sah. Fräulein Luise sagte sehr leise zu ihrem Freund: »Ich danke dir. Du hast mir wieder Mut gegeben.«
»Luise muß uns nur vertrauen«, sagte der tote Amerikaner.
Das Fräulein trat mutig vor. Der breitschultrige Beamte am Schreibtisch sah auf.
»Ich habe es eilig«, sagte Fräulein Luise entschlossen. »Ich möchte jetzt meine Tasche haben und gehen, bitte.«
»Fühlen Sie sich bestimmt schon wieder ganz wohl?« fragte der Beamte.
»Vollkommen«, sagte Fräulein Luise. Der Amtsarzt blickte kurz von seinem Formular zu ihr auf, dann schrieb er weiter an der Einweisung für Reimers.
»Ganz wohl«, sagte das Fräulein.
»Auf Ihre Verantwortung«, sagte der breitschultrige Beamte. »Lütjens, gib dem Fräulein ihre Tasche.«
Der junge Wachtmeister holte die schwere Tasche aus dem Regal mit den vielen Fächern.
»Alles drin«, sagte er. »Ich zähle Ihnen das Geld vor ...«
»Das ist nicht nötig«, sagte Fräulein Luise. »Hier verschwindet doch nichts!« Sie zögerte, dann fügte sie hinzu: »Ach, Herr Doktor, bittschön ...«
»Ja?« Der nervöse, überarbeitete Arzt sah sie wieder an.
»Herr Reimers ...«
»Was ist mit dem?«
»Das frag ich Sie, Herr Doktor! Kommt er jetzt auf die Psychiatrie?«
»Natürlich, natürlich.«

»Und die Anzeige wegen Diebstahl?«
»Das hat sich erübrigt. Sicher wird er in der Klinik bleiben.«
»Ja, eben«, sagte Fräulein Luise. »Drum frag ich. Er hat doch überhaupt kein Geld. Und das ist mir einfach ein schrecklicher Gedanke ...« Sie kramte in ihrer Tasche. »Ich möcht ihm etwas geben, daß er es besser hat und sich was kaufen kann, wenn's lang dauert ... Zigaretten und Waschzeug und was zum Essen und was weiß ich ...« Sie legte Scheine auf den Schreibtisch. »Hier«, sagte sie. »Bitte, das möcht ich ihm geben.«
»Was, vierhundert Mark?« fragte der breitschultrige Beamte verblüfft.
»Es ist doch mein Geld! Und er ist ein so armer Kerl! Ich hab gehört, was der Herr Doktor grad gesagt hat. Verfolgungswahn. Wer weiß schon, was das ist?«
»Hören Sie, dieser Mann wollte Ihnen Ihr Geld stehlen ...«, begann Lütjens, doch das Fräulein unterbrach ihn: »Und ich will ihm jetzt was schenken, denn er tut mir leid.«
Eine Pause folgte. Die Männer sahen einander an.
»Na schön«, sagte der Breitschultrige endlich. »Verbieten können wir Ihnen nicht, dem Mann was zu schenken. Ich gebe Ihnen eine Bestätigung dafür.«
»Ich brauch keine Bestätigung«, sagte Fräulein Luise.
»Aber wir brauchen den Durchschlag davon«, sagte der Beamte, der schon einen Block herangezogen hatte und schrieb. »Muß schließlich alles seine Ordnung haben. Sonst heißt es am Ende noch, wir hätten das Geld behalten.«
»Das würd ich nie auch nur denken!« rief das Fräulein.
»Sicher ist sicher«, sagte der breitschultrige Beamte und gab Fräulein Luise eine Quittung, auf die er noch einen Stempel gedrückt hatte.
»Danke schön«, sagte das Fräulein. »Und ich kann jetzt also gehen?«
»Natürlich, Fräulein Gottschalk. Ihre Adresse haben wir, wenn etwas sein sollte. Aber Sie fühlen sich bestimmt gut genug?«
»Ich fühl mich prima«, sagte das Fräulein und neigte grüßend den Kopf. »Vielen Dank, meine Herren. Besonders Ihnen, Herr Lütjens. Der Tee war ein Gedicht.«
»Gerne geschehen«, sagte Lütjens.
»Alsdern«, sagte sie, »dann geh ich jetzt. Grüß Gott, die Herren.«
Fräulein Luise gab allen die Hand, auch dem Arzt.

Lütjens brachte sie durch die Schwingtür in der Schranke noch bis zum Treppenabsatz.
»Auf Wiedersehen, Fräulein Gottschalk«, sagte er. »Und alles, alles Gute. Passen Sie auf Ihr Geld auf!«
»Das werd ich bestimmt«, sagte das Fräulein und schritt die neun Steinstufen zum Ausgang hinab. Unten drehte sie sich noch einmal um und winkte Lütjens zu. Er winkte zurück. Fräulein Luise spannte ihren Knirps auf, trat ins Freie, ging ein paar Schritte und erblickte dann ein Taxi. Sie hob einen Arm. Das Taxi hielt.
Fräulein Luise stieg ein und sagte dem Chauffeur: »Bittschön zum Eppendorfer Baum 187.«
»In Ordnung, meine Dame«, sagte der Chauffeur und fuhr los, die Reeperbahn hinauf, durch den Nieselregen. Fräulein Luise saß im Fond, die Tasche auf den Knien, ein friedliches Lächeln um die Lippen.

In der Davidswache trat der Wachhabende der uniformierten Polizei aus seinem Dienstzimmer in den Abfertigungsraum. Er ging zu dem Schreibtisch, an dem der Amtsarzt schrieb, und las über dessen Schulter mit.
»Na ja«, sagte der Wachhabende, ein älterer Mann. »Daß der nicht normal ist, habe ich mir gleich gedacht. Lütjens, sehen Sie mal nach diesem Reimers, der tut sich sonst noch was an.«
»Jawohl!« Lütjens verschwand.
Der junge Beamte, der die Sendeanlage für die Funkwagen bediente, die neben einem Fernschreiber stand, kam in den Bereitschaftsraum. Er hielt ein Papier in der Hand.
»Was ist, Friedrichs?« fragte der Wachhabende.
»Die Frau ... diese Frau ... Fräulein Gottschalk war doch da ...«
»Ja. Die ist gegangen«, sagte der breitschultrige Beamte hinter dem Schreibtisch. »Warum?«
»Gegangen? Sehr gut.« Friedrichs schlug auf das Papier. »Das ist unter andere Fernschreiben gerutscht. Noch solche von der Nachtschicht. Ich habe es eben entdeckt.«
»Na und?« fragte der Wachhabende.
»An alle Reviere«, sagte Friedrichs. »Vom Präsidium ... heute nacht ... Nach der Anzeige eines Psychiaters vom Ludwigskrankenhaus Bremen, eines gewissen Doktor Erkner, ist eine Geisteskranke namens Luise Gottschalk offensichtlich aus einer Anstalt geflüchtet und in einem Zug nach Hamburg gesehen worden ...«

16

An diesem Tag hörte es nicht mehr auf zu regnen.

Ich fuhr mit Bertie in dem Leih-Rekord ein weites Stück gegen Nordwesten. Um 16 Uhr 30 war es an diesem Tage fast schon Nacht, und alle Wagen fuhren mit Licht. Tropfen funkelten auf der Windschutzscheibe. Bertie saß neben mir, und im Fond lagen sein Kleidersack und seine Reisetasche mit Filmen und die Hasselblad und die Nikon-F.

Ich hatte – aus dem Appartement – noch Edith angerufen und ihr gesagt, ich würde wieder vor dem Krankenhaus warten, wenn sie von Conny kam, und dann sah ich nach Irina, der ich zehn Milligramm Valium gegeben hatte. Sie war Valium nicht gewöhnt, und darum wirkte das Zeug entsprechend stark. Sie lag ganz matt auf dem Bett und nickte mir nur schwach zu, als ich mich verabschiedete.

Im Reisebüro des ›Metropol‹ hatten wir einen Flug Hamburg – Helsinki in der Maschine ab Fuhlsbüttel 19 Uhr 40 mit PANAM gebucht und einen Weiterflug nach New York mit PANAM ab Helsinki um Mitternacht. Es hatte noch Platz in beiden Maschinen gegeben, die Karten waren am Schalter der Gesellschaft in Fuhlsbüttel deponiert. Dort konnte Bertie auch bezahlen. Er war diese Herumfliegerei in der Welt von einer Stunde zur anderen so gewöhnt, daß er nicht ein Wort darüber verlor. Er freute sich nicht, er beschwerte sich nicht, er hatte sich nur noch schnell telefonisch von seiner Mutter verabschiedet – aus der Telefonzelle im ›Club 88‹.

Während er seine Sachen zusammenpackte, hatte ich noch einmal alle Ausschnitte unseres Archivs über diesen Karl Concon durchgeblättert. Die Hamburger Dienststelle des MAD befand sich danach in der Von-Hutten-Straße, im Stadtteil Bahrenfeld, ganz im Westen, beim Lutherpark und beim Ottensener Friedhof. Da im Westen gab es einen Friedhof neben dem anderen, auch einen israelitischen. Ich hatte einen Zettel mit der Adresse eingesteckt und auch eine Fotografie Jan Bilkas. Die hatte Irina mir gleich nach unserer Ankunft in Hamburg gegeben, als ich sie darum bat. Leihweise. Bilka trug Zivil auf diesem Foto, und er sah sehr zufrieden aus. Auf der Rückseite des Bildes stand etwas Tschechisches. Es hieß ›In Liebe – Dein Jan‹, hatte Irina mir erklärt.

Nun fuhren wir am Alsterufer hinunter bis zum Alsterglacis, dann ein Stück die Siemensallee hinauf und an ›Planten und Blomen‹ und dem neuen Kongreß-Zentrum vorbei, das sich im Bau befand, hielten uns links und fuhren die Schröderstift-Straße entlang bis zum Elisabeth-Krankenhaus, und da bog ich in den Kleinen Schäferkamp ein und fuhr über die Altonaer Straße bis zur mächtigen Stresemannstraße und diese westwärts. Das war eine mühselige Reise, und ich dachte, was für eine Riesenstadt dieses Hamburg war, und ließ mich in dem Verkehrsstrom treiben und sah Menschenmassen auf den Gehsteigen dahineilen.

»Wie viele Menschen«, sagte ich zu Bertie, und er sagte: »Ja, furchtbar viele Menschen.«

Die Stresemannstraße fuhr ich immer weiter nach Westen, an Fabriken und Kirchen vorbei, bis zu dem Riesenwerk der DEMAG. Dahinter endete die Stresemannstraße in der Gabelung der Von-Sauer-Straße und der Bahrenfelder Chaussee. Dort bog ich scharf nach Norden ein und kam über die Norburger Straße in die Von-Hutten-Straße. Neben dem Lutherpark gab es hier ganz nahe auch noch den Bonnepark und viele Grünflächen. Hinter der Kreuzung Regerstraße hielt ich an, und wir gingen zu Fuß weiter durch den Regen und die Dunkelheit, vorbei an alten Häusern, alles Villen der Jahrhundertwende. Sie standen tief hinten in Vorgärten. Hier draußen roch es gut nach nassem Laub und Bäumen und Gras.

Bertie hatte sich beide Kameras umgehängt, er trug sie unter seinem Mantel. Es war nun schon ganz finster.

»Hast du den Feldstecher nicht im Wagen gelassen?« fragte Bertie.

»Nein«, sagte ich. Das Ding, ein sehr scharfes Glas, baumelte mir unter meinem Mantel an einem Riemen vor der Brust. Wir hatten es sehr oft verwendet, als wir noch zusammen recherchierten. Man sah über phantastische Entfernungen damit.

Ich bemerkte, daß Berties Kopfverband immer nässer wurde, denn er trug nie einen Hut, aber als ich etwas davon sagte, fluchte er nur und meinte, sein Kopf sei ihm egal, bei diesem Wetter schmerze ihn sein Bein immer besonders. Er hinkte auch sehr.

Wir kamen an ein hohes Gitter und gingen es entlang bis zu einem Einfahrtstor, das in einen großen, kahlen Garten führte. Ein Stück zurückgesetzt erhob sich da ein Backsteinbau. Das also war das Haus des MAD, so stand es in den Unterlagen aus unserem Archiv. Wir wollten ganz doof tun und fragen, warum MAD-Männer Conny Manner im Krankenhaus bewachten. Wenn man uns überhaupt vorließ. Und dann wollten wir ...

»Gott lebt«, sagte eine leise Stimme. Ich fuhr herum.
An das Gitter gepreßt, unter den kahlen, überhängenden Ästen eines alten Baumes, stand ein mageres Männchen, ärmlich gekleidet, mit einem gütigen Gesicht und tiefen Hungerlöchern in den Wangen. Der kleine Mann hielt, in einer Zellophanhülle, etwa ein Dutzend Zeitschriften in die Höhe, und ich las den Titel des obersten Heftes: DER WACHTTURM.
»Was ist los?« fragte Bertie.
»Gott lebt«, sagte der Kleine wieder, still und höflich.
»Klar lebt der«, sagte Bertie.
»Was kostet ein Heft?« fragte ich.
»Eine Mark, mein Herr.«
»Geben Sie mir fünf«, sagte ich. Er holte sie umständlich aus der Hülle und reichte sie mir. Ich gab ihm zehn Mark und sagte, er solle den Rest behalten.
»Ich danke Ihnen, mein Herr! Ich werde es den Armen geben.«
»Kaufen Sie sich lieber selbst ordentlich Brot und Wurst dafür«, sagte Bertie. »Sie sehen aus, als hätten Sie Hunger.«
»Ich habe auch Hunger«, sagte der kleine Mann, dieser Zeuge Jehovas.
Ich erfinde nichts, ich lüge Ihnen nichts vor, genauso war es, sie begegneten mir alle, einer nach dem anderen, Menschen, welche die Nationalitäten oder den Glauben von Fräulein Luises toten Freunden besaßen.
»Na, wenn Sie Hunger haben, warum gehen Sie dann nicht weg von hier und essen was?«
»Ich darf hier erst weggehen, wenn ich alle Hefte verkauft habe.«
»Wer sagt das?« fragte Bertie verblüfft.
»Ich selber sage das. Es ist ein Gelübde.«
»Hören Sie, hier kommen heute abend aber nur wenig Menschen vorüber«, sagte Bertie. »Wie viele Hefte sind Sie denn schon losgeworden?«
»Sie haben mir die ersten abgekauft«, sagte der Zeuge Jehovas. »Ich stehe seit elf Uhr vormittag da. Aber Sie haben gleich fünf Hefte genommen. Nun habe ich nur noch einmal fünf. Das ist mir noch nie passiert.«
»Was?« fragte ich und sah zu dem großen Haus, in dem alle Vorhänge an den Fenstern geschlossen waren. Es mußten dicke Vorhänge sein, ich sah nur zwei Lichtritzen.
»Daß jemand so viele ... Also sehen Sie«, sagte der Zeuge, »ich

bin Rentner. Ich stehe immer hier. In dieser Gegend, meine ich. Auch vor diesem Haus. Gar kein schlechter Platz! Viele, die herauskommen oder hineingehen, kaufen ein Heft. Und ich wohne in der Nähe. Und seit zwei Jahren habe ich mir das Gelübde auferlegt, aber nur sehr selten konnte ich es erfüllen. Meistens wurde ich zuletzt immer schwach und schwindlig und konnte nicht mehr stehen.«

»Gott wird Ihnen vergeben«, sagte Bertie.

»Er vergibt allen Sündern«, sagte der alte Mann. »Ich bin sehr glücklich, daß Sie gekommen sind. Bei Regen kauft mir kein Mensch etwas ab. Bei Regen sind die Menschen nicht gut.«

»Sehen Sie es so an«, sagte ich. »Sie haben zehn Mark statt fünf bekommen, also haben Sie praktisch alle Hefte verkauft. Da können Sie doch heimgehen!«

»O nein, mein Herr! Damit würde ich Gott zu betrügen suchen. Und Gott der Herr läßt sich nicht betrügen.«

»Na ja, wahrscheinlich nicht«, sagte Bertie. »Haben Sie eine Ahnung, wer da wohnt?«

»Viele Herren«, sagte der alte Mann.

»Was für Herren?«

»Ich weiß es nicht. Den ganzen Tag kommen und gehen welche. Manche tragen auch Uniformen. Und es kommen viele Autos. Da wird dann das Gittertor geöffnet, das geht automatisch. Schließt sich auch so.«

»Haben Sie schon mal mit den Herren gesprochen?«

»Oh, gewiß, oft. Wenn sie mir Hefte abkauften. Sehr höfliche Herren, wirklich, unerhört höflich. Ich sage Ihnen ja, es ist ein guter Platz. Ein paarmal haben mir die Herren im Laufe eines Tages alle meine Hefte abgekauft. Es gibt auch junge Mädchen, Sekretärinnen, denke ich. Die kaufen gleichfalls manchmal ein Heft. Guter Platz, ja«, sagte er verloren und nieste, ein hungriger, durchfrorener alter Mann.

»Und was sind das für Autos?« fragte Bertie.

»Ach, alle Arten von Autos. Gestern abend um halb neun etwa, zum Beispiel, also, das war ganz seltsam.«

»Was war da so seltsam?«

»Da stand ich noch hier.«

»Was, um halb neun?« fragte Bertie verblüfft.

»Mein Gelübde. Denken Sie an mein Gelübde! Ich hatte erst ein einziges Heft verkauft...«

»Ja, natürlich, wir verstehen schon«, sagte ich. »Und was war da, etwa um halb neun?«
»Da kamen zwei Autos voller Männer, und zwischen den Autos ein schwarzer geschlossener Wagen, so einer wie die, in denen man Tote transportiert, wissen Sie.«
»Aha«, sagte Bertie.
»Leichenwagen?« sagte ich. Und noch einmal: »Ein Leichenwagen?«
»Ja. Muß jemand da drinnen gestorben sein, dachte ich, und der Leichenwagen holt den Toten ab.«
»Holte es ihn ab?«
»Nun, zuerst fuhren alle Wagen in den Garten und hinter das Haus, ich konnte sie nicht sehen. Und gleich darauf, ein paar Minuten später, kamen die Autos wieder zurück, und der Leichenwagen hielt direkt neben mir, denn der Wagen vor ihm hatte gehalten, und der Chauffeur war ausgestiegen. Er kam zum Chauffeur des Leichenwagens – stand da, wo Sie jetzt stehen –, und er sagte zu ihm: ›Niendorfer Straße 333. Findest du hin?‹ Und der Chauffeur des Leichenwagens sagte etwas Seltsames.«
»Nämlich was?«
»Er sagte: ›Zu den Amis? Klar finde ich hin. Kenne die Straße. Also macht schon, damit wir weiterkommen.‹ Und dann fuhren sie alle wieder fort. Ich verstehe das nicht. Wieso brachten sie die Leiche zu den Amis? Was für eine Leiche? Zu was für Amis?«
»Niendorfer Straße 333?« fragte ich.
»Ja.«
»Sind Sie ganz sicher?«
»Ganz sicher! So eine Nummer merkt man sich doch. Was machen die mit einer Leiche in der Niendorfer Straße?«
»Hören Sie, ich will Ihnen auch noch die anderen fünf Hefte abkaufen. Und da sind noch einmal fünf Mark zusätzlich für die Armen.«
»Oh!« Er reichte mir mit zitternden Händen die restlichen Exemplare des WACHTTURM und sah mich mit verklärtem Gesicht an. »Ich danke Ihnen, mein Herr. Nun ist das Gelübde erfüllt. Seit langer Zeit wieder einmal.« Er schüttelte meine Hand. »Heute werde ich gut schlafen können, denn ich habe einen gesegneten Tag gehabt. Gott der Allmächtige möge Sie behüten und machen, daß auch Ihr Tag gesegnet ist.«
»Ja, das möge er«, sagte ich und sah dem alten Mann nach, der

mit großer Würde und auf steifen Beinen davonschritt. Er hatte einen vor Nässe fleckigen Mantel und ganz schiefgetretene Schuhe. Ich sah ihm lange nach.

»Na dann man los«, sagte Bertie schließlich. »Niendorfer Straße 333. Schwein, was man manchmal hat. Nicht zu fassen.«

»Ja«, sagte ich und dachte an Fräulein Luise, »nicht zu fassen«. Und ich dachte an den Antiquitätenhändler Garnot und an den Hauswart Kubitzky, an Fräulein Luises Franzosen und an den Polen, und an den Wagen der Städtischen Leichenbestattung, dessen Nummer Garnot sich aufgeschrieben hatte.

17

Also fuhren wir die Stresemannstraße zurück stadteinwärts bis zur Kieler Straße, und diese nordwärts hinauf bis zum Sportplatzring und an Hagenbecks Tierpark vorbei, über die Julius-Vosseler-Straße bis zu der viertelkreisförmigen Grelckstraße und dann die Niendorfer Straße auch immer weiter nach Norden. Wir passierten einen Bahnübergang, ich roch durch das offene Fenster an meiner Seite wieder Laub und Wald und wußte, daß sich links von uns, nicht weit entfernt, das Niendorfer Gehege befand, ein Naturschutzgebiet. Hinter dem Bahndamm ließen wir den Wagen stehen und gingen zu Fuß.

Auf der rechten Seite standen alte Häuser, in zweien gab es Kneipen. 333 lag auf der anderen Straßenseite, und so überquerten wir den Damm und kamen an einen langen Zaun aus Eisenstäben, oben mit Speerspitzen. Hinter dem Zaun lag ein großer Park mit einer breiten Auffahrt zu einer großen Villa, die von starken Scheinwerfern taghell angestrahlt wurde. Wir erreichten ein Eingangstor, und auf der anderen Zaunseite begannen sofort zwei riesige Schäferhunde wie von Sinnen zu bellen und an den Eisenstäben hochzuspringen. Bertie spuckte sie an. Da wurden sie noch viel lauter.

Die Villa hinten im Park besaß im ersten Stock einen Balkon, der von weißen Säulen getragen wurde. In dem hellen Licht der angestrahlten Fassade (die Scheinwerfer mußten im Gras und an den Bäumen installiert sein) erschienen zwei Männer in dunklen Anzügen auf der Terrasse am Haus. Ich holte schnell das Fernglas hervor, setzte es an die Augen und sah die beiden Männer nun deutlich. Sie waren breitschultrig und schwer und riesengroß, richtige Boxerfiguren. Einer hielt eine Pistole in der Hand. Sie starrten zum Tor. Ich erschrak über die Pistole, und das Glas glitt von selbst hoch. Da sah ich es dann, hinter dem Fenster am linken Ende des Balkons im ersten Stock. Da sah ich es dann ...

»Bertie, dort oben!«

»Schon bemerkt«, sagte er nur. Er hielt bereits die Hasselblad vor das Gesicht und schoß und drehte den Film weiter und schoß wieder, und ich dachte, wenn er Glück und einen sehr guten Film hat, dann können die Aufnahmen etwas werden – die Fassade war schließlich so hell angestrahlt wie eine Filmdekoration, und man konnte das Fenster oder einen Teil des Fensters auf den Fotos vielleicht stark vergrößern, auch wenn das Bild dann sehr grobkörnig wurde, vielleicht sah man doch noch den Mann und die Frau. Da im Fenster waren nämlich ein Mann und eine Frau zu sehen. Auch sie blickten zum Tor. Der Mann schien viel größer zu sein als die Frau, die jung und hübsch und blond war. Der Mann trug einen braunen Anzug, war etwa dreißig Jahre alt und machte einen kräftigen Eindruck. Das Haar war ebenfalls blond und militärisch kurz geschnitten, das Gesicht länglich. Ich drehte an der Optik des Fernglases, um ihn noch genauer zu bekommen, und da sah ich die Narbe an der rechten Kinnseite des gebräunten Gesichts. Es war der Mann, dessen Gesicht ich von Irinas Foto her kannte. Jan Bilka war es, da gab es keinen Zweifel.

»Ich will verdammt sein«, sagte Bertie, der immer noch Aufnahmen machte.

»Schluß jetzt«, sagte ich. »Komm weg hier. Zur Seite!« Ich mußte schreien, denn die Hunde tobten wie verrückt. »Hier wird es gleich verflucht hell werden.«

Er humpelte schnell seitlich hinter mir her, und tatsächlich flammten gleich darauf zwei starke Scheinwerfer in den Bäumen auf, die den Platz vor dem Eingang erleuchteten. Wir aber waren schon außerhalb ihrer Lichtkegel. Ich sah die Männer ratlos auf der Terrasse stehen.

»Wir haben ihn«, sagte ich. »Mensch, Bertie, wir haben ihn.«

»Ich weiß nicht«, sagte Bertie.

»Was heißt das?«

»Ich weiß nicht«, sagte Bertie. »Das geht alles zu beschissen glatt für meinen Geschmack. Viel zu beschissen glatt.«

»Ach was«, sagte ich. »Komm von der Straße weg. Da rüber in die Stampe. Von dort können wir die Einfahrt genau beobachten.«
Wir gingen wieder über den Damm zurück. Ein Wagen kam schnell näher. Er bespritzte uns mit Dreck, bog dann scharf ein und hielt mit pochendem Motor im gleißenden Scheinwerferlicht vor dem Gittertor.
Ein Mann in Hut und Mantel stieg aus und stellte sich ruhig hin, so daß ihn die Bullen auf der Terrasse gut erkennen konnten. Sie liefen durch den Regen über den Kiesweg zum Tor und öffneten es. Der Mann schüttelte beiden die Hände, setzte sich hinter das Steuer des Citroën, fuhr in den Park hinein und hielt wenige Schritte hinter dem Tor. Die Bullen verschlossen das Tor wieder, kletterten ebenfalls in den Citroën, und der fuhr zu der Villa, wo alle ausstiegen und im Haus verschwanden.
»Das gibt es nicht!« rief ich verblüfft.
»Doch, das gibt es schon«, sagte Bertie.
»Aber ich habe doch noch mit ihm gesprochen!«
»Wann? Vor zwei Stunden! Noch länger ist das her. Wenn er sofort nach eurem Gespräch zum Flughafen raus ist und eine Maschine klar war, dann kann er es leicht geschafft haben. So weit ist der Flughafen nicht weg von hier. Den Wagen hat er gemietet.«
»Also, möglich wäre es schon«, sagte ich. »BLITZ hat zwei Privatmaschinen. Eine war sicherlich startbereit.«
»Na siehst du«, sagte Bertie. »Und verstehst du jetzt, wenn ich sage, daß mir diese Sache nicht gefällt? Kannst du mir vielleicht erklären, warum ausgerechnet dieser Mann persönlich hierher zu den Amis und Herrn Bilka kommen muß – und in solcher Eile?«
Dieser Mann, den wir eben gesehen hatten, war der stets untadelig gekleidete, stets nur die besten Manieren zeigende Verlagsleiter von BLITZ, Herr Oswald Seerose.

18

»Stampe« hatte ich gesagt – das Lokal auf der anderen Straßenseite erwies sich indessen als ein äußerst gepflegtes, altes Restaurant. Vom Gehsteig mußte man drei Stufen zum Eingang hinuntergehen. Drinnen gab es einen Tresen aus glänzendem, dunklem Holz, dunkel waren auch Holzboden und Wandpaneele; in den Nischen standen kleine Tische, und in einem Kamin loderte helles Feuer. Auf jedem Tisch brannte ein Lämpchen, auf dem Tresen standen drei. In ein paar Nischen saßen ältere Herren. Vermutlich wohnten sie in der Nachbarschaft. Sie spielten Karten oder Schach und tranken ihren Dämmerschoppen.

Ein Kellner in schwarzer Hose und grüner kurzer Jacke begrüßte uns. Es sei noch still um diese Zeit, sagte er, doch abends kämen viele Leute zum Essen. Er wies eine ziemlich umfangreiche Karte vor. Hier gab es sogar ›Chivas‹. Wirklich ein nettes Lokal. Ich bestellte ›Chivas‹, Bertie ein Bier und einen Korn, und dann hoben wir den schweren Vorhang am Fenster ein wenig, und gegenüber lag die angestrahlte Villa in dem großen Park. Idealer hätten wir es nicht treffen können.

Der Kellner brachte die Getränke und fragte, ob wir später auch essen würden. Ich sagte nein, aber Bertie sagte, er schon.

»Also, ich werde jetzt abhauen«, sagte ich, als wir allein waren. »Ich muß zum Krankenhaus, Edith holen. Dann muß ich ins Hotel. Ich lasse dir meinen Wagen da. Hier sind die Schlüssel. Wenn die Gesellschaft rauskommt, fährst du hinterher. Der Wagen bleibt am Flughafen in einer Garage. Die Schlüssel gibst du dem Wagenmeister dort, zusammen mit dem Kraftfahrzeugschein. In einem Kuvert, das du an mich adressierst. Ich habe den Leihschein vom ›Metropol‹, ich hole den Wagen morgen ab. Wenn du kannst, ruf aus Helsinki an. Im ›Club 88‹.«

»Ist gut.«

»Aus New York rufst du Hem an. In der Redaktion oder daheim. Ich weiß nicht, was morgen mit mir sein wird. Vielleicht bin ich nicht mehr im ›Metropol‹. Kommt darauf an, was heute nacht passiert. Ich will Irina, sobald ich hier fertig bin, schnellstens nach Frankfurt bringen. Da muß sie bleiben. Ich brauche sie in meiner Nähe, wenn ich schreibe.«

»Hast du noch Munition für den Colt?«

»Ja.« Ich hatte in Connys Wohnung zwei volle Ersatzmagazine gesehen und mitgenommen. Nun gab ich sie Bertie. »Wenn du hier noch Schwierigkeiten hast, ruf im ›Club 88‹ an und verlange Jules. In einer Stunde bin ich im Hotel. Und bleibe da. Sprich vorsichtig am Telefon. Jules versteht Andeutungen.«

»Ach ja?« sagte Bertie. »Gib mir mal dreitausend Mark. Ich brauche etwas Geld. Für die Flugscheine. Und überhaupt.«

Ich gab ihm das Geld. Zum Glück hatte ich auch eine Menge eigenes mitgenommen. Die 15 000 vom Verlag reichten nicht, wenn das so weiterging.

Bertie war von einer unwahrscheinlichen Ruhe und Gelassenheit, um nicht zu sagen Gelangweiltheit. Nach Helsinki. Nach New York. Hinter einem Mann her, der die tiefsten Geheimnisse seines Landes gestohlen hatte. Bertie beeindruckte das überhaupt nicht. Er studierte die Speisekarte und sagte: »Sauerbraten mit Klößen wird besonders empfohlen. Spezialität des Tages. Ich habe schon wieder Hunger.«

Der alte Bertie.

Ich ging in den Regen hinaus zum Rekord, holte seinen Kleidersack, brachte ihn in das Lokal und gab ihn Bertie zusammen mit den Wagenschlüsseln und den Wagenpapieren. Das Fernglas gab ich ihm auch. Ich hatte den Rekord ein Stück näher an das Lokal herangefahren, damit Bertie nicht lange mit seinem lahmen Bein laufen mußte, wenn es soweit war.

»Alles Gute«, sagte ich.

»Dir auch«, sagte Bertie. »Tschüß, mein Alter.« Er hatte den Vorhang so weit zurückgeschoben, daß er durch den Spalt ständig die Villa beobachten konnte. »Und viele Grüße an Irina. Das ist ein nettes Mädchen.«

»Ja«, sagte ich, gab Bertie die Hand und bat den Kellner, mir ein Taxi zu bestellen. Als es kam, nickte ich Bertie noch einmal zu, und er lächelte jungenhaft.

»Wohin?« fragte der Taxifahrer.

»Universitätskrankenhaus. Martinistraße.«

»Ist gut, Herr.«

Natürlich gerieten wir in den Abendverkehr, und es dauerte lange, bis wir die Klinik erreichten, der Chauffeur kam nur langsam vorwärts. Es war ein nervöser kleiner Mann, der dauernd fluchte. Er verdammte alle anderen Autofahrer. Aber er fuhr selber sehr schlecht, und ein paarmal hatte ich Angst, denn um ein Haar hätte es Zusammenstöße gegeben. Ich war froh, als der Wagen endlich gegenüber dem riesigen Areal des Krankenhauses hielt, zahlte schnell und stieg aus. Der nervöse Chauffeur fuhr weg. Ich stand einen Moment im Regen und sah und hörte den mächtigen Abendverkehr. Es war sehr laut hier auf der Straße. Die Wagen fuhren in endlosen Schlangen nach beiden Richtungen an mir vorüber. Ich dachte, daß Väterchen Iwanow wieder bei dem Rondell-Parkplatz und dem großen Beet mit den verfaulten Blumen warten würde, und ging in den Park gegenüber dem Eingang zum Gelände des Universitätskrankenhauses mit seinen vielen Gebäuden und Hochhäusern hinein. Ich wollte mich in Iwanows Wagen setzen und auf Edith warten, so war es besprochen. Ich erreichte den kleinen Rondell-Parkplatz, auf dem sechs Privatwagen standen, und sah Iwanows Taxi. Das war ein schwarzer Mercedes 220, ich hatte mir die Zulassungsnummer gemerkt. Ich merkte mir leicht Nummern. Die Scheinwerfer von Iwanows Taxi waren auf Standlicht geschaltet, der Motor lief. Ich öffnete den Schlag, ließ mich in den Fond fallen und grüßte. Der seitliche Fensterspalt in der Trennwand war geöffnet. Ich hörte eine Mädchenstimme. Sie kam aus dem Lautsprecher von Iwanows Kurzwellenempfänger, durch den er mit der Funkzentrale in Verbindung stand.

Die Mädchenstimme sagte so, als hätte sie es schon ein paarmal gesagt: »Wagen drei-eins-neun, bitte melden Sie sich! Wagen drei-eins-neun, bitte melden!«

Der alte Russe saß hinter dem Steuer, beide Hände auf dem Lenkrad, und sah nach vorn, in den Regen. Er schien aufzupassen, ob Edith kam, um sie nicht zu verpassen.

»Wagen drei-eins-neun, bitte melden Sie sich! Wagen drei-eins-neun!«

Der Regen trommelte aufs Dach, und auch in das Taxi drang der laute Lärm des Abendverkehrs, der vorüberzog, und der Fahrer vom Taxi drei-eins-neun meldete sich nicht, obwohl die Mädchenstimme ihn wieder rief.

»Was ist denn mit dem los?« fragte ich Iwanow laut, indem ich mich zu dem seitlichen Fenster in der Trennscheibe neigte.

Er antwortete nicht. Ich wollte meine Frage gerade wiederholen, da sah ich, am Armaturenbrett, eine kleine gelbe Emailletafel, auf der in schwarzer Schrift stand: FUNKTAXI 319. Mit einem Satz war ich wieder im Freien.

Iwanow hatte das Fenster an seiner Seite herabgekurbelt. Der linke Ärmel und die ganze linke Seite seines schwarzen Lackledermantels glänzten vor Nässe. Er sah noch immer nach vorne. Hier draußen war der Lärm der Autos und Straßenbahnen ohrenbetäubend.

Undeutlich hörte ich die Mädchenstimme der Zentrale aus dem Lautsprecher: »Wagen drei-eins-neun, melden! Drei-eins-neun, melden Sie sich endlich!«

Ich neigte mich zu Iwanow hinab und sah das kleine Loch an seiner linken Schläfe und ein wenig ausgetretenes Blut. Sehr wenig. Die Kugel mußte genau ins Gehirn gedrungen sein, ohne irgendein Blutgefäß zu zerreißen. Das graue Haar um das Loch herum sah versengt aus. Jemand mußte eine kleinkalibrige Waffe direkt an Iwanows Kopf gehalten und abgedrückt haben.

Ich stand am Rande des Lichter- und Lärmmeeres, und der Regen fiel auf mich und auf den linken Mantelärmel und die linke Mantelseite Wladimir Iwanows, und der war noch nicht lange tot, seine Hände am Steuer waren noch warm, als ich sie berührte, und die Blutbahn glitzerte feucht im Licht eines vorbeigleitenden Autos.

»Wagen drei-eins-neun! Bitte, melden Sie sich sofort, Wagen drei-eins-neun ...«

19

Ich fuhr mit einem Lift zu dem Stockwerk im Hochhaus der Chirurgischen Abteilung empor, in dem Conny Manner lag. Edith hatte mir das Stockwerk genannt und auch die Zimmernummer. Ich rannte einen Gang hinab. Das Zimmer lag an seinem Ende, hinter einer Glastür. Vor der Glastür standen zwei Männer.

»Stop«, sagte der erste.

»Sie können da nicht hinein«, sagte der zweite.

»Unten steht ein Taxi«, sagte ich. »Der Chauffeur ist erschossen worden.« Ich zeigte den beiden meinen Presseausweis.

»Ach, Herr Roland von Blitz«, sagte der zweite Mann.

»Ja«, sagte ich.

»Kommen Sie mal mit zum Taxi«, sagte der zweite Mann. Und zu seinem Kollegen: »Paß auf die Frau auf. Sie darf hier vorläufig nicht raus.«

»In Ordnung.«

Der zweite Mann rannte bereits den Gang entlang, ich hinter ihm her, zum Lift. Wir fuhren hinunter. Der zweite Mann sagte: »Ich heiße Wilke.«

»Freut mich«, sagte ich. »Der Chauffeur hieß Iwanow. Wladimir Iwanow.«

»Sie kannten ihn?«

»Ja«, sagte ich und erzählte ihm, woher ich Iwanow kannte. Das kam jetzt ohnedies alles heraus, dachte ich. Als wir den Lift verließen, hob sich plötzlich mein Magen, und ich konnte den Schakal fühlen. Der Schock hatte Verspätung. Ich holte den Flacon hervor und trank, dann rannte ich hinter Wilke her in die Dunkelheit und den Regen hinaus und über das Klinikgelände und am Portier vorbei und über die Straße zum Rondell und dem Taxi, dessen Motor immer noch pochte und dessen Standlichter immer noch brannten. Der alte Russe war halb zur Seite gesunken, sein Mund hatte sich geöffnet, der Unterkiefer war herabgefallen. Die Augen standen offen. Weil Iwanow nach links, gegen das herabgekurbelte Fenster gesunken war, regnete es in seine offenen, toten Augen.

20

Edith Herwag ging durch den kleinen Vorgarten des Hauses Adolfstraße 22 A zu dem wartenden Taxi, dessen Schlag Wladimir Iwanow für sie aufhielt. Er grüßte. Sie hatte die Funktaxi-Zentrale gerufen, deren Nummer auf der Karte stand, die ich ihr am Mittag gegeben hatte, und sie hatte Wagen 319 verlangt.

»Ich setze mich zu Ihnen nach vorn«, sagte Edith Herwag. Sie trug einen Pelzmantel und ein Kopftuch über dem blonden Haar, keinen Schirm.

»Sehr schön«, sagte Iwanow, während er den vorderen Schlag für Edith öffnete. »Zum Universitätskrankenhaus, nicht wahr?«

»Ja«, sagte Edith.

Iwanow fuhr los. Der Verkehr war schon sehr lebhaft, er mußte achtgeben. Er war ein ausgezeichneter Chauffeur. Aus dem Lautsprecher erklangen von Zeit zu Zeit Mädchenstimmen der Zentrale, die andere Taxis riefen. Iwanow hatte sich gleich gemeldet und bekanntgegeben, daß er zum Universitätskrankenhaus fahre. Er schwieg eine Weile, aber als sie die Lombardsbrücke hinter sich hatten, fragte er vorsichtig: »Sie werden sich nicht aufregen, wenn ich Ihnen etwas erzähle?«

»Aufregen?«

»Das dürfen Sie nämlich nicht tun. Sonst kann ich es nicht erzählen.«

»Ich rege mich schon nicht auf. Was haben Sie?«

Iwanow kurbelte das Fenster an seiner Seite noch ein Stück weiter herab.

»Scheiben beschlagen so«, sagte er. »Macht Ihnen doch nichts, wie?«

»Nein«, sagte Edith.

Der Russe sagte: »Ihr Freund heißt Conrad Manner.«

»Ja. Wieso ...«

»Will ich Ihnen gerade erzählen. Gestern am frühen Abend auf einem Zebrastreifen angefahren worden, nicht wahr? Eppendorfer Baum, stimmt's? Von schwerem Laster, richtig?«

»Richtig.«

»Sehen Sie, nachdem man Ihren Freund zusammengefahren hatte, meldete das einer unserer Chauffeure, der gerade den Eppendorfer Baum entlang kam, der Zentrale. Der Chauffeur hatte die Nummer gesehen und sich gemerkt. Er gab sie durch: HH - CV 541.«

»Ja, und? Und?«

»Und mein Freund, der hat also den Laster verfolgt. Verrückte Fahrt war das, kann ich Ihnen sagen! Weiter und weiter raus aus der City. Bis zum Krupunder See. Sie wissen nicht, wo der liegt? Macht nichts. Da in Rellingen. Mein Freund ist immer mehr zurückgeblieben. War so einsam da draußen. Kriegte es mit der Angst. Verständlich, nicht? Der Fahrer hat nämlich den Laster in den Krupunder See hineinrollen lassen.«

»Was?«

»Ja. Und das war meinem Freund unheimlich. Darum hat er der Zentrale auch gemeldet, daß er den Laster aus den Augen verloren hat. Hat er aber nicht! Hat gesehen, wie da, am Krupunder See, ein großer Ford wartete. In den stieg der Chauffeur ein. Der Ford ist mit ihm losgefahren. Mein Freund jetzt hinter dem Ford her. Zurück in die Stadt. Bis in die Niendorfer Straße. Nummer 333. Riesenvilla, mit Scheinwerfern angestrahlt, hohes Gitter, scharfe Hunde, sagt mein Freund. Durch ein Tor ist der Ford rein in den Park und zur Villa. Hinter die Villa. Mein Freund hat gewartet. Wieder weit weg, aus Angst. Dann, nach einer Stunde, ist anderes Taxi vorgefahren, Chauffeur ist zum Gittertor gekommen, begleitet von zwei Männern. Haben Tor geöffnet und sich verabschiedet. Taxi mit Chauffeur los. Mein Freund hinterher. Zur Wohnung von diesem Chauffeur.«

»Wo liegt die?«

»Anderes Ende von Hamburg. Großer Neubau. Viele Mieter.«

»Die Adresse!« rief Edith.

»Kann ich Ihnen nicht sagen.«

»Warum nicht?«

»Mein Freund. Habe ich ihm versprechen müssen. Niemandem die Adresse sagen. Mein Freund hat scheußliche Angst! Will nichts zu tun haben mit dieser Sache. Hat auch niemandem in der Zentrale oder Kollegen erzählt von allem. Nur mir. Die Polizei ist so komisch in diesem Fall. Ich habe keine Angst. Heute, wenn ich fertig bin, fahre ich dorthin, wo dieser Kerl wohnt. Habe seine Beschreibung von meinem Freund. Ich finde ihn. Und dann rufe ich die Polizei! Dann müssen sie etwas tun!«

»Hat Ihre Zentrale wenigstens die Nummer des Lasters an die Polizei weitergegeben?« fragte Edith.

»Ja, natürlich.«

»Und?«

»Nichts und. Ich sage ja, die Polizei ist komisch.«

»Wie heißt Ihr Freund?«

Iwanow lachte.

»Das kann ich Ihnen auch nicht sagen. Wirklich nicht! Wo der solchen Schiß hat. Der tut nichts, bestimmt nicht. Aber ich ... heute abend ... nach Dienstschluß ... So, da wären wir. Ich warte, wo ich zu Mittag gewartet habe, gut?«

»Gut. Mein Bekannter wird herkommen und mich abholen. Er wird sich in Ihr Taxi setzen, falls ich noch bei Herrn Manner bin ...

21

... und auf mich warten, sagte ich zu Herrn Iwanow«, berichtete Edith Herwag. Sie berichtete es zum zweitenmal: in dem Zimmer eines Bereitschaftsarztes. Der Arzt war nicht da. Aber die zwei Männer vom MAD waren da und ein Kommissar der Mordkommission und zwei Kriminalbeamte, von denen einer mitstenographierte. Das erste Mal hatte Edith mir allein von ihrem Gespräch mit Iwanow erzählt – in dem allgemeinen Durcheinander, das nach dem Eintreffen der Mordkommission, der Kriminalpolizei und der Leute vom Erkennungsdienst entstanden war. Da hatte ich sie vor der Glastür erwischt. Wilke, der zweite MAD-Mann, telefonierte andauernd, er gab nicht auf uns acht. Edith überwand den Schock über Iwanows Tod Gott sei Dank schnell, sie hatte nur große Angst. Sie stammelte: »Am Telefon ... gestern nacht ... diese

Stimme ... Sie hat gesagt, Conny wird sterben, wenn er etwas sagt ... Er hat nichts gesagt ... obwohl er die Lasternummer vielleicht auch weiß ... und noch manches andere ... Aber dieser Russe hat geredet ... Und nun haben sie diesen Russen umgelegt ...«
»Ach, welch angenehme Überraschung, Herr Roland!« ertönte eine Männerstimme. Ich fuhr herum. Hinter mir standen die Herren Klein und Rogge vom Bundesverfassungsschutz auf dem Krankenhausgang. Sie waren sehr leise herangekommen.
»Die angenehme Überraschung ist ganz auf meiner Seite«, sagte ich. »Was für eine Freude, Sie wiederzusehen.«
»Wir haben uns nicht um diese Arbeit gerissen. Sie wurde uns übertragen«, sagte Klein.
»Sie haben den Mord entdeckt?« sagte Rogge.
»Das wissen Sie doch«, sagte ich.
Aus dem Lift stiegen mehrere Männer, die alle auf uns zukamen. Es waren Kriminalbeamte und der Leiter der Mordkommission, ein Kommissar. Wir begrüßten einander.
»Man hat uns ein Arztzimmer zur Verfügung gestellt«, sagte der Kommissar, ein trauriger älterer Mann. »Ich muß Sie routinemäßig befragen, Fräulein Herwag, und auch Sie, Herr Roland. Einen nach dem anderen. Wenn Sie vielleicht solange hier auf dem Gang Platz nehmen wollen, bis wir mit Fräulein Herwag fertig sind.«
»Ich habe Herrn Roland schon alles erzählt, was ich weiß«, sagte Edith. »Ich war so froh, weil es Conny besser geht ... und jetzt ... jetzt ist der arme Russe tot, bloß weil er mir diese Geschichte erzählt hat ...«
»Was für eine Geschichte?« fragte der traurige Kommissar.
»Eine sehr merkwürdige«, sagte ich.
Der Kommissar sah mich brütend an.
Rogge sagte: »Wir können ruhig alle zusammen in das Arztzimmer gehen. Herr Roland arbeitet auch an diesem Fall. Wir wollen ihm nichts vorenthalten.« Nein, das wollt ihr nicht, dachte ich. »Außerdem hören Sie ja, daß Fräulein Herwag ihm schon alles erzählt hat.«
Also waren wir in das schmale, weiße Zimmer des Bereitschaftsarztes gegangen, in dem ein Bett, ein Schrank, ein Schreibtisch und ein paar Stühle standen, und hier erzählte Edith dann ihre Geschichte noch einmal. Die Männer hörten schweigend zu. Ich trat an das Fenster. Wir waren hier sehr hoch oben in dem mächtigen Bau der Chirurgie, und zwischen den Gebäuden der Orthopädi-

schen Klinik und der Verwaltung hindurch sah ich über die Martinistraße hinweg zu dem kleinen Park auf der anderen Seite. Im Licht zahlreicher Autoscheinwerfer von Polizeiwagen stand dort Wladimir Iwanows Taxi. Beamte eilten hin und her. Fotoreporter verschossen ihre Blitze. Menschen drängten sich hinter einer Absperrung. Von hier oben wirkte das alles spielzeughaft klein. Ich sah, wie sie den Toten aus dem Wagen zogen, auf eine Bahre legten und diese in eine Ambulanz rollten. Die Ambulanz fuhr los. Die vielen Neugierigen mußten von einer Kette Polizisten zurückgehalten werden. So viele Menschen. Und auf sie alle fiel der schwere Regen. Diese Sache läßt sich nun nicht mehr vertuschen, die kommt in die Zeitungen, dachte ich. Aber wie? Taxifahrer ermordet. Ja, und? Und nichts ...

»Sie wissen nicht, wie Iwanows Freund heißt?« fragte der Kommissar zuletzt, als Edith mit ihrer Erzählung fertig war.

»Nein! Ich sage doch, er wollte den Namen nicht nennen! Was ist das für eine Adresse, Niendorfer Straße 333? Was ist das für eine Villa im Park? Wer wohnt dort?«

Rogge und Klein sahen mich ebenso an wie der MAD-Mann Wilke. Rogges dicke Brillengläser funkelten. Die Blicke waren eindeutig. Wenn ich jetzt sagte, wer da wohnte und was für eine Villa das war, dann hatte ich ausgespielt. Dann würden die Herren dafür sorgen, daß ich augenblicklich Hamburg verließ. Das wollte ich nicht. Auf keinen Fall wollte ich das.

»Wir wissen es nicht, Fräulein Herwag«, sagte der traurige Kommissar mit unbewegtem Gesicht. »Wir werden es natürlich gleich feststellen. Gleich, ja ...« Er verstummte, sah Edith an und biß sich auf die Lippe.

»Und Sie, Walter?« fragte Edith.

»Ich habe keine Ahnung«, sagte ich. Was blieb mir übrig?

»Unter den Umständen halte ich es für notwendig, daß auch Fräulein Herwag sofort unter Schutz gestellt wird – bis auf weiteres«, sagte Klein. »Viel zu gefährlich für sie, jetzt allein in der Wohnung zu bleiben.«

»Das Zimmer neben Herrn Manner ist frei«, sagte der erste MAD-Mann. »Da könnte das Fräulein übernachten und so lange bleiben, bis sich dieser Fall aufgeklärt hat und keine Gefahr mehr besteht. Und sie wäre praktisch immer in der Nähe ihres Verlobten. Wollen Sie das?«

»Ja«, sagte Edith fröstelnd, »ja, bitte.«

»Dann fährt Sie jetzt ein Polizeiwagen mit zwei Beamten in die Adolfstraße, damit Sie die notwendigsten Sachen packen können, und bringt Sie gleich wieder zurück«, sagte Klein. »Das ist doch in Ordnung, Herr Kommissar?«
Der nickte nur. Er knabberte immer noch an seiner Lippe herum.
»Mir ist das alles so unheimlich ... so rätselhaft ...« Edith sah uns alle an. Wir alle erwiderten ihren Blick ausdruckslos. »Sie können mir nicht sagen, was hier vorgeht? Niemand kann es?«
»Im Moment kann es niemand«, sagte Rogge.
»Die Funktaxi-Zentrale bekam gestern die Nummer des Lasters von diesem Freund Iwanows durchgesagt. Hat die Zentrale die Nummer wenigstens an die Polizei weitergegeben?«
»Natürlich«, sagte der Kommissar.
»Und?«
»Wir konnten den Laster nicht finden. Wie sollten wir ahnen, daß er im Krupunder See liegt?«
»Ja«, sagte ich, »das konnte wahrhaftig niemand ahnen.«
Danach entstand eine Pause, und alle Männer im Raum sahen mich an, und ich wußte: Bei der nächsten frechen Bemerkung war es aus mit meiner Arbeit hier.
»Können wir nun zu Ihnen fahren, mein Fräulein?« fragte der Kriminalbeamte, der stenographiert hatte.
Edith schreckte aus ihren Gedanken auf. »Ja, natürlich. Darf ...«
»Was?«
»Darf Herr Roland mitfahren?« fragte Edith. »Ich ... ich kenne ihn, und ich fühle mich sicherer so.«
»Meinetwegen«, sagte der Kommissar, nachdem er Klein angesehen und dieser genickt hatte.
Ich blickte auf meine Armbanduhr. 19 Uhr 11. Wenn da an der Niendorfer Straße alles planmäßig verlief, mußte Bertie in dem Leih-Rekord schon hinter Bilka, dessen Verlobter, Michelsen und wer weiß wem noch her sein unterwegs zum Flughafen. Schon seit einiger Zeit. Hoffentlich war nichts schiefgegangen, dachte ich und fluchte lautlos, denn wenn etwas schiefgegangen war, dann hätte Kellner Jules mir sofort sagen müssen, was Bertie ihm sagte, falls der im ›Club 88‹ angerufen hatte. Es passierte zu viel auf einmal. Ich konnte nicht im ›Metropol‹ anrufen und bitten, mich mit Jules zu verbinden. Und ich mußte Ediths Wunsch erfüllen, wenn ich ihr, die am Rand der Hysterie balancierte, nicht auch noch einen Zusammenbruch bescheren wollte.

»Klar komme ich mit, Edith«, sagte ich.

Es klopfte, und ein Kriminalbeamter kam herein. Er legte dem Kommissar wortlos etwas in die Hand, das aussah wie ein großer Knopf.

»Wo habt ihr das gefunden?« fragte der Kommissar.

»Unter dem Armaturenbrett. Angeklebt. Direkt neben der Steuersäule des Taxis.«

»Dann ist die Sache klar«, sagte Klein.

»Was ist das?« fragte Edith.

»Eine Wanze.«

»Eine was?«

»Wir nennen das so«, sagte Klein. »Ein winziger Sender mit Mikro. Reichweite tausend bis zweitausend Meter. In einem Wagen, der Iwanow zweifellos dauernd folgte, ohne daß der das bemerkte, gab es einen Empfänger für diesen Sender.«

»Sie meinen ...« Edith holte mühsam Luft. »Sie meinen, wer immer in diesem Wagen saß, hörte alles mit an, was Iwanow mir erzählt hat?«

»Ja, das meine ich«, sagte Klein.

»Und darum ist Iwanow jetzt tot«, sagte der Kommissar und sah schwermütig zum Fenster, über dessen nachtdunkle Scheibe blitzende Regentropfen flossen, als wären es Tränen.

Umbruch

I

»Bon soir, Monsieur«, sagte der Chef d'Etage Jules Cassin. Es hatte geklopft, und also hatte ich die Appartementtür aufgesperrt, und da stand er, ein silbernes Tablett in den Händen, darauf zwei Sodawasserflaschen, ein silberner Thermos-Kübel mit Eiswürfeln, eine Flasche ›Chivas‹, Gläser.

»Guten Abend, Herr Jules«, sagte ich und ließ ihn eintreten. Im Salon brannten die Stehlampen und die Wandleuchten. Aus der Bar übertrug das Radio in dem kleinen Kästchen gerade das Thema des Films ›Das Appartement‹. Vor einer halben Stunde hatte ich das ›Metropol‹ erreicht. Es war jetzt 20 Uhr 20.

»Nun?« fragte ich.

»Wie geht es der jungen Dame? Alles in Ordnung?« fragte Jules.

»Alles in Ordnung. Zieht sich zum Abendessen um. Ich habe sie dazu überredet.« Ich hatte mich selber umgezogen, als ich heimgekommen war. Im Bad. Ich trug einen dunkelblauen Anzug, ein weißes Hemd, eine schmale rot-blaue Fliege.

»Ah, gut«, sagte Jules. »Und ihre Stimmung?«

»Besser.« Sie war es wirklich. Irina hatte mich ruhig, sogar lächelnd empfangen, als ich kam. Ihre Hysterie schien verflogen. Um weiteren Szenen aus dem Weg zu gehen, hatte ich sie belogen und gesagt, Bertie und ich hätten Bilka noch nicht gefunden, allerdings eine Spur von ihm, und dieser Spur folge Bertie, deshalb sei er nicht da. Er werde später kommen. Später mußte ich Irina dann ja die Wahrheit sagen. Später. Nicht gleich. Ich war müde. Iwanows Tod und meine Bemühungen, Edith wohlbehalten in ihre Wohnung und dann wieder ins Krankenhaus zurückzubringen, hatten mich viel Nervenkraft gekostet. Ging gleich vorüber, ich mußte nur etwas trinken. Ich machte mir einen starken Drink und dann einen etwas schwächeren, zweiten, für Irina.

»In der Halle arbeitet schon Nachtschicht. Portier Heintze hat Portier Hanslik abgelöst«, sagte Jules. »Ich habe mit Monsieur Engelhardt telefoniert, drüben im ›Club 88‹. Er rief da an und hat mich rufen lassen.«

»Wann?«

»19 Uhr 45, Monsieur.«

»Aber die Maschine sollte doch schon um 19 Uhr 40 starten!«

»Kleine Verspätung. Viertelstunde. Jetzt sind sie schon in der Luft. Monsieur Engelhardt hat gesagt, alles geht nach Plan. Bilka und Freundin und Michelsen und sieben Männer sind in zwei Wagen aus dem Haus in der Niendorfer Straße weggefahren. Hat sie deutlich erkannt, Bilka und das Mädchen. Michelsen nach Beschreibung von Hausbewohnern Eppendorfer Baum, sagte er. Waren Scheinwerfer beim Parktor eingeschaltet. Ist ihnen nachgefahren zum Flughafen. Hat seine Tickets geholt. Nicht aus den Augen gelassen die Gesellschaft. Waren alle ganz ruhig und – wie sagt man – nicht wöhnisch?«

»Argwöhnisch.«

»Nicht argwöhnisch, das ist das Wort, Monsieur. Ihr Freund, er hat dann Passagierliste angeschaut bei Schalter – irgendeine Ausrede, Sie verstehen. Bilka fliegt unter fremdem Namen. Alle anderen sicher auch. Falsche Papiere. Kleinigkeit für Amerikaner. Was haben Sie?«

»Es ist heiß hier«, sagte ich und zerrte an meinem Kragen. Es war schon sehr warm im Salon, aber ich war auch wieder sehr aufgeregt, daher kam es.

»Oh, dann ich werde aufmachen eine Fenster einen Spalt.«

»Tun Sie das«, sagte ich.

Jules verschwand hinter den nun zugezogenen schweren blauen Damastvorhängen und öffnete eines der französischen Fenster, die zum Park hinausgingen. Ich hörte das Rauschen des Regens und das Knarren und Ächzen von Ästen und Baumstämmen im Wind.

Er tauchte wieder auf.

»Ich habe auch mit Monsieur Seerose telefoniert.«

Das gab mir einen Ruck. Seerose? Befand sich der schon wieder in Frankfurt? Ich rechnete die Zeit zurück. Möglich war es. Dann hatte er sich aber kaum eine halbe Stunde bei den Amerikanern aufgehalten! Was war in dieser halben Stunde besprochen worden? Etwas so Dringendes, daß unser Verlagsleiter deshalb heraufgeflogen kam ... *Was?* Ich wußte es nicht. Sichtlich hatte Bertie Jules nichts über Seeroses Abfahrt vom Haus Niendorfer Straße 333 erzählt. Also sagte ich auch nichts von seiner Ankunft. Ich fragte: »Und?«

»Und Monsieur Seerose ist sehr zufrieden. Ist in Redaktion. Bei Ihrem Editeur. Sie sitzen da und warten, was weiter geschieht. Ganzer Verlag wartet darauf.«

Das stimmte. Ich hatte, bevor ich ins Hotel kam, aus dem ›Club 88‹ auch mit Frankfurt telefoniert. Mit Hem. Die Bar war nun voll gewesen, eine Drei-Mann-Kapelle spielte leise Evergreens, es ging sehr vornehm zu. Ich hatte Hem alles erzählt, was seit meinem letzten Anruf geschehen war.
Er hatte gesagt: »Wir leben im Zeitalter der Patente, machen Erfindungen, um Leiber zu töten und Seelen zu retten, und verbreiten sie alle in edelster Absicht.«
»Stimmt genau, Hem.«
»Ist nicht von mir. Hat schon jemand im vorigen Jahrhundert gesagt.«
»Wer?«
»Lord Byron«, antwortete Hem. »Übrigens, ich habe festgestellt: Seerose war heute nachmittag nicht im Verlag. Kam erst vor kurzem zurück.«
»Was kann das bloß bedeuten?«
»Ich weiß es auch nicht. Scheint so weit alles koscher zu sein. Wirklich ein alter Freund von den Amis, das wußte ich. Jetzt sitzt er oben bei Herford und Mutti. Lester und ich müssen auch dableiben. Bis wir wissen, daß Bertie mit Bilka und den anderen in Helsinki nach New York gestartet ist – wenigstens so lange, sagt Herford. Der ist nicht mehr zurechnungsfähig vor Begeisterung ...«
Ich war aus der kleinen Bar in den Regen hinausgetreten und über die Straße ins ›Metropol‹ gegangen. Nun stand ich, umgezogen, im Salon meines Appartements und trug das zweite Glas Whisky zu der Schlafzimmertür, die ich öffnete. Ein Schrei ertönte. Irina stand halb nackt vor einem großen Spiegel. Sie hielt sich den neuen Morgenmantel vor die Brust.
»Pardon, Liebling«, sagte ich und schloß die Tür zu einem Spalt, durch den ich meine Hand mit dem Glas steckte. »Hier, bitte, etwas zu trinken.«
Ich fühlte, wie sie mir das Glas abnahm.
»Danke«, sagte ihre Stimme. Ich steckte die andere Hand mit meinem Glas durch die Tür. Sie stieß ihr Glas dagegen.
»Chinchin«, sagte ich.
»Chinchin«, sagte sie. »Sie sind nett.«
»Ich bin der netteste Mann von der Welt, Liebling«, sagte ich und betonte das letzte Wort. »Herr Jules ist gerade hier. Ich will unser Abendessen bestellen. Hast du Hunger?«
»Ja.« Ich hörte, wie sie einen Schluck trank.

»Das ist gut, Schatz«, sagte ich. »Trink mit Verstand. Bester Whisky der Welt. Wenn erst die Russen kommen, gibt es keinen mehr.«

»Die Russen haben einen sehr guten Wodka«, sagte sie, hinter der Tür.

»Du überschüttest mich mit frohen Nachrichten«, sagte ich. »Nun sehe ich der Weltrevolution voll Enthusiasmus entgegen. Was möchtest du denn gerne essen?«

»Ach, ich weiß nicht... Frag doch Herrn Jules... Er soll uns etwas empfehlen...«

Ich drehte mich um.

»Herr Jules?«

Der Kellner lächelte. Er sagte laut, damit auch Irina ihn verstand: »Wir haben heute delikate kleine Hühnchen. Hier in Hamburg...« So viele H's brachten ihn fast um. »... man nennt sie Hamburger Kücken. Sehr zu empfehlen, Madame.«

»Hast du gehört, Liebling?« fragte ich.

»Ja«, ertönte Irinas Stimme. Aus der Bar kam jetzt über das kleine Radio ›The Wayward Wind‹. »Seltsam.«

»Was ist seltsam?«

»Wie man sich an Whisky gewöhnen kann. Gestern habe ich mich noch davor geekelt. Jetzt schmeckt er wunderbar.«

»Ja«, sagte ich, »das geht schnell. Also zweimal Hamburger Kükken, Herr Jules.«

»Sehr wohl, Monsieur. Und vorher? Vielleicht frischen Hummercocktail?«

»Ausgezeichnet«, sagte ich. »Immer feste auf Spesen.«

»Nachher?«

»Werden wir sehen«, sagte ich.

»Zu trinken?«

»Champagner natürlich«, sagte ich. »Was haben Sie gedacht?«

Jules lachte und sah die Schlafzimmertür an.

»Sehr gut. Dann ich würde empfehlen Pommery Demi-Sec. Nicht zu trocken. Wir haben noch Jahrgang einundfünfzig. Sehr gutes Champagnerjahr.«

»In Ordnung, Schatz?« fragte ich.

»Natürlich!« erklang Irinas Stimme.

»Fein«, sagte ich und schloß die Tür. Bevor Jules gekommen war, hatte ich an dem großen antiken Schreibtisch des Salons gesessen, eine Reihe Bogen Hotelpapier beschrieben, sie zusammengefaltet, in Kuverts gesteckt und diese verklebt. Nun nahm ich die Kuverts

und begann sie zu verstecken – unter der Reiseschreibmaschine, unter der Chaiselongue, hinter einem Vorhang.
Jules sah mir amüsiert zu.
»Was machen Sie, Monsieur?«
»Überraschung«, sagte ich.
»Oh«, sagte er und lächelte, wie nur ein Franzose in einer solchen Situation lächeln kann. »Ich verstehe. Sie müssen trösten die arme kleine Mademoiselle ...«
»Ja.«
»Sehr charmante Mademoiselle! Rührend, wie sie immer tut, als ob sie wäre Ihre Frau. Aber seien Sie vorsichtig, Monsieur. Mademoiselle ist nicht aus Westen. Mademoiselle ist aus Osten. Mädchen aus Osten lassen sich nicht so leicht ...«
»Wird schon funktionieren«, sagte ich und versteckte weiter Kuverts. »Vous ne le savez pas, Jules, mais toutes les femmes sont folles de moi.«
Er lachte. Dann wurde er wieder ernst.
»Trotzdem. Mademoiselle macht einen Eindruck auf mich ... ganz ... ganz unschuldig ...«
»Unschuldig!« sagte ich und trank und nickte grimmig. »Zwei Jahre die Geliebte von diesem Bilka. Er zweiunddreißig, sie achtzehn. Unschuldig!«
Jules sagte: »Letzte Nacht Sie haben geschlafen hier in Salon. Zimmermädchen erzählen es mir. Ihr Bett nebenan nicht benützt.«
»Herrgott, ja!« sagte ich, plötzlich gereizt. »Ich wollte nicht gleich mit der Tür ins Haus fallen! Außerdem kam ich erst früh heim.«
»Ich verstehe«, sagte Jules.
»Ja? Verstehen Sie?«
Er sah mich nur an.
»Was ist?«
»Wenn Sie sich haben verliebt in Mademoiselle, um so besser ...«
»Hören Sie, ich ...«
Aber er sprach weiter: »... denn Monsieur Seerose, er hat gesagt am Telefon, Sie müssen sich kümmern heute nacht um Mademoiselle. Ganz wichtig. Nur um Mademoiselle kümmern! Sie darf nicht stören, was geschieht. Und außerdem ...«
»Außerdem?«
»Wenn Sie erfahren wollen *alles* über Mademoiselle, ihr Leben, ihr Schicksal, dann Sie müssen wirklich, also unbedingt Sie müssen ... faire l'amour ... nicht mehr schlafen auf Chaiselongue.«

»Ich weiß schon, was ich tun muß«, sagte ich.
In diesem Moment öffnete sich die Schlafzimmertür, und Irina trat in den Salon. Mechanisch steckte ich die restlichen Kuverts in eine Jackentasche. Ich starrte Irina an und schluckte, und aus den Augenwinkeln sah ich, daß Jules ebenso verblüfft starrte.
Irina war ein sehr schönes Mädchen, das wußte ich schon. Was ich nicht gewußt hatte, war, wie dieses Mädchen sich verwandeln konnte. Keine flachen Schuhe, kein Twin-Set mehr, kein verstörtes, blasses Gesicht. Es war phantastisch! Es war ein Wunder! Es war Hexerei! Ich hatte schon eine ganze Menge Mädchen gekannt, die ihr Aussehen verwandeln konnten, aber so etwas war mir noch nie vor die Augen gekommen.
In dem schulterfreien Cocktailkleid aus roter Seide stand Irina auf den hochhackigen Goldschuhen vor uns, eine Hand gegen eine Hüfte gestemmt. Sie trug jetzt Nylons, sie trug jetzt Make-up. Ihr Mund war blutrot und sehr groß, ihre Haut glatt und rosig, die Wimpern der riesigen schwarzen Augen waren getuscht. Das schwarze Haar, zu einer Pagenfrisur geschnitten, war glattgekämmt und schwer. Bläulich und samten sahen die Lidschatten aus. Das Kleid modellierte Irinas Körper provokant, man sah den Ansatz der Brüste. Ich trank schnell das Glas aus und fühlte mein Herz schlagen. So schön, so schön war Irina ...
»Oh, Mademoiselle!« sagte Jules.
Ich ging zu ihr und nahm sie in den Arm und roch frische Haut und gute Seife und ›Estée Lauder‹-Parfum, und ich preßte Irina an mich und küßte sie auf den Mund. Dann ließ ich sie wieder los und sagte: »Bezaubernd. Einfach bezaubernd siehst du aus, Liebste!«
Ich bemerkte, wie sie unter der Puderschicht brennend rot wurde. Jules bemerkte es auch. Mit einer Entschuldigung verbeugte er sich und eilte aus dem Salon.
»Walter!« sagte Irina, und ihre Augen leuchteten.
»Ja?«
»Das war ... das war unverschämt von Ihnen. Sie haben die Situation ausgenützt!«
»Stimmt«, sagte ich. »Können Sie mir verzeihen?«
Sie sah mich ernst an, dann nickte sie, und ein sehr kleines Lächeln trat in ihr Gesicht.
»Wunderbar«, sagte ich. »Und jetzt nur, damit Sie nicht sagen können, ich hätte die Situation noch einmal ausgenützt.«
Ich zog sie wieder an mich und preßte meine Lippen auf die ihren.

Zuerst leistete sie Widerstand, dann wurde ihr Körper weich, ihre Lippen öffneten sich, und sie schmiegte sich an mich und erwiderte den Kuß. Lange. Es war, als sollte dieser Kuß niemals enden. Und ich dachte plötzlich, daß es das vielleicht doch gab, worüber so viel in Romanen zu lesen stand, was ich selber so oft beschrieben und billig mißbraucht hatte, das, wonach sich alle Menschen auf dieser Welt sehnten, das, wovon alle Menschen auf dieser Welt träumten.
Liebe.

2

Endlich stieß sie mich weg und rang nach Luft.
Ich machte uns zwei neue Drinks. Ein Glas reichte ich Irina, deren Atem immer noch unruhig ging. Sie sah mich mit diesen funkelnden schwarzen Augen an.
»Schon wieder Whisky?«
»Ja.«
»Nein.«
»Doch«, sagte ich. »Sie müssen! Auf unsere ... unsere Freundschaft.«
»Unsere Freundschaft?« fragte Irina mit einem seltsamen Lachen.
»Ja, bitte«, sagte ich.
Irina hob ihr Glas.
»Also, auf unsere Freundschaft«, sagte sie, trank aus und reichte mir ihr leeres Glas. Ich füllte es wieder. Aus dem Radio ertönte ›I'm gonna take a sentimental journey‹. Irina lehnte sich gegen die Schlafzimmertür, trank wieder und summte den alten Schlager mit. Ich ging an ihr vorbei und versteckte die restlichen Kuverts – unter ihrem Kopfkissen, hinter der Frisiertoilette, im Bad. Dabei unterhielt ich mich mit Irina, die im Salon an einen Vorhang getreten war und ihn etwas gehoben hatte.
»So viele Lichter«, hörte ich sie sagen. »Auf dem Wasser. Und auf der anderen Seite. So viele Lichter, mein Gott. Und ein so wunderbares Hotel.«
»Gefällt es Ihnen?«
»Ja, sehr. Chinchin, Walter.«
»Chinchin, Irina!« Ich kam aus dem Schlafzimmer zurück, trat ne-

ben sie und legte einen Arm um ihre Schulter, und wir sahen beide hinaus in die Nacht mit ihren vielen Lichtern und dem Regen, der, gleich Sternschnuppen, überall aufblinkte, während er fiel.
»Das ist das erste deutsche Hotel, in dem ich je war«, sagte Irina. »Nein. Stimmt nicht. Das zweite.«
»Was war denn das erste?« fragte ich und trank. Sie trank auch.
»Ach, ich war bei den Jungen Pionieren, vor gut zehn Jahren. Da machten wir eine Reise nach Ost-Berlin. Und da habe ich ein deutsches Hotel besichtigt. Aber das war schrecklich ... armselig, kalt und schmutzig ... eine halbe Ruine ...«
»Wie hieß es denn?«
»Hotel ›Adlon‹«, sagte sie.
Ich lachte.
»Das war einmal das berühmteste Hotel Deutschlands!«
»Sie machen sich lustig über mich.«
»Nein, bestimmt nicht. Ehrenwort! Das ›Adlon‹ war ...« Ich sprach nicht weiter, denn die Musik aus dem Radio hatte gewechselt. Sehnsuchtsvoll, langsam und traurig begann der ›Reigen‹.
»Verflucht noch mal! Ich habe doch extra gesagt ...« Ich wollte zu dem Radio eilen und es abstellen. Irina hielt mich fest.
»Nicht«, flüsterte sie.
»Was nicht?«
»Nicht abstellen.« Ihre Augen flackerten wieder. »Ich habe die Bar angerufen und gebeten, daß der Mixer das Lied spielt. Ich *will* es hören. Ja, ich will! Es macht mir nichts mehr aus. Gar nichts mehr, sehen Sie?« Irina lachte. »Es ist wieder mein Lied, mein schönes Lied, das ich so gern habe. Das konnte doch nicht immer so weitergehen.«
Ich sah sie grübelnd an.
»Ist das auch wirklich wahr?«
Sie nickte und stellte ihr Glas fort, dann nahm sie mir meines aus der Hand und stellte es neben ihres.
»Wollen Sie nicht mit mir tanzen?« fragte Irina sehr leise.
Ich nahm sie in die Arme. Unsere Körper schmiegten sich wieder aneinander, Irina legte den Kopf gegen meine Schulter, meine Wange berührte die ihre, und langsam begannen wir uns zu der zärtlichen Musik zu bewegen, tanzten wir durch den großen Salon. Irina sprach flüsternd die ersten Worte des Textes: »Dreht euch, dreht euch, tanzet den Reigen ... Ich tanz' ihn vor, und ihr tanzt mit ... Laßt mich im Reigen die Liebe euch zeigen ... die Liebe

zu zweit, und die Liebe zu dritt ...« Sie verstummte. Sie preßte sich stärker an mich. Ich küßte ihre Wange. Sie lächelte. Und so tanzten wir weiter, langsam, ganz langsam zu der melancholischen Musik, über die kostbaren großen Teppiche des Salons, stumm. Dann, als ich mich einmal etwas drehte, hielt ich an und ließ Irina abrupt los.

»*Sie?*« sagte ich. »Wie kommen Sie hier herein?«

»Durch die Tür«, sagte Fräulein Luise. »Die war offen.« Verflucht, ich hatte vergessen, hinter Jules abzusperren! Und da stand nun das Fräulein, in einem alten, durchnäßten schwarzen Mantel, einen lächerlichen Hut auf dem weißen Haar, eine große Tasche in den Händen, außer sich vor Erregung. Da stand sie. Fräulein Luise Gottschalk. Die Sohlen ihrer brüchigen Stiefeletten hatten schmutzige Abdrücke auf dem hellen Velours hinterlassen.

3

Fräulein Luise preßte den Finger auf den Klingelknopf am Balken der Wohnungstür, die ein Messingschild mit der Aufschrift MICHELSEN trug. Sie tat es schon ohne jede Hoffnung, denn sie tat es seit zehn Minuten, immer und immer wieder. Niemand öffnete. Es schien niemand in der Wohnung zu sein, oder wenn jemand da war, dann wollte er nicht öffnen. Fräulein Luise fühlte sich recht verzagt. Diese Beklommenheit war schon in dem Taxi über sie gekommen, das sie von der Davidswache hierher brachte, zum Eppendorfer Baum. Nicht einen Schritt bin ich weitergekommen, hatte Fräulein Luise da gedacht. Keine Ahnung hab ich, wer der Mörder von meinem kleinen Karel ist. Diese Geschichte wird immer dunkler und immer verworrener. Was hab ich bloß Schlechtes getan, daß mir alles danebengeht? Hab ich gesündigt, und führen meine Freund mich deshalb so in die Irre? Der junge Klavierspieler, der blinde, der ukrainische Hoteldiener, der Tschech – was sind ihre Pläne wirklich? Warum kann ich sie nicht verstehen? Ich bin nur ein armes irdisches Wesen. Noch bin ich nur ein armes irdisches Wesen – aber ich hab doch nur das Beste tun wollen! Nur das Beste! Und so schaut das jetzt aus. Warum fall ich zu allem auch noch auf Falsche herein? Auf den Arzt im Zug, den ich für meinen toten Zeugen Jehovas gehalten hab, auf den Standartenführer, der dann doch nicht der meinige gewesen ist? Welchen Sinn kann es haben, daß meine Freund mir so wenig helfen? Hab ich Fehler begangen? Oder haben gar böse Mächte sich eingemischt und erreicht, daß mir jetzt die Hilfe von meinen Freunden fehlt?

Zum erstenmal hatte Fräulein Luise da das quälende Gefühl, derzeit nicht eins zu sein mit ihren Freunden. Sie war verwirrt und überwältigt von dem Chaos der großen Stadt, ihre Füße schmerzten, und sie verlor mehr und mehr den Mut. Jetzt meldete sich auch bei diesem Michelsen niemand! Eine richtige Verschwörung war das. Wie soll das weitergehen? dachte das Fräulein unglücklich. Es hat doch keinen Sinn, daß ich hier noch weiter klingel ...

Sie ging über den roten Läufer durch das vornehme Treppenhaus mit seinen Marmorstufen und Marmorwänden wieder hinunter, so wie sie heraufgekommen war. Sie fürchtete sich vor Aufzügen, die in Käfigen hingen. Sonst nicht. Nur vor solchen in Käfigen. Sie trat aus dem Haus in den Regen. Wohin nun? Sie wußte es nicht. Es war schon fast ganz dunkel, die Straßenbeleuchtung brannte, und aus einem Antiquitätengeschäft neben dem Haustor fiel gelbes, warmes Licht auf die nasse Straße. Langsam trat Fräulein Luise an die Auslage. Oh, gab es da wundervolle Dinge! Fräulein Luise lächelte versunken, als sie die Elfenbeinelefanten sah, die Opiumpfeifen, die japanischen Rollbilder mit ihren zarten Aquarellen, die Dämonenmasken, den Korallenschmuck, die Schnitzereien. Sie las den Namen des Ladenbesitzers neben dem Eingang. ANDRÉ GARNOT. Dann erstarrte sie. Denn hinter der Auslage, im großen Verkaufsraum, der angefüllt war mit fernöstlichen Kostbarkeiten, sah sie einen schlanken Mann mit kurzem grauem Haar, der sich in einem Lehnstuhl wand, und neben ihm einen zweiten Mann, älter, mit Brille und einem schütteren Kranz grauer Haare um eine große Glatze. Der ältere Mann hielt dem anderen einen kleinen Gegenstand an den Mund und stützte ihn, der offensichtlich kaum Luft bekam. Das Gesicht des Sitzenden war violett.

Des Fräuleins Herz schlug plötzlich wild. André Garnot – ein französischer Name! Der Mann da drin bekam keine Luft! Der andere hielt ihm eine Spraydose gegen den Mund ... Asthma!

Mein toter Franzos hat auch Asthma gehabt im Leben ... Vielleicht ... Nein, sicher, das ist er! dachte das Fräulein, während sie schon die Ladentür öffnete. Ich bin nicht allein, dachte sie. Nein, ich bin nicht allein!

Fräulein Luise blieb beim Eingang des Ladens stehen und machte den beiden Männern ein Zeichen, daß sie selbstverständlich warten werde, bis dieser Anfall vorüber war. Er war es sehr bald. Die Männer kamen auf Fräulein Luise zu, und alle stellten sich vor.

»Sie müssen entschuldigen, meine Dame«, sagte André Garnot. »Aber ich habe das immer wieder bei diesem Wetter ...«

»No, weiß ich doch«, sagte das Fräulein. Und setzte schnell hinzu: »Ist ja auch das schlimmste Wetter, was es gibt für Asthma.«

»Ich hab Herrn Garnot gerade beim Auspacken von einer Kiste geholfen. Chinesische Bronzen. Da ist es passiert. Ein Glück, daß ich hier gewesen bin. Diesmal war es besonders schlimm«, sagte der zweite Mann.

»Aber jetzt geht es schon wieder«, sagte Garnot. Er war elegant angezogen wie immer, und er sprach und bewegte sich voll Grazie und Würde.

»Und Sie sind Pole«, sagte das Fräulein zu Kubitzky.

»Ja, Fräulein Gottschalk.«

»Soll ich raten, woher?« fragte das Fräulein, dessen Kleinmut wie durch Wunder verschwunden war, fast fröhlich. »Aus Warschau, gelt?«

»Tatsächlich«, sagte Kubitzky verblüfft. »Wie kommen Sie darauf ...«

»Ja, wie!« sagte Fräulein Luise und lächelte ihn an. Er lächelte auch, ein wenig hilflos und verwirrt, aber das bemerkte das Fräulein nicht. Das Fräulein bemerkte nur das Lächeln.

»Und ich komme aus Neurode. Aus dem Jugendlager dort«, sagte sie.

»Ach ja«, sagte Garnot freundlich. »Fürsorgerin sind Sie.«

Das Fräulein nickte selig. Sie fragte gar nicht, woher Garnot das wußte. Irina und ich hatten von dem Lager und von Fräulein Gottschalk erzählt, als wir mit Garnot und Kubitzky sprachen.

»Luise heißen Sie mit dem Vornamen«, sagte Garnot.

Das Fräulein fühlte sich jung und gar nicht mehr müde, und ihre Füße schmerzten nicht mehr.

»Luise, freilich«, sagte sie. »So ein Glück. Danke. Ich danke auch schön.«

»Wofür?«

»No, daß Sie beide da sind«, sagte das Fräulein. »Werdens mir bestimmt helfen können. Ich war oben bei Michelsen, aber hat niemand die Tür aufgemacht.«

»Da ist niemand daheim. Nicht einmal der Diener. Der ging vor zwei Stunden weg«, sagte Kubitzky. »Was wollten Sie denn?«

»Das wissens doch«, sagte Fräulein Luise und zwinkerte. »Ich such doch die Irina Indigo und diesen Reporter, den Herrn Roland. Ganz dringend suche ich die beiden.«

»Ganz dringend?« fragte Kubitzky.

»Natürlich ganz dringend, nach allem, was sich ereignet hat«, sagte Garnot, und das Fräulein sah ihn dankbar an.

»Ja, nach allem, was sich ereignet hat«, sagte sie. »Die beiden waren hier, gelt?«

»Ja.«

»Und sie haben auch mit Ihnen gesprochen«, sagte Fräulein Luise in einem neuerlichen Moment der Klarsicht.

»Ausführlich«, sagte Garnot.

»Worüber?«

»Über Herrn Bilka und seine Verlobte und was da so alles passiert ist.«

»Was ist denn da so alles passiert?« fragte Fräulein Luise.

Garnot und Kubitzky erzählten abwechselnd. Sie waren beide noch immer erregt von dem Unfall her, und es erschien ihnen selbstverständlich, daß sie diese Fürsorgerin, von der ich gesprochen hatte, informierten. Fräulein Luise erschien es auch selbstverständlich, daß ihre toten Freunde sie informierten. So sprachen sie perfekt aneinander vorbei, keiner bemerkte es. Und Fräulein Luise erfuhr alles.

»Wo sind sie denn jetzt, das Fräulein Indigo und der Herr Roland?« fragte sie zuletzt. »Ich muß wirklich ganz, ganz dringend zu ihnen.«

»Herr Roland hat mir eine Adresse genannt«, sagte Garnot. »Für den Fall, daß jemand nach ihm fragt oder daß es etwas Neues gibt. Dort ist er in der nächsten Zeit zu erreichen.«

»Nämlich wo?« fragte Fräulein Luise.

»Im Hotel ›Metropol‹«, antwortete André Garnot.

4

»Ja, meine Dame«, sagte der Chefportier Eugen Hanslik und neigte sich über seinen Desk zu dem kleinen Fräulein Luise herab, die vor ihm stand. »Ja, Herr Roland ist bei uns abgestiegen.«
»Mit einem jungen Mädchen?«
»Mit seiner Frau«, sagte Hanslik und betrachtete die kleine, armselig gekleidete Frau vor sich mit einem Gemisch aus Neugier und Sympathie.
»Natürlich, mit seiner Frau«, sagte Fräulein Luise. »Möchtens mich anmelden, bittschön? Ich muß die Herrschaften sprechen.« Jetzt hab ich sie, dachte sie bei sich, jetzt hab ich sie!
»Leider nicht möglich, meine Dame«, sagte der Chefportier.
»Wieso nicht?«
Hanslik, der ja von mir seine Aufträge erhalten hatte, zog sich elegant aus der Affäre. Er wies zum Schlüsselbord.
»Der Schlüssel hängt da.«
»Das heißt, sie sind weg?«
»Ja.«
»Was, ganz weg?«
»Aber nein ... nur ausgegangen!«
»Wann kommens wieder?«
»Das haben sie nicht gesagt. Thank you, Sir.« Ein Ausländer hatte Hanslik seinen Zimmerschlüssel hingelegt. »Ich habe keine Ahnung, wann die Herrschaften wiederkommen. Es kann sehr lange dauern.«
»Darf ich ... darf ich warten?« Fräulein Luise war sehr beeindruckt und zugleich sehr bedrückt von Glanz und Luxus des ›Metropol‹.
»Selbstverständlich, meine Dame. Wenn Sie vielleicht in der Halle Platz nehmen wollen. Ich werde sofort, wenn Herr Roland zurückkommt ...« Er verbesserte sich: »Herr Roland wird Sie dann bestimmt sofort begrüßen. Sie kennen sich doch?«
»Und wie«, sagte Fräulein Luise. »Ich dank auch schön, Herr.« Sie ging auf die große Halle zu. Du lieber Gott, gab es hier viele Menschen. Und so viele Ausländer! Da! Fräulein Luise blinzelte vor Staunen. Eine junge Inderin in einem kostbaren Sari und ihr Begleiter, der einen Turban trug, gingen an Fräulein Luise vorüber.
»Page!« rief Chefportier Hanslik.
Ein uniformierter Junge kam herangesprungen.

»Nimm der Dame ihren Mantel ab und bringe ihn zur Garderobe.«
»Jawohl, Herr Hanslik.« Der Page trat hinter Fräulein Luise. »Darf ich bitten?« sagte er.
Fräulein Luise knöpfte gedankenlos ihren schäbigen Mantel auf. O Gott, dachte sie jäh, ich trag ja immer noch meinen alten grauen Rock und die braune alte Strickjacke. So kann ich mich hier unmöglich hinsetzen. Ganz unmöglich. Die schmeißen mich ja raus!
»Nein«, sagte Fräulein Luise, »ich dank schön. Aber ich behalt den Mantel lieber an. Mir ist ... ich fröstel ein bissel, wissens?«
»Sehr wohl, meine Dame«, sagte der kleine Page mit einer Verbeugung.
Fräulein Luise ging in die große Halle hinein wie auf Wolken. So etwas hab ich noch nie gesehen, dachte sie überwältigt. Die vielen großen Kristallüster! Die riesigen Teppiche! Da muß ja jeder einzelne ein Vermögen kosten! Die Wände aus rosa Marmor. Die alten Bilder. Die vielen Blumen in den kostbaren Vasen. Die vornehmen Möbel ... Ach, und die eleganten Herren! Die wunderschönen Frauen mit ihren bunten Kleidern und dem vielen Schmuck. Wie das blitzt und leuchtet! Und ich in meinem elendigen Mantel, ich genier mich schrecklich. Am liebsten möcht ich ja weglaufen. Aber ich kann nicht. Ich darf nicht. Ich muß hier warten, bis die Irina und der Roland kommen ...
Zögernd blieb sie beim Eingang zur Halle stehen. Ein Kellner mit Schwalbenschwanz eilte herbei und begrüßte sie.
»Wenn die Dame Platz nehmen wollen ... hier vielleicht ...«
Ein schönes Tischchen mit geschwungenen Beinen, darum drei Sessel mit gedrechselten Armstützen, brokatüberzogen. Der Ober zog einen der Sessel zurück. Dem Fräulein Luise schwamm bereits alles vor den Augen. Sie setzte sich seufzend. Ich mach was mit, dachte sie betrübt und suchte die häßlichen Stiefeletten unter dem Tischchen zu verstecken.
»Wünschen die Dame etwas zu bestellen?« Der Ober verneigte sich wieder. Um Fräulein Luise wurde geredet und gelacht, sie hörte viele Sprachen. Vielleicht bin ich noch auf der Davidswache und schlaf und träum das nur alles, dachte sie benommen ...
»... etwas bestellen?« erklang wieder, von weit her, die Stimme des Obers an ihr Ohr.
Ich muß was trinken, dachte das Fräulein, ja, was trinken, sonst halt ich es nicht aus hier.

»Einen Schnaps hätt ich gern«, sagte sie mutig. Der Ober verzog keine Miene.
»Sehr wohl. Cognac? Whisky? Wodka? Gin-Tonic?«
»Am liebsten was Süßes«, sagte Fräulein Luise.
»Vielleicht einen Bénédictine ... einen Cointreau ... einen Grand Marnier ...«
»Ja«, sagte Fräulein Luise.
»Ja was, bitte, meine Dame?«
»Das, was Sie zuerst gesagt haben.«
»Einen Bénédictine?«
»Bitte.«
»Sofort, meine Dame.« Der Schwalbenschwanz-Ober enteilte lautlos.
Laß mich das hier aushalten, lieber Gott, dachte Fräulein Luise, laß es mich aushalten! Diese Menschen. Alle starren mich alte Vogelscheuche an. Alle flüstern sie über mich ...
Kein Mensch starrte Fräulein Luise an, niemand flüsterte über sie. Sie biß die Zähne aufeinander und saß sehr aufrecht, die große Tasche auf den Knien, und starrte zum Desk des Portiers, um auf keinen Fall meine oder Irinas Ankunft zu versäumen. Ihr wurde sehr warm mit ihrem Mantel in der geheizten Halle, aber sie hielt tapfer aus. Ich kann den Mantel nicht ablegen, dachte sie, ausgeschlossen.
Der Schwalbenschwanz kam mit einem Silbertablett und einem Glas darauf. In dem Glas erblickte Fräulein Luise eine zartbraune Flüssigkeit.
»Bitte sehr, meine Dame, einen Bénédictine.«
Das Tablett wurde vor Fräulein Luise abgestellt. Der Schwalbenschwanz wollte wieder enteilen.
»Moment!« rief das Fräulein. O Gott, ich schrei ja, dachte sie sofort verlegen.
»Gnädige Frau?« Der Schwalbenschwanz trat wieder neben sie.
»Ich möcht gleich zahlen, bittschön.«
»Gerne. Macht sechs Mark fünfzig.«
»Sechs Mark fünf ...« Fräulein Luise verschlug es die Rede. Für dieses bissel Schnaps sechs Mark fünfzig? Das ist ja Irrsinn! Das ist ja gotteslästerlich. Aber sich nur nichts anmerken lassen. Nur nichts anmerken lassen! Fräulein Luise öffnete ihre schwere Handtasche. Der Ober zuckte leicht zusammen, als er die Bündel von Scheinen sah, doch das bemerkte Fräulein Luise nicht. Sie reichte

ihm einen Hunderter und sagte unschuldig: »Kleiner hab ich es leider nicht.«

»Vielen Dank, gnädige Frau«, sagte der Schwalbenschwanz und enteilte. Fräulein Luise sah ihm entsetzt nach. Der reißt aus mit meinem Hunderter! dachte sie, als sie den Ober hinter einem rotseidenen Paravent verschwinden sah. Das ist zuviel! Die können einem doch nicht in einem so feinen Hotel einfach einen Hunderter fladern ... Fräulein Luise fühlte Schwindel. Sie hob das Glas und trank schnell. Die hellbraune Flüssigkeit brannte trotz ihrer Süße. Ach was, dachte das Fräulein, ich geh einfach zu dem netten Portier vorn und sag, daß der Lackel hier mit meinen hundert Mark abgehauen ist. Das wär ja noch schöner! Das wär ja ...

»So, gnädige Frau, hier bitte.« Der Schwalbenschwanz war wieder da. Lautlos hatte er sich genähert. Auf einem Tellerchen lagen, unter einer Quittung, Scheine und Wechselgeld. Also doch kein Verbrecher, dachte Fräulein Luise. Siehst du, man darf nie gleich schlecht von den Menschen denken.

»Moment«, sagte sie und fischte in dem Wechselgeld, bis sie fünfzig Pfennige gefunden hatte. Sie überreichte sie dem Schwalbenschwanz lächelnd. »Für Sie«, sagte Fräulein Luise.

»Ich danke, meine Dame«, sagte der Schwalbenschwanz und lächelte gleichfalls. Er verbeugte sich und verschwand wieder. Lautlos. Fräulein Luise trank ihr Glas auf einen Schluck leer. Danach wurde ihr brennend heiß und übel. Luft! Luft! Sie brauchte Luft! Ich muß einen Moment hier raus, dachte sie. Sonst übergeb ich mich noch auf den feinen Teppich. Lieber Gott, Du prüfst mich hart. In was für Lagen Du mich bringst ... Das halt ich kaum mehr aus ...

Sie erhob sich unsicher und eilte trippelnd aus der Halle, an der Reception, an dem Portier-Desk vorbei. Niemand beachtete sie. Ein Page drehte die Schwingtür für sie. Dann stand sie draußen, in der kühlen Abendluft, hörte den Regen auf die Bäume, die Büsche und den Rasen fallen und sah seine silbernen Schlieren im Licht der Kugellampen, die auf hohen Kandelabern thronten. Fräulein Luise atmete tief. Langsam wurde ihr besser. Vom Harvestehuder Weg bog eine Limousine in die Auffahrt ein und hielt unter dem Vorbau. Der Chauffeur war zwei Damen in Nerzmänteln beim Aussteigen behilflich. Fräulein Luise drückte sich in eine Ecke. Sie hörte die eine Dame sagen: »Den Wagen in die Tiefgarage, Emil. Um zehn brauchen wir ihn wieder. Ich rufe an.«

Der Chauffeur verneigte sich, die Mütze in der Hand, stieg wieder ein und fuhr den Wagen von der Einfahrt fort, die Hotelfassade entlang, und bog dann um eine Ecke.
Fräulein Luise kam eine Idee.
Moment. Moment. Es gab hier also eine Tiefgarage. Irina und dieser Roland, die mußten doch fürchten, daß Fräulein Luise hinter ihnen her war, daß sie sie suchte. Was, wenn die also Rolands Wagen auch in die Tiefgarage fuhren? Vielleicht gab es da einen Lift hinauf zu den Zimmern? Den Zimmerschlüssel konnte man sich vielleicht hinunterschicken lassen. War das so, dann wartete Fräulein Luise hier ganz umsonst, dann sah sie die beiden gar nicht, wenn sie endlich zurückkamen.
Die Tiefgarage, dachte sie. Ich muß mir diese Tiefgarage einmal anschauen. Sie spannte ihren alten Knirps auf und eilte auf wieder schmerzenden Füßen die Hotelfassade entlang, der Limousine nach.

5

Sie stand im Regen und in der Finsternis, vielleicht zehn Minuten lang, an die große geschlossene Stahltür des Lastenaufzugs der Tiefgarage gepreßt. Neben der Stahltür befand sich ein Eingang mit Wendeltreppe, aber Fräulein Luise wagte sich noch nicht hinunter. So ganz allein, dachte sie, fällt das mehr auf, als wenn ich mit jemandem komm. Ich will auf den nächsten Wagen warten.
Der nächste Wagen war ein Rekord. Er fuhr sehr dicht an Fräulein Luise heran, seine Scheinwerfer blendeten sie. Ein Mann im Regenmantel und mit Hut stieg aus und klingelte an der großen Rufglocke des Aufzugs. Der Mann war schlank, unter dem Hut lugte weißes Haar hervor, er hatte ein schmales, kultiviertes Gesicht. Während er wartete, daß der Lift heraufkam, stand er neben Luise. Er lüftete seinen Hut und sagte: »Guten Abend.«
»Guten Abend«, sagte Fräulein Luise.
»Ist etwas? Kann ich helfen?«
»Nein, dank schön ...« Fräulein Luise hatte sich schon etwas für die Leute in der Garage ausgedacht. »Sehr lieb von Ihnen ...«
Sekunden später ertönte ein dumpfes Geräusch aus der Tiefe, und eine rote Warnlampe über dem Metalltor leuchtete auf.

»Der Aufzug kommt jetzt«, sagte der Mann und eilte in seinen Wagen.
Das rüttelnde Geräusch wurde lauter und lauter – und verstummte. Hinter Fräulein Luise glitt die Metallwand empor. Sie schrak zusammen, denn sie hatte Angst, rücklings in die Tiefe zu stürzen, doch da gab es keine Tiefe, da war die Liftplattform, und auf ihr stand ein beleibter Mann mit rosigem, freundlichem Gesicht und lustigen Augen. Der Wagenmeister Wim Croft hatte seinen Nachtdienst bereits wieder um halb sieben Uhr angetreten. Er trug seinen grellgelben Overall und winkte dem Mann am Steuer. Zu Fräulein Luise sagte er: »Schönen guten Tag. Sie wollen mit hinunter?«
»Ja«, sagte das Fräulein.
»Gehen Sie in den Lift, stellen Sie sich weit nach hinten. Ich muß den Wagen reinwinken«, sagte Croft. Fräulein Luise nickte und trat auf die Plattform. Sie ging vor dem Rekord her, den der Wagenmeister dirigierte. Dann fuhren sie nach unten. Der Lift machte sehr viel Lärm, man konnte sich schlecht verständigen. Croft lachte dem Fräulein zu. Sie lachte zurück. Ein freundlicher Mann, dachte sie. Der Lift hielt. Croft zwängte sich an dem Rekord vorbei, während sich eine zweite Metalltür hob, und winkte den Wagen, der nun zurückstoßen mußte, in den ersten Stock der Tiefgarage und zu einer Parklücke. Fräulein Luise folgte langsam. Hier rauschte ein Exhaustor, Männer und Frauen in schweren Gummischürzen reinigten in einiger Entfernung Autos, es brannten Neonröhren an der Decke. Eine war schadhaft. Ein junger Mann saß auf einer hohen Leiter und reparierte die Röhre.
Fräulein Luise sah sich um und erblickte den Fahrer des Rekords, der ausgestiegen war und mit dem Wagenmeister herankam. Sie hörte den Herrn sagen: »Ach was, schlechtes Wetter. In Moskau schneit es wie verrückt, habe ich gerade gehört.« Er gab dem Wagenmeister die Autoschlüssel und ging an Fräulein Luise vorbei in das kleine Büro neben dem Aufzug, wo eine kahle Birne brannte und ein Coca-Cola-Kalender neben einem roten Feuerlöscher an der Wand hing. Der Wagenmeister trug die Ankunft des Rekords in sein Buch und hängte den Zündschlüssel an ein Brett.
»Sie sind aus Moskau?« fragte Fräulein Luise stockend den Herrn mit dem Homburg, der eine Aktentasche trug. Plötzlich pochte wild das Blut in ihren Schläfen.
»Aus Moskau, liebe Frau, ja«, sagte der Mann mit dem Silberhaar

ohne jeden Akzent. Er hatte den Hut abgenommen und verbeugte sich. »Jossif Monerow ist mein Name.«

»Luise Gottschalk«, sagte das Fräulein. »Aus Moskau ...« Sie konnte nicht weitersprechen. Der Russ! dachte sie. Der Russ ...

»Herr Professor Monerow ist zu einem Kongreß nach Hamburg gekommen«, sagte Croft. »Er ist ein berühmter Arzt.«

»Ach, hören Sie auf«, sagte Monerow. Er öffnete seinen Mantel, um Trinkgeld für den Wagenmeister zu suchen, und dabei sah Fräulein Luise, daß er einen Smoking trug. »Kongreß! Ein Empfang nach dem anderen. Ich kann schon nichts mehr essen und trinken. Ihr hier im Westen! Und dabei habe ich heute abend noch so viel zu tun. Muß mich ein bißchen hinlegen und ausruhen.«

»Viel zu tun?« fragte Fräulein Luise. Sie glaubte, daß Monerow ihr zugeblinzelt hatte. Der Russ. Der Russ ist da, dachte sie. Sie konnte nichts anderes denken.

»Sehr viel zu tun, liebe Frau, ja«, sagte Monerow. »Wenn mein Freund Wim Croft mir nicht noch einen Wagen vermietet hätte, käme ich überhaupt nicht mit der Arbeit nach.«

»Sie sind Freunde?« fragte Fräulein Luise. Es klang naiv, aber ihr Gesicht war vor Aufregung ganz schmal geworden, für sie bedeutete dieses Gespräch so viel ... so viel ... alles!

Monerow sagte gutmütig: »Und was für dicke Freunde wir sind, nicht wahr, Herr Croft? Herr Croft ist Holländer. Ich liebe Holland. War schon oft dort.«

Du lieber Gott, dachte Fräulein Luise. Der Holländer auch! Also doch, also endlich doch ...

»Ich hab einen russischen und einen holländischen Freund«, sagte Fräulein Luise laut und sah die beiden Männer starr an.

»Das ehrt uns«, sagte der Holländer. »Wir haben gern Freunde.«

»Ja, wir haben es gerne, wenn man uns mag«, sagte der Russe. Er gab Croft zuerst die Hand und dann das Trinkgeld.

»Bis später, Herr Professor«, sagte Croft. Er und Fräulein Luise sahen dem Russen nach, wie der zu einer verschlossenen nahen Milchglastür ging und auf einen Knopf an einer Messingtafel drückte. Ein Hotellift kam herunter. Monerow öffnete die Tür, winkte zurück, stieg ein, und der Lift setzte sich nach oben in Bewegung. Also das mit den Lifts ist genau so, wie ich es mir vorgestellt habe, dachte Fräulein Luise.

»Und was kann ich für Sie tun, liebe Dame?« fragte Croft.

Fräulein Luise gab ihm wieder einen Verschwörerblick.

»Es handelt sich um den Herrn Roland«, sagte sie.
»Aha«, sagte Croft. »Um den Herrn Roland, wie?« Er sah Fräulein Luise lächelnd an. Auch sie lächelte – voll kindlichen Vertrauens.
»Ja«, sagte sie. Jetzt muß ich lügen, dachte sie. Das ist eine Sünde, aber es geht nicht anders. »Nämlich – ich müßte ihn sprechen, den Herrn Roland. Ich hab ein Buch in seinem großen weißen Wagen vergessen, das brauch ich dringend. Der Herr Roland ist nicht im Haus, ich hab schon den Herrn Portier gefragt. Da hab ich gedacht, vielleicht kann ich hier warten, bis er kommt, der Herr Roland. Damit wir uns nicht verfehlen. Ich brauch das Büchel nämlich dringend.«
»Ja, der Herr Roland ist noch nicht zurückgekommen«, sagte Croft. Und dann: »In seinem großen Wagen liegt das Buch?«
»Wieso? Hat er auch noch einen kleinen?«
»Er hat sich einen Leih-Rekord genommen bei mir. Wie der russische Professor. Sein großer Wagen steht da drüben, sehen Sie ihn?«
Er zeigte auf meinen Lamborghini, der zwischen zwei Stützpfeilern stand.
»Ja. Ja, das ist der große!« rief Fräulein Luise, die meinen Wagen vor dem Lagereingang gesehen hatte, als wir einander zum ersten Mal begegnet waren. Sie erschrak. Der Wagen ist da, dachte sie. Wenn dieser Holländer ihn mir jetzt aufmacht und sagt, ich soll das Büchel suchen – was dann?
Der Holländer sagte vorsichtig: »Das ist der Lamborghini von Herrn Roland, ja. Die Wagenschlüssel hat er bei mir abgegeben. Aber Sie müssen verstehen, liebe Dame ... Ich meine ... Natürlich zweifle ich nicht an Ihren Worten ... Aber ich darf den Wagen nicht öffnen, ohne daß er es mir gestattet, und Ihnen erlauben, nach Ihrem Buch zu suchen. Das müssen Sie verstehen ...«
»Freilich versteh ich das«, sagte Fräulein Luise. (Danke, lieber Gott.) »Dann ... dann ... Möcht es Sie stören, wenn ich dann hier herunten wart, bis daß der Herr Roland mit dem Leihwagen kommt?«
»Aber natürlich nicht. Ich weiß allerdings nicht, wann er kommt.«
»Ich hab Zeit«, sagte das Fräulein. »Er bringt den Wagen doch ganz bestimmt herunter, wenn er heimkehrt, gelt?«
»Ganz bestimmt. Sie sehen ja. Wie der Herr Professor.« Croft blickte auf das Schlüsselbrett und dann auf eine Tafel. »Hm«, machte er.

»Hm, was?«
»Ist mir schon letzte Nacht aufgefallen, als Herr Roland kam und den Wagen wollte. Also, er und seine Frau«, sagte Croft, den Zimmerplan konsultierend, den er von der Reception mit den jeweils aktuellen Buchungen erhielt, »die wohnen Appartement 423.«
»Er und seine Frau«, sagte das Fräulein leise.
»Bitte?«
»Nichts, nichts. Und?«
»Und der Herr Professor Monerow, der wohnt Appartement 424, direkt daneben. Und beide haben sie Rekords gemietet!«
»Na, so was!« sagte Fräulein Luise. Jetzt bin ich am Ziel, dachte sie. Wenigstens an einem. Und meine Freund sind da. Lieber Gott, ich hab schon verzweifeln wollen. Jetzt geht es doch vorwärts!
»Setzen Sie sich in das Büro, meine Dame«, sagte Croft.
»Sehr freundlich«, sagte das Fräulein und ging in den kleinen Raum. Sie setzte sich auf einen Stuhl, der unter dem Kalender stand. Croft setzte sich auf den Schreibtisch. Sie unterhielten sich. Es war so viel los im Moment, sagte Croft. Das Haus ganz voll. Und was für ein vornehmer Mann war Professor Monerow . . .
»Schon oft bei mir in der Heimat gewesen, sagt er . . .«
Croft, der Heimweh hatte, kam auf Holland zu sprechen. Er erzählte Fräulein Luise von der Tulpenblüte in den gewaltigen Gärtnereien rund um Den Haag, und wie wundervoll das Land aussah, wenn die Tulpen blühten, er erzählte, bis die Klingel ihn wieder nach oben rief.
»Vielleicht ist das Herr Roland«, sagte Croft.
Ich war es nicht.
Croft kam wieder, setzte sich auf den Schreibtisch und erzählte weiter.
Der junge Mann, der die Neonröhre repariert hatte, kam in das Büro. Er war jung, schlank und blond, und er trug einen blauen Overall.
»Wieder okay«, sagte er. »Unterschreib mir hier die Arbeitszeit.«
Croft unterschrieb ein Formular. Währenddessen sah der junge Mann Fräulein Luise lächelnd an. Auch sie lächelte. Der junge Mann ist aber nett, dachte sie.
»So, da hast du, Jürgen. Und vielen Dank«, sagte Croft.
»Wiedersehen«, sagte Jürgen. Er nickte dem Fräulein zu. Dann verschwand er.

»Netter Mensch«, sagte das Fräulein.
»Sehr nett, ja. Und so ein schweres Schicksal.« Der Wagenmeister redete sehr gerne sehr viel.
»Schweres Schicksal?«
»Na ja. Jürgen Felmar, so heißt er. Sagt Ihnen Felmar nichts?«
Das Fräulein grübelte.
»Felmar ... Felmar ... Irgendwo hab ich den Namen schon gehört ... aber im Moment ...«
»Ludwig Felmar. Der ganz große Naziverbrecher, den sie jetzt endlich in Brasilien gefaßt haben. Der ehemalige ss-Standartenführer.«
»Der Standartenführer Felmar?« Fräulein Luise hatte Mühe, zu sprechen.
»Ja. Und der junge Mann ist sein Sohn«, sagte Croft. »Der Vater gehört vor Gericht! Wenn der nicht lebenslänglich kriegt ... Hat es tausendfach verdient, nicht wahr? Keine Rede. Aber der Junge. Was kann der Junge dafür? Doch überhaupt nichts! Was glauben Sie, was in dem vorgeht? Er nimmt sich furchtbar zusammen, der arme Kerl ...«
Fräulein Luise hörte die letzten Worte von weit her. Sie dachte: Den Franzosen hab ich also jetzt schon getroffen, den Polen. Den Tschechen. Den Ukrainer. Den Russen. Den Holländer. Jetzt endlich den echten Standartenführer. Sohn vom Standartenführer, aber immerhin. Sie sind da. Sie sind alle da. Hier, dachte sie mit jener plötzlichen Klarheit, die sie so oft überfiel, wird die Entscheidung fallen, hier, in diesem Hotel, heute noch, ja, noch heute!
Wieder ertönte die Aufzugklingel.
Wieder fuhr Croft den Lift nach oben und kehrte mit einem regennassen Wagen zurück. Immer noch war es nicht der Wagen, auf den das Fräulein wartete. Das macht nichts, dachte sie geduldig. Gar nichts macht das. Ich hab Zeit. Ich kann warten.
Sie wartete eine halbe Stunde lang. Eine Stunde. Eineinhalb Stunden. Croft bekam nun viel zu tun, er konnte sich nicht mehr so intensiv um Fräulein Luise kümmern. Wagen wurden geholt oder gebracht, zuletzt einer, mit dem der Mieter einen Unfall gehabt hatte. Croft mußte sich genau das Ausmaß des Schadens besehen. Er rollte eine Holzpritsche heran, legte sich darauf und glitt mit dem Gestell unter den Wagen.
Appartement 423, dachte das Fräulein in jähem Entschluß. Vielleicht ist dieser Roland doch schon da. Und hat seinen Wagen nur

nicht in die Garage gebracht, weil er noch einmal weg will. Ja, dachte sie, bestimmt ist er da. Als sie es dachte, war sie bereits völlig davon überzeugt. Sie verließ das kleine Büro und ging zu der Milchglastür des Lifts, der nach oben führte.
Sie drückte auf den ›Kommen‹-Knopf. Der Aufzug glitt herab. Von niemandem bemerkt, öffnete das Fräulein die Tür und trat in den Aufzug mit den Mahagoniholzwänden. Sie drückte auf die Taste für den vierten Stock. Der Lift glitt schnell empor und hielt bald wieder. Fräulein Luise stieg aus. Auf dem weiten, langen Flur lagen Teppiche, an den Wänden standen antike Kommoden und dunkle Sessel. Es war kein Mensch zu sehen. Neben dem Lift zeigten Pfeile und Zahlen an, wo die Zimmer des vierten Stockwerks lagen. Fräulein Luise fand sich schnell zurecht. Sie ging den Gang hinab, an alten Stichen und großen Ölbildern vorbei. 427 . . . 426 . . . 425 . . . 424 . . . (hier wohnt der Russ, dachte sie) . . . 423.
423.
Eine cremefarbene Tür mit vergoldeter Klinke. Fräulein Luise holte Luft. Mit Gott, dachte sie. Und drückte die Klinke herunter. Die Tür öffnete sich. Aus dem Innern des Appartements ertönte sanfte, zärtliche Musik . . .

6

»Wie kommen Sie hier herauf?«
Ich stand neben Irina im Salon des Appartements und starrte Fräulein Luise an.
»Aus der Autogarage, mit dem Lift. Heimlich«, antwortete sie.
»Und was wollen Sie?«
Fräulein Luise sagte mit Entschlossenheit: »Das Mädel muß sofort mit mir zurück ins Lager. Ich duld das nicht!«
Irina packte meine Hand. Ich drückte sie fest.
»Was?« fragte ich. »Was dulden Sie nicht?«
Das Fräulein marschierte auf Irina zu.
»Durch die ganze Stadt bin ich, eh daß ich Sie gefunden hab. Dann, endlich, haben mir Freund den Weg gewiesen.« Sie sah mich an. »Sie sind ein schlechter Mensch. Sie haben mein Vertrauen mißbraucht.« Das Fräulein packte Irinas rechten Arm und zerrte an ihm. »Kommens jetzt mit!«

Irina riß sich los.
»Nein!« rief sie. »Nein! Ich gehe nicht zurück in dieses dreckige Lager! Nie!«
Ich sagte leise: »Fräulein Luise, das ist mein Appartement. Sie sind hier ohne Recht eingedrungen. Wenn Sie nicht sofort – sofort! – verschwinden, dann, es tut mir leid, lasse ich Sie hinauswerfen!«
Fräulein Luise schob ihr Hütchen zurück.
»Ah ja?« sagte sie erbittert. »Und wissens, was ich dann mach? Ich erstatt dann eine Anzeige gegen Sie! Wegen Entführung! Das Mädel ist noch nicht einundzwanzig! Sie hat noch keine Aufenthaltserlaubnis! Sie ist noch nicht geimpft!«
»Herr Roland bürgt für mich!« schrie Irina los. »Wenn ich einen Bürgen habe, muß ich nicht mehr ins Lager! Das hat Herr Roland schriftlich! Schriftlich, hören Sie?«
Offenbar hatte das Fräulein es nicht gehört, denn sie rief: »Gänse seids ihr! Gänse! Eine dümmer wie die andere! Er bürgt für Sie! Wie lang bürgt er? Bis daß er genug hat von Ihnen und Sie hinausschmeißt!«
»Einen Moment mal ...« begann ich, aber das Fräulein unterbrach mich und sagte, zu Irina gewandt: »Wie Sie ausschauen! Wie eine ... Sie wissen schon! Schämen Sie sich denn gar nicht? Das hat er aus Ihnen gemacht – in einem einzigen Tag!« Und wieder zu mir: »Sie sind nicht besser als wie die Lumpen von der Reeperbahn, die wo sich unsere Mädeln aus dem Lager holen! Ihr Vergnügen wollen Sie haben mit der Kleinen, das ist alles!«
Und noch immer erklang, süß und wehmütig, der ›Reigen‹ ...
Ich sagte, auf Fräulein Luise zugehend: »Ich habe jetzt genug von Ihnen. Ich ...«
Weiter kam ich nicht, denn da läutete das Telefon. Ich rannte zu dem Apparat und hob den Hörer ans Ohr.
»Ja?«
»Was schreien Sie denn so?« fragte eine Stimme, die ich kannte. Mir fiel im Moment nur nicht ein, woher ich sie kannte.
»Wer sind Sie? Was wollen Sie?« fragte ich normal.
»Victor Largent ist hier.« Largent, natürlich. Largent, verdammt. Der hat mir gerade noch gefehlt. »Und was ich will? Sie sprechen. Es ist äußerst wichtig.«
»Wo sind Sie?«
»Im Hotel. Unten in der Halle. Spreche aus einer Zelle. Komme jetzt gleich zu Ihnen rauf. Vierhundertdreiundzwanzig. So long.«

»Sie kommen nicht!« brüllte ich plötzlich los. Ich hatte auch nur Nerven. »Wenn Sie was von mir wollen, rufen Sie mich morgen vormittag an!«
»Morgen vormittag ist es zu spät. Es muß gleich sein.«
»Gar nichts muß gleich sein! Ich habe keine Zeit! Sie bleiben unten! Ende!« Ich warf den Hörer in die Gabel.
Irina und sogar Fräulein Luise waren erschrocken.
»Wer war denn das?« fragte Irina.
»Victor Largent«, sagte ich. »Ein Agent.«
»Was?« rief Irina.
»Ach so.« Ich lachte mit Mühe. »Nicht so einer. Ein literarischer. Vermittelt Autoren. Romane. Filme.« Mein Blick fiel wieder auf Fräulein Luise. Ich wurde blindlings von neuer Wut übermannt. »Sie verschwinden jetzt augenblicklich, verstanden?«
Fräulein Luises Stimme wurde plötzlich leise, fast flüsternd. Sie sagte: »Die Indigo ist doch noch ein Kind! Sehens das denn nicht, Herr Roland? Sinds denn schon so verkommen und verdorben, daß Sie nicht mehr sehen, daß das noch ein Kind ist?«
»Ich bin kein Kind mehr!« rief Irina. »Was wissen Sie denn von mir? Sie kennen mich nicht! Kein kleines bißchen wissen Sie von mir!«
Mit großer Würde antwortete das kleine Fräulein: »Ich weiß alles über dich. Doch bist du noch ein Kind. Mit Kindern, da kenn ich mich aus. Nicht eins hab ich geboren. Nie verheiratet war ich. Und trotzdem hab ich Kinder gehabt – mehr als irgendeine Mutter auf der Welt. Hunderte! Tausende! Behütet hab ich sie und beschützt! Mein Leben, mein ganzes Leben lang. An ihren Betten hab ich gesessen die Nächte durch, wenn sie krank gewesen sind. Verteidigt hab ich sie und bewahrt vor dem Bösen. Genauso wie die wirklichen Mütter. Mehr wie die wirklichen Mütter! Ja, Tausende von Kindern hab ich gehabt ... und sie haben mich lieb gehabt ... alle, alle haben sie mich lieb gehabt ...« Das Fräulein taumelte in einem plötzlichen Schwächeanfall und sank auf einen Sessel. Mir war ihr Zustand egal. Ich ging zu ihr und beugte mich vor. Ich wurde gemein.
»Wenn Sie nicht sofort verschwinden, dann werde ich mal ein kleines Gespräch führen, Fräulein Luise.«
»Gespräch ... mit wem?« Sie sah zu mir auf. Tränen standen in ihren gütigen Augen.
»Ich kenne den Leiter des Fürsorgeamtes in Bremen ...« be-

gann ich. Da wurde ich von einer jovialen, lauten Stimme unterbrochen.
»Hallo, everybody! Ich störe doch nicht. Tür war offen, also kam ich gleich herein. Meine Damen, lieber Freund Roland...« Der Mann, der nun das Appartement betreten hatte, war groß, stämmig und hatte nicht ein Haar auf dem Kopf. Er trug eine randlose Brille, sah äußerst schlau aus und lieferte geradezu ein Musterbeispiel für Unverschämtheit und schlechte Manieren.
Als ich ihn erblickte, wurde ich so wütend, daß ich für einen Moment sogar Fräulein Luise vergaß.
»Ich habe Ihnen gesagt, ich will Sie nicht sehen!«
»Und ich habe dem Portier erklärt, Sie erwarten mich«, sagte der Kahlkopf grinsend. »Sie haben Besuch. Charmant, charmant. Wollen Sie mich nicht vorstellen?«
»Nein«, sagte ich. »Raus mit Ihnen!«
»Largent«, sagte mein Besucher mit Verbeugungen vor Fräulein Luise und Irina. »Victor Largent. Eine Freude, Sie kennenzulernen, meine Damen. Herr Roland und ich sind alte Freunde.«
»Freunde!« tobte ich, plötzlich rasend vor Wut. »Raus, habe ich gesagt! Sitzen Sie auf den Ohren?«
»Wo ich doch etwas so Dringendes mit Ihnen zu besprechen habe«, sagte Largent. »Seien Sie höflicher. Bieten Sie mir etwas zu trinken an. Lassen Sie. Ich sehe schon, Sie wollen nicht. Mache ich mir selber einen Drink.« Er schlenderte durch den Salon und goß tatsächlich Whisky in ein Glas und gab Wasser und Eis dazu. Er prostete uns allen zu, dann trank er und stöhnte vor Wohlbehagen.
»Sie sind der literarische Agent?« fragte Irina, einigermaßen überwältigt.
»Bin ich, wunderschönes Fräulein, bin ich. Victor Largent.« Er sprach fließend deutsch mit kräftigem amerikanischem Akzent. Ich kannte ihn seit vielen Jahren. Er hatte eine große Agentur in New York, mit Filialen in Hollywood, Paris, London und Rom, und er vermittelte Autoren, Drehbuchschreiber und auch Schauspieler, er verhökerte Serien, Tatsachenberichte und Romane, er war eine legendäre Gestalt in der Branche. Noch keine fünfzig, obwohl er älter aussah. (Die Glatze.) Er trug nur Konfektionsanzüge, die stets zerdrückt waren, Nylonhemden und billige Krawatten, aber alle wußten, daß er ein schwerreicher Junggeselle war. Er besaß eine berühmte riesige Sammlung von alten Uhren und reiste

dauernd durch die Welt. Mit mir war er bisher nur indirekt ins Geschäft gekommen. Er hatte meine Sex-Serien in viele Länder verkauft. Aber das war immer über den Verlag gegangen, ich bekam bloß Prozente.

Largent ließ sich in einen Sessel fallen, seufzte tief und zufrieden, trank, musterte uns alle aus schlauen Schweinsaugen und schien sich grenzenlos wohl zu fühlen. Mein Zorn wuchs von Sekunde zu Sekunde.

»Hören Sie, Largent, ich lasse Sie rausschmeißen, wenn Sie nicht verschwinden!« schrie ich.

Largent grunzte nur.

»Ist er nicht niedlich?« fragte er Irina. »Immer mit dem Kopf durch die Wand. So stürmisch. Dabei kennt er mich. Sie kennen mich noch nicht, meine Damen. Ich habe Herrn Roland einen Vorschlag zu machen. Dringend. Und ich bin nicht der Mann, der Nein als Antwort nimmt.« Er legte die Füße auf ein Tischchen, trank wieder und wandte sich an Irina. »Wie heißen Sie, mein Kind?«

»Irina Indigo«, sagte diese verblüfft.

»Schöner Name. Sehr schöner Name.« Largent nickte wohlgefällig. Ich dachte, daß ich ihn nicht selbst hinauswerfen konnte, dazu war er zu bullig. Aus dem Radio kam immer weiter leise Musik aus der Bar. »Und Sie, meine Dame?« Largent nahm seine Füße nicht vom Tisch.

Fräulein Luise hatte den Amerikaner seit seinem Erscheinen fasziniert betrachtet. Ihr Gesicht war verklärt. Sie stand auf, trat näher und sagte: »Gottschalk. Fräulein Luise Gottschalk. Das weißt du doch ...«

Die seltsame Anrede schien Largent nicht zu irritieren. Er grinste breit.

»Natürlich, natürlich weiß ich. Fräulein Luise Gottschalk. Treffe so viele Menschen. Sie müssen entschuldigen, wenn ich einmal jemanden nicht gleich erkenne.«

Fräulein Luise sah ihn strahlend an.

»Jetzt wird alles gut«, sagte sie.

Largent warf mir einen kurzen Blick zu. Er hatte in seinem Beruf so viel mit Sonderlingen zu tun, daß ihn nichts mehr erstaunte. Er besaß auch ein Faible für Verrückte, wie er immer sagte.

»Alles wird gut. Absolut okay, Fräulein Luise, Sie können beruhigt sein. Largent ist hier. Da kann nichts mehr schiefgehen.«

»Schön«, flüsterte das Fräulein. »Ach, wie schön ... Es geht also doch alles so, wie ich es mir gewünscht hab ...«
»Klar«, sagte Largent, völlig ungerührt. »Nie verzagen, Largent fragen.«
»Mein Amerikaner ...« flüsterte das Fräulein.
»Zu Ihren Diensten, meine Dame. Amerika steht zu Ihren Diensten«, dröhnte Largent.
»Danke, lieber Gott«, flüsterte Fräulein Luise.
Im Irrenhaus konnte es nicht anders zugehen.
Ich sagte zu Largent: »Jetzt ist Schluß mit dem Theater. Sie verschwinden hier, oder ich rufe den Portier an.«
»Nein! Das dürfen Sie nicht!« rief das Fräulein. »Das ist wichtig, daß der Herr Largent jetzt gekommen ist!«
»Und ob das wichtig ist, Fräulein Gottschalk«, sagte dieser widerliche Largent. »Oder darf ich sagen: Luise?«
»Natürlich dürfens!« rief das Fräulein entzückt.
In diesem Moment öffnete sich die Tür des Appartements wiederum, und Kellner Jules kam mit dem Speisewagen hereingefahren. Es war alles schon vorbereitet und gedeckt. Damasttischtuch. Silber. Die Hummercocktails. Der Kübel mit den Champagnerflaschen ...
Jules stutzte. Er hielt an.
»Pardon ... Ich wollte nicht stören ... Das Essen ...« Er musterte Largent aufmerksam. Dieser schenkte ihm ein faules Lächeln.
»Hallo«, sagte Largent.
»Monsieur«, sagte Jules. Und zu mir: »Darf ich den Tisch hereinfahren?«
»Ja, bitte«, sagte ich. »Wir sind sofort wieder unter uns.«
»Glauben Sie«, sagte Largent. Er zwinkerte Fräulein Luise zu. Die betrachtete ihn wie gebannt, dann irrte ihr Blick zu Jules. Fräulein Luise sagte: »Franzose, ja?«
»Ja, Madame.« Jules war mit seinem Tisch beschäftigt.
»Wenn du wüßtest, wie mich das freut«, sagte das Fräulein. »Ach, bin ich glücklich. Du paßt auch auf, gelt?«
Jules sah Fräulein Luise nervös an.
»Ich tue was, Madame?«
»Aufpassen.«
»Ich verstehe wirklich nicht, Madame ...« begann Jules. Hinter dem Rücken des Fräuleins machte Largent, hingelümmelt in den Sessel, Jules und uns allen ein Zeichen. Grinsend tippte er mit

einem Finger gegen eine Schläfe und zuckte die Schultern. Jules hob die Brauen, aber sehr erleichtert sah er nicht aus.
»Darf ich eine Flasche öffnen, Monsieur?« fragte er mich.
»Ja, bitte, Jules. Wir essen jetzt. Und zwar allein. Ich werde hier sehr schnell für Ordnung sorgen«, sagte ich. Jules ergriff eine weiße Damastserviette und fischte eine Champagnerflasche aus dem Kübel. Fräulein Luise trat neben ihn.
»Moment«, sagte sie.
»Ich bitte, Madame?« Er wurde wieder nervös.
Das Fräulein betrachtete ihn sehr ernst.
»Was gibt es, Madame?«
»Du weißt es genau ...«
»Pardon, Madame«, sagte Jules, dem die Szene unendlich peinlich war, »aber ich habe keine Ahnung ...«
»Ah, so ist das!« sagte Fräulein Luise, plötzlich bedrohlich. »Ich hab mir das schon gedacht. Wartens trotzdem einen Moment. Ich hab eine Botschaft für Sie.«
Jules starrte das kleine Fräulein an. Largent lachte. Für ihn war das alles ein Riesenspaß.
»Gehört zu Ihrer Story?« fragte er mich halblaut. »Was für eine Type, großer Gott!«
»Botschaft? Welche Botschaft, Madame?«
Der Blick des Fräuleins glitt wieder in die Ferne. Sie sagte langsam, beschwörend: »Sie müssen sich den Moment Zeit nehmen. Sie müssen hören, was die oben Ihnen zu sagen haben.«
Jules wurde rot vor Verlegenheit.
»Die ... oben ... Madame?«
»Ja ...« Fräulein Luise lauschte. Niemand sprach. Nur aus dem Radio kam Musik – ›Wunderland bei Nacht‹.
Fräulein Luise sprach Jules nun direkt ins Gesicht: »Das, was Sie tun wollen, ist böse. Sie bringen Unheil über die Menschen ...« Fräulein Luises Stimme war flach und monoton. »Und dieses Unheil wird auch Ihres sein ...« Jules wurde plötzlich blaß. Ich sah, daß er erschrak.
»Madame, wirklich, ich ...«
»Ruhig!« sagte Fräulein Luise wieder, während Largent lachte und Irina meinen Arm ergriff. »Sie werden sehr, sehr lange Zeit dafür büßen müssen ...«
»Walter, bitte!« flüsterte Irina.
»Ja«, sagte ich. »Jetzt ist Schluß.« Ich ging an dem immer noch

bleichen Kellner vorüber auf Fräulein Luise zu und schnauzte sie an: »Ich bin vorhin unterbrochen worden!«

»Unterbrochen ... wann?«

»Als ich sagte, daß ich den Leiter des Fürsorgeamtes in Bremen kenne. Wenn Sie uns jetzt nicht augenblicklich in Ruhe lassen ...«

»Aber ich muß doch die Irina ...«

»Sie müssen gar nichts! Nur verschwinden müssen Sie! Auf der Stelle! Ich habe genug von Ihnen«, sagte ich und zwang mich zu Brutalität. »Wenn Sie das nicht sofort tun oder wenn Sie sich hier weiter herumtreiben und noch einmal auftauchen, dann rede ich mit dem Leiter des Fürsorgeamtes!«

Fräulein Luises Blick irrte zwischen dem lächelnden Amerikaner und dem konsternierten Franzosen hin und her. Sie stammelte: »Reden?«

»Ja«, sagte ich böse. »Sie wissen, worüber. Mir scheint, es ist wirklich höchste Zeit, daß man Sie pensioniert.«

»Pensioniert!« schrie das Fräulein auf.

»Nicht pensionieren«, sagte Largent grinsend. »Aber dann müssen Sie jetzt auch brav sein. Ich passe schon auf, daß hier alles seinen richtigen Weg geht. Sie können ganz beruhigt sein.«

»Ganz beruhigt ... wirklich?«

»Wirklich. Ich bin Ihr Freund, Fräulein Luise. Ich sorge für ein gutes Ende. Keine Angst.«

»Das ... das ...« Fräulein Luise rang nach Atem. »Das ist wunderbar ... Sie sind jetzt da ... und die anderen ... so viele von meine Freund ...« Sie sah Jules an. »Nur auf den da müssen Sie achtgeben! Der da, der will das Böse ... der *ist* das Böse!«

»Auf ihn geben wir natürlich acht«, sagte Largent und machte dem entgeisterten Jules wieder ein Zeichen, das Fräulein Luise nicht bemerkte. »Ich kenne Herrn Roland. Großartiger Mensch. Haben Sie Vertrauen zu ihm.«

»Aber die Indigo ...«

»Ist in besten Händen. Alles wird gut, Sie werden es sehen, alles. Aber nun müssen Sie gehen, Fräulein Luise.«

Das Fräulein stand unschlüssig da.

Largent lachte sie an.

»So long, Luise. And good luck to you!«

»Ich hab mich eingemengt«, sagte das Fräulein. »Das hätt ich nicht tun dürfen. Ich hab Vertrauen zu meine Freund«, sagte Fräulein Luise. Plötzlich war sie wieder den Tränen nahe. »Verzeihung ...

Es ist schon in Ordnung ... Nur auf den Franzosen da achten, bittschön ...«
»Auf den achten wir«, sagte Largent unerschütterlich.
Jules stand idiotisch mit der Flasche in der Hand da.
»Das ist nämlich kein Freund«, sagte Fräulein Luise. »Aber das wissens ja, gelt?«
»Klar weiß ich das«, sagte Largent.
»Ja, also dann werd ich jetzt gehen. Und beten, daß es gelingt«, sagte das Fräulein. Sie nickte Largent und mir und Irina zu, den Franzosen sah sie nicht mehr an. Klein, arm und lächerlich ging sie aus dem Appartement. Ein paar Sekunden war es ganz still.
»Gott sei Dank«, sagte Irina endlich.
Jules hatte sich noch nicht beruhigt.
»Wer war das? Wie kam diese Dame hier herein?«
»Vergessen, abzusperren«, sagte ich.
»Ja, aber wie kam sie überhaupt in den vierten Stock?«
»Zerbrechen Sie sich nicht den Kopf«, sagte Largent gemütlich. »Verrückte finden immer einen Weg.«
»Verrückte?«
»Natürlich war die Alte verrückt«, sagte Largent. »Schreiend verrückt. Aber nicht gefährlich. Wenn Sie ein Leben lang beruflich mit Verrückten zu tun haben, kriegen Sie einen Blick für sowas. Nun beruhigen Sie sich endlich und machen Sie die Flasche auf.«
Jules begann an dem Korken zu drehen, nachdem er die Drahtschlaufe entfernt hatte. Er war noch immer so durcheinander, daß der Korken zu schnell herausglitt und etwas Champagner auf den Teppich spritzte.
»Pardon, Madame et Monsieur ... ich ... ich ... diese Person ...«
»Na, jetzt ist sie ja weg«, sagte ich und kostete den Champagner. »Ausgezeichnet!«
Jules füllte die beiden Gläser, nachdem ich Irina zum Tisch geführt und ihr einen Brokatsessel untergeschoben hatte. Ich setzte mich gleichfalls.
»Ich werde sorgen dafür, daß die Person nicht wiederkommt«, sagte Jules. »Wer war das? Bekannte von Ihnen, Monsieur?«
»Ja«, sagte ich. »Bekannte. Mit elf toten Freunden. Die unterhalten sich mit ihr, manchmal sieht sie sie auch.«
»Aber das ist doch wirklich verrückt!« rief Jules, während er aus einem gefütterten Körbchen Toastschnitten anbot.
»Natürlich«, sagte ich.

»Hat auch in mir einen Toten gesehen«, sagte Largent. »Hahaha. Charming old lady. In Hollywood hatte ich einen Autor, der sah immer Elefanten. Nicht die kleinen, bunten, die die Säufer sehen. Nein, Riesendinger! Überall! Und einmal, als ich zu ihm kam ...«

»Largent«, sagte ich, »wir wollen jetzt essen. Sie haben Ihr Glas ausgetrunken. Bitte, verschwinden Sie jetzt auch.«

»Aber ich denke doch nicht daran«, sagte Largent. »Glas ausgetrunken, stimmt. Werde ich mir einen neuen Drink machen. Nein, nein, lassen Sie nur, Jules. Ich erledige das selber.« Er stand schwerfällig auf und machte sich tatsächlich einen zweiten Drink. Zu Jules sagte er: »Sie können gehen. Es ist alles ausgezeichnet, wie ich sehe. Sie können sich um den nächsten Gang kümmern.«

»Sehr wohl, mein Herr«, sagte Jules und zog sich zurück. Er war noch immer blaß vor Schreck. »Die Hühnchen kommen in fünfzehn Minuten, wenn es recht ist, Monsieur Roland.«

»Sehr recht«, antwortete ich, während ich mein Champagnerglas gegen Irina hob und leise »Prosit« sagte. Sie hob gleichfalls ihr Glas. Wir tranken. Jules verschwand. Largent ging hinter ihm her und sperrte die Tür ab. Er ließ sich ächzend auf die Chaiselongue fallen. »So«, sagte er, »und nun zu uns beiden, mein Lieber.«

Ich hatte schon zu essen begonnen, ebenso wie Irina. Ich wußte, daß dieser Largent eine Klette war, nicht abzuschütteln.

»Sie sollen zum Teufel gehen«, sagte ich.

»Werde ich, werden wir alle«, sagte Largent. »Lassen Sie sich nicht beim Essen stören, wunderschönes Fräulein. Rein geschäftliche Angelegenheit. Eilt nur ein wenig. Darum muß es jetzt sein.«

»Sie sollen sich zum Teufel ...«

»Ja, ja«, sagte Victor Largent. »Jetzt hören Sie mir zu, Sie versoffenes Genie.« Er nahm einen Block aus der Tasche, schrieb ein Wort auf das oberste Papier, riß es ab und legte es neben mein Champagnerglas.

Ich sah Largent verständnislos an.

Auf dem Papier stand der Name einer der größten und angesehensten Illustrierten Amerikas.

7

»Da können Sie anfangen«, sagte Largent und drehte die Eiswürfel in seinem Glas und meinem ›Chivas‹. »Die wollen Sie haben. Sind absolut scharf auf Sie. Von denen aus können Sie morgen früh nach New York fliegen und übermorgen anfangen.«
Irina, die nicht mitbekommen hatte, worum es ging, sah mich an. Ich zerkaute ein großes Stück Hummer und ein Stück Toast mit Butter und trank einen Schluck Pommery Demi-Sec, 1951. Das war wirklich ein besonders gutes Champagnerjahr gewesen.
»Der hat Sie ins Herz geschlossen, unser Kellner«, sagte ich dann zu Irina. »Soviel Hummer habe ich noch nie in einem Cocktail bekommen. Nirgends. Gut, was?«
Irina nickte beklommen.
»Hören Sie auf«, sagte Largent. »Dafür kriegen Sie nicht mehr Geld. Sie kriegen auch so schon ein absolutes Wahnsinnshonorar.«
»Nämlich wieviel?« fragte ich. Ich wollte sehen, wie lange er das durchhielt. Er angelte sich den Zettel und schrieb eine Zahl darauf und legte ihn mir hin.
»Garantie pro Monat«, sagte er dazu. »Ob Sie sie erreichen oder nicht. Ist Ihnen doch klar, daß Sie einen solchen Betrag nie erreichen können.« Die Summe, die er hingeschrieben hatte, war mehr als viermal so hoch wie meine Garantie bei BLITZ, und die war die höchste in Deutschland.
»Wirkt schon, was?« sagte Largent, der Mann, der täglich mit Menschen und Millionen jonglierte, riß an seiner billigen Krawatte herum und fingerte am Kragen seines zerdrückten Nylonhemdes. »Meine Prozente bekomme ich von denen. Sie brauchen mir keine Prozente zu geben. Es ist die größte Mezzije, die ich im Zeitungsgeschäft je erlebt habe, und ich habe viele erlebt. Aber das ist die größte. Supermezzije.«
Ich aß meinen Cocktail weiter und trank Pommery und antwortete nicht. Der Name der Zeitschrift war erstklassig. Die Bezahlung war phantastisch. Aber natürlich hatte diese Supermezzije einen Schönheitsfehler. In unserem Gewerbe hatte noch jede solche Mezzije einen gehabt.
»Die schickten mich eigens los Ihretwegen«, sagte Largent. »In Frankfurt haben sie gesagt, Sie sind in Hamburg. Hamburg – ›Metropol‹, habe ich mir gedacht. Bin sofort her. Sie sagen natürlich zu. Ich wohne im ›Atlantic‹. Morgen früh um halb neun bringe

ich Ihnen den Vertrag und einen Barscheck für die ersten sechs Monate.«

»Ich habe einen Exklusiv-Vertrag mit BLITZ«, sagte ich. »Und das wissen Sie.«

»Klar wissen wir das. So einen Vertrag kann man kündigen und ...«

»Brechen, meinen Sie«, sagte ich.

»Oder brechen, meinetwegen. Kommt eine Gerichtsverhandlung. Die da ...« Er wies auf den Zettel »... führen den Prozeß für Sie. Mit den besten Anwälten. Zahlen natürlich auch Ihre Schulden.«

»Was für Schulden?« fragte Irina.

»Ach, er hat bloß 210 000 Mark Vorschuß«, sagte Largent. »Die zahlen meine Leute natürlich. Übrigens: Es wird gar keinen Prozeß geben, wissen Sie. Wird keinen Prozeß geben, habe ich gesagt, Roland.«

»Hab's gehört«, sagte ich. »Das glauben *Sie!* Warum wollen die mich unbedingt? Und unbedingt sofort?« Ich ahnte, warum, aber ich war neugierig, wie er es mir beibringen würde.

»Ihr Name. Die sind verrückt auf Ihren Namen! Dauert lange, bis sich in Amerika ein Name durchsetzt. Ich habe jahrelang gesagt, den Burschen müßt ihr haben. Jetzt ist es soweit. Natürlich den Burschen Walter Roland mit seinen großartigen Reportagen, nicht den miesen Schmierer Curt Corell. Sex-Schnulzen brauchen Sie drüben keine einzige mehr zu schreiben! Im Gegenteil. Seriös! So seriös, wie Sie wollen! Als erstes sollen Sie über die Landung auf dem Mond schreiben. Alles. Von A bis Z. Die schicken Sie sofort nach Houston. Später können Sie in die ganze Welt reisen. Politische Berichte – niemand beeinflußt Sie! Sie schreiben wissenschaftlich, historisch, zeitkritisch. Die besten und größten Themen – alle gehören sie Ihnen.«

»Nur die Geschichte, hinter der ich im Moment her bin, die gerade nicht, was?« fragte ich.

»Nein, die nicht. Roland, Sie müssen lernen, endlich international zu denken! Was ist das hier schon? Können Sie Deutschland damit entzücken. Vielleicht. Die da ...« Wieder wies er auf den Zettel »... werden in der ganzen Welt gelesen. Haben neun verschiedene Ausgaben. Auflage fünf Millionen. Vergessen Sie Ihre Popel-Story.« Na also, dachte ich. »Das ist doch kalter Kaffee.« Das also war der Haken bei der Supermezzije, dachte ich. »Interessiert in Wahrheit kein Schwein.« So brachte er es mir also bei. »Walter

Roland – die wollen Sie zu einem Mann aufbauen, dessen Name die ganze Welt kennt. Ist das nichts?«
Ich antwortete wieder nicht und aß. Irina sah mich jetzt bereits angstvoll an. Ich lächelte ihr zu.
»Und Sie kommen raus aus diesem vermieften Kontinent. Sehen die Welt. Hören sie. Erleben sie.«
»Ja«, sagte ich, »den Duft der großen, weiten Welt.«
Er war nicht zu erschüttern. »Sie sagen es! Also abgemacht, ja? Morgen Vertrag und Scheck. Freut mich, daß wir so schnell . . .«
»Largent«, sagte ich, »BLITZ *will* diese Geschichte da. Die lassen mich nicht einfach abhauen.«
»Müssen sie aber. Nach allem, was man Ihnen da angetan hat. Sind Sie vielleicht glücklich gewesen bei BLITZ?«
Ich schwieg.
»War das nicht entwürdigend, was man Ihnen zumutete? Hat man Sie nicht schamlos ausgebeutet? Darum kündigen Sie fristlos. Weil Sie es in diesem Stall nicht mehr aushalten. In diesem Computer-Stall.« Er lachte. Ich glaube nicht, daß Haifische lachen können. Wenn sie es können, dann lachte Largent wie sie. »Falls Sie Lust haben, kleines Fräulein, kommen Sie natürlich mit. Diese Einladung soll ich ebenfalls überbringen. Fast vergessen.«
»Mit nach New York?« sagte Irina.
»Mhm.«
»Aber . . . aber ich habe hier etwas zu erledigen . . . und Herr Roland auch . . .«
»Diese Geschichte«, sagte Largent und schien Ekel zu verspüren, den er mit einem großen Schluck hinunterzuspülen trachtete. »Diese miese Geschichte. Ist doch längst gelaufen. Redet doch morgen kein Mensch mehr davon. Oder, meinetwegen, soll er reden. Darüber schreiben soll keiner.«
»Ich habe einen Vertrag über Persönlichkeitsrechte mit Herrn Roland für BLITZ abgeschlossen«, sagte Irina, die nichts mehr begriff.
»Nein, tatsächlich«, sagte Largent. Er lachte wieder. »Sie wissen doch nicht einmal, was das ist, ein Persönlichkeitsrecht.«
»Noch Toast, Irina?« fragte ich. »Hier ist Butter . . . Doch, doch, sie weiß schon, was das ist, Largent. Und ich habe noch Verträge mit einem Haufen anderer Leute.«
»Mit diesen Verträgen kann sich BLITZ den . . . Sie wissen schon, was ich meine«, sagte Largent grinsend.

»Ich habe aber auch Tonbandkassetten, und eine Menge Fotos haben wir schon an die Redaktion geschickt.«
»Engelhardt, was?«
»Ja.«
»Ihre Story wird trotzdem nicht erscheinen.«
»Und ob sie erscheinen wird! Die arbeiten schon an den Bildseiten in der Nummer vor der mit dem Beginn meiner Story. Wird bereits angekündigt!«
»Und nie gedruckt werden«, sagte Largent.
»Was?«
»Keine Zeile«, sagte Largent. »Können Sie Gift darauf nehmen. Keine Zeile von Ihrer Story erscheint in Blitz. Bereits angekündigt, schön. Wird eben wieder abgesagt, Wichtigkeit! Wie oft ist das schon passiert?«
»Wieso sind Sie so sicher, daß meine Story nicht gedruckt wird?« fragte ich. Mir war doch ein wenig seltsam zumute geworden in der Zwischenzeit.
»Der nette alte Herr aus Köln«, sagte Largent.
Ich legte mein Besteck hin.
»Das ist nicht wahr«, sagte ich.
»Ich soll auf der Stelle tot umfallen, wenn es nicht wahr ist«, sagte Largent. »Der nette alte Herr aus Köln wird ein nettes, kleines Telefongespräch mit Ihrem Verleger führen. Das dürfte genügen. Hat noch immer genügt. Oder?«
Ich antwortete nicht. Ja, es hatte noch immer genügt, dachte ich. Verflucht, in was für eine Intrige war ich hier geraten? Um Ihnen das kurz zu erklären: Der ›nette alte Herr aus Köln‹, wie er genannt wurde, war einer der reichsten Männer der Bundesrepublik. Großer Vater der mühsamen und beladenen Geldsäcke unseres Landes. Er sorgte für sie, für sie alle. Das Oberhaupt dieses Clans. Mit seinen Milliarden. Mit seiner Milliarden-Macht. Half Ehen stiften und Scheidungen bewerkstelligen, Rüstungsskandale vertuschen und Industriekonkurse verhindern. Half auch Ausländern – Amerikanern, Franzosen, Engländern, Italienern. Amerikanern vor allem. Vorausgesetzt, daß sie zum Clan gehörten. Zum Clan der Superreichen. Der nette alte Herr aus Köln hatte eine sanfte Stimme. Nie wurde er laut. Er wußte alles. Über alles war er informiert. Und er hatte in all den Jahren schon ein paarmal bei Thomas Herford angerufen. Wenn wir einen Artikel starten wollten oder eine Serie, die dem Clan nicht paßte. Der nette alte Herr

aus Köln hatte dann Herford herzlich gebeten, die Serie, den Artikel nicht zu bringen. Und Herford hatte es ihm stets sofort zugesagt. Niemand in Deutschland hätte gewagt, dem netten alten Herrn aus Köln zu widersprechen. Dann war er nämlich bereits praktisch tot. Karriere, Existenz, alles fort und vorbei. Der nette alte Herr aus Köln konnte ganz andere Unternehmen als BLITZ ruinieren, falls er es für nötig hielt. Sofern bei BLITZ einmal jemand aufmuckte, genügte es schon, wenn plötzlich keine Inserate von der Industrie – der inländischen und ausländischen – und von vielen anderen Kunden kamen. Genügte vollkommen. Dann ging BLITZ pleite. So wurde das gemacht. Ganz mit Sammetpfoten und ganz freundlich. Bisher hatte Herford sich immer sofort gefügt.

Würde er es diesmal tun? überlegte ich nun. Und wenn er es nicht tat, sollte ich dann warten, bis sein Laden ruiniert war und die Amerikaner auf mich pfiffen? Kluge Ratten bleiben nicht lange auf einem sinkenden Schiff.

Eines jedenfalls war nach dem, was Largent mir eröffnet hatte, klar: Die Serie sollte nicht erscheinen.

Aber warum hatten die Amis dann Seerose noch gesagt, wann sie Bilka nach Helsinki und New York bringen wollten? Warum hatten sie uns so viele Informationen gegeben, daß Bertie nun nach Helsinki mitfliegen konnte? Zuerst Freundschaft, Freundschaft – und jetzt auf einmal diese Drohung mit dem netten alten Herrn aus Köln?

Bluffte Largent? Zuzutrauen war es ihm. Zuzutrauen war dem alles.

»Die Tonbandkassetten bringen Sie natürlich mit nach New York«, sagte er gerade. »Das heißt, Sie geben sie morgen früh mir, wenn ich mit dem Vertrag komme.«

»Aber wo«, sagte ich, wie ein Pokerspieler.

»Aber ja«, sagte er.

»Roland, der Charakter«, sagte Largent und lachte wie ein Haifisch, wenn ein Haifisch lachen könnte. Ich sah mir die Zahl auf dem Papier an. Viermal so hohe Garantie wie jetzt. Der nette alte Herr aus Köln. Offenbar doch kein Bluff. Ich blickte da nicht durch. Aber immerhin: Kein Herford mehr. Keine Mutti. Kein Lester. Kein Computer. Keine Sex-Schnulzen. Freiheit. Schreiben, was ich wollte. In einem anderen Land. Mit Irina an meiner Seite ...

Es klopfte.

Ich stand schnell auf und ging zur Tür.

Draußen meldete sich Jules. Er brachte die Hühnchen und die Beilagen. Ich sperrte auf. Jules rollte ein zweites Wägelchen herein, schob das erste beiseite und legte vor.

»Ich mache das schon, Jules«, sagte ich. Er sah Largent grübelnd an, dann nickte er, ganz der vorbildliche diskrete Chef d'Etage.

»Gestatten, Madame?« Er füllte unsere Champagnerschalen wieder und öffnete eine neue Flasche. »Nachspeise? Haben Sie schon gedacht an Dessert?«

»Ich werde nach dem Hühnchen keinen Bissen mehr herunterbringen«, sagte Irina.

»Keine Nachspeise«, sagte ich. »Aber noch eine Flasche, Jules.«

»Sehr wohl, Monsieur. Ich komme in zwanzig Minuten.«

»Ist gut.« Ich ließ ihn mit dem ersten Wägelchen hinaus und sperrte hinter ihm ab.

»Das lebt«, sagte Largent. »Glaubt, daß es weiß Gott schon wie lebt. Was meinen Sie, wie Sie erst leben werden in New York?« Plötzlich klang seine Stimme kalt und hart. »Wachen Sie auf, Mann!« Ich war gerade dabei, die Hühnchen von den Silberplatten auf die Teller zu transportieren und wandte ihm den Rücken. »Wachen Sie auf, Mann, es ist Ihre letzte Chance!«

»Wieso letzte Chance?« fragte Irina erschrocken.

»Sehen Sie sich seine Hände an, mein Fräulein. Kann sie doch nicht mehr stillhalten. Der Suff.«

»Und wenn ich so versoffen bin, warum wollen die dann ausgerechnet mich haben – zu diesem Wahnsinnspreis?«

»Weil sie eben an Sie glauben.«

»Aha«, sagte ich. »Und Sie glauben auch an mich, was, Largent?«

»Und wie! Hätte ich mich sonst jahrelang bemüht für Sie? Also okay, okay, ich gehe schon. Sagen Sie nicht gleich ja. Morgen früh genügt.« Er stand auf. »Das sind die bespielten Kassetten?«

»Hände weg davon, schnell!« sagte ich.

»Machen Sie sich nicht ins Hemd«, sagte er. »Niemand nimmt Ihnen etwas weg. Sie kommen nach New York, das sehe ich Ihnen an. Lügen Sie nicht, erzählen Sie mir nichts von deutscher Treue und so. Ich kenne die Menschen. Morgen früh unterschreiben Sie. Ist auch besser für Ihr Leben. Je früher Sie aus diesem verdammten Europa rauskommen, meine ich. Na, na? Warum senken Sie den Blick? Der gute Onkel Largent hat recht, ganz recht hat er, wie?«

So unrecht hatte er nun tatsächlich nicht...

»Gute Hühnchen, wirklich, was, Irina?« sagte ich. Sie antwortete mit keinem Wort, sondern stocherte nur auf ihrem Teller herum. Ich gab ihr noch Pommes frites und grüne Erbsen, und dabei bemerkte ich, daß meine Hände wirklich zitterten, und die beiden anderen bemerkten es auch. Es war aber nicht der Suff, es war die Aufregung. Plötzlich fiel mir der Schakal ein. Ich spürte ihn gar nicht, ich mußte nur an ihn denken. Ich trank schnell mein Glas aus.

»Das wäre dies«, sagte Largent. »Jetzt können Sie mich rauslassen. Ich kable schon mal, daß Sie einverstanden sind.« Ich schwieg. »Und morgen früh bin ich wieder hier. Mit Kontrakt und Penunse.« Ich schwieg. Schweigend brachte ich ihn zur Tür. Er hatte Irina noch die Hand geküßt. Mir sah er ernst ins Auge. »Also dann, abgemacht, mein Bester«, sagte er.

»Gute Nacht«, sagte ich und hielt die Tür für ihn auf.

»Bis morgen«, sagte er grinsend und verschwand.

Ich ging zu Irina zurück und aß weiter, aber plötzlich hatte, was ich auch aß, überhaupt keinen Geschmack mehr. Das kam: Mir war eben wieder einmal klar geworden, daß ich wirklich sehr leicht zur Ratte zu machen war.

Sehr leicht.

Leider.

8

Zehn Minuten später ...

»Noch ein Beinchen?« fragte ich Irina. Wir hatten nicht gesprochen in den letzten zehn Minuten. Getrunken schon. Besonders ich. Der Schakal war irgendwo, und da blieb er auch, bereit, jeden Moment anzugreifen.

»Nein«, sagte Irina. Ihre dunklen Augen glänzten jetzt. Sie hatte schon einiges getrunken. Aus dem Radio kam immer weiter die ruhige Musik aus der Bar, um die ich gebeten hatte. »Ich bin satt. Ich kriege keinen Bissen mehr hinunter. Walter, das können Sie doch nicht machen!«

»Was?«

»So einfach von BLITZ weggehen.«

»Nein«, sagte ich, »natürlich nicht. Das kann ich nicht machen.«

Die Brüste unter dem roten Kleid hoben sich plötzlich heftig und senkten sich ebenso heftig.
»Aber warum haben Sie das diesem Mister Largent dann nicht gleich eindeutig gesagt?« fragte Irina.
Ich goß wieder Champagner in unsere Gläser.
»Wissen Sie«, sagte ich, »die Amerikaner bieten wirklich unheimlich viel Geld.«
»Und?« sagte Irina. »Und? Dafür könnten Sie BLITZ verlassen, und Ihren Freund Hem dort, mit dem Sie so lange gearbeitet haben? Der so viel für Sie getan hat – Sie haben es mir immer wieder erzählt! Nur für Geld? Eine solche Gemeinheit könnten Sie begehen?«
Ich grinste.
»Nun«, sagte ich, »man müßte es versuchen.« Und ich trank wieder. Bei meinem Schakal, so wie er sich jetzt verhielt, konnte ich nicht vorsichtig genug sein.
»Pfui Teufel!« sagte Irina und hielt sich erschrocken eine Hand vor den Mund. »Entschuldigen Sie!«
»Aber klar doch«, sagte ich.
Nach einer Weile, in der sie mich angestarrt hatte, fragte sie: »Ist es wahr, daß Sie bei BLITZ 210 000 Mark Schulden haben?«
»Ja«, sagte ich. »Warum? Ich hatte schon einmal 300 000.«
»Aber der weiße Wagen, der gehört Ihnen?«
»Gehört mir, ja. Ich ... was ist los? Warum sehen Sie mich so an?«
Sie war beschwipst. Sie lachte beschwipst.
»Ich habe einen Vertrag mit Ihnen! Danach soll ich fünftausend Mark bekommen!«
»Und?«
»Und Sie haben mir eine Menge Sachen gebracht, zum Anziehen und so – doch Geld habe ich noch keines bekommen.«
»Aber ja«, sagte ich.
»Nein!«
»Doch«, sagte ich, während ich kurz an Bertie dachte, der nach Helsinki unterwegs war. »Sie sind einfach zu unaufmerksam. Nicht genug interessiert an mir. Sie konzentrieren sich nicht auf mich. Sehen Sie mal unter der Chaiselongue nach. Beim Kopfende.«
Irina stand auf, schwankte ganz leicht und kniete vor der Chaiselongue nieder. Nach kurzer Angelei mit einer Hand fand sie ein Kuvert. Sie riß es auf, und Scheine fielen heraus.
»Siebenhundert Mark!« rief Irina.

»Seien Sie nicht so materiell, Genossin«, sagte ich. »Ein Brief ist auch noch dabei.« Nun begann also das Spielchen mit den Briefen, die ich versteckt hatte. Es sollte ja jetzt auch beginnen. Das gehörte alles zu meinem Plan. Ich hatte einen so schönen Plan, für die Stunden dieser Nacht, in denen ich auf Irina achten mußte, in denen die Amerikaner Jan Bilka nach New York flogen – mit den Mikrofilmen der Pläne der Warschauer-Pakt-Staaten für einen Kriegsfall...

Vor der Chaiselongue kniend las Irina, was ich auf das Blatt Papier geschrieben hatte, laut vor: »Hinreißend schöne junge Dame, der Mann, der diese Zeilen schreibt, ist von allen armen Hunden der Welt der ärmste. Wenn es Sie interessiert, weshalb, dann sehen Sie hinter dem Vorhang vor dem breiten Fenster im Salon nach...«

Irina erhob sich, etwas taumelnd und lachend, lief zum Vorhang und entdeckte dort das zweite Kuvert, das ich versteckt hatte. Als sie es aufriß, fielen zwei große Banknoten heraus.

»Zweitausend Mark!«

»Lesen, den Brief«, sagte ich.

Sie las gehorsam: »Er ist der allerärmste aller armen Hunde, weil er nunmehr bereits fünfzig Stunden in Ihrer Umgebung verbringen, aber immer noch nicht Ihr Haar, Ihre Augen, Ihren Hals, Ihre wunderschönen großen... nein, also das geht wirklich zu weit, Herr Roland!« Sie war brennend rot geworden.

»Weiter«, sagte ich, »weiter.« Und trank Pommery.

»...wunderschönen großen... streicheln, küssen und liebkosen darf, weil er – Fortsetzung im Badezimmer, hinter dem Etui des Rasierapparates...« Irina lachte wieder. Die Umschläge, die Briefe und die Geldscheine in den Händen, so lief sie aus dem Salon ins Schlafzimmer.

Im gleichen Moment klopfte es.

Jules war draußen. Ich sperrte auf. Er brachte einen Sektkübel und eine neue Flasche.

»Geben Sie her«, sagte ich und machte mich daran, die Flasche zu öffnen. In der zweiten war nur noch ein Rest.

Jules schob das Geschirr auf dem Tischchen zusammen, während er sagte: »Alles in bester Ordnung, Monsieur. Habe eben telefoniert mit Monsieur Seerose. Er ist völlig d'accord mit Amerikaner. Sie bekommen von ihnen ganzes Zusatzmaterial exklusiv – als Dank für Unterstützung...«

Was ist da los? grübelte ich. Versuchte Largent doch zu bluffen?

Versuchten es die Amerikaner? Wollten die uns vielleicht wirklich verschaukeln und betrogen sogar den cleveren Seerose? Wir waren schon sehr weit vorgedrungen gewesen und hatten eine Menge gewußt, bevor sich die Amis so hilfsbereit zeigten. Zeigten sie sich so hilfsbereit, weil sie Angst hatten, daß wir sonst zuletzt noch alles stören und verderben konnten? Und hatten sie die Absicht, uns dann hinterher zu bescheißen? Largent behauptete es indirekt. Aber dann war Largent selber der größte Bescheißer von allen. Doch welchen Grund hätte er haben sollen, mich nach New York zu bringen? Die Provision. Die Provision, natürlich. Und doch ... Ich mußte das vertagen, ich kam da nicht weiter.
»Was ist mit den großen Nachrichtenagenturen?« fragte ich Jules.
»Kommt keine ran«, sagte Jules.
Aus dem Bad ertönte ein kleiner Schrei Irinas.
»Was ist das?« fragte Jules.
»Ein bißchen Geld von meinem Verleger. Ein paar zärtliche Worte von mir. Wie Sie mir geraten haben. Sie sehen, hier ist auch alles in bester Ordnung.«
Jules lachte.
»Bonne chance, Monsieur.« Er hatte ein Tablett mit neuen Sektschalen abgestellt. Nun fuhr er das Tischchen hinaus. Ich winkte ihm zu und sperrte hinter ihm ab. Danach füllte ich wieder zwei Gläser mit Champagner.
Aus dem Schlafzimmer kam Irina. Sie hielt einen weiteren Brief, ein weiteres Kuvert und noch mehr Geld in der Hand und machte einen erhitzten Eindruck. Sie sagte mit flammenden Augen: »Frech sind Sie!«
»Wollen Sie nicht laut vorlesen, was in diesem Brief steht?«
»Sie wissen genau, daß man das nicht laut vorlesen kann!«
Ich trat nahe zu ihr.
»Hat Ihnen das noch niemand gesagt?«
»So etwas ... und so ... nein, niemand!«
»Darf ich es sagen?« fragte ich und legte die Arme um sie.
Sie machte sich ungestüm frei.
»Loslassen! Ich muß unter Ihre Schreibmaschine schauen ... Da liegt die Fortsetzung ...«
»Aber vorher ...« sagte ich und reichte ihr ein Glas.
Sie sah mich mit diesen schwarzen, ruhelosen Augen an.
»Sie wollen mich betrunken machen, wie? Soll ich mich betrinken? Vollkommen betrinken?«

»Ach ja, bitte«, sagte ich und dachte an Bertie und an Largent und sein Angebot, und dann dachte ich, daß ich Irina haben wollte, sehr, gleich.
Sie hob das Glas.
»Also gut, ich betrinke mich. Sinnlos. Warum eigentlich nicht?«
Irina leerte die halbe Schale und gab sie mir zurück. Sie lief zur Reiseschreibmaschine und fand auch unter ihr ein Kuvert, das sie aufriß. Wieder glitten Banknoten heraus.
»Aber das ist doch zuviel«, stammelte sie. »Schon wieder zweitausend ... Das sind doch zusammen schon viel mehr als fünftausend Mark ...« Sie las den Brief laut: »... so viel Geld, wie ich Dir schenken möchte, haben nicht einmal alle Banken von der Welt. Genauso, wie alle Männer von der Welt zusammen Dich nicht so süß ...« Sie brach ab. »O Gott, wenn das wer liest! Den Brief muß ich sofort zerreißen und verbrennen!« Aber sie zerriß und verbrannte ihn nicht, sondern las: »Fortsetzung unter dem Kissen Deines Bettes ...« Sie lachte mir zu, nun schon, wie es schien, sehr beschwipst, lief davon und verschwand wieder im Schlafzimmer.
Ich nahm schnell den Telefonhörer ab und verlangte die Bar. Charlie meldete sich, und ich sagte ihm etwas.
»Ist gut, Herr Roland«, sagte der Mixer Charlie.
Ich legte den Hörer hin und ging ins Schlafzimmer. Zwei volle Champagnerschalen nahm ich mit. Im Schlafzimmer war auch ein Radio bei einem der Nachtkästchen eingebaut und eingeschaltet. Die Musik aus der Bar erklang, ›I'm always chasing rainbows‹, dieses alte Ding ...
Irina stand fassungslos vor dem Bett. Sie hatte Kuverts und Geldscheine und Briefe auf die Decke fallen lassen, die zurückgeschlagen war, und starrte mich an.
»Sie haben ja den Verstand verloren!«
»Natürlich«, sagte ich. »Und Sie sind schuld daran.«
»210 000 Mark Schulden – und dann so etwas ... Lieber Gott, in meinem ganzen Leben habe ich nicht so viel Geld gesehen! Warum machen Sie das alles?«
»Es steht in diesem Brief«, sagte ich. »Weil ... na?«
Sie las folgsam: »Weil ich Dich liebe ... So ein Unsinn!«
Ich reichte ihr ein Glas, und wir tranken beide. Dann nahm ich ihr das Glas weg, stellte es neben meines auf einen Tisch und umarmte Irina.
»Kein Unsinn«, sagte ich. »Die Wahrheit.« Und da ich es sagte,

war es die Wahrheit, wirklich. Ich hatte schon so viele Sauereien begangen in meinem Leben, aber dies war nun die Wahrheit. Natürlich waren wir auch beschwipst. Aber trotzdem blieb es die Wahrheit, ja.

»Wir kennen uns doch überhaupt nicht«, sagte Irina, in meinen Armen. Jetzt wehrte sie sich nicht mehr. »Wir wissen überhaupt nichts voneinander.«

»Ich weiß genug von dir«, sagte ich und preßte sie an mich. »Ich habe mich in dich verliebt, als du im Lager zur Tür hereinkamst... In deine Augen habe ich mich verliebt und in dein schwarzes Haar, das eigentlich blauschwarz ist wie deine Augen... und in deine Stimme...«

Na also, und in diesem Moment setzte die Musik der Platte ein, um die ich Charlie gebeten hatte – der ›Reigen‹. Ich ließ Irina einen Moment los und fegte Geld und Papier vom Bett auf den Teppich, und dann umarmte ich sie wieder und versuchte, sie dazu zu bringen, sich hinzulegen.

»Nicht«, sagte sie, »nicht... bitte nicht...«

»Doch«, sagte ich. »Doch. Bitte, Liebling, bitte ja...«

Ihre Knie gaben nach. Sie sank auf das Bett, und ich sank über sie und küßte ihre Lippen und ihre Stirn und ihren Hals und nestelte am Reißverschluß des Kleides.

»Wenn jemand kommt...« stöhnte Irina.

»Abgesperrt«, sagte ich und löschte durch einen Schalter neben dem Bett das große Licht. Nun brannte nur noch eine Nachttischlampe, rot-seidenbeschirmt.

Wir sprachen nicht mehr. Sie wand sich unter meinen Armen hin und her, und ich zog ihr das Kleid aus, und dann zog ich ihren Büstenhalter fort und das weiße Höschen herab, und sie bewegte sich wie eine Schlange und stöhnte wieder leise, und ihre goldenen Schuhe fielen zu Boden, und sie lag nackt vor mir, nur mit schmalem Hüftgürtel und den Strümpfen, und sie war schön, so wunderschön.

Ich richtete mich auf und zog mich ganz schnell aus. Die Kleider warf ich auf den Boden. Dann legte ich mich wieder neben Irina und streichelte sie und küßte ihren ganzen Körper, überall, den Nacken, die Ohren, die Augen, die Brüste, den Bauch. Meine Lippen glitten tiefer. Sie stöhnte lauter und bewegte sich nun nicht mehr, und ihre Schenkel öffneten sich, als ich die Stelle erreichte, und ich preßte mein Gesicht dagegen und war so behutsam und zärtlich, wie ich nur sein konnte. Irinas Finger krallten sich in mein

Haar, ich fühlte, daß sie erregt wurde, mehr und mehr, und ich war selber maßlos erregt, so sehr wie noch nie. Aber ich küßte sie weiter und wartete, bis sie genug hatte und mich rief.
Sie tat es plötzlich, mit einem kleinen Schluchzen.
»Komm ... komm zu mir ... schnell ... jetzt ... jetzt ... komm ...«
Ich richtete mich auf und legte mich über sie. Und es schien mir, als würde die Musik des ›Reigen‹ lauter und lauter, als schwemme die liebliche Melodie alles hinweg: alle Unrast und Unsicherheit, Trauer, Spannung, Zweifel, Grübelei, Sorge, Müdigkeit, den Schakal.
Ja, auch den.

9

Der ›Reigen‹ war verklungen. Ich saß nackt auf dem Bettrand. Aus dem Lautsprecher des Radios ertönte jetzt ›Laura‹, die Thema-Musik.
Irina saß nackt auf dem Bett, die Beine an den Leib gezogen, das Haar verwirrt, über ihr Gesicht rannen Tränen. Sie war sehr unglücklich, und ich war sehr wütend. Ich suchte in der Jacke, die vor mir auf dem Teppich lag, Zigaretten und das Feuerzeug und fand beides, aber das Feuerzeug funktionierte nicht, und ich schleuderte die Zigarette, die ich schon im Mund gehabt hatte, mit einem halben Fluch weg und ließ das Feuerzeug fallen.
»Jetzt sind Sie wütend«, sagte Irina.
»Aber woher denn«, sagte ich und zog mich wieder an.
»Doch«, sagte Irina. »Und ich kann es auch verstehen. Gut kann ich es verstehen. Es ist alles meine Schuld ...«
Ich trank einen Schluck Champagner und schüttelte mich. Das Zeug war lauwarm.
Ich schloß meine Hose, schlüpfte in die Slipper und zog die Jacke an. Die Krawatte hielt ich in der Hand. Ich ging zur Salontür.
»Wohin wollen Sie?«
»Whisky«, sagte ich. »Whisky trinken. Ich habe genug von diesem Champagner. Bleiben Sie gleich liegen. Ich nehme meine Decke und mein Kissen mit hinüber.«
»Walter!« Das klang ehrlich verzweifelt.

»Jaja«, sagte ich.
»Gehen Sie nicht . . . nicht gleich . . . Setzen Sie sich noch einmal zu mir . . .«
»Wozu?«
»Bitte!«
Also setzte ich mich auf den Bettrand, sah sie an und fragte, nicht besonders freundlich: »Na und?«
»Es tut mir so leid«, sagte sie und weinte richtig, aber diesmal gab ich ihr kein Taschentuch.
»Braucht Ihnen nicht leid zu tun«, sagte ich. »Ich bin eben nicht Ihr Typ.«
»Nein!« rief sie. »Damit hat es gar nichts zu tun . . . Ich finde Sie nett . . . und so charmant . . .«
»Ja«, sagte ich. »Ja, natürlich.«
»Wirklich! Und ich hatte auch wirklich die feste Absicht . . . darum habe ich mich doch betrunken!«
»Aha.«
»Ich habe mir gesagt, ich tue es! Ich tue es! Und ich wollte es auch tun, wirklich, Walter . . . aber dann . . .«
»Mhm.«
». . . habe ich mich so furchtbar geschämt, und es ging nicht . . . es ging einfach nicht . . .«
Das hielt ich nun doch nicht aus. Ich stand auf und lief hin und her. Ich sagte böse: »Feste Absicht. Was heißt, feste Absicht gehabt? Warum? Aus Dankbarkeit, ja?«
»Nein«, flüsterte sie, aber das überhörte ich.
»Und wenn aus Dankbarkeit, warum regen Sie sich und mich zuerst auf, daß es kaum noch weitergeht, und stoßen mich dann weg und betragen sich wie eine Irre?« Das hatte sie nämlich getan. So etwas war mir noch nie passiert.
»Es war nicht Dankbarkeit«, sagte Irina, die Knie gegen die Brüste gepreßt. »Es hatte überhaupt nichts zu tun mit Dankbarkeit.«
»Sondern womit?«
»Mit Jan.«
Das hatte mir eben noch gefehlt.
»Was?«
»Mit Jan, ja. Ich war . . . ich war betrunken. Ich habe mich da in eine Wahnsinnsidee hineingeredet.«
»Was für eine Wahnsinnsidee?« Ich zerrte und zog an meiner Krawatte.

»Ich ... ich habe gedacht, wenn ich es tue, dann ... dann ... dann sagen Sie mir die ganze Wahrheit.«
»Wahrheit?«
»Über Jan!«
»Ach so«, sagte ich. »Angewandte Psychologie, ich verstehe. Psychologiestudentin, erstes Semester. Daran hätte ich denken müssen. Natürlich noch nicht sehr erfahren im ersten Semester, natürlich noch nicht ...«
»Bitte! Bitte, Walter! Sie lügen mich doch an! Alle lügen mich an! Sogar Bertie! Dieses Geflüster ... dieser französische Kellner ... dieser Mister Largent ... Wo ist Bertie jetzt? Warum sind Sie so nervös?«
»Nervös?« Ich bekam nicht einmal den Krawattenknoten richtig hin, so sehr zitterten meine Hände. Wenn ich nicht bald ein großes Glas ›Chivas‹ trank, war der Schakal da. »Bin in meinem Leben nie weniger nervös gewesen«, sagte ich und fummelte an der Krawatte.
»Ich habe so furchtbar Angst um Jan ... Walter! Walter, bitte sagen Sie mir, was mit ihm wirklich los ist! Wo er steckt! Was man mit ihm macht! Nehmen Sie das Geld wieder! Alles! Ich will nichts davon haben! Sie können trotzdem über mich schreiben! Aber sagen Sie mir die Wahrheit!«
Ich sagte überwältigt: »So sehr lieben Sie ihn immer noch?«
Sie erwiderte nichts. Unsere Blicke trafen sich. Einige Sekunden verstrichen. Dann läutete das Telefon auf dem Nachttisch an der Bettseite, die eigentlich ich benützen sollte. Ich ging hin und dachte dabei blödsinnig, daß auch der Apparat im Salon und der kleine, an der Wand des Badezimmers, nun läutete, und setzte mich auf das Bett und hob ab. Der Nachtportier Heintze meldete sich. Er sprach nur kurz. Mir drehte es fast den Magen um. Ich konnte kein Wort herausbringen.
»Ja«, sagte ich mühsam. »Ja, gut ... Wir lassen bitten ...« Ich legte den Hörer hin. Ich wandte Irina den Rücken. Ich sah auf meine Schuhe und verstand überhaupt nichts mehr und sagte: »Er ist da.«
»Wer?«
Ich bin soweit wie Fräulein Luise, dachte ich. Was für eine Falle ist das? Und Bertie hat den Colt. In meinem Kopf drehte sich alles.
»Wer?« hörte ich Irina fragen.
Ich wandte mich zu ihr um. »Bilka«, sagte ich.

»*Jan?*« schrie Irina auf. Ich konnte nur nicken. »Er ist hier im Hotel?«
»Hier im Hotel«, sagte ich und preßte beide Hände gegen den Schädel. »Wie kann Bilka hier sein? Das gibt es nicht. Das ist unmöglich. Und er ist doch da. Und kommt herauf ...«
Irina sprang aus dem Bett, schlüpfte in den Morgenmantel und die Pantoffeln, die ich ihr gekauft hatte, fuhr sich durch das Haar und rannte so schnell sie konnte zu der Salontür, die sie aufriß. Ich hatte mich erhoben und war ihr gefolgt.
In der geöffneten Tür blieb Irina jäh stehen. Sie schrie: »Walter!«
Ich hatte ihn schon gesehen. Er saß in einem tiefen Lehnstuhl, ein Bein über das andere geschlagen, ein Mann von etwa fünfzig Jahren, mit edel geformtem Schädel, glänzendem Silberhaar und bleichem Gesicht. Er trug einen hervorragend geschneiderten Smoking und jene eleganten Smokingschuhe, die ich schon einmal bewundert hatte – vor der Tür des Nebenappartements.

10

Irinas Worte kamen fast unhörbar: »Wer ... sind ... Sie?«
»Nennen Sie mich Monerow«, sagte der Russe, der ohne Akzent deutsch sprach. »Jossif Monerow. Ein falscher Name ist so unwichtig wie der andere.«
»Und ob man Neurochirurg ist oder nicht, auch«, sagte ich.
Er lächelte.
»Richtig, Herr Roland.« Er bemerkte meinen Blick und erklärte ungefragt: »Ich kam durch das Fenster. Es ist angelehnt. Die Balkone draußen laufen um die ganze Front. Und wir sind Nachbarn, nicht wahr?«
»Was wollen Sie hier?« fragte ich und mußte an Fräulein Luise denken. Wo die wohl war? Ob die wohl wirklich ahnte ... wußte ... gewußt hatte, was geschehen würde heute nacht?
»Ich warte auf Herrn Bilka«, sagte Monerow. »Schon ziemlich lange übrigens. Aber jetzt kommt er ja wohl.«
»Woher wissen Sie das?« Irina schwankte und hielt sich an mir fest.
»Nun«, sagte Monerow freundlich, »Ihre Aufregung. Wie Sie hereingestürzt kamen. Das Telefon vorher. Ich nehme an, Herr

Bilka hat sich anmelden lassen. Wir sind hier verabredet, wissen Sie?«

»Sie sind *was?*« stammelte Irina.

»Verabredet«, sagte Monerow. Ich hatte inzwischen zwei Schritte in Richtung zum Telefon gemacht. Monerow – oder wie immer der Mann hieß – hielt plötzlich eine Pistole in der Hand. Keine sehr große. Sie glänzte im Licht des Lüsters. Er winkte mit ihr.

»Weg vom Telefon, Herr Roland. Zur Tür. Wenn es klopft, öffnen Sie und lassen Herrn Bilka herein. Wenn Sie sonst noch was tun, drücke ich ab. Es tut mir leid, daß ich mich so benehmen muß, aber Sie haben uns schon sehr viele Unannehmlichkeiten bereitet.« Er bewegte wieder die Waffe.

Ich bin kein Held und will keiner sein. Ich trat zur Tür. Monerow erhob sich und stellte sich so neben mich, daß jemand, der hereinkam, ihn nicht gleich sehen konnte, solange er durch den kurzen Vorraum ging. »Und Sie sperren nicht wieder ab«, sagte Monerow.

Ich nickte.

Danach sagte keiner von uns etwas. Aus dem Radio erklang ›Night and Day‹. Es verstrichen vielleicht zwanzig Sekunden. Mir kamen sie wie zwanzig Stunden vor. Dann klopfte es an der Gangtür. Ich trat in den Vorraum. Monerow zielte jetzt auf meinen Rücken.

»Wer ist da?« fragte ich.

»Bilka«, sagte eine Stimme.

Ich sperrte auf.

Ein Mann von mindestens vierzig Jahren kam herein. Er sah bleich und sehr verzweifelt aus, trug einen durchweichten Regenmantel und war betrunken. Gehetzt blickte er mich an.

»Kommen Sie weiter«, sagte ich. Nun begriff ich absolut nichts mehr. Der Mann, der sich als Bilka angemeldet hatte, trat in den Salon. Hier blieb er stehen. Von seinem Mantel tropfte Regenwasser. Er trug keinen Hut. Sein Haar war schütter. Er erblickte den Russen und verneigte sich demütig. Dabei fiel er fast um. Sehr betrunken.

Irina schrie hysterisch: »Sie sind nicht Jan Bilka! Ich habe Sie noch nie gesehen! Noch nie im Leben!«

Der Russe winkte sie mit der Pistole zur Ruhe. Er wandte sich an den Betrunkenen.

»Sagen Sie, wie Sie heißen!«

»Bilka«, erklärte der Mann unglücklich. Regentropfen rannen über sein Gesicht.
»Das ist nicht wahr!« schrie Irina.
»Vaclav Bilka«, sagte der Mann. »Ich bin der Bruder. Bruder von Jan.«
Irina trat zu mir, sie ergriff hilflos meinen Arm.
»Bruder? Jan hat nie etwas von einem Bruder erzählt...«
»Jan hat eine Menge Dinge nicht erzählt«, sagte ich. Und zu dem Betrunkenen: »Wo kommen Sie her?«
»Aus München.«
»Was?«
»Aus München, ja. Lebe schon seit zwanzig Jahren dort. Frau tot. Ganz allein. Habe ein Rahmengeschäft. Ging einmal sehr gut. Jetzt geht es elend.« Er dachte angestrengt nach, dann sagte er: »Dabei habe ich besonders schöne Rahmen. Immer gehabt. Aber vielleicht will die niemand mehr. Ich mache sie selber.«
»Wo ist Jan?« rief Irina. »Was wissen Sie von ihm? Sagen Sie es mir! Bitte!«
»Einen Moment«, sagte Monerow energisch. Er sah Bilka an. »Warum kommen Sie so spät?«
»Mein Zug ist mit Verspätung eingetroffen.«
»Ihr Zug ist vor einer Stunde eingetroffen«, sagte Monerow scharf. »Sie stinken nach Schnaps.«
Der Bilka-Bruder schlug mit einer Faust in die Luft.
»Jawohl, ich habe getrunken!« rief er. »Ich hasse Sie!«
»Das«, sagte Monerow, »bricht mir das Herz.«
»Herr Bilka«, sagte ich, »warum kommen Sie hierher?«
Er sah mich mit schwimmenden Augen an.
»Heute ganz zeitig früh«, sagte er dann, ziemlich mühsam, »sind zwei Männer bei mir erschienen. In meiner Münchner Wohnung. Männer von dem da.« Er wies auf Monerow. »Die haben es mir befohlen.«
»Befohlen, herzukommen?«
Vaclav nickte.
»Wie kann man Ihnen so etwas befehlen?« fragte ich.
Bilka wollte antworten, schwankte, erblickte die ›Chivas‹-Flasche.
»Was ist das? Egal.« Er redete jetzt schnell. »Geben Sie mir was.«
Ich goß ein Glas halb voll und reichte es Bilka. Er trank es auf einen Schluck leer. Danach ließ er sich keuchend in einen Sessel fallen. Wir sahen ihn alle an.

»Ja, wie kann man mir sowas befehlen?« fragte er. Langsam wurde er ruhiger. »Sehen Sie, ich liebe meinen Bruder. Einziger lebender Verwandter. Auch meine Frau hat ihn geliebt. Jan hat uns besucht in Wien. Oder wir ihn in Prag. Er hat meine Frau verführt, der verfluchte Hund. Aber was soll ich machen, ich liebe ihn. Er ist ein dreckiges Schwein.«

»Sagen Sie nicht dreckiges Schwein!« rief Irina.

Bilka sah betrunken zu ihr auf.

»Na, war das vielleicht nicht schweinisch, was Jan gemacht hat?«

»Er ist geflüchtet, weil er flüchten mußte!« rief Irina. »Wenigstens Sie als Bruder sollten das verstehen! Aber niemand versteht das hier in diesem vollgefressenen Westen!«

»Geflüchtet«, sagte der Bruder und lachte böse. »Geflüchtet. Jahrelang hat er sich vom Staat drüben erziehen lassen, ausbilden, fördern, bezahlen, in eine geheime Dienststelle bringen ...« Bilka rülpste laut. »... dann fotografiert er die Pläne der Warschauer-Pakt-Staaten für einen Kriegsfall und haut ab in den Westen und verkauft die Pläne den Amis.«

»Das ist nicht wahr!« rief Irina. Sie sah mich an: »Oder ja? *Ist* es wahr?«

Ich nickte. Nun war es also heraus. Na schön. Ich versuchte bereits die ganze Zeit, in die Nähe des Recorders zu kommen, um ihn einzuschalten. Jetzt streckte ich eine Hand aus.

»Weg dort«, sagte Monerow. »Das Ding wird nicht eingeschaltet. Hören Sie gut zu, junges Fräulein. Nun erfahren Sie alles über Ihren Verlobten.«

»Ja«, sagte ich bitter, »nun erfahren Sie alles. Wir hätten uns das ersparen können ...« Ich sah kurz zum Schlafzimmer.

Der Betrunkene blickte Irina an und fragte: »Ihre Meinung, meine Dame, bitte: Ist mein Bruder also nicht ein Schwein?«

Irina schwieg. Ihre Unterlippe zitterte. Die kleinen Hände hatten sich zu Fäusten geballt.

»Diese beiden Männer heute früh in München, sie haben mir alles erzählt. Beweise gezeigt. Nicht zu bezweifeln. Die Männer sagten: Fahr nach Hamburg, Hotel ›Metropol‹, rede mit Herrn Roland. Dann werden wir deinen Bruder nur zwanzig, dreißig Jahre einsperren. Einsperren. Aber nicht töten, wie er es verdient.«

Ich öffnete den Mund und schloß ihn wieder.

»Sie wollten sagen: Erst einmal müssen wir Jan Bilka haben«, sagte Monerow. »Richtig, Herr Roland?«

Ich schwieg.
»Sie schweigen.« Ich sah kurz auf meine Uhr. »Sie sehen auf Ihre Uhr. Halb zwölf. Sie denken: Bilka ist längst gelandet in Helsinki. In einer halben Stunde fliegt er weiter nach New York. Amerikaner beschützen ihn und seine zweite Verlobte. Entschuldigen Sie, Fräulein Indigo.«
»Was heißt Helsinki? Was heißt New York? Sagen Sie mir jetzt endlich, was das alles bedeutet! Bitte!« flehte Irina.
Monerow nickte ihr freundlich zu.
»Gleich.« Er sagte zu mir: »Woher weiß ich das, denken Sie, wie?«
»Ja«, sagte ich.
Er sah zu dem Kästchen, in welches das Radio eingebaut war. Ich rannte hin. Mit einem Brieföffner riß ich den Bastrahmen vor dem Gerät herab. Ich sah das Innere des Radios, das immer weiter Musik sendete. Dann sah ich noch etwas.
»Ein Mikro«, sagte ich idiotisch. »Sie wissen also alles.«
»Alles, Herr Roland.« Monerow nickte ernst. »Ich war natürlich nicht immer im Appartement nebenan. Hatte sehr viel zu tun in der Stadt, wie Sie sich denken können. Wir dürfen doch nicht einfach zulassen, daß Herr Jan Bilka unsere wichtigsten Verteidigungspläne stiehlt und die Amerikaner sie bekommen, nicht wahr? Ich meine: Das ist doch begreiflich. Aber wenn ich nicht da war, war jemand anderer da, der zuhörte, was hier gesprochen wurde. Und es auf Band aufnahm. Immer war jemand da. Wir sind keine Idioten, Herr Roland. Und auch keine Schufte. Wie Herr Jan Bilka. Wir können die Amerikaner gut verstehen. Sie würden uns auch gut verstehen in der umgekehrten Situation. Ich denke, sogar Sie verstehen uns gut, nicht wahr, Herr Roland?«
»Ja«, sagte ich heiser.
»Das ist schön«, sagte Monerow.
»O Gott«, sagte Irina. Sie sank in einen Sessel. Ihr Schlafrock fiel über den Schenkeln auf. Sie bemerkte es nicht. Sie weinte still vor sich hin. Ich hatte jetzt keine Zeit, mich um sie zu kümmern.
»Wer hat dieses Mikro einge ...« Ich unterbrach mich: »Der junge Hauselektriker!«
»Der junge Hauselektriker, ja, Herr Roland. Das Mikro war kaputt. Zum Glück war auch das Radio kaputt. Sie selber riefen den jungen Elektriker. Es ist ein Witz. Einen Moment glaubten wir nebenan schon, alles wäre verloren. Aber dann brachte Felmar das Mikro wieder in Ordnung.«

»Felmar?« sagte ich. Der Schakal. Auf einmal war er da. Ich griff nach der ›Chivas‹-Flasche und trank aus ihr, viel und lange.
»Schock?« fragte Monerow.
»Herr Roland, ich soll ...« begann der zusammengesunkene Vaclav Bilka, sich aufrichtend, aber Monerow herrschte ihn an: »Ruhig jetzt! Später.«
Bilka senkte demütig den Kopf.
»Wer ist Felmar?« rief Irina.
»Fragen Sie Herrn Roland«, sagte Monerow. »Ich glaube, er hat schon kapiert.«
Ja, das hatte ich.
»Felmar«, sagte ich und bemerkte, daß meine Stimme überhaupt keinen Klang hatte. »Ludwig Felmar. Hauptkriegsverbrecher. Verantwortlich für die Ausrottung der Bevölkerung ganzer Städte in Rußland. Hielt sich in Brasilien versteckt. Wurde jetzt aufgespürt. Das ist doch der richtige Felmar, oder?«
»Das ist der Vater Felmar«, sagte Monerow. »Weiter. Erzählen Sie weiter, Herr Roland. Was Sie noch wissen.«
»Dieser Felmar soll ausgeliefert werden. Die Bundesregierung verlangt es. Brasilien liefert aus. Wenn genügend Belastungsmaterial vorhanden ist. Im Moment kann die Bundesregierung den Brasilianern noch nicht genügend Belastungsmaterial gegen Felmar vorlegen. Also bleibt er drüben. Ich wußte, daß er einen Sohn hat. Jürgen heißt der. Die Frau ist tot. Selbstmord. Vor vielen Jahren.«
»Jürgen wuchs in Heimen auf«, sagte Monerow. »Ein guter Junge.« Das sagte er herzlich, ohne jeden Zynismus. »Hatte es schwer. Denn er liebt seinen Vater so sehr, wie Herr Vaclav Bilka seinen Bruder Jan liebt. Es ist etwas Furchtbares mit der Liebe. Dostojewski schreibt ...«
»Und Sie haben gewußt, daß Jürgen Felmar hier im ›Metropol‹ arbeitet?« unterbrach ich.
»Ja. Ein glücklicher Zufall. Wäre auch noch auf anderem Weg gegangen. Aber so war es natürlich besonders günstig. Sehen Sie, das Belastungsmaterial, das der Bundesregierung noch fehlt, damit Brasilien Papa Felmar ausliefert, das besitzen wir in Moskau. Man hat uns schon dringend darum gebeten. Wir haben es nicht hergegeben. Man bittet uns oft, und wir geben nichts. Man kann nie wissen, nicht wahr? Nun, wir haben Jürgen gesagt, daß wir alles Material behalten und nichts hergeben werden, wenn er uns hilft. Wenn er uns nicht hilft, ist es aus mit seinem Vater ...«

»Der Hauselektriker«, sagte ich benommen. »Herr Vaclav Bilka. Können Sie denn alle Menschen erpressen?«
Monerow lächelte traurig.
»So, wie die Menschen handeln und fühlen, kann man immer die meisten von ihnen erpressen, Herr Roland.«
Der betrunkene Rahmenmacher aus München fuhr plötzlich auf und stürzte sich auf mich. Er hielt meine beiden Arme gepackt, und ich roch seinen schlechten Atem.
»Schreiben Sie nicht über diese Geschichte!« schrie er. »Das soll ich Ihnen sagen! Das muß ich erreichen! Wenn Sie Ihre Geschichte schreiben, ist mein Bruder ein toter Mann! Wenn Sie diese Geschichte nicht schreiben ...«
»Und uns alle Tonbänder übergeben«, sagte Monerow.
»... wird Jan nur eingesperrt. Aber er bleibt leben! Er bleibt leben!«
Ich stieß Bilka von mir, denn ich hielt seinen Atem nicht aus.
Er fiel wieder in den Sessel.
Ich sagte: »Sie sind schon der zweite, der unbedingt will, daß ich meine Geschichte nicht schreibe. Sie wissen das natürlich, Professor Monerow.«
»Natürlich«, sagte der Russe, immer freundlich, immer freundlich. »Ich habe gehört, was Mister Largent Ihnen erzählte. Und was er Ihnen bot. Sie glauben doch nicht im Ernst – Herr Roland, Sie sind ein intelligenter Mensch! –, daß Largent nur im Namen dieser New Yorker Illustrierten sprach. Bei dem, worum es geht ... Ich bitte Sie!«
Was die Amerikaner wirklich wollen, das weißt du so wenig wie ich, dachte ich.
Monerow sagte zu Irina und Bilka, die ihn anstarrten: »Alles liegt bei Herrn Roland. Die Amerikaner bieten ihm eine unerhörte Position, wenn er nicht schreibt. Wir bieten nichts. Wir versprechen nur, Jan Bilka nicht zu töten. Bei uns läuft es also auf eine menschliche Entscheidung hinaus.« Ich lachte. »Lachen Sie nicht, Herr Roland. Lachen ist sehr dumm in diesem Moment. Amüsierte Sie der Ausdruck ›menschlich‹?«
»Ja«, sagte ich. »Sehr.«
»Das zeigt, wie wenig Sie es noch sind«, sagte der Russe.
»Um Gottes willen!« Bilka sprang wieder auf. Ich hielt ihn mir vom Leib, denn er wollte mich neuerlich an den Armen packen. »Ich flehe Sie an, ich bitte Sie, ich knie vor Ihnen ...« Er fiel tat-

sächlich auf dem Teppich in die Knie und rang die Hände. »... Schreiben Sie nicht! Sonst haben Sie ein Menschenleben auf dem Gewissen! Herr Roland ... Herr Roland ...« Jetzt umklammerte er meine Knie. Ich bückte mich und riß seine Hände weg, und er kippte hintenüber und blieb betrunken auf dem Teppich liegen. Aus seinem Mund floß Speichel. Im Radio, dessen Bastvorderteil herabhing, erklang ›Blue skies‹.

»Herr Roland, ich flehe Sie an, denken Sie an meinen armen Bruder!« stöhnte Vaclav Bilka.

»Warum liegt allen so viel daran, daß nichts über diese Geschichte geschrieben wird?« fragte Irina verstört.

»Nun«, sagte Monerow, »es gibt Dinge, die beunruhigen die Menschen, nicht wahr? Das ist nicht gut. Schlecht für den Frieden. Diese Geschichte, wenn sie den Menschen bekannt wird, die noch nichts von ihr wissen ...« Er unterbrach, denn das Telefon läutete.

Ich starrte es an und rührte mich nicht.

Das Telefon läutete wieder.

»Heben Sie schon ab«, sagte Monerow.

Wie eine Marionette, wie ein Roboter, so ging ich zu dem Apparat und hob den Hörer. Klar, als stünde er neben mir, erklang Berties Stimme: »Walter, bist du das?«

»Ja«, sagte ich. »Wieso rufst du hier an? Du sollst doch nicht ... Wo bist du?«

»Helsinki.« Er war außer Atem.

»Na und?«

»So warte doch! Ich rufe ja an, um es dir zu erzählen. Hör zu ...«

Ich hörte zu. Nach seinem ersten Satz hatte ich das Gefühl, von Cassius Clay einen linken Schwinger in die Magengrube bekommen zu haben. Ich konnte nicht mehr stehen, ich knickte richtig in der Körpermitte ein und sank auf die Chaiselongue. Der Hörer entglitt mir und fiel auf den Teppich. Ich hörte Berties Stimme quaken. Langsam und mühevoll hob ich den Hörer wieder auf und ans Ohr.

»Was war das? Was ist passiert? Bist du noch da, Walter?«

»Ja«, sagte ich. »Ich bin noch da. Erzähl weiter, Bertie.«

Er erzählte weiter.

11

Weiß lag die Stadt am Meer.
Bertie konnte in der hellen Nacht, als die Maschine Helsinki überflog und zur Landung tiefer und tiefer ging, mit dem Fernglas sogar einzelne breite Straßenzüge und große Gebäude erkennen. Er kannte Helsinki gut. Er sah den Zoo auf der Insel Korkeasaari/Högholmen, sah den Senatsplatz, den Zentralbahnhof neben dem schnurgeraden Mannerheimvägen, immer wieder Wasserflächen mitten in der Stadt, das Nationalmuseum und das Nationaltheater. All das war im Licht des Mondes aus der geringen Höhe, die das Flugzeug nun im Landeanflug erreichte, deutlich zu erkennen.
Die PANAM-Maschine hatte die Verspätung eingeholt und landete pünktlich um 22 Uhr 30. Bertie saß in der Ersten Klasse, und fünf Sitzreihen vor ihm saßen Jan Bilka, seine blonde Freundin und Michelsen. Neben ihnen und in den Reihen vor und hinter ihnen saßen sieben Männer. Diese sieben Männer hatten Bilka und Freundin in Hamburg zum Flughafen gebracht. Die Leibwächter waren groß und sehr kräftig. Sie gingen in Fuhlsbüttel dicht neben Bilka und seiner Freundin, sie bildeten einen richtigen Kreis um sie. Manche hatten die rechte Hand in den Jackenausschnitt gesteckt. Bertie dachte, daß sie gewiß alle Schulterhalfter mit Pistolen trugen und sofort bereit waren, zu schießen, wenn es den geringsten Zwischenfall gab.
Es gab nicht den geringsten Zwischenfall, weder in Fuhlsbüttel noch während des Fluges. Die Männer sprachen nicht mit Bilka und seiner Freundin oder mit Michelsen, und auch die drei waren recht schweigsam. Das Abendessen lehnten alle ab. Die Bewacher sahen sich immer wieder in der Maschine um, einer nach dem anderen stand auf und ging langsam durch das ganze Flugzeug, auch in die Touristenklasse. Die Maschine war zu drei Vierteln belegt. Ehepaare. Junge Leute. Verschiedene Nationen. Niemand darunter, den Bertie kannte …
Das Flugzeug setzte nun auf, rollte aus und kam genau vor dem Flughafengebäude zum Stehen. Gangways wurden herangerollt, beide Ausstiegstüren geöffnet. Die Passagiere verließen die Maschine. Bertie sah, daß Bilka, das Mädchen, Michelsen und die sieben Männer sitzen blieben. Er begriff: Sie wollten als letzte das Flugzeug verlassen. Bertie ging zum Ausgang der Ersten Klasse und über die Gangway hinunter. Hier draußen wehte starker, kal-

ter Nordwind. Neben der Maschine stand ein sehr großer schwarzer Wagen. Zwei Männer saßen darin, der eine am Steuer, der andere neben ihm.
Was ich jetzt niederschreibe, erzählte mir Bertie in jener Nacht am Telefon, natürlich nicht so ausführlich, das kam später, und was er erzählte, hatte er nicht alles miterlebt, sondern zum Teil von Dritten erfahren. So wußte er zum Beispiel, als er mich anrief, daß die große Limousine gepanzert war und Fenster aus Panzerglas besaß. Außerdem hatte sie Trittbretter – wie die Wagen von Staatsoberhäuptern sie für die Sicherheitsbeamten besitzen.
Bertie ging langsam auf das Flughafengebäude zu, wobei er sich dauernd umsah. Aber noch immer kamen Bilka und Begleitung nicht aus der Maschine. Es standen einige Flugzeuge auf dem Vorplatz des Gebäudes und vor den Hangars und entfernt, am Anfang der Taxi-Ways, die zu den Startpisten führten. Bertie sah einen riesigen Transporter, der gerade entladen worden war. Schwere Landwirtschaftsmaschinen standen um ihn herum. Sie hatten in seinem Bauch Platz gefunden und waren aus dem Leib der Maschine über eine breite Metallrampe gerollt worden. Bertie sah, daß es sich um eine Transportmaschine der staatlichen polnischen Luftfahrtgesellschaft handelte. Eine jugoslawische Boeing rollte gerade zu einer Startbahn hinaus.
Bertie drehte sich wieder um und sah, wie Bilka, seine Freundin und Michelsen nun im Ausgang der Maschine erschienen, um die Gangway herabzusteigen. Vor und hinter ihnen gingen die sieben Männer. Sie hielten nun alle die rechte Hand in ihren Jackenausschnitten und blickten sich andauernd um. Nichts ereignete sich.
Bertie, der diesen Flughafen kannte, wußte, daß sich die Ausfahrt für Autos mit einer Genehmigung, bis an die Maschinen heranzufahren, neben den Lagern der Frachtabteilungen befand. Er rannte humpelnd in das Flughafengebäude hinein, drängte sich rücksichtslos vor, zeigte seinen Paß, ließ seinen Kleidersack zurück – den konnte er später immer noch suchen und holen – und lief auf den Platz vor dem Flughafen hinaus, wo er ein Taxi heranwinkte. Ein Wagen kam. Bertie setzte sich neben den Chauffeur.
»Sprechen Sie deutsch?«
»Ja«, sagte der Chauffeur, ein Hüne von Mann mit blondem Haar und sehr heller Gesichtshaut. Er trug eine Lederjacke. Bertie steckte ihm zwei Hundertmarkscheine zu.
»Was soll das?«

»Fahren Sie rüber zur Frachtabteilung, dem Gittertor dort. Da wird gleich ein sehr großer schwarzer Wagen herauskommen. Den will ich verfolgen. Sie müssen es aber vorsichtig machen. Ganz unauffällig.«

»Polizei?« fragte der Chauffeur.

»Presse«, sagte Bertie und zeigte seinen Ausweis.

»Ich stelle sonst nie Fragen«, sagte der Chauffeur. »Wenn ich ordentlich dafür bezahlt werde, tue ich alles, was man von mir verlangt. Sofern es nicht ungesetzlich ist.«

»Völlig gesetzlich«, sagte Bertie und gratulierte sich zu diesem Chauffeur. Ich möchte mal wissen, was für den ungesetzlich ist und was er ablehnt, dachte Bertie.

Der Chauffeur war ein großartiger Fahrer. Er parkte so neben dem Gitter zum Flugfeld, daß er hinter einem Lastwagen versteckt stand, und löschte die Lichter. Gleich darauf hörte Bertie, wie das große Tor zum Frachthof auf Rollen zurücklief und sich öffnete. Der Lärm der Rollen übertönte den Sturm. Der gepanzerte Wagen kam heraus. Auf seinen Trittbrettern standen fünf Mann. Zwei hatten sich mit Bilka und seiner Freundin und Michelsen zu den beiden anderen Männern in die Limousine gesetzt. Die Limousine hielt.

Aus einem offenen Lagerschuppen glitten zwei kleinere dunkle Wagen. Die Männer von den Trittbrettern sprangen hinein, drei in den ersten, zwei in den zweiten. Danach setzte sich die Kolonne in Bewegung, die Panzerlimousine fuhr nun in der Mitte zwischen den beiden anderen Wagen.

»Warten Sie noch einen Moment«, sagte Bertie zu seinem Chauffeur.

»Natürlich. Halten Sie mich für einen Idioten?« fragte der.

Bertie schoß die Wagenkolonne, die um das Rondell vor dem Flughafengebäude kreiste und danach in die Straße einbog, die zur Stadt führte.

»Los jetzt«, sagte Bertie. Eine Reihe anderer Taxis und Privatwagen, die vor dem Gebäude geparkt hatten, fuhren nun auch, es gab ziemlich viel Verkehr. Der Taxifahrer war ein Genie. Er holte den kleinen Konvoi, der auf der Chaussee zur Stadt die Geschwindigkeit mächtig erhöhte, sehr schnell wieder ein, sorgte aber dafür, daß immer ein oder zwei andere Wagen zwischen ihm und dem Taxi blieben. Er stellte wirklich nicht eine einzige Frage.

Die Fahrt ging an Wasserflächen, in denen sich der Mond spiegelte, und an kleinen Wäldern vorbei. Es war die Chaussee zum Stadtzentrum. Bertie kannte sie. Doch der Konvoi wollte offenbar nicht zum Zentrum. Er bog von der Einfallstraße plötzlich scharf rechts in die Eläintarhantie ein. Rechts lag Wald, links ein See. Die Nacht war so hell, daß der Chauffeur die Scheinwerfer ausschaltete.

»Bißchen einsam hier«, sagte er. »Bemerken uns am Ende sonst noch.«

»Hm«, machte Bertie und schob dem Taxifahrer noch einen Hundertmarkschein zu. Sie erreichten die große Mannerheimintie-Straße und überquerten sie. Bertie sah rechts, in der Entfernung, angestrahlt, die Statue des berühmten finnischen Läufers Paovo Nurmi und dahinter die Tennisplätze des Olympiastadions, das 1952 erbaut worden war. Er sah auch Schwimmbecken, sah das Riesenrund des Stadions und dahinter den Anfang endloser Birkenwälder, die es überall gab in diesem Land der sechzigtausend Seen.

Sie fuhren jetzt die Runeberginkatu entlang. Zu Berties Überraschung bog die Kolonne vor ihnen jäh in eine Straße ein, die zum Hietaranta-Strand führte, der sich bis zum Meer hinab erstreckte. Hier hatten sehr reiche Leute Bungalows oder auch Häuser, die weit voneinander entfernt lagen.

»Bleiben Sie stehen«, sagte Bertie zu seinem Fahrer. »Das wird mir zu einsam. Warten Sie. Ich muß allein weitergehen.«

»In Ordnung«, sagte der Chauffeur, der die ganze Zeit über Kaugummi kaute und die Ruhe selber war. Er tat so, als bekomme er solche Aufträge jeden Tag.

Bertie stieg aus. Der Nordwind fauchte ihm entgegen, als er die Eteläinen Hesperiankatu, die Straße, die zum Strand hinablief, entlanghumpelte. Er sah die drei Autos des Konvois über schmale Wege zwischen den Dünen auf die Reihe der Luxus-Bungalows zurollen und warf sich hinter einem großen, windgepeitschten Gebüsch auf den Boden. Er nahm wieder das Fernglas.

Der Konvoi hielt vor einem Bungalow aus dunklem Holz, der in einem eingezäunten Grundstück lag. Danach geschah eine Weile gar nichts. Bertie wurde ein wenig unruhig und sah sich um. Nichts außer den drei Autos war zu erblicken. Südlich des Strandes lag der große Soldatenfriedhof. Bertie sah unzählige weiße Kreuze und das Grab des Feldmarschalls Mannerheim durch das Fernglas. Er stützte sich auf den anderen Arm und blickte wieder zu den drei Autos hinüber. Hier war inzwischen etwas geschehen.

Alle Insassen, mit Ausnahme des Mädchens und Michelsens, hatten die Wagen verlassen. Die Männer, die Bilka bewachten, umstanden ihn. Bertie sah, daß sie Maschinenpistolen in den Händen hielten, auch jene beiden, die am Flughafen in der Panzerlimousine gewartet hatten. Sie nahmen Bilka nun zwischen sich. Das sind in Helsinki stationierte amerikanische Kollegen der Männer aus Hamburg, dachte Bertie. Sie kennen sich hier am besten aus...
Über dem Eingang des Bungalows flammte eine Lampe auf. Das Gartentor der Einzäunung öffnete sich automatisch. Bilka, die beiden aus der Limousine und noch zwei Männer, die aus Hamburg mitgeflogen waren, gingen über den Sand und die Steine des Grundstücks hinweg auf den Bungalow zu. Die anderen Männer standen reglos im Mondlicht. Sie sahen nach allen Seiten, wandten einander die Rücken und hielten die Maschinenpistolen im Anschlag.
Bertie schoß ein paar Aufnahmen mit der Hasselblad, aber er glaubte selber nicht, daß er trotz größter Blende und bestem Film brauchbare Bilder bekommen würde.
Die Tür des Bungalows öffnete sich. In ihrem Rahmen stand ein Mann, der Cordsamthosen und einen quergestreiften blau-weißen Pullover trug. Der Mann hatte Haare wie ein Hippie, das fiel Bertie auf. Die ganze Gesellschaft verschwand in dem Bungalow, die Tür schloß sich. Nun war, weil der Wind sich plötzlich drehte, auf einmal laut das Rauschen der Brandung zu vernehmen.
Bertie wartete etwa fünf Minuten.
Was während dieser fünf Minuten in dem Bungalow vor sich ging, wußte er natürlich nicht. Er erfuhr es aber unmittelbar, bevor er mich anrief, und so kann ich es hier aufschreiben.
Der Mann im Pullover mit den überlangen Haaren begrüßte Bilka. Das also war sein Freund in Helsinki. Ein Maler. Durch einen Wohnraum, in dem ein Kaminfeuer brannte, führte der Maler seine Besucher in ein sehr großes Atelier. Er kniete nieder und zog die unterste Lade einer Kommode auf, in der Drucke, Lithographien und Aquarelle lagen. Der Anblick war grotesk – Staffeleien überall, fertige und halbfertige Bilder, die an den Wänden lehnten, Paletten, Farbtuben, Pinsel, Terpentinflaschen und aufgespannte Leinwandstücke, eine gewaltige Unordnung und inmitten dieser Unordnung vier schweigende Männer mit Maschinenpistolen, ein bleicher Bilka, ein nervöser Maler, der in der Kommode kramte. Nun hatte er gefunden, was er versteckt hatte – zwei Aluminiumhülsen

der Art, in der man Mikrofilme verwahrt. Die Hülsen waren etwa so lang wie ein kleiner Finger und hatten einen Durchmesser von drei Zentimetern.
Der Maler gab die Hülsen Bilka. Der gab sie einem der Männer aus der Panzerlimousine. Dieser trat mit den anderen unter eine starke Lampe, die von der Decke herabhing, öffnete die Hülsen, entnahm ihnen nacheinander Teile einer Filmrolle und hielt sie gegen das Licht. Er hatte eine Lupe hervorgeholt. Die Amerikaner prüften die Filme. Was sie sahen, schien sie zu befriedigen. Der Fahrer des gepanzerten Wagens, der die Operation offenbar leitete, setzte sich für einen Augenblick und schob die Mikrofilme vorsichtig wieder in die Hülsen zurück. Danach gab er sie einem der anderen Amerikaner. Bilka schüttelte dem Maler die Hand. Der Maler begleitete seine Besucher wieder zur Tür. Es waren keine zwanzig Worte gesprochen worden...
Bertie, hinter dem wild schlagenden Gebüsch liegend, sah, wie sich die Bungalowtür öffnete und ein Mann mit Maschinenpistole ins Freie trat. Ein zweiter folgte. Der dritte. Der vierte. Dann kam Bilka. Die Männer umringten ihn und gingen durch den Garten wieder zu ihren Autos.
Bertie sprang auf und rannte, so schnell er konnte, den Weg, den er gekommen war, wieder zu dem parkenden Taxi zurück. Er sprang auf den Sitz neben dem Chauffeur.
»Die werden jetzt gleich auftauchen«, sagte Bertie.
Der Taxifahrer nickte bloß, startete, stieß zurück in eine dunkle Toreinfahrt und wartete hier. Tatsächlich glitten, in sehr schnellem Tempo, wenig später die drei Wagen des Konvois an ihnen vorbei. Der Chauffeur wartete noch einen Moment, dann nahm er die Verfolgung auf – ohne Licht.
Sie fuhren denselben Weg zum Flughafen zurück, den sie gekommen waren. Bald begegneten ihnen wieder andere Autos, und sie gerieten in einen noch sehr regen Verkehr. Der Fahrer schaltete die Beleuchtung ein. Als sie das Rondell des Flughafens erreichten, schaltete er sie wieder aus. Die drei Wagen vor ihnen fuhren auf das hohe Gittertor des Frachthofes zu. Das Tor rollte laut quietschend zur Seite wie schon einmal, die drei Wagen glitten in das Flughafengebäude hinein. Das Tor schloß sich sofort hinter ihnen.
»Halt«, sagte Bertie. Der Chauffeur hielt. Bertie rannte humpelnd durch den Sturm zum Gittertor und starrte auf das Flugfeld hinaus. Was wollten die jetzt? Draußen warten, bis die Mitternachts-

maschine nach New York ging? Offenbar, dachte Bertie, und dann dachte er alarmiert: Offenbar doch nicht!

Was nun geschah, passierte mit aberwitziger Geschwindigkeit: Die gepanzerte Limousine, die zwischen den beiden anderen Wagen gefahren war, brach plötzlich aus und raste mit höchster Beschleunigung über einen Taxi-Way hinaus zu einer Startpiste. Bertie sah, wie die Männer in den kleineren Wagen ihr nachschossen. Immer wieder blitzte das Mündungsfeuer von Maschinenpistolen. Es ist ziemlich sinnlos, auf einen gepanzerten Wagen zu schießen, dachte Bertie. Die Limousine raste auch weiter, ohne daß aus ihr zurückgeschossen wurde.

Die beiden verfolgenden Wagen brausten über den Taxi-Way. Nun stießen sie zusammen. Der Tank des einen Autos explodierte. Eine riesige orangefarbene Stichflamme schoß empor. Bertie sah, wie Männer aus beiden Autos taumelten und davonrannten, um sich in Sicherheit zu bringen.

Sofort nach der Explosion waren alle Scheinwerfer an der Außenwand des Flughafengebäudes aufgeflammt. Sirenen begannen zu heulen. Feuerwehren brausten heran. Alles war nun in grelles Licht getaucht. Bertie hatte die Hasselblad hochgerissen und schoß und schoß.

Die Panzerlimousine war inzwischen weitergerast. Wohin wollte ihr Fahrer? Dann sah Bertie, wohin er wollte, und er biß sich auf die Lippe.

Am Ende der Startpiste, am Take-off-point, stand die große Transportmaschine der polnischen Luftverkehrsgesellschaft. Sie war startklar, bunte Lichter zuckten an ihrem Rumpf und an den Flügeln, die Düsen arbeiteten. Während die Limousine noch auf sie zujagte, senkte sich die Entladerampe des Flugzeugbauches zur Erde herab. Die Limousine erreichte den Transporter und glitt die schräge Bahn in sein Inneres empor. Die Rampe schwenkte hoch und schloß sich. Kurze Zeit verstrich. Da sind Männer im Rumpf, die zurren den Wagen fest, dachte Bertie, als die Düsen des Transporters schon donnernd aufheulten.

Langsam, dann schneller und schneller, jagte der schwere Transporter über die Startbahn. Jetzt hob er ab. Jetzt zog der Pilot die Maschine nach oben. Die Düsen hinterließen dunkle Verbrennungsgase, die in breiten Bahnen dem Flugzeug nachwehten.

Höher und höher stieg der Transporter. Nun war er schon sehr klein geworden. Er ging in eine mächtige Linkskurve ...

Die ersten Feuerwehren hatten das brennende Auto erreicht. Löschschaumkanonen begannen zu arbeiten. Die Männer, die aus dem Wagen gesprungen waren, schrien wild durcheinander, gestikulierten und rannten dann alle auf den Kontrollturm zu.

12

Heftig hinkend kam Bertie, von einem Lift her, den Gang herab, der zum Hauptraum des Kontrollturms führte. Es war für Unbefugte verboten, sich hier aufzuhalten. Aber in der allgemeinen Panik war es Bertie gelungen, die Absperrung am Fuß des Turms zu umgehen. Er war über ein hohes Gitter geklettert und mit dem Lift heraufgefahren. Nach so vielen Jahren in diesem Gewerbe kannte er alle Tricks.

Der Gang war leer. Es gab eine Reihe von Türen. Bertie hörte ein Geräusch. Er sah sich blitzschnell um. Da war eine Toilette! Er riß die Tür auf, sprang in den kleinen Raum und riegelte sich ein. Gleich darauf hörte er zwei Männer, aufgeregt finnisch redend, an der Tür vorübergehen. Und danach – Bertie war ein Masselmolch, an ihm klebe Glück, wenn er arbeite, sagte er immer –, und danach vernahm Bertie leise, aber deutlich Stimmen durch die eine Wand der Toilette. Er preßte ein Ohr gegen die Wand. Da, im Nebenraum, war ein lautes Gespräch im Gang. Mehrere Männer – Bertie unterschied fünf Stimmen insgesamt – unterhielten sich auf englisch. Das ist amerikanisches Englisch, dachte Bertie. Das sind vier von den Amis, denen ich nachgefahren bin. Und noch einer, der mit der tiefen Stimme, der muß hier geblieben sein, denn er läßt sich berichten. Schweineglück, was ich habe ...

»... Jim draußen im Kontrollraum, also der beträgt sich wie ein Wahnsinniger! Telefoniert mit Gott und der Welt! Verlangt, daß sofort Düsenjäger aufsteigen und den Transporter abfangen ...«

Die tiefe Stimme: »Ich weiß, beruhige dich. Ich habe ihn selber losgeschickt.«

»Dazu braucht er aber die Einwilligung des Verteidigungsministers, Pete ...«

Pete hieß also der mit der tiefen Stimme. Er sagte: »Ja, und?«

»Und der Minister wird sich hüten! Ein Ostblock-Flugzeug! In Finnland!«

»Wir müssen *alles* versuchen«, sagte Pete.

»Bis zur russischen Grenze sind's hundertfünfzig Kilometer! Mensch, Pete, selbst wenn wirklich ein Einsatzbefehl kommt, ist es doch längst zu spät!«

»Außerdem kommt der Befehl nie! Was glaubt ihr, was da schon MIGS als Geleitschutz warten!«

»Was mich völlig wahnsinnig macht, Pete: Haben wir tatsächlich Verräter unter uns?«

»Wieso?«

»Na, Mensch, in dem Panzerauto sitzen doch nicht nur Bilka, Michelsen und die Pische. Da sitzen vier Jungs von uns! Zwei von hier und zwei aus Hamburg! Sind das alle vier Schweinehunde? Was haben die wohl dafür bezahlt bekommen? Was ...«

»Idiot!« dröhnte Petes Stimme. Dann wurde sie freundlicher: »Entschuldige, Wally, aber du warst vorhin nicht da, als die Meldung kam.«

»Was für eine Meldung?«

»Da haben finnische Autofahrer hinter einer Hecke an der Chaussee zwei gefesselte Männer gefunden. Leukoplast vor dem Mund, was du willst ... das waren deine zwei Kollegen aus Helsinki!«

»Scheiße nochmal!«

»Ja, Scheiße nochmal! Das waren die ursprünglichen Fahrer der Panzer-Limousine!«

»Aber wieso ...«

Die beiden sagten, sie sahen plötzlich ein Kind auf der Chaussee liegen, als sie herauskamen zum Flughafen ... Sie sind eigens allein losgeschickt worden, damit euer Konvoi nicht zu früh Aufsehen erregte ... Na ja, sahen das Kind und hielten an und stiegen aus ...«

»Unverzeihlicher Leichtsinn!«

»Was willst du? Die dachten wirklich an einen Unfall! Na, die Russen hatten nur darauf gewartet, natürlich.«

»Russen?«

»Die beiden sagen, es waren Russen. Blendend als amerikanische Beamte ausgesucht. Sprache akzentfrei. Kleidung tipptopp amerikanisch. Völlig informiert. Schlugen unsere Kollegen bewußtlos und nahmen ihnen Papiere und Waffen und die Erkennungszeichen aus Metall weg. Verstauten die beiden hinter der Hecke und kamen aufs Flugfeld ... als Fahrer der Limousine!«

»Und das Kind? Das Kind, Pete?«

»Das stand einfach wieder auf. Hatte sich da nur hingelegt. Ein Wagen brachte es fort ...«

»Diese gottverfluchten Hurensöhne!«

»Es ist phantastisch! Und wir haben nichts bemerkt! Überhaupt nichts! Nicht eine Sekunde Zweifel! Ich habe doch mit den beiden geredet!«

»Ich auch!«

»Ich auch!«

»Na seht ihr!« dröhnte Pete. »Ihr habt euch ja nicht persönlich gekannt ... Das war unser Fehler ... Jemand muß den Russen alles verraten haben – mit welcher Maschine ihr kommt, wie viele ihr seid, daß Bilka euch zu dem Versteck dirigiert, einfach alles.«

»Also das waren zwei *Russen*, die den Wagen in den Transporter fuhren ...«

»Groschen schon gefallen, ja?«

»Moment! Außer den beiden Russen und Bilka und seiner Pische und diesem Michelsen waren aber noch zwei Leute von uns aus Hamburg im Wagen! Was ist mit denen?«

Petes Stimme: »Der Kapitän der Transportmaschine hat gleich nach dem Start durchgegeben, daß ihnen nichts passiert ist. Sie sind von den Russen überwältigt worden. Und von Männern der Flugzeugbesatzung. Fliegen als Geiseln mit.«

»Na, dann ist das doch Quatsch, was Jim versucht – Zwingen zur Landung durch Abfangjäger!«

»Er *muß* es versuchen. Du weißt, worum es geht.«

»Dann legen die unsere Kameraden um!«

»Angekündigt hat der Kapitän es. Sobald der erste Jäger auftaucht, hat er gesagt. Ansonsten kommen die beiden zurück, wenn die Maschine drüben gelandet ist. Voraussetzung: Keinerlei Belästigung. Ich weiß, das ist eine Scheiß-Situation. Aber die Zentrale hat befohlen, daß wir wenigstens versuchen, Jäger aufzutreiben und ...«

Türgeräusche.

Eine neue Stimme, tobend: »Aus! Aus! Jetzt ist alles aus!«

»Reg dich ab, Joe. Was hast du?«

»Hier! Schaut euch die Filme aus den Kapseln an! Da! Und da! Und da! Dieser eine Russe nahm doch die Kapseln bei dem Maler im Bungalow in Empfang. Und gab sie mir. Nahm sie noch mal zurück, um die Filme wieder reinzutun. Da muß er sie ausgewechselt haben.«

»Herrgott!«
»Ich will verdammt sein!«
»In den Kapseln sind jetzt Mikrofilme vom Bericht über das letzte NATO-Manöver! Nicht zu fassen!«
»Und Bilkas Filme?«
»Bei dem Russen natürlich! Im Transporter!«
»Allmächtiger Vater, ist das eine versaute Geschichte!«
»Mal langsam«, sagte Pete. »Wie war das in dem Bungalow? Wie wurden die Filme vertauscht? Langsam. Und im Detail, bitte ...«

13

»... na ja, und da haben sie diesem Pete auch das noch im Detail erzählt, und ich habe es mitangehört, und darum konnte ich es dir erzählen«, klang Berties Stimme an mein Ohr. Ich saß auf der Chaiselongue und lauschte seinem Bericht. Monerow, Bilkas Bruder und Irina standen reglos um mich herum, erstarrt wie Puppen aus dem Etablissement der Madame Tussaud. Der Mann, der sich Monerow nannte, lächelte. Und hielt die Pistole in der Hand.
»Und?« fragte ich. Ich hatte ein paarmal aus der Flasche getrunken, während ich zuhörte, jetzt trank ich wieder.
»Na, ich habe gemacht, daß ich wieder abhaue, da oben. Weg vom Flughafen zunächst einmal. Ich telefoniere aus ... Ist ja egal, von wo. Habe noch immer denselben Fahrer. Der tut alles für mich. Sagt, er bringt mich zur ersten Frühmaschine nach Hamburg. Übrigens, damit du was zu lachen hast: Der Chauffeur ist kein Finne. Der ist Norweger. Norwegischer Kommunist, hat er mir eröffnet. Dein liebes Fräulein Luise ...«
»Hör auf«, sagte ich. Ein Norweger. Ein norwegischer Kommunist. In Helsinki. Der Bertie half. Ich mußte mich zwingen, nicht daran zu denken. »Komm zurück, so schnell du kannst. Ende«, sagte ich. Der Hörer entglitt mir fast noch einmal, so schweißnaß war meine Hand. Ich legte ihn in die Gabel.
»Die Russen haben Jan?« flüsterte Irina, die das Gespräch verfolgt hatte.
»Ja«, sagte ich. »Und die Freundin. Und Michelsen.«
Bilkas Bruder stöhnte laut.
»Sie sehen ...« begann Monerow, da wurde die Tür aufgerissen,

und Jules Cassin, der Chef d'Etage, stürzte herein. Er trug Mantel und Hut über seiner Dienstkleidung. Uns sah er überhaupt nicht an, nur Monerow.

»Alles in Ordnung, Jossif«, sagte er. »Die Maschine ist sicher über sowjetischem Gebiet. Landet in ein paar Minuten. Wir sind hier fertig. Mach schon.«

Monerow gab ihm die Pistole.

»Ich hole nur ein paar Sachen. Bin gleich wieder da!« Er rannte aus dem Appartement.

Ich erhob mich und trat auf den Franzosen zu.

»Sie Lump«, sagte ich. »Sie verfluchter Hund, Sie arbeiten für die Russen! Sie haben mich betrogen!«

»Ah, schon gemerkt? Ging aber schnell«, sagte Jules Cassin. Er hob die Waffe. »Stehenbleiben. Glaub nicht, daß es mir etwas macht, dir ein Loch in den Bauch zu schießen!«

»Sie ... Sie ...« Ich blieb aber stehen. »Sie hatten die Aufgabe, mich auszuhorchen für das da ...« Ich wies auf das Mikro in dem Radioapparat, aus dem immer weiter sanfte Musik ertönte. »Sie hatten die Aufgabe, mich hier festzuhalten ...«

»Kluger Bursche. Meine Glückwünsche«, sagte Jules.

»Und Seerose? Der Mann, der Ihnen das Leben gerettet hat? Oder ist das auch nicht wahr?«

»Leben gerettet!« Jules spuckte auf einen Teppich und fluchte obszön französisch. »Leben gerettet, merde! Rückversicherung, sonst nichts! Dafür habe ich ihn 1945 geholt aus Lager und ausgesagt für ihn! Und Lizenz verschafft! Aber meine ganze Familie, alle, alle, sind umgekommen in diesem Scheißkrieg! Bomben! Oder beim Maquis. Oder im KZ! Ich hasse alle Deutschen!«

»Immer und ewig, ja?« fragte ich.

»Immer und ewig, ja!« sagte er.

»Aber warum, Jules?«

»Warum? Du hast mich gefragt, warum ich noch Kellner bin in mein Alter! Warum ich nicht habe Bar, die ich mir wünsche, he?«

»Ja ...«

»Alors, ich habe deutsche Frau geheiratet, verstehst du? Habe gedacht: Muß einmal Schluß sein mit Haß. Was hat sie getan, meine süße kleine deutsche Frau? Betrogen hat sie mich! Belogen! Ich war ihr zu alt! Und dann, als ich hatte genug Geld für Bar, sie hat mir gestohlen alles Geld und ist weggelaufen mit anderem Mann ... mit Amerikaner ... Große Freunde heute, Amerikaner und

Deutsche! *Meine* nicht!« Er sah mich an, seine Augen glühten. »Jetzt gehe ich raus aus diese Land! Arbeite in andere Land! Komme nie, nie, nie wieder! Glücklich bin ich! Glücklich! Verstehst du?«

»Ich verstehe«, sagte ich.

Monerow trat mit einem kleinen Koffer in das Appartement. Auch er trug nun Hut und Mantel.

»Sie kommen nicht weit«, sagte ich zu ihm. »Man wird Sie verhaften.«

»O nein«, sagte Monerow. »In fünf Minuten sind wir so untergetaucht, daß uns keiner mehr findet...« Er nahm einen schweren Leuchter, zerschmetterte den Telefonapparat und schlug die Tafel mit den Knöpfen für die Rufanlage nach Kellner, Zimmermädchen und Hausdiener entzwei. Dann rannte er in das Schlafzimmer und in das Badezimmer. Wir hörten, wie er dort wütete. Endlich kam er zurück.

Bilka sprang ihm in den Weg. Er hatte während der ganzen Zeit, die ich telefonierte, Whisky in sich hineingegossen wie ein Irrer, er war volltrunken, der Schnaps kam ihm bei den Ohren heraus, er war nicht mehr bei Trost. Er lallte schwankend: »Mein Bruder ... Was ... geschieht jetzt ... mit ihm? Ich glaube Ihnen ... nicht, daß Sie meinen Bruder leben lassen, wenn ... wenn Herr Roland ... nicht ... schreibt!«

»Sollen Sie auch nicht glauben«, sagte Monerow.

»Wa .. wa .. was?«

»Jetzt, wo wir Jan Bilka haben, kann Herr Roland tun, was er lustig ist. Schreiben, nicht schreiben, uns egal! Das war nur eine kleine Vorsichtsmaßnahme für den Fall, daß die Entführung mißlingt. Sie ist nicht mißlungen.«

»Also ... werden Sie ... Jan ... töten?«

»Wir brauchen ihn noch. Für die anderen Filme. Die in New York...«

»Und wenn er ... verraten hat, wo die ... sind? Wenn Sie die ... auch noch haben ... was werden Sie dann ... mit ... Jan ... tun?«

»Nun, was glauben Sie wohl?« fragte Monerow.

Bilka sprang ihn an. Jules Cassin schlug ihm den Kolben der Pistole über den Schädel. Bilka ging stöhnend zu Boden.

»So«, sagte Monerow. »Tut mir leid, wenn ich Sie hier einsperren muß. Man wird Sie sicher bald finden. Klopfen Sie. Schreien Sie. Wir müssen nur raus aus dem Hotel vorher. Und das geht ganz schnell.« Er lief aus dem Appartement. Jules Cassin folgte ihm, rückwärts gehend. Wir hörten, wie von draußen zweimal abgesperrt wurde.

Danach rührte sich niemand im Salon. Es war, als seien wir alle gestorben. Und da, leise zuerst, verhalten, aber lauter und lauter werdend, setzte, aus dem beschädigten Radio kommend, noch einmal die Melodie des ›Reigen‹ ein. Irina ächzte. Ich trat zu ihr, um sie zu stützen. In diesem Moment stieß Vaclav Bilka einen irren Schrei aus und stürzte stolpernd zu dem Vorhang, der das große französische Balkonfenster verdeckte. Es ging so schnell, daß ich nichts mehr tun konnte. Vaclav Bilka riß den Vorhang beiseite. Die Glastür dahinter war nur angelehnt. Bilka öffnete sie ganz. Ich sah, wie er auf den Balkon glitt, sah ihn auf der Balustrade balancieren. Dann hörte ich ihn schreien: »Jan!«

Und dann ließ er sich fallen von meinem Balkon im vierten Stock, fallen, fallen, hinab in die Tiefe. Irina fuhr herum, verbarg den Kopf an meiner Schulter und hielt mich mit beiden Händen umklammert.

Deutlich hörten wir, wie Bilkas Körper unten aufschlug. Es war ein grausiges Geräusch. Irinas Fingernägel gruben sich in meinen Jackenstoff, durchdrangen ihn, ich spürte sie, schmerzhaft und spitz, auf der Haut.

Trist und schön ertönte der ›Reigen‹.

Imprimatur

I

»Sie ist eine Verräterin ... Verräterin ...«

»Sie ist eine Sünderin ... Sünderin ...«

»Sie hat uns verraten ... verraten ...«

Von allen Seiten des großen, nächtlichen Alsterparks her schienen die Stimmen zu kommen. Böse Stimmen, laute, drohende. Stimmen, deren Worte sich wiederholten und nachhallten wie Echos. Stimmen, die Fräulein Luise nicht kannte, männliche und auch weibliche, ja, auch weibliche! Was war das bloß? Was geschah mit ihr? In Panikstimmung blickte sie um sich, eilte auf dem nassen, sterbenden Rasen zwischen den Wegen hin und her, den kleinen Schirm aufgespannt, keuchend.

»Unheil ... Unheil ...«

»Unglück ... noch mehr Unglück ... Unglück ...«

»Sie ist schuld! Sie ist schuld! Schuld ... schuld ...«

»Weil sie uns verraten hat ... verraten hat ...«

»Weil sie hochmütig war ... hochmütig ...«

»Verderbt ... verderbt ...«

»Weil sie die Liebe nicht kennt ... Liebe nicht kennt ...«

»Weil sie die Menschen nicht liebt ... niemanden liebt ... niemanden liebt ...«

»Weil sie sich eingemischt hat ... eingemischt ...«

Fräulein Luise rief laut: »Wer seids ihr? Ich kenn euch nicht! Ich hab eure Stimmen noch nie gehört! Gehts weg! Kommts zu mir, meine Freund!«

Doch die schrecklichen Stimmen wurden nur lauter und lauter. Aus jedem Baumwipfel, hinter jedem Strauch hervor schienen sie zu kommen, drohender und drohender.

»Falsche Freunde!« gellte eine Frauenstimme.

»Falsche Freunde ... falsche Freunde ...« tönte ein Chor von Männerstimmen.

Frauenstimmen, Männerstimmen, durcheinander, schrecklich, ganz schrecklich.

»Rache!« brüllte eine Männerstimme so gräßlich, daß das Fräulein zu zittern begann.

»Vergeltung!« dröhnte eine andere.

»Tod!« kreischte eine Frauenstimme.
»Verdammnis ... Verdammnis ...«
Das Fräulein lehnte sich gegen einen Baumstamm. Sie war vollkommen erschöpft. Regen und Tränentropfen rannen über ihr Gesicht. Die Stiefeletten versanken in dem nassen Rasen.
Sie hatte, voller Angst vor mir, das Appartement verlassen, war schnell zu einem Lift geeilt und in die Halle hinabgefahren. Sie mußte weg aus dem Hotel, dachte sie. Schnell weg. Sonst kam ich ihr noch nach. Ich oder dieser elende Kellner, dieses Böse an sich, wie sie gleich erkannt hatte. O, war das Fräulein unglücklich! Sie schlich aus der Halle hinaus in den Regen. Alles war schiefgegangen. Sie hatte den Mörder des kleinen Karel nicht gefunden. Sie hatte Irina nicht bewegen können, mit ihr zu gehen. Sie hatte versagt. Versagtversagtversagt. Das furchtbar dünne Netz von Hoffnung auf ihre Freunde, das sie noch trug, das sie vor dem Zusammenbruch bewahrte seit Jahren, nun riß es ein, hier, hier und hier ...
Fräulein Luise zögerte vor dem Hoteleingang, dann eilte sie in den Park hinein. Sie wußte, daß die Zimmer meines Appartements zur Alster gingen. Sie wollte da hinaufstarren und beten, beten, daß noch ein Wunder geschah und ihre Freunde ihr halfen, wenigstens Irina zu ihr zu bringen. Sie stolperte über einen Weg ins Dunkel. Sie blickte an der Hotelfassade mit ihren vielen Fenstern und Balkonen empor. Wo war mein Fenster? Wo war mein Balkon? Sie hatte keine Ahnung. Die meisten Vorhänge waren zugezogen, nur in ein paar Fenstern brannte Licht. Das Fräulein stand im Regen und starrte die Fassade an, und sie war verzweifelt, so verzweifelt. Und dann begannen die bösen, fremden Stimmen allüberall um sie her zu ertönen.
»Da steht sie jetzt ...«
»Am Ende ... Ende ...«
»Weiß nicht mehr, was tun ... was tun ...«
»Hinausgeschmissen ... hinausgeschmissen ...«
Höhnisch klangen die Stimmen, schadenfroh. O, waren diese Stimmen gemein! Und sie wurden es immer mehr. Sie wurden beleidigend, bedrohend, sie beschimpften das Fräulein.
»Lügnerin! Lügnerin!«
Und als sie verzweifelt nach ihren Freunden rief, zum zweiten Mal, da klang ein neuer Chor auf, weibliche und männliche Stimmen.

»Sind nicht deine Freunde! ... Nicht deine Freunde ...«
»Weil du gefrevelt hast ... gefrevelt hast ...«
Das Fräulein nahm kaum wahr, daß diese Stimmen nicht nur in der dritten Person zu ihr sprachen, sondern auch in der zweiten. Es ging alles durcheinander. Das Gebäude der Gedanken, das ihr Gehirn errichtet hatte, nun stürzte es ein, Stück um Stück.
»Vergeltung!« sagte eine Frauenstimme. »Zahlt es ihr heim, der Verbrecherin ... Verbrecherin ...«
»Jagt sie, die Gottlose!«
»Gottlose ... Gottlose ...«, antwortete der dumpfe Chor von Männerstimmen.
Und wie in einer Alliteration klang plötzlich eine gütige Stimme auf, die erste: »Gottes Lohn ... Gottes Lohn ...«
»Ergreift sie!!!« kreischte eine Frauenstimme überlaut dazwischen.
Fräulein Luise zitterte am ganzen Körper.
»Weg!« schrie eine Männerstimme. »Weg von hier!«
Das klang so gefährlich, daß das Fräulein zur Straße hin zu laufen begann, über die nächtlichen, nassen Wiesen bei dem kleinen See.
Die Stimmen begleiteten jede ihrer Handlungen.
»Jetzt rennt sie ... rennt sie ...«
»Jagt sie! Jagt sie ...«
»Wir sind hinter dir her!«
»Mach, daß du wegkommst ... wegkommst ...«
»Seht, wie sie renntrenntrennt ... gleich wird sie stürzen ...«
»Stürzen ... stürzen ...«
»Gleich wird sie fallen ... fallen ...«
»Sie ist eine Gefallene ... Gefallene ...«
Das Fräulein stolperte über eine Baumwurzel und schlug schmerzhaft zu Boden.
»Da liegt sie! Da liegt sie ...«
»Im Dreck ... im Dreck ...«
»Wo sie hingehört ... hingehört ...«
»Auf!« brüllte eine Männerstimme.
Fräulein Luise sprang auf.
Sie flüchtete.
»Jetzt flüchtet sie ... flüchtet sie ...«
»Aber wir kriegen sie ... kriegen sie ...«
»Vernichten sie ... vernichten sie ...«
Und da, aus dem Himmel herab schoß wie ein Blitz eine ungeheuerlich tönende Stimme, welche sprach: »Mein ist die Rache!«

Das Fräulein keuchte, fiel in die Knie und faltete die Hände. Sie flüsterte: »Der liebe Gott! Der liebe Gott spricht zu mir!«
»Nein!« kreischte eine Frauenstimme. »Ist nicht der liebe Gott! ... Gott spricht nicht zu einer Sünderin ...«
»Weg!« brüllte eine Männerstimme.
Es klang so grauenhaft, daß Fräulein Luise aufsprang und weiterhastete, den Schirm hinter sich herschleifend, die schwere Tasche am Handgelenk, nun völlig durchnäßt schon, beschmutzt.
Eine wundermilde Stimme klang auf: »Gottes Segen ist überall ...«
Ach, dachte das Fräulein, aber da brüllten drei Stimmen auf einmal: »Jetzt haben wir sie!«
O Gott, dachte das Fräulein, o Gott, o Gott. Sie rannte, so schnell sie konnte, auf die Lichter der Straße zu.
Die Stimmen hetzten.
»Wir werden dich verfolgen ... verfolgen ...«
»Du entkommst uns nicht ... entkommst uns nicht ...«
»Wir werden dich bestrafen ... bestrafen ...«
»Weg! Weg! Weg von hier!«
»Aus der Stadt fort ... zurück ins Moor ... ins Moor ...«
»Du bist schuld ... schuld ...«
»Du hast eingegriffen in unsere Pläne ...«
»Unsere Pläne ... Pläne, die wir hatten ... unsere Pläne ... eingegriffen ...«
Ich habe meine Freund verraten, ich habe falschen Freunden getraut, ich habe gesündigt ...
Diese Gedanken jagten einander in Fräulein Luises gequältem Gehirn. Und die Stimmen jagten sie weiter, unermüdlich, unbarmherzig, auch, als sie den Harvestehuder Weg erreicht hatte. Hier gingen noch Menschen, hier fuhren Autos. Hier gab es viele Stimmen und Geräusche. Sie brachten dem Fräulein zusätzliche Qual, denn sie mischten sich mit den Stimmen des Parks, es war ein furchtbares Dröhnen, aus dem immer wieder einzelne Stimmen herausgellten.
»Jetzt!«
»Jetzt ist es gleich soweit!«
Fräulein Luise fuhr zurück. Sie war, ohne es zu merken, über den Fahrdamm gelaufen. Mit heulender Hupe jagte haarscharf ein Wagen an ihr vorbei.
Die Autos! dachte sie, furchtgeschüttelt. Sie jagen mich mit Autos!

Die Autos sind hinter mir her. So merkwürdige Blinkzeichen geben sie. Die gelten mir! Die gelten mir, die Blinkzeichen ...
Die Autos rasten auf singenden Pneus über den Damm. Fräulein Luise rannte stolpernd weiter, stieß gegen Passanten, fiel fast, kam wieder auf die Beine.
Da rief eine Stimme, und diese Stimme erkannte das Fräulein wieder: »Ich schütze dich!«
Es war die Stimme des ehemaligen Standartenführers Wilhelm Reimers.
Unwillkürlich riß sie einen Arm hoch.
Ein Wagen hielt mit kreischenden Bremsen neben ihr.
»Wohin, meine Dame?« fragte ein Mann, der aus dem Fenster sah.
Es war ein Taxi.
»Haupt ... Haupt ... Hauptbahnhof«, stammelte das Fräulein, riß die Fondtür auf und ließ sich auf die Polsterbank fallen. Das Taxi fuhr wieder an.

2

Im Taxi ging die Qual weiter ...
»Sie glaubt, sie entkommt uns ...«
»Hahaha! Hahaha! Hahaha!«
»Sie entkommt uns nie ... nie ...«
»Wer seids ihr?« stöhnte das Fräulein. Der Wagen hatte eine Trennscheibe, der Fahrer merkte nichts. »Wer seids ihr? Ich kenn euch doch nicht!«
»Du kennst uns schon ...«
»Aber wir wollen dich nicht mehr ...«
»Wir verlassen sie ... verlassen sie ...«
Im Lärm der Stadt klangen viele Geräusche und Stimmen durcheinander, es wurde immer noch ärger.
»Hölle!«
»Strafe!«
»Weg!«
Das Taxi erreichte den Hauptbahnhof. Fräulein Luise steckte dem Chauffeur eine Banknote durch den Trennschlitz hin und sprang aus dem Wagen.

»Moment, das ist ja viel zu viel! Sie kriegen noch zurück!« schrie der Fahrer, doch das Fräulein hörte ihn nicht. Sie hastete bereits in den Bahnhof hinein, in den langen Gang, in dem sie dem ehemaligen Standartenführer begegnet war. Noch viele Menschen standen hier oder gingen hin und her.
Eine Lautsprecherstimme klang verweht an ihr Ohr, sie verstand nur Brocken: »... Zug ... aus ... Weiterfahrt nach ... Bremen ... wenigen Minuten ... Gleis vier ...«
Und da waren sie wieder, die furchtbaren Stimmen!
Und das waren jetzt die Stimmen der Menschen in der Halle! Alle starrten sie an, sprachen über sie, riefen ihr Schimpfworte nach.
»Da geht sie, die Alte!«
»Die geirrt hat!«
»Die gesündigt hat!«
»Schaut sie an ... schaut sie an ...«
Das Fräulein hielt sich eine Hand halb vor das Gesicht, sie drehte den Kopf hin und her. Tatsächlich schauten ihr Menschen nach, wie sie so dahinlief, verdreckt, verstört, gehetzt, mit verwehtem weißem Haar, ihr Hütchen hatte sie verloren.
»Wie sie rennt ... rennt ...«
»Weil sie nicht geliebt hat ... nicht geliebt hat ...«
»Weil sie egoistisch ist ...«
»Weil sie alles allein machen wollte ... allein machen wollte ...«
»Weil sie Gott verraten hat ... Gott verraten hat ...«
»Sie hat den bösen Blick ...«
»Sie ist eine Ausgestoßene ... Ausgestoßene ...«
»Dreht euch nicht um ... Hütet euch vor ihr ...«
Fräulein Luise hatte eine Rückfahrkarte gelöst. Wie durch ein Wunder fanden ihre irrenden Augen, ihre zitternden Finger diese Karte in der Handtasche. Sie reichte sie dem Beamten an der Sperre und hastete die große Treppe hinab. Unten sah sie einen Zug einfahren. Und da erklangen noch einmal Stimmen, Stimmen, die das Fräulein – o, welche Seligkeit, welche unendliche Erleichterung – erkannte!
Die Stimme des Russen: »Luise komme zu uns ins Moor ...«
Die Stimme des Polen: »Wir erwarten Luise ...«
Die Stimme des Zeugen Jehovas: »Sie komme schnell ... schnell ... ehe es zu spät ist ...«
Und dann gellte wieder eine fremde Frauenstimme auf: »Da! Da rennt sie die Stufen hinunter! Hinter ihr her!«

Luise lief, so schnell sie konnte. Sie war jetzt am Ende, am Ende, ja.
»Sie hat sich Gottes Rolle angemaßt . . . angemaßt . . .«
»Sie muß gedemütigt werden . . . gedemütigt werden . . .«
»Aber ihr habts mir doch selber gesagt, daß ich es tun soll!« schrie das Fräulein, den Bahnsteig erreichend.
Menschen sahen sich erschrocken nach ihr um.
Die Stimmen antworteten höhnisch.
»Wir nicht . . . wir nicht . . .«
»Das waren die Falschen . . . die Falschen . . .«
Fräulein Luise wußte nicht mehr, wie sie in den Wagen des eingelaufenen Zuges nach Bremen hineingeraten war. Ein Stück Erinnerung fehlte ihr. Sie kam erst wieder zu sich, als der Zug bereits fuhr, an vielen Lichtern vorbei, über Brücken und leuchtendes Wasser, auf das der Regen fiel. Sie kam langsam zu sich. Die Stimmen, diese furchtbaren Stimmen schwiegen. Im Augenblick. Im Augenblick schwiegen sie. Fräulein Luise gegenüber saß eine hübsche, sehr geschminkte und etwas vulgär aussehende junge Frau in einem Pelzmantel und betrachtete sie neugierig. Voll Angst erwiderte Fräulein Luise den Blick.

3

»Warum zittern Sie denn so?« fragte die Hübsche im Pelz. Sie hatte eine ständig verwunderte, hohe Stimme, war gutmütig und grenzenlos einfältig. »Ist Ihnen kalt?«
»Nein«, sagte Fräulein Luise. Sie war zu Tode erschöpft, ihre Füße schmerzten, sie fühlte sich wie ein Mensch nach einem schweren Herzanfall. Diese Stimmen, diese schrecklichen Stimmen – wenigstens schwiegen sie jetzt. Jetzt! Jeden Moment konnten sie wieder . . .
Fräulein Luise schauderte.
»Was haben Sie denn?« fragte die Hübsche im Pelz mit ihrer Babystimme.
»Ich hab gar nichts«, murmelte das Fräulein.
»Aber Sie sind doch so aufgeregt!«
Der Zug fuhr nun schon schnell, die Lichter waren zurückgeblieben, Regen klatschte gegen das Abteilfenster.

Fräulein Luise wischte mit der Hand über die Stirn, bemerkte, daß ihr Gesicht schmutzverschmiert war und öffnete mit bebenden Fingern die schwere Handtasche, um ein Taschentuch hervorzuziehen. Die Hübsche starrte in die Tasche. Sie sah die Notenbündel. Sie sah, wie Luise sich ihr Gesicht säuberte und mit einem Kamm durch das Haar strich.

»Aufgeregt«, sagte Fräulein Luise. »Ja, das bin ich.«

»Aber warum?«

»Ach, wissens, ich hab so viel erlebt. Ich hab so Schauerliches erlebt. Und es ist noch nicht aus ...«

»Was ist denn noch nicht aus?« fragte die Hübsche. »Übrigens, ich heiße Flaxenberg. Inge Flaxenberg. Aber alle nennen mich Häschen. Sie wollen nicht sagen, wie Sie heißen?«

»Doch«, sagte das Fräulein. »Gottschalk heiß ich. Luise. Alle nennen mich Fräulein Luise.«

»Was ist noch nicht aus, Fräulein Luise?« fragte Häschen Flaxenberg.

»Sie sind hinter mir her«, sagte das Fräulein ganz naiv und noch ganz benommen, »sie verfolgen mich, wissen Sie?«

Häschen kniff die Augen zusammen. Sie sagte: »Polente, was?«

Das Fräulein gab keine Antwort. Häschen nahm das als Zustimmung. Mit einem Blick in die offene Handtasche des Fräuleins sagte sie: »Hunde verfluchte. Bloß weil man ein kleines Geschäft macht, was?«

»Ich muß zu meine Freund«, murmelte das Fräulein.

Die beiden sprachen mehr und mehr aneinander vorbei.

»Bei uns waren sie heute auch«, sagte Häschen. »Razzia. Großes Tamtam. Die Schweine.«

»Da find ich einen Schutz ...«, murmelte das Fräulein.

»Kommen hereingestürmt in das Casino und benehmen sich wie die Baumaffen«, sagte Häschen. »Ich habe in einem Casino gearbeitet. Kleiner Ort, ungefähr dreißig Kilometer vor Hamburg.« Sie nannte den Namen. »Ein Kaff. Aber Herr Olbers hat da ein ganzes Wirtshaus gemietet, verstehen Sie, und es umgebaut, und einen Autobuszubringerdienst eingerichtet. Sind die Leute aus Hamburg gekommen. Auch mit eigenen Autos. Roulette.«

»Wenn ich bloß nach Haus komm, dann hab ich noch eine Chance ...«

»Ganz normales Roulette. Ging prima. Zwei Jahre lang. Ich war da Barfrau. Habe gut verdient. In dem Gasthof gewohnt. Daheim

bin ich ja in Zeven. Manchmal zu Besuch gefahren, wissen Sie. Oder mein Verlobter hat mich besucht ...«
»Da lassen sie mich vielleicht in Frieden, und meine Freund helfen mir ...« murmelte das Fräulein.
»Kommen die Bullen. Angeblich Falschspiel. Magnete an einem Tisch.«
»Was?« fragte Fräulein Luise, aufschreckend.
»Magnete. Unter dem Kessel. Damit die Kugel abgelenkt werden kann ... Sie verstehen doch ...«
»Nein.«
»Alles beschlagnahmt. Herr Olbers verhaftet. Casino geschlossen. Hunde verfluchte, diese Polypen. Bloß weil sie unter einem Kessel Magnete gefunden haben. Und obwohl der Herr Olbers ihnen geschworen hat beim Augenlicht von seiner Mutter, daß er nichts gewußt hat davon. Wie finden Sie denn das?«
»Sie sind hinter mir her ...«, murmelte das Fräulein, das im Begriff war, vor Erschöpfung einzuschlafen.
»Mein Verlobter wartet in Bremen mit dem Wagen auf mich. Wo wollen Sie denn hin?«
»Nach Neurode.«
»*Dort* haben Sie Freunde?«
»Ja ...«
»Wissen Sie, was? Mein Verlobter fährt Sie hin. Von Zeven ist das nicht mehr weit. Und Sie müssen jetzt ja schnell verschwinden, was?«
»Ja. Ich muß ... schnell ... verschwinden ...«, murmelte das Fräulein, halb im Schlaf.
»Ist gut. Wir bringen Sie. Müssen doch zusammenhalten, was?« sagte Häschen Flaxenberg. »Gegen diese verfluchten Polypen. Der andere Kessel war ganz in Ordnung. Und die Magnete muß ein Feind vom Herrn Olbers eingebaut haben. Einer, der ihn kaputtmachen will. So eine Gemeinheit! Das habe ich den Polypen auch gesagt. Glauben Sie, die haben mir geglaubt? Ausgelacht haben sie mich. Das Geschäft ist *so* gegangen! Da wird der Herr Olbers verrückt sein und Magnete einbauen! Aber diesen Polypen war doch einfach nichts klarzumachen. Die sind nicht nur Hunde, die sind auch doof ...«
Sie bemerkte, daß Fräulein Luises Kopf nach vorne sank und daß die alte Dame schlief. Vorsichtig schloß Häschen Flaxenberg die Tasche mit dem vielen Geld. »Jetzt kann ich mir einen neuen Job

suchen«, sagte sie. Fräulein Luise hörte ihre Worte im Schlaf. Der Zug fuhr nun sehr schnell.

4

»Niemand weiß, wo ich ...« Fräulein Luise stockte. Wie ging das schöne Gedicht weiter? Wie nur? Sie konnte sich nicht erinnern.
»... der Wind geht ... das Meer weht ...«
Nein, das stimmte nicht. Sie versuchte krampfhaft, sich zu konzentrieren, aber es half nichts. Die Worte fielen ihr nicht ein. Das machte sie traurig. Fuß um Fuß setzte sie auf den schmalen Pfad, der ins Moor hinausführte, zwischen Schwingrasen und Wasserlöchern, auf die sanfte Erhebung zu, die weit draußen lag, umbraut von Nebeln. Sie fühlte sich elend und schwach. Ihre Füße brannten. Sie war kurzatmig und sehr unsicher auf den Beinen. Oft schwankte sie. Noch nie war es ihr so schwergefallen, den schmalen Pfad entlangzugehen. Aber sie mußte ihn gehen! Sie mußte zu dem kleinen Hügel! Sie mußte zu ihren Freunden! Nur dort war sie sicher, nur dort noch ...
Sie war doch tatsächlich eingeschlafen im Zug! Knapp vor Bremen hatte diese nette junge Frau, die sagte, daß alle sie Häschen nannten, sie geweckt. Auf dem Bahnsteig hatte Häschens Verlobter gewartet – ein schweigsamer, großer und sehr gut aussehender Mann, der Häschens Koffer nahm, sich als Armin Kienholz vorstellte und sehr höflich war, nachdem Häschen ihm des Fräuleins triste Lage geschildert hatte und die Gefahr, in der sie sich befand.
»Klar nehmen wir Sie mit«, hatte Kienholz gesagt. »Und bei uns können Sie sicher sein. Wir halten dicht. Wir haben Sie nie gesehen. Keine Ahnung, wer Sie sind, wenn uns wer fragt.«
»Ich dank euch herzlich«, hatte das Fräulein erwidert.
Kienholz fuhr einen amerikanischen Wagen. Er fuhr schnell und gut. Fräulein Luise saß im Fond und döste vor sich hin, während Häschen vorne, neben ihrem Verlobten, immer wieder empört von der dreckigen Polizei erzählte, die den Spielsalon gesperrt hatte. Und andauernd war von Magneten die Rede, das Fräulein hörte es, ohne zu begreifen. Was für Magnete waren das? Egal, ach, zwei freundlichen Menschen war sie hier begegnet, und die furcht-

baren Stimmen, die sie so gepeinigt und gejagt hatten, sie schwiegen noch immer. Fräulein Luise fühlte sich matt und sehr benommen. Nur ein Gedanke beseelte sie: Ins Moor, auf den Hügel muß ich, zu meine Freund, ja, zu meine Freund …

Kienholz lenkte den Wagen hinter Zeven über die elende Straße. Knapp vor dem Ortseingang von Neurode bat Fräulein Luise ihn, zu halten.

»Hier steig ich aus, bittschön.«

»Wie Sie wollen, Fräulein Luise«, sagte er höflich und hielt. Häschen und er schüttelten dem Fräulein die Hand und wünschten ihr alles Gute.

»Sind das wirklich zuverlässige Freunde, die Sie hier haben?« fragte Häschen.

»Die besten«, sagte das Fräulein.

»Also dann toi, toi, toi«, sagte der so schöne Kienholz. Er fuhr bis ins Dorf, um zu wenden, und sein Wagen kam gleich darauf wieder zurück. Kienholz hupte dreimal kurz. Fräulein Luise winkte. Sie sah dem Wagen nach, bis dessen rote Lichter verschwunden waren. Dann ging sie vorsichtig ins Schilf hinein, zum Anfang des schmalen Weges, des Weges, auf dem sie nun balancierte …

Der Mond schien jetzt hell, die Wolkendecke war aufgerissen, es regnete nicht mehr. Silbern leuchteten die kahlen Birkenstämme, und eine einsame Sumpfeule rief von fernher.

»Bu-bu-bu-bu …«

Fräulein Luise glitt aus. Fast wäre sie in den Sumpf gefallen. Im letzten Moment fing sie sich. Sie hastete weiter, ja, auf ihren geschwollenen Füßen hastete sie, denn sie konnte es nicht mehr erwarten, den Hügel zu erreichen, den sie da, in Nebeln schwimmend, vor sich sah. Dort war ihre Rettung. Die letzte Rettung, die es für sie gab vor den grausamen, entsetzlichen Stimmen. Ihre Freunde mußten ihr nun helfen, sie schützen, ihr alles erklären, denn sie begriff nichts mehr, sie war vollkommen verwirrt, verzweifelt und mutlos.

Näher kam der sanfte Hügel, immer näher.

Ein paar Enten stoben vom Wasser auf.

»Ich komm!« rief das Fräulein. »Ich komm zu euch!«

Im nächsten Moment stockte sie, denn sie sah für Sekunden, als der Wind die Nebelschwaden vertrieb, den Hügel deutlich. Und da standen nicht, wie stets in der Vergangenheit, ihre elf Freunde

und warteten auf sie, da standen elf häßliche, verkrüppelte Korbweiden.
Fräulein Luise rieb sich die Augen. Das gibt es nicht, dachte sie. Das ist unmöglich. Ich seh schlecht. Sie blickte wieder zu dem Hügel. Sie sah wieder die elf Korbweiden.
»O Heiland«, sagte das Fräulein. »Was ist das jetzt wieder?« Sie eilte weiter, sie strauchelte nun immer wieder, sie schwankte bedrohlich, wie durch ein Wunder rutschte sie nicht von dem Pfad ab. Jetzt war der Hügel wieder von Nebeln verhüllt.
»Lieber Gott, lieber Gott«, flüsterte das Fräulein. »Laß sie dasein, laß meine Freund dasein ... Sie haben mich doch gerufen ... Ich soll kommen ... Ich hab es deutlich gehört ... Bitte, bitte, bitte, allmächtiger Gott, laß meine Freund auf dem Hügel sein ...«
Allein Gott der Allmächtige erhörte nicht das Gebet des Fräuleins, und als sie den letzten Schritt getan hatte und auf dem kleinen Hügel stand, da sah sie sich inmitten von elf Korbweiden und eingesponnen in Nebelschwaden, die nun wieder dichter wogten.
»Wo seids ihr?« rief das Fräulein, zwischen den verkrüppelten Weiden hin und her stolpernd. »Wo seids ihr? Kommts doch! Ich bitt euch, kommts zu mir!«
Doch die Freunde kamen nicht.
Das Fräulein fühlte, wie neue Panik sie packte.
Sie rief sehr laut: »Um der Liebe Christi willen, ich fleh euch an, kommts zu mir! Ich brauch euch! Ich brauch euch so!«
Doch nur der Wind wehte, und die Nebel brauten, und die Sumpfeule schrie wieder. Und die Freunde kamen nicht, nicht ein einziger von ihnen. Das Fräulein stand nun ganz still am Rand des Hügels, der hier abfiel ins Moor. Ich versteh das nicht, dachte sie. Ich versteh nichts mehr. Wieso kommen sie nicht? Wieso nicht? Was ist geschehen?
Und in diesem Moment ertönte, aus dem Moor, aus dem Nebel, wieder eine grelle Frauenstimme: »Da steht sie jetzt, die Verfluchte!«
Und ein Gemurmel von Männerstimmen erwiderte: »Jetzt haben wir sie ...«
»Nein!« schrie das Fräulein auf. Sie wich vor Entsetzen zurück, glitt aus, verlor den Halt, und im nächsten Moment stürzte sie in ein tiefes, dunkles Wasserloch neben dem Hügel. Ihre Tasche versank. Das Fräulein ruderte verzweifelt mit beiden Armen, bekam eine Wurzel zu fassen, verlor sie wieder, geriet mit dem Kopf

unter die Oberfläche, tauchte auf, schluckte Moorwasser, hustete, würgte, spie es aus, und während sie fühlte, wie unheimliche Kräfte sie nach unten, in die Tiefe, hinab, hinab ziehen wollten, während sie um ihr Leben kämpfend mit den Armen ruderte und die rettende Wurzel wieder zu erreichen suchte, begann sie laut, so laut sie nur konnte, zu schreien: »Hilfe! Hilfe! Wo seids ihr! Kommts doch und helfts mir! Hilfe!«
Und da waren sie wieder, die unerträglichen Stimmen. Aus den Nebeln, aus dem Moor dröhnten sie in Fräulein Luises Ohren wie Explosionen, nicht zu ertragen, über alle Maßen grauenhaft ...
»Rache!«
»Tod!«
»Vernichtung!«
»Hilfe!« schrie das Fräulein und spie einen Mund voll Moorwasser aus. »Hilfe! Zu Hilfe! Zu Hilfe!«

5

Der Lagerchauffeur Kuschke fuhr in seinem Bett hoch. Er hatte einen sehr leichten Schlaf. Wieder einmal war er mitten in seinem Standardtraum gewesen, dem Traum, der immer, immer wiederkam. Anfang 1948 war es in seinem Traum, er lebte in Berlin und spielte mit seinem winzig kleinen Kind, der Helga, und seine Frau, die Frieda, saß daneben im Hof der Mietskaserne in der Sonne und strickte. Und Kuschke machte mit Helgachen ein Riesentheater, so daß seine Frieda schrecklich lachen mußte, und Helgachen krähte auch vor Vergnügen, und sie waren alle drei so glücklich in dem trostlosen, zerbombten Trümmer-Berlin, so glücklich, wie Kuschke es nie mehr in seinem Leben sein sollte ...
»Helfts mir!«
»Det is doch ...« Kuschke sprang aus dem Bett und glitt in seine Klamotten. Er hatte die Stimme sofort erkannt. Jetzt ist es endlich passiert, dachte er. Verflucht, so eine Scheiße. Er knöpfte seinen Overall zu, während er schon zur Tür des Barackenzimmers rannte. Vom anderen Ende des schwach beleuchteten Ganges her kam ihm, in einem Trainingsanzug, der Lagerarzt Dr. Schiemann entgegen.
»Die Schreie ...«

»Det is unsa Frollein, jawoll, Herr Dokta ...«
»Los, kommen Sie.«
Die beiden Männer stürzten ins Freie. Gerade, als sie ein paar Schritte getan hatten, flammten alle Scheinwerfer des Lagers auf. Aus der Baracke am Tor kamen zwei Wachmänner gelaufen. In einzelnen Baracken erhellten sich die Fenster. Kinder in Schlafanzügen oder Morgenmänteln, Jugendliche, Mädchen und Jungen, erschienen, furchtsam, neugierig.
»Helfts mir! Hilfe! Hilfe!« ertönte Fräulein Luises Stimme aus dem Moor. Laut brachte der Wind sie herüber ins Lager.
Aus seiner Baracke kam der schlanke Pastor Demel gestürzt. Er trug einen schwarzen Anzug, keine Krawatte, das Hemd stand offen.
»Unser Fräulein«, keuchte Demel.
»Ja. Aber wo ...«
»Ich weiß, wo! Auf dem kleinen Hügel mit den elf Weiden!« schrie Demel.
Der Lagerleiter Dr. Horst Schall, in Hose und Hemd, die Jacke noch im Arm, kam angelaufen.
»Wir müssen zu ihr!«
»Wie? Da geht's doch nicht raus!«
»Leitern! Bretter! Lange Stöcke! Schnell!« rief Demel.
Vom Moor her kam wieder ein Hilferuf.
Die Männer rannten auseinander. Sofort darauf schleppten sie bereits lange Leitern und Bretter sowie Stangen zur nordöstlichen Begrenzung des Lagers. Sie liefen und kamen außer Atem.
»Jlück, det det Jitta noch nich wieda oben is!« schrie Kuschke dem Pastor zu, mit dem zusammen er eine Leiter trug. Nun liefen schon Jugendliche in übergeworfenen Mänteln durcheinander, schrien aufgeregt, alle stürzten zu der zerstörten Gitterecke, dorthin, wo der Betonpfeiler nach außen gerissen worden war in der vergangenen Nacht.
»Wir kommen!« dröhnte die Stimme des Lagerleiters durch die Nacht. »Halten Sie aus, Fräulein Luise! Wir kommen!«
»Hilfe!« erklang die Antwort, schwächer diesmal und kraftloser. »Hilfe! Hilfe!«
Kuschke und der Pastor hatten den geborstenen Pfeiler erreicht. Sie warfen die lange Leiter über den schiefhängenden Zaun und kletterten nach. Das Mondlicht erhellte die Nacht. Im diffusen Licht, das die Nebel hervorriefen, erblickte man plötzlich für

Augenblicke deutlich die kleine Erhöhung und einen Schatten, der sich verzweifelt im Wasser neben dem Hügel hin und her bewegte.

»Da isse! Rinjefalln int Moor. Ach du jutes Jottchen!«

Andere Männer kamen angerannt.

»Stange! Los! Eine Stange!« schrie Demel. Er bekam sie.

Als erster ging er in den Sumpf. Er versank schnell. Die lange Leiter schob er vor sich her. Jetzt schwang er sich darauf und begann mit der Stange zu staken. Die Leiter und der liegende Mann darauf glitten in das Moor hinaus, auf den Hügel zu. Kuschke folgte als zweiter auf einem langen Brett. Auch er stakte. Dazwischen fluchte und betete er laut.

»Scheiße vafluchte vadammta Scheißdreck behüte det arme Frollein Allmächtija ...«

Nun waren schon fünf Männer im Sumpf. Nun sechs. Nun acht. Nun zehn. Sie alle bewegten sich ausgestreckt auf Brettern oder Leitern, zwischen den Schwingrasen, den Wasserlöchern, weiter, weiter. Die Leitern und Bretter versanken nicht. Es war die einzige Möglichkeit, hier vorwärtszukommen.

»Hilfe ...« Das klang schon ganz leise.

Kuschke fiel etwas ein. Er wandte sich um und sah viele Menschen, Fürsorgerinnen und Jugendliche, beim Zaun stehen und den Männern im Moor nachstarren.

»Telefoniert mal eena nach 'ne Ambulanz!« brüllte Kuschke. »Soll sofort 'ne Ambulanz kommen aus Zeven. Schnell! Uff alle Fälle. Ick hab so'n Jefühl ...«

Eine Fürsorgerin rannte los.

Kuschke stakte weiter. Sein Brett schwankte, es war ein ungemütliches Gefühl. Er merkte, wie er mit den Beinen unter Wasser geriet und fluchte. Dann fing er wieder laut an zu beten.

Er kam fast gleichzeitig mit dem Pastor bei dem kleinen Hügel an, und er erschrak, als er das Fräulein sah. Ihr Gesicht war verzerrt und leichenblaß. Sie hielt sich an einer Wurzel fest, aber ihre Finger begannen sich schon zu lösen, sie rutschte tiefer und tiefer ...

Kuschke sprang auf den Hügel. Der Pastor sprang ihm nach, rutschte aus, fiel in das braune Moorwasser und schluckte eine gehörige Portion davon. Er triefte, als der bärenstarke Kuschke ihn herauszog. Sie hoben das Brett und die Leiter hoch und legten sie halb auf den Hügel, die Stöcke daneben. Schon erschienen, rasch näherkommend, der Lagerleiter und der Arzt. Kuschke rannte mit dem Pa-

stor zu dem Wasserloch, in das Fräulein Luise gefallen war. Er kniete nieder und bat den Pastor: »Haltense mal meine Füße!« Der Pastor tat es. Kuschke, nun auch durchnäßt, legte sich auf den Bauch und packte Fräulein Luises Hände. »Imma ruhig, scheen ruhig, Frollein Luise. Nu sin wa ja da.«
Er erschrak mächtig, als sie daraufhin gellend schrie: »Hier sind sie, die Häscher! Hier sind sie! Hilfe! Hilfe! Hilfe!« Sie versuchte, sich seinem Zugriff zu entwinden. Neben Kuschke fiel der Lagerleiter zu Boden. Seine Füße hielt Dr. Schiemann fest. Gemeinsam zogen und zerrten sie an Fräulein Luises Händen. Sie schrie wie eine Rasende. »Laßts mich! Laßts mich! Gehts weg! Ihr seids auch die Falschen! Wieder die Falschen!«
»Aba Frollein Luise ...«
»Hat keinen Sinn«, ächzte Schiemann. »Die erkennt uns nicht mehr.«
»Die akennt mir nich mehr?«
»Keinen von uns«, sagte Schiemann.
»Herrje«, sagte Kuschke. »Nu isse richtich hinüba.«
»Los, bei drei ziehen wir sie gemeinsam hoch«, sagte Schiemann zwischen den Zähnen. Er zählte. Als er ›drei‹ gesagt hatte, setzten die Männer alle Kräfte ein. Es gelang ihnen, das Fräulein, das wie von Sinnen schrie und sich wehrte, hochzureißen. Sie zogen die Tobende den Hügel herauf. Fräulein Luises Kleider, ihr Haar, alles war tropfnaß. Wasser floß von ihr herab. Und sie kämpfte, kaum an Land, mit Zähnen und Nägeln und Füßen. Sie trat und biß und kratzte und schrie: »Ihr Verbrecher! Ihr Mörder! Mörder! Mörder! Mörder! Weg! Weg, ihr Mörder! Hilfe! Hilfe!«
Kuschke packte ihre Arme und drehte sie auf den Rücken, wo er sie eisern festhielt. Der Pastor trat dicht vor das Fräulein. Er begann: »Seien Sie vernünftig, Fräulein Luise. Seien Sie ...« Mit einem Gesicht, das einer Dämonenmaske glich, blickte sie ihn aus irren Augen an, trat ihn gegen das Schienbein und spuckte ihm, den sie einst so gern gehabt hatte und den sie nun nicht mehr erkannte, mitten ins Gesicht. Dann kreischte sie: »Schweinehund! Elender Menschenhetzer!«
»Fräulein Luise ...«, stammelte Demel, dem ihr Speichel über das Gesicht rann.
Das Fräulein hob die Stimme noch mehr und schrie: »Die, die in meinem Namen sündigen, die werden als erste gerichtet werden!«

»Gloobt, sie is Jesus«, sagte Kuschke erschüttert. Er hielt dem Fräulein eine Hand vor den Mund. Dazu mußte er einen ihrer Arme loslassen. Sofort schlug sie blindwütig hinter sich und traf ihn in den Leib. Sie biß auch seine Hand.
»Aua!« stöhnte Kuschke.
Im nächsten Moment sank das Fräulein lautlos zu Boden. Sie war ohnmächtig geworden. Keuchend standen die Männer um sie herum.

6

Fräulein Luise hörte ein ungeheures Heulen.
Sie wußte nicht, daß es die Sirene der Ambulanz war, in der sie lag. Sie schlug die Augen auf. In der schwachen Beleuchtung des Wagens erblickte sie schemenhaft zwei große Männer. Das sind sie! Jetzt haben sie mich wirklich! In die Hölle! In die Hölle mit mir jetzt!
»Nein!« kreischte das Fräulein. »Nicht! Ich will nicht in die Hölle!«
»Sinnlos«, sagte Dr. Schiemann zu dem Pastor Demel. »Völlig sinnlos. Sie ist jetzt in einem katatonen Zustand. Nichts zu machen.«
»Kann man ihr nicht etwas geben ... Ich meine ...«
»Erst in der Klinik ... Wir dürfen nichts falsch machen«, sagte ein Sanitäter, der hinter dem Fräulein saß.
Fräulein Luise mißverstand auch diese Worte, für sie klangen sie ganz anders, völlig anders.
So:
»Da liegt sie jetzt ...«
»Nun entkommt sie uns nicht mehr ...«
»Jetzt werden wir sie richten ...«
»Weg! Weg! Ich will weg!« schrie das Fräulein und versuchte, aufzuspringen. Dabei bemerkte sie, daß das unmöglich war. Man hatte sie mit Ledergurten an Händen und Füßen auf eine Trage geschnallt – zu ihrer eigenen Sicherheit.
»Verloren! Ich bin verloren! Ich bin verdammt!« heulte das Fräulein.
Die Sirene sang weiter ihr Lied, und die Ambulanz raste weiter

durch die Nacht. Sie verließ die Autobahn und war kurze Zeit später beim Ludwigskrankenhaus in Bremen. Fräulein Luise schrie und zerrte an den Gurten. Sie schrie so lange, bis die Kräfte sie verließen, dann verstummte sie kurz, dann begann sie wieder zu kreischen. Verwünschungen, Flüche und Blasphemien drangen aus ihrem Mund. Sie sah aus wie eine Megäre ...

Die Ambulanz hielt im Hof der Psychiatrischen Abteilung. Wagenschläge flogen auf. Zwei Sanitäter rollten die Trage vor, hoben sie aus dem Wagen und schleppten sie über den Hof zur Aufnahme. Hier, in einem hell erleuchteten Raum, in dem zwei Nachtschwestern und ein Assistenzarzt Dienst taten, stellten sie die Trage nieder. Pastor Demel und Dr. Schiemann kamen gleichfalls in den Raum.

»Laßts mich gehen! Ihr Schweine! Ihr Hunde! Laßts mich los! Hilfe! Hilfe! Mörder! Verbrecher! Lumpengesindel!« schrie Fräulein Luise mit einer Stimme, die gar nicht mehr die ihre war.

Der junge Assistenzarzt kniete nieder und versuchte, sie anzurühren. Fräulein Luise begann durchdringend zu brüllen. Der Arzt zögerte ängstlich. Er war erst seit ein paar Wochen hier. Eine Schwester telefonierte. Pastor Demel kniete gleichfalls neben Fräulein Luise nieder. Er versuchte es noch einmal.

»Alles wird gut, liebes Fräulein Luise, alles ...«

»Weiche!« schrie das Fräulein ihn mit sich überschlagender Stimme an. »Weiche, Satan! Satan! Satan!« Und sie spie ihm wieder ins Gesicht. »Machts mich los! Laßts mich gehen!«

»Wir können sie nicht losschnallen«, sagte der junge Arzt. »Das ist unmöglich. Die schlägt uns hier alles zusammen. Die ...«

»Mörder! Mörder! Mörder!« kreischte das Fräulein.

»Schnallen Sie sie los«, sagte eine tiefe, ruhige Männerstimme.

»Mör ...« Das Fräulein verstummte und sah den Mann in dem weißen Kittel an, der den Raum betreten hatte. Er war groß und kräftig und hatte dunkle Augen, schwarzes, kurzgeschnittenes, gewelltes Haar und ein breites Gesicht. Er lächelte.

»Nun«, sagte er, »endlich, Fräulein Luise. Guten Abend.« Er machte dem jungen Arzt ein Zeichen. Der löste die Riemen. Fräulein Luise setzte sich langsam auf. Plötzlich war es totenstill in dem Raum. Langsam, unheimlich langsam, erhob sich das Fräulein in ihren nassen Kleidern. Die Decken, die man über sie gebreitet hatte, fielen auf den Steinboden. Sie ging, Schritt für Schritt, auf den großen Mann zu, der sie immer noch lächelnd betrachtete.

Der Pastor hielt den Atem an.
»Du«, sagte das Fräulein mit normaler Stimme. »Du ... dich kenne ich ...«
Der Mann in dem weißen Kittel schloß kurz die Augen und sah dann wieder das Fräulein an.
»Natürlich kenne ich dich«, sagte das Fräulein. Sie stand jetzt dicht vor dem Mann. »Du ...«, begann sie und setzte ab. Er nickte ihr zu. »Du ... du bringst mir Segen«, sagte das Fräulein.
Wieder nickte der Psychiater Dr. Wolfgang Erkner.
Das Fräulein umarmte ihn plötzlich und klammerte sich an ihn, und endlich, endlich begann sie schluchzend zu weinen.

7

»Das Los ist mir gefallen aufs Liebliche; mir ist ein schön Erbteil geworden«, las Thomas Herford bewegt vor dem Stehpult mit der aufgeschlagenen großen Bibel. Die behaarten Hände hielt er gefaltet, der Brillantring an seinem Finger blitzte im Licht der starken indirekten Deckenbeleuchtung. Er sah auf und fügte hinzu: »Aus dem sechzehnten Psalm. Ein gülden Kleinod Davids.«
»Amen«, sagten Mutti, Justitiar Rotaug, Verlagsleiter Seerose, Chefredakteur Lester, Bildredaktions-Chef Kurt Ziller (endlich aus den USA heimgekehrt) und Heinrich Leidenmüller, unser Chef-Layouter. Hem, Bertie, Irina und ich sagten nichts. Irina war völlig überwältigt von Herfords Prunkbüro – wie jeder, der es zum ersten Mal betrat. Erschöpft war sie auch – nach allem, was geschehen war und nach der Fahrt von Hamburg herunter. Ich hatte die 495 Kilometer Autobahn in einem Selbstmördertempo hinter uns gebracht, mit einer einzigen kurzen Rast. Durch den langen Regen und den Sturm war es sehr kalt und vorwinterlich geworden, die tiefen Wälder und die Felder zu beiden Seiten der Autobahn hatten so trostlos ausgesehen wie die unzähligen schwarzen Krähen, die wir an manchen Stellen in mächtigen Scharen erblickten.
Ich war direkt in den Verlag gefahren, und wir waren sofort zu Herford gebeten worden, zusammen mit Lester und Hem und diesmal auch mit dem Leichenmüller, denn der spielte nun eine wichtige Rolle. Das brave, verhurte Gerippe stotterte ob der Ehre

und Aufregung ein wenig und hatte Schweißperlen auf der Stirn und die Seitenspiegel unter dem Arm – große Bögen aus einer Art dickem Butterbrotpapier.
Nachdem Mutti »Amen« gesagt hatte, stürzte sie mit einem kleinen Aufschrei auf Irina los, die erschrocken zurücktrat, packte sie um die Hüfte, drückte sie an sich, zog Irinas Kopf zu sich herab und verpaßte ihr einen Kuß auf die Wange.
»Ach, Kindchen, mein Kindchen«, rief Mutti, »wir sind ja alle so glücklich, Sie bei uns zu haben. Nicht wahr, Herford?«
»Außerordentlich glücklich«, sagte ihr Mann und verneigte sich lächelnd, gemeinsam mit den lächelnden Herren Seerose, Rotaug, Ziller und Lester. Mutti war wieder mal so angezogen, daß man es nicht glauben wollte. Sie trug ein blaues Strickkostüm mit einer ärmellosen Strickjacke, die ihr bis weit über den Hintern hing (blau zu ihrem krachviolett gefärbten Haar), einen Haufen lange Perlenschnüre und einen braunen Trapperhut mit enormer Krempe. Oben in der Mitte hatte der Hut einen mächtigen Knick.
»Nun«, dröhnte Herford, »wir sind hier auch nicht untätig gewesen. Zeigen Sie mal her, Leidenmüller!«
Der kadaverhafte Lüstling breitete die Seitenspiegel auf dem Konferenztisch aus. Er wurde immer noch aufgeregter. Seine große Stunde – nun hatte sie geschlagen! Er beeilte sich, zu erklären, wie er die vier ausgewechselten Seiten ausgespiegelt hatte. Alle traten um den Tisch. Der Leichenmüller gab katzbuckelnd bekannt: »Diediese Spiegel wurden bereits von der Ververlagsleitung und Herrn Lester und Herrn Ziller gegenehmigt. Nanatürlich kann ich noch keine Probeandrucke zeigen. Weil das ja Farbseiten sind. Ich habe ...«
»Ja, wir sehen schon, was Sie haben«, sagte Lester knapp und scharf. Lester, unser kleiner Napoleon. Wir sahen es wirklich: Der Leichenmüller hatte, nachdem die Filme, die Bertie geschickt hatte, entwickelt worden waren, Abzüge in der Größe, die ihm vorschwebte, herstellen lassen und diese dann auf die Seiten geklebt. Überschriften und Unterschriften waren auch schon da. Die hatte der Leichenmüller fotokopiert und dorthin geklebt, wo er sie haben wollte.
Das, was hier lag, waren Duplikate. An der Herstellung der Seiten für das Heft wurde seit gestern fieberhaft gearbeitet. Farbseiten drucken ist am kompliziertesten und dauert am längsten. Die Art der Ätzung ist eine andere, drei Zylinder mit verschiedenen Farben

und einer mit Schwarz müssen gleichzeitig laufen, und immer wieder muß man Probedrucke machen, bis die Farben auch stimmen. So etwas dauert vier Tage oder fünf. Aber Herford hatte sich dazu angesichts dieser Story, dieser meiner Story, entschlossen. Sogar dazu: »Die Nummer soll nächsten Donnerstag erscheinen. Geht nicht, sagt man Herford bei der Technik. Erst einen Tag später. Mit Versand und allem. Nimmt Herford in Kauf. Verblüffung, wenn BLITZ am Donnerstag nicht an den Kiosken ist! Großes Geheimnis! Extra keine Inserate deswegen! Einen Tag später dann – wumm, die Bombe.«
»Die Atombombe«, sagte Mutti.
»Die Wasserstoffbombe«, sagte Lester.
»Toi, toi, toi«, sagte der Dr. Helmut Rotaug und zerrte an seinem Hjalmar-Schacht-Kragen.
Nächsten Donnerstag – das war genau in einer Woche. Sie werden sich wundern, daß es so lange dauert, bis Sie eine Illustrierte in der Hand halten – von dem Zeitpunkt an, wo die Redaktion dead-line hat. Das liegt an der verflucht schwierigen Herstellung, dann an der Zeit, die vergeht, bis so eine Millionenauflage ausgedruckt ist, und endlich am Versand. Praktisch liegt die neue Nummer einer Illustrierten schon vier oder fünf Tage fertig im Verlag herum, bevor sie zum Kiosk kommt: Sie muß ja mit Bahn und Flugzeug und Auto zu allen Verkaufsstellen gebracht werden. Das dauert am längsten.
Ich gebe zu, ich war aufgeregt, als ich mich über die Seitenspiegel beugte. Und auch Bertie war aufgeregt. Diesmal war es unsere, war es meine Geschichte, die da angekündigt wurde ...
In diesem Heft sollte es tatsächlich allerlei geben: Auch noch den Neun-Seiten-Bericht über den TOD DES SCHWARZEN JESUS und die Rassenunruhen in den USA, dazu den großen Modebericht, beides in Farbe, dachte ich. Dann sah ich nach der Paginierung auf den Seitenspiegeln und wußte, welchen Beitrag sie ausgewechselt hatten. Da war wieder mal eine Expedition – eine deutsche – zum Sturm auf den Nanga Parbat im Himalaja angetreten und vom Pech verfolgt gewesen. Sie hatte den Gipfel nicht geschafft, weil fünf Mitglieder der Expedition kurz davor abgestürzt und tödlich verunglückt waren. Im Auftrag von BLITZ hatten zwei Bergsteiger die ganze Geschichte fotografiert, von der Ankunft bis zum Abbruch, und die tollsten Bilder in Farben hatte man ausgesucht. Auf einer Doppelseite, erinnerte ich mich, hatte gestanden: DER THRON DER

Götter war ihr Grab. Nun stand etwas anderes auf der Doppelseite. In einer wilden, zerfetzten, knallgelben Schrift, die der Leichenmüller entworfen und gezeichnet hatte, las ich links oben ein einziges Wort:

VERRAT!

Ganz oben, an der Randleiste, lief ein Band in großer knallgelber Schreibmaschinentypenschrift:

klusiv - weltexklusiv - weltexklusiv - weltexk

Rechts las ich, in der gleichen Schrift und Farbe wie VERRAT:

DER NEUE ROLAND:
DIE GESCHICHTE EINES
INTERNATIONALEN SKANDALS
OHNEGLEICHEN –
DER ERREGENDSTE TATSACHENBERICHT
UNSERER VERLAGSGESCHICHTE BEGINNT
IM NÄCHSTEN HEFT!

Unten rechts stand:

FOTOS: BERT ENGELHARDT

Über die ganze Doppelseite hinweg hatte der Leichenmüller nun jenes von Bertie aufgenommene Foto montiert, bei dem ich so sehr gehofft hatte, daß es gelingen möge – den Augenblick, in welchem der kleine Karel, von der Maschinenpistolensalve getroffen, durch die Luft flog. Es war ein phantastisches Foto geworden. Man hatte das Gefühl, den Jungen tatsächlich über die Doppelseite fliegen zu sehen, scharf, ganz scharf das Gesicht im Augenblick des Todes, vorbeiwischend der Körper, überdeutlich die goldene, blinkende Trompete, die, Karels Händen entglitten, noch neben ihm flog; schwarz die Bäume und Sträucher vor dem gloriosen Sonnenuntergang, der roten Feuerwand unter dem schwarzen Sturmhimmel; und dazu die vielen Menschen, Erwachsene und Kinder, hingeworfen auf den Sandboden, ins Gras, Panik, Panik in den Gesichtern. Noch nie hatte ich ein solches Pressefoto gesehen.

»Herford gratuliert Ihnen zu diesem Bild«, sagte Herford und schüttelte Bertie die Hand. »Herford gratuliert Ihnen zu allen Bildern, Engelhardt. Das Beste, was Sie je geliefert haben.«

»Na ja, 'n bißchen Glück gehabt«, sagte Bertie, verlegen lächelnd.

»Und Ihnen gratuliert Herford zu Ihren Recherchen«, sagte Herford und schüttelte mir die Hand. »Meine Herren!« Darauf schüttelten mir Mutti und die anderen Männer, mit Ausnahme von Hem und Bertie, die Hand. Die Hand Rotaugs fühlte sich an wie Gummi, die Lesters wie kalter Fisch, die Seeroses schmerzte, als sie zudrückte. Der Mann war eleganter denn je gekleidet und sah mich aus blitzenden Augen strahlend an.

»Das wird der Superknüller aller Zeiten«, sagte Herford. »Herford spürt's im Urin. Entschuldige, Mutti. Bringt die Auflage um hunderttausend in die Höhe.«

»Zweihunderttausend!« rief Lester kriecherisch.

»Amen«, sagte Mutti genauso wie zuvor, beim 16. Psalm Davids.

»Nicht zu sehr in die Höhe«, sagte Herford. »Hundertfünfzigtausend höchstens. Denkt an die Inserate!« Er grunzte. »Aber an die Spitze kommen will ich damit und mit MANN-TOTAL! Es den Hunden einmal zeigen, was Herford kann!«

Bertie und ich sahen uns die beiden anderen ausgewechselten Seiten an. Hier war Platz für Unterschriften und einen ganz kurzen Schlagwort-Aufreißer. (Fortsetzung Seite 96, da hatten sie auch noch etwas rausgeschmissen.) Es war mein Text, der, den ich durchdiktiert hatte. Die Fotos – sie waren einfach großartig – zeigten den toten Karl Concon auf dem Bett im Zimmer des Hotels ›Paris‹; Irina (groß); Irina, wie sie und Fräulein Luise sich in dem Barackenbüro anschrien; ganz grobkörnig, aber trotz der starken Vergrößerung noch sehr gut zu erkennen das Fenster in der angestrahlten Fassade des Hauses 333 Niendorfer Straße, und hinter dem Fenster die Gesichter von Jan Bilka und seiner Freundin; die davonrasenden Autos vor dem Lagertor (Fräulein Luise mit anklagend zum Himmel gereckten Armen im Vordergrund und von hinten); die beiden zusammengeschlagenen Amerikaner auf der Straße vor dem Haus am Eppendorfer Baum (mir war gar nicht aufgefallen, daß Bertie auch da noch nach der Prügelei geblitzt hatte) – na und so weiter. Es waren tolle vier Seiten.

»Hast du prima gemacht«, sagte ich zum Leichenmüller.

Bertie schlug ihm auf die Schulter und grinste ihn an.

»Dadanke«, stotterte der Leichenmüller.

»Ihre Aufmerksamkeit, bitte!« Herford war vor eine große Tafel mit Terminen getreten, die auf dem Tisch lag. Wir sahen zu ihm. Er wies mit einem Stöckchen – der Feldherr am Kartentisch vor Beginn der Schlacht. »So sieht das also aus: Heute, eben,

kam Nummer 46 dieses Jahrgangs raus. Nächsten Mittwoch, am 20. November, ist Buß- und Bettag. Herford erscheint mit Nummer 47 nicht am 21., sondern, wie gesagt, erst am 22., am Freitag. In Nummer 47 hat Herford die Rassenunruhen und diese vier Austauschseiten. Eine Woche später, am 28. November, in Nummer 48, erscheint dann der erste Teil von VERRAT – Sie müssen sich am Riemen reißen, Roland! Wir alle müssen es. Herford macht Sie persönlich verantwortlich, daß der Farbtitel mit dem bewußtlosen Jungen in der Baracke rechtzeitig fertig wird, Leidenmüller!«
»Jawohl, Herr Herford, selbstverständlich, gewiß . . .«
»In Nummer 48 baut Roland die Brücke von der laufenden Sex-Serie zu MANN-TOTAL.« Ich nickte. »Diese Serie beginnt in Nummer 49, wieder eine Woche später, am 5. Dezember. Auch hier muß schnellstens der Titel produziert werden. Herr Ziller hat eine ausgezeichnete Idee, über die wir aber noch ausführlich sprechen müssen. Das wird eine lange Nacht werden heute, meine Herren!«
Ich sah plötzlich, daß Irina, müde und blaß, sich gesetzt hatte und vor sich hinstarrte. Kein Mensch kümmerte sich um sie. Wir alle hatten jetzt nur das Blatt im Kopf. Auf Herfords großem Schreibtisch läutete schon ein paarmal eines der vier Telefone, bevor wir es merkten. Herford eilte über die mächtigen Teppiche und nahm den Hörer jenes Apparates ab, von dem es hieß, er sei aus Gold. Der Verleger meldete sich und winkte dann mich herbei.
»Für Sie.«
»Wer will mich denn sprechen?«
»Weiß Herford nicht. Hat den Namen nicht verstanden. Jemand aus Neurode.«
Ich rannte durch diesen Museumsraum zu Herford und nahm den Hörer. Unter mir lag das abendliche Frankfurt, ein funkelndes, buntes, bewegtes Lichtermeer. Der Himmel war schwarz.
»Roland!«
»Hier ist Pastor Demel«, erklang eine ruhige Stimme. »Ich wußte nicht, wo ich Sie in Hamburg hätte erreichen können. Ich habe schon ein paarmal im Verlag angerufen heute. Man sagte mir, Sie würden gegen Abend eintreffen.«
»Was gibt es, Herr Pastor?«
»Fräulein Luise . . .«
»Was ist mit ihr los?«
Er sagte, was mit ihr los war. Nun war seine Stimme nicht mehr so ruhig.

Ich sah auf meine Armbanduhr.
19 Uhr 26.
14. November 1968.
Donnerstag.
Am nächsten Donnerstag, dem 21., waren wir mit Nummer 47 an den Kiosken, mit der Nummer, welche die phantastischen ersten Fotos enthielt. Oder nein, wir kamen ja einen Tag später, erst am Freitag, dem 22. Aber dann, am übernächsten Donnerstag ...
Der Pastor redete schnell und gehetzt, er hatte viel zu erzählen. Vorn, beim Konferenztisch, dozierte Herford. Ich hörte ihn, und ich hörte den Pastor.
»Was ist los, Roland? Was quatschen Sie da? Was passiert?«
»Fräulein Luise«, sagte ich, die Sprechmuschel zuhaltend. »Auf der Psychiatrie. Ludwigskrankenhaus Bremen.«
»Wer?«
»Fräulein Luise Gottschalk.«
»Wer ist das denn?«
»Die Fürsorgerin, die ...«
»Ach so. Verdammt, Irrenhaus. Endlich passiert, was?«
»Ja, Herr Herford.«
»Scheiße! Gerade jetzt. Erster Klasse natürlich, auf unsere Kosten. Lester, Sie veranlassen das sofort. Rufen Sie das Ludwigskrankenhaus an.«
»Jawohl, Herr Herford!«
»Kann man sie besuchen, ja? Sie noch ausfragen und fotografieren, wie?«
Der Pastor redete noch immer.
Ich legte eine Hand auf den Hörer.
»Nicht sofort, Herr Herford.«
»Herr Roland? Herr Roland? Sind Sie noch da?«
Ich nahm die Hand von der Muschel.
»Natürlich, Herr Pastor. Erzählen Sie weiter. Ich höre jedes Wort.«
Ich legte wieder die Hand auf die Muschel.
»Wieso nicht sofort, Roland?«
»Weil der Arzt – ein gewisser Doktor Erkner – sie durch Injektionen ruhiggestellt hat. Sie macht jetzt eine kurze Dämmerschlafkur. Später soll angeblich Elektroschockbehandlung kommen.«
»Himmelarschundzwirn!«
»Herford, bitte ...«

»Ich kann auch so anfangen, Herr Herford. Ich habe genug Material, bis Fräulein Luise Besuchserlaubnis bekommt.«
Die Stimme des Pastors klang an mein Ohr: »... das gute, unglückliche Fräulein Luise. Ist es nicht erschreckend zu sehen, wie hart Gott der Allmächtige die prüft, welche Ihm die liebsten unter Seinen Geschöpfen sein müssen?«
Die Stimme des Verlegers klang an mein Ohr: »Mist, elender, gottverdammter! Genug Material für die ersten Teile! Und wenn sie wochenlang geschockt wird und man keine Besuchserlaubnis bekommt? Was dann, Roland? Ist das nicht eine himmelschreiende Schande, daß die alte Schachtel gerade jetzt noch den Rest von ihrem Verstand verliert?«
Ich nahm die Hand von der Muschel.
»Ja«, antwortete ich.
Meinem Verleger und dem Pastor Demel zugleich.

8

Vaclav Bilka knallte auf dem steinernen Terrassenboden unter meinem Appartement auf. Er war aus dem Fenster des Salons im vierten Stock gesprungen, mit dem Schädel voran gelandet und gleich tot.
Auf dieser Terrasse stehen im Sommer Tische, die Gäste sitzen lange draußen in der lauen Nacht, eine Kapelle spielt, und es ist eine erleuchtete Tanzfläche da. Nun, im November, war die Terrasse leergeräumt und bedeckt mit nassem Laub. Die großen Glastüren, die in das Innere der Bar führten, waren geschlossen, die Vorhänge zugezogen. In einer Ecke der Bar befand sich ein großer hufeisenförmiger Tresen, hinter dem Mixer Charlie mit drei Gehilfen arbeitete. In die Flaschenwand eingebaut stand hier die Anlage für die Übertragung von Plattenmusik aus der Bar. Gegenüber dem Tresen, auf einem Podest, spielte eine Band von fünf Mann. (Die Schallplattenmusik hörte man nicht in der Bar.) Einige Paare tanzten. Mixer Charlie vernahm den lauten Aufschlag draußen im Freien. Er ließ sich nicht das geringste anmerken und wartete ein paar Sekunden, um zu sehen, ob noch jemand anderer das Klatschen vernommen hatte. Die Bar war ziemlich voll, die Kapelle spielte ›Blue Velvet‹, und Charlie zog sich zurück.

Durch einen Vorratsraum und eine kleine Tür ging er auf die Terrasse hinaus, sah, was passiert war, und verständigte sofort den Nachtportier Heintze. Höchstens zehn Minuten später war die Kripo da. Die Beamten betrugen sich sehr taktvoll und leise. Ich stand oben auf dem Balkon meines Appartements im Regen und rief laut zu den Männern hinunter um Hilfe. Sie richteten den schwenkbaren Scheinwerfer eines Autos auf mich, dann kamen ganz schnell drei von ihnen mit Heintze zu uns herauf und öffneten die Tür, und ich erzählte, was geschehen war und wie es geschehen war. Das Verschwinden Monerows und Jules Cassins wurde festgestellt. Die Beamten wollten wissen, worum es sich bei dieser ganzen Sache gedreht hatte, und gerade noch, bevor ich zu lügen beginnen konnte, trafen die beiden ein, auf die ich schon lange gewartet hatte – der große Herr Klein und Herr Rogge mit den scharfen Brillengläsern vom Verfassungsschutz. Sie sahen sehr müde und angewidert aus. Ich konnte mir denken, daß diese Aufgabe, mit der man sie betraut hatte und die eigentlich gar nicht in ihren Kompetenzbereich gehörte, sie ankotzte.
In der Zwischenzeit hatte Heintze den eisig-höflichen Hoteldirektor herbeigerufen. Irina lag erschöpft im Schlafzimmer und döste vor sich hin. Wir sprachen alle im Salon, und als ich einmal aus dem Fenster blickte, sah ich, daß die Beamten auf der Terrasse mit Fotografieren und Spurensicherung fertig waren und Bilkas Leichnam schon in einen geschlossenen Wagen geschoben wurde. Die Besucher der Bar hatten nichts bemerkt, da drinnen ging alles fröhlich weiter, Charlies Platten liefen. Aus dem kleinen Radio im Salon ertönte ›Stranger in Paradise‹, als Klein und Rogge sich mir zuwandten.
»Also, wie war das, Herr Roland?« fragte Klein mit einem Gesichtsausdruck, als wolle er sich gleich übergeben.
»Ich bin genauso entzückt wie Sie über unser Wiedersehen«, sagte ich.
»Nur nicht frech werden, ja?« sagte Rogge.
»Wer wird frech?« fragte ich.
»Sie. Und Sie haben weiß Gott keinen Anlaß dazu«, sagte Klein.
»Das verstehe ich nicht. Was geht mich an, ob ...«
»Halten Sie den Mund!« sagte Rogge grob. Dann wurde er freundlicher, behauptete, er habe eben auch nur Nerven, und ließ mich nun alles der Reihe nach erzählen. Ich sagte dazwischen: »Sie wissen doch schon, was da in Helsinki passiert ist!«

»Gewiß, gewiß«, sagte Rogge. »Bloß was hier passiert ist, das wissen wir noch nicht.«
»Natürlich nicht«, sagte ich. »Sie konnten ja nur das Ferngespräch mit Engelhardt in Helsinki abhören, sonst habe ich ja nicht telefoniert. Sie haben doch das Telefon angezapft – oder?«
»Ja, ja«, sagte Klein freundlich.
»Wenn Sie ein Mikrophon eingebaut hätten, wie es die Russen taten, wüßten Sie mehr.«
»Ein Fehler von uns«, sagte Rogge. »Übrigens: Der junge Felmar hat sich freiwillig gestellt und alles gestanden.«
»Was werden Sie mit ihm tun?«
»Weiß ich noch nicht. Vorläufig haben wir ihn festgenommen. Das Weitere muß ein Richter bestimmen. Felmar wird morgen – heute früh – einem vorgeführt.«
»Das arme Schwein«, sagte ich.
»Wir sind alle arme Schweine«, sagte Klein. »Jetzt erzählen Sie weiter.«
Also erzählte ich weiter.
Sie hörten zu, ebenso wie die drei Kriminalbeamten, denen Klein zuvor erklärt hatte, dies sei eine Geheimsache, von der in den üblichen Mitteilungen an Presse und Agenturen nichts auftauchen dürfe. Klein und Rogge verlangten, daß das Ganze unterdrückt wurde. Selbstmord durch Sprung aus dem Fenster. Genügte für die Öffentlichkeit. Die müden Beamten zuckten die Schultern.
Übrigens: Die Zeitungen und Rundfunkstationen und das Fernsehen brachten kein Wort, am nächsten Tag nicht und überhaupt nie, und die großen Nachrichtenagenturen fanden die Meldung vom Fenstersturz eines Hotelgastes uninteressant. Soweit herrschte noch Ordnung in unserem Vaterland.
Nachdem sie mich ausgequetscht hatten, fragten Klein und Rogge, was ich nun vorhätte.
»Ich werde warten, bis Engelhardt aus Helsinki zurückkommt, dann will ich nach Frankfurt fahren und zu arbeiten beginnen. Sie sind dagegen, nicht wahr?« fragte ich und war davon überzeugt, daß sie mir verbieten würden, etwas über diese Affäre zu schreiben, und ich war auch davon überzeugt, daß sie die Tonbänder und Berties Fotos aus Helsinki verlangten. Nichts von all dem. Sie nickten beide und lächelten mich an und sagten, sie täten nur ihre Pflicht – abkommandiert auf einen Posten, der ihnen nicht zustand. Und ich hätte durchaus ihre Sympathie.

»Ich darf also fahren? Das Mädchen mitnehmen? Schreiben?«
»Von uns aus«, sagte Klein. »Wir haben Ihnen doch schon einmal erklärt, daß wir nicht Ihre Feinde sind und Ihre Arbeit behindern wollen. Es geht hier um eine Sache von öffentlichem Interesse. Also berichten Sie, berichten Sie, Herr Roland. Es darf nur keine offizielle Erklärung erfolgen«, sagte Klein. Das verstand ich nicht.
»Sie haben ja so mächtige Freunde«, sagte Rogge. Jetzt verstand ich es. Trotzdem war das alles ein wenig unheimlich, und ich mußte daran denken, daß Victor Largent gesagt hatte, von diesem Bericht werde keine einzige Zeile erscheinen, und er wolle mir am Morgen Vertrag und Scheck der amerikanischen Illustrierten bringen. An den netten alten Herrn aus Köln dachte ich auch. Und dann dachte ich, daß ich dringend telefonieren mußte, ganz dringend, mit meinem Verlag.
Aber es dauerte noch eine ganze Stunde, bis ich die Brüder endlich alle los war. Ich sah in das Schlafzimmer. Irina war bei Licht eingeschlafen. Sie sah sehr friedlich aus und atmete tief. Ich deckte sie gut zu, löschte das Licht und nahm meinen Mantel, verließ das Appartement, dessen Teppich nun den Dreck von vielen schmutzigen Schuhen trug, sperrte ab und fuhr in die Halle hinunter. Aus der Bar erklang die Musik der Band bis hin zum Desk des Nachtportiers Heintze.
In diesem ›Club 88‹ wollte ich mich nun nicht mehr sehen lassen. Ich bat Heintze, mir ein Taxi zu rufen. Er war von einer geradezu feindseligen Förmlichkeit gegen mich, er, ein Mann, den ich so lange und so gut kannte.
»Was ist los?« fragte ich. »Was haben Sie, Herr Heintze?«
Er sah auf seine Papiere, als er antwortete, und seine Stimme klang flach: »Es tut mir leid, Herr Roland, aber nach allem, was vorgefallen ist, ersucht die Direktion Sie, bis morgen mittag das Appartement freizugeben und abzureisen mit ... Ihrer Frau.«
»Das wollte ich sowieso«, sagte ich. »Hören Sie, Herr Heintze, ich kann doch wirklich nichts dafür, wenn bei mir einer aus dem Fenster springt!«
Er zuckte die Achseln.
»Dazu möchte ich mich nicht äußern, Herr Roland. Ich bedaure sehr, daß ich es bin, der Ihnen das zu sagen hat: Die Direktion bittet Sie, von jetzt an und in aller Zukunft nicht mehr im ›Metropol‹ abzusteigen. Sollten Sie trotzdem herkommen, wird kein Zimmer für Sie frei sein.«

»Ich verstehe schon«, sagte ich. »Und ich kann auch Ihren Direktor verstehen. Aber wir – wir bleiben doch Freunde, wie?« Und ich schob einen Hundertmarkschein über den Desk. Er schob ihn zurück und sagte mit ausdruckslosem Blick: »Das möchte ich nicht annehmen, Herr Roland.«
»Na schön, dann nicht«, sagte ich, steckte das Geld ein und ging ins Freie. Hier bog gerade ein Taxi in die Auffahrt ein. Ich ließ mich in den Fond fallen. Ein Hoteldiener schloß den Schlag.
»Hauptbahnhof und zurück«, sagte ich.
»In Ordnung, mein Herr«, sagte der Chauffeur.
Es regnete jetzt wieder sehr stark.

9

Im Hauptbahnhof lagen die Süffel wie immer zusammengerollt auf den Bänken. Ich wechselte zwei Zwanzigmarkscheine in Hartgeld und ging in dieselbe Telefonzelle, aus der ich – es schien mir eine Ewigkeit her zu sein – Hem angerufen hatte. Diesmal rief ich den Verlag an und ließ mich gleich mit Herford verbinden – Hem konnte im Hause nun doch nicht offen sprechen, und ich brauchte jetzt den Verleger. Er meldete sich sofort: »Guten Abend, Roland, Herford begrüßt Sie.«
»Guten Tag, Herr Herford«, sagte ich. »Es hat sich ...«
»Von wo sprechen Sie?«
»Bahnhof. Zelle. Es hat sich sehr viel ereignet in den letzten Stunden und ...«
»Herford weiß«, dröhnte seine selbstgefällige Stimme.
»Sie wissen ...«
»Alles!« Er lachte. »Da staunen Sie, was?«
»Ach so«, sagte ich. »Herr Seerose hat Nachricht von seinen Freunden erhalten.«
»Schlauer Junge. Hat er, hat er. Schöne Scheiße, wie? Aber prima für die Story, ganz prima. Seerose sagt auch prima. Alle sagen prima. Sind alle hier oben bei mir. Auch Ihr Freund Kramer. Herford hat die Lautsprecheranlage angeknipst, alle können Ihre Stimme hören.«
»Daß Bilka aus dem Fenster meines Appartements gesprungen ist und sich den Schädel eingeschlagen hat, das wissen Sie aber

noch nicht«, sagte ich, verärgert und boshaft zugleich. Ich hörte, wie Herford nach Luft schnappte.
»Besoffen, Roland?«
»Nein, Herr Herford.«
»Aber wie kann Bilka aus Ihrem Fenster ...« Er brachte kein Wort mehr heraus. Ich warf eine Münze nach und sagte: »Ich erkläre es Ihnen. Und auch noch einiges dazu, was Herrn Seeroses Freunde wohl nicht berichtet haben.« Danach ließ er mich reden, und ich erzählte und warf dazwischen Münzen nach, und in dieser Zelle roch es noch immer nach Urin und Parfum. Der Urin roch noch immer stärker, mir wurde übel, und ich mußte einen Schluck aus dem Flacon trinken. Ich erzählte alles, was sich bei mir im Appartement ereignet hatte, auch den Besuch Victor Largents vergaß ich nicht, nur seine Prophezeiung, daß wir diese Story nie drucken würden, verschwieg ich. Zum Schluß, als Clou, fragte ich: »Wie ist das also nun, Herr Herford – werden wir die Story drucken?«
»Natürlich werden wir sie drucken!« polterte er. »Sind Sie wahnsinnig geworden? So eine Story haben wir noch nie gehabt! Was soll die dämliche Frage? Wollen Sie abhauen und alles woanders verhökern? Ich warne Sie, Roland! Versuchen Sie keine krummen Touren! Ich schleppe Sie vor alle Gerichte des Landes! Das ist Herfords Fressen! Das gehört Herford! Natürlich druckt Herford! Darauf können Sie sein Ehrenwort haben. Herford schwört Ihnen, daß – ach so, Sie dachten an den netten alten Herrn aus Köln, wie?«
»Ja«, sagte ich.
»Der hat nichts dagegen. Das wissen nun wir bereits wieder, haha.«
»Haben Sie mit ihm gesprochen?«
»Warten Sie mal, das soll Ihnen Oswald erklären. Oswald, komm her!«
Oswald kam. Ich vernahm die sonore, so beeindruckende Stimme des Verlagsleiters.
»Hallo, Herr Roland.«
»Ja, hallo, Herr Seerose«, sagte ich. Ich warf immer wieder Münzen ein, wenn es an der Zeit war.
»Es verhält sich genauso, wie Herr Herford sagt, mein Freund. Wir drucken. Keinerlei Proteste des netten alten Herrn aus Köln oder der Amerikaner. Im Gegenteil.«
»Was heißt im Gegenteil?«

»Die Amerikaner *wollen*, daß die Story erscheint! Das haben sie auch bereits dem Herrn aus Köln mitgeteilt, wie er mir sagte – ich telefonierte mit beiden mehrere Male.«

»Die Amerikaner wollen ... Na, Herr Seerose, sehr gut kommen sie dabei aber nicht weg, die Amerikaner!«

»Eben deshalb. Und außerdem ist erst Halbzeit.«

»Das verstehe ich nicht.«

»Diese Zelle da am Hauptbahnhof, die ist koscher, ja?«

»Ja, sicherlich«, sagte ich und zündete eine Gauloise an, weil ich den Gestank nicht ertrug und die Tür nicht öffnen konnte. Es war in jener Nacht sehr still in der Bahnhofshalle. »Was heißt Halbzeit?«

»Na, die andere Hälfte der Filme ist noch immer in New York, nicht wahr?«

»Wenn die Russen Bilka ordentlich in die Mangel nehmen, wird sie nicht mehr lange da sein.«

»Niemand kann wissen, was noch geschieht«, sagte Seerose. »Die Amerikaner werden uns weiter stets sofort informieren, das haben sie versprochen. Sie sind keine blinden Optimisten. Aber Diplomaten. Sehen Sie, nehmen wir mal an, der Osten bekommt auch die zweite Hälfte der Pläne – möglich ist alles. Dann *muß* unsere Serie geradezu erscheinen.«

»Das kapiere ich nicht. Eine Serie, die eine Niederlage der Amis schildert?«

»Ja. Mit einer kleinen Retusche. Einer einzigen.«

»Nämlich welcher?«

»Nämlich der, daß die Amerikaner von Bilka, als er in der Niendorfer Straße war, *Kopien* der Mikrofilme erhielten und den Flug nach Helsinki und alles Weitere nur starteten, um den Osten irrezuführen«, sagte Oswald Seerose.

»Das ist doch nicht wahr«, sagte ich. »Oder ist das wahr?«

»Was glauben Sie?« fragte er.

»Na, daß es nicht wahr ist natürlich!«

»Hm. Glauben *Sie!* Aber wenn Sie schreiben – und wir veröffentlichen es so schön verspätet, daß es wie eine Bombe einschlagen muß –, die Amerikaner *hätten* die Kopien der Filme, und – ganz zart angedeutet natürlich nur – und *eben deshalb* würden wir diese Story veröffentlichen können, dann werden Millionen Ihnen glauben, nicht wahr? Und die Russen werden zumindest die gleichen Zweifel haben wie Sie jetzt, mein Freund. Sie werden

den Bilka fragen, wenn er dann noch lebt. Und was kann der antworten?«

»Daß er keine Kopien übergeben hat.«

»Richtig. Und genau das werden die Russen ihm nie glauben. Deshalb ist es eine so glückliche Lösung, daß wir erst in einigen Wochen mit unserer Behauptung auf den Markt kommen. Wir haben überhaupt nur Glück.«

»Wieso?«

»Nun«, sagte Seerose gemütvoll, »der Bilka-Bruder ist tot, sagen Sie. Da müssen Sie keine Gewissensbisse mehr haben, zu schreiben und damit einen Menschen unglücklich zu machen. Vaclav Bilka, er ruhe in Frieden.«

»Hören Sie«, sagte ich. »Und das ist die reine Wahrheit? Wirklich und tatsächlich? Ihr legt mich da nicht rein?«

»Mein lieber junger Freund, was für ein Mißtrauen!«

»Ich habe Sie in Hamburg gesehen, als Sie in der Niendorfer Straße 333 eintrafen«, sagte ich. Jetzt brauchte ich unter allen Umständen Gewißheit. Und Herford hatte die Lautsprecheranlage eingeschaltet, in seinem Prunksaal hörten das jetzt also alle mit.

»Ja, gewiß«, sagte Seerose unerschütterlich freundlich. »Ich wurde von den Amerikanern eingeladen, schnellstens zu kommen.«

»Warum?«

»Um all das zu besprechen, was jetzt akut geworden ist«, kam seine leicht hochmütige Antwort. »Hören Sie, die Amerikaner *brauchen* Ihre Story jetzt! Dringend! Wollen Sie in der Niendorfer Straße anrufen? Ich gebe Ihnen die Telefonnummer. Sie ist natürlich geheim.«

»Natürlich. Also?«

Er nannte tatsächlich eine Nummer. Ich schrieb sie auf ein Stück Papier.

»Da meldet sich einer der leitenden Herren. Das heißt, er meldet sich erst, wenn Sie das Code-Wort für diese Operation genannt haben.«

»Wie heißt das Code-Wort?«

»›Satisfaction‹ – Befriedigung. Wenn Sie das sagen, wird er ›Red Mountain‹ sagen. Ein Apparat steht neben seinem Bett. Er hat Bereitschaftsdienst. Ronald Patterson heißt er. Fragen Sie ihn, ob er mir gesagt hat, daß er um eine Veröffentlichung bittet.«

»Sofort«, sagte ich. »Dann rufe ich zurück.«

Ich hängte ein, wählte die Nummer und sagte, als abgehoben wurde: »Satisfaction«.

»Red Mountain«, sagte eine Männerstimme. Das Gespräch wurde weiter englisch geführt. In amerikanischem Englisch.

»Mister Patterson?«

»Wer ist da?«

»Der Reporter von BLITZ. Wie heiße ich?«

»Walter Roland. Habe schon auf Ihren Anruf gewartet.«

Ich fragte ihn noch, ob er vier oder drei Hunde besäße und ob es alles Terrier wären, und er sagte, es seien zwei Schäferhunde, und dann fragte ich ihn danach, wie Bilka aussah und wie seine Freundin aussah und wo die beiden in Helsinki hingebracht worden seien – und noch ein paar Dinge mehr. Ich mußte ganz sicher sein, daß Seerose mir da nicht irgendeine Nummer gegeben hatte. Aber er hatte mir offenbar wirklich die Nummer der Amerikaner gegeben. Endlich war ich zufrieden.

»Und Sie sind einverstanden mit einer Publikation?«

»Unter der Bedingung, die Ihnen Mister Seerose genannt hat.«

»Stimmt das, was Sie da behaupten?«

»Das ist eine Idiotenfrage, Mister Roland. Erwarten Sie, daß ich antworte, wir haben gelogen?«

Na ja, und so weiter. Es schien wirklich alles okay zu sein. Ich war fast sicher, daß die Amerikaner keine Kopien der Filme besaßen, aber es war ein hübscher Einfall, um die Russen zu verunsichern.

»Und der nette alte Herr aus Köln ...«

»Ist informiert von mir. Wird nicht das geringste unternehmen, Mister Roland. Das heißt: Er wird, aber nur, wenn ihr die Story *nicht* bringt!«

Ich überlegte, doch da war offenbar wirklich nichts mehr anzuzweifeln. Ich sagte Patterson gute Nacht, rief wieder Frankfurt, verlangte noch einmal Seerose und sagte, ich sei nun beruhigt.

»Das freut uns aber«, sagte Seerose. Ich hörte Herford dröhnend lachen. »Ohne beruhigt zu sein, hätten Sie ... was hätten Sie denn da getan, Herr Roland?«

»Was hätten Sie denn an meiner Stelle getan?«

»Ich hätte ein Angebot von Victor Largent akzeptiert und es auf einen Prozeß ankommen lassen«, sagte er fröhlich. »Jeder muß sehen, wo er bleibt. Dafür habe ich vollstes Verständnis. Nehmen Sie Herrn Notung.«

»Notung ...«

»Olaf Notung. Den Diener Michelsens.«

»Ach ja.« War mein Gehirn doch schon weichgesoffen? Einen Moment hatte ich nicht gewußt, wer Notung war. »Was ist mit dem?«

»Der hat auch gesehen, wo er bleibt.«

»Was heißt das?«

»Der wäre nun doch automatisch zum Ziel östlicher Angriffe geworden, nachdem bekannt war, daß Michelsen die Seite gewechselt hatte, nicht wahr?«

»Ja und?«

»Und deshalb hat er schon am Nachmittag die Wohnung am Eppendorfer Baum verlassen und ist in die Niendorfer Straße gefahren und hat die Amerikaner um Asyl gebeten. Da sitzt er jetzt auch – bei den Amerikanern. In Sicherheit. Sie kommen wann herunter?«

»Morgen, sobald Bertie da ist und ich hier alles mit der Polizei erledigt und mich um Conny Manner und seine Freundin gekümmert habe.«

»Sehr schön, Herr Roland ... Wie? Ach so. Herr Kramer läßt Sie herzlich grüßen.«

»Ich lasse Herrn Kramer ebenfalls herzlich grüßen«, sagte ich. »Gute Nacht allerseits.«

»Gute Nacht, lieber Freund«, sagte Seerose. »Oh, einen Moment, Herr Herford will Ihnen noch etwas sagen.«

»Ich habe aber nur noch zwei Mark ...«

»Es dauert nicht lange. Moment.«

Dann war Herford wieder am Apparat.

»Ein Wort aus dem Buch der Bücher zum Ausklang, Roland«, sagte er. »Herford zitiert aus dem Gedächtnis. Eine seiner liebsten Stellen. Aus dem sechsundfünfzigsten Psalm: ›Ich will Gottes Wort rühmen; auf Gott will ich hoffen und mich nicht fürchten; was sollte mir Fleisch tun?‹ Wunderbar, nicht wahr, Roland?«

»Ja, Herr Herford.«

»Rühmen Sie Gottes Wort, Roland.«

»Ich werde Gottes Wort rühmen, Herr Herford«, sagte ich.

»Und denken Sie daran: Rotaug bringt Sie hinter Gitter, wenn Sie versuchen, mit dieser Story jetzt woanders unterzukommen. Haben Sie Herford verstanden?«

»Ich habe Sie verstanden, Herr Herford«, sagte ich. Die Leuchtschrift am Apparat flammte auf. SPRECHZEIT BEENDET. Ich hatte

kein Geld zum Nachwerfen mehr. Also hängte ich den Hörer ein und trat aus der Zelle.
»Guten Abend, Herr Roland«, sagte ein älterer Mann, der neben der Zelle gewartet hatte. Er war groß, trug einen durchnäßten Trenchcoat und tippte an die Krempe seines Hutes, den er ins Genick geschoben hatte.

10

»Kriminalkommissar Sievers«, sagte der ältere Mann ruhig und freundlich. »Von der Mordkommission.«
»Was wünschen Sie?«
Er zögerte. Sein Gesicht wurde ernst.
»Na!«
»Eigentlich wollte ich Sie nur einmal kurz sehen und Verschiedenes fragen. Hier ist mein Ausweis.« Er zeigte ihn.
»Was fragen? Woher wußten Sie, daß ich hier sein würde?«
»Ich kam gerade ins ›Metropol‹, als Sie mit einem Taxi abfuhren. Ein Hausdiener hatte gehört, daß Sie dem Taxichauffeur sagten, Sie wollten zum Hauptbahnhof. Der Taxichauffeur wartet draußen. Er hat mir gesagt, Sie wären nur mal in die Halle gegangen und wollten mit ihm ins Hotel zurück. Na, also ging ich mal in die Halle. Mein Wagen parkt auch draußen.« Er hakte sich leicht bei mir unter, und wir wanderten den breiten Gang entlang.
»Sehen Sie«, sagte Sievers, »ich bearbeite den Fall Concon – Sie wissen doch, daß er erstochen wurde.«
»Ja«, sagte ich. »Schon eine Spur?«
»Nicht den Schatten einer Spur«, sagte er kopfschüttelnd, ließ meinen Arm los und holte eine Zigarre hervor, an der er schnupperte, während wir so dahinschlenderten.
»Haben Sie etwas von meinem Gespräch eben gehört?«
»Ja«, sagte er. »Keine Angst, ich rede mit niemandem darüber. Ich dachte mir, daß Sie jetzt sehr bald abreisen werden. Deshalb bin ich hierhergekommen. Um Sie noch zu sehen. Um Sie noch etwas zu fragen.« Er setzte die Zigarre in Brand und blies Tabakrauchwolken aus. Dabei blieb er vor einem der vielen geschlossenen Geschäfte stehen, lehnte die Schulter gegen die Glasscheibe und stützte einen Ellbogen auf einen Mauervorsprung unter der

Scheibe. Einer der armen Süffel schrie im Schlaf »Eva! Eva! Bleib bei mir!« und war dann wieder still.

»Was wollen Sie mich fragen, Herr Kommissar?«

»Sehen Sie«, sagte er, »ich habe herumgehört im Präsidium. Ich weiß alles, was im Lager Neurode geschehen ist. Ich weiß, daß da dieser kleine Karel erschossen wurde. Ich weiß, daß der Taxichauffeur Wladimir Iwanow erschossen wurde – vor den Universitätskliniken. Ich habe mich über den Tod dieses Vaclav Bilka und alles, was in Ihrem Appartement passierte, informieren lassen. Soweit Sie es bekanntgaben.«

»Warum haben Sie das getan?«

Er sagte ernst: »Weil ich davon überzeugt bin, daß alle diese Dinge zusammenhängen. Ich soll nur den Mörder Concons finden. Ich glaube jedoch, daß Concon bloß ein Glied in einer Kette war. Man muß diese ganze Geschichte als Einheit sehen – vom Tod des kleinen Karel an.«

Plötzlich dachte ich an Fräulein Luise. Wo sie jetzt wohl war?

»Sie wissen nicht, wo Fräulein Gottschalk jetzt ist?« fragte er prompt. Ein bißchen unheimlich.

»Keine Ahnung. Warum?«

»Ich denke, sie hätte mir weiterhelfen können«, sagte Sievers. »Ich habe sie auf der Davidswache vernommen. Aber da wußte ich noch nicht ...« Er brach ab.

»Was wußten Sie da noch nicht?«

»Daß sie geisteskrank ist.«

»Und seit Sie das wissen, meinen Sie, sie könnte Ihnen weiterhelfen?«

»Ja, unbedingt«, sagte dieser seltsame Kommissar.

»Eine Geisteskranke ... wie?«

»Sie kannte Karel. Sie liebte ihn sehr. Das sagte sie mir. Alles fängt mit dem kleinen Karel an. Sie hätte mir viel über ihn erzählen können.«

»Sie wird wieder auftauchen«, sagte ich. »Dann können Sie sie fragen.«

»Hoffentlich«, sagte Sievers.

»Bestimmt taucht sie wieder auf«, sagte ich.

»Das meine ich nicht«, sagte Sievers und sog an seiner Zigarre.

»Was denn?«

»Hoffentlich kann ich sie noch fragen, wenn sie wieder auftaucht.«

Mir wurde das Ganze ungemütlich. Sievers bemerkte es.
»*Ich* bin nicht geistesgestört«, sagte er lächelnd, »keine Angst. Ich hätte jetzt nur dringend das Fräulein gebraucht. Sie ist geistesgestört. Aber sie weiß viele Geheimnisse. Sie wäre mir die wertvollste Hilfe gewesen. Naja. Ich komme auch so weiter. Nun, nachdem ich Sie gesprochen habe, bin ich ganz sicher, daß ich den Mörder Concons finde ...« Er näherte sein Gesicht dem meinen und senkte die Stimme. »Und ich glaube bestimmt, daß Concons Mörder und der Mörder des kleinen Karel ein und dieselbe Person sind.«
»Wie kommen Sie zu einer solchen Annahme?« fragte ich verblüfft.
»Ich habe viel nachgedacht über diesen Fall«, sagte er. »Und ich weiß jetzt auch schon, was ich machen muß, um diese Person zu finden.«
»Was müssen Sie machen?«
»Das ist mein Geheimnis! Werde ich immer mit Ihrer Hilfe rechnen können, Herr Roland?«
Etwas, das ich nicht nennen konnte, bewegte mich sehr an diesem alternden, durchnäßten Kommissar mit der gelblichen Gesichtsfarbe.
»Immer«, sagte ich.
»Das ist schön. Ich danke Ihnen.« Er tippte wieder an die Hutkrempe, nickte und ging schnell davon. Ich sah ihm verblüfft nach. Sogar sein Davongehen war unheimlich. Eben erblickte ich ihn noch beim Ausgang – im nächsten Moment war er verschwunden, keine Spur von ihm mehr zu entdecken!
Ich richtete mich auf, nahm den Ellbogen von dem Mauervorsprung und ging langsam hinter dem seltsamen Kommissar Sievers her zum Ausgang und zu meinem Taxi. Damals wußte ich noch nicht, daß wir uns vor jenem Delikatessengeschäft unterhalten hatten, vor welchem Fräulein Luise dem ehemaligen SS-Standartenführer Wilhelm Reimers begegnet war.
Ich dachte, plötzlich sehr verwirrt und benommen, daß sich hier ein Kreis geschlossen hatte. Und jetzt, da ich diese Zeilen schreibe, erinnere ich mich an das, was mir Fräulein Luise später sagte, als ich sie einmal besuchte. Sie sagte dies: »Wenn es nun wirklich kein End gibt und keinen Anfang? Oder wenn beide eins sind? Dann ist unser End immer unser Anfang, und das ist er ja auch, wenn wir sterben, gelt? Das End ist der Beginn ...« Und danach hatte

das Fräulein mit einem Finger einen großen Kreis in der Luft beschrieben...

11

Bertie kehrte aus Helsinki mit einer Maschine zurück, die um 8 Uhr 35 in Fuhlsbüttel landete. Als er um halb zehn ins ›Metropol‹ kam, waren Irina und ich schon mit dem Frühstück fertig. (Ich hatte wieder auf der Chaiselongue geschlafen.) Wir gingen in Berties Zimmer und tranken ihm zur Gesellschaft noch einmal Kaffee. Dabei entwickelte er einen Bärenhunger. Vor dem Abflug der Maschine hatte er im Taxi seines norwegischen Chauffeur-Freundes geschlafen und dann im Flugzeug, vom Start weg bis zur Landung. Der Junge konnte einfach überall pennen. Ich erzählte ihm, was sich ereignet hatte. Er grinste und sagte: »Es ist mir schon aufgefallen, daß ich in diesem Hotel nicht mehr so höflich behandelt werde wie früher. Ach, scheiß doch drauf! Wenn ihr die Bilder seht, die ich mitgebracht habe – Kinder, Kinder!« Dann ging er mit einer Kaffeetasse in der Hand und Eidotter im Mundwinkel zum Telefon, rief seine Mutter in Frankfurt an und sagte ihr guten Morgen und daß er sie lieb habe. Ich war nachts sehr nervös gewesen, aber nun, da Bertie zurückgekehrt war, hatte ich meine Ruhe wieder. Bertie wirkte immer großartig auf mich.

»Wißt ihr, was«, sagte er nach dem Telefongespräch. »Nach allem, was so passiert ist, wird es allmählich Zeit, daß wir uns Du sagen, findet ihr nicht?« Er strahlte Irina entwaffnend an. Das Lächeln wirkte ansteckend. Auch Irina lächelte. Sie nickte, und dann stand sie auf, und Bertie umarmte sie und bekam einen Kuß auf die Wange, und dann bekam ich von Irina einen Kuß auf die Wange, und dann sagte sie: »Also gut, Du. Wurde wirklich langsam Zeit, du hast ganz recht, Bertie.«

»Ich habe immer recht«, sagte Bertie. Der gute, alte Bertie.

»Da hast du deine Kanone wieder«, sagte er und schleppte den Colt 45 an. »Mensch, hat das Ding ein Gewicht. Aber ich war doch ganz froh, daß ich es dabei hatte.«

Der Anblick der Waffe brachte mich auf eine Idee.

»Largent!« sagte ich.

»Was ist mit dem?«

»Der wollte herkommen mit Vertrag und Scheck.« Irina sah mich erschrocken an. »Keine Angst, ich akzeptiere nicht. Ich möchte bloß wissen, wie es Largent heute morgen geht.« Ich ließ mich mit dem Hotel ›Atlantic‹ verbinden. Das Telefonfräulein dort sagte »Einen Moment, bitte«, dann meldete sich ein Mann von der Reception, ich verstand den Namen nicht.

»Sie wollten Mister Largent?«

»Ja.«

»Bedaure, Mister Largent wohnt nicht mehr bei uns.«

»Nanu. Ich war aber mit ihm verabredet. Wann ist er denn ausgezogen?«

»Sehr früh. Er mußte zum Flughafen. Die erste Maschine nach New York.«

Also schien doch alles zu stimmen, was Seerose und Patterson mir gesagt hatten. Ein Scheißspiel war das.

»Ich heiße Roland«, sagte ich noch. »Walter Roland. Hat Mister Largent nichts für mich hinterlassen?«

»Nein, Herr Roland, Mister Largent hat für niemanden etwas hinterlassen.«

»Danke.« Ich legte auf. »Na ja, Sportsfreunde«, sagte ich, »das wäre also dies.«

»Die möchten uns gerne möglichst schnell aus dem Haus haben, was?« fragte Bertie grinsend. »Sogar der Wagenmeister war widerlich.«

»Ja, so schnell wie möglich«, sagte ich. »Laßt uns packen. Irina und ich müssen noch einmal ins Präsidium, unsere Aussagen von heute nacht unterschreiben, und dann will ich noch Conny und Edith sehen.«

»Ich brauche nicht zu packen, ich habe gar nicht erst ausgepackt«, sagte Bertie. »Geht schon und verstaut eure Klamotten, ich lasse deinen Wagen auftanken und nachsehen, Walter.«

Also fuhren Irina und ich in unser verdrecktes Appartement mit den zerstörten Telefonapparaten und machten uns reisefertig. Irina trug das ockerfarbene Jersey-Kostüm und den schwarzen Wollmantel mit dem Nerzbesatz und der Kapuze.

»Du siehst wunderschön aus, Irina«, sagte ich.

»Ach, Walter«, sagte Irina.

Dann wurden unsere Sachen geholt, und ich bezahlte bei der Reception, wo alle eisig-höflich zu mir waren. Schließlich ging ich zu meinem alten Freund, dem Portier Hanslik, der Heintze abge-

löst hatte. An der Reception hatten sie jedes Trinkgeld zurückgewiesen. Auch Hanslik wollte nichts nehmen. Er war bedrückt.
»Es tut mir leid, Herr Roland, aber ich soll ... ich darf nichts nehmen. Es tut mir wirklich leid. Sie werden nun nicht mehr bei uns wohnen.«
»Nein, das wird nicht gehen.«
»Ich wünsche Ihnen alles Gute«, sagte Hanslik. Er war der einzige, der mir die Hand gab. Ich sah mich noch einmal um. Es war traurig, daß sie mich nun hier rausschmissen. Ich hatte das ›Metropol‹ immer besonders gerne gehabt. But such is life.
Der Hoteldirektor, der nachts aufgetaucht war, ging vorbei, ohne mich eines Blickes zu würdigen, worauf ich sehr laut sagte: »Ich werde dieses Hotel, in dem Etagenkellner und Gäste Agenten sind, jedermann bestens empfehlen.« Eine traurige Rache. Der Direktor schien mich überhaupt nicht gehört zu haben.
Dann fuhr ich mit Irina in die Tiefgarage, wo Bertie bei dem Lamborghini stand und das Einladen unseres Gepäcks überwachte. Ich bezahlte die Miete für den Rekord und das Benzin für den Lamborghini und das Öl, das gefehlt hatte, und der Holländer schaute mich nicht ein einziges Mal an dabei. Er bekam keinen Pfennig Trinkgeld. Ich hatte die Nase jetzt voll.
Wir fuhren – Irina zwischen uns – durch den trüben, kalten, aber trockenen Vormittag mit seinem winterlichen Himmel zum Polizeipräsidium, und Bertie wartete, bis Irina und ich da fertig waren – es dauerte eine ganze Weile. Dann fuhren wir zu Conny und Edith ins Krankenhaus. Wir durften noch immer nicht zu Conny, zwei MAD-Männer standen vor seiner Tür, aber Edith kam aus dem Nebenzimmer und strahlte.
»Es geht ihm besser, viel besser!«
»Das ist fein, Edith«, sagte ich. »Wir bleiben in ständiger Verbindung. Über BLITZ. Haben Sie keine Angst. Jetzt passiert Ihnen nichts mehr.«
»Wir passen schon auf«, sagte der eine MAD-Mann.
Ja, und dann fuhren wir endlich aus der Stadt hinaus und erreichten die Neue Elbbrücke, die ich so liebte, und ich sah das Wasser und die Schiffe und Kähne, die Werften und Kräne, und das Licht war trüb, und alles schien grau, eine graue Welt. Zum ersten Mal empfand ich keine frohe Erregung beim Anblick der Elbe und ihrer Arme, ich wollte nur schnell weg hier, so schnell wie möglich. Als ich bei Veddel die Autobahn erreichte, schaltete ich die

Heizung ein, denn der Wind war eiskalt, und dann trat ich auf den Stempel. Ich fuhr etwa zehn Minuten, da hörte ich Irina leise sagen: »Ach, ihr beiden ...«

»Was ist?« fragte ich.

»Ich ... ich bin so froh, daß ihr beide bei mir seid«, sagte Irina. Bertie hörte das nicht. Der war schon wieder friedlich eingeschlafen.

12

Tschaikowskis ›Pathétique‹ lag noch immer auf dem Teller des Plattenspielers, als ich mit Irina vom Verlag in mein Penthaus am Lerchesberg kam und sie durch die Räume führte. Die Putzfrau hatte saubergemacht, die Wohnung war tipptopp, nichts erinnerte mehr an jene beiden Nutten, die noch am Montag früh hiergewesen waren. Ich zeigte Irina alle Zimmer, auch das Gästezimmer, in dem sie nun wohnen sollte, und sie betrachtete abwesend die kostbaren Schleiflackmöbel in den verschiedenen Farben, die Bücherwände, die Terrasse vor den großen Glasfenstern.

Wir hatten die Konferenz bei Herford kurz unterbrochen, damit ich Irina, die sehr erschöpft wirkte, fortbringen konnte. Jetzt, wo ich mit dem Schreiben beginnen sollte, brauchte ich sie in meiner Nähe. Bereits auf der Fahrt von Hamburg herunter hatte sie gesagt, daß sie damit einverstanden sei, bei mir zu wohnen. Diesen Entschluß Irinas telefonierte ich Hem durch, als wir die Rast einlegten, und in Herfords Palast im elften Stock hatte dann der Verleger gesagt: »Bringen Sie das junge Fräulein heim, Roland. Essen Sie mit ihr. Wir machen jetzt auch eine Pause und gehen alle essen. Mutti wird nach Hause fahren. Nachher treffen wir uns wieder bei mir. DER MANN – TOTAL: das muß ja heute auch noch geklärt werden. Sie können ganz ohne Sorge sein, Fräulein Indigo. Da bei Roland sind Sie gut bewacht.«

»Bewacht?«

»Zwei Kriminalbeamte parken ständig vor dem Eingang. Werden abgelöst. Hat Oswald arrangiert.«

»Die Amerikaner wünschen es so«, sagte Oswald Seerose. »Es ist wirklich auch besser. Wir sind alle beruhigter, mein Fräulein.«

»Ja, ja«, sagte Irina verloren.

»Und morgen schicke ich Ihnen Leo«, sagte Mutti. »Leo ist der beste Verkäufer in dem Salon, in dem ich arbeiten lasse. Sie brauchen doch neue Sachen. Leo wird alles besorgen, auf den können Sie sich verlassen. Phantastischen Geschmack, der Mann, liebes Kind.«

O Gott, dachte ich und sah Hem an, und der erwiderte meinen Blick stier. Ich kann nur hoffen, dachte ich, daß Leo wirklich einen phantastischen Geschmack hat. So wie Mutti sich kleidete, sah es nicht danach aus.

»Ich lasse mich natürlich nie von ihm beeinflussen«, sagte Mutti.

Jetzt war ich schon beruhigter.

Als ich das Hochhaus erreichte, in dem ich wohnte, sah ich den Wagen mit den beiden Kriminalbeamten. Ich erkenne Polypen sofort. Sie nickten mir zu, und ich winkte, während ich schon unsere Sachen aus dem Lamborghini nahm.

Oben, im Penthaus, packte ich aus und trug die Maschine und die Tonbandkassetten und meine Blocks auf den Schreibtisch des Arbeitszimmers. Der Recorder war unten im Wagen geblieben, bemerkte ich. Den konnte ich später heraufholen.

Ich hatte keinen Hunger, aber ich fragte Irina, was sie essen wollte, der Eisschrank war gefüllt, und auch Irina sagte: »Ich habe überhaupt keinen Appetit. Ich bin so müde, und dabei so überdreht – kennst du das?«

»Und wie«, sagte ich. Ich machte uns zwei Whiskys und ging mit Irina in mein großes Schlafzimmer, weil da der Plattenspieler stand und Irina gesagt hatte, auch sie liebe Tschaikowski. Wir saßen auf meinem Riesenbett, hörten die ›Pathétique‹, und es war alles sehr friedlich.

»In meinem Arbeitszimmer ist ein Plattenschrank. Noch eine Masse Tschaikowski«, sagte ich. »Wenn du nach dem Bad nicht schlafen kannst und Lust hast, spiel dir noch ein paar Platten vor. Und trink noch etwas. Du weißt ja jetzt, wo alles steht.«

»Ja, Walter«, sagte sie.

»Und dann geh schön ins Bett. Bei mir wird es spät werden. Ich schließe dich ein, aber du hast noch ein zweites Paar Schlüssel. Öffne niemandem. Geh nur ans Telefon, wenn ich anrufen sollte und du es noch hörst. Ich lasse dreimal kurz läuten und lege auf, das vierte Mal warte ich dann. Okay?«

Sie nickte. Auf einmal sah ich, daß Tränen in ihren schönen Augen standen.

»Was ist los, Irina?«

Sie ergriff meine rechte Hand, preßte sie an die feuchte Wange und flüsterte: »Ich ... ich danke dir ... für alles ...«

»Ach, hör schon auf«, sagte ich.

»Nein, wirklich ... Ohne dich ... Was wäre aus mir geworden?«

»Ohne mich!« sagte ich. »Du weißt doch, daß ich das alles nur getan habe, weil ich deine Story wollte!«

»Und das ist eine Lüge«, sagte Irina und lächelte schwach.

»Ja«, sagte ich, »und das ist eine Lüge, meine Schöne, meine Gute.«

Sie küßte die Innenfläche meiner Hand. Plötzlich ließ sie die Hand los und trank einen großen Schluck.

»Was ist jetzt?«

»Ich ... ich ... ich habe an ihn denken müssen ... Entschuldige ...«

»Aber klar«, sagte ich. »Das wird vorübergehen, paß auf. Ganz vorüber wird es gehen.«

»Ja«, sagte Irina. »Ganz vorübergehen soll es. Nichts soll zurückbleiben. Nichts.«

Ich verstand sie falsch in diesem Moment. Aber bald sollte ich sie richtig verstehen, bald schon, ja.

Eine Düsenmaschine überflog das Haus, knapp nach dem Start. Der Lärm der Aggregate war sehr laut. Wir sprachen nicht, denn wir hätten uns nicht verstanden. So sahen wir uns an, lange. Ich lächelte, aber Irinas große dunkle Augen blieben ernst, traurig und verschleiert. Der Lärm der Düsen ließ nach. Tschaikowskis Musik wurde wieder hörbar, diese wunderbare ›Pathétique‹ mit ihrem dunklen Moll-Charakter und der östlichen Mystik ewigen Leides, in die immer wieder die süßen Kantilenen westlichen Sentiments einbrechen.

Wir sahen uns an, Irina und ich. Die Musik tönte fort, und ich ging zu dem Tischchen, auf dem die ›Chivas‹-Flasche stand, und machte mir noch einen Großen.

Und das hatte überhaupt nichts mit meinem Schakal zu tun ...

13

»Nun hör mal zu, Max«, sagte ich. »Du hast doch einen Rüssel wie ein Elefant, sagt Tutti.«

»Hatta, ja«, sagte Tutti, »Mensch, Walta, det is det jrößte Ding, wat ick in mein Leben jesehn habe, und ick habe wahrhaftich 'ne Menge jesehn. Beruflich.«

»Na ja, also der kleenste issa wirklich jerade nich«, sagte Max und lächelte mit Besitzerstolz. »Warum interessiert dir det denn so, Walta? Du bist doch keen warma Bruda. Hehehe.«

»Hehehe, du Idiot«, sagte ich. »Ich interessiere mich für dein Ding, weil wir es auf dem Titelblatt von BLITZ haben wollen.«

»Herrje, Walta, det kann doch nich dein werta Ernst sind!« rief Tutti.

»Mir laust der Affe«, sprach Max. »Wieviel haste denn jesoffen?«

»Ich bin ganz nüchtern. Und ich sage die Wahrheit. Die wollen dein Ding, Max. Ich komme direkt aus der Redaktion, habe ich euch ja am Telefon gesagt. Wir hatten da eine Konferenz.«

»Mitten in de Nacht?«

»Geht immer noch weiter. Wir bereiten zwei Riesenserien vor. Ich muß euch beide dringend sprechen ...«

»Max, deine Rübe uffn Titelblatt! Du wirst berühmt! Dir nehmense noch zum Fülm!« rief Tutti.

Da war es 22 Uhr 30, und ich saß im modern eingerichteten Wohnzimmer von Tutti und Max in der Herbartstraße, in einem Neubau, erster Stock, Tür 3. Beim Fenster stand ein zugedeckter großer Vogelbauer. Darin schlief friedlich Tuttis Liebling, Maxens Feind, der ›Kanalljenvogel‹ Hänschen. Ich kannte die Wohnung, ich war schon ein paarmal hiergewesen. Die achtundzwanzigjährige Tutti Reibeisen, die eigentlich Gertrude hieß, aber diesen Namen so häßlich fand, hatte strahlend blaue Augen und einen Riesenmund, dessen rechter Winkel immer etwas emporgezogen blieb. Sie trug hochhackige Schuhe und ein lachsrotes Minikleidchen, und sie saß so, daß man genau sehen konnte, welcher Art die schwarze Unterwäsche war. Ihr Zuhälter, diese Seele von einem Menschen, Max Knipper mit Namen, war groß, schlank und muskulös gewachsen wie ein griechischer Gott. Hatte auch das Antlitz eines griechischen Gottes. Edel, richtig edel. Also, das Weib, das Max sah und nicht gleich Herzklopfen bekam, das gab es nicht. Nur seine Hände waren um drei Nummern zu groß geraten.

»Seht ihr, seht ihr«, sagte ich. »Ich wußte ja, daß ich hier richtig bin. Es muß nur alles ganz schnell gehen. Ich muß mit meiner ersten Nummer bis Mitte nächster Woche fertig sein.«
»Max«, sagte Tutti erschrocken, »der arme Walta is übajeschnappt. Allmächtija! Ick habe dir ja immer selba injeladen in mein Heiabettchen, Walta, aber jetzt willste ne Numma machen bis Mitte nächste Woche, und heute ham wa erst Donnerstach? Du hast wohl nich mehr alle Tassen in 'n Schrank. Da war ja der Leichenmülla noch Jold jejen dir!«
»Nicht doch«, sagte ich zu meiner Freundin Tutti mit dem großen Herzen und dem kleinen Hirn, »nicht doch so eine Nummer. Eine für BLITZ. Für die eine Serie. Und für die andere brauche ich von dir Informationen und Auskünfte und Hinweise. Aber noch dringender brauche ich den Max und seinen Wons.«
»Mensch, is die Welt vakommen«, sagte Max erschüttert. »Da müssen wa zuerst noch eenen zwitschern, det regt ma richtich uff.«
Vor uns standen Gläser, Bierflaschen und zwei Flaschen Korn. Ausnahmsweise verzichtete ich hier auf meinen ›Chivas‹, ich wollte keine sozialen Konflikte aufkommen lassen. Max hatte einen blauen Anzug mit breiten weißen Streifen an, ein gelbes Hemd und eine sehr bunte Krawatte. Er saß vor einer Wand, an der viele gerahmte Fotos hingen. Sie zeigten zum Teil vergilbte Familienbilder – etwas deplaciert in der modernen Umgebung, aber Tutti war sentimental. Man konnte sie auf allen Fotos sehen. Klein-Tutti an der Hand ihrer Mutter im Berliner Zoo, neben dem Eisbären. Klein-Tutti an der Hand ihres Vaters auf einem Jahrmarkt. Klein-Tutti mit Mutter im Bade, auf einem Pony, unter dem Weihnachtsbaum – immer mit Eltern, Tanten, Onkeln, Großeltern. Die waren alle längst tot, hatte Tutti mir gesagt. Tutti hatte nur ihren Max. Von dem hingen keine Bilder an der Wand.
Ich hatte aus Herfords Gigantenbüro bei Tutti angerufen und gebeten, noch zu Besuch kommen zu dürfen. Max war am Telefon gewesen.
»Jetzt jeht et nich«, hatte er gesagt. »In 'ne Stunde. Tutti hat'n Freia. Jeldsack. Will nich hier jesehn wern. Hat sein' Schlitten 'n Stück von't Haus wech jeparkt. Kannst'n aba nich übersehn. Rota Alfa. Wenn de in 'ne Stunde kommst und der Alfa is noch da, mußte eben warten, bissa wegfährt, nüch?«
»Okay, Max.«
Ich hängte ein.

Die anderen Männer im Raum sahen mich erwartungsvoll an.
»Na?« fragte Herford.
»In Ordnung. Ich spreche noch heute nacht mit ihm. Der ideale Mann dafür. Können wir gleich morgen die Aufnahmen machen.«
»Sie, Engelhardt«, sagte Herford.
Bertie lachte.
»Was ist daran komisch?« fragte Lester scharf. Lester, diese Kröte.
Bertie sah ihn nur an, ohne zu antworten.
»Kein Streit, Jungens, ja?« sagte Herford. »Das duldet Herford nicht!«
Die Luft war blau in dem großen Raum. Alle rauchten. Herford hatte seine Jacke ausgezogen. Wir anderen durften das nicht, es war des Verlegers Privileg. Aber rauchen durften wir. Und auf dem großen Konferenztisch standen auch Bierflaschen. Ein Herrenabend. Mutti war längst heimgebracht worden.
In dieser Konferenz erlebte ich noch einmal die Schönheit meines Berufes in ihrer ganzen Herrlichkeit und Größe. Über das Titelblatt mit dem bewußtlosen Karel waren die Herren sich in einer Viertelstunde einig gewesen. Wie ich die Serie anfing, überließen sie völlig mir. DER MANN – TOTAL hingegen beschäftigte sie ohne Ende. Sie hatten Einfälle, Ideen, immer neue, sie redeten durcheinander, überschrien sich, bewunderten sich selbst und wechselseitig und waren völlig verrückt mit dieser Scheiß-Porno-Serie.
»Im Profil der Mann, natürlich! Ganzer Körper im Profil!«
»Na, ich weiß nicht. Doch nicht lieber en face?«
»Sind Sie wahnsinnig? Man muß das Glied vor einem dunklen Hintergrund frei sehen können!«
»Und selbstverständlich in erigiertem Zustand!«
»Klar! Die ganze Pracht!«
»*So* ein Ding muß das sein!«
»Wird es sein, mein Lieber!«
»Wenn das die Frauen nicht umhaut!« krähte Ziller.
»Reden Sie nicht so, meine Herren! Was unsere Frauen hier bekommen, das ist Lebenshilfe, echte Lebenshilfe.«
»Natürlich, gewiß, Herr Herford!«
»Selbstverständlich, Herr Herford!«
Echte Lebenshilfe – das sagte mein Verleger tatsächlich.
»Diese Serie ist ein ernstes Anliegen«, erklärte Hem. Es war einfach stärker als er.
»Sie sagen es, Kramer!« Herford war für Ironie unempfindlich,

er wußte nicht einmal, was das war: Ironie. »Gleich *zwei* Serien mit ernstem Anliegen! Auch bei DER MANN – TOTAL werden Sie nie das Menschliche vergessen, Roland.«

»Nein, Herr Herford, ich werde nie das Menschliche vergessen.«

»Dann können Sie so deutlich werden, wie Sie wollen. Sie verstehen doch, was ich meine, wie?«

»Ich verstehe, was Sie meinen, Herr Herford. Ich werde *sehr* deutlich werden.«

»Nur keine Hemmungen! Uns ist es wahrlich ernst mit unserem Anliegen. Ich bin sicher, daß sogar die Kirchen uns ihren Segen erteilen. Und schreiben Sie auch ein bißchen sozialkritisch, Roland«, sagte Herford. »Rückständigkeit und Unterdrückung der Frau im Zeitalter des Spätkapitalismus. Denken Sie an unseren neuen Kurs.«

»Jawohl, Herr Herford, ich werde an unseren neuen Kurs denken.«

Der wollte auch noch den Segen der Gewerkschaften für diese Sch & V-Serie!

Bildchef Ziller sagte: »Im Atelier muß alles vorbereitet werden.« BLITZ besaß natürlich ein großes Fotoatelier mit allen Schikanen – in einem Haus an der Zeil.

»Was vorbereitet?« fragte Lester.

»Mädchen brauchen wir. Nackte Mädchen.«

»Wieso?« Lester war prüde, trotz allem. Und er hatte keine Phantasie.

»Na, wenn der Mann einen Ständer haben soll, müssen wir ihm doch ein paar nackte Mädchen hinlegen«, sagte Ziller ungeduldig. »Wo kriegen wir die her auf die Schnelle?«

»Ich bin sicher, Herr Roland kann uns da helfen«, sagte Lester gehässig. Der kaute noch an dem Skandal herum, den ich ihm am Montag gemacht hatte.

»Aber ganz bestimmt, lieber Herr Lester«, sagte ich. »Alles eine Frage des Geldes. Wenn ich anständig bezahle, bekomme ich die schönsten Mädchen von Frankfurt dafür.«

»Geld spielt keine Rolle bei der Sache, das wissen Sie«, erklärte Herford. Er war sehr aufgeregt und nahm wieder das goldene Döschen aus der Westentasche und schluckte fünf Pillen, rote, gelbe und blaue. Er spülte sie mit Bier hinunter. »Das wird *die* Sensation der Branche, wenn sie gelingt! Das und Ihre Serie, Roland – und wir sind on the top! Prophezeit Herford!«

»Oder wir werden verboten«, sagte der elegante Verlagsleiter Seerose.

»Wir werden nicht verboten, Oswald«, sagte Herford. »Du und Ziller, ihr wart vorhin nicht dabei, als Rotaug sein Gutachten abgab. Bitte, Doktor, erklären Sie es den beiden Herren noch einmal.«

Die menschliche Schildkröte blinzelte. Herr Dr. Rotaug zerrte an seinem Kragen, betupfte die Perle in der silbernen Krawatte und sprach also: »Wir werden nicht verboten, wir werden nicht konfisziert, wir bekommen nicht einmal eine Rüge der Selbstkontrolle. Alles, was wir tun müssen, ist, um das Heft eine Banderole zu legen, von der die entsprechende Stelle verdeckt wird.«

»Was für eine Stelle?« fragte der arme Ziller.

»Na, das Glied!« schrie Herford gereizt.

»Ach so, ja, natürlich«, sagte Ziller.

»Was haben denn Sie gedacht? Die Nase?« Lester konnte auch Ziller nicht leiden.

»Halten Sie den Mund, Lester! Der Doktor spricht!«

»Pardon, Herr Herford. Ich bitte um Verzeihung...«

Ach ja, das war eine schöne Debatte.

»Natürlich ist die Banderole abnehmbar«, sagte Rotaug.

»Na klar!«

»Na selbstverständlich!«

»Werden die kleinen Mädchen dann aber Augen machen!«

»Hohoho!«

»Hihihi!«

»Ruhe!« schrie Herford. »Sind wir hier im Puff oder im Arbeitszimmer eines Großverlegers?«

Es wurde still.

Rotaug zerrte wieder an seinem Kragen.

»Diese Banderole ist ausreichend, um jede Klage wegen Erregung öffentlichen Ärgernisses oder Unzucht oder Pornographie scheitern zu lassen. Ich stütze mich bei meiner Behauptung auf Grundsatzurteile der Landgerichte Münster und Lübeck von 1964 beziehungsweise 1967. Danach...« Danach erklärte Rotaug den Tenor der Grundsatzurteile und gab zehn Minuten lang juristische Erläuterungen.

»Das ist allerdings eine Idee«, sagte Seerose zuletzt beeindruckt.

»Toller Einfall, was, Oswald, das mit der Banderole?«

»Ja, Tommy.«

»Von Herford«, sagte Herford stolz. »Rotaug hat nur etwas von einem Streifen über das Heft gesagt – schon hatte Herford die Idee.«
»Grandios, Herr Herford!« Lester himmelte ihn an.
»Und auf der Banderole steht – auch ein Vorschlag von mir, also ganz ins Unreine gesprochen, etwa: ›Was sich unter dieser Schleife verbirgt, ist so heiß, daß wir es verdecken müssen!‹«
»Hervorragend«, sagte Seerose.
»Sie sagen ja gar nichts, Herr Kramer«, ärgerte sich Herford. »Paßt Ihnen was nicht? Finden Sie Herfords Einfall nicht großartig?«
»Ich finde Ihren Einfall ganz großartig«, sagte Hem freundlich und sog an seiner Pfeife. »Ich stehe nicht an, zu behaupten, daß etwas Derartiges nur Ihnen einfallen konnte.«
Herford strahlte.
»Ja, Herford hat Köppchen! Wüßte gerne mal, was ihr ohne Herford machen würdet, ihr Flaschen!«
Lester, Rotaug, der Leichenmüller und Ziller lachten pflichtschuldig. Seerose sah Hem scharf an, aber der erwiderte den Blick voll Unschuld.
Anschließend begann die Debatte darüber, wie DER MANN – TOTAL graphisch aufgebaut werden sollte, und das war wieder eine von Leichenmüllers großen Stunden. Er legte Seitenspiegel-Entwürfe vor, dozierte über Layout und Überschriften – und alle lauschten ihm, lauschten dem tristen Hurenbock, weil er eben der Fachmann war.
Nach einer Dreiviertelstunde verabschiedete ich mich und fuhr durch die nächtliche Stadt zur Herbartstraße. Fünf Häuser von Tuttis Haus entfernt parkte ein roter Alfa Romeo. Ich hielt, schaltete Motor und Scheinwerfer aus und wartete. Ich wartete zwanzig Minuten. Dann kam ein Mann die Straße herab, blickte sich scheu immer wieder um, stieg schnell in den Wagen und raste davon. Ich kletterte aus meinem Lamborghini, ging auf Tuttis Haus zu und dachte, ich hätte ein Gespenst gesehen.

14

»Nee, nee, det war schon der junge Herford«, sagte Max Knipper. »Haste janz richtich jesehn, Walta. Aba du hältst die Klappe, ja?«
»Bob war hier?« fragte ich, immer noch fassungslos.
»Bei Tuttilein, ja. Zwee Stunden – vierhundert Mark. Hatse einfach mal so verlangt. Hatta prompt jeblecht! Sagt, det is noch imma een Pappenstiel jejen sonst. Ihm bleibt keene andre Wahl.«
»Keine andere Wahl?«
»Hat wieda mal eene angebufft. Bufft dauernd Meechens an, sagt er«, erklärte Tutti. Da saßen wir schon im Wohnzimmer. »Und die letzte, die will 'ne halbe Milljon. Weil, neemlich, er sollse verjewalticht ham. Mindajährich isse ooch. Und det Kind willse sich nich nehmen lassen. Ick kann bloß sagen, det mit Verjewaltijen, det gloobe ick ihm sojar. Bei mir hat der sich uffjeführt wie'n Hengst, Mensch, Walta.«
»Woher hatte er denn deine Adresse?«
»Hat den Leichenmüller ausjeholt. Jeld jejeben und so lange jelöchert, bis der weich wurde.«
»Donnerwetter«, sagte ich, »der Leichenmüller.«
»War eins-a zufrieden, der junge Herr Herford«, sagte Max. »Ick hab'n noch jefragt, als er jing. Ham wa 'n neuen Stammjast. Ooch nich schlecht, wa? Wir könnense brauchen, die Penunse.« Er kam auf sein ewiges Thema. »Die Eijentumswohnung hier, wat gloobste, wat wa for die imma noch abzahln bei die Bank! Und dazu die Zinsen! Det mußte aba einfach sind, nüch? Brauchten 'ne feste Bleibe. Jroß jenuch. Ick een Zimma, Tutti ihr Arbeitszimma, jemeinsamet Schlafzimma, den Salong hier. Küche, Bad, Ölheizung. Und allet neue Möbel! Die Einbauküche is'n kleenet Schmuckstück! Tuttis janza Stolz. Det war een uralta Wunsch von uns, weeßte doch, Walta. Hat sich Tutti mächtich ranhalten müssen, schon in unse Heimat.«
Treuherzig sagte Tutti: »War 'ne Sauarbeet. Aba jetzt sind wa endlich jeschützt vor den Mietwucha übaall. Und wa sind unse eijenen Herren! Eijentum is eben Eijentum.«
Die beiden waren vor drei Jahren aus Berlin nach Frankfurt gekommen. So lange kannte ich sie schon. Zuerst hatten sie in einem Stundenhotel gehaust. Damals, als ich meine Reportage über Prostitution in Frankfurt machte, fragte ich sie auch, warum sie Berlin verlassen hatten.

»Weil wa da nich mehr anständich leben konnten«, hatte Tutti geantwortet. »Sehnse...« Wir sagten uns damals noch Sie. »... sehnse, Berlin, det is so'n Ei. Entweda sind da jetzt die jungen Leute – Studenten und so, die bloß hinjezogen sind, weilse sich drücken wolln vor die Bundeswehr. Also, die ham kaum richtich zu fressen. Mit die is keen Jeschäft nich zu machen. Uff de andre Seite – die ollen Leute? Die Rentna? Traurich, sehr traurich for 'ne richtije Berlinerin, det sagen zu müssen, aba die Stadt is übaaltert, und sie wird et imma mehr. So'n Rentna, der hat doch erst recht keen Jeld. Und von die Touristen und die Jeschäftsreisenden, also von die kann ick nich existiean. Die rücken nich richtich raus mit die Piepen, und denn ist die Konkurrenz viel zu jroß. Die is in Frankfurt ooch, aba hier wimmelt et bloß so von Jeldsäcke, und die zahln alle jroßartich. Naja, und denn kam noch det mit Maxen dazu.«
»Was denn mit Max?« hatte ich gefragt.
»Maxe war bei de Müllabfuhr«, hatte Tutti erklärt.
»Müllabfuhr, ja«, hatte der wunderschöne Max gesagt. »Tonnenmann. Een schweret Brot, Herr Roland, da müssense schuften, det Ihnen die Rippen krachen!«
»Kann ich mir vorstellen.«
»Aba gloobense, det wird jewürdicht«, hatte Max zornrot gefragt, »wennse den Dreck von andre Leute wegräumen? Scheiße wird det! Herabsehn tunse alle uff 'n Tonnenmann! Und die Bezahlung hat mehr zum Himmel jestunken wie der janze Mist zusammen!« In seiner Erregung hatte Max mit der mächtigen Faust auf den Tisch geschlagen. »Dabei ist det een Mangelberuf. Die kriegen kaum noch Leute. Und *richtich* so! Sehnse mal...« Er hatte sich für das Thema erwärmt. »... wenn die Arschpauka in die Schulen ihre schlechten Schüla imma wieda drohn: ›Aus dir wird höchstens een Straßenkehrer oda een Tonnenmann!‹ – ick sage bloß, wenn *det* Pedajogik is, denn sollense sich nich wundan, wenn keena mehr Tonnenmann oda Müllkutscha werdn will. Ha'ck recht?«
»Vollkommen recht, Herr Knipper«, hatte ich gesagt.
»Werfense bloß een Ooge uff Nju Jork«, hatte Max ernst gesagt. »Da hamse jetzt die Scheiße uff de Straße. Streik der Müllabfuhr! Und bei die Hitze! Bravo, sage ick! Sehr richtich, sage ick! Alle Räda stehen still, wenn unsa starker Arm et will. In Nju Jork, da könnense jetzt die Ratten üba die Fifs Ewenju loofn sehn, ha'ck jelesen. Sollense man schön rübaloofn in de Wall Striet und in de

Börse und de Aktien uffressen! Nee, Herr Roland, nee, wer weeß, wat aus meine jute Tutti und mir jewordn wäre, wenn wa uns nich per Zufall kennenjelernt und zusammenjeschmissen hätten!«
»Was machen Sie denn jetzt in Frankfurt?« hatte ich gefragt.
»Ick habe hier meine Jeschäfte zu loofn. Loofn im Moment leida nich so prima. Flaute, vastehnse ...«

15

Seine Geschäfte liefen drei Jahre später offenbar leider immer noch nicht so prima, denn Max stürzte sich in eine Redeschlacht um sein Honorar für dieses Titelblatt. Er verlangte fünftausend. Das war hirnrissig, und es gelang mir, ihn auf zweitausend herunterzuhandeln.
»Na schön, na schön, bescheißt mir nur, ihr Kapitalisten! Du bist een Kapitalistenknecht, Walta. Und ick dachte, du bist mein Freund!«
»Ich bin dein Freund, Max. Sei vernünftig.«
»Issa ja, issa ja«, besänftigte Tutti. »Det hatta nich so jemeint mit Kapitalistenknecht, nich wahr, Maxe, haste nich so jemeint ...«
»Schon jut«, knurrte der.
»Siehste. Det wiss'n wa doch, dette een sozial denkender Mensch bist, Walta, und wennde sagst, da is nich mehr drin, denn is eben nich mehr drin. Trotzdem muß ick dir sagen: zwootausend Piepen, det is'n Pup für den Max seinen Luxuskörpa. Der Scheißa, dein Verleja, verdient sich dumm und dämlich an Maxens Rüssel. Und darum muß ooch der Kommunismus kommen! Det jeht ja nich so weita, wie diese Aasgeia und Ausbeuta wüten! Also wann muß Max in't Foto-Atelje sein?«
»Morgen um elf«, sagte ich.
»In Ordnung«, sagte Max.
»Wird alles da sein. Mädchen und so, meine ich.«
Max winkte nur ab.
»Jeht ooch ohne Meechens. Aba nu weita. Informationen willste, haste jesagt. Üba die bessern Sachen, haste jesagt. Über Perversitäten und so. Wat 'ne Frau tun muß, damit der Kerl hochgeht. Det soll dir Tutti aus ihre Praxis verraten. Wat is denn da drin für sie?«

»Zweihundert Mark pro Fortsetzung.«
»Zwoohundat?« Max lachte Hohn. »Haste det jehört, Tuttilein? Walta, wenn alle Kerls so jroßzüjich wärn wie dein Verleja, denn könnte meine Tutti sie sich ja gleich zunähen lassen!«
»Max, sei vernünftig! Das wird eine Serie mit vielen, vielen Fortsetzungen. Das mußt du alles zusammenrechnen.«
»Keine Informationen, wenn nich fümfhundat pro Numma«, sagte Max. Er sagte es sehr laut, wir waren alle sehr laut, und das hatte zur Folge, daß Kanarienvogel Hänschen, der in seinem zugedeckten Bauer längst schlafen sollte, jäh mit fröhlichem Gesang einsetzte.
Max fuhr hoch und brüllte: »Jetzt singste, Kanallje vadammte? Herrjott noch mal, dieser Kanalljenvogel bringt ma noch zum Wahnsinn! Halt die Klappe, hörste?« Er war an den Bauer getreten und schrie das Tuch an. Hänschen hörte nicht auf ihn. »Dir elendet Luda bringe ick doch noch um!« tobte Max. Eine Zornesader schwoll auf seiner Stirn.
»Det wage mal!« rief Tutti empört, gleichfalls aufspringend. »Denn ist bei mia aba der Ofen aus!« Sie nahm ein Salatblatt aus einer kleinen Schale, die am Käfig hing, schob es zwischen die Gitterstäbe und redete auf den Vogel ein: »So, mein Herzeken, mein Süßa, mein Besta, komm, friß schön det Blättchen, ja, so isset fein ... Mama hat dir doch so lieb ...«
Zornbebend verfolgte Max diese Prozedur des Fütterns, aber er schwieg. Tutti hatte ihm einen zu furchtbaren Blick gegeben. Endlich war sie fertig, Hänschen verstummte, und die beiden kehrten zu mir zurück.
»Wir müssen leisa sein«, sagte Tutti. »Hänschen hat 'n so leichten Schlaf, weeßte, Walta.« Max wollte etwas sagen, Tutti sah ihn wieder an. Max brummte nur etwas Unverständliches. Anschließend einigten wir uns auf dreihundert Mark Informationshonorar pro Fortsetzung. Max schüttelte mir die Hand zum Zeichen, daß der finanzielle Teil geregelt sei. Er zerquetschte mir fast die Finger dabei.
»Darf ick also jetzt, Stierchen?« fragte Tutti.
»Jetzt darfste«, sagte der schöne Max.
Tutti holte tief Atem. Und dann begann sie aus dem reichen Schatz ihrer Erfahrung zu berichten.

16

Erst nach Mitternacht kam ich heim.

Vor dem Hochhaus saßen nun zwei andere Beamte in einem anderen parkenden Wagen – ich erkannte wieder sofort, daß es Polypen waren, und sie machten auch kein Geheimnis daraus. Ich nickte ihnen zu. Sie grüßten. Ich fuhr mit dem Recorder zu meinem Penthaus hinauf, und als ich es betrat, hörte ich Musik. Orchester mit einem führenden Piano. Das Zweite Klavierkonzert in G-Dur von Tschaikowski, dachte ich gleich. Die Tür zum Schlafzimmer war nur angelehnt. Licht fiel durch den Türspalt. Ich warf meinen Mantel über einen Stuhl in der kleinen Halle und eilte in das Schlafzimmer. Hier saß Irina neben dem Plattenspieler auf dem Teppich. Man sah sofort, daß sie gebadet hatte. Ihre Haare verbarg ein Turban aus einem Handtuch, und sie trug einen meiner viel zu großen Pyjamas und einen meiner Morgenröcke. Um sie herum auf dem Teppich lagen viele Platten in Umschlägen oder auch ohne – Tschaikowski, Rachmaninoff und Smetana. Ein Aschenbecher, eine ›Chivas‹-Flasche und eine Sodaflasche standen da. Irina rauchte und hielt ein Glas in der Hand. Den Kopf hatte sie gegen die Tapete gestützt. Sie nickte mir zu, wies auf die Platte, die sie eben aufgelegt hatte, und sagte: »Schön, nicht?«

»Wieso schläfst du noch nicht? Es ist schon ...«

»Ich weiß. Ich kann nicht schlafen. Ich wollte hier sitzen und rauchen und etwas trinken und Musik hören. Bist du böse?«

»Nein, natürlich nicht.«

Irina machte eine weite Handbewegung. »Nimm dir ein Glas. Setz dich zu mir.« Sie schien doch viel mehr getrunken zu haben, als ich dachte. Ich holte ein Glas und Eiswürfel aus der Küche, ging zurück ins Schlafzimmer und setzte mich neben sie auf den Teppich.

»Ich weiß, in Schlafzimmern soll man nicht rauchen«, sagte Irina.

»Stimmt«, sagte ich und zündete eine Gauloise an. Ich machte mir einen Drink und hob mein Glas. »Chinchin«, sagte ich.

»Chinchin«, sagte Irina.

Wir tranken beide.

»Wo warst du?« fragte sie.

»In der Redaktion und dann bei einer Nutte und ihrem Zuhälter. Ich habe dir von den beiden schon erzählt.«

»Deine Freunde«, sagte sie.

»Meine Freunde, ja«, sagte ich. »Wegen der anderen Serie, weißt du.«

»Ging alles gut?«

»Prima.«

Pause. Das Klavierkonzert ertönte.

Dann: »Walter?«

»Ja.«

»Es ist sehr gemütlich bei dir hier oben.«

»Nicht wahr«, sagte ich. »Warte, ich mache dir einen neuen Drink.« Ich nahm ihr Glas. Wieder folgte eine Pause, in der nur die Musik und das Klirren der Eiswürfel zu hören waren.

»Danke«, sagte Irina, als ich ihr das Glas reichte. Sie trank einen großen Schluck. »Walter?«

»Ja.«

»Ich habe mir lange überlegt, ob ich es dir sagen soll. Ob ich es nicht allein schaffen kann. Aber ich kann es nicht allein schaffen. Ich kenne niemanden in Deutschland. Und strafbar ist es auch. Ich möchte nicht ins Gefängnis.«

»Wovon redest du eigentlich?« fragte ich.

»Ich habe dir doch gesagt, daß ich aus Prag geflüchtet bin, weil die Polizei mich immer wieder vorgeladen und verhört hat und ich das nicht mehr aushielt, nicht wahr?«

»Ja«, sagte ich. »Und?«

»Und das war nicht die Wahrheit. Nicht die ganze Wahrheit. Sie haben mich schon verhört, immer wieder, nur nicht so schlimm, wie ich es behauptete. Deshalb hätte ich nicht fliehen müssen. Die Freunde von Jan wurden schon viel früher verhaftet, als ich sagte. Nicht erst knapp vor meiner Flucht. Die Verhaftungen gaben nicht den Ausschlag. Mich hätten sie gewiß nicht verhaftet. Sie sahen ein, daß ich nichts wußte.«

»Aber warum bist du dann geflüchtet?« fragte ich.

Sie sah mich lange an. Das Klavier ertönte jetzt allein, ohne Orchester.

»Weil ich schwanger bin, Walter«, sagte Irina. »Schwanger von Jan. Im dritten Monat.«

17

Danach trank sie ihr Glas aus, und ich trank meines aus, und dann machte ich sehr langsam zwei neue Drinks, und Irina schaltete den Plattenspieler ab, und so vergingen bestimmt zwei Minuten, in denen wir uns nicht ansahen.
Endlich, als wir jeder wieder ein Glas in der Hand hatten und tranken, blickte ich in ihre traurigen großen Augen und fragte: »Du wolltest zu Jan und ihm sagen, daß du ein Kind bekommst?«
»Natürlich«, sagte sie. »Und bei ihm bleiben. Und mit ihm gehen, wo immer er hinging. Und ihn heiraten. Und das Kind haben.« Sie lachte.
»Lach nicht«, sagte ich. Sie hörte auf zu lachen.
»Jetzt ist natürlich alles anders«, sagte sie. »Vollkommen anders. Alles. Hast du etwas gesagt?«
»Nein.«
»Ich dachte, du hättest ...«
»Kein Wort.«
»Ich will es nicht«, sagte Irina. »Ich will es unter keinen Umständen. Nicht mehr jetzt. Ich will kein Kind von diesem ... von Jan. Kannst du das verstehen?«
»Ja«, sagte ich.
»Und ... und wirst du mir helfen?«
Ich schwieg.
»Du kennst dich aus in Frankfurt. Hast du noch nie einem Mädchen geholfen?«
»Doch«, sagte ich.
Ich hatte schon drei Mädchen geholfen.
»Siehst du«, sagte Irina. »Also kennst du doch auch einen Arzt.«
Ich schwieg.
»Bitte«, sagte Irina. »Kennst du einen Arzt?«
Ich nickte.
»Einen guten?«
Wieder nickte ich.
»Der es machen würde?«
»Ja.«
»Und man kann sich auf ihn verlassen?«
»Unbedingt«, sagte ich. »Wer in Frankfurt Geld und solche Sorgen hat wie du, der geht zu ihm.«
»Und ... und wirst du mich zu ihm bringen, Walter? Es ist gerade

noch Zeit! Dritter Monat! Ich bin ganz gesund, Herz und so. Keine Gefahr. Also wirst du?«

»In der Story darf ich das aber nicht aufschreiben«, sagte ich.

»Das heißt, du wirst?«

»Wenn du es ganz bestimmt und wirklich wünschst.«

Sie trank.

»Ich wünsche es ganz bestimmt und wirklich.«

»Na ja«, sagte ich.

»Was heißt na ja? Es ist die einzige vernünftige Lösung. Und wir müssen jetzt doch vernünftig sein, nicht wahr?«

»Ja«, sagte ich, »vernünftig, das müssen wir sein. Morgen setze ich mich mit diesem Arzt in Verbindung. Damit wir so schnell wie möglich einen Termin bekommen. Der ist sehr beschäftigt, dieser Arzt.«

Auf einmal begann sie zu weinen, lautlos. Die Tränen rollten über ihre Wangen und tropften auf den Morgenrock.

»Aber ... aber du hast es doch so gewollt«, sagte ich erschrocken.

»Ich will es ja auch«, schluchzte sie. »Ich weine nur vor ... vor Glück und Erleichterung ... und weil ich dir so dankbar bin, Walter ... so furchtbar dankbar ... das vergesse ich dir nie!«

Ich gab ihr, wieder einmal, mein Taschentuch. Sie trocknete die Tränen.

»So«, sagte ich, »und jetzt ist alles gut?«

Sie nickte.

»Jetzt werden wir schlafen können?«

Sie nickte wieder.

»Na, dann komm«, sagte ich und hob sie auf und hielt sie in den Armen. Sie schrie leise. Aber ich hielt sie fest. Sie war erstaunlich leicht. Als ich sie in das Gästezimmer trug, schmiegte sie ihre Wange an die meine. Ich brachte sie zu Bett wie ein kleines Kind und stellte noch ein Glas Wasser auf den Nachttisch und legte zwei Schlaftabletten daneben.

»Nimm eine, wenn es doch nicht geht mit dem Einschlafen«, sagte ich. »Und dann eine zweite – aber erst warten, ja?«

»Ich brauche überhaupt nichts«, sagte sie. »Jetzt werde ich schlafen wie ein Murmeltier. Jetzt, wo ich weiß, daß du den Arzt anrufst. Du tust es schon morgen, bestimmt?«

»Bestimmt. Wir werden ein bißchen aufpassen müssen, weil du doch von der Kripo beschützt wirst.«

»O Gott!«

»Halb so wild. Es gibt hier drei Ausgänge. Und einen durch den Keller. Die ganze Bewachung ist dummes Theater. Keine Angst. Die sehen uns nie gehen und nie zurückkehren. Und nun schlaf endlich.« Ich deckte sie zu, wie man ein kleines Kind zudeckt, obwohl ich dachte, daß ich es nun, wo die Gelegenheit so günstig war, doch noch einmal hätte versuchen können. Aber ich versuchte es nicht.

»Komm mit dem Kopf herunter«, flüsterte Irina.

Ich senkte den Kopf.

Sie küßte mich auf den Mund.

»Danke, Walter ...«

»Hör schon auf.«

»Gehst du auch schlafen?«

»Ja«, sagte ich und erhob mich vom Bettrand.

Aber ich ging nicht schlafen.

Ich verließ Irina und holte die ›Chivas‹-Flasche und mein Glas und das Sodawasser und die Eiswürfel und trug alles in mein Arbeitszimmer. Dort stellte ich es auf den Schreibtisch. Ich schloß die Tür, um Irina nicht zu stören, dann suchte ich in der kleinen Ledertasche eine Weile nach der Kassette, die ich nun haben wollte, und fand sie und legte sie in den Recorder ein.

Obwohl ich seit so langer Zeit nicht ausreichend geschlafen hatte, fühlte ich mich hellwach und übermunter. Ich zog die Jacke aus, lockerte die Krawatte und krempelte die Hemdärmel hoch. Dann spannte ich Manuskriptpapier von BLITZ samt Kohlepapier und Durchschlag in die Maschine und tippte:

ROLAND / VERRAT / TEIL I

Danach ließ ich den Recorder eine Weile laufen und hörte mir das aufgezeichnete Gespräch an. Endlich schaltete ich ab. Ich saß ganz still. Es war ruhig, wundervoll ruhig in meinem schönen Penthaus, und ich dachte darüber nach, wie ich beginnen sollte. Wenn ich das einmal wußte, schrieb sich die ganze Story von selbst. Ich dachte nicht lange nach. Ich wußte schon bald, wo ich anfangen mußte. Zu jener Zeit hatte ich Fräulein Luise natürlich noch nicht im Ludwigskrankenhaus in Bremen besucht und mit ihr gesprochen, das kam erst später. Und so fing ich nicht so an, wie dieser Bericht in seiner zweiten Niederschrift beginnt, nämlich mit einem Dialog zwischen Fräulein Luise und mir. Von diesem Gespräch ahnte ich in jener Nacht noch nichts.

Ich trank einen Schluck, zündete eine neue Gauloise an, kniff die Augen zusammen und hämmerte los. Das waren die ersten Sätze, die ich schrieb:

›Er hörte sieben Schüsse. Danach hörte er die Stimme seines Vaters. Sie schien von weither zu kommen. Die Schüsse erschreckten ihn nicht, er hatte schon zu viele gehört, seit er hier war, und außerdem wurde in seinem Traum auch gerade geschossen, aber die Stimme des Vaters weckte ihn.

»Was ist?« fragte er und rieb sich die Augen. Sein Herz klopfte stürmisch, und seine Lippen waren trocken.

»Du mußt aufstehen, Karel«, sagte der Vater . . .‹

18

Das dritte Mädchen hatte Brüste zum Verrücktwerden und einen Popo zum Hineinbeißen, und es legte einen Strip-tease hin, der war noch schärfer als das, was die beiden anderen Mädchen vor ihr geliefert hatten. Ein Rotkopf. Echte rote Haare, man sah es. Und allen Herren im Fotoatelier von Blitz an der Zeil wurde ganz anders. Bertie wischte sich den Schweiß von der Stirn. Die beiden Assistenten, die einleuchteten, murmelten vor sich hin und hatten dunkelrote Gesichter. Der kleine, sanfte Bildchef Kurt Ziller beleckte dauernd seine Lippen. Und mir fiel die Zigarette aus dem Mund, als der Rotkopf anfing, seine Dinger kreisen zu lassen. Nur mit Max war noch immer nichts los. Er stand da auf einem kleinen Podest vor einem dunkelblauen Hintergrund, total nackt, und er sah sich seit einer halben Stunde nackte Weiber an, die schönsten, die ich hatte auftreiben können, und nichts rührte sich.

Bertie begann zu fluchen. Max entschuldigte sich zum zwanzigsten Mal. Es war ihm wahnsinnig peinlich.

Der Rotkopf, der jetzt nackt war und sich hin und her verrenkte, gab es auf und sagte: »Ich bin schließlich nicht engagiert worden, um einen total Impotenten zu heilen.«

»Halt den Mund«, sagte ich zu dem Rotkopf.

»Na ist doch wahr«, maulte das Mädchen. »So was habe ich noch nicht erlebt. Den hätte ja die Monroe nicht hochgebracht. Bei dem helfen auch keine Pillen und keine Medizin. Was soll der Quatsch? Ich habe genug.«

»Mach noch mal die Brücke rückwärts«, sagte Bertie mit letzter Hoffnung. »Bitte. Mir zuliebe. Und die Beine gegrätscht.«
»Dir zuliebe«, sagte der Rotkopf und machte die Brücke rückwärts, gegrätscht.
Es war ganz still in dem großen Atelier, das die vielen grellen Scheinwerfer erhitzten, und alles sah Max an. Umsonst.
»Nix«, sagte Max. »Einfach tot. Völlig tot.«
»Jetzt habe ich aber die Schnauze voll«, sagte der Rotkopf.
»Und so was bringen Sie uns an, so einen Versager«, sagte Bildchef Ziller zu mir. Er war klein und bescheiden und nett, und er sagte es gramvoll, nicht anklagend. Im Krieg war Ziller PK-Berichter auf U-Booten gewesen. Er hatte auch sehr viele Bilder gezeichnet – von U-Booten und vom wilden Ozean und von Geleitschiffen, die in die Luft flogen –, und die Bilder waren in den Illustrierten des Dritten Reiches veröffentlicht worden. U-Boote waren Zillers Lieblinge. Er verlor völlig den Kopf, wenn er welche sah oder nur über sie sprechen durfte. Bei jeder Gelegenheit versuchte er, Fotos von U-Booten ins Heft zu schmuggeln. Er hatte dauernd Krach mit Lester deswegen. Sein Himmel auf Erden war die Zeit gewesen, in der ich die großen Seekriegs-Serien schrieb. Da hatte mich Ziller einmal umarmt und mich auf die Wange geküßt. Bei ›U-Boote westwärts!‹ war das gewesen.
»Wenn ich noch zweihundert drauf kriege, kann ich ja versuchen, ihm einen zu blasen«, sagte der Rotkopf. »Vielleicht hilft das.«
»Nee, nee«, sagte Max betreten. »Vielen Dank ooch, Frollein. Aba ick kenne mir. Bei meinem Dschonni is jetzt 'ne Blockierung einjetreten. Da hilft ooch Tuten und Blasen nischt. Scheiße vadammte.«
»Zieh dich wieder an«, sagte ich zu dem Rotkopf.
Die drei anderen Mädchen im Atelier saßen auf Hockern und waren fassungslos. Zwei hatten sich bereits ausgezogen und ihre Show abgezogen – ohne Erfolg. Jetzt sollte die vierte drankommen. Es war eine Blonde. Die Mädchen waren wirkliche Schönheiten, ich hatte sie ausgesucht. Bis fünf Uhr früh hatte ich geschrieben, dann hatte ich bis neun geschlafen, danach gebadet, gefrühstückt, mich schnell von Irina verabschiedet, der ich ein Tablett ans Bett brachte und versprach, mit dem Arzt zu reden, und dann war ich losgefahren zu einer Nachwuchsagentur für Film, Bühne und Mannequins. Das war ein reines Call-Girl-Unternehmen, sündteuer, ich kannte die Besitzerin. Die war auch nicht ohne.

Knapp dreißig und im Bett ein Senkrechtstarter. Ich hatte sie ausprobiert. Daher kannte ich den Laden. Die Mädchen kosteten ein Schweinegeld, aber man bekam nur erstklassige Ware. Ich suchte nach Bildern in einem großen Katalog vier der schönsten aus und bestellte sie in die Zeil, pünktlich um elf. Sie waren auch pünktlich da. Und drei hatten nun also schon getan, was sie nur tun konnten. Ohne jede Wirkung.

»Los«, sagte ich zu der vierten, »jetzt du.«

Das Mädchen stand auf.

»Nee«, sagte Max verzweifelt auf seinem Podest. »Nee, Walta, laß man. Det hat keen Zweck. Die Kleene braucht sich jar nich erst auszuziehen. Wird doch wieda nischt.«

Die Blonde begann prompt bitterlich zu heulen.

»Und mein Geld?« schluchzte sie. »Mein Honorar? Die andern kriegen? Ich nicht? Das ist eine Gemeinheit! Das lasse ich mir nicht bieten! Das sage ich der Frau Direktor!«

»Um Gotteswillen!« Der sanfte Ziller holte eine dicke Brieftasche hervor. »Natürlich erhalten Sie Ihr Honorar wie alle anderen Damen. Das konnte ja niemand ahnen.« Er öffnete die Brieftasche, und eine Menge Banknoten wurden sichtbar. Max sah jetzt zu Ziller. Ich sah zu Max. Ich sah es gleichzeitig mit Bertie.

»Mmmm ... mmm ...«, machte der aufgeregt und wies mit dem Kinn. Ich nickte. Wir hatten es beide deutlich bemerkt. Maxens Jonny hatte gezuckt beim Anblick der Banknoten.

Der brave U-Boot-Ziller zählte den Mädchen je fünfhundert Mark vor. Maxens Ding zuckte wieder, heftiger diesmal.

»Herr Ziller!« rief ich. Er sah auf. Zu den Mädchen sagte ich: »Geht mal zur Seite!« Und zu Ziller: »Stellen Sie sich so vor Herrn Knipper, daß er Sie gut sehen kann. Ins Licht. Und halten Sie fünf Hundertmarkscheine in die Luft.«

»Ich soll ... aber warum ...«

»Nun tun Sie es schon!« sagte Bertie.

Ziller tat es verständnislos. Gleich darauf verstand er.

»Ach so«, sagte Herr Ziller.

Bei Max kam etwas in Bewegung – noch nicht sehr, noch lange nicht genug, aber immerhin, tot war da durchaus nicht alles!

»Fünfhundert dazu!« rief Bertie – er stand hinter einer großen Linhof-Kamera, die auf einem Stativ befestigt war. Hier mußte er mit einer schweren Kamera und mit Planfilm in Kassetten arbeiten.

Jetzt hatte Ziller zehn Hunderter in der Hand.
Max stand auf Halbmast.
Die Mädchen waren verblüfft.
Sie redeten durcheinander.
»Da hättet ihr uns sparen können!«
»Sowas habe ich noch nicht erlebt!«
»Viola, schau doch, wie der steigt!«
»Ruhe im Stall!« sagte Bertie. »Gut so, Herr Knipper. Gut. Geben Sie sich Mühe. Schauen Sie das Geld an. Konzentrieren Sie sich auf das Geld!«
»Tue ick ja«, stöhnte Max. »Hamse nich noch tausend?«
»Doch«, sagte Ziller.
»Denn haltense mal zwootausend in die Höhe, bitte!«
Ziller hielt zweitausend Mark in Scheinen über den Kopf.
Hoch schnellte Maxens kostbares Gut!
»Oohh!« machte der Rotkopf erschüttert. Es war aber auch ein imposanter Anblick, wahrhaftig.
Bertie stöhnte vor Wonne.
»So, ja so... Halten!... Können Sie das halten, Herr Knipper, weiter so halten?«
»Solange der Herr da die Zwootausend halten kann!«
Bertie machte Aufnahme um Aufnahme. Ein griechischer Gott war ein Dreck gegen Max Knipper. Es wurde wieder ganz still im Atelier. Alles war verblüfft. Bertie arbeitete rasend schnell. Ein Assistent hatte einen Spot auf den sanften Bildchef gerichtet, und Ziller stand Max gegenüber, in gleißendes Licht getaucht, die zweitausend Mark über dem Kopf. Max hielt Wort. Er schwankte und wankte nicht. Als Bertie endlich fertig war, brachen die Versammelten in lauten Beifall aus, und Max verneigte sich geschmeichelt nach allen Seiten. Dann stieg er von dem Podest und schlüpfte in einen Slip.
»Donnerwetter, Max«, sagte ich.
»Ja«, sagte er. »Da hast'et. Mein Dschonni is eben eijensinnich.«
Bertie gähnte plötzlich.
»Nanu, müde?« fragte ich.
»Wie ein Hund. Heute gehe ich früh schlafen und penn mich mal richtig aus.«
»Ja«, sagte ich. »Ich auch.«
Wir pennten in dieser Nacht tief und traumlos, alle beide. Zehntausend Meter über dem Atlantik.

19

Es war eine Menge Flugzeuge vor uns zur Landung angemeldet. Wir mußten eine Dreiviertelstunde über dem Kennedy-Flughafen im Warteraum kreisen, und die Fluglotsen holten uns Stockwerk um Stockwerk herunter. Ich war erst dreimal in New York gewesen, Bertie mindestens ein dutzendmal, und er erläuterte die 8-Millionen-Stadt liebevoll und zeigte mir die fünf Bezirke des Stadtgebiets – Manhattan, Bronx, Brooklyn, Richmond und Queens. Ich sah die regelmäßigen Avenues im Geflecht mit den Querstraßen auf Manhattan und die Wolkenkratzer und die großen Brücken. In New York schien eine kraftlose Sonne, und ich war tatsächlich wieder muntergeschlafen nach diesen verrückten Nächten.

Wir hatten unsere Maschine eben noch erreicht, nachdem Alarmanrufe Herfords mich beim Tippen meiner Story (ich tippte wie ein Besessener jede freie Minute, es konnte mir nicht schnell genug gehen) und Bertie beim Entwickeln der Fotos von Max erreicht hatten. Ich telefonierte aus meinem Arbeitszimmer. Im Wohnzimmer war, wie angekündigt, der so wundervolle Leo erschienen und präsentierte Irina eine Kollektion von Kleidern, Kostümen, Mänteln und Schuhen.

Den Arzt hatte ich auf der Rückfahrt vom Fotoatelier aus einer Zelle angerufen und gesagt, meine Frau würde gerne zu einer Routineuntersuchung kommen. Das war die Bezeichnung dafür. Er erkannte meine Stimme und sagte, er habe wahnsinnig viel zu tun, aber ginge es vielleicht so um halb zwei, in der Mittagspause? Er müsse Irina sehen und sie untersuchen, bevor er den Eingriff mache, und das wollte er also in der Mittagspause tun. Ich sagte ja, fuhr heim, ließ den Lamborghini vor der Haustür stehen und winkte den Kriminalbeamten in ihrem Mercedes auf der anderen Straßenseite zu. Sie winkten zurück. Es war die dritte Schicht, schon wieder neue Gesichter.

Als Irina sich angezogen hatte, glitt ich mit ihr im Lift ins Erdgeschoß des Hochhauses und ging nach hinten, in den Garten hinaus – von da kamen wir in eine andere Straße, in der keine Kriminalbeamten parkten. Wir legten ein Stück des Weges zu Fuß zurück, dann hielt ich ein Taxi an, und wir fuhren weit nach Nordwesten hinauf, in die Straße, an welcher der Arzt seine Praxis hatte. Dort ließ ich den Chauffeur halten und bezahlte. Das letzte

Stück gingen wir wieder zu Fuß. Nur kein Risiko. Im Wartezimmer der großen Praxis saß niemand, die Tür öffnete uns die Frau des Arztes. Sie war sehr jung und hübsch und einmal seine Schwester gewesen. Jetzt assistierte sie ihm immer bei den Abtreibungen. Er sah aus wie ein richtiger Filmarzt, war aber trotzdem ungeheuer tüchtig. Und geldgierig. Irina hatte während der Fahrt kaum gesprochen, sie war ernst, aber ruhig, und so ging sie mit dem Arzt in das Untersuchungszimmer, während ich mich in den leeren Warteraum setzte, in dem es nach Puder und Schminke und einem zarten Desinfektionsmittel roch.
Zeitschriften lagen herum, und weil ich daran denken mußte, wie Irina nun nebenan auf dem Stuhl lag und der Arzt an ihr herumfummelte auf diese widerliche, entwürdigende Weise, nahm ich eines der vielen Magazine, die auf einem Tischchen lagen. Es hieß ›Das Tier und Du‹, und ich las einen Artikel über Ameisen. Es gibt etwa fünftausend verschiedene Arten, das hatte ich nicht gewußt. Mittelhochdeutsch hieß die Ameise ameize, bei Martin Luther emmeis. Sie ist ein zu den Hautflüglern gehöriges Kerbtier, bekannt als Sinnbild des Fleißes. Die Ameisen leben in staatenähnlichen Gemeinschaften, die aus Arbeitern (überwiegend), Männchen und Weibchen gebildet werden. Weibchen und Männchen besitzen hinfällige Flügel, das heißt, die Flügel gehen ihnen verloren, und die Arbeiter und die Weibchen haben eine Spritzdrüse voll einer ameisensäurereichen Giftflüssigkeit, zum Teil mit Stachel. Die Arbeiter sind geschlechtslos gewordene Weibchen. Sie besorgen Nestbau, Ernährung und Brutpflege. Ich erfuhr noch eine Menge über Ameisen, bevor Irina mit dem Arzt ins Wartezimmer kam. Sie sah ernst aus wie immer, der Arzt rieb sich die Hände.
»Großartig, großartig«, sagte er. »Alles zum besten mit Ihrer lieben Frau Gemahlin, Herr Roland. Es wird keine Komplikationen geben, ich habe die Frau Gemahlin ganz beruhigen können. Wir wollen keine Zeit verlieren bei der kleinen Sache. Wie ist es, würde es Ihnen am Dienstag um achtzehn Uhr passen?«
Ich sah Irina an. Sie nickte ernst, und ich sagte, es würde passen.
»Fein, fein«, sagte der fröhliche Doktor, immer weiter seine Hände mit unsichtbarer Seife waschend. »Sie bringen die Frau Gemahlin her, aber Sie können hier nicht warten, verstehen Sie?«
»Ja, Doktor.«
»Meine Frau wird assistieren. Danach kann die Frau Gemahlin

sich noch zwei oder drei Stunden ausruhen, aber spätestens um zehn Uhr müssen Sie sie abholen. Das ist der letzte Termin. Übernachten kann sie hier nicht.«
Übernachten hatte noch kein Mädchen bei dem Arzt dürfen, das war ihm zu riskant. Ich hatte die Mädchen immer abholen müssen.
»Gut, Doktor«, sagte ich.
»Zu Hause dann sofort hinlegen. Bei der geringsten Unregelmäßigkeit rufen Sie mich an, und ich komme zu Ihnen, das wissen Sie.«
Das wußte ich. Einmal hatte ein Mädchen plötzlich hohes Fieber bekommen danach, und da war er sofort gekommen und hatte das in Ordnung gebracht.
»Ich danke Ihnen, Herr Doktor«, sagte Irina. »Und ich vertraue Ihnen. Sie helfen mir unendlich.«
»Man muß helfen, wo man kann«, sagte der Arzt gütig und brachte uns zum Ausgang, und auf dem Weg dorthin sagte er leise zu mir, ich solle doch am Dienstag gleich einen Scheck mitbringen – keinen Verrechnungsscheck, sondern einen gewöhnlichen, nicht auf ihn ausgestellten. Und er nannte das unverschämt hohe Honorar, das ich erwartet hatte, weil ich es schon kannte. Darum nickte ich nur. Ich hatte immer gleich Barschecks mitbringen müssen. Es war ein sehr guter und sehr vorsichtiger Arzt.
Ich ging mit Irina wieder die Straße hinunter. Der Himmel war grau verhangen, und es war sehr kalt. Irina setzte Schritt vor Schritt und sah auf den Gehsteig, und erst in einem Taxi, das ich anhielt, legte sie ihre kalte Hand auf meine und sagte: »Jetzt bin ich ganz glücklich und beruhigt. Und das verdanke ich dir. Ich werde dir nie genug danken können, Walter.«
»Nein«, sagte ich, »das wirst du nicht. An mir hast du aber auch etwas. Ich bin ein Prachtexemplar. Von mir sollten sie große Plakate mit meinem Gesicht machen und die überall ankleben und darunter schreiben: ›Mütter, diesem Mann vertraut eure Töchter an!‹«
Da begann sie zu lachen. Es klang ein bißchen hysterisch, und sie hörte lange nicht auf – der Chauffeur sah sich schon neugierig um –, aber sie lachte wenigstens. Das hatte ich gewollt. Als wir, wieder durch den Garten, in das Penthaus gekommen waren und eben die Mäntel ablegten, klingelte es, und Herr Leo meldete sich von unten durch die Haussprechanlage. Ich ließ ihn herauf, und er

blieb stundenlang. In dieser Zeit saß ich in meinem Zimmer und tippte VERRAT wie ein Besessener bis zu dem Moment, da Herford anrief.
Das war am Freitagnachmittag gewesen, und nun, als wir über New York kreisten, war es Samstagmorgen, und ich hoffte, daß ich bis zum nächsten Dienstag, dem 19. November, wieder in Frankfurt sein konnte – Irinas wegen. Ich mußte sie doch zum Arzt bringen und wieder abholen. Und der war so überlastet. Wenn wir den Termin verschoben, wer wußte, wann wir dann drankämen? Ich hoffte sehr, rechtzeitig zurück zu sein. Herford hatte tags zuvor am Telefon zu mir gesagt: »Ganz wichtig, Roland. Herford hat eben mit Oswald Seerose gesprochen. Oswald hat Neuigkeiten für Sie. Solche Dinger. Setzen Sie sich lieber. Oswald, komm her.«
So war der Verlagsleiter Seerose an den Apparat gekommen und hatte mich begrüßt auf seine vornehme Art. Dann war er sachlich geworden: »Nachricht von meinen Freunden, Herr Roland. Sie und Engelhardt müssen sofort nach New York. Da geht es jetzt los.«
»Woher weiß man das?«
»Sind keine Idioten, unsere Freunde, Roland. Da drüben herrscht seit der Sache in Hamburg Großalarm. Für alle. Funkspezialisten haben Verkehr zwischen einem Kurzwellensender in New York und einem auf einem sowjetischen Trawler im Atlantik aufgenommen. Verschlüsselt natürlich. Nicht zu brechen der Schlüssel. Aber es geht um die Filme, die Freunde sind überzeugt davon.«
»Wie können sie das?«
»Haben sie mir nicht gesagt. Wird man Ihnen drüben sagen. Die Sache brennt. Soll morgen nacht steigen.«
»Woher wissen Sie das?«
»Haben sie mir auch nicht gesagt. Wird man Ihnen alles in New York erklären. Wenn Sie ankommen, gehen Sie zum Lufthansa-Schalter. Dem Hauptschalter. Sie werden dort erwartet. Cooley heißt der Mann. Mervin Cooley. Von ihm erfahren Sie, was ich nicht weiß.«
»Ist gut, Herr Seerose«, hatte ich gesagt. Dann war ich zu Irina hinübergegangen und hatte ihr erklärt, daß ich kurz wegfliegen müsse und daß sie niemanden in die Wohnung lassen, nicht ausgehen und keinen Telefonanruf beantworten dürfe. Plötzlich hatte ich sie am Hals gehabt.

»Was ist denn?«

»Komm bald zurück, ja? Bitte, komm bald zurück, Walter!«

»Klar«, hatte ich gesagt. »So rasch wie möglich. Sei ein braves Mädchen inzwischen, versprichst du mir das?«

Sie hatte unter Tränen gelächelt ...

Endlich bekam unsere Maschine Landeerlaubnis. Beim Hauptschalter der Lufthansa sprach uns dann ein großer, schlaksiger Mann an, der aussah wie James Stewart und einen grauen Mantel und einen grauen Hut trug.

»Mister Engelhardt und Mister Roland?«

»Ja.«

»Sehr erfreut. Ich heiße Mervin Cooley. Kommen Sie. Ihr Gepäck haben Sie ja schon. Mein Wagen steht draußen auf dem Parkplatz.«

Sein Wagen war ein silbergrauer Chevrolet. Cooley setzte sich ans Steuer, ich mich neben ihn, Bertie setzte sich in den Fond. Cooley fuhr über den großen Southern Parkway westwärts und erzählte, was wir noch nicht wußten.

»Unsere Leute haben sich besonders für den Funkverkehr in den letzten zwei Tagen und Nächten interessiert, nachdem feststand, daß der eine Sender auf dem sowjetischen Trawler steht. Wir haben Peilwagen losgeschickt, um den anderen Sender zu finden. Keine leichte Aufgabe. Zum Glück war der Funkverkehr sehr rege. Sie wissen ja, wie man so einen Sender finden kann, wenn man Glück hat ... mit zwei Wagen, nicht wahr?«

»Ja, wir wissen«, sagte Bertie. »Zuerst das Gebiet einkreisen, dann die Richtantennen genau so stellen, daß der Empfang am stärksten ist, und im Schnittpunkt der zwei Richtungen muß dann der Sender arbeiten.«

»Stimmt.« Cooley fuhr an dem schönen Aqueduct-Rennplatz vorüber, der Parkway glitt unter der Trasse und den Geleisen der IND-Subway Lines hindurch. Es folgte ein Gewirr von Schleifen für Auf- und Abfahrten des Schnellweges, der von hier an Shore Parkway hieß. Wir fuhren jetzt in südwestlicher Richtung durch viele Häuserschluchten und näherten uns Brooklyn. Cooley erzählte andauernd weiter: »Na, unsere Jungens hatten Glück. Fanden den Block. Fanden sogar das Haus. Liegt in Flatbush. Beim Holy-Cross-Friedhof. Troy Avenue.« Wir erreichten den frisch angelegten, sehr großen Spring Creek Park, der Parkway führte durch ihn, links sah ich das Wasser und die Inseln der Jamaica Bay. In dem Park, dessen Bäume schon kahl waren, spielten noch viele kleine Kinder im schwachen Sonnenschein, und viele Menschen gingen spazieren.

»Haben zwei Leute ins Haus geschickt, in alle Wohnungen. Angeblich vom Telefonamt. Apparate nachsehen. Störungssucher. Die arbeiteten sich von Stockwerk zu Stockwerk. War eigentlich alles ganz einfach. Da hat ein gewisser Floyd Turner unten einen Radioreparaturladen. Auch Fernseher und Plattenspieler. Wohnt im Haus. Vierter Stock. Die Werkstatt hat er oben in der Wohnung. Unsere Burschen brauchten gar nicht lange zu suchen, dann hatten sie den Sender gefunden. Ganz modernes Ding, hochempfindlich. Turner sagte, er sei Amateurfunker. Zeigte seine Lizenz.«

»Vielleicht ist er wirklich nur Amateurfunker«, sagte Bertie. »Und der, den Sie suchen, hat seinen Sender besser versteckt.«

»Kaum anzunehmen«, sagte Cooley. Beim Ende des Spring Creek Parks gab es wieder die Schleifen der Auf- und Abfahrten vom Highway. Cooley verließ jetzt den Shore Parkway, fuhr über die Pennsylvania Avenue nordwärts und überquerte eine Avenue nach der andern. Schroeders und Locke und Vandalia und die breite Flatlands Avenue. »Nach dem Besuch der Jungens wurde Turners Funkverkehr richtig hektisch. Und für heute Nacht zwei Uhr hat er einen Platz in einer TWA-Maschine nach Los Angeles gebucht. Unter anderem Namen. Unsere Leute hören natürlich sein Telefon ab. Wir haben uns ihm gegenüber eingemietet. Leere Wohnung in altem Haus.« Cooley erreichte den Linden Boulevard, bog nach links ein und fuhr ein weites Stück westwärts. Der Chevvy hatte eine Funksprechanlage, über die Cooley immer wieder seine Position meldete und fragte, ob es etwas Neues gebe. Es gab nichts Neues, sagten ihm seine Kollegen in der Wohnung, die der von Turner gegenüberlag. Der Radiotechniker arbeitete in seiner Werkstatt oben und ging und ging nicht aus dem Haus. Wir passierten den Kings Highway, die Rockaway und die Utica Avenue, dann hatten wir die Troy Avenue erreicht. Sie war sehr lang und lag zwischen dem Linden Boulevard und der Church Avenue. Cooley parkte zwei Blocks weiter, in der Albany Avenue. Wir gingen zu Fuß in die Troy Avenue zurück. Wir sahen Turners Radioladen. Er hatte zwei Angestellte, die Kunden bedienten, das sahen wir auch. Es war Samstagvormittag.

Wir gingen in das alte Haus gegenüber und stiegen ein schmutziges Treppenhaus bis zum vierten Stock hinauf. Dort klopfte Cooley in einem bestimmten Rhythmus gegen eine baufällige Tür. Sie wurde geöffnet. Die Wohnung dahinter war leer. Von den Wänden hingen Tapetenfetzen. Zwei junge Männer arbeiteten hier. Sie saßen in dem großen Zimmer der Wohnung, das zur Straße hinausging, und grüßten, als Cooley sagte, wer wir sind. Die beiden jungen Männer hatten auf einem Tisch neben sich Feldtelefone, von denen Drähte zu einem ganzen Bündel hinaufreichten, das an der Decke hing. Es gab noch ein drittes, normales Telefon und ein großes Magnetophon, das mit den Abhörtelefonen verbunden war. Dann war da noch ein grauer Metallkasten, ein Kurzwellensender, mit dem die Männer Streifenwagen rufen konnten. Die Wagen meldeten sich von Zeit zu Zeit. Es war eine ganze Menge in diesem Viertel eingesetzt, sicherlich lauter zivile Autos wie das, welches Cooley fuhr. Ich sah Thermosflaschen und Sandwiches, an der Wand standen zwei Armee-Betten. Die Männer hatten auch Ferngläser, eines eine Spezialanfertigung für die Nacht.

»Was macht Turner?« fragte Cooley.

»Repariert einen Fernsehapparat«, sagte einer der Männer und gab Cooley sein Glas. Cooley gab es Bertie, und Bertie gab es mir. Ich sah in Turners Werkstatt gegenüber. Das Fenster dieser leeren Wohnung hatte einen leichten Vorhang, so daß man nicht hineinblicken konnte, wohl aber hinaus. Gegenüber saß in seiner Werkstatt tatsächlich Floyd Turner und arbeitete an einem Fernsehgerät. Turner war ein Mann mit mächtigem Kopf, einer großen Nase, kurzem schwarzem Haar und sehr feinen Händen. Die Hände waren es, die mich faszinierten. Schöne Frauenhände.

»Kann natürlich trotz allem sein, daß wir auf dem ganz falschen Dampfer sind«, sagte Cooley, setzte sich und legte die Füße auf einen Tisch.

»Natürlich«, sagte Bertie und lächelte sein vergnügtes Jungenlächeln, »das kann auch sein. So was weiß man nie genau.«

Na ja, und danach warteten wir wahrhaftig über elf gottverdammt lange Stunden darauf, daß Turner das Haus verließ. Aber der verließ es nicht. Er arbeitete in seiner Werkstatt, dann ging er nach nebenan und legte sich zwei Stunden aufs Ohr, dann arbeitete er wieder, und als es dunkel wurde, drehte er das Licht in der ganzen Wohnung an und bastelte immer weiter an dem TV-Gerät. Die beiden jungen Männer waren inzwischen durch zwei andere abgelöst worden, Cooley war fortgegangen und wiedergekommen, und nur Bertie und ich hockten auf zwei alten Stühlen wie die Idioten da und warteten darauf, daß etwas geschah. Und es geschah nichts. Nicht das geringste. Turner telefonierte nicht ein einziges Mal, und er wurde auch nicht ein einziges Mal angerufen. Um acht Uhr brachte uns ein dritter junger Mann Sandwiches und heißen Kaffee, und wir aßen und tranken im Dunkeln, und danach sagte Bertie, er wolle sich ein wenig aufs Ohr hauen. Fotografiert hatte er Turner gleich nach unserer Ankunft durch die Fenster. Nun legte er sich auf eine der Armeepritschen. Im nächsten Moment war er eingeschlafen. Und dann, um 22 Uhr 05, geschah endlich etwas.

20

Eines der Feldtelefone schnurrte, das Tonband setzte sich automatisch in Bewegung, einer der Männer am Fenster ergriff den Hörer. Gegenüber, in Turners Wohnung, war in den hellerleuchteten Räumen gerade niemand zu sehen. Das Telefonat dauerte nur kurz. Der Mann legte auf und sagte hastig: »Turner hat ein Taxi gerufen. Troy Avenue. Vors Haus.«

»Los«, sagte Cooley zu Bertie und mir. Wir packten unsere Mäntel, Bertie seine Kameras, ich mein Fernglas, und wir sausten die Treppen hinunter. Durch einen Hinterausgang kamen wir in einen dreckigen Hof und von diesem in die erste Seitenstraße. Wir rannten zu Cooleys Chevvy und sprangen in den Wagen. Cooley schaltete den Sender ein, zerrte unter dem Sitz eine Maschinenpistole hervor und warf sie in den Fond, neben mich, der ich nun dort saß. »Seid ihr bewaffnet?« fragte er.

»Nein«, sagte ich. »Der Zolldienst hätte uns mit Waffen doch nicht reingelassen.«

»Dann bleibt schön ein bißchen im Hintergrund«, sagte Cooley. »Ich hab noch eine Pistole, aber die brauche ich selber.« Er meldete bei der Zentrale, daß er fertig sei. Wir hörten, daß sich zahlreiche Wagen meldeten – mindestens ein Dutzend. Der Funkverkehr, der jetzt losging, riß nicht mehr ab. Die Männer oben in der leeren Wohnung sahen, wie das Taxi vorfuhr.

»An alle ... an alle! Yellow Cab in Troy Avenue vorgefahren. Verdächtiger steigt ein. Yellow Cab fährt ab. Biegt nach Westen in

den Linden Boulevard ein. Wagen zwölf, folgen Sie als erster. Klar?«
»Okay«, sagte Cooley. Als er es sagte, sahen wir das gelbe Taxi vorbeigleiten. Der Verkehr war nicht sehr stark. Wir hängten uns an – in gebührender Entfernung. Nun übernahm es Cooley, die anderen Wagen via Zentrale zu leiten, indem er dauernd bekanntgab, wohin das Yellow Cab mit Turner fuhr. Zunächst einmal fuhr es den ganzen Linden Boulevard hinunter bis zur Flatbush Avenue. Hier bog das Taxi nach rechts in die Flatbush Avenue ein und fuhr nordwärts. Wir hinterher. Die Flatbush Avenue bog nach Nordwesten und ging durch den großen dunklen Prospect Park. Unterirdisch, das wußte ich von einem Besuch, lief ein Strang der BMT-Subway Lines, rechts lag der Botanische Garten, wir sahen ihn ebenso undeutlich in der Finsternis, die von wenigen Lampen erhellt wurde, wie das Brooklyn Museum und, am Ende des Parks, das gewaltige Gebäude der Central Library. Hier gab es einen Verkehrskreisel, die Grand Army Plaza. Das Yellow Cab umrundete die Plaza vollkommen und fuhr nun den Prospect Park entlang, südwestwärts. Cooley meldete das und sagte: »Wozu der Bursche nicht gleich unten rum gefahren ist, werde ich auch nicht begreifen.«
»Vielleicht hat er Sie bemerkt«, kam eine Stimme aus der Zentrale.
»Fallen Sie zurück, Nummer zwölf. Wagen achtzehn übernimmt Führung.«
Also fuhren wir langsamer, und eine Menge Wagen glitt an uns vorbei, und dann, nach einer Weile, ertönte wieder die Stimme der Zentrale:
»Achtung, Yellow Cab biegt jetzt in Prospect Avenue ein. Richtung Nordwesten und Fifth Avenue.«
Links von uns, hinter Häuserblocks, lag der gewaltige Greenwood-Friedhof. Ich sah ein paarmal einige seiner Bäume und die Mauer. Wir passierten die Fifth Avenue, die Fourth, die Third Avenue.
Die Zentrale meldete, daß das gelbe Taxi – es wurde auch immer die Nummer angegeben – nun die Third Avenue in südwestlicher Richtung hinabfuhr. Wir erhöhten die Geschwindigkeit. Hier sausten die Wagen. Brooklyn-Queens-Expressway, das war der vollständige Name dieses Schnellweges. Wir blieben nicht lange auf ihm.
»Yellow Cab biegt ab in Second Avenue«, kam es aus dem Lautsprecher. »Scheint zum Hafen zu wollen.« Mit dem ›Hafen‹ waren hier die Brooklyn-Piers und Lagerhäuser und Docks in der Upper

Bay des Hudson gemeint. »Fährt südwestwärts in Richtung Bush Terminal Docks. Nicht mehr dicht verfolgen. Blocks umstellen. Wagen eins, zwei, drei, sieben vom Spielplatz herankommen, Wagen fünf, neun, zehn und elf fahren weiter bis ›Sanitation Departement‹ und ›Brooklyn Union Gas Company‹ ...« Die Zentrale verteilte die Autos. »... Wagen zwölf folgt Yellow Cab vorsichtig. Yellow Cab verringert Geschwindigkeit in der Nähe von Pier drei ...«

»Okay, Zentrale«, sagte Cooley. Er ließ den Wagen in ein Gewirr von schlecht oder gar nicht erleuchteten Straßen zum Hafen hinabrollen. Hier roch es schon nach Wasser und Öl. Plötzlich lagen die mächtigen Piers vor uns, die Schiffe, die Kräne, die Transportgüter, die Lagerhallen. Es gab überall Sperren vor den Piers. Zu einem Schiff wollte Turner offenbar nicht. Wir sahen das gelbe Taxi. Es fuhr am Pier 3 vorbei, den Anlege- und Lagerplätzen von ›American Hemisphere‹, ›Marine Agencies‹ und der ›American Star Line‹. Die Straße wurde schmal. Hier liefen Eisenbahngleise in den Bush Terminal hinein, hier standen riesige Laster und, zum Glück, eine Menge geparkter Wagen. Das Yellow Cab hielt vor einem Lokal. Lokal ist zuviel gesagt, es war eine Seemannsspelunke, aus der Licht fiel und Radiomusik erklang, als der Mann namens Turner nun ausstieg und in die Kneipe hineinging. Turner trug einen dunklen Regenmantel und einen Hut. Cooley meldete der Zentrale, daß Turner in der Kneipe sei.

»Wenn er herauskommt«, sagte die Stimme aus der Zentrale, »vorsichtig weiter folgen.«

»Verstanden«, sagte Cooley. Nur daß aus dem Vorsichtig-weiter-Folgen nichts mehr wurde. Nach knapp fünf Minuten kam Turner wieder aus der Kneipe. Er trug zwei Schnapsflaschen unter dem Arm und wollte in das Taxi steigen. Der Fahrer streckte den Kopf aus dem Fenster und redete mit ihm und zeigte nach hinten, auf uns. Offenbar hatte er bemerkt, daß wir ihn beobachteten. Er schien sich zu weigern, weiterzufahren. Wir sahen, wie Turner die beiden Flaschen in den Fond warf, dann hatte er plötzlich eine Pistole in der Hand und schlug dem Taxichauffeur damit über den Schädel. Der sackte zusammen. Turner zog ihn aus dem Wagen und ließ ihn auf das Pflaster fallen. Er sprang hinter das Lenkrad und fuhr an. Bertie arbeitete wie besessen. Cooley hatte alles, was geschah, sehr schnell der Zentrale durchgegeben.

»Verfolgung aufnehmen. Turner unter allen Umständen stoppen

und festnehmen!« bellte die Stimme aus der Zentrale. »Wagen eins, zwei, drei, kommen Sie zwei Blocks näher... Wagen acht, vier, fünf, sechs...« Ich hörte nicht mehr, was die Stimme sagte, denn Cooley ließ den Motor aufheulen, und unser Chevvy schoß vorwärts. Ich wurde zurückgeworfen. An dem bewußtlosen Taxichauffeur vorbei rasten wir über das Holperpflaster die schmale Straße an den Lagerhäusern entlang, als Turner, vor uns, sich plötzlich im Fahren umwandte und schoß. Die Kugel traf den linken Scheinwerfer des Chevvy. Cooley fluchte. Er riß seine Waffe hervor, streckte den Arm aus dem Fenster und schoß auf das Taxi. Er traf einen Reifen, oder jedenfalls schien es so, denn das Taxi begann plötzlich wild zu schlingern, drehte sich um sich selbst, überschlug sich fast vor einem in die Erde gelassenen Betonklotz und schleuderte dann in den Hof zwischen zwei Lagerhäusern hinein. Von der ›Brooklyn Union Gas Company‹, von überall her kamen plötzlich andere Autos. Sirenen heulten.

Cooleys Chevvy besaß einen starken ausfahrbaren Scheinwerfer. Der glitt nun hoch und flammte auf. Weitere Scheinwerfer an den anderen Wagen ebenfalls. Die Gegend war jetzt in grelles Licht getaucht. Von den Piers und aus der Kneipe kamen ein paar Männer herbeigerannt, aber sie blieben in einiger Entfernung stehen. Cooley lenkte den Chevvy bis knapp vor die Einfahrt zwischen den beiden mehrere Stockwerke hohen Lagerhäusern, die aus roten, unverputzten Ziegeln erbaut waren. Das Taxi hatte, als es da hineinschleuderte, eine Reihe von offenen Kisten gerammt und umgestürzt. Bretter und ein Haufen Verpackungsholzwolle bedeckten die Einfahrt.

Die Sirenen heulten, die Scheinwerfer leuchteten, und die ersten Wagen krochen nun im Schritt an die verwüstete Einfahrt heran. Kaum hatte die Schnauze unseres Chevvy das Mauerende des Lagerhauses passiert, da krachte ein zweiter Schuß, der den zweiten Scheinwerfer traf. Cooley stoppte jäh und griff nach seiner Maschinenpistole. Er sprang ins Freie.

»Ihr bleibt schön hier«, sagte er. »Viel zu gefährlich ohne Waffe. Kapiert?«

»Kapiert«, sagte Bertie, der an seiner Hasselblad herumschraubte. Kaum war Cooley aus dem Wagen, da waren auch wir schon im Freien. Cooley stand jetzt hinter dem Mauerende des Lagerhauses und schoß in den Hof hinein. Beamte hinter der Ecke des anderen Lagerhauses taten das auch. Das Feuer wurde erwidert.

Bertie und ich warfen uns zu Boden und robbten heran, bis wir in die Einfahrt sehen konnten. Das war ein schmaler Hof zwischen mächtigen Mauerfronten, von zwei Laternen schwach erleuchtet. Das Taxi war ganz herumgeschleudert worden und stand jetzt mit den Scheinwerfern zu uns. Der Wagenschlag des Fahrers war geöffnet. Turner kauerte dahinter und schoß.

»Das ist eine Sackgasse«, sagte Bertie, der im Liegen fotografierte.

Die Sirenen waren verstummt. Eine Megaphonstimme ertönte: »Kommen Sie raus, Turner! Sie haben keine Chance mehr!«

Drei Schüsse als Antwort.

Auch die Detektive warfen sich nun auf das Pflaster.

»Kommen Sie raus, Arme über dem Kopf!« erklang die Stimme aus dem Megaphon.

Wieder drei Schüsse.

Viele Schüsse erwiderten Turners Attacke. Sie trafen das Taxi. Manche irrten als wilde Querschläger durch den Hof. Turner schoß wieder.

Ein Wagen der Detektive fuhr ein Stück vor. Sein großer Scheinwerfer erhellte den Hof. Turner schoß auf den Scheinwerfer, aber er traf ihn nicht. Wir konnten seine Knie unter dem Wagenschlag sehen. Solange er Munition besaß – und er schien eine Menge zu besitzen –, war es sehr gefährlich, wenn nicht unmöglich, in den Hof einzudringen. Plötzlich floß etwas über das Hofpflaster unter dem Taxi hervor.

»Was ist das? Blut?« fragte Bertie. »Haben die ihn erwischt?«

»Weiß nicht.«

Sie schienen ihn nicht erwischt zu haben, denn im nächsten Moment zerschoß Turner den Scheinwerfer auf dem Auto. Nun erhellten nur die zwei Laternen den Hof. Ich sah plötzlich, daß sich ein Schatten unter der Motorhaube des Taxis bewegte. Alle sahen es. Keiner tat etwas. Wir waren zu verblüfft. Was machte Turner da?

Etwas blinkte.

»Hat die Flasche unter den Motor gestellt«, sagte Bertie. Der Schatten bewegte sich ein wenig. Metall klirrte. »Der schraubt da unten herum ... Allmächtiger!« sagte Bertie. »Weißt du, was der macht?«

»Was?«

»Der schraubt die Benzinleitung von der Benzinpumpe.«

»Aber warum?« fragte ich, während die Megaphonstimme brüllte,

in einer Minute würden alle gemeinsam das Feuer auf Turner eröffnen, wenn er nicht rauskomme.
»Und das war kein Blut, das war Schnaps aus der Flasche, den er ausgegossen hat.«
»Weshalb?«
»Wirst es gleich sehen... Jetzt wird er eine Weile starten, paß auf, Walter...«
Tatsächlich ertönte sofort darauf das stotternde lange Starten des Taxis, dessen Motor nicht ansprang.
»Der ist verrückt geworden!« sagte ich.
»Der ist sehr normal«, knurrte Bertie und arbeitete mit der Hasselblad.
Turners Schatten glitt wieder unter den Motor. Dann, plötzlich, erschien sein Oberkörper für Sekundenbruchteile über dem Wagenschlag. Er hatte sich aufgerichtet. Sofort schossen die Beamten – sie trafen nicht. Eine kleine Flamme leuchtete da im Hof auf. Dann kam etwas angeflogen. Es war die Schnapsflasche, sah ich. Die Flasche traf die Mauer neben Cooley. Sie zersplitterte. Im nächsten Moment ging ihr Inhalt, der nach allen Seiten spritzte, in Flammen auf. Cooley fiel brüllend zu Boden. Seine Kleider brannten, sein Haar brannte. Kollegen rannten herbei, schlugen mit ihren Jacken und Mänteln auf Cooley ein und versuchten, die Flammen zu löschen. Dabei fingen die Jacken und Mäntel Feuer, andere Männer begannen zu brennen. Desgleichen ging blitzschnell, wie bei einer Rasensprenganlage, ein Vorhang vor der ganzen Einfahrt hoch – nur nicht aus Wasser, sondern aus Feuer. Die Flüssigkeit hatte auch die Holzwolle und die Bretter der Kisten in Brand gesetzt. Männer stürzten mit Schaumlöschern heran und suchten ihren Kameraden zu helfen. Andere wollten durch die Flammen in den Hof eindringen – vergebens.
»Der hat Benzin in die Flasche gepumpt beim Starten und dann sein Taschentuch oder seine Krawatte reingehängt und angezündet und die Flasche geschmissen!« schrie Bertie. »Hab ich es mir doch gedacht!«
Er fotografierte jetzt aufrecht stehend, als könne ihm nie etwas passieren. Das mußten phantastische Aufnahmen werden, dachte ich, da sah ich Turner schon eine Feuerleiter an einer Außenseite des linken Lagerhauses emporklettern.
»Dort!« schrie ich. »Dort ist er!«
Zwei, drei, sechs Maschinenpistolen begannen zu bellen. Ein neuer

Wagen stieß vor. Ein neuer Scheinwerfer flammte auf und irrte Turner nach. Faßte ihn. Folgte ihm. Die Maschinenpistolen hämmerten. Ich sah, wie Ziegel splitterten, dort, wo die Kugeln dicht, ganz dicht neben Turner einschlugen. Der Mann hatte unfaßbares Glück. Die Feuertreppe machte einen Haken und verschwand an der Rückseite des Lagerhauses. Turner war nicht länger zu sehen. Cooley hinkte zu seinem Wagen und brüllte mit schmerzverzerrtem Gesicht in das Handmikrophon. Er erklärte der Zentrale die Situation und forderte, daß die Wagen an der Rückseite der Lagerhäuser, da bei der Second Avenue, sofort eingriffen. Von dort mußte Turner zu sehen sein. Kostbare Zeit verstrich, bis Cooley geendet hatte. Noch mehr Zeit verstrich, bis die Zentrale die anderen Wagen benachrichtigt hatte. Wir hörten nun Empifeuer von jenseits der Mauern. Gleich darauf hörten wir etwas anderes – den anspringenden Rotor eines Hubschraubers. Ungläubig sah ich auf. Vom Dach des Lagerhauses ertönte ein tiefes Donnern, dann erschien über unseren Köpfen tatsächlich ein Hubschrauber. Die Beamten schossen auf ihn – umsonst. Der Hubschrauber zog einen mächtigen Bogen hinaus auf die Upper Bay, stieg steil hoch und verschwand in Wolken.
Wir alle standen da und starrten zum Himmel empor. Das Feuer prasselte fröhlich.

21

Also verhafteten sie den Wirt der Kneipe, einen gewissen Joe Bradshaw. Bradshaw gab sofort zu, Turner eine Schachtel mit zwei Aluminiumhülsen gegeben zu haben. Die Schachtel hatte er schon vor einiger Zeit erhalten, als Päckchen, aus Prag. Absender war ein gewisser Jan Bilka gewesen. Den hatte Bradshaw kennengelernt. als er mit seiner Frau einen besonders preiswerten Touristen-Trip durch Europa gemacht hatte – vor drei Jahren. Damals waren sie, er und Bilka, einander zufällig in einem Prager Museum begegnet. Den Zufall freilich hatte Bilka zweifellos in voller Absicht herbeigeführt. Bradshaw und Bilka hatten sich richtig angefreundet und durch Jahre miteinander korrespondiert. Joe Bradshaw zeigte viele Briefe von Bilka. Er wohnte im Hause, und seine Frau bestätigte die Aussage. Dann war dieses Päckchen gekommen, zu-

sammen mit einem Brief. In dem Brief bat Bilka, das Päckchen aufzubewahren, bis er selber in New York eintraf, was sehr bald sein würde. Sollte er doch nicht kommen können, würde er Bradshaw schreiben, für wen das Päckchen bestimmt sei. Heute gegen Abend nun war ein Luftpost-Eilbrief gekommen. Darin schrieb Bilka, aus Prag, es werde vorläufig nichts mit der Reise, aber am Abend, spät, komme ein gewisser Floyd Turner, und dem sollte Bradshaw das Päckchen geben. (»Die müssen schon in dem polnischen Transporter angefangen haben, Bilka mächtig zu verhören«, sagte Bertie, als er das vernahm. »Haben keine Minute verloren. Mensch, arbeiten die fix!«) In Bilkas Brief wurde Turner genau beschrieben, auch seine Adresse und seine Social Security Number waren angegeben. Also hatte Bradshaw keinerlei Bedenken gehabt, das – immer noch ungeöffnete – Päckchen auszuhändigen. Turner hatte es geöffnet und auch die Aluminiumkapseln aufgeschraubt. Filme seien darin gewesen, sagte Bradshaw. Was für Filme? Keine Ahnung. Turner habe sich bedankt, zwei Flaschen Bourbon gekauft und sei gegangen. Er, Bradshaw, sei völlig ahnungslos, was das alles bedeuten sollte. Sie nahmen ihn trotzdem in Untersuchungshaft. Seine Frau auch. Und obwohl sofort ein Dutzend Polizeihubschrauber aufgestiegen war, konnten sie jenen, in dem Floyd Turner mit den Mikrofilmen saß, nicht finden, denn die Radar-Luftraumüberwachung New York, die in dieser Nacht Großalarm hatte, wurde für genau sieben Minuten aus niemals geklärten Ursachen derart gestört, daß man Turners Helikopter unmöglich zu finden vermochte und es fast zu Kollisionen der Polizei-Hubschrauber kam. Der verlassene Helikopter wurde von Sicherheitsbeamten später auf einem einsamen Sportplatz in Richmond entdeckt.
Und das war's also – Samstag gegen Mitternacht.
Samstag, den 16. November.

22

»Ich hab gewußt, daß Sie kommen werden, Herr Roland«, sagte Fräulein Luise. Ihr weißes Haar war straff und ordentlich nach hinten gekämmt, der große Knoten saß fest, ihr kleines Gesicht wirkte nicht mehr so erschöpft, die Lippen waren nicht mehr so blutleer. Und viel mehr Ruhe und Gelassenheit sprachen aus ihren großen blauen Augen. Sie war überaus liebenswürdig. Sie redete langsamer, die Angst, die Hetze und das gelegentliche Aufbrausen, das ich bemerkt hatte, als ich sie im Lager Neurode kennenlernte, schienen verschwunden zu sein. Klein und zierlich lag sie in einem Bett, das mir auch seltsam klein und zierlich vorkam, obwohl es so groß war wie ein normales Bett. Fräulein Luise lag allein in einem großen Zimmer. Es gehörte zur Privatstation des Ludwigskrankenhauses in Bremen, Abteilung Psychiatrische Klinik, und die Fenster sahen in einen Hof hinaus, in dem kahle Kastanienbäume standen. Die Fenster waren nicht vergittert, die Tür hatte auf beiden Seiten Klinken, die Station war ›halboffen‹, das heißt, die Eingangstür weit vorn am Gang ließ sich von innen mit einem Drehknopf öffnen. Außen trug sie eine Klinke.

»Wie geht es Ihnen, Fräulein Luise?« fragte ich, ein wenig bange.

»Oh, mir geht's sehr gut, wirklich, sehr gut. Was glaubens, was ich zusammenschlaf! Das Essen ist nicht besonders, aber mir ist immer wurscht gewesen, was ich eß. Eben Krankenhausessen, aus einer Großküche, gelt? Kenn ich aus alle die Lager, in denen ich war.« Die Tür ging auf, und eine dicke, lustige Schwester brachte eine Vase mit Blumen, die ich Luise mitgebracht hatte.

»Blumen!« sagte das Fräulein. »Blumen sind immer schön, und Sie sind ein guter Mensch, und ich seh, daß Sie mir nicht zu bös sind.«

»Böse – ich?«

»No ja! Darum hab ich Sie ja gebeten, daß Sie mich gleich besuchen.«

»Warum?«

»Ich hab immerzu denken müssen: Gegen den Herrn Roland hast du dich elendig benommen! Bei dem mußt du dich entschuldigen! Und das ...«

»Was für ein Unsinn!«

»... tu ich hiermit alsdern. Danke schön, liebe Schwester.« Die Schwester nickte und ging. »Ich sag's in aller Form und ehrlich: Seiens mir gar nicht mehr bös, Herr Roland, bitte.«

»Aber wofür sollte ich Ihnen denn böse sein?«

»No«, sagte das Fräulein und sah auf die Hände, »dafür, wie ich eingedrungen bin in Ihr Hotelzimmer und geschrien hab und mich aufgeführt vor die anderen Herren. Da hab ich mich ja ganz schrecklich benommen.«

»Unsinn. Sie waren sehr aufgeregt, das ist alles.«
»No freilich, denn warum? Weil ich doch die Irina zurückholen hab wollen, nicht?« Sie lächelte. »Inzwischen hat mir der Herr Doktor Erkner gesagt, sie ist bei Ihnen, und Sie passen auf sie auf, und es geht ihr gut, besser, als es ihr im Lager gegangen ist. Und die Bürgschaft habens übernommen, herrich, und alle Formalitäten werdens erledigen. Da hab ich Sie verkannt. Da hab ich Ihnen was Schlimmes zugetraut, und dafür schäm ich mich sehr. Ist also wieder Frieden zwischen uns?«
»Ja, Fräulein Luise.«
Sie atmete tief aus.
»Jetzt bin ich frei. Das war nämlich ein starker Druck auf mich. Ich hab schlechte Gedanken gehabt über Sie und den Herrn Engelhardt. Er ist mir auch nicht bös?«
»Überhaupt nicht. Er läßt Sie herzlichst grüßen. Irina auch.«
»Ach Gott, danke... Jetzt kann ich meine Last wieder tragen. Jetzt kann ich sogar hier meinen Frieden finden.«
»Gerade das sollen Sie«, sagte ich.
»Ich werd es tun, Herr Roland. Alle sind so besorgt um mich, daß es mir nur ja gutgeht. Zuerst hat der Herr Doktor Erkner mir was gegeben, da hab ich zwei Tage geschlafen, und dann hat er mit mir gesprochen und gesagt, er möcht gern, daß ich sechs Elektroschocks krieg, hintereinander, jeden zweiten Tag einen, und dazu krieg ich Pulver und Injektionen. Ich kann mich wirklich nicht beklagen.«
Elektroschocks – das Wort hatte sie völlig emotionslos gesagt.
»Wann kriegen Sie denn den ersten Schock?« fragte ich.
»Gestern.«
»Was?«
»Gestern schon hab ich den ersten gekriegt. Morgen früh den zweiten. Immer in der Früh, wissens. Dann sind es noch vier. Nein, nein, Herr Roland, ich bin hier glänzend aufgehoben. Das ist die Privatstation, Erste Klasse! Ich hab gehört, Sie bezahlen das für mich? Natürlich geb ich es Ihnen zurück, das ist klar.« Ich dachte daran, daß Pastor Demel mir am Telefon gesagt hatte, Fräulein Luises Handtasche mit all ihrem Geld sei im Moor versunken. »Ich hab doch genug Geld. Und ich lieg jetzt gern allein. Es ist eine Wohltat.«
»Mein Verleger bezahlt das, Fräulein Luise. Dem müssen Sie nichts zurückgeben. Dieser Mann ist Millionär. Und ich will doch über Sie und die Kinder und die ganze Geschichte schreiben.«

»Ja, wenn Ihr Verleger wirklich Millionär ist – dann sag ich dankschön und nehms an! Denn ein bissel einteilen muß ich mir mein Geld schon, gelt? Meine Kinder ... Wenn ich bloß wüßt, warum ich nicht bei ihnen bin, sondern hier.«

»Sie wissen es nicht?«

»Ich hab keine Ahnung«, sagte das Fräulein.

»Aber Sie wissen, was das hier ist?«

»No freilich. Das Ludwigskrankenhaus in Bremen. Der Herr Doktor Erkner hat es mir gesagt. Nur, *warum* bin ich hier? Er sagt, zur Erholung. Zum Gesundwerden. Aber was heißt gesund werden? Ich bin doch nicht krank! Was soll mir denn fehlen? Und gar im Kopf?« Das fragte sie ehrlich verwundert, aber überhaupt nicht aggressiv, sondern nur verwundert.

Bevor ich in ihr Zimmer gekommen war, hatte ich den Dr. Erkner besucht. Der große Mann mit den dunklen Augen, dem schwarzen, kurzgeschnittenen und gewellten Haar und dem breiten Gesicht hatte mich in sein Arbeitszimmer geführt. Dem Fräulein gehe es gut, hatte er gesagt, er sei sehr zufrieden. Pastor Demel hatte ihm von Fräulein Luises toten Freunden berichtet.

»Diese ganze Wahnwelt ist im Moment in den Hintergrund getreten«, sagte Dr. Erkner. »Der gesunde Teil ihrer Persönlichkeit blieb jedoch erhalten. Das Wahngeschehen ist verdunkelt. Selbst wenn Sie jetzt von diesen Toten sprechen würden – das Fräulein würde Sie nicht verstehen. Sie erinnert sich an all das, was sie an Profanem, Realem getan hat. Dazwischen gibt es Lücken.«

»Werden sie sich schließen? Wird die Wahnwelt nicht wiederkommen? Wird das Fräulein sich nicht auch wieder an ihre Freunde erinnern?«

»Das weiß ich nicht«, hatte er gesagt. »Das ist ein alter schizophrener Defektzustand. Die Symptome können natürlich später wieder auftreten.«

Und nun saß ich dem Fräulein gegenüber. Ich hatte gefürchtet, sie würde mir Fragen stellen wegen all dessen, was sie nicht verstand oder wo ihre Erinnerung versagte. Aber das tat sie nicht. Sie war ganz gesund, das stand für sie fest, sie wußte, wo sie war, sie wußte, daß der Dr. Erkner ihr Freund war und es gut mit ihr meinte, und daß sie sich wohl fühlte.

»Sie müssen zu Ihrer Arbeit zurück«, sagte sie. »Sie haben es so eilig gehabt.«

»Ich habe es noch immer eilig«, sagte ich.

»Sehens! Darum hab ich den Herrn Doktor Erkner ja auch gebeten, daß er anruft und sagt, Sie sollen zu mir kommen. Aber in der Hauptsach: Sie waren immer so gut, und ich hab wollen, daß Sie nicht mehr bös sind mit mir. Jetzt bin ich beruhigt. Sie waren in Amerika, hab ich gehört?«

»Ja. Ich bin gestern abend zurückgekommen, und da fand ich die Nachricht von Doktor Erkner vor, und heute früh bin ich gleich nach Bremen heraufgeflogen.«

»In meiner Erinnerung, da sind so Löcher«, sagte das Fräulein betrübt. »Ich weiß natürlich, was im Lager war. Daß sie den armen kleinen Karel erschossen haben und daß Sie mit der Irina nach Hamburg gefahren sind. Ich weiß auch, daß ich selber nach Hamburg gefahren bin. Zuerst hat mich ein Chauffeur mitgenommen bis Bremen, und dann weiter mit dem Zug. In Hamburg hab ich eine Menge erlebt. Einen Führer hab ich mir am Bahnhof genommen, den armen Herrn Reimers, wo sich dann herausgestellt hat, er ist krank. Und im ›King-Kong‹ war ich. Und im Hotel ›Paris‹, wo sie diesen Concon ermordet haben. Und beim Eppendorfer Baum. Bei einem französischen Antiquitätenhändler und einem polnischen Portier. Die haben mir gesagt, wo Sie und die Irina sind. Und da bin ich dann hingefahren, ins ›Metropol‹ ... aber es kommt mir vor, als ob da noch mehr gewesen ist, viel mehr, und daran kann ich mich nicht erinnern ...«

»Das macht nichts, Fräulein Luise. Sie erinnern sich an so vieles. Und so vieles haben Sie mir im Lager erzählt, das habe ich auf Tonband. Ich komme glänzend zurecht.«

»Soll das heißen, daß Sie mich nicht mehr besuchen kommen? Daß Sie nichts mehr von mir brauchen?« fragte sie.

»Aber gewiß komme ich Sie besuchen, Fräulein Luise«, sagte ich und dachte, daß sie sich vielleicht doch wieder an ihre toten Freunde erinnern würde und ich die Story dann noch viel ausführlicher schreiben konnte. »Immer wieder komme ich.«

»Na, ich bleib ja nicht ewig hier!«

»Natürlich nicht. Dann komme ich ins Lager Neurode. Mit dem Flugzeug bin ich ganz schnell da.«

»Ich bin noch nie geflogen«, sagte das Fräulein. Und übergangslos: »Da, in dem Park hinter Ihrem Hotel, dort war ich auch. Und dort hab ich so furchtbare Angst gehabt.«

»Wovor?«

»Keine Ahnung, Herr Roland! Ich weiß es nicht! Ich weiß nur, daß ich dann in einem Nachtzug nach Bremen zurückgefahren bin mit einer freundlichen jungen Frau. Inge Flaxenberg hat die geheißen. Alle nennen sie Häschen, hat sie gesagt. So wie sie mich alle Fräulein Luise nennen. War in einem Spielcasino angestellt, das Häschen. Das Casino haben sie geschlossen, weil Magnete unter einem Roulettetisch gewesen sind. Das weiß ich alles noch ganz genau. Und auch, wie der Verlobte vom Häschen und sie selber mich im Auto bis nach Neurode gebracht haben. Aber dann ist es aus – dann weiß ich überhaupt nichts mehr. Das nächste, was ich weiß, ist, daß ich hier in der Klinik mit dem Herrn Doktor Erkner gesprochen hab.«

Sie hatte kaum seinen Namen genannt, da öffnete sich die Tür, und er kam herein, groß, in einem weißen Mantel, fröhlich.

»Haben Sie sich über den Besuch gefreut, Fräulein Luise?«

»Ach ja, Herr Doktor, sehr ... Der Herr Roland ist mir nicht bös!«

»Na, aber das habe ich Ihnen doch prophezeit!«

»Ja, das haben Sie, Herr Doktor!«

»Na, bitte!« sagte Erkner. Und zu mir: »Jetzt müssen Sie aber gehen. Fräulein Luise braucht viel Ruhe.«

»Ja«, sagte das Fräulein. »Eine Ruh brauch ich schon, das stimmt. Und hier ist so eine herrliche Ruh. Ich könnt dauernd schlafen.«

»Ich komme wieder«, sagte ich und stand auf. »Wann Sie wollen. Sie lassen anrufen, oder ich rufe an. Haben Sie keine Angst wegen unserer Geschichte. Die werde ich bald aufschreiben.«

»Ach ja«, sagte Fräulein Luise. »Kommens ruhig, wann Sie wollen – Sie müssen nicht fragen, gelt, Herr Doktor?«

»Nein«, sagte Erkner. »Sie können immer kommen, Herr Roland.«

»Nur nicht gleich in der Früh in die nächsten paar Tag«, sagte Fräulein Luise ernst. »Denn da krieg ich noch meine Schocks, und nachher schlaf ich immer eine Weile ganz fest!«

23

Am Dienstag, dem 19. November, zehn Minuten vor achtzehn Uhr, ging ich mit Irina wieder jene Straße im Nordwesten entlang, in welcher der Arzt seine Praxis hatte. Wir waren auf die gleiche Art hergekommen wie das erste Mal – indem wir das Hochhaus durch den Garten verließen. Über die Straße schoben sich Autos in endlosen Kolonnen, und auch der Gehsteig war voller Menschen, wir kamen nur langsam voran. Es war schon dunkel, und es regnete dünn und kalt.

»So«, sagte ich, »in ein paar Stunden bist du wieder zu Hause, und alles ist gut.«

»Ja«, sagte Irina.

Wir wurden dauernd von Menschen angestoßen. Es gab kaum Geschäfte in dieser Straße, aber hier mußten Büros und vielleicht irgendwelche Fabriken sein, dachte ich, denn wo kamen sonst all die vielen Menschen und Autos her?

»Du brauchst überhaupt keine Angst zu haben«, sagte ich. »Das ist der beste Arzt, den es gibt in Frankfurt für so was.«

»Ich habe überhaupt keine Angst«, sagte Irina. »Was wirst du in den paar Stunden machen?«

»Ach, ich trinke irgendwo etwas, und dann gehe ich vielleicht ins Kino.«

»In welchen Film?«

»Das weiß ich noch nicht.«

»Ich möchte gern einmal mit dir ins Kino gehen, Walter.«

»Ja«, sagte ich. »Das werden wir auch tun.«

»Wann?«

»Wenn es vorbei ist und du dich wieder ganz gut fühlst.«

»Und wenn du Zeit hast.«

»Ja«, sagte ich.

»Denn im Moment hast du doch wahnsinnig viel zu tun.« Sie drückte meinen Arm. »Um so mehr danke ich dir, daß du mitgekommen bist.«

»Aber erlaube«, sagte ich, »das war doch selbstverständlich!«

»Ich habe gewußt, du wirst mir helfen«, sagte Irina. »Gleich als ich dich zum ersten Mal sah, habe ich das gewußt.«

»Na, da warst du aber doch reichlich kratzbürstig.«

Darauf gab sie keine Antwort.

Nach einer Weile sagte sie: »Du hast schon andere Mädchen zu diesem Arzt gebracht, ja?«

»Ja.«

»Und nie ein Zwischenfall?«

»Nie. Du kannst wirklich ganz ruhig sein.«

»Ich bin ja ganz ruhig. Ich bin vollkommen ruhig. Ehrlich. Ich

bin noch nie so ruhig gewesen. Ich freue mich schon so darauf, daß du mich abholst in ein paar Stunden. Und ganz gewiß tut es nicht weh, ich bekomme ja eine Narkose, nicht wahr?«
»Nein«, sagte ich.
»Ich bekomme keine Narkose?«
»Nein«, sagte ich laut und blieb stehen.
Ich weiß nicht, ob Sie dieses Gefühl kennen: Sie sind überzeugt, etwas wird geschehen, muß geschehen, es ist unvermeidlich. Sie sagen sich, daß Sie keinen Einfluß darauf haben (was eine Lüge ist), daß das Leben selber alles regelt (was eine Dummheit ist), daß Sie noch Zeit haben, daß der rechte Moment noch nicht gekommen ist. Und so weiter. Und plötzlich, in einem geradezu lächerlich kurzen Moment, ohne Vorwarnung, ohne daß Sie gerade an diese Sache gedacht haben, schlägt Ihr Gewissen oder Ihr Verstand oder Ihr Herz (oder was immer das ist) Ihnen ein Schnippchen – und es geschieht! Ohne Ihr Zutun. Es geschieht einfach, was von Anfang an vorbestimmt gewesen ist.
»Aber das ist doch verrückt!« rief Irina. »Er kann doch nicht ohne Narkose ...«
»Hör mit der Narkose auf!« sagte ich, und mir erschien plötzlich alles ganz leicht und selbstverständlich. »Ich rede nicht von der Narkose.«
»Aber du hast doch nein gesagt.«
»Ja.«
»Das verstehe ich nicht. Was heißt nein?«
»Nein heißt, daß wir nicht zum Arzt gehen.«
»Wir sind doch angemeldet! In ein paar Minuten muß ich da sein, Walter!«
»Wir gehen nicht hin«, sagte ich ruhig und sehr friedlich und voll Glück, wenn Glück so ist, wie ich mich da fühlte, in der Finsternis, unter den Lichtern, im Regen. »Wir gehen nicht hin. Du läßt das nicht machen, Irina!«
»Aber ... aber das ist doch Wahnsinn!« rief sie erschrocken.
»Das ist gar kein Wahnsinn«, sagte ich. »Das ist das einzig Richtige. Ich habe lange genug gebraucht, um es zu begreifen. Du mußt dein Kind bekommen, Irina. Das andere wäre ein Verbrechen.«
Jemand stieß heftig gegen mich und fluchte, und ich zog Irina unter ein Haustor. Hier waren wir aus dem Mahlstrom der Fußgänger und aus dem Regen heraus.
»Walter«, sagte Irina atemlos, während ich sie dicht an mich zog,

»du mußt den Verstand verloren haben! Alles war doch ganz klar und abgesprochen! Der Doktor wartet!«

»Ich werde ihn anrufen. Und absagen.«

»Aber das geht doch nicht! Das ist doch unmöglich! Ich kann doch nicht Bilkas Kind zur Welt bringen! Walter, ich bin erst achtzehn! Und in einem fremden Land! Und ich weiß noch nicht, was werden wird mit mir! Ich weiß überhaupt noch nichts! Und da soll ich auch noch ein Kind ...«

»Irina«, sagte ich, sie unterbrechend, »willst du meine Frau werden?«

»Was?«

»Ob du meine Frau werden willst?«

Sie starrte mich mit offenem Mund an und bekam kein Wort heraus.

»Was ist los? Bin ich dir zu unsympathisch? Zu zynisch? Rauche ich zuviel? Saufe ich zuviel? Ich werde mich bessern. Glaub mir, der Kern ist gut. Also, willst du meine Frau werden?«

»Das Kind ...«, sagte sie atemlos. »Das Kind ... Das geht doch nicht ...«

»Warum nicht?«

»Es ist von Bilka, Walter! Von Bilka ist es!«

»Das weiß ich«, sagte ich. »Ich will ja auch dich heiraten und nicht Bilka. Und das Kind ist genauso von dir. Mehr von dir. Denn du bekommst es. Und dann wird es unser Kind sein.«

»Das sagst du jetzt, weil du ... weil du ... weil du nett bist ... weil du wunderbar bist ...«

»Ach was.«

»... aber später, später wird es vielleicht werden wie er ...«

»Das ist überhaupt nicht gesagt«, erwiderte ich. »Die größten Verbrecher haben Heilige gezeugt, Wohltäter der Menschheit, Genies. Natürlich können wir Pech haben. Aber von dem Moment an, wo das Kind geboren ist, hat es *mich* als Vater – nicht Bilka! Und was ich tun kann, damit es ein anständiger Mensch wird ...« Ich brach ab. »Quatsch«, sagte ich. »Als ob *ich* so prima wäre! Ich muß es einfach riskieren. Und weißt du, warum? Weißt du, warum ich unbedingt will, daß wir dieses Kind haben?«

»Wir ...«, flüsterte sie. »Du hast wir gesagt ...«

»Natürlich wir! Du und ich. Du bist dann doch meine Frau. Ich habe so einen Moment gehabt, als ich mit dir in Hamburg war. Da wünschte ich mir sehr, daß du mich lieben würdest und nicht diesen Bilka. Da – lach nicht – da dachte ich, wie schön es wäre, von dir ein Kind zu haben. Du sollst nicht lachen, verflucht!«

»Ich lache ja nicht«, flüsterte sie.

»Dieses Kind«, sagte ich, »das hast du dir doch auch so sehr gewünscht, bevor du wußtest, was mit Bilka los ist, nicht wahr?«

Sie nickte nur.

»Da siehst du es. Irina, du bist erst achtzehn! Ich ... ich bin sechsunddreißig ... ein alter Mann gegen dich ...«

»Hör bloß auf!«

»Nein, wirklich. Das ist das einzige, was mich bange macht – ein wenig bange. Ich möchte so sehr, daß du meine Frau wirst. Und ein Kind möchte ich auch. Nur: Ich würde nie wagen, dir selber ein Kind zu machen. Ich bin viel zu versoffen. Bei dem Whisky, den ich konsumiert habe in all den Jahren, würde das Kind ein armer, unglücklicher Kretin werden. Aber ich will doch so sehr ein Kind! Seit ich dich kenne, will ich ein Kind – von dir! Und jetzt kann ich eines bekommen. Kein Whisky-Kind. Bilka war doch kein Süffel – oder?«

»Nein.«

»Siehst du also, wie prima alles läuft? So. Nun darfst du lachen.«

»Ich ... ich kann nicht ...«

»Dann sag, daß du meine Frau werden willst. Sag es gleich. Denn zu dem Arzt lasse ich dich auf keinen Fall, verstanden? Also, was ist? Willst du?«

Sie legte ihre Wange gegen meine und flüsterte: »O ja. Ja, ja, Walter! Ich will deine Frau werden. Und ich werde mir alle Mühe von der Welt geben, dir eine gute Frau zu sein, immer ... Ach, ich bin ja so froh ... Ich habe es mir so gewünscht ...«

»Mich oder das Kind?«

»Euch beide«, flüsterte Irina.

»Herrgott«, sagte ich, »warum hast du das dann nicht früher gesagt? Hätten wir uns den Weg erspart, und ich hätte arbeiten können. Bei diesem Wetter, Irina! Da wollen wir aber so schnell wie möglich heiraten, nicht?«

»Ja ... ja, bitte, Walter! Oh, halt mich, halt mich ganz fest.«

Und so hielt ich sie ganz fest und gab ihr viele kleine Küsse in das regennasse Gesicht, und ihre Augen waren zum ersten Mal, seit ich sie kannte, nicht traurig, sondern ganz voller Glück und Fröhlichkeit.

»Danke«, sagte Irina. »Danke, Walter.«

»Gern geschehen«, sagte ich. »Und nun weg hier, schnell. Machen wir, daß wir heimkommen!«
Ich ergriff ihre Hand, und wir traten aus dem Haustor in den Regen hinaus und waren sofort eingekeilt in den Menschenstrom, in dem wir dahintrieben. Irina lehnte ab und zu ihren Kopf an meine Schulter, und so gingen wir ein weites Stück bis zu einer Bar. In dieser Bar trank ich einen doppelten ›Chivas‹, und Irina trank ein Glas Orangensaft. Ich rief den Arzt an und sagte ihm, wir hätten es uns überlegt, und er war sehr wütend und knallte seinen Hörer auf, obgleich ich ihm sagte, daß ich ihm alle seine Unkosten begleichen würde.
Als ich Irina das dann an der Theke erzählte, lachten wir beide wie Kinder. Wir fanden ein Taxi und kamen heim, und ich arbeitete noch, während Irina in der Küche rumorte und ein Nachtmahl bereitete. Ich fühlte mich, als wäre ich schon verheiratet, und es war ein feines Gefühl. Der Regen trommelte gegen die Scheiben meines Arbeitszimmers, und ich schrieb jetzt über das, was wir mit Fräulein Luise im Lager erlebt hatten, und ich kam mir vor, wie man sich nach einem angenehmen Bad vorkommt.
Das Abendessen wurde eine fröhliche Angelegenheit. Irina konnte gut kochen. Das sagte ich ihr. Und machte sie glücklich damit. Nach dem Essen räumten wir gemeinsam auf und stellten das Geschirr in die Spülmaschine und schalteten sie ein. Wir gingen in mein Schlafzimmer, und ich trank ›Chivas‹ und Irina Orangensaft, denn nun, da sie ein Baby bekam, sollte sie keinen Alkohol mehr trinken, das war nicht gut, und sie wollte auch gar keinen Whisky. Wir saßen da und spielten Tschaikowski, viele Platten. Dann ging Irina ins Badezimmer. Ich trank noch ein bißchen und hörte Musik, und dann wanderte auch ich ins Bad. Als ich herauskam, ging ich in das Gästezimmer, um Irina gute Nacht zu sagen. Sie war bei Licht eingeschlafen. Sie lächelte. Ihr Atem ging gleichmäßig und tief. Und in ihrem Gesicht stand ein Ausdruck unendlichen Friedens.
Ich löschte die Nachttischlampe, verließ das Gästezimmer auf Zehenspitzen und ging in mein Schlafzimmer. Aber obwohl ich gleich das Licht ausdrehte und sehr müde war, fand ich stundenlang keinen Schlaf. Ich lag auf dem Rücken, sah zu dem großen Fenster, das von den Lichtern der Stadt unter mir milchig erhellt war, und hörte, wie auf die Dachterrasse draußen der Regen prasselte.
Und ich dachte an viele Dinge.

Druckbeginn

I

»Einen Karton Gordon's Gin, bitte ...«
»Coburger Schinken, fünfhundert Gramm ...«
»Kaviar brauche ich. Vier von den größeren Gläsern. Aber die mit den blauen Deckeln, es müssen die mit den blauen Deckeln sein ...«
Die Stimmen klangen durch das Geschäft vom Feinkost-Kniefall bis nach hinten zu dem kleinen Raum mit der Bartheke und den Hockern und den Tischchen. An einem von ihnen hatte ich eben Platz genommen. Von draußen wehte der Lärm der U-Bahn-Bauer gedämpft in den Laden. Der Tag war sehr trüb, obwohl es nicht regnete. Ein starker Sturm jagte schwarze Wolken, die tief hingen, über einen grauen Himmel, und beim Feinkost-Kniefall brannte elektrisches Licht. Im Verlag gegenüber und in den Bürohäusern ringsum auch.
Die blonde, dunkeläugige Verkäuferin Lucie, die hier hinten bediente, hatte mich mit einem zugleich strahlenden und schüchternen Lächeln begrüßt. Es war halb neun am Donnerstag, dem 21. November. Am Morgen des 11. November, einem Montag, war ich zuletzt hiergewesen – mir kam es vor, als sei das zehn Jahre her. Was war alles geschehen in diesen zehn Tagen ...
Abends zuvor hatte ich schon den zweiten großen Teil von VERRAT beendet. Der erste Teil mußte längst in Satz sein, ich hatte ihn noch vor meinem Abflug nach Amerika in den Verlag und auf Hems Schreibtisch gebracht – höchste Zeit damals bereits wieder für das Heft, das heute in einer Woche an den Kiosken sein würde. Den zweiten Teil hatte ich nach meiner Rückkehr aus New York beendet und heute früh geliefert. Mit dieser Serie kam ich nicht ins Gedränge! Ich schrieb sehr schnell, die Geschichte bedeutete überhaupt kein Problem für mich, denn ich schrieb sie voller Freude. Nun kam der erste Teil von DER MANN – TOTAL, aber den würde ich schon hinhauen. Ich hatte ja jetzt *meine* Story! Und was für eine Story war das! Die Russen hatten es geschafft, sogar aus New York den zweiten Teil von Bilkas Mikrofilmen herauszuholen. Sie besaßen nun alles Material. Sie waren die Sieger – auf der ganzen Linie.

In jeder freien Minute dieser letzten Tage hatte ich geschrieben, auch nachts, wenn Irina im Gästezimmer friedlich schlief. Mir waren Alpträume beschert gewesen. Das kam von der Aufregung. Als ich mich erhob, war es sieben Uhr und noch fast ganz dunkel. Ich hatte Irina schlafen lassen, beim Rasieren wie immer Nachrichten aus meinem kleinen japanischen Transistor-Radio gehört und eine Menge schwarzen Kaffee getrunken. Gegessen hatte ich nichts. Das hing nicht mit dem Alkohol zusammen, obwohl ich abends zuvor, beim Fernsehen mit Irina, glücklich und in dem Gefühl, gute Arbeit geleistet zu haben, einige Gläser ›Chivas‹ gekippt hatte. Aber ich war nicht betrunken gewesen, und am Morgen war mir nicht übel. Ich hatte nur einfach keinen Hunger. Die Aufregung. Heute, so war es vor meiner New-York-Reise abgemacht worden, sollte ich also den zweiten Teil der VERRAT-Story liefern – wie den ersten in einem verschlossenen Kuvert auf Hems Schreibtisch legen, Original und Durchschlag. Davon würde es keine öffentliche Lesung geben. Das mußte geheim bleiben, wenigstens die ersten zwei Teile. Diese zwei Teile waren nur für Hem, Lester und die Verlagsleitung bestimmt. Wenn die Herren Teil II gelesen hatten, würden sie mich rufen. Und dann ...

»Hier, bitte, Herr Roland.«

Ich sah auf.

Lucie stand vor mir. Mit sorgenvollem Gesicht stellte sie ein Glas und eine Sodaflasche und eine Schale mit Eiswürfeln vor mich hin und goß aus ›meiner‹ Flasche ›Chivas‹ in das Glas. Ich nahm die Gauloise, die ich geraucht hatte, aus dem Mund, sah Lucie an und dann – ich wurde mir erst im nachhinein bewußt, was ich da tat – warf ich die halbgerauchte Zigarette in das Glas mit Whisky.

»Was ... was ist denn, Herr Roland?« stammelte die blonde Lucie erschrocken. »Was soll das heißen?«

»Ich weiß auch nicht«, sagte ich, ein wenig verblüfft. Die Zigarette quoll im Whisky scheußlich auf. Ich schob das Glas fort. »Ich denke, das soll heißen, daß ich keinen Whisky will. Ich will auch nicht mehr rauchen. Am Morgen jedenfalls.«

»Herr Roland!«

»Ja, es ist komisch. Auf einmal habe ich keine Lust mehr. Mir graust richtig vor dem Whisky. Nehmen Sie das Glas weg, Fräulein Lucie, bitte.«

»Sind Sie krank?«

»Ich bin ganz gesund!« rief ich und lachte.
Sie lachte plötzlich auch, befreit und glücklich, und sie nahm ganz schnell alles vom Tisch, was sie hingestellt hatte.
»Wissen Sie, was? Ich habe auf einmal Hunger! Und Zeit habe ich auch! Können Sie mir Frühstück machen? Zwei Eier im Glas und frische Brötchen und Tomatensaft und schwarzen Kaffee!«
»Gerne, Herr Roland... natürlich...« Sie lachte noch immer, aber in ihren Augen saßen Tränen. »Wie mich das freut! Was ist denn mit Ihnen geschehen? Das letzte Mal waren Sie noch so...«
»Ach, das letzte Mal!« Ich winkte ab. »Seither hat sich viel ereignet, Fräulein Lucie. Ich erzähle es Ihnen. Aber zuerst machen Sie mir mein Frühstück, bitte, ja?«
»Ja. Ja. Ja, gerne«, stammelte sie und eilte davon.
Ich saß mit dem Rücken zum Geschäft und sah mich in dem Spiegel an der Wand. Und ich fand, daß mein Gesicht sich verändert hatte. Es war nicht mehr ganz so alt und grau und versoffen und verhurt. Es war ein anderes Gesicht. So schien es mir wenigstens. Natürlich war das Unsinn. Man bekommt in zehn Tagen kein anderes Gesicht. Oder doch? Ich hörte den Stimmen im Laden zu und dachte daran, wie das sein werde, wenn mich Herford rufen ließ und mir sagte, daß meine neue Fortsetzung eine Wucht sei. Denn das war sie, davon war ich überzeugt. Da hatte ich überhaupt keinen Zweifel! Sonst hätte er doch schon beim ersten Teil gemeckert, den er und Hem und Lester gelesen hatten, und niemand hatte auch nur ein Wort des Tadels verloren, als ich aus New York zurückgekommen war.
Lucie brachte das Frühstück. Ich trank den Tomatensaft auf einen Schluck, und dann aß ich die weichen Eier und die frischen Brötchen mit Butter und Salz und trank den Kaffee und fühlte mich wunderbar. Und kauend erzählte ich dem Mädchen Lucie, das ganz aufgeregt und mit geröteten Wangen neben mir stand, daß ich eine Story gefunden hatte in diesen zehn Tagen, eine große Story, eine, die unter meinem Namen erscheinen sollte.
»... nach all der Zeit wieder eine Geschichte unter meinem Namen!«
»Das ist wundervoll«, flüsterte Lucie. »Ich... ich habe mir doch solche Sorgen um Sie gemacht. Aber jetzt wird alles gut... Jetzt wird doch alles gut, nicht wahr?«
Ich nickte mit vollem Mund.
»Nein, was mich das freut, Herr Roland!« sagte Lucie.

»Und mich erst«, sagte ich. »Und mich erst, Fräulein Lucie.«
Ich konnte ihr natürlich nicht erzählen, worum es in der neuen Story ging, das sah sie auch ein, aber nachdem ich gefrühstückt hatte, saß ich auf einem Hocker bei ihr an der Theke, und wir tranken beide Tomatensaft, und ich fragte Lucie ein wenig aus. Nach ihrem Zuhause und ihren Eltern und ihren Plänen. Sie erzählte mir eine Menge von den Eltern, die Bauern waren, und von ihrem Bruder, der bei der Bundeswehr war, und von ihrem Heimatort Brandoberndorf. Ich hörte mit wirklichem Interesse zu. Es war lange her, dachte ich, Jahre war es her, daß ich jemandem wirklich zuhörte, der von sich erzählte, wenn ich nicht über ihn zu schreiben hatte oder ihn sonstwie brauchte. Dann, um zehn Uhr, viel früher, als ich gedacht hatte, läutete das Telefon. Lucie hob ab, meldete sich und sagte zu mir: »Sie möchten jetzt bitte zu Ihrem Verleger kommen.«
»Ist gut, ist gut«, sagte ich vergnügt. Ich zahlte und gab Lucie ein zu großes Trinkgeld, wie immer, und sie bedankte sich ernst und sagte noch einmal, wie sehr sie sich freute. Dann spuckte sie mir symbolisch dreimal über die linke Schulter, und wir schüttelten einander die Hand, und als ich schon weit vorne im Laden war, drehte ich mich um. Lucie stand hinter ihrer Theke und lachte und winkte mir zu. Und ich lachte auch und winkte zurück, und eine dicke Frau in einem Nerzmantel neben mir röhrte: »Gänseleber, Herr Kniefall! Ich brauche Gänseleber! Drei ganz große Dosen!«

2

Auf der Brücke über die aufgerissene Kaiserstraße drängten und stießen sich Menschen. Ich pfiff vor mich hin. Ich ging mit den Händen in den Hosentaschen, den Mantel hatte ich im Verlag gelassen. Weil es recht kalt war, stellte ich den Jackettkragen auf. In der Tiefe arbeitete das internationale Heer der U-Bahn-Bauer. Rammhämmer und Preßluftbohrer dröhnten, riesige Kräne schwenkten Stahlträger in ihre Positionen. Es war alles so, wie es vor zehn Tagen gewesen war, und doch war alles ganz anders. Ich nahm meine Schachtel Zigaretten und warf sie in die Tiefe, ein kleiner Italiener fing sie auf, grinste zu mir herauf, lüftete seinen gelben Schutzhelm und brüllte: »Grazie, Signore, grazie!«

»Molti auguri!« brüllte ich zurück.
Diesmal kam ich mir so vor, als wäre ich einer von den vielen, die da unten arbeiteten, als gehörte ich dazu. Es war ein feines Gefühl ...
Im Verlag fuhr ich mit der ›Bonzenschleuder‹ zuerst noch kurz in den siebenten Stock, ging in meine Glasbox, wo mein Mantel hing, und nahm ein neues Paket Gauloises aus einer Tasche. So ganz ohne Zigaretten wollte ich auch nicht sein. Man wird nicht von einem Tag zum andern ein Heiliger.
In den Glaskästen ringsum arbeiteten sie schon, und ich grüßte nach allen Seiten, und alle grüßten mich freundlich, und als ich die Box gerade verlassen wollte, kam Angela Flanders, meine alte Freundin, herein. Sie trug ein marineblaues Kostüm an diesem Tag, und ihr Haar, das kastanienbraun gefärbte, war so untadelig frisiert wie immer und sie selber so gepflegt wie immer, und auch sie lächelte. Das schien ein Tag zu werden, an dem mich alle Menschen anlächelten.
»Hallo, Angela«, sagte ich.
»Guten Morgen, Walter«, sagte die Flanders und errötete ein wenig. »Sie gehen zum Verleger, nicht wahr?«
»Ja.«
»Herr Kramer und Herr Lester sind schon oben. Die neue Story, ja?«
»Ja, Angela.«
»Nun, ich werde sie wohl auch bald zu lesen bekommen. Herr Kramer sagte mir, so etwas Gutes hätten Sie seit Jahren nicht geschrieben.«
»Wirklich?«
»Ja. Ich ... Sehen Sie, Walter, wir kennen uns so lange ... Wir haben so viel miteinander erlebt ... Ich weiß, wie verzweifelt Sie oft waren. Und jetzt ... jetzt haben Sie wieder einmal eine große Story, eine eigene ...« Sie kam immer mehr ins Stammeln. »Und das ... das ... das freut mich so, das macht mich glücklich, denn ich ... ich habe Sie doch ... gern habe ich Sie, Walter, das wissen Sie, nicht wahr?«
»Ja, Angela, das weiß ich«, sagte ich. »Und ich habe Sie auch gern. Sehr, sehr gern. Und das wissen Sie auch.«
Sie wurde nun dunkelrot im Gesicht.
»Weil wir ... weil wir so gute alte Freunde sind, Walter, bin ich so froh für Sie! Und ich halte Ihnen die Daumen und wünsche

Ihnen Glück, alles, alles Glück beim Schreiben, und viel, viel Erfolg! Ich habe so gehofft, daß Sie wieder einmal unter Ihrem Namen schreiben können!«
»Ja«, sagte ich. »Das habe ich auch gehofft.«
»Dann fahren Sie jetzt zu Herford hinauf«, sagte Angela. »Ich werde die ganze Zeit an Sie denken, bis Sie wieder runterkommen. Ach, manchmal will man in diesem Gewerbe wirklich verzweifeln, und dann, wenn man es am wenigsten erwartet, kommt so etwas, so etwas Gutes. Man muß einfach an den lieben Gott glauben, meinen Sie nicht auch?«
»Doch«, sagte ich. »Unbedingt«, sagte ich. »Heute jedenfalls glaube ich ganz fest an ihn, Angela.«

3

Die ältliche Schmeidle, Herfords Chefsekretärin, sagte mir, ich solle gleich in das Zimmer des Verlegers weitergehen, die anderen Herren warteten schon. Als ich den Riesenraum betrat, erblickte ich Hem, Bertie, Lester und den Bildchef Ziller. Sie saßen in der Ecke vis-à-vis dem Monitor der Computer-Abteilung bei einem der Cockpit-Fenster. Obwohl wir hier im elften Stock waren, kam auch nur trübes, winterliches Licht durch die Scheiben, die indirekte Beleuchtung brannte, auch die Soffitten an den Bücherborden strahlten. Solcherart entstand eine scheußliche, unwirkliche Atmosphäre – wie in einem Zwischenreich, wie in einem Reich zwischen Leben und Tod.
»Morgen, Morgen«, sagte ich munter.
Die anderen murmelten etwas, Hem lächelte mir zu, Bertie nickte.
»Was ist denn los?« fragte ich.
»Wir warten«, sagte Bertie und grinste sein ewiges Grinsen.
»Auf Herrn und Frau Herford und den Doktor Rotaug«, sagte Lester.
»Wieso sind die nicht da?« fragte ich. »Die Schmeidle hat gesagt ...«
»Sie sind da«, sagte Lester.
»Aha«, sagte ich.
Er betrachtete mich gereizt. Der hatte mir noch immer nicht verziehen, was ich ihm vor zehn Tagen angetan hatte.

»Sie sind«, erklärte Ziller, »in Herrn Herfords Privatzimmer. Schon ziemlich lange. Als wir raufkamen, war das Büro hier leer.«
»Was machen sie denn da nebenan?«
»Keine Ahnung«, sagte Bertie. »Wir warten seit fast einer halben Stunde.«
»Tja«, sagte Lester und sah mich wütend an.
»Tja, tja«, sagte ich. In diesem Moment gab es ein Geräusch, und ein Teil der Bücherwand schwenkte auf. Es war der Eingang zu Herfords Privatzimmer, das zwischen dem Büro und dem Computersaal lag. Durch die Bücherwand kamen Mutti, Rotaug und Herford marschiert, langsam, sehr ernst und sehr feierlich. Die Männer, die gesessen hatten, standen auf. Die Bücherwand schwenkte zurück und klickte ein.
»Gnädige Frau ...« Lester stürzte vor und küßte Mutti die Hand. Sie trug, um die Schultern geworfen, einen Jaguarmantel, dazu noch ein Käppchen aus Jaguarfell auf dem violetten Haar, ferner einen schwarzen Faltenrock, einen Kaschmirpullover (kamelhaarfarben), eine lange, goldene Kette, an der ein großes Goldstück baumelte, und Schnürstiefel.
Herford trug einen Flanellanzug, Rotaug wie immer einen schwarzen Anzug, ein weißes Hemd, den steifen Kragen, die silberne Krawatte, die schöne Perle im Knoten. In dem scheußlichen Licht sahen wir alle wie Leichen aus. Herford trat an das Bibelpult und blätterte. Dann hatte er die Stelle gefunden, die er suchte. Er las leise und etwas heiser: »Aus dem Buch Hiob, dem Ersten Kapitel ... ›Da aber stand Hiob auf und zerriß sein Kleid und raufte sein Haupt und fiel auf die Erde und betete an und sprach: Ich bin nackt von meiner Mutter Leibe gekommen, nackt werde ich wieder dahinfahren. Der HErr hat's gegeben, der HErr hat's genommen; der Name des HErrn sei gelobt!‹«
Während die einen nun ›Amen‹ sagten und die anderen nicht, sah ich Bertie und Hem an, und sie hoben die Brauen und nickten. Das fing ja reichlich seltsam an. Es ging auch reichlich seltsam weiter. Mutti setzte sich. Wir setzten uns alle bis auf Herford. Kein Mensch sprach. Herford holte sein goldenes Döschen aus der Westentasche und entnahm ihm ein Sortiment von blauen, roten und weißen Pillen. Er kippte die Ladung, die er in der hohlen Hand hielt, in den Mund und trank Wasser nach. Die kleine Dose steckte er nicht wieder ein, sondern legte sie auf seinen Schreibtisch. Auch kein gutes Zeichen.

»Meine Herren«, sagte der Verleger und begann in seinem Monster-Büro auf und ab zu marschieren, »was Herford Ihnen jetzt mitteilt, ist streng vertraulich und darf von Ihnen an niemanden weitergegeben werden. Wer es doch tut, bekommt es nicht nur mit Herford zu tun, sondern hat auch mit einer Bestrafung von Staats wegen zu rechnen.«
So fing das gleich mal an.
Wir schauten ihn alle blöd an, und Mutti murmelte: »Ach Gott, ach Gott.«
»Haltung, gnädige Frau, Mut«, sprach Rotaug und fingerte an seinem Kragen. Es mußte an der Beleuchtung liegen: Die Pigmentflecken auf seinem kahlen Schädel erschienen mir heute viel dunkler.
Herford sagte, hin und her gehend: »Wir haben bis zu dieser Minute gekämpft. Eben führten wir ein letztes Telefonat. Es ist aus. Wir haben verloren. Nichts mehr zu wollen. Zum ersten Mal, seit BLITZ besteht, wird eine Nummer nicht erscheinen – die, die morgen auf den Markt hätte kommen sollen.«
Schweigen.
»Es ist das die Nummer mit den vier Bildseiten und der Vorankündigung von VERRAT«, sagte Rotaug unnötigerweise.
»Aber ... aber ... aber ...«, begann Lester erschüttert.
»Ich weiß, Sie sind entsetzt, meine Herren«, sagte Herford. »Nicht mehr als ich, glauben Sie mir. Wir können nicht erscheinen. Man hat die Vernichtung der gesamten Auflage bereits am Montagabend von uns gefordert. Das haben wir vor Ihnen geheimgehalten, um Sie nicht zu beunruhigen. Doktor Rotaug sah noch Chancen. Er hat verhandelt. Er hat seitdem Tag und Nacht verhandelt – bis vor zwei Minuten.«
»Mit wem?« fragte Hem.
»Mit dem netten alten Herrn aus Köln«, sagte Herford. »Der sprach im Namen der Amerikaner. Und im Namen von Regierungsstellen. Er bat – Sie wissen, was das heißt, wenn er bittet! –, die Nummer nicht auszuliefern.«
»Aber zuerst hatte er doch nichts dagegen – und die Amerikaner auch nicht!« sagte Bertie lächelnd.
»Zuerst war die Situation eine andere«, sagte Herford. »Als der alte Herr aus Köln zum ersten Mal anrief, da stoppten wir die Auslieferung so, daß die verpackten Sendungen in Lastwagen und Eisenbahnwaggons und auf Flughäfen unter Verschluß kamen.

Wenn wir uns durchgesetzt hätten, wäre die Auflage weitergegangen an die Grossisten. Denn solange die Sache nicht entschieden war, durften die das neue Heft nicht sehen. Daß es die sahen, die es produzierten, war nicht zu vermeiden. Jetzt können wir zwei Millionen Exemplare zurückrufen und einstampfen.«
»Aber warum?« fragte ich.
Herford sah mich an wie ein Bernhardiner.
»Wegen Ihrer neuen Serie, Roland.«
»Ich verstehe kein Wort. Bevor ich nach New York flog mit Bertie, war die neue Serie doch ganz großartig! Haben Sie gelesen, was im zweiten Teil steht?«
»Nein.«
»Sie haben ihn nicht einmal gelesen?«
»Nein!« brüllte Herford mich plötzlich an wie von Sinnen.
»Herford«, sagte Mutti. »Herford, bitte. Dein Herz. Denk an dein Herz. Es ist alles schon schlimm genug.«
Herford nickte, schluckte wieder Pillen und starrte entgeistert den Monitor an. Über dessen Scheibe flackerte in grünen Buchstaben plötzlich eine Mitteilung über das Interesse der deutschen Leserschaft an einer Serie betreffend ›Berühmte Maler und ihre Modelle‹. Die Schrift erlosch jäh.
»Idioten. Was machen die?« sagte Herford.
»Technischer Fehler«, sagte Rotaug und knackte mit den Fingern.
Richtig gemütlich war das, wissen Sie.
»Herr Herford«, sagte Hem, »bitte kommen Sie zur Sache. *Ich* habe beide Teile gelesen. Ich finde sie ausgezeichnet. Es ist mir absolut unverständlich...«
»Ausgezeichnet. Scheiße«, sagte Herford. »Und wenn Goethe sie geschrieben hätte! Noch mal Scheiße, sage ich. Ist den geschätzten Herren vielleicht schon aufgefallen, daß einer in unserer Runde fehlt?«
Also ehrlich, mir war es bis zu diesem Moment tatsächlich nicht aufgefallen. Den anderen offenbar auch nicht.
»Herr Seerose«, sagte Lester, fast flüsternd.
»O Gott, o Gott«, sagte Mutti.
»Herr Seerose, ja«, sagte Herford. »Mein Freund Oswald Seerose, von dem ich 1946 die Lizenz für BLITZ bekam. Mein guter alter Freund Oswald, der seit Montagnachmittag in Ost-Berlin sitzt.«
»Der was?« Ziller sprang auf, ebenso Lester.
»Sie haben schon richtig gehört«, sagte Herford und griff sich ans

Herz. »Er ist ganz schnell rüber. So schnell, daß ihn der Verfassungsschutz hier nicht mehr erwischen konnte und auch die Amis nicht.«
»Erwischen weshalb?« rief Lester.
»Weil mein alter Freund Oswald Seerose seit zwanzig Jahren einer der erfolgreichsten und wichtigsten Ostagenten in der Bundesrepublik war«, sagte Thomas Herford.

4

Danach blieb es lange still im Raum.
Das war uns doch ziemlich an den Magen gegangen, allen. Ich sah Mutti an. Die saß zusammengesunken da. Rotaug erwiderte meinen Blick mit offener Feindschaft. Was bedeutete das? Was konnte ich dafür, wenn dieser Seerose Doppelagent gewesen war?
»Schauen Sie mich nicht so feindselig an«, sagte Rotaug prompt. »Ich kann nichts dafür, daß Sie auf Seerose reingefallen sind.«
»Ich?« sagte ich empört. »Sie etwa nicht?«
»Sie haben dauernd mit Seerose telefoniert und seine Orders ausgeführt. Sie haben gesehen, wie er damals in Hamburg in die Niendorfer Straße 333 kam.«
»Das ist ja grotesk!« schrie ich. »Er ist schließlich mit einer Firmenmaschine von Blitz geflogen! Sie wußten, wohin! Er hat ja auch noch nachts am Telefon vor Ihnen allen gesagt, daß er mit den Amis gesprochen hat.«
Rotaug sah mich an und schwieg.
»Hier werden *Sie* nicht schreien!« brüllte Herford zu mir herüber.
»Herford, dein Herz ...«
»Ach, Scheißherz! Verflucht nochmal, er soll nicht schreien! Nicht ausgerechnet er!«
»Was heißt denn das, nicht ausgerechnet er?« fragte Hem scharf.
»Er und Seerose haben uns das eingebrockt«, sagte Rotaug.
»Sehr richtig«, sagte Lester wieselflink. Der hatte jetzt endlich seine süße Rache für die Demütigung durch mich. Und umgestellt hatte er sich auch bereits. Schnell ging das bei dem vielleicht.
»Und Herr Engelhardt«, sagte Rotaug kalt.
Bertie lachte laut.

»Lachen Sie nur, lachen Sie nur! Sehr komisch, nicht wahr? Eine ganze Auflage vernichtet. Millionenverlust. Sämtliche Geheimdienste der Bundesrepublik am Hals. Der Skandal in der Öffentlichkeit, wenn das mit Seerose bekannt wird. Die Auswirkungen für das Blatt. Sehr, sehr komisch, Herr Engelhardt, wie?«

»Wahnsinnig komisch, Herr Doktor«, sagte Bertie und lachte wieder. Der hatte jetzt die Schnauze voll. »Walter und ich sind schuld. Ich lach' mich tot.«

»Wenn Sie das nur würden«, sagte Rotaug freundlich.

»Also, ich verstehe kein Wort«, begann Bildchef Ziller, der Unterseeboote so gerne hatte, dieser Mann, dem das Himmelreich sicher war aus dem bekannten Grund. »Herr Seerose war doch der beste Freund der Amerikaner! Er flog extra nach Hamburg, um mit ihnen noch alle Einzelheiten zu besprechen. Sie haben ihm ihre Geheimnisse anvertraut. So konnten Roland und Engelhardt doch überhaupt erst arbeiten.«

»Ja«, sagte Rotaug, »ja, mein armer Herr Ziller. Und so konnten auch die Russen erst arbeiten.«

»Wieso... Ach so!« Ziller erschrak richtig, als er endlich kapierte. »Der Kellner, das Mikrophon und alles...«

Jules Cassin! dachte ich. Der Chef d'Etage im ›Metropol‹! Der war also in Wahrheit ein *Verbündeter* Seeroses gewesen von Anfang an und hatte mich nur reingelegt mit seiner Dankbarkeit und dann mit diesem Haßgesang auf seinen früheren Chef und auf alle Deutschen...

»Ja, Herr Ziller. Und was die Russen noch nicht wußten, zum Beispiel, wie es genau in Helsinki zugehen würde, und was noch wichtiger war, bekam Seerose auch heraus: Die Sache mit den Kopien der Mikrofilme.«

»Was war mit denen?« fragte Lester.

»Seerose erzählte uns doch allen in jener Nacht, die Amis wollten die Serie unter der Bedingung, daß wir behaupteten, sie hätten Kopien der Filme, nicht wahr? Nun, *möglich* wäre es ja gewesen. Bei seinem Blitzbesuch in Hamburg überzeugte Seerose sich davon, daß die Amis keine einzige Kopie von nur einem einzigen Dokument besaßen. Und das meldete er natürlich auch den Russen. Wahrhaftig ein feiner Mann.«

»Scheußlich«, sagte Ziller.

»Es wird noch viel scheußlicher werden«, sagte Rotaug. »Jetzt kommen die Untersuchungen durch die Behörden. Wieviel wußten

Herr Roland und Herr Engelhardt von Seeroses wirklicher Tätigkeit? Wie weit arbeiteten sie mit ihm zusammen? Wie tief war die ...«
»Herr Doktor«, sagte ich, »wenn Sie noch ein einziges Mal eine derartig infame Verdächtigung auch nur andeuten, schleppe ich Sie vor den Richter.«
»Hoffen wir, daß nicht *Sie* vor den Richter geschleppt werden!«
»Das war eine sehr dreckige Bemerkung, Herr Doktor«, sagte Hem.
»So, finden Sie«, sagte die menschliche Schildkröte. »Interessant, Herr Kramer, interessant. Auch Sie wird man natürlich überprüfen. Uns alle. Wir haben die schwerste Krise seit Bestehen des Hauses zu meistern. Gebe Gott, daß wir es können.«
»Amen«, sagte Mutti, die ganz gebrochen war.
»Also, die Story ist tot«, sagte Herford. »Hat keinen Sinn, noch ein Wort darüber zu verlieren. Der alte Herr aus Köln hat es Rotaug eben noch einmal erklärt: Wenn nur *ein* Wort, *ein* Bild erscheint – ab sofort Inseratensperre und Boykott, auch durch amerikanische Inserenten. Boykott auf jedem anderen möglichen Weg! Das Titelfoto mit diesem verfluchten Tschechenjungen in der nächsten Nummer ist schon rausgeflogen. Wir nehmen ein Bikini-Mädchen. Haben wir Gott sei Dank auf Vorrat. Kramer, Sie sorgen für einen neuen Stoff anstelle der VERRAT-Story. Das muß jetzt sehr schnell gehen. Lester wird Ihnen helfen. Was Feines haben Sie uns da eingebrockt, Roland.«
Lester sagte: »Tja, wenn es dem Esel zu wohl wird, geht er auf's Eis tanzen.«
»Kusch!« sagte ich laut zu meinem Chefredakteur.
Der sprang wieder auf.
»Das ist ungeheuerlich!« kreischte er. »Sie haben es alle gehört, meine Herrschaften! Ich verlange, daß dieser ... dieser Mensch sich augenblicklich bei mir entschuldigt!«
»Ach, setzen Sie sich, Lester«, sagte Herford. »Entschuldigen Sie sich, Roland.«
»Nein«, sagte ich.
»Sie sollen sich entschuldigen, zum Teufel!«
»Ich denke nicht daran«, sagte ich.
Denn plötzlich, sehen Sie, war bei mir Schluß. Endgültig Schluß.
In solchen Momenten schießen einem die seltsamsten Erinnerungen durch den Kopf. Ich mußte plötzlich an ein Kindergedicht

denken, das ich einmal anläßlich einer Reportage beim Besuch einer Schule in London gehört hatte. Es ging so: » I think I am an elephant, who is looking for an elephant, who is looking for an elephant, who is looking for an elephant, who is'nt really there.«
Ich glaub, ich bin ein Elefant, der einen Elefanten sucht, der einen Elefanten sucht, der einen Elefanten sucht, den es gar nicht gibt ...
Ja, daran erinnerte ich mich in diesem Moment. So viele Jahre hatte ich gedacht, ich sei ein Elefant, der einen Elefanten sucht, der einen Elefanten sucht, der einen Elefanten sucht – und ihn finden würde!
Finden würde!
Darum die Entwürdigungen, darum der Scheißdreck, den ich schrieb – denn *einmal* würde ich ja *doch* meinen Elefanten finden! Und dann hatte ich ihn gefunden, meinte ich – meine Story, *meine* Story! Doch die wurde nun nicht gedruckt. Durfte nicht gedruckt werden. Ich sah ein, daß sie nicht gedruckt werden durfte. Aber noch etwas anderes sah ich blendend klar: In dieser Industrie konnte man suchen und suchen und suchen – den Elefanten fand man nie. *Denn es gab ihn überhaupt nicht.*
»Sie denken nicht daran, sich zu entschuldigen?« schrie Herford.
»Nein!« schrie ich.
Herford trat dicht vor mich. Er hob sich auf die Schuhspitzen. Ich sah mir die Schuhspitzen an. Ich war plötzlich von einer so blinden Wut erfüllt wie noch nie zuvor. Ich verkrampfte die Hände in die Lehnen meines Sessels, denn ich hatte Angst, sonst Herford und Lester in ihre Fressen zu hauen. Herford mußte das merken, er trat plötzlich zurück und lief wieder hin und her.
»Also gut«, sagte er. »Also schön. Ein Schicksalsschlag. Wir werden nicht zerbrechen, Gott wird uns helfen. Wir müssen jetzt alle Kraft zusammennehmen, meine Herren! Alle Kraft, die wir überhaupt besitzen! DER MANN – TOTAL muß uns rausreißen. Die Titelfotos sind phantastisch. Roland wird sich jede Mühe geben, wiedergutzumachen, was da passiert ist, und großartig schreiben. Gleich. Keine Zeit zu verlieren. Das ist jetzt die wichtigste Aufgabe. The show must go on. Ich schreibe einen Brief an die Leser, warum die eine Nummer ausfiel. Rotaug wird ihn für mich schreiben, der kann das prima.«
»Sehr gütig, Herr Herford«, sagte die Schildkröte.
Ich stand auf und sagte: »Ich schreibe MANN-TOTAL nicht, Herr Herford.« Mir war zum Heulen, aber das bemerkte nur Hem.

»Und ob Sie schreiben werden!« brüllte Herford wieder los. Er nahm wahllos Pillen aus dem Döschen und schluckte sie, ohne Wasser. Er würgte ein wenig, dann brüllte er weiter: »Sie sind bei Herford unter Vertrag! Herford hat Sie zu dem gemacht, was Sie heute sind! Bei Herford haben Sie überhaupt erst schreiben gelernt! Also kein Wort mehr, ja?«
»Kein Wort mehr, ja. Ich schreibe das nicht«, sagte ich.
Er musterte mich mit zusammengepreßten Lippen. Ich grinste ihn verzerrt an.
Er sagte, sehr leise: »Sie haben weit über zweihunderttausend Mark Schulden.«
»Ja«, sagte ich.
»Sie leben in einer Wohnung, die dem Verlag gehört.«
»Ja«, sagte ich.
»Sie kriegen ein irres Gehalt – sagen Sie nicht noch einmal ja, oder Herford vergißt sich! Roland, Sie elender Hund, Sie werden MANN-TOTAL schreiben, und zwar so gut wie noch nichts anderes, oder, bei Gott, Herford ... Herford ...«
»Ja?« fragte ich. »Oder Sie schmeißen mich raus – wollten Sie das sagen? Schmeißen Sie mich doch raus, Herr Herford! Na los, los doch, los!«
Er zitterte jetzt vor Aufregung.
»Sie niederträchtiger, hundsföttischer, dreckiger Verbrecher«, keuchte er. »Was glauben Sie denn, wer Sie sind? Wenn Herford Sie rausschmeißt, dann kommen Sie gleich woanders unter, glauben Sie, was? Glauben Sie! Hahaha!«
»Herford, bitte, bitte ...«
»Hahaha!« lachte Herford und tobte weiter: »Wenn Herford Sie rausschmeißt, dann bekommen alle anderen Illustrierten – ach was, Illustrierten, alle Zeitungen, das kleinste Käseblatt! – von uns solche Geschichten über Sie zu hören, daß keiner es auch nur *wagt*, Sie anzustellen! Ihr Suff! Ihre Weiber! Die zwielichtige politische Kreatur, die Sie sind! Das wird Sie lehren! Verhungern können Sie, wenn Herford Sie feuert, verstanden? Herford vernichtet Sie! Hören Sie, *Herford vernichtet Sie!* Haben Sie das gehört?«
»Sie vernichten mich, Herr Herford«, sagte ich. »Ich hab's gehört. War ja auch laut genug. Ich will es mal darauf ankommen lassen.«
Mein Herz klopfte stürmisch. Jetzt muß ich hier Schluß machen, dachte ich. Wenn ich es nicht tue, kann ich Irina nie mehr in die Augen sehen. »Ich schreibe keine Zeile mehr für Sie, Herford!«

»Undankbarer, gemeiner Lump!« kreischte Mutti.
Rotaug sagte eisig: »Sie erinnern sich, Herr Herford, was ich Ihnen vor langen Jahren einmal sagte ...«
Ich weiß nicht, ob Herford sich erinnerte, ich erinnerte mich jedenfalls daran.
»... prächtiger Bursche. Aber denken Sie an meine Worte: Eines Tages werden wir mit diesem prächtigen Burschen den größten Skandal unserer Verlagsgeschichte bekommen ...«
Ach, schlauer Rotaug, du Kenner der Menschen! Nun war es also soweit.
»So, jetzt reicht es«, tobte Herford, rasend vor Zorn. »Roland, angesichts Ihres Verhaltens spreche ich Ihre fristlose ...«
Ich sah zu Bertie und Hem. Bertie sah mich traurig an, Hem schloß kurz die Augen. Er hieß also gut, was ich sagte und tat. Es war auch gut. Es war das einzige, was ich nun noch tun konnte. Ich sagte: »Sie brauchen die Entlassung nicht auszusprechen, Herford. Ich haue ab. *Ich!* Fristlos! Pfänden Sie mich! Verklagen Sie mich! Verleumden Sie mich! Tun Sie, was Sie wollen. Ich habe genug. Zum Kotzen genug. Leben Sie wohl. Oder nein: Leben Sie nicht wohl.« Ich ging von ihm fort über den endlosen Teppich zur Tür.
»Roland!« brüllte er mir nach.
Ich ging weiter, Schritt vor Schritt. Genug, genug, klopfte mein Herz.
»Roland, bleiben Sie stehen! Auf der Stelle!« kreischte Herford.
Ich ging weiter. Schluß. Schluß. Nur Schluß jetzt.
»Roland, Sie sollen stehenbleiben!«
Ich blieb stehen. Ich drehte mich um. Da stand er bei seinem Schreibtisch, keuchend, eine Hand an die Brust gepreßt, leichenblaß. Er tastete schon wieder nach dem Pillendöschen. Mutti eilte zu ihm und hielt seinen Arm.
»Herford verlangt von Ihnen, daß Sie augenblicklich ...«, begann Herford mühsam, doch ich unterbrach ihn, nicht sehr laut: »Herr Herford ...«
»Ja ... was ... ist?«
»Sie können mich am Arsch lecken, Herford«, sagte ich. Danach drehte ich mich wieder um und ging schnell aus dem Büro. Und es kam mir vor, als fielen bei jedem Schritt, den ich tat, Wut und Schuld und Würdelosigkeit eines Jahres von mir ab, eines ganzen Jahres, das ich in diesem Schweinestall, in dieser durch und durch

verlogenen ›Traumfabrik‹ zum Zweck der Massenverblödung, in dieser luxuriösen Hölle verbracht hatte – zusammengenommen nicht weniger als vierzehn Jahre.
Ja, ich fühlte mich ausgezeichnet, immer besser, immer besser. Nur an die Existenz des lieben Gottes glaubte ich durchaus nicht mehr, so wie noch vor einer knappen Stunde.

5

Die fristlose Entlassung kam noch am gleichen Tag, mit Eilboten und eingeschrieben, unterzeichnet von Dr. Rotaug, der mich aufforderte, anderntags um zehn Uhr bei ihm im Verlag zu erscheinen. Irina war sehr erschrocken, aber ich beruhigte sie, ich war noch völlig euphorisch. Kein BLITZ mehr! Kein BLITZ mehr! Alles andere würde sich schon ergeben, dachte ich.
Es ergab sich auch – und wie!
Als ich am Vormittag darauf in den Verlag kam, grüßte ich freundlich den riesigen Portier Kluge, den ich seit so vielen Jahren kannte – ein Vermögen an Trinkgeldern hatte er von mir erhalten. Herr Kluge allerdings schien sich meiner nicht zu entsinnen und ließ mich ein paar Minuten stehen, während er mit anderen Besuchern sprach.
Dann: »Ach, Herr Roland...« Er suchte auf einer Liste. Er sah mich gleichgültig an. »Sie sind fristlos entlassen worden, wie hier steht. Ich darf Sie ersuchen, mir den Aufzugschlüssel zu geben.«
»Hören Sie mal, wie reden Sie denn mit mir?«
»Herr Roland, bitte. Den Schlüssel.«
Herr Kluge.
Ich gab ihm den Schlüssel für die ›Bonzenschleuder‹, und er sagte nicht einmal danke, sondern wandte sich einer jungen Dame zu, die erklärte, sie solle als Volontärin hier anfangen.
Ich ging zum ›Proletenbagger‹, vor dem sieben Leute standen, und wartete geduldig mit den sieben darauf, daß der elende Aufzug endlich kam. Er kam nach vier Minuten. Wir drängten uns in die Kabine, in der es stank, und so fuhr ich zu Dr. Rotaugs Abteilung hinauf. Alle die Leute, mit denen ich fuhr, vermieden es, mich anzusehen. Keiner sprach.
Rotaug ließ mich genau eineinhalb Stunden warten, dann hatte er

endlich Zeit für mich. In seinem mit Mahagoniholz getäfelten Büro stand er stramm und feindselig da, als ich hereinkam. Die Hand gab er mir nicht. Er wies auf den unbequemsten Sessel, und nachdem ich mich gesetzt hatte, marschierte er bei der folgenden Unterhaltung steifbeinig auf und ab, immer wieder an seinem Kragen zerrend oder an seine schöne Krawattenperle tupfend. Er war erfüllt von eisiger Kälte und großem Triumph. Er hatte mich nie leiden können, und das zeigte er jetzt.

Eine nette Besprechung, ach ja.

Rotaug verlangte den Vorschuß von 210 000 Mark zurück, und ebenso forderte er mich auf, sofort die verlagseigene Wohnung zu räumen.

»Ich habe keine zweihundertzehntausend Mark«, sagte ich, »und das wissen Sie genau.«

»Natürlich weiß ich das, Herr Roland.« Er blieb des öfteren stehen und wippte ein wenig. Jetzt auch. »Ich habe nicht viel Zeit für Sie, ich bin sehr beschäftigt. Es gibt nur zwei Möglichkeiten ...«

Er erläuterte sie mir.

Die erste Möglichkeit bestand darin, daß der Verlag mich verklagte. Ich wohnte in einer Dienstwohnung, unser Arbeitsverhältnis war durch meine »einmalig unverschämte Haltung« zerstört worden, also besaß ich kein Anrecht mehr auf das Penthaus. Vor Gericht würde ich dazu verurteilt werden, alle persönliche Habe – bis auf ein gesetzlich vorgeschriebenes Minimum – dem Verlag zu übereignen, um so meine Schuld wenigstens teilweise abzudecken. Außerdem mußte ich danach den Offenbarungseid leisten und blieb jederzeit Prüfungen durch Gerichtsvollzieher ausgeliefert, die berechtigt waren, Geld, das ich möglicherweise in der Zwischenzeit verdient hatte, zu pfänden – wieder bis auf ein Existenzminimum.

»Da jedoch kaum zu erwarten steht, daß Sie in absehbarer Zeit über größere Geldbeträge verfügen«, sagte Rotaug, »empfehle ich Ihnen, von der zweiten Möglichkeit Gebrauch zu machen – einer Möglichkeit, die ein unverdient großes Entgegenkommen von seiten des Verlegers bedeutet.«

»Nämlich?« fragte ich.

»Sie akzeptieren unsere Forderungen. Sie räumen innerhalb von zehn Tagen die Verlagswohnung. Möbel, Teppiche und so weiter bleiben in unserem Besitz. Desgleichen Bankkonten und Pretiosen. Auch Ihr Wagen natürlich. Das wird die zweihundertzehntausend noch nicht decken.« Rotaug wippte. Er hatte fast einen Orgasmus, so animierte ihn dieses Gespräch. »Vor unserem Notar unterzeichnen Sie eine Schuldanerkennung – die Sachen werden geschätzt, Sie erkennen nur die Restschuld an, ferner eine Vollstreckungsunterwerfung. Für diesen Fall ist Herr Herford in seiner Großmut – für die ich allerdings nicht das geringste Verständnis habe – bereit, Ihnen Kleidung, die Schreibmaschine, einen kleinen Teil Ihrer Bibliothek und so weiter zu lassen. Ich rate Ihnen, dieses unverdiente Entgegenkommen des Verlegers zu akzeptieren. Wie lautet Ihre Antwort? Bitte, entscheiden Sie sich. Ich bin in Eile.«

Das Sauschwein, das elende.

»Ich akzeptiere den großmütigen Vorschlag von Herrn Herford«, sagte ich.

»Gut. Noch eines«, sagte Rotaug. »Wir würden es uns einen großen Betrag – groß, wenn man Ihre verzweifelte Situation betrachtet – kosten lassen, sofern Sie sich bereit erklären, BLITZ Ihr Pseudonym Curt Corell zur weiteren Benützung zu überlassen.«

Ich ballte die Fäuste und schwieg.

»Nun?« fragte er wippend.

»Damit Sie MANN-TOTAL damit schmücken können, wie?«

»Natürlich«, sagte er. »Corell ist ein Begriff – *wir* haben ihn dazu gemacht, das wissen Sie. Ohne uns und unsere Förderung wären Sie immer eine Null geblieben. Also wie ist es?«

»Nein«, sagte ich.

»Sie überlassen uns den Namen nicht?«

»Nein.«

»Unter keinen Umständen?«

»Unter keinen Umständen«, sagte ich, von jäher wüster Wut gepackt. Corell – dieser Name mußte verschwinden, für immer! Mußte, mußte, mußte!

»Zu keinem Betrag?«

»Zu keinem Betrag«, sagte ich. »Vergessen Sie das. Der Name gehört mir. Er verschwindet mit mir. Wenn Sie ihn gegen meine ausdrückliche Weigerung dennoch verwenden . . .«

»Ja, ja, ja«, sagte Rotaug. »Sie haben es gerade nötig, hier pampig zu werden. Wir werden auch ohne Curt Corell leben können. Ob *Sie* es können, bezweifle ich. Und jetzt bitte die Wagenpapiere und die Autoschlüssel. Der Lamborghini bleibt gleich hier. Ich komme am Nachmittag mit beeideten Schätzern zu Ihnen, dann werden wir sehen, was Ihr Eigentum wert ist. Selbstverständlich übergeben Sie mir am Nachmittag auch alle Tonbandkassetten, soweit sie im Zusammenhang mit dem letzten Fall stehen, den Sie recherchiert haben, und außerdem alle schriftlichen Unterlagen, die Sie besitzen. Haben Sie Ihr Scheckbuch bei sich?«

»Ja.«

»Rufen Sie die Bank an und lassen Sie sich den Kontostand geben. Ich höre mit dem zweiten Hörer zu.«

Ich telefonierte. Weil das Fräulein meiner Kontengruppe mich an der Stimme erkannte, bekam ich die Auskunft. Es waren rund DM 29 000 auf dem Konto – ich hatte gerade einen großen Betrag für eine Steuernachzahlung abheben müssen.

Auf den Betrag von DM 20 000 ließ der Dr. Rotaug mich einen Scheck ausstellen, den er entgegennahm. DM 9 000 durfte ich dank seiner Großmut behalten.

»Sie haben keine anderen Konten?«

»Nein.«

»Ich warne Sie. Wenn Sie lügen und wir noch ein Konto entdecken, verklagen wir Sie. Sie werden außerdem eine eidesstattliche Erklärung unterschreiben müssen.«

Ich nickte bloß.

Die Idee, schnellstens alle Kassetten zu überspielen, hatte Bertie gehabt. Er war die ganze Nacht damit beschäftigt gewesen. Hem hatte bei sich daheim Fotokopien meiner Block-Notizen gemacht.

»Wenn Ihr Besitz geschätzt ist, gehen wir morgen zu unserem Notar«, sagte Rotaug. »Obwohl es Samstag ist. Er steht zur Verfügung. Das wäre alles. Ich komme mit den Schätzern um drei.«

Damit marschierte er aus seinem Büro. Ich stand auf und ging, und keine der Sekretärinnen erwiderte meinen Gruß, und im ›Proletenbagger‹, mit dem ich wieder nach unten fuhr, vermieden die anderen Leute es auch jetzt, mich anzusehen. Ich fuhr bis in den Keller und schaute noch einmal nach meinem Lamborghini. Ich streichelte ihn kurz und ging schnell weg.

Den ganzen weiten Weg vom Verlag nach Hause ging ich zu Fuß. Es war ein kalter Tag, und die frische Luft tat mir wohl. Und noch ein Gedanke erfüllte mich mit einiger Genugtuung: In dem Penthaus, das nun das meine gewesen war, gab es einen Wandsafe. Darin bewahrte ich immer Geld und drei ungefaßte lupenreine Brillanten von insgesamt etwas mehr als vier Karat auf. Die sowie 12 000 Mark hatte ich bereits Bertie zur Aufbewahrung gegeben.

Irina hatte ›Leber portugiesisch‹ gekocht und zeigte tapfer ein fröhliches Gesicht, und auch ich gab mich sehr heiter. Ich war es noch immer. Mächtigen Appetit hatte ich.

Punkt drei – jetzt wurde Irina von keinen Kriminalbeamten mehr bewacht – kamen die zwei Schätzer mit Rotaug. Die Schätzer waren eiskalte Burschen. Sie arbeiteten sehr schnell. Ich war nicht erstaunt, von ihnen zu erfahren, daß alles, was sie begutachteten, nur einen Bruchteil des Wertes besaß, den es gekostet hatte. Ein dritter Schätzer war bei dem Lamborghini mittlerweile auf einen Betrag von 15 000 Mark gekommen, sagte mir Rotaug. Das war eine glatte Unverschämtheit, der Wagen hatte DM 58 000 gekostet. Aber was sollte ich tun?

Mit den Schätzern nahm Rotaug eine Inventur der Wohnung auf, dann rechneten sie eine Weile, und daraufhin verkündete mir Rotaug, daß ich, nach Abzug dessen, was mir verblieb, dem Verlag noch 125 000 Mark schuldete. Die Tonbandkassetten und die Notizblocks (sie waren gottlob rechtzeitig von Hem und Bertie zurückgebracht worden) nahm er mit. Am nächsten Vormittag war ich mit ihm beim Notar, und dort unterschrieb ich folgsam die Schuldanerkennung und die Vollstreckungsunterwerfung. Auch eine eidesstattliche Erklärung, daß ich keinerlei Werte versteckt besaß oder beiseite geschafft hatte. Diese Erklärung unterschrieb ich besonders leichten Herzens.

Von allen Schriftstücken bekamen Rotaug und ich je eine Ausfertigung, eine blieb bei dem Notar, und bezahlen durfte das Ganze natürlich ich. Zwei Dinge muß ich noch erwähnen: Die Garderobe, die Mutti für Irina hatte kommen lassen, wurde nicht gepfändet, die Rechnung dafür bezahlte der Verlag automatisch ebenso anstandslos, wie immer weiter die Kosten für Fräulein Luises Aufenthalt in der Ersten Klasse der Psychiatrischen Klinik überwiesen wurden. In einem so großen Betrieb wie BLITZ gibt es so etwas: Ein kleiner Angestellter hat einmal einen Auftrag erhalten, man vergißt, den Auftrag zu widerrufen, und so tut der kleine Angestellte weiter, was man ihm gesagt hat...

Der Notar hatte seine Kanzlei im ersten Stock eines Bürohauses, und Dr. Rotaug und ich gingen zuletzt gemeinsam die Treppe hinab. Vor dem Haus wandte Rotaug sich wortlos nach links, wo sein Wagen (mit Chauffeur) parkte, und ich wandte mich nach rechts und ging zur nächsten Straßenbahnhaltestelle. So endete meine vierzehnjährige Tätigkeit als Starautor bei BLITZ. Es war, fand ich, ein durchaus würdiges Ende.

Ich kam in das Penthaus, das uns nun nur noch neun Tage gehören sollte. Ich machte sehr auf fröhlich, und Irina machte sehr auf fröhlich, und wir gaben uns zuversichtlich und sorglos. Es würde schon alles wieder gut werden. Das wäre ja gelacht gewesen, wenn es nicht wieder gutgeworden wäre, dachte ich.

Dachte ich. Bis die Nachmittagspost kam.

Da gibt es in der Bundesrepublik einen Pressedienst, der interne Nachrichten und den letzten Klatsch aus der Branche druckt. Wir alle waren darauf abonniert. Mit der Nachmittagspost kam die neueste Ausgabe. Herford mußte unheimlich schnell reagiert haben. Jedenfalls waren dieser Ausgabe des internen Nachrichten-Blattes zwei Seiten angeheftet, auf denen unter der Laufzeile ›letzte meldung‹ ein Bericht über mich stand. (Der ganze Dienst wurde in Schreibmaschinenschrift vervielfältigt.) ›Walter Roland am Ende?‹ fragte die Überschrift. Und so juristisch schlau wie das Fragezeichen war der ganze Artikel. Es wimmelte von ›so scheint es, daß . . .‹, ›offenbar stimmt es, wenn . . .‹ und ›wie wir hören . . .‹. Jeder Satz war sozusagen rechtlich abgesichert und von einer Infamie, wie ich sie nie für möglich gehalten hätte, und ich hielt doch schon fast alles für möglich in dieser Industrie. Hier hatte Rotaug sein Meisterstück geliefert.

Es schien also nach den jüngsten Ereignissen bei Blitz festzustehen, was man schon lange ahnte, worüber man schon ewig munkelte: Der Alkohol hatte meine so glanzvolle Karriere schließlich beendet. Ich war nur noch ein unzurechnungsfähiger, illoyaler, amoralischer, hemmungsloser und absolut unzuverlässiger Trinker, unmittelbar vor dem definitiven Zusammenbruch und am Ende meiner Fähigkeit, so zu schreiben wie einst. In der unverschämtesten Form hatte ich meinen Verleger beleidigt, als dieser mir die wohlmeinendsten Vorhaltungen machte, und schweren Herzens hatte sich mein Verleger daraufhin gezwungen gesehen, sich von dem ›Mann, der einst sein Star gewesen war und der jetzt nur noch eine stete Gefahr für das Erscheinen des Blattes darstellte‹, durch fristlose Entlassung zu trennen.

So ging es weiter über volle zwei Seiten. Ich las alles noch einmal und trank und dachte, daß ich nun natürlich diesen Pressedienst verklagen mußte – und Blitz natürlich auch. Aber sofort danach dachte ich daran, was ich mit einer solchen Klage, die Rotaug und der Dienst natürlich einkalkuliert hatten, erreichen konnte. Blitz mußte dem Dienst, der dauernd in den roten Zahlen hing, zweifel-

los eine ordentliche Geldspritze verpaßt und ihm jede Unterstützung für den Fall eines Prozesses zugesagt haben. Ich war ganz sicher – und diese Sicherheit gründete sich auf das Miterleben zahlloser ähnlicher Verleumdungs-Campagnen während meiner Arbeitsjahre bei BLITZ –, daß Herford selbst damit rechnete, den Prozeß zu verlieren und gezwungen zu werden, eine Gegendarstellung in einem Widerruf zu geben. Bis aber so ein Prozeß beendet war, konnten Monate vergehen, Monate, in denen die Behauptungen des Dienstes unwidersprochen blieben. Und das war Herford bei seiner Rache die Hauptsache! Auch eventuelles Schmerzensgeld war ihm egal. (Ich schuldete ihm ja genug.) Vielleicht verlor BLITZ auch gar nicht, denn was da so verteufelt geschickt behauptet wurde, war ja teilweise sogar richtig. Und selbst wenn ich gewann und die Gegendarstellung gedruckt werden mußte: Was nützte mir eine solche Gegendarstellung nach Monaten? Wer nahm Gegendarstellungen überhaupt ernst in dieser Branche? Ich war gefeuert worden, das stand fest, daran war nicht zu rütteln. Alles andere interessierte die Branche nicht. Denn es mußte schließlich einen verflucht zwingenden Grund haben, wenn Herford seinen Top-Autor fristlos feuerte.
Mir wurde klar, warum tatsächlich niemand von der Konkurrenz, warum überhaupt niemand von einer anderen Zeitung sich bisher bei mir gemeldet hatte, um zu fragen, ob ich nicht für ihn arbeiten wolle. Herfords Leute mußten das, was da in dem Intern-Bericht stand, bereits telefonisch verbreitet haben, dachte ich, zum ersten Male sehr beklommen.
Und dann, von einem Moment zum anderen, fiel er über mich her, raubte mir den Atem, ließ mich keuchend beide Hände gegen die Kehle pressen, brachte Angst, Angst, tödliche Angst, Hilflosigkeit und entsetzliche Schwäche. Ich sank in den Sessel zurück.
Er war ohne jede Warnung gekommen, der Schakal.

6

Was folgte, werde ich nicht vergessen, und wenn ich hundert Jahre alt werde. Es fing an wie immer. Ich zog mich schnellstens aus und schluckte 20 Milligramm Valium, legte mich ins Bett, legte mich ganz still auf den Rücken, und versuchte durchzuatmen und die

Beherrschung nicht zu verlieren und meine Angst dadurch zu kontrollieren, daß ich mich an die vielen ähnlichen Situationen erinnerte. Irina eilte, furchtbar erschrocken, zu mir, und mit stammelnden, abgehackten Worten sagte ich, so etwas hätte ich manchmal, es komme vom Saufen, und darum, was auch geschehe, dürfe sie keinen Arzt rufen, denn daß ich versoffen war, darüber unterhielt sich gerade die ganze Branche. Und so ein Arzt brachte mich vielleicht – völlig überflüssigerweise – in eine Klinik, und dann war es heraus, und alle konnten weise nicken, und ich bekam nie mehr einen Job. Sie war sehr voller Sorge, versprach mir aber, keinen Arzt zu holen, und da versuchte ich dann, einzuschlafen. Von Schlaf war jedoch keine Rede. Das Herzklopfen, die Atemnot und die Schwäche mit der großen Übelkeit verstärkten sich mehr und mehr, ich begann zu schwitzen (das hatte ich noch nie getan), besonders an den Innenseiten der Hände, am Kopf und auf der Brust, und diese meine schweißfeuchten Hände zitterten. Aber trotzig und entschlossen nahm ich diesmal keinen Whisky, sondern nur neuerlich 20 Milligramm Valium, und dann noch einmal zwanzig. Daraufhin versank ich in einen Schlaf voll grauenhafter Träume, an die ich mich nicht mehr erinnere, nur daran, daß ich in diesen Träumen vor Angst fast starb. Als ich wieder erwachte, saß Irina an meinem breiten Bett und wischte mir den Schweiß von der Stirn und gab mir Fruchtsaft zu trinken – und ich hatte drei Stunden geschlafen. Drei Stunden mit sechzig Milligramm Valium!
Ich wollte aufstehen. Dabei fiel ich fast um, Irina mußte mich führen. Im Badezimmer wurde mir sehr schlecht, und ich erbrach mich würgend, obwohl ich doch nichts gegessen hatte. Auf den leeren Magen wollte ich wieder Valium nehmen, aber das Röhrchen entglitt meinen Händen und zerbrach. Irina sammelte die kleinen blauen Tabletten ein und gab sie mir. Und sie brachte mich in mein Bett zurück, das sie inzwischen neu überzogen hatte, denn es war völlig durchschwitzt gewesen.
Irina.
Wann immer ich nun aus meinen gräßlichen Träumen aufschreckte, saß sie neben mir, brachte zu trinken, zu essen, bestand darauf, daß ich aß, daß ich trank. Und wenn ich es gleich wieder von mir gab! Sie führte mich – nein, jetzt schleppte sie mich schon – ins Bad und wieder zurück, und immer hatte sie in der Zwischenzeit mein Bett neu gemacht. Sie sprach kaum, aber immer lächelte sie, obwohl ich sah, daß ihr Tränen in den Augen standen.

Irina.
Ich weiß nicht, wie sie wach blieb – sie war es, so oft ich die Augen aufschlug. Sie hatte sich die Matratzen des Bettes im Gästezimmer geholt und auch Bettzeug, und die Matratzen lagen zu Füßen meines Bettes, und Irina saß stets darauf, nah, ganz, ganz nah, wenn ich zu mir kam.
Irina.
Ich kam zu mir, aber das war kein wirklicher Wachzustand, meine Sinne verwirrten sich mehr und mehr, und auch in den Momenten meines Da-Seins erlebte ich weiter die scheußlichen Geschehnisse der Träume, die mich verfolgten. Die Träume waren immer da, im Schlafen und im Wachen. Sie mischten sich mit der Realität, und so kam es, daß ich Irina manchmal anschrie und sie verfluchte und sagte, daß ich sie hasse. Sie solle verschwinden. Irina nahm das nie ernst.
Irina.
Zum Valium, das ich in lebensgefährlichen Mengen schluckte (weil ich mir sagte, daß das Dreckszeug den Schakal doch noch immer verjagt hatte!), nahm ich nun noch alle möglichen Schlafmittel. Aber die Träume wurden immer ärger, ebenso wie das Schwitzen, der Tremor und die Angst. Meine Augen funktionierten nicht mehr. Ich sah mein Zimmer bald winzig klein, bald riesenhaft groß, mein Bett stand in einer anderen als der wirklichen Richtung, so schien es mir, und alle Dinge veränderten Gestalt und Farbe, sogar Irinas Gesicht.
»Soll ich dir nicht doch Whisky bringen?« fragte sie mich einmal, irgendwann zu Beginn der Dritten Unendlichkeit, vermutlich am zweiten Tag.
»Nein«, sagte ich, und der Speichel rann mir über das Kinn. »Nein. Nein. Nein. Ich will nicht. Es muß so gehen. Der Schakal muß so verschwinden. Gib mir Valium.«
Sie gab mir Valium, aber der Schakal ging nicht weg, und mein Zustand wurde immer noch schauderhafter. Ich träumte ganze Höllen von Breughel und Dante zusammen, ach was, diese Höllen waren ein Nichts gegen meine Höllen, und wenn ich zu mir kam, ging die Hölle weiter. Ich konnte mich nun nur noch mit Irinas Hilfe bewegen, sie mußte mich stützen oder halten, auch im Bad, und sie tat es. Ich schämte mich furchtbar, aber sie zeigte nur Sorge und Leid, niemals Ungeduld oder Ekel, selbst bei den schlimmsten Dingen nicht, als ich dann Durchfall bekam und das große

Erbrechen, und als ich alles schmutzig machte. Sie machte alles wieder sauber.
Irina.
Die Träume wurden unerträglich. Ich roch den Gestank aus dem Maul des Schakals, der neben mir im Bett lag und mein Gesicht leckte, und ich würgte mich fast zu Tode.
Dann war da wieder Irina – mit Fruchtsaft oder Suppe oder etwas Weißbrot und Honig und Butter darauf. Sie gab keine Ruhe, bis ich gegessen und getrunken hatte, was immer auch danach geschah.
Ich konnte nicht mehr den Unterschied zwischen elektrischem und natürlichem Licht erkennen, wußte nicht mehr, ob es Tag war oder Nacht und mußte Irina fragen.
Am Ende des zweiten Tages setzte plötzlich mein Herz aus.
Ich weiß, es setzte natürlich nicht aus, sonst wäre ich gestorben, aber das Gefühl war so, und es war das entsetzlichste Gefühl, das ich jemals erlebt hatte. Alles wurde schwarz um mich, mit weit aufgerissenem Mund wollte ich Luft, Luft, Luft, bekam keine, preßte die nassen Hände gegen die nasse Brust, und das weiß ich noch, daß sich mein Körper zusammenkrümmte und daß ich keuchte: »Hilfe ... Hilfe ... Hilfe ...«
Dann sackte ich zusammen und hatte Frieden.
Frieden. Frieden. Frieden.

7

Die nächsten beiden Tage fehlen in meinem Leben.
Ich habe sie überstanden, aber was ich von ihnen weiß, das weiß ich nur von Irina, die an meinem Bett wachte, Stunde um Stunde, die mich niemals allein ließ.
Irina sagte mir später, ich habe geschlafen in diesen zwei Tagen und Nächten, aber andauernd im Schlaf geschrien und mich im Bett hin und her geworfen. Manchmal sei ich erwacht, und dann habe sie mich ins Bad geführt oder mir zu essen gegeben oder zu trinken, ja, ich habe mich sogar, auf einem Stuhl sitzend, rasiert.
Von all dem hatte ich keine Ahnung am vierten Tag, als ich wieder zu mir kam. Aber es mußte so gewesen sein, denn ich war glattrasiert und trug einen neuen Pyjama, das Bett war sauber, und zu meinen Füßen, auf ihrem provisorischen Lager, sah ich Irina, an-

gezogen, auf den Matratzen, vor Erschöpfung eingeschlafen. Das elektrische Licht brannte. Im Moment, da ich mich bewegte, fuhr sie schon auf – und gleich darauf war ihr Lächeln wieder da.

»Was ... was ist?«

»Besser«, sagte ich, unendlich verwundert, »ich glaube, es geht mir besser.«

Sie stieß einen Jubelschrei aus, dann lief sie in die Küche, und bald kam sie mit einer leichten Mahlzeit zurück. Beim Essen und Sitzen im Bett bemerkte ich, wie schwach ich noch war, wie meine Hände zitterten, wie mir sofort wieder der Schweiß ausbrach. Aber der Schakal, das merkte ich auch, hatte sich ein wenig zurückgezogen. Ich nahm wieder eine Unmenge Valium und schlief bis zum Morgen durch – ich war um 1 Uhr früh erwacht –, und am Morgen konnte ich zum ersten Mal selber ins Badezimmer gehen, wenn ich mich auch noch an den Wänden entlangtasten und überall anhalten mußte. Meine Knie schlotterten, Schweiß rann über meinen Körper, aber ich rasierte mich im Stehen, und so wusch ich mich auch. Dann tappte ich ins Bett zurück und fiel ohne neue Mittel in einen unendlich tiefen Schlaf, in dem es keine Träume mehr gab. Diesmal schlief ich vierundzwanzig Stunden, denn als ich wieder erwachte, war es der Morgen des fünften Tages, Donnerstag, der 28. November 1968 – das Datum werde ich niemals vergessen.

Graues Licht kam durch die Fenster, das elektrische Licht im Raum brannte, und Irina war auf ihren Matratzen eingeschlafen, und sie wachte auch nicht auf, als ich mich nun erhob. Danach geschah das Wunder. Ich hatte wieder feste Beine, ich konnte gehen und stehen, mir war nicht mehr schlecht, ich schwitzte nicht mehr, mein Herz klopfte ruhig, ich bekam richtig Luft. Und ich hatte Hunger!

Ich ging ins Bad und dann in die Küche, und ich machte ein Riesenfrühstück für Irina und mich. Dann fiel mir etwas ein, während ich darauf wartete, daß das Kaffeewasser kochte.

Ich ging zur Bar und in die Vorratskammer, holte, was ich an Whisky- und anderen Schnapsflaschen fand, und alles stellte ich in das Becken des Abwaschtisches, und dann nahm ich einen großen Hammer und zerschlug die Flaschen, eine nach der anderen. Scherben und Splitter sammelte ich zuletzt vorsichtig ein. Das war das letzte Mal, daß ich mich doch noch erbrechen mußte – als ich den Alkohol roch, während ich das Zeug fortspülte. Im Bad putzte ich meine Zähne. Dabei bemerkte ich, daß jemand mich beobachtete.

Es war Irina.
»Vorüber, glaube ich«, sagte ich.
Sie rannte zu mir und warf ihre Arme um mich und gab mir viele kleine Küsse und sagte immer wieder: »Danke, danke, danke...«
Nur danke.
Ich fragte sie nicht, wem sie dankte. Ich dankte Ihm auch.
Wir frühstückten in der Küche, und ich hatte großen Appetit, und wir lachten und alberten die ganze Zeit, und die fünf schlimmsten Tage meines Lebens waren vorbei.
Ich habe später einmal den Dr. Wolfgang Erkner gefragt, ob es so etwas überhaupt gibt. Er antwortete, so etwas gebe es wohl – wenn in einem bestimmten Stadium des fortgeschrittenen Alkoholismus schwere seelische Erschütterungen eintreten, wenn jemand aus dem gewohnten Milieu gerissen, aber auch wenn er von einem psychischen Druck befreit wird. Solche Zustände seien kaum zu Hause zu behandeln, das gehe nur selten gut.
Ich schreibe das Folgende nicht, um mich moralisch aufzuspielen oder um als Missionar zu wirken, sondern nur, weil es sonst in diesem Buch fehlen würde: Von jenem 28. November an bis zum heutigen Tage habe ich nie mehr Alkohol, in welcher Form auch immer, getrunken – keinen einzigen Tropfen Alkohol. Und der Schakal ist nie mehr wiedergekommen.

8

Hem nahm Irina und mich in seiner großen Wohnung auf.
Er gab uns zwei Zimmer – eines zum Schlafen für mich und für Irina, eines zum Arbeiten für mich. Als wir das Penthaus verließen, wachten zwei Angestellte des Verlags darüber, daß wir auch nichts mitnahmen, was auf Rotaugs Inventurlisten stand. Also nahmen wir sehr wenig mit – es ging in ein paar Koffer. Wir brachten die Koffer und meine Anzüge und Irinas Garderobe und die Bücher in Berties Wagen, einem Mercedes, zu Hem – drei Fuhren genügten. Die Wohnungsschlüssel mußte ich den Angestellten aushändigen. Dafür bekam ich neue – von Hem. Wir übersiedelten am Montag nach dem ersten Advent, und es schneite zum ersten Mal in diesem Jahr. Die Flocken waren sehr hart und blieben liegen.

Hems Wohnung war antik eingerichtet, im Schlafzimmer stand das große Doppelbett, in dem einst er mit seiner Frau geschlafen hatte. Nun schlief er am anderen Ende der Wohnung. Irina und ich blieben allein, denn Montag war Schlußtag, und Hem und Bertie hatten in der Redaktion viel zu tun. Ich wußte, daß Hem erst spät heimkommen würde. Gegen Abend wurde ich unruhig, und diese Unruhe steigerte sich mehr und mehr, denn ich dachte daran, daß ich ja nun mit Irina in einem Bett schlafen müsse. Das war ein schwieriger Gedanke. Ich sagte mir, daß wir uns liebten, daß es also natürlich gewesen wäre, es auch zu tun. Aber dann mußte ich immer wieder daran denken, daß das Kind, das Irina nun in ihrem Leib trug, doch von einem anderen Mann und nicht von mir war. Ich wollte unendlich gerne mit ihr schlafen, aber ich mußte an all das denken, was geschehen war, und als es soweit war, ließ ich Irina zuerst ins Bad gehen und ging dann selber und überlegte, daß ich ihr sagen wollte, ich könne mich beherrschen und warten, bis das Kind da war – und wenn es auch noch ein halbes Jahr dauere. Ich wußte nicht, ob ich das, Nacht für Nacht neben ihr, auszuhalten vermochte – aber dann, wenn ich es nicht vermochte, gab es ja noch eine Couch im Arbeitszimmer.

Ich ging endlich zu Irina. Sie hatte alle Lichter bis auf das neben dem Bett gelöscht, und da lag sie, vollkommen nackt.

»Komm, Walter«, sagte sie und breitete die Arme aus.

Es war dann alles so einfach und so gut und so richtig. Es war so, als ob ich noch nie geliebt hätte, und wir taten es wieder und wieder, und ich geriet vollkommen außer mir, und Irina ging es ebenso. Es war wundervoll, das, wovor ich mich so gefürchtet hatte. Es war das Wundervollste, was ich in meinem Leben jemals fühlte. Einmal, als ich mich verströmte, hatte ich das Gefühl, zu sterben, und ich dachte, daß ich gerne so gestorben wäre, aber das ging nicht, denn wir hatten ja jetzt ein Kind.

Zuletzt schlief Irina in meinem Arm ein. Ich lag noch lange wach in der Finsternis und war sehr glücklich. Dann muß auch ich eingeschlafen sein, denn als ich eine Bewegung verspürte und die Augen öffnete, zeigte die Uhr auf dem Nachttisch mit ihrem Leuchtzifferblatt drei, und Irina saß neben mir und hielt die Hände gefaltet.

»Was gibt's, Liebling?« fragte ich. »Ist dir nicht gut?«

»Mir ist ganz wunderbar«, sagte sie.

Ich setzte mich ebenfalls.

Die Lichter der Stadt draußen erleuchteten das große Fenster, dessen Vorhänge wir nicht geschlossen hatten und vor dem kleine weiße Flocken herabsanken.
»Was machst du denn?« fragte ich und legte einen Arm um sie.
»Ich habe gebetet«, sagte sie. Und schnell: »Aber ich kann nicht sagen, wofür.«
»Nein, natürlich nicht«, sagte ich.
Wir schwiegen lange, und dann sagte Irina: »Es ist nicht wahr.«
»Was ist nicht wahr?«
»Was du in Hamburg einmal gesagt hast. Daß es nur Gemeinheit gibt in dieser Welt.«
»Das habe ich gesagt?«
»Ja. Und es ist nicht wahr! Es gibt auch Freundschaft und Anständigkeit und Liebe ... Sag nichts!« rief sie. Und dann flüsterte sie: »Denn wenn es wirklich nur Gemeinheit gäbe in dieser Welt, dann lebten schon lange, lange keine Menschen mehr auf ihr. Nicht ein einziger Mensch. Und es leben doch so unendlich viele ...«
Und danach schwiegen wir wieder, und ich hielt meinen Arm weiter um Irinas Schulter, und wir sahen zu dem Fenster, vor welchem, unerschöpflich und lautlos, der Schnee fiel.

9

»Herr Roland!« Fräulein Luise strahlte mich an. »Wie gut, daß Sie wieder hier sind. Ich hab Sie schon so vermißt.«
»Ich konnte nicht früher kommen. Ich war ein paar Tage krank ...«
»Krank?«
»Nichts Ernstes. Aber dann hatte ich so viel zu tun. Sonst wäre ich schon früher gekommen.«
Ich saß Fräulein Luise gegenüber an einem Tischchen in ihrem großen Zimmer. Sie trug ein altes graues Kostüm und Pantoffel. Im Hof draußen und auf den kahlen Ästen der Kastanienbäume lag eine dünne harte Schneeschicht. Es war zu kalt, als daß es hätte weiterschneien können.
»Hat Sie denn inzwischen niemand aus dem Lager besucht?« fragte ich.
»Doch. Ja. Der Herr Pastor und Herr Kuschke, der Chauffeur, die waren da, jeder einmal. Haben mir noch ein paar von meinen

Sachen zum Anziehen gebracht. Sehr lieb, alle beide. Aber so in Eile. Viel zu tun, wissens, Herr Roland. Das war traurig. Hier bin ich doch so ganz allein. Niemand kümmert sich um mich. Denn ich hab doch keine Verwandten mehr und keine Freund.« Nach dem letzten Wort sah ich sie scharf an. Sie blieb unbewegt, sie hatte das Wort ohne Zweifel nicht in der besonderen Bedeutung, die es einmal für sie gehabt hatte, gesagt. »Und deshalb bin ich so froh, daß Sie hier sind.« Sie legte ihre kleine, alte Hand auf meine und sah mich lächelnd an.

»Wie geht es Ihnen, Fräulein Luise?«

»Ah, gut. Wirklich, sehr gut«, sagte sie. Und sie sah in der Tat sehr gut und erholt aus. »Ich bin auch glücklich darüber, daß man mich so fein untergebracht hat.« Sie neigte sich vor und senkte die Stimme zu einem vertraulichen, nein, zu einem verschwörerischen Flüstern. »Obwohl, Herr Roland, es ist hier nicht alles so, wie es scheint ...«

Das war am Nachmittag des 9. Dezember, einem Montag. Bertie hatte mir seinen Wagen geliehen, mit dem war ich nach Bremen gekommen. Ich hatte in den vergangenen Tagen wirklich viel zu tun gehabt. Zuerst waren Irina und ich zum Standesamt gegangen. Dort hatte man uns erklärt, wir dürften nur heiraten, wenn Irina vor einem Notar erklärte, daß sie noch nicht verheiratet gewesen sei, und wenn sie ein Ehefähigkeitszeugnis beibrachte. Da sie das Ehefähigkeitszeugnis nicht vorlegen konnte, mußten wir beim Oberlandesgericht ein Gesuch um Befreiung von der Beibringung eines solchen Zeugnisses einreichen. Bis dieses Gesuch positiv beantwortet wurde, verginge etwa ein Monat, sagte uns der Mann auf dem Standesamt. Es stellte sich heraus, daß Hem jemanden bei Gericht kannte, und den bat er, dafür zu sorgen, daß unser Gesuch bevorzugt behandelt wurde. Hem war geradezu verliebt in Irina. Abends saßen sie stundenlang zusammen und erzählten sich Geschichten, oder Hem spielte für Irina auf dem Cello oder Schallplatten mit Schoeck-Musik. Er zeigte ihr Farbbilder von Madonnengemälden und Madonnenskulpturen in großen Kunstbänden, die er aus seiner Bibliothek suchte. Das tat er, damit Irinas Kind so schön wurde wie die schönen Jesus-Kinder im Schoß der Madonnen auf den Bildern. Er glaubte fest daran, daß das wirkte.

Irina arbeitete inzwischen bei einem Kinderpsychologen als eine Art Mädchen für alles – von neun bis achtzehn Uhr. Als richtige Sprechstundenhilfe konnte der Mann sie nicht anstellen, aber er brauchte dringend jemanden, der ihm den ganzen Papierkram abnahm, und er zahlte prima. Irina hatte erklärt, unbedingt arbeiten zu wollen. Wenn das Kind da war, würde sie eine Weile aussetzen. Dann wollte sie weiterstudieren.

»Und im Moment brauchen wir jede Mark«, sagte sie zu mir. »Bis du einen neuen Job hast.«

Es sah nicht so aus, als ob ich einen neuen Job kriegen würde – kein Mensch meldete sich bei mir. Herford und Genossen hatten ganze Arbeit geleistet. Für die Branche war ich ein toter Mann. Ich war aber im Gegenteil sehr lebendig. Wie ein Besessener schrieb ich meine Geschichte, diese Geschichte, jeden Tag von morgens bis abends. Ich wußte nicht, was ich mit ihr anfangen sollte, ich hatte keine Ahnung, aber etwas zwang mich, zu schreiben, so schnell ich nur konnte. Ich muß damals einen sechsten Sinn gehabt haben. Als Unterlagen dienten mir die fotokopierten Blockseiten und die überspielten Tonbänder. Neben der Schreibmaschine auf dem großen Tisch beim Fenster im Arbeitszimmer stand immer der Recorder. Die Kassetten waren daneben gestapelt. Sooft Bertie Zeit hatte, kam er und setzte sich neben mich und las, was ich geschrieben hatte und ergänzte und redigierte es nach seinen eigenen Erlebnissen und Erinnerungen. Das war eine ständige Einrichtung geworden.

Am 5. Dezember erschien die erste Folge von MANN-TOTAL und das Titelbild von Max mit der Banderole über seinem Jonny. Herford hatte angeordnet, daß 100 000 Exemplare mehr gedruckt wurden – und am Montag früh war die Nummer bereits nicht mehr zu haben. Ausverkauft. Sie druckten also noch 50 000 nach. Die Geschichte war *die* Sensation der Branche. Lester hatte ganz schnell drei amerikanische Standardwerke und dazu ein schwedisches über das Thema kaufen lassen. Vier Autoren – zwei Männer, zwei Frauen – wurden zu einem Team vereinigt und verfaßten die Serie nun unter dem Namen Olaf Kingstrom. Die vier schrieben seitenweise ab, sagte Hem. Sie suchten sich einfach die saftigsten Stellen heraus. Und sie verwendeten hemmungslos Bilder aus dem Material, das die Mertzen mit ihrem Archiv heranschaffte. Sie leistete erstklassige Arbeit.

»Diese Serie ist die reinste Scheiße«, sagte Hem. »Zusammengekittet, zum Teil falsch aus dem Englischen – aus dem Schwedischen sowieso – übersetzt, die Übergänge und das, was vom Team stammt, primitiv und dumm, aber was willst du? Die Frauenkonferenz ist hingerissen, die Leser sind es auch. Das zeigt dir nur wieder einmal, daß ich recht habe mit meiner alten Rede: Auf den Stil kommt es überhaupt nicht an. Es kann etwas so beschissen geschrieben sein wie nur möglich – sobald der Inhalt interessiert, ist das egal.«

Na ja, und dieser Inhalt interessierte also Ihre Majestät die Leserin. Mir zeigte die Sache nur *meine* alte Rede: Es gibt keinen Menschen, der unersetzlich ist.

In den Kreisen von Tutti und Max erregte das Titelbild natürlich Sensation. Max sagte mir, er sei am Freitag, dem Erscheinungstag, von morgens bis abends angerufen worden – praktisch aus ganz Deutschland, auch von Leuten, die er seit Jahren nicht mehr gesehen hatte. Telegramme kamen. Man gratulierte ihm zu seiner Karriere.

»Tutti muß imma wieda weenen«, sagte Max. »Sie sagt, det hättse sich nich träumen lassn, dettse mal mit 'n richtijen Prominenten zusammen is. Privat. Und ick soll bloß nich jrößenwahnsinnich werdn, wenn mir jetzt die Weiba nochloofn in Scharen und der Fülm kommt und wat noch allet. Da kenntse ihren Max aba schlecht! Ick bleibe janz jelassen und kühl. Bei mir wirste det nie erleben – Übaheblichkeit. Wat kann ick schon für mein Dschonni? Wat is da mein Vadienst dran? Det ist einfach een Jeschenk von 'n lieben Jott, nüch?«

Beim Schreiben war ich nun immer näher an die Gestalt und die Erlebnisse Fräulein Luises herangekommen. Ich hatte bereits Passagen einfach ausgelassen, um diese Erlebnisse später einzufügen, aber nun mußte ich endlich wieder nach ihr sehen und versuchen, von ihr etwas zu hören.

Tja, und was ich dann hörte, war dieser seltsame Satz: »Obwohl, Herr Roland, es ist hier nicht alles so, wie es scheint ...«

»Was meinen Sie?« fragte ich verblüfft. »Etwas mit den Pflegern? Mit den Ärzten? Mit den Schwestern? Sind sie nicht nett zu Ihnen?«

Das Fräulein sagte: »Leise!« Und fuhr leise fort: »Nett – ah ja, das sind sie schon. Zu *mir!* Aber in den letzten Tagen, da hab ich beobachtet, daß die Schwestern und die Pfleger sich recht unschön über die Patienten im allgemeinen äußern. Vielleicht doch auch über mich? Ich hab es vielleicht nur nicht gehört ...«

»Das kann ich nicht glauben«, flüsterte nun auch ich.

»Wer weiß, wer weiß.« Das Fräulein wiegte den Kopf mit dem weißen Haar. »Außerdem hab ich feststellen müssen, Herr Roland: Zwischen diesen Leuten gibt es keine Freundschaft, keine echte. Und von den Gesetzen des höheren Lebens verstehen sie überhaupt nichts. Sind halt Leute auf dieser unserer Erde.« Sie zuckte traurig die Schultern.
»Auf unserer kleinen, elenden Erde«, sagte ich.
Sie nickte.
»Ja. Leider. Aber«, flüsterte sie, »da ist noch etwas los hier, Herr Roland.«
»Nein!« O Gott, dachte ich. Es beginnt wieder ...
»Doch, doch«, flüsterte sie eifrig. »Gestern abend,-da hab ich gehört, wie so ein großes Gerede und Gemurmel war zwischen dem Personal draußen auf dem Gang. Und in der Nacht haben sich dann welche nebenan in die Teeküche gesetzt und geredet. Ich hab es durch die Wand gehört. Und ich bin aufgestanden und auf den Gang geschlichen und hab an der Tür von der Teeküche gehorcht. Das tut man nicht, ich weiß. Aber ich hab einfach hören müssen, worüber die so geheimnisvoll reden.«
»Und worüber haben sie geredet?«
»Über den Herrn Doktor Erkner«, flüsterte das Fräulein sorgenvoll. Jetzt war ihr Gesicht blaß und sah angestrengt aus. »Immer nur über den Herrn Doktor Erkner.«
»Was über ihn?«
»Also, es war sehr undeutlich, ich hab nur wenig verstehen können.«
»Nämlich was?«
»Nämlich«, erklärte Fräulein Luise beklommen, »da haben welche gesagt, der Herr Doktor Erkner ist gar kein richtiger Psychiater. Das soll überhaupt der falsche Doktor Erkner sein.«
»Aber das ist doch ...« Ich unterbrach mich. »Und was noch?«
»Alles andere war fast unverständlich. Böses auf jeden Fall. Ich glaub, der Herr Doktor Erkner ist in Gefahr.«
»Aber nein«, sagte ich.
»Aber nein«, wiederholte Fräulein Luise. »Ja, das hat Schwester Veronika auch gesagt.«
»Wann?«
»Heute früh. Heute früh hab ich es nämlich nicht mehr ausgehalten und hab Schwester Veronika – das ist mir die liebste von allen hier – erzählt, was ich gehört hab und was ich befürcht.«

»Und?«
»Und sie hat ›Aber nein!‹ gesagt, ganz wie Sie, Herr Roland«, antwortete das Fräulein. »Und dann hat sie noch etwas gesagt.«
»Was?«
»Ich soll davon nichts dem Herrn Doktor Erkner erzählen, denn das würd die Sache nur noch schlimmer machen. Ich bitt Sie, was heißt das: Nur noch schlimmer? Also ist Herr Doktor Erkner doch von Unheil bedroht!«
Ich war sehr deprimiert. Ich hatte gehofft, das Fräulein in einer besseren Verfassung vorzufinden. Aber ein Wahn schien hier nur einem anderen – dem Verfolgungswahn – gewichen zu sein.
»Bestimmt nicht«, sagte ich, »ganz bestimmt nicht, Fräulein Luise. Sie haben sich verhört.«
»Meinens wirklich?«
»Ja! Sie haben dem Doktor doch auch nichts von allem erzählt – oder?«
»Nein. Ich ... ich hab mich dann nicht getraut.«
Gott sei Dank, dachte ich. Und Gott sei Dank wird wohl auch Schwester Veronika gedacht haben. Die versucht doch nur zu verhindern, daß das Fräulein endlos hierbleiben muß – wenn sie das auch auf sonderbare Art versucht.
»Nur Ihnen erzähl ich das«, sagte Fräulein Luise. »Nur Ihnen. Denn warum? Weil ich ein Vertrauen hab, weil ich weiß, Sie werden mich nicht verraten. Sie haben recht, vielleicht täusch ich mich da wirklich. Aber in einem täusch ich mich ganz bestimmt nicht, wenn ich das glaub.«
»Nämlich was?«
»Nämlich daß die Menschen hier gar keinen Funken Verständnis für die höheren Schichten des Lebens haben. Ja, das glaub ich unbedingt.«
Sie nickte nachdrücklich und schwieg, und eine Pause entstand.
Endlich versuchte ich es, ohne viel Hoffnung ...
»Und was meine Arbeit macht, meine Geschichte, das interessiert Sie gar nicht, Fräulein Luise?«
Ganz befangen von ihren neuen Kümmernissen antwortete das Fräulein mit einer müden Handbewegung: »Ach, die Geschichte ...«
»Ja?«
»Das ist doch etwas aus einer längst vergangenen Zeit«, sagte Fräulein Luise. »Alles schon versunken, hinunter in die Ewigkeit.

Die Zusammenhänge, Herr Roland, die Zusammenhänge zwischen allem, was da passiert ist, die werden wir doch nie wirklich erfassen, solang wir hier sind, hier auf dieser Erde. Den Sinn von allen diesen Dingen. Darum meine ich fast, es ist gar nicht gut, wenn man sich mit dem beschäftigt, was einmal gewesen und was abgeschlossen ist. Glauben Sie das nicht auch? Sie sollten es glauben!«
»Ja, kann schon sein«, sagte ich. Da war nichts zu machen. Ich unterhielt mich noch eine Weile über belanglose Dinge mit dem Fräulein, dann verabschiedete ich mich.
»Aber Sie kommen wieder, Herr Roland, ja? Bitte, kommen Sie wieder!«
Sie tat mir leid, also nickte ich.
»Wann, Herr Roland? Bald? Kommens bald, bitte! Vielleicht gibts was interessantes Neues, was ich Ihnen erzählen muß.«
Das bezweifelte ich sehr. Und damit irrte ich mich gewaltig.

10

Er hatte eine Riesenvilla in Königstein. Das liegt außerhalb von Frankfurt, aber nahe bei der Stadt. Prunkvolle Villen gibt es da. Villen, Villen, Villen. In Parks, Parks, Parks. Etwas für die ganz reichen Leute. Joachim Vandenberg mußte noch viel reicher sein, als ich gedacht hatte.
Beim Parktor – ich war mit Berties Mercedes gekommen – mußte ich klingeln. Aus einem kleinen Häuschen trat ein Mann, kam näher, fragte, wer ich sei und was ich wollte. Als er es wußte, ging er in das Häuschen zurück, und ich sah, wie er telefonierte. Er kam wieder und öffnete die Flügel des Tores.
»Herr Vandenberg erwartet Sie«, sagte der Mann. »Die Villa liegt auf dem Gipfel des Parks. Bitte fahren Sie hinauf.«
Also fuhr ich einen kurvenreichen Betonweg zwischen uralten Bäumen bergan, richtig im Kreis um einen kleinen Berg, und landete endlich vor einer Villa auf einem kiesbestreuten Parkplatz. Die Villa sah aus wie ein vornehmes englisches Landhaus.
Ich stieg aus dem Wagen, als sich die Haustür öffnete und ein Mann in einem blauen Anzug erschien – groß, beleibt, schwarzhaarig, mit einer mächtigen Nase und schlauen Augen.
»Herr Roland! Ich freue mich, daß Sie gekommen sind. Bitte, tre-

ten Sie näher.« Er reichte mir die Hand, und ich schüttelte sie. »Nachgefahren ist Ihnen doch niemand?« fragte er.
»Nein, Herr Vandenberg. Ich habe aufgepaßt, aber nichts bemerkt.«
»Gut. Muß ja nicht jeder wissen, daß wir uns treffen, nicht wahr? Darum habe ich Sie auch zu mir nach Hause gebeten und so spät. Das Personal hat schon frei.« Er ging vor mir in die Villa hinein. Eine Frau schien er nicht zu haben, jedenfalls erwähnte er keine. Kinder auch nicht.
Das Haus war vollgestopft mit Kostbarkeiten. Wunderbare Möbel, Teppiche, Bilder, Gobelins, Vasen und Buddhas. Vandenberg schien Buddhas zu sammeln. Er führte mich in einen großen Wohnraum, in dem es sehr viele Buddhas gab und einen Kamin. Feuer brannte im Kamin, die Vorhänge waren zugezogen, seidenbeschirmte Lampen verbreiteten mildes Licht. Wir setzten uns vor den Kamin in eine große Klubgarnitur. Vandenberg rollte aus einem Wandschrank, der sich als Bar erwies, ein Wägelchen mit Flaschen heran.
»Sie trinken ›Chivas‹«, sagte er.
»Woher wissen Sie ...«
Er lachte.
»So etwas spricht sich doch herum!«
»Da hat sich aber etwas Falsches herumgesprochen«, sagte ich. »Ich trinke keinen ›Chivas‹. Ich trinke überhaupt keinen Alkohol.«
»Sagen Sie das noch mal.«
Ich sagte es noch mal.
Er sah mich verwundert und mißtrauisch an, dann zuckte er die Schultern und fragte, was ich haben wollte. Ich bat um ein Glas Sodawasser. Das reichte er mir. Er selber trank ›Chivas‹. Es machte mir nicht das geringste, zuzusehen. Vandenberg offerierte Havanna-Zigarren, gab mir Feuer für die meine, wartete, bis sie ordentlich zog und ich Sodawasser getrunken hatte, und musterte mich die ganze Zeit über aufmerksam. Eine bernsteinfarbene dicke Katze kam aus einer Ecke und sprang ihm auf den Schoß. Während unseres ganzen Gesprächs kraulte er das Tier, das ab und zu leise schnurrte, hinter den Ohren. Er sagte: »Sie haben Blitz verlassen.«
»Hat sich das auch schon bei Ihnen herumgesprochen?«
»Natürlich«, sagte er. »Wenn es sich auch nicht herumgesprochen hat, weshalb Sie Blitz verließen.«
»Kommt vielleicht noch.«

»Ich glaube nicht«, sagte Vandenberg und streichelte die Katze. »Nein, ich glaube bestimmt nicht, daß das noch kommt.«
»Aber Sie wissen es.«
»Aber ich weiß es.« Er lachte wieder. »Sie erinnern sich doch gewiß noch an Herrn Seerose.«
»Was ist mit dem?«
»Der wohnte auch in Königstein«, sagte Vandenberg liebenswürdig. »Ganz in der Nähe. Wir waren sehr gut miteinander befreundet – glaubte ich«, fügte er hastig hinzu, als er mein Gesicht sah. »In Wirklichkeit wußte ich nichts von ihm. Daß er nun auf und davon ist aus den bekannten Gründen ... also, ich hatte keine Ahnung! Ich hätte jeden ausgelacht, der behauptet hätte, Seerose sei ein Ostagent! Absurd die Vorstellung eigentlich, nicht?«
Ich schwieg.
»Sie finden es auch absurd«, sagte er. »Aber wer sieht schon in die Herzen der Menschen?«
Wer sieht in deines? dachte ich da, aber den Gedanken vergaß ich gleich darauf wieder.
»Seerose und ich spielten oft Golf, wissen Sie. Auch noch im November, als ... als Sie in Hamburg waren. Seerose deutete an, daß Sie eine ganz heiße Sache hätten.« Das glaubte ich nicht. Gleich darauf mußte ich es glauben. »Die Warschauer-Pakt-Staaten-Pläne. Amerikaner und Russen. Sollte die größte Story seit Bestehen von BLITZ werden.«
»Das hat er Ihnen erzählt?«
»Ja. Hatte eben Vertrauen zu mir. Freunde, die wir waren. So lange Jahre Nachbarn. Frankie habe ich auch von ihm. Ein Geschenk.«
»Wer ist Frankie?«
»Der Kater. Mein Liebling.«
»Aha.«
»Herr Roland, hören Sie zu: Ich war Seeroses Freund. Was er getan hat, entsetzt mich natürlich. Aber ich will keines Menschen Richter sein. Ich war nie ein Freund Ihres Verlegers. Er hat nach dem Krieg immer wieder versucht, meinen Buchverlag kaputtzumachen, damit er ihn selber kaufen konnte, billig, ganz billig.«
»Wozu?«
»Wollte einen eigenen Buchverlag.«
Das stimmte. Ich hatte nur nicht gewußt, daß Herford sich gerade für Vandenbergs Verlag interessierte.

»Heute bin ich viel zu groß geworden«, sagte Vandenberg. »Heute ist da nichts mehr zu machen. Aber es gab Zeiten, da hatten er und sein lieber Anwalt Rotaug mich ganz schön am Kragen – so gleich nach der Währungsreform... Er hat das alles nicht vergessen«, sagte Vandenberg, und plötzlich schien er keine Lippen mehr zu besitzen. »Ich habe es auch nicht vergessen. Ich bin noch immer kein Freund von Herrn Herford. Ich bin ein Anhänger der alten Auge-um-Auge-Praxis, verstehen Sie?«

»Ja«, sagte ich und trank einen Schluck Sodawasser. Das Feuer im Kamin prasselte.

»Um es kurzzumachen: Ich habe gehört – fragen Sie nicht, woher oder von wem, ich kann es doch nicht verraten –, ich habe gehört, daß Sie an Ihrer Story weiterschreiben wie ein Verrückter.«

Ich schwieg.

»Stimmt doch?« fragte er und blies eine Wolke Tabakrauch aus.

»Ja«, sagte ich und sog an meiner Havanna, »es stimmt. Und?«

»Seien Sie nicht so aggressiv! Ich tue Ihnen nichts. Was ist denn los mit Ihnen, Herr Roland? Nervös?«

»Ein bißchen«, sagte ich. »Ich mag es nicht, wenn man mir Dinge nicht verraten kann.«

Darüber lachte er wieder herzlich.

»Nun passen Sie auf, Sie Mimose: Sie schreiben doch nicht nur für den Papierkorb. Sie wollen doch, daß Ihre Story gedruckt wird, nicht wahr?«

»Im Moment schreibe ich, weil ich einfach aufschreiben muß, was passiert ist. Weiter habe ich noch nicht gedacht.«

»Aber ich«, sagte Vandenberg. »Ich will, daß die Story gedruckt wird. Bei mir. Wollen Sie ein Buch für mich schreiben?«

»Ich soll ... für Sie ...«

»Ja. Für die Herbstproduktion 69. Ich möchte schon früh herauskommen damit. Sagen wir im August. Schaffen Sie das?«

»Wenn ich so weiterschreibe wie jetzt, schaffe ich das Manuskript, wenigstens die Rohfassung, in zwei Monaten«, sagte ich.

»Na also. Und dann machen wir noch die Feinfassung«, sagte er. »Ich kenne Ihre früheren Bücher. Ich habe Ihre Arbeit bei BLITZ verfolgt. Sie sind ein verflucht begabter Hund. Ich habe Vertrauen zu Ihnen. Das Ganze muß natürlich geheim bleiben. So lange wie möglich. Ich möchte, daß selbst meine Verlagsleute nichts ahnen. Eine richtige Bombe, verstehen Sie? Wenn Sie das Manuskript abliefern, ist immer noch Zeit genug, Erklärungen zu geben und einen Vertrag zu schließen.«

»Ach so«, sagte ich.

Er lachte. Er schien gerne zu lachen.

»Sie glauben, ich mache Spaß, was? Will Sie reinlegen, wie? Will ich nicht. Wirklich nicht. Der Vertrag ist doch Formsache. Wir besprechen jetzt die Bedingungen, und ich lege sie Ihnen handschriftlich mit meinem Okay nieder. Als Vorschuß gebe ich Ihnen ... na, weil Sie es sind ... also sagen wir zwanzigtausend gleich und zwanzigtausend bei Ablieferung des Manuskripts. Paßt Ihnen das?«

»Wirklich wunderschöne Buddhas haben Sie, Herr Vandenberg. Ich verstehe ja nichts davon, aber Sie könnten mir bestimmt über jedes einzelne Stück eine Geschichte erzählen.«

»O ja, das könnte ich«, sagte er und goß wieder Whisky in sein Glas. »Aufregende, mysteriöse Geschichten. So aufregend und mysteriös, wie Ihre Geschichte ist. Also abgemacht?«

»Herr Vandenberg«, sagte ich, »diese Story habe ich noch im Auftrag von BLITZ recherchiert. BLITZ hat dafür bezahlt. Ein Fotograf von BLITZ hat mitgearbeitet. Wir waren in New York. Die Rechte an dieser Geschichte liegen bei BLITZ. Da ist nichts zu machen.«

»Ja«, sagte er. »Und darum schreiben Sie wie ein Verrückter weiter.«

»Wie meinen Sie das?«

»Wollen Sie sagen, daß Ihnen eben jetzt zum ersten Mal der Gedanke kommt, die Rechte an Ihrer Story könnten bei BLITZ liegen und da wäre nichts zu machen?«

»Nein«, sagte ich langsam.

»Sondern Sie dachten was?«

»Ich dachte ... ich weiß nicht ... ich dachte ...« Dieser Vandenberg beeindruckte mich sehr. Ich wußte noch nicht, ob er mich positiv oder negativ beeindruckte. Auf alle Fälle war das eine Persönlichkeit. »Ich dachte, es ließe sich ein Weg finden, trotz allem, die Story unterzubringen und drucken zu lassen.«

»Na also«, sagte Vandenberg. »Was soll dann das Theater? Wollen Sie mehr Vorschuß?«

»Nein. Nur ... nur ... ich wüßte nicht, wie man die Rechte bekommen könnte. BLITZ will die Geschichte unter allen Umständen verschweigen.«

»Und ich will sie unter allen Umständen drucken. Hören Sie zu:

Zerbrechen Sie sich nicht den Kopf über die juristische Seite dieser Sache. Schreiben Sie so schnell Sie können Ihre Story. Um alles andere kümmere ich mich. Ich werde die Erlaubnis, die Story zu veröffentlichen, von Herford bekommen – nach gütlicher Einigung oder nach einem Prozeß.«

»Und wenn Sie den Prozeß verlieren?«

»Ich verliere ihn nicht.«

»Herr Vandenberg, wenn Sie wissen, was das für eine Geschichte ist, dann wissen Sie doch auch, mit wem Sie sich da anlegen – *außer* mit Herford!«

»Das weiß ich genau.«

»Und Sie haben keine Angst?«

»Das ist das einzige, was ich in meinem ganzen Leben noch nie gehabt habe«, sagte Joachim Vandenberg. Ich muß gestehen, daß es mich schon mächtig beeindruckte, denn er sagte es ruhig und lächelnd, und ich glaubte ihm. Dann fügte er hinzu, ruhig und lächelnd: »Wobei ich Ihnen anständigerweise noch sagen will, warum ich so guten Mutes bin. Ich weiß auch ein paar Sachen, die nicht unbedingt an die Öffentlichkeit kommen sollen – über Herford und über die anderen Herrschaften, die eine Publikation verhindern wollen.« Er zuckte die Schultern. »Hier ist mein Angebot. Take it or leave it. Sie werden von niemandem sonst eines bekommen, glauben Sie mir. Ich bin absolut sicher, die Geschichte drucken zu können. Ich bin aber auch nur ein Mensch. Wenn ich viel Pech habe, muß ich von dem Vertrag zurücktreten. Dann können Sie die Story für alle Zeiten vergessen. Dann ist sie wirklich undruckbar. Ich sehe eine Chance von neunundneunzig zu eins, daß sie gedruckt wird. Genügt Ihnen das?«

»Ja«, sagte ich.

Danach unterhielten wir uns über die Vertragsbedingungen, und Vandenberg schrieb sie tatsächlich mit der Hand auf einen Bogen Papier, den wir beide unterzeichneten. Dann schrieb er das Ganze noch einmal ab, und wir unterzeichneten wieder. Jeder bekam einen Bogen.

Als ich Joachim Vandenberg verließ, war es lange nach Mitternacht. Der Mann aus dem kleinen Häuschen unten beim Parkeingang hatte schon das Tor geöffnet, als ich mit Berties Wagen eintraf. Vandenberg mußte ihn angerufen haben. Ich gab dem Mann zwanzig Mark Trinkgeld – wie in den guten alten Zeiten. Ich hatte auch einen Barscheck über zwanzigtausend Mark in der

Tasche. Und Joachim Vandenberg beeindruckte mich eindeutig positiv, das wußte ich nun auch. Trotzdem stand ich am nächsten Morgen vor der Bank, auf die der Barscheck ausgeschrieben war, und wartete, daß sie öffnete. Ich stürmte als erster zu einem Schalter, legte den Scheck vor und schrieb auf die Rückseite einen falschen Namen, wie mit Vandenberg abgemacht. Als mir dann, etwas später, das Geld ausgezahlt wurde, mußte ich mich auf einen Ledersessel der Schalterhalle setzen, denn meine Knie gaben plötzlich nach. Ich hatte Geld. Ich hatte einen Verleger. Ich hatte wieder Glück. Ja, dachte ich, von nun an hatte ich wieder Glück. Angestellte und Kunden sahen mich beunruhigt an. Denn ich saß da und blätterte immer wieder ein Paket mit zweihundert Hundertmarkscheinen durch und lachte wie ein Verrückter. Ich bemerkte, daß mich alle anstarrten. Aber ich mußte einfach lachen.

11

»Es ist etwas ganz Wunderbares geschehen«, sagte Fräulein Luise. Sie zeigte einen glücklichen, verklärten Gesichtsausdruck, während sie an meiner Seite durch den Park des Krankenhauses ging. Sie trug ihre alten Stiefeletten, den alten schwarzen Mantel, einen Schal, einen kleinen schwarzen Hut auf dem weißen Haar und schwarze Wollhandschuhe. Der wenige Schnee, der bisher gefallen war, glitzerte. Schwarz standen die Bäume im Park. Ich sah keinen anderen Menschen. Die Luft war sehr rein und würzig. Fräulein Luise hatte mich gebeten, mit ihr in den Park zu gehen. Sie durfte das jederzeit, sie war mittlerweile so etwas wie eine Vertrauensperson der Klinik geworden, und außerdem hatte sie eine Aufgabe übertragen erhalten, wie ich hörte.
»Etwas Wunderbares? Was denn?« fragte ich. Auf geheimnisvolle Weise fühlte ich mich immer wieder zu Fräulein Luise hingezogen, und trotz des ergebnislosen letzten Besuches war ich nun, eine knappe Woche später, wiedergekommen.
»Gleich, gleich«, sagte das Fräulein. »Der Reihe nach, Herr Roland. Schauens doch, ist der Park nicht schön?«
»Sehr schön«, sagte ich. Diesmal war ich mit dem Flugzeug gekommen, es war elf Uhr vormittags, und von einem farblosen Himmel schien eine fahle Sonne.

»Das findet auch der Herr Professor«, sagte das Fräulein, an meiner Seite rüstig ausschreitend.
»Was für ein Professor?«
»Leglund heißt er. Ach, Herr Roland, das ist ein Mensch! So was von höflich, so was von gütig!« Sie sagte vertraulich: »Wissens, ihm ist die große Gnade gegeben, daß er bereits bei Lebzeiten auch in der anderen Welt leben kann.«
»Aha«, sagte ich.
»Ja. Schon ein alter Herr. Sechsundsiebzig wird er. Schwach und sieht schlecht, und die Beine tuns auch nimmermehr so richtig. Da war also seine Tochter da vor ein paar Tagen – sie ist verheiratet und wohnt in Baden-Baden –, und der Herr Professor hat uns bekannt gemacht und gesagt, daß wir uns beide so gut verstehen. War ich sehr stolz, denn der Herr Professor ist einmal ein ganz berühmter Arzt gewesen, selber Psychiater, wissens, Herr Roland, und ich unterhalt mich so herrlich mit ihm, immer. Der ist anders als alle die anderen hier. Das ist ein wahrhaft guter Mensch, das hab ich gleich erkannt, wie ich ihm zum ersten Mal begegnet bin. Es klingt blöd und geschwollen, aber ich glaub es wirklich: Der Herr Professor Leglund ist ein Begnadeter.«
»Was heißt das?« fragte ich. Große schwarze Vögel flogen kreischend über uns hinweg.
»Der Herr Professor, der versteht mich, wenn ich so meine Gedanken sag. Der weiß, daß die menschliche Existenz vielschichtig ist und daß das hier nur ein kleines, armseliges Bissel ist von dem unendlichen Weltall. Er ist ja so gescheit! Manche Sachen, die er mir sagt, also die versteh ich gar nicht.«
»Zum Beispiel?«
»Na, wenn er zum Beispiel so redet von einem ›Ich‹ und einem ›Über-Ich‹ ...« Das Fräulein lachte. »Ich bin nur ein dummes Weib. Aber mit mir unterhält sich dieser große Mann, dieser Begnadete, der auch weiß von dem anderen Leben, von dem herrlichen, das uns bevorsteht ...«
Während wir über einen Pfad wanderten, schwärmte das Fräulein weiter. Professor Leglund liebte den Park, erfuhr ich. Am liebsten hatte er einen großen Teich, den es da gab. Früher war er immer dorthin gegangen, jetzt war ihm das nicht mehr möglich – allein. (»Ist zu unsicher auf die Füß, wissens ...«) So hatte Fräulein Luise sich erbötig gemacht, immer am Nachmittag mit dem alten Herrn spazieren zu gehen – zu seinem geliebten Teich. Die Ärzte,

das Personal und vor allem die Tochter des Professors waren überglücklich. Jemand kümmerte sich endlich um den hilflosen Patienten!
»... die Tochter, also die gibt mir sogar Geld dafür, daß ich mit dem Herrn Professor spazieren geh«, erzählte das Fräulein. »Ist das nicht ein Wunder? Mein Geld, das ist doch verschwunden, nicht? No, und jetzt bringt die Tochter es mir wieder! Wissens was? Ich spar alles! Im März hat der Herr Professor Geburtstag. Da kauf ich ihm ein schönes Geschenk ... Schauens, da ist er schon, der Teich!«
Es war ein ziemlich großes Gewässer, auf dem verfaultes Laub schwamm. Vor uns gab es einen schmalen Steg aus Holz, der auf eine Insel im Teich hinüberführte. Fräulein Luise ging sicher und rasch voraus. Ich folgte. Die Insel war klein, mit Sträuchern bewachsen, und auf ihrem höchsten Punkt stand eine Bank.
»Hier ist dem Herrn Professor sein Lieblingsplatz! Hier ist er immer besonders glücklich. Spazieren gehen tun wir hier immer und haben unsere wunderschönen Gespräche«, sagte Fräulein Luise. Sie sah mich mit leuchtenden Augen an.
»Was ist denn?«
»Gestern nachmittag hat sich der Herr Professor nicht wohl gefühlt, und so bin ich allein hergegangen um vier oder später, es hat schon angefangen zu dämmern. Und da ist mir etwas ganz Freudiges widerfahren, Herr Roland.« Sie ergriff meinen Arm und sprach sehr eindringlich. »Aber das dürfen nur Sie wissen! Und Sie dürfen es niemandem erzählen! Denn sie haben mir gesagt, ich muß schweigen. Wenn ich nicht schweig, werd ich dafür büßen müssen.«
»Wer?« fragte ich und fühlte mein Herz klopfen. »Wer hat das gesagt, Fräulein Luise?«
»No, meine Freund«, antwortete sie. »Sehens, Herr Roland, nur die Toten sind treu!«

»Luise ...«
»Luise ...«
»Luise ...«
Verweht zuerst, dann immer deutlicher klangen die Stimmen an das Ohr des Fräuleins, das auf der Insel zwischen den Sträuchern stand und in die Dämmerung blickte.
»Wir grüßen das Mütterchen ...« Das ist der Russ, dachte das Fräulein, und sie war ganz benommen vor Seligkeit.
Ihre Freunde! Ihre Freunde! Sie sah sie natürlich nicht, aber sie hörte sie, sie hörte sie wieder! Ihre Freunde waren wieder da!
»O, ist das schön!« flüsterte das Fräulein. »Ich grüß euch auch, ich grüß euch alle, ihr Lieben. Und ich dank euch, daß ihr wieder bei mir seids!«
»Wir sind wieder bei Luise, ja.« Das ist der Franzos, dachte das Fräulein.
»Wir mußten ja wiederkommen«, sagte die Stimme des Polen. »Denn Luise gehört doch zu uns. Sie muß uns vertrauen!«
»Uns ...«
»Uns ...«
»Uns ...«
Drei Stimmen sagten das – die des Amerikaners, die des Holländers, die des Standartenführers.
»Ich vertraue euch ja«, flüsterte das Fräulein. »Euch, nicht den Ärzten hier ...«
»Das ist auch richtig so«, erklang die Stimme des Tschechen. »Die Ärzte hier, sie meinen es wirklich gut. Aber sie sind nur Lebende. Sie durchschauen die Dinge nicht wirklich. Sie sehen nur ein eng begrenztes Feld, trotz ihrer guten Absichten.«
Die Stimme des Zeugen Jehovas erklang: »Wir haben die höhere Einsicht. Luise soll zu uns gehören! Und sie soll uns folgen!«
»Uns folgen ...«
»Uns folgen ...«
»Uns folgen ...«
»Das will ich ja«, flüsterte das Fräulein mit Tränen in den Augen. »Das will ich doch so sehr, meine Freund ...«
Die Stimme des Franzosen: »Die Ärzte hier, diese armen Menschenwesen, wir bedauern sie. Sie sind so beschränkt in ihrem Wissen.«

Die Stimme des Studenten: »Du gehörst nicht hierher, Luise...«
»Ja, das weiß ich«, sagte das Fräulein, und ihr Herz schlug mächtig, da sie die Stimme ihres Lieblings vernahm, der so weitersprach: »Du gehörst zu uns, Luise. Du bist auserwählt.«
»Auserwählt, ich?« stammelte das Fräulein.
»Ja«, erklang die Stimme des Studenten. »Du bist eine von uns, und bald wirst du ganz bei uns sein, ganz!«
Die Stimme des Holländers: »Luise, sie höre: Wir sind es, die dem göttlichen Wesen näherstehen. Darum folge sie uns, darum glaube sie uns – und nicht den Irdischen.«
Die Stimme des Russen: »Das Mütterchen muß glauben, daß es richtig ist, was wir tun, und daß richtig war, was wir getan haben.«
Die Stimme des Ukrainers erklang: »Luise hat schreckliche Erlebnisse gehabt.«
»Und es scheint ihr, als ob alles schrecklich ausgegangen sei«, setzte die Stimme des Norwegers fort. »Doch das scheint nur ihr so. Das scheint nur den Lebenden so. In Wahrheit ging alles gut aus.«
»Ja? Wirklich? Aber...« Das Fräulein konnte nicht weitersprechen.
»Und wenn für Luise etwas schlecht ausgegangen ist, dann nur deshalb, weil sie sich irreführen ließ durch falsche Freunde«, erklang die Stimme des Amerikaners.
»Falsche Freund«, sagte das Fräulein mit einem tiefen Seufzer, »ja, das war es, die falschen Freund...«
»Du bist noch verwirrt«, erklang die Stimme des Studenten. »Bei uns ist alles klar. Wenn du erst bei uns sein wirst, wirst du sehen, daß alles seinen guten Weg ging...«

13

»Das also haben sie gesagt, meine Freund«, erzählte Fräulein Luise, neben mir auf der kleinen Insel im Teich stehend, tief bewegt. »Wir haben noch lang miteinander gesprochen, bis es fast ganz finster war und ich zurück hab müssen ins Haus. Aber sie sind wieder da, Herr Roland, sie sind wieder da!«
»Ja, und das ist freilich eine große Freude für Sie«, sagte ich, zugleich froh und traurig. Froh, weil ich nun erwarten durfte, daß das Fräulein sich bald an alles erinnern würde, was sie erlebt hatte,

und daß ich es von ihr erfahren konnte. Traurig, weil nun feststand, daß sie wieder in ihren alten schizophrenen Zustand zurückgeglitten war.
Eine Glocke drüben in dem großen Gebäude begann zu läuten.
»Jetzt gibts Mittagessen«, sagte das Fräulein. »Jetzt muß ich hin.« Sie trippelte schon über den schmalen Steg an Land. Ich folgte. Wir gingen schnell durch den Park. Der Teich lag nicht sehr weit von der Klinik entfernt. Fräulein Luise verabschiedete sich von mir vor dem Eingang zur Privatabteilung. Sie öffnete die Tür von außen mit der Klinke und zeigte mir, daß sich der Knopf an der Innenseite drehen ließ und so auch öffnete.
»Wer das weiß, der kann immer hinaus«, sagte sie lachend. »Niemand denkt zuerst daran, daß so ein Knopf sich drehen läßt, am wenigsten die armen Verwirrten, die es hier manchmal gibt. Die rütteln nur und kriegen die Tür nicht auf. Ich darf ja auch jederzeit kommen und gehen, das hat man mir längst erlaubt.« Wieder läutete die Glocke. »Ich muß in den Speisesaal, Herr Roland«, sagte Fräulein Luise. »Sie sehen es nicht gern, wenn man unpünktlich ist. Und nach dem Essen haben wir Ruhestunde.«
»Ich muß auch fort«, sagte ich.
»Aber bitte kommen Sie bald wieder.« Das Fräulein gab mir einen tiefen Blick. »Jetzt werd ich Ihnen nämlich sehr bald wichtige Dinge zu berichten haben.«
»Ich komme in ein paar Tagen«, sagte ich, und dann verabschiedeten wir uns, und sie eilte den Gang der Privatstation hinab, fröhlich und auf einmal graziös wie ein junges Mädchen, und sie drehte sich immer wieder um und winkte, und ich winkte zurück, bis sie verschwunden war. Dann sagte ich mir, daß es einfach meine Pflicht sei, und ging schweren Herzens zu dem Arbeitszimmer von Dr. Erkner, vor dem ein paar Menschen wartend saßen. Ehe ich mich ebenfalls setzen konnte, öffnete sich die Tür, und ein junger Arzt mit überlangem blondem Haar und einem Kinnbart kam heraus.
»Sie wollen zu Doktor Erkner?« fragte er. Er hatte eine hochmütige Stimme. Alles war hochmütig an ihm. Hochmütig und forsch und überheblich. Er war groß, schlank, blauäugig und trug eine goldgefaßte Brille.
»Ja«, sagte ich.
»Doktor Erkner ist sehr überlastet, wie Sie sehen. Alle diese Leute. Kann ich Ihnen helfen? Worum handelt es sich?«

Ein Arzt ist immerhin ein Arzt, dachte ich und sagte: »Um eine Patientin der Privatabteilung.«
»Ich bin der Stationsarzt der Privatabteilung«, erklärte der Langhaarige, Bärtige. Er schnarrte ein wenig beim Sprechen. »Germela. Doktor Germela.« Er nahm meinen Arm und zog mich mit sich fort in eine Fensternische. »Um welche Patientin handelt es sich? Sie können mit mir sprechen. Ich habe die Verantwortung für die Privatabteilung.« Und wenn das keine Übertreibung ist, dachte ich. Der Mann war höchstens so alt wie ich. In der Privatabteilung Dienst tat er vielleicht. Mehr nicht. Aber er war Arzt, immerhin war er Arzt. Ich unterdrückte meine Aversion und erzählte ihm alles, was ich gerade mit Fräulein Luise erlebt hatte. Er hörte zu und nickte dabei von Zeit zu Zeit und lächelte mich überheblich an, und dann sah er überhaupt nur noch aus dem Fenster in den Park hinaus. Zweimal summte er ein bißchen.
»Ist das alles?« fragte er, als ich endlich schwieg.
»Ja«, sagte ich. »Und ich denke, es genügt.«
»Lieber Herr Roland«, sagte der Dr. Germela, »ich denke auch, das genügt. Wenn ich es auch anders denke als Sie.«
»Wie denken Sie es denn?«
»Nun«, sagte er, »ich will Ihnen nicht zu nahe treten, lieber Herr Roland. Ihre Besorgnis in Ehren, gewiß, gewiß. Aber meinen Sie nicht, daß wir hier besser verstehen, mit Kranken umzugehen und sie zu beurteilen, als Sie das können?«
»Ich will Ihnen ja nur erzählen, daß ...«
»Meinen Sie nicht, daß sich jeder von uns um das kümmern sollte, was sein Gebiet ist? Ich schreibe auch keine Illustriertenserien, hahaha! Also würde ich doch vorschlagen, daß Sie sich nicht in unsere Arbeit mischen. Lassen Sie Fräulein Gottschalk ganz unsere Sorge sein. Sie ist eine der besten Patientinnen.«
»Besten Patientinnen!« sagte ich wütend. »Und die Stimmen, von denen sie sprach?«
Er sagte, sofort scharf: »Hören Sie mal zu, lieber Herr Roland. Sie kommen hierher, ein paarmal schon. Sie sind Reporter. Sie fragen Fräulein Gottschalk beharrlich nach Geschehnissen der Vergangenheit, über die Sie Bescheid wissen wollen ...«
»Das habe ich nicht getan!«
»... und verwirren sie und provozieren längst verschwundene Wahnvorstellungen, lassen diese wieder auftauchen«, sprach Germela weiter, »und wenn es dann soweit ist und die Patientin in

ihrer Irritation Fehler begeht, kommen Sie zu mir und regen sich auf darüber, daß sich ihr Zustand verschlechtert hat!«

»Hören Sie ...«, begann ich, aber der Langhaarige war in Fahrt, er ließ sich nicht unterbrechen: »Die Patientin ist mittlerweile so gut angepaßt und derartig eng in unsere therapeutische Gemeinschaft integriert, daß von einem Rückfall überhaupt keine Rede sein kann!«

Du junger Trottel, dachte ich, und dann dachte ich an das, was die Stimmen ihrer Freunde Fräulein Luise über die wohlmeinenden, aber leider so sehr beschränkten Ärzte gesagt hatten, und war voller Bewunderung für das Fräulein, das ja dies alles, Freunde und Stimmen, in ihrem Gehirn produzierte, nur dort. Ich sagte unwirsch: »Was heißt ›in unsere therapeutische Gemeinschaft‹?«

»Ja«, fragte der Langhaarige im weißen Mantel und fuhr sich mit einer Gebärde durch den blonden Bart, als wolle er damit deutlichmachen, daß er seinerseits mich für den letzten aller Idioten hielt, »lieber Herr Roland, im Ernst, haben Sie denn noch nie etwas von der Demokratisierung der Psychiatrie gehört?«

»Nein«, sagte ich.

»Da muß ich mich aber sehr wundern. Ausgerechnet ein Mann der öffentlichen Meinung! Das ist eine längst überfällige Reform. Patienten, Personal und Ärzte bilden ein demokratisches Gemeinwesen, in dem jeder die gleichen Rechte und die gleichen Pflichten und die gleiche Verantwortung hat. Wir, die Ärzte, müssen uns damit abfinden, daß wir um nichts mehr Rechte besitzen als unsere Kranken. Das ist doch wohl nur selbstverständlich. Oder?«

Ich schwieg und sah ihn an.

»Oder?« fragte er wieder.

Ich zuckte die Schultern.

»Anderer Meinung, wie? Sind hier noch viele. Da mußte erst die junge Generation kommen, um das in Schwung zu bringen, ich sehe es wieder. Die Zeiten ändern sich, lieber Herr Roland. In dieser Anstalt wird bereits der Plan eines Patientenparlaments diskutiert, jawohl! Beziehungsweise der Plan eines allgemeinen Parlaments, in dem jeder seine Stimme hat, jeder gleich viel Einfluß, und in dem Mehrheitsentscheidungen getroffen werden – von kranken Patienten, vom Klinikchef, von dem Pfleger und von der letzten Putzfrau.« Er übersah, daß ich heftig zusammenzuckte. So rückständig waren sie bei BLITZ gar nicht, dachte ich. Und was die Irrenhaus-Atmosphäre anging, war sie auch die gleiche.

»Ja«, sagte Dr. Germela, der mein Schweigen mißdeutete, »nun sind Sie doch beeindruckt, wie? Wir leben im zwanzigsten Jahrhundert, lieber Herr! Neue Zeit, neue Methoden! Wir müssen den Mut haben, uns mit unseren Patienten auf dieselbe Stufe zu stellen! Gewiß, viele sind dagegen, auch in dieser Klinik, ich sagte es schon. Aber wir werden sie überzeugen, jawohl, das werden wir!« Er klopfte mir auf die Schulter. »Lassen Sie nur. Wenn Sie wüßten, wie gut Fräulein Gottschalk all diese Neuerungen bekommen! Zum Beispiel: Wir haben da diesen alten Herrn, den sie betreut.«

»Professor Leglund?«

»Ja, Leglund. Was meinen Sie, wie der ihr hilft, und sie ihm und uns durch ihren Einsatz!«

Er war mir zum Kotzen, aber was er sagte, begann mich zu beeindrucken. Schließlich konnte er mir ja keine Märchen erzählen. Vielleicht war ich wirklich ein altmodischer Narr, und hier praktizierte man ganz neue Methoden, die gut und richtig waren.

»Sie meinen, indem sie sich um ihn kümmert?«

»Das meine ich. Professor Leglund war ein großer Psychiater. In Breslau. Jetzt dement. Absolut dement. Glaubt, er lebt noch unter dem Kaiser. Hat keine Ahnung, wo er sich befindet. Verwechselt Zeit und Raum. Nur sein Fachwissen ist ihm bruchstückhaft in Erinnerung. Wenn wir ihn allein bis zu seinem geliebten Teich gehen ließen – er fände nie zum Haus zurück. Und wenn er heute hingeführt wird, dann meint er bei der Rückkehr, das sei vor zwanzig Jahren geschehen. Um eine so trostlose und mitleidheischende Ruine eines einstmals großen Geistes bemüht sich unser Fräulein Gottschalk – es ist nicht nur das Spazierengehen. Es sind ihre Gespräche, ihre Zuneigung, ihre Verehrung für Leglund, es ist ihre Fröhlichkeit, ihr Lebensmut, ihr Optimismus, der dem Mitpatienten hilft. Die Kranken nehmen der Kranken Hand«, sagte er feierlich. »Was für ein Bild, nicht wahr?«

Ich schwieg und dachte, daß dies wirklich ein schönes Bild war. Und viele Männer trugen lange Haare. Und das mit meiner Aversion war Dummheit. Dieser junge Mann da wußte schon, wovon er redete. Ich hatte vielleicht durch mein bloßes Erscheinen Vergangenes in der Seele des Fräuleins aufgerührt, vielleicht, wer konnte das sagen, war ich schuld an dem, was ich für einen Rückfall gehalten hatte und was nach Germelas Ansicht durchaus keiner war. Vielleicht ging es dem Fräulein wirklich glänzend. Oder jedenfalls so, wie es einem nach Genesung von einer uralten Schizophrenie eben geht ...

»Na, überzeugt und beruhigt?« fragte Germela lächelnd.

Ich lächelte auch ein wenig – wider Willen.

»Sehen Sie«, sagte er. »So bleiben wir gute Freunde. Sie haben Ihre Aufgabe, wir haben unsere. Wir mischen uns nicht in Ihre Schreiberei, Sie mischen sich nicht in die Psychiatrie. Sie beunruhigen das Fräulein nicht. Dann können Sie sie weiter besuchen, so lange Sie wollen und so oft Sie wollen. Aber nur dann, lieber Herr Roland, nur dann. Andernfalls müßte ich diese Besuche unterbinden. Habe ich mich klar ausgedrückt?«

»Vollkommen«, sagte ich.

»Und Sie sind einverstanden?«

»Einverstanden«, sagte ich. Diese Burschen mußten schließlich wissen, was sie taten, dachte ich. Sie hatten's ja studiert.

14

Wir heirateten am Freitag, dem 20. Dezember, um 11 Uhr, auf dem Standesamt. Das Oberlandesgericht hatte ein Einsehen gehabt und auf Hems Fürsprache hin die Befreiung von der Beibringung des Ehefähigkeitszeugnisses für Irina in Rekordzeit erledigt. Danach war unser Aufgebot noch eine Woche lang öffentlich ›ausgehängt‹ worden. Und dann hatten wir es also erreicht.

Bertie holte uns in seinem Mercedes von Hems Wohnung ab. Es war ein sonniger, frostiger Tag, auf den Wiesen des Grüneburg-Parks lag Reif. Wir Männer trugen alle dunkle Anzüge, Irina trug ein schwarzes Kostüm, das noch Muttis Leo ihr empfohlen hatte, dazu ihren schwarzen Wollmantel mit dem Nerzbesatz und die schwarzen Lackpumps und die Kroko-Tasche, die aus Hamburg stammten. Unerklärlicherweise waren auch diese Kleidungsstücke nicht von Herford zurückgefordert worden, obwohl ich sie doch mit seinem Geld erworben hatte. Vielleicht wußte er nichts davon oder hatte andere Sorgen.

Bertie brachte einen Blumenstrauß für Irina mit, der ihr Psychologe den Tag freigegeben hatte, und so fuhren wir los. Wir mußten ein wenig warten, zwei Paare wurden vor uns getraut. Irina war sehr blaß und sehr schön, und ihre Hände, die ich in meinen zu wärmen suchte, während wir auf einem Gang warteten, waren eiskalt. Endlich kamen wir an die Reihe. Ich hatte gebeten, von jeder Art musikalischer Untermalung abzusehen, also war der Platz hinter dem kleinen Harmonium leer. Der Standesbeamte, ein älterer Mann, lächelte Irina ermutigend zu, denn sie machte einen sehr verschreckten Eindruck. Wir saßen in der ersten Reihe, und der Standesbeamte sprach kurz und einfach, und er sagte ein paar schöne Sätze. Einige davon habe ich mir gemerkt, und ich schreibe sie hier auf.

»Wenn ich sage«, sprach der nette Standesbeamte, »daß ich Ihnen alles Glück in Ihrem Lebensbund wünsche, dann muß ich hinzufügen, daß Glücklichsein, sich innerlich glücklich fühlen, eine Gabe des Schicksals ist und nicht von außen kommt. Man muß sich das Glück, wenn es dauern soll, immer von neuem selber erkämpfen. Kein Grund zur Trauer! Denn jeder Mensch kann sich sein Glück selber erkämpfen. Um so leichter kann er es, wenn ein anderer ihm dabei hilft. Darum ist es die Verbindung von zwei Menschen, die ihrem gemeinsamen Leben den Wert gibt.« Irina tastete nach meiner Hand, und ich versuchte wieder, sie zu wärmen. Der Standesbeamte sagte noch: »Man sollte einsehen, daß niemand vollkommen glücklich sein kann. Das ist wahrscheinlich der beste Weg, einem vollkommenen Glück so nahe wie möglich zu kommen. Wer sich selber richtig erkennt und einschätzt, vermag sehr bald auch seinen Partner und alle anderen Menschen richtig kennenzulernen. Es ist eine reine Frage der Zurückstrahlung. Und darum, liebes Brautpaar, ist dauerndes Glück nur in der Aufrichtigkeit zu finden ...«

Dann erhoben wir uns alle und unterschrieben die Trauurkunde, und Bertie und Hem unterschrieben als Zeugen, und ich griff in die Jackentasche und holte ein Etui hervor, dem ich einen Ring entnahm. Es war ein schmaler Reif aus Platin, mit winzigen Brillanten besetzt. Irina sah mich fassungslos an, als ich ihr den Ring an den Finger streifte, denn wir hatten doch vereinbart, keine Ringe zu tragen, und sie besaß also keinen für mich. Ich wollte auch auf keinen Fall einen tragen. Aber ich hatte gemerkt, wie sehr Irina sich einen Ring wünschte, und so war ich zu einem Juwelier gegangen und hatte mein goldenes Feuerzeug verkauft und dafür diesen Ring genommen und noch etwas daraufgezahlt. Hem wußte es. Ich rauchte jetzt viel weniger, also konnte ich ruhig Streichhölzer verwenden.

»Wo hast du den Ring her?« flüsterte Irina.
»Psst«, sagte ich, »gestohlen natürlich. Kein Aufsehen hier, um Gottes willen!«
Im Wagen, als wir zum ›Frankfurter Hof‹ fuhren, sagte ich Irina, die nicht lockerließ, dann die Wahrheit, und sie weinte ein wenig, aber vor Freude, sagte sie, vor Freude, denn ich sagte: »Ich habe dem Juwelier auch noch den silbernen Whisky-Flacon dazugegeben.«
Das war eine Lüge, Bertie und Hem wußten es. In Wahrheit hatte ich den Flacon von der Friedensbrücke hinab in den schmutzigen Main geworfen – am Tag vor der Hochzeit. Es war so eine Art Versuch, den lieben Gott zu bestechen, wissen Sie. Ich bin doch wahnsinnig abergläubisch. Und ich dachte, wenn ich nun nicht mehr trank und den verfluchten Flacon fortwarf, würde Irina eine leichte Geburt haben und ein schönes Kind bekommen, und wir würden sehr glücklich sein.
Im ›Frankfurter Hof‹ empfingen uns die Portiers und die Receptions-Chefs und alle Ober und Kellner mit strahlenden Gesichtern. Sie hatten wohl vernommen, daß ich nicht mehr bei BLITZ war, aber sie wußten nicht, weshalb, und ich war ein so alter und guter Gast des Hotels. Hem hatte im Französischen Restaurant einen Tisch bestellt, und den hatte man liebevollst mit vielen Blumen geschmückt. Wir waren Hems Gäste. Die Ober und Kellner kamen und gratulierten zur Hochzeit, und dann servierten sie das großartige Essen, das Hem bestellt hatte. Irina und ich tranken Orangensaft, Hem und Bertie Sekt. Nach dem Essen mußten die beiden sofort in die Redaktion, da war vor Weihnachten der Teufel los. Ich ging mit Irina Hand in Hand zu Fuß zu Hems Wohnung, und wir zogen uns aus und krochen in das breite Bett und liebten uns, und dann schliefen wir tief und lange. Als ich erwachte, läutete die Türglocke. Ich ging im Morgenmantel, um zu öffnen. Ein riesiger Blumenstrauß wurde abgegeben. Er kam von Tutti und Max, die gleich darauf anriefen und uns alles Gute und Glück und Segen wünschten.
Max sagte: »Det is uns een richtijet Herzensbedürfnis, lieba Walta, würklich. Du bist doch unsa besta Freund. Und deine kleene Frau wird et nu ooch sind. Wo isse denn?«
»Sie schläft.«
»Na, denn jib ihr ’n Kuß von mir und Tuttilein, wennse uffwacht, ja? Und ihr kommt uns besuchen, sicha, ja?«

»Sicher«, sagte ich. »Bald. Ich habe so viel zu schreiben, und ...«
»Weeß ick doch, Mensch! Wat gloobste, wat hia los is im Moment? Tutti arbeetet sich noch dot. Ick weeß nich, wat det is – die Stadt muß varrückt jewordn sind.«
»Wieso?«
»Allet will vor't Heilije Fest unbedingt noch 'ne Numma schiem. Vamutlich, weil die Kerle dann in de langen Feiatage bei ihre Familjen bleibn müssen. Der Leichenmülla, der tankt schon uff Vorrat. Und der junge Herford, der kommt ooch.«
Tutti sagte, und sie schluchzte ein bißchen dabei: »Mein lieba Walta, ick freu mia ja so for dir! Weeßte, ick und Maxe, wir wolln ja ooch heiraten, imma schon. Aba im Moment jeht det nich – Max hat da Hemmungen, moralische. Er sagt, erst müssen wa noch'n bißken anschaffen. Dann, wenn wa jenuch ham und seine Jeschäfte ooch wieda richtich loofn, is Schluß bei mia. Denn heiraten wa. Und ihr seid unse Trauzeugen – abjemacht?«
»Abgemacht«, sagte ich.
Ich ging mit den Blumen in unser Schlafzimmer zurück, Irina war aufgewacht, und ich erzählte ihr von dem Anruf und daß alle Männer vor Weihnachten so verrückt danach seien.
»Du auch?«
»Ich auch«, sagte ich. »Komm, Liebling, laß mich dich noch einmal liebhaben.«
»Ja«, sagte Irina. »Hab mich lieb. Lieb, lieb, lieb!«
Als Hem mit Bertie abends heimkam, hatten wir beide gebadet und uns angezogen. Bertie und Hem brachten Salate und kalten Aufschnitt und Weißbrot mit, und wir aßen alle in Hems großer Küche, und Bertie und Hem tranken eine Menge Bier, und ich und Irina tranken Johannisbeersaft.
Wir gingen in Hems Zimmer, und er holte sein Cello hervor und spielte Kompositionen von Othmar Schoeck. Es war ein unendlich friedlicher Abend. Zuletzt sagte Hem: »Schoeck hat sehr viele Gedichte vertont – von Eichendorff und Lenau und Hesse und Gottfried Keller und Matthias Claudius und so weiter. Ich spiele euch noch eines meiner Lieblingslieder vor. Nach einem Eichendorff-Gedicht. ›Im Wandern‹ heißt es ...«
Beschwingt und seelenvoll, voller Zuversicht und Heiterkeit, erklang das Cello, und Hem sprach leise die Worte des Gedichtes vor sich hin: »So ruhig geh' ich meinen Pfad, so still ist mir zumut'. Es dünkt mir jeder Weg gerad' und jedes Wetter gut ...«

Irina und ich saßen nebeneinander und hielten uns wieder an den Händen, und Bertie lächelte und blinzelte uns zu, und auch mir war still zumute, und jeder Weg dünkte mir nun gerade.

»... wohin mein Weg mich führen mag«, sprach Hem, während das Cello ertönte, »der Himmel ist mein Dach, die Sonne kommt mit jedem Tag, die Sterne halten Wacht! Und komm' ich spät, und komm' ich früh ans Ziel, das mir gestellt: Verlieren kann ich mich doch nie, o Gott, aus Deiner Welt...«

Hem schwieg, das Lied verklang. Wir saßen lange still da. Dann sagte Irina plötzlich: »Fräulein Luise...«

Wir sahen sie an, wir sahen uns an.

»Ich habe auch gerade an sie gedacht«, sagte Bertie.

»Ich auch«, sagte Hem.

»Und ich«, sagte ich. »Sonderbar, nicht?«

»Sehr sonderbar«, sagte Bertie.

»Fräulein Luise«, sagte Irina und lehnte den Kopf an meine Schulter. »Sie hat uns zusammengebracht. Mit ihr fing alles an...«

15

»Jetzt also werden meine Freunde diesen Menschen töten«, sagte Fräulein Luise zu mir. Das war am 27. Dezember, und in Bremen regnete es heftig. Die Stämme und Äste der alten, kahlen Kastanienbäume im Hof glänzten. »Auf jeden Fall töten«, sagte Fräulein Luise. »Unter allen Umständen.« Sie lächelte glücklich.

Unruhe und seltsamer Zwang hatten mich dazu gebracht, nach Bremen zu fliegen – gleich nach Weihnachten. In Fräulein Luises Zimmer standen ein Tannenzweiggebinde mit einer roten Kerze und ein Teller voll Nüsse und Backwerk. Sie hatte die Kerze angezündet. Fräulein Luise sah von Mal zu Mal besser aus. Sie hatte mir, glücklich über meinen Besuch, sogleich erzählt, daß ihre Freunde nun regelmäßig und viel zu ihr sprachen, und ich hatte eine Chance gesehen, endlich etwas von ihren Erlebnissen zu erfahren. Die Weisungen dieses demokratischen Reformers Dr. Germela glaubte ich nach Lage der Dinge getrost mißachten zu können. Fräulein Luise war so weit, daß sie sich erinnerte, das sah ich gleich, als ich gesprächsweise Karel erwähnte.

»Der arme Karel mit seiner Trompete, ja«, hatte das Fräulein gesagt. »Der kleine Karel und sein Mörder ... Ich hab mit meine Freund viel über die beiden gesprochen ...« Und dann erzählte sie mir alles, was ich zu Beginn dieses Berichtes niedergeschrieben habe. Ich überlegte, während sie sprach, ob sie auf den Anstoß hin diese Erzählung erst im Augenblick des Sprechens produzierte, ob, was sie sagte und glaubte, in diesem Augenblick vielleicht erst wahnhaft Gestalt annahm in ihrem Gehirn, und ob sie es nur in die Vergangenheit von Gesprächen mit ihren Freunden einordnete. Wer konnte das sagen? Sie erzählte, wie sie die Freunde ›überlistet‹ hatte. Und sie erging sich dann in weiteren Erklärungen: »... so hab ich auch zu ihnen gesagt: ›Es wird noch viel Unglück geschehen in dieser Sache, wenn wir den Mörder nicht finden, wenn wir den Mörder und den Ermordeten nicht vereinen, so daß die zwei in einer höheren Schicht versöhnt werden können.‹ Sie verstehen mich, gelt?«
»Ja«, sagte ich.
»Nehmens noch von dem Lebkuchen, der ist wirklich gut, Herr Roland.«
Der Regen prasselte jetzt mit solcher Wucht gegen die Scheiben, daß man die Kastanienbäume kaum mehr erkennen konnte.
Ich sagte: »In Hamburg habe ich einen Kriminalkommissar getroffen. Sievers heißt er. Das ist schon Wochen her. Dieser Sievers war fest entschlossen, den Mörder zu finden, und er sagte, er hätte auch schon einen Plan.«
»Ja«, sagte das Fräulein, ohne zu zögern. »Das ist mein Student, ich weiß.«
»Aber ...«
»Aber was? Ich hab Ihnen das doch alles schon einmal genau erklärt, daß es keine ›Zeit‹ und kein ›Gestern‹ und kein ›Heute‹ und kein ›Morgen‹ gibt für meine Freund, erinnerns sich nicht?«
»Doch«, sagte ich.
»Und daß meine Freund sich irgendeinen Lebendigen aussuchen können, wenn sie wiederkehren. No sehns, wie das funktioniert! Hat der Student, der liebe, sich einen Kriminaler ausgesucht. Das ist doch völlig klar, nicht?«
»Völlig«, sagte ich.
Das Fräulein knabberte an einem Plätzchen.
»Was ich zuerst nicht hab begreifen können, das war, warum sie erst jetzt den Mörder suchen und erlösen, meine Freund. Sie haben

es mir erklärt. Übrigens: Jetzt auf einmal sagens alle ›du‹ zu mir! Ja, also, sie haben gesagt: ›Du warst krank, Luise, du warst verwirrt. Du bist noch ein Wesen, das gestört werden kann in seinen Gedanken. Wir können nicht gestört werden, wir nicht. Weil du verwirrt warst, hast du falschen Freunden gehorcht‹ . . .« Das Fräulein brach plötzlich ab und sah mich ängstlich an.

»Was ist?« fragte ich.

Sie sagte sehr ernst: »Es sind so viele falsche Freund gewesen. Herr Roland, versichern Sie mir auf Treu und Gewissen, daß Sie kein falscher Freund sind! Das wär nämlich furchtbar. Das wär entsetzlich. Ich bin doch nicht klug genug für das alles! Und wenn jetzt auch noch Sie . . .« Fräulein Luise brach wieder ab. »Nein«, sagte sie fest, nachdem sie mich prüfend betrachtet hatte, »nein, Sie sind kein Falscher! Sie sind ein richtiger Freund, jetzt erkenn ich es genau. Früher, da hab ich das nicht so genau erkennen können. Da hab ich vieles einfach nicht durchschaut. Und deshalb ist noch nicht alles zu einem guten Ende gekommen, haben meine Freund gesagt.« Sie wurde ein wenig hektisch. »Nie hab ich so klar mit ihnen gesprochen, Herr Roland! Ganz deutlich die Stimmen! Ich hab die Freund natürlich nicht gesehen, aber es ist so gewesen, als ob sie direkt in meine Ohren geredet haben . . .«

Ihr Blick glitt in die Ferne. Sie schwieg eine Weile, dann sagte sie leise und unsicher: »Und trotzdem: Immerzu denk ich nach, ob ich was falschgemacht hab.«

»Falschgemacht?«

»Weil ich so in die Irre gekommen bin. Ich frag auch meine Freund, immer wieder! Immer wieder!«

»Und?«

»Ja, und das sagen sie mir nicht. Ich hab sie angebettelt: ›So sagts mir doch, was hat das Ganze für einen Sinn?‹ Und sie haben gesagt: ›Es hat einen Sinn, Luise, und einen höheren Zusammenhang, aber den können wir dir noch nicht erklären. Sei geduldig‹, habens gesagt, meine Freund, ›wart noch ein bissel, du wirst die Lösung von diesem großen Rätsel ganz bestimmt bald erfahren.‹ So haben sie zu mir gesprochen, ja . . .« Wieder glitt ihr Blick fort. »Ach, wenn ich denk, was ich alles erlebt hab, Herr Roland, ich erinner mich plötzlich so deutlich an alles . . .«

Und dann, ohne daß ich sie auffordern mußte, begann sie mir ihre Erlebnisse zu erzählen. Sie berichtete von dem Gespräch mit den Freunden auf dem Hügel im Moor, nach dem Tod Karels, von ihrer

Fahrt nach Hamburg, von der Flucht vor dem Dr. Wolfgang Erkner, von ihrem seltsamen Traum über die Stadt mit den hohen Mauern und den vier Türmen und den vier Tyrannen, von ihren Abenteuern in Hamburg, alles, alles erzählte sie mir.

Natürlich nicht alles bei diesem ersten Besuch. Ich blieb in Bremen, ich mietete ein Zimmer in einer kleinen Pension, und immer wieder, bis zum Silvestertag, besuchte ich Luise. Ich hatte einen Recorder und Kassetten bei mir, und diesmal erfuhr ich die ganze Odyssee des Fräuleins. Auch andere Dinge erfuhr ich – sonderbare. Fräulein Luise sagte einmal zum Beispiel, sofort als ich kam: »Ich hab eine Botschaft für Sie und den Herrn Engelhardt von meine Freund, Herr Roland. Sie haben sie mir gegeben, und ich soll sie Ihnen sagen, weil Sie ein guter Mensch sind ...« Und anschließend sprach sie in ihrer symbolischen, mehrdeutigen Weise über Berties und meine Zukunft. Bei dem letzten Besuch sagte sie etwas, das ich hier notieren will, weil es mir solchen Eindruck machte ...

»Ich bin dumm, ich bin ungebildet, ich bin schwach und alt, aber immerzu muß ich mir etwas vorstellen.«

»Was, Fräulein Luise?«

Sie sah mich fest an.

»Ich hab so ein Gefühl«, sagte sie, »als ob sich in unsere Erlebnisse das Schicksal von der ganzen Welt spiegeln möcht. Der Irrtum der ganzen Menschheit – zu seinem Zentrum sind wir geworden. Das hab ich gespürt von Anfang an. Darum war ich immer so aufgeregt und unruhig. Schauens, Herr Roland, natürlich muß man den Mörder und den Ermordeten versöhnen, damit alle sehen, daß es eine höhere Gerechtigkeit gibt, natürlich, das ist ganz wichtig. Aber es ist nicht alles! Es geht nicht nur um den Frieden zwischen dem Mörder und dem Ermordeten. Es geht um den Frieden in der Welt. Es geht darum: Man muß den Menschen klarmachen, daß alles Unglück, unter dem sie leiden, nur kommt, weil sie ganz, ganz primitive Triebe haben, erdgebundene – obwohl natürlich auch das Unglück bloß zum Teil ein Unglück ist, denn es dient jedem einzelnen ja zur Läuterung und Erhöhung. Aber es ist doch wahr: Die meiste Kraft und Energie verschwenden die Menschen aufs Sich-Zerfleischen und auf ganz sinnlose Kämpfe und ganz lächerliche Probleme. Warum? Weil sie mit Blindheit geschlagen sind, darum. Wenn sie sehend würden, wenn sie doch bloß begreifen könnten, daß es die andere, die wunderbare, große Welt ist, die unsere kleine, erbärmliche Welt ganz in der Hand hält, denkens bloß, Herr Roland, nachher könnten sich die Menschen doch endlich dem Höheren zuwenden! Der Schönheit! Der Religion! Wär das nicht herrlich? Ich fühl es nur, ich kenn mich ja nicht so aus. Aber wär das nicht wunderbar?«

»Ja, Fräulein Luise«, sagte ich, »das wäre wunderbar.«

16

20 000 Mark Belohnung!
Eine verzweifelte Mutter bittet um Hilfe!

Am 12. November 1968 wurde mein elfjähriger Sohn Karel im Jugendlager Neurode bei Bremen erschossen. Vom Täter fehlt jede Spur. Es steht jedoch fest, daß zumindest drei Menschen über das Verbrechen genau Bescheid wissen. Der Mörder schoß aus einem dunklen Dodge und flüchtete auch mit diesem. Ein zweiter Mann, der im Lager festgenommen worden war, floh und rannte auf einen schwarzen Buick zu, der vor dem Lager parkte. Am Steuer dieses Buicks saß eine Frau, die ihm »Karl! Renn! Renn, Karl, renn!« zuschrie. Mit Hilfe dieser Frau gelang dem zweiten Mann die Flucht in dem zweiten Wagen. Die Frau hatte bei dem Unternehmen nur die Funktion einer Gehilfin. Flehentlich bitte ich sie, sich mit mir in Verbindung zu setzen, wobei ich ihr Anonymität zusichere und dazu eine

Belohnung von 20 000 Mark

für sachdienliche Hinweise. Eine verzweifelte Mutter appelliert an das Gewissen einer Frau! Bitte, melden Sie sich unter Chiffre AH-453291.

»Na«, sagte Max Knipper zu mir, »liest sich det nich prima? Is det Klasse?« Er sah mich strahlend an.

»Deine Idee?« fragte ich.

»Klar, Mensch!«

Der Text, den ich eben aufgeschrieben habe, war, als umrahmtes Inserat, an besonders auffallender Stelle in den großen Hamburger

Zeitungen abgedruckt. Die Zeitungen lagen alle im Büro des ›King-Kong‹, dem kleinen Raum hinter der kleinen Bühne. Außer Max und mir befanden sich noch die Stripperin Baby Blue und der alte Karl Concon im Raum. Es war gegen Mittag am 10. Januar 1969, einem Freitag. Ich hatte einen Nachtzug genommen und war am späten Vormittag in Hamburg eingetroffen.

»In'ne Stunde kommt det ›Hamburja Ahmdblatt‹ raus, da is die Annonkse ooch noch drin. Walta, du kommst jerade zurecht. Meine Neese sagt, heute nacht jeht et los, und meine Neese hat mir noch nie betrogen.«

»Geht was los?« fragte ich. »Was soll das überhaupt? Wo ist die Mutter von dem kleinen Karel? Die gibt es doch offenbar überhaupt nicht mehr in Deutschland – die Behörden haben sie vergeblich gesucht.«

»Und det is ja jerade det Feine«, sagte Max.

»Kapiere ich nicht«, sagte ich.

Tags zuvor hatte Tutti mich angerufen – Bertie war gerade dagewesen, wie so oft in diesen Wochen, und hatte mein Rohmanuskript, das nun schon mit über 300 Seiten vorlag, redigiert und ergänzt.

»Was ist los, Tutti?« fragte ich.

»Hab jerade mit Max telefoniert. Er sagt, du sollst 'n Nachtzuch nehmen und ruffkommen nach Hamburch.«

»Max ist in Hamburg?«

»Ja. Die Kumpels da ham ihn vor een paar Tage jebeten, det er kommt und ihn' hülft. Die ham een Problem, weeßte, Walta. Und Max hat doch Köppchen, nüch?«

»Was für ein Problem?«

»Irgendwat mit 'n Mörda«, sagte Tutti. »Sie sind schon alle janz mewulwe. Max sagt, du sollst unbedingt komm. Er hat 'ne Idee jehabt. Wirste fahren?«

»Natürlich«, sagte ich aufgeregt. »Natürlich, Tutti. Donnerwetter, dein Max!«

»Ja, mein Stierchen ...« Ihre Stimme klang träumerisch. »Weeßte, det is'n richtijet Joldstück. Also der Frau« (sie sagte nicht Frau), »die vasucht, mir mein' Max wegzuschnappen, der zertrete ick den Unterleib.« (Sie sagte auch nicht Unterleib.) »Er liebt mir jenauso wie ick ihn. Ach, Walta, ick bin ja so jlücklich. Jerade bevor er nach Hamburch jemacht hat, hatta mir seine Liebe bewiesen.«

»Wie denn?«

»Na, ick hab doch meinen Kanari, mein Hänschen, nüch? Uff den er imma so eifasüchtig war. Wat soll ick dir sagen? Ick jehe einholen, Max hat wat zu besorjen, ick lasse die Balkongtür vom Wohnzimma een Spalt offen, damit Hänschen frische Luft kriegt. Und da passiert et ooch schon.«

»Was, Tutti?«

»Na, loofen doch Balkongs ums janze Haus, nüch? Also, Max kommt nach Hause, und wat sieht er?«

»Was?«

»'ne fette schwarze Katze! Muß übern Balkong rinjekommen sind. Sitzt det Aas da vor Hänschens Bauer, und immer rin mit die Pfoten zwischen die Stäbe, wie die Katzen det so machen, nüch? Damit den armen Vogel vor Uffrejung der Schlach trifft. Na, also Max det Katzenvieh sehen und druff los, blitzschnell! Brüllt und schmeißt mit watta in die Hand kricht. Ick kann dir sagen, Walta, die Katze, det Aas, die hat 'nen Dodesschreck jekriegt, is raus und von 'n Balkong runta uff die Straße. Wir wohnen ja man bloß in'n ersten Stock. Aba so hat Max mein' Hänschen det Leben jerettet. Is det nich wie een Wunda? Ausjerechnet Hänschen, den er so beschimpft hat imma. Siehste, Walta, und da ha'ck jesehen: Wat Max for mir empfindet, det ist die wahre, die janz jroße Liebe ...«

Das war das Telefongespräch gewesen. Ich hatte Bertie gesagt, daß ich verreisen mußte und wohin, und er hatte gesagt, er würde in meiner Abwesenheit am Manuskript arbeiten, er hatte gerade Zeit. In die Wohnung kam er mit Hems Schlüssel ...

Ja, und nun saß ich also in Hamburg und hatte das Inserat gelesen und verstand kein Wort.

»Wieso ist das gerade das Feine, daß es die Mutter von dem Jungen offenbar nicht gibt?« fragte ich. »Wer bezahlt die Belohnung, wenn sich diese Frau nun wirklich meldet und auspackt?«

»Na wir«, sagte Baby Blue. Sie trug ein Minikleid und darüber einen Nerz, obwohl es warm in dem Büro war. Vater Concon trug seine weiße Klo-Jacke.

»Woher habt ihr zwanzigtausend Mark?« fragte ich.

»Spenden«, sagte der alte Concon.

»Spenden von wem?«

»Von allen«, sagte Baby Blue mit ihrem schwäbischen Akzent. »›Intim-Bar‹. ›Lolita‹. ›Kakadu‹. ›Eldorado‹. ›Lido‹. ›Show-

Ranch‹...« Sie kam ins Aufzählen, bis Max sie unterbrach und mich vollends informierte. Seine Freunde, die Zuhälter, hatten ihn in die Hansestadt gerufen, damit er ihnen in ihrer schwersten Stunde beistand. Über Sankt Pauli war nämlich das Unheil hereingebrochen. Beamte der Davidswache unter Leitung eines Kommissars Sievers durchkämmten Nacht für Nacht unbarmherzig und unablässig das ganze Vergnügungsviertel. Sie erschienen im ›Eros-Center‹, im ›Palais d'Amour‹, in allen Striplokalen, in Pensionen und Absteigen. Sie machten Razzien. Sie ließen sich von verschreckten Familienvätern die Ausweise zeigen und notierten die Namen. Die Huren waren ebenso verzweifelt wie die Pupen, die Luden, die Lokalwirte, die Pensionsbesitzer und die Stripperinnen. Kaum daß sich noch Gäste nach Sankt Pauli wagten. Wenn das noch ein paar Wochen so weiterging, konnten die ersten Etablissements Konkurs anmelden.

»Nich mal die Porno-Kinos verschonense«, sagte Max. »Da is doch det jroße, nüch? Von neun Uhr morjens bis Mittanacht. Die hatten da eenen richtijen Knülla. ›Een Meechen, so heiß wie 'ne leerjeschossene Empi‹ hieß det Ding. Hamse absetzen müssen. In jede Vorstellung isset mindestens zweemal hell jeworden, und die Polypen sind durch den Saal marschiert und ham sich Ausweise zeijen lassen. Zuletzt hat sich keena mehr rinjetraut in die leerjeschossene Empi. Jetzt hamse vorübajehend jeschlossen.«

»Wenn das so weitergeht, werden wir alle schließen können«, sagte Vater Concon. Am linken Ärmel seiner weißen Klo-Jacke trug er einen schwarzen Trauerstreifen.

»Razzia im ›Sex-Shop‹, im ›Spiel-Casino‹, im ›San Francisco‹, im ›Strip-Center‹. Das hält kein Mensch mehr aus. Wir gehen schon alle auf dem Zahnfleisch. Jeden Abend, wenn ich mir das Zepter reinstecke, habe ich Angst, einer schreit: ›Halt! Schluß! Licht! Ausweise‹!« sagte Baby Blue.

»Da gehen Vermögen flöten«, sagte Vater Concon. »Hunderttausende. Umsatz um sechzig Prozent zurückgegangen. Eine Katastrophe.«

Ich dachte an meine nächtliche Begegnung mit dem seltsamen Kriminalkommissar Sievers von der Mordkommission in der Bahnhofshalle, und daran, daß er gesagt hatte, seiner Meinung nach seien der junge Concon und der kleine Karel von ein und demselben Menschen ermordet worden, und er wisse schon, wie er diesen Menschen finden werde. Das also war sein Plan: Sankt Pauli so durcheinanderzubringen, daß alles, was hier arbeitete und Geld verdiente, sich zusammenschloß und aus reinem Selbsterhaltungstrieb Jagd auf den Mörder machte. Ein guter Plan. Er wirkte, wie man sah. Und der Kommissar, so dachte ich, hatte ihn schon gehabt und in die Tat umgesetzt, lange bevor Fräulein Luise mir in ihrem Krankenzimmer in Bremen gesagt hatte, nun würden ihre Freunde den Mörder ›erlösen‹. Mir fiel ein, was sie bei einer anderen Gelegenheit sagte. Ich hatte gefragt: »Also handeln Ihre Freunde bereits, noch bevor sie zu ihren Handlungen einen Anstoß erhalten haben?«

»Irdisch ausgedrückt, ja!« hatte sie erwidert. »Unirdisch ausgedrückt, handeln sie natürlich nur, *nachdem* sie einen Impuls erhalten haben. Denn es gibt keine Unlogik im Universum ...« Und sie hatte mir auseinandergesetzt, daß es im Universum, in der anderen, der wirklichen Welt, auch keine Zeit in unserem armseligen Sinne gebe, kein stupides chronologisches Ablaufen von Ereignissen, sondern daß der Beginn immer das Ende sei und das Ende der Beginn. Ich holte Atem, denn plötzlich war mir zu Bewußtsein gekommen: Ich hielt also diesen Kommissar Sievers tatsächlich auch bereits für einen Freund des Fräuleins, für den Studenten, wie sie lächelnd erklärt hatte, als ich ihr von meiner Begegnung mit dem Kommissar erzählte ...

Sievers' Plan ging auf!

»Das ist eine richtige Notgemeinschaft, zu der wir uns zusammengeschlossen haben«, sagte Baby Blue. »Der Mörder muß gefunden werden. Die Mutter von diesem Karel scheint es nicht zu geben in Deutschland, Sie sagen es, Herr Roland. Aber weiß das der Mörder? Nein.«

»Oder ja«, sagte der alte Concon. »Das ist ganz egal. Wichtig ist, daß der Mörder heute alle diese Inserate liest, wenn er Hamburger Zeitungen in die Hand bekommt.«

»Und dann kann er sich entweder denken, es ist wirklich ein von der Mutter aufgegebenes Inserat, oder es ist ein Köder. Auf jeden Fall muß er jetzt davor zittern, daß die Frau, die damals in Neurode war, die Inserate auch liest – und vor dem vielen Geld in die Knie geht«, sagte Baby Blue.

»Und auf die Chiffre antwortet. Dazu darf er es nie kommen lassen. Das ist doch klar, nicht?« fragte Vater Concon.

Ich nickte.

»Und so haben alle freiwillig gespendet – die, die ich schon genannt habe, und noch viele, viele andere – ›Saint Tropez‹, ›Inn Sahara‹, ›Hummel Hummel‹, ›Stahlnetz‹, ›Ellis Elliot‹, das Sexual-Theater ›Remember‹, das ›Club Hotel‹, ›Onkel Hugo‹, sogar ›Schrader's Würstchen‹, der Imbißstand. Hat sich keiner ausgeschlossen.«

»Und der erste Erfolg ist schon da«, sagte Vater Concon.

»Vor einer Stunde«, sagte Baby Blue.

»Was war da?« fragte ich.

»Da isse schlotternd vor Schiß und flennend zu Baby Blue jekomm, in der ihre Wohnung, und hat um Hülfe jefleht.«

»Wer?« fragte ich.

»Tamara Skinner«, sagte Vater Concon.

»Wer ist Tamara Skinner?«

»Na, 'ne Biene«, sagte Max.

»Aber eine besondere Biene«, sagte Vater Concon.

»Wieso besonders?«

»Weilse die Frau is, die wir in dem Inserat suchen«, sagte Max. »Sie war am Steuer von dem eenen Wagen da draußen in Neurode.«

»Donnerwetter«, sagte ich.

»Da staunste, wat?« sagte Max. »Wat also diese Tamara is, die hat Baby Blue allet azählt . . .«

»Sie kennt mich gar nicht so gut, aber sie hat sonst keine Freundinnen«, sagte die ›Sensation aus dem Crazy Horse‹.

»Was hat sie erzählt, Max?«

»Dasse an den Tach, an dem det in det Laga passiert is, schon am Vormittach 'n Freia jehabt hat. 'n janz komischen. Der wollte weita nischt von ihr, als dettse Auto fährt. Mit den jungen Concon. Den kannte die Tamara natürlich. In't Laga sollte sie fahrn. Hat ihr zwootausend Emm dafor vasprochn, der Mann – und späta ooch jejeben. Bloß den Concon hinfahrn und da vor det Laga wartn, und denn wieda zurück mit Concon nach Hamburch – mit ihm und 'n Meechen.«

»Das Mädchen sollte Irina sein«, sagte ich.

»'türlich. Bloß jing da leida allet schief, nüch? Sie war froh, detse mit Concon davonjekomm is, die Tamara. Aba danach, da hatte se een' Heidenschiß, als der abjemurkst wurde. Hat jebetet Tach und Nacht, detse nu Ruhe kriegt und den Mann, der sie angaschiert hat, nie wieda sieht. Hat'n ooch nich wiedajesehn. Bis heute. Heute weeß se vor Angst nich, wohin. Heute kannse bloß denken, det der nu natürlich wiedakommt und ihr killt. Aba janz uff de Schnelle. Von wejen det Inserat.« Max strahlte mich an. »Looft doch wie jeschmiat, wa?«

»Ja«, sagte ich. »Wie geschmiert.«

»Nach diesem Inserat«, sagte Baby Blue, »kann der Mörder keine ruhige Minute mehr haben. Nach diesem Inserat muß er fürchten, daß Tamara sich meldet – bei der Polizei, unter der Chiffre, bei einer Freundin, was sie ja auch getan hat, und daß sie alles erzählt. Daß sie im Lager war, und wie der Mann aussah, der sie angeheuert hat – der Mann, der in dem zweiten Wagen mitfuhr und den Jungen erschoß.«

»Hat sie Ihnen erzählt, wie der Mann hieß?« fragte ich.

»Nein. Das wußte sie nicht. Aber sie hat ihn mir beschrieben.«

»Und?«

»Ein großer Mann. Gut angezogen. Sprach sehr reines Deutsch«, sagte Baby Blue. »Blauer Mantel. Schirmmütze.« Undeutlich erinnerte ich mich daran, daß der ukrainische Hausdiener aus dem Hotel ›Paris‹ den Mann, der Karl Concon aufgesucht hatte, Fräulein Luise gegenüber so ähnlich beschrieben hatte. »... Längliches Gesicht. Schmale Lippen. Schwarzes Haar. Koteletten. Tamara sagt, sie würde diesen Mann jederzeit wiedererkennen.«

»Mensch, Max«, sagte ich.

»Na?« sagte er stolz. »Jetzt wernse langsam ooch wieda von Maxen sein' Köppchen reden und nich bloß von sein' ollen Dschonni.«

»Die zwanzigtausend hat Tamara übrigens schon gekriegt«, sagte Vater Concon. »Da sind wir korrekt.«

»Und wie geht das weiter?« fragte ich. »Die Frau ist doch tatsächlich in Lebensgefahr.«

»Klar ist Tamara das«, sagte Baby Blue. »Wohnt ganz in der Nähe. Am Hans-Albers-Platz. Wagt sich nicht aus der Wohnung.«

»'türlich wirdse bewacht«, sagte Max. »Wir lassense nich eene Sekunde aus den Oogen. Wir nich und nich die Polente.«

»Ihr habt die Polizei verständigt?«

»Ja«, sagte der alte Concon. »Den Kommissar Sievers und die Davidswache. Tamara wird vielleicht eine Strafe kriegen, weil sie sich nicht früher gemeldet hat – keine schwere, sagt der Kommissar. Sind Beamte von der Wache und vom Kommissar und Leute von uns da, die jetzt auf Tamara achtgeben und warten, daß der Kerl kommt ... und der kommt bestimmt!«

»Was für Leute von Ihnen?« fragte ich.
»Ach, was Sie wollen«, sagte der alte Concon. »Eine ganze internationale Gesellschaft ist das.«
»Internationale Gesellschaft?«
»Watte bloß willst, Walta«, sagte Max.
»Zwei Mixer«, sagte Baby Blue. »Der eine ist Franzose, der andere ein Ami, der nach dem Krieg hiergeblieben ist.«
»Drei Rausschmeißer, wir brauchen kräftige Kerle«, sagte Concon. »Ein deutscher, ein polnischer und ein holländischer.«
»Dann Panas Myrnyi«, sagte Baby Blue. »Hausdiener vom Hotel ›Paris‹. Ukrainer. Alter Mann. Er hat darauf bestanden, daß er dabei ist. Macht den Aufpasser beim Eingang von dem Haus, in dem Tamara wohnt. Schleicht dauernd da herum.«
»Wat noch? Ja. Een Wirt, höchstpersönlich. Schwerjewichtla, Mensch. Ehemalija Ringa. Der schlägt den Kerl zu Mus, sage ick dir. Von hier. Hamburja.«
»Also Deutscher«, sagte ich.
»Klar Deutscha«, sagte Max. »Det war aba 'ne intellijente Feststellung!«
»Einen jungen Russen haben wir auch«, sagte Baby Blue. »Mechaniker an einer Tankstelle hier in der Nähe. Tamara und er sind mächtig verknallt ineinander. Kennen sich seit ein paar Wochen.«
»Wie kommt der Russe her?« fragte ich und mußte immerzu an Fräulein Luise denken.
»Das ist der Sohn von einem Sowjet-Offizier, der im Krieg mit den Deutschen kollaboriert hat. Der Vater ist mit dem kleinen Jungen fünfundvierzig nach Westdeutschland geflohen. Hiergeblieben. Hier gestorben. Der Sohn heißt Sergej. Er sitzt in Tamaras Wohnung und paßt auf.«
»Die anderen haben sich verteilt – auf Dächern, in Gängen, rund um den Hans-Albers-Platz«, sagte Concon.
»Und dann noch Jiri«, sagte Baby Blue.
»Wer ist Jiri?«
»Mein Süßer. Schon seit vier Monaten hier. Geflohen aus Brünn. Wir leben zusammen. Der paßt auch auf.«
Und der Kommissar Sievers, der all dies ins Rollen gebracht hatte, war Deutscher, dachte ich. Elf Männer, die auf Tamara Skinner aufpaßten – neben den Polizeibeamten und Max.
Elf Männer mit den Nationalitäten von Fräulein Luises elf toten Freunden...

17

»Wenn ich das da überlebe, dann miete ich mit dem Geld die Tankstelle für Sergej. Gehört einem alten Mann. Der will sie verpachten und seine Ruhe haben. Und ich werde solide«, flüsterte Tamara Skinner. Sie war etwa dreißig Jahre alt, blond, sehr hübsch und hatte eine sehr rosige Haut. Sie rauchte eine Zigarette nach der andern. Sergej, ihr Freund, der fließend deutsch sprach, redete dauernd leise und beruhigend auf sie ein.

Kommissar Sievers und ich saßen seit sieben Uhr abends in Tamaras guter Stube. Nun ging es schon auf Mitternacht. Das Haus, in dem Tamara wohnte, war alt, baufällig, häßlich, und es lebten arme Leute und ein paar Huren darin. Die Nacht klirrte vor Kälte. Trotzdem standen in den Hauseingängen des Platzes und in der nahen Gerhardstraße, vor Kneipen und Bars, noch eine Menge Mädchen, die jenen in der nahen Herbertstraße, der abgeschlossenen Puffstraße, Konkurrenz zu machen trachteten. Tamara kochte zum drittenmal starken Kaffee für uns alle.

Die Leute des Kommissars und die Beamten der Davidswache und die privaten Beschützer Tamaras standen in der ganzen Umgebung verteilt, seit vielen Stunden. Natürlich war es möglich, daß sie umsonst wachten. Wir sprachen wenig und leise, denn wir hofften ja, daß Tamara Besuch bekommen würde, und man hörte draußen auf dem tristen Flur mit seinem Fenster am Ende jedes laute Wort. Tamaras Wohnung lag im zweiten Stock. Dieses stundenlange Flüstern und Auf-Zehenspitzen-Gehen schlug sich mir bereits stark auf die Nerven. Tamara zitterte ohnedies vor Angst. Der Russe und der Kommissar waren die Ruhe selber. Nun, als Tamara neuen Kaffee eingoß, flüsterte Sievers mir zu: »Sie werden sehen, ich habe recht. Der Mann, wenn er kommt, hat Concon und Karel auf dem Gewissen.«

»Wie wollen Sie das feststellen?«

»Wenn Tamara ihn erkennt und wenn dieser Panas Myrnyi ihn erkennt, dann ist es derselbe Mann.« Sievers nickte Tamara dankend zu und goß Milch in den Kaffee. »Den russischen Taxifahrer, diesen Wladimir Iwanow, den hat der Mann nicht erschossen, das weiß ich inzwischen.«

»Wer denn?«

»Amis«, sagte Sievers leise. »Leute aus der Niendorfer Straße 333. Es gibt alle möglichen Beweise. Aber da haben sich andere eingeschaltet. Die Amis mußten Iwanow umlegen, weil er von dem versenkten Laster wußte, und nachdem er gesagt hatte, er will den Fahrer dieses Lasters aufsuchen und anzeigen. Sehr guter Kaffee, wirklich, Tamara, wird von Mal zu Mal besser. Mach so weiter. Vielleicht bleiben wir die ganze Nacht und kommen wieder.«

Tamara lächelte gequält, und Sergej flüsterte auf sie ein mit seiner tiefen, kehligen Stimme.

»Ein Mord wird also vielleicht ungesühnt bleiben«, meinte der Kommissar. »Aber diese anderen zwei Morde, die sollen gesühnt werden, das habe ich geschworen.«

»Geschworen?« Ich sah ihn, in Erinnerung an Fräulein Luises Erzählungen, aufgeschreckt an. »Wem?«

»Mir selber«, sagte er leise und lächelte ein wenig, als mache er sich einen kleinen privaten Spaß.

Ich sagte provozierend: »Fräulein Luise geht es übrigens viel besser.«

»Ich weiß.«

»Sie wissen? Woher?«

»Ich habe mit ihr gesprochen.«

»Was?«

»Nanu, warum regen Sie sich so auf? Ich habe in der Klinik angerufen, und man hat sie an den Apparat geholt – gestern.« Er sagte sehr leise: »Sie wird die Anstalt bald verlassen...«

In diesem Moment winkte uns Sergej zur Ruhe. Er hatte das beste Gehör. Von draußen drang ein Geräusch in die Wohnung. Jemand kam auf Zehenspitzen das Treppenhaus herauf. Die Treppe bestand aus Holz. Es war unvermeidlich, daß ein Brett ab und zu ein wenig knarrte.

Tamara preßte beide Hände an die Brust, ihre Lippen zitterten. Die schleichenden Schritte kamen näher und näher. Wieder knarrte ein Brett.

Der Kommissar bat Tamara flüsternd, ruhig zu bleiben, dann sah er mich und den Russen an. Wir schlichen aus dem Wohnzimmer in eine Diele hinaus und stellten uns hinter die offene Tür des Badezimmers, das gleich neben dem Eingang lag. Hier war es eng. Wir stießen gegeneinander. Der Kommissar hatte plötzlich eine große Pistole in der Hand. Ich hätte auch gerne eine gehabt, aber den Colt 45 hatten die freundlichen Herren von BLITZ mir schon vor Wochen abgenommen, zusammen mit so vielem anderen.

Die Schritte kamen vor der Wohnungstür zum Halt. Es war eine alte Tür, durch einen Spalt unten mußte Licht auf den Gang fallen. Jemand klopfte.
Sievers machte Tamara mit der Pistole ein Zeichen, zu öffnen. Sie ging auf sehr unsicheren Füßen durch die Diele und rief: »Ja? Wer ist denn da?«
»Nun mach schon auf, Süße«, sagte eine Männerstimme. Ich kannte diese Stimme. Woher? Woher? grübelte ich. Es fiel mir nicht ein. Tamara nahm die Kette aus dem Schloß und öffnete die Tür einen Spalt. Sie wich zwei Schritte zurück. Ich stand in dem engen Badezimmer ganz hinten, ich konnte den Mann nicht sehen, der nun eintrat. Der Mann aber konnte Sievers' Pistole sehen, denn der stand zu weit vorne. Der Mann machte auf der Stelle kehrt, und wir hörten hetzende Schritte den Gang entlang.
»Er ist es! Er war es!« schrie Tamara außer sich.
Der Kommissar, Sergej und ich rannten auf den Gang. Ich sah, wie sich die Gestalt des Mannes auf das Fensterbrett am Ende dieses Ganges schwang, er hatte die Flügel aufgerissen, eiskalte Luft kam uns entgegen. Im nächsten Moment sprang der Mann in die Tiefe.
Wir rasten hinter ihm her zum Fenster. Etwa eineinhalb Meter darunter befand sich ein Flachdach. Der Mann rannte, als Schatten erkennbar, zum Rand dieses Daches. Da gab es eine Feuerleiter. Über die verschwand er.
»Verflucht«, sagte Sievers. Er blies gellend dreimal auf einem kleinen Pfeifchen. Dann sprang er auf das Flachdach. Sergej und ich folgten. Auf dem Flachdach lag Schnee. Ich glitt aus und rutschte fast über den Rand. Sergej erwischte mich im letzten Moment. Ich hatte mir eine Hand blutig geschrammt. Nun keuchten wir hinter Sievers her schon zu der Feuerleiter. Ihre Sprossen waren vereist. Wir stolperten hinab in einen verwahrlosten Hof voller Gerümpel. Da war ein enger Durchgang, vor ihm schien Licht. Wir rannten weiter. Am Ende des Durchgangs fanden wir uns wieder auf dem Hans-Albers-Platz.
Ich sah, gleichzeitig mit dem Kommissar, den Schatten des Mannes in die Gerhardstraße hineinrennen, hinunter zu ›Mary's Treff‹. Aus Haustoren, von Hausdächern über Leitern herab, aus Höfen kamen nun viele Männer angerannt – des Kommissars Leute und Tamaras Beschützer. Unter ihnen erblickte ich auch Max und den alten Hausdiener Panas Myrnyi, der keuchend krähte: »Das war der

Mann ... Das war der Mann ... aus dem Hotel ... Das war er ...«
»Na also«, sagte Sievers grimmig, während seine Leute bereits an der Herbertstraße, an den verstörten Huren, Nachtbummlern und Luden vorbei über die dünne Schneedecke die Gerhardstraße hinabstürzten – hinter dem Schatten her. Der Schatten drehte sich plötzlich um. Etwas blitzte auf. Dann hallte ein Schuß. Die Verfolger stoben gegen die Hauswände auseinander.
»Los!« schrie Sievers und rannte weiter. Max, Sergej und ich folgten. Ich glitt auf meinen Ledersohlen dauernd aus.
Die Gerhardstraße mündet in die Erichstraße. Der Schatten stoppte kurz. Von links schienen Verfolger auf ihn zuzukommen, denn er schoß wieder und wandte sich nach rechts und verschwand hinter der Ecke von ›Mary's Treff‹. Die Erichstraße besteht aus armseligen alten Häusern. Als wir sie erreichten, stießen wir auf drei Beamte der Davidswache, darunter einen Uniformierten, der eine Waffe in der Hand hielt.
»Wo ist er hin, Lütjens?« schrie Sievers.
»Die Straße runter und dann links um die Ecke in die Balduinstraße!« schrie Lütjens.
Wir rannten weiter. Wir waren gewiß zwei Dutzend Männer – und eine Frau. Denn Tamara kam uns nachgestürzt. Wir rannten in die Balduinstraße hinein, an der Bernhard-Nocht-Straße vorbei und vorbei an der berühmten Kneipe ›Onkel Max‹. Diese Straße endet bei einer Treppe, die zur Sankt-Pauli-Hafenstraße hinabführt. Ich sah wieder den Schatten des Flüchtenden.
Mehrere Beamte schossen hinter ihm her. Er schoß zurück. Einen Beamten traf er in den Oberschenkel. Der brach zusammen. Ein zweiter blieb zurück und kümmerte sich um den Verwundeten, wir anderen stürmten weiter, schlidderten über das Glatteis der Treppe hinunter. Ich stürzte nochmals, kam aber gleich wieder auf die Beine. Hier unten gab es riesige, vollgeschneite Kieshaufen. An ihnen entlang führte der Autostrich. Mädchen rannten kreischend auseinander, Autos gaben Gas und jagten davon, als wir näherkamen. Dieser Autostrich florierte zu jeder Jahreszeit. Die Mädchen ließen sich von Fahrern ansprechen, und die Sache wurde gleich im Wagen erledigt. Ich glitt wieder aus – diesmal über ein Präservativ. Ich kannte Hamburg und diesen Autostrich. An Morgen, die lebhaften Nächten folgten, konnte man hier zwanzig bis dreißig Präservative auf dem Quadratmeter finden. Ich erhob mich fluchend. Neben mir sah ich die ›River Kasematten‹, das stilvolle

kleine Hafenlokal, in dem berühmte Stars auftreten und berühmte Leute verkehren.
»Da drüben!« schrie ein Mann.
Ich sah, wie der Schatten eine Steintreppe zum Wasser auf der anderen Seite des Autostrichs hinabrannte. Dabei drehte er sich immer wieder um. Er schoß fast pausenlos. Und lud – man hörte es, wenn er einen neuen Ladestreifen einschob. Viele Männer schossen zurück. Am Ende der Treppe begann, im Wasser bereits, ein Betongerüst auf Betonträgern, ein endloser Ponton, der von hier bis zum Fischmarkt führte.
Max keuchte neben mir: »Wenn der jetzt dort drunter verschwindet...«
Ja, dann sah es mies aus. Schon hinter dem zweiten Querbalken des Pontons konnte man sich verstecken, es war stockfinster da drinnen und an gezieltes Schießen nicht zu denken – von draußen nach drinnen. Von drinnen nach draußen schon, wie ich sogleich feststellen durfte. Eine Kugel pfiff an meinem Kopf vorbei. Dann erst hörte ich die Detonation des Schusses.
»Vorsicht!« schrie Sievers.
Er warf sich auf den Bauch und schoß viermal hintereinander. Viele Schüsse folgten. Wieder das Klicken von Ladestreifen. Neue Schüsse. Niemand konnte sagen, wer getroffen hatte, aber plötzlich hörten wir alle einen lauten Aufschrei, danach Gewimmer, dann Stille.
Vorsichtig, langsam und fast lautlos kamen von allen Seiten die Männer heran. Tamara und Myrnyi gingen jetzt an meiner Seite. Die Kriminalbeamten und der Wachtmeister Lütjens trugen entsicherte Waffen. Sie wollten kein Risiko eingehen.
»Kommen Sie raus!« schrie Sievers.
Keine Antwort.
»Kommen Sie sofort raus, oder wir kommen zu Ihnen!«
Keine Antwort.
»Na dann«, sagte Sievers. An eine Kaimauer gepreßt, tastete er seinen Weg die Stufen zum Ponton hinab. Er griff in seine Jacke. Gleich darauf flammte eine starke Taschenlampe auf. Ich war Sievers gefolgt und sah, hinter dem zweiten Querbalken des Pontons, auf einer Strebe über dem Wasser, einen Mann auf dem Gesicht liegen, die Hände weit ausgestreckt... unseren Mann.
Lütjens hielt die vielen Menschen auf, die alle die Treppe hinabwollten.

Sie blieben stehen, schwer atmend, bewaffnet, unbewaffnet, Beamte und Zivilisten, Deutsche und Ausländer.
»Langsam. Das geht nicht...«
Ich saß auf einer Treppenstufe und sah, wie sich der Kommissar über die reglose Gestalt beugte. Dabei fiel das Licht der Taschenlampe auf ein Motorboot, das hinter dem dritten Querbalken festgebunden war.
»Das Boot! Er ist mit einem Motorboot gekommen, und so hat er wieder weg wollen!« sagte Lütjens atemlos.
»Fräulein Skinner! Herr Myrnyi!« ertönte die Stimme des Kommissars. »Kommen Sie doch mal her!«
Lütjens ließ die beiden durch.
Sie kletterten über die Stege unter den Ponton zu Sievers. Ich folgte unaufgefordert.
Der helle Mantel des Mannes färbte sich schnell rot. Das Blut floß dort aus dem Rücken, wo das Herz lag.
Wir drei, Tamara, Myrnyi und ich, waren nun ganz nahe herangekommen. Das Wasser unter uns gluckste und bespülte unsere Schuhe. Der Steg war glatt. Ich hielt mich an einem Querbalken an.
»Nun«, sagte Sievers, der neben dem Toten kniete, »laß uns dein Gesicht sehen.«
Er drehte die Leiche vorsichtig auf den Rücken.
Ich sah in das Gesicht des Dieners Olaf Notung.

18

Um 7 Uhr 15 am nächsten Morgen traf ich im Hauptbahnhof Bremen ein. Pastor Demel erwartete mich auf dem Bahnsteig. Wir gaben einander die Hand und gingen schweigend zu einem Volkswagen. Demel sah übernächtigt und erschüttert aus. Er sprach auch lange Zeit noch nicht, als er schon fuhr.
Sein Anruf hatte mich um drei Uhr morgens in der Davidswache erreicht, wo ich mich zu dieser Zeit aufhielt. Hem hatte Demel geraten, es dort zu versuchen, als der Pastor ihn anrief. Demel war sehr aufgeregt gewesen. Ich sollte unbedingt den Frühzug nach Bremen nehmen. Das hatte ich getan, selber in größter Bestürzung – nach dem, was Demel am Telefon erzählte...

Wir erreichten die Autobahn. Hier draußen lag überall frischer Schnee, der Tag war trüb, die Wolken hingen tief.
»Sie werden wissen wollen, wie alles geschah«, sagte Demel endlich.
»Natürlich«, sagte ich.
»Ich kann es Ihnen einigermaßen chronologisch und lückenlos erzählen – nach den verschiedenen Aussagen, die wir inzwischen erhalten haben«, erklärte Demel. »Chronologisch also. Gestern abend um halb zehn Uhr erschien Fräulein Luise, in Hut und Mantel, bei der Pförtnerloge des Ludwigskrankenhauses ...«
Dem Pförtner, erfuhr ich weiter, der, wie alle Angestellten und Ärzte, Fräulein Luise mittlerweile gut kannte, fiel auf, daß sie so glücklich und strahlend war wie noch nie. Sie schien auch gar keine Eile zu haben.
»Ich muß noch einmal raus«, sagte das Fräulein. »Der Herr Professor hat mich gebeten drum. Er kann doch oft nicht schlafen, und dann raucht er, und jetzt ist ihm seine Lieblingsmarke ausgegangen. Hol ich ihm noch zwei Packeln.«
»Ist gut, Fräulein Luise.«
»Wie geht es der Elisabeth? Bei Mumps muß man aufpassen.«
»Es geht schon viel besser, Fräulein Luise. Der Doktor sagt, bald ist es wieder gut.«
»Das freut mich aber. Wissens, ich hab mal ein Kind gehabt ...«
Fräulein Luise erzählte eine gefährliche Mumps-Geschichte, und dann unterhielt sie sich mit dem Pförtner noch über dessen zwei andere Kinder. Schließlich eilte sie davon, hinaus auf die dunkle Straße. Es schneite ziemlich heftig um diese Zeit ...
Als Fräulein Luise nach einer halben Stunde noch nicht zurückgekehrt war, rief der Pförtner die Privatstation an und erstattete bei der Nachtschwester Meldung. Die Nachtschwester weckte den Arzt vom Dienst. Es war zufällig der langhaarige Dr. Germela. Der fuhr den Pförtner telefonisch an: Was ihm eingefallen sei, das Fräulein so spät noch auf die Straße hinauszulassen?
»Entschuldigen Sie, Herr Doktor«, sagte der Pförtner mit falscher Höflichkeit, »aber ich habe gedacht, wo wir doch jetzt eine Demokratisierung der Psychiatrie und ein Patientenparlament und das alles bekommen sollen, da ist das ganz in Ihrem Sinn ...«
Damit wollte der Pförtner diesem Dr. Germela, den er ebensowenig leiden konnte wie die ganze junge, wichtigtuerische Bande von ›revolutionären‹ Ärzten, zeigen, was er von ihm hielt. Später

in der Nacht, als die Klinik aufgescheucht war, erhielt der Pförtner natürlich eine strenge Verwarnung.

Zunächst eilte Germela nun in das Zimmer des Fräuleins und sah, daß sie ihren Schal, ihre Handschuhe, ihren Hut und Mantel und ihr Geld – die gesparten Zuwendungen der Tochter des Professors Leglund – mitgenommen hatte. In der Hoffnung, etwas von Leglund zu erfahren, stürmte Germela in dessen Zimmer. Der alte Mann schlief tatsächlich noch nicht.

»Fräulein Luise?« fragte er verwundert. »Was heißt das, wo die ist? Die ist doch schon vor zwölf Jahren gestorben ...«

Nun wurde es Germela mulmig, und er gab Alarm.

Zu dieser Zeit saß Fräulein Luise bereits in einem Taxi und fuhr über die nächtliche Autobahn. Sie hatte eines der Taxis gewählt, die ständig in einiger Entfernung vom Eingang des Krankenhauses parkten und auf Kundschaft warteten. Der Fahrer kehrte nach dieser Tour wieder zur Klinik zurück, und als er vom Pförtner hörte, was geschehen war, berichtete er gleich von seinem Zusammentreffen mit dem Fräulein.

»Sie war sehr nett«, sagte der Chauffeur da dem Dr. Wolfgang Erkner, der mittlerweile die Suche nach dem Fräulein leitete. »Ich habe gedacht, sie gehört irgendeiner Sekte an.«

»Wieso?«

»Weil ...«

»... also wissens, ein Mann in Ihrem Alter, Sie sollten sich was schämen!« hatte das Fräulein gesagt, wenige Minuten nach der Abfahrt. Sie saß neben dem Chauffeur. Und sie wies anklagend zu einem aufgeschlagenen ›Playboy‹-Heft, das zwischen ihnen lag. Sehr unglücklich aufgeschlagen. »Lassens doch die Sünde«, sagte das Fräulein. »Wenn Sie erst einmal in der anderen Welt sind, dann werden Sie es zu spüren bekommen, was Sie da für einen Unsinn gemacht haben. Wär besser, Sie möchten sich schon vorbereiten auf die andere Welt ...« (»Wirklich ein nettes Fräulein, aber sehr religiös«, sagte der Chauffeur später.)

Das Schneetreiben hörte plötzlich auf, die Wolkendecke öffnete sich, der Mond leuchtete.

»Schneller«, sagte das Fräulein zu dem Chauffeur. »Fahrens doch bitte schneller.«

»Gerne, meine Dame.«

»Ich hab es nämlich sehr eilig«, erklärte Luise.

»Eilig? Wieso?«
»Ach, wissens, ich hab vielleicht einen Abend gehabt! Dauernd bin ich gerufen worden von meine Freund. Ununterbrochen! Ich soll kommen! Ich soll zu ihnen kommen! Ich soll schnellstens zu ihnen kommen! Da muß irgendwas Großes los sein.«
»Sie haben Freunde in Neurode?« fragte der Chauffeur, denn Neurode hatte Fräulein Luise ihm als Fahrtziel genannt.
»Ja. Gute Freund. Die besten. Und sie verlangen nach mir. Ich muß mich beeilen. Noch schneller fahren, gehts?«
»Meinetwegen«, sagte der Chauffeur.
Auf der elenden Straße ging es dann nicht mehr so schnell, und knapp vor dem Ortseingang von Neurode bat das Fräulein den Chauffeur, zu halten.
»Wir sind aber noch nicht ganz in Neurode.«
»Das weiß ich. Ich ... ich möcht gern die paar Meter zu Fuß gehen. Ein bissel Luft schnappen«, sagte das Fräulein. »Was bin ich schuldig?«
Er nannte den Fahrpreis, und sie bezahlte, indem sie Geld aus einem Papiersäckchen nahm – das fiel dem Chauffeur auch noch auf. Sie gab ihm fünf Mark Trinkgeld.
»Ich danke, meine Dame. Und alles Gute.«
»Ihnen auch!« rief Fräulein Luise, in den frisch gefallenen Schnee hinaustretend, fröhlich. »Auch Ihnen, mein Lieber! Und lassens die dumme Sünd, ja?«
Der Chauffeur lachte und fuhr bis in den Ort, wo er wendete. Als er den Weg zurückkam, sah er Fräulein Luise nicht mehr, aber er suchte auch nicht nach ihr.
Dr. Erkner erhielt diese Mitteilung aus dem Mund des Chauffeurs um 23 Uhr 45. Er rief sofort das Jugendlager Neurode an. Nachts war das Telefon hier zum Schlafzimmer des Lagerleiters Dr. Horst Schall geschaltet, die Zentrale war unbesetzt.
Dr. Schall fuhr aus dem Bett, als er Erkners Anfrage und Meldung erhalten hatte. Er weckte den Lagerarzt Dr. Schiemann, den Chauffeur Kuschke und den Pastor Demel. Gemeinsam liefen sie durch das Lager, befragten den alten Wachmann, der beim Eingangstor Dienst tat, sahen – ohne Hoffnung schon – in Fräulein Luises Büro, und riefen zuletzt laut nach ihr.
Durch das Rufen wurden Erwachsene und Jugendliche wach. Eine junge Spanierin kam zu der Gruppe der Männer. Sie war noch völlig angekleidet und sehr aufgeregt. Schall sprach Spanisch. Er

redete mit dem Mädchen, dann übersetzte er für die anderen: »Juanita sagt, sie war heute in der ›Genickschußbar‹. Sehr lange. Mit einem Mann, der ihr eine Stelle als Tänzerin in Hamburg verschaffen wollte. Der Mann hat ihr zu trinken gegeben – ziemlich viel, Sie sehen es ja.« Das schöne Mädchen war tatsächlich betrunken. »Juanita sagt, sie hätte es mit der Angst bekommen und sei dem Mann zuletzt davongelaufen – zurück ins Lager. Dabei hat sie sich dauernd umgedreht, um zu sehen, ob er ihr folgt.«
»Und?« fragte Kuschke.
»Er ist ihr nicht gefolgt«, sagte Schall. »Aber ein Auto ist gekommen und hat im Dorf gewendet, und dann hat Juanita im Mondschein eine Gestalt gesehen, sie kann uns genau zeigen, wo. Sie weiß nicht sicher, ob es das Fräulein war, aber sie hält es für möglich. Sie sagt, diese Gestalt ist auf der anderen Seite vom Dorf ins Schilf hineingegangen und hinaus aufs Moor.«
»Ach du heilija Strohsack«, sagte Kuschke.
»Und dann, sagte Juanita, ist die Gestalt *auf* dem Moor gegangen, als ob sie darüber hinwegschwebte«, sagte Dr. Schall. »Eine ganze Weile schwebte sie so. Und auf einmal war sie verschwunden . . .«
»Jetz aba schnell!« rief Kuschke.
»Ich fürchte, so schnell können wir gar nicht mehr sein«, sagte der Pastor.
Danach war es sehr still. Niemand sprach. Der Mond schien auf die kleine Gruppe. Juanita begann betrunken zu schluchzen.
Dr. Schall sagte: »Ich rufe sofort die Feuerwehr. Vielleicht daß die . . .« Er vollendete den Satz nicht und lief schon zu seiner Baracke.

19

»Die Feuerwehr kam bald«, erzählte mir Pastor Demel. »Drei Züge aus den Nachbardörfern. Mit Geräten und Scheinwerfern. Die Männer arbeiteten die ganze Nacht durch. Sie arbeiten auch jetzt noch.«
»Sie haben die richtige Stelle gefunden?«
»Ja. Juanita zeigte sie uns noch, ehe die Feuerwehrleute kamen. Das Fräulein ging vor dem Dorf ins Moor – auf diesem schmalen Pfad, den sie immer benutzte, wenn sie zu ihren Freunden auf

dem Hügel ging. Ich fand ihre Fußspuren. Dort, bei dem Pfad, suchen die Männer seit heute nacht.«

»Und finden nichts«, sagte ich leise.

»Nichts, nein«, sagte der Pastor, noch leiser.

Danach sprachen wir nicht mehr, und der Pastor erreichte den schrecklichen Weg mit seinen Schlaglöchern und den elenden, kleinen Dörfern. Sie erschienen mir heute noch viele Male trostloser als beim ersten Mal, da ich sie gesehen hatte. Und die Gegend erschien mir unheimlich. Das feste Land war verschneit, das Moor war, abgesehen von weißen Erhebungen, eine tiefschwarze Fläche. Weiß beschneit waren die kahlen Stämme und Äste der Birken, Erlen und Korbweiden. Die Stengel des Schilfs am Wegrand standen starr wie Lanzen. Weiter draußen lag das Moor in Nebel und Dunst gehüllt.

Wir kamen endlich an.

Den Weg blockierten die roten Wagen der Feuerwehren. Ich sah Männer mit Leitern und Männer auf Brettern weiter draußen im Moor. Sie stocherten mit langen Stangen in dem schmutzigen, dunklen Wasser. Andere hockten auf den Trittbrettern der Wagen und tranken heißen Kaffee aus Pappbechern. Ich erblickte den Lagerleiter Dr. Schall, den Lagerarzt Dr. Schiemann, den Chauffeur Kuschke und den Dr. Wolfgang Erkner. Auch sie tranken Kaffee. Demel hielt. Wir stiegen aus. Ich begrüßte die Männer, die alle bleich und unrasiert und sehr müde waren.

»Nichts«, sagte der Lagerarzt zu mir.

Der Lagerleiter sagte: »Die Männer werden es nun wohl bald aufgeben. Sie haben praktisch jeden Quadratmeter Moor, der in Frage kommt, mit ihren Stangen abgesucht. Sie können nichts finden. Überhaupt nichts. Nicht einmal ein Stück Kleidung. Sie ist spurlos verschwunden.«

»Spurlos«, sagte Kuschke und starrte auf seine großen Hände.

Der Dr. Erkner trug keinen Hut. Leise und erbittert sagte er zu mir: »Das zweite Mal, daß eine Patientin flüchten kann – in einem Vierteljahr. Ich werde durchgreifen! Ich lasse mir das alles nicht mehr bieten an der Klinik. Und es ging dem Fräulein schon so gut.«

»Gut?« sagte ich.

»Ja, natürlich. Wieso?«

Ich erzählte ihm, daß Fräulein Luise durchaus in ihrem alten Zustand gewesen sei, als ich sie zum letztenmal sah, und sich wohl also vor den Ärzten nur äußerst geschickt verstellt hatte. Er sagte sehr ernst zu mir: »Warum haben Sie das nicht gemeldet?«

»Ich habe es gemeldet. Schon früher, als die ersten Zeichen auftraten. Ich wollte zu Ihnen. Ein Doktor Germela fing mich ab. Ihm erzählte ich alles. Er sagte mir, ich solle mich gefälligst um meinen Kram kümmern, das Fräulein sei bestens integriert in Ihre therapeutische Gemeinschaft. Und dann stauchte er mich zusammen und hielt mir eine Rede über die Demokratisierung der Psychiatrie, über...«

»Hören Sie auf«, sagte Erkner wütend. »Ich kann es nicht hören. Germela also. Verflucht noch mal! Ich habe weiß Gott nichts gegen lange Haare und Bärte und neue Ideen. Aber dem Kerl setz' ich jetzt den Kopf zurecht, darauf können Sie sich verlassen!«

»Das macht nur leider Fräulein Luise nicht mehr lebendig«, sagte ich.

Der Pastor und Dr. Schall kamen heran.

»Glücklich und fröhlich wie noch nie, so ist Fräulein Luise herbeigeeilt, weil ihre Freunde sie riefen«, sagte ich langsam.

»Ja«, sagte Demel. »Fröhlich und glücklich wie noch nie, so erzählen die Zeugen...« Er überlegte, dann sprach er verloren ins Leere: »›Laßt mich von all dem Abschied nehmen – nicht klagend, sondern singend wie der Schwan...‹« Er fragte: »Wer hat das geschrieben?«

Niemand wußte es.

»Ich möchte mal da hinaus«, sagte ich.

Sie gaben mir einen Gummianzug, wie ihn die anderen Männer auf den Leitern trugen, und eine Stange zum Staken, und ich schob mich mit der Stange, auf einer Leiter liegend, neben dem schmalen, schneebedeckten Pfad hinaus ins Moor. Im Schnee des schmalen Weges sah ich deutlich Abdrücke von spitzen Frauenschuhen, dicht beieinander, so, als sei das Fräulein hier rasch entlanggeeilt. Noch einen Meter. Noch einen. Und dann, von einem Moment zum andern, war die Fußspur zu Ende. Kein Abdruck mehr. Nur noch der reine, unberührte Schnee. Ich lag auf meiner Leiter, und der schwere Gummianzug drückte mich, und ich starrte den letzten Schuhabdruck im Schnee an. Ein Feuerwehrmann, der herangestakt gekommen war, betrachtete mich eine lange Weile stumm, dann sagte er: »Hier ist sie rein. Aber hier haben wir wieder und wieder gesucht. Hier unten liegt sie nicht.«

»Sie muß doch hier unten liegen!«

»Ja«, sagte er. »Sollte man glauben. Nur, sie tut es nicht. Die finden wir nie.« Er stakte wieder davon, und ich sah ihm nach und blieb noch eine Weile reglos neben dem Pfad und dem letzten Schuhabdruck auf meiner Leiter liegen und dachte an Fräulein Luise. Dann begann ich zu frieren und beeilte mich, wieder an Land zu kommen. Ich zog den Gummianzug aus und meinen Mantel an und fragte den Pastor, ob ich noch einmal ins Lager und in Fräulein Luises Zimmer gehen dürfe.
Er nickte, dann begleitete er mich schweigend.
Der Schnee unter unseren Füßen knirschte. Nichts war mehr von der roten Erde zu sehen. Vor dem Zaun des Lagers stand kein einziger Wagen. Hinter dem Zaun stand kein einziger Jugendlicher. Ich fror. Die alten Wachleute beim Eingang nickten mir traurig zu. Über dem ganzen riesigen Lager mit seinen Erlen und Birken lag Traurigkeit wie eine schwere Last. Es war sehr still. Demel und ich gingen über den Schnee. Wir sprachen kaum miteinander.
Die Baracke am Lagerende, da hinten, wo schon wieder Nebel über dem Moor brauten, schien verlassen zu sein, denn auch in ihren Räumen hörte ich keine Stimme, keine Geräusche. Wir erreichten Fräulein Luises Büro. Eisig kalt war es hier drinnen, und alles sah noch genauso aus wie an jenem Nachmittag, an dem ich zum ersten Mal hiergewesen war.
Ich blickte mich um. Die häßlichen Möbel. Die Akten. Die Papiere auf dem Schreibtisch. Jemand hatte hier vor langer Zeit aufgeräumt, aber Staub lag längst wieder über allem. Die Kakteen in den drei Tontöpfen beim Fenster schienen erfroren zu sein. Eisblumen bedeckten die Scheiben. Da war die Heizplatte, die der Pastor repariert hatte. Da hing, dem Fenster gegenüber, die große Zeichnung in den Farben Schwarz, Grau und Weiß, die den gewaltigen Berg, bestehend aus Totenschädeln und Knochen, zeigte, über dem sich, in einen lichten Himmel hinein, ein mächtiges Kreuz erhob. Rechts unten las ich wieder ›GOTTSCHALK 1965‹. Vor drei Jahren hatte sie dieses Bild gemalt. Nun war sie tot.
Ja, war sie tot?
Ich ging langsam in ihren Wohnraum hinüber. Auch hier war es eisig. Da lag der Fleckerlteppich aus bunten Stoffresten, da gab es den Schrank, das Bücherbord, die sechs von Kindern gemalten Bilder an den Wänden, die Stehlampe, den Radioapparat auf dem Kästchen neben dem Bett, das Buch darauf, in dem ich einmal ge-

blättert hatte. Auch das Bett hatte man frisch gemacht, seit Fräulein Luise in jener nun schon so fernen Nacht aufgestanden und zu ihren Freunden auf den Hügel im Moor geeilt war, bevor sie nach Hamburg fuhr.

»Warum wollten Sie unbedingt noch einmal hierherkommen?« fragte Demel.

»Ich will wissen, was übrigbleibt von einem solchen Menschenleben«, sagte ich.

»Nun«, sagte er traurig, »jetzt sehen Sie es. Nicht viel, wie?«

»Wer weiß«, sagte ich.

Ich nahm das Buch vom Nachtkästchen, das da, aufgeschlagen, neben dem Wecker und der Rolle Schlaftabletten lag, das Buch mit der rot angestrichenen Stelle, die ich einmal zu lesen begonnen hatte. Shakespeare. Gesammelte Werke. Band 3. Diesmal, dachte ich, wollte ich die ganze Stelle lesen, die Fräulein Luise angestrichen hatte, diesmal hatte ich Zeit. ›Der Sturm‹ also, 4. Aufzug, 1. Szene. Prospero spricht: »Das Fest ist nun zu Ende ...«

Ich las, dann reichte ich das Buch Demel. Er nahm den Band, und mit leiser Stimme las er in dem eiskalten Wohnraum diese Zeilen, die ein Nekrolog auf das Fräulein hätten sein können. Diese Zeilen:

»Das Fest ist nun zu Ende; unsere Spieler,
wie ich Euch sagte, waren Geister und
sind aufgelöst in Luft, in dünne Luft.
Wie dieses Scheines lockrer Bau, so werden
die wolkenhohen Türme, die Paläste,
die hehren Tempel, selbst der große Ball,
ja, was daran nur teilhat, untergehn;
und, wie dies leere Schaugepräng' erblaßt,
spurlos verwehn. Wir sind von solchem Stoff,
wie Träume sind, und unser kleines Sein
umfaßt ein Schlaf ...«

20

›Wir sind von solchem Stoff, wie Träume sind ...‹

Immer wieder mußte ich an diese Stelle denken, während ich im Zug über verschneites Land von Bremen nach Frankfurt zurückfuhr, und in Gedanken nahm ich Abschied von Fräulein Luise, die mein Herz bewegte auf eine Weise, wie es noch nie bewegt gewesen war. Damals wußte ich noch nicht, daß ich nie wirklich Abschied von Fräulein Luise nehmen, daß sie immer bei mir sein, um mich sein, in mir sein sollte.

Vom Bahnhof fuhr ich mit der Straßenbahn zu Hems Wohnung beim Grüneburg-Park, in dem alten Haus an der Fürstenberger Straße. Ich nahm den Lift. Als ich die Tür aufsperrte, kam mir das Schloß seltsam ausgeleiert oder gelockert vor, aber ich achtete da noch nicht darauf.

In der Wohnung war es warm. Ich wußte, daß Hem bei BLITZ war und Irina bei ihrem Psychologen und daß Bertie über meinem Manuskript saß. Ich rief nach ihm, aber es kam keine Antwort. Ich ging durch den langen dämmrigen Gang zu den beiden Räumen, die Hem Irina und mir überlassen hatte, und öffnete die Tür zu meinem Arbeitszimmer. Auf dem Schreibtisch beim Fenster sah ich den zusammengesunkenen Oberkörper Berties. Er lag mit dem Kopf auf der Tischplatte, die Arme hingen herab. Er hatte seine Jacke ausgezogen. Das Hemd war am Rücken blutdurchtränkt, Blut war auf den Boden getropft, viel Blut. Ich trat schaudernd näher. Mindestens fünf Kugeln aus einer Maschinenpistole hatten Bertie im Rücken getroffen. Der (oder die) Mörder mußte (mußten) blitzschnell gehandelt haben. Bertie, ohne Zweifel völlig arglos, hatte das Öffnen der Wohnungstür gehört und vermutlich gedacht, ich käme heim. Er hatte sich nicht einmal umgewandt, als die Tür zum Arbeitszimmer geöffnet worden war. So saß er nun da, ein Bleistift war seiner Hand entglitten und schwamm in der Blutlache auf dem Boden, der Kopf lag seitlich auf dem Schreibtisch. Die Augen waren gebrochen, das Gesicht fahl, die Lippen hatte Bertie zu einem Lächeln verzogen. Mit diesem Lächeln war er gestorben. Ich fand die ganze Wohnung durchwühlt: Laden waren aus dem Schreibtisch und aus Schränken gerissen worden, ihr Inhalt lag auf der Erde. Mein ganzes Manuskript mit Durchschlag war verschwunden, desgleichen konnte ich keines der Tonbänder mehr finden, auch nicht den Recorder, und keine Notizbuch-Fotokopie. Ich suchte in Panik überall. Ich entdeckte nichts. Ich rief die Polizei an und sagte, sie sollten schnell mit ihren Beamten herkommen. Mir war alles völlig klar, und ich war von einem brennenden, ohnmächtigen Zorn und zugleich von tiefer Trauer erfüllt.

»Was ist los?« fragte der Polizist am Telefon.
»Jemand ist hier ermordet worden«, sagte ich.
Mein Freund Bertie. Mein Kamerad Bertie. Tot.
»Wer ist ermordet worden, Herr Roland?«
»Ich«, sagte ich, zutiefst erschüttert, denn auch das war mir klar geworden: Bertie hatten sie aus Versehen und übereilt erschossen. Zum Schweigen gebracht hätte ich werden sollen.
»*Sie?* Sind Sie verrückt?«
Ich konnte nicht mehr reden und legte auf.
Fünf Minuten später war der erste Wagen der Mordkommission an Ort und Stelle.

21

Die Polizei schloß sich meiner Überlegung an, daß Bertie irrtümlicherweise erschossen worden war und die Kugeln eigentlich mir gegolten hatten. Schließlich war das Manuskript verschwunden, ebenso wie die Tonbänder. Die Untersuchung dieses Falles wurde so geheim wie möglich geführt, nichts sollte an die Öffentlichkeit dringen. Als Irina und Hem heimkamen, war Berties Leichnam längst fortgebracht worden, und ich hatte alles Blut weggewaschen. Irina weinte sehr, als ich erzählte, was geschehen war, Hem sagte nur: »Die Schweine, die verfluchten Schweine. Was glaubst du, wer das getan hat?«
»Jeder, der ein Interesse daran hatte, daß die Geschichte unterdrückt wird, kann es getan haben«, sagte ich. »Jeder einzelne. Oder auch alle zusammen. Vielleicht haben sie einen Killer gemietet. Diese Geschichte soll nicht erscheinen. Herford wünscht das nicht. Die Amis wünschen das nicht. Die Russen wünschen das nicht. Und, wer weiß, vielleicht wünscht auch Vandenberg es nicht.«
»Aber er hat dir doch gesagt, du sollst das Buch schreiben!« sagte Irina, sehr verstört.
»Das hat er gesagt«, antwortete ich. »Möglicherweise jedoch im Auftrag oder im Bunde mit anderen. Damit man sicher war, daß ich das Buch für Vandenberg schrieb – und sonst nichts davon erzählte. Um Ruhe zu haben. Um mich in Ruhe umlegen zu können. Nur daß man dann in Ruhe den Falschen umgelegt hat. Ich klage sie alle an: Herford, die Amis, die Russen – und auch Vanden-

berg! Ich traue keinem mehr! Ihr werdet sehen, der Täter wird nie gefunden werden.«
Damit sollte ich recht behalten. Der Täter wurde nie entdeckt...

»Jemand von uns muß gehen und mit Berties Mutter reden«, sagte Hem. »Ich tue das, wenn du willst, Walter.«
»Nein«, sagte ich. »Das will ich selber tun.«
Berties Mutter wohnte nicht weit von Hem entfernt, in dem Stadtteil Bockenheim, an der Leipziger Straße. Ein Mädchen öffnete mir mit rotgeweinten Augen und sagte, Frau Engelhardt sei es sehr schlecht gegangen, nachdem die Polizei die Nachricht vom Tod ihres Sohnes überbracht hatte, aber ich solle weiterkommen, ich würde erwartet. Ich hatte mich telefonisch angemeldet. Das Mädchen führte mich in ein großes Zimmer mit schönen Möbeln. Hier saß Frau Engelhardt – sie war 84 Jahre alt, das wußte ich –, sehr aufrecht, in einem schwarzen Kleid, auf einem Sofa. Sie war schmal und groß und hatte graues Haar und ein sehr feines, durchsichtig wirkendes Gesicht.
»Setzen Sie sich zu mir, Herr Roland«, sagte Frau Engelhardt, und ihre hohe Greisinnenstimme klang fest und ruhig. »Schön, daß Sie kommen – und niemand anderer. Der Verleger und der Chefredakteur und so viele Leute haben angerufen, auch Reporter von Zeitungen, und deshalb habe ich vor einer Stunde das Telefon auf Kundendienst stellen lassen.«
Ich setzte mich und sah die alte Dame an, die ich schon so viele Jahre kannte, und ich brachte kein Wort heraus. Auf verschiedenen Tischen standen Blumen in Vasen.
»Das alles«, sagte die Mutter verloren, während sie mit der Hand wies, »ist gerade gekommen. Bertie hatte viele Freunde. Er war ein guter Junge, nicht wahr?«
»Ja«, sagte ich. »Er war mein Freund. Wir haben so viele Jahre lang zusammengearbeitet. Ich ... ich ...«
»Schon gut«, sagte die Mutter. »Er hatte Sie sehr gerne, mein Sohn, wissen Sie das? Er bewunderte Sie.«
»Ach ...«
»Nein, wirklich! Und er war immer glücklich, wenn er mit Ihnen zusammenarbeiten konnte.« Sie sah mich freundlich an. Ich schwieg. Ich wußte noch immer nicht, was ich sagen sollte. Alle Worte, die mir einfielen, waren Phrasen. »Gottes Wege sind wunderbar«, sagte die Mutter. »Ich warte so auf den Tod, aber ich lebe. Und

mein Bertie ist tot. Nun bin ich ganz allein. Er war ja nie lange daheim, aber immer standen wir in Verbindung, er rief mich an von überall her, oder er telefonierte und schickte Briefe und Blumen. Vielleicht ist Gott jetzt gnädig und läßt mich auch bald sterben. Was soll ich noch auf der Welt?«

»Liebe Frau Engelhardt...«

»Nein, sagen Sie nichts. Ich weiß, wie Ihnen zumute ist. Das ist ein Moment, in dem wir beide am besten schweigen und an Bertie denken sollten. Wollen Sie mit mir schweigen?«

Ich nickte, und wir sprachen lange Zeit kein Wort, und ich dachte an die vielen Abenteuer, die ich mit Bertie erlebt hatte, und an seine Fröhlichkeit, und wie oft wir gelacht hatten – und daß er sogar noch im Tode gelächelt hatte, sein ewiges Jungenlächeln.

Endlich stand die Mutter auf und ging zu einer großen Truhe, die sie öffnete. Sie winkte mir. Ich folgte. Die Truhe war zu zwei Dritteln angefüllt mit Briefen und Telegrammen, es mußten viele Hunderte sein.

»Das ist alles von ihm«, sagte die Mutter. »In all den Jahren hat er mir das geschrieben und diese Telegramme geschickt. Er ist nicht ganz fort, ich habe noch so viel von ihm. Ich kann immer wieder die Telegramme und Briefe lesen, nicht wahr?«

»Ja, Frau Engelhardt«, sagte ich.

»Das ist ein großer Trost«, sagte sie.

»Gewiß«, sagte ich und dachte verwundert und beklommen darüber nach, was im Unglück alles zum großen Trost werden kann. Die Mutter zeigte mir ein paar von Berties Briefen – aus Tokio, Hollywood, Saigon, Johannesburg –, und dabei vergaß sie immer mehr meine Anwesenheit, sie war schon so alt und so müde vom Leben, und zuletzt, als ich mich verabschiedete, nickte sie mir zu, ohne aufzustehen (sie hatte sich neben die Truhe auf einen Sessel gesetzt), und das letzte, was ich von ihr sah, war, wie sie in einem Brief Berties las, in einem Brief, den er einmal von irgendwoher in der Welt an seine geliebte Mutter geschrieben hatte. Ich schloß sehr leise die Tür des Zimmers hinter mir, und ich fühlte mich sehr elend.

Zwei Tage später war die Einäscherung. Bertie hatte den Wunsch gehabt, verbrannt zu werden, und so fand die Trauerfeier im Krematorium statt. Es waren sehr viele Menschen gekommen, Berties Berufskollegen, und von BLITZ alles, was nur kommen konnte, an der Spitze natürlich Herford und Mutti. Hem war auch da – ich

und Irina gingen nicht hin –, und Hem erzählte uns, daß Herford eine sehr umfangreiche, sehr geschmacklose Rede gehalten habe auf Berties Verdienst um Blitz, so umfangreich und so geschmacklos, wie er selber war.
»Ich habe ihn wie einen Sohn geliebt!« habe Herford heftig schluchzend gerufen, berichtete Hem.
Es gab riesige Kränze und Blumensträuße, und alles war um fünf Nummern zu pompös, und die Mutter, erzählte Hem, saß die ganze Zeremonie über ohne sich zu bewegen in der ersten Reihe und sah niemanden und sprach mit niemandem, und als der Sarg in die Tiefe glitt, stand sie auf und ging einfach fort.
Am Abend dieses Tages – es war Dienstag, der 14. Januar 1969 –, wanderten Irina, Hem und ich zu dem Krematorium. Man konnte nicht mehr hinein, man konnte nicht einmal mehr in die Nähe, die Gittertore des Geländes waren geschlossen. Es schneite leicht, und es war finster, nur ein paar Straßenlaternen brannten, und wir standen lange schweigend da und sahen zu dem Krematorium, das sich hinter Zypressen und Pappeln erhob. Und jeder von uns sprach noch einmal mit Bertie, jeder auf seine Weise, jeder mit seinen Worten, stumm. Er war nicht mehr da, wer wußte, ob seine Asche noch da war, aber wir sprachen mit ihm, alle drei, lautlos. Und ich dachte, daß mein alter Freund Bertie nun dort war, wo Fräulein Luise und ihre Freunde waren – welches Reich und welcher Ort das auch immer sein mochten.
Dann gingen wir über einen verschneiten Alleeweg wieder zur Hauptstraße zurück, und da sagte Hem plötzlich zu mir: »Du weißt doch, was das bedeutet, daß man den falschen Mann erschossen hat und daß du noch immer lebst, Walter.«
»Ja«, sagte ich, »das weiß ich.«
»Und du hast jetzt eine Frau, und deine Frau erwartet ein Kind«, sagte Hem.
»Wovon redet ihr?« fragte Irina.
»Nichts, mein Liebling«, sagte ich. »Gar nichts. Reg dich nicht auf. Ich muß jetzt nur etwas tun. Schnell. Nicht wahr, Hem?«
»Ja«, sagte Hem, »sehr schnell, Walter. So schnell wie möglich.«
»Ach so«, sagte Irina auf einmal. »Ja. Ja, Walter, natürlich. Das mußt du jetzt tun!«
Sie sah mich angstvoll an, und sehr feine Schneeflocken fielen auf uns aus einem finsteren Himmel.
Und plötzlich fielen mir die Worte ein, die Fräulein Luise zu mir

gesprochen hatte, in Bremen, im Ludwigskrankenhaus: »Das ist eine Botschaft von meine Freund. Für Sie und Herrn Engelhardt. Ich soll sie weitergeben an Sie, weil Sie gute Menschen sind. Sie werden glücklich werden, Herr Roland, lassen meine Freund Ihnen sagen. Aber Sie haben noch einen weiten Weg zu gehen bis zur Glückseligkeit, und Sie müssen noch viele Prüfungen bestehen und Geduld haben, vor allem Geduld. Ihr Freund Engelhardt, der hat es da leichter und schöner. Der hat es immer leichter gehabt. Ihr Freund, der wird schon bald alles erreichen, was erstrebenswert ist...«

22

Er hieß Peter Blenheim, er war Graphiker, etwa Ende der Fünfzig, und er hatte einen scheuen Charme und die Angewohnheit, beim Sprechen die Spitzen der schönen Finger gegeneinanderzulegen. Er war groß, fröhlich und besaß dichtes braunes Haar, ein spitzes Gesicht mit brauner Haut, Flaum am Kinn und die blanken, dunklen Augen eines Eichhörnchens. Er hatte, trotz seiner Größe, ungemein viel von der Putzigkeit und Schnelligkeit und lustigen Verspieltheit eines Eichhörnchens an sich, man mußte bloß sein Gesicht anschauen.

Er hatte natürlich überhaupt nichts von einem Eichhörnchen an sich, war nicht groß und fröhlich, legte nicht beim Sprechen die Spitzen der schönen Finger gegeneinander, hatte keinen scheuen Charme und war nicht Graphiker. Ende der Fünfzig war er, das stimmt. Aber ganz gewiß hieß er nicht Peter Blenheim. Es ist selbstverständlich, daß ich ihn anders nennen und anders schildern muß.

»Die Freunde von Max Knipper sind meine Freunde«, sagte er zur Begrüßung. Dann bat er Irina und mich in seine Mansardenwohnung und weiter in ein großes Studio, in dem er arbeitete. Plakat- und Werbetext-Entwürfe waren mit Reißnägeln an allen Wänden angebracht, große und kleine, bunte und schwarz-weiße, und auf einem Arbeitstisch häuften sich Stifte, Maltuben, Pinsel, Kartons in allen Farben, lagen Stifte, Federn, Tuschgegenstände und Zirkel. Auf einem Dreifuß stand eine Staffelei.

Er ließ uns an einem sehr niederen Tisch auf einer Couch Platz nehmen, die ohne Füße direkt auf dem Boden stand und über der eine

sehr bunte Decke lag. Er selber setzte sich uns gegenüber auf einen roten arabischen Lederhocker. Er schien Irina und mir vom ersten Blick an vertrauenswürdig, zuverlässig und tüchtig, und das war er auch.
»Besta Mann, den de kriegen kannst«, hatte Max mir gesagt, als ich ihm mein Problem vortrug. »Warte, ick melde dir bei ihm an.«
»Ist er denn so überlaufen?«
»Nee, aba der empfängt bloß uff Empfehlung von jute Freunde. Recht hatta! Sein Leben lang macht der det schon, und noch nicht eenmal war er ooch nur vor die Polizei, jeschweije denn vor't Jericht, Junge!«
Peter Blenheim fälschte Papiere – Pässe, Staatsbürgerschaftsurkunden, Geburts-, Tauf-, Heimatscheine, was man wollte. Für jedes Land. In jeder Sprache. Die gestohlenen Originaldokumente, die er nicht auftrieb oder gar schon besaß, gab es nicht. Das bemerkten wir bald, als er uns fragte, in welches Land wir gehen und wie wir heißen wollten.
»Ich arbeit schnell, erstklassig und teuer«, sagte er. »Das ist meine Geschäftsdevise. Noch nie hab ich einen unzufriedenen Kunden gehabt. Noch nie ist ein Malheur passiert.«
Schade, daß ich Peter Blenheim nicht identifizieren und jedem Interessierten wärmstens empfehlen kann. Er beriet und bediente uns einfach hervorragend. Und so teuer war er zuletzt gar nicht – ich hatte noch die Brillanten, ich konnte alles leicht bezahlen, auch die Flugscheine und die Ausgaben dort, wo wir dann landeten. Wir überbrückten unsere ganze erste schwere Zeit mit dem Geld, das ich für die Brillanten erhielt.
All das scheint mir nun schon eine Ewigkeit zurückzuliegen. Ich kann natürlich auch nicht sagen, wie Irina und ich jetzt heißen und wo auf der Welt wir eine neue Heimat gefunden haben. Es geht uns gut. Ich schreibe nicht mehr, ich habe einen ganz anderen Beruf, und ich verdiene eine Menge Geld. Und wir sind zu dritt. Es ist ein Mädchen geworden bei Irina, auch seinen Namen nenne ich nicht. Ich bin völlig verrückt mit dem Mädchen. Ich habe mir doch immer so sehr ein Kind gewünscht. Manchmal, glaube ich, wird Irina fast ein wenig eifersüchtig. Die Arbeit, die ich leiste, ist anständig und ehrlich, nicht mehr so wie früher. Auch ich bin anders geworden – so anständig zum Beispiel, daß ich über komplizierte Umwege meine Schuld bei Blitz und meine Steuerschulden abgezahlt habe. Und ich trinke noch immer keinen Tropfen ...

Wir blieben damals lange bei Peter Blenheim, denn wir hatten es sehr eilig, und darum begann er gleich mit der Arbeit. Er machte Aufnahmen von uns für die Paßfotos, die er nun brauchte, er suchte mit uns gemeinsam zwei Kollektionen von Vordrucken und Formularen zusammen, und wir komponierten gemeinsam zwei neue Leben – eines für Irina und eines für mich, mit Namen, Daten und Orten.

»Diese Daten und diese Orte, die müssens sich jetzt einprägen«, sagte Peter Blenheim. »Auswendig lernen müssens die. Wenn man Sie aus dem Schlaf rüttelt und anschreit mit Ihre eigenen richtigen Namen, dann dürfens auch nicht mit einer einzigen Wimper zucken. In Fleisch und Blut übergehen müssen Ihnen Ihre neuen Leben. Üben! Üben! Einer weckt den andern mitten in der Nacht und schreit ihn an und fragt ihn, wann er geboren ist und wo, und wie seine Mutter geheißen hat. Das ist noch wichtiger als meine Papiere, verstehens mich?«

»Ja«, sagte ich. Tatsächlich haben wir dann gleich und nach unserer Flucht noch lange diese nächtlichen Alarmübungen veranstaltet.

»Ich sag immer, das hundertprozentig einwandfrei gefälschte Papier nutzt nix, wenn der Mensch nicht hundertprozentig einwandfrei gefälscht ist«, erklärte Blenheim.

Ich sah Irina an und dann ihn.

»Was hams denn?« fragte er.

»Sie sprechen mit einem Akzent, einem leichten Dialekt«, sagte ich. »Sie sind nicht aus Frankfurt, wie?«

»Nein«, sagte er und preßte die Fingerspitzen gegeneinander und lächelte. »Ich bin nicht von hier, obwohl ich seit einer Ewigkeit hier leb. Aber es ist komisch, diesen Akzent, den bring ich einfach nicht weg.«

»Woher sind Sie?« fragte ich langsam. »Aus Österreich?«

»Noch ein Stückl weiter«, sagte er. »Aus Böhmen. Da komm ich her. Meine Eltern sind dort geboren, alle meine Vorfahren. Wir haben einen kleinen Hof gehabt in Spindlermühle.«

»Spindlermühle? Wo liegt das?« fragte Irina.

»Im Riesengebirge. Nicht weit von der Weißen Wiese«, antwortete er. »Das ist ein großes Hochmoor, wissens. Sie werden es nicht glauben, aber nach meinem Abitur, da hab ich tatsächlich studiert. In Wien. Philosophie!« Er lachte. »Da machens Augen, was?«

»Ja«, sagte ich und sah Irina wieder an, und sie erwiderte meinen Blick.

»Na, hat nicht lang gedauert, dann bin ich mit Leuten aus diesem Milieu zusammengekommen und hab das Studium aufgegeben. Bald danach sind auch meine Eltern gestorben. Den Hof hab ich verkauft.« Er sah sinnend vor sich hin. »Aber es war eine schöne Zeit, damals, an der Universität. In den Semesterferien bin ich immer nach Haus gefahren, nach Spindlermühle und zur Weißen Wiese. Jeden Sommer war ich dort.« Sein Lächeln verstärkte sich. »Eine Liebe hab ich da mal gehabt, einen Sommer lang. Mit einem Mädchen, das auch aus Wien gekommen ist. Die hat in einem Kinderheim gearbeitet. Als Fürsorgerin. Ein schönes Mädchen war das – und eine schöne Liebe. Ja, und nun ist schon so viel vom Leben herum.«

»Fürsorgerin war Ihre Freundin?« fragte Irina.

»Sag ich doch. Da waren viele Fürsorgerinnen damals«, sagte Peter Blenheim. »So viele junge. So viele hübsche. Aber die, die hat mir am besten gefallen von allen! Hat nur ein paar Monate gedauert, bis daß wir wieder auseinandergekommen sind. Aber es war eine wirkliche und wahre Liebe – für sie die erste noch dazu ... obwohl sie sogar ein bissel älter gewesen ist als ich ...« Er nickte wehmütig, ein alternder Mann, der sich seiner Jugend entsinnt. »Manchmal – oft eigentlich – denk ich noch an sie«, sagte er. »Und noch öfter träum ich von ihr und von dem wunderbaren Sommer und dem riesigen, herrlichen Moor. Aber ...« Er brach ab.

»Aber?« fragte ich.

»Aber ich kann tun, was ich will, noch so angestrengt nachdenken, überlegen, forschen. Nix zu machen. Was wollen Sie? So um die vierzig Jahre ist das schon her, ich weiß nicht einmal mehr genau das Jahr, in dem es geschehen ist ... Ja, also den Namen von dem Mädchen ...«

»Den Namen?« fragte Irina.

»Den eben hab ich vergessen«, sagte er und lächelte scheu und hielt die Spitzen der Finger gegeneinandergepreßt, ein braunhaariger, braunhäutiger, spitzgesichtiger Mann, so sehr an ein Eichhörnchen erinnernd. In seinen dunklen blanken Augen stand der Ausdruck von Verwunderung und der Trauer darüber, daß wir in unserer Welt alles vergessen, das Schmerzhafteste und das Ärgste, aber auch das Schönste und das Liebste, nach einer kleinen Weile.